TOBIAS GEORGE SMOLLETT

DIE ABENTEUER
DES PEREGRINE PICKLE

WINKLER VERLAG MÜNCHEN

Vollständige Ausgabe, unter Zugrundelegung der Übersetzung von W. Chr. S. Mylius neu übertragen und mit einem Nachwort und Anmerkungen versehen von Hans Matter. Mit Wiedergabe der Kupferstiche von Daniel Chodowiecki.

ISBN Leinen 3 538 5183 6 Leder 3 538 5683 8

1

Gamaliel Pickles Herkunft und Sippschaft.

Ungefähr hundert Meilen von der Hauptstadt lebte in einer gewissen Grafschaft in England, deren eine Seite von der See begrenzt wird, Gamaliel Pickle, Esquire, der Vater des Helden unserer Geschichte. Er war der Sohn eines Londoner Kaufmanns, der, wie Rom, klein angefangen und sich dann zu den vornehmsten Ehrenstellen der Stadt emporgearbeitet und ein ansehnliches Vermögen erworben hatte. Zu seinem größten Leidwesen ereilte ihn aber der Tod, noch ehe sein Kapital hunderttausend Pfund Sterling betrug. Doch beschwor er sterbend seinen Sohn, so ihm der letzte Befehl eines Vaters heilig sei, seine Betriebsamkeit nachzuahmen und seine Grundsätze getreulich zu befolgen, bis er den noch fehlenden Betrag zusammengebracht habe, eine Summe, die beträchtlich kleiner war als fünfzehntausend Pfund.

Diese feierliche Ermahnung tat bei seinem künftigen Repräsentanten die gewünschte Wirkung. Er ließ sich keine Mühe verdrießen, den Wunsch des Verstorbenen zu erfüllen, und bot dazu seine ganze Begabung auf. So ernsthaft und anhaltend seine Bemühungen aber auch waren, führten sie dennoch zu keinem Erfolg. Denn nachdem er fünfzehn Jahre lang im Handel tätig war, stand er mit fünftausend Pfund weniger da als damals, als er seines Vaters Erbschaft antrat. Dies ging ihm so nahe, daß er mit Geschäften nichts mehr zu tun haben wollte und sich vornahm, sich zurückzuziehen, um an einem Ort zu leben, wo er in Muße sein Unglück beklagen und sich durch Sparsamkeit vor Mangel und Gefängnis sichern könnte – Schreckbilder, die stets vor seiner Seele schwebten. Oft hörte man ihn die Befürchtung äußern, er könne ins Spital der Kirchengemeinde kommen und dann Gott preisen, daß er durch die langjährige Führung eines Hauswesens zu dieser Versorgung berechtigt wäre. Kurz, von Natur aus besaß er kein Talent zur Rührigkeit, und in seinem Charakter lag ein Widerspruch, denn bei all der Begierde, Reichtümer aufzuhäufen, einer Begierde, die bei ihm so stark war, wie sie bei einem Citybewohner überhaupt sein kann, wurde er durch eine gewisse Indolenz und Trägheit gehemmt, die jedes andere Interesse überwogen und ihn hinderten, von Eigenschaften zu profitieren, die ihm in hohem Grad eigen waren und mit denen so oft unermeßliche Vermögen verdient worden sind; ich meine seine Beharrlichkeit im Verfolgen eines einzigen Zieles und seine geringe Leidenschaftlichkeit. Höchstwahrscheinlich hatte die Natur wenig oder nichts Entzündbares in seine Komposition gemischt, oder die Anlagen zur Ausschweifung, die sie ihm mitgegeben haben mochte, waren durch eine strenge Erziehung gänzlich erstickt und ausgerottet worden.

Seine Jugendstreiche, keineswegs toll oder schlimm, überschritten nie die Grenzen der anständigen Fröhlichkeit, die etwa eine außerordentliche Kanne Wein bei einer außerordentlichen Gelegenheit in einer Gesellschaft von gesetzten Buchhaltern zu erzeugen vermag, Leuten, deren Einbildungskraft nie sehr feurig oder üppig gewesen ist. Wenig empfindsam und gefühlvoll, hatte er selten heftige Gemütsbewegungen. Nie hatte die Leidenschaft der Liebe seine Seelenruhe gestört; und ist es wahr, was Creech Horaz nachdichtet:

> Nichts zu bewundern ist die ganze Kunst,
> Die glücklich macht und glücklich auch erhält,

so befand sich Pickle zweifellos im Besitz dieses unschätzbaren Geheimnisses; wenigstens hat man nie auch nur die leiseste Spur von Begeisterung an ihm wahrgenommen, außer eines Abends, als er in seinem Klub mit einiger Lebhaftigkeit erklärte, er habe zum Dinner einen delikaten Kalbsnierenbraten gegessen.

Trotz diesem anscheinend starken Phlegma empfand er den übeln Erfolg seiner Geschäfte, und da er durch den

Bankrott eines Assekuranten fünfhundert Pfund einbüßte, machte er sein Vorhaben bekannt, den Handel aufzugeben und aufs Land zu ziehen. In diesem Entschluß bestärkte ihn seine einzige Schwester, Mrs. Grizzle, die ihm seit des Vaters Tode den Haushalt besorgt und kürzlich bei einem Vermögen von fünftausend Pfund und einem bedeutenden Kapital von Wirtschaftlichkeit und Frömmigkeit das dreißigste Jahr ihres jungfräulichen Standes zurückgelegt hatte.

Man sollte meinen, diese Fähigkeiten hätten es vermocht, ihrer Ehelosigkeit ein Ende zu machen, da sie nie eine Abneigung gegen das Heiraten bezeigte. Wie es aber scheint, war sie zu heikel in ihrer Wahl, um in London eine Partie nach ihrem Geschmack zu finden; denn ich kann mir nicht denken, daß sie so lange ohne Bewerber geblieben wäre, obwohl ihre persönlichen Reize ja nicht gerade bezaubernd und ihre Art nicht allzu angenehm war. Abgesehen von ihrer blassen Gesichtsfarbe – gelb mag ich sie nicht nennen –, die vielleicht von ihrer Jungfernschaft und ihrer Kasteiung herrührte, schielte sie ein bißchen, was gar nicht einladend war, und sie hatte einen so großen Mund, daß weder Kunst noch Ziererei ihm eine angemessene Dimension verschaffen konnten. Überdies war ihre Frömmigkeit mehr grämlich als gottergeben, minderte nicht im geringsten eine gewisse betonte Würde in ihrem Betragen und Reden und hielt sie nicht davon ab, sich ein Vergnügen daraus zu machen, andern von der Bedeutung und dem Ansehen ihrer Familie zu erzählen, die, beiläufig erwähnt, sich trotz aller Hilfe von Wappenkunde und Überlieferung nicht zwei Generationen zurückverfolgen ließ.

Allen Ideen, die sie gehabt hatte, bevor ihr Vater die Sheriffswürde erhielt, schien sie völlig entsagt zu haben, und die Epoche, von der an sie all ihre Bemerkungen datierte, war die Lord-Mayorschaft ihres Herrn Papa; ja, dieser guten Dame lagen Erhaltung und Fortpflanzung des Familiennamens so sehr am Herzen, daß sie unter Ausschaltung jedes selbstsüchtigen Motivs ihren Bruder bewog, seine angeborenen Neigungen zu bekämpfen und so weit zu überwinden, daß er sich zu einer Leidenschaft für die Person bekannte, die er nachher heiratete, wie wir in der Folge sehen werden. Mrs. Grizzle war tatsächlich der Ansporn zu all seinen außerordentlichen Unternehmungen, und ich lasse es dahingestellt, ob er eine Lebensweise hätte aufgeben können, der er so lange mechanisch angehangen hatte, wenn er durch ihre unaufhörlichen Ermahnungen nicht aufgerüttelt und beeinflußt worden wäre. London, sagte sie, sei ein Sündenpfuhl, wo ein rechtschaffener und ahnungsloser Mann täglich Gefahr laufe, der Arglist zum Opfer zu fallen, wo die Unschuld fortwährend Versuchungen ausgesetzt sei und die Tugend ewig von Tücke und Lästerung verfolgt werde, wo Launen und Sittenverderbnis alles beherrschten und man Verdienst und Vorzüge nicht im geringsten achte oder fördere. Sie erhob diesen letzten Vorwurf mit so viel Nachdruck und Grämlichkeit, daß deutlich zu erkennen war, wie sehr sie bei ihrer Äußerung an sich selbst dachte. Ihre Anklage war wirklich berechtigt: das beweisen die Auslegungen, welche die Freundinnen von Mrs. Grizzle für deren Abkehr von der Stadt fanden. Weit entfernt, letztere löblichen Motiven zuzuschreiben, gaben sie durch sarkastische Komplimente zu verstehen, sie habe alle Ursache, mit einem Ort unzufrieden zu sein, wo sie so lange ignoriert worden sei, und es wäre sicher der klügste aller ihrer Pläne, aufs Land zu gehen, um da ihre letzte Anstrengung zu machen. Dort würden höchstwahrscheinlich ihre Talente besser zur Geltung kommen und dürfte ihr Vermögen mehr Anziehungskraft haben.

Wie dem auch sei, Mrs. Grizzles Ermahnungen, so überzeugend sie sein mochten, wären zu schwach gewesen, die Schläfrigkeit und Trägheit ihres Bruders zu besiegen, wenn sie ihre Gründe nicht dadurch verstärkt hätte, daß sie den Kredit zweier oder dreier Kaufleute anzweifelte, mit denen er in Verbindung stand.

Durch diesen Wink beunruhigt, fing er an, sich tüchtig zu rühren. Er zog sein Geld aus dem Handel zurück, legte es in Bankaktien und in Obligationen der Ostindischen Kompanie an und zog aufs Land in ein Haus, das sein Vater nahe der Küste erbaut hatte, um ein gewisses Gewerbe, mit dem er sich intensiv befaßt hatte, desto bequemer betreiben zu können.

Hier also schlug Mr. Pickle im sechsunddreißigsten Jahre seines Lebens seinen Wohnsitz auf. Obgleich der Schmerz, den ihm die Trennung von seinen intimen Freunden und allen frühern Bekannten bereitete, bei weitem nicht so heftig war, um seine Gesundheit ernstlich zu gefährden, geriet er doch bei seinem Eintritt in eine ihm gänzlich fremde Welt in nicht geringe Verlegenheit. Zwar traf er auf dem Lande eine Menge von Leuten, die sich wegen seines Vermögens um seine Bekanntschaft bewarben und die Freundschaft und Gastlichkeit in Person waren. Doch schon die Mühe, Höflichkeiten anzunehmen und zu erwidern, war für einen Mann von seinem Schlag und seinen Gewohnheiten eine unerträgliche Belastung. Daher überließ er die Sorge für das Zeremoniell seiner Schwester, für die alle Förmlichkeiten ein wahres Labsal bedeuteten, während er seinerseits jeden Abend in das Wirtshaus ging, das er in der Nachbarschaft entdeckt hatte, und sich dort an einer Pfeife Tabak und einer Kanne Bier gütlich tat. Mit dem Betragen des Wirts, dessen Gesprächigkeit ihm bei seiner eigenen einsilbigen Art ungemein behagte, war er sehr zufrieden; denn was ihn anging, so waren ihm überflüssige Worte ebenso zuwider wie jeder andere unnötige Aufwand.

2

Er lernt den Kommodore Trunnion und dessen Spießgesellen durch Beschreibung und in natura kennen.

Dieser geschwätzige Schenkwirt entwarf ihm sogleich Charakterskizzen von allen merkwürdigen Persönlichkeiten aus der Grafschaft. Unter andern beschrieb er ihm auch seinen nächsten Nachbarn, den Kommodore Trunnion, einen ganz seltsamen Heiligen. „Der Kommodore und Ew. Gnaden", sagte er, „werden in kurzem ein Herz und eine Seele sein. Geld hat er Ihnen wie Heu, und spendabel ist er wie ein Prinz – das heißt, so auf seine eigne Manier. Denn er ist ein bißchen wunderlich, wie man so sagt, das läßt sich nicht leugnen; und fluchen tut er Ihnen, daß sich die Balken biegen; er hat Ihnen aber so wenig Arges daraus wie ein Kind an der Mutterbrust, darauf wollt ich wohl einen Eid ablegen. Du lieber Himmel, ich wünschte nur, Ew. Gnaden hörten ihn einmal – ach! das würde eine veritable Herzstärkung sein – die Historie erzählen, wie er mit einem Franzosen aneinander war, Raa an Raa und Bord an Bord lag, und wie er ihm – Gott sei uns gnädig! – Stinkpötte, Traubenkugeln, Kartätschenladungen, Krähfüße und Enterhaken ins Schiff hineinschmiß. – 's war zu seiner Zeit ein tüchtiger Soldat, und er hat in des Königs Diensten ein Auge und einen Hacken verloren. Er lebt gar nicht wie ein anderer Christenmensch von uns Landratten. Er hat Ihnen Garnison im Hause, als wär er mitten in Feindesland, und seine Leute müssen des Nachts raus und jahraus, jahrein Schildwacht stehn, wie er's nennt. Sein Haus ist durch einen Wassergraben und eine Zugbrücke verteidigt und sein Hof mit Stücken bepflanzt, die ständig mit Blei geladen sind. Die Aufsicht hierüber hat ein gewisser Hatchway, dem als Leutnant auf des Kommodores Schiff ein Schenkel weggeschossen wurde, der jetzt auf halbem Sold steht und des alten Herrn Gesellschafter ist. Ein kreuzbraver Mann, der Leutnant, und ein Erzspaßvogel, der, wie man so sagt, den Kommodore gar kapital zu nehmen weiß. Indessen hat er noch einen andern Liebling im Hause, der Tom Pipes heißt. Er war Gehilfe seines Hochbootsmanns gewesen und ist jetzt Aufseher über seine Leute. Tom ist ein Mann von wenig Worten, aber ein exzellenter Kerl, wenn's Kappen- oder Grübchenspiel oder ein Liedchen zur Bootsmannspfeife gilt – in der ganzen Grafschaft gibt's keine so gute Pfeife! Solcherart lebt der Kommodore auf seine eigne Manier recht glücklich, ob er schon bisweilen gar gewaltig in Harnisch gerät und verteufelt in der Klemme ist, wenn seine armen Anverwandten ihm auf den Hals kommen. Er kann sie nicht ausstehn, denn einige von ihnen sind hauptsächlich schuld daran, daß er zur See ging. Und sobald er einen Anwalt sieht, bricht ihm heller Todesschweiß aus. Er hat so eine Antipastie gegen die Leute, wie manche Menschen gegen die Katzen. Wie's scheint, hat er einmal was mit den Gerichten zu tun gehabt, weil er einen von seinen Affizieren geschlagen, und hat dafür müssen tüchtig in die Büchse blasen. Außerdem scheren ihn die Poltergeister wie all nichts Guts und lassen ihm zur Nachtzeit nicht Ruhe, nicht Rast. Sie machen Ihnen manchmal solche Jagd in seinem Hause, daß man denken sollte, alle Teufel in der Hölle – Gott behüt uns! – wären los. Vor einem Jahre ungefähr um die Zeit plackten und trillten ihn zwei böse Geister die ganze liebe lange Nacht durch. Sie kamen in seine Schlafkammer und trieben tausenderlei Schabernack um seine Hängematte – denn ein Bette ist in all seinen vier Pfählen nicht vorhanden. Nun gut, was geschah, mein Herr? Er klingelt und schreit all seine Leute heraus und sucht mit Licht allenthalben herum. Aber zum Teufel – kein Poltergeist war zu finden. Kaum waren aber er und seine Leute wieder zu Neste, so fängt Ihnen der Betteltanz mit dem bösen Feinde von neuem an. Der Kommodore springt im Finstern auf, zieht den Säbel und greift die beiden Unholde so tapfer an, daß in fünf Minuten in seinem Zimmer alles in Fetzen war. Der Leutnant vernahm das Spittakel und kam ihm zu Hilfe; und Tom Pipes, wie der hörte, was die Glocke geschlagen, zündete er eine Lunte an, ging hinunter in den Hof und brannte alle Stücke los, um Notzeichen zu geben. Wahr und wahrhaftig, das ganze Kirchspiel war in tausend Schwulitäten. Einige bildeten sich ein, die Franzosen wären gelandet, andre, des Kommodores Haus wär von Dieben bedrängt. Ich für meinen Part rief zwei Dragoner aus dem Schlaf, die bei mir Quartier hatten. Die schwuren denn Bein und Stein, es wäre ein Rudel Schmuggler, die wären mit einer Partie von ihrem Regimente zusammengeraten, das im nächsten Dorf lag. Und als Kerls, denen das Herz am rechten Fleck saß, schwangen sie sich zu Pferde und jagten, was nur das Zeug hielt, ins Land hinaus. Ach! lieber Herr, es sind gar schwere Zeiten. Ein arbeitsamer Mann kann jetzt sein Stückchen Brot nicht verdienen, ohne sich vorm

Galgen fürchten zu müssen. Ihrer Gnaden Herr Vater – Gott hab ihn selig! – 's war ein gar guter Herr und hier im Kirchspiele so geehrt als nur irgendeine Christenseele in der ganzen weiten Gotteswelt. Und wenn Ihro Gnaden ein Kistchen feinen Tee oder ein paar Anker von echtem veritablem Nanzer brauchen, so steh ich dafür, sollen Sie recht nach Herzenswunsch bedient werden. – Doch, wie ich sagen wollte, das Turnieren und Hantieren im Hause währte bis zum hellen lichten Morgen, wo sie nach dem Pfarrer schickten. Der beschwor denn die Geister und bannte sie ins Rote Meer. Seit dieser Zeit ist Ruh und Fried im Hause. Zwar macht Mr. Hatchway aus der ganzen Sache einen Spaß. Hier, akrat auf dieser Stelle, hat er zum Kommodore gesagt, die beiden Poltergeister wären nix anders gewesen als ein Paar Dohlen, die in den Kamin heruntergefallen wären und im Zimmer auf und nieder geschwirrt und mit den Flügeln geklatscht hätten. Der Kommodore, der sehr hitzig ist und sich nicht gern foppen läßt, wurde so wild und heftig wie ein Donnerwetter und fluchte bei allen Schockschwerenöten, daß er so gut wie irgendeiner in den drei Königreichen einen Teufel von einer Dohle unterscheiden könnte. Zwar räumte er ein, daß die Vögel wären gefunden worden, leugnete aber, daß sie an all dem Rumor schuld wären. Ich für meinen Part, Herr, glaube, es läßt sich vieles von beiden Seiten darüber sagen; gleichwohl bin ich gewiß, daß der Teufel überall umhergeht, wie man zu sagen pflegt."

So außerordentlich diese umständliche Erzählung auch war, blieb Mr. Pickles Miene doch vollkommen unbewegt. Als sie zu Ende war, nahm er die Pfeife aus dem Mund und sagte mit einem Blick voll unendlichen Scharfsinns und tiefsinniger Überlegung: „Ich halte dafür, daß er von den Trunnions aus Cornwall sein muß. Was für eine Art Frauenzimmer ist denn seine Gemahlin?" „Gemahlin?" rief der andere. „Potz hunderttausend! ich denke, er würde selbst die Königin von Saba nicht heiraten. Blitz noch einmal! selbst seine Mägde leidet er des Nachts nicht in seinem Kastell. Bevor die Posten ausgestellt werden, treibt er sie jedesmal in ein Hintergebäude. – Herrje, Ew. Gnaden! 's is wahrhaftig ein recht erzwunderlicher Heiliger von einem Kaflier. Ihro Gnaden würden ihn schon jetzunder hier gesehn haben; denn er pflegt, wenn er wohlauf ist, mit meinem guten Master Hatchway alle Abende herzukommen, und jeder sticht dann seine paar Kannen Rum aus. Er hat aber seit vierzehn Tagen wegen eines vertrackten Anfalls von Podagra das Haus hüten müssen. Dadurch entgeht mir ein hübscher Batzen, das kann ich Ihro Gnaden versichern."

In diesem Augenblick drang ein so seltsamer Lärm an Pickles Ohren, daß sogar die Muskeln seines Gesichts sich verzogen, ein sicheres Zeichen seiner Bestürzung. Anfänglich glich dieses Getön dem Wachtelgeschrei und Froschgequake; als es sich aber näherte, konnte man deutlich artikulierte Laute unterscheiden, die mit großer Heftigkeit und in solchen Kadenzen ausgestoßen wurden, wie man sie nur von einem menschlichen Geschöpf erwarten konnte, das mit den Stimmorganen eines Esels tobt. Es war weder ein menschliches Sprechen noch ein tierisches Brüllen, sondern ein erstaunliches Gemisch von beiden. Die Ausdrücke, die man vernahm, waren unserm verwunderten Kaufmann schlechterdings unverständlich. Eben war er im Begriff, den Mund zu öffnen, um seine Neugier zu äußern, als der Wirt bei diesen wohlbekannten Tönen aufsprang und rief: „Je potz Blumenherz! da ist, so wahr ich lebe, der Kommodore mit seiner Gesellschaft!" Und sogleich wischte er mit seiner Schürze den Staub von einem Armstuhl ab, der neben dem Feuer stand und ausschließlich für den Gebrauch und die Bequemlichkeit des gebrechlichen Kommodore reserviert wurde. Während er damit beschäftigt war, schrie eine noch weit rauhere Stimme als die vorige: „Holla! Wirtshaus, ahoi!" Hierauf fuhr der Wirt rasch mit den Händen an den Kopf, legte die Daumen an die Ohren und brüllte in eben dem Tone, den er nachzuahmen gelernt hatte, zurück: „Hilloah!" Die Stimme brauste wiederum: „Keine Anwälte an Bord?" „Nein, nein", kam die Antwort des Gastwirts, und nun trat der so seltsam Erwartete ein, auf seine beiden Begleiter gestützt. Er stellte eine Figur zur Schau, die in allen Stücken seinem sonderbaren Charakter entsprach. Er war wenigstens sechs Fuß hoch, wiewohl er sich durch das lange Leben an Bord gewöhnt hatte vornüberzugehen; seine Gesichtsfarbe war schwarzbraun, und eine starke Schramme quer über der Nase sowie ein schwarzes Taftpflaster, mit dem die eine Augenhöhle überklebt war, machten seinen Anblick fürchterlich. Nachdem man ihn mit großer Feierlichkeit auf seinen Stuhl gesetzt hatte, gratulierte ihm der Wirt dazu, daß er wieder ausgehen könne, und als er ihm den Namen seines Mitgastes zugeflüstert hatte – Pickle war dem Kommodore vom Hörensagen bereits bekannt –, entfernte er sich, um mit möglichster Eile das erste Quantum seines Lieblingsgetränkes in drei Kannen herbeizuschaffen. Denn jeder bekam seine Portion besonders. Inzwischen setzte sich der Leutnant auf der blinden Seite seines Chefs nieder, und Tom Pipes stellte sich respektvoll und bescheiden im Hintergrund auf. Nach einer Pause von einigen Minuten begann der grimmige Trunnion den Diskurs. Er heftete einen ganz unbeschreiblich strengen Blick auf den Leutnant und sagte: „Hab Euch immer für einen bessern Seemann gehalten, Hatchway, oder ich will verdammt sein! Bei so schmuckem Wetter unsre Schäse überzusetzen! Mord und Tod! Sagt ich Euch nicht, wir würden mit aller Gewalt auf den Strand treiben. Befahl ich Euch nicht, die Leebrassen einzuziehn und den Kurs zu ändern?" „Das tatet Ihr, ich muß es gestehn", versetzte der andere mit erzschelmischem Lächeln, „wie Ihr uns auf einen Pfosten getrieben, so daß der Wagen schief lag und nicht mehr aufgerichtet werden konnte." „Ich Euch auf einen Pfosten getrieben!" rief der Kommodore. „Verflucht! Ihr seid ein sauberer Kerl, mir dergleichen ohne alle Scheu und Scham ins Gesicht zu sagen! Führt ich's Kommando über die Schäse? Stand ich am Steuerruder?" „Freilich nicht, das muß ich gestehn, am Steuerruder standen Sie nicht, doch gaben Sie immer den ganzen Weg über die Richtung, und da Sie nicht sehn konnten, wie das Land lag, weil Sie auf Ihrem Backbordauge blind sind, so saßen wir fest auf dem Strand, bevor Sie das geringste davon merkten. Pipes, der achteraus stand, kann bezeugen, daß das wahr ist, was ich sage." „Ich will des Teufels sein", fing

der Kommodore wieder an, „wenn ich mir aus Eurem und Pipes' Schnack mehr mache als aus einem aufgetrieselten Tau. Ein paar Meuterer seid ihr! – Mehr will ich nicht sagen; aber mich sollt ihr nicht zum besten haben. Verdammt! ich bin der Mann, der Euch, Jack Hatchway, lehrte, ein Schiffstau zu spleißen und eine Perpendikularlinie aufzurichten."
Der Leutnant, der wohl wußte, wie tief seines Kapitäns Schiff ins Wasser ging, fand es nicht für ratsam, den Streit fortzusetzen, sondern ergriff seine Kanne und trank auf die Gesundheit des Fremden. Der erwiderte diese Artigkeit sehr höflich, wagte jedoch nicht, sich in die Konversation einzumischen, und so entstand eine längere Pause. In dieser Zwischenzeit betätigte Hatchway seinen Witz durch mancherlei Schabernack gegenüber dem Kommodore, mit dem auf eine andere Art sich einzulassen erfahrungsgemäß gefährlich war. Da er sich außerhalb seines Gesichtskreises befand, plünderte er in aller Ruhe dessen Tabaksdose, trank ihm den Rum weg, schnitt Gesichter und zwinkerte verschmitzt nach ihm hin. Dies machte den Zuschauern riesigen Spaß, Mr. Pickle selbst nicht ausgenommen, der über diese geschickte seemännische Pantomime deutlich eine ungewöhnliche Zufriedenheit erkennen ließ. Der Zorn des Kommodores war unterdessen allmählich verraucht, und es beliebte ihm, Hatchway intim Jack zu rufen und von ihm zu verlangen, daß er die Zeitung lese, die vor ihm auf dem Tisch lag. Der lahme Leutnant übernahm also dieses Geschäft und las unter anderm den folgenden Absatz, und zwar mit erhobener Stimme, die etwas Außerordentliches zu verkündigen schien: „Wie man uns mitteilt, wird Admiral Bower wegen der vorzüglichen Dienste, die er im Kriege geleistet, zumal wegen des jüngsten Treffens, das er der französischen Flotte geliefert hat, nächstens zum Peer ernannt werden." Bei dieser Nachricht war Trunnion wie vom Donner gerührt. Der Krug fiel ihm aus der Hand und sprang in tausend Stücke: sein Auge glänzte wie das einer Klapperschlange, und einige Minuten verstrichen, ehe er die Worte hervorstoßen konnte: „Halt! den Artikel überhol mir noch einmal!" Kaum war er zum zweitenmal gelesen worden, als

Trunnion mit der Faust auf den Tisch schlug, auffuhr und mit dem heftigsten Nachdruck der Wut und des Unwillens ausrief: „Ich will an Leib und Seele verdammt sein, wo's nicht erstunken und erlogen ist! Es ist eine Lüge, das will ich behaupten, von der Bugsprietsraa bis zu den Kreuzmarssegelfallen. Blitz und Donner! William Bower, Peer dieses Königreichs! Ein Kiekindiewelt, der mit knapper Not einen Mast von einer Krippe unterscheiden kann! Ein Rotzbube, den ich selbst an die Kanone binden und auspeitschen ließ, weil er aus den Hühnerkörben Eier gemaust hatte. Und ich, Hawser Trunnion, der ich ein Schiff kommandierte, bevor er eine Besteckrechnung machen konnte, ich werde auf die Seite gestellt, versteht ihr, und vergessen! Wenn's Ding sich so verhält, ist in unsrer Landeseinrichtung eine Planke verfault, und sie müßte niedergelegt und ausgebessert werden, oder ich will verdammt sein! Seht ihr, ich war keines von euren indischen Ferkeln! Bin nicht durch Parlamentsvorschub oder eine hübsche Petze von einem Weibe aufgestiegen. Bin nicht bessern Kerls über die Bäuche weggeklettert! Bei Gott! ich habe mir's immer rechtschaffen sauer werden lassen und habe an Bord von der Pike auf gedient, vom Küchenjungen bis zum Schiffskapitän. Hier, Tunley, habt Ihr die Hand eines Seemannes, Ihr Schlingel!" Mit diesen Worten packte er die Pfote des Wirts und beehrte sie mit einem solchen Druck, daß er aus dem Mann ein gar mächtiges Gebrüll herauspreßte. Das bereitete dem Kommodore unendliches Vergnügen; seine Gesichtszüge wurden bei dieser Betätigung seiner Kraft etwas milder, und er fuhr in einem weniger heftigen Tone so fort: „Von dem Treffen mit den Franzosen wird ein verdammter Spittakel gemacht, und ist doch, meiner Treu! nur ein lumpichtes Bumbootsgefecht gewesen im Vergleich zu denen, die ich mitgemacht habe. Da war der alte Rook und Jennings und ein andrer, den ich nicht kenne – ich will verdammt sein, wo ich's tu –, die wußten, was Fechten war. Ich für meinen Part, seht Ihr, bin nicht von den Leuten, die sich selbst herausstreichen; wär's aber so mein Fall, mein eignes Lob auszuposaunen, so würden all die Bürschchen, die jetzt ihre Nase so hoch tragen, nach achtern getrieben, wie man so zu sagen pflegt; würden sich schämen, ihre Flaggen sehen zu lassen, oder ich will verdammt sein. Ich schlug mich einmal vier Seegerstunden lang mit der *Flour de Louse*, einem französischen Orlogsschiff, herum, ob's gleich schwereres Geschütze hatte wie meins und auch hundert Hände breiter war. Hol Euch der Teufel, Jack Hatchway, was grinst Ihr denn da? Denkt Ihr etwa, es is ein Döhnchen, weil Ihr noch niemals was davon gehört habt?"

„Sehn Sie, Herr", versetzte der Leutnant, „es ist mir lieb wahrzunehmen, daß Sie Ihr eigner Herold sein können, wenn's drauf ankommt. Ich wünschte aber doch, Sie bliesen einmal aus einem andern Tone; denn den haben wir die letzten zehn Monate auf jeder Wache von Ihnen gehört. Tunley selbst wird Ihnen sagen, daß er's schon fünfhundertmal gehört hat." „Gott verzeih's Ihnen, Mr. Hatchway", fiel ihm dieser ins Wort, „aber so wahr ich ein ehrlicher Mann und ein Gastwirt bin, ich habe noch mein Lebtag keine Silbe davon gehört."

Diese Erklärung war zwar nicht aller Strenge nach wahr, Mr. Trunnion aber überaus willkommen. Mit triumphierender Miene wandte er sich gegen den Leutnant und sagte: „Aha! Jack, dacht ich's doch, Ihr würdet mit Euren Sticheleien und Späßen vor Anker gehen müssen. Gesetzt nun auch, Ihr hättet's schon früher gehört, ist denn das ein Grund, es sonst niemandem zu erzählen? Da ist hier der Fremde; der hat's auch wohl schon fünfhundertmal gehört? Habt Ihr etwa, Bruder?" „Noch nie in meinem ganzen Leben", antwortete Mr. Pickle, an den diese Frage gerichtet war, mit einem Blick voll Neugier. „Nun gut", sagte jener, „Ihr scheint mir ein braver und stiller Mann zu sein. So müßt Ihr denn wissen, ich stieß auf ein französisches Orlogsschiff, wie schon gesagt. Kap Finisterre war sechs Meilen von uns über Wind, und das Schiff, das wir jagten, drei Meilen unterm Winde von uns und segelte vorm Winde. Flugs setzt ich meine Beisegel auf, und als ich heran war, richtete ich meine Gefechtsflaggen auf dem Bugspriet und dem Spiegel in die Höhe und gab ihm die volle Ladung, eh einer drei

Webeleinen in den Besanwanten zählen konnte. Denn ich hab immer ein wachsames Auge und mag gern das erste Feuer haben." „Das will ich beschwören", sagte Hatchway. „Denn an dem Tage, da wir den *Triumph* sichteten, befahlen Sie der Mannschaft, Feuer zu geben, als das Schiff auf dem Bauch lag. Auf dieses Signal richteten wir die untersten Kanonen auf einen Flug Rotgänse, und ich gewann vom Konstabler eine Kanne Punsch, weil ich den ersten Vogel runterschoß." Durch diese beißende Spötterei erbittert, antwortete der Kommodore mit großer Heftigkeit: „Ihr lügt, Ihr Halunke! Der Donner schlag in Eure Gebeine! Was habt Ihr mir denn immer so vor'n Bug zu kommen? Ihr, Pipes, wart auf Deck und könnt bezeugen, ob ich zu bald feuerte oder nicht. Sprecht, Ihr Sappermenter von einem Petzensohn, und das auf Seemannsparol, wie weit war das feindliche Schiff, das wir jagten, von uns, als ich zu feuern befahl?"

Dieser Aufforderung zufolge öffnete Pipes, der bisher ganz still dagesessen hatte, nach verschiedenen seltsamen Gestikulationen den Mund wie ein nach Luft schnappender Kabeljau und sagte in einem Tonfall gleich dem des Ostwinds, wenn er durch einen engen Riß heult: „Eine halbe Viertelmeile unterm Wind." „Näher, du Meerschweinsfratze von einem Schiffswisch!" rief der Kommodore, „um zwölf Klafter näher! Doch das tut weiter nix. Man kann hieraus schon hinlänglich sehn, daß Hatchway in seinen Rachen gelogen hat. – Und so, Bruder, seht Ihr wohl", wandte er sich an Mr. Pickle, „war ich mit der *Flour de Louse* zusammen, Raa an Raa, Bord an Bord, ließ unser grobes Geschütz und unser kleines Gewehr spielen und Stinkpötte, Pulversäcke und Handgranaten hineinwerfen, bis wir alles verschossen hatten, Kartätschen, Schrot und Traubenkugeln. Darauf luden wir eiserne Krähfüße, Marlpfrieme und alte Nägel. Als ich aber fand, daß der Franzmann noch immer tüchtige Püffe einstecken konnte und unsere Takelage weggeschossen und eine Menge von unseren Leuten getötet oder verwundet hatte, beschloß ich, mich an Bord zu legen, und gab Order, die Enterhaken parat zu halten.

Der Mosjeh merkte aber, was wir im Schilde führten, setzte seine Toppsegel auf, scherte ab und ließ uns zurück wie eine Planke auf dem Wasser, während aus unsern Speigatten das Blut rann."

Mr. Pickle und der Wirt schenkten der Schilderung dieser Heldentat so viel gespannte Aufmerksamkeit, daß Trunnion ermuntert wurde, ihnen mit noch mehr Geschichtchen dieser Art aufzuwarten. Sodann machte er zum Lob der Regierung die Bemerkung, daß ein lahmer Fuß und ein Auge weniger alles sei, was er im königlichen Dienst gewonnen habe. Der Leutnant, der es nicht übers Herz brachte, auf eine Gelegenheit, bei der er auf Kosten seines Kommandeurs seinen Witz üben konnte, zu verzichten, spöttelte denn auch jetzt wieder und sagte: „Ich habe gehört, wie Sie zu Ihrem lahmen Fuß gekommen sind. Sie hatten Ihr Oberdeck mit Branntwein angefüllt; die Ladung war zu schwer; Sie schlingerten so stark, daß Sie beim Stampfen des Schiffes Ihre Steuerbordhacke in eine von den Speigatten klemmten. Und was das Auge angeht, so hat Ihnen das Ihr eigenes Schiffsvolk ausgeschlagen, als die Mannschaft vom *Blitz* abgemustert wurde. Der arme Pipes dort ward arg vermöbelt und verhauen – er war nachher grün und gelb –, weil er Ihre Partei ergriff und Ihnen Zeit ließ zu entwischen, und ich finde nicht, daß Sie diese Aufopferung nach Verdienst belohnt hätten." Da der Kommodore die Wahrheit dieser Anekdoten, so unschicklich sie auch angebracht waren, nicht leugnen konnte, stellte er sich, als nähme er sie mit gutem Humor als bloße Scherze des Leutnants auf, und erwiderte: „Jaja, Jack, die ganze Welt weiß, daß Ihr kein Lästermaul seid; dessenungeachtet aber will ich Euch dafür zu Brei schlagen, Ihr Schlingel Ihr." Mit diesen Worten hob er eine seiner Krücken auf und wollte sie fein säuberlich Hatchway über den Schädel legen; äußerst flink wehrte Jack jedoch den Hieb ab, zur nicht geringen Verwunderung von Mr. Pickle und zum größten Erstaunen des Wirts, der, beiläufig gesagt, dieselbe Verblüffung über dasselbe Kunststück zu derselben Stunde seit einem Vierteljahr alle Abende bezeigt hatte. Hierauf richtete Trunnion seinen Blick auf den Bootsmaat und sprach: „Du läufst also herum, Pipes, und tratschst, ich belohnte dich nicht dafür, daß du mir damals beigestanden bist, als das rebellische Lumpenpack auf mich eindrang. Hol dich der Teufel! Hab ich's dir seit der Zeit nicht ständig zugute geschrieben?" Tom, der wirklich nie viel Worte machte, saß da und rauchte höchst gleichgültig sein Pfeifchen, und es fiel ihm im Traum nicht ein, diesen Fragen irgendwelche Bedeutung zu schenken. Sie wurden wiederholt und von manch kräftigem Fluch begleitet. Als auch das nichts half, zog der Kommodore seinen Geldbeutel hervor und warf ihn seinem stummen Retter mit den Worten zu: „Da, du Petzenbrut! Da hast du was, das etwas besser ist als ein Wundzettel." Ohne eine Spur von Überraschung oder Zufriedenheit nahm Pipes die Gabe in Empfang und steckte sie in die Tasche; der Spender wandte sich indes an Mr. Pickle und sagte: „Ihr seht wohl, Bruder, ich mache die alte Redensart wahr: Die Seeleute verdienen ihr Geld wie die Pferde und geben es aus wie die Esel. Komm, Pipes, laß uns die Bootsmannspfeife hören und lustig sein!" Dieser Musikus setzte darauf das silberne Instrument an den Mund, das an einem Kettchen vom gleichen Metall von einem Knopfloch in seiner Jacke herunterhing. Obgleich es nicht ganz so entzückend klang wie die Hirtenflöte des Hermes, gab es doch einen derartig starken und schrillen Laut, daß sich der fremde Herr, sozusagen instinktiv, die Ohren zuhielt, um seine Hörorgane vor einer so gewaltsamen und gefährlichen Attacke zu schützen. Nach diesem Präludium fing Pipes, die Augen starr auf ein Straußenei geheftet, das oben an der Decke aufgehängt war – ein Gegenstand, von dem er auch nicht ein einziges Mal wieder wegschaute –, sein Lied in einem Ton an, der zugleich aus einem irischen Dudelsack und einem Schweinsschneiderhorn herauszuströmen schien. Der Kommodore, der Leutnant und der Wirt sangen den Kehrreim, indem sie die folgenden zierlichen Verse wiederholten:

> Rührig, rührig, brave Jungen,
> frisch zur Arbeit, frisch gesungen!

> Nie laßt uns vom Becher scheiden,
> Arbeit mehret unsre Freuden.

Kaum war die dritte Zeile durch, als alle mit bewundernswürdiger Gleichmäßigkeit die Kanne hoben und, als jeder seinen Zug getan hatte, das nächste Wort mit einem ebenso eindrucksvollen wie harmonischen Nasallaut aufnahmen. Kurz, die Gesellschaft begann sich zu verstehen; Mr. Pickle schien die Unterhaltung zu genießen, und sofort entwickelten sich zwischen ihm und Trunnion freundschaftliche Beziehungen. Der Kommodore schüttelte ihm die Hand, trank auf fernere Bekanntschaft und lud ihn sogar ins Kastell auf ein Gericht Schweinefleisch und Erbsen ein. Diese Höflichkeit wurde erwidert; man geriet in kameradschaftliche Stimmung, und es war schon tief in der Nacht, als des Kaufmanns Bedienter sich einstellte, um seinem Herrn nach Hause zu leuchten. Die neuen Freunde trennten sich und versprachen einander, künftigen Abend am gleichen Orte wieder zusammenzukommen.

3

Mrs. Grizzle verheiratet ihren Bruder.

Da Trunnion im Laufe dieser Geschichte eine bedeutende Rolle spielt, bin ich bei der Schilderung seines Charakters desto ausführlicher gewesen. Jetzt aber ist es hohe Zeit, daß wir uns wieder Mrs. Grizzle zuwenden. Seit ihrer Ankunft in dieser Gegend hatte eine doppelte Sorge ihre Seele erfüllt, erstens nämlich, für ihren Bruder eine passende Partie, und zweitens für sich einen angenehmen Gatten zu finden.

Dies geschah nicht etwa aus einer argen Absicht oder aus weiblicher Schwäche, sondern es war das lautere Gebot jenes löblichen Ehrgeizes, der sie dazu antrieb, für die Erhaltung des Familiennamens tätig zu sein. Ja, sie verfolgte ihr Ziel so uneigennützig, daß sie ihr eigenes Interesse hintansetzte oder wenigstens ihr Schicksal der stillen Wirkung ihrer Reize überließ; und sie arbeitete mit solch unermüdlichem Eifer zum Wohle ihres Bruders, daß, noch ehe sie ein Vierteljahr auf dem Lande gewohnt hatten, das allgemeine Gespräch in der Umgebung die Heirat war, die zwischen dem reichen Mr. Pickle und der schönen Miss Appleby im Gange sei, der Tochter eines Gentlemans aus dem benachbarten Kirchspiel, der seinen Kindern an materiellen Gütern zwar nur wenig mitgeben konnte, dafür aber, um mich seines eigenen Ausdrucks zu bedienen, ihre Adern mit dem besten Blut der Grafschaft angefüllt hatte.

Diese junge Dame, deren Charakter und Gemütsart Mrs. Grizzle erforscht und nach Wunsch befunden hatte, wurde Mr. Pickle zur Gattin bestimmt und ihrem Vater ein entsprechender Vorschlag unterbreitet. Der war über den Antrag hocherfreut, gab seine Einwilligung ohne alles Bedenken und empfahl sogar die unverzügliche Ausführung des Vorhabens so angelegentlich, daß es schien, er hege entweder einen Verdacht gegen Mr. Pickles Beständigkeit oder aber er mißtraue dem Temperament seiner Tochter, das er vielleicht für zu feurig hielt, um es viel länger kalt halten zu können. Nachdem auf diese Weise der erste Punkt erledigt war, stattete unser Kaufmann auf Betreiben von Mrs. Grizzle seinem zukünftigen Schwiegervater einen Besuch ab. Er wurde der Tochter vorgestellt und hatte noch denselben Nachmittag Gelegenheit, mit ihr allein zu sein. Was bei dieser Unterredung vorgefallen ist, habe ich nie erfahren können; der Leser wird zwar aus dem Charakter des Freiers mit Recht schließen, daß die junge Dame nicht mit viel Schnickschnack behelligt wurde. Ich glaube aber, daß er darum nicht minder willkommen war. Soviel ist gewiß, sie hatte gegen seine Wortkargheit nichts einzuwenden, und als der Vater ihr seinen Entschluß mitteilte, fügte sie sich mit der frömmsten Ergebenheit. Um dem Fräulein einen günstigeren Begriff von seinem Intellekt beizubringen, als es Pickle durch seine Konversation je möglich war, nahm sich Mrs. Grizzle vor, einen Brief aufzusetzen, den ihr Bruder abschreiben und seiner Gebieterin als sein eigenes Geistesprodukt übersenden sollte, und sie hatte zu diesem Zweck auch schon ein zärtliches Billett bereit; doch ihre Absicht wurde durch ein Mißverständnis des Liebhabers gänzlich vereitelt. Denn auf ihre wiederholten Ermahnungen hin war er ihrem Plan zuvorgekommen, hatte selbst geschrieben und den Brief an einem Nachmittag abgeschickt, während Mrs. Grizzle im Pfarrhaus zu Besuch war.

Diesen Schritt tat er übrigens weder aus Eitelkeit noch aus Übereile. Da ihm aber seine Schwester oft versichert hatte, es sei unbedingt nötig, daß er eine schriftliche Liebeserklärung mache, ergriff er, als seine Phantasie durch keine andere Idee beschäftigt oder gestört wurde, die Gelegenheit, ihrem Rat zu folgen, ohne dabei im geringsten zu vermuten, daß sie beabsichtigte, ihm die Mühe zu ersparen, sein Gehirn anstrengen zu müssen. In der Meinung also, er sei auf seine eigene Erfindungskraft angewiesen, setzte er sich hin und brachte die folgende Arbeit zuwege, die er an Miss Appleby sandte, ehe seine Schwester und Ratgeberin die leiseste Ahnung davon hatte.

An Miss Sally Appleby.
Insonders hochgeehrte Mamsell!
EE. haben laut Advis einen Posten Herz liegen, so von guter Qualität sein soll; bin dannenhero nicht abgeneigt, unter billigen Conditionen von besagtem Artikel ein Abnehmer zu werden; nicht zweifelnd, darüber miteinander Handels einig zu werden, und bin EE. fernerweitigen Advis erwartend, wann und wo EE. gelieben wollen. Ein mehreres finde nicht nöthig   EE. dienstwilliger Gamaliel Pickle

Dieses lakonische Briefchen, schlicht und schmucklos, wie es war, wurde von derjenigen, an die er es gerichtet hatte, so herzlich aufgenommen, als wenn es in den zierlichsten Ausdrücken abgefaßt gewesen wäre, die die feinfühlende Liebe und Geistesbildung eingeben können. Ja, ich glaube, daß es eben wegen seiner kaufmännischen Deutlichkeit um so willkommener war; denn wenn von einer vorteilhaften Partie die Rede ist, so betrachtet eine verständige

Frau die blumenreichen Liebeserklärungen und verzückten Exklamationen als gefährliche Doppelsinnigkeiten oder höchstens als unnötige Präliminarien, die den Vertrag nur aufhalten, zu dessen Beförderung sie dienen sollen. Mr. Pickle aber, der sogleich auf den Hauptpunkt einging, räumte alle unangenehmen Zweifel und Mutmaßungen aus dem Wege.

Kaum hatte sie als ein gehorsames Kind dieses Billetdoux ihrem Vater gezeigt, so besuchte er als ein Mann, dem das Wohl der Seinigen am Herzen lag, Mr. Pickle auf der Stelle und verlangte in Gegenwart der Mrs. Grizzle eine förmliche Erklärung in bezug auf dessen Gesinnungen gegenüber seiner Tochter Sally. Gamaliel versicherte ihm kurz und bündig, er verehre das junge Frauenzimmer und wolle, mit seiner gütigen Erlaubnis, gute und böse Tage künftig mit ihr teilen. Der alte Appleby äußerte zunächst seine Zufriedenheit darüber, daß er ein Auge auf seine Familie geworfen habe, und ermutigte den Liebhaber durch die Versicherung, daß sein Antrag der jungen Dame angenehm sei; dann schritten sie sofort zu den Artikeln des Ehevertrags. Nachdem alles verabredet war, schickte man nach einem Notar, um es ins reine zu bringen; die Hochzeitskleider wurden eingekauft, und kurzfristig wurde der Tag der Trauung festgesetzt, zu der alles in der Nachbarschaft, was Namen hatte, eingeladen ward. Dabei wurden auch Kommodore Trunnion und Mr. Hatchway nicht vergessen, die einzigen Gesellschafter des Bräutigams, mit dem sie unterdessen bei ihren abendlichen Zusammenkünften ein enges Freundschaftsbündnis eingegangen waren.

Sie hatten bereits durch den Wirt einen Wink von dem bekommen, was im Werke war, bevor Mr. Pickle es für gut befand, es ihnen zu entdecken. Deshalb hatte der einäugige Kommodore bei ihren Zusammenkünften schon mehrere Abende ständig von nichts anderem gesprochen als von der Torheit des Heiratens und den Plagen des Ehestandes. Er zog mit der größten Heftigkeit und in den anzüglichsten Ausdrücken gegen das schöne Geschlecht los, das er als eingefleischtes Teufelsvolk beschrieb, das aus der Hölle gesandt wäre, die Männer zu quälen. Hauptsächlich schimpfte er auf die alten Jungfern, vor denen er einen besonderen Abscheu zu haben schien. Sein Freund Jack bekräftigte die Wahrheit all dieser Aussprüche und ließ zugleich seine eigene satirische Ader sich ergießen. Er schloß jeden Satz mit einem schalkhaften Scherz auf den Ehestand, der aus einer Anspielung auf ein Schiff oder auf das Seemannsleben bestand. Er verglich ein Weib mit einer großen Kanone, die mit Feuer, Schwefel und Donnerwetter geladen ist und, wenn sie heftig erhitzt wird, platzt, ein Geknalle und Geballer anfängt und höllischen Schaden tut, wenn man nicht besonders auf ihren Verschluß achtet. „Sie ist wie ein Orkan", sagte er, „der nie aus bloß einer Gegend kommt, sondern um alle Punkte des Kompasses herumläuft." Er verglich sie mit einer bemalten, zierlich aufgetakelten Barke, die aber im Boden ein Leck hat, das ihr Mann niemals zustopfen kann. Ihre Neigungen, bemerkte er, wären wie die Bai von Biskaya; denn Grund treffe man da nie, so tief man auch das Bleilot hinunterließe. Jeder, der an einem Weibe ankerte, würde finden, daß er in einem verdammt faulen Grunde vor Anker läge und am Ende das Ankertau nicht schießen lassen könnte, wenn es ihn auch das Leben kosten sollte. Er seinerseits mache wohl zuweilen zum Zeitvertreib einen kleinen Abstecher, würde sich aber nie zur Lebensreise mit einem Weibe einschiffen, weil er befürchten müßte, beim ersten Unwetter zugrunde zu gehen.

Aller Wahrscheinlichkeit nach machten diese Anspielungen Eindruck auf Mr. Pickle, der wenig geneigt war, sich in irgendein großes Wagnis einzulassen. Allein die Vorschriften und Nötigungen seiner Schwester, die nun einmal auf seiner Verheiratung bestand, überwogen die Meinung seiner seemännischen Freunde, und als diese sahen, daß er trotz all ihren Andeutungen und Warnungen zur Ehe entschlossen sei, wurden sie einig, seine Einladung anzunehmen, und beehrten denn auch sein Hochzeitsfest mit ihrer Gegenwart.

4

Wie Mrs. Grizzle sich auf der Hochzeit benimmt. Von den Gästen.

Ich hoffe, man wird mich nicht für lieblos halten, wenn ich als Mutmaßung hinwerfe, daß Mrs. Grizzle bei dieser großen Gelegenheit all ihre Kräfte aufbot und die ganze Artillerie ihrer Reize auf die ledigen Herren anrücken ließ, die zur Hochzeit eingeladen waren. Soviel weiß ich gewiß, daß sie alle ihre anziehenden Eigenschaften ins vorteilhafteste Licht stellte. Sie war beim Essen ungemein leutselig, bediente ihre Gäste mit fast ermüdender Aufmerksamkeit und schmückte ihre Sprache durch ein sehr liebliches kindliches Lispeln. Ihre Manier, sich zu unterhalten, war äußerst verbindlich. Doch da sie den außerordentlichen Umfang ihres Mundes zu gut kannte, wollte sie sich nicht der Gefahr aussetzen, ein Lachen zu wagen; deshalb formte sie ihre Lippen zu einem bezaubernden Lächeln, das den ganzen Tag auf ihrem Antlitz thronte. Ja, sie zog sogar Nutzen aus dem Fehler ihrer Augen, dessen wir schon gedacht haben, und betrachtete unbeirrt jene Gesichter, die ihr am besten gefielen, während die Gesellschaft das Ziel ihrer Blicke in einer ganz andern Richtung suchte. Mit welch demütiger Höflichkeit nahm sie nicht die Komplimente derjenigen entgegen, die nicht umhin konnten, die Vortrefflichkeit des Mahls zu loben! Und mit welcher kindlichen Zärtlichkeit ergriff sie die Gelegenheit, die Ehrenstellen ihres Vaters zu erwähnen, indem sie die Bemerkung machte, wenn sie etwas von Bewirtung verstünde, so wäre dies kein besonderes Verdienst, da sie während der Lord-Mayorschaft ihres Papas so manche Gasterei habe veranstalten helfen. Weit entfernt, auch nur die Spur von triumphierendem Stolz zu verraten, als sodann von der Wohlhabenheit ihrer Familie die Rede war, setzte sie vielmehr eine ernste Miene auf und erklärte, nachdem sie ein paar Moralsprüche über die Eitelkeit des Reichtums hatte fallen lassen, daß diejenigen, die großes Vermögen bei ihr vermuteten, sich mächtig irrten.

Ihr Vater habe ihr nichts als armselige fünftausend Pfund vermacht, die mit dem wenigen, was sie seit seinem Tod von den Zinsen erübrigt habe, alles seien, worüber sie disponieren könne. Sie sagte, wenn Geld und Gut ihr das Höchste bedeuteten, wäre sie wirklich nicht so rasch gewesen, ihre eigenen Erwartungen durch Veranlassung und Förderung des Ereignisses zu zerstören, das sie jetzt so glücklich miteinander feierten. Allein sie hoffe, sie werde immer Tugend genug besitzen, eigennützige Rücksicht hintanzusetzen, sobald diese mit dem Glück ihrer Freunde kollidiere. Und ihre Bescheidenheit und Selbstverleugnung waren so groß, daß sie denjenigen, die sich dafür interessieren mochten, auf eine geschickte Weise schließlich kundtat, sie wäre nicht weniger als drei Jahre älter als die Braut; sie hätte allerdings, wenn sie noch zehn hinzugezählt, keinen Fehler in der Berechnung begangen.

Soviel nur in ihrer Macht lag, bemühte sie sich, zur Zufriedenheit der Anwesenden beizutragen. Sie unterhielt die Gäste nach dem Essen mit einem Stück auf dem Spinett, das sie mit ihrer Stimme begleitete, die freilich nicht die melodiöseste war, mit der sie jedoch der Gesellschaft wohl auch zu Diensten gewesen wäre, wenn sie mit der Nachtigall selbst hätte wettsingen können; und zum letzten Beweis ihrer Gefälligkeit ließ sie sich, als vom Tanzen gesprochen wurde, von ihrer neuen Schwester überreden, den Ball in eigener Person zu eröffnen.

Mit einem Wort, Mrs. Grizzle war die Hauptfigur bei diesem Fest und stellte die Braut beinahe in den Schatten. Diese schien weit davon entfernt, ihr den Vorrang streitig machen zu wollen, und erlaubte ihr mit viel Klugheit, all ihre Talente ins hellste Licht zu rücken, denn sie war mit dem Lose zufrieden, welches das Glück ihr zugeworfen hatte, und hielt dafür, es würde keineswegs weniger angenehm sein, wenn ihre Schwägerin aus dem Hause wegheiratete.

Ich glaube, dem Leser nicht erst erzählen zu müssen, daß während dieses ganzen Festes der Kommodore und sein Leutnant gar nicht in ihrem Element waren, und das war auch beim Bräutigam selbst der Fall. Völlig fremd jeder Art des feinen Umgangs, befand er sich, solange dieser Auftritt dauerte, auf der allerschmerzlichsten Folter.

Trunnion, der, bevor er abgedankt wurde, kaum einmal an Land gewesen war und der in seinem ganzen Leben keine vornehme Damengesellschaft gekannt hatte als die, die sich auf der Spitze von Portsmouth zusammenfindet, war wegen seines Benehmens in viel größerer Verlegenheit, als wenn ihn auf See die französische Flotte umringt hätte. Seit seiner Geburt hatte er nie das Wort Madame ausgesprochen. Es war ihm so unmöglich, mit den Damen eine Konversation zu führen, daß er nicht einmal ein Kompliment erwiderte, ja selbst nicht durch das leichteste Kopfnicken ihnen dankte, wenn sie auf seine Gesundheit tranken. Lieber, glaube ich, wäre er erstickt, als daß er nur den schlichten Ausdruck „Gehorsamer Diener" über seine Lippen gebracht hätte. Ebenso unbeweglich war er in seiner Haltung. Denn er saß, sei es nun aus Halsstarrigkeit oder Blödigkeit, kerzengerade da, ohne sich im mindesten zu regen. Dies reizte den Humor eines Spaßvogels; er wandte sich an den Leutnant, um ihn zu fragen, ob dies der Kommodore selbst wäre oder der hölzerne Löwe, der sonst vor seinem Tore zu stehen pflege, ein Bild, das, wie man gestehen muß, mit Trunnions Gestalt keine geringe Ähnlichkeit hatte.

Hatchway war nicht ganz so ungeschliffen wie der Kommodore und hatte gewisse Begriffe, die sich denen vom gesellschaftlichen Leben zu nähern schienen; deshalb machte er eine weniger barocke Figur. Aber er war ein Witzling und hatte, wiewohl er sonst ein ganz eigner Kopf war, mit diesen Herren die Eigenschaft gemein, daß sie nie zufrieden sind, außer wenn man ihnen die Auszeichnung und Verehrung angedeihen läßt, die ihnen nach ihrer Meinung gebührt.

Unter diesen Umständen darf sich niemand wundern, wenn dieses Triumvirat keinen Einspruch erhob, als einige würdige Männer aus der Gesellschaft vorschlugen, man wolle sich in ein anderes Zimmer begeben, wo sie sich an

ihren Pfeifen und Flaschen gütlich tun könnten, während
das junge Volk weiterhin seinem Lieblingsvergnügen huldigte. Nachdem sie auf diese Weise gleichsam einem Schat-
tendasein entrissen waren, bestand der erste Gebrauch, den
die beiden Gesellen aus dem Kastell von ihrer Existenz
machten, darin, dem Bräutigam mit vollen Gläsern so scharf
zuzusetzen, daß dieser in weniger als einer Stunde wiederholt zu singen versuchte und bald darauf, vollkommen besinnungslos, zu Bette gebracht werden mußte. Brautführer
und Brautjungfern verdroß dies nicht wenig, weil sie deshalb nun den Strumpf nicht werfen und andere bei solchen
Anlässen übliche Bräuche nicht einhalten konnten. Was die
Braut anbetrifft, so ertrug sie dieses Mißgeschick mit viel
Humor, wie sie sich denn in allen Stücken als eine gescheite
Frau benahm, die ihre eigene Lage wohl erfaßt hatte.

5

*Mrs. Pickle bemächtigt sich des Hausregiments. Ihre
Schwägerin wagt ein verzweifeltes Unternehmen, an dessen
Durchführung sie aber eine Zeitlang gehindert wird.*

Wieviel Nachgiebigkeit, um nicht zu sagen Unterwürfigkeit, Sally gegenüber Mrs. Grizzle auch bezeigt hatte, bevor
sie mit deren Familie in so nahe Verbindung getreten, so
war sie kaum Mrs. Pickle geworden, als sie es für ihre Pflicht
ansah, auf die Würde ihres Standes zu halten. Sie wagte es
bereits am Tage nach der Hochzeit, mit ihrer Schwägerin
über ihre Abstammung zu disputieren, und behauptete, die
ihrige sei in jeder Beziehung vornehmer als die ihres Mannes, und sie bemerkte, verschiedene jüngere Brüder aus
ihrem Hause hätten die Stellung eines Lord-Mayors von
London bekleidet, und dies sei doch die höchste Würde, zu
der einer von Mr. Pickles Vorfahren je aufgestiegen wäre.

Diese Vermessenheit war für Mrs. Grizzle ein Donnerschlag. Sie fing an einzusehen, daß ihr Plan lange nicht so
gut gelungen war, wie sie es sich eingebildet hatte. Sie hatte

damit gerechnet, ihrem Bruder eine sanfte und gehorsame Gattin verschafft zu haben, die ihr stets mit jenem tiefen Respekt begegnen würde, der ihres Erachtens ihrem überlegeneren Geist gebührte, und die sich in allem nach ihren Ratschlägen und Weisungen richtete. Nichtsdestoweniger handhabe sie noch immer die Zügel des Hausregiments und keifte wie gewöhnlich mit dem Gesinde; ein Geschäft, das sie mit ungemeiner Fähigkeit betrieb und woran sie ein besonderes Vergnügen zu finden schien. Endlich sagte ihr Mrs. Pickle eines Tages unter dem Vorwand der Besorgtheit für die Ruhe und Bequemlichkeit ihrer lieben Schwägerin, sie wolle diese Mühe selbst auf sich nehmen und künftig ihren Haushalt persönlich führen. Eine kränkendere Erklärung hätte Mrs. Grizzle gegenüber nicht abgegeben werden können. Nach einer beträchtlichen Pause und nach einem seltsam verzerrten Mienenspiel versetzte sie: „Keine Mühe und Last, die meinem Bruder zum besten gereicht, wird mich je verdrießen, und ich werde mich ihrer nie entziehen." „Liebe Madame", antwortete ihre Schwägerin, „ich bin Ihnen für Ihre gütige Teilnahme am Wohl von Mr. Pickle, das ich als das meinige betrachte, unendlich verbunden. Allein ich kann nicht zulassen, daß Sie aus Freundschaft so viele Beschwerden erdulden. Daher bestehe ich darauf, Sie von der Bürde zu befreien, die Sie so lange getragen haben."

Vergebens beteuerte die andere, daß sie Freude daran habe. Mrs. Pickle schrieb diese Versicherung ihrer ausnehmenden Dienstfertigkeit zu und äußerte eine so zärtliche Besorgtheit für die Gesundheit und Ruhe ihrer teuren Schwester, daß die alte Jungfer genötigt war, widerstrebenden Herzens ihr Amt niederzulegen, ohne auch nur die geringste Ursache zu haben, sich über diese Absetzung zu beklagen.

Diese Schmach zog einen Anfall von mürrischer Andacht nach sich, der drei bis vier Wochen andauerte. Während dieser Zeit wurde ihr Ärger noch dadurch vermehrt, daß sie sehen mußte, wie die junge Dame die absolute Gewalt über ihren Bruder erlangte. Er ließ sich bereden, eine hübsche

Equipage anzuschaffen und durch erhöhten Aufwand – er betrug wenigstens tausend Pfund im Jahr – ein offeneres Haus zu halten. Doch bewirkte dieser Wandel in seinem Hauswesen keine Veränderung seiner Neigungen oder seiner Lebensart. Denn sobald die höchst lästige Zeremonie der Visiten und Gegenvisiten vorüber war, nahm er wieder zu seinen seemännischen Freunden Zuflucht, bei denen er den größten Teil seiner Zeit verbrachte. Doch wenn auch er mit seiner Lage zufrieden war, so konnte man das von Mrs. Grizzle gar nicht behaupten. Sie fand, daß ihr Ansehen im Hause stark abgenommen hatte, ihre Reize von allen Mannspersonen in der Nachbarschaft vernachlässigt wurden und daß die zerstörende Hand der Zeit drohend über ihrem Haupte hing. Es begann ihr vor ewiger Jungfernschaft zu grauen, und sie beschloß in einer Art von Verzweiflung, sich um jeden Preis aus dieser unbehaglichen Situation zu befreien. So entwarf sie denn einen Plan, der jedem weniger unternehmenden und tüchtigen Geist als dem ihrigen rein unausführbar erschienen wäre, denn er bestand in nichts Geringerem als in der Absicht, das Herz des Kommodores zu erobern, das, wie der Leser leicht glauben wird, für zärtliche Eindrücke nicht eben sehr empfänglich, sondern im Gegenteil durch Unempfindlichkeit und Vorurteil gegen die Reize des ganzen Geschlechts gewappnet war. Hauptsächlich hatte er es gegen jene Klasse von Mädchen, die man mit dem Wort „alte Jungfern" bezeichnet und zu der Mrs. Grizzle unglücklicherweise damals schon gehörte. Dennoch rückte sie ins Feld, und nachdem sie diese anscheinend unüberwindliche Festung berannt hatte, öffnete sie eines Tages, als Trunnion bei ihrem Bruder zu Mittag speiste, die Laufgräben. Sie ließ gewisse verführerische Lobeserhebungen auf die Ehrlichkeit und Aufrichtigkeit der Seeleute springen, hatte ein besonders aufmerksames Auge auf seinen Teller und ein geziertes, beifälliges Lächeln für alles, was er sagte, sobald sie es einigermaßen zu einem Scherz wenden oder ohne Verletzung der Sittsamkeit anhören konnte. Ja, selbst wenn er den Anstand links liegenließ, was ziemlich oft geschah, wagte sie es, ihm mit einem freundlichen Grinsen seine Freiheit zu verweisen, indem sie sagte: „Ihr Herren von der See habt doch eine merkwürdige Art." Aber alle diese Gefälligkeiten waren so fruchtlos, daß sich der Kommodore, weit entfernt, den wirklichen Grund davon auch nur zu ahnen, kein Gewissen daraus machte, noch am gleichen Abend im Klub, und zwar im Beisein ihres Bruders, dem gegenüber er sich schon jede Freiheit gestatten durfte, zu sagen, sie sei eine verdammte, schielende, klotzige, klatschmäulige Spritzbüchse, und gleich darauf auf die Verzweiflung aller alten Jungfern trank. Mr. Pickle tat ihm, ohne im geringsten zu zögern, Bescheid und erzählte seiner Schwester am folgenden Tage von diesem Toast. Sie ertrug diese unwürdige Behandlung mit überraschender Resignation und verzichtete dennoch nicht auf ihren Plan, so wenig Erfolg er auch zu versprechen schien. Allein ihre weiteren Bestrebungen wurden eine Zeitlang unterbrochen, weil eine andere Sorge ihre Aufmerksamkeit ablenkte und in Anspruch nahm. Ihre Schwägerin war noch nicht sehr lange verheiratet, als sich deutliche Symptome der Schwangerschaft bei ihr zeigten. Die Genugtuung hierüber war allgemein und die Freude der Mrs. Grizzle unaussprechlich; denn ihr lag, wie wir schon oben gesagt haben, an nichts in der Welt mehr als an der Erhaltung des Familiennamens. Kaum entdeckte sie daher einige Anzeichen, die ihre Hoffnungen rechtfertigten und sie darin bestärkten, als sie ihre eigenen Absichten zurückstellte und den Groll und die Rachgier vergaß, die infolge ihrer Verdrängung aus dem Hausregiment durch Mrs. Pickle erregt worden waren; vielleicht auch sah sie ihre Schwägerin nur als eine Hülle an, die den Erben ihres Bruders barg und an den Tag zu bringen bestimmt sei. Sie beschloß also, während der Zeit, da Sally diese kostbare Bürde trug, sie nach Kräften zu hegen, zu pflegen und zu warten. Zu diesem Zweck schaffte sie sich Culpeppers „*Hebammenkunst*" sowie das sinnreiche Werk an, auf dem der Name von Aristoteles prangt, und studierte beide mit unermüdlicher Sorgfalt. Auch las sie mit viel Fleiß in der „*Vollkommenen Hausfrau*" und in Quincys „*Dispensatorium*" und wählte zur Stärkung ihrer Schwägerin wäh-

Was Blitz und Donner! Wilh Bower ein
Pair, von diesem Königreiche! ein Golbschnabel
Und ich Hawser Trunnion werde vergessen.
Begebenheiten des Peregrine Pickels. I Theil 2 Cap.

rend der Schwangerschaft jeden Gelee, jede Marmelade und Konserve aus, die diese Schriftsteller als gesund und schmackhaft anpriesen. Sie verbot ihr, Rüben, Küchenkräuter, Obst und alle Arten von Gemüsen zu genießen; und als eines Tages Mrs. Pickle sich einen Pfirsich gepflückt hatte und eben im Begriff war hineinzubeißen, bemerkte Mrs. Grizzle dieses unvorsichtige Unterfangen, lief hinzu, fiel mitten im Garten auf die Knie und flehte sie mit Tränen in den Augen an, diesem schändlichen Gelüst zu widerstehen. Kaum aber war ihr Begehren erfüllt worden, da besann sie sich, daß das Kind, wenn ihre Schwester um ihr Verlangen betrogen würde, ein häßliches Mal oder eine schreckliche Krankheit davontragen könnte. Sie bat daher Sally ebenso angelegentlich, die Frucht aufzuessen, und rannte unterdessen weg, um ein selbstverfertigtes herzstärkendes Wasser zu holen, das sie ihrer Schwester als Gegenmittel für das eben eingenommene Gift aufzwang.

Diese übermäßige Vorsorge und Zärtlichkeit mußten Mrs. Pickle sehr lästig werden. Sie entwarf verschiedene Pläne, durch die sie ihre eigene Ruhe zurückgewinnen wollte, und beschloß zuletzt, der Mrs. Grizzle eine solche Beschäftigung zu geben, daß sie des ihr so beschwerlichen strengen Arrestes eine Zeitlang überhoben wäre. Und es dauerte nicht lange, so hatte sie Gelegenheit, diesen Entschluß auszuführen. Am folgenden Tag fügte es sich bereits, daß ein Gentleman, der bei Mr. Pickle zu Mittag speiste, unglücklicherweise eine Ananas erwähnte, von der er die Woche zuvor bei einem Edelmann gegessen hatte, dessen Rittergut wenigstens hundert Meilen entfernt in einem andern Teil des Landes lag.

Kaum war der Name dieser fatalen Frucht ausgesprochen worden, als Mrs. Grizzle, die ihrer Schwester Blicke unaufhörlich bewachte, unruhig wurde. Sie glaubte, darin deutliche Äußerungen der Neugier und der Lüsternheit wahrgenommen zu haben. Sogleich machte sie die Bemerkung, daß sie nie hätte Ananas essen können, weil es eine unnatürliche Frucht sei, die durch künstliches Feuer gewaltsam aus garstigem Dünger emporgetrieben würde, und mit stammelnder Zunge sagte sie dann zu ihrer Schwägerin: „Sie sind doch wohl auch meiner Meinung?" Die junge Frau, der es nicht an Schlauheit und Scharfsinn fehlte, erriet sogleich ihre Absicht und versetzte mit anscheinender Gleichgültigkeit: „Wenn ich die Früchte meines Landes nach Gefallen genießen kann, kümmert's mich wenig, ob es Ananasse in der Welt gibt oder nicht."

Diese Antwort hatte sie bloß wegen des Fremden gegeben, der sicher seine Unbesonnenheit mit dem Unwillen der Mrs. Grizzle hätte entgelten müssen, wenn ihre Schwägerin nur den geringsten Wunsch nach der betreffenden Frucht geäußert hätte. Dies tat denn die erwünschte Wirkung, und die Eintracht der Gesellschaft, die durch des Gentlemans Mangel an Rücksicht in keiner geringen Gefahr geschwebt hatte, war wiederhergestellt. Am folgenden Morgen aber nach dem Frühstück gähnte die schwangere Dame – wie von ungefähr, es geschah aber, um ihren Plan durchzusetzen – ihrer Schwester mächtig ins Gesicht. Durch dieses konvulsivische Gähnen ungemein beunruhigt, behauptete diese, es sei ein Symptom von Lüsternheit, und bestand darauf, zu wissen, wonach sie eigentlich ein Verlangen trüge. Mit einem gezwungenen Lächeln erzählte ihr Mrs. Pickle, sie habe im Traume von einer vortrefflichen Ananas gegessen. Unmittelbar auf diese Erklärung stieß Mrs. Grizzle einen Schrei aus, und da sie sogleich merkte, daß ihre Schwägerin sich darüber wunderte, schloß sie sie in die Arme und versicherte ihr mit einer Art von hysterischem Lachen, sie hätte einen Schrei der Freude nicht unterdrükken können, weil es in ihrer Macht stünde, den Wunsch ihrer teuren Schwester zu erfüllen. Eine Lady in der Nachbarschaft habe versprochen, ihr ein paar delikate Ananasfrüchte als Geschenk zu übersenden, und sie wolle sich noch heute danach erkundigen. Mrs. Pickle war mit diesem Vorhaben keineswegs einverstanden und schützte vor, sie wolle der andern diese unnötige Bemühung ersparen, auch versicherte sie ihr, wenn sie auch ein gewisses Verlangen nach einer Ananas hätte, so sei dieses doch so schwach, daß ein Verzicht auf den Genuß der Frucht keine üblen Folgen nach sich ziehen könne. In diese Versicherung aber legte sie einen Ton – und hierin war sie eine Meisterin –, durch den Mrs. Grizzle nicht etwa davon abgehalten, vielmehr dazu angespornt wurde, sofort aufzubrechen, doch nicht, um der Lady eine Visite zu machen – denn diese und ihr Versprechen hatte sie bloß zum Zweck der Beruhigung ihrer Schwägerin erdichtet –, sondern um aufs Geratewohl die ganze Grafschaft nach der Unglücksfrucht abzusuchen, die ihr und ihres Vaters Haus gar leicht sehr großen Schaden verursachen und viel Verdruß bereiten konnte.

Drei volle Tage und Nächte ritt sie in Begleitung eines Bedienten ohne allen Erfolg von Ort zu Ort, unbekümmert um ihre Gesundheit und ohne an ihren guten Ruf zu denken, der bei der Art ihrer Entdeckungsfahrt sowieso zu leiden begann; denn sie ging bei ihrer Suche so scharf ins Zeug und mit solcher Tollheit zu Werke, daß alle Leute, die mit ihr sprachen, sie für eine unglückliche Person ansahen, deren Verstand in nicht geringe Unordnung geraten sei.

Da alle ihre Nachforschungen innerhalb der Grafschaft vergeblich waren, beschloß sie zuletzt, zu dem Edelmann zu reisen, in dessen Haus man den allzu dienstfertigen Fremden zu ihrem Verhängnis bewirtet hatte. Sie kam in einer Postchaise tatsächlich vor dem betreffenden Schlosse an, wo sie ihr Geschäft als eine Angelegenheit darstellte, von der das Glück einer ganzen Familie abhinge. Durch ein Geschenk an den Gärtner seiner Lordschaft verschaffte sie sich die hesperische Frucht und kehrte im Triumph damit heim.

Mrs. Grizzle ist in der Befriedigung der Gelüste ihrer Schwägerin unermüdlich. Peregrine wird geboren und gar nicht nach den Vorschriften seiner Tante behandelt. Aufgebracht darüber, nimmt diese ihren alten Plan wieder vor.

Der Erfolg dieses Kniffs hätte Mrs. Pickle ermutigt, ihrer Schwägerin noch mehr Stückchen ähnlicher Art zu spielen. Sie wurde aber davon abgeschreckt, weil ein heftiges Fieber – eine Folge der Strapazen und Beschwerlichkeiten der Reise – ihre eifrige Verwandte niederwarf; und diese Krankheit, wenigstens solange sie andauerte, trug ebenso wirksam zu ihrer Ruhe bei als irgendeine Kriegslist. Kaum aber war Mrs. Grizzles Gesundheit wiederhergestellt, als die andere, von ihr mehr denn je belästigt, aus Notwehr zu andern Erfindungen Zuflucht nehmen mußte. Ihre Ränke waren so fein gesponnen, daß es bis auf den heutigen Tag zweifelhaft ist, ob sie wirklich so wunderlich und launisch in ihren Gelüsten war, wie sie vorgab. Ihre Wünsche beschränkten sich nämlich nicht bloß auf Forderungen des Gaumens oder Magens, sondern erstreckten sich auf alle andern Organe und griffen sogar auf ihre Einbildungskraft über, die zu der Zeit außerordentlich gestört schien.

Einmal gelüstete es sie, ihres Mannes Ohr zu kneifen, und nur mit unendlicher Schwierigkeit konnte seine Schwester ihn dazu bewegen, sich dieser Operation zu unterziehen. Doch dies war ein leichtes Stück Arbeit im Vergleich zu einem andern, das sie zur Befriedigung der sonderbaren Begierde von Mrs. Pickle übernahm. Es handelte sich dabei um nichts Geringeres als um den Versuch, den Kommodore zu überreden, sein Kinn der Willkür der schwangeren Dame preiszugeben, die ein heißes Verlangen danach hatte, ihm drei schwarze Haare aus dem Bart zu rupfen. Als zuerst der Gatte dieses Ansinnen an Trunnion stellte, bestand seine Äußerung bloß in einem wilden Erguß von fürchterlichen Flüchen, die von so starren Blicken begleitet und mit einer solchen Stimme ausgestoßen wurden, daß der arme Bittsteller vor Schrecken sofort wieder verstummte. Nun mußte Mrs. Grizzle wohl oder übel die ganze Sache selbst in die Hand nehmen, und sie ging also am folgenden Tag ins Kastell und wartete dort, nachdem man ihr den Eintritt durch die Vermittlung des Leutnants gestattet hatte, der, während sein Kommandeur noch schlief, befahl, sie spaßeshalber einzulassen, geduldig, bis der Kommodore aus dem Hause trat, und näherte sich ihm dann auf dem Hof, wo er täglich seinen Morgenspaziergang machte. Trunnion war beim Anblick einer Weibsperson an einem Ort, den er vor dem ganzen Geschlecht bisher wie ein Heiligtum gehütet hatte, wie vom Donner gerührt und richtete sogleich eine gewaltige Rede an Tom Pipes, der gerade Wache stand, als Mrs. Grizzle vor ihm auf die Knie fiel und ihn höchst ergreifend anflehte, ihre Bitte anzuhören und zu gewähren. Kaum hatte er sie vernommen, so brüllte er so entsetzlich, daß alle Winkel des Hofes den schimpflichen Ausdruck „Petze" und das Wort „verdammt" widerhallten. Er wiederholte diese Worte mit erstaunlicher Zungenfertigkeit, doch ohne Sinn und Zusammenhang, verschwand hierauf hinter seinen Mauern und ließ die enttäuschte Bittstellerin in der demütigen Stellung liegen, die sie mit so üblem Erfolg gewählt hatte, um sein hartes Herz zu erweichen.

So kränkend diese Abfuhr für eine Dame von ihrem stolzen Wesen auch sein mußte, gab sie ihr Vorhaben dennoch nicht auf und bemühte sich, des Kommodores Berater und Anhänger für ihre Sache zu interessieren. Mr. Hatchway, bei dem sie zuerst anklopfte, ging gerne auf ihre Absichten ein und versprach ihr, seinen ganzen Einfluß beim Kommodore zu ihren Gunsten geltend zu machen, denn er war hocherfreut über einen Zwischenfall, der soviel Vergnügen und Kurzweil verhieß; und was den Bootsmaat betraf, so wurde der durch eine Guinee, die sie ihm in die Hand drückte, gewonnen. Mrs. Grizzle hatte ganze zehn Tage lang mit diesen Unterhandlungen zu tun, und während dieser Zeit wurde der Kommodore durch ihre Vorstellungen und durch die Ermahnungen ihrer Verbündeten so arg gequält, daß er schwur, seine Leute trachteten ihm nach dem Leben. Um diese Plage loszuwerden, fügte er sich schließlich und ließ sich nach dem Ort der Handlung hinführen, wie ein Opfer zum Altar, oder, noch besser gesagt, wie ein sich sträubender Bär, der unter dem Gejauchze der Metzger und dem Gekläff ihrer Hunde zum Pfahl geschleppt wird. Bei alledem war der Sieg so entscheidend nicht, als die, welche ihn davongetragen hatten, sich einbildeten. Denn als man den Patienten auf dem Stuhle hatte und der Operateur sein Rupfzängelchen bereithielt, stellte sich eine kleine Schwierigkeit heraus. Auf der ganzen Oberfläche von Trunnions Gesicht war anfänglich kein einziges schwarzes Haar zu entdecken. Sehr aufgeregt und bestürzt darüber, nahm Mrs. Grizzle Zuflucht zu einem Vergrößerungsglas, das auf ihrem Toilettentisch lag, und erspähte nach einer äußerst scharfen Untersuchung ein dunkelfarbiges Fäserchen.

Hier setzte also Mrs. Pickle ihr Instrument an und zog es mit der Wurzel aus. Dessen Eigentümer wurde darüber nicht wenig wild, denn es schmerzte ihn weit ernstlicher, als er erwartet hatte. Er sprang auf und schwur, er wolle kein einziges Haar mehr hergeben, und wenn er sie auch damit alle vor der Hölle retten könnte.

Hatchway ermahnte ihn zur Geduld und Ergebung in sein Schicksal; Mrs. Grizzle wiederholte mit viel De- und Wehmut ihre Bitten. Da sie aber fand, daß er gegen all ihre flehentlichen Worte taub und fest entschlossen war, wieder heimzukehren, umfaßte sie seine Knie und bat ihn um Gottes willen, sich einer höchst betrübten Familie zu erbarmen und um des armen Kindes willen noch ein wenig zu dulden, weil es sonst mit einem grauen Barte zur Welt kommen müßte. Weit entfernt, sich durch diese Erwägung rühren zu lassen, wurde er nur noch erbitterter und versetzte mit großer Entrüstung: „Hol Euch der Teufel, Ihr glupäugige Petze! Er wird längst am Galgen hängen, eh er 'nen Bart hat!" Mit diesen Worten riß er sich aus ihren Armen los, sprang zur Tür hinaus und hinkte so erstaunlich schnell nach Hause, daß der Leutnant ihn erst unter seinem Tore wieder einholte. Diese Flucht ging der Mrs. Grizzle so nahe, daß ihre Schwester sie aus bloßem Mitleid bat, sich zu beruhigen, und beteuerte, ihr Wunsch sei vollkommen befriedigt; denn, da sie gleich am Anfang an des Kommodores Geduld gezweifelt hätte, habe sie die drei Haare mit einem Male ausgerissen.

Mit dem glücklichen Abschluß dieses Abenteuers aber hatten die Mühsale dieser unverdrossenen Anverwandten noch kein Ende. Ihre Beredsamkeit und Betriebsamkeit wurden unaufhörlich zur Erfüllung anderer Aufgaben gebraucht, wie sie die erfinderische Schlauheit ihrer Schwägerin stellte. So hatte diese einmal ein unüberwindliches Gelüst nach einem Frikassee von Fröschen, die aber wirklich aus Frankreich stammen sollten. Man mußte also einen eignen Boten nach diesem Königreiche senden; da sie aber der Redlichkeit eines gemeinen Bedienten nicht trauen konnte, besorgte Mrs. Grizzle dieses Geschäft selbst und segelte tatsächlich in einem Kutter nach Boulogne, von wo sie nach achtundvierzig Stunden mit einem Kübel voll lebender Tiere zurückkehrte. Als diese nach aller Kunst zubereitet waren, wollte die Schwägerin nicht davon essen und gab vor, das Gelüst wäre ihr vergangen. Ihre Begierden hatten nämlich eine andere Richtung genommen und sich auf einen merkwürdigen Gegenstand geheftet, der einer vornehmen Dame in der Nachbarschaft gehörte und für eine ungemeine Seltenheit galt. Dies war nichts anderes als ein gar kunstreicher Nachttopf aus Porzellan, den die hochgeborene Eigentümerin selbst entworfen und ausschließlich zu ihrem persönlichen Gebrauch bestimmt hatte und der ihr als Hausgerät von unschätzbarem Wert sehr teuer war.

Mrs. Grizzle schauderte, als sie vom Wunsche ihrer Schwester, dieses Gefäß zu besitzen, den ersten Wink bekam; denn zu kaufen war es nicht, und was Menschlichkeit und Gefälligkeit angeht, so war die Besitzerin für beides nicht eben von der vorteilhaftesten Seite bekannt. Somit bestand für Mrs. Grizzle keine Hoffnung, es auf eine Zeitlang von ihr borgen zu können. Sie versuchte daher, der Schwägerin diese wunderliche Begierde als Phantasterei, die man bekämpfen müsse, auszureden, und allem Anschein nach hatten ihre Gründe und Ratschläge Mrs. Pickle überzeugt und zufriedengestellt. Trotzdem aber konnte sie sich keines andern Geschirrs bedienen und war von sehr schädlichen Hemmungen bedroht. In ihrer Aufregung über die Gefahr, in der, wie sie glaubte, ihre Schwägerin schwebte, eilte Mrs. Grizzle nach dem Hause der Lady, wo sie, nachdem man ihr eine Privataudienz zugestanden hatte, die höchst traurige Lage ihrer Schwägerin eröffnete und die Lady um ihr Wohlwollen anflehte. Die Dame empfing sie wider alles Vermuten sehr huldreich und war gar nicht abgeneigt, das Gelüst der Mrs. Pickle zu stillen. Pickle fing an, über die vielen Ausgaben verdrießlich zu werden, die ihm aus den Launen seiner Frau erwuchsen, und diese war infolge des letzten Mißgeschicks selbst beunruhigt und hielt von nun an ihre Phantasie in Schranken, so daß denn Mrs. Grizzle jetzt der schlimmsten Mühen enthoben war, bis sie endlich die so lange ersehnten Früchte ihrer teuersten Erwartungen in der Geburt eines feinen Knaben erntete, mit dem ihre Schwester in wenigen Monaten niederkam.

Die Äußerungen der Freude, deren es bei diesem wichtigen Anlaß unendlich viele gab, will ich übergehen und bloß erwähnen, daß die Mutter der Mrs. Pickle, ihre Tante und der Kommodore das Kind aus der Taufe hoben, das einem verstorbenen Oheim zu Ehren Peregrine getauft wurde. Solange die Mutter sich im Bette halten mußte und ihre Autorität nicht ausüben konnte, übernahm Mrs. Grizzle die Aufsicht über das Kind, wozu sie sich doppelt berechtigt glaubte. Sie überwachte mit erstaunlicher Aufmerksamkeit die Amme und die Wehmutter bei jeder ihrer Verrichtungen, und keine davon geschah ohne ihre ausdrückliche Anordnung. Kaum aber war Mrs. Pickle wieder imstande, ihre Angelegenheiten selbst zu besorgen, so fand sie's für gut, gewisse Verfügungen, die ihre Schwester wegen des Kindes hatte treffen lassen, abzuändern. Unter andern Neuerungen befahl sie, die Bandagen, mit denen das Kind zusammengeschnürt war wie eine ägyptische Mumie, wegzunehmen und beiseite zu legen, damit die Natur ohne allen Zwang wirken und das Blut frei umlaufen könne, und tauchte es alle Morgen mit eignen

Händen kopfüber in eine Tonne kalten Wassers. Diese Operation schien der weichherzigen Mrs. Grizzle so barbarisch, daß sie sich nicht nur mit all ihrer Beredsamkeit dagegen wandte und jedesmal, wenn dieses Opfer geschah, eine Tränenflut vergoß, sondern sich bald darauf zu Pferde nach der Wohnung eines berühmten Landarztes begab und ihn folgendermaßen um Rat fragte: „Ich bitte Sie, Herr Doktor, sagen Sie mir, ist es nicht ebenso grausam wie gefährlich, ein armes, zartes Kindlein dadurch dem Tode auszusetzen, daß man es in eiskaltes Wasser steckt?" „Doch", erwiderte der Arzt; „geradezu Mord, behaupte ich." „Sie sind, sehe ich, ein Mann von großen Kenntnissen und viel Einsicht", antwortete sie. „Ich bitte Sie daher, so freundlich zu sein, Ihr Gutachten in eigenhändiger Niederschrift abzugeben." Der Arzt erfüllte ihren Wunsch sofort und gab auf einem Zettel folgende Erklärung ab:

„Kund und zu wissen jedem, den es angehen mag, daß ich festiglich glaube und der unveränderlichen Meinung bin, daß derjenige, der ein Kind durch Eintauchen in Wasser, wenn auch das Wasser nicht eben eiskalt sein sollte, umkommen läßt, in der That des Mordes an besagtem Kind schuldig ist. Dies bezeugt eigenhändig

Comfit Colocynth."

Mit diesem Zertifikat, wofür sie sich sehr erkenntlich erwies, kehrte sie triumphierend und in der Hoffnung nach Hause, mit dieser Autorität allen Widerstand zu besiegen. Demnach brachte sie am folgenden Morgen, als ihr Neffe seine tägliche Taufe wieder ausstehen sollte, ihre Vollmacht zum Vorschein und glaubte sich dadurch berechtigt, dieses unmenschliche Verfahren zu verbieten. Allein ihre Erwartung, so zuversichtlich sie auch war, wurde getäuscht. Nicht etwa, daß Mrs. Pickle es gewagt hätte, anderer Meinung zu sein als Doktor Colocynth. „Vor dessen Charakter und Ansichten", sagte sie, „hege ich so viel Ehrerbietung, daß ich die Warnung, die in diesem Zertifikat steht, sorgfältig beobachten werde. Weit entfernt, mein Verfahren zu verdammen, behauptet er darin bloß, daß Töten eine Mordtat sei, eine Behauptung, deren Wahrheit ich hoffentlich nie bestreiten werde."

Mrs. Grizzle, die, um es ehrlich zu sagen, die Stelle, die ihr recht zu geben schien, etwas zu flüchtig angeschaut hatte, durchlas das Papier aufmerksamer und schämte sich ihres Mangels an Scharfsicht. Ob sie nun gleich widerlegt war, so war sie keineswegs davon überzeugt, daß ihre Einwände gegen das kalte Bad unvernünftig wären. Sie beehrte im Gegenteil den Arzt mit verschiedenen schimpflichen Benennungen wegen seiner Unwissenheit und Unredlichkeit und protestierte aufs ernstlichste und feierlichste gegen den Unfug, das Kind unterzutauchen. Wenn sie Kinder hätte, setzte sie hinzu, würde sie unter Gottes Beistand nie dulden, daß eine solche Grausamkeit an ihnen verübt würde. Sie wusch sodann ihre Hände in Unschuld wegen der traurigen Folgen, die zweifellos daraus entstehen würden, und schloß sich in ihr Kabinett ein, um ihren Sorgen und Bekümmernissen nachzuhängen. Doch sie hatte sich in ihrer Prophezeiung geirrt. Der Knabe, statt an Gesundheit abzunehmen, schien mit jedem Bade kräftiger zu werden, als ob er die Weisheit und Vorsicht seiner Tante zuschanden machen wollte. Diesen Mangel an Ehrerbietung und Achtung konnte sie ihm höchstwahrscheinlich nie vergeben, eine Mutmaßung, die sich auf ihr Betragen ihm gegenüber in den folgenden Jahren seiner Kindheit gründet. Sie quälte ihn, wie man weiß, mehr als einmal, indem sie ihm, wenn die Gelegenheit günstig war und sie nicht befürchten mußte, daß man sie ertappe, Stecknadeln ins Fleisch stieß. Mit einem Wort, ihre Zuneigung hatte sich in kurzem von dieser Hoffnung ihrer Familie völlig abgewandt, und so überließ sie den Knaben ganz der Leitung seiner Mutter, deren Obliegenheit es unstreitig war, die Erziehung ihres Kindes zu besorgen. Indes nahm sie ihre Operation gegen den Kommodore wieder auf, den sie um jeden Preis in ihre Gefangenschaft und Sklaverei zu bringen beschlossen hatte. Und man muß gestehen, Mrs. Grizzle zeigte ihre Kenntnis des menschlichen Herzens nie in einem helleren Lichte als bei der Wahl der Methoden, deren sie sich zur Erreichung ihres wichtigen Zwecks bediente.

Unter der rauhen und unpolierten Schale, die Trunnions Seele umgab, hatte sie leicht eine reichliche Dosis Eitelkeit und Eigendünkel entdeckt, die insgeheim auch in der wildesten Brust die Oberhand haben, und hier suchte sie ihm ständig zuzusetzen. In seiner Gegenwart eiferte sie allemal gegen die Arglist und unredliche Verstellung der Welt und ermangelte nie, insonderheit gegen jene Künste der Schikane loszuziehen, in denen die Juristen zum Nachteil und zum Verderben ihrer Mitmenschen so sehr bewandert sind. Sie bemerkte, daß bei den Seefahrern, soviel sie Gelegenheit gehabt hätte, darüber zu urteilen oder davon zu hören, nichts als Freundschaft, Aufrichtigkeit und eine herzliche Verachtung gegen all das herrsche, was nach Niederträchtigkeit und Selbstsucht schmecke.

Dergleichen Reden, durch gewisse besondere Höflichkeitsäußerungen unterstützt, machten unvermerkt auf den Kommodore Eindruck, und zwar um so stärker, je schwächer der Grund war, auf den seine alten Vorurteile gebaut waren. Seine Antipathie gegen die alten Jungfern, die er nur aufs Hörensagen hin gefaßt hatte, nahm allmählich ab, als er fand, daß sie nicht ganz die höllischen Tiere wären, als die man sie ihm geschildert hatte. Und es dauerte nicht lange, so hörte man ihn im Klub sagen, Pickles Schwester habe nicht soviel Petzenartiges, wie er sich anfänglich eingebildet habe. Diese negative Lobeserhebung kam der Mrs. Grizzle auf dem Weg über ihren Bruder wieder zu Ohren. Sie gewann dadurch neuen Mut und verdoppelte ihre Künste und Aufmerksamkeiten, so daß der Kommodore weniger als drei Monate nachher am selben Orte sie mit dem Ausdruck „verdammt gescheite Mähre" auszeichnete.

Diese Erklärung beunruhigte Hatchway. Er befürchtete, daß sie für seine Interessen nichts Gutes verheiße; daher sagte er zu seinem Kommandeur mit höhnischem Lächeln, dieses gescheite Ding wäre pfiffig genug, ihn sogar unter ihren Spiegel zu bringen; und er zweifle nicht, daß so eine alte baufällige Fregatte wie er besser fortkommen würde, wenn man sie ins Schlepptau nähme. „Doch wollt ich Ihnen raten", setzte der schelmische Warner hinzu, „Ihren Oberlauf wohl in acht zu nehmen; denn wenn sie Sie einmal an ihrem Spiegel festgemacht hat: wutsch! segelt sie vorm Winde und macht, daß jeder Balken in Ihrem Rumpf von dieser Anstrengung knackt." Dieser boshafte Wink hätte beinahe den ganzen Plan unserer Projektenmacherin bei Trunnion vernichtet. Wut und Argwohn erwachten mit einem Male bei ihm. Seine Farbe wechselte von Lohgelb zu Leichenblaß und ging sodann in ein tiefes Dunkelrot über, wie man es bisweilen bei donnerschwangeren Wolken wahrnimmt. Nach dem gewöhnlichen Vortrab bedeutungsloser Flüche gab der Kommodore folgende Antwort: „Verdammter notmastbeiniger Kerl! Ihr gäbt ja gern Eure ganze Ladung drum, wenn Ihr noch so dicht und fest wärt wie ich. Und was's Bugsieren anlangt, seht Ihr, so abgenutzt bin ich noch nicht, daß ich nicht unter Segel bleiben und meine Fahrt ohne Beistand vollenden könnte. Bei Gott! keine Menschenseele soll je Hawser Trunnion hinter irgendeiner Petze in der Christenheit am Spiegel nachgeschleppt sehn."

Mrs. Grizzle, die alle Morgen ihren Bruder über den Inhalt der Abendunterhaltungen mit seinen Freunden befragte, erhielt sogleich die unwillkommene Nachricht von des Kommodores Abneigung gegen den Ehestand. Sie schrieb sie mit vielem Recht größtenteils den boshaften Bemerkungen des Leutnants zu und beschloß daher, dieses Hindernis eines guten Erfolgs aus dem Wege zu räumen, und fand auch wirklich Mittel, diesen Mann für ihren Plan zu interessieren. Sie hatte in der Tat manchmal einen ganz eigenen Kniff, Proselyten zu machen. Aller Wahrscheinlichkeit nach war sie mit dem Überredungssystem nicht unbekannt, nach dem einige der bedeutendsten Persönlichkeiten unseres Zeitalters arbeiten, weil es voller Maximen ist, die viel wirksamer sind als die Eloquenz des Tullius und des Demosthenes, selbst wenn sie durch wahre Beweisgründe unterstützt wird. Außerdem wurde Hatchways Treue gegenüber seiner neuen Bundesgenossin auch dadurch befestigt, daß er in seines Kapitäns Verheiratung unendlichen Stoff zur Befriedigung seiner menschenfeindlichen Stimmung sah. So bekehrt und unterrichtet, unterdrückte er von nun an seinen giftigen Spott gegen den Ehestand, und da er nicht imstande war, irgend jemandem wirkliches Lob zu erteilen, so benutzte er jede Gelegenheit, Mrs. Grizzle namentlich von den Kritiken auszuschließen, die er über den übrigen Teil ihres Geschlechts in reichem Maße ergehen ließ. „Sie ist kein Saufaus", sagte er etwa, „wie Nan Castick von Deptford, keine alberne Gans wie Peg Simper von Woolwich, kein solcher Sprühteufel wie Kate Coddie von Chatham und kein Brummeisen wie Nell Griffin auf der Spitze von Portsmouth" – lauter Damen, denen sie beide zu verschiedenen Zeiten ihre Aufwartung gemacht hatten –, „sondern ein schmuckes, aufgeräumtes, gescheites Mädel, die ihren Kompaß gar prikke versteht, oben gut ausstaffiert und unten wohl beplankt ist und die unter den Falltüren in ihrem Oberdeck gute Ladung hat." Anfänglich hielt der Kommodore dieses Lob für Ironie; da er es aber so oft wiederholen hörte, wunderte er sich nicht wenig über die erstaunliche Veränderung des Leutnants. Nach langem Nachdenken zog er endlich den Schluß, Hatchway habe selbst Heiratsgedanken und Absichten auf Mrs. Grizzle.

Diese Annahme behagte ihm, und er pflegte nun Jack seinerseits aufzuziehen. Eines Abends machte er ihm das Kompliment und trank ihm Mrs. Grizzles Gesundheit zu, ein Umstand, den diese am nächsten Tag durch die gewöhnliche Quelle wieder erfuhr, und da sie das als eine Folge seiner eigenen Zärtlichkeit auslegte, so wünschte sie sich zu ihrem errungenen Siege Glück. Jetzt dünkte sie die Reserve, die sie bisher geflissentlichst beobachtet hatte, unnötig, und sie beschloß von diesem Tage an, ihrem Betragen gegen ihn einen so liebevollen Anstrich zu geben, daß er unbedingt die Überzeugung gewinnen müßte, auch ihr Herz schlage dem seinen entgegen! Diesem Vorsatz zufolge wurde er zum Mittagessen bei ihrem Bruder geladen und erhielt die ganze Zeit hindurch von ihr so überzählige Beweise ihrer Achtung und Zuneigung, daß alle von der Gesellschaft, selbst Trunnion, merkten, auf was sie aus war. Dies beunruhigte ihn nicht wenig, und er konnte sich des Ausrufs nicht enthalten: „Aha! ich sehe wohl, wie's Land liegt; aber ich will verdammt sein, wenn ich nicht um die Spitze herumsegle." Nachdem er sich seiner betrübten Verehrerin gegenüber solchermaßen geäußert hatte, eilte er in möglichster Eile nach seinem Kastell zurück. Hier schloß er sich zehn Tage lang ein und verkehrte mit seinen Freunden und Bedienten nur durch Blicke und Gebärden, die höchst vielsagend und ausdrucksvoll waren.

7

Trunnion wird trotz seiner Hartnäckigkeit in das Ehejoch hineingeängstigt.

Dieser plötzliche Aufbruch und diese unfreundliche Erklärung griffen Mrs. Grizzle so an, daß sie vor Kummer und Ärger krank wurde. Nachdem sie drei Tage das Bett gehütet hatte, sandte sie nach ihrem Bruder und sagte ihm, sie fühle ihr Ende nahen, deshalb bäte sie ihn, einen Notar holen zu lassen, damit er ihren Letzten Willen aufsetze. Voll Verwunderung über diese Bitte fing Pickle an, den Tröster zu spielen und ihr zu versichern, ihre Unpäßlichkeit habe nichts auf sich, und er wolle sogleich nach einem Arzte schicken, der sie überzeugen würde, daß sie in gar keiner Gefahr sei. Daher wäre es im Augenblick nicht nötig, einen dienstfertigen Anwalt zu einem so traurigen Geschäfte in Anspruch zu nehmen. Dieser liebevolle Bruder war wirklich der Meinung, daß die Abfassung eines Testaments ganz überflüssig wäre, da er von Rechts wegen alleiniger Erbe der sämtlichen Habe seiner Schwester sei. Allein sie bestand auf der Erfüllung ihrer Bitte mit so entschiedener Hartnäckigkeit, daß er ihren Nötigungen nicht länger widerstehen konnte. Der Notar kam, und sie vermachte in ihrem Testament dem Kommodore Trunnion tausend Pfund für einen Trauerring. Sie hoffe, sagte sie, daß er ihn als ein Unterpfand ihrer Freundschaft und Zuneigung tragen würde. Obgleich dieses Zeugnis ihrer Liebe ihren Bruder nicht sonderlich erbaute, benachrichtigte er gleichwohl am selben Abend Hatchway von diesem Punkt. Auch er, fügte er hinzu, wäre in dem Testamente großmütig bedacht worden.

Mit dieser Mitteilung befrachtet, lauerte der Leutnant auf eine Gelegenheit, sie abzusetzen; und sobald er merkte, daß die finstere Miene des Kommodores sich endlich ein wenig aufhellte und die grimmigen Falten in seinem Gesicht sich etwas glätteten, wagte er es, ihm zu melden, daß Pickles Schwester auf den Tod läge und ihm in ihrem Letzten Willen tausend Pfund vermacht habe. Diese Neuigkeit brachte Trunnion vollkommen aus der Fassung. Da Hatchway meinte, sein Stillschweigen deute auf Gewissensbisse hin, entschloß er sich, den günstigen Augenblick zu benutzen, und riet ihm, das arme junge Frauenzimmer zu besuchen, das aus Liebe zu ihm stürbe. Allein diese Ermahnung kam, wie sich's auswies, ein wenig zur Unzeit; denn kaum hatte Trunnion die Ursache ihrer Krankheit vernommen, als sich seine Griesgrämigkeit wieder einstellte. Er brach in die heftigsten Verwünschungen aus und eilte sofort in seine Hängematte zurück. Hier wiederholte er vierundzwanzig Stunden lang seine Flüche und Schwüre unter unaufhörlichem leisem Gebrumm. Das war dem Leutnant ein köstlicher Genuß, und um sich noch mehr Vergnügen zu verschaffen und zugleich das Unternehmen zu fördern, erfand er eine List, mit der er eine Wirkung erzielte, die all seine Erwartungen erfüllte. Er beredete nämlich den Pipes, der ihm sehr ergeben war, um Mitternacht auf die Feueresse zu steigen, die in den Kamin im Schlafzimmer des Kommodores hinunterführte, und ein Bündel stinkender Weißfische an einem Strick hinabzulassen. Als dies geschehen war, setzte der Bootsmaat ein Sprachrohr an den Mund und donnerte den Kamin hinunter: „Trunnion! Trunnion! Steh auf und laß dich splissen, oder lieg still und sei verdammt!" Diese fürchterliche Warnung, deren Eindruck sowohl wegen der Dunkelheit und der Stille der Nacht als auch infolge des Echos im Kamin noch erhöht wurde, tönte dem erstaunten Kommodore kaum an die Ohren, als er seine Blicke nach dem Ort hinwandte, von wo die feierliche Anrede zu kommen schien, und etwas Glänzendes gewahr wurde, das im Nu wieder verschwand. Gerade als er in seiner abergläubischen Furcht die Erscheinung zu einem übernatürlichen Boten in schimmerndem Gewand umgestaltet hatte, wurde er in seiner Meinung durch einen plötzlichen Knall bestärkt, den er für einen Donnerschlag hielt, obgleich er bloß von einem Pistolenschuß herrührte, den Pipes, seinen Instruktionen gemäß, in den Kamin hinunter abgefeuert hatte. Tom verblieb Zeit genug, herunterzusteigen, ehe er Gefahr lief, von seinem Herrn überrascht zu werden, denn dieser konnte sich eine ganze Stunde lang von dem Schreck und der Bestürzung nicht erholen, die alle seine Sinne betäubt hatten.

Endlich stand er auf und läutete Sturm, und er klingelte mehr als einmal. Da aber auf diese lärmende Aufforderung hin niemand kam, kehrte seine Furcht mit verdoppelter Stärke zurück. Der kalte Schweiß rann ihm von den Gliedern, seine Knie schlugen zusammen, seine Haare sträubten sich, und der Rest seiner Zähne ging durch die konvulsivischen Zuckungen seiner Kinnbacken in die Brüche. Mitten in dieser Todesangst raffte er sich zu einer verzweifelten Anstrengung auf, riß seine Zimmertür auf und stürzte nach Hatchways Kammer, die zufällig im selben Stockwerk lag. Dort fand er den Leutnant, und zwar scheinbar in Ohnmacht. Der tat, als erwache er aus tiefer Bewußtlosigkeit, und rief dann aus: „Gott erbarme sich unser!", und als ihn der erschrockene Kommodore fragte, was ihm begegnet sei, versicherte ihm Hatchway, er habe dieselbe Stimme und denselben Donnerschlag gehört, die Trunnion so erschüttert hatten.

Pipes, an dem die Wache gewesen war, erstattete genau den nämlichen Bericht; und der Kommodore gestand nicht nur, daß er die Stimme gehört, sondern erzählte auch von dem Gesicht, das er gehabt hatte, mit all den Übertreibungen, die seiner zerrütteten Einbildungskraft entsprangen.

Unmittelbar darauf wurde Rat gehalten, wobei Hatchway ganz ernsthaft bemerkte, in diesen Zeichen sei deutlich Gottes Finger wahrzunehmen, und es wäre sündhaft und töricht, sein Gebot zu mißachten, zumal die vorgeschlagene Partie in jeder Beziehung weit vorteilhafter sei, als es ein Mann von seinen Jahren und seiner Gebrechlichkeit vernünftigerweise erwarten dürfe. Sodann erklärte er, er seinerseits wolle seinen Leib und seine Seele nicht in Gefahr bringen und keinen Tag länger mit einem Menschen unter einem Dache leben, der den heiligen Willen des Himmels gering achte, und Tom Pipes stimmte diesem frommen Entschluß bei.

So vielen und so verschiedenen Angriffen war Trunnions Ausdauer nicht gewachsen. Er überlegte stillschweigend alle Beweggründe für und wider, die ihm einfielen, und nachdem er allem Anschein nach sich im Labyrinth seiner Gedanken verirrt hatte, wischte er sich den Schweiß vom Gesicht und gab, jämmerlich aufstöhnend, ihren Vorstellungen mit folgenden Worten nach: „Nun gut, wenn's denn mal so sein soll, denke ich, müssen wir nun entern. Aber Tod und Verdammnis! Es ist eine verteufelte Sache, wenn ein Bursche von meinen Jahren, seht Ihr, genötigt ist, den Rest seines Lebens hindurch windwärts gegen den Strom seiner Neigungen zu segeln."

Als dieser wichtige Punkt erledigt war, eilte Hatchway am folgenden Tag zu der verzweifelten Schäferin und wurde für die belebende Nachricht, mit der er ihr Ohr beglückte, recht hübsch belohnt. So krank sie auch war, konnte sie doch nicht umhin, über die List herzlich zu lachen, durch die ihr Schäfer zur Einwilligung bewogen worden war. Für den Tom Pipes, der ja in dieser Posse eine wesentliche Rolle gespielt hatte, steckte sie dem Leutnant zehn Guineen zu.

Am Nachmittag ließ sich der Kommodore, einem Übeltäter gleich, den man zum Richtplatz schleppt, nach ihrem Zimmer führen und wurde von ihr voll schmachtender Sehnsucht und in einem neckischen Deshabillé in Anwesenheit ihrer Schwägerin empfangen, die aus sehr leicht zu begreifenden Gründen wegen eines glücklichen Erfolgs außerordentlich besorgt war. Obgleich der Leutnant ihn instruiert hatte, wie er sich bei diesem Besuch zu benehmen habe, schnitt er doch tausenderlei Gesichter, ehe er auch nur die bloße Begrüßungsformel herausbrachte: „Wie befinden Sie sich?" Nachdem ihn sein Ratgeber angespornt, ihm zwanzig- oder dreißigmal etwas zugeflüstert und er immer wieder mit einem lauten: „Zum Teufel mit Euch, ich will jetzt nicht!" geantwortet hatte, stand er endlich auf, hinkte auf die Chaiselongue zu, auf der Mrs. Grizzle voll seltsamer Erwartung ruhte, ergriff ihre Hand und drückte sie an seine Lippen. Er legte aber diesen Beweis seiner Galanterie mit solchem Widerstreben, so unfein und unwillig ab, daß die Donna all ihrer Entschlossenheit bedurfte, um vor dem Kompliment nicht zurückzufahren. Er selbst war über das, was er getan hatte, derart betreten, daß er sich augenblicklich an das andere Ende des Zimmers zurückzog, wo er dann still dasaß und vor Scham und Unmut fast verging. Mrs. Pickle, als kluge Dame und Gattin, verließ die Stube unter dem Vorwand, sie müsse nach ihrem Kind sehen, und Hatchway, der den Wink verstand, besann sich, daß er seinen Tabaksbeutel im Visitenzimmer vergessen hatte, und eilte sofort hinunter, um ihn zu holen. Nun waren die beiden Verliebten unter sich und mochten sich aussprechen. In einer kritischeren Lage hatte der Kommodore sich noch nicht befunden. Vor Unschlüssigkeit war er in Todesängsten, saß da, als ob er jeden Moment die Auflösung der Natur erwartete, und, wo möglich, wurden seine Angst und Pein durch die flehentlichen Seufzer seiner Braut noch vermehrt. Voll Ungeduld über seinen Zustand ließ er sein Auge hilfesuchend überall umherschweifen, konnte zuletzt nicht länger an sich halten und rief: „Verdammter Kerl mitsamt seinem Beutel! Ich glaube, er ist abgesegelt und hat mich in den Stagen liegenlassen." Mrs. Grizzle, die Trunnions verdrießliche Äußerungen nicht länger überhören konnte, bejammerte ihr unglückliches Schicksal, beklagte, daß sie ihm so zuwider wäre, daß er nicht einmal ein paar Minuten in ihrer Gesellschaft ohne Mißvergnügen zubringen könnte, und begann ihm in sehr zärtlichen Ausdrücken seine Grausamkeit und Gleichgültigkeit vorzuwerfen. Auf diese Vorwürfe erfolgte die Antwort: „Was, zum Kuckuck! will das Weibsbild denn haben? Laßt den Chorrock kommen und seinen Senf machen, wann er will! Ich bin da, völlig parat, mich an den Ehestandsblock schmieden zu lassen. Das seht Ihr ja! Verflucht all der sinnlose Schnack!" Mit diesen Worten zog er ab und hinterließ seine Gebieterin gar nicht unzufrieden mit seiner Treuherzigkeit. Denselben Abend wurde der Heiratsvertrag noch einmal besprochen und durch Vermittlung des Leutnants und Pickles zur Zufriedenheit aller Parteien geregelt. Doch durfte kein Anwalt damit zu tun haben, denn Trunnion hatte es zu einem unumstößlichen Präliminarartikel gemacht, daß kein Jurist mit ins Spiel kommen dürfe.

Als die Dinge so weit gediehen waren, schwoll das Herz der Mrs. Grizzle vor Freude. Ihre Gesundheit, die, nebenbei gesagt, so stark eben nicht gelitten hatte, war wie durch Zauberei wiederhergestellt, und da der Tag zur Hochzeit anberaumt war, benutzte sie die kurze Zeit vor der Vermählung dazu, Schmuck und Kleiderstücke auszusuchen für die Feier ihres Eintritts in den Ehestand.

8

Durch einen Zufall wird der Kommodore der Himmel weiß wohin verschlagen und seine Hochzeit aufgeschoben.

Das Gerücht dieser außerordentlichen Verbindung verbreitete sich durch die ganze Grafschaft, und an dem zur Trauung festgesetzten Tage umringte eine zahllose Menschenmenge die Kirche. Um eine Probe seiner Galanterie zu geben, hatte der Kommodore auf Anraten seines Freundes Hatchway beschlossen, bei diesem feierlichen Anlaß an der Spitze seiner männlichen Dienerschaft zu Pferde zu erscheinen. Er hatte seine Leute mit weißen Hemden und schwarzen Kappen, die früher seinen Bootsleuten gehört hatten, aufgetakelt und für sich und seinen Leutnant ein Paar Jagdpferde angeschafft. In diesem Aufzuge machte er sich von seinem Kastell aus auf den Weg zur Kirche, nachdem er durch einen Boten seiner Braut hatte melden lassen, er und seine Gesellschaft wären aufgesessen. Sogleich stieg Mrs.

Grizzle mit ihrer Schwägerin und ihrem Bruder in die Kutsche und fuhr geradewegs nach dem Versammlungsorte. Durch das ungestüm hereinstürmende Volk, das voller Begier war, die Trauung zu sehen, wurden verschiedene Kirchenstühle demoliert und einige Personen beinahe totgedrückt. Am Altar warteten sie und der amtierende Priester eine gute halbe Stunde auf den Kommodore, dessen Saumseligkeit eine gewisse Besorgnis erregte. Sie schickten ihm einen Diener entgegen, um ihm zu sagen, er möchte seinen Ritt beschleunigen. Der Bediente war bereits mehr als eine Meile geritten, als er plötzlich den ganzen Haufen erblickte, der in einer langen Reihe schräg über die Straße zog, angeführt vom Bräutigam und seinem Freund Hatchway, und da der erstere durch einen Zaun daran gehindert wurde, die Richtung weiterhin zu verfolgen, feuerte er seine Pistole ab, schwenkte auf die andere Seite und bildete so mit der vorher eingehaltenen Linie einen stumpfen Winkel. Sein Geschwader ahmte sein Beispiel nach, und einer blieb immer hinter dem andern wie ein Flug wilder Gänse. Der Bote erstaunte über diese sonderbare Art zu reiten nicht wenig. Er näherte sich und meldete dem Kommodore, seine Herrschaft, Mrs. Grizzle und ihre Gesellschaft, harrten auf ihn in der Kirche, wo sie schon ein hübsches Weilchen gewartet hätten und wegen seines langen Ausbleibens ängstlich geworden wären; sie ließen daher schönstens bitten, doch mehr zu eilen. Trunnion antwortete auf diese Botschaft: „Hört, Bruder, seht Ihr denn nicht, daß wir uns sputen, soviel nur immer möglich? Kehrt um und sagt denen, die Euch hergeschickt haben, der Wind hätte sich gedreht, seit wir Anker gelichtet haben. Wir können nur 'nen kurzen Strich fortlavieren, weil der Kanal eng ist. Sie müssen uns Zeit gönnen, da wir nur sechs Punkte vorm Wind haben." „Du lieber Himmel!" sagte der Bediente, „warum reiten denn Ihro Gnaden so im Zickzack? Geben Ihro Gnaden doch nur den Pferden die Sporen, und reiten Sie stracks vorwärts, und ich will wetten, es dauert keine Viertelstunde, so sind Sie am Kirchhof." „Was, grade gegen den Wind?" antwortete der Kommodore. „Ei, ei, Bruder, wo habt Ihr Eure Schiffskunst gelernt? Hawser

Trunnion braucht nicht erst heute zu lernen, wie er seinen Lauf halten oder seine Rechnung machen soll. Und wie tief Eure Fregatte im Wasser geht, Bruder, das müßt Ihr selbst am besten wissen." Da der Kurier fand, daß er es mit Leuten zu tun habe, die sich von ihrer Meinung so leicht nicht abbringen ließen, eilte er wieder nach der Kirche zurück und meldete, was er gesehen und gehört hatte. Die Braut, die schon Anzeichen von Unruhe verriet, wurde dadurch nicht wenig getröstet und übte infolge dieser Herzstärkung ihre Geduld noch eine halbe Stunde. Als aber der Bräutigam nicht erschien, regte sie sich über die Maßen auf, so daß alle Zuschauer ihre Verwirrung leicht bemerken konnten, die sich trotz dem Riechbüchschen, zu dem sie ständig Zuflucht nahm, in häufigen Zuckungen, tiefem Aufseufzen und plötzlichem Verfärben des Gesichts offenbarte.

Die Versammlung stellte über dieses Ereignis mancherlei Mutmaßungen an. Einige meinten, er habe sich im Treffpunkt geirrt, weil er, solange er in der Gemeinde wohnte, noch nie in die Kirche gekommen wäre; andere glaubten, es müsse ihm irgendein Unfall zugestoßen sein und seine Leute hätten ihn deshalb in sein Haus zurückgeschafft; eine dritte Gruppe, und zu ihnen rechnete man die Braut, konnte sich des Eindrucks nicht erwehren, daß der Kommodore andern Sinnes geworden sei. Aber von all diesen Vermutungen, so geistreich sie sein mochten, war keine auch nur annähernd richtig, denn sein Ausbleiben hatte folgenden Grund. Der Kommodore und sein Geschwader hatten durch Lavieren das Pfarrhaus, das windwärts von der Kirche stand, fast bereits umschifft, da drang unglücklicherweise das Gebell einer Koppel Hunde zu den Ohren der beiden Jagdpferde, auf denen Trunnion und der Leutnant saßen. Kaum hörten diese schnellen Tiere die belebenden Laute, so sprangen sie vor brennender Jagdbegierde plötzlich los und strengten jede Sehne an, um sich an der Hetze zu beteiligen. In unglaublichem Tempo schossen sie querfeldein davon und setzten über Zäune und Gräben und jedes Hindernis, und zwar ohne die geringste Rücksicht auf die unglücklichen Reiter. Da der Leutnant, dessen Roß das andere überholt hatte, fand, es sei sehr töricht und vermessen von ihm, sich mit seinem hölzernen Bein im Sattel halten zu wollen, benutzte er die Gelegenheit, als sein Renner über ein fettes Kleefeld jagte, und ließ sich wohlweislich plumpsen. Hier lag er nun ganz bequem, und als er seinen Kapitän im gestreckten Galopp heranfegen sah, rief er ihm zu: „Wie steht's? He?" Der Kommodore, der in unbeschreiblichen Ängsten schwebte, warf ihm einen schiefen Blick zu und antwortete stoßweise im Vorbeisprengen: „Hol Euch der Teufel! Ihr liegt da wohlbehalten vor Anker. Wollte Gott, ich hätte ebenso festen Grund."

Wegen seiner untauglichen Ferse mochte er den Versuch jedoch nicht wagen, der Hatchway so prächtig gelungen war, sondern beschloß, sich so gut wie möglich auf seinem Pferd anzuklammern und im übrigen der Vorsehung zu vertrauen. So ließ er denn seine Peitsche fallen, hielt sich mit der rechten Hand am Sattelknopf fest, spannte jeden Muskel seines Körpers an, um sich gegen einen Abwurf zu sichern, und schnitt infolge dieser Anstrengung eine fürchterliche Fratze. In dieser Stellung hatte sein Gaul ihn schon ein ordentliches Stück weitergetragen, da tauchte plötzlich ein Gattertor vor seinen Augen auf; er faßte frischen Mut, da er keineswegs daran zweifelte, daß die tolle Karriere seines Pferdes hier notwendigerweise ein Ende haben müsse. Aber ach! er hatte die Rechnung ohne den Wirt gemacht. Weit entfernt, an diesem Hindernis anzuhalten, flog das Tier zur peinlichsten Verblüffung und größten Bestürzung des Reiters mit bewundernswerter Behendigkeit darüber hinweg, und Trunnion, der beim Sprung Hut und Perücke verlor, fing an allen Ernstes zu glauben, er sitze tatsächlich dem Teufel auf dem Rücken. Er empfahl sich Gott; sein Hirn versagte ihm den Dienst, Sehkraft und alle andern Sinne schwanden. Er ließ die Zügel fahren, krallte sich instinktiv an der Mähne fest und kam in diesem Zustand mitten unter einer Jagdgesellschaft an, die über den Anblick einer solchen Erscheinung ungemein überrascht war; kein Wunder, wenn man bedenkt, was für eine Figur der Kommodore machte. Seine Person hatte zu allen Zeiten Staunen erregt; wieviel mehr aber mußte dies unter den jetzigen Umständen der Fall sein, da sein Anzug und sein Mißgeschick den Eindruck des Grotesken noch verstärkten.

Zu Ehren seiner Hochzeit hatte er seinen besten Rock aus feinem blauem Tuch angelegt; er war von einem Schneider aus Ramsgate angefertigt und mit fünf Dutzend Messingknöpfen besetzt, großen und kleinen. Seine Hosen waren vom gleichen Stoff und schlossen an den Knien mit großen Bänderquasten ab; seine rote Plüschweste hatte Aufschläge aus grünem Samt und war mit sogenannten goldenen Löchern verziert. Seine Stiefel glichen in Form und Farbe zwei ledernen Wassereimern; seine Schulter schmückte ein breites büffelledernes Gehenk, an dem ein gewaltiger Hirschfänger hing, mit einem Gefäß wie bei einem Schlachtschwert, und zu beiden Seiten des Sattelknopfs sah man eine verrostete Pistole in einem Halfter aus Bärenfell. Der Verlust seiner Knotenperücke und seines Tressenhutes – in ihrer Art sehenswerte Merkwürdigkeiten – trug nicht im geringsten zur Verschönerung des Bildes bei, im Gegenteil, sein kahler Schädel und seine ungewöhnlich langen und hohlen Wangen, die nunmehr dem Auge preisgegeben waren, steigerten noch das Absonderliche und Phantastische der ganzen Figur. Ein solches Schauspiel hätte die Gesellschaft unbedingt von der Hatz ablenken müssen, hätte sein Pferd es für gut befunden, eine andere Route zu verfolgen. Allein dieses Tier war ein zu eifriger Jäger, um nicht genau denselben Weg zu wählen wie der Hirsch, und daher lief es, ohne anzuhalten und die Neugier der Zuschauer zu befriedigen, schon in wenigen Minuten jedem andern Pferd voraus. Zwischen ihm und den Hunden lag ein tiefer Hohlweg; statt nun aber an diesem eine Strecke entlangzujagen bis zu der Stelle, wo er von einem Pfad durchschnitten wurde, setzte es mit einem Sprung darüber hinweg zur größten Verwunderung und zum unbeschreiblichen Schrecken eines Fuhrmanns, der gerade unten durchfuhr und das Phänomen über seinen Wagen dahinfliegen sah. Das war nicht das einzige Abenteuer, das es bestand. Als der Hirsch auf seiner Flucht in einen tiefen Fluß gesprungen war, schlugen alle

Pferde die Richtung nach einer nahen Brücke ein. Der Renner unseres Bräutigams jedoch verachtete dergleichen Bequemlichkeiten, stürzte sich ohne jegliches Bedenken ins Wasser und schwamm im Nu hinüber ans Gegenufer. Dieses plötzliche Eintauchen in ein Element, in dem Trunnion recht eigentlich zu Hause war, half höchstwahrscheinlich seinen erschöpften Lebensgeistern wieder auf, denn bei seiner Landung auf der andern Seite gab er Zeichen wiederkehrenden Empfindens von sich, indem er laut um Hilfe brüllte; sie konnte ihm aber unmöglich zuteil werden, weil sein Pferd den einmal errungenen Vorsprung noch immer behauptete und sich nicht einholen lassen wollte.

Kurz, nach einer langen Jagd, die mehrere Stunden gedauert und sich wenigstens über ein Dutzend Meilen erstreckt hatte, war der Gaul beim Tode des Wildes zuerst zur Stelle, und des Leutnants Wallach, der, vom gleichen Geist getrieben, wenn auch ohne Reiter, das Beispiel seines Gefährten nachgeahmt hatte, traf als zweiter ein.

Als unser Bräutigam endlich vor Anker ging, oder, mit andern Worten, am Ende seines Rittes angelangt war, nutzte er diese erste Pause, die Jäger zu bitten, ihm doch vom Pferde herunterzuhelfen. Diese gefälligen Leute ließen ihn wohlbehalten ins Gras nieder, wo er nun die hinzukommende Jagdgesellschaft mit so wilden, staunenden Blicken anstarrte, als ob er ein aus den Wolken herabgefallenes Geschöpf von ganz anderer Art wäre.

Doch hatte er sich wieder erholt, bevor die Hunde mit den ersten Stücken ihres Fangs fertig waren, und als er sah, wie einer der Weidmänner ein Fläschchen aus der Tasche zog und es an den Mund setzte, urteilte Trunnion, diese Herzstärkung könne nichts anders sein als echter Kognak, was denn auch wirklich stimmte; deshalb äußerte er den Wunsch, etwas davon abzubekommen. Man gab ihm sogleich eine mäßige Dosis, und nun war er wieder vollkommen hergestellt.

Inzwischen hatten er und seine beiden Gäule die Aufmerksamkeit der ganzen Gesellschaft gefesselt. Während einige den zierlichen Bau und das ungewöhnliche Feuer der beiden Tiere bewunderten, betrachteten die übrigen die seltsame

Erscheinung ihres Herrn, den sie vorher nur *en passant* gesehen hatten. Endlich näherte sich ihm einer von den Kavalieren sehr höflich, drückte seine Verwunderung über einen solchen Aufzug aus und fragte, ob er unterwegs seinen Gefährten verloren habe. „Seht Ihr, Bruder", antwortete der Kommodore, „Ihr müßt mich für eine recht kuriose Prise halten, da Ihr mich so närrisch ausstaffiert seht, zumal da ich einen Teil von meiner Takelage eingebüßt habe. Aber seht nur, 's Ding ging eigentlich so zu. Heut früh um zehn Uhr lichtete ich von Hause Anker bei schmuckem Wetter und günstigem Südsüdost, um zur nächsten Kirche auf die Ehestandsfahrt zu steuern. Aber kaum hatten wir eine Viertelmeile zurückgelegt, wutsch, sprang der Wind um und blies uns grad in die Zähne; und so mußten wir den ganzen Weg durch lavieren. Wir waren trotzdem schon so weit, daß wir den Hafen im Gesicht hatten, als diese Petzenbrut von Pferden, die ich erst vor zwei Tagen gekauft hatte – ich für meinen Part halte sie für eingefleischte Teufel –, in einem Augenblick herumfuhren, sich nah an dem Wind hielten, das Steuerruder nicht mehr achteten und wie der Blitz mit mir und dem Leutnant forttrieben. Er ging bald auf einem ausnehmend guten Grund vor Anker. Ich für meinen Part bin über Klippen und Sandbänke hingesegelt. Durch die gewaltigen Stöße verlor ich meine stattliche Knotenperücke und den Hut mit Silbertressen. Endlich bin ich, Gott sei Dank! in ein stilles Fahrwasser geraten. Aber, verdammt nochmal, ich will nicht Hawser Trunnion heißen, wenn ich jemals wieder mein Gerippe auf solch verwetterte Petzenbrut zu setzen wage."

Einer aus der Gesellschaft, dem dieser oft gehörte Name auffiel, griff sogleich die Erklärung auf, mit der diese sonderbare Erzählung geschlossen wurde, und machte die Bemerkung, seine Pferde seien sehr bösartig. Sodann fragte er ihn, auf welche Weise er wieder zurückzukommen gedächte. „Je nu, ich miete mir einen Schlitten oder einen Wagen oder so ein Ding wie einen Esel. Denn ich will verdammt sein, wenn ich meiner Lebtage wieder ein Pferd besteige." „Und was wollen Sie denn mit den beiden Tieren da anfangen?" sagte der andere. „Feuer scheinen sie zu haben; aber sie sind weiter nichts als wilde Füllen, und es wird höllisch viel brauchen, sie zu zähmen. Das eine ist, wie mir däucht, buglahm." „Ich wollte, die verfluchten Racker hätten beide den Hals gebrochen", versetzte der Kommodore, „obgleich die Sappermenter mich vierzig gute Goldfüchse kosteten." „Vierzig Guineen!" rief der Fremde aus, der ein Squire, ein Pferdehändler und zugleich der Besitzer der Jagdkoppel war. „Du lieber Gott! wie ein Mensch doch beschummelt werden kann. Diese Tiere sind plump genug, um den Pflug zu ziehen. Sehen Sie nur mal die flache Brust zwischen den Schultern; beachten Sie doch, wie scharf der Widerrist bei diesem da ist; überdies hat es schon den Grind gehabt. Sehn Sie nur, der Büschel an der rechten Ferse ist weggebrannt." Kurz, dieser Pferdekenner entdeckte an den beiden Gäulen alle Fehler, die man an dieser Art von Tieren überhaupt finden kann. Er bot ihm für beide zehn Guineen und sagte, er wolle sie als Lasttiere gebrauchen. Der Eigentümer, der nach dem Vorgefallenen sehr geneigt war, alles anzuhören, was nur zu ihrem Nachteil gesagt wurde, nahm, was der Fremde behauptete, für bare Münze, überschüttete den Schurken, der ihn hereingelegt hatte, wütend mit einem Hagel von Flüchen und schloß auf der Stelle den Handel mit dem Squire ab, der ihm die zwei Gäule sofort bezahlte und mit ihnen auf dem nächsten Rennen zu Canterbury den Preis gewann.

Nachdem diese Angelegenheit zur gegenseitigen Zufriedenheit der beiden Parteien sowie zur allgemeinen Belustigung der Gesellschaft geregelt war – heimlich lachten sie alle über die Gerissenheit ihres Freundes –, wurde Trunnion auf des Squires Pferd geladen und von dessen Bedienten mitten in der Kavalkade geführt. Auf die Art verfügten sie sich in ein benachbartes Dorf, wo sie das Mittagessen bestellt hatten und wo unser Bräutigam Mittel und Wege fand, sich einen andern Hut und eine andere Perücke zu verschaffen. Was den Aufschub angeht, den seine Vermählung erlitt, so ertrug er diese Enttäuschung mit echt philosophischem Gleichmut; und da der scharfe Ritt ihm Appetit gemacht hatte, setzte er sich mit seinen neuen Bekannten zu Tische, hielt eine recht tüchtige Mahlzeit und trank zu jedem Bissen einen Schluck Bier, was ihm trefflich mundete.

9

Trunnion wird vom Leutnant aufgebracht und verheiratet. Abenteuer in der Hochzeitsnacht. Revolutionen in des Kommodores Haus.

Inzwischen war Leutnant Hatchway mit vieler Mühe in die Kirche gehumpelt, wo er die Versammlung von dem unterrichtete, was dem Kommodore begegnet war. Mrs. Grizzle benahm sich bei dieser Gelegenheit mit vielem Anstand, denn kaum hatte sie von der Gefahr gehört, in der ihr künftiger Gemahl schwebte, so sank sie ohnmächtig ihrer Schwägerin in die Arme, was bei den Zuschauern, die nicht begriffen, warum sie sich so aufregte, großes Erstaunen hervorrief. Als man die Braut mit Hilfe mehrerer Riechfläschchen wieder zur Besinnung gebracht hatte, bat sie inständigst, Mr. Hatchway und Tom Pipes möchten sich der Kutsche ihres Bruders bedienen und sich aufmachen, um ihren Kommandeur zu suchen.

Sie unterzogen sich dieser Aufgabe gerne, und während die ganze übrige Hausgenossenschaft Trunnions ihnen zu Pferd das Geleit gab, wurde die Braut mit ihren Freunden ins Pfarrhaus eingeladen und die Zeremonie auf einen andern Zeitpunkt verschoben.

Der Leutnant steuerte seinen Kurs so genau in die Richtung, die Trunnion eingeschlagen hatte, als der Fahrweg es überhaupt zuließ, und konnte sich so von Bauernhof zu Bauernhof nach seiner Spur erkundigen; denn eine solche Erscheinung hatte notwendigerweise besondere Aufmerksamkeit erregen müssen. Nachdem einer der Reiter auf einem Seitenpfad Hut und Perücke aufgelesen hatte, kam der ganze Trupp am Nachmittag um vier Uhr in dem Dorfe an, das Trunnion angelaufen hatte. Als sie vernahmen, daß er im „König Georg" wohlbehalten vor Anker läge, zogen sie geschlossen vor die Türe des Gasthofes und äußerten ihre Genugtuung durch ein dreifaches Hurra, das von der Gesellschaft im Hause erwidert wurde, sobald sie vom Kommodore über diesen Gruß aufgeklärt worden war. Er befand sich in der gleichen fidelen Stimmung wie seine neuen Freunde und hatte seine volle Ladung. Der Leutnant wurde allen Anwesenden als sein Waffenbruder und Intimus vorgestellt, und es wurde ihm schnell etwas zu essen vorgesetzt. Tom Pipes und die übrige Mannschaft bewirtete man in einem andern Zimmer. Sodann spannte man ein frisches Paar Pferde vor, und der Kommodore, nachdem er jedem im Hause die Hand geschüttelt hatte, reiste mit seinem Gefolge um sechs Uhr abends nach seinem Kastell ab.

Er wurde noch vor neun Uhr ohne weitern Unfall glücklich in seine eigenen Mauern gebracht und Toms Fürsorge überantwortet, der ihn unverzüglich in seine Hängematte bugsierte. Unterdessen fuhr der Leutnant an den Ort, wo die Braut und ihre Freunde in großer Angst und Unruhe warteten. Sie fühlten sich aber bald erlöst, als Hatchway ihnen versicherte, daß der Kommodore wohlauf sei, und als er gar mit der Geschichte von Trunnions Abenteuer herausrückte, war der Fröhlichkeit und des Scherzens kein Ende.

Es wurde nun ein anderer Tag für die Hochzeit anberaumt, und um die Neugier des müßigen Volkes zu täuschen, das neulich soviel Ärgernis gegeben hatte, bewog man den Pfarrer dazu, die Trauung im Kastell zu vollziehen. Das prangte an diesem Tag im bunten Flaggen- und Wimpelschmuck, und nachts wurde es auf Anweisung Hatchways illuminiert. Auf dessen Befehl wurden aus den Mörsern auch Salutschüsse abgefeuert, sobald das Eheband geknüpft war.

Dieser ingeniöse, erfinderische Kopf vergaß nicht das mindeste, was zur Unterhaltung der Gäste und zum Glanz des Festes beitragen konnte. Mit dem hochzeitlichen Abendschmaus, dessen Gestaltung ihm anvertraut war, legte er unleugbare Beweise seines feinen Geschmacks und seiner Geschicklichkeit ab. Das ganze Bankett war eine Folge von Seemannsgerichten; mitten auf der Tafel dampfte ein gewaltiger Pilau, der aus einem halben Maß Reis, einem starken Stück Rindfleisch, das in dünne Scheiben geschnitten war, sowie aus einem Paar Hühner bestand. Die Enden des Tisches zierten Platten mit Stockfischen, die in Öl schwammen, und auf den Seiten fand sich ein Gericht jener schmackhaften Komposition, die unter dem Namen „Labskaus" bekannt ist, sowie eine Schüssel Salmigondis. Den zweiten Gang bildeten eine ungeheuer große Gans, die von Guinea-Hühnern flankiert war, ein am Spieß geröstetes Spanferkel, ein gesalzener Schweineschinken, der in einem Erbspudding steckte, eine gebratene Hammelkeule mit Kartoffeln und eine andere, mit Yams gekocht. Als dritter Gang wurde eine ungepökelte Schweinskeule mit Apfelmus, ein mit Zwiebeln geschmortes Böcklein und eine in der Schale gebackene Schildkröte serviert, und zuletzt trug man eine riesige Seemannspastete und eine unendliche Anzahl von Pfannkuchen und Gebäck auf. Damit sich nun die Pracht dieses delikaten Mahls in allen Stücken gleichen möge, hatte Hatchway für einen mächtigen Vorrat von starkem Bier, Flipp, Rum und Branntwein, sowie viel *Eau de Barbade* für die Damen, gesorgt und alle Fiedeln auf sechs Meilen in die Runde gemietet, und da die Instrumente noch durch eine Pauke, einen Dudelsack und eine walisische Harfe verstärkt wurden, konnte er der Gesellschaft mit einem ungemein harmonischen Konzert aufwarten. Die Gäste, die ganz und gar nicht heikel waren, schienen mit jeder Anordnung bei diesem Feste überaus zufrieden, und als der Abend höchst gemütlich verbracht war, wurde die Braut von ihrer Schwägerin in ihr Zimmer geführt, wo indessen ein geringfügiger Umstand beinahe die Harmonie gestört hätte, die bis dahin geherrscht hatte.

Wie ich bereits bemerkt habe, war innerhalb dieser vier Pfähle nicht eine einzige Bettstatt vorhanden. Der Leser wird sich daher nicht wundern, wenn Mrs. Trunnion verdrießlich wurde, als sie fand, daß sie sich mit ihrem Gemahl in eine Hängematte legen müßte. Zwar hatte man diese extra mit einem doppelten Stück Segeltuch versehen und verbreitert; trotzdem aber war sie noch immer ein unangenehmes, um nicht zu sagen gefährliches Lager. Die Braut beklagte sich denn auch ziemlich heftig über diese Unbequemlichkeit, sprach von mangelndem Respekt und weigerte sich anfänglich entschieden, sich mit diesem Ding zu behelfen. Mrs. Pickle hatte sie jedoch bald so weit, daß sie Vernunft annahm und nachgab; sie stellte ihr nämlich vor, eine Nacht sei ja bald vorbei, und am nächsten Tag könne sie sich in ihrem Hause so einrichten, wie es ihr passe.

Sie wagte es also schließlich hineinzusteigen, und in weniger als einer Stunde, nachdem die Gesellschaft aufgebrochen und das Kastell der Aufsicht des Leutnants und des Bootsmaats überlassen war, trat ihr Gemahl ein. Es scheint indessen, daß die Haken, an denen dieses Schaukelbett hing, nicht für die vermehrte Last berechnet waren, die sie nun zu tragen hatten, und so lösten sie sich denn mitten in der Nacht los. Als Mrs. Trunnion spürte, wie sie fiel, begann sie in ihrem furchtbaren Schreck laut zu kreischen, worauf Hatchway mit einem Licht ins Zimmer stürmte. Obwohl sie bei ihrem Sturz keinen Schaden genommen hatte, war sie außerordentlich mißmutig und ärgerlich infolge des Malheurs und machte ganz offen den Eigensinn und die Grillenhaftigkeit des Kommodores dafür verantwortlich, und zwar in so schnippischen Ausdrücken, daß man klar erkennen konnte, wie sehr sie davon überzeugt sei, sie habe ihr großes Ziel erreicht und ihre Autorität gegen alle Tücken des Schicksals gesichert. Ihr Bettgenoß schien, nach seiner stillen Resignation zu urteilen, tatsächlich auch dieser Meinung zu sein; denn auf alle ihre Beschuldigungen antwortete er mit keinem Wort, blickte bloß sauer drein, kroch aus seinem Nest und verschwand in ein anderes Zimmer, um da die Nacht zuzubringen, während seine erzürnte Gattin den Leutnant entließ, aus den Trümmern der Hängematte auf dem Boden etwas wie ein Bett baute und dabei den festen Entschluß faßte, sich für die folgende Nacht eine bequemere Ruhestätte auszusuchen.

Da sie nicht schlafen konnte, beschäftigte sie sich den ganzen übrigen Teil der Nacht mit Verbesserungsplänen, die sie in ihrem Hauswesen durchführen wollte, und kaum hatte die erste Lerche den Morgen begrüßt, fuhr sie von ihrem niedrigen Lager auf, warf ihre Kleider um, stürzte aus der Kammer und drang forschend auf unbekannten Pfaden vor. Auf ihrer Orientierungsfahrt gewahrte sie eine große Glocke, deren sie sich so kräftig bediente, daß sie alles im Hause aufschreckte. Im Nu waren Hatchway, Pipes und die gesamte Dienerschaft, alle bloß halb angezogen, um sie versammelt; da sie aber keine Frauensperson erscheinen sah, wetterte sie mächtig über die Langsamkeit und Faulheit der Mägde. Die Dirnen, sagte sie, hätten schon mindestens eine Stunde, bevor sie gerufen, an der Arbeit sein sollen, und jetzt vernahm sie zum erstenmal, daß es keinem Wesen weiblichen Geschlechts erlaubt sei, innerhalb der Mauern des Kastells zu schlafen.

Sie verfehlte nicht, auf diese Einrichtung tüchtig zu schimpfen, und als sie hörte, daß die Köchin und das Stubenmädchen in einem kleinen Nebengebäude vor den Toren des Schlosses wohnten, befahl sie, die Zugbrücke niederzulassen, und ging hinaus, um sie in eigener Person aufzustöbern. Sie ließ sie sogleich mit dem Scheuern der Zimmer beginnen, die sich bisher nicht gerade im saubersten Zustand befunden hatten, während zwei Männer das Bett, das sie zu benützen pflegte, sofort aus dem Haus ihres Bruders in ihr jetziges Heim schaffen mußten, so daß in weniger als zwei Stunden in der ganzen Haushaltung auf der Burg das Oberste zuunterst gekehrt war und überall Unruhe und Lärm herrschten. Trunnion, den all dieser Tumult störte und aus dem Häuschen brachte, brauste im bloßen Hemd wie ein Besessener aus dem Zimmer, bewaffnete sich mit einem Knotenstock und drang ins Gemach seiner Frau ein. Hier stieß er auf zwei Zimmerleute, die daran waren, ein Bettgestell zusammenzufügen. Unter den entsetzlichsten Flüchen und schimpflichsten Schmähungen befahl er ihnen, die Arbeit einzustellen, schwor auch, da, wo er Herr und Meister sei, dulde er weder Schott noch Kabine; als er aber sah, daß die Handwerker sich um seinen Protest nicht im geringsten kümmerten – sie hielten ihn nämlich für einen Verrückten, der zur Familie gehöre und aus seinem Gewahrsam ausgebrochen sei –, fiel er voll Wut und Entrüstung über die beiden her, wurde jedoch von ihnen recht übel behandelt und lag bald der Länge nach auf dem Boden, niedergestreckt durch einen Schlag mit einem Hammer, der die Sehkraft seines einzigen Auges arg gefährdete.

Nachdem sie ihn so bezwungen hatten, beschlossen sie, ihn mit Stricken zu binden, und waren eben im Begriff, ihn zu fesseln, als er durch das zufällige Eintreten seiner Gemahlin vor dieser Schande gerettet wurde. Sie befreite ihn aus den Händen der Gegner und drückte ihm ihr Beileid aus, maß aber zugleich die Schuld an seinem Unglück seinem rauhen und rücksichtslosen Charakter zu.

Er schnaubte vor Rache und machte Anstrengungen, die Handwerker für ihre Unverschämtheit zu züchtigen. Sobald diese erfuhren, mit wem sie es zu tun hatten, baten sie höchst demütig um Verzeihung und beteuerten, sie hätten nicht gewußt, daß er der Herr des Hauses sei. Aber weit davon entfernt, sich dadurch besänftigen zu lassen, tastete er nach der Klingel – durch die Entzündung seines Auges war er gänzlich des Sehvermögens beraubt –, und da er die Schnur nicht erreichen konnte, weil die Übeltäter sie vorsichtigerweise seinem Zugriff entzogen hatten, begann er fürchterlich zu toben und brüllte wie ein Löwe, der ins Netz geraten ist. Er stieß unzählige Flüche und Verwünschungen aus, rief Hatchway und Pipes mit Namen, und als die beiden, nahe genug, um ihn zu hören, dieser außerordentlichen Aufforderung nachkamen, gab er ihnen den Befehl, die Zimmerleute dafür in Ketten zu legen, daß sie sich erfrecht hätten, ihn in seinem eigenen Hause anzufallen.

Der Anblick ihres schlimm zugerichteten Kommandeurs erbitterte die Mannen und deren Gefolge, und sie betrachteten die Schmach, die er erlitten hatte, als eine Beleidigung der wohllöblichen Garnison, um so mehr, als die Rebellen sich verteidigen zu wollen und ihrer Autorität zu trotzen schienen. Sie zogen deshalb die Säbel, die sie gemeinhin als Zeichen ihrer Bestallung trugen, und höchstwahrscheinlich würde sich ein verzweifeltes Gefecht entsponnen haben, wenn die Herrin der Burg sich nicht ins Mittel geschlagen

Hier bin ich, bereit mich in den Ehestandsblock spannen zu lassen: verflucht sey
alle der unverständliche Mischmasch.
I. Th. VII. Cap.

und ihren feindseligen Absichten dadurch vorgebeugt hätte, daß sie dem Leutnant versicherte, der Kommodore sei der angreifende Teil gewesen, und die Arbeiter, die ihn nicht kannten und die sich von ihm auf eine so ungewöhnliche Weise bedrängt sahen, hätten sich zur Wehr setzen müssen, und dies sei die Ursache seiner unglücklichen Quetschung gewesen.

Kaum war der Leutnant über die Gesinnung von Mr. Trunnion unterrichtet, packte er seinen Zorn ein und sagte zum Kommodore, er sei immer bereit, seine rechtmäßigen Befehle zu vollziehen, allein sein Gewissen erlaube ihm nicht, arme Menschen überwältigen zu helfen, die im Grunde niemanden beleidigt hätten.

Diese unerwartete Erklärung sowie das Verhalten seiner Frau, die in seiner Gegenwart die Handwerker anwies, ihre Arbeit wiederaufzunehmen, erfüllten Trunnion mit Wut und Schmerz. Er riß seine wollene Schlafmütze vom Kopf, trommelte mit den Fäusten auf seinem kahlen Schädel herum, stampfte mit den Füßen, schwur, seine Leute hätten ihn verraten und verkauft, und verwünschte sich in alle Tiefen der Hölle, daß er einen solchen Basilisken in sein Haus gebracht habe.

Aber all sein Schreien und Toben war zwecklos und stellte einen seiner letzten Versuche dar, sich dem Willen seiner Frau zu widersetzen, nachdem diese seinen Einfluß auf seine Anhänger bereits vollständig ausgeschaltet hatte. Sie sagte ihm nun ein und für allemal, das Regiment im Innern müsse er ganz ihr überlassen; sie verstünde am besten, was ihm zur Ehre und zum Vorteil gereiche, befahl dann, daß ein Kräuterpflaster für sein Auge zurechtgemacht würde, und als dieses aufgelegt war, wurde er der Pflege des Pipes übergeben. Der führte ihn im Kastell herum wie einen blinden Bären, der fürchterlich brummt und alles fressen möchte, während Mrs. Trunnion, seine betriebsame Lebensgefährtin, den Plan, den sie entworfen hatte, bis in alle Einzelheiten verwirklichte, und zwar so gründlich, daß der Kommodore, als er schließlich wieder sehen konnte, sich in seinem eigenen Heim nicht mehr auskannte.

10

Mrs. Trunnion bedient sich verschiedener Kniffe, um ihre Macht zu festigen. Es sind bei ihr Zeichen der Schwangerschaft zu erkennen. Der Kommodore ist in frohester Erwartung und wird enttäuscht.

Die Einführung dieser Neuerungen erfolgte nicht, ohne daß er laut und wiederholt dagegen Einspruch erhoben hätte, und es kam zu mehreren seltsamen Zwiegesprächen zwischen ihm und seiner Ehehälfte, wobei diese immer als Siegerin aus dem Kampf hervorging, so daß sein Ansehen mehr und mehr sank.

Er begann seinen Ärger zu verbeißen, und zuletzt würgte er ihn ganz hinunter. Die Furcht vor einer stärkern Macht war in allen seinen Zügen deutlich zu lesen, und in weniger als drei Monaten war er ein Mustergatte. Seine Starrköpfigkeit aber war nicht etwa geschwunden, sondern bloß bezwungen. In einigen Dingen war er so unnachgiebig und eigensinnig wie je; allein er wagte es nicht, offen zu rebellieren, und mußte sich darauf beschränken, seinen Unwillen durch Passivität zum Ausdruck zu bringen, wie beispielsweise im folgenden Fall. Mrs. Trunnion schlug vor, es solle eine sechsspännige Kutsche angeschafft werden, weil sie nicht reiten könne und eine Kalesche für eine Dame ihres Standes kein reputierliches Fuhrwerk sei. Der Kommodore, der wohl wußte, daß sein eigenes Talent zum Disputieren gering war, hielt es nicht für gut, diesen Vorschlag zu bekämpfen, sondern spielte ihren Vorstellungen gegenüber den Tauben, obgleich sie, um seine Einwilligung zu erhalten, alle Argumente geltend machte, durch die er sich, wie sie meinte, besänftigen, schrecken, beschämen oder ködern lassen könnte. Umsonst berief sie sich auf ihr Übermaß an Liebe zu ihm, die wohl durch ein wenig Zärtlichkeit und Nachgiebigkeit erwidert zu werden verdiente; er blieb sogar fest, als sie versteckt mit der Rache einer beleidigten Frau drohte; und alle Worte von Würde oder Schande prallten an ihm ab wie an einem ehernen Bollwerk. Auch konnte man ihn nicht zu unschicklichem oder unfreundlichem Widerspruch reizen, nicht einmal, als sie ihm schmutzigen Geiz vorwarf und ihn an das Glück und die Ehre erinnerte, die er durch seine Heirat erworben hatte, sondern er schien sich in sich selbst zurückzuziehen, so wie eine Schildkröte unter ihrem Panzer verschwindet, wenn man sie angreift, und ertrug stillschweigend die Geißel ihrer Vorwürfe, ohne sich im geringsten anmerken zu lassen, daß sie ihn trafen.

Dies war jedoch das einzige, was ihr seit ihrer Hochzeit fehlgeschlagen war, und da sie diesen Mißerfolg einfach nicht verwinden konnte, zermarterte sie sich das Hirn, um einen neuen Plan auszuhecken, durch den sie ihren Einfluß und ihre Autorität mehren könnte. Was ihr gescheiter Kopf durchzusetzen nicht imstande war, bewirkte ein Zufall; denn sie hatte noch keine vier Monate im Kastell gewohnt, als sich bei ihr häufig Übelkeit und Schwäche einstellten; ihre Brüste wurden fest, und ihr Bauch rundete sich merklich; kurz, sie wünschte sich zu den Symptomen ihrer eigenen Fruchtbarkeit Glück, und der Kommodore war über die Aussicht auf einen Leibeserben vor Freude außer sich.

Sie wußte, daß dies die richtige Zeit war, ihre Oberherrschaft zu behaupten, und nutzte daher die Mittel, die ihr die Natur selbst in die Hände geliefert hatte. Es gab kein seltenes Möbel- oder Kleidungsstück, wonach sie nicht lüstern war, und als sie eines Tages beim Kirchgang Lady Statelys Equipage anfahren sah, wurde sie plötzlich ohnmächtig. Ihr Gemahl, dessen Eitelkeit noch nichts so sehr geschmeichelt hatte wie die versprochene Ernte seiner eignen Aussaat, geriet sofort in Aufregung und, um Rückfällen dieser Art vorzubeugen, die für seine Hoffnung gefährliche Folgen haben konnten, erlaubte er seiner Frau, sich ganz nach ihrem eigenen Belieben eine Kutsche, Pferde und Livreen anzuschaffen. Dergestalt ermächtigt, legte sie in kurzem solche Beweise ihres Geschmacks und ihrer Prachtliebe ab, daß die ganze Grafschaft sich die Köpfe darüber zerbrach und Trunnions Herz mächtig erbebte, weil er voraussah, daß ihre Verschwendungssucht gar keine Grenzen mehr kennen würde, was sich auch in den überaus kostspieligen Anstalten zu ihrer Niederkunft zeigte.

Ihre stolze Seele, die bisher immer nur auf den Repräsentanten ihres väterlichen Hauses Rücksicht genommen hatte, schien jetzt all diesen Respekt zu verlieren und sie anzutreiben, den ältern Zweig der Familie zu überstrahlen und herabzuwürdigen. Sie betrug sich gegen Mrs. Pickle mit einer gewissen höflichen Zurückhaltung, die ein Bewußtsein ihres höhern Ranges verriet, und von der Zeit an suchten die beiden Schwestern einander an Prunk zu überbieten. Unter dem Vorwand, frische Luft zu schöpfen, stellte die Trunnion alle Tage vor dem ganzen Kirchspiel die Pracht ihrer Equipage zur Schau; auch bemühte sie sich, ihren Kreis von vornehmen Bekannten zu erweitern. Dies kostete so sehr viele Schwierigkeiten eben nicht; denn jedermann, wenn er nur fähig ist, Figur zu machen, findet stets in den Zirkeln Zutritt, die man die gute Gesellschaft nennt, und man würdigt ihn ohne den mindesten Zweifel, ohne die kleinste Untersuchung als das, wofür sich auszugeben ihm beliebt hat. Auf all ihren Visiten und Lustpartien versäumte sie nie eine Gelegenheit, ihren gegenwärtigen Zustand kundzutun. Die Ärzte, sagte sie, haben mir die und die Brühe verboten, und dieses oder jenes Gericht sei für eine Frau in ihren Umständen Gift. Ja, an Orten, wo sie mit den Leuten auf vertrautem Fuß stand, verzog sie nicht selten das Gesicht und klagte, der kleine Mutwille fange an, recht ungebärdig zu werden, krümmte und drehte sich dabei, als ob sie von der Lebhaftigkeit des künftigen Trunnion ungemein viel zu ertragen habe. Ihr Gemahl benahm sich selbst nicht mit all der Bescheidenheit, die man von ihm hätte erwarten sollen. Er erwähnte im Klub öfters diesen Beweis seiner Rüstigkeit als eine glänzende Leistung für einen Knaben von fünfundfünfzig Jahren und bestätigte die gute Meinung von seiner Stärke durch einen verdoppelten Druck an der Hand des Wirtes, wodurch er denn jedesmal ein befriedigendes Zeugnis seiner Kraft herauspreßte. Wenn seine Freunde auf die Gesundheit von „Hänschen im Keller" tranken, legte er voll Behagen sein Gesicht in ungewöhnlich freundliche Falten. „Sobald der Kerl nur eine Kartusche tragen kann", ließ er sich alsdann vernehmen, „muß er mir in See;

denn ich hoffe, ihn noch vor meinem Ableben als Offizier zu sehen."

Mit dieser Hoffnung tröstete er sich einigermaßen über die Ausgaben, die er durch die Verschwendungssucht seiner Frau hatte, zumal wenn er bedachte, daß seine Nachsicht ihrem ungeheuern Aufwand gegenüber nach Ablauf der neun Monate ein Ende haben würde und der größte Teil der Frist ja schon verflossen sei. Doch all dieser philosophischen Resignation zum Trotz erreichten ihre Launen zuweilen einen solch lächerlichen und unerträglichen Grad von Unverschämtheit und Abgeschmacktheit, daß ihm die Geduld riß und er sich manchmal des heimlichen Wunsches nicht erwehren konnte, ihre Hoffart möchte durch die Vereitelung ihrer schmeichelhaftesten Erwartungen zuschanden werden, obgleich er selber unter der Enttäuschung schwer leiden müßte. Dies waren indessen bloße Anwandlungen von Abscheu und Ekel, die gemeiniglich ebenso rasch vorbeigingen, als sie sich eingestellt hatten, und derjenigen Person, die daran schuld war, nicht den mindesten Kummer verursachten, weil er sich bestrebte, sie sorgfältig vor ihr zu verbergen.

Mittlerweile sah Mrs. Trunnion den Zeitpunkt ihrer Niederkunft glücklich heranrücken und versprach sich einen erfreulichen Ausgang. Der berechnete Termin war um; da spürte sie mitten in der Nacht gewisse Schmerzen, die das Nahen des kritischen Augenblicks anzukündigen schienen. Der Kommodore stand flink auf und rief die Hebamme, die schon seit mehreren Tagen im Hause schlief. Man ließ unverzüglich einige der ältesten Matronen des Kirchspiels aufbieten, und alles war in höchster Spannung; allein die Symptome verloren sich allmählich wieder, und das Ganze war, wie die alten Weiber weise bemerkten, nichts als ein blinder Alarm.

Zwei Nächte darauf erging abermals ein Aufruf; und da die Taille auffallend schmäler geworden war, vermutete man, daß die Entbindung nahe sei. Doch diesem zweiten Anfall kam nicht mehr Bedeutung zu als dem ersten; die Wehen setzten wieder aus trotz all ihren Anstrengungen, sie zu beschleunigen, und die Frauen kehrten wieder heim und meinten, die dritte Attacke werde entscheidend sein; denn es heiße ja im Sprichwort: Aller guten Dinge sind drei. Diesmal jedoch war es mit dieser Maxime nichts. Die nächste Aufforderung war genau so nutzlos wie die vorangegangenen, und überdies trat dabei eine Erscheinung auf, die ihnen ebenso fremd als unerklärlich war, und zwar handelte es sich darum, daß der Leib von Mrs. Trunnion eine Form angenommen hatte, wie sie nach der Geburt eines ausgewachsenen Kindes zu erwarten gewesen wäre. Diese seltsame Sache überraschte und beunruhigte die ganze Matronenschaft sehr; sie hielten eine geheime Beratung ab, und da sie zum Schluß kamen, der Fall wäre in jeder Beziehung unnatürlich und außerordentlich, baten sie, man möge sofort nach einem Geburtshelfer schicken.

Ohne den Grund ihrer Bestürzung zu erraten, beauftragte der Kommodore sogleich den Pipes mit diesem Geschäft, und in weniger als zwei Stunden war ein Arzt aus der Nachbarschaft da, der sie beriet und kühn und bestimmt behauptete, die Patientin sei nie schwanger gewesen. Diese Versicherung wirkte wie ein Donnerschlag auf Mr. Trunnion, der seit vollen acht Tagen und Nächten beständig in der Erwartung gelebt hatte, mit dem Namen Vater begrüßt zu werden.

Nachdem er sich ein wenig gefaßt hatte, schwur er, der Arzt wäre ein Dummkopf, und er glaube seinem Wort nicht.

In diesem Mißtrauen wurde er durch die Einflüsterungen der Hebamme bestärkt, die noch immer fortfuhr, in Mrs. Trunnion die Hoffnung auf eine baldige und glückliche Entbindung zu nähren, indem sie bemerkte, sie habe schon oft mit Fällen ganz gleicher Art zu tun gehabt, in denen ein schönes Kind zur Welt gekommen sei, obschon bei der Mutter doch keine Schwangerschaftszeichen mehr festzustellen gewesen wären. Leute, die sich in Gefahr befinden, eine Enttäuschung zu erleben, klammern sich an jede Hoffnung, wie schwach sie schon sein möge. Alle Fragen, die die Hebamme mit den Worten: „Haben Sie nicht?" oder: „Fühlen Sie nicht?" an Mrs. Trunnion richtete, wurden in bejahendem

Sinne beantwortet, ob sie der Wahrheit entsprachen oder nicht, weil diese es nicht übers Herz brachte, irgendein Symptom abzuleugnen, durch das ihre so lange gehegte Erwartung gerechtfertigt werden konnte.

Die erfahrene Meisterin in der Hebammenkunst wurde also drei weitere Wochen im Hause behalten. Während dieser Zeit schien die Patientin noch mehrere Male etwas zu spüren, das sie als Wehen zu deuten beliebte, bis sie und ihr Gemahl schließlich das allgemeine Gespött des Kirchspiels waren; und noch als Mrs. Trunnion bereits so schlank geworden war wie ein Windspiel und obwohl ihnen auch andere unanfechtbare Beweise dafür vorlagen, daß sie sich geirrt hatten, ließ sich das verblendete Ehepaar kaum dazu bewegen, die Hoffnung aufzugeben. Doch die Auswirkungen dieser süßen Täuschung konnten nicht von ewiger Dauer sein; sie schwanden zuletzt und machten Gefühlen maßloser Scham und Verlegenheit Platz, so daß der Gatte volle vierzehn Tage hindurch in seinen vier Wänden blieb, während seine Gemahlin mehrere Wochen lang das Bett hüten mußte und auf ihrem Krankenlager alle Qualen tiefster Kränkung ausstand. Aber die Zeit heilte mit sanfter Hand selbst diese Wunde.

Die erste Frist, die ihr Kummer ihr gestattete, verwandte sie auf die pünktliche Erfüllung dessen, was man religiöse Pflichten nennt, und beobachtete sie mit der gehässigsten Strenge, wobei sie über ihre Hausgenossenschaft eine solche Verfolgung ergehen ließ, daß den Dienern der Boden im Kastell zu heiß, sogar Toms fast unüberwindliche Gleichgültigkeit erschüttert, der geplagte Kommodore um den letzten Rest von Ruhe betrogen und so keine Seele verschont wurde, außer Leutnant Hatchway, den sie nie vor den Kopf zu stoßen wagte.

11

Mrs. Trunnion fährt fort, das Kastell zu tyrannisieren. Ihr Gemahl gewinnt seinen Neffen Peregrine außerordentlich lieb.

Nachdem sie drei Monate lang solch frommen Beschäftigungen nachgegangen war, zeigte sie sich wieder in der Öffentlichkeit; jedoch ihr Unglück hatte einen derartigen Eindruck auf ihr Gemüt gemacht, daß sie den Anblick eines Kindes nicht ertragen konnte und jedesmal von einem Zittern befallen wurde, wenn von einer Taufe die Rede war. Ihr Temperament, schon von Natur nicht das sanfteste, schien seit ihrer Enttäuschung mit einer doppelten Portion Säure angeschwängert. Ihr Umgang war deshalb nicht sehr gesucht, und sie fand nur sehr wenig Leute geneigt, ihr mit jener Achtung zu begegnen, die sie fordern zu dürfen glaubte. Infolge dieser Vernachlässigung löste sie ihre Verbindungen mit der unartigen Welt und konzentrierte die Kraft ihrer Talente auf das Regiment in ihrem eigenen Haus, das denn auch bald unter ihrem despotischen Zepter stöhnte. In der Branntweinflasche fand sie reichströmenden Trost für all die Trübsal, die über sie ergangen war.

Was den Kommodore betrifft, erholte er sich rasch von seiner Schande, nachdem er manch bitteres Scherzwort des Leutnants hatte anhören müssen, und da er jetzt hauptsächlich das Ziel verfolgte, daheim durch Abwesenheit zu glänzen, ging er häufiger denn je ins Wirtshaus, suchte geflissentlicher die Freundschaft seines Schwagers Pickle und faßte während ihres vertrauten Umgangs eine Zuneigung zu seinem Neffen Perry, die erst mit dem Ende seines Lebens erlosch. Man muß wirklich gestehen, daß es Trunnion von Natur aus nicht an geselligen Tugenden fehlte; und die offenbarten sich denn gelegentlich in seinem ganzen Betragen, obgleich seine rauhe Erziehung und sein stürmisches Leben ihrer normalen Entwicklung und freien, ungehemmten Entfaltung nicht günstig gewesen waren.

Da alle Hoffnung, seinen eigenen Namen fortzupflanzen,

geschwunden war und seine Verwandten unter dem Bannfluch seines Hasses lagen, braucht man sich nicht zu wundern, wenn er infolge seines intimen und freundschaftlichen Verkehrs mit Gamaliel an jenem Knaben Gefallen fand. Perry ging nun in sein drittes Jahr und war wirklich ein recht hübsches, gesundes und vielversprechendes Kind; und was ihm die Gunst seines Onkels in noch höherem Maße gewann, war eine gewisse absonderliche Gemütsart, durch die er sich schon von zartester Jugend an ausgezeichnet hatte. Man erzählt sich von ihm, er habe, noch ehe er ein Jahr zählte, unmittelbar nachdem man ihn angekleidet hatte, die Mutter, die ihn liebkoste, während sich ihr Herz am Anblick ihres Glückes weidete, sehr oft durch ein lautes Geschrei erschreckt, dessen Heftigkeit nicht abflaute, bis ihn die geängstigte Frau in größter Eile nackt ausziehen ließ, in der Meinung, er werde von einer schlecht gesteckten Nadel gestochen, und als er ihnen diese unnötige Mühe und Aufregung verursacht, habe er sich der Länge nach ausgestreckt und ihnen ins Gesicht gelacht, gleichsam als ob er sie wegen ihrer törichten Beunruhigung verspotten wollte. Ja, es wird behauptet, er hätte eines Tages, als ein altes Weib, das in der Kinderstube aufwartete, heimlich eine Flasche Kordialwasser zum Munde führte, seine Amme am Ärmel gezupft, durch ein leichtes Zwinkern den Diebstahl verraten und ihr verschmitzt zugeblinzelt, wie um höhnisch zu sagen: Jaja, so weit kommt es mit euch allen. Doch diese Beispiele von Überlegungsvermögen bei einem Kind von neun Monaten sind so unglaublich, daß ich sie für Beobachtungen *ex post facto* halte, die sich auf imaginäre Erinnerungen stützten, als es in reiferem Alter war und seine besonderen Neigungen viel ausgeprägter wurden; sie sind von der gleichen Sorte wie die ingeniösen Entdeckungen jener scharfsinnigen Beobachter, die in den Zügen einer Person, deren Charakter sie zuvor haben beschreiben hören, unbedingt etwas Typisches finden. Doch kann ich mit voller Wahrheit behaupten, ohne die Periode seiner Kindheit, in der sich seine Sonderbarkeit zum erstenmal zeigte, genauer bezeichnen zu wollen, daß diese Veranlagung damals ganz deutlich zu erkennen war, als er die Aufmerksamkeit seines Oheims erregte und sein Liebling wurde.

Man sollte meinen, er habe im Kommodore den tauglichsten Gegenstand für seine Neckereien erblickt; denn auf diesen hatte er es mit seinen kleinen kindlichen Späßen meist abgesehen. Ich will indessen nicht in Abrede stellen, daß er hierin dem Beispiel von Mr. Hatchway gefolgt und sich dessen Unterweisung zunutze gemacht haben könnte; dem Leutnant war es nämlich eine herzliche Freude, ihn bei den ersten Proben seines Witzes zu überwachen.

Als das Zipperlein in Trunnions großer Zehe seinen Sitz aufgeschlagen hatte und nie, auch nicht für einen Tag, daraus wich, fand der kleine Perry ein ungemeines Vergnügen daran, wie von ungefähr auf dieses kranke Glied zu treten. Wenn dann sein Oheim, wütend über den Schmerz, ihn als einen Höllenbalg verfluchte, wußte er ihn sofort wieder zu beschwichtigen, indem er den Fluch mit gleichem Nachdruck erwiderte und fragte, was denn mit dem alten Hannibal Sauertopf los sei, ein Spitzname, mit dem der Leutnant ihn gelehrt hatte, den mürrischen Kapitän zu benennen.

Dies war jedoch nicht das einzige Experiment, durch das Peregrine die Geduld des Kommodores prüfte; auch mit dessen Nase pflegte er sich unschickliche Freiheiten zu erlauben, selbst wenn er auf Onkels Schoß geliebkost wurde. In bloß einem Monat nötigte er ihn zu einer Ausgabe von zwei Guineen für Seehundsfell, indem er ihm zu verschiedenen Malen den Tabaksbeutel stibitzte und ihn heimlich ins Feuer warf. Ebensowenig war Trunnions Lieblingsgetränk vor seiner Schalkslaune sicher, und der Kommodore tat mehr als einmal einen vollen Zug aus einer Kanne, in die der Inhalt der Schnupftabaksdose seines Schwagers geschüttet worden war, ehe er die unangenehme Beimischung merkte; und eines Tages, als er dem kleinen Pickle zur Strafe einen gelinden Schlag mit seinem Rohr verabreicht hatte, fiel dieser, so lang er war, zu Boden und rührte sich nicht, als ob er aller Besinnung beraubt wäre, worüber der Alte furchtbar erschrak und bestürzt wurde. Doch nachdem das ganze Haus in Aufruhr und in tausend Ängsten war, schlug Perry die Augen auf und lachte aus vollem Halse über den Erfolg seiner List.

Wenn ich all die argen Possen aufzählen wollte, die er seinem Oheim und andern Leuten spielte, noch bevor er das vierte Lebensjahr zurückgelegt hatte, so würde dies eine endlose und vielleicht nicht sehr angenehme Arbeit sein. Um diese Zeit hatte man angefangen, ihn alle Tage mit einem Bedienten in eine Schule in der Nachbarschaft zu schicken, damit er, wie seine liebe Mutter sich selbst ausdrückte, vor dem Wege des Bösen sicher wäre. Indessen lernte er hier wenig, trieb bloß viel Unfug, und zwar ungestraft, weil die Vorsteherin nicht Gefahr laufen wollte, die Gefühle einer reichen Dame dadurch zu verletzen, daß sie gegen deren einziges Kind eine nutzlose Strenge walten ließ. Mrs. Pickle war jedoch nicht blind und parteiisch genug, um an einer solch unangebrachten Nachsicht Gefallen zu finden. Perry wurde dieser höflichen Lehrerin weggenommen, einem Schulmeister übergeben und dieser angewiesen, ihn so zu züchtigen, wie der Knabe es seiner Meinung nach verdiene. Von dieser Befugnis machte er denn redlich Gebrauch; sein Zögling erhielt regelmäßig zweimal am Tag die Rute, und nachdem der Mann ihn achtzehn Monate lang dieser disziplinarischen Behandlung unterworfen hatte, erklärte er den Eltern, er sei der hartnäckigste, ungelehrigste und unlenksamste Bube, der ihm als Erzieher jemals vorgekommen wäre; statt daß er sich besserte, schien es, als würde er in seiner Verstocktheit nur noch bestärkt und sei für alle Gefühle der Furcht und Schande vollkommen unempfänglich. Über diese Symptome von Stupidität kränkte sich seine Mutter außerordentlich und glaubte, dies sei ein Erbstück von seinem Vater, folglich ein Familienübel, das durch keine menschlichen Bemühungen ausgerottet werden könnte. Der Kommodore aber freute sich über sein rauhes Wesen, und es bereitete ihm ein besonderes Vergnügen, als man ihm auf seine Nachfrage hin erzählte, Peregrine habe alle Knaben in der Schule weidlich durchgeprügelt. Auf Grund dieser Tatsache prophezeite er ihm, er werde in jeder Beziehung Glück haben, und bemerkte, in dem Alter sei er genau so einer gewesen. Da der Knabe nunmehr sechs Jahre zählte und unter dem birkenen Zepter seines nicht kargenden Lehrers so wenig profitiert hatte, riet man Mrs. Pickle an, ihn in eine *boarding-school* unweit von London zu senden, die von einem hervorragenden und ungemein erfolgreichen Erzieher geleitet werde. Auf diesen Vorschlag ging sie um so bereitwilliger ein, als sie damals schon seit geraumer Zeit ihr zweites Kind unter dem Herzen trug und hoffte, dieses würde sie für ihre Enttäuschung über den unbegabten Perry entschädigen oder doch einen Teil ihrer mütterlichen Liebe in Anspruch nehmen und es ihr so ermöglichen, die Abwesenheit des andern zu verschmerzen.

12

Peregrine kommt in eine „boarding-school" und tut sich durch seine Talente und seinen Ehrgeiz hervor.

Als der Kommodore von diesem Entschluß hörte, gegen den Gamaliel Pickle nicht das geringste einzuwenden wagte, bekundete er ein solches Interesse an seinem Liebling, daß er ihn auf eigene Kosten equipierte und ihn persönlich an Ort und Stelle brachte. Hier bezahlte er das Geld für Peregrines Eintritt und empfahl ihn der besonderen Fürsorge und Aufsicht des Unterlehrers, der ihm als ein fähiger und redlicher Mann gerühmt worden war und der für diese Mühewaltung schon im voraus eine ansehnliche Belohnung erhielt. Nie hatte der Kommodore seine Freigebigkeit zweckmäßiger angewandt; der Hilfslehrer war in der Tat ein gebildeter, rechtschaffener und verständiger Mensch, und obgleich er von einem schlimmen Schicksal dazu verurteilt war, in einer untergeordneten Stellung Dienst zu tun, hatte er lediglich durch seinen Fleiß und seine Tüchtigkeit der Schule einen Grad von Berühmtheit verschafft, den sie durch die Talente des Vorstehers nie erreicht hätte. Die Ordnung, die er eingeführt hatte, war zwar straff, aber keineswegs streng, und die von ihm erlassenen Gesetze waren dem Alter und dem Begriffsvermögen eines jeden Zöglings angemessen. Jeder Missetäter wurde von seinen Kameraden nach Recht und Billigkeit verhört und nach dem Urteil der Geschworenen bestraft. Kein Knabe ward wegen Mangels an Verständnis geschlagen, wohl aber wurde durch rechtzeitiges Lob und geschickt gezogene Vergleiche der Wetteifer entfacht und durch die Verteilung kleiner Prämien genährt. Die wurden denjenigen zugesprochen, die sich durch Fleiß, Sittsamkeit oder Genie ausgezeichnet hatten. Dieser Lehrer, der Jennings hieß, sondierte, seinem Grundsatz getreu, bei Perry zuerst das Terrain, das heißt, er studierte sein Temperament, um seinen Charakter und seine Gesinnung kennenzulernen, die durch die bisherige absurde Erziehung seltsam verderbt worden waren. Er stellte bei ihm eine trotzige Verstocktheit fest, eine Folge der vielen Züchtigungen, die ihn nach und nach ganz stumpfsinnig gemacht hatten. Anfänglich war er durch anerkennende Worte, die all die übrigen Schüler anfeuerten, nicht aufzurütteln, ebensowenig ließ sich sein Ehrgeiz, der gleichsam im Grab der Schande lag, durch Tadel wecken. Der Lehrer griff daher zu einem andern Mittel und begegnete diesem widerspenstigen Geist mit scheinbarer Gleichgültigkeit und Geringschätzung, denn er sah voraus, daß, wenn noch ein Funke von Gefühl in ihm wäre, diese Behandlung ihn zur Flamme emportreiben müsse. Der Erfolg rechtfertigte sein Urteil; der Knabe begann nach kurzer Zeit Beobachtungen anzustellen. Er merkte, mit welcher Auszeichnung die tüchtigen Schüler beehrt wurden, und fing an, sich der erbärmlichen Figur zu schämen, die er unter seinen Kameraden machte; denn statt seinen Umgang zu suchen, mieden sie ihn vielmehr, und es ging ihm nahe, daß er so wenig bei ihnen galt.

Jennings sah dies und freute sich darüber, daß es ihn kränkte. Er ließ diesen Kummer soweit an ihm zehren, als er seiner Gesundheit nicht schaden konnte. Der Knabe verlor alle Lust am Zeitvertreib, mochte nicht essen, wurde nachdenklich, sonderte sich immer ab, und oft fand man ihn in Tränen. Diese Symptome bewiesen ganz deutlich, daß sein natürliches Gefühl sich wieder regte, und der Erzieher hielt es nun für hohe Zeit, daran zu appellieren. Er änderte sein Benehmen ihm gegenüber; die Gleichgültigkeit, die er bisher zur Schau getragen hatte, wich allmählich, und Achtung und Aufmerksamkeit traten an ihre Stelle. Das bewirkte eine günstige Umwandlung bei dem Jungen. Eines Tages funkelten seine Augen vor Freude, als sein Lehrer sich mit scheinbarem Erstaunen folgendermaßen äußerte: „So, Perry! Es fehlt dir also nicht an Kopf, wie ich merke, wenn du ihn nur brauchen willst." Dergleichen Lobeserhebungen riefen in seiner kleinen Brust den Wetteifer wach; er entwickelte geistig eine solche Lebhaftigkeit, daß ihm bald niemand mehr Dummheit und Schläfrigkeit vorwerfen durfte und er für seinen großen Fleiß verschiedene Ehrenpfennige einstecken konnte. Jetzt wünschten seine Kameraden ebensosehr, freundschaftlich mit ihm zu verkehren, wie sie sich zuvor dagegen gesträubt hatten. Er war noch keine zwölf Monate in diesem Haus, als der vermeintliche Tölpel durch seine Geistesgaben auffiel. In diesem kurzen Zeitraum hatte er tadellos Englisch lesen gelernt, große Fortschritte im schriftlichen Ausdruck gemacht, konnte recht gut Französisch sprechen und hatte sich die Anfangsgründe des Lateinischen angeeignet. Der Lehrer ermangelte nicht, über Peregrines gute Leistungen einen Bericht an den Kommodore zu senden. Der war darüber begeistert und teilte die erfreuliche Botschaft sofort den Eltern mit.

Mr. Gamaliel Pickle, dem heftige Gemütsbewegungen fremd waren, hörte sie mit einer gewissen phlegmatischen Zufriedenheit an, die sich aber kaum in seinen Gebärden oder Worten äußerte. Auch brachen von den Lippen der Mutter nicht jene Rufe des Entzückens und der Bewunderung, die man hätte erwarten sollen, als sie erfuhr, wie sehr die Talente ihres Erstgeborenen alle Hoffnungen ihrer glühendsten Phantasie überstiegen. Zwar zeigte sie über Peregrines Wohlverhalten Genugtuung, machte aber doch die Bemerkung, die Schullehrer übertrieben zu ihrem eigenen Nutzen in dergleichen Fällen das Verdienst, und fügte hinzu, sie wundere sich darüber, daß Jennings seinem Lob nicht eine glaubwürdigere Note verliehen habe. Dieser Mangel an Interesse und gutem Glauben verdroß Trunnion, und da er glaubte, sie sei in ihrem Urteil zu spitzfindig, schwur er, was Jennings schreibe, sei die Wahrheit, die lautere Wahrheit, denn er selbst hätte ja von Anfang an prophezeit, der Junge werde der Familie noch Ehre machen. Allein Mrs. Pickle hatte jetzt ein Töchterchen, das sie etwa sechs Monate vor dem Eintreffen dieser Nachricht zur Welt gebracht hatte, und da das Kind ihr Fühlen und Denken vollkommen in Anspruch nahm, war sie für das Lob, das man Peregrine spendete, nicht sehr empfänglich. Die Verminderung ihrer Zärtlichkeit war für die Erziehung des Knaben von Vorteil, denn sie wäre durch falsche Nachsicht und verkehrte Einmischungsversuche gehemmt und vielleicht verdorben worden, hätte ihre Liebe ihm als dem einzigen Kind gegolten.

Jetzt dagegen, da sie sich um ein zweites Kind zu kümmern hatte, dem sie mindestens gleich viel Liebe schenkte wie dem ersten, wurde Perry der Leitung seines Lehrers überlassen, der ihn unbehindert nach eigenem Plan erzog. Jennings bedurfte wahrhaftig all seiner Klugheit und Wachsamkeit, um den jungen Herrn im Zaume zu halten. Denn nachdem er nun seinen Nebenbuhlern in den Wissenschaften die Siegespalme entrissen hatte, steckte er seinem Ehrgeiz weitere Ziele, und es packte ihn das Verlangen, die ganze Schule durch die Kraft seines Arms zu bezwingen. Ehe er es jedoch so weit bringen konnte, wurden mit wechselndem Erfolg unzählige Schlachten ausgetragen. Jeden Tag mußte er sich wegen einer blutigen Nase verantworten, erhob man Klage gegen ihn; und auf seinem eigenen Gesicht zeugten gewöhnlich einige blaue Male von einer hartnäckigen Fehde. Zuletzt aber erreichte er seine Absicht; seine Gegner wurden überwunden, seine Tapferkeit wurde anerkannt, und er errang sich den Lorbeer sowohl in den Kämpfen der Faust als auch in denen des Geistes. Dieser Triumph berauschte den Jungen; sein Stolz wuchs mit seiner Macht, und trotz allen Anstrengungen des Lehrers, der jede nur erdenkliche Methode anwandte, um den zügellosen Knaben zu bändigen – er hütete sich, dessen Geist dabei

Gewalt anzutun –, entwickelte er sich zum Frechling, den selbst eine ganze Reihe von Widerwärtigkeiten, denen er in der Folge begegnete, kaum wirksam bessern konnten. Nichtsdestoweniger lagen viel Gutmütigkeit und Edelsinn in seinem Charakter, und obwohl er unter seinen Kameraden eine unumschränkte Herrschaft errichtet hatte, so gründete sich die Sicherheit seines Reiches eher auf die Liebe als auf die Furcht seiner Untertanen.

Mitten im Genuß seiner Macht verletzte er nie jene Ehrfurcht, die ihm der Unterlehrer einzuflößen gewußt hatte; allein vor dem Direktor des Instituts hegte er keineswegs die gleiche Achtung. Es war dies ein alter, unwissender deutscher Quacksalber, der vornehmen Personen früher die Hühneraugen geschnitten und den Damen Schönheitswässerchen sowie Zahnpulver, Haarfärbemittel, Elixiere gegen Unfruchtbarkeit und Tinkturen gegen übelriechenden Atem verkauft hatte.

Durch diese Geheimmittel und durch die Kunst zu kriechen, in der er ein vollendeter Meister war, hatte er sich bei der feinen Welt eine solche Beliebtheit verschafft, daß er eine Schule aufmachen konnte und daß ihm fünfundzwanzig der besten Familien ihre Knaben anvertrauten. Er verköstigte seine Zöglinge zu einem selbst festgesetzten Preis und machte sich anheischig, sie im Französischen und Lateinischen so vorzubereiten, daß sie imstande wären, die Colleges von Westminster und Eton zu beziehen. Sein Plan steckte noch in den Kinderschuhen, als er das Glück hatte, auf Jennings zu stoßen, der notgedrungen für lumpige dreißig Pfund im Jahr die ganze Last der Erziehungsarbeit auf seine Schultern nahm, ein vortreffliches Programm aufstellte und es infolge seines Fleißes und seiner Kenntnisse zur größten Befriedigung der Interessenten in allen Einzelheiten durchführte, obwohl man sich, nebenbei gesagt, nie um die Verdienste von Jennings kümmerte und den andern die Früchte der Aufopferung des geschickten und gescheiten Unterlehrers genießen ließ.

Außer einer starken Dosis Geiz, Unwissenheit und Eitelkeit besaß der Oberlehrer gewisse komische Zierden körperlicher Art; so trug er einen Buckel und hatte krumme Beine. Das alles reizte Peregrines satirische Ader. So jung er war, ärgerte ihn des Prinzipals Mangel an Achtung vor dem Hilfslehrer; denn jener ergriff bisweilen die Gelegenheit, Jennings gegenüber den Vorgesetzten herauszukehren, damit die Knaben ihre Verehrung nicht am unrechten Orte anbringen sollten. Dadurch zog sich Mr. Keypstick, ein Charakter, wie ich ihn beschrieben habe, die Verachtung und die Ungnade dieses unternehmenden Schülers zu, der jetzt zehn Jahre zählte und Befähigung genug hatte, ihn ausgiebig zu plagen. Oft trieben Pickle und seine Bundesgenossen argen Spaß mit ihm, so daß er gegen Jennings mißtrauisch zu werden begann und sich des Gedankens nicht erwehren konnte, der Unterlehrer stecke hinter der ganzen Sache und streue den Samen des Aufruhrs in der Schule aus in der Absicht, sich unabhängig zu machen. Besessen von dieser Idee, die jeglicher Grundlage entbehrte, erniedrigte er sich sogar dazu, heimlich unter den Knaben zu intrigieren, weil er hoffte, auf diese Weise etwas Wichtiges aus ihnen herauszubringen.

Allein seine Erwartung schlug fehl, und als seine niederträchtige Handlungsweise dem Unterlehrer zu Ohren kam, legte dieser sein Amt freiwillig nieder. Bald darauf wurde es ihm ermöglicht, sich ordinieren zu lassen; so kehrte er denn dem Königreich den Rücken, in der Hoffnung, in einer unserer amerikanischen Pflanzungen eine Anstellung zu finden.

Der Rücktritt von Jennings hatte in Keypsticks Anstalt eine große Umwälzung zur Folge; von dem Augenblick an ging es mit ihr abwärts, weil der Herr Direktor weder Autorität besaß, um Gehorsam zu erzwingen, noch Klugheit, um unter den Knaben die Ordnung aufrechtzuerhalten. Auf diese Art entstanden Anarchie und Verwirrung, und Keypstick selbst büßte allmählich sein Ansehen bei den Eltern ein. Deshalb entzogen sie ihre Kinder seiner Aufsicht, in der Meinung, er sei zum Schulmeistern zu alt.

Da Peregrine sah, daß die ganze Gesellschaft getrennt würde, und da er täglich den einen oder andern seiner Kameraden verlor, fing seine Lage an, ihn zu verdrießen, und er beschloß, sich, wenn immer möglich, aus den Händen eines Menschen zu befreien, den er sowohl geringschätzte als verabscheute. So machte er sich denn ans Werk und faßte das nachstehende Billett an den Kommodore ab – es war dies sein erster Wurf im Briefschreiben.

Sehr geehrter und vielgeliebter Oheim!

In der Hoffnung, daß Sie sich guter Gesundheit erfreuen, melde ich Ihnen hiermit, daß Mr. Jennings fort ist und daß Mr. Keypstick seinesgleichen nie wieder finden wird. Die Schule ist bereits in fast völliger Auflösung begriffen, und täglich gehen Eleven aus derselben ab; und ich bitte Sie um Ihrer Liebe willen, mich auch wegzunehmen; denn ich kann es nicht länger bei einem Manne aushalten, der ein ausgemachter Ignorant ist und kaum *musa* deklinieren kann, auch besser zur Vogelscheuche taugt als zu einem Lehrer. Ich hoffe, Sie werden mich bald abholen lassen; mit freundlichen Grüßen an Sie und meine Tante und den besten Empfehlungen an meine verehrten Eltern, die ich alle um ihren Segen bitte. Und dies ist gegenwärtig alles, sehr geehrter Herr Oheim, bezüglich

Ihres geliebten und gehorsamen Neffen und Patenkindes und bis in den Tod ergebenen Dieners

Peregrine Pickle

Dieser Brief freute Trunnion ganz ungemein. Er sah ihn für eine der größten Leistungen des menschlichen Geistes an und teilte den Inhalt in diesem Sinne seiner Gemahlin mit, die er dadurch mitten in ihrer Andacht störte, denn er sandte eine Botschaft in das Kabinett, wohin sie sich öfters zurückzuziehen pflegte. Sie war wegen dieser Ablenkung übel gelaunt und nahm daher diesen Beweis von ihres Neffen Verstand nicht mit dem Wohlgefallen auf, das der Kommodore daran gefunden hatte. Vielmehr bemerkte sie, nach einigen gichtischen Anstrengungen zu reden – denn ihre Zunge versagte ihr bisweilen den Dienst –, daß der Junge ein unverschämter Maulaffe sei und scharfe Züchtigung dafür verdiene, daß er Vorgesetzte so unehrerbietig behandle. Ihr Gemahl übernahm die Verteidigung seines Patenkindes und machte mit großer Wärme geltend, er kenne den Keypstick als einen nichtsnutzigen, erbärmlichen alten Schuft, und Perry verriete viel Geist und Vernunft, daß er nicht mehr unter seinem Kommando stehen wolle. Daher erklärte er, Perry solle nicht eine Woche länger bei dem schlotterichten Halunken bleiben und sanktionierte diese Erklärung durch Flüche in Menge.

Mrs. Trunnion legte ihr Gesicht in die Falten frommer Sittsamkeit, tadelte seine gottlose Ausdrucksweise und fragte in gebieterischem Ton, ob er denn nie sein wildes, wüstes Wesen abzulegen gedächte. Über diesen Vorwurf erbittert, erwiderte er voll Unwillen, er wüßte so gut wie irgendein Weib, das einen Kopf auf dem Rumpf hätte, was er zu tun habe, sie möchte sich nur um ihre eigenen Angelegenheiten kümmern; und er gab ihr mit einer weiteren Folge von Flüchen zu verstehen, daß er in seinem eigenen Hause Herr sein wolle.

Diese Andeutung hatte auf ihre Lebensgeister die Wirkung, die das Reiben an einer Glaskugel erzeugt. Ihr Gesicht glühte vor Ärger, und aus all ihren Poren schienen Fünkchen zu sprühen. Sie antwortete mit einem Schwall der bittersten Worte, dem er ebenso heftig mit bruchstückartigen Anspielungen und unzusammenhängendem Gefluche begegnete. Sie fing an, ihm mit verdoppelter Kraft den Text zu lesen, und schließlich war er genötigt, die Flucht zu ergreifen, wobei er Verwünschungen gegen sie ausstieß und etwas von einer Branntweinpulle murmelte, jedoch sich sehr in acht nahm, daß dieses Wort ihre Ohren nicht erreichte.

Vom Kastell aus eilte er geradewegs zu Mrs. Pickle und zeigte ihr Peregrines Brief, indem er dabei auf die vielversprechenden Talente des Knaben ein Loblied sang. Als er aber fand, daß dies alles kalt aufgenommen wurde, bat er sie um die Erlaubnis, selbst für sein Patenkind sorgen zu dürfen.

Die Familie der Dame hatte sich indes um einen Sohn vermehrt, der jetzt ihre ganze Sorgfalt zu beanspruchen schien;

unsern Perry hatte sie in vollen vier Jahren nicht einmal gesehen und war ihm gegenüber von jener Schwachheit vollkommen geheilt, die man mütterliche Zärtlichkeit zu nennen pflegt. Sie bewilligte daher mit großer Gefälligkeit das Gesuch des Kommodore und machte ihm höflich ein Kompliment wegen des Interesses, das er stets für die Wohlfahrt des Kindes an den Tag gelegt habe.

13

Peregrine Pickle bei seinem Oheim.

Als Trunnion diese Erlaubnis erhalten hatte, sandte er noch am selben Nachmittag den Leutnant in einer Postchaise nach Keypsticks Haus, von wo dieser unsern jungen Helden in zwei Tagen zurückbrachte. Er stand nun in seinem elften Jahre, hatte die Erwartung seiner ganzen Familie übertroffen und zeichnete sich durch Schönheit und Anmut aus. Sein Pate war von seiner Ankunft so entzückt, als wäre er sein leiblicher Sohn gewesen. Er schüttelte ihm herzlich die Hand, drehte ihn um und um, musterte ihn von oben bis unten, hieß Hatchway beachten, wie hübsch er gebaut sei, drückte ihm wieder die Hand und sagte: „Ich denke, du Lausekerl, du machst dir aus so einem hinfälligen alten Petzensohn so wenig wie aus einem Tauende. Du hast vergessen, wie ich dich auf meinen Knien schunkelte, als du noch so ein kleiner Wicht warst wie ein Schiffsdavit; wie du mir tausenderlei Possen spieltest, meine Tabaksbeutel verbranntest und meinen Rum vergiftetest. O du vertrackter Bube, du grinsest; hast mehr als Schreiben und Lateinisch gelernt, drauf wollt ich wetten." Sogar Tom Pipes äußerte bei dieser freudigen Gelegenheit ungewöhnliche Zufriedenheit. Er ging auf Peregrine zu, streckte ihm seine Vordertatze hin und begrüßte ihn mit den Worten: „Nun, wie geht's, junger Herr? Es ist mir recht von Herzen lieb, dich wiederzusehen." Nach diesen gegenseitigen Komplimenten hinkte der Oheim nach dem Zimmer seiner Frau und schrie an der

Türe: „Hier ist Euer Neffe Perry! Ich glaube, Ihr wollt nicht einmal kommen und ihn willkommen heißen?" „Mein Gott! Mr. Trunnion", sagte sie, „müssen Sie mich denn in einem fort plagen und mich immer zur Unzeit belästigen?" „Ich Euch plagen?" entgegnete der Kommodore. „Sapperment, es spukt wohl in Eurem Oberdeck. Wollte Euch nur melden, daß Euer Neffe hier ist, den Ihr seit vier lieben langen Jahren nicht gesehen habt. Ich will ewig verdammt sein, wenn es in all den Besitzungen des Königs, seht Ihr, einen Knaben in seinem Alter gibt, der so schmuck oder solch ein tüchtiger Kerl wäre. Er macht dem Namen Ehre, seht Ihr? Der Teufel soll mich holen, wenn ich noch ein Wort darüber verliere. Wollt Ihr kommen, so ist's gut, wo nicht, so laßt's bleiben!" „Nun gut, so will ich nicht", erwiderte seine Gemahlin. „Ich habe jetzt angenehmere Beschäftigungen." „Hoho! habt Ihr? Kann mir's wohl denken!" rief der Kommodore, verzog dabei das Gesicht und machte die Gebärde des Schnapsens. Dann wandte er sich zu Hatchway und sagte: „Ich bitte dich, Jack, versuch mal deine Kunst an dem unbeweglichen alten Kasten; wenn ihn jemand hierherlotsen kann, so weiß ich, bist du's." Der Leutnant postierte sich also vor der Tür und suchte die Dame auf folgende Art zu überreden: „Wie, wollen Sie nicht herauskommen und den kleinen Perry auf gut seemännisch begrüßen? 's wird Ihrem Herzen recht wohl tun, so einen feinen, jungen Kerl zu sehn. Er ist wirklich Ihr wahres Ebenbild, denn gleichen tut er Ihnen, als wäre er Ihnen aus den Augen geschnitten, wie man so zu sagen pflegt. Haben Sie doch ein wenig Achtung gegenüber Ihren Verwandten." Auf diese Ermahnung hin antwortete sie sanften Tons: „Lieber Mr. Hatchway, Sie sind doch ein richtiger Quälgeist. Mir kann bestimmt niemand Unfreundlichkeit oder Mangel an natürlicher Zuneigung vorwerfen." Damit öffnete sie die Tür, betrat den Saal, in dem ihr Neffe stand, empfing ihn sehr liebreich und bemerkte, er wäre das leibhafte Abbild ihres Papas.

Am Nachmittag führte ihn der Kommodore in die elterliche Wohnung, und – wie seltsam – kaum war der Knabe seiner Mutter vorgestellt, als sich ihre Miene änderte; sie schaute ihn mit offensichtlicher Betrübtheit und Verwunderung an, brach in Tränen aus und rief, ihr ältester Sohn sei tot; dies wäre ein Junge, den man untergeschoben habe, um ihr den Kummer zu ersparen. Diese sonderbare Aufregung, deren Ursache bloß in Phantasterei und Launenhaftigkeit zu suchen war, machte Trunnion ganz bestürzt. Selbst Gamaliel war fassungslos und wurde, da sein Glaube jetzt zu wanken begann, so unsicher, daß er nicht wußte, wie er sich dem Knaben gegenüber verhalten sollte. Darauf verfügte sich der Kommodore mit seinem Patenkind sogleich wieder ins Kastell und schwur auf dem ganzen Wege, mit seinem Willen werde Perry die Schwelle des Elternhauses nie mehr betreten. Ja, er war über diese unnatürliche und abgeschmackte Verleugnung so sehr entrüstet, daß er sich weigerte, weiterhin mit Pickle zu verkehren, bis dieser ihn durch Unterwürfigkeit und vieles Bitten sowie durch die Anerkennung von Peregrine als Sohn und Erben besänftigte. Es geschah dies aber heimlich und ohne Mitwissen seiner Frau, denn nach außen hin mußte er den Schein wahren und tun, als ob er dieselbe feindselige Abneigung empfinde wie sie. Auf diese Weise aus dem väterlichen Heim verbannt, war unser junger Herr nun vollständig den Händen des Kommodores überlassen, dessen Liebe zu ihm täglich wuchs, so daß er es kaum übers Herz bringen konnte, sich von ihm zu trennen, als die weitere Erziehung dies unbedingt erforderte.

Aller Wahrscheinlichkeit nach wurde diese außergewöhnliche Anhänglichkeit durch jene eigentümliche Art von Peregrines Phantasie, von der bereits die Rede war, wo nicht geweckt, so doch wenigstens gefestigt, eine Phantasie, die während seines Aufenthalts im Kastell in mancherlei Streichen, die er unter Mr. Hatchways Anleitung seinem Onkel und seiner Tante spielte, zum Ausdruck kam.

Der Leutnant unterstützte ihn beim Aushecken und bei der Ausführung aller seiner Pläne. Auch Pipes hatte an diesen Unternehmungen teil; denn er war ein treuer Kerl, nicht ungewandt in einigen Dingen und ihnen völlig ergeben, so daß sie in ihm ein brauchbares Werkzeug fanden und sich seiner entsprechend bedienten.

Die erste Probe ihrer Kunst legten sie Mrs. Trunnion gegenüber ab. Sie erschreckten diese gute Dame durch seltsame Geräusche, wenn sie sich zu ihrer Andacht zurückzog. Pipes – in dieser Beziehung war er ein geborenes Genie – konnte allerlei häßliche Laute erzeugen; so verstand er es, das Knarren einer Winde, den schneidenden Ton einer Säge, das Klappern der Gebeine eines in Ketten hängenden Missetäters nachzuahmen; er konnte iahen wie ein Esel, kreischen wie eine Nachteule, schreien wie die Katzen zur Paarungszeit, heulen wie ein Hund, quieken wie ein Ferkel, krähen wie ein Hahn, und er hatte auch den Kriegsruf der Indianer Nordamerikas nachzuahmen gelernt. Von all diesen Talenten machte er der Reihe nach zu verschiedenen Zeiten und an verschiedenen Orten Gebrauch, und zwar zum Entsetzen von Mrs. Trunnion, zur Beunruhigung des Kommodores selbst und zur Bestürzung der gesamten Dienerschaft der Burg. Peregrine tänzelte, mit einem Bettlaken über den Kleidern, bisweilen in der Dämmerung vor seiner Tante herum, wenn ihre Sehorgane infolge der Herzstärkung, die sie zu sich genommen hatte, etwas geschwächt waren. Auch lehrte ihn der Bootsmaat, den Katzen Walnußschalen an die Pfoten zu binden, so daß diese auf ihren nächtlichen Streifereien einen höllischen Spektakel vollführten. Mrs. Trunnions Gemüt wurde durch diese alarmierenden Vorfälle nicht wenig erregt, weil sie darin die Vorzeichen des nahen Todes einer der Hauptpersonen aus der Familie erkennen zu müssen glaubte; deshalb verdoppelte sie die Zahl ihrer Andachtsübungen und stärkte ihre Lebensgeister mit frischen Gnadenströmen; ja, sie begann sogar zu bemerken, daß Mr. Trunnions Konstitution zerrüttet sei, und schien es den Leuten zu verübeln, wenn sie sagten, er habe noch nie besser ausgesehen. Die häufigeren Besuche, die Mrs. Trunnion ihrem Kabinett abstattete, wo sie ihren einzigen Trost hienieden verwahrte, gaben dem Triumvirat den Gedanken zu einem Streich ein, der um ein Haar sehr tragische Folgen gehabt hätte. Sie erspähten eine Gelegenheit, in eine ihrer Schrankflaschen eine Portion Jalappe zu schütten, und die Dame nahm von dieser Arznei eine so reichliche Dosis zu sich, daß ihr Körper der heftigen Wirkung beinahe erlag. Ohnmacht folgte auf Ohnmacht, und sie stand dicht am Rande des Grabes, trotz allen Gegenmitteln, die ein Arzt verordnet hatte, der gleich beim Anfang ihrer Unpäßlichkeit herbeigerufen worden war. Nachdem er die Symptome untersucht hatte, erklärte er, die Patientin wäre mit Arsenik vergiftet worden, und verschrieb deshalb ölhaltige Mittel und schmeidigmachende Einspritzungen, um die innere Haut des Magens und der Gedärme vor den scharfreizenden Partikeln dieses schädlichen Minerals zu schützen. Zugleich ließ er mit einem unendlich weisen Blick die Andeutung fallen, es sei gar nicht schwer, das ganze Geheimnis zu erraten, und stellte sich, als beklage er die arme Dame, weil sie wohl weiteren Angriffen dieser Art ausgesetzt sei. Hierbei schielte der dienstfertige Sohn Äskulaps nach dem unschuldigen Kommodore hin, den er für den Urheber der Tat hielt und im Verdacht hatte, er habe dadurch eine Frau loswerden wollen, für die er bekanntermaßen nicht eben große Zuneigung empfand. Dieser unverschämte und boshafte Fingerzeig machte auf die Umstehenden einigen Eindruck und öffnete der Verleumdung ein weites Feld. Trunnions Charakter wurde durch deren Gift bespritzt und er in der ganzen umliegenden Gegend als ein Ungeheuer an Unmenschlichkeit verschrien, ja selbst die Kranke, so klug, so sehr dem Anstand gemäß sie sich auch benahm, konnte sich doch eines leichten Mißtrauens gegen ihren Gemahl nicht erwehren; nicht, daß sie sich einbildete, er habe es auf ihr Leben abgesehen, wohl aber, er habe sich die Mühe genommen, ihren Branntwein zu verfälschen in der Absicht, ihr das Lieblingsgetränk zu verleiden.

Sie beschloß daher, künftig mit mehr Vorsicht zu Werke zu gehen, die Sache jedoch auf sich beruhen zu lassen, während der Kommodore ihre Krankheit einer natürlichen Ursache zuschrieb und gar nicht weiter daran dachte, als die Gefahr vorbei war, so daß die Täter zwar mit der bloßen Angst davonkamen, jedoch eine solche Lektion weghatten, daß sie dergleichen Scherze nicht mehr wagen wollten.

Nun richteten sie die Pfeile ihres Witzes gegen den Kommodore selbst. Sie plagten und schreckten ihn so, daß er beinahe den Verstand verlor. Eines Tages, als er zu Mittag aß, kam Pipes und meldete ihm, es sei jemand unten, der ihn sofort in einer sehr wichtigen Sache sprechen müsse, die gar keinen Aufschub dulde. Trunnion befahl, dem Fremden zu sagen, er habe zu tun; er solle ihm nur seinen Namen und seinen Auftrag nennen. Der Name der Person, erhielt er zur Antwort, sei ihm unbekannt, und es handle sich um eine Angelegenheit, die er niemandem eröffnen könne als dem Kommodore selbst, und er wünsche dringend, unverzüglich von ihm empfangen zu werden.

Über diese Zudringlichkeit erstaunt, stand Trunnion mit großem Widerstreben mitten von seiner Mahlzeit auf, ging zu dem Fremden in den Saal hinunter und fragte ihn in mürrischem Tone, was er in solch verdammter Hast von ihm wolle, daß er nicht warten könne, bis man fertig gegessen habe. Diese rauhe Anrede brachte den andern nicht im mindesten aus der Fassung; er schlich auf den Zehen dicht an Trunnion heran, legte mit vertraulicher und wichtiger Miene seinen Mund an dessen Ohr und flüsterte ihm ganz leise zu: „Sir, ich bin der Anwalt, den Sie insgeheim haben sprechen wollen." „Der Anwalt!" rief Trunnion mit starrem Blick und halb vor Zorn erstickt. „Ja, Sir, zu dienen", erwiderte der Vertreter des Rechts, „und mit Ihrer gütigen Erlaubnis, je eher wir die Sache abmachen, desto besser. Denn es ist eine alte Regel, daß Aufschub Gefahr bringt." „Wahrhaftig, Bruder", sagte der Kommodore, der nicht länger an sich halten konnte, „ich denke völlig so wie Ihr, seht Ihr, und deshalb will ich Euch augenblicklich abfertigen." Mit diesen Worten hob er seinen Spazierstock, ein Mittelding zwischen Krücke und Knüppel, und ließ ihn mit solcher Kraft auf den Hirnkasten des Anwalts niedersausen, daß, wenn er etwas anderes als feste Knochen getroffen hätte, sein Schädel sich des Inhalts hätte entleeren müssen.

So gewappnet der Anwalt aber auch von der Natur gegen dergleichen Angriffe war, konnte er dennoch der Stärke des Schlages nicht widerstehen und lag im Augenblick besinnungs- und regungslos auf dem Boden. Trunnion humpelte schnell die Treppen hinauf zu seinem Mittagessen und gratulierte sich auf dem ganzen Weg heftig und laut zu der Rache, die er an einem so frechen Schuft und Zungendrescher genommen hatte.

Kaum war der Anwalt aus seiner unerwarteten Bewußtlosigkeit erwacht, als er seine Augen nach einem Zeugen umherwandern ließ, durch den er die ihm widerfahrene Beleidigung desto leichter beweisen könnte. Da er aber keine Seele gewahr wurde, bemühte er sich, wieder auf die Beine zu kommen, und folgte, während ihm das Blut über die Nase lief, einem Bedienten ins Speisezimmer nach, entschlossen, sich mit dem Angreifer auseinanderzusetzen und entweder Schmerzensgeld von ihm zu erpressen oder ihn vor Zeugen nochmals zur Tätlichkeit zu reizen. In dieser Absicht trat er lärmend und schreiend ins Zimmer, zum Erstaunen aller Anwesenden und zum Schreck von Mrs. Trunnion, die beim Anblick einer solchen Erscheinung laut aufkreischte. Der Anwalt wandte sich nun an den Kommodore und sagte: „Ich will Ihnen etwas sagen, Sir. Wenn es noch ein Recht in England gibt, so sollen Sie für diesen Überfall büßen. Sie glauben dadurch, daß Sie alle Bedienten fortgeschafft haben, vor jeder gerichtlichen Verfolgung sicher zu sein. Allein dieser Umstand wird bei der Untersuchung zu einem vollständigen Beweise des böswilligen Vorsatzes Ihrer Tat dienen, besonders wenn er durch das Zeugnis dieses Briefes von Ihrer eignen Hand erhärtet wird, durch den Sie mich bitten, in Ihr Haus zu kommen, um mit Ihnen über eine Sache von Belang zu verhandeln." Damit zog er das Schreiben hervor und las folgendes:

An Mr. Roger Ravine.
Sir!
Da ich in meinem eigenen Hause gewissermaßen ein Gefangener bin, ersuche ich Sie, nachmittags Schlag drei Uhr bei mir vorbeizukommen und darauf zu bestehen, mich persönlich zu sprechen. Ich habe Ihnen eine wichtige Sache zu unterbreiten, in der Ihres besondern Rats bedarf
Ihr ergebener Diener Hawser Trunnion

Der einäugige Kommandeur war mit der am Kläger bereits vollzogenen Strafe zufrieden gewesen. Als er ihn jedoch jetzt diese unverschämte Fälschung verlesen hörte, die er für eine Frucht der Büberei dieses Menschen hielt, sprang er vom Tisch auf, griff nach einem gewaltigen Truthahn, der vor ihm auf einer Platte lag, und würde ihn samt Sauce und allem statt eines Pflasters auf die Wunde des Mannes geklebt haben, hätte ihn Hatchway nicht daran gehindert. Der packte ihn an beiden Armen und drückte ihn fest auf seinen Stuhl nieder, Ravine aber riet er, mit der Ladung abzusegeln, die er schon an Bord habe. Weit davon entfernt, diesen heilsamen Rat zu befolgen, verdoppelte der Anwalt seine Drohungen und forderte Trunnion durch die Behauptung heraus, er sei kein Mann, der wahre Courage besitze, obwohl er Kommandeur eines Kriegsschiffs gewesen wäre, sonst würde er niemanden so feige und heimtückisch angefallen haben. Durch diese Provokation hätte er seinen Endzweck sicher erreicht, wäre die Entrüstung seines Gegners nicht durch den Leutnant gedämpft worden. Der bat seinen Freund leise, sich nur nicht weiter aufzuregen, denn er wolle dafür sorgen, daß der Anwalt für seine Vermessenheit in einer Decke geprellt werde. Dieser Vorschlag, den Trunnion mit Begeisterung guthieß, besänftigte ihn sofort; er wischte sich den Schweiß von der Stirn, seine Gesichtszüge entspannten sich, und ein grimmiges Lächeln spielte um seinen Mund.

Hatchway verschwand, und Ravine schimpfte mit viel Zungenfertigkeit drauflos, bis er durch das Eintreten von Pipes unterbrochen wurde. Dieser faßte ihn ohne lange Einleitung bei der Hand und führte ihn in den Hof hinunter. Hier wurde er auf einen Teppich geworfen und im Nu durch die Kraft und die Geschicklichkeit von fünf dienstbaren Geistern in die Lüfte geschnellt. Es waren gar rüstige Burschen, die der Leutnant zu diesem sonderbaren Geschäft unter der Zahl der Domestiken ausgewählt hatte.

Vergebens flehte der bestürzte Voltigeur, um Gottes und der Leiden Christi willen sich seiner zu erbarmen und seiner unfreiwilligen Luftspringerei ein Ende zu machen. Sie waren taub gegen seine Bitten und Beteuerungen, selbst als er ihnen aufs feierlichste schwor, wenn sie aufhörten, ihn zu quälen, wolle er alles Vorgefallene vergessen und vergeben und ruhig nach Hause gehen. Die Leute setzten das Spiel fort, bis sie schließlich müde waren.

Ravine, der in einer höchst traurigen Verfassung abziehen mußte, reichte gegen den Kommodore Klage ein wegen Tätlichkeit und ließ bei Strafe alle Bedienten als Zeugen in dieser Sache vorladen. Da aber keiner von ihnen gesehen hatte, was geschehen war, fand er bei dieser Klage seine Rechnung nicht, obgleich er die Zeugen selbst verhörte und ihnen unter anderm die Frage vorlegte, ob sie ihn nicht wie einen gesunden und normalen Menschen hätten eintreten sehen und ob sie je irgendeinen andern Menschen in dem Zustand erblickt hätten, in dem er habe davonschleichen müssen. Diese letzte Frage brauchten sie aber nicht zu beantworten, weil sie sich auf seine zweite Züchtigung bezog, an der sie und nur sie teilgehabt hatten; und niemand ist verpflichtet, gegen sich selbst zu zeugen.

Kurz, der Anwalt mußte seine Klage zurückziehen zur größten Befriedigung aller, die ihn kannten, und war nun gezwungen zu beweisen, daß er den Brief, den das Gericht als grobe Fälschung erklärte, wirklich mit der Post erhalten hätte, um so der Gegenklage zu entgehen, mit der der Kommodore ihm drohte; denn daß die ganze Geschichte von Peregrine und seinen Verbündeten angezettelt und ausgeführt worden sei, ließ Trunnion sich nicht im geringsten träumen.

Der nächste Streich, den das Triumvirat vorhatte, war der Plan, dem Kommodore durch eine unheimliche Erscheinung einen Schreck einzujagen, was sie auf folgende Weise ausführten. Pipes befestigte an einer großen Ochsenhaut eine scheußliche Maske aus Leder; er hatte sie über den Rachen eines Haifisches gespannt, den er von seinen Fahrten her besaß, und sie an Stelle von Augen mit zwei starken Gläsern versehen, hinter denen er zwei Binsenlichter anbrachte. Sodann machte er aus Schwefel und Salpeter einen tüchtigen Zündsatz und schob ihn zwischen die beiden Zahnreihen hinein. Als nun diese ganze Montage fertig war, schlüpfte er an einem dunklen Abend, den man zu diesem Zweck ausgewählt hatte, hinein und schlich hinter dem Kommodore her, als er durch einen langen Gang schritt, während Perry ihm mit einem Kerzenstock in der Hand voranleuchtete.

Nun zündete er mit einer Lunte sein Feuerwerk an und fing an, wie ein Ochse zu brüllen. Der Knabe schaute sich, wie verabredet, um, schrie laut auf und ließ die Kerze fallen, die sofort erlosch. Trunnion, wegen der Bestürzung seines Neffen beunruhigt, rief: „Sapperment, was ist los?" blickte, um die Ursache seines Schrecks zu entdecken, nach hinten und gewahrte nun ein gräßliches Phantom, das blaue Flammen spie und dadurch noch fürchterlicher wirkte. Er wurde augenblicklich von einer wahnsinnigen Angst erfaßt, die ihn aller Überlegung beraubte; trotzdem erhob er, gleichsam mechanisch, seine treue Stütze zur Verteidigung, und als die Erscheinung sich ihm näherte, schlug er mit einer so krampfhaften Kraftanstrengung nach diesem Ungeheuer, daß Pipes keinen Grund gehabt hätte, sich auf seine Erfindung etwas einzubilden, wenn der Hieb nicht zufällig an einem der Hörner abgeprallt wäre. So schlecht er aber auch saß, ließ er Tom dennoch taumeln, und da dieser sich vor einer zweiten derartigen Begrüßung scheute, wurde er mit dem Kommodore handgemein, stellte ihm ein Bein und ergriff schleunigst die Flucht.

Jetzt tat Peregrine so, als habe er sich ein wenig erholt, und lief entsetzt und in höchster Aufregung davon, um das Gesinde zu ihres Herrn Beistand herbeizurufen. Sie fanden ihn im kalten Schweiß am Boden liegend, ganz verstört und zu Tode erschrocken. Hatchway half ihm auf, stärkte ihn mit einem Glas Nanzer und fing an, ihn nach der Ursache seiner Verwirrung zu fragen; aber er konnte auch nicht ein Wort aus seinem Freund herausbringen. Nach einer längern Pause, während der er in tiefes Nachdenken versunken zu sein schien, erklärte er laut: „Bei Gott, Jack, Ihr mögt sagen, was Ihr wollt; allein ich will verdammt sein, wenn's nicht Davy Jones selbst war. Ich kenn ihn an seinen Glotzaugen, seinen drei Reihen Zähnen, seinen Hörnern und seinem Schwanz und an dem blauen Rauch, der aus seinen Nüstern quoll. Was aber will denn der schwarze Kerl, die Höllenbrut von mir? Habe doch meiner Sechsen nie einen Menschen totgeschlagen, außer wenn's mein Metier erforderte, noch hab ich je irgendeinem ein Leid angetan, seit ich zum erstenmal in See stach." Nach der Mythologie der Seeleute ist dieser Davy Jones der Teufel, der über alle bösen Geister der Tiefe gebietet und in mancherlei Gestalt erscheint und kurz vor Sturm, Schiffbruch oder anderm Mißgeschick, dem der Seefahrer ausgesetzt ist, im Takelwerk hockt und der armen Seele Tod und Weh verkündigt. Es war also kein Wunder, daß Trunnion durch den vermeinten Besuch des Dämons beunruhigt wurde, da dieser, wie er glaubte, ein furchtbares Unglück anzeigte.

14

Trunnion wird durch das Triumvirat in ein Abenteuer mit dem Akziseeinnehmer verwickelt. Letzterer kommt bei dem Spaß nicht eben auf seine Rechnung.

Wie unnatürlich und unerklärlich der Trieb auch sein mag, demzufolge Menschen, denen es sonst an Hochherzigkeit und Mitgefühl nicht fehlt, ihre Mitgeschöpfe quälen und ängstigen, so ist dennoch eines gewiß, er war bei unsern Konföderierten derart stark entwickelt, daß sie sich mit den Streichen, die sie dem Kommodore bisher gespielt hatten, nicht begnügten, sondern den guten Mann auch weiterhin unaufhörlich verfolgten. Aus der Geschichte seines eigenen Lebens, von dem er immer mit viel Freude erzählte, hatte er des öftern ein Wildererabenteuer erwähnt, an dem er sich aus jugendlichem Übermut unglücklicherweise beteiligt hatte. Die Sache war übel ausgefallen, und er war mit seinen Kameraden nach einem hartnäckigen Kampf mit den Wildhütern gefangengenommen und vor einen Friedensrichter in der Nachbarschaft geschleppt worden, der ihn schimpflich behandelte und sie alle ins Loch steckte.

Während seiner Haft begegneten ihm seine Verwandten, namentlich aber ein Oheim, von dem er in der Hauptsache abhängig war, mit großer Strenge und Unmenschlichkeit. Der Oheim lehnte es entschieden ab, sich für ihn zu verwenden, es sei denn, daß er sich durch eine schriftliche Erklärung verpflichte, bei der Strafe der gesetzlichen Folgen seiner Missetat, binnen dreißig Tagen nach seiner Freilassung zur See zu gehen. Er stand also vor der Wahl, sich entweder freiwillig ins Exil zu begeben oder aber, von jedermann verstoßen und verlassen, im Gefängnis zu bleiben, um schließlich einem entehrenden Verhör unterworfen zu werden, das leicht mit einer Verurteilung zu Deportation auf Lebenszeit enden konnte. Er nahm deshalb ohne langes Bedenken den Vorschlag seines Oheims an und wurde, wie er selbst sagte, in weniger als einem Monat nach seiner Entlassung Wind und Wellen preisgegeben.

Seit damals hatte er mit seinen Verwandten nie mehr verkehrt, die alle an seiner Vertreibung mitgearbeitet hatten; auch schenkte er denjenigen von ihnen, die nach seinem Aufstieg de- und wehmütig vor ihm krochen, nicht die geringste Beachtung; den unversöhnlichsten Groll jedoch hegte er gegen seinen Oheim, der zwar noch lebte, aber sehr alt und schwächlich war, und nannte häufig dessen Namen mit den bittersten Gefühlen der Rache.

Da Perry um die Einzelheiten dieser Geschichte, die er so oft hatte erzählen hören, Bescheid wußte, schlug er Hatchway vor, sie wollten jemanden dazu anstellen, dem Kommodore ein gefälschtes Empfehlungsschreiben des von ihm so verabscheuten Verwandten zu überreichen, denn bei diesem Schwindel würden sie aller Wahrscheinlichkeit nach unendlich viel Spaß erleben.

Dem Leutnant gefiel der Plan, und als der junge Pickle einen entsprechenden Brief aufgesetzt hatte, ließ sich der Akziseeinnehmer des Ortes, ein äußerst frecher, aber lustiger Kerl, dem Hatchway trauen konnte, dazu bereitfinden, den Brief abzuschreiben, ihn eigenhändig abzuliefern und auch die Rolle des Mannes zu spielen, zu dessen Gunsten er angeblich abgefaßt war. Er kam also eines Morgens, wenigstens zwei Stunden eher, als Trunnion aufzustehen pflegte, im Kastell angeritten und sagte zu Pipes, der gerade Wache hatte, er bringe einen Brief für seinen Herrn, dürfe ihn aber niemandem als diesem selbst übergeben. Kaum war diese Botschaft ausgerichtet, so begann der Kommodore, den man extra hatte wecken müssen, voller Entrüstung auf den Boten zu fluchen, weil er ihn in seiner Ruhe störe, und schwur, er wolle nicht eine Sekunde früher aus den Federn als gewöhnlich. Nachdem ein Diener dem Fremden den Entschluß gemeldet hatte, bat dieser den Mann, umzukehren und dem Schloßherrn zu sagen, er habe so erfreuliche Nachrichten, daß er gewiß wäre, Mr. Trunnion würde sich für seine Mühe reichlich entschädigt halten, selbst wenn man ihn aus dem Grabe geweckt hätte, um sie ihm mitteilen zu können.

Diese Versicherung allein jedoch, so schmeichelhaft sie auch war, hätte bei ihm nicht verfangen, wenn nicht die Ermahnungen seiner Gemahlin hinzugekommen wären, die nie verfehlte, ihren Einfluß auf ihn auszuüben. Er kroch daher, obschon höchst widerwillig, aus dem Bett, warf seinen Schlafrock über und ließ sich die Treppe hinunterführen, wobei er sich die Augen rieb, entsetzlich gähnte und auf dem ganzen Weg mächtig brummte. Sobald er den Kopf in das Besuchszimmer hineinsteckte, machte der angebliche Fremde verschiedene linkische Verbeugungen und redete ihn mit grinsendem Gesicht folgendermaßen an: „Alleruntertänigster Diener, gestrenger Herr Kommodore! Ich hoffe, daß Sie sich fein wohl befinden, Sie sehen ja famos aus, und hätten Sie nicht das Unglück mit Ihrem Auge, so könnte man selbst an einem Festtag nicht wünschen, einem angenehmeren Gesicht zu begegnen. So wahr ich lebe, man sollte Sie für noch keinen Sechziger halten. Gott steh mir bei! Ich hätte Sie als einen Trunnion erkannt, und wäre ich auch, wie man zu sagen pflegt, mitten auf der Ebene von Salisbury auf Sie gestoßen." Der Kommodore, dem in seiner Stimmung diese impertinente Vorrede gar nicht behagte, unterbrach ihn hier in mürrischem Tone: „Puh, puh, Bruder! nicht nötig, gar nicht nötig, soviel Gewäsch vom Stapel zu lassen! Könnt Ihr nicht gleich auf die Hauptsache lossteuern, so tätet Ihr besser, Eure Zunge abzustoppen und vor Anker zu gehen. Seht Ihr! Hattet mir ja was auszuhändigen, wie man mir sagte." „Auszuhändigen?" rief der betrügerische Schalk. „Potz Blitz! Ich habe was für Sie bei mir, worüber Ihnen das Herz im Leibe lachen wird. Hier ist ein Brief von einem lieben und werten Freunde von Ihnen. Nehmen Sie, lesen Sie und freuen Sie sich. Gott segne sein altes Herz! Man sollte von ihm sagen, er verjünge sich wie ein Adler." Da Trunnions Erwartung hierdurch aufs höchste angestachelt wurde, forderte er seine Brille, setzte sie auf, nahm den Brief und blickte neugierig nach der Unterschrift. Kaum aber las er seines Oheims Namen, so fuhr er zurück, seine Lippen zuckten, und er zitterte an allen Gliedern vor Zorn und Überraschung. Nichsdestoweniger brannte er darauf, zu wissen, was der Brief eines Mannes enthalte, der ihn sonst nie mit Zuschriften oder Botschaften behelligt hatte. So zwang er sich denn zur Ruhe und durchlas das Schreiben, das folgendermaßen lautete:

Lieber Neffe!
Ich zweifle nicht, daß es Ihn freuen wird, von meinem Wohlergehen zu hören; auch hat Er's Ursach, wenn Er erwägt, was für ein gütiger Oheim ich Ihm in Seiner Jugend gewesen bin und wie wenig Er solches verdiente; denn Er war immer ein unverschämter junger Kerl von gottlosem Wandel und trieb sich mit schlechtem Gesindel herum. Deshalb würde Er auch ein schlimmes Ende genommen haben, wenn ich nicht eingegriffen und Ihn zu Seiner eigenen Sicherheit außer Landes geschickt hätte. Doch nicht das ist die Veranlassung des gegenwärtigen Schreibens. Der Überbringer desselben, Mr. Timothy Trickle, ist ein weitläufiger Anverwandter von Ihm, der Sohn von dem Vetter Seiner Muhme Margery, und ist nicht eben in den besten Umständen. Er denkt nach London zu gehen, um da bei der Akzise oder beim Zollamt anzukommen. Empfehle Er ihm doch da dem

einen oder dem andern großen Herrn von Seiner Bekanntschaft, und werf Er ihm so lang ein kleines Gehalt aus, bis er versorgt ist. Ich zweifle nicht, mein lieber Neffe, daß Er ihm gerne dienen wird, sollt es auch nur aus Achtung gegen mich geschehn. Ich bin, geliebter Neffe,

Sein wohlgeneigter Ohm und bereitwilliger Diener

Tobias Trunnion

Selbst für den unnachahmlichen Hogarth wäre es ein schweres Stück Arbeit, den komischen Ausdruck auf dem Gesicht des Kommodores bei der Lektüre dieses Briefes wiederzugeben. Es war nicht ein erstauntes Starren, ein krampfhaft wütendes Zucken, ein schauderhaft rachgieriges Grinsen, es war alles in einem, wozu seine Züge sich verzerrten. Endlich würgte er mit viel Anstrengung ein Ha! heraus, das eine Zeitlang in seiner Luftröhre festgesteckt zu haben schien, und dann machte er seinem Unwillen also Luft: „Komme ich endlich Bord an Bord mit Euch, Ihr alter stinkender Filz! Ihr lügt, Ihr lumpichte Hulk, Ihr! Ihr tatet alles, was in Eurem Vermögen stand, mich zum Sinken zu bringen, als ich ein junger Kerl war. Und was das Unverschämte, den gottlosen Wandel und den Umgang mit lockerm Gesindel anlangt, so sagt Ihr da wieder eine verdammte Lüge, Ihr Schurke, Ihr! In der ganzen Grafschaft gab's keinen ordentlicheren, friedlicheren Burschen als mich; und seht Ihr, ich hatte mein Lebtage keine schlechtere Gesellschaft als die Eurige. Also Trickle, oder wie Ihr heißen mögt, sagt dem alten Halunken, der Euch hergesandt hat, ich spuckte ihm ins Gesicht und nennte ihn einen alten Karrengaul. Seinen Brief zerriß ich zu Fetzen, so, so! Seht Ihr! Und trampelte drauf herum, so wie ich auf seinem schändlichen Reff herumzutrampeln wünschte." Mit diesen Worten tanzte er in einer Art von Wahnsinn auf den Papierstücken herum, die er in der Stube umhergestreut hatte, zur unaussprechlichen Freude des Triumvirats, das Zeuge dieser Szene war.

Der Akziseeinnehmer, der sich zwischen Trunnion und die Türe gestellt hatte, die für den Notfall offenstand, setzte bei des Kommodores Betragen eine sehr verwirrte und bestürzte Miene auf und sagte, scheinbar tief gekränkt: „Gott sei mir gnädig! Pflegen Sie so mit Ihren Anverwandten umzugehen und die Empfehlungen Ihres besten Freundes nicht höher zu achten? Wahrlich! alle Dankbarkeit und Tugend sind aus dieser sündhaften Welt gewichen! Was werden Vetter Tim und Dick und Tom sagen und die gute Mutter Pipkin und ihre Töchter, die Bäschen Sue und Prue und Peg und die ganze übrige Sippschaft, wenn sie hören, wie unbillig Sie mich empfangen haben! Bedenken Sie, Sir, daß Undankbarkeit ärger ist als die Sünde der Zauberei, wie der Apostel weise bemerkte. Schicken Sie mich nicht nach einer so unchristlichen Aufnahme fort, sonst wird Ihre arme elende Seele mit schwerer Schuld beladen." „Was, kreuzt Ihr nicht nach einem Posten herum, Bruder Trickle? War's nicht so?" fiel ihm Trunnion in die Rede. „Wartet, Bursche! Will Euch gleich einen Posten finden. Da, Pipes, nimm mal diesen patzigen Hundesohn und postier ihn an die Stäupsäule unten im Hofe. Will ihn lehren, mich so frühmorgens mit so impertinenten Botschaften aus dem Schlafe zu jagen." Pipes, der Lust hatte, den Spaß weiter zu treiben, als der Akziseeinnehmer es sich träumen ließ, bemächtigte sich seiner augenblicklich und vollzog des Kommandeurs Willen, Trickle mochte ihm noch so viel zunicken und zublinzeln, mochte noch so bedeutsame Gebärden machen, der Bootsmaat wollte einfach nicht begreifen. Nunmehr fing der Akziseeinnehmer an zu bereuen, daß er diese Rolle in einem Stück übernommen hatte, das so tragisch zu enden versprach. Am Pfahl festgeschnallt, stand er voll banger Erwartung da und warf, während Pipes sich entfernt hatte, um die neunschwänzige Katze zu holen, manch wehmütigen Blick über die linke Schulter, denn er hoffte noch immer, durch des Leutnants Fürsprache befreit zu werden; dieser aber zeigte sich nicht. Tom kam mit dem Strafwerkzeug zurück, entkleidete den Delinquenten im Handumdrehen und flüsterte ihm zu, es täte ihm herzlich leid, daß er ein solches Geschäft verrichten müsse, doch wage er es um sein Seelenheil nicht, die Befehle des Kommandeurs zu mißachten. Und schon schwang er ihm die Geißel um die Ohren und ließ sie mit bewundernswerter Fertigkeit so schmerzhaft auf des Sünders Rücken und Schultern sausen, daß der verzweifelte Akzisemann zum größten Vergnügen der Zuschauer verschiedene artige Entrechats ausführte und vor Qual gräßlich aufbrüllte. Endlich, nachdem er vom Nacken bis zu den Hüften jämmerlich zerfleischt war, erschien Hatchway, der sich bisher absichtlich ferngehalten hatte, auf dem Hofe, legte ein gutes Wort für ihn ein, bewog Trunnion dazu, den Folterknecht abzuberufen, und verfügte, daß der Missetäter loszubinden sei.

Außer sich über eine solche Behandlung, drohte der Akziseeinnehmer, sich an seinen Auftraggebern zu rächen und durch ein offenes Geständnis den ganzen Handel aufzudecken. Als ihm der Leutnant aber sagte, er würde sich in diesem Fall wegen Schwindels, Fälschung und Betrugs selbst vor Gericht bringen, fand er sich wohl oder übel mit dem Schaden ab und schlich sich zum Kastell hinaus, wobei der Kommodore, der infolge der Störung sowie der Enttäuschung, die er erlebt hatte, aufs äußerste erbittert war, ihm eine volle Ladung von Flüchen nachsandte.

15

Der Kommodore entdeckt die Machenschaften der Verschworenen. Er nimmt für seinen Neffen einen Hofmeister, und Peregrine kommt auf die Schule von Winchester.

Das war nicht der ärgste Verdruß, der Trunnion durch die rastlosen Bemühungen und die unerschöpfliche Erfindungsgabe seiner Peiniger bereitet wurde. Sie setzten ihm mit boshaften Streichen mannigfaltigster Art dermaßen zu, daß er anfing zu glauben, alle Teufel der Hölle hätten sich gegen seinen Seelenfrieden verschworen. So stellte er denn ernste und tiefe Betrachtungen hierüber an.

Indem er so nachgrübelte und sich die Umstände jeder einzelnen Kränkung der letzten Zeit vergegenwärtigte und miteinander verglich, konnte er sich immer weniger des Verdachts erwehren, daß mehr als eine der bloßen Absicht zuzuschreiben sei, ihn zu plagen; und da er des Leutnants Hang und ebenso Peregrines Talente wohl kannte, beschloß er, die beiden Freunde in Zukunft möglichst sorgfältig und wachsam zu beobachten. Mit der Ausführung dieses Entschlusses, bei der ihm das unvorsichtige Benehmen der Verschworenen, die der Erfolg jetzt dreist und unbesonnen gemacht hatte, zugute kam, erreichte er den gewünschten Zweck. In kurzem ertappte er Perry über einem neuen Komplott und preßte ihm durch eine leichte Züchtigung und eine große Menge von Drohungen ein Bekenntnis aller Streiche ab, bei denen er mitgeholfen hatte. Diese Entdeckung wirkte auf Trunnion wie ein Donnerschlag, und er war gegen Hatchway wegen der Rolle, die er bei all diesen Farcen gespielt, so aufgebracht, daß er mit sich zu Rate ging, ob er ihn auf Degen und Pistole fordern oder ihn aus dem Kastell fortschaffen und aller Freundschaft mit ihm sofort entsagen solle. Allein er war an Jacks Umgang so gewöhnt, daß er ohne ihn nicht leben konnte, und da er bei ruhiger Überlegung einsah, daß Jack mehr aus Schäkerei als aus Bosheit all diese Stücklein verübt hatte, Stücklein, über die er selbst gelacht hätte, wenn ein anderer dabei der Leidtragende gewesen wäre, so beschloß er, seinen Verdruß hinunterzuwürgen, ja sogar dem Pipes zu verzeihen, der ihm im ersten Zorn in einem noch strafbareren Licht erschienen war als in dem eines Meuterers. In diesem Vorsatz wurde er durch einen zweiten bestärkt, den zu fassen er seiner Ruhe wegen für unbedingt nötig erachtete und der seinen eigenen Interessen, zugleich aber auch denen seines Neffen dienlich war.

Der nunmehr zwölfjährige Perry hatte durch Jennings Unterricht solche Fortschritte gemacht, daß er oft über Grammatik disputierte und die Leute bei seinen Debatten mit dem Ortspfarrer manchmal fanden, sein Gegner habe den kürzeren gezogen. Trotzdem ließ der Pfarrer dem Genie seines Gegners, so überlegen dieser ihm auch war, volle Gerechtigkeit widerfahren und versicherte Trunnion,

Peregrines Talente würden aus Mangel an gehöriger Pflege gänzlich einrosten, wenn man ihn nicht gleich zur Fortsetzung seiner Studien auf eine gute Schule schicke.

Dieser Standpunkt war dem Kommodore wiederholt auch von Mrs. Trunnion eingeschärft worden; denn außer der Achtung, die sie vor des Pfarrers Meinung hegte, hatte sie ihren eigenen Grund zu wünschen, daß Peregrine, dessen Hang zum Spionieren sie als unangenehm empfand, nicht länger im Kastell weile. All diese Motive, zu denen noch die dringenden Bitten des Knaben selbst kamen, der ein brennendes Verlangen danach trug, ein bißchen mehr von der Welt zu sehen, bestimmten den Oheim, ihn unter der unmittelbaren Aufsicht und Obhut eines Hofmeisters, dem er dafür ein ganz hübsches Gehalt aussetzte, nach Winchester zu senden. Dieser Herr namens Jakob Jolter war ein ehemaliger Schulkamerad des Ortspfarrers und von diesem der Mrs. Trunnion als ein Mann von vielen Verdiensten und Kenntnissen empfohlen worden, der in jeder Beziehung einem Hofmeisterposten gewachsen sei. Als weiteres Lob fügte der Pfarrer noch hinzu, sein Freund sei ein Mensch von exemplarischer Frömmigkeit und bemühe sich besonders eifrig um die Ehre der Kirche; denn er sei einer ihrer Diener und habe seit vielen Jahren dem geistlichen Stande angehört, obwohl er jetzt kein priesterliches Amt verwalte. In der Tat war Jolters Eifer so feurig, daß er gelegentlich die Schranken der Klugheit durchbrach. Da er nämlich zur Hochkirche, folglich zur Opposition zählte, war sein Unwille zu einem unüberwindlichen Vorurteil gegen die herrschende Politik gediehen. Dies verleitete ihn manchmal, indem er die Nation mit dem Ministerium verwechselte, zu irrigen, um nicht zu sagen ungereimten Schlußfolgerungen. Sonst aber war er ein Mann von guten Grundsätzen, wohlbewandert in der Mathematik und in der scholastischen Theologie, Wissenschaften, die gar nicht dazu angetan waren, die angeborene Herbheit und Strenge seines Charakters zu versüßen oder zu mildern.

Diesem Herrn wurde also die Aufsicht über Peregrines Erziehung übertragen, und man bereitete alles zur Abreise von Lehrer und Schüler vor. Tom Pipes steckte man auf seinen eigenen Wunsch in eine Livree und ernannte ihn zum Bedienten des jungen Squire. Bevor sie jedoch aufbrachen, tat der Kommodore Mr. Pickle die Ehre an und teilte ihm seinen Plan mit. Dieser billigte ihn, durfte es aber nicht wagen, seinen Sohn zu sehen, so sehr war er durch die ablehnende Haltung seiner Frau eingeschüchtert, deren Abneigung gegen ihren Erstgeborenen von Tag zu Tag stärker und seltsamer wurde. Zu dieser unnatürlichen und eigensinnigen Laune schien eine Erwägung beizutragen, durch die, wie man meinen möchte, ihr Unwille eher hätte besiegt werden sollen. Ihr zweiter Sohn Gam, der nun ins vierte Jahr ging, war von der Wiege an rachitisch gewesen, und sein Äußeres war ebenso abstoßend wie Perrys Figur angenehm. Je deutlicher sich die Verunstaltung ausprägte, desto größer wurde die Zärtlichkeit der Mutter, desto bitterer aber auch ihr Haß gegen ihren Ältesten.

Weit davon entfernt, Peregrine die gewöhnlichen Vorrechte eines Kindes genießen zu lassen, duldete sie nicht einmal, daß er sich dem väterlichen Hause näherte. Wenn zufällig sein Name erwähnt wurde, empfand sie lebhaftes Mißbehagen, und wenn man ihn rühmte, wurde ihr ganz übel; kurz, sie benahm sich in jeder Hinsicht wie die schlimmste Stiefmutter. Obwohl sie die lächerliche Idee, er sei ein untergeschobener Betrüger, aufgegeben hatte, verabscheute sie ihn noch immer so, als ob sie ihn wirklich dafür hielte. Und erkundigte sich jemand nach der Ursache dieses erstaunlichen Mißfallens, so wurde sie stets ärgerlich und antwortete in mürrischem Ton, sie hätte hierzu ihre Gründe, die sie nicht zu nenne brauche; ja, sie ging in ihrer Ungerechtigkeit und Parteilichkeit so weit, daß sie allen Umgang mit ihrer Schwägerin und dem Kommodore abbrach, weil diese dem armen Kinde Schutz und Unterstützung angedeihen ließen.

Ihre Bosheit wurde jedoch durch Trunnions Liebe und Großmut zuschanden gemacht. Er hatte Peregrine nämlich an Sohnes Statt angenommen, stattete ihn entsprechend aus und brachte ihn und seinen Hofmeister in seiner eigenen Kutsche an den Bestimmungsort, wo er höchst freigebig für ihre Verhältnisse sorgte und ihnen alles nach Wunsch einrichtete.

Mrs. Trunnion zeigte sich bei der Abreise ihres Neffen sehr gütig. Außer einer Menge frommer Ratschläge, die sie ihm mitgab, und vielen eindringlichen Ermahnungen, seinem Hofmeister zu gehorchen und ihm ehrerbietig zu begegnen, beschenkte sie ihn mit einem Diamantring von geringem Wert und mit einer goldenen Denkmünze als Zeichen ihrer Gewogenheit und Achtung. Was den Leutnant betrifft, so begleitete er die Gesellschaft in der Kutsche, und seine Anhänglichkeit an Perry war so groß, daß er, als der Kommodore ihm nach Erledigung ihres Reisezwecks die Heimkehr vorschlug, sich rundweg weigerte, ihm zu folgen, und verkündete, er wäre entschlossen zu bleiben, wo er sei.

Trunnion erschrak über diese Erklärung um so mehr, als Hatchway ihm in fast allen Dingen so notwendig geworden war, daß er voraussah, er könne ohne dessen Umgang unmöglich weiterexistieren. Von diesem Gedanken nicht wenig gerührt, schaute er den Leutnant wehmütig an und sagte in jammerndem Tone: „Wie, Jack? Willst mich zuletzt noch verlassen, nachdem wir miteinander so manchem Sturm getrotzt haben? O verdammt! Ich glaubte, du hättest ein besseres Herz. Hab dich für meinen Fockmast gehalten und Tom Pipes für einen Besanmast. Nun ist der weg. Verlier ich dich auch noch, so liegt all meine Takelage darnieder, siehst du, und der erste Windstoß senkt mich in den Grund. Hol dich der Kuckuck: Kannst ja frei von der Leber weg sprechen, wenn ich dir was zuleide getan habe; will's gern wiedergutmachen."

Jack schämte sich, seine wahre Herzensmeinung zu bekennen; er zögerte ein bißchen und antwortete dann verlegen und ohne rechten Zusammenhang: „Nein, verdammt, so liegt die Sache nicht. Fürwahr, Ihr seid mir immer offiziersmäßig begegnet, das muß ich gestehn; auch dem Teufel muß man sein Recht lassen, wie man so sagt. Aber seht nur, die Sache ist hier eigentlich die: Ich bin willens, selbst noch in die Schule zu gehn und Lateinisch zu lernen; denn wie man zu sagen pflegt: Besser spät als gar nicht; und es soll da mehr fürs Geld zu kriegen sein als anderswo."

Vergebens bemühte sich Trunnion, ihn davon zu überzeugen, daß es töricht sei, in seinen Jahren noch die Schule besuchen zu wollen, und stellte ihm vor, die jungen Leute würden ihn zum besten haben und er würde aller Welt zum Spott dienen. Jack beharrte auf seinem Entschluß, und der Kommodore war gezwungen, Pipes und Perry um Vermittlung anzurufen. Diese boten all ihren Einfluß bei Jack auf und konnten ihn schließlich dazu bewegen, nach dem Kastell zurückzukehren. Trunnion mußte ihm jedoch zuvor versprechen, daß es ihm freistehen sollte, die beiden allmonatlich zu besuchen. Nachdem dies festgelegt worden war, verabschiedeten sich der Kommodore und der Leutnant von Peregrine, dem Hofmeister und dem Bedienten, machten sich am nächsten Morgen auf den Weg und kamen noch denselben Abend wohlbehalten zu Hause an.

Hatchway ging die Trennung von Peregrine so zu Herzen, daß er zum erstenmal in seinem Leben bei diesem Abschied nasse Augen gehabt haben soll. So viel ist gewiß, daß er nach langem Stillschweigen, das der Kommodore beileibe nicht unterbrochen hätte, auf der Rückfahrt plötzlich ausrief: „Ich will verdammt sein, wenn mir's der Kerl nicht angetan hat." Es war wirklich etwas Wahlverwandtes in der Natur der beiden Freunde, was sich in der Folge denn auch deutlich offenbarte, so ungleich ihre Erziehung, ihre Verhältnisse und Verbindungen sein mochten.

16

Peregrine zeichnet sich unter seinen Kameraden aus, stellt seinen Hofmeister bloß und erregt die Aufmerksamkeit des Rektors.

Nachdem Peregrine also seine Studien nun wiederaufgenommen hatte, zeichnete er sich in kurzem aus, und zwar nicht nur durch seine leichte Auffassungsgabe, sondern auch durch seine fruchtbare Lausbubenphantasie, für die wir ja bereits so typische Beispiele angeführt haben. Weil aber in dieser neuen Sphäre, in der er sich jetzt bewegte, eine große Anzahl derartiger Lichter leuchtete, konnte er mit seinen Talenten vorerst nicht mehr so glänzen wie früher, bis er dann die Strahlen der ganzen Konstellation auf sich konzentrierte und sie wieder zurückwarf.

Anfänglich begnügte er sich mit kleinen Neckereien und wetzte seinen Witz bloß an seinem Hofmeister. Der hatte Peregrines Aufmerksamkeit dadurch auf sich gezogen, daß er ihm gewisse politische Grundsätze einzuimpfen suchte, die der Knabe, bereits scharfsinnig genug, als unhaltbar erkannte. So ging denn kaum ein Tag vorbei, an dem unser Held nicht Mittel und Wege fand, Mr. Jolter lächerlich zu machen. Des Hofmeisters heftige Vorurteile, seine possierliche Eitelkeit, sein steifes, feierliches Wesen und sein völliger Mangel an Menschenkenntnis lieferten seinem Schüler fortwährend Stoff zu Spöttereien, mutwilligen Streichen und satirischen Einfällen, und nie versäumte Peregrine eine Gelegenheit, über ihn zu lachen oder andern auf seine Kosten etwas zu lachen zu geben.

Bisweilen mischte er ihm auf ihren Lustpartien Schnaps in den Wein und verleitete auf diese Weise den Pädagogen zur Trunkenheit, so daß dieser sich alsdann vergaß und sich vor der ganzen Gesellschaft bloßstellte. Manchmal, wenn komplizierte Dinge erörtert wurden, wandte der Junge die sokratische Widerlegungsmethode gegen ihn an, tat unter dem Vorwand, sich belehren zu lassen, eine Reihe von schlauen und irremachenden Fragen und brachte ihn so unvermerkt dazu, sich selbst zu widersprechen.

Der Rest von Autorität, den der Hofmeister Peregrine gegenüber bisher noch besessen hatte, schwand bald dahin, und die beiden verkehrten von nun an vollkommen zwanglos miteinander, wobei sich Jolters Vorschriften in freundschaftliche Ratschläge verwandelten, die der andere nach Belieben befolgen konnte oder nicht. Kein Wunder, daß Peregrine seinen Neigungen die Zügel schießen ließ und infolge seines Verstandes und kühnen Geistes unter der jüngern Klasse von Helden in der Schule eine glänzende Rolle spielte.

Noch ehe er ein ganzes Jahr in Winchester gewesen war, hatte er sich allen dortigen Gesetzen und Verordnungen zum Trotz schon durch so manche Tat ausgezeichnet, daß ein großer Teil seiner Kameraden mit Bewunderung zu ihm aufschaute und ihn zu ihrem *Dux* oder Anführer ernannte. Es dauerte nicht lange, so drang die Kunde von seinem Ruhm bis zum Ohr des Rektors, der nun Mr. Jolter zu sich beschied, ihm eröffnete, was er erfahren hatte, und ihn bat, die Lebhaftigkeit des Knaben zu zügeln und in Zukunft seine Wachsamkeit zu verdoppeln, widrigenfalls er sich genötigt sähe, der Schule wegen an Peregrine öffentlich ein Exempel zu statuieren.

Der Hofmeister, der sich über seinen Mangel an Einfluß wohl im klaren war, geriet infolge dieser strengen Vorschrift in nicht geringe Verlegenheit, da es nicht in seiner Macht stand, sie durch Anwendung irgendwelcher Zwangsmittel zu erfüllen. Er ging daher sehr nachdenklich heim und beschloß nach reiflicher Überlegung, Peregrine in freundschaftlichster Form Vorstellungen zu machen und sich zu bemühen, ihn von seinem Treiben abzuhalten, das sowohl seinem Charakter als auch seinen Interessen schaden konnte. Er erzählte ihm also offenherzig, was der Rektor gesagt hatte, führte ihm die Schande vor Augen, die ihm drohe, wenn er diese Warnung in den Wind schlüge, erinnerte ihn an seine Lage und sprach andeutungsweise von den Folgen, die der Verdruß des Kommodores nach sich ziehen könnte, falls dieser über Peregrines Betragen aufgebracht würde. Der Eindruck dieser Worte war um so stärker, als sie höchst freundschaftlich und teilnahmsvoll geäußert wurden. Der junge Herr war kein solches Kind mehr, daß er die Stichhaltigkeit von Mr. Jolters Ratschlägen nicht eingesehen hätte, und so versprach er, sich danach zu richten, weil die Sache an seinen Stolz rührte und er seine eigene Besserung für das einzige Mittel hielt, eine Schmach von sich abzuwenden, an die bloß zu denken ihm schon unerträglich war.

Da der Hofmeister ihn so vernünftig fand, nützte er diese Momente der Besinnung. Um einem Rückfall vorzubeugen, regte er an, Peregrine solle sich auf irgendein reizvolles Studium verlegen, das seine Einbildungskraft angenehm beschäftigen und ihn allmählich von jenen Verbindungen befreien würde, durch die er in so viele unerfreuliche Abenteuer verwickelt worden sei. Zu diesem Zweck empfahl er ihm mit manchem enthusiastischen Lobspruch die Mathematik, die einer jugendlichen Phantasie ein rationaleres und sinnvolleres Vergnügen gewähre als jede andere Wissenschaft, und begann auch noch an demselben Nachmittag den Euklid mit ihm vorzunehmen.

Peregrine trat mit all jener Begeisterung an dieses Wissensgebiet heran, die Knaben gewöhnlich einem neuen Fach entgegenbringen. Kaum aber war er über die *Pons asinorum* hinaus, so erkaltete sein Eifer. Der exakte Wahrheitsbeweis erweckte in ihm nicht das Entzücken, mit dem der Lehrer seine Erwartung genährt hatte, und ehe er zum siebenundvierzigsten Satz kam, fing er an jämmerlich zu gähnen, schnitt saure Gesichter die Menge und glaubte sich für seine Aufmerksamkeit nur mäßig belohnt, als er in das Geheimnis der gewaltigen Entdeckung des Pythagoras eingeweiht wurde und erfuhr, daß in einem rechtwinkligen Dreieck das Quadrat über der Hypotenuse gleich groß sei wie die Quadrate über den beiden Katheten zusammen. Er schämte sich jedoch, sein Unternehmen so schnell aufzugeben, und harrte mit viel Fleiß aus, bis er die vier ersten Bücher beendet, die ebene Trigonometrie und die Algebra begriffen und sich mit den Prinzipien der Feldmeßkunst vertraut gemacht hatte; doch war er durch nichts dazu zu bewegen, tiefer in diese Wissenschaft einzudringen, und mit doppeltem Behagen kehrte er zu seinen früheren Vergnügungen zurück, einem Strome gleich, der eingedämmt noch mehr Gewalt erhält, die Schutzwälle durchbricht und mit doppeltem Ungestüm daherbraust.

Mr. Jolter sah dies mit Erstaunen und Kummer, vermochte aber nicht, dem wilden Gewässer Einhalt zu gebieten. Peregrine leistete sich nun einen tollen und unverschämten Streich nach dem andern; mit überraschender Schnelligkeit folgten jetzt Possen auf Possen, Exzeß auf Exzeß. Tagtäglich liefen Klagen gegen ihn ein. Vergeblich ermahnte ihn sein Hofmeister unter vier Augen, und vergeblich drohten ihm öffentlich die Lehrer; an jenen kehrte er sich nicht, und diese verachtete er. Er streifte jede Art von Zwang ab, schritt auf seiner Bahn fort und wurde schließlich so verwegen, daß man deshalb eine Beratung abhielt und beschloß, dieser unbändige Geist solle für das nächste Vergehen, dessen er sich wieder schuldig mache, sofort durch eine scharfe und schimpfliche körperliche Züchtigung gedemütigt werden. Inzwischen wurde Mr. Jolter aufgefordert, im Namen des Rektors an den Kommodore zu schreiben und ihn zu ersuchen, den Tom Pipes aus der Umgebung seines Neffen zu entfernen, weil dieser der Anstifter und die Hauptperson bei all dem schlimmen Treiben sei. Auch solle er den Oheim bitten, er möchte den monatlichen Besuchen des Leutnants mit dem Stelzbein einen Riegel vorschieben. Dieser ermangelte nie, sich seiner Erlaubnis zu bedienen, und stellte sich pünktlich auf den Tag ein, jedesmal mit neuen Plänen befrachtet. In der Tat war Hatchway zu der Zeit dort gar wohlbekannt und bei sämtlichen jungen Leuten viel beliebter als der Lehrer, der sie unterrichtete. Er wurde immer von einem Trupp Schüler empfangen, die Peregrine zu begleiten pflegten, wenn er seinem Freund entgegenging, und im Triumph und unter lautem Jubel in sein Quartier geführt.

Was den Tom Pipes angeht, so war der weniger Peregrines Bedienter als *intendant des menus plaisirs* der ganzen Schule. Er beteiligte sich an allen Lustpartien der Knaben, leitete ihre Vergnügungen, entschied ihre Streitigkeiten, gerade als habe er dazu königliche Vollmacht. Er gab bei allem, was sie unternahmen, mit seiner Pfeife das Zeichen, unterwies die kleineren Buben im Grübchen- und im Kappenspiel sowie im Bockspringen, brachte den größern *Cribbage* und *All-fours* und außerdem die Kunst bei, ein Kastell zu stürmen und den „Prinz Arthur" und andere Pantomimen aufzuführen, wie sie gewöhnlich auf hoher See gegeben

werden; und die Senioren, die mit dem Namen „Hirsche"
ausgezeichnet wurden, lehrte er mit Knüppeln fechten, den
St. Giles's Hornpipe tanzen, Flip saufen und Tabak rauchen.
Durch diese Eigenschaften hatte er sich bei den Schülern
so unentbehrlich und beliebt gemacht, daß seine Verab-
schiedung eine gefährliche Gärung unter dieser Jugend
hervorgerufen hätte, selbst wenn die Sache Peregrine persönlich nichts angegangen wäre. Jolter, dem die große Bedeutung des Dieners bekannt war, erzählte deshalb seinem Zögt-
ling von den Weisungen, die man ihm erteilt hatte, und
fragte ihn freimütig, wie er sich bei der Erledigung des Auftrages verhalten solle. Er durfte es nämlich nicht wagen,
ohne Wissen Peregrines an den Kommodore zu schreiben,
weil er befürchtete, der junge Herr möchte, sobald er Wind
davon hätte, dem Beispiel folgen und dem Oheim mit gewissen Anekdötchen aufwarten, an deren Unterdrückung
dem Hofmeister sehr viel gelegen sein mußte. Peregrine war
der Meinung, er solle sich die Mühe sparen, dem Kommodore Klagen einzusenden, und dem Rektor, falls dieser sich
erkundige, versichern, er habe sein Verlangen erfüllt. Zugleich versprach er hoch und heilig, er wolle sich in Zukunft so anständig aufführen, daß die Lehrer keinen Anlaß
haben sollten, die Untersuchung zu erneuern. Allein der
Entschluß, der dieses gleichsam erzwungene Versprechen
begleitete, war zu schwach, um von langer Dauer zu sein,
und in weniger als zwei Wochen fand sich unser junger Held
in ein Abenteuer verwickelt, bei dem er nicht mit dem üblichen Glück wegkam.

17

Peregrine erlebt ein gefährliches Abenteuer mit einem Gärtner.
Seine Ideen nehmen einen höhern Schwung. Er wird Galan
und lernt Miss Emilia Gauntlet kennen.

Eines Tages gingen Peregrine und einige seiner Kameraden in einen Garten in der Vorstadt, und nachdem sie ihren Appetit gestillt hatten, wünschten sie zu wissen, was sie für die Früchte schuldig seien, die sie gepflückt hätten. Der Gärtner nannte einen Preis, der ihnen übertrieben schien, und so weigerten sie sich zu bezahlen, wobei manches Schimpfwort fiel. Der Bauer, ein mürrischer, eigensinniger Mensch, bestand auf seiner Forderung; auch machte er von der saftigen Sprache des Pöbels reichlich Gebrauch. Seine Gäste versuchten einen Rückzug; eine Balgerei entspann sich, in der Peregrine seine Mütze verlor, und da der Gärtner infolge der großen Zahl seiner Feinde arg ins Gedränge geriet, rief er seiner Frau zu, sie solle den Hund losketten, der auch sofort zum Beistand seines Herrn heranschoß, den einen ins Bein, den andern in die Schulter biß und das ganze Heer der Scholaren in die Flucht jagte. Voll Wut über diese schnöde Behandlung holten sie bei ihren Freunden Verstärkung und marschierten mit Tom Pipes an der Spitze wieder nach dem Schlachtfeld zurück. Als ihr Gegner sie kommen sah, rief er seinen Lehrburschen zu Hilfe, der am untern Ende des Gartens arbeitete, bewaffnete ihn mit einem Karst, sich selbst mit einer Hacke, riegelte die Türe von innen zu und wartete, den Knecht und den Bullenbeißer zu beiden Seiten, unerschrocken den Angriff ab. Kaum hatte er drei Minuten in dieser Abwehrstellung verharrt, als Pipes, gleichsam als „verlorener Haufe" des Feindes, beherzt und unverzagt gegen den Eingang des Hauses vorrückte, der Türe, die nicht eben die festeste war, einen Fußtritt versetzte, der so schnell und kräftig wirkte wie eine Petarde und sie in tausend Stücke splittern ließ. Dieser plötzliche Einbruch machte sofort Eindruck beim Lehrburschen; er lief schleunigst davon und entwich durch ein hinteres Pförtchen. Der Herr aber trat, einem andern Herkules gleich, in die Bresche und richtete seine Waffe mit solcher Kraft und Gewandtheit nach dem Kopf des mit seinem Knüppel angreifenden Pipes, daß, wenn dessen Schädel nicht undurchdringlich gewesen wäre, die Schärfe der Hacke seinen Hirnkasten hätte zerspalten müssen. Trotz seiner Kasemattierung schnitt das Werkzeug bis auf den Knochen durch, den es mit so erstaunlicher Heftigkeit traf, daß beim Aufprall wirkliche Feuerfunken heraussprangen. Der ungläubige Leser wolle die Wahrheit dieses Phänomens nicht bezweifeln, bevor er des geistreichen Peter Kolbens „*Naturgeschichte des Kaps der Guten Hoffnung*" gelesen hat, wo erzählt wird, wie die Einwohner mit den Schienbeinen der Löwen, die in diesem Teil Afrikas erlegt worden sind, Feuer zu schlagen pflegen.

Pipes, zwar ein wenig verdutzt, aber durch den Hieb keineswegs kampfunfähig gemacht, erwiderte die Höflichkeit im Nu mit seinem Prügel, und hätte sein Gegner den Kopf nicht rasch weggedreht, so wäre er auf der eigenen Schwelle hingestreckt worden. Zum Glück jedoch empfing diesen Gruß nur die rechte Schulter, die unter dem Streich erdröhnte, und die Hacke entsank sogleich der kraftlosen Hand. Tom erkannte den errungenen Vorteil und wollte ihn auch nutzen; so stieß er denn mit dem Kopf gegen die Brust dieses Erdensohnes und rannte ihn nieder, als sich in ebendem Augenblick die Bulldogge auf ihn stürzte und sich an der Außenseite des Schenkels festbiß. Da er sich durch diesen Angriff von hinten belästigt fühlte, überließ er den am Boden liegenden Gärtner der Rache seiner Verbündeten, die in Scharen über ihn herfielen, und wandte sich um, packte das wilde Tier mit beiden Händen an der Gurgel und drückte sie mit solch unglaublicher Kraft und Ausdauer zu, daß die Bestie loslassen mußte. Die Zunge hing ihr zum Maul heraus, das Blut schoß ihr in die Augen, und der Sieger hielt eine leblose Masse in den Händen.

Der Tod des Hundes war ein Glück für seinen Herrn; denn jetzt wurde er von einer solchen Menge von Feinden überwältigt, daß es auf seinem Körper kaum noch Stellen für die Fäuste gab, die auf ihm herumtrommelten, und so ging ihm, um mich einer vulgären Redensart zu bedienen, beinahe die Puste aus, bevor Pipes Zeit hatte, sich ins Mittel zu legen, und er die Angreifer überreden konnte aufzuhören, indem er darauf hinwies, daß die Frau des Mannes fortgelaufen sei, um die Nachbarschaft zu alarmieren, und daß sie alle auf dem Rückmarsch höchstwahrscheinlich abgefangen würden. Dies schlug an, und so zogen sie denn triumphierend heimwärts und ließen den Gärtner in den Armen von Mutter Erde liegen, aus denen er sich selbst dann noch nicht lösen konnte, als seine trostlose Ehehälfte mit einigen Freunden zurückkehrte, die sie zu seinem Beistand versammelt hatte. Darunter befand sich ein Hufschmied und Roßarzt. Der nahm den Körper des Gärtners in Augenschein, und nachdem er jedes Glied sorgfältig abgetastet hatte, erklärte er, es seien keine Knochen gebrochen.

Sodann zog er seine Lanzette hervor und ließ ihn, so wie er dalag, kräftig zur Ader. Der Gärtner ward hierauf zu Bett gebracht, von dem er sich einen ganzen Monat hindurch nicht erheben konnte. Da nun die Gemeinde für seine Familie sorgen mußte, reichte man beim Rektor der Schule formell Beschwerde ein und bezeichnete Peregrine als Rädelsführer derjenigen, die den barbarischen Überfall begangen hätten. Es wurde sofort eine Untersuchung eingeleitet, und nachdem alle Punkte der Anklage vollkommen erwiesen waren, fiel das Urteil dahin aus, daß unser Held vor der gesamten Schule scharf gezüchtigt werden sollte. Gegen diese Schande lehnte sich sein stolzer Geist auf, wenn er nur daran dachte. Er beschloß daher, lieber durchzubrennen, als sich dieser Strafe zu unterziehen, und äußerte sich in diesem Sinne seinen Bundesgenossen gegenüber. Diese versprachen ihm jedoch einmütig, sie wollten ihn entweder von der Züchtigung befreien oder aber sein Schicksal teilen.

Im Vertrauen auf ihre freundschaftlichen Beteuerungen war er ganz unbekümmert an dem Tage, der zu seiner Bestrafung anberaumt war, und als man ihn aufrief, damit das Urteil vollstreckt werde, und er vortrat, wurde er vom größten Teil der Schüler begleitet, die dem Rektor ihren

Entschluß verkündigten und um Peregrines Begnadigung baten. Der Vorsteher benahm sich mit der seinem Amte entsprechenden Würde, führte ihnen die Torheit und Vermessenheit ihres Begehrens vor Augen, verwies ihnen ihr keckes Vorgehen und befahl einem jeden der Jünglinge, sich an seinen Platz zu begeben. Sie gehorchten seinem Wort, und unser unglücklicher Held wurde zum abschreckenden Beispiel für alle, die es angehen mochte, auf dem hölzernen Esel öffentlich ausgepeitscht.

Diese Schmach machte einen sehr starken Eindruck auf Peregrine, der inzwischen das vierzehnte Jahr zurückgelegt hatte und in dem sich der Stolz und das Empfinden eines Mannes zu regen begannen. So entehrend gebrandmarkt, schämte er sich, wieder öffentlich zu erscheinen; er war erbittert über seine Kameraden wegen ihrer Untreue und Unentschlossenheit und versank in tiefes Sinnieren, das mehrere Wochen andauerte. In diesen Tagen zog er sich von seinen jugendlichen Kameraden zurück und wandte sich Dingen zu, die ihm seiner Aufmerksamkeit würdiger dünkten.

Bei seinen gymnastischen Übungen, in denen er Vorzügliches leistete, trat er in nähere Beziehungen zu verschiedenen jungen Leuten, die, ihm an Alter weit voraus, sich über seinen hochstrebenden Geist und seine Geschicklichkeit freuten und ihn auf galante Partien mitnahmen, an denen er großes Behagen fand. Er war von Natur vorzüglich dazu geeignet, bei dergleichen Abenteuern erfolgreich abzuschneiden. Abgesehen von einer Gestalt, die mit den Jahren immer hübscher wurde, besaß er eine selbstsichere Würde, eine liebenswerte Wildheit, so daß der Sieg über ihn für die Schöne, die das Glück hatte, ihn zu fesseln, einen erhöhten Wert bekam. Auch war er von schrankenloser Freigebigkeit und verfügte über eine gute Dosis Humor, der seine Wirkung nie verfehlte. Auch an den solideren Fähigkeiten eines Jünglings fehlte es ihm nicht; er hatte es in seinen Studien über Erwarten weit gebracht und jene feine Urteilskraft erlangt, welche die Grundlage des guten Geschmacks ist. Durch sie erfaßte und genoß er die Schönheiten der klassischen Schriftsteller; überdies hatte er bereits verschiedene Beweise seiner wirklich vielversprechenden dichterischen Talente abgelegt.

Bei diesen Eigenschaften und bei seinem Temperament war es kein Wunder, daß unser Held die Aufmerksamkeit der jungen Dianen in der Stadt erregte, deren Herzchen vor, sie wußten selbst nicht was, zu klopfen begannen, und ihre Neigung gewann. Man erkundigte sich über seine Verhältnisse, und kaum hatte man von seinen Aussichten erfahren, als alle Eltern ihn einluden und mit Höflichkeiten überhäuften, während ihre Töchter miteinander wetteiferten, ihm mit besonderer Gefälligkeit zu begegnen. Überall, wo er erschien, erweckte er Gefühle der Liebe und den Geist der Rivalität und natürlich dann auch Neid und eifersüchtige Wut, so daß er zwar ein sehr erwünschter, aber auch ein gefährlicher Gesellschafter wurde. Seine Mäßigung war nicht so groß wie sein Erfolg; seine Eitelkeit überwog nun alle seine Leidenschaften; infolgedessen beschränkte er sich nicht darauf, bloß einem Ziele zuzustreben, was er sonst wohl getan hätte, sondern wurde von der Sucht ergriffen, die Zahl seiner Eroberungen zu vermehren. In dieser Absicht besuchte er alle Promenaden, Konzerte und Gesellschaften, trug sich außerordentlich reich und modisch, gab den Damen Fêten und lief die größte Gefahr, ein ausgemachter Geck zu werden.

Während sein Ruf so zwischen dem Spott der einen und der Achtung der andern die Waage hielt, geschah etwas, wodurch sein Blick auf einen einzigen Gegenstand hingelenkt und er von jenen nichtigen Bestrebungen abgezogen wurde, die ihn mit der Zeit in einen Abgrund von Torheit und Verächtlichkeit gestürzt hätten. Als er sich eines Abends auf einem Ball befand, der gewöhnlich zur Zeit der Wettrennen für die Damen veranstaltet wurde, trat der Mann, der als Zeremonienmeister fungierte und wußte, wie gern Mr. Pickle sich bei jeder Gelegenheit zeigte, auf ihn zu und sagte, am andern Ende des Saales sitze ein junges, reizendes Mädchen, das große Lust zu haben scheine, ein Menuett zu tanzen; es fehle ihr jedoch an einem Tänzer, denn der Herr, der sie begleite, sei in Reitstiefeln.

Auf diesen Wink hin regte sich Peregrines Eitelkeit; er ging hinüber, um die junge Dame zu beäugeln, und war von ihrer Schönheit hingerissen. Sie stand offenbar in seinem Alter, war groß und, obwohl schlank, von herrlicher Gestalt; ihr kastanienbraunes Haar war von solcher Fülle, daß es trotz der barbarischen Mode ihre hohe, glatte Stirne von beiden Seiten umschattete. Sie hatte ein ovales Gesicht und eine ganz leicht gebogene Adlernase, die den Eindruck von Geist und Würde noch verstärkte, hatte einen kleinen Mund und schwellende, saftige, süße Lippen und prächtige Zähne, weiß wie frisch gefallener Schnee. Ihre Gesichtsfarbe war unglaublich zart und blühend, und aus ihren großen blauen Augen strahlten Lebhaftigkeit und Liebe; gebieterisch und zugleich reizend war ihre Haltung, ungemein fein ihre Redeweise und ihre ganze Erscheinung so bezaubernd, daß unser junger Adonis kam, sah und überwunden war.

Kaum hatte er sich von seinem Staunen etwas erholt, als er sich ihr elegant und respektvoll näherte und sie um die Ehre ersuchte, ein Menuett mit ihr zu tanzen. Seine Bitte schien ihr besonderes Vergnügen zu bereiten, und ohne sich lange zu zieren, gewährte sie ihm seinen Wunsch. Dieses Paar war zu auffallend, um der besonderen Aufmerksamkeit der Gesellschaft zu entgehen. Mr. Pickle war fast jedermann im Saal wohlbekannt, seine Tänzerin hingegen war ein vollkommen neues Gesicht und daher der Kritisiersucht all der anwesenden Damen ausgesetzt. „Sie hat einen recht guten Teint", flüsterte die eine, „aber finden Sie nicht auch, daß sie ein wenig schief gewachsen ist?" Eine andere bedauerte sie wegen der männlichen Form ihrer Nase; eine dritte bemerkte, sie sei linkisch und es gehe ihr der gesellschaftliche Schliff ab; eine vierte wollte in ihrem Gesicht etwas recht Dreistes wahrnehmen, kurz, jede Schönheit an ihr wurde durch die Brille des Neides in einen Makel verwandelt.

Die Männer jedoch betrachteten sie mit ganz andern Augen; bei ihrem Anblick erhob sich unter ihnen ein allgemeines Murmeln des Beifalls. Sie umringten den Platz, wo sie tanzte, und waren von ihren graziösen Bewegungen entzückt. Während sie aber das Lob der Dame sangen, äußerten sie anderseits ihr Mißvergnügen über das Glück ihres Tänzers und verdammten ihn als einen geckenhaften kleinen Zierbengel, der von seiner eigenen Person so eingenommen sei, daß er sein günstiges Schicksal weder erkenne noch verdiene. Er hörte diese Anzüglichkeiten nicht, daher konnten sie ihn auch nicht erbittern; allein indem sie sich einbildeten, er bringe seiner Eitelkeit ein Opfer, hatte eine viel edlere Leidenschaft sich seines Herzens bemächtigt.

Statt der ausgelassenen Fröhlichkeit, durch die er sich sonst bei seinem Erscheinen in der Öffentlichkeit ausgezeichnet hatte, konnte man jetzt deutliche Zeichen von Verlegenheit und Unruhe an ihm beobachten. Er tanzte so ängstlich, daß er oft aus dem Takt kam, und bei jedem falschen Schritt errötete er bis unter die Haarwurzeln. Die Männer sahen von dieser ungewöhnlichen Aufgeregtheit zwar nichts, den Augen der Damen aber blieb sie nicht verborgen und wurde mit ebensoviel Erstaunen wie Unwillen vermerkt, und als Peregrine die schöne Unbekannte zu ihrem Stuhl führte, brachen sie, gleichsam von ein und demselben Geist getrieben, in ein affektiertes Gekicher aus und machten so ihrem Ärger Luft.

Diese Unmanierlichkeit wurmte Peregrine, und um den Verdruß der Damen zu steigern, ließ er sich mit ihrer schönen Nebenbuhlerin in ein vertrauliches Gespräch ein. Die junge Dame, der es weder an scharfem Blick noch am Bewußtsein ihrer Vollkommenheit fehlte, nahm dieses Betragen des weiblichen Teils der Gesellschaft ebenfalls übel, obwohl sie über dessen Ursache frohlockte, und zeigte sich ihrem Partner gegenüber so gefällig, als er es nur wünschen konnte. Ihre Mutter, die zugegen war, dankte ihm für seine Höflichkeit, mit der er sich um eine Fremde bemühe, und ein Kompliment derselben Art empfing er von dem jungen Herrn in Reitstiefeln, der niemand anderes als ihr Bruder war.

Hatte ihr Äußeres ihn entzückt, so war er von ihrer verständigen, witzigen und muntern Unterhaltung ganz bezaubert. Ihr freimütiges und lebhaftes Wesen erweckte seine Zuversichtlichkeit und seinen Humor, und er schilderte ihr die Charaktere der Weiblein, die sie mit solch boshafter Auszeichnung beehrt hatten, in so launigen und satirischen Worten, daß sie mit besonderm Wohlgefallen zuzuhören schien und jede der lächerlich gemachten Donnen mit einem derart vielsagenden Blick ins Auge faßte, daß diese vor Verdruß und Ärger hätten platzen mögen. Kurz, die beiden fanden offenbar an ihrer Konversation viel Geschmack, und unser junger Damon entledigte sich dabei höchst gewandt aller Pflichten der Galanterie; er versäumte keine passende Gelegenheit, ihren Reizen Bewunderung zu zollen, nahm Zuflucht zur stummen Beredsamkeit zärtlicher Blicke, stieß verschiedene verfängliche Seufzer aus und wich während des weiteren Abends nicht mehr von ihrer Seite.

Als die Gesellschaft aufbrach, begleitete er sie nach Hause und verabschiedete sich von ihr mit einem Händedruck, nachdem er zuvor die Erlaubnis erhalten, sie am folgenden Morgen zu besuchen, und von der Mutter erfahren hatte, sie heiße Miss Emilia Gauntlet.

Die ganze Nacht hindurch schloß er kein Auge, sondern schmiedete allerlei Pläne zu Lustbarkeiten, wie sie die neue Bekanntschaft seiner Phantasie eingab. Sobald die erste Lerche sich in die Luft schwang, erhob er sich, warf sein Haar in anmutig-nachlässige Locken, zog einen eleganten grauen Frack an, der mit Silberborten besetzt war, und wartete vor Ungeduld brennend auf die zehnte Stunde. Mit dem Glockenschlag eilte er nach ihrer Wohnung, fragte nach Miss Gauntlet und wurde ins Besuchszimmer geführt. Er hatte hier noch keine zehn Minuten gewartet, als Emilie im bezauberndsten Negligé und umspielt von allen Reizen der Natur eintrat, und im Augenblick lag er in Banden, und zwar in so starken Banden, daß keine Macht des Zufalls sie wieder lösen konnte.

Da ihre Mutter noch nicht aufgestanden und der Bruder ausgegangen war, um die Chaise zu bestellen, in der sie noch am gleichen Tag heimzureisen beabsichtigten, genoß er eine ganze Stunde lang das Glück eines Tête-à-tête, und während dieser Zeit erklärte er ihr seine Liebe in den leidenschaftlichsten Ausdrücken und bat, sie möchte ihn unter die Zahl derjenigen Verehrer aufnehmen, denen es vergönnt sei, sie zu besuchen und anzubeten.

Sie tat, als hielte sie seine Gelübde und Beteuerungen für bloße Galanterie, und versicherte ihm sehr verbindlich, daß sie sich freuen würde, ihn öfter zu sehen, wenn sie hier ansässig wäre; der Ort, an dem sie wohne, sei jedoch weit weg, und deshalb könne sie nicht erwarten, daß er eines so unbedeutenden Anlasses wegen sich um die Erlaubnis ihrer Mutter bemühen sollte.

Auf diesen Wink hin erwiderte er voll glühender Leidenschaft, er habe lediglich ausgesprochen, was sein Herz ihm befohlen, er wünsche nichts sehnlicher herbei als eine Gelegenheit, sie von der Aufrichtigkeit seines Geständnisses zu überzeugen, und er werde, selbst wenn sie am äußersten Ende des Königreiches wohnte, Mittel und Wege finden, ihr seine Huldigung zu Füßen zu legen, wenn er sie mit Einwilligung ihrer Frau Mutter besuchen könnte. Auch werde er nicht ermangeln, sich diese Gunst zu erbitten. Sie ließ ihn nun wissen, daß sie ungefähr sechzehn Meilen von Winchester in einem Dorf zu Hause sei – sie nannte ihm den Namen –, wo er, dies war aus ihren Worten leicht zu schließen, kein unwillkommener Gast sein würde.

Als sie mitten in diesem Gespräch waren, erschien Mrs. Gauntlet. Sie empfing ihn sehr höflich, dankte ihm nochmals für die Artigkeit, die er ihrer Emmy gegenüber auf dem Ball bewiesen habe, und kam dann seiner Absicht zuvor, indem sie sagte, es würde ihr ein großes Vergnügen sein, ihn in ihrem Heim zu begrüßen, falls ihn seine Angelegenheiten einmal dort vorbeiführten.

18

*Pickle entläuft aus seinem College. Weiterer Verlauf seines
Liebeshandels mit Miss Gauntlet.*

Diese Einladung machte Peregrine überglücklich, und er versicherte, er werde ihr bestimmt Folge leisten. Nachdem man sich noch ein bißchen über allgemeine Dinge unterhalten hatte, nahm er von der reizenden Emilie und ihrer klugen Mutter Abschied. Letztere hatte wohl bemerkt, wie in Mr. Pickles Herzen die Liebe zu ihrer Tochter zu keimen begann, und über die Sippschaft und die Verhältnisse des jungen Herrn sorgfältig Nachrichten eingezogen.

Peregrine seinerseits hatte sich nicht weniger eifrig nach der sozialen Stellung und der Abkunft seiner neuen Gebieterin erkundigt. Sie war, wie er erfuhr, die einzige Tochter eines Stabsoffiziers, der zu früh starb, als daß er seine Kinder hätte angemessen versorgen können. Die Witwe, hieß es, lebe einfach, doch anständig von ihrer Pension und der gütigen Unterstützung ihrer Verwandten; der Sohn diene als Volontär in der Kompanie, die der Vater kommandiert habe, und Emilie sei in London auf Kosten eines reichen Oheims erzogen worden, den in seinem fünfundfünfzigsten Jahr plötzlich die Laune anwandelte, sich zu verheiraten. Deshalb sei seine Nichte wieder zu ihrer Mutter zurückgekehrt und könne sich allem Anschein nach jetzt auf nichts als auf sich selbst und auf ihre persönlichen Eigenschaften verlassen.

Obgleich diese Auskunft seine Zuneigung nicht mindern konnte, so beunruhigte sie doch seinen Stolz, denn seine blühende Phantasie hatte seine Aussichten gewaltig übertrieben, und er fing an zu fürchten, man möchte der Meinung sein, daß er mit seiner Liebe zu Emilie seinem Rang und seiner Würde etwas vergebe. Der Kampf zwischen seinen Interessen und seiner Liebe hatte eine Verlegenheit zur Folge, die sich deutlich in seinem Benehmen auswirkte. Er wurde nachdenklich und mürrisch, sonderte sich ab, mied alle öffentlichen Vergnügungen und kleidete sich dermaßen nachlässig, daß er für seine eigenen Bekannten kaum zu erkennen war. Dieser Widerstreit in seinem Innern dauerte mehrere Wochen lang; dann aber siegten Emiliens Reize über alle Erwägungen. Da er vom Kommodore, der sehr freigebig gegen ihn war, einen Zuschuß an Geld erhalten hatte, befahl er dem Pipes, etwas Wäsche und andere Notwendigkeiten in eine Art Schnappsack zu stecken, den dieser bequem tragen konnte, und so ausgerüstet machte er sich mit seinem Bedienten eines Morgens früh zu Fuß nach dem Dorfe auf, in dem seine Herzenskönigin wohnte, und kam daselbst noch vor zwei Uhr nachmittags an. Er hatte absichtlich diese Art zu reisen gewählt, damit seine Route nicht so leicht zu entdecken sei, wie es der Fall gewesen wäre, wenn er Pferde gemietet oder sich der Postkutsche bedient hätte.

Seine erste Handlung war, in dem Wirtshause, wo er zu Mittag speiste, ein bequemes Logis zu belegen; dann zog er sich um und begab sich, nachdem er sich den Weg hatte weisen lassen, in freudigster Erwartung nach dem Hause von Mrs. Gauntlet. Als er sich dem Gartentor näherte, wurde er immer aufgeregter; voll Ungeduld und Unruhe klopfte er an; die Türe öffnete sich, und er hatte wirklich schon gefragt, ob Mrs. Gauntlet zu Hause sei, ehe er bemerkte, daß die Pförtnerin niemand anders war als seine teure Emilie. Sie blieb bei dem unerwarteten Anblick ihres Geliebten nicht unbewegt, und dieser hatte sie kaum erkannt, so gehorchte er dem unwiderstehlichen Trieb seiner Leidenschaft und schloß das holde Geschöpf in die Arme. Sie schien sich durch das kühne Unterfangen gar nicht beleidigt zu fühlen, während ein Mädchen von weniger offenem Wesen oder minder freier Erziehung vielleicht darüber unwillig geworden wäre; aber infolge des ungezwungenen und vertraulichen Verkehrs, an den man sie von Kindheit an gewöhnt, hatte sich ihre angeborene Freimütigkeit noch stärker entwickelt und ausgeprägt. Statt ihn also mit einem strengen Blick zu bestrafen, spöttelte sie mit viel Humor über seine Zuversichtlichkeit, die, wie sie bemerkte, sich zweifellos auf das Bewußtsein seiner Verdienste gründe, und geleitete ihn ins Besuchszimmer, wo er ihre Mutter antraf, die ihm in sehr höflichen Worten ihre Freude darüber ausdrückte, ihn in ihrem Hause begrüßen zu dürfen.

Nach dem Tee schlug Miss Emmy einen Abendspaziergang vor, der sie durch Wald und Wiesen führte und zu einem höchst romantischen Flüßchen, das auf Peregrines Phantasie einen berückenden Zauber ausübte.

Es wurde spät, bis sie von diesem wonnigen Ausflug zurückkehrten, und als unser Liebhaber den Damen gute Nacht wünschen wollte, bestand Mrs. Gauntlet darauf, daß er zum Abendbrot bleibe, und begegnete ihm ungemein wohlwollend und achtungsvoll. Da die Dienerschaft im Hause nicht übermäßig zahlreich war, wurde sie öfters bald da-, bald dorthin gerufen, und so hatte der junge Herr mehrfach Gelegenheit, Emilie zu umwerben und sie mit all den zärtlichen Schwüren und einschmeichelnden Worten zu bestürmen, die seine Leidenschaft ihm eingab. Ihr Bild, beteuerte er, habe von seinem Herzen so vollständig Besitz ergriffen, daß er die Trennung von ihr auch nicht um einen Tag länger hätte ertragen können. Deshalb habe er Schule und Hofmeister heimlich verlassen, um diejenige zu besuchen, die er anbete, und einige wenige Tage ungestört das Glück ihres Umgangs zu genießen.

Sie hörte seine Huldigung mit einer Freundlichkeit an, die von Billigung und Entzücken zeugte, und schalt ihn auf sanfte Weise wegen seines unbesonnenen Schwänzens, vermied es jedoch sorgfältig, ihre Liebe gleichfalls zu gestehen; denn trotz all seiner Zärtlichkeit war ihr sein leichtsinniger Stolz nicht entgangen, dem gegenüber sie mit einer solchen Erklärung nicht herauszurücken wagte. Vielleicht auch war sie in dieser Vorsicht von ihrer Mutter bestärkt worden, die bei den Höflichkeiten, die sie ihm erwies, höchst klüglich eine gewisse steife Förmlichkeit wahrte. Sie hielt das nicht nur wegen des Interesses und der Ehre ihrer Familie, sondern auch zu ihrer eigenen Rechtfertigung für notwendig, falls man ihr je vorwerfen sollte, sie hätte ihm bei seinen törichten Jugendstreichen Hilfe oder Vorschub geleistet. Doch ungeachtet dieser erkünstelten Reserve behandelten ihn die beiden Damen mit solcher Auszeichnung, daß er sich im siebenten Himmel wähnte und von Tag zu Tag verliebter wurde.

Während er nun in Seligkeit schwelgte, verursachte seine Abwesenheit zu Winchester große Unruhe. Mr. Jolter war über seine plötzliche Abreise sehr bekümmert. Er ängstigte sich um so mehr, als sie nach dem lange dauernden Anfall von Trübsinn erfolgte, den er an seinem Zögling wahrgenommen hatte. Er entdeckte seine Besorgnisse dem Rektor der Schule, und dieser erteilte ihm den Rat, den Kommodore vom Verschwinden seines Neffen in Kenntnis zu setzen und unterdessen in allen Gasthöfen der Stadt nachzufragen, ob er für seine Zwecke Pferde oder irgendein Fuhrwerk gemietet habe oder ob ihm irgend jemand unterwegs begegnet sei, der über die eingeschlagene Richtung Auskunft geben könnte.

So eifrig und gründlich man bei dieser Suche auch zu Werke ging, verlief sie doch vollkommen erfolglos; nirgends war eine Nachricht über den Ausreißer aufzutreiben. Trunnion geriet über die Kunde von seiner Flucht fast außer sich; er raste und tobte über Peregrines Unbedachtsamkeit und verdammte ihn in der ersten Wut als einen undankbaren Deserteur; dann fluchte er auf Hatchway und Pipes, die ihn, wie er schwur, durch ihre verderblichen Ratschläge zum Sinken gebracht hätten, verwünschte hierauf Jolter, weil er nicht besser Ausguck gehalten habe, und schimpfte schließlich auf die Petzenbrut von Zipperlein, das es ihm gegenwärtig unmöglich mache, persönlich nach seinem Neffen zu suchen. Um aber nichts von dem zu vernachlässigen, was er nur tun konnte, fertigte er sofort Eilboten nach allen Städten an der Küste ab, damit so verhindert werde, daß Peregrine sich aus dem Königreich entferne; und der Leutnant wurde auf sein eigenes Begehren ausgeschickt, die Kreuz und die Quer durch das Land zu reiten und den jugendlichen Flüchtling womöglich aufzustöbern.

Vergeblich hatte er vier Tage lang seine Nachforschungen mit größter Sorgfalt betrieben, als er den Entschluß faßte, über Winchester zurückzukehren, weil er hoffte, man könne ihm dort irgendeinen Anhaltspunkt geben, der ihm bei seinen weitern Erkundigungen nützlich wäre. Er schlug der Kürze halber einen Nebenweg ein, und da ihn nahe bei einem Dorfe die Nacht überfiel, stieg er im ersten besten Wirtshaus ab, zu dem sein Pferd ihn trug. Nachdem er sein Essen bestellt und sich auf seine Kammer zurückgezogen hatte, wo er sich mit einem Pfeifchen die Zeit verkürzte, vernahm er das Lärmen fröhlicher Bauern. Es brach plötzlich ab, und nach einer kleinen Weile drang die Stimme von Pipes an sein Ohr, der auf Wunsch die Gesellschaft mit einem Liedchen unterhielt.

Hatchway erkannte den ihm wohlvertrauten Ton sofort; denn nichts auf Gottes Erdboden hatte die mindeste Ähnlichkeit damit, und so konnte er sich unmöglich täuschen. Er warf stracks seine Pfeife in den Kamin, ergriff eine von seinen Pistolen und rannte unverzüglich in die Stube, aus der die Stimme herkam. Kaum war er eingetreten, erblickte er seinen alten Schiffskameraden mitten in einem Haufen von Bauern, sprang augenblicklich auf ihn los, setzte ihm die Pistole auf die Brust und rief: „Hol Euch der Teufel, Pipes! Ihr seid ein toter Mann, wenn Ihr mir nicht auf der Stelle unsern jungen Herrn herschafft!"

Diese Drohung übte auf die Umsitzenden eine viel stärkere Wirkung aus als auf Tom. Der schaute den Leutnant ganz gelassen an und sagte: „Je nun, das kann ich schon, Mr. Hatchway." „Was? gesund und munter?" schrie der andere. „Wie ein Fisch", antwortete Pipes, worauf sein Freund Jack so vergnügt wurde, daß er ihm die Hand schüttelte und ihn bat, mit seinem Liedchen fortzufahren. Als es zu Ende und die Rechnung bezahlt war, begaben sich die beiden Freunde auf des Leutnants Kammer, wo dieser über die Art und Weise, wie Peregrine aus dem College entwich, sowie alle andern Umstände der gegenwärtigen Lage unseres Helden aufgeklärt wurde, soweit Toms Fassungsvermögen sie begriff.

Während dieser Unterhaltung kam Peregrine, der sich bei seiner Dame beurlaubt hatte, nach Hause. Er war nicht wenig erstaunt, als Hatchway in seemännischer Haltung bei ihm eintrat und ihm die Hand zum Gruß entgegenstreckte. Sein ehemaliger Schüler empfing ihn wie gewöhnlich mit großer Herzlichkeit und drückte seine Verwunderung darüber aus, ihn hier anzutreffen; als er aber die Ursache und den Zweck seiner Reise erfuhr, erschrak er und sagte ihm, während sein Gesicht dabei vor Unwillen glühte, er betrachte sich als alt genug, um zu wissen, was er zu tun habe, und er werde von selbst zurückkehren, sobald ihm dies passend erscheine; diejenigen jedoch, die sich einbildeten, er lasse sich zur Pflicht zwingen, seien gewaltig auf dem Holzweg. Der Leutnant versicherte dem jungen Herrn, er persönlich hätte gar nicht die Absicht, ihm gegenüber die geringste Gewalt anzuwenden; zugleich aber legte er ihm dar, wie gefährlich es wäre, den Kommodore zu erzürnen, der bereits wegen seiner Abwesenheit vom College beinahe aus dem Häuschen sei; kurz, er brachte seine ebenso einleuchtenden wie triftigen Gründe so freundschaftlich und achtungsvoll vor, daß Peregrine seinen Ermahnungen Gehör schenkte und versprach, ihm am nächsten Tag nach Winchester zu folgen.

Hocherfreut über den Erfolg seiner Unterhandlung ging Hatchway sogleich zum Wirt, bestellte für Mr. Pickle und dessen Bedienten eine Postchaise, genehmigte dann mit ihnen eine Doppelkanne Rum, und als die Stunde schon ziemlich vorgerückt war, überließ er den Verliebten seiner Ruhe oder vielmehr seinen dornenvollen Gedanken, denn schlafen konnte Peregrine nicht einen Augenblick, weil die Vorstellung, sich von der göttlichen Emilie trennen zu müssen, die nun die vollkommene Herrschaft über sein Herz erlangt hatte, ihn unaufhörlich quälte. Eine Minute lang nahm er sich vor, früh am Morgen aufzubrechen, ohne diese Zauberin noch einmal zu sehen, in deren magischem Kreis er seinem Vorsatz nicht trauen durfte. Dann wichen die Gedanken, sie auf eine so plötzliche und geringschätzige Art zu verlassen, vor den Gefühlen der Liebe und Ehre wieder zurück. In diesem Widerstreit der Empfindungen lag er die ganze Nacht hindurch wie auf der Folter, und es war Zeit, sich zu erheben, bevor er beschlossen hatte, zu seiner

Geliebten zu gehen und ihr offen und ehrlich die Gründe mitzuteilen, die ihn nötigten abzureisen.

Mit schwerem Herzen begab er sich nach dem Hause ihrer Mutter, und Hatchway, der es vorzog, bei ihm zu bleiben, begleitete ihn bis zur Tür. Als Peregrine eingelassen wurde fand er Emilie eben auf, und sie dünkte ihn schöner als je zuvor.

Beunruhigt über diesen frühen Besuch und seine düstere Miene, stand sie schweigend da und erwartete, irgendeine schlechte Nachricht zu vernehmen; aber erst nach längerer Pause brachte er die Kraft auf, ihr zu sagen, er wäre gekommen, um sich von ihr zu verabschieden. Sie bemühte sich zwar, ihre Betrübnis zu verbergen, die Natur ließ sich jedoch nicht unterdrücken. Im Augenblick überzog eine tiefe Traurigkeit ihr Gesicht, und es bedurfte all ihrer Anstrengung, um zu verhindern, daß ihre wunderschönen Augen überflossen. Er erriet, was in ihrer Seele vorging, und um ihr Leid zu lindern, versicherte er ihr, er werde Mittel und Wege finden, sie in wenigen Wochen wiederzusehen. Sodann nannte er die Gründe für seine Abreise, denen sie sich bereitwillig fügte. Nachdem sie einander getröstet hatten, legte sich ihr größter Schmerz etwas, und ehe Mrs. Gauntlet herunterkam, waren sie soweit gefaßt, daß sie sich mit viel Anstand und Resignation betragen konnten.

Die gute Dame zeigte sich gerührt, als sie seinen Entschluß vernahm, und sagte, sie hoffe, Umstände und Neigung würden es ihm erlauben, sie ein andermal mit seiner angenehmen Gegenwart zu beehren.

Der Leutnant begann sich wegen Peregrines Ausbleiben zu sorgen; deshalb klopfte er an, und als sein Freund ihn den Damen vorgestellt, hatte er die Ehre, mit ihnen zu frühstükken. Bei dieser Gelegenheit wurde er von Emiliens Schönheit tief ergriffen und machte sich nachher seinem Freund gegenüber ein Verdienst daraus, daß er sich so beherrscht habe und nicht als sein erklärter Nebenbuhler aufgetreten sei.

Endlich sagten sie ihren gütigen Wirtinnen Lebewohl, fuhren in einer knappen Stunde vom Gasthof ab und kamen ungefähr um zwei Uhr in Winchester an, wo Mr. Jolter aus Freude über ihr Erscheinen fast außer sich war.

Da der eigentliche Zusammenhang der Flucht niemandem bekannt war außer denen, auf die man sich verlassen konnte, so sagte man jedem, der sich nach der Ursache von Peregrines Abwesenheit erkundigte, er sei bei einem Verwandten auf dem Lande gewesen, und der Rektor war so nachsichtig, die Unbesonnenheit zu übersehen, so daß Hatchway, nachdem er alles zur Zufriedenheit seines Freundes geregelt wußte, ins Kastell zurückkehrte und dem Kommodore über seine Expedition Bericht erstattete.

Der alte Herr erschrak sehr, als er hörte, daß eine Frau im Spiel sei, und sagte mit großem Nachdruck, es wäre viel besser für einen Mann, in den Golf von Florida zu geraten als in die Bucht eines Weibes. Denn im ersten Fall könnte er mit Hilfe guter Lotsen sein Schiff doch noch wohlbehalten zwischen der Straße von Bahama und den indischen Küsten durchsteuern, im letztern aber gäbe es gar keinen Ausweg, und es sei vergeblich, gegen die Strömung anzukämpfen; man werde in die Bucht hineingezogen und müsse leewärts auf die Küste stoßen. Er beschloß daher, die ganze Sache Mr. Gamaliel Pickle vorzulegen und mit ihm solche Maßnahmen zu verabreden, die wohl am besten geeignet wären, seinen Sohn von einer Liebelei abzubringen, die den Plan für Peregrines Erziehung in gefährlicher Weise stören mußte.

Inzwischen war Perry in Gedanken mit nichts anderm als mit seiner liebenswürdigen Gebieterin beschäftigt. Ob er schlief, ob er wachte, stets schwebte ihm ihr Bild vor Augen, und so entstanden denn die folgenden Strophen:

> Lebt wohl, ihr Bäche silberklar,
> Ihr Frühlingslüfte wunderbar,
> Ihr Fluren, die der Lenz geschmückt,
> Ihr Sänger, die mich oft entzückt.
>
> Ich konnt euch fliehen sonder Schmerz,
> Ohn' Tränen, ohn' ein schweres Herz;
> Doch, Celia, von dir zu scheiden,
> Heißt freudlos sein und qualvoll leiden.

Du holder als Aurora bist,
Wenn sie den Tau der Blumen küßt;
So lauter wie das Sonnenlicht,
Das durch den Maienhimmel bricht.

Erscheinst du göttlich Schöne nur,
Leihst neuen Glanz du der Natur;
Zur Wonne wird der Tag gemacht
und herrlich selbst die öde Nacht!

Diese Jugendarbeit, einem sehr zärtlichen Billett an Emilie beigeschlossen, vertraute er dem Pipes an und befahl ihm aufzubrechen, Mrs. Gauntlet etwas Wildbret zu überbringen und den Damen einen höflichen Gruß zu bestellen. Sodann sollte er eine Gelegenheit erspähen, den Brief dem Fräulein einzuhändigen, ohne daß die Mama es merkte.

19

Dem Boten begegnet ein Unfall, dem er gar sinnreich abzuhelfen weiß. Seltsame Folgen hiervon.

Da die Landkutsche keine zwei Meilen von dem Dorfe, in dem die alte Gauntlet wohnte, vorbeizufahren pflegte, handelte Tom mit dem Postillion um einen Platz auf dem Bock und reiste ab, um sich seines Auftrages zu entledigen, obwohl er zu Geschäften dieser Art nur mäßig geschickt war. Der Brief war ihm ans Herz gelegt worden; deshalb beschloß er, ihn zum Hauptgegenstand seiner Sorge zu machen, und steckte ihn höchst scharfsinnig zwischen Strumpf und Fußsohle, wo er ihn vor jeder Beschädigung und allem Zufall vollkommen sicher glaubte. Er verwahrte ihn hier, bis er den Gasthof erreichte, in dem er früher logiert hatte, und als er sich durch einen Trunk Bier erfrischt hatte, zog er seinen Strumpf aus und fand das arme Briefchen staubbeschmutzt und durch die Bewegung seines Fußes – er hatte die zwei letzten Meilen ja gehen müssen – in tausend Stücke zerrieben vor. Bei diesem Phänomen wie vom Donner gerührt, stieß er ein langes und lautes „O weh!" aus und rief sodann: „Der vermaledeite Schuh! Schöner Reinfall, bei Gott!" Hierauf stützte er seine Ellbogen auf den Tisch und die Stirn auf seine beiden Fäuste und ging so mit sich über die Mittel zu Rate, wie diesem Unglück abzuhelfen wäre.

Da keine übergroße Zahl von Ideen ihn verwirrte, folgerte er bald, es sei das beste, wenn er den Küster des Dorfes, den er als einen großen Gelehrten kannte, einen neuen Brief schreiben ließe und ihm die nötigen Anweisungen dazu gäbe. Es fiel ihm gar nicht ein, daß das verstümmelte Original dieses Projekt erleichtern könnte. So überantwortete er es denn gar weislich den Flammen, damit es nie als Zeuge gegen ihn zum Vorschein käme.

Nachdem er diese kluge Maßregel getroffen hatte, ging er aus, den Schreiber aufzusuchen, teilte ihm sein Anliegen mit und versprach ihm eine volle Kanne Bier als Belohnung. Stolz auf die Gelegenheit, sein Licht leuchten zu lassen, erklärte sich der Küster, der zugleich der Schulmeister war, gerne bereit, die Arbeit zu übernehmen. Er verfügte sich mit seinem Auftraggeber ins Wirtshaus und brachte in weniger als einer Stunde ein solches Meisterstück von Beredsamkeit zustande, daß Pipes die größte Zufriedenheit empfand, ihm dankbar die Hand schüttelte und das Quantum Bier verdoppelte. Sobald dieses vertilgt war, eilte unser Kurier mit der Wildbretkeule und seinem untergeschobenen Brief zu Mrs. Gauntlet, um seine Botschaft auszurichten. Die Mutter nahm Gruß und Geschenk sehr respektvoll entgegen, erkundigte sich freundlich nach dem Wohlbefinden und Wohlergehen seines Herrn und wollte Tom ein Kronenstück in die Hand drücken, das dieser jedoch schlankweg ausschlug, weil Mr. Pickle ihn wiederholt ermahnt habe, ein Trinkgeld abzulehnen. Während sich die alte Dame an einen Diener wandte und verfügte, was mit dem Geschenk zu geschehen habe, glaubte Pipes, der günstige Moment sei da, sein Geschäft mit Emilie zu erledigen; er kniff daher ein Auge zu, zuckte den Daumen gegen die linke Schulter und forderte das Fräulein durch eine vielsagende Drehung des Gesichts auf, ihn in ein anderes Zimmer zu führen, als wäre er mit einer Sache von Belang befrachtet, die er ihr mitteilen müßte. Emilie verstand diesen Wink, so seltsam er auch gegeben war, trat etwas auf die Seite und verschaffte auf diese Weise dem Pipes Gelegenheit, ihr den Brief in die Hand zu schieben, die er zum Zeichen seiner Achtung zugleich sanft drückte; dann schielte er nach der Mutter hin, die ihm noch immer den Rücken zukehrte, und legte den Finger an die Nase, um so anzudeuten, daß man Vorsicht üben und Verschwiegenheit beobachten müsse.

Emilie steckte den Brief in den Busen und konnte sich eines Lächelns über Toms Artigkeit und Gewandtheit nicht erwehren; damit ihre Mama ihn bei seiner Pantomime aber nicht ertappen sollte, unterbrach sie das stumme Spiel und fragte laut, wann er wieder nach Winchester zurückzukehren gedächte. Als er antwortete: „Morgen früh", empfahl ihn Mrs. Gauntlet der Gastfreundschaft ihres Bedienten und schärfte diesem ein, Mrs. Pipes unten recht höflich zu begegnen, wo man ihn denn zum Nachtessen einlud und ihn sehr zuvorkommend bewirtete. Unsere junge Heldin, die vor Ungeduld brannte, das Briefchen ihres Geliebten zu lesen, das ihr Herz vor wonniger Erwartung schneller schlagen ließ, zog sich sobald als möglich auf ihr Zimmer zurück und durchflog das Schreiben, das also lautete:

Göttliche Beherrscherin meiner Seele!

Wofern die flammenden Strahlen von Dero Schönheit die Partikeln meines entzückten Gehirns nicht in Dämpfe aufgelöset und meinen Verstand zu Schlacken der Torheit ausgebrannt hätten, so möchte vielleicht der Glanz meiner Liebe hell durch den schwarzen Vorhang meiner Tinte scheinen und selbst die Milchstraße an Erhabenheit übertreffen, wiewohl sie nur auf den Fittichen eines grauen Gänsekiels getragen wird. Aber ach! himmlische Zauberin! die Nekromantie Deiner tyrannischen Reize hat alle Kräfte meines Gemüts mit diamantenen Ketten gebunden, und wenn Dein Mitleid dieselbigen nicht schmilzt, so muß ich ewiglich im Tartarischen Schlunde schrecklicher Verzweiflung verharren. Geruhe denn, o Du hellstes Licht dieser irdischen Sphäre, ebensowohl zu erwärmen als zu leuchten, und laß die milden Strahlen Deiner Huld die eisigen Ausflüsse Deiner Geringschätzung zerschmelzen, durch welche alle Lebensgeister eingefroren sind, o engelgleiche Vortrefflichkeit,

> Deinem ausgemachten Bewunderer
> und Sklaven im Superlativo
> Peregrine Pickle

Nie wohl war jemand erstaunter und verblüffter als Emilie, als sie dieses seltsame Schriftstück las, und sie ging es dreimal Wort für Wort durch, ehe sie dem Zeugnis ihrer Sinne trauen wollte. Sie befürchtete allen Ernstes, die Liebe habe ihrem Verehrer den Verstand zerrüttet; allein nach tausenderlei Mutmaßungen, durch die sie sich diesen wunderlichen Bombast zu erklären versuchte, kam sie zum Schluß, er sei die Frucht bloßer Leichtfertigkeit und sollte die Liebe lächerlich machen, zu der er sich früher bekannt hatte.

Erzürnt hierüber beschloß sie, ihn durch erheuchelte Gleichgültigkeit um seinen Triumph zu bringen und sich inzwischen zu bemühen, ihn aus ihrem Herzen zu verbannen. Und einen solchen Sieg über ihre Neigung hätte sie auch ohne große Schwierigkeit errungen, denn sie besaß eine Gemütsruhe, die ihr gestattete, sich mit allen Schicksalsfügungen abzufinden, und ihre Lebhaftigkeit, die ihre Phantasie stets von neuem anregte, bewahrte sie vor Gefühlen heftigen Schmerzes. So sandte sie denn Peregrine auch nicht die geringste Antwort oder das mindeste Zeichen des Andenkens und ließ Tom mit einem allgemeinen Kompliment der Mutter nach Winchester abreisen, wo er am folgenden Tag ankam.

Peregrines Augen funkelten, als er den Boten eintreten sah, und er streckte die Hand aus, in der festen Zuversicht, irgendeinen besonderen Beweis von Emiliens Zuneigung zu erhalten. Wie groß jedoch war seine Bestürzung, als er so grausam enttäuscht wurde. Er war sofort wie entgeistert. Eine Zeitlang stand er stumm und beschämt da, dann wiederholte er dreimal die Frage: „Wie? Auch nicht ein Wort von Emilie?" und, im Zweifel über die Umsicht seines Kuriers, forschte er genau nach allen Einzelheiten des Empfangs. Er fragte ihn, ob er die junge Dame gesehen habe, ob sie wohlauf sei, ob er Gelegenheit gehabt habe, ihr den Brief abzugeben, und was für eine Miene sie dabei gemacht hätte. Pipes antwortete, er habe sie nie gesunder und munterer gesehen und habe es so einzurichten gewußt, daß er ihr nicht nur das Billett unbeobachtet überreichen, sondern sie vor seiner Rückkehr auch noch heimlich fragen konnte, ob sie nichts zu bestellen hätte. Darauf habe sie erwidert, der Brief bedürfe keiner Antwort. Diesen letzten Umstand betrachtete Peregrine als ein deutliches Zeichen von Geringschätzung und nagte vor Unwillen an den Lippen. Nach weiterer Überlegung vermutete er jedoch, sie habe ihm wohl einen Brief nicht gut durch den Boten zukommen lassen können und würde ihn zweifellos mit einer Antwort durch die Post beehren. Dieser Gedanke tröstete ihn vorderhand, und er wartete ungeduldig darauf, daß seine Hoffnung sich erfülle. Als aber acht Tage verstrichen waren, ohne daß ihm die Genugtuung wurde, mit der er sich geschmeichelt hatte, verlor er die Fassung; er tobte gegen das ganze weibliche Geschlecht und verfiel in Trübsinn. Allein schon nach kurzer Zeit kam ihm sein Stolz zu Hilfe und rettete ihn vor den Schrecknissen der teuflischen Melancholie. Er beschloß, seine undankbare Gebieterin mit ihren eigenen Waffen zu schlagen. Sein Gesicht wurde wieder heiter wie vorher, und obwohl er jetzt von seiner Geckenhaftigkeit so ziemlich geheilt war, zeigte er sich doch wieder bei öffentlichen Lustbarkeiten, und zwar mit einem fröhlichen, unbekümmerten Wesen, damit Emilie durch einen Zufall erführe, wie wenig er sich allem Anschein nach aus ihrer hochmütigen Verachtung mache.

Es fehlt nie an gewissen allzu dienstfertigen Leuten, die ein Vergnügen daran finden, dergleichen Nachrichten weiterzubefördern. Sein Benehmen kam Miß Gauntlet bald zu

Ohren und bestärkte sie in der Meinung, die sie sich infolge seines Briefes gebildet hatte; sie wappnete sich mit ihren früheren Gefühlen und ertrug seine Gleichgültigkeit sehr philosophisch. Auf diese Art wurde ein Umgang, der mit aller Zärtlichkeit und Aufrichtigkeit der Liebe begonnen hatte und der sogar lange Dauer versprach, schon in den Anfängen durch ein Mißverständnis unterbrochen, das durch Toms Einfalt entstanden war, der auch nicht ein einziges Mal über die Konsequenzen seines Unterschleifs nachdachte.

Obgleich so fürs erste unterdrückt, war die Leidenschaft der beiden Liebenden doch nicht gänzlich erstickt, sondern glomm, ihnen selbst unbewußt, insgeheim fort, bis sie dann bei einer spätern Gelegenheit wieder aufloderte und die Liebe die Herrschaft in ihren Herzen zurückgewann.

Während sich nun die zwei gleichsam außerhalb der Sphären ihrer gegenseitigen Anziehungskraft bewegten, beschloß der Kommodore aus Besorgnis, Perry schwebe in Gefahr, sich in eine verhängnisvolle Verbindung einzulassen, auf Anraten des Mr. Jolter und seines Freundes, des Pfarrers der Gemeinde, ihn von dem Orte wegzurufen, an dem er so unvorsichtige Beziehungen angeknüpft hatte, und ihn auf die Universität zu schicken, wo seine Erziehung vollendet und seine Phantasie allem kindischen Zeitvertreib entwöhnt werden sollte.

Dieser Plan war seinem eigenen Vater vorgelegt worden; der verhielt sich aber, wie bereits vermerkt worden ist, in allem, was seinen ältesten Sohn betraf, immer neutral; und was Mrs. Pickle anbetrifft, so war die seit Peregrines Abreise nie mäßig oder ruhig geblieben, wenn sein Name genannt wurde, ausgenommen damals, als der Gatte ihr mitteilte, der Junge sei auf dem besten Wege, sich durch eine unbesonnene Liebschaft zugrunde zu richten. Da fing sie an, ihren eigenen Scharfblick zu preisen, mit dem sie die Verworfenheit dieses lasterhaften Buben sofort entdeckt habe, und erging sich in Vergleichen zwischen ihm und Gammy, der, wie sie sagte, ein Kind von ungewöhnlichen Gaben und gediegenem Wesen sei und mit Gottes Segen seinen Eltern ein Trost und für die Familie eine Zierde werden würde.

Wenn ich behaupten wollte, daß dieser Liebling von Mrs. Pickle, den sie so herausstrich, in jeder Beziehung das Gegenteil von dem gewesen sei, was sie schilderte, ein Knabe nämlich von geringen Fähigkeiten, der, obwohl körperlich außerordentlich schief und krumm, seelisch noch weit verderbter war, und daß sie ihren Gatten dazu überredet hätte, sich ihrer Meinung anzuschließen, die dem gesunden Menschenverstand ebenso widersprach als seiner eigenen Empfindung, so fürchte ich, der Leser werde denken, ich zeichnete ein Ungeheuer, wie es nie existiert hätte, und werde meine Darstellung als übertrieben mißbilligen; trotzdem ist nichts wahrer als jeder Umstand, den ich bisher erwähnt habe, und ich wünsche, man möchte bei meinem Gemälde, seltsam wie es ist, nicht nach mehr als einem einzigen Original suchen.

20

Peregrine wird von seinem Oheim zurückgerufen. Der unversöhnliche Haß der Mutter; Gamaliel Pickles Schwäche.

Doch lassen wir diese Betrachtungen und wenden wir uns wieder Peregrine zu. Es erging also an ihn die Aufforderung, sich bei seinem Oheim einzufinden, und nach wenigen Tagen kam er mit Mr. Jolter und Pipes im Kastell an, so daß hier Freude und Jubel herrschten. Die Veränderung, die während seiner Abwesenheit mit ihm vorgegangen war, gereichte seinem Äußern sehr zum Vorteil; aus einem hübschen Knaben war ein reizender junger Mann geworden; er war schon über Mittelgröße, von ausgeprägter Form und kräftigem Bau sowie von reiferem Ausdruck, und seine ganze Figur war so elegant und anmutig, als ob sie nach dem Vorbild des Apoll von Belvedere gemodelt worden wäre.

Mit einer solchen Erscheinung mußte er die Leute natürlich für sich einnehmen. Trotz den günstigen Berichten, die der Kommodore in bezug auf Peregrines Person erhalten hatte, sah er seine Erwartung dennoch bei weitem übertroffen und gab dies auch durch die lebhaftesten Worte zu erkennen. Mrs. Trunnion war von Peregrines feinem Betragen überrascht; sie empfing ihn daher mit ungewöhnlichen Zeichen von Wohlgefallen und Gewogenheit. Alle Nachbarn kamen ihm freundlich entgegen, und während sie ihn wegen seiner Bildung bewunderten, konnten sie nicht umhin, seine verblendete Mutter zu bemitleiden, weil sie sich des unaussprechlichen Vergnügens beraubte, das jede andere beim Anblick eines so liebenswürdigen Sohnes empfunden hätte.

Von wohlmeinenden Leuten wurden verschiedene Anstrengungen gemacht, dieses unnatürliche Vorurteil nach Möglichkeit zu bekämpfen; aber ihre Bemühungen dienten, statt das Übel zu heilen, nur dazu, Mrs. Pickle noch mehr zu verstimmen, und nie war sie zu bewegen, ihrem Ältesten auch nur im geringsten mütterliche Liebe entgegenzubringen. Im Gegenteil, was ursprünglich bloße Abneigung gewesen war, artete nun in einen Haß von einer derart verbissenen Hartnäckigkeit aus, daß sie nichts unversucht ließ, ihrem unschuldigen Kind des Kommodores Herz zu entfremden, und sogar zu diesem Zweck die boshaftesten Verleumdungen ausstreute. Alle Tage lag sie ihrem Gatten mit irgendeinem erfundenen Beispiel für Peregrines Undankbarkeit seinem Oheim gegenüber in den Ohren, denn sie wußte sehr gut, daß der Kommodore die Geschichte am Abend wieder erführe. So pflegte denn der alte Pickle ihm im Klub zu erzählen, wie sein hoffnungsvoller Liebling ihn in der und der Gesellschaft lächerlich gemacht und bei einer andern Gelegenheit seine Gemahlin verunglimpft habe, und so all die schändlichen Lügen zu wiederholen, die sein Weib erdichtet hatte. Zum Glück für Peregrine achtete der Kommodore des Mannes Glaubwürdigkeit nicht gerade hoch, weil er den Kanal kannte, durch den diese Nachrichten ihm zugeflossen waren. Zudem besaß unser Jüngling in Mr. Hatchway einen treuen Freund, der nie zögerte, ihn vor einer ungerechten Anklage zu schützen, und immer Gründe genug fand, die Behauptungen seiner Feinde zu widerlegen. Aber selbst wenn Trunnion den Grundsätzen des jungen Herrn mißtraut und den Vorstellungen des Leutnants kein Gehör geschenkt hätte, so würde sich Peregrine hinter einem Bollwerk verschanzt haben können, das stark genug war, alle derartigen Angriffe abzuwehren. Es war dies niemand anderes als seine Tante. Man hatte bemerkt, daß die Achtung, die sie für ihn hegte, im gleichen Verhältnis stieg, wie diejenige seiner Mutter sank, und höchstwahrscheinlich war die Zunahme hier der Abnahme dort zu verdanken; denn die Pflichten guter Nachbarschaft wurden von den beiden Damen mit größter Höflichkeit beobachtet, aber im Herzen haßten sie sich wie die Sünde.

Da sich Mrs. Pickle über die Pracht der neuen Equipage ihrer Schwägerin geärgert hatte, war sie seither stets bestrebt, auf ihren Visiten die Gesellschaft mit satirischen Anspielungen auf die Schwächen der armen Frau zu unterhalten, und Mrs. Trunnion ergriff die erste beste Gelegenheit zu Repressalien, indem sie über das unnatürliche Betragen der andern ihrem eigenen Kind gegenüber loszog, so daß Peregrine infolge dieses Streites von der einen Seite ebensosehr begünstigt, als er von der andern verabscheut wurde; und ich bin überzeugt, es wäre das wirksamste Mittel gewesen, seinen Interessen im Kastell zu schaden, wenn man im väterlichen Hause so getan hätte, als wollte man sich seiner annehmen. Sei diese Vermutung nun begründet oder nicht, so ist doch das eine sicher, daß nämlich das Experiment nie gemacht wurde und Peregrine daher nicht Gefahr lief, in Ungnade zu fallen. Der Kommodore, der sich, und zwar mit Recht, das ganze Verdienst um die Erziehung des jungen Menschen zuschrieb, war auf dessen Fortschritte so stolz, als wäre er tatsächlich sein eigener Sohn gewesen. Manchmal erreichte seine Zuneigung einen solchen Grad von Begeisterung, daß er sich wirklich einbildete, Perry sei seinen eigenen Lenden entsprossen. Trotz der Gunst aber, deren unser Held sich bei Onkel und Tante erfreute, berührte ihn das Unrecht, das er infolge des Eigensinns seiner Mutter erlitt, gleichwohl recht schmerzlich; und wenn seine fröhliche

Natur ihn auch davon abhielt, sich mit trüben Betrachtungen zu quälen, so sah er dennoch voraus, daß er sich aller Wahrscheinlichkeit nach in einer äußerst unangenehmen Lage befinden würde, wenn er den Kommodore durch irgendeinen plötzlichen Zufall verlieren sollte. Aus dieser Überlegung heraus begleitete er eines Abends seinen Oheim in den Klub und wurde seinem Vater vorgestellt, bevor dieser würdige Herr die leiseste Ahnung von seiner Ankunft hatte.

Nie war Gamaliel so fassungslos gewesen wie bei diesem Zusammentreffen. Seine Gemütsart erlaubte es ihm nicht, irgend etwas zu tun, das ihn in seiner Ruhe hätte stören oder um den Genuß des Abends hätte bringen können, und die Furcht vor seinem Weibe steckte ihm so tief in den Knochen, daß er es nicht wagte, seine Friedfertigkeit zu zeigen; seine Einstellung zu seinem Sohne war, wie ich schon bemerkt habe, eine vollkommen neutrale. Da so verschiedene Motive ihn mit sich nicht ins reine kommen ließen, saß er, als man Perry zu ihm hinführte und dessen Namen nannte, still und in Gedanken versunken da, als ob er die Anrede nicht verstanden hätte oder nicht verstehen wollte. Und als der junge Mann ihn mit ergreifenden Worten bat, ihm zu sagen, wodurch er sich seine Ungnade zugezogen habe, und wegen einer Erklärung in ihn drang, antwortete er in mürrischem Ton: „Je nun, Junge, was soll ich denn? Deine Mutter kann dich nicht leiden." „Wenn meine Mutter so lieblos, ich will nicht sagen: unnatürlich ist", versetzte Peregrine, dem Tränen des Unwillens aus den Augen tropften, „mich, ohne den geringsten Grund dafür anzugeben, aus ihrer Gegenwart und aus ihrem Herzen zu verbannen, so hoffe ich, werden Sie nicht so ungerecht sein, sich ihr barbarisches Vorurteil zu eigen zu machen." Bevor Mr. Pickle Zeit hatte, auf diesen ganz unerwarteten Vorwurf etwas zu erwidern, legte sich der Kommodore ins Mittel und unterstützte seinen Liebling, indem er zu Mr. Gamaliel sagte, er schäme sich, wenn er einen Mann so jämmerlich hinter dem Unterrock seiner Frau sich verkriechen sehe. „Ich für meinen Part", fuhr er mit erhobener Stimme fort und setzte eine wichtige und gebieterische Miene auf, „ehe ich dulden wollte, daß irgendein Weibsbild in der ganzen Christenheit mich vor allem Wind und Wetter herumsteuerte, seht Ihr, sollt ihr ein solcher Sturm um die Ohren pfeifen, daß ..."; hier wurde er von Mr. Hatchway unterbrochen, der, als ob er lauschte, den Kopf nach der Türe hin streckte und rief: „Ach! Da kommt Ihre Gemahlin, uns zu besuchen." Sogleich veränderten sich Trunnions Züge; sein Gesicht nahm den Ausdruck von Furcht und Betroffenheit an; aus dem Posaunenton seiner Stimme ward ein Flüstern, und er wisperte: „Wahrlich, Ihr müßt Euch irren, Jack!" Dann wischte er sich in großer Verlegenheit den Schweiß ab, der ihm bei diesem blinden Alarm auf die Stirne getreten war. Nachdem der Leutnant ihn auf diese Weise für seine Prahlerei bestraft hatte, sagte er mit einem schelmischen und höhnischen Lächeln, er habe sich getäuscht und, als die äußere Türe in den Angeln knarrte, gemeint, es sei Mrs. Trunnions Stimme, und wünschte hierauf, er möge mit seinen Ermahnungen Mr. Pickle gegenüber fortfahren. Es ist nicht zu leugnen, daß diese Arroganz des Kommodores nicht gerade am Platz war, denn er stand in jeder Beziehung ebensosehr unter dem Pantoffel der eigenen Frau wie der Mann, dessen Botmäßigkeit er zu verdammen wagte, freilich mit einem Unterschied, der sich aus ihren Charakteren ergab: Trunnion fügte sich wie ein Bär und hatte gelegentlich Anfälle von Wut und Trotz; Pickle hingegen trug sein Joch wie ein Ochse, ohne zu murren. So war es denn kein Wunder, daß Gamaliel bei seiner Indolenz, Schläfrigkeit und seinem Phlegma sich den Argumenten und dem Drängen seiner Freunde nicht widersetzen konnte und schließlich kapitulierte. Er mußte die Richtigkeit ihrer Bemerkungen zugeben, faßte seinen Sohn an der Hand und sagte ihm für die Zukunft seine väterliche Liebe und seinen väterlichen Schutz zu.

Doch dieser löbliche Entschluß hielt nicht lange vor. Mrs. Pickle, die noch immer an seiner Standhaftigkeit zweifelte und seinen Verkehr mit dem Kommodore eifersüchtig überwachte, unterließ es nie, sich jede Nacht nach den Gesprächen zu erkundigen, die im Klub geführt worden waren, und ihrem Gatten je nach der Auskunft zuzureden. Kaum war er daher glücklich ins Bett spediert, in die Akademie, in der alle tüchtigen Ehefrauen ihre Vorlesungen halten, als sie ihn zu katechisieren begann. Sie nahm gleich ein gewisses Zögern und etwas Zweideutiges in den Antworten ihres Gatten wahr. Infolge dieser Beobachtung bot sie ihren Einfluß und ihre Geschicklichkeit mit solchem Erfolg auf, daß er ihr haarklein verriet, was geschehen war, und, nachdem sie ihn wegen seiner Einfalt und Unbesonnenheit kräftig abgekanzelt hatte, zu Kreuze kroch und versprach, er wolle am nächsten Tag seine Zugeständnisse widerrufen, sich auch für immer von dem ihr verhaßten Menschen zurückziehen. Dieser Verpflichtung kam er denn pünktlich nach mit einem Brief an den Kommodore, den sie selbst diktierte und der so lautete:

Sir!
Sintemal man gestern abend meine Gutmütigkeit mißbraucht hat, ließ ich mich dazu verleiten, dem lasterhaften jungen Mann, dessen Vater zu sein ich das Unglück habe, meine Unterstützung zuzusichern und ich weiß nicht was zu versprechen; ich bitte Sie, davon Kenntnis nehmen zu wollen, daß ich alles revoziere und denjenigen nie als meinen Freund betrachte, von dem hinfüro mit dieser Sache inkommodiert wird, Sir,

Ihr usw. Gamaliel Pickle

21

Trunnion wird über Gamaliel Pickles Betragen wütend. Peregrine geht die Ungerechtigkeit seiner Mutter nahe. Er schreibt ihr seine Meinung darüber. Man schickt ihn auf die Universität Oxford, wo er sich als unternehmender Kopf auszeichnet.

Unbeschreiblich war die Wut, in die Trunnion bei Empfang dieses absurden Widerrufs ausbrach. Er zerriß den Brief mit seinen Kinnladen – Zähne hatte er keine mehr – und spuckte unter heftigen Grimassen aus, zum Zeichen seiner Verachtung für den Absender, den er nicht nur als einen lausigen, schäbigen, krätzigen, garstigen, feigen, dämlichen Tropf verfluchte, sondern auch auf Pistolen oder vor die Klinge zu fordern beschloß. Der Leutnant und Mr. Jolter aber erhoben Einspruch, rieten ihm von dieser gewaltsamen Maßregel ab und besänftigten ihn dadurch, daß sie die Botschaft als einen Beweis für die Schwäche des armen Mannes hinstellten, die eher Mitleid als Groll erregen sollte, und lenkten seinen Unwillen gegen Gamaliels Weib, auf das er denn mächtig fluchte. Auch Peregrine vermochte diese schmachvolle Erklärung nicht mit Geduld zu ertragen, und kaum hatte Hatchway ihn davon unterrichtet, so eilte er empört und erbittert auf sein Zimmer und schrieb im ersten Zorn den folgenden Brief, der seiner Mutter sofort übermittelt wurde.

Madam!
Hätte die Natur aus mir einen Popanz geschaffen und mir eine Seele eingehaucht, die nicht weniger lasterhaft als meine Gestalt abscheulich wäre, so dürfte ich mich vielleicht besonderer Beweise Ihrer Zuneigung und Anerkennung zu rühmen haben; denn wie ich sehe, ist der Grund, weshalb Sie mich mit so unnatürlichem Haß verfolgen, kein anderer als der, daß ich mich äußerlich sowohl als innerlich so himmelweit von jenem verkrüppelten Buckelträger unterscheide, welcher der Gegenstand Ihrer Zärtlichkeit und Fürsorge ist. Sind dies aber die Bedingungen, unter denen allein ich Ihre Gunst zu erhalten vermag, so bitte ich Gott, daß Sie nie aufhören mögen zu hassen, Madam,
Ihren tief beleidigten Sohn
Peregrine Pickle

Dieser Brief, den nichts als seine Leidenschaft und seine Unerfahrenheit entschuldigen konnten, tat bei seiner Mutter die Wirkung, die man sich leicht denken kann. Sie raste, sie schäumte vor Wut gegen den Schreiber, obwohl sie zu gleicher Zeit das Ganze für eine Frucht der persönlichen

Feindschaft von Mrs. Trunnion hielt und ihrem Gatten die Sache als einen Schimpf darstellte, den er seiner Ehre wegen mit dem Abbruch seines Umgangs mit dem Kommmodore und seiner Familie beantworten müsse. Das war eine bittere Pille für Gamaliel; denn in einer langen Reihe von Jahren hatte er sich so an Trunnions Gesellschaft gewöhnt, daß es ihm nicht schwerer gefallen wäre, sich ein Glied abnehmen zu lassen, als mit einem Male dem Klub fernzubleiben; daher wagte er es, ihr klarzulegen, daß es ihm rein unmöglich sei, ihrem Rate nachzuleben, und bat sie, ihm wenigstens zu erlauben, den Verkehr nach und nach aufzugeben, wobei er beteuerte, er wolle sich bemühen, ihr in allen Stücken Genüge zu leisten.

Mittlerweile wurden Anstalten zu Peregrines Abreise nach der Universität getroffen, und nach wenigen Wochen zog er in Begleitung derselben Personen, die schon mit ihm in Winchester gewesen waren, in seinem siebzehnten Lebensjahr vom Kastell ab. Sein Oheim hatte ihm eingeschärft, die Gesellschaft unanständiger Frauenzimmer zu meiden, fleißig ans Studieren zu denken und ihm, sooft er Zeit dazu hätte, von seinem Wohlbefinden Nachricht zu geben. Er setzte ihm jährlich fünfhundert Pfund aus, einschließlich der Besoldung des Hofmeisters, die den fünften Teil der Summe betrug. Das Herz unseres jungen Herrn wurde weit bei dem Gedanken, was für eine Figur er mit einem so stattlichen Jahresgehalt machen könnte, dessen Einteilung seinem eigenen Ermessen überlassen war; und während der Reise, die er in zwei Tagen zurücklegte, malte er sich in seiner Phantasie die angenehmsten Bilder aus.

Er wurde in Oxford dem Rektor des College vorgestellt, an den er empfohlen worden war, in feinen Zimmern untergebracht, als Gentleman Commoner immatrikuliert und einem einsichtsvollen Tutor zugeteilt. Statt sich nun wieder dem Studium des Griechischen und des Lateinischen zuzuwenden, Sprachen, in denen er sich bereits genügend unterrichtet glaubte, erneuerte er seine Freundschaft mit einigen alten Schulkameraden, die in der gleichen Lage waren wie er, und lernte durch sie alle dort modischen Vergnügen kennen.

Es währte nicht lange, so zeichnete er sich durch seinen Witz und seinen Humor aus, die den Stutzern auf der Universität dermaßen zusagten, daß sie ihn in ihre Zunft aufnahmen, und binnen kurzem war er das hervorragendste Mitglied der ganzen Brüderschaft; nicht etwa, daß er darauf stolz gewesen wäre, die meisten Pfeifen rauchen und das größte Quantum Bier vertilgen zu können; diese Fähigkeiten waren zu gewöhnlicher Art, um seinen verfeinerten Ehrgeiz zu reizen. Wohl aber tat er sich etwas zugute auf sein Talent zu Spöttereien, auf seinen Geist und Geschmack, seine persönlichen Vorzüge und auf sein Glück in Liebesabenteuern. Auch beschränkte er sich bei seinen Ausflügen nicht auf die kleinen Dörfer in der Nachbarschaft, welche die Studenten gemeinhin wöchentlich einmal zur Befriedigung ihrer Sinnlichkeit besuchen. Er hielt sich seine eigenen Pferde, durchstreifte auf Lustpartien die ganze umliegende Gegend, war bei allen Wettrennen zugegen, die innerhalb fünfzig Meilen von Oxford geritten wurden, und unternahm häufige Abstecher nach London, wo er fast ganze Semester hindurch in strengem Inkognito zu leben pflegte.

Die Gesetze der Universität waren zu hart, als daß ein Jüngling von seiner Lebhaftigkeit sie hätte beobachten können; und so machte er denn gar bald mit dem Proktor Bekanntschaft. Doch trotz all den Verweisen, die er bekam, sah er sich nicht veranlaßt maßzuhalten; er verkehrte in Weinschenken und Kaffeehäusern, durchjubelte zu Mitternacht die Straßen, beschimpfte und verhöhnte alle Sittsamen und Friedfertigen unter seinen Mitstudenten; sogar die Tutores waren ihm nicht heilig, entgingen nicht seinem Spott; er verlachte die Obrigkeit und vernachlässigte alle Vorschriften der akademischen Disziplin.

Umsonst versuchten sie seinem unordentlichen Treiben durch Geldstrafen Einhalt zu tun; freigebig bis zur Verschwendung, wie er war, zahlte er sie ganz gern. Dreimal stieg er bei einem Krämer ein, mit dessen Tochter er ein Techtelmechtel hatte, ebensooft war er genötigt, sich durch einen raschen Sprung in Sicherheit zu bringen, und in einer Nacht wäre er höchstwahrscheinlich das Opfer eines Hinterhalts geworden, den der Vater ihm gelegt hatte, wäre sein treuer Knappe Pipes ihm nicht mannhaft zu Hilfe geeilt und hätte ihn vor den Knütteln seiner Feinde gerettet.

Mitten in diesen Exzessen versuchte Mr. Jolter, der seine Ermahnungen verachtet und seinen Einfluß gänzlich geschwunden sah, seinem Zögling diese ausschweifende Lebensart dadurch abzugewöhnen, daß er dessen Aufmerksamkeit auf löblichere Beschäftigungen lenkte. Zu diesem Zwecke führte er ihn in einen politischen Klub ein, dessen Mitglieder ihm mit großer Achtung begegneten, sich mehr, als er hätte erwarten können, in seine joviale Gemütsart schickten und, während sie Pläne zur Reform des Staates erwogen, so kräftig auf die Erfüllung dieser Entwürfe tranken, daß, noch ehe sie auseinandergingen, ihre patriotischen Sorgen vollkommen weggeschwemmt waren.

Obgleich Peregrine ihre Doktrinen nicht billigte, beschloß er dennoch, sich eine Zeitlang an ihren Abenden zu beteiligen, weil ihm diese enthusiastischen Querköpfe reichen Stoff für seine Spottsucht lieferten. Es war in ihren mitternächtlichen Versammlungen Brauch, so volle Züge aus dem Quell der Begeisterung zu tun, daß ihre Mysterien gemeiniglich wie Bacchanale endigten, und sehr selten nur waren sie imstande, das feierliche Dekorum zu wahren, das die meisten von ihnen amtshalber beobachten mußten. Da nun Peregrine mit seinem satirischen Naturell nie mehr Befriedigung fand, als wenn er Gelegenheit hatte, würdevolle Persönlichkeiten in lächerliche Situationen zu bringen, so stellte er seinen neuen Verbündeten eine arge Falle, in die sie auf folgende Weise denn auch hineingerieten. Bei einer ihrer nächtlichen Beratungen schuf er durch seinen launigen und sprühenden Witz, der sich absichtlich gegen ihre politischen Gegner richtete, eine solch fröhliche und kameradschaftliche Stimmung, daß sie schon um zehn Uhr allesamt bereit waren, auf den tollsten Vorschlag einzugehen, der nur gemacht werden konnte. Auf seine Anregung hin zerschlugen sie die Gläser und tranken einander aus ihren Schuhen, Kappen und aus den Fußtellern der vor ihnen stehenden Leuchter zu, wobei sie ab und zu auf die Stühle stiegen und das Knie gegen die Tischkante stemmten, und wenn sie es in dieser Stellung nicht mehr aushalten konnten, setzten sie sich mit dem bloßen Hintern auf den kalten Fußboden. Sie jubelten und grölten, sangen und tanzten, kurz, ihre Trunkenheit hatte einen solchen Grad erreicht, daß sie Peregrines Idee, man solle die Perücken verbrennen, augenblicklich guthießen und einmütig den Streich verübten. Ihre Schuhe und Kappen erlitten auf sein Anstiften ein gleiches Schicksal; und in diesem Zustand führte er sie auf die Straße hinaus, wo sie beschlossen, jeden, der ihnen begegnete, zu zwingen, sich zu ihrem politischen Credo zu bekennen und das Schibboleth ihrer Partei auszusprechen. Bei diesem Unternehmen stießen sie jedoch auf größere Schwierigkeiten, als sie erwartet hatten; es wurden ihnen Gründe entgegengehalten, gegen die sie nicht gut aufkommen konnten; die Nasen der einen und die Augen der andern trugen in kurzer Zeit die Spuren hartnäckigsten Widerspruchs. Nachdem ihr Führer schließlich die ganze Bande in eine Schlägerei mit einem andern Trupp, der sich so ziemlich in derselben Verfassung befand, verwickelt hatte, ließ er sie sauber im Stich und schlich sich heimlich auf sein Zimmer zurück; denn er sah voraus, daß seine Gefährten sich bald der Aufmerksamkeit der Behörden erfreuen würden. Und er hatte recht: Der Proktor, der die Runde machte, traf zufällig auf diese Tumultuanten, griff mit seiner Autorität ein und wußte den wilden Aufruhr zu dämpfen. Er erkundigte sich nach den Namen und schickte dann die Ruhestörer auf ihre Stuben, nicht wenig empört über die Aufführung von einigen unter ihnen, deren Amt und Pflicht es war, den ihrer Aufsicht anvertrauten jungen Leuten mit einem ganz andern Beispiel voranzugehen.

Um Mitternacht brachte Pipes, der Befehl hatte, in einiger Entfernung zu warten und auf Jolter achtzugeben, diesen unglücklichen Hofmeister auf dem Rücken nach Hause. Peregrine hatte nämlich vorher dafür gesorgt, daß er ins College hineingelassen würde; und nun zeigte es sich, daß Jolter außer verschiedenen Beulen auch ein paar Quetschungen im Gesicht davongetragen hatte, die sich am folgenden Morgen als schwarze Ringe um die Augen präsentierten.

Dies war ein peinlicher Umstand für einen Mann von seinem Charakter und seinen Manieren, zumal der Proktor ihm hatte mitteilen lassen, er wünsche ihn sofort zu sprechen. Höchst demütig und zerknirscht bat er seinen Zögling um Rat, und da dieser zum Zeitvertreib auch malte, versicherte er Mr. Jolter, er könne die Zeichen seiner Schande so geschickt mit Fleischfarbe zudecken, daß es beinahe unmöglich sei, den Anstrich von der Haut zu unterscheiden. Lieber als sich mit solch schimpflichen Merkmalen den Blicken und dem Tadel jener obrigkeitlichen Person auszusetzen, fand sich der bekümmerte Hofmeister mit diesem Notbehelf ab, ließ sich, obgleich Peregrine seine eigene Kunst überschätzt hatte, dazu überreden, dieser Tünche zu trauen, und begab sich tatsächlich zum Proktor mit einem Gesicht, das, von Natur schon nicht schön, nun so scheußlich geworden war, daß man es füglich mit einigen jener wilden Fratzen über den Türen gewisser Weinschenken und Bierkneipen vergleichen durfte, die den Namen „Zum Sarazenkopf" führen.

Eine so auffallende Veränderung seiner Physiognomie konnte nicht einmal dem stumpfsten Blick entgehen, geschweige dem Falkenauge seines strengen Richters, der nach der Erfahrung der letzten Nacht noch kritischer geworden war. Er tadelte ihn daher ob seines lächerlichen und plumpen Kniffs und erteilte ihm und seinen Zechbrüdern wegen ihres anstößigen und wüsten Treibens eine so scharfe Rüge, daß sie sich alle wie begossene Pudel vorkamen und sich viele Wochen hindurch schämten, ihre Amtspflichten öffentlich zu erfüllen.

Peregrine war auf seinen Trick zu stolz, um zu verhehlen, welche Rolle er bei dieser Komödie gespielt hatte, und gab seinen Kameraden alle Einzelheiten der Geschichte zum besten. Dadurch zog er sich den Haß und den Groll des Klubs zu, dessen Maximen und Gebräuche er enthüllt hatte, denn sie sahen ihn als einen Spion an, der sich in ihre Gesellschaft eingeschlichen hatte, um sie zu verraten, oder wenigstens als einen Menschen, der den Glauben und die Grundsätze, zu denen er sich bekannt hatte, verleugnete.

22

Peregrine beleidigt seinen Tutor und schreibt ein Spottgedicht auf ihn. Seine Fortschritte in den schönen Wissenschaften. Auf einem Abstecher nach Windsor trifft er Emilie und wird von ihr sehr kalt behandelt.

Zu denen, die durch seine List und seine Untreue gelitten hatten, zählte auch sein eigener Tutor, Mr. Jumble. Dieser konnte den kränkenden Schimpf, den man ihm angetan hatte, nicht verwinden und war entschlossen, sich für diese Beleidigung am Urheber zu rächen. In dieser Absicht verfolgte er Peregrines Lebenswandel mit der feindseligsten Aufmerksamkeit und ergriff jede Gelegenheit, seinem Schüler mit Geringschätzung zu begegnen, was, wie er wußte, der junge Mann weniger ertragen konnte, als wenn er mit aller Härte und Strenge gegen ihn vorgegangen wäre.

Peregrine hatte mehrmals bei der Morgenandacht in der Kapelle des College gefehlt, und da Mr. Jumble es nie versäumte, ihn in sehr gebieterischem Tone wegen seiner Abwesenheit zur Rede zu stellen, erfand er einige sehr einleuchtende Entschuldigungen, worin er sich aber schließlich erschöpfte. Er erhielt nun einen recht demütigenden Tadel wegen seiner Liederlichkeit; und um einen noch empfindlicheren Eindruck auf ihn zu machen, befahl ihm Jumble, als Übung die zwei folgenden Zeilen aus dem Virgil in englischen Versen zu umschreiben:

Vane Ligus frustraque animis elate superbis
Nequiquam patrias tentasti, lubricus, artis.

Das boshafte Thema dieser Strafaufgabe tat bei Peregrine die erwünschte Wirkung. Er betrachtete es nicht bloß als eine ungebührliche Kritik an seinem eigenen Benehmen, sondern auch als einen nachträglichen Schimpf auf das Andenken seines Großvaters, der, wie er gehört hatte, bei seinen Lebzeiten mehr wegen seiner Verschmitztheit als wegen seiner Redlichkeit im Handel bekannt gewesen war.

Höchst aufgebracht über eine solche Verwegenheit des

Schulfuchses, hätte er sich in der ersten Hitze beinahe durch eine körperliche Züchtigung auf der Stelle Genugtuung verschafft. Da er aber die verdrießlichen Folgen überlegte, die eine so ungeheure Verletzung der Universitätsgesetze nach sich ziehen könnte, bezwang er seinen Unwillen und beschloß, die Beleidigung auf eine kältere und verächtlichere Art zu rächen. So zog er denn genaue Erkundigungen über Jumbles Herkunft und Erziehung ein. Er erfuhr, der Vater dieses unverschämten Tutors sei ein Maurer und die Mutter eine Pastetenkrämerin gewesen; und der Sohn selbst sei, bevor er sich auf wissenschaftliche Studien verlegt habe, zu verschiedenen Zeiten in seiner Jugend beiden Beschäftigungen nachgegangen. Im Besitz dieser Nachrichten, verfaßte er den folgenden Gassenhauer in Knittelversen, den er am nächsten Tag als eine Umschreibung des Textes ablieferte, den ihm der Tutor ausgesucht hatte.

1

Kommt und hört, ich besing ein Schulmeisterlein,
    Ach je!
Gar gern er ein witziges Köpfchen wollt sein,
    Ach je!
Ein tiefer, ein großer Politikus,
Und obendrein ein Kritikus,
    Au weh! au weh! au weh!

2

Doch wär er auch das – o Unglück! –
    Ach je!
So hatt' er doch nie der Eltern Geschick,
    Ach je!
Sein Vater wollt machen zum Maurer ihn fix,
Der Sohn war zu dumm, es war damit nix,
    Au weh! au weh! au weh!

3

Es buk die Frau Mutter Pasteten. Der Sohn
    Ach je!

Sollt auch sie zu backen wohl lernen verstohn,
  Ach je!
Sie schmeckten ihm gut; drum wollt er's auch gern;
Doch fehlt es auch dazu an Kopfe dem Herrn,
  Au weh! au weh! au weh!

4

Nun konnt er keines von beiden recht fein,
  Ach je!
Ein Haus wie Pastete, Pastete wie Stein,
  Ach je!
So geriet es ihm immer. Drum, Meisterlein klein,
Drum sollt Er ein wenig bescheidener sein.
  Au weh! au weh! au weh!

Dieses freche Machwerk war die kräftigste Rache, die er an seinem Tutor hätte nehmen können, der den dünkelhaften Hochmut und den lächerlichen Stolz eines Pedanten von niederer Herkunft besaß. Statt dieses kecke Spottgedicht mit der Gelassenheit und der vornehmen Verachtung zu behandeln, die einem Manne von seiner Würde und Stellung ziemten, hatte er das Gedicht kaum überflogen, als ihm das Blut ins Gesicht schoß und er gleich darauf leichenblaß wurde. Mit bebenden Lippen sagte er seinem Schüler, er sei ein impertinenter Bengel und er wolle dafür sorgen, daß er von der hohen Schule weggejagt werde, weil er sich vermessen habe, so ehrenrührige und unanständige Schmähverse zu schreiben und zu überreichen. Peregrine antwortete mit viel Entschlossenheit, er wäre gewiß, daß, wenn man erführe, wie er gereizt worden sei, jeder Unparteiische ihn freisprechen werde, und daß er bereit sei, die ganze Affäre der Entscheidung des Proktors anheimzustellen.

Das schlug er deshalb vor, weil er wußte, daß dieser und Jumble miteinander verfeindet waren; aus diesem Grunde durfte der Tutor es nicht wagen, die Sache auf dessen Urteil ankommen zu lassen. Ja, als Peregrine sich auf diese Entscheidung berief, glaubte der von Natur argwöhnische Jumble, Pickle habe sich eine so arge Beschimpfung erst ge-

Schulfuchses, hätte er sich in der ersten Hitze beinahe durch eine körperliche Züchtigung auf der Stelle Genugtuung verschafft. Da er aber die verdrießlichen Folgen überlegte, die eine so ungeheure Verletzung der Universitätsgesetze nach sich ziehen könnte, bezwang er seinen Unwillen und beschloß, die Beleidigung auf eine kältere und verächtlichere Art zu rächen. So zog er denn genaue Erkundigungen über Jumbles Herkunft und Erziehung ein. Er erfuhr, der Vater dieses unverschämten Tutors sei ein Maurer und die Mutter eine Pastetenkrämerin gewesen; und der Sohn selbst sei, bevor er sich auf wissenschaftliche Studien verlegt habe, zu verschiedenen Zeiten in seiner Jugend beiden Beschäftigungen nachgegangen. Im Besitz dieser Nachrichten, verfaßte er den folgenden Gassenhauer in Knittelversen, den er am nächsten Tag als eine Umschreibung des Textes ablieferte, den ihm der Tutor ausgesucht hatte.

1

Kommt und hört, ich besing ein Schulmeisterlein,
  Ach je!
Gar gern er ein witziges Köpfchen wollt sein,
  Ach je!
Ein tiefer, ein großer Politikus,
Und obendrein ein Kritikus,
  Au weh! au weh! au weh!

2

Doch wär er auch das – o Unglück! –
  Ach je!
So hatt' er doch nie der Eltern Geschick,
  Ach je!
Sein Vater wollt machen zum Maurer ihn fix,
Der Sohn war zu dumm, es war damit nix,
  Au weh! au weh! au weh!

3

Es buk die Frau Mutter Pasteten. Der Sohn
  Ach je!

Sollt auch sie zu backen wohl lernen verstohn,
    Ach je!
Sie schmeckten ihm gut; drum wollt er's auch gern;
Doch fehlt es auch dazu an Kopfe dem Herrn,
    Au weh! au weh! au weh!

4

Nun konnt er keines von beiden recht fein,
    Ach je!
Ein Haus wie Pastete, Pastete wie Stein,
    Ach je!
So geriet es ihm immer. Drum, Meisterlein klein,
Drum sollt Er ein wenig bescheidener sein.
    Au weh! au weh! au weh!

Dieses freche Machwerk war die kräftigste Rache, die er an seinem Tutor hätte nehmen können, der den dünkelhaften Hochmut und den lächerlichen Stolz eines Pedanten von niederer Herkunft besaß. Statt dieses kecke Spottgedicht mit der Gelassenheit und der vornehmen Verachtung zu behandeln, die einem Manne von seiner Würde und Stellung ziemten, hatte er das Gedicht kaum überflogen, als ihm das Blut ins Gesicht schoß und er gleich darauf leichenblaß wurde. Mit bebenden Lippen sagte er seinem Schüler, er sei ein impertinenter Bengel und er wolle dafür sorgen, daß er von der hohen Schule weggejagt werde, weil er sich vermessen habe, so ehrenrührige und unanständige Schmähverse zu schreiben und zu überreichen. Peregrine antwortete mit viel Entschlossenheit, er wäre gewiß, daß, wenn man erführe, wie er gereizt worden sei, jeder Unparteiische ihn freisprechen werde, und daß er bereit sei, die ganze Affäre der Entscheidung des Proktors anheimzustellen.

Das schlug er deshalb vor, weil er wußte, daß dieser und Jumble miteinander verfeindet waren; aus diesem Grunde durfte der Tutor es nicht wagen, die Sache auf dessen Urteil ankommen zu lassen. Ja, als Peregrine sich auf diese Entscheidung berief, glaubte der von Natur argwöhnische Jumble, Pickle habe sich eine so arge Beschimpfung erst geleistet, nachdem man ihm Schutz versprochen, und diese Idee hatte eine derartige Wirkung, daß er beschloß, seinen Ärger hinunterzuwürgen und auf eine passendere Gelegenheit zu lauern, seinen Haß zu befriedigen. Mittlerweile waren Kopien des Liedes unter den Studenten ausgeteilt worden, die es nach der Weise:

Es war einmal ein Schuster fein . . .

ungescheut vor Jumbles eigenen Ohren sangen; und der Triumph unseres Helden war vollständig.

Er gab sich jedoch nicht nur jugendlich tollem Treiben hin, sondern hatte oft auch vernünftige Zeiten, in denen er tiefer in die Klassiker eindrang, Geschichte studierte, seinen Geschmack für Malerei und Musik, worin er schon beträchtliche Fortschritte gemacht hatte, weiterbildete und sich vor allem für die Naturwissenschaften interessierte. Wenn er sich aber eine Zeitlang eifrig einigen von diesen Künsten und Wissenschaften gewidmet hatte, brach gewöhnlich sein Naturell in jenen Ausschweifungen und wilden Sprüngen einer üppigen Phantasie wieder durch, die ihn so berühmt werden ließen. Vielleicht war er der einzige junge Mann in ganz Oxford, der zugleich einen vertrauten und freundschaftlichen Umgang mit den unbesonnensten sowohl als mit den stillsten und sittsamsten Studenten pflegte.

Man wird nicht vermuten, daß ein junger Mann, der so eitel, unerfahren und verschwenderisch wie Peregrine war, seine Ausgaben nach seinen Einnahmen einrichten konnte, so ansehnlich letztere auch sein mochten. Denn er war keiner von den glücklichen Leuten, die geborene Ökonomen sind, und verstand sich nicht auf die Kunst, seine Börse zu schonen, wenn ein Freund in die Klemme kam. Von Natur großmütig und allzu freigebig, vertat er sein Geld und trieb jeweils großen Aufwand, wenn sein Vierteljahreswechsel einlief; doch lange bevor der dritte Monat verstrichen war, hatte er seine Kasse erschöpft; und da er sich nicht erniedrigen und um eine außerordentliche Zulage bitten konnte, zum Borgen zu stolz und bei Geschäftsleuten Schulden zu machen zu hochmütig war, so widmete er sich in diesen mageren Zeiten der Fortsetzung seiner Studien und zeigte sich am nächsten Quartalstag wieder in neuem Glanze.

In einer dieser Zwischenzeiten machte er mit einigen Freunden einen Abstecher nach Windsor, um das königliche Schloß zu besichtigen. Sie gingen des Nachmittags hinauf, und während Pickle eben das Gemälde „Herkules und Omphale" betrachtete, flüsterte ihm einer der Studenten ins Ohr: „Sapperment, Pickle, was für zwei nette Mädchen!" Sogleich drehte sich Peregrine um und erkannte in der einen seine Emilie, die er beinahe schon vergessen hatte. Ihre Erscheinung wirkte auf seine Phantasie wie ein Funke auf Schießpulver; seine Leidenschaft, die zwei Jahre lang in seinem Herzen geschlummert hatte, flammte augenblicklich auf, und er fing an, am ganzen Körper zu zittern. Sie bemerkte und teilte seine Erregung, denn ihre Seelen waren wie zwei gleichgestimmte Saiten, die bei ein und demselben Anschlag erklingen. Sie rief jedoch ihren Stolz und ihren Unwillen zu Hilfe und brachte so die nötige Entschlossenheit auf, sich von dem gefährlichen Schauplatz zu entfernen. Dieser Rückzug beunruhigte ihn; er raffte all seine Kühnheit zusammen, und von seiner unwiderstehlichen Liebe gedrängt, folgte er ihr ins nächste Zimmer, wo er sie höchst verlegen mit den Worten: „Ihr ergebener Diener, Miss Gauntlet!" ansprach. Sie erwiderte das Kompliment mit erheuchelter Gleichgültigkeit durch ein „Ihre Dienerin, mein Herr!", ohne aber die heftige Bewegung in ihrem Innern verbergen zu können. Dann wies sie sofort auf das Bildnis von Duns Scotus hin, das über einer der Türen hing, und fragte ihre Begleiterin kichernd, ob sie nicht finde, er sähe wie ein Zauberer aus. Diese Begrüßung verdroß Peregrine ganz gewaltig; er antwortete statt der andern Dame und sagte, es sei in jenen Tagen leicht gewesen, ein Zauberer zu sein, weil damals die Einfalt der Leute die Wahrsagereien begünstigt habe. Aber weder Duns noch Merlin, selbst wenn sie jetzt von den Toten auferstünden, könnten mit ihrem Gewerbe ihr Brot verdienen, da Verstellung und Betrug so sehr überhandgenommen hätten. „O mein Herr!" entgegnete sie und drehte sich gegen ihn herum, „sie würden zweifellos neue Prinzipien befolgen; denn es ist in unserm aufgeklärten Zeitalter keine Schande, wenn man seine Meinung ändert." „Nein, gewiß nicht, meine Gnädige", erwiderte der Jüngling prompt, „wenn die neue besser ist als die alte." „Und wäre auch das Gegenteil der Fall", gab die Schöne mit einer gewissen Betonung zurück und ließ dabei ihren Fächer spielen, „so wird beim Lauf der Welt die Unbeständigkeit stets ihre Verteidiger finden." „Ganz recht, meine Gnädige", versetzte unser Held, indem er sie scharf anblickte, „Beispiele von Leichtfertigkeit trifft man allenthalben." „O Himmel, Sir", rief Emilie, indem sie den Kopf in den Nacken warf, „sozusagen bei jedem Gecken." Da Peregrines Gefährte ihn jetzt mit einer der Damen reden sah, knüpfte er mit der andern ein Gespräch an, und um der Galanterie seines Freundes förderlich zu sein, führte er sie in das anstoßende Zimmer, unter dem Vorwand, er wolle ihr ein bemerkenswertes Bild zeigen.

Als Peregrine sah, daß er mit dem geliebten Mädchen allein war, nutzte er natürlich die Gelegenheit, schaute zärtlich und verführerisch drein, stieß einen schweren Seufzer aus und fragte, ob sie denn alle Gedanken an ihn aus ihrem Herzen verbannt habe. Sie errötete über diese rührende Frage, die sie wieder an die vermeintliche Geringschätzung erinnerte, mit der er ihr begegnet war, und antwortete in höchster Verwirrung: „Ich glaube, mein Herr, ich hatte einst das Vergnügen, Sie auf einem Ball in Winchester zu treffen." „Miss Emilie", sagte er sehr ernst, „wollen Sie so aufrichtig sein und mir entdecken, was für ein Vergehen meinerseits Sie dadurch zu bestrafen beliebten, daß Sie Ihr Andenken auf jenen Anlaß einschränken?" „Mr. Pickle", erwiderte sie im selben Ton, „es ist weder meines Amtes, noch entspricht es meiner Neigung, Ihr Betragen zu beurteilen; und Sie bringen deshalb Ihre Frage am falschen Ort an, wenn Sie eine solche Erklärung von mir verlangen." „Verschaffen Sie mir wenigstens die traurige Genugtuung", fing unser Liebhaber wieder an, „zu wissen, worin Sie sich von mir beleidigt fühlten, als Sie sich weigerten, jenem Brief die geringste Beachtung zu schenken, den ich auf Ihre ausdrückliche Erlaubnis hin Ihnen von Winchester aus zu schreiben die Ehre hatte." „Ihr Brief", versetzte sie mit großer Lebhaftigkeit, „erforderte und verdiente nach meiner Meinung keine Antwort. Und, um ganz frei mit Ihnen zu sprechen, Mr. Pickle, er war ein fader Kunstgriff, um eine Korrespondenz aufzuheben, die Sie dringend anzusuchen geruht hatten." Über diese Entgegnung bestürzt, erwiderte Peregrine, er könne vielleicht eine Wendung, einen Ausdruck gebraucht haben, der nicht elegant oder diskret genug gewesen wäre, allein er sei sicher, daß er es an Äußerungen der Achtung und Ergebenheit gegenüber Reizen, die anzubeten sein Stolz sei, nicht habe fehlen lassen. „Was die Verse angeht", fügte er hinzu, „so muß ich gestehn, waren sie freilich ihres Gegenstandes nicht wert, jedoch ich schmeichelte mir, daß sie, wo nicht Beifall, doch geneigte Aufnahme verdienten und weniger für den Beweis meines Talents als für den echten Erguß meines Herzens angesehen würden." „Verse!" rief Emilie mit erstaunter Miene. „Was für Verse? Ich verstehe Sie nicht." Der junge Herr war bei diesem Ausruf wie vom Donner gerührt. Nach einer langen Pause antwortete er: „Ich argwöhne langsam, und ich wünsche sehnlichst, es möge so sein, daß von Anfang an ein Mißverständnis zwischen uns geherrscht habe. Sagen Sie mir doch, Miss Gauntlet, ich bitte Sie darum, war nicht ein Blatt mit Versen in dem unglückseligen Briefe eingeschlossen?" „Offen gestanden, mein Herr", erwiderte die Dame, „ich bin nicht Kennerin genug, um zu unterscheiden, ob das komische Produkt, das Sie scherzhaft einen unglückseligen Brief zu nennen beliebten, in Versen oder Prosa abgefaßt war. Doch der Spaß dünkt mich zu alt, um wieder aufs Tapet gebracht zu werden." Mit diesen Worten trippelte sie zu ihrer Gefährtin hinüber und ließ ihren Liebhaber in der peinlichsten Ungewißheit zurück. Er sah nunmehr ein, daß der Geringschätzung seines Schreibens aus Winchester ein Geheimnis zugrunde liegen müsse, das für ihn unbegreiflich wäre; und sie fing an zu mutmaßen und zu hoffen, daß der Brief, den sie erhalten hatte, untergeschoben sei, obwohl sie sich eine solche Möglichkeit nicht vorstellen konnte, da sein eigener Bedienter ihr ihn ja ausgehändigt hatte.

Indes beschloß sie, es ihm zu überlassen, die Sache aufzuklären, denn sie wußte, daß er sowohl zu seiner als zu ihrer Befriedigung sich dabei bestimmt die erdenklichste Mühe geben würde, und sie irrte sich nicht. Er kam an der Treppe wieder zu ihr und bat dringend um die Erlaubnis, die Damen nach Hause führen zu dürfen, da sie keinen Begleiter hätten. Emilie durchschaute seine Absicht, die keine andere war, als zu erfahren, wo sie wohne; und obgleich sie seine List billigte, so hielt sie es doch zur Wahrung ihrer Würde für ihre Pflicht, diese Höflichkeit abzulehnen. Sie dankte ihm daher für sein galantes Anerbieten, wollte aber auf keinen Fall gestatten, daß er sich so unnötig bemühe, zumal sie nicht weit zu gehen hätten. Er ließ sich durch diese Weigerung nicht abschrecken, weil er sie ganz richtig deutete; und ihr war es nicht zuwider, daß er auf seinem Entschluß bestand. Er begleitete sie also auf dem Heimweg und versuchte unterwegs wiederholt, mit Emilie insgeheim zu sprechen. Sie aber, die eine gewisse Anlage zur Koketterie hatte und entschlossen war, seine Ungeduld noch mehr zu reizen, wich seinen Bemühungen schlau aus, indem sie ihre Gefährtin ständig ins Gespräch zog, das sich um das ehrwürdige Aussehen und die herrliche Lage des Ortes drehte. So schlenderte er mit ihnen unter Tantalusqualen bis vor die Türe des Hauses, in dem sie wohnten, und als seine Gebieterin an dem Gesicht ihrer Gespielin merkte, daß sie im Begriff sei, Peregrine hineinzubitten, vereitelte sie dies durch einen finstern Blick, wandte sich dann Pickle zu, machte ihm eine sehr formelle Verbeugung, ergriff die andere junge Dame beim Arm und – war weg mit den Worten: „Komm, Bäschen! Komm, Sophie!"

23

Nach verschiedenen fruchtlosen Bemühungen gelingt es Peregrine, mit seiner Geliebten zu einer Aussprache zu kommen. Sie söhnen sich darauf aus.

Dieses plötzliche Verschwinden brachte Peregrine so außer Fassung, daß er mit offenem Munde einige Minuten lang auf der Straße stand, ehe er sich von seinem Erstaunen wieder erholt hatte. Sodann ging er mit sich zu Rate, ob er sofort Zutritt zu seiner Gebieterin verlangen oder einen andern Weg wählen sollte, um mit ihr sprechen zu können. Ihr brüskes Betragen verdroß ihn, obgleich ihr Mut ihm gefiel. Er sann jetzt auf Mittel, sie zu sehen, und kam, tief in Gedanken versunken, im Wirtshaus an, wo er seine Gefährten traf, die er am Schloßtore verlassen hatte. Diese hatten über die Damen bereits Erkundigungen eingezogen, und so erfuhr er, daß Miss Sophie die Tochter eines dortigen Gentlemans sei, mit dem seine Gebieterin verwandt war, daß unter den beiden jungen Damen die innigste Freundschaft herrsche, daß sich Emilie ungefähr seit einem Monat bei ihrer Base aufhalte, auf der letzten Gesellschaft gewesen und allgemein bewundert worden sei und daß verschiedene junge Herrn von Stand und Vermögen sie seitdem mit ihren Aufwartungen belästigten.

Diese Nachricht schmeichelte dem Ehrgeiz unseres Helden und entflammte seine Leidenschaft. Er tat im stillen den Schwur, nicht eher von hier zu weichen, als bis er einen unbestrittenen Sieg über alle seine Nebenbuhler davongetragen hätte.

Noch am gleichen Abend setzte er eine höchst beredte Epistel auf, in der er sie inständigst bat, ihm gütig Gelegenheit zu gewähren, sein Betragen zu rechtfertigen. Allein sie wollte weder sein Billett entgegennehmen noch seinen Boten sehen. Da dieser Versuch fehlschlug, steckte er den Brief in einen andern Umschlag, ließ eine fremde Hand die Adresse schreiben und befahl Pipes, am folgenden Morgen nach London zu reiten und ihn auf dem Postamt abzugeben, damit sie, wenn er so befördert werde, den Absender nicht vermute und den Brief öffne, ehe sie den Betrug merke.

Drei Tage wartete er die Wirkung seiner List ruhig ab, und am Nachmittag des vierten wagte er in seiner Eigenschaft als alter Bekannter einen Anstandsbesuch. Wiederum ein eitles Unternehmen; sie war unpäßlich und konnte niemanden empfangen. Alle diese Hindernisse dienten nur dazu, seinen Eifer zu vermehren. Er beharrte fest auf seinem Entschluß, und als die Gefährten dies erfuhren, brachen sie am nächsten Tag auf und überließen ihn sich selbst. Nun ausschließlich im Banne seiner eigenen Ideen, verdoppelte er seine Beflissenheit und wandte alle Methoden an, die ihm die Phantasie zur Förderung seines Planes eingab.

Pipes wurde unfern dem Hause postiert und mußte den ganzen Tag über ihre Tür im Auge behalten, um seinem Herrn von all ihren Schritten Nachricht geben zu können. Sie ging aber nie weg, außer in der Nachbarschaft zum Besuch, und war immer wieder daheim, ehe Peregrine erfahren hatte, daß sie erschienen sei. Er ging in die Kirche, in der Absicht, ihre Aufmerksamkeit auf sich zu lenken, und trat ihr gegenüber sehr demütig auf; allein sie war so boshaftandächtig, daß sie immer in ihr Buch sah und ihn keines Blickes würdigte. Er zeigte sich oft im Kaffeehaus und versuchte, mit Miss Sophiens Vater Bekanntschaft zu machen, in der Hoffnung, von ihm in sein Haus eingeladen zu werden; aber auch diese Erwartung schlug fehl. Der vorsichtige alte Herr betrachtete ihn als einen von jenen kühnen Mitgiftjägern, die im Lande umhergehen und suchen, wen sie verschlingen könnten, und wies daher jede Annäherung behutsam ab. Voll Verdruß über so manche vergebliche Bemühung, begann er am Enderfolg zu verzweifeln und bezahlte nun – es war dies der letzte Kniff, auf den er verfiel – seine Miete, schwang sich zu Mittag aufs Pferd und reiste allem Anschein nach dahin, von wo er gekommen war. Er ritt jedoch nur einige wenige Meilen weit, kehrte in der Dämmerung unbemerkt zurück, stieg in einem andern Wirtshaus ab, befahl dem Pipes, hübsch drinnen zu bleiben, hielt sich selbst inkognito und bediente sich eines andern Mannes als Schildwache bei Emilie.

Nicht lange, so erntete er die Früchte seiner Findigkeit. Am nächsten Nachmittag meldete ihm sein Kundschafter, die beiden jungen Damen wären in den Park spazierengegangen. Augenblicklich folgte er ihnen, fest entschlossen, eine Aussprache mit seiner Geliebten herbeizuführen, selbst in Gegenwart ihrer Freundin, die sich möglicherweise bestimmen ließ, ein gutes Wort für ihn einzulegen.

Als er sah, daß sie von der Stadt zu weit entfernt waren, um heimkehren zu können, bevor er Gelegenheit gehabt hätte, seinen Entschluß in die Tat umzusetzen, beschleunigte er seine Schritte und verstand es, so plötzlich vor sie hinzutreten, daß Emilie ihr Erstaunen nur durch einen Schrei ausdrücken konnte. Mit demütiger und gekränkter Miene bat unser Liebhaber, sie möge ihm sagen, ob ihr Groll unversöhnlich sei, und fragte, warum sie ihm so grausam das gewöhnliche Vorrecht verweigert habe, das selbst einem jeden Missetäter eingeräumt werde. „Teure Miss Sophie", sagte er und wandte sich an ihre Gefährtin, „erlauben Sie mir, Sie um Ihre Fürsprache bei Ihrer Cousine anzuflehen; ich bin überzeugt, daß Sie human genug sind, um sich meiner Sache anzunehmen, wenn Sie bloß wüßten, wie gerecht sie ist; und ich schmeichle mir, durch Ihre gütige Vermittlung das verhängnisvolle Mißverständnis aus der Welt schaffen zu können, das mich so unglücklich gemacht hat."

„Mein Herr", antwortete Sophie, „Sie haben das Aussehen eines Gentlemans, und ich zweifle nicht, daß Ihr Betragen Ihrem Äußern stets entsprochen hat; aber Sie müssen es mir erlassen, ein solches Amt zugunsten einer Person zu übernehmen, die zu kennen ich nicht die Ehre habe." „Mein Fräulein", erwiderte Peregrine, „ich hoffe, Miss Emmy wird den Anspruch, den ich auf jenen Titel erhebe, rechtfertigen, Ihres Mißvergnügens ungeachtet, das ich mir, auf Ehre, mit dem besten Willen nicht zu deuten weiß." „Mein Gott! Mr. Pickle", sagte Emilie, die sich inzwischen wieder gesammelt hatte, „Ihre Galanterie und Ihren feinen Geschmack habe ich nie in Zweifel gezogen, aber ich bin entschlossen, Ihnen nie Ursache zu geben, mit Ihren Talenten auf meine Kosten zu glänzen, und so quälen Sie denn sich und mich umsonst. Komm, Sophie, gehen wir nach Hause."

„Gütiger Gott, Fräulein", rief unser Liebhaber heftig bewegt, „warum wollen Sie mich durch eine solche Gleichgültigkeit um den Verstand bringen? Bleiben Sie, teure Emilie! Auf meinen Knien beschwöre ich Sie, zu bleiben und mich anzuhören! Bei allem, was heilig ist, ich bin ganz ohne Schuld. Irgendein Schurke, der mir mein Glück neidete, muß Sie hintergangen haben, um meiner Liebe den Todesstoß zu versetzen."

Da Miss Sophie, die ein reichliches Maß von Gutherzigkeit besaß und der ihre Base den Grund für ihre Reserve mitgeteilt hatte, sah, wie sehr der junge Mann unter jener Geringschätzung litt, die, wie sie wußte, ja bloß erheuchelt war, hielt sie die Freundin am Ärmel zurück und sagte lächelnd zu ihr: „Nicht so stürmisch, Emilie; ich fange an zu merken, daß es sich hier um einen Liebeszwist handelt, und deshalb besteht vielleicht einige Hoffnung auf Aussöhnung; denn beide Parteien werden vermutlich überzeugende Beweise nicht ablehnen." „Ich meinerseits", rief Peregrine voll Ungestüm, „ich berufe mich auf Miss Sophies Entscheidung. Doch, was sage ich, berufe? Obwohl ich genau weiß, daß ich nichts Unrechtes getan habe, bin ich gleichwohl zu jeder Buße bereit, und sei sie auch noch so hart, die mir meine schöne Gebieterin selbst auferlegen mag, wofern ich mir dadurch schließlich ihre Gunst und ihre Verzeihung zurückerobern kann." Durch diese Erklärung beinahe überwunden, sagte Emilie zu ihm, sie bezichtige ihn keiner Schuld und erwarte daher keine Sühne; dann drang sie in ihre Gefährtin, mit ihr in die Stadt zurückzukehren. Sophie jedoch, die zuviel Nachsicht mit der wirklichen Neigung ihrer Freundin hatte, um dieses Verlangen zu erfüllen, sagte, die Forderungen des Herrn schienen so angemessen, daß sie sich bewogen fühle, als Schiedsrichterin in diesem Streit aufzutreten, zumal sie anfinge zu glauben, ihre Base sei im Unrecht. Hocherfreut über diese Gefälligkeit, dankte ihr Mr. Pickle mit den begeistertsten Worten und küßte der gütigen Vermittlerin im Taumel froher Erwartung die Hand, was eine bemerkenswerte Veränderung von Emiliens Miene zur Folge hatte, der seine lebhafte Erkenntlichkeit nicht eben zu behagen schien.

Auf viele inständige Bitten von der einen und dringende Vorstellungen von der andern Seite gab sie endlich nach. Die Wangen mit Schamröte übergossen, wandte sie sich ihrem Liebhaber zu und sagte: „Nun, mein Herr, vorausgesetzt, ich wäre gewillt, es auf einen solchen Schiedsspruch ankommen zu lassen, womit wollten Sie den lächerlichen Brief entschuldigen, den Sie mir von Winchester aus sandten?" Dieser Vorwurf führte zu einer Diskussion über die ganze Angelegenheit, in der jeder Umstand genau geprüft wurde. Emilie behauptete noch immer, heftig erregt, der Brief sei lediglich abgefaßt worden, um sie aufs tiefste zu beleidigen, denn sie könne sich nicht denken, daß der Schreiber so blöd gewesen sei, etwas anderes damit bezwecken zu wollen.

Peregrine, der sowohl den Inhalt seiner unglückseligen Epistel als auch die beigeschlossenen Verse noch gut im Gedächtnis hatte, konnte sich an keinen einzigen Ausdruck erinnern, an dem man sich mit Recht irgendwie hätte stoßen können, und bat deshalb in tödlichster Verlegenheit, die Sache möchte Miss Sophie zur Beurteilung unterbreitet werden, und versprach fest, sich ihrem Entscheid zu fügen.

Kurz, dieser Vorschlag wurde mit anscheinendem Widerstreben von Emilie angenommen und für den folgenden Tag eine Zusammenkunft am gleichen Orte vereinbart; beide Parteien sollten sich mit ihren Beweisschriften versorgen, und auf Grund dieser Zeugnisse würde dann der Spruch gefällt werden.

Unser Liebhaber, der nun soweit erfolgreich gewesen war, überhäufte Miss Sophie mit Worten des Dankes und der Anerkennung für ihre großmütige Vermittlung, und während des Spaziergangs, den zu enden Emilie jetzt keine Eile mehr hatte, flüsterte er seiner Geliebten manch zärtliche Zusicherung ins Ohr. Sie aber behielt trotzdem ihre

Haben Sie nicht? oder fühlen Sie nicht.

I. Th. 10. Cap.

schuldigen, ich hätte so blödes, ungereimtes Zeug abgefaßt. Schon die äußere Form und die Aufschrift sind dem Brief, den ich die Ehre gehabt habe Ihnen zu schreiben, so unähnlich, daß ich sagen darf, der Unterschied werde meinem Diener bestimmt auffallen, solange die Sache auch her sein mag." Sprach's und rief und winkte Pipes herbei, der sich unverzüglich näherte. Peregrines Gebieterin schien dessen Zeugnis nicht gelten lassen zu wollen, denn sie meinte, Mr. Pipes wäre sicher bereits instruiert, allein Pickle bat sie, ihm diese Kränkung zu ersparen und ihn nicht in einem so entehrenden Lichte zu betrachten; dann befahl er seinem Bedienten, die Außenseite des Briefes in Augenschein zu nehmen und sich zu besinnen, ob es derselbe sei, den er vor etwa zwei Jahren der Miss Gauntlet gegeben hätte. Pipes guckte sich das Blatt flüchtig an, zog die Hosen in die Höhe und sagte: „Kann wohl sein; wir haben aber seither so manchen Abstecher gemacht und sind in so manchen Buchten und Winkeln gewesen, daß ich's nicht für gewiß behaupten mag; ich führe ja weder ein Tagebuch noch ein Logbuch über unsre Bahn." Emilie lobte ihn wegen seiner Aufrichtigkeit und schoß zugleich einen bitterspöttischen Blick auf seinen Herrn, als dächte sie, er habe sich vergeblich bemüht, seinen rechtschaffenen Diener zu bestechen; Peregrine hingegen begann zu rasen und vermaledeite sein Schicksal, das ihn so schandbar in Verdacht gebracht hätte. Er rief aufs feierlichste Himmel und Erde als Zeugen an, daß er das läppische Schreiben nie vorher gesehen oder auch nur das geringste davon gewußt habe, geschweige denn, daß es von ihm aufgesetzt und abgesandt worden wäre.

Nun erst dämmerte es dem Pipes, was für Unheil er angerichtet hatte, und gerührt von der Aufregung des Herrn, an dem er mit unverbrüchlicher Treue hing, erklärte er freimütig, er sei bereit, einen Eid abzulegen, daß Mr. Pickle mit dem Brief, der von ihm abgeliefert worden sei, nichts zu schaffen gehabt habe. Über dieses Bekenntnis, dessen Sinn sie nicht erfassen konnten, waren alle drei baß erstaunt. Nach einer kurzen Pause stürzte sich Peregrine auf Pipes, packte ihn bei der Gurgel und schrie außer sich vor Wut:

„Du Schurke, sag mir im Augenblick, was mit dem Brief geschehen ist, den ich dir anvertraut habe." Der geduldige Diener spritzte, halb erdrosselt wie er war, einen Strahl von Tabaksaft aus dem einen Mundwinkel und antwortete dann höchst bedächtig: „Nun, hab ihn verbrannt. Sie wollten doch wohl nicht, daß ich dem jungen Weibchen da ein Ding geben sollt, das in Fetzen im Wind flatterte, oder?" Die Damen schlugen sich für den bedrängten Knappen ins Mittel, und durch eine Menge von Fragen, denen auszuweichen er weder das Geschick noch den Wunsch hatte, zwangen sie ihm das ganze Geheimnis ab.

Aus der Art, wie sich Pipes in der Not beholfen hatte, sprach eine solch lächerliche Einfalt und eine so unschuldige Absicht, daß selbst die Erinnerung an all den Verdruß, den er verursacht hatte, ihren Unwillen nicht erregen noch sie abhalten konnte, zum dritten Male in schallendes Gelächter auszubrechen.

Pipes wurde mit mancher scharfen Warnung entlassen, sich künftighin anders zu betragen. Emilie stand da mit einem Gesicht, in dem sich Freude und Zärtlichkeit mischten; Peregrines Augen funkelten vor Entzücken; und als Miss Sophies Urteil auf Versöhnung lautete, nahte er sich seiner Gebieterin und sagte: „Die Wahrheit ist mächtig und siegt immer." Darauf schloß er sie in seine Arme und raubte ihr sehr verwegen einen Kuß, den zu verweigern sie nicht die Macht hatte. Ja, seine Freude war so groß, daß er sich die nämliche Freiheit auf Sophiens Lippen nahm, die er seine gütige Vermittlerin und seinen Schutzengel nannte. Kurz, er war in einer solchen Ekstase, daß dadurch klar zutage trat, wie feurig und aufrichtig seine Liebe war.

Ich habe nicht vor, die zärtlichen Versicherungen zu wiederholen, die von der einen Seite gegeben, noch die bezaubernden und zustimmenden Blicke zu schildern, mit denen sie von der andern Seite aufgenommen wurden. Es mag genügen, wenn ich sage, daß die reizende Vertraulichkeit ihrer früheren Beziehungen sich augenblicklich wieder erneuerte und Sophie, die ihnen zur erfreulichen Beendigung ihres Zwistes gratulierte, mit ihrem beiderseitigen Vertrauen beehrt wurde. Nach dieser glücklichen Aussöhnung beratschlagten sie über Mittel und Wege, sich öfter zu sehen. Da er sie im Hause ihrer Verwandten nicht offen besuchen konnte, ohne vorgestellt worden zu sein, so verabredete man, sich bis zur nächsten Gesellschaft jeden Nachmittag im Park zu treffen. Alsdann sollte er sie zur Partnerin erbitten, und sie wollte in Erwartung dieser Bitte unversagt bleiben. Auf diese Art erhielt er das Recht, sie am folgenden Tage zu besuchen; und so würde sich daraus natürlicherweise ein offener Verkehr ergeben. Dieser Plan wurde auch tatsächlich ausgeführt, doch mit einem Intermezzo, das beinahe üble Folgen gehabt hätte, wenn Peregrines Glück nicht größer gewesen wäre als seine Besonnenheit.

24

Peregrine erlebt ein Abenteuer auf dem Ball und hat einen Streit mit seinem Hofmeister.

Auf der Gesellschaft waren nicht weniger als drei wohlbegüterte Herren anwesend, die sich gleich unserm Helden um Emiliens Gunst bewarben und von denen jeder um die Ehre gebeten hatte, bei diesem Anlaß mit ihr tanzen zu dürfen. Sie hatte sich ihnen gegenüber unter dem Vorwand entschuldigt, sie leide an einer leichten Unpäßlichkeit, die es ihr voraussichtlich nicht erlauben werde, am Ball teilzunehmen, und sie gebeten, sich um eine andere Tänzerin zu bemühen. Da gegen diese Entschuldigung nichts einzuwenden war, befolgten sie ihren Rat. Jetzt aber, da sie von ihren Verpflichtungen nicht mehr zurücktreten konnten, fanden sie zu ihrem Verdruß, daß Emilie trotzdem erschien und keinen Herrn bei sich hatte.

Sie kamen der Reihe nach zu ihr und äußerten ihr Erstaunen und Leidwesen, sie ohne Gesellschafter auf dem Ball zu sehen, nachdem sie ihre Einladung ausgeschlagen habe. Ihr Fieber, erzählte sie ihnen, sei gewichen, seit sie das Vergnügen ihres Besuchs gehabt hätte, und sie wolle es dem Zufall überlassen, ihr einen Partner zuzuführen. Gerade als sie diese Worte zum letzten von den dreien sprach, nahte sich Peregrine wie ein vollkommen Fremder, verbeugte sich höchst respektvoll und sagte, er habe vernommen, sie sei ohne Begleiter, und er würde sich ungemein geehrt fühlen, wenn sie ihm gestattete, für den Abend ihr Partner zu sein; und er hatte mit seiner Bewerbung Glück.

Da sie bei weitem das schönste und ansehnlichste Paar im Saal waren, erregten sie natürlich die Aufmerksamkeit und Bewunderung der Zuschauer. Das entflammte die Eifersucht der drei Rivalen, die sich sofort gegen den stolzen Fremden verschworen und beschlossen, ihn als ihren Nebenbuhler vor allen Leuten zu beleidigen. Kaum war der erste Kontertanz zu Ende, so nahm einer von ihnen, ihrem Plan gemäß, aber der Ballordnung zuwider, mit seiner Tänzerin den Platz von Peregrine und Emilie ein. Unser Liebhaber schrieb dies einer Unachtsamkeit zu, wollte ihn darüber aufklären und bat ihn höflich, sein Versehen gutzumachen. Der andere entgegnete in gebieterischem Ton, er bedürfe seines Rates nicht, und forderte ihn auf, sich um seine eigenen Sachen zu kümmern. Peregrine brauste auf und bestand auf seinem Recht; es entspann sich ein Streit, ein scharfer Wortwechsel folgte, und als unser ungestümer Jüngling hörte, daß man ihn einen Schurken schimpfte, riß er seinem Gegner die Perücke vom Kopf und warf sie ihm ins Gesicht. Die Damen schrien sogleich laut auf, die Herren schlugen sich ins Mittel, und Emilie, die ein heftiges Zittern befiel, wurde von ihrem jugendlichen Verehrer zu ihrem Stuhl geführt. Er bat sie, ihm zu verzeihen, wenn sie sich seinetwegen aufgeregt habe, machte jedoch zur Rechtfertigung seines Betragens geltend, daß es notwendig gewesen sei, auf die Provokation zu antworten.

Obwohl sie ihm darin nur beistimmen konnte, sorgte sie sich trotzdem nicht wenig wegen der gefährlichen Lage, in die er sich verwickelt hatte, und bestand in äußerster Bestürzung und größter Angst darauf, sogleich nach Hause zu gehen. Er mußte ihrem dringlichen Verlangen entsprechen, und da ihre Base entschlossen war, sie zu begleiten, brachte er die beiden nach ihrer Wohnung, wo er ihnen gute Nacht wünschte, nachdem er sie zuvor durch die Versicherung beruhigt hatte, er werde, falls der Gegner sich zufriedengäbe, in keiner Weise danach trachten, den Streit fortzusetzen. Inzwischen war der Ballsaal ein Schauplatz des Tumults und des Aufruhrs geworden. Als der Herr, der sich von Peregrine beschimpft glaubte, sah, daß dieser sich entfernte, wollte er sich von seinen Freunden, die ihn zurückhielten, losreißen, um unserm Helden, den er mit Schmähungen überhäufte und zum Zweikampf herausforderte, nachzueilen und sich Genugtuung zu verschaffen.

Der Ballmeister beriet nun mit allen Subskribenten, was zu geschehen habe, und es wurde mit Stimmenmehrheit beschlossen, die beiden Herren, die die Störung verursacht hatten, sollten ersucht werden, den Saal zu verlassen. Dieser Entscheid wurde demjenigen von ihnen, der anwesend war, mitgeteilt; er machte zuerst Schwierigkeiten, wurde aber dann von seinen Verbündeten überredet, sich zu fügen, und von ihnen zur Türe des Hauses eskortiert, wo er auf Peregrine stieß, der auf den Ball zurückkehrte.

Kaum erblickte der zornmütige Herr, ein Landjunker, seinen Nebenbuhler, so schwang er in drohender Haltung seinen Knotenstock. Unser kühner Jüngling trat mit einem Fuß zurück, legte die Hand an den Degen und zog ihn zur Hälfte aus der Scheide. Diese Stellung sowie der Anblick der Klinge, die im Mondschein aufblitzte, bewirkten, daß sich die Hitze seines Gegners einigermaßen abkühlte, der nun verlangte, er solle seinen Bratspieß wegtun und einen Gang auf gleiche Waffe mit ihm wagen. Peregrine, der ein gewandter Stockfechter war, nahm die Aufforderung an, wechselte mit dem hinter ihm stehenden Pipes die Waffe, setzte sich zur Verteidigung in Positur und erwartete den Angriff des Feindes, der ohne Geschick und ohne Überlegung drauflos hieb. Pickle hätte ihm schon beim ersten Stich den Stock aus der Hand schlagen können, da er aber dann gezwungen gewesen wäre, ihm ehrenhalber Pardon zu geben, beschloß er, seinem Gegner eine Lektion zu erteilen, ohne zu versuchen, ihn kampfunfähig zu machen, und nicht eher damit aufzuhören, als bis er mit der Rache herzlich zufrieden sein würde. In dieser Absicht erwiderte er den Salut und trommelte so kräftig auf dem Schädel des Squires herum, daß jemand, der die Schläge gehört, aber nicht fallen gesehen, gemeint hätte, es raßle ein flinker Hanswurst vor einer der Buden auf dem Bartholomäusmarkt mit einem Salzfaß. Doch ließ es Pickle bei dieser Begrüßung des Hauptes nicht bewenden; er bearbeitete auch des Gegners Schultern, Arme, Schenkel, Knöchel und Rippen mit erstaunlicher Schnelligkeit, während Pipes durch die hohle Faust zum Angriff blies. Als Peregrine dieser Drescherei müde war, die seinen Feind fast der Besinnung beraubte, versetzte er ihm schließlich den entscheidenden Streich; dem Squire flog die Waffe aus der Hand, und er erkannte unsern Helden als Sieger an. Von dieser Erklärung befriedigt, stieg Peregrine mit so hochmütiger Miene und auf so triumphierende Art die Treppe hinauf, daß niemand sich getraute, ihn von dem in seiner Abwesenheit gefaßten Beschluß zu unterrichten. Er vergnügte sich eine Zeitlang damit, den Kontertänzen zuzuschauen, und ging dann nach Hause, wo er die Nacht hindurch frohen Gedanken an seinen Erfolg nachhing.

Am nächsten Vormittag besuchte er seine Partnerin, und da der Gentleman, bei dem sie wohnte, über seine Familie und seine Verhältnisse im Bilde war, wurde er von ihm als Bekannter seiner Base Gauntlet äußerst höflich empfangen und zum Mittagessen eingeladen.

Emilie war hocherfreut, als sie von Mr. Pickle erfuhr, wie sein Abenteuer, das in der Stadt schon Staub aufwirbelte, geendigt hatte, und das, obgleich sie dadurch einen reichen Verehrer verlor; denn der Squire wandte sich wegen des Streites an einen Rechtsgelehrten in der Hoffnung, Peregrine wegen Körperverletzung gerichtlich belangen zu können; er wurde jedoch wenig dazu ermuntert, seinen Gegner zu verklagen, beschloß daher, die erlittene Beschimpfung und Beleidigung einzustecken und der Dame, der er beides zu verdanken hatte, nicht weiter seine Aufwartung zu machen.

Als unser Held von seiner Geliebten hörte, sie werde sich noch zwei Wochen in Windsor aufhalten, nahm er sich vor, während dieser ganzen Zeit ihre Gesellschaft zu genießen und mit ihr sodann zu ihrer Mutter zu reisen, die er gerne wiedersehen wollte. Infolgedessen plante er täglich eine neue Lustpartie für die Damen, bei denen er jetzt freien Zutritt hatte, und verfing sich dermaßen in den Schlingen der Liebe, daß er von Emiliens Reizen geradezu bezaubert schien. Sie waren allerdings auch beinahe unwiderstehlich.

Während er sorglos auf den Blumenpfaden des Vergnügens wandelte, wurde sein Hofmeister zu Oxford durch sein ungewöhnlich langes Ausbleiben beunruhigt. Er ging deshalb zu den Herren, die seinen Zögling auf dem Ausflug begleitet hatten, und flehte sie an, ihm alles zu sagen, was sie von Peregrine wüßten. Sie berichteten ihm, Pickle habe Miss Emilie Gauntlet auf dem Schlosse angetroffen, und erwähnten Dinge, die genügten, ihn davon zu überzeugen, daß sein Schützling in gefährlichen Banden liege.

Mr. Jolter galt bekanntlich nicht das mindeste bei Peregrine, ja er durfte es nicht einmal wagen, ihm mißfällig zu werden; so bestieg er, anstatt dem Kommodore zu schreiben, sogleich ein Pferd und kam noch am selben Abend zu Windsor an. Hier fand er sein verlorenes Schäfchen, das über seine unerwartete Ankunft höchst erstaunt war.

Da der Hofmeister eine ernsthafte Unterredung wünschte, schlossen sie sich in ein Zimmer ein, und Jolter legte ihm feierlich den Grund für seine Reise dar, der lediglich in seiner Sorge um die Wohlfahrt seines Zöglings zu suchen wäre. Er machte sich mit großem Ernst anheischig, mathematisch zu beweisen, daß diese Liebesgeschichte, wenn sie weiter getrieben würde, zu Peregrines Verderben und Schande ausschlagen müßte. Dieses sonderbare Theorem reizte Pickles Neugier; er versprach, ihm seine ganze Aufmerksamkeit zu schenken, und bat ihn, ohne fernere Einleitung anzufangen.

Ermuntert durch diese scheinbare Vorurteilslosigkeit, äußerte der Hofmeister seine Zufriedenheit darüber, daß er der Überzeugung so zugänglich sei, und sagte ihm, er wolle nach geometrischen Prinzipien verfahren. Sodann hüstelte er dreimal und bemerkte, es könnten keine mathematischen Untersuchungen angestellt werden, wenn nicht gewisse

Sätze als evidente Wahrheiten anerkannt würden. Daher müßte er ihn bitten, ihm zu erlauben, einige Axiome vorauszusetzen, die Mr. Pickle zu bestreiten gewiß keine Ursache haben würde. „Zuerst also", sagte er, „werden Sie hoffentlich einräumen, daß Jugend und Besonnenheit sich zueinander wie zwei Parallelen verhalten, die, obgleich bis ins Unendliche verlängert, immer denselben Abstand voneinander haben und nie koinzidieren. Dann müssen Sie zugeben, daß die Leidenschaften in einem aus der Empfindlichkeit der Sinne und der konstitutionellen Wärme zusammengesetzten Verhältnisse auf die menschliche Seele wirken. Drittens werden Sie nicht leugnen, daß der Winkel der Reue dem Winkel der Unüberlegtheit gleich sei. Wenn diese Postulata zugestanden sind", fügte er hinzu, nahm Feder, Tinte und Papier und zeichnete ein Parallelogramm, „so soll die Gerade AB die Jugend vorstellen und eine andere, zu jener parallelen Gerade, CD, die Besonnenheit. Man ergänze das Parallelogramm ABCD und lasse den Schnittpunkt B das Verderben bedeuten. Die Leidenschaft wollen wir uns unter dem Buchstaben C vorstellen und ihr eine Bewegung in der Richtung CA geben. Zugleich soll sie eine andere Bewegung in der Richtung CD haben, so wird sie in der Diagonale CB fortgehen, und diese in eben der Zeit beschreiben, in der sie bei der ersten Bewegung die Seite CD oder bei der zweiten die Seite CA beschrieben hätte. Um die Demonstration dieses Ergebnisses zu begreifen, müssen wir den bekannten Lehrsatz vorausschicken, daß, wenn ein Körper durch eine Kraft getrieben wird, die einer gegebenen Geraden parallel läuft, diese Kraft oder Bewegung nicht imstande ist zu bewirken, daß der Körper sich jener Linie nähert oder sich von ihr entfernt, sondern nur, daß er sich in einer Parallele mit der Geraden bewegt, wie dies aus dem zweiten Gesetz der Bewegung erhellt. Da also CA zu DB parallel ist – –"

Bis hierher hatte ihm sein Zögling aufmerksam zugehört; jetzt konnte er sich nicht mehr beherrschen, sondern unterbrach die Untersuchung durch ein lautes Gelächter. Er sagte ihm, seine Postulate erinnerten ihn an einen gewissen gelehrten und geistreichen Mann, der es unternommen hätte, die Existenz des natürlichen Übels zu widerlegen, und der kein anderes Datum gefordert habe, um seine Demonstration darauf zu bauen, als das Geständnis, daß alles, was vorhanden ist, gut sei. „Sie können sich sonach", fuhr er in entschiedenem Tone fort, „die Mühe ersparen, Ihr Gehirn zu zermartern; denn nach alledem bin ich ziemlich sicher, daß mir die Fähigkeit abgeht, der Erörterung Ihres Hilfssatzes zu folgen. Ich muß daher Ihrer Deduktion meinen Beifall verweigern."

Diese Erklärung brachte Mr. Jolter ganz aus der Fassung. Peregrines Mangel an Respekt verletzte ihn so tief, daß er sich nicht enthalten konnte, sein Mißvergnügen hierüber auszudrücken, und ihm offen ins Gesicht sagte, er wäre viel zu wild und eigensinnig, um sich durch Vernunft und Güte wieder auf den rechten Weg führen zu lassen. Deshalb sähe er sich als Hofmeister genötigt, denn dazu verpflichteten ihn Amt und Gewissen, die Unbesonnenheit seines Zöglings dem Kommodore zu melden, und wenn die Gesetze des Königreichs irgendwelche Geltung besäßen, würde man sich mit der Zigeunerin noch befassen, die ihn ins Garn gelockt hätte; in Frankreich allerdings wäre bei einem so tollen Liebeshandel das Mädchen schon vor zwei Jahren ins Kloster gesteckt worden.

Unseres Liebhabers Augen funkelten vor Entrüstung, als er hörte, wie unehrerbietig von seiner Geliebten gesprochen wurde. Er vermochte sich kaum so weit zu bezwingen, daß er nicht tätlich wurde und das Lästermaul züchtigte. In seinem Grimm schalt er ihn einen arroganten Zopf, dem Zartgefühl und Empfindung abgingen, und warnte ihn davor, sich in Zukunft ihm gegenüber solch unverschämte Freiheiten herauszunehmen, wenn er seinen Zorn nicht ernstlich zu spüren bekommen wolle.

Mr. Jolter, der sehr hohe Begriffe von jener Ehrfurcht hegte, mit der ihm bei seinem Stand und seinen Fähigkeiten zu begegnen sei, hatte den Verlust seiner Macht über Peregrine nicht ohne Verdruß ertragen. Seit der Geschichte mit dem bemalten Auge grollte er ihm ganz besonders, und infolge der immer tiefer gewordenen Abneigung war ihm daher diesmal die Geduld gerissen, die er bisher mit berechnender Klugheit geübt hatte. Er würde in der Tat sein Amt mit Verachtung niedergelegt haben, hätte die Hoffnung auf eine gute Pfründe, die Trunnion zu vergeben hatte, ihn nicht zum Ausharren ermuntert oder hätte er gerade irgendeine vorteilhaftere Versorgung gewußt.

25

Pickle bricht mit dem Kommodore und auch mit dem Leutnant, der sich seiner Sache aber trotzdem annimmt.

Inzwischen verließ Jolter den jungen Herrn im höchsten Mißmut und sandte noch am selben Abend einen Brief an Mrs. Trunnion, der ihm von der ersten Wut diktiert worden und deshalb mit bitteren Bemerkungen über das unziemliche Benehmen seines Zöglings angefüllt war.

Auf diese Klage hin erhielt Peregrine bald darauf ein Schreiben von seiner Tante, in dem sie ihm alle Wohltaten aufzählte, die der Kommodore ihm erwiesen habe, als er, von den eigenen Eltern verlassen und aufgegeben, hilflos und elend gewesen sei. Dann tadelte sie ihn wegen seines üblen Betragens und wegen seiner Vernachlässigung der Ratschläge seines Hofmeisters und bestand darauf, daß er allen Umgang mit dem Mädchen, das ihn verführt habe, abbreche, wenn ihm an ihrer fernern Gewogenheit und an ihres Mannes Achtung etwas liege.

Da unser Held von Großmut sehr verfeinerte Vorstellungen hatte, war er über die unfeinen Andeutungen von Mrs. Trunnion empört und litt alle Qualen eines edlen Gemüts, das durch die Verbindlichkeiten einem Menschen gegenüber niedergedrückt wird, den es geringschätzt. Weit davon entfernt, ihren Geboten zu gehorchen oder sich durch eine unterwürfige Antwort auf ihre Verweise zu demütigen, ließ ihn sein Ärger jede eigennützige Rücksicht vergessen; er nahm sich vor, sich womöglich mehr denn je an Emilie anzuschließen. Und obgleich er in Versuchung geriet, Jolter für seine Dienstfertigkeit durch Gegenklagen über seinen Lebenswandel und Verkehr zu bestrafen, widerstand er hochherzig dieser Regung, weil er wußte, daß sein Hofmeister keine andere Stütze hatte als die gute Meinung, deren er sich beim Kommodore erfreute. Doch die bittern Vorwürfe seiner Tante konnte er nicht stillschweigend schlucken, und so antwortete er ihr mit folgendem Brief, den er an ihren Herrn Gemahl richtete:

Mein Herr!
Obwohl ich wegen meiner Denkart mich nie habe herabwürdigen können, plump jenen Weihrauch zu streuen, den nur kleine Seelen erwarten und den außer Menschen von niedriger Gesinnung niemand darzubringen vermag, einen Weihrauch, den Sie, wie ich Ihren Charakter kenne, nicht einzuatmen geruht hätten, so habe ich dennoch in meinem Innern Ihrer Freigebigkeit und Ihrem Edelmut stets Gerechtigkeit widerfahren lassen und mich aufs genaueste an die Vorschriften meiner Pflicht gehalten. Im Bewußtsein dieser Redlichkeit meines Herzens kann ich es nur schmerzlich empfinden, wenn mir Ihre Frau Gemahlin auf eine unfreundliche, ich will nicht sagen, schäbige Weise alles vorrechnet, was Sie für mich getan haben; und da ich voraussetze, daß ihr Brief nicht ohne Ihr Wissen und Ihre Billigung geschrieben worden ist, muß ich um die Erlaubnis bitten, Ihnen zu versichern, daß Drohungen und Vorwürfe mich keineswegs berühren und ich lieber das traurigste Los trage, als mich einem solch entehrenden Zwang zu fügen. Sobald man mir mit mehr Delikatesse und Respekt begegnet, hoffe ich mich zu benehmen, wie es sich geziemt, mein Herr,   Ihrem zu Dank verpflichteten

Peregrine Pickle

Der Kommodore, der solche Feinheiten des Betragens nicht verstand und die Folgen von Peregrines Liebeshandel fürchtete, der ihm ganz und gar nicht gefiel, schien über die Frechheit und die Halsstarrigkeit seines Adoptivsohnes mächtig erbittert. Er schrieb ihm daher folgende Antwort, die ihm durch Hatchway zugestellt wurde, dem befohlen war, den Delinquenten aufs Kastell zu bringen.

Hört, Kind!

Habt's nicht nötig, bei mir Euern glatten Schnack vom Stapel zu lassen. Ihr dhut Eur Pulver und Blei ganz vergebens verschießen. Was Eure Tante Euch gesagt, ist die klare Wahrheit; denn seht Ihr, frei vom Schnabel weg reden ist immer gar fein und brav. Wie man mir meldet, jagt Ihr einer bemalten Galeere nach, die Euch in die Untiefen des Verderbens lockt, wofern Ihr nicht schärfern Ausguck haltet und ein besseres Logbuch führt als bisher; und ich habe Jack Hatchway abgesandt, damit er sehe, wie's Land liegt, und Euch vor der Gefahr warne, in der Ihr schwebt. Wollt Ihr nun Euer Schiff wenden und Euch von ihm in diesen Hafen steuern lassen, so sollt Ihr guten Ankergrund und freundliche Aufnahme finden dhun; weigert Ihr Euch aber, Euren Kurs zu ändern, so könnt Ihr keinen weitern Beistand erwarten   Von Eurem, so wie Ihr Euch benehmt,

Hawser Trunnion

Peregrine war über diesen Brief, der gar nicht lautete, wie er erwartet hatte, ebenso ärgerlich als bestürzt und erklärte dem Überbringer in entschiedenem Ton, er könne abziehen, sobald es ihm beliebte; denn er selber wäre gesonnen, nach seiner eigenen Neigung zu handeln und noch eine Zeitlang da zu bleiben, wo er sei.

Mit Hilfe all der Gründe, die sein Scharfsinn und seine Freundschaft ihn finden ließen, bemühte sich Hatchway, Pickle zu bereden, etwas mehr Rücksicht gegen den alten Mann zu zeigen, der, von der Fußgicht geplagt, jetzt verdrießlich und mürrisch sei und auf seine gewöhnlichen Freuden verzichten müsse, so daß er in seinem Zorn leicht einen Schritt tun könnte, sehr zum Nachteil des jungen Herrn, den er bisher als seinen eigenen Sohn betrachtet hätte. So erhob Jack allerlei Vorstellungen und bemerkte, Peregrine sei vielleicht unter Emiliens Luken geraten und möge sie nicht gern vor Wind und Wetter treiben lassen; und wenn dem so wäre, wolle er selbst für das Fahrzeug sorgen und achthaben, daß die Ladung glücklich gelöscht werde; denn er wäre dem jungen Weibchen gewogen und habe seinen Kompaß auf den Ehestand gerichtet, und da sie höchstwahrscheinlich noch nicht stark mitgenommen sei, wolle er schon mit ihr unter leichtem Segel durchs Leben steuern.

Unser Liebhaber war gegen all diese Ermahnungen taub, und nachdem er ihm für diesen letzten Beweis von Gefälligkeit gedankt hatte, erklärte er ihm noch einmal, daß er von seinem ersten Entschluß nicht abweichen werde. Als Hatchway sah, wie wenig er mit gütigen Worten erreichte, trat er bestimmter auf und sagte ihm rundheraus, er könne und wolle nicht ohne ihn ins Kastell zurückkehren; es wäre deshalb das beste, wenn er unverzüglich Anstalten zu seiner Abreise träfe.

Peregrine beantwortete diese Aufforderung bloß mit einem verächtlichen Lächeln und stand auf, um wegzugehen, worauf der Leutnant in die Höhe schoß, sich an der Türe postierte und ihm mit drohender Gebärde versicherte, er werde ihn nicht so mit seinem tollen Bregen laufen lassen. Der Jüngling, wütend darüber, daß der Leutnant sich erlaubte, ihn gewaltsam zurückhalten zu wollen, stellte dem Stelzfuß ein Bein und brachte ihn augenblicklich zu Fall; dann wanderte er gemächlich in den Park, um den traurigen Gedanken nachzuhängen, die jetzt seinen Geist beschäftigten. Er hatte aber noch keine zweihundert Schritte zurückgelegt, als er es hinter sich pusten und stampfen hörte, und als er sich umdrehte, gewahrte er den Leutnant, der ihm, Wut und Entrüstung im Gesicht, dicht auf den Fersen folgte. Der erbitterte Seemann konnte den erlittenen Schimpf nicht verwinden; er vergaß den früher so vertrauten Umgang mit Peregrine, stürmte auf seinen ehemaligen Freund los und sagte ihm: „Hört, Bruder, Ihr seid ein protziges Bürschchen. Wärt Ihr zur See, würd ich Euch wegen Eures Ungehorsams das Hinterteil versohlen lassen; nun wir aber auf dem Land sind, müssen wir mit Pistolen herumknallen; da ist ein Paar; nehmt, welche Ihr wollt."

Peregrine, der nachträglich doch bedauerte, daß er genötigt gewesen war, den ehrlichen Jack zu beleidigen, bat ihn nun herzlich um Verzeihung. Der andere deutete diese Herablassung jedoch falsch und lehnte es ab, eine andere Satisfaktion anzunehmen, als wie sie einem Offizier gegenüber gebühre; er brauchte einige verächtliche Worte und fragte, ob Perry etwa um seine Haut bange sei. Der Jüngling, der sich über diesen unbilligen Hieb stark erregte, schoß einen wütenden Blick auf den Herausforderer, sagte ihm, er wäre seiner Gebrechlichkeit wegen bloß zu nachsichtig gegen ihn gewesen, und forderte ihn auf, mit in den Park zu kommen, wo er ihn bald davon überzeugen wolle, wie irrig es sei zu glauben, er hätte aus Furcht nachgegeben.

Eben jetzt wurden sie von Pipes eingeholt; er hatte den Leutnant fallen hören und beobachtet, daß er seine Pistolen zu sich steckte. Das brachte ihn auf die Vermutung, es müsse ein Streit im Gange sein, und so eilte er ihm nach, um seinen Herrn zu beschützen. Peregrine merkte seine Absicht, sobald er ihn sah; deshalb setzte er eine heitere Miene auf, tat so, als habe er im Wirtshaus sein Taschentuch vergessen, befahl dem Diener, es zu holen und in den Park zu bringen, wo sie nachher zu treffen seien. Dieser Befehl wurde zweimal erteilt, ohne daß Tom anders darauf reagierte als mit Kopfschütteln. Als ihn aber Pickle durch Drohungen und Flüche zwingen wollte zu gehorchen, meinte er, er wisse zu gut, was sie vorhätten, um sie allein zu lassen, und sprach: „Was Euch anlangt, Leutnant Hatchway, so bin ich Euer Schiffsmaat gewesen und weiß, daß Ihr ein Seemann seid, das ist genug; und von meinem Herrn hier weiß ich, daß er so gut ist wie irgendeiner, der jemals zwischen Bug und Spiegel auf und ab gegangen ist. Habt Ihr ihm daher was zu sagen, so nehm ich's schon mit Euch auf, wie man zu sagen pflegt. Da ist mein Knüppel, und um Eure Kracher schere ich mich nicht mehr als um ein Stück Tau." Diese Rede, die längste, die man von Pipes je gehört hatte, beschloß er mit einem Schwung seines Prügels und weigerte sich zugleich so bestimmt, die beiden zu verlassen, daß es ihnen unmöglich war, ihre Sache jetzt durch einen Kampf auf Leben und

Tod zu entscheiden. So schlenderten sie denn in tiefem Stillschweigen im Park umher. Unterdessen legte sich Hatchways Unwille; mit einem Male streckte er Pickle zur Aussöhnung die Hand entgegen, die Peregrine herzlich schüttelte, so daß ein allgemeiner Friedensschluß erfolgte und man hierauf über die Mittel beriet, durch die dem Jüngling aus seiner gegenwärtigen Klemme zu helfen wäre. Wenn er von gleicher Gemütsart wie die meisten andern jungen Leute gewesen wäre, hätte es keine große Mühe gekostet, seine Schwierigkeiten zu überwinden; allein er war in seinem Stolz so unbeugsam, daß er es seiner Ehre schuldig zu sein glaubte, die Briefe, die er erhalten hatte, als eine Beleidigung zu betrachten. Anstatt sich dem Kommodore zu fügen, verlangte er vielmehr Genugtuung, ohne die ein Vergleich für ihn überhaupt nicht in Frage kam. „Wäre ich sein eigener Sohn", sagte er, „so hätte ich seine Vorwürfe hingenommen und um Verzeihung gebeten; da ich mich aber als eine Waise anzusehen habe, die gänzlich auf seine Güte angewiesen ist, so erregt alles, was sich als Geringschätzung auslegen läßt, mein Mißtrauen, und ich bestehe darauf, mit der vollsten Achtung behandelt zu werden. Ich wende mich jetzt an meinen Vater, den die Bande der Natur sowohl als die Gesetze des Landes verpflichten, für mich zu sorgen; und weigert er sich, mir Gerechtigkeit widerfahren zu lassen, so werde ich jederzeit eine Stellung finden, solange Ihre Majestät noch Leute braucht."

Der Leutnant erschrak über diese Andeutung. Er bat seinen Freund, doch ja keinen Schritt zu tun, bevor er wieder von ihm höre, und reiste noch am Abend nach dem Kastell ab, wo er Trunnion über den Mißerfolg seiner Unterhandlung Bericht erstattete, ihm erzählte, wie tief sich Peregrine infolge seines Briefes verletzt fühle, wie dieser gesinnt sei und was für einen Entschluß er gefaßt habe; zuletzt versicherte er ihm, daß er das Antlitz seines Patenkindes schwerlich wieder zu schauen bekomme, wenn er es nicht für tunlich hielte, den jungen Mann wegen der Beleidigung, die er ihm zugefügt habe, um Verzeihung zu bitten.

Der alte Kommodore war über diese Nachricht äußerst

bestürzt; er hatte erwartet, der junge Herr werde den demütigsten Gehorsam und die wehmütigste Reue bezeigen; statt dessen aber stieß er bloß auf Unwillen und Widersetzlichkeit und sah sich sogar in der Rolle eines Beleidigers, der entweder Sühne bieten oder jeglichem Umgang mit seinem Liebling entsagen mußte. Infolge dieser unverschämten Bedingungen geriet er anfänglich in eine unbändige Wut; er fing an zu fluchen und sprudelte seine Verwünschungen mit einer solchen Schnelligkeit heraus, daß er sich keine Zeit ließ, um Atem zu schöpfen, und an seinem Grimm beinahe erstickt wäre. Er schalt bitterlich auf Peregrines Undank, belegte ihn mit vielen Schimpfwörtern und schwur, er sollte für seine Anmaßung gekielholt werden. Als er aber kaltblütiger über den Mut des jungen Herrn nachdachte, der sich schon bei mancher Gelegenheit geäußert hatte, und Hatchway Gehör schenkte, der für ihn stets eine Art von Orakel gewesen war, mäßigte er seinen Zorn und beschloß, Perry seine Gunst wieder zuzuwenden. Es war Jacks Erzählung vom unerschrockenen Auftreten unseres Helden auf dem Ball und beim Streit im Park, die nicht wenig zu dieser versöhnlichen Stimmung beitrug. Der verflixte Liebeshandel jedoch erschien ihm noch immer als eine riesengroße Gefahr, denn es stand für ihn unbedingt fest, daß das Weib die ewige Quelle allen Elends für einen Mann sei. Seit seiner Heirat brachte er diesen weisen Spruch zwar selten vor, außer im Kreise von ein paar guten Freunden, auf deren Verschwiegenheit er zählen konnte. Da er fand, daß ihm Jack in Emiliens Sache nicht zu raten wußte, befragte er Mrs. Trunnion um ihre Meinung. Die war ebenso erzürnt wie erstaunt, als sie hörte, ihr Brief habe nicht die gewünschte Wirkung gehabt; und nachdem sie die Halsstarrigkeit des Jünglings der falschen Nachsicht seines Oheims zugeschrieben hatte, nahm sie ihre Zuflucht zum Pfarrer, der, noch immer auf den Vorteil seines Freundes bedacht, ihnen empfahl, den jungen Herrn auf Reisen zu schicken, dann werde dieser sehr wahrscheinlich die Vergnügungen seiner unreiferen Jahre vergessen. Der Vorschlag war vernünftig und wurde augenblicklich gebilligt. Trunnion stapfte in sein

Kabinett und brachte nach allerlei Anstrengungen das folgende Briefchen zustande, mit dem Hatchway noch am Nachmittag nach Windsor abging.

Mein guter Junge!
Hab ich Euch in meinem letzten Schreiben beleidigt, nun, seht Ihr, so dhut's mir leid. Ich glaubte, 's wär das sicherste Mittel, Euch aufzubringen; künftighin sollt Ihr's Kabeltau aber länger und freier haben. Könnt Ihr etwas Zeit erübrigen, soll's mir lieb sein, wenn Ihr einen Abstecher machen dhut und Eure Tante und den sehen wollt, der sich nennt
Euern Euch liebenden Paten und gehorsamen Diener
Hawser Trunnion
N.S. Fehlt's Euch an Geld, so trassiert nur auf mich, zahlbar bei Sicht.

26

Alles söhnt sich aus.

Sosehr Peregrine durch Stolz und Unwillen in seiner Haltung bestärkt wurde, empfand er natürlich das Peinliche seiner Lage doch; ihm, der so lange als großer Herr im Überfluß gelebt hatte, kam die Idee, sich in ärmliche Verhältnisse finden zu müssen, unerträglich vor. Die ganze bunte Welt des Luxus und des Vergnügens, die seine üppige Phantasie aufgebaut hatte, fing an zusammenzubrechen; manche traurigen Gedanken bemächtigten sich seiner Seele, und die Aussicht, Emilie zu verlieren, machte nicht den geringsten Teil seiner Trübsal aus. Obgleich er sich bestrebte, des Kummers, der an seinem Herzen nagte, Herr zu werden, vermochte er seine innere Unruhe vor dem scharfen Auge der liebenswürdigen Dame nicht zu verbergen. Er tat ihr herzlich leid, wenn sie auch ihrer Zunge die Freiheit nicht gestatten durfte, ihn nach dem Grunde seiner Verstörtheit zu fragen; denn bei allem feurigen Werben war es ihm doch nie gelungen, ihr das Geständnis ihrer Liebe zu entlocken, weil er trotz der höchsten Achtung und Ehrerbietung, mit der er ihr bisher begegnet war, kein einzigesmal das letzte Ziel seiner leidenschaftlichen Liebe erwähnt hatte. So rechtschaffene Absichten sie ihm auch immer zubilligen mochte, besaß sie doch Scharfsinn genug, vorauszusehen, daß Eitelkeit oder Eigennutz, wenn die Leichtfertigkeit der Jugend sich noch dazugesellte, sie dereinst um ihren Geliebten bringen könnte, und sie war zu stolz, ihm irgendwelche Gelegenheit zu geben, auf ihre Kosten zu triumphieren. Obgleich sie ihn mit ausgezeichneter Höflichkeit, ja sogar wie einen intimen Freund behandelte, konnte er ihr mit all seinem Flehen und Bitten nie ein Geständnis ihrer Liebe abnötigen; im Gegenteil, da sie von munterer Gemütsart war, kokettierte sie manchmal mit andern Verehrern, um sich durch diesen Anreiz seine Aufmerksamkeit zu sichern und um ihm zu zeigen, daß sie noch über andere Reserven verfüge, falls sein Herz etwa kühler werden sollte.

Da sie so klug vorging, wird man nicht vermuten, daß sie sich dazu herabließ, nach seinem Seelenzustand zu forschen, als sie seine Bekümmernis sah; aber sie trug immerhin ihrer Base und Vertrauten auf, dies zu tun, und auf einem Spaziergang im Park meinte diese, daß er schlecht gelaunt schiene. Ist dies wirklich der Fall, dann pflegt eine solche Frage das Übel gewöhnlich zu verschlimmern, wenigstens wirkte sie bei Peregrine so, der denn auch etwas mürrisch erwiderte: „Glauben Sie mir, mein Fräulein, Sie haben sich in Ihren Beobachtungen noch nie gründlicher geirrt." „Das mein ich auch", sagte Emilie, „ich habe Mr. Pickle nie aufgeräumter gesehen."

Nach diesem ironischen Lob war seine Verwirrung vollständig; er lächelte gezwungen, aber gequält, und verfluchte im stillen die Lebhaftigkeit der beiden. Er war um nichts in der Welt imstande, sich so weit zu sammeln, daß er auch nur einen einzigen vernünftigen Satz hätte sprechen können, und der Verdacht, daß die Augen der Damen die geringste seiner Handlungen scharf verfolgten, entmutigte ihn derart, daß er von Scham und Unwillen überwältigt war, als Sophie nach der Pforte hinblickte und sagte: „Dort ist Ihr Bedienter, Mr. Pickle, und noch ein anderer Mann, der, wie's scheint, ein hölzernes Bein hat." Bei diesen Worten stutzte Peregrine, und sein Gesicht wechselte sofort wiederholt die Farbe, denn er wußte, daß sein Schicksal in hohem Maß von der Botschaft abhing, die ihm sein Freund überbrachte.

Hatchway näherte sich der Gesellschaft, machte den Damen ein paar seemännische Verbeugungen, zog den jungen Herrn beiseite und händigte ihm des Kommodores Brief aus. Peregrine geriet dadurch so in Aufregung, daß er kaum noch die Bitte: „Sie gestatten, meine Damen?" äußern konnte, und als er auf ihre Erlaubnis hin versuchte, das Schreiben zu öffnen, tat er dies mit einer solchen Nervosität, daß seine Geliebte, die auf alle seine Bewegungen achtete, den Eindruck bekam, die Mitteilung sei sehr wichtig, und seine Unruhe rührte sie so sehr, daß sie sich abwenden und die Tränen aus ihren schönen Augen wischen mußte.

Kaum hatte Peregrine die ersten Sätze überflogen, als sein umdüstertes Gesicht sich aufhellte; seine Miene wurde allmählich freundlicher, und er gewann seine Heiterkeit zurück. Nachdem er den Brief ganz gelesen hatte, funkelten Freude und Dankbarkeit aus seinen Augen; er schloß den Leutnant in die Arme und stellte ihn den Damen als einen seiner besten Freunde vor. Jack wurde aufs liebreichste begrüßt; er schüttelte Emilie die Hand, nannte sie seine liebe Bekannte und erklärte, es sei ihm gleich, wie bald er Kapitän einer so flotten Fregatte, wie sie es sei, werde.

Die ganze Gesellschaft nahm an dem Stimmungsumschwung teil, der sich offensichtlich in unserm Liebhaber vollzogen hatte; seine Unterhaltung floß so lebendig und fröhlich dahin, daß die Wirkung selbst auf dem eisenharten Antlitz von Pipes zum Ausdruck kam, der tatsächlich vor Zufriedenheit lächelte, als er hinter ihnen herschritt.

Da es schon ziemlich spät geworden war, traten sie den Rückweg an; und während der Bediente Hatchway ins Wirtshaus folgte, begleitete Peregrine die Damen bis zu ihrer Wohnung, wo er eingestand, Sophie habe mit ihrer Bemerkung, er sei schlecht gelaunt, vollkommen recht gehabt.

Er erzählte ihnen, er sei wegen einer Meinungsverschiedenheit zwischen ihm und seinem Oheim außerordentlich bekümmert gewesen, durch den Brief aber, den man ihm eben vor ihren Augen überreicht hatte, habe er erfahren, daß alles wieder in bester Ordnung wäre.

Nachdem sie ihn beglückwünscht und er es abgelehnt hatte, zum Essen zu bleiben, weil er sich nach einer Aussprache mit seinem Freunde Jack sehnte, verabschiedete er sich und eilte nach dem Wirtshaus, wo ihn Hatchway von allem unterrichtete, was sich auf seine Vorstellungen hin im Kastell zugetragen hatte. Die Idee, daß er ins Ausland reisen sollte, mißfiel ihm nicht im geringsten, er war vielmehr über die Maßen davon entzückt; denn sie schmeichelte seinem Ehrgeiz und seiner Eitelkeit, und er konnte so seinen Durst nach Kenntnissen stillen und seinen Hang zu Beobachtungen befriedigen, durch den er sich bereits in seinen zartesten Jahren ausgezeichnet hatte. Auch glaubte er, eine kurze Abwesenheit werde seiner Liebe keineswegs zum Schaden gereichen, sondern im Gegenteil den Wert seines Herzens erhöhen, weil er ja mit weiteren Vorzügen ausgestattet zurückkehre und infolgedessen seiner Geliebten um so willkommener sein müßte. Diese Gedanken beglückten ihn, und sein Herz schwoll vor Freude, und da durch diese günstige Wendung in seinen Angelegenheiten die Schleusen der ihm angeborenen Güte sich öffneten, schickte er seine Empfehlung an Mr. Jolter, mit dem er während einer ganzen Woche kein Wort gesprochen hatte, und lud ihn ein, er möchte Mr. Hatchway und ihn beim Abendessen mit seiner Gesellschaft beehren.

Der Hofmeister war nicht so dumm, diese Einladung auszuschlagen; er erschien denn auch sofort, so daß sein Zögling, der, jetzt milder gestimmt, ihn herzlich empfing, ihm sein Leidwesen wegen des Mißverständnisses ausdrückte, das zwischen ihnen geherrscht hatte, und ihm versicherte, er wolle ihm in Zukunft keinerlei Anlaß und Grund zur Klage mehr geben. Jolter, dem es nicht an Gefühl fehlte, wurde durch dieses vollkommen unerwartete Bekenntnis tief gerührt und beteuerte ernstlich, die Interessen und das

Glück von Mr. Pickle zu fördern sei stets sein vorzüglichstes Augenmerk gewesen und solle es auch fernerhin bleiben.

Nachdem die Gesellschaft während des größten Teils der Nacht fröhlich beim Glase gesessen hatte, brach man auf, und Peregrine ging am andern Morgen aus, um seiner Geliebten mitzuteilen, daß sein Oheim die Absicht habe, ihn der Bildung wegen außerhalb des Königreichs zu schicken, und um ihr alles zu sagen, was er im Interesse seiner Liebe für nötig erachtete. Er traf sie mit ihrer Base beim Frühstück, und ganz vom Zweck seines Besuchs erfüllt, hatte er sich eben erst gesetzt, als er die Sache aufs Tapet brachte, indem er lächelnd fragte, ob die Damen in Paris etwas zu bestellen hätten. Emilie machte große Augen bei dieser Frage, und ihre Vertraute wollte wissen, wer denn dorthin reise. Kaum hatte er zu verstehen gegeben, daß er selbst beabsichtige, in kurzer Zeit diese Hauptstadt zu besuchen, als seine Gebieterin ihm schnell eine glückliche Reise wünschte und mit erheuchelter Gleichgültigkeit von den Vergnügungen sprach, die ihn in Frankreich erwarteten. Doch als er Sophie auf ihre Frage, ob dies sein Ernst sei, feierlich versicherte, sein Oheim bestünde wirklich darauf, daß er eine kleine Tour unternehme, stürzten der armen Emilie die Tränen aus den Augen. Sie bemühte sich aber, ihre Betrübnis zu verbergen, und bemerkte, der Tee wäre so siedendheiß, daß er ihr das Wasser in die Augen treibe. Diesen fadenscheinigen Vorwand jedoch durchschaute ihr Liebhaber leicht, und noch viel weniger war die Aufmerksamkeit ihrer Freundin Sophie dadurch zu täuschen, die denn auch die erste beste Gelegenheit ergriff, das Zimmer zu verlassen.

Sobald sie nun allein waren, erzählte ihr Peregrine, was er von des Kommodores Absichten erfahren hatte, ohne jedoch auch nur mit einer Silbe zu erwähnen, wie sehr der alte Herr sich an seinem Umgang mit ihr stieß. Er begleitete seine Mitteilungen mit so feurigen Gelübden ewiger Beständigkeit und so heiligen Beteuerungen einer frühen Wiederkehr, daß Emilien wieder leichter ums Herz ward; denn ein Gefühl des Argwohns hatte sie beschlichen, dieser Reiseplan sei eine Folge der Untreue ihres Liebhabers; jetzt aber konnte sie nicht umhin, seinem Vorhaben ihren Beifall zu spenden.

Nachdem man sich freundschaftlich verständigt hatte, fragte Peregrine, wie bald sie nach dem Hause ihrer Mutter aufzubrechen gedenke, und als er hörte, daß ihre Abreise auf den übernächsten Tag angesetzt sei und ihre Cousine Sophie sie im Wagen des Vaters begleiten werde, wiederholte er sein Anerbieten, ihr Gesellschaft zu leisten. Dann schickte er den Leutnant und den Hofmeister ins Kastell zurück mit den besten Grüßen an seine Tante und an den Kommodore und mit dem festen Versprechen, sich in höchstens sechs Tagen bei ihnen einzufinden. Danach machte er sich mit den Damen und seinem Bedienten auf. Sophiens Vater gab ihnen noch zwölf Meilen weit das Geleit und empfahl sie beim Abschied aufs liebevollste Peregrines Fürsorge, mit dem er ja nun sehr gut bekannt war.

27

Pickle rettet seiner Geliebten das Leben. Er gerät mit ihrem Bruder in Zwist und geht nach dem Kastell ab.

Da sie sehr gemächlich reisten, waren sie erst etwas über die Hälfte des Weges hinaus, als sie von der Nacht überfallen wurden. Deshalb beschlossen sie, in einem nahen Gasthof einzukehren. Haus und Bedienung waren sehr gut, und so hielten sie denn eine recht fröhliche Abendmahlzeit, und erst das Gähnen der Damen erinnerte Peregrine daran, daß es Zeit sei, die Tafel aufzuheben, worauf er sie zu ihrem Zimmer führte, ihnen gute Nacht wünschte und sich auf seine Stube zur Ruhe begab.

Das Wirtshaus wimmelte von Landleuten, die in der Nähe einen Jahrmarkt besucht hatten und sich jetzt im Hof an Bier und Tabak gütlich taten. Da ihr Denkvermögen, das sowieso nicht bedeutend war, durch diese Schwelgerei stark geschwächt wurde, taumelten sie in ihre Verschläge und ließen ein brennendes Licht an einem der Pfeiler stecken, welche die Galerie stützten. Bald erfaßte die Flamme das Holz, das so trocken war wie Zunder, und die ganze Galerie brannte lichterloh, als Peregrine plötzlich aufwachte und sich dem Ersticken nahe fühlte. Er sprang augenblicklich aus dem Bett, fuhr in die Beinkleider, stieß die Kammertür auf und sah nun, daß im ganzen Korridor das Feuer wütete.

Himmel! wie wurde ihm beim Anblick der Flammen- und Rauchwirbel zumute, die sich nach dem Zimmer hin wälzten, in dem seine teure Emilie lag. Unbekümmert um die eigene Gefahr, stürzte er durch den dicksten Qualm, klopfte heftig an, rief zugleich nach den Damen und bat sie in der größten Angst, ihm aufzumachen. Emilie öffnete ihm im Hemd die Türe und fragte, an allen Gliedern zitternd, was denn los sei. Er gab keine Antwort, sondern riß sie in die Höhe und trug sie, ein zweiter Äneas, auf den Armen durch die Flammen an einen Ort, wo sie sicher war. Hierauf verließ er sie wieder, noch ehe sie sich sammeln oder auch nur ein Wort mehr als „Ach! meine Cousine Sophie" sprechen konnte, und eilte dieser jungen Dame zu Hilfe, fand aber, daß sie durch Pipes bereits geborgen war. Der Brandgeruch hatte diesen beunruhigt; er war aufgestanden und sofort nach der Kammer gerannt, in der, wie er wußte, die beiden Freundinnen schliefen, und da Emilie von ihrem Liebhaber schon gerettet war, brachte er Miss Sophie weg, allerdings unter Verlust seines Haarschopfes, den er sich auf dem Rückweg versengte. Unterdessen war das ganze Wirtshaus wach geworden, und alle Gäste bemühten sich im Verein mit dem Gesinde, des gefräßigen Elements Herr zu werden. Es befand sich eine wohlgefüllte Pferdeschwemme im Hofe, und so konnte denn das Feuer in weniger als einer Stunde gänzlich gelöscht werden, ohne daß es weitern Schaden angerichtet hatte, als etwa sechs Fuß der hölzernen Galerie zu vernichten.

Die ganze Zeit über widmete sich unser junger Herr sorgsam der Pflege seiner schönen Schützlinge, die beide vor Angst ohnmächtig geworden waren. Weil sie aber über eine gute Konstitution verfügten und ihre Lebensgeister so leicht nicht verflogen, legten sich ihre Aufregung und Furcht, als sie ein wenig zu sich kamen und sahen, daß ihnen nichts mehr geschehen konnte und die Flammen glücklich gedämpft waren. Sie kleideten sich an, der Humor kehrte ihnen zurück, und sie begannen gegenseitig über den Aufzug zu spötteln, in dem man sie gerettet hatte. Sophie meinte, Mr. Pickle habe nun ein unbestreitbares Recht auf die Zuneigung ihrer Cousine, diese sollte deshalb ihre erkünstelte Reserve in Zukunft fahrenlassen und ihre Herzensgesinnung frei bekennen. Emilie gab das Argument zurück und erinnerte sie daran, daß Mr. Pipes aus dem gleichen Grund dieselben Ansprüche bei ihr geltend machen könne. Ihre Freundin räumte die Logik dieses Schlusses ein, jedoch nur, falls sie kein Mittel fände, ihren Retter auf andere Art zu entschädigen. Hierauf wandte sie sich an den Diener, der zufällig anwesend war, und fragte ihn, ob sein Herz nicht bereits vergeben sei. Tom, der den Sinn dieser Frage nicht erfaßte, schwieg wie gewöhnlich, und als sie wiederholt wurde, erwiderte er grinsend: „Versichert, Fräulein, es ist noch so ganz wie ein Schiffszwieback." „Wie", sagte Emilie, „seid Ihr nie verliebt gewesen, Thomas?" „Doch, fürwahr, bisweilen des Morgens", antwortete der Bediente ohne alles Bedenken. Peregrine konnte sich das Lachen nicht verbeißen, und seine Gebieterin schaute bei dieser plumpen Antwort etwas verlegen drein, während ihm Sophie eine Börse in die Hand drückte und sagte, hier habe er etwas, wofür er sich eine Perücke kaufen könne. Nachdem Tom seinem Herrn einen fragenden Blick zugeworfen hatte, lehnte er das Geschenk ab mit den Worten: „Danke schön, es ist so gut wie genossen." Und ob sie gleich darauf bestand, daß er das Geld als ein kleines Zeichen ihrer Dankbarkeit einstecke, war er nicht dazu zu bringen, aus ihrer Freigebigkeit Nutzen zu ziehen, sondern folgte ihr ans andere Ende des Zimmers, schob ihr den Beutel einfach in den Ärmel und rief: „Will ewig verdammt sein, wenn ich's tue." Peregrine schickte ihn fort, nachdem er ihn wegen seines bäurischen Betragens getadelt hatte, und bat Miss Sophie, sie möchte die Moral seines Dieners nicht verderben; so rauh und ungeschliffen Tom auch sei, habe er doch Verstand genug, um zu begreifen, daß er eine solche Erkenntlichkeit nicht verdiene. Sie widersprach mit großer Heftigkeit und sagte, es werde ihr nie möglich sein, ihm den Dienst, den er ihr geleistet habe, nach Gebühr zu vergelten. Sie würde erst vollkommen ruhig sein, wenn sie Gelegenheit hätte, ihm zu beweisen, wie sehr sie sich ihm verpflichtet fühle. „Ich beabsichtige gar nicht", sagte sie, „Mr. Pipes zu belohnen; aber ich bin ganz unglücklich, wenn man mir nicht gestattet, ihm irgendwie meine Achtung zu bezeigen."

Als Peregrine so bestürmt wurde, ersuchte er sie, wenn schon Großmut geübt werden müßte, Pipes ja kein Geld zu schenken, sondern ihn mit irgendeiner Kleinigkeit als Zeichen ihrer Gewogenheit zu beehren, weil ihm der Bursche wegen seiner Ergebenheit und Treue ans Herz gewachsen sei und es ihm daher leid tun würde, ihn als gewöhnlichen Bedienten behandelt zu sehen.

Die dankbare junge Dame besaß kein Kleinod, das sie ihrem Retter nicht mit Freuden zur Belohnung oder als Zeichen vorzüglicher Wertschätzung gegeben hätte; sein Herr jedoch wählte einen Siegelring, der an ihrer Uhr hing und nicht sehr kostbar war. Pipes wurde hereingerufen und bekam die Erlaubnis, diesen Beweis von Miss Sophiens Wohlgefallen anzunehmen. Pipes empfing ihn mit mehreren Kratzfüßen, und nachdem er ihn mit großer Ehrfurcht geküßt hatte, steckte er ihn an den kleinen Finger, und, über die Maßen stolz auf seine Eroberung, schritt er erhobenen Hauptes davon.

Mit bezaubernd holdem Blick sagte Emilie zu ihrem Liebhaber, er hätte sie gelehrt, wie sie sich ihm gegenüber zu verhalten habe, zog einen diamantenen Ring vom Finger und sprach den Wunsch aus, er möchte ihn ihretwegen tragen. Er nahm dieses Unterpfand entgegen, wie sich's geziemte, und bot ihr dafür einen andern an, den sie zuerst mit der Begründung zurückwies, durch ein solches Gegengeschenk würde ja die Absicht, ihre Dankbarkeit auszudrücken, vereitelt; aber Peregrine versicherte ihr, er habe ihr Juwel nicht als einen Beweis ihrer Erkenntlichkeit, sondern ihrer Liebe angenommen, und schlüge sie einen Austausch ab, so müsse er sich als den Gegenstand ihrer Verachtung betrachten. Ihre Augen flammten, und ihre Wangen glühten vor Unwillen über diese kecke Auslegung, die sie als eine unangebrachte Beleidigung auffaßte. Als der junge Mann ihre Aufregung bemerkte, schämte er sich seiner Verwegenheit, bat sie wegen seiner freien Äußerung um Verzeihung und setzte hinzu, er hoffe, sie werde sie einzig und allein seiner überaus tiefen Neigung zuschreiben, die zu bekennen jederzeit sein Stolz gewesen sei.

Da Sophie sah, daß er ganz fassungslos war, verwendete sie sich für ihn und schalt über die unnötige Ziererei ihrer Base, worauf Emilie sich zum Nachgeben bewegen ließ und ihm den Finger hinhielt. Begeistert steckte ihr Peregrine den Ring an, drückte in einer Art von Ekstase ihre sanfte weiße Hand immer wieder an den Mund und konnte sich mit dieser Liebkosung nicht begnügen, sondern fühlte sich gedrängt, ihren Leib zu umschlingen und ihren schwellenden Lippen einen süßen Kuß zu rauben. Und damit Sophie keine Ursache hätte, sie deswegen aufzuziehen, beging er an ihr unverzüglich denselben Raub, so daß die beiden Freundinnen sich in ihren Vorwürfen unterstützten. Sie fielen aber so gelinde aus, daß er beinahe in Versuchung geriet, sein kühnes Vergehen zu wiederholen.

Es war nun heller Morgen und das Gesinde im Hause schon auf den Beinen. Peregrine ließ daher Schokolade zum Frühstück auftragen, und auf Verlangen der Damen befahl er dem Pipes, die Pferde füttern und den Wagen bereitstellen zu lassen, während er selbst zum Wirt ging und die Rechnung beglich.

Nachdem alles in Ordnung war, fuhren sie um fünf Uhr ab, und als sie sich unterwegs in einem andern Gasthof gestärkt und ihre Tiere erquickt hatten, reisten sie nachmittags weiter und kamen ohne fernern Unfall glücklich an ihrem Ziele an, wo Mrs. Gauntlet ihrer großen Freude Ausdruck verlieh, ihren alten Freund Mr. Pickle wiederzusehen, den sie jedoch mit sanften Worten dafür tadelte, daß er sie so lange vernachlässigt habe. Ohne hierfür einen Grund zu nennen, beteuerte er, seine Liebe und Hochachtung wäre stets dieselbe geblieben, und sagte, er werde in Zukunft keine Gelegenheit versäumen, ihr zu bekunden, wie sehr ihre Freundschaft ihm am Herzen liege. Sie machte ihn dann mit ihrem Sohne bekannt, der gerade auf Urlaub bei ihr weilte.

Dieser junge Mann, der Geoffrey hieß und ungefähr zwanzig Jahre zählte, war von mittlerer Statur, von kraftvollem Bau und außerordentlicher Wohlgestalt; und die Blatternarben, deren er nicht wenige hatte, gaben seinem Gesicht ein besonders männliches Gepräge. Er besaß Fähigkeiten und von Natur ein frank und freies Wesen; allein er war von Jugend auf Soldat gewesen und hatte daher eine rein militärische Erziehung genossen. Feiner Geschmack und schöne Wissenschaften galten ihm als bloße Pedanterie und als der Beachtung eines Gentlemans unwürdig, und jeden Zivilistenberuf schätzte er im Vergleich zum Waffenhandwerk gering ein. In den gymnastischen Künsten, im Tanzen, Fechten und Reiten, hatte er große Fortschritte gemacht, spielte meisterhaft die Flöte und bildete sich vor allem viel auf eine peinlich genaue Befolgung aller Vorschriften der Ehre ein.

Hätten Peregrine und er einander für voll angesehen, so würden sie höchstwahrscheinlich sofort ein enges Freundschaftsbündnis geschlossen haben. Aber der hochmütige Kriegsmann erblickte im Verehrer seiner Schwester einen jungen Studenten, der frisch von der Universität komme und über gar keine Menschenkenntnis verfüge, während Squire Pickle ihn als einen armen Volontär betrachtete, der sowohl an Glücksgütern als an jeder anderen Vollkommenheit tief unter ihm stehe. Dieses gegenseitige Mißverständnis mußte Feindseligkeiten nach sich ziehen. Schon am folgenden Tage fielen zwischen ihnen spitze Reden in Gegenwart der Damen, vor denen jeder seine Überlegenheit zu behaupten sich bemühte. In diesen Streitigkeiten trug unser Held, dessen Geist mehr Schärfe besaß und dessen Talente besser ausgebildet waren, über seinen Gegner immer den Sieg davon. Dieser glückliche Erfolg machte letzteren verdrießlich; er wurde wegen des Ruhms, den jener erntete, eifersüchtig und fing an, Pickle verächtlich und herablassend zu behandeln.

Seine Schwester sah dies, und weil ihr vor den Folgen seiner Wildheit bange wurde, warf sie ihm nicht nur insgeheim sein unhöfliches Betragen vor, sondern bat auch ihren Liebhaber inständig, ihrem Bruder die rauhe Erziehung zugute zu halten. Peregrine versicherte ihr in freundlichem Tone, soviel Mühe es ihn auch kosten würde, sein ungestümes Temperament zu zügeln, wolle er ihretwegen alle Kränkungen erdulden, denen er durch die Anmaßung ihres Bruders ausgesetzt werden könne.

Nachdem er zwei Tage bei ihr verbracht und sich mehrerer geheimer Unterredungen erfreut hatte, in denen er den leidenschaftlichen Liebhaber spielte, nahm er Abschied von Mrs. Gauntlet und teilte den jungen Damen mit, er würde ihnen morgen früh Lebewohl sagen. Auch versäumte er es nicht, diese Pflicht zu erfüllen. Er fand die beiden Freundinnen im Besuchszimmer, wo das Frühstück schon bereitstand. Da der Gedanke an die Trennung sie alle drei über die Maßen bewegte, herrschte einige Zeit tiefstes Stillschweigen, bis Peregrine damit ein Ende machte und sein Schicksal beklagte, das ihn nötige, sich so lange von dem teuren Gegenstand seiner eifrigsten Wünsche zu trennen. Er bat Emilie flehentlich und dringend, ihm jetzt, in Anbetracht der grausamen Qualen, die er durch diese Abwesenheit erdulden müsse, den Trost zu reichen, den sie ihm bisher immer versagt hätte, den nämlich, zu wissen, daß er in ihrem Herzen einen Platz besäße. Die Vertraute unterstützte seine Bitte und machte ihr klar, daß es jetzt nicht Zeit sei, ihre Gefühle zu verbergen, da ihr Liebhaber das Königreich verlassen wolle und in Gefahr geraten könnte, andere Verbindungen einzugehen, wenn er in seiner Beständigkeit nicht dadurch gestärkt werde, daß er wisse, wie weit er auf ihre Liebe bauen könne. Kurz, man drang so in sie, daß sie nicht länger widerstehen konnte und in äußerster Verwirrung antwortete: „Wenn ich auch ein eigentliches Geständnis vermieden habe, so dächte ich doch, sollte mein ganzes Betragen Mr. Pickle überzeugt haben, daß ich ihn nicht unter die Alltagsbekannten zähle." „O meine reizende Emilie", rief der ungeduldige Liebhaber, indem er sich ihr zu Füßen warf, „weshalb wollen Sie mir mein Glück so karg zumessen? Weshalb wollen Sie eine Erklärung verschleiern, die mich selig machen und meine Gedanken erheitern würde, während ich in ferner Einsamkeit nach Ihnen schmachte?" Dieses Bild rührte seine schöne Gebieterin, und sie entgegnete, indem ihr die Tränen aus den Augen stürzten: „Ich befürchte, ich werde die Trennung lebhafter fühlen, als Sie es sich denken." Von diesem schmeichelhaften Bekenntnis entzückt, drückte er sie an seine Brust und ließ, indes sie ihr Haupt an seine Schultern lehnte, seine Tränen mit den ihrigen zusammenfließen und seine Lippen die zärtlichsten Gelübde ewiger Treue sprechen. Sophiens sanftes Herz blieb bei diesem Auftritt nicht unbewegt. Sie weinte aus Sympathie mit und ermunterte die Liebenden, sich in den Willen des Schicksals zu ergeben und aus der Hoffnung auf ein Wiedersehen unter glücklicheren Umständen Mut zu schöpfen. Nach vielen gegenseitigen Versprechungen, Ermahnungen und Liebkosungen nahm Peregrine schließlich Abschied. Sein Herz war so voll, daß er kaum die Worte: „Leben Sie wohl!" herausbringen konnte. Er stieg an der Tür aufs Pferd und machte sich mit Pipes auf den Weg nach dem Kastell.

28

Pickle und Gauntlet schlagen sich und werden dann Busenfreunde. Peregrine trifft im Kastell ein. Er findet seine Mutter so unversöhnlich wie je. Er wird von seinem Bruder Gam gröblich beleidigt und züchtigt dessen Präzeptor mit der Hetzpeitsche.

Um die düsteren Bilder zu vertreiben, die bei der Trennung von der Geliebten seine Phantasie erfüllten, begann Peregrine von den Freuden zu träumen, die auf ihn in Frankreich warteten, und ehe er zehn Meilen zurückgelegt hatte, war er dadurch wirksam aufgeheitert worden.

Während er sich so im Geist bereits auf Reisen befand und sich in den übermütigsten Hoffnungen wiegte, wurde er, als er um eine Hecke bog, plötzlich von Emiliens Bruder eingeholt, der zu ihm sagte, er reite denselben Weg und würde sich freuen, seine Gesellschaft zu genießen.

Diesen jungen Herrn hatte entweder persönlicher Haß oder sein Eifer, die Ehre der Familie zu wahren, dazu getrieben, unserm Helden zu folgen. Seine Absicht war, ihn zu nötigen, sich über die Art seiner Beziehungen zu seiner Schwester zu erklären. Peregrine erwiderte sein Kompliment mit so verächtlicher Höflichkeit, daß jener Ursache hatte zu glauben, er vermute, was ihn herführe; und deshalb kam er ohne weitere Einleitung gleich auf die Sache zu sprechen. „Mr. Pickle", fing er an, „Sie hatten eine Zeitlang Umgang mit meiner Schwester, und ich möchte gerne wissen, was Sie damit bezwecken." Auf diese Frage erwiderte unser Liebhaber: „Und ich möchte gerne wissen, mein Herr, was für ein Recht Sie haben, diese Auskunft zu verlangen." „Das Recht des Bruders", entgegnete der andere, „der sowohl über seine eigene Ehre als auch über den guten Namen seiner Schwester wacht, und wenn Ihre Absichten rechtschaffen sind, werden Sie mir eine Antwort nicht verweigern." „Mein Herr', sagte Peregrine, „ich bin jetzt nicht geneigt, Ihre Meinung über die Redlichkeit meiner Absichten zu hören; und ich finde, Sie schlagen einen etwas zu hohen Ton an, indem Sie sich anmaßen, mein Verhalten zu beurteilen." „Mein Herr", versetzte der Kriegsmann, „ich maße mir ein Urteil über das Verhalten eines jeden an, der sich in meine Angelegenheiten mischt, und ich werde ihn sogar züchtigen, wenn ich glaube, er handle unrecht." „Züchtigen!" rief unser Held mit funkelnden Augen, „Sie werden sich nicht unterstehen, diesen Ausdruck auf meine Person zu beziehen." „Da irren Sie sich", sagte Geoffrey, „ich unterstehe mich, alles zu tun, was einem Gentleman erlaubt ist." „Gentleman, weiß Gott!" höhnte der andere und schaute geringschätzig auf Geoffreys Montur, die nicht eben die prächtigste war, „ein gar feiner Gentleman, wahrhaftig!" Durch diese ironische Wiederholung wurde des Volontärs Zorn entflammt, denn das Bewußtsein seiner Armut machte ihn für diese Verachtung noch empfindlicher, und er nannte seinen Gegner ein anmaßendes Jüngelchen, einen unverschämten Emporkömmling, und was dergleichen Ehrentitel mehr sind, und Perry gab sie mit größter Bitterkeit zurück. Nachdem sie sich in aller Form herausgefordert hatten, stiegen sie beim ersten Wirtshaus ab und gingen auf das benachbarte Feld hinaus, um ihren Streit mit dem Degen auszutragen. Als der Platz ausgesucht war, halfen sie einander die Stiefel ausziehen und entledigten sich der Röcke und Westen. Sodann sagte der Bruder zu seinem Widerpart, er gelte in der Armee als ausgezeichneter Fechter, und wenn Mr. Pickle diese Kunst nicht wirklich zu beherrschen gelernt habe, so wollten sie für ihren Kampf Pistolen wählen, weil sie sich so ebenbürtiger seien. Peregrine war zu erzürnt, um ihm für diese Aufrichtigkeit zu danken, und von seiner Geschicklichkeit zu sehr überzeugt, als daß ihm der Vorschlag des andern behagt hätte. Er verwarf ihn und bemerkte, indem er den Degen zog, daß, wenn er Mr. Gauntlet nach Gebühr behandeln wollte, er seinem Diener befehlen würde, ihn für seine Verwegenheit mit der Reitpeitsche zu bestrafen. Ergrimmt über diese Äußerung, die er für einen unauslöschlichen Schimpf hielt, griff der Kriegsmann, ohne ein Wort zu sagen, seinen Gegner mit ebensoviel Heftigkeit wie Gewandtheit an. Der Jüngling parierte den ersten und den zweiten Stoß, dann aber bekam er einen Stich außen in den rechten Arm. Obgleich die Wunde unbedeutend war, geriet er beim Anblick seines Blutes außer sich und erwiderte den Angriff mit solcher Wut und Übereilung, daß Gauntlet, dem es widerstrebte, Pickles Ungestüm und Unvorsichtigkeit zu seinem Vorteil auszunützen, sich auf die Verteidigung beschränkte. Beim zweiten Ausfall verfing sich Peregrines Waffe irgendwie an Geoffreys Stichblatt, brach ab, und nun war er dem Kriegsmann auf Gnade und Ungnade ausgeliefert. Weit davon entfernt, seinen errungenen Sieg übermütig auszukosten, steckte Gauntlet seinen Toledaner Degen mit viel Bedacht in die Scheide, wie ein Mann, der an dergleichen Rencontres gewöhnt ist, und meinte, einer Klinge wie derjenigen Peregrines dürfe man das Leben eines Menschen nicht anvertrauen. Hierauf empfahl er deren Besitzer, einem Gentleman in bedrängten Umständen in Zukunft mit mehr Achtung zu begegnen, schlüpfte dann in die Stiefel und schritt verdrossen, aber voll Würde nach dem Wirtshaus zurück.

So tief sich Pickle wegen des üblen Ausgangs seines Abenteuers kränkte, war er dennoch über das Benehmen seines Gegners betroffen. Es machte einen um so stärkern Eindruck auf ihn, als er fand, daß Geoffreys Stolz von der eifersüchtigen Empfindlichkeit eines Gentlemans herrührte, der tief in Not geraten war. Gauntlets Tapferkeit und Mäßigung bewogen ihn, alles, was ihn vorher an dessen Betragen geärgert hatte, günstig zu deuten. Obgleich Peregrine in jedem andern Fall den geringsten Anschein von Demütigung sorgfältig vermieden hätte, eilte er jetzt doch dem Sieger ins Wirtshaus nach, in der Absicht, ihm für seine großmütige Schonung zu danken und ihn zu bitten, mit ihm freundschaftlich verkehren zu dürfen.

Geoffrey hatte eben den Fuß im Steigbügel, um aufzusitzen, als Peregrine zu ihm trat und ihn bat, seine Abreise noch ein Viertelstündchen aufzuschieben und ihm eine kurze Besprechung unter vier Augen zu gönnen. Der Kriegsmann legte den Sinn dieser Aufforderung falsch aus; er ließ sein Pferd sofort stehen und folgte Pickle in eine Stube, wo er ein Paar geladene Pistolen auf dem Tisch vorzufinden erwartete; er war aber angenehm enttäuscht, als unser Held sein edles Betragen beim Zweikampf in respektvollen Ausdrücken würdigte, bekannte, er habe sich bisher in seinem Charakter geirrt, und den Wunsch äußerte, er möchte ihn mit seiner Freundschaft beehren.

Gauntlet, der Zeuge von Peregrines Mut gewesen und dessen Achtung vor dem Jüngling deshalb gewaltig gestiegen war, besaß Verstand genug, um einzusehen, daß diesem Entgegenkommen weder Niederträchtigkeit noch Bosheit zugrunde lagen, und nahm das Anerbieten mit größtem Vergnügen an. Als er erfuhr, auf was für einem Fuß er mit seiner Schwester stünde, bot er sich ihm zum Geschäftsträger, Unterhändler oder Vertrauten an. Ja, um seinem neuen Freund einen überzeugenden Beweis seiner Aufrichtigkeit

Ich Euch plagen, daß dich! ich glaube es ist nicht richtig in Eurem Oberstübchen.

I. Th. 14. Cap.

zu geben, entdeckte er ihm die Liebe, die er seit einiger Zeit zu seiner Base, Miss Sophie, hege, eine Liebe, die er deren Vater nicht merken lassen dürfe, damit dieser sich durch seine Vermessenheit nicht beleidigt fühle und ihrer Familie seinen Schutz entziehe.

Peregrines edelmütiges Herz blutete vor Kummer, als er hörte, daß dieser junge Herr, der einzige Sohn eines hervorragenden Offiziers, seit fünf Jahren bei der Armee gedient hatte, ohne sich auch nur den Posten eines Subalternen sichern zu können, obwohl er sich stets sehr ordentlich und tapfer betragen und sich die Achtung und die Freundschaft all seiner Vorgesetzten erworben hatte.

Er hätte jetzt mit der größten Freude seine Barschaft mit ihm geteilt. Weil er jedoch nicht Gefahr laufen wollte, das empfindliche Ehrgefühl des Soldaten durch verfrühte Freigebigkeit zu verletzen, beschloß er, sich erst bei ihm einzuschmeicheln und sein Intimus zu werden, ehe er sich solche Freiheiten zu erlauben wagte. Zu diesem Zweck drang er in Mr. Gauntlet, ihn nach dem Kastell zu begleiten, wo er den nötigen Einfluß zu haben glaubte, um ihm eine gute Aufnahme zu verschaffen. Geoffrey dankte ihm sehr verbindlich für seine Einladung, sagte aber, er könne sie gegenwärtig nicht akzeptieren, versprach ihm jedoch, wenn er ihn mit einem Brief beehren und ihm die Zeit seiner Abreise nach Frankreich melden wolle, so würde er sich bemühen, ihn am Wohnsitz des Kommodores aufzusuchen und ihm von dort das Geleit nach Dover zu geben. Als dieses neue Abkommen getroffen und etwas Watte sowie ein Heftpflaster auf unseres Helden Wunde gelegt war, schied er vom Bruder seiner teuren Emilie, an die und an deren Freundin Sophie er die herzlichsten Grüße übersandte. Nachdem er unterwegs einmal übernachtet hatte, kam er am folgenden Nachmittag im Kastell an, wo er seine sämtlichen Freunde, die alle über seine Rückkehr hocherfreut waren, in bester Gesundheit vorfand. Der Kommodore, der nun die Siebzig erreicht und den die Fußgicht ganz zum Krüppel gemacht hatte, ging selten aus; und da er nicht sehr unterhaltend war, leistete man ihm auch zu Hause wenig

Gesellschaft. So wären denn seine Lebensgeister vollkommen eingeschlafen, wenn nicht der Umgang mit Hatchway sie angeregt und die Zucht seiner Gemahlin, die kraft des Stolzes, der Religion und des Kognaks die schrecklichste Tyrannenherrschaft führte, ihnen bisweilen einen heilsamen Stüber versetzt hätte. Die Dienerschaft im Hause wechselte so schnell, daß jede Livree schon von Gestalten jeglicher Größe und Stärke getragen worden war; Trunnion selbst hatte schon lange zuvor, nach verschiedenen hartnäckigen Versuchen, seine Freiheit zu bewahren, sich vom Strom ihrer despotischen Gewalt mitreißen lassen, und jetzt, infolge seiner Gebrechlichkeit hilflos geworden, pflegte er öfters, wenn er drunten die Allgewaltige unter den Bedienten in den höchsten Tönen keifen hörte, dem Leutnant flüsternd anzudeuten, was er tun würde, wenn er nicht des Gebrauchs seiner vertrackten Gliedmaßen beraubt wäre. Hatchway war der einzige Mensch, der von Mrs. Trunnions Launen verschont wurde; entweder, weil sie seinen Spott fürchtete, oder aber, weil sie eine Schwäche für ihn hatte. Da die Dinge im Kastell so lagen, freute sich – daran ist gar kein Zweifel – der alte Herr höchlich über Peregrines Anwesenheit; denn er wußte sich bei seiner Tante derart in Gunst zu setzen, daß die Tigerin, solange er im Hause war, in ein zahmes Schäfchen verwandelt schien. Seine eigene Mutter dagegen war noch immer unversöhnlich und sein Vater ein so arger Pantoffelheld wie je.

Gamaliel, der nun selten den Umgang seines alten Freundes, des Kommodores, genoß, hatte sich seit einiger Zeit einem neuen Freundschaftszirkel angeschlossen. Er bestand aus dem Barbier, dem Apotheker, dem Anwalt und dem Akziseeinnehmer des Kirchspiels. Mit diesen Leuten pflegte er den Abend bei Tunley hinzubringen und zu seinem großen Trost und zu seiner Erbauung ihren philosophischen und politischen Debatten zuzuhören, indes seine unumschränkte Gebieterin daheim wie gewöhnlich das Zepter schwang, mit großem Prunk in der Nachbarschaft Besuche abstattete und die Erziehung ihres lieben Sohnes Gam ihre Hauptsorge sein ließ. Der war nun fünfzehn Jahre alt und

Zu diesem Zweck besuchten er und Hatchway, den er in
seinen Plan eingeweiht hatte, eines Abends das Bierhaus und
verlangten ein leeres Zimmer, wohl wissend, daß nur das
eine da war, das sie als Schauplatz ausersehen hatten, nämlich eine Art von Besuchsstube, der Küche gegenüber, mit
einem Fenster nach dem Hof hinaus. Nachdem sie hier ein
Weilchen gesessen hatten, verwickelte der Leutnant den
Wirt in ein Gespräch, während Peregrine auf den Hof hin-
ausging und mittels seines Nachahmungstalents, über das
er in erstaunlichem Maße verfügte, einen Dialog zwischen
dem Vikar und Tunleys Weib vortäuschte. Als der Wirt vernahm, was für seine Ohren bestimmt war, geriet sein von
Natur eifersüchtiges Gemüt so sehr in Wallung, daß er den
Aufruhr in seinem Innern nicht verbergen konnte und hun-
derterlei Versuche machte, aus dem Zimmer zu kommen,
während der Leutnant mit großem Ernst an seiner Pfeife
zog, als ob er weder höre, was sich draußen abspiele, noch
des Wirts Unruhe bemerke, und Tunley durch eine Reihe
von Fragen zurückhielt, die dieser nicht unbeantwortet lassen konnte, obwohl er die ganze Zeit Blut schwitzte, alle
Augenblicke den Hals nach dem Fenster reckte, zu dem die
Stimmen hereindrangen, sich den Kopf kratzte und auf allerlei andere Art seine Ungeduld und Aufregung zu erkennen
gab. Schließlich erreichte die vermeintliche Unterredung
einen solchen Grad von Verliebtheit und Zärtlichkeit, daß
der Ehemann, außer sich wegen der Schmach, die ihm scheinbar angetan wurde, mit den Worten: „Gleich, mein Herr!"
zur Türe hinausschoß. Da er aber um das halbe Haus herumlaufen mußte, war Peregrine schon durch das Fenster
hineingestiegen, bevor Tunley im Hofe ankam.

Dem Gespräch gemäß, das er angeblich gehört hatte,
rannte er geradeswegs nach der Scheune, in der Erwartung,
daselbst eine außerordentliche Entdeckung zu machen. Als
er jedoch einige Minuten alles Stroh vergeblich durchwühlt
hatte, kehrte er ganz verstört in die Küche zurück, eben als
seine Frau zur andern Tür hereintrat. Dieser Umstand bestärkte ihn in der Meinung, daß die Tat begangen worden
sei. Weil aber das Übel, vom Weibe gedrillt zu werden, in

der Kirchgemeinde epidemisch war, wagte er nicht, ihr gegenüber auch nur die Spur von Unbehagen zu verraten, sondern faßte den Entschluß, an dem wollüstigen Vikar Rache zu nehmen, der, wie er meinte, die Keuschheit seiner Frau besudelt hatte.

Um sich zu vergewissern, daß ihr Plan geglückt war, und um zugleich die Glut noch zu schüren, riefen die beiden Verbündeten nach Tunley, in dessen Zügen sich seine Verwirrung leicht erkennen ließ. Peregrine bat ihn, sich zu setzen und ein Glas Bier mit ihnen zu trinken, begann dann sich nach seiner Familie zu erkundigen und fragte ihn unter anderem, wie lange er mit seinem hübschen Weibe schon verheiratet sei. Die Frage wurde mit einem so verschmitzten und vielsagenden Blick gestellt, daß der Schenkwirt unruhig wurde und zu fürchten begann, Pickle möchte von seiner Schande gehört haben, und dieser Verdacht schwand nicht, als der Leutnant ihn schelmisch anschaute und zu ihm sagte: „Wurdet Ihr nicht vom Vikar getraut, Tunley?" „Ja, das wurde ich", versetzte der Wirt in heftigem und verlegenem Ton, als ob er dächte, der Leutnant wisse, daß damit ein Geschichtchen zusammenhinge. Hatchway machte ihn noch argwöhnischer, indem er antwortete: „Je nu, was das anlangt, so mag der Vikar wohl ein recht tüchtiger Mann sein in seiner Art." Dieser Gedankensprung von seinem Weibe zum Vikar überzeugte den Wirt vollends, daß seine Schmach den Gästen bekannt sei, daher rief er im Übermaß seines Unwillens mit großem Nachdruck aus: „Ein tüchtiger Mann! Potz Blitz! Ich glaube, die Kerle sind allesamt Wölfe in Schafspelzen. Ich wünschte bei Gott, den Tag zu erleben, Herr, wo's keinen Pfaffen, Akziseeinnehmer und Zollbeamten im Königreich mehr gibt. Was aber den Halunken von einem Vikar betrifft, wenn der mir mal in die Kluppe kommt. Das Schwatzen taugt zu nix... Aber bei Gott...! Ich bin Ihr Diener, meine Herren."

Diese abgerissenen Sätze bewiesen den Verbündeten, daß ihnen ihr Vorhaben soweit gelungen sei, und so warteten sie voll Ungeduld zwei oder drei Tage in der Vermutung, Tunley werde auf ein Mittel verfallen, sich wegen dieses vermeintlichen Unrechts zu rächen. Da sie aber fanden, daß entweder seine Einbildungskraft zu schwach oder seine Neigung zu lau war, um ihrem Verlangen ohne weiteres Genüge zu leisten, beschlossen sie, der Sache eine so kritische Wendung zu geben, daß er nicht mehr imstande wäre, sich die günstige Gelegenheit, seinen Rachedurst zu stillen, entgehen zu lassen. So steckten sie denn eines Abends einem Jungen ein Trinkgeld zu, damit er nach Mr. Pickles Haus laufe und dem Vikar sage, Tunleys Frau sei plötzlich krank geworden und ihr Mann ersuche ihn, unverzüglich zu kommen und mit ihr zu beten. Mittlerweile hatten sie ein Zimmer im Hause besetzt, und Hatchway knüpfte mit dem Wirt ein Gespräch an, worauf Peregrine, der aus dem Hofe zurückkehrte, gleichsam zufällig bemerkte, er habe den Pfaffen in die Küche gehen sehen, wohl um Tunleys Weib aus dem Katechismus vorzunehmen.

Der Wirt stutzte bei dieser Nachricht, eilte unter dem Vorwand, im Nebenzimmer eine andere Gesellschaft bedienen zu wollen, in die Scheune hinaus, bewaffnete sich mit einem Dreschflegel und lief auf einen schmalen, von Hecken eingesäumten Weg, den der Vikar unbedingt passieren mußte, wenn er heimging. Dort lag er in blutgieriger Absicht auf der Lauer, und als der vermeintliche Urheber seiner Schande auftauchte, empfing er ihn mit einem Gruß, der ihn wenigstens drei Schritte rückwärts taumeln ließ. Hätte auch der zweite Hieb gesessen, so würde das Erdenwallen des Vikars höchstwahrscheinlich hier ein Ende gehabt haben; zum Glück für ihn aber wußte sein Gegner seine Waffe nicht richtig zu gebrauchen, und statt auf das Haupt des bestürzten Geistlichen, sauste der Flegel infolge einer Verdrehung des Lederriemens, der Klöppel und Stiel verband, schräg auf Tunleys eigenen Kürbis hinab, und zwar mit einer solchen Wucht, daß ihm der Schädel wie ein Apothekermörser dröhnte und tausend Lichter vor den Augen zu tanzen schienen. Der Vikar sammelte sich wieder während der Frist, die dieser Unfall ihm verschaffte, und da er seinen Angreifer für einen Räuber hielt, der auf Beute aus sei, beschloß er, sich so lange kämpfend in der Richtung auf seine

Wohnung zurückzuziehen, bis man schließlich dort sein Geschrei hören könnte. Zu diesem Zweck hob er seinen Prügel zur Verteidigung seines Kopfes, gab dann Fersengeld und fing mit Stentorstimme an, um Hilfe zu brüllen. Tunley warf seinen Dreschflegel weg, dem er als Werkzeug seiner Rache nicht mehr zu trauen wagte, jagte unter Aufbietung all seiner Kräfte hinter dem Fliehenden her und holte ihn ein, noch ehe der andere hundert Schritte weit rennen konnte, entweder weil ihn die Furcht entnervt hatte oder weil er über einen Stein stolperte. Kaum spürte er den Wind von des Schankwirts Fausthieben um die Ohren pfeifen, als er der Länge nach platt zur Erde fiel und der Knüppel seiner Hand entsank. Tunley aber sprang ihm einem Tiger gleich auf den Rücken und ließ die Schläge so hageldicht auf ihn niederprasseln, daß der arme Vikar glaubte, er werde von wenigstens zehn Paar Fäusten bearbeitet. Allein der Hahnrei – denn als einen solchen betrachtete der Wirt sich ja – war nicht zufrieden damit, dem Manne auf diese Weise zugesetzt zu haben, sondern faßte noch eins von dessen Ohren mit den Zähnen und biß so unbarmherzig hinein, daß der Vikar nachher halbtot vor Schmerzen von zwei Tagelöhnern aufgefunden wurde, bei deren Annäherung sich der Angreifer unbemerkt verzog.

Der Leutnant hatte sich am Fenster postiert, um den Wirt zu sehen, sobald er nach Hause käme. Kaum wurde er gewahr, daß er den Hof betrat, so rief er ihn ins Zimmer, voll Ungeduld, die Wirkungen ihrer List zu erfahren. Tunley gehorchte der Aufforderung und erschien vor seinen Gästen in all seiner Verstörtheit, Wut und Ermattung. Die Nasenlöcher waren um mehr als die Hälfte ihrer gewöhnlichen Größe ausgedehnt, die Augen rollten, die Zähne klapperten, er schnarchte beim Atemholen, als wäre er vom Alp gedrückt worden, und der Schweiß floß ihm in Strömen über beide Seiten der Stirn hinunter.

Peregrine stellte sich ganz erschreckt über den Eintritt einer so seltsamen Gestalt und fragte ihn, ob er mit einem Geist gekämpft habe. Hierauf erwiderte er mit großer Heiterkeit: „Mit einem Geist? Nein, Herr, nein, mit Fleisch und Bein hab ich mich rumgerollt und rumgebalgt. Der Hund der! Ich will ihn lehren, hier auf Katersteig zu gehen!"

Pickle entnahm aus dieser Antwort, daß sein Zweck erreicht sei; er war aber neugierig, den ganzen Verlauf zu kennen, deshalb sagte er: „Nun, ich hoffe doch, Tunley, daß Sie über Fleisch und Bein die Oberhand behalten haben?" „Das hab ich", antwortete der Wirt, „ich hab ihm seine Wollust ein bissel abgekühlt; hab ihm solch Stückchen vor seinen Ohren gedudelt, daß ihm gewiß auf vier Wochen der Aptit, Musik zu hören, vergehen soll. Das geile Bocksgesicht von einem Schuft! So wahr ich aufs ewige Leben hoff, es ist ein fertiger Gemeindebulle."

Hatchway bemerkte, dem Anschein nach habe er sich tapfer geschlagen, und bat ihn, sich niederzusetzen und zu verschnaufen. Nachdem Tunley ein paar volle Gläser hinuntergestürzt hatte, trieb ihn seine Eitelkeit an, sich so weitläufig über seine Heldentat zu verbreiten, daß die Verbündeten, die offensichtlich keine Ahnung davon hatten, wer sein Gegner gewesen sei, alle Umstände des Überfalls erfuhren.

Tunley war kaum wieder etwas zu sich gekommen, als seine Frau mit der Neuigkeit ins Zimmer trat, daß irgendein Schalk Mr. Sackbut, den Vikar, hergeschickt habe, um mit ihr zu beten. Bei diesem Namen entbrannte der Zorn des Mannes von neuem: er vergaß alle Gefälligkeit gegen seine Gattin und antwortete mit einem gehässigen Grinsen: „Hol ihn der Teufel! Ich zweifle nicht daran, daß du seine Ermahnungen über die Maßen tröstlich gefunden hast!" Die Wirtin sah ihren Hauslakaien mit herrischem Blick an und sagte: „Was für Schrullen stecken wieder mal in deinem blöden Schädel? Und was hast du denn hier rumzusitzen wie ein großer Herr, die Arme in die Hüften gestemmt, wo doch noch mehr Gäste im Haus sind, die bedient sein wollen." Der untertänige Ehemann verstand den Wink und schlich ohne die mindeste Einwendung aus dem Zimmer.

Am folgenden Tag ging das Gerücht, daß Räuber dem Mr. Sackbut aufgelauert und ihn beinahe ermordet hätten. An der Kirchtür wurde ein Zettel angeschlagen, worin man demjenigen, der den Meuchelmörder zu nennen vermöge,

eine Belohnung versprach. Doch dieses Mittel fruchtete
nichts; Sackbut aber mußte infolge seiner Beulen und
Quetschungen vierzehn Tage lang die Stube hüten.

30

Gamaliels Komplott gegen seinen Bruder wird entdeckt.
Gauntlets Ankunft im Kastell.

Als Sackbut alle Umstände des Überfalls näher in Erwägung zog, wollte es ihm einfach nicht in den Sinn, daß ein gewöhnlicher Räuber ihn angegangen haben sollte, denn es war nicht anzunehmen, daß ein Spitzbube sich lieber damit abgegeben hätte, sein Opfer durchzubleuen, als es auszuplündern. Er schrieb daher sein Unglück der geheimen Feindschaft von irgend jemandem zu, der ihm nach dem Leben trachtete; und nach reiflicher Überlegung blieb sein Argwohn auf Peregrine haften, als dem einzigen Menschen auf Erden, von dem er, wie er glaubte, eine solche Behandlung verdient hätte. Er teilte diese Vermutung seinem Zögling mit. Der machte sich seine Meinung sogleich zu eigen und riet ihm dringend, die Gewalttätigkeit durch eine ähnliche List zu rächen, und zwar ohne erst nähere Untersuchungen anzustellen, damit sein Feind dadurch nicht gewarnt würde.

Da dieser Vorschlag dem Vikar behagte, überlegten sie gemeinsam, auf welche Weise der Überfall mit Zins und Zinseszinsen vergolten werden könnte, und schmiedeten einen so schurkischen Plan, unsern Helden im Finstern anzugreifen, daß Peregrines Reiseplan gänzlich vereitelt worden wäre, hätten sie ihn programmgemäß ausführen können. Allein Miss Pickle hatte von ungefähr ihre Machenschaften belauscht. Dieses junge Mädchen, das nun siebzehn Jahre zählte, hegte trotz den Einflüssen ihrer Erziehung insgeheim eine recht schwesterliche Zuneigung für ihren Bruder Perry, obgleich sie ihn nie gesprochen hatte und wiewohl die Befehle, Drohungen und Wachsamkeit ihrer Mutter sie davon abschreckten, irgendwelche Versuche zu unternehmen, sich mit ihm unter vier Augen zu treffen. Dessen ungeachtet war sie für den Ruhm nicht unempfindlich, der in der ganzen Nachbarschaft überlaut von ihm erscholl; auch ermangelte sie nicht, in die Kirche und an andere Orte zu gehen, wo sie Gelegenheit zu haben glaubte, ihren liebenswürdigen Bruder zu sehen. So kann man sich leicht vorstellen, daß sie nicht gleichgültig blieb, als sie von dieser Verschwörung hörte. Sie war empört über Gams barbarische Hinterlist, und ihr schauderte beim Gedanken an die Gefahr, in der Peregrine schwebte. Ihrer Mutter durfte sie dieses Komplott nicht entdecken; denn bei dem unbegreiflichen Widerwillen, den diese Dame gegen ihren Erstgeborenen hatte, fürchtete die Tochter, möchte sie von ihr gehindert werden, sich für ihren Bruder zu verwenden, und sich folglich gewissermaßen zur Mitschuldigen an dieser meuchelmörderischen Tat machen. Deshalb beschloß sie, Peregrine vor der Verschwörung zu warnen, und ließ ihm in einem herzlich abgefaßten Brief durch einen Herrn aus der Nachbarschaft einen Bericht darüber einhändigen. Dieser junge Mann, der sich damals um ihre Gunst bewarb, erbot sich auf ihre Bitte, unserm Helden die Pläne seiner Gegner durchkreuzen zu helfen.

Peregrine war entsetzt, als er die Einzelheiten ihres Planes las. Er bestand in nichts geringerem, als ihn zu überfallen, wenn er ganz wehrlos sein würde, ihm die Ohren abzuschneiden und ihn auch sonst so zu verstümmeln, daß er künftig keine Ursache haben sollte, auf seine Gestalt stolz zu sein.

So sehr er über die brutale Gemütsart des Sohnes seines eigenen Vaters aufgebracht war, so tief mußte ihn die Redlichkeit und Zärtlichkeit seiner Schwester rühren, von deren Zuneigung er bisher nichts geahnt hatte. Er dankte dem Fremden für sein ehrenhaftes Handeln und sprach den Wunsch aus, einen so braven Mann näher kennenzulernen, sagte, er hoffe nicht, ihn weiter bemühen zu müssen, da er ja nun gewarnt sei, und gab ihm nachher ein Dankschreiben an seine Schwester mit, in dem er sie der innigsten Liebe und größten Achtung versicherte und sie bat, ihm vor seiner Abreise eine Unterredung zu gönnen, damit er seinen brüderlichen Gefühlen freien Lauf lassen könnte und durch die Unterhaltung und den Anblick von wenigstens einem Mitglied seiner Familie beglückt würde.

Er erzählte seinem Freunde Hatchway von seiner Entdeckung, und sie faßten den Entschluß, mit Gegenminen zu arbeiten. Um sich aber nicht Klatsch und Verleumdungen auszusetzen, die auf ihre Kosten überall verbreitet worden wären, wenn sie nach den Rechten der Wiedervergeltung harte Mittel zu ihrer Verteidigung gebraucht hätten, dachten sie eine Methode aus, durch die ihre Feinde enttäuscht werden und sich Schimpf und Schande zuziehen sollten, und Pipes mußte sofort die nötigen Anstalten dazu treffen.

Miss Pickle hatte ihnen den Platz bezeichnet, der von den meuchelmörderischen Buben zum Schauplatz ihrer Rache ausgewählt worden war, und unser Triumvirat beschloß nun, eine Schildwache ins Korn zu stellen, die, sobald die Gegner sich in den Hinterhalt gelegt hätten, ihnen dies melden würde. Auf diese Nachricht hin wollten sie mit drei oder vier Bedienten leise nach dem Ort hinschleichen und ein großes Netz über den Verschworenen ausspannen; so gefangen, sollten diese entwaffnet, gebunden, derb ausgepeitscht und in dem Garn zwischen zwei Bäumen aufgehängt werden und allen denjenigen zur Schau dienen, die der Zufall hier vorbeiführte.

Nachdem dieser Plan ausgearbeitet und der Kommodore in die ganze Geschichte eingeweiht worden war, sandte man den Spion auf seinen Posten, und jeder im Hause hielt sich bereit, auf die erste Meldung hin aufzubrechen. Einen ganzen Abend brachten sie in der ungeduldigsten Erwartung zu; am zweiten aber kam ihr Späher heimlich ins Kastell und versicherte, er habe drei Männer hinter einem Zaun am Wege nach der Schenke lauern sehen, von wo Peregrine und der Leutnant jeden Abend um diese Stunde zurückzukehren pflegten. Dieser Mitteilung zufolge machten sich die Verbündeten mit all ihren Gerätschaften sogleich auf. Als sie sich der Stelle so geräuschlos wie möglich näherten, hörten sie Schläge fallen und bemerkten trotz der dunklen Nacht, daß ein Handgemenge im Gange war, gerade an der Stelle, welche die Verschworenen besetzt hatten. Erstaunt über dieses Zwischenspiel, das er sich nicht erklären konnte, befahl Peregrine seinen Leuten anzuhalten und Kundschaft einzuziehen, und unmittelbar darauf vernahm er den Ausruf: „Wart, Halunke, du sollst mir nicht entwischen!" Da ihm die Stimme vertraut war, erriet er auf einmal die Ursache jenes Getümmels, das sie beobachtet hatten, und als er demjenigen, der die Worte ausgestoßen, zu Hilfe eilte, fand er einen Kerl auf dem Boden knien und Gauntlet um sein Leben bitten, der mit blankem Hirschfänger über ihm stand.

Pickle gab sich seinem Freunde augenblicklich zu erkennen. Dieser erzählte ihm, er habe seinen Gaul bei Tunley eingestellt und sei auf dem Wege nach dem Kastell von drei Mordgesellen angegriffen worden, von denen einer, eben der, den er in seine Gewalt bekommen, ihm von hinten mit dem Prügel eins über den Kopf hätte geben wollen, ihn jedoch verfehlt und die linke Schulter getroffen habe, und daß, wie er dann seinen Hirschfänger gezogen und im Dunkeln um sich gehauen habe, die beiden andern geflohen wären und ihren Kameraden, den er kampfunfähig gemacht, im Stich gelassen hätten.

Peregrine wünschte ihm Glück dazu, daß er ohne Schaden davongekommen sei, und befahl dem Pipes, den Gefangenen in sicheren Gewahrsam zu bringen. Er selbst führte Gauntlet ins Kastell, wo dieser vom Kommodore aufs herzlichste empfangen wurde, nachdem er ihm als seines Neffen Intimus vorgestellt worden war. Allerdings wäre seine Gastfreundlichkeit höchstwahrscheinlich etwas kühler gewesen, wenn er gewußt hätte, daß dies der Bruder von Perrys Geliebter sei; allein dem alten Herrn war es nie eingefallen, nach ihrem Namen zu fragen, als er sich nach den nähern Umständen des Liebeshandels erkundigte.

Der Gefangene wurde im Beisein von Trunnion und all seinen Getreuen verhört und bekannte, er wäre in Gam Pickles Diensten und von seinem Herrn und dem Vikar dazu überredet und bewogen worden, sie auf ihrer Expedition zu begleiten und die Rolle zu übernehmen, die er dem Fremden gegenüber gespielt habe, den er und die andern für Peregrine gehalten hätten. Wegen dieses offenen Geständnisses und weil er am rechten Arm schwer verletzt war, beschloß man, keine weitere Strafe über den Missetäter zu verhängen, als ihn die Nacht über im Kastell einzusperren und ihn am folgenden Morgen dem Friedensrichter vorzuführen, vor dem er seine Aussage vom gestrigen Abend wiederholte und sie eigenhändig unterschrieb. Kopien dieses Aktenstückes ließ man in der ganzen Nachbarschaft zirkulieren, zur unsäglichen Schmach und Schande des Vikars und seines vielversprechenden Zöglings.

Mittlerweile begegnete Trunnion dem jungen Kriegsmann mit ungewöhnlicher Achtung, da sein nächtliches Abenteuer, das er so tapfer bestanden hatte, sowie das Lob, das Peregrine seinem Mut und seiner edeln Seele spendete, den Kommodore im voraus für ihn einnahmen. Dem alten Herrn gefiel seine entschlossene Miene, er bewunderte seinen herkulischen Gliederbau und fand ein ungemeines Vergnügen daran, ihn über seine Kriegsdienste auszufragen.

Am Tag nach seiner Ankunft, als sich das Gespräch gerade um dieses Thema drehte, nahm der Kommodore die Pfeife aus dem Mund und sagte: „Ich will Euch was erzählen, Bruder. Vor fünfundvierzig Jahren war ich dritter Leutnant auf dem Kriegsschiff ‚*Warwick*‘; da war ein recht wackerer junger Kerl an Bord, ein Subalternoffizier von der Marineinfanterie; na, seht Ihr, sein Name hatte mit Euerm viel Ähnliches; Guntlet hieß er, mit einem G. Anfangs konnten wir uns gar nicht ausstehn, besinn ich mich; denn seht Ihr, ich war ein Seemann und er eine Landratte. Endlich aber gerieten wir an ein französisches Orlogsschiff; ganze acht Seegerstunden knallten und schmissen wir uns herum; zuletzt waren wir an Bord und kaperten es. Ich war der erste auf dem feindlichen Verdeck und würde klatrig weggekommen sein, seht Ihr, wär mir Guntlet nicht beigesprungen. Wir machten in kurzem reine Bahn und trieben sie in die Enge, so daß sie genötigt waren, die Flagge zu streichen. Seit der Zeit waren Guntlet und ich geschworene

Brüder, solang er an Bord war. Nachher wurde er in ein Marschregiment versetzt, und was dann aus ihm geworden ist, weiß der liebe Gott. Aber was ich noch von ihm sagen dhun wollte, er mag nun tot oder am Leben sein, er fürchtete sich vor keiner Seel auf Gottes Erdboden und war noch überdem ein recht guter Schiffskumpan." Diese Lobeserhebungen ließen das Herz des Fremden höher schlagen. Kaum hatte der Kommodore geendet, so fragte er ihn schon: „War das französische Schiff nicht die ‚*Diligence*'?" Der Kommodore stutzte und antwortete: „Jawohl, mein lieber Junge." „So war der Mann, dessen Sie so ehrenvoll zu gedenken geruht haben, mein eigener Vater", erwiderte Gauntlet. „Ei, der Teufel!" sagte Trunnion und schüttelte ihm die Hand, „das freut mich ja über die Maßen, einen Sohn von Ned Guntlet in meinem Haus zu sehn."

Diese Entdeckung gab Anlaß zu tausenderlei Fragen, und als der alte Herr auf diese Weise die Lage der Familie seines Freundes kennenlernte, stieß er unzählige Flüche aus über die Undankbarkeit und Ungerechtigkeit der Regierung, die für den Sohn eines derart braven Soldaten nicht gesorgt hätte; auch beschränkte er sich mit seiner Freundschaft nicht auf solch fruchtlose Äußerungen; noch an demselben Abend deutete er Peregrine an, daß er gerne etwas für seinen Freund tun möchte. Diese Idee wurde von seinem Patenkind so begeistert gepriesen und begrüßt und sogar von seinem geheimen Rat Hatchway unterstützt, daß unser Held die Vollmacht erhielt, Gauntlet eine Summe Geldes zu schenken, für die sich sein Freund eine Offiziersstelle kaufen könnte.

Obwohl Peregrine nichts willkommener sein konnte als diese Erlaubnis, war ihm doch bange, ein überfeines Ehrgefühl möchte Geoffrey hindern, sich irgendwelche Verpflichtungen aufzuladen. Deshalb schlug er vor, sie sollten ihn in seinem eigenen Interesse durch eine erdichtete Geschichte hintergehen und ihn dadurch zur Annahme des Geldes bewegen, indem sie ihm sagten, es handle sich um die Begleichung einer alten Schuld, die der Kommodore einst auf See bei seinem Vater gemacht hätte. Trunnion verzog das Gesicht, denn es leuchtete ihm nicht ein, warum ein solcher Umweg nötig sein sollte, sofern nicht an Gauntlets gesundem Menschenverstand zu zweifeln wäre. Für ihn gab es nämlich durchaus keinen Grund, aus dem man dergleichen Angebote ablehnen sollte. Außerdem paßte es ihm nicht recht, daß er durch die Anwendung dieses Kniffs eingestehen mußte, er habe so viele Jahre hindurch nicht die mindeste Absicht gezeigt, seine Schuld abzutragen. Alle Einwürfe wurden jedoch durch Peregrines Eifer und Beredsamkeit beseitigt. Er stellte ihm vor, es sei unmöglich, Gauntlet auf eine andere Art diesen Freundschaftsdienst zu erweisen; Trunnions bisheriges Stillschweigen würde man einem Mangel an Nachrichten von der Lage und den Verhältnissen seines Freundes zuschreiben; und daß er sich dieser Verbindlichkeit erinnere und darauf bestünde, sich ihrer nach so langer Zeit zu entledigen, da die ganze Sache in Vergessenheit geraten sei, wäre das größte Kompliment, das er seiner eigenen Ehre und Rechtschaffenheit machen könnte.

So überredet, ergriff Trunnion die Gelegenheit, als er mit Gauntlet allein war, um die Sache aufs Tapet zu bringen, und erzählte dem jungen Mann, sein Vater habe ihm, wie sie noch zusammen an Bord gewesen wären, eine Summe Geldes vorgestreckt, die er gebraucht hätte, um die Beköstigung zu bestreiten und auch um einem Schreihals von Gläubiger in Portsmouth das Maul zu stopfen. Besagte Summe beliefe sich samt den Zinsen auf ungefähr vierhundert Pfund, und die wolle er ihm jetzt mit bestem Dank zurückzahlen.

Geoffrey war höchst verwundert über diese Eröffnung und erwiderte nach längerer Pause, er habe seine Eltern nie eine solche Schuld erwähnen hören, unter seines Vaters Papieren habe sich kein Vermerk oder Schein darüber gefunden und aller Wahrscheinlichkeit nach sei sie längst getilgt, obgleich der Kommodore es wohl im Drange der Geschäfte oder weil die Angelegenheit so weit zurückliege, vergessen habe. Er möchte ihn daher entschuldigen, wenn er ausschlüge, was er mit gutem Gewissen nicht als sein eigen betrachten dürfe. Zuletzt sagte er dem alten Herrn viel Artiges über seine große Gewissenhaftigkeit und Redlichkeit.

Durch die Weigerung des Soldaten wurde der Kommodore in Erstaunen gesetzt und in seinem Vorsatz, ihm zu helfen, erst recht bestärkt; er drängte ihm daher unter dem Vorwand, er wolle bloß seine eigene Ehre wahren, die Wohltat so hartnäckig auf, daß Gauntlet aus Besorgnis, Trunnion zu beleidigen, sich gewissermaßen gezwungen sah, eine Anweisung auf das Geld anzunehmen. Er stellte eine unanfechtbare Quittung aus und schickte die Order unverzüglich an seine Mutter, die er zugleich von den Umständen unterrichtete, unter denen ihr Vermögen so unerwartet einen Zuwachs erhalten habe.

Diese Neuigkeit mußte für Mrs. Gauntlet sehr angenehm sein. Sie sandte mit der nächsten Post ein höfliches Dankschreiben an den Kommodore und einen Brief an ihren Sohn, dem sie meldete, die Anweisung wäre bereits an einen Freund in London abgegangen, der beauftragt sei, sie einem gewissen Bankier auszuhändigen, so daß mit dem Geld die erste käufliche Fähnrichstelle erworben werden könnte.

Sie war auch so frei, ein in den liebreichsten Ausdrükken abgefaßtes Billett an Peregrine beizulegen, mit einem freundlichen Postskript von Miß Sophie und seiner reizenden Emilie.

Nachdem diese Sache so zur Zufriedenheit aller Beteiligten erledigt war, fing man an, Vorbereitungen für die Abreise unseres Helden zu treffen. Sein Oheim setzte ihm jährlich achthundert Pfund aus, was nicht viel weniger als die Hälfte seines ganzen Einkommens war. Allerdings konnte sich der alte Herr damals leicht eines so großen Teils seiner Einkünfte entäußern; denn er gab selten oder nie eine Gesellschaft, hatte wenig Bediente und lebte ungemein einfach und bescheiden. Mrs. Trunnion hatte die Fünfzig überschritten; daher nahmen ihre Kräfte ab, und obwohl ihr Stolz keine Einbuße erlitt, so war doch ihre Eitelkeit von ihrem Geiz völlig überwunden worden.

Man engagierte für Peregrine einen Schweizer als Kammerdiener, der die Tour durch Europa schon einmal gemacht hatte, und da Pipes das Französische nicht verstand, überdies auch nicht zum Bedienten eines eleganten jungen Mannes taugte, beschloß man, daß er im Kastell bleiben sollte. Sein Platz wurde mit einem Pariser Lakaien ausgefüllt, den man zu diesem Zweck aus London kommen ließ. Unserm Tom schien diese Regelung gar nicht zu gefallen; er erhob zwar mündlich keine Einwendungen dagegen, allein er sah seinen Nachfolger bei seiner Ankunft zuerst recht scheel an; doch seine Verdrossenheit schien allmählich zu schwinden, und noch lange vor der Abreise seines Herrn hatte er seine gewöhnliche Ruhe und Gelassenheit wiedererlangt.

31

Die beiden junge Herren entfalten ihre Talente als Courschneider. Peregrine hat eine Zusammenkunft mit seiner Schwester Julie.

Mittlerweile machten unser Held, sein neuer Freund und der ehrliche Jack Hatchway alle Tage Streifzüge aufs Land hinaus, besuchten die Gentlemen in der Umgebung und begleiteten sie häufig auf die Jagd. Sie waren alle drei überall äußerst beliebt, weil sie sich so gut in den Charakter und die Neigungen ihrer Gastgeber zu schicken wußten. Der Leutnant war in seiner Art ein drolliger Kauz, Peregrine besaß viel Lebhaftigkeit und Humor, und Geoffrey hatte außer seinen bereits aufgezählten Eigenschaften eine prächtige Stimme, so daß unser Triumvirat bei allen gesellschaftlichen Vergnügungen beider Geschlechter stets umworben wurde, und wenn die jungen Herrn ihr Herz nicht schon verschenkt gehabt, hätten sie Gelegenheit im Überfluß gefunden, ihre Geschicklichkeit in der Liebeskunst zu beweisen; nicht etwa, daß sie auf Galanterien verzichteten oder, allerdings ohne starken innerlichen Anteil, sich die Zeit nicht mit kleinen Liebeleien verkürzten, die nach der Meinung eines Mannes von Welt der Treue gegenüber der anerkannten Herrin seines Herzens keinen Abbruch tun.

Mitten in diesem muntern Treiben erhielt unser Held von seiner Schwester die Nachricht, daß es ihr außerordentlich lieb wäre, ihn morgen um fünf Uhr nachmittags bei ihrer Amme zu sprechen, die in einem Häuschen nahe bei der Wohnung ihres Vaters lebte; infolge der Strenge ihrer Mutter, die ihre Neigung wohl ahnte, war ihr nämlich jede Möglichkeit genommen, sich mit ihm irgendwo sonst zu treffen.

Er kam dieser Aufforderung auch nach und stellte sich zur anberaumten Zeit an dem bezeichneten Ort ein, wo ihm bei seinem Eintritt diese junge Dame, die so sehr an ihm hing, voll überschwenglicher Freude entgegeneilte, ihm die Arme um den Hals schlang und an seiner Brust eine Flut von Tränen vergoß, ehe sie vorerst etwas anderes über die Lippen zu bringen vermochte als immer wieder die Worte: „Mein lieber, lieber Bruder!" Er umarmte sie mit inniger brüderlicher Zärtlichkeit, weinte nun selbst an ihrem Busen und versicherte, der jetzige Augenblick wäre einer der schönsten seines Lebens. Zugleich dankte er ihr warm dafür, daß sie sich nicht an das Beispiel ihrer Mutter gekehrt und die Gebote ihrer unnatürlichen Abneigung mißachtet hätte.

Er war entzückt, als er aus ihrer Unterhaltung merkte, daß sie viel Feinfühligkeit und eine große Dosis klugen Verstandes besaß; denn sie beklagte die Verblendung ihrer Eltern mit kindlicher Wehmut und zeigte sich über die schändliche Gemütsart ihres jüngern Bruders über die Maßen entsetzt und bekümmert, wie man es von einem so sanften Geschöpf niemals erwartet hätte.

Peregrine unterrichtete sie über seine eigene glückliche Lage, und da er vermutete, daß es ihr daheim unter Menschen, deren Charaktere ihr zuwider sein mußten, nicht wohl wäre, äußerte er den Wunsch, sie in ein anderes Milieu zu versetzen, wo sie ruhiger und zufriedener leben könnte.

Sie machte gegen diesen Vorschlag allerlei Bedenken geltend und meinte, durch diesen Schritt würde sie sich unfehlbar den unerbittlichsten Haß ihrer Mutter zuziehen, deren Gunst und Zuneigung sie schon jetzt nur in geringem Maße besitze, und sie hatten bereits verschiedene Pläne erwogen, wie sie künftig Briefe wechseln könnten, als man die Stimme der Mrs. Pickle an der Tür hörte.

Als Miss Julie, so hieß die junge Dame, sich verraten sah, ward ihr himmelangst, und Peregrine hatte kaum Zeit, ihr seinen Schutz zu versprechen und auf diese Weise Mut einzuflößen, als auch schon die Türe aufsprang, die unversöhnliche Mutter hereinschoß und sich mit flammendem Blick auf ihre zitternde Tochter stürzte; die erste Wirkung ihres grimmigen Zorns bekam jedoch der Sohn zu verspüren, der ihr rasch entgegengetreten war.

Ihre Augen funkelten vor rasender Wut, die jedes Wort in ihrer Kehle erstickte und sie am ganzen Körper zucken ließ. Sie wand die linke Hand um seine Haare und schlug ihm mit der Rechten ins Gesicht, bis ihm das Blut aus Mund und Nase strömte, während er die Schwester gegen Gams Grausamkeit verteidigte, der sie von einer andern Seite anfiel, als er seinen Bruder behindert glaubte. Dieser Angriff dauerte mit großer Heftigkeit einige Minuten lang; da aber Peregrine schließlich fürchtete, er könnte überwältigt werden, wenn er sich länger auf die Defensive beschränkte, legte er seinen Bruder auf den Rücken, löste die Hand der Mutter aus seinem Haar, schob sie sanft zur Türe hinaus und riegelte hinter ihr ab. Hierauf befaßte er sich mit Gam und warf ihn zum Fenster hinaus, gerade unter eine Herde Schweine, die dort weidete. Julie war unterdessen vor Schreck fast außer sich geraten; sie wußte, daß sie sich zu schwer vergangen hatte, um je auf Verzeihung hoffen zu dürfen, und betrachtete sich von diesem Augenblick an als aus ihres Vaters Haus verbannt.

Umsonst bestrebte sich ihr Bruder, sie zu trösten, indem er von neuem beteuerte, er liebe sie und werde sie schützen; sie kam sich namenlos elend vor, weil sie nun ewig den Groll einer Mutter ertragen müßte, mit der sie bisher zusammengelebt hatte, und fürchtete sich vor dem Tadel der Welt, von der sie auf Grund der falschen Darstellung ihrer Mutter ungehört verdammt zu werden erwartete. Um nun aber kein ihr zu Gebote stehendes Mittel zur Abwendung dieses Sturms unversucht zu lassen, beschloß sie, ihre erzürnte

Mutter durch eine Demütigung womöglich zu besänftigen und sogar an ihren Vater zu appellieren, so schwach dessen Einfluß auch sein mochte, bevor sie jeden Gedanken daran aufgeben mußte, je wieder Gnade zu finden. Allein die gute Dame ersparte ihr den unnützen Gang; sie rief ihr nämlich durch das Schlüsselloch zu, sie solle sich nicht etwa einbilden, je wieder ins väterliche Haus zurückkehren zu können, denn sie verleugne sie von dieser Stunde an als ein Geschöpf, das ihrer Liebe und Achtung unwert sei. Julie weinte bitterlich und tat ihr möglichstes, um durch die untertänigsten und vernünftigsten Einwände eine Milderung dieses harten Urteils zu erreichen; da sie aber bei ihrer Rechtfertigung notwendigerweise für ihren Bruder Partei ergriff, so dienten ihre Bemühungen statt zur Beruhigung der Mutter nur dazu, deren Zorn noch mehr zu reizen, so daß sie sich in Schmähungen auf Peregrine erging, den sie einen nichtswürdigen, heillosen Auswurf der Menschheit schalt. Als der Jüngling diese ungerechten Beleidigungen vernahm, zitterte er vor Unwillen am ganzen Körper und versicherte der Schimpfenden, sie könne ihm nur leid tun, „denn", sagte er, „Sie werden für Ihren teuflischen Groll durch das eigene böse Gewissen noch schwer bestraft werden; schon in diesem Augenblick klagt es Sie der Bosheit und Falschheit Ihrer Vorwürfe an. Was meine Schwester angeht, so sei Gott gepriesen, daß Sie nicht imstande gewesen sind, sie mit dem Gift Ihres unnatürlichen Vorurteils anzustecken, und weil das Mädchen zu gerecht, zu tugendhaft, zu menschlich ist, um dafür empfänglich zu sein, behandeln Sie es als eine Wildfremde und stoßen es gänzlich unversorgt in die barbarische Welt hinaus. Doch soll auch hier Ihre böse Absicht zuschanden werden; jene Vorsehung, die mich vor Ihrem grausamen Hasse beschirmte, wird auch Julie Schutz gewähren, bis es mich ratsam dünkt, mit Hilfe des Gesetzes die Rechte zu behaupten, die die Natur uns vergebens erteilt zu haben scheint. Genießen Sie inzwischen die Befriedigung, all Ihre Aufmerksamkeit ihrem Schoßkind zu widmen, dessen reizende Eigenschaften Ihre Achtung und Zärtlichkeit so lange beansprucht haben."

Die Freiheit dieser Worte steigerte den Zorn seiner Mutter bis zum Wahnwitz; sie brach in die bittersten Verwünschungen gegen ihn aus und tobte wie eine Irrsinnige an der Türe, die sie aufzusprengen versuchte. Sie wurde hierbei von ihrem Lieblingssohn unterstützt, der Peregrine Rache schwor und wütend am Schloß rüttelte, das jedoch all seinen Angriffen widerstand. Schließlich erspähte unser Held seine Freunde Gauntlet und Pipes, die er etwa zweihundert Meter vom Fenster entfernt über einen Zauntritt steigen sah; er rief sie zu seinem Beistand herbei, machte ihnen klar, daß er belagert sei, und bat sie, seine Mutter zurückzuhalten, damit er seine Schwester leichter und sicherer wegschaffen könne. Der junge Kriegsmann trat also ein und postierte sich zwischen Mrs. Pickle und die Türe, gab seinem Freund ein Signal, dieser nahm seine Schwester auf die Arme und entzog sie so unverletzt den Klauen des weiblichen Drachens, während Pipes das Herrchen mit seinem Knüppel in Schach hielt.

Als ihr auf diese Art die Beute entrissen wurde, sprang die Mutter wie eine Löwin, der man die Jungen geraubt hat, auf Gauntlet los, und sie würde ihn arg zerkratzt haben, wäre er ihrem bösen Willen nicht dadurch zuvorgekommen, daß er sie an den Handgelenken packte und so von sich abwehrte. Beim Versuch, sich zu befreien, strengte sie sich dermaßen an, und zugleich arbeitete der Zorn so heftig in ihr, daß sie in Krämpfe fiel, worauf man sie zu Bette brachte und die Verbündeten ohne weitere Belästigung abmarschierten.

Mittlerweile war Peregrine in nicht geringer Verlegenheit, weil er nicht wußte, was mit der Schwester, die er gerettet hatte, nun geschehen sollte. Der Gedanke, dem Kommodore eine Aufgabe aufzuhalsen, war ihm unerträglich, und von sich aus für Julie zu sorgen, ohne seinen Wohltäter um Rat und Meinung zu befragen, wagte er auch nicht; vorderhand jedoch führte er sie ins Haus eines benachbarten Gentlemans, dessen Gemahlin ihre Patin war, wo man sie voll Zärtlichkeit und Mitgefühl aufnahm. Pickle hatte vor, sich nach einer geachteten Familie umzusehen, bei der sie während seiner Abwesenheit standesgemäß wohnen könnte; die Kosten hiefür wollte er aus den Ersparnissen seines Reisegeldes bestreiten, das nach seiner Auffassung einen solchen Abzug schon zuließ. Allein seine Absicht schlug fehl; die ganze Geschichte wurde am folgenden Tage bekannt und kam bald Trunnion zu Ohren, der sein Patenkind wegen der Verheimlichung der Angelegenheit scharf tadelte und ihm mit Zustimmung seiner Frau befahl, Julie sofort herzuholen. Mit Tränen der Dankbarkeit in den Augen eröffnete ihm der junge Herr seinen Vorsatz, sie aus eigenen Mitteln zu unterstützen, und bat herzlich darum, ihm diese Genugtuung nicht zu versagen. Sein Oheim war aber gegen all seine Bitten taub und bestand darauf, sie solle im Kastell leben, und zwar aus keinem andern Grund, als daß sie ihrer Tante Gesellschaft leiste, die, wie er bemerkte, zu wenig Umgang habe.

Julie wurde also ins Kastell gebracht und der Obhut von Mrs. Trunnion anvertraut, die, was für eine Miene sie dabei auch aufsetzen mochte, den Verkehr mit ihrer Nichte schon hätte missen können, obwohl sie sich andererseits einige Hoffnung machte, ihren Groll gegen Mrs. Pickle durch die Mitteilungen zu befriedigen, die sie von der Tochter über das Schalten und Walten dieser Dame in Haus und Familie erhalten würde. Die Mutter selbst schien sich des Vorteils bewußt, den ihre Schwägerin über sie gewonnen hatte; denn die Nachricht von Julies Aufnahme im Kastell bereitete ihr nicht weniger Kummer, als wenn man ihr den Tod ihres Gatten angezeigt hätte. Sie zerbrach sich sogar den Kopf damit, Verleumdungen über den guten Ruf ihrer Tochter auszustreuen, die sie in allen Zirkeln verlästerte. Sie zog gegen den Kommodore los und brandmarkte ihn als einen alten, schändlichen Buben, der den Geist des Aufruhrs unter ihren Kindern anfache, und schrieb die Gastfreundschaft von Mrs. Trunnion, durch die sie ihnen Schutz gewähre, keiner andern Ursache als einem tiefwurzelnden Hasse gegen die Mutter zu, die von ihnen beleidigt worden wäre. Sie drang nun höchst entschieden darauf, daß ihr Gemahl jeglichen Umgang mit dem alten Knaben im Kastell und dessen ganzer

Kumpanei aufgebe, und Gamaliel, der in der Zwischenzeit neue Freunde gefunden hatte, fügte sich ohne weiteres ihrem Willen, ja, als er im Wirtshaus eines Abends zufällig auf den Kommodore stieß, weigerte er sich sogar, mit ihm zu reden.

32

Trunnion fordert Gamaliel heraus und wird durch einen Schalksstreich des Leutnants, Peregrines und Gauntlets hinters Licht geführt.

Diesen Schimpf konnte Trunnion keinesfalls verdauen. Er besprach sich mit dem Leutnant über die Sache, und das Resultat ihrer Beratung war, daß der alte Kommodore Pickle eine Herausforderung senden und darin von diesem verlangen solle, sich zu Pferd und mit einem Paar Pistolen an einem bestimmten Orte einzufinden und ihm für die geringschätzige Behandlung Satisfaktion zu geben.

Nichts hätte Jack mehr Vergnügen bereiten können als die Annahme dieser Herausforderung, die er Gamaliel mündlich bestellte, der zu diesem Zweck aus seinem Klub bei Tunley herausgerufen wurde. Der Inhalt der Botschaft war von augenblicklicher Wirkung auf die Konstitution des friedfertigen Pickle, dessen Eingeweide vor Furcht zu rumoren und sich gleich so heftig zu regen anfingen, daß man hätte denken können, dies sei die Folge eines schlimmen Scherzes des Apothekers, der ihm etwas ins Bier gemischt habe.

Da der Bote sah, wie nutzlos es war, auf eine befriedigende Antwort zu warten, überließ er Pickle seinem Jammer und Elend und ging, weil er keine Gelegenheit versäumen wollte, sich auf Kosten des Kommodores zu amüsieren, unverzüglich zu den jungen Herren, erzählte ihnen die ganze Geschichte und bat sie, um Gottes willen auf ein Mittel zu sinnen, durch das der alte Hannibal auf den Kampfplatz zu bringen wäre. Den beiden Freunden behagte die

Sache, und nach einiger Überlegung beschloß man, Hatchway solle Trunnion melden, seine Einladung sei von Gamaliel akzeptiert worden, er würde sich mit seinem Sekundanten an dem bestimmten Ort einfinden, und zwar in der Dämmerung, weil, wenn einer bliebe, der andere dann im Finstern eher entkäme; Geoffrey sollte dabei die Rolle des Freundes des alten Pickle, Peregrine die seines eigenen Vaters spielen, der Leutnant aber dafür sorgen, daß die Pistolen blind geladen würden, damit nichts passieren könne.

Als dies alles im reinen war, begab sich der Leutnant zu seinem Kommandanten und überbrachte ihm eine kräftige Antwort seines Gegners. Wohl vermochte dessen mutiges Benehmen den Kommodore nicht einzuschüchtern, allein wundern mußte er sich darüber doch, und er setzte es auf die Rechnung seiner Frau, die, wie er glaubte, ihn angespornt habe. Trunnion bat seinen Ratgeber sofort, das Patronenkästchen bereitzumachen und schon jetzt das ruhigste Pferd im Stalle satteln zu lassen. Sein Auge schien zu leuchten vor Munterkeit und Freude; denn er hatte ja Aussicht, vor seinem Tode noch einmal Pulver zu riechen. Als Jack ihm empfahl, für alle Fälle sein Testament aufzusetzen, verwarf er seinen Rat stolz und verächtlich und sagte: „Wo denkst du hin? Hawser Trunnion hat's Feuer so mancher schwimmenden Batterie ausgehalten und sollte bei der lausigen Platzbüchse einer Landratte in Gefahr sein? Sollst sehen, sollst sehen, wie ich ihn will die Segel streichen lehren." Am folgenden Tag versahen sich Peregrine und der Volontär in der Schenke mit Pferden und ritten zur anberaumten Stunde nach dem Schlachtfeld. Sie hatten sich beide in große Mäntel gehüllt, so daß sie, zumal im Dämmerlicht, vom einäugigen Kommodore nicht erkannt werden konnten. Der war unter dem Vorwand, frische Luft schnappen zu wollen, zu Pferd gestiegen und erschien bald mit Hatchway als Nachtrab. Als sie sich gegenseitig zu Gesicht bekamen, rückten die Sekundanten vor, um den Platz zum Schlagen abzuteilen und die Kampfbedingungen aufzustellen. Es wurde mit beiderseitiger Einwilligung beschlossen, jede Partei sollte zweimal die Pistole abfeuern. Wenn dadurch keine Entscheidung herbeigeführt würde, solle man zum Schwert greifen, um eindeutig den Sieger zu ermitteln. Nachdem diese Artikel geregelt waren, ritten die beiden Gegner auf ihre Plätze; dann spannte Peregrine den Hahn seiner Pistole, zielte und hieß, indem er seines Vaters Stimme nachahmte, den Kommodore für sein ihm verbliebenes Auge Sorge tragen. Trunnion, der sein Guckfenster nicht gern riskieren wollte, nutzte diesen Rat, kehrte gar behutsam der Mündung der feindlichen Waffe diejenige Seite seines Gesichtes zu, die mit einem Pflaster verklebt war und rief, er solle ohne weitern Schnack tun, was sich zu tun gebühre. Der junge Herr schoß denn auch, und infolge der geringen Entfernung prallte der Ladepfropf seiner Pistole hart an Trunnions Stirn auf. In der Meinung, es sei eine Kugel und sie stäke ihm bereits im Gehirn, gab dieser seinem Roß die Sporen, sprengte auf seinen Gegner los, hielt diesem, allen Kampfregeln zum Trotz, die Pistole auf eine Distanz von weniger als sechs Schuh vor den Leib und drückte ab. Wütend und erstaunt darüber, daß die Kugel nichts ausgerichtet hatte, brüllte er in einem schrecklichen Ton: „Oh, hol Euch der Teufel! Ihr habt tüchtige Futterbohlen, merk ich. Da komm der Kuckuck durch!", ritt noch näher heran und feuerte seine zweite Pistole so dicht am Kopf seines Patenkindes ab, daß das Pulver dessen Gesicht verbrannt hätte, wäre er nicht durch seinen schweren Mantel geschützt gewesen. Da er sich auf diese Art verschossen hatte, war er nun in Peregrines Gewalt, der ihm schnell seine andere Pistole an den Kopf setzte und ihm befahl, um sein Leben zu bitten und sich wegen seiner Vermessenheit zu entschuldigen. Der Kommodore beantwortete diese gebieterische Aufforderung nicht, sondern warf sein Schießeisen weg, zog im Hui sein Schwert und griff unsern Helden mit einer so unglaublichen Behendigkeit an, daß, wenn dieser den Hieb mit seiner Pistole nicht geschickt abgewendet, das Abenteuer höchstwahrscheinlich tragisch geendet hätte. Es wäre nutzlos gewesen, an einen Gebrauch der blanken Waffe denken oder sich diesem furibunden Angreifer gegenüber defensiv verhalten zu wollen. Deshalb stieß Peregrine seinem Gaul die Sporen in die Flanken und suchte sein Heil in der Flucht. Trunnion jagte voll Ungestüm hinter ihm her, und da er das bessere der beiden Pferde besaß, würde er den Flüchtling zu dessen Gefahr eingeholt haben, wäre er nicht unglücklicherweise gegen die Äste eines Baumes gerannt, der auf der Seite stand, auf welcher er nicht sah, und dabei so betäubt worden, daß er genötigt war, sein Schwert fallen zu lassen und sich an der Mähne seines Tieres festzuklammern, um sich überhaupt im Sattel zu halten.

Als Perry sein Mißgeschick gewahr wurde, riß er seinen Gaul herum; und da er nun Zeit hatte, sein Schwert zu ziehen, ritt er auf seinen entwaffneten Gegner los, schwang seinen Andrea Ferrara und drohte, ihn um einen Kopf kürzer zu machen, wenn er nicht augenblicklich um Pardon bitten und sich ergeben wollte. Nichts lag dem alten Herrn ferner als eine solche Unterwerfung, die er rundweg ablehnte, indem er erklärte, er habe ja schon vorher seinen Feind gezwungen, all seine Segel beizusetzen, und sein Pech sei einem Unglück zuzuschreiben, das jener nicht nützen dürfe, sowenig als man ein Schiff angreifen würde, das im Sturme sein Geschütz hätte über Bord werfen müssen.

Bevor Peregrine auf diesen Protest antworten konnte, schlug sich der Leutnant ins Mittel, ließ sich den Fall vortragen und bestand auf Waffenruhe, bis er und der andere Sekundant die Sache gehörig geprüft und entschieden hätten. Hatchway und Gauntlet traten nun etwas abseits, und nach einer Beratung von nur wenigen Minuten kam Jack zurück und verkündete, der Kommodore sei durch das Kriegsglück überwunden.

Nie wohl äußerte sich die Wut durch heftigere Ausbrüche als jetzt beim alten Hannibal, als er dieses Urteil vernahm. Es dauerte geraume Zeit, ehe er etwas anderes herauszubringen vermochte als die schimpflichen Worte: „Ihr lügt!" Worte, die er mehr denn zwanzigmal in einer Art von rasender Sinnlosigkeit wiederholte. Als er aber die Sprache wieder fand, überhäufte er die Schiedsrichter mit derart bittern Schmähungen, wobei er sich weigerte, ihren Spruch anzuerkennen, und eine nochmalige Verhandlung forderte, daß es die Verbündeten reute, den Scherz so weit getrieben zu haben, und um seinen Unwillen wieder zu besänftigen, bekannte sich Peregrine für besiegt.

Dieses Geständnis dämpfte die Flammen seines Zorns, obwohl er dem Leutnant mehrere Tage lang nicht verzeihen konnte. Die beiden jungen Herren ritten nach Tunleys Haus zurück, während Hatchway, der Trunnions Pferd beim Zügel faßte, den Kommodore ins Schloß zurückgeleitete. Auf dem ganzen Weg brummte dieser über Jacks unbilliges und unfreundschaftliches Urteil; doch konnte er dabei nicht umhin zu bemerken, daß er sein Versprechen eingelöst und seinen Feind genötigt hätte, die Segel zu streichen. „Gleichwohl", sagte er, „glaub ich, bei Gott, der Kopf des alten Burschen ist aus einem Wollpacken gemacht; denn mein Schuß prallte ja an seinem Gesicht ab wie ein Pfropf aus Schiemannsgarn an einer Schiffsplanke. Wär mir aber nicht die Petzenbrut von einem Baum windwärts über den Bug gekommen, seht Ihr, ich will verdammt sein, wenn ich nicht seine große Raa in den Wurfhaken gefangen und noch dazu seine Grundbrühe ausgeschöpft hätte." Er schien besonders stolz zu sein auf diese Heldentat, die seiner Einbildung vorschwebte und die er als Kind seiner alten Tage liebte; denn obgleich er sie schicklicherweise den jungen Leuten und seiner Gemahlin beim Abendessen nicht erzählen konnte, ließ er doch versteckte Anspielungen von der Bravour fallen, die er in seinem Alter noch habe, und rief Hatchway zum Zeugen seines Mutes auf. Inzwischen ergötzte sich das Triumvirat an seiner Eitelkeit und freute sich insgeheim über den Erfolg seines Täuschungsmanövers.

Peregrine reist ab und trifft mit Jolter wohlbehalten in Dover ein.

Dies war jedoch der letzte Streich, den sie gegen den Kommodore ausheckten, und da nun alle Anstalten zur Abreise seines Patenkindes getroffen waren, nahm der hoffnungsvolle Jüngling in zwei Tagen von allen seinen Freunden in der Nachbarschaft Abschied. Er hatte eine zweistündige Unterredung mit seiner Tante, die ihm viele fromme Ratschläge erteilte, ihm noch einmal all die Wohltaten aufzählte, die er von Kind auf durch ihre Vermittlung genossen hatte, ihn vor den Verführungen leichtfertiger Weibsbilder warnte, die manchen an den Bettelstab bringen, und die ihm ernstlich einprägte, in Gottesfurcht und im reinen protestantischen Glauben zu leben, Zank und Streit zu vermeiden, Mr. Jolter mit Achtung und Ehrerbietung zu begegnen und sich vor allen Dingen der viehischen Sünde der Trunksucht zu enthalten, die den Menschen der Beschimpfung und Verachtung seiner Mitbrüder aussetze, ihn der Vernunft und Überlegung beraube und zu jeglichem Laster und jeglicher Ausschweifung fähig mache. Sie empfahl ihm, gut zu wirtschaften und für seine Gesundheit zu sorgen, hieß ihn, stets die Ehre seiner Familie vor Augen zu haben, und zwar selbst bei der kleinsten Handlung. Alsdann, versicherte sie ihm, könne er bei allem, was er tue, auf des Kommodores Freundschaft und Freigebigkeit rechnen. Zuletzt schenkte sie ihm ihr Bildnis, in Gold gefaßt, und hundert Guineen aus ihrer eigenen Börse, umarmte ihn zärtlich und wünschte ihm alles Glück und Wohlergehen.

Nach dieser freundschaftlichen Entlassung durch Mrs. Trunnion schloß er sich mit seiner Schwester Julie ein. Er ermahnte sie, sich durch die gefälligste und ehrfurchtvollste Aufmerksamkeit um die Gewogenheit ihrer Tante zu bemühen, doch sich nie auch nur zur geringsten Unterwürfigkeit zu verstehen, die sie als ihrer unwürdig erachte. Er beteuerte ihr, er werde ganz besonders darauf bedacht sein, sie für den Verlust der Vorrechte zu entschädigen, die sie durch ihre Zuneigung zu ihm eingebüßt habe, bat sie inständig, ohne sein Wissen und seine Zustimmung keine Verbindung einzugehen, drückte ihr den Geldbeutel in die Hand, den er eben von seiner Tante erhalten hatte, damit sie während seiner Abwesenheit ihre kleinen Ausgaben bestreiten könne, und schied von ihr nicht ohne Tränen, nachdem sie einige Minuten lang in rührendstem Stillschweigen an seinem Halse gehangen und ihn weinend geküßt hatte.

Als diese Pflichten des Herzens und der Blutsverwandtschaft erfüllt waren, legte er sich zur Ruhe und wurde seinem eigenen Befehl gemäß des Morgens um vier Uhr geweckt. Er fand Postchaise, Kutsche und Reitpferde am Tor bereit, seine Freunde Hatchway und Gauntlet auf den Beinen, den Kommodore selbst beinahe vollständig angezogen und alle Bedienten des Kastells auf dem Hofe versammelt, um ihm eine glückliche Reise zu wünschen. Unser Held schüttelte einem jeden dieser einfachen Menschen die Hand, gab allen ein greifbares Zeichen seines Wohlwollens und war erstaunt, seinen alten Bedienten, den Pipes, nicht unter ihnen zu sehen. Als er über Toms respektloses Versäumnis sein Befremden bezeigte, rannten einige in dessen Kammer, um ihn zu rufen; aber Hängematte und Zimmer waren leer, und sie kamen bald mit der Nachricht zurück, Pipes sei davongelaufen. Peregrine war hierüber sehr beunruhigt; er glaubte, der Kerl habe wegen der Entlassung aus seinem Dienst irgendeinen verzweifelten Schritt getan, und wünschte schon, daß er seiner Neigung gefolgt wäre und ihn bei sich behalten hätte. Da jedoch jetzt nichts anderes zu machen war, empfahl er ihn, falls er wieder auftauchen sollte, aufs wärmste der besondern Gunst und Auszeichnung seines Oheims und des Leutnants; und als er aus dem Tore fuhr, grüßte ihn die ganze Hausgenossenschaft mit einem dreifachen Hurra. Der Kommodore, Gauntlet, Hatchway, Peregrine und Jolter setzten sich zusammen in die Kutsche, um möglichst viel voneinander zu haben, und beschlossen, unterwegs in einem Wirtshaus zu frühstücken, wo Trunnion und Hatchway unserm Helden Lebewohl sagen wollten. Der Kammerdiener benützte die Postchaise, der französische Lakai ritt eines der Pferde und führte ein anderes am Zügel, und einer der Bedienten aus dem Kastell stieg hinten auf die Kutsche; so setzte sich der ganze Zug nach Dover in Bewegung.

Da der Kommodore das Rütteln nicht gut ertragen konnte, legten sie den Weg bis zur ersten Station sehr langsam zurück, so daß der alte Herr bequem Gelegenheit hatte, seinem Patenkind gute Lehren für sein Verhalten in der Fremde zu erteilen. Er riet ihm, jetzt, da er in fremde Lande ginge, sich vor dem schmucken Wind und Wetter der französischen Politesse zu hüten, denn der dürfe man so wenig trauen wie einem Wasserwirbel auf See. Er bemerkte, daß mancher junge Mann mit einer guten Ladung Verstand nach Paris gegangen, aber mit sehr viel Segeltuch und gar keinem Ballast zurückgekommen sei. Dadurch wäre er dann seiner Lebtage schwankend geworden und hätte sogar bisweilen seinen Kiel über Wasser gekehrt. Sodann bat er Mr. Jolter, seinen Zögling nicht in die Klauen der betrügerischen Pfaffen fallen zu lassen, die auf der Lauer liegen, um alle jungen Fremden zu Konvertiten zu machen. Ganz besonders warnte er den Jüngling vor aller fleischlichen Gemeinschaft mit den Pariser Damen, die, wie er vernommen habe, nicht besser wären als prächtige Brander, die mit Tod und Verwüstung über und über angefüllt seien.

Peregrine hörte ehrerbietig zu, dankte dem Kommodore für seine gütigen Ermahnungen und versprach, sie treulich zu beobachten. Auf der ersten Station hielten sie an und frühstückten; Jolter versorgte sich mit einem Pferde, und der Kommodore bestimmte die Art des Briefwechsels mit seinem Neffen. Als die Minute des Abschieds herangerückt war, drückte der alte Kommodore seinem Patenkind die Hand und sagte: „Ich wünsche dir eine glückliche Fahrt und ein fideles Leben, lieber Junge. Meine Steven sind nun ein bissel hinfällig, siehst du, und Gott weiß, ob ich noch so lange herumtreibe, bis ich dich wiedersehe. Doch, sei dem wie ihm wolle, du sollst immer imstande sein, mit den besten deiner Kameraden in einer Linie segeln zu können."

Hierauf erinnerte er Gauntlet an sein Versprechen, bei seiner Rückkunft von Dover im Kastell haltzumachen, und raunte Jolter etwas zu, während Jack Hatchway, unfähig zu sprechen, mit tief in die Augen gerücktem Hut Peregrine die Hand schüttelte und ihm zum Andenken an seine Freundschaft eine eiserne Pistole von kunstreicher Arbeit überreichte. Unser Jüngling, der bei dieser Gelegenheit nicht ungerührt blieb, nahm dieses Unterpfand der Liebe entgegen und schenkte ihm dafür eine silberne Tabaksdose, die er zu diesem Zwecke gekauft hatte. Die beiden alten Knaben aus dem Kastell stiegen sodann in die Kutsche und fuhren still und niedergeschlagen nach Hause.

Geoffrey und Peregrine setzten sich in die Postchaise, und Jolter, der Kammerdiener und der Lakai schwangen sich in den Sattel. So zogen sie ihrem Reiseziel zu, wo sie noch am Abend glücklich ankamen. Alsobald belegten sie ihre Plätze auf dem Paketboot, das am folgenden Tag abging.

34

Peregrine rettet einen Italiener aus den Händen eines aufgebrachten Apothekers.

Dort verabredeten die beiden Freunde, wie sie's mit ihrer Korrespondenz halten wollten. Peregrine schrieb an seine Geliebte einen Brief, in dem er die früheren Gelübde ewiger Treue wiederholte und dessen Bestellung er ihrem Bruder anvertraute. Mr. Jolter besorgte inzwischen auf Verlangen seines Zöglings ein reichhaltiges Nachtessen und einen herrlichen Burgunder, damit der Abend vor der Abreise noch recht fröhlich werde.

Als sodann ein Bedienter eben den Tisch deckte, drang plötzlich ein seltsames Getöse aus dem benachbarten Zimmer an ihre Ohren. Tische, Stühle und Gläser wurden umgeworfen, und dazwischen hörte man unverständliche Ausrufe in gebrochenem Französisch und kauderwelsche Drohungen in walisischer Sprache. Unsere jungen Herren rannten sogleich in die Stube, aus der dieses Geräusch zu kommen schien, und fanden hier ein mageres, schwarzbraunes Kerlchen, das unter den Händen eines kurzstämmigen, dicken Mannes mit harten Zügen voll Todesangst nach Luft schnappte. Der hatte den Kleinen im heftigsten Zorn am Kragen gepackt und schrie: „Wärt Ihr auch ein so mächtiger Schwarzkünstler wie Owen Glendower oder die Hexe von Entor, seht Ihr, oder wie Paul Beor selbst, so will ich doch so treist sein, Euch mit Kottes Hilfe und in Seiner Majestät Namen zu arretieren, in Verwahrung zu bringen und zu konfrontieren, bis Ihr für Eure deivelschen Kinste nach den Kesetzen bestraft worden seid. – Meine Härren", setzte er hinzu und wandte sich an unsere Reisenden, „ich nehme Sie zu Zeigen, daß dieser Mensch ein so arger Zauberer ist, wie Sie nur tenken können, und ich bitte, ersuche und flehe Sie an, daß er vor die liebe Oberkeit kebracht und ankehalten werde, von seinem Vertrag und Umkang mit den Keistern der Finsternis Rechenschaft abzulegen. Denn so wahr ich ein rechtschaffener Krist bin und eine fröhlige Auferstehung erhoffe, ich habe ihn am heitigen Abend solche Tinge verrichten sähn, die ohne Beistand, Unterwaisung und Zulassung des Deiwels nicht vor sich kehn können."

Gauntlet schien die Meinung des walisischen Reformators zu teilen; er faßte den Übeltäter wirklich bei der Schulter und rief: „Ein verdammter Schurke! Ich will gleich wetten, daß er ein Jesuit ist, denn keiner von den Kerls reist ohne *spiritus familiaris*." Allein Peregrine, der die Sache von einem andern Gesichtspunkte betrachtete, legte sich ins Mittel, befreite den Fremden von seinen Feinden und meinte, es sei hier nicht nötig, Gewalt zu gebrauchen. Sodann fragte er seinen Schützling auf französisch, wodurch er sich dergleichen Anschuldigungen zugezogen habe. Der arme Ausländer, der mehr tot als lebendig war, antwortete, er sei ein Wunderdoktor und aus Italien gebürtig, habe in Padua mit vielem Ruhm seine Kunst betrieben, bis er das Unglück gehabt habe, die Augen der Inquisition durch gewisse wunderbare Dinge auf sich zu lenken, die er mittels seiner Kenntnisse der Naturkunde bewerkstelligt habe. Der geistliche

Richterstuhl aber habe diese für Zaubereien angesehen und ihn deshalb verfolgt. Er habe sich daher Hals über Kopf retten müssen und sei nach Frankreich geflohen, wo er nicht auf seine Rechnung gekommen sei. Jetzt sei er nach England gezogen, um seine Kunst in London auszuüben. Wegen einer Probe, die er einer Gesellschaft unten im Hause davon gegeben habe, sei ihm jener hitzige Herr die Treppe hinauf bis in sein eigenes Zimmer nachgeeilt und hätte ihn da auf eine so ungastfreundliche Art angegriffen. Er bäte daher unsern Helden inständigst, ihm seinen Schutz zu gewähren, und wenn er den mindesten Verdacht hege, daß er sich bei seinen Kunststücken übernatürlicher Mittel bediene, so wolle er ihm alle Geheimnisse, die er besäße, voll und ganz enthüllen.

Der junge Mann zerstreute seine Furcht durch die Versicherung, daß er wegen seiner Künste in England gar keine Gefahr liefe; und fiele ihm je der Eifer abergläubischer Leute lästig, so dürfe er sich nur an den nächsten Friedensrichter wenden, dieser würde ihn sofort von Schuld freisprechen und die Verleumder für ihre Frechheit und Unvorsichtigkeit bestrafen.

Dann sagte er zu Gauntlet und dem Mann aus Wales, daß der Fremde eine triftige Klage wegen Tätlichkeit gegen sie anhängig machen könne. Es sei eine Parlamentsakte vorhanden, nach der jeder, der den andern der Schwarzen Kunst und Hexerei bezichtige, sich strafbar mache, da jetzt alle vernünftigen Menschen solche als sinnlose Begriffe verlachten. Mr. Jolter, der sich mittlerweile der Gesellschaft angeschlossen hatte, konnte nicht umhin, zu erkennen zu geben, daß er der gegenteiligen Meinung sei, und er bemühte sich durch die Autorität der Heiligen Schrift, durch Stellen aus den Kirchenvätern, durch Bekenntnisse von manchen Bösewichtern, die wegen ihres Umgangs mit den Geistern der Finsternis hingerichtet worden wären, sowie durch Zitate aus „Satans unsichtbarer Welt" und Moretons „Geschichte der Zauberei" seinen Widerspruch zu erhärten.

Der Volontär bestätigte diese Zeugnisse, ergänzte sie durch Tatsachen, die er selbst erlebt habe, und führte besonders den Fall mit einem alten Weib aus dem Kirchspiel an, in dem er geboren war, das sich in die Gestalt verschiedener Tiere verwandelt habe und schließlich als Häsin durch einen Schrotschuß getötet worden sei. So unterstützt, bezeigte der Waliser seine Verwunderung darüber, daß er hören müsse, das Gesetz kenne soviel Milde gegenüber solch rabenschwarzen Verbrechen. Er erbot sich, durch unwiderlegbare Beispiele darzutun, daß es in ganz Wales keinen Berg gebe, der nicht, soweit er sich erinnern könne, der Schauplatz von Hexerei und Zauberei gewesen sei. „Daher", fuhr er fort, „bin ich kanz über die Maßen betroffen, erstaunt und verwundert, daß das Parlament von Großpritannien bei seiner kroßen Klukheit, Weisheit und Einsicht die Werke der Finsternis und das Reich des Peelzebubs, sehn Sie, auf die Art bekinstigen und fördern sollte. Außer den klaren Zeugnissen der Heiligen Schrift und der Autoren, welche dieser kründliche und kelehrte Herr ankeführt hat, sind wir ja noch durch die weltliche Keschichte von den Dicken und Ränken der alten Schlange in den Wunderzeichen und Orakeln des Altertums unterrichtet, wie Sie solches finden können in dem vortrefflichen Keschichtsschreiber Bolypius und Ditus Lifius, wie nicht minder in den Kommentarien des Julius Cäsar, der, wie die kanze Welt weiß, ein sehr berihmter, sehr tapferer, sehr weiser, sehr vorsichtiger und sehr klücklicher Feldherr und ein sehr kapitaler Redner und erst noch ein sehr netter Schriftschteller war."

Peregrine hielt es nicht für gut, sich mit drei so hartnäckigen Gegnern in eine Fehde einzulassen, sondern begnügte sich damit, ihnen zu sagen, er glaube, es dürfte nicht schwer sein, ihre Argumente insgesamt zu widerlegen, obgleich er seinerseits gar keine Lust dazu verspüre, diese Aufgabe zu übernehmen, weil sie das um den ganzen vergnügten Abend bringen würde. Hierauf bat er den Italiener zum Nachtessen und ersuchte seinen Ankläger, der ihm etwas Seltsames und ganz Eigenes in seiner Art und seinem Naturell zu haben schien, um dieselbe Gefälligkeit, denn er war entschlossen, Augenzeuge der erstaunlichen Taten zu werden, durch die jener den zornmütigen Briten so aufgebracht hatte. Dieser gewissenhafte Mann dankte unserm Helden für seine Höflichkeit, weigerte sich aber, mit dem Fremden zu verkehren, bevor dessen Charakter von jedem Verdacht gereinigt sei. Darauf versicherte ihm Peregrine nach einer kurzen Unterredung mit dem Wunderdoktor, er bürge für die Harmlosigkeit von dessen Kunst, wodurch er sich denn bewegen ließ, sie mit seiner Gesellschaft zu beehren.

Im Verlaufe des Gesprächs erfuhr Pickle, daß der Waliser ein Wunderarzt aus Canterbury war, den man zu einer Konsultation nach Dover berufen hatte, und als er hörte, daß er Morgan hieß, nahm er sich die Freiheit, ihn zu fragen, ob er der Mann sei, dessen in dem Buch „Die Abenteuer Roderick Randoms" so ehrenvoll gedacht würde. Daraufhin setzte Morgan eine würdevolle und wichtige Miene auf, verzog den Mund und antwortete: „Mr. Rantum, lieber Härr, glaub ich auf Kewissen und Seeligkeit, ist mein sehr kutter Freund, der's wohl mit mir meint, und wir sind Kameraden und Schiffs- und Unglickskenossen gewesen. Aber trotz alledem hat er sich nicht so kefällig, artig und respektulös gegen mich aufkeführt, als ich's erwartet habe, sintemalen er unsere Privatankelegenheiten offenbaret, devulgiret und bubliziret hat, ohne mein Wissen, Willen und Kenehmigung. Doch so wahr Jesus mein Erlöser ist, ich denke, er hat dabei keine pöse Absicht kehabt, und obgleich es, wie man mir kesagt hat, kewisse Leute kibt, sehn Sie, die über seine Beschreibungen von meiner Berson, von meinem Betragen und meinen Kesprächen lachen, behaupte ich steif und fest und setze mein Herz, mein Plut und meine Seele zu Pfande, daß alle diese Bersonen nicht pesser sind als unwissende Esel, und daß sie das wahre Lächerliche oder das, was Aristoteles τὸ γελοῖον nennt, so wenig einzusehn, zu unterscheiden und zu bestimmen wissen als eine Herde Bergziegen, denn ich will so treist sain zu erwehnen und ich hoffe, daß diese kutte Kesellschaft eben der Mainung sain wird, daß in diesem kanzen Werke von mir nichts kesagt ist, das einem Kristenmenschen und einem artlichen Manne unanständig sei."

Unser junger Herr und seine Freunde gaben die Richtigkeit dieser Bemerkung zu. Peregrine zumal versicherte, er habe seit der Lektüre dieses Buches die größte Achtung und Verehrung für seinen Charakter, und er schätze sich überaus glücklich, daß ihm die günstige Gelegenheit zuteil geworden sei, seinen Umgang zu genießen. Morgan, der auf solche Freundlichkeiten von einer Person, wie es Peregrine zu sein schien, nicht wenig stolz war, erwiderte sein Kompliment mit verschwenderischer Höflichkeit und drückte in der Wärme seines Dankgefühls den Wunsch aus, ihn und seine Gesellschaft in seinem Hause in Canterbury begrüßen zu dürfen. „Ich erhebe nicht den Anspruch zu sagen, mein küttiger Härr, daß ich Sie nach Verdienst und Würden aufzunehmen und zu empfangen imschtande wäre; aber Sie sollen in meiner schlechten Hitte meiner Frau und meinen Kindern so willkommen sein wie der Prinz von Wales selbst. Und es müßte sehr seltsam zugehen, wenn ich nicht auf die eine oder andere Art Mittel und Wege sollte ausfindig machen, Sie zu dem Keständnis zu pringen, daß ein alter Pritte ain recht kutter Companjon sain kann. Denn ob ich gleich weiter nichts bin als ein ploßer Apotheker, so habe ich tennoch ein so kuttes Plut in meinen Adern als irgendeiner in der Krafschaft; und ich kann meinen Stammpaum zur Befriedigung der kanzen Welt herleiten, beschreiben und beweisen. Und durch Kottes küttige Fürsehung und Peistand kann ich es mir zutem leisten, meinen Freind mit einer kutten Schäpskeile und mit einem Puddelchen vortrefflichen Weins zu bewirten, ohne daß irgendain Kaufmann mir eine Rechnung unter den Part reiben soll." Man gratulierte ihm zu seinen behaglichen Verhältnissen, und Pickle versprach, ihn bei seiner Rückkehr aus Frankreich zu besuchen, falls Canterbury ihm am Wege liege; und als jener einiges Verlangen bekundete, Näheres über seine Angelegenheiten zu erfahren, tat der Fremde dieser Neugier höchst verbindlich Genüge und erzählte ihm, seine Gattin bekomme nun keine Kinder mehr, nachdem sie ihm zwei Knaben und ein Mädchen geschenkt habe, die alle noch am Leben und wohlauf wären; er stünde bei seinen Nachbarn in gutem Ansehen und hätte durch seine Praxis, die sich gleich nach der Veröffentlichung des „Roderick Random" bedeutend vergrößert habe, einige tausend Pfund erübrigt. Dies habe ihn auf den Gedanken gebracht, sich zu seinen Anverwandten nach Glamorganshire zurückzuziehen, obgleich seine Frau gegen diesen Plan Einwürfe erhoben und sich dessen Ausführung so hartnäckig widersetzt habe, daß es ihn unendlich viel Mühe gekostet habe, sein Vorrecht zu behaupten und ihr mit Vernunftgründen und Beispielen zu beweisen, daß er König und Priester in seiner Familie sei, sie ihm also unbedingten Gehorsam schulde. Ferner teilte Morgan der Tafelrunde mit, er habe neulich seinen Freund Roderick gesehen, der von London gekommen sei, um ihn zu besuchen, nachdem er seinen Prozeß gegen Mr. Topehall gewonnen, der ihm Narcissas Vermögen hätte auszahlen müssen. Allem Anschein nach führe Random in der Gesellschaft seines Vaters und seiner Ehehälfte, die ihm einen Sohn und eine Tochter geboren habe, ein sehr glückliches Leben. Er, Morgan, habe von ihm ein Stück recht feine Leinwand, die Randoms Frau selbst gesponnen, einige Fäßchen Lachs, gepökeltes Schweinefleisch, das leckerste, das er je gekostet, und ein Tönnchen exzellenter Heringe für Salmigundi erhalten, was, wie Random wisse, sein Lieblingsgericht sei.

Als dieses Thema erledigt war, wünschte man, der Italiener möchte eine Probe seiner Kunst geben, und nach wenigen Minuten holte er sie alle in das nächste Zimmer, wo sie zu ihrem größten Erstaunen und Schreck tausend Schlangen sich längs der Decke hinwinden sahen. Morgan, dessen Augen ein solches Phänomen noch nie geschaut hatten, war nicht wenig bestürzt und begann andächtig Beschwörungsformeln herzusagen. Mr. Jolter rannte entsetzt davon. Gauntlet zog seinen Degen, und selbst Peregrine geriet etwas außer Fassung. Als der Mann ihre Verwirrung bemerkte, bat er sie hinauszugehen; einen Augenblick darauf rief er sie wieder herein, und nicht ein einziges Reptil war mehr zu sehen. Er erregte noch durch verschiedene andere Kunststücke ihre Bewunderung, und schon wollte der Waliser zu seiner früheren Meinung zurückkehren und sich bei ihm der alte Abscheu vor diesem Charakter wieder einstellen, als der Italiener in Anbetracht der Höflichkeit, mit der man ihm begegnet war, das ganze Verfahren erklärte, auf dem seine Zaubereien beruhten; es handelte sich dabei bloß um Wirkungen natürlicher, auf besondere Art verknüpfter Ursachen. Nunmehr war Morgan gewonnen und erkannte die Geschicklichkeit des Fremden an, bat ihn seines Argwohns wegen um Verzeihung und lud ihn ein, einige Tage bei ihm in Canterbury zuzubringen. Geoffreys und Jolters Bedenklichkeit war zu gleicher Zeit behoben, und Peregrine drückte dem Künstler seine Zufriedenheit dadurch aus, daß er ihn reichlich beschenkte.

Nachdem sie so den Abend gesellig verlebt hatten, zog sich jeder auf seine Schlafkammer zurück. Als sie am nächsten Morgen miteinander frühstückten, erklärte Morgan, er wolle so lange bleiben, bis er unsern Helden glücklich eingeschifft wisse, um nachher Mr. Gauntlets Gesellschaft bis zur eigenen Behausung zu genießen. Mittlerweile wurde den Bedienten auf Anraten des Schiffers befohlen, für den Notfall einen Vorrat an Wein und Eßwaren an Bord zu schaffen, und da das Paketboot nicht vor ein Uhr nachmittags abfahren konnte, spazierte die Gesellschaft den Hügel hinauf zum Schloß, wo man ihnen Julius Cäsars Schwert und Königin Elisabeths Taschenpistole zeigte, und während sie die Kreidefelsen zu beiden Seiten betrachteten, rezitierten sie Shakespeares Verse und spähten nach der Stadt Calais hinüber, die sich hinter Wolken verbarg, ein Anblick, der sie nicht eben erfreute; denn er schien Unwetter anzukünden.

Als sie an diesem Ort alles Merkwürdige gesehen hatten, kehrten sie zum Hafen zurück. Nach dem Austausch von Abschiedskomplimenten und nach einer herzlichen Umarmung der beiden jungen Herren stiegen Peregrine und sein Hofmeister an Bord, die Segel wurden gehißt, und sie stachen mit gutem Wind in See, während Geoffrey, Morgan und der „Zauberer" sich wieder ins Wirtshaus begaben, von wo sie aber noch vor dem Mittagessen nach Canterbury aufbrachen.

35

Peregrine und die übrigen sind dem Ertrinken nahe. Pipes erscheint plötzlich als Retter. Pickle landet in Calais und hat einen Streit mit den Zollbeamten.

Kaum hatte das Schiff zwei Meilen zurückgelegt, schlug der Wind um und blies ihnen gerade ins Gesicht, so daß sie genötigt waren, an den Wind zu holen und ihren Kurs zu ändern. Die See ging zugleich sehr hoch, und so fing es unserm Helden unten in der Kajüte an übel zu werden. Auf Anraten des Schiffers eilte er auf das Verdeck, um frische Luft zu schöpfen und um seinem Magen Erleichterung zu verschaffen; Jolter hingegen, der an solche Unfälle gewöhnt war, schlüpfte ins Bett, fühlte sich dort behaglich und ergötzte sich an einer Abhandlung voller algebraischer Beweise über die Zykloide, was seiner Imagination stets die angenehmste Unterhaltung bot.

Unterdessen wuchs der Wind zum Sturm an; das Schiff stampfte ungemein heftig, und die Wellen spülten über Deck; der Schiffer wurde unruhig, das Schiffsvolk geriet in Verwirrung, die Passagiere wurden von Seekrankheit und von Furcht befallen, und es entstand ein allgemeines Durcheinander. Mitten in diesem Aufruhr, als Peregrine sich an der Heckreling festgeklammert hatte und trübselig vor sich hinstarrte, erblickte er zu seinem größten Erstaunen das Gesicht von Pipes, das aus dem Kielraum emporzuschweben schien. Anfänglich bildete er sich ein, es sei ein Schattenbild, das seine Furcht ihm vorgaukle; doch blieb er nicht lange in diesem Wahn befangen, sondern sah bald ganz deutlich, daß es leibhaftig Tom war; denn er sprang auf das Oberdeck, trat ans Steuer und erteilte den Bootsknechten mit einer Autorität Befehle, als ob er der Kapitän des Schiffes wäre. Der Schiffer betrachtete ihn als einen Engel, der ihm zu Hilfe gesandt wurde, und die Mannschaft, die seines Livreekittels ungeachtet in ihm den geborenen Seemann erkannte, gehorchte seinen Anweisungen so bereitwillig und schnell, daß die Unordnung in kurzem schwand und alle nötigen Anstalten getroffen waren, dem Sturm zu begegnen.

Unser Held begriff sofort, weshalb Pipes an Bord auftauchte, und als sich der Tumult etwas gelegt hatte, ging er zu ihm hin und ermunterte ihn in seinen Anstrengungen zur Rettung des Schiffes, versprach, ihn wieder in seine Dienste zu nehmen und ihn ohne seinen eigenen Willen nie wieder daraus zu entlassen. Diese Versicherung war von überraschender Wirkung auf Tom. Ohne zu antworten, drückte er dem Schiffer das Steuerruder in die Hand und sagte: „Da, alter Buschklepper, da! Pack's Steuer und mach's so, Junge, so!" Darauf sauste er auf dem Schiff herum, stellte die Segel und handhabte das Tauwerk so geschickt und gewandt, daß jedermann auf Deck über seine Fertigkeit die Augen aufriß.

Mr. Jolter hatte bei der ungewöhnlichen Bewegung des Schiffes, beim Pfeifen des Windes und dem Lärm, den er über sich hörte, keineswegs seinen Gleichmut bewahrt; voll schrecklicher Erwartung schaute er nach der Kajütentür, in der Hoffnung, jemanden zu sehen, der ihm über das Wetter und über das, was auf Deck vorging, Auskunft geben könnte. Allein keine Seele ließ sich blicken, und er kannte sich und seine Eingeweide zu gut, als daß er gewagt hätte, auch nur die geringste Veränderung seiner Lage vorzunehmen. Als er nun in qualvollster Spannung eine ganze Weile so gelegen hatte, purzelte der Schiffsjunge mit solchem Gepolter in sein Zimmer, daß er glaubte, der Mast sei über Bord gegangen; er fuhr auf seinem Bett in die Höhe und fragte zu Tode erschrocken, was dieser Aufruhr zu bedeuten habe. Der Junge, von seinem Fall halb betäubt, erwiderte in kläglichem Tone: „Ich bin gekommen, um die Löcher zu vermachen." Dem armen Hofmeister, der den Ausdruck nicht recht verstand, stockte das Herz; er schauerte vor Verzweiflung. Fassungslos sank er auf seinem Bett in die Knie, heftete seine Augen fest auf das Buch, das er in Händen hatte, und begann laut und mit der größten Inbrunst zu lesen: „Die Zeit einer gänzlichen Oszillation in der Zykloide verhält sich zur Zeit, in der ein Körper durch die Achse der Zykloide DV fällt, wie die Peripherie eines

Zirkels zu seinem Diameter." Aller Wahrscheinlichkeit nach wäre er mit dem Beweise dieses Satzes fortgefahren, wenn ihn nicht eine derartige Übelkeit angewandelt hätte, daß er das Buch fallen lassen und eine seiner Unpäßlichkeit gemäßere Lage einnehmen mußte. Er streckte sich der Länge nach aus, sandte Stoßgebete gen Himmel und bereitete sich auf sein seliges Ende vor. Plötzlich setzte das Getöse droben aus, und da er sich diese furchtbare Stille nicht erklären konnte, bildete er sich ein, die Leute wären entweder insgesamt über Bord gespült worden oder hätten es aufgegeben, dem Sturm zu trotzen, weil sie an ihrer Rettung verzweifelten. Während er so im Dunkel der Ungewißheit, das jedoch bisweilen durch vereinzelte Hoffnungsstrahlen erhellt wurde, Höllenängste ausstand, trat der Schiffer in die Kajüte, und mit einer vor Furcht halb erstickten Stimme fragte Jolter, wie es auf Deck zugehe. Der Kapitän, der eine große Branntweinflasche zum Munde führte, antwortete mit hohler Stimme: „Nun ist alles vorbei, lieber Mann!" Jetzt gab Mr. Jolter sich für verloren und rief im äußersten Schreck: „Gott, erbarme dich unser! Herr, erbarme dich unser!" und wiederholte diese flehentliche Bitte gleichsam mechanisch, bis der Schiffer ihm sagte, wie die Sache sich in Wirklichkeit verhielt, ihn über den Sinn seiner Worte belehrte und ihm versicherte, der Sturm sei vorüber.

Dieser plötzliche Wechsel von Furcht und Freude bewirkte sowohl in Jolters Seele als auch in seinem Körper eine heftige Erschütterung, und es dauerte eine gute Viertelstunde, ehe er seiner selbst wieder mächtig war. Unterdessen klarte es auf, der Wind fing an, erneut aus der richtigen Ecke zu blasen, und in einer Distanz von fünf Meilen kamen bereits die Kirchturmspitzen von Calais in Sicht, so daß sich die Mienen von allen, die sich an Bord befanden, in froher Erwartung aufheiterten und Peregrine es wagte, in die Kajüte hinunterzusteigen, um seinen Hofmeister durch die Nachricht von der glücklichen Wendung der Dinge aufzumuntern.

Entzückt vom Gedanken, bald zu landen, stimmte Jolter ein Loblied auf den Staat an, zu dessen Gestaden ihr Schiff sie trug. Frankreich, sagte er, sei das Land der Politesse und der Gastfreundlichkeit, die beide in allen Ständen, vom Pair bis zum Bauern hinunter, hoch entwickelt wären. Weit entfernt, wie in England von der niedern Klasse des Volkes beleidigt oder betrogen zu werden, sehe sich der Gentleman und Fremde mit der größten Achtung, Redlichkeit und Ehrerbietung behandelt, der Himmelsstrich dort sei rein und gesund, die Felder wären fruchtbar, die Bauern reich und betriebsam und die Untertanen im allgemeinen die glücklichsten Leute. Er wäre mit seinem Lieblingsthema noch länger fortgefahren, hätte sein Zögling nicht auf Deck eilen müssen, weil er im Magen ein gewisses Rumoren verspürte.

Als ihn der Schiffer in dieser Verfassung erblickte, erinnerte er ihn ehrlich an den kalten Schinken, an die Hühner und an den Korb Wein, die an Bord geschickt worden waren, und fragte ihn, ob er wünsche, daß unten gedeckt werde. Er konnte keine günstigere Gelegenheit wählen, um seine Uneigennützigkeit an den Tag zu legen. Peregrine verzog bei der Erwähnung von Speisen mächtig das Gesicht und hieß ihn um des Himmels willen davon schweigen. Der Schiffer ging nun in die Kajüte hinab und tat die nämliche Frage an Mr. Jolter, der, wie er wußte, denselben Abscheu vor seinem Vorschlag hatte. Nachdem ihm hier der gleiche Empfang zuteil geworden war, verfügte er sich aufs Zwischendeck und wiederholte sein höfliches Anerbieten beim Kammerdiener und dem Lakaien, die in all den Nöten einer zwiefachen Entleerung ausgestreckt dalagen und seine Gefälligkeit mit dem entsetzlichsten Ekel ablehnten. Da all seine gütigen Bemühungen umsonst waren, befahl er seinem Jungen nach Schiffsbrauch, diesen Mundvorrat in einen seiner eigenen Kasten zu schließen.

Als sie die französische Küste erreichten, herrschte tiefste Ebbe. Folglich konnte das Schiff nicht in den Hafen einlaufen und mußte beilegen und auf ein Boot vom Ufer warten, das sich dann auch in weniger als einer halben Stunde einstellte. Jetzt erschien Mr. Jolter an Deck, sog mit unendlicher Befriedigung die französische Luft ein und fragte die Bootsleute, indem er sie freundlich mit „*mes enfants*" anredete, was sie dafür verlangten, wenn sie ihn und seinen Zögling mit ihren Sachen an Land schafften. Wie war er aber betreten, als diese höflichen, redlichen, verständigen Männer für diesen Dienst einen Louisdor forderten. Mit einem sarkastischen Lächeln bemerkte Peregrine zu Jolter, er sehe bereits, wie berechtigt sein Lob auf die Franzosen sei, und der enttäuschte Hofmeister konnte zu seiner Verteidigung nichts weiter anführen, als daß sie durch den Verkehr mit den Einwohnern von Dover verderbt worden wären. Die Erpressung hatte indessen seinen Zögling dermaßen erzürnt, daß er sich unbedingt weigerte, mit diesen Leuten zu fahren, selbst als sie die Hälfte vom Preis nachließen, und schwur, er wolle lieber an Bord bleiben, bis das Schiff einlaufen könne, als solche Überforderungen begünstigen.

Der Kapitän, dessen Interessen aller Wahrscheinlichkeit nach mit denen der Leute verbunden waren, machte vergebens geltend, daß er an einer Küste unter dem Wind nicht sicher liegen oder ankern könne; unser Held antwortete, nachdem er zuvor den Pipes zu Rate gezogen hatte, er habe seinen Platz bis nach Calais bezahlt, und er werde es zu erzwingen wissen, daß man ihn auch dorthin bringe.

Den Schiffer kränkte diese entschiedene Antwort sehr, die auch Mr. Jolter nicht allzu angenehm war, und er schickte das Boot wieder zurück, trotz den dringenden Bitten und der Nachgiebigkeit seiner Führer. Sie segelten noch ein Stück weit an der Küste entlang, warfen Anker und warteten, bis das Wasser hoch genug war, sie über die Barre zu tragen. Dann fuhren sie in den Hafen ein, und unser junger Herr wurde am Pier mit seinen Begleitern und dem Gepäck von den Seeleuten an Land gesetzt, die er reichlich dafür belohnte.

Augenblicklich war er von einer Menge von Trägern umringt, die wie hungrige Wölfe über seine Sachen herfielen und sie ohne Geheiß oder Anweisung Stück für Stück fortzuschleppen begannen. Aufgebracht über diese unverschämte Dienstfertigkeit, befahl er ihnen unter vielen Flüchen und Schmähungen, wie sie der Zorn ihm gerade eingab, davon abzustehen, und als er gewahrte, daß einer von ihnen sich nicht im geringsten um seine Worte zu kümmern schien, sondern mit seiner Bürde abmarschierte, riß er seinem Lakaien den Knotenstock aus der Hand, holte den Kerl im Nu ein und streckte ihn durch einen Schlag zu Boden. Sogleich umzingelte ihn die ganze Horde dieser „*canaille*", um ihres Kameraden Beleidigung zu rächen, was auf der Stelle geschehen wäre, wenn nicht Pipes, als er seinen Herrn so im Gedränge sah, das ganze Schiffsvolk zu seinem Beistand herbeigeführt und selbst eine solche Tapferkeit bewiesen hätte, daß die Feinde genötigt waren, sich mit deutlichen Spuren ihrer Niederlage zurückzuziehen. Als Jolter hörte, daß sie fortwährend damit drohten, sich beim Kommandanten zu beschweren, fing er vor Angst zu zittern und zu beben an, denn er kannte und fürchtete die Macht des französischen Gouverneurs; doch durfte es jenes Gesindel nicht wagen, sich an diese Magistratsperson zu wenden, weil es von ihr nach einer saubern Schilderung des Streites für sein räuberisches und freches Benehmen streng bestraft worden wäre. Peregrine bediente sich nun, ohne weiter belästigt zu werden, seiner eigenen Leute, und diese luden das Gepäck auf die Schultern und folgten ihm bis zum Tor, wo die Schildwache sie anhielt, bis ihre Namen registriert waren. Mr. Jolter, der diese Prozedur schon früher einmal mitgemacht hatte, beschloß, seine Erfahrung zu nützen, und gab seinen Zögling listigerweise für einen jungen Lord aus. Diese Aussage, die durch den stattlichen Aufzug unseres Helden unterstützt wurde, war kaum zu den Ohren des Offiziers gelangt, als er die Wache aufziehen und ins Gewehr treten ließ, während sich Se. Lordschaft mit Pomp in den *Lion d'Argent* verfügte, wo sich unser Held für die Nacht einlogierte mit der Absicht, am folgenden Morgen in einer Postchaise nach Paris abzureisen.

Der Hofmeister triumphierte nicht wenig infolge der Höflichkeit und Achtung, mit der man sie ausgezeichnet hatte, und nahm seinen Lieblingsdiskurs wieder auf. Er zollte der französischen Regierungsweise und der Subordination, die sie zu erhalten wüßte, vollen Beifall und behauptete, es sei keine Verfassung auf Erden besser geeignet, die

Ordnung zu bewahren und das Volk zu beschützen. Für ihre artige Aufmerksamkeit Fremden gegenüber sei kein anderer Beweis nötig als die Ehre, die man ihnen eben angetan, und die Nachsicht des Gouverneurs, der den Privilegien der Einwohner zuwider Peregrine erlaubt habe, sich zur Beförderung seines Gepäcks seiner eigenen Leute zu bedienen.

Indem er sich hierüber weitläufig und mit starker Selbstgefälligkeit verbreitete, trat der Kammerdiener ein und unterbrach seine Lobrede durch die Nachricht, ihre Koffer und Mantelsäcke seien zum Zoll zu schaffen, damit sie dort visitiert und plombiert werden könnten, und diese Plombe dürfe bis zu ihrer Ankunft in Paris nicht angerührt werden.

Gegen diese Praxis, die an und für sich ganz vernünftig war, hatte Peregrine nichts einzuwenden; als er aber hörte, daß die Türe abermals von einer Schar von Trägern belagert würde, die auf ihrem Recht bestünden, die Sachen hinzubringen und den Preis dafür selbst zu bestimmen, weigerte er sich glatt, auf ihre Forderung einzugehen, ja versetzte einigen der ärgsten Schreihälse unter ihnen ein paar Fußtritte und sagte, wenn die Zollbeamten seine Bagage durchsuchen wollten, so möchten sie sich zu ihm in den Gasthof bemühen. Der Kammerdiener schämte sich für das anmaßende Benehmen seines Herrn, und der Lakai zuckte bloß die Achseln und meinte, es sei *bien à l'anglaise*, während der Hofmeister das als eine Beschimpfung der ganzen Nation hinstellte und sich bestrebte, seinen Zögling zu bewegen, sich der Landessitte zu fügen. Allein Peregrines angeborener Stolz hielt ihn davon ab, Jolters heilsamem Rat Gehör zu schenken; und in weniger als einer halben Stunde rückte eine Abteilung Soldaten vor das Haus. Bei ihrem Anblick erbebte der Hofmeister, der Kammerdiener wurde blaß, und der Lakai schlug das Kreuz. Unser Held aber, ohne etwas anderes als Unwillen zu äußern, ging ihnen bis zur Schwelle entgegen und fragte wütend, was sie wollten. Der Korporal, der das Pikett kommandierte, antwortete mit viel Bedacht, sie hätten Befehl, sein Gepäck nach der Zollstation zu bringen; und da er die Koffer auf dem Flur stehen sah, postierte er seine Leute zwischen sie und den Eigentümer, und die Träger, die ihnen gefolgt waren, hoben sie auf und marschierten damit, ohne fernerhin auf Widerstand zu stoßen, nach dem Packhof.

Peregrine war nun nicht so toll, die Vollmacht des Boten zu bestreiten; um ihn aber zu ärgern und die Mannen seine Verachtung fühlen zu lassen, rief er seinen Kammerdiener und wies ihn laut und in französischer Sprache an, mitzugehen und achtzugeben, daß die Leute, welche die Sachen durchsuchten, nichts von seiner Wäsche und den übrigen Effekten stählen. Der Korporal, den diese spöttische Anzüglichkeit verdroß, warf dem Sprecher einen zornigen Blick zu, als ob er die Ehre der Nation zu rächen hätte, und sagte, man merke schon, daß er in Frankreich fremd wäre, sonst würde er sich eine so unnötige Vorsichtsmaßregel erspart haben.

36

Nutzlose Artigkeit. In Boulogne lernt Peregrine ein paar Engländer kennen, die in der Verbannung leben.

Nachdem er sich auf diese Art der Macht gebeugt hatte, erkundigte Peregrine sich, ob noch andere Engländer im Hause seien, und erfuhr, im Zimmer nebenan logierten ein Herr und eine Dame, die eine Postchaise nach Paris bestellt hätten. Daher befahl er dem Pipes, sich mit ihrem Bedienten anzubiedern und zu versuchen, womöglich ihren Namen und Stand herauszubekommen, während er und Mr. Jolter in Begleitung des Lakaien um die Wälle spazierten und die Festungswerke näher besichtigten. Tom hatte mit seinen Nachforschungen solchen Erfolg, daß er imstande war, als sein Herr wieder nach Hause zurückkehrte, ihm über seine Hausgenossen eine höchst befriedigende Auskunft zu erteilen; er hatte nämlich seinen Kollegen mit einer Bouteille Wein traktiert. Die betreffenden Personen waren Mann und Frau, erst kürzlich aus England angekommen und im

Begriff, sich nach Paris zu begeben. Der Herr Gemahl besaß ein schönes Vermögen, war in seiner Jugend ein wüster Geselle gewesen und hatte heftig gegen die Ehe geeifert. Es fehlte ihm weder an Verstand noch an Erfahrung, und er brüstete sich besonders mit seiner Kunst, den Fallstricken des weiblichen Geschlechts auszuweichen, eine Kunst, die er gründlich beherrschen wollte. Trotz all seiner Vorsicht und Geschicklichkeit aber war er unlängst das Opfer der Reize einer jungen Austernhändlerin geworden, die Mittel und Wege gefunden hatte, ihn in eheliche Bande zu schlagen; und um nun den Komplimenten und Glückwünschen seiner Freunde und Bekannten zu entgehen, hatte er den Entschluß gefaßt, nach Paris zu reisen, wo er seine Frau Gemahlin in den *beau monde* einzuführen gedachte. Mittlerweile hielt er es für gut, zurückgezogen zu leben, weil ihre natürlichen Talente noch zu wenig gepflegt und entwickelt worden waren und weil er kein unbedingtes Vertrauen in ihre Tugend und Klugheit setzte, die, wie es schien, ein Offizier zu Canterbury mit seinen Huldigungen beinahe besiegt hätte, nachdem es ihm gelungen war, sich ihre Bekanntschaft und Gunst zu erschleichen.

Diese Nachricht machte Peregrine außerordentlich neugierig; er schlenderte auf dem Hofe umher, in der Hoffnung, die Dulzinea zu sehen, die den alten Hagestolz gefesselt hatte, und als er sie endlich an einem Fenster entdeckte, nahm er sich die Freiheit, sich höchst respektvoll vor ihr zu verbeugen. Sie erwiderte das Kompliment mit einem Knicks, und ihre Kleidung und ihre Art waren so dezent, daß er es sich nicht hätte träumen lassen, ihre Erziehung sei von derjenigen anderer feiner Damen verschieden, wäre er über ihre frühern Lebensverhältnisse nicht unterrichtet gewesen; so leicht ist jenes äußere Betragen zu erwerben, auf das sich Leute von Stande soviel einbilden. Dessenungeachtet aber wollte Peregrine in ihrem Gesicht eine gewisse vulgäre Dreistigkeit bemerken, die bei einer Dame von Geburt und Vermögen für angenehme Lebhaftigkeit gilt, ihre Mienen beseelt und jedem ihrer Züge einen pikanten Ausdruck verleiht. Doch da sie schöne Augen und eine feine Hautfarbe hatte, auf welcher der rosige Schimmer der Gesundheit lag, was für die Besitzerin immer eine Empfehlung bedeutet, konnte er nicht umhin, sie mit verlangenden Blicken zu betrachten und den Vorsatz zu fassen, ihr Herz zu erobern. In dieser Absicht ließ er ihrem Gemahl, der sich Hornbeck nannte, seine Empfehlung ausrichten und ihm mitteilen, er sei gesonnen, am folgenden Tag nach Paris zu reisen, und da er gehört, daß er dieselbe Fahrt vorhabe, so wäre es ihm außerordentlich lieb, unterwegs seine Gesellschaft zu genießen, falls er nicht bereits bessere gefunden hätte. Hornbeck, der höchstwahrscheinlich seiner Frau keinen Begleiter von der Erscheinung unseres Helden geben mochte, sandte ihm eine höfliche Antwort zurück, in der er ungemein bedauerte, daß er sein gütiges Anerbieten wegen der Unpäßlichkeit seiner Frau ausschlagen müsse; sie sei wohl noch einige Tage lang, wie er fürchte, nicht stark genug, die Beschwerlichkeiten der Reise zu ertragen. Dieser abschlägige Bescheid, den Peregrine der Eifersucht des Mannes zuschrieb, erstickte sein Projekt im Keime. Er befahl demnach seinem französischen Bedienten, einen Platz auf der Diligence zu belegen, wo auch all seine Sachen verstaut wurden, ein kleiner Koffer mit Wäsche und anderen Notwendigkeiten ausgenommen, den er hinten auf die vom Wirt gemietete Postchaise binden ließ, und am folgenden Morgen reisten er und Mr. Jolter in aller Frühe von Calais ab; Pipes und der Kammerdiener begleiteten sie zu Pferde. Sie kamen ohne jedes Mißgeschick bis nach Boulogne, wo sie frühstückten und einen Bekannten des Hofmeisters, den Pater Graham, einen alten schottischen Gentleman, besuchten. Er hatte hier sechzig Jahre als Kapuziner gelebt, während dieser ganzen Zeit die strengen Vorschriften des Ordens gewissenhaft und pünktlich befolgt und zeichnete sich gleichermaßen durch die Freimütigkeit seiner Unterhaltung, die Leutseligkeit seines Charakters und die Schlichtheit seines Benehmens aus. Gegen Mittag verließen sie Boulogne, und weil sie ihr Nachtquartier in Abbeville beziehen wollten, befahlen sie dem Postillion, außerordentlich rasch zu fahren. Zum Glück für seine Pferde vielleicht brach die Achse, und die Chaise kippte um, ehe sie den dritten Teil der Strecke hinter sich hatten.

Dieser Unfall zwang sie, dahin zurückzukehren, woher sie gekommen waren, und da kein anderer Wagen aufzutreiben war, sahen sie sich genötigt zu warten, bis man die Chaise wieder ausgebessert hatte. Als sie hörten, daß diese Arbeit sie einen ganzen Tag aufhalten würde, nahm unser junger Herr Zuflucht zur Geduld und fragte, was sie zu Mittag haben könnten. Auf diese Frage verschwand der *garçon* im Nu, und unmittelbar darauf setzte die Erscheinung einer seltsamen Gestalt sie in Erstaunen. Peregrine hielt sie wegen ihres auffälligen Anzuges und ihrer possierlichen Gebärden irrtümlich für einen Wahnsinnigen französischer Provenienz. Dieses Phantom, das, nebenbei gesagt, niemand anders war als der Koch, war ein großer, langbeiniger, hagerer, schwarzbrauner Bursche, der stark vornüberging. Seine Backenknochen traten mächtig hervor, seine Nase war wie ein Pulverhorn gebogen, und seine Augenhöhlen waren um ihre Ränder herum so rot, als ob man die Haut abgeschält hätte. Um seinen Kopf trug er ein Tuch, das ehemals weiß gewesen war und nunmehr dazu diente, den oberen Teil einer schwarzen Perücke zu bedecken, an der ein Haarbeutel hing, der wenigstens einen Schuh im Geviert maß und mit einem Solitär und einer Rosette geschmückt war, die an jeder Seite bis zu seinem Ohr hinaufreichte, so daß er einem Missetäter am Pranger glich. Seinen Leib bedeckte eine leinene Weste, lange Manschetten vom gleichen Stoff zierten seine Handgelenke, und um seine Taille war eine Schürze gebunden, die er aufgesteckt hatte, damit sie seine weißseidenen Wickelstrümpfe nicht verberge. Beim Eintritt schwenkte er eine blutige Waffe, die gut ihre drei Fuß haben mochte. Als Peregrine ihn in dieser drohenden Positur anrücken sah, war er zuerst auf der Hut, doch nachdem er erfahren hatte, um wen es sich handelte, las er den dargebotenen Küchenzettel durch und bestellte zwei, drei Gerichte zum Mittagessen. Sodann ging er mit Mr. Jolter aus, um Unter- und Oberstadt zu besichtigen, wozu sie vorher nicht Muße genug gehabt hatten. Auf ihrem Rückwege vom Hafen begegneten ihnen vier oder fünf Herren, die insgesamt sehr niedergeschlagen schienen, und da sie an der Kleidung merkten, daß unser Held und sein Hofmeister Engländer seien, grüßten sie sie im Vorbeigehen sehr ehrerbietig. Bei Pickle, der von Natur mitleidig war, regte sich ein Gefühl der Teilnahme, und als er einen Menschen erblickte, den er seinem Anzug nach für einen ihrer Bedienten hielt, fragte er ihn auf englisch, wer diese Herren wären. Der Bediente gab ihm zu verstehen, es seien Landsleute von ihm, die wegen ihrer Unterstützung eines unglücklichen und fehlgeschlagenen Unternehmens aus ihrem Vaterland vertrieben worden wären; sie kämen täglich an den Strand, um ihre sehnsuchtsvollen Augen durch den Blick auf die weißen Klippen Albions zu erquicken, denen sie sich nie wieder nähern dürften.

Obwohl unser junger Herr in politischen Dingen stark von ihren Grundsätzen abwich, so war er doch keiner von jenen Fanatikern, die jedes Schisma von den geltenden Glaubensartikeln verdammen und den Zweifler von allen Wohltaten der Humanität und der christlichen Milde ausschließen. Er konnte sich leicht vorstellen, wie ein Mensch von den trefflichsten Sitten durch Einflüsse der Erziehung oder unvermeidliche Bindungen in eine so tadelnswürdige und verderbliche Sache verwickelt werden kann, und er glaubte, sie hätten für ihre Unbesonnenheit schon hart genug gebüßt. Der Bericht von ihrer täglichen Wallfahrt nach dem Ufer, die er als einen ergreifenden Beweis ihres Kummers ansah, rührte ihn. Er trug daher Mr. Jolter das angenehme Geschäft auf, mit einer höflichen Empfehlung zu ihnen zu gehen und sie in seinem Namen zu ersuchen, abends ein Glas Wein mit ihm zu trinken. Dieser Vorschlag wurde mit großem Vergnügen und mit ehrfurchtsvollem Dank angenommen, und am Nachmittag machten sie dem Mann, von dem sie so gütig eingeladen worden waren, ihre Aufwartung. Er bewirtete sie mit Kaffee und würde sie zum Abendessen dabehalten haben, wenn sie ihn nicht angelegentlichst gebeten hätten, sie mit seiner Gesellschaft in dem Haus zu beehren, in dem sie gemeiniglich zu verkehren pflegten. Er gab ihrem Drängen nach, und sie führten ihn und seinen

Hofmeister nach ihrem Speisehause, wo sie für eine artige Mahlzeit gesorgt hatten und ihm vom besten Clairet in Frankreich vorsetzten.

Sie erkannten leicht, daß ihr Hauptgast kein Freund ihrer Staatsmaximen sei; daher vermieden sie geflissentlichst jedes Thema, das Anstoß erregen konnte. Wohl jammerten sie über ihre Lage, wodurch sie von allem, was ihnen teuer war, getrennt und ewig aus dem Kreis ihrer Familien und Freunde verbannt wurden; doch ließen sie auch nicht die leiseste Andeutung fallen, daß sie ihre Verurteilung als ungerecht empfänden, obgleich einer von ihnen, der ein Dreißiger zu sein schien, bitterlich über sein Unglück weinte, das auch eine geliebte Gattin und drei Kinder, die jetzt in Not und Armut lebten, getroffen hatte, und in der Heftigkeit seines Schmerzes in wahnsinnige Verwünschungen über sein Schicksal ausbrach. Um seinen Gram zu vertreiben und zugleich ihre Gastfreundschaft an den Tag zu legen, fingen seine Gefährten von etwas anderem zu sprechen an und schenkten so fleißig ein, daß all ihr Leid und alle ihre Sorgen hinweggespült wurden. Man sang verschiedene französische Rundgesänge, und frohe Laune und Gemütlichkeit gewannen die Oberhand.

Mitten in dieser gehobenen Stimmung, die gewöhnlich die verborgensten Gesinnungen zutage fördert und jeden Gedanken an Vorsicht und Zurückhaltung hinwegräumt, brachte einer von den Gastgebern, der berauschter war als die übrigen, eine Gesundheit aus, gegen die Peregrine als eine unmanierliche Beleidigung mit einiger Wärme Einwendungen erhob. Der andere beharrte mit verletzendem Ungestüm auf seinem Trinkspruch, und der Streit begann sehr ernsthaft zu werden, als die andern Fremden sich ins Mittel schlugen, ihrem Freund unrecht gaben und ihm wegen seines unfeinen Verhaltens so schwere Vorwürfe machten und so scharf den Text lasen, daß er in voller Entrüstung mit der Drohung wegging, sich von ihrer Gesellschaft loszusagen, und sie als „Abtrünnige von der gemeinsamen Sache" brandmarkte. Die übrigen, die dablieben und sich über das Benehmen ihres Gefährten sehr kränkten, entschuldigten sich aufs lebhafteste bei ihren Gästen und baten sie wegen der Unmäßigkeit dieses Mannes um Verzeihung. Sobald er seine Besinnung wieder hätte, versicherten sie aufs zuverlässigste, würde er sich von selbst bei ihnen einstellen und für sein ungehöriges Betragen Abbitte leisten. Peregrine ließ sich dadurch beruhigen und fand seinen Humor wieder. Da es aber bereits sehr tief in der Nacht war, so widerstand er all ihren Nötigungen, mit ihnen noch eine Flasche zu leeren, und wurde mehr als halb benebelt nach Hause begleitet. Am folgenden Morgen um acht Uhr weckte ihn sein Kammerdiener und meldete ihm, es wären zwei von den Herren, mit denen er den gestrigen Abend zusammengesessen hätte, unten im Hause und wünschten vorgelassen zu werden. Wenn er auch nicht wußte, was dieser außerordentliche Besuch bedeuten sollte, befahl er dennoch, sie in sein Zimmer zu führen. Es war der, welcher ihn beleidigt, und der Herr, der den letztern wegen seiner Grobheit gerügt hatte.

Der Beleidiger entschuldigte sich zuerst bei Pickle, daß er ihn belästige, und sagte ihm, sein Freund hier sei heute früh bei ihm gewesen und habe ihn vor die Alternative gestellt, entweder sich unverzüglich mit ihm zu schlagen oder wegen seines ungesitteten Benehmens von gestern um Verzeihung zu bitten. Nun hätte er zwar Mut genug, in einer rechtmäßigen Sache einem jeden mit der Waffe gegenüberzutreten, doch sei er nicht so unvernünftig, den Vorschriften seiner Pflicht und seiner Überlegung nicht zu gehorchen. Nur mit Rücksicht auf diese, nicht auf jene Drohungen – denn diese verachte er – habe er sich jetzt erlaubt, seine Ruhe zu stören, um so rasch als möglich die Kränkung wiedergutzumachen. Sie sei, beteuerte er, einzig und allein die Folge des Rausches gewesen, und er bäte ihn demnach um Entschuldigung. Unser Held nahm dieses Geständnis huldvoll an und dankte dem andern Herrn, daß er sich so großmütig für ihn verwendet habe. Da er merkte, daß dessen Freund über seine dienstfertige Vermittlung etwas erbittert war, bewirkte er dadurch eine Aussöhnung, daß er ihn davon überzeugte, jener habe nur im Interesse der Ehre der Gesellschaft gehandelt. Sie mußten darauf bei ihm frühstücken, und er äußerte den Wunsch, daß sich ihre Lage bessern möchte. Die Chaise war unterdessen repariert worden, und so verabschiedete er sich von all den Herren, die ihn bewirtet hatten und die gekommen waren, ihm eine glückliche Reise zu wünschen, und verließ Boulogne mit seinem Gefolge zum zweiten Male.

37

Peregrine bleibt die Nacht über zu Bernay. Hornbeck holt ihn hier ein. Jener hat Lust, des letzteren Haupt mit Hörnern zu schmücken.

Während ihrer Reise nahm Mr. Jolter Gelegenheit, seinem Zögling die Beobachtungen mitzuteilen, die er über die Betriebsamkeit der Franzosen angestellt hatte. Um ihm hiervon einen unwiderlegbaren Beweis zu geben, forderte er ihn auf, sich umzuschauen und zu beachten, wie jeder Fleck aufs sorgfältigste angebaut sei, und aus der Fruchtbarkeit dieser Provinz, die für die ärmste in Frankreich gehalten wird, auf die Wohlhabenheit und den Überfluß der ganzen Nation zu schließen. Peregrine wunderte sich über diese Verblendung ebensosehr, als sie ihn verdroß, und er entgegnete, was er der Betriebsamkeit zuschreibe, wäre eine bloße Folge des Elends. Die unglücklichen Bauern wären genötigt, jeden Zollbreit Landes zu beackern, um die harten Gutsherren zu befriedigen, während sie selbst und ihr Vieh die lebendigen Ebenbilder des Hungers seien. Der Anblick des Landes offenbare schon deutlich die äußerste Armut. Nirgends wäre ein einziges eingefriedigtes Feld zu sehen oder etwas anderes als einige wenige schlechte Gersten- und Haberäcker, die nie die sauere Mühe des Landmannes belohnten. Ihre Wohnungen wären die erbärmlichsten Hütten. Auf einer Strecke von zwanzig Meilen treffe man nicht einen Edelsitz. Nichts wäre kläglicher und armseliger als die Tracht der hiesigen Landleute. Die Ausrüstung ihrer Reisechaisen wäre unendlich schlechter als bei einem Mistkarren in England; und der Postillion, der sie fahre, nenne weder einen Strumpf noch ein Hemd sein eigen.

Da der Hofmeister seinen Pflegebefohlenen so verstockt fand, beschloß er, ihn in seiner Unwissenheit und in seinen Vorurteilen steckenzulassen und seine Bemerkungen für Leute aufzuheben, die vor seinen Meinungen mehr Respekt hätten – ein Vorsatz, den er freilich schon oft gefaßt, in der Hitze seines Eifers aber ebensooft vergessen hatte; denn nicht selten riß ihn dieser dazu hin, anders zu handeln, als er sich in kühleren Augenblicken vorgenommen hatte. In Montreuil hielten sie an, um Erfrischungen zu genießen, und des Abends um sieben Uhr kamen sie in einem Dorfe an, das Bernay heißt. Während sie hier auf frische Pferde warteten, hörten sie vom Wirt, daß die Tore von Abbeville mit dem Schlag acht geschlossen würden und es also unmöglich sei, daß sie noch hineinkämen. Unterwegs, setzte er hinzu, wäre kein anderes Wirtshaus, wo sie übernachten könnten. Daher rate er ihnen als guter Freund, in seinem Hause zu bleiben, wo sie die beste Bequemlichkeit und Aufwartung finden würden, und morgen beizeiten weiterzureisen.

Obwohl die Route Mr. Jolter nicht neu war, konnte er sich dennoch nicht besinnen, ob der Wirt die Wahrheit sagte oder nicht. Da aber seine Worte sehr glaubwürdig klangen, beschloß unser Held, seinem Rate zu folgen. Er ließ sich ein Zimmer geben und fragte, was zum Abendbrot zu haben sei. Der Wirt zählte alles auf, was an Eßbarem im Hause war, und nachdem Pickle für sich und seine Leute darauf Beschlag gelegt hatte, vertrieb er sich die Zeit, bis es zubereitet war, mit einem Bummel ums Haus, das sich reizend in die Landschaft bettete. Während er so die Zeit vertrödelte, die ihm lang wurde, rollte eine zweite Chaise vor das Wirtshaus, und als er sich nach deren Insassen erkundigte, erfuhr er, daß es Hornbeck und seine Gemahlin seien. Der Wirt, der wohl wußte, daß er diese zweite Gesellschaft nicht zu bedienen imstande war, kam zu Peregrine und bat ihn demütig, auf einen Teil der bestellten Lebensmittel zu verzichten. Allein dieser weigerte sich, auch nur den Flügel eines Rebhuhns abzugeben, ließ jedoch zu gleicher Zeit den Fremden seine Empfehlung melden, ihnen sagen, wie schlecht es mit ihrer Bewirtung aussähe, und sie einladen, zusammen mit ihm zu speisen. Hornbeck, dem es an Höflichkeit nicht fehlte und den es außerordentlich nach einer wohlschmeckenden Mahlzeit gelüstete, wie sie der liebliche Duft aus der Küche versprach, konnte diesem zweiten Beweise von der feinen Lebensart unseres Helden nicht widerstehen, nahm die Botschaft mit Dank an und ließ zurücksagen, er und seine Frau würden sich sein freundliches Anerbieten gerne zunutze machen. Peregrines Wangen glühten vor Vergnügen, daß er bald mit Mrs. Hornbeck bekannt werden sollte. Ihr Herz hatte er in Gedanken schon erobert, und er strengte jetzt seine Einbildungskraft an und sann auf Mittel, ihres Mannes Wachsamkeit ein Schnippchen zu schlagen.

Als das Abendessen bereit war, gab er in eigener Person seinen Gästen davon Nachricht. Er führte die Frau in das Zimmer, setzte sie in einen Armstuhl oben am Tisch, drückte ihr die Hand und schaute sie zugleich höchst verführerisch an. Dieses unzeremoniöse Betragen hatte er deshalb gewählt, weil er vermutete, man dürfe einer Frau von ihrer Herkunft nicht mit den langweiligen Formalitäten begegnen, die in gleichen Fällen bei einer Dame von vornehmer Geburt und feiner Erziehung zu beachten sind. Aller Wahrscheinlichkeit nach hatte er richtig gerechnet, denn Mrs. Hornbeck äußerte über diese Behandlung kein Mißvergnügen, schien sie vielmehr als einen Beweis seiner Achtung anzusehen; und obgleich sie die ganze Mahlzeit über ihren Mund nicht dreimal aufzutun wagte, zeigte sie sich doch mit ihrem Gastgeber überaus zufrieden. Sie deutete das durch verschiedene verstohlene und bedeutsame Blicke an, wenn ihres Mannes Augen anderswohin gerichtet waren, und auch durch ihr helles Gelächter, mit dem sie ihren Beifall über die Witze kundgab, die Pickle während ihrer Unterhaltung erzählte. Bei dem freien Benehmen seiner Ehehälfte wurde es dem Gatten ungemütlich, und um ihrer Lebhaftigkeit Einhalt zu tun, setzte er eine strenge Miene auf;

aber ob sie nun ihrem eigenen Wesen gehorchte, das vielleicht fröhlich und ungezwungen war, oder Hornbeck für seine Eifersüchtelei bestrafen wollte, so viel ist sicher, ihre Lustigkeit erreichte einen solchen Grad, daß ihr Mann über ihre Aufführung beunruhigt und erbost wurde und beschloß, ihr heimlich auf die Zehen zu treten und so sein Mißfallen zu erkennen zu geben. Sein Unwille hatte ihn jedoch so verwirrt, daß er sein Ziel verfehlte und sein scharfer Absatz die Seite von Mr. Jolters Schuh traf, einschließlich der kleinen Zehe, an der ein arges Hühnerauge saß. Der plötzliche Angriff darauf war so heftig, daß Jolter, unfähig, die Marter stillschweigend zu ertragen, aufsprang, in der Stube herumtanzte und fürchterlich schrie und brüllte, zum unaussprechlichen Vergnügen von Peregrine und der Dame, die sich über diesen Scherz vor Lachen beinahe krümmten. Bestürzt über sein Versehen, bat Hornbeck den armen Hofmeister tief zerknirscht um Verzeihung und beteuerte, der Tritt, den er unglücklicherweise bekommen, habe einem häßlichen Köter gegolten, der sich nach seiner Meinung unter den Tisch geschlichen hatte. Zum Glück für ihn befand sich wirklich ein Hund im Zimmer, so daß diese Entschuldigung gerechtfertigt schien. Jolter akzeptierte sie, während ihm die Tränen über die Wangen liefen, und die Ordnung an der Tafel war wiederhergestellt.

Doch sobald die Fremden sich mit einiger Schicklichkeit zurückziehen konnten, nahm der argwöhnische Ehemann unter dem Vorwande, er sei müde von der Reise, von Pickle Abschied, nachdem er ihm anstandshalber vorgeschlagen hatte, sie wollten morgen zusammen reisen. Der junge Herr führte die Dame auf ihr Zimmer und wünschte ihr gute Nacht, indem er ihr noch einmal feurig die Hand drückte. Sie tat dasselbe, und dieser günstige Wink versetzte ihn in freudigste Erregung. Er lauerte nun auf eine Gelegenheit, sich ihr zu erklären, und als er merkte, wie der Mann mit einem Licht in den Hof hinunterging, huschte er in ihr Zimmer und fand sie fast ganz ausgekleidet vor. Von seiner Leidenschaft hingerissen, die durch den jetzigen entzückenden Anblick noch mehr entflammt wurde, und durch ihr kurz zuvor geäußertes Einverständnis noch kühner gemacht, stürzte er auf sie zu und rief: „Sapperment, Madame, Ihre Reize sind unwiderstehlich!" Er würde sie ohne weiteres in die Arme geschlossen haben, hätte sie ihn nicht gebeten, sich um Gottes willen zu entfernen, weil sie auf immer verloren wäre, wenn Mr. Hornbeck zurückkehrte und ihn hier fände. Trotz seiner Leidenschaft war Peregrine nicht so blind, um nicht einzusehen, daß ihre Furcht begründet sei; und da es sich ja bei dieser Zusammenkunft nicht um eine Krönung seiner Wünsche handeln konnte, bekannte er sich als ihren Liebhaber und versicherte ihr, er wolle all seine Erfindungskraft erschöpfen, um eine passende Gelegenheit zu ermitteln, sich ihr zu Füßen zu werfen. Inzwischen erzwang er sich einige kleine Gunstbezeigungen, die sie in ihrer Angst und Verwirrung dem Zudringlichen nicht versagen konnte. So brachte er wenigstens die Präliminarien glücklich zum Abschluß, begab sich auf seine Stube und grübelte die ganze Nacht hindurch darüber nach, wie der eifersüchtige und vorsichtige Reisegefährte zu täuschen wäre.

38

Peregrine führt zu Chantilly einen Plan aus, den er gegen Hornbeck entworfen hat.

Die ganze Gesellschaft erhob sich der Abrede gemäß noch vor Tagesanbruch und reiste ab. Zu Abbeville frühstückten sie, und dort kamen sie hinter die List ihres Wirtes zu Bernay, der sie angelogen hatte, als er behauptete, man würde sie nach Torschluß nicht einlassen. Von da fuhren sie weiter nach Amiens, wo sie zu Mittag aßen und durch Bettelmönche belästigt wurden. Weil die Wege bodenlos waren, trafen sie nicht vor elf Uhr in Chantilly ein, wo ihre Abendmahlzeit schon bereitstand, da sie den Kammerdiener zu Pferde vorangeschickt hatten.

Hornbeck war durch seine unsolide Lebensweise sehr geschwächt und fühlte sich von der Reise dieses Tages, die über hundert Meilen betrug, dermaßen ermüdet, daß er sich bei Tische kaum aufrecht halten konnte und in weniger als drei Minuten auf seinem Stuhl einzunicken anfing. Peregrine, der dies vorhergesehen und schon vorgesorgt hatte, riet ihm, seine Lebensgeister durch ein Glas Wein aufzumuntern, und blinzelte, wie der Vorschlag angenommen war, dem Kammerdiener zu, der seiner erhaltenen Instruktion gemäß dreißig Tropfen Laudanum in den Burgunder schüttete, die der unglückliche Ehemann in einem einzigen Glase schluckte. Diese Dosis ließ ihn bei seiner Mattigkeit sozusagen augenblicklich in einen solch tiefen Schlaf sinken, daß man ihn auf seine Stube schaffen mußte, wo ihn sein Bedienter entkleidete und zu Bett brachte. Auch Jolter, schon an sich träge, konnte seiner Neigung zu schlafen nicht ohne öfter wiederholtes fürchterliches Gähnen widerstehen, was seinen Zögling bewog, ihm die gleiche Dosis zu verabfolgen, die bei dem anderen Argus so gut angeschlagen hatte. Doch diese Herzstärkung wirkte auf Jolters kräftigere Organe nicht so beruhigend wie auf Hornbecks zartere Nerven, sondern hatte unwillkürliches Zusammenfahren und allerlei Zuckungen der Gesichtsmuskeln zur Folge. Als endlich seine Natur der stärkeren Arznei unterlag, schnarchte er in den höchsten Tönen, so daß unser Ritter befürchtete, dieses Geräusch möchte den anderen Patienten aufwecken und ihn selbst hindern, sein Ziel zu erreichen. Deshalb wurde der Hofmeister dem Pipes überantwortet, der ihn ins nächste Zimmer schleppte, auszog und auf sein Lager wälzte, während die beiden Verliebten nun völlig frei waren und sich ihrer gegenseitigen Leidenschaft hingeben konnten.

Peregrine würde in seiner feurigen Ungeduld Hornbecks Schicksal sofort entschieden haben, hätte seine Angebetete diese Absicht nicht mißbilligt und ihm vorgehalten, daß, wenn sie längere Zeit allein beisammen blieben, ihr Bedienter dies bemerke, der zum Kundschafter all ihrer Handlungen bestellt sei. So behalfen sie sich anders, und zwar so. Er begleitete sie im Beisein ihres Bedienten, der ihnen voranleuchtete, zu ihrem Zimmer, wünschte ihr wohl zu schlafen und ging wieder nach seiner Stube zurück, wo er wartete, bis alles im Hause ruhig war; dann schlich er ganz leise nach ihrer Türe, die sie offengelassen hatte, damit er hineinschlüpfen konnte. Er fand den Mann noch immer wohlbehalten in Morpheus' Armen und die Frau in einem leichten Nachtgewand, bereit, sein Glück zu besiegeln. Er trug sie in seine Kammer, doch seine sträfliche Leidenschaft sollte nicht befriedigt werden.

Das Opium und der Wein hatten Jolters Phantasie so zerrüttet, daß ihn die fürchterlichsten Träume heimsuchten. Unter andern schrecklichen Dingen bildete er sich ein, sein Zimmer stünde in Flammen und er schwebe in Gefahr, darin umzukommen. Dieses Bild machte einen solchen Eindruck auf ihn, daß er das ganze Haus durch den wiederholten Ruf: „Feuer! Feuer!" in Aufruhr brachte und sogar, obwohl noch immer in tiefem Schlaf, aus dem Bett sprang. Dieses fürchterliche Geschrei störte unsere Verliebten auf höchst unangenehme Art, und als Mrs. Hornbeck in großer Bestürzung nach der Türe eilte, sah sie zu ihrem Verdruß, wie der Bediente mit einem Licht in der Hand das Zimmer ihres Mannes betrat, natürlich um diesem das Unglück zu melden. Sie wußte, daß man sie sogleich vermissen würde, und konnte sich die Folgen leicht ausmalen, wenn ihr Scharfsinn nicht unverzüglich eine glaubhafte Erklärung für ihre Abwesenheit auftriebe.

Frauen sind von Natur in dergleichen Notfällen sehr erfinderisch; sie brauchte nur wenige Sekunden, um nachzudenken, rannte dann geradeswegs nach der Stube des Hofmeisters, dessen Gebrüll noch immer ertönte, und rief in kreischendem Ton: „Gott steh uns bei! Wo denn? Wo denn?" Mittlerweile hatte sich, in wunderlichster Tracht, das gesamte Hausgesinde versammelt; Peregrine stürmte in Jolters Zimmer, und als er ihn mit geschlossenen Augen im Hemd herumwandern sah, versetzte er ihm einen so derben Schlag auf den Rücken, daß der Traum augenblicklich zerstob und der Mann seiner Sinne wieder mächtig wurde. Der Hofmeister war erstaunt und schämte sich des unschicklichen Aufzugs, in dem er sich präsentierte, flüchtete unter die Bettücher und bat alle Anwesenden wegen der Störung, die er verursacht habe, um Verzeihung; gar demütig und dringend aber ersuchte er die Dame um ihre Nachsicht, die es wundervoll verstand, größte Furcht und Überraschung vorzutäuschen.

Unterdessen war Hornbeck durch die Bemühungen seines Dieners aufgerüttelt worden; kaum erfuhr er, daß seine Frau nicht in der Kammer sei, so bemeisterten sich alle Hirngespinste der Eifersucht seiner Einbildungskraft. Er schoß in einer Art von Wahnsinn auf, ergriff seinen Degen und flog gerade nach Peregrines Stube. Hier fand er zwar nicht, was er suchte, allein zum Unglück bemerkte er einen Unterrock seiner Frau, den sie bei ihrem übereilten Rückzug vergessen hatte, und diese Entdeckung gab der Flamme seines Zorns frische Nahrung. Er nahm den verhängnisvollen Beweis seiner Schande mit sich, hielt ihn seiner Gattin, die ihm auf dem Rückweg nach ihrem Bett begegnete, vors Gesicht und sagte mit höchst ausdrucksvollem Blick: „Madame, Sie haben dort im Zimmer Ihren Unterrock verloren." Mrs. Hornbeck, welche die Natur mit bewundernswürdiger Geistesgegenwart ausgesteuert hatte, schaute sich das Kleidungsstück ernsthaft an und erwiderte mit unglaublich heiterer Miene, der Unterrock müsse jemandem im Hause gehören, denn einen solchen wie den da hätte sie nicht. Sobald Peregrine, der ihr folgte, diese Behauptung hörte, mischte er sich sofort ins Spiel, zog Mr. Hornbeck beim Ärmel in seine Stube und sagte: „Was, zum Kuckuck, ging dieser Unterrock Sie an? Können Sie denn einem jungen Kerl eine kleine Liebschaft mit einer Wirtstochter nicht gönnen, ohne seine Schwachheiten gleich Ihrer Frau zu offenbaren? Pfui, das ist boshaft, andern den Spaß zu verderben, weil Sie selbst nicht mehr auf solche Abenteuer ausgehen!" Die Unverschämtheit seines Weibes und die hochfahrende Erklärung des jungen Herrn verwirrten den armen Mann so, daß er unsicher wurde. Er mißtraute seiner eigenen argwöhnischen Gemütsart, die er nur zu gut kannte; und um sich damit nicht lächerlich zu machen, äußerte er betreffs Peregrines Wahrheitsliebe keinen weiteren Zweifel, sondern bat ihn, sein Versehen entschuldigen zu wollen, und entfernte sich. Seine Bedenken wegen des Betragens seiner erfindungsreichen Gattin waren aber noch nicht zerstreut; er beschloß im Gegenteil, sich über die Geschichte eingehend zu informieren, und diese Untersuchung fiel so wenig befriedigend aus, daß er seinem Bedienten befahl, mit grauendem Morgen alles zu ihrer Abreise in Bereitschaft zu halten, und als unser Held aufstand, fand er, daß seine Reisegesellschaft schon vor drei Stunden aufgebrochen war, obgleich sie verabredet hatten, noch den ganzen Vormittag in Chantilly zu bleiben, um den Palast des Prinzen von Condé zu besichtigen, und erst am Nachmittag nach Paris zu fahren.

Peregrine war etwas ärgerlich, sich dieses leckeren Bissens so plötzlich beraubt zu sehen, und Jolter konnte nicht begreifen, was dieses übereilige und unhöfliche Verschwinden besagen wollte. Nach langem tiefem Nachgrübeln erklärte er sich's damit, daß Hornbeck ein Glücksjäger sei, der eine reiche Erbin entführt habe und sie nun den Nachforschungen ihrer Verwandten entziehen müsse.

Sein Zögling, der über den wahren Beweggrund nicht im unklaren war, ließ den Hofmeister den Triumph seiner Geistesschärfe voll und ganz genießen und tröstete sich mit der Hoffnung, seine Dulzinea an irgendeinem öffentlichen Orte in Paris wiederzufinden, an denen er fleißig die Runde zu machen gedachte. So wieder beruhigt, besuchte er die prächtigen Ställe und den Palast von Chantilly; und unmittelbar nach dem Essen reisten sie nach Paris ab, wo sie noch am Abend ankamen und sich im Faubourg Saint-Germain, unfern dem Schauspielhause, in einem Hotel einmieteten.

Peregrine wird zu Paris in ein Abenteuer verwickelt und von der Stadtwache in Haft genommen. Er macht die Bekanntschaft eines vornehmen französischen Kavaliers, der ihn in die feine Welt einführt.

Kaum waren sie in ihrem Logis eingerichtet, so setzte unser Held seinen Oheim von ihrer glücklichen Ankunft in Kenntnis. Er schrieb auch an seinen Freund Gauntlet und schloß ein sehr zärtliches Briefchen an seine teure Emilie mit ein, in dem er all seine früheren Gelübde der Treue und Beständigkeit wiederholte.

Seine nächste Sorge war nun, sich mehrere Anzüge nach der neuesten französischen Mode zu bestellen, und bis man diese lieferte, ging er nirgends hin, außer ins englische Kaffeehaus, wo er bald mit einigen seiner Landsleute bekannt wurde, die aus verschiedensten Ursachen gleichfalls in Paris weilten. Am dritten Abend nach seiner Ankunft nahm er an einer Gesellschaft jener jungen Stutzer im Hause eines berühmten Speisewirts teil, dessen Frau auffallend hübsch und außerdem ungemein geschickt war, Kunden ins Haus zu locken. Dieser Dame wurde unser junger Herr als ein Fremder vorgestellt, der eben aus England eingetroffen sei, und er war entzückt von ihren persönlichen Vollkommenheiten und von ihrer ungezwungenen und munteren Unterhaltung. Ihr freies Betragen überzeugte ihn, daß sie eines jener freundlichen Geschöpfe sei, die ihre Gunst dem Höchstbietenden schenken. Infolge dieser Voraussetzung wurde er so zudringlich in seinem Werben, daß die schöne Bürgersfrau gezwungen war, zur Verteidigung ihrer Tugend überlaut zu schreien. Ihr Mann eilte ihr unverzüglich zu Hilfe, und da sie sich in einer sehr kritischen Situation befand, stürzte er sich mit solcher Wut auf ihren Verführer, daß dieser seinen Raub fahrenlassen mußte, sich gegen den erzürnten Wirt wandte und ihn erbarmungslos für seine unverschämte Einmischung verprügelte. Als die Frau sah, wie unehrerbietig ihr Eheliebster behandelt wurde, griff sie zu seinen Gunsten ein, grub ihre Nägel in das Gesicht seines Gegners und zerkratzte ihm die eine Seite der Nase. Das Getöse dieses Kampfes führte alle Bedienten aus dem Hause zur Rettung ihres Herrn herbei. Die Engländer traten ihnen entgegen, und es entspann sich eine allgemeine Schlacht, in der die Franzosen eine völlige Niederlage erlitten, die Frau gröblich beleidigt und der Mann die Treppe hinuntergeworfen wurde.

Rasend über die ihm und seinem Hause widerfahrene Schmach, rannte der Gastwirt auf die Straße und rief die Stadtwache um Schutz an. Nachdem sie seine Beschwerden angehört hatte, umringte sie, zwölf oder vierzehn Mann stark, mit aufgepflanzten Bajonetten das Haus. Die jungen Herren meinten, sie hätten es bei dieser Mannschaft mit Londoner Nachtwächtern zu tun, die sie schon oft in die Flucht geschlagen hatten, zogen ihre Degen und machten in der Begeisterung über ihren Sieg einen Ausfall, mit Peregrine an der Spitze. Aus Achtung vor den Fremden oder auch aus Nachsicht gegen unerfahrene und berauschte Jünglinge wich die Wache nach links und rechts aus, um sie ungehindert passieren zu lassen. Diese Gefälligkeit, die eine Folge ihres Mitleids war, legte der Anführer der Engländer falsch aus und versuchte in seinem Übermut dem ihm zunächststehenden Soldaten ein Bein zu stellen. Das mißlang ihm jedoch, und er bekam mit dem Gewehrkolben einen Stoß vor die Brust, der ihn mehrere Schritte zurücktaumeln ließ. Über diese Verwegenheit zornentflammt, ging die ganze Gesellschaft mit bewaffneter Hand auf die Soldaten los, und nach einem hartnäckigen Gefecht, in dem es auf beiden Seiten Verwundete gab, wurden sie insgesamt gefangengenommen und auf die Hauptwache gebracht. Als der kommandierende Offizier die Umstände des Streits kennengelernt hatte, setzte er sie in Anbetracht ihrer Jugend und der angeborenen englischen Wildheit, der gegenüber die Franzosen außerordentlich viel Rücksicht üben, alle wieder in Freiheit. Doch erteilte er ihnen zuvor wegen ihres unordentlichen und frechen Betragens einen gelinden Verweis. Somit trugen Galanterie und Mut unserem Helden weiter nichts ein als eine beträchtliche Anzahl schimpflicher

Merkmale im Gesicht, die ihn eine ganze Woche lang auf seine Stube bannten. Mr. Jolter konnte dieses Mißgeschick unmöglich verborgen bleiben, und als er das Nähere darüber erfuhr, unterließ er es nicht, ihm die Unbesonnenheit des Abenteuers vorzuhalten, und fügte die Bemerkung bei, es wäre sicher für sie sehr übel abgelaufen, wenn sie andere Leute als Franzosen zu Gegnern gehabt hätten, die unter allen Nationen des Erdbodens die Gesetze der Gastfreiheit aufs strengste beobachteten.

Da des Hofmeisters Bekanntschaft hauptsächlich aus irischen und englischen Priestern und jener niederen Gattung von Leuten bestand, die davon leben, daß sie sich den Fremden unentbehrlich machen, indem sie diese entweder im Französischen unterrichten oder kleine Aufträge für sie besorgen, so war er nicht gerade die geeignetste Person, in Fragen des Geschmacks einen jungen Gentleman zu leiten, der seiner Bildung halber reist in der Erwartung, dereinst in seinem Vaterlande eine glänzende Rolle zu spielen. Sich seiner Unfähigkeit hierzu bewußt, begnügte er sich mit dem Amt eines Verwalters und führte über die häuslichen Ausgaben Tag für Tag treulich Buch. Zwar kannte er alle die Orte genau, die Fremde bei ihrer ersten Ankunft in Paris zu besuchen pflegen; wußte auf einen Liard genau, wieviel man gemeiniglich dem Schweizer der einzelnen großen Palais gab; allein in bezug auf Werke der Malerei und Bildhauerei, die allenthalben in dieser Hauptstadt im Überfluß vorhanden sind, war er unwissender als ein Lohndiener.

Kurz, Mr. Jolter war imstande, über die Poststation einer Route erschöpfende Auskunft zu geben und einem die Kosten zu ersparen, Antoninis ausführliche Beschreibung der Merkwürdigkeiten von Paris zu kaufen. Er war Kenner jeder *table d'hôte*, von der zu zwölf bis zu der zu fünfunddreißig Livre, wußte den Preis eines Fiakers und eines Mietwagens, konnte mit dem Schneider oder Speisewirt über jeden Posten in seiner Rechnung streiten und die Bedienten in leidlichem Französisch ausschelten; jedoch die Gesetze, die Gebräuche und der Genius des Volkes, die Charaktere einzelner Individuen und die Welt des eleganten Lebens waren Dinge, die zu beobachten und zu unterscheiden er weder Gelegenheit noch Lust und Urteilskraft gehabt hatte. Alle seine Grundsätze entsprangen der Pedanterie und dem Vorurteil, so daß sein Blick getrübt, sein Urteil, sein Benehmen linkisch und seine Konversation absurd und langweilig war. Gleichwohl aber ähnelt der größte Teil der Tiere, die unter der Bezeichnung von Reisehofmeistern grüne Jungens in der Welt herumführen, dem eben entworfenen Bilde dieses Mannes. Peregrine, der den Umfang von Mr. Jolters Fähigkeiten genau kannte, dachte im Traum nicht daran, über sein persönliches Verhalten Jolters Rat einzuholen, sondern verfügte über seine Zeit nach eigenem Gutdünken und nach den Anweisungen und Vorschlägen seiner Freunde, die schon länger in Frankreich gelebt hatten und sich folglich in den Genüssen, welche die Stadt bot, besser auskannten.

Sobald er in der Lage war, *à la française* zu erscheinen, mietete er sich monatlich einen niedlichen Wagen, besah die Luxemburgische Galerie, das *Palais Royal* und alle bedeutenden Paläste, Kirchen und berühmten Orte von Paris; er fuhr nach St. Cloud, Marly, Versailles, Trianon, St. Germain und Fontainebleau, besuchte die Oper, die Maskeraden, die italienische und die französische Komödie und fehlte selten auf den öffentlichen Promenaden, in der Hoffnung, Mrs. Hornbeck dort anzutreffen oder sonst ein Abenteuer zu erleben, das zu seiner romantischen Denkart paßte. Er zweifelte gar nicht, daß seine Person die Aufmerksamkeit irgendeiner vornehmen Dame auf sich ziehen würde, und war eitel genug zu glauben, daß wenige weibliche Herzen seinen Vollkommenheiten widerstehen könnten, wenn er Gelegenheit hätte, seine Batterien vorteilhaft spielen zu lassen. Er präsentierte sich jedoch viele Wochen bei allen *spectacles*, ohne die Früchte seiner Erwartung einzuernten, und gewann, da er so lange übersehen wurde, allmählich einen schlechten Eindruck vom französischen Geschmack, als sein Wagen eines Tages auf dem Weg zur Oper durch einen Auflauf auf der Straße ins Gedränge geriet. Er wurde durch zwei Bauern verursacht, die mit ihren Karren anein-

andergefahren, darüber in einen Wortwechsel und gleich
ins Handgemenge geraten waren. Ein solches Rencontre ist
in Frankreich so ungewöhnlich, daß die Leute ihre Kauf-
läden schlossen und von den Fenstern aus kaltes Wasser auf
die Streitenden hinabschütteten, um so der Prügelei ein
Ende zu machen. Sie wurde aber mit großer Wut und herzlich wenig Geschick fortgesetzt, bis der eine der beiden von
ungefähr stürzte. Der andere nutzte diesen Augenblick,
packte ihn, so wie er dalag, und fing an, mit dem Kopf seines
Widersachers auf das Pflaster einzuhämmern.

Da der Wagen unseres Helden dicht am Kampfplatz
hielt, der Streit sich also vor ihren Augen abspielte, konnte
Pipes nicht ruhig zuschauen, wie man die Gesetze der Boxkunst so schandbar verletzte. Er sprang ab, riß den Kerl von
seinem Gegner weg, stellte den letztern auf die Beine, munterte ihn in englischer Sprache zu einem zweiten Gange auf
und zeigte ihm zugleich, wie er sich zu schlagen habe. Der
rasende Kärrner griff nun seinen Feind mit neuer Kraft an,
und er würde sich allem Anschein nach für die erlittene Unbill nachdrücklich gerächt haben, wäre er nicht durch das
Dazwischentreten des Bedienten eines vornehmen Herrn,
dessen Kutsche dieses Streites wegen ebenfalls warten
mußte, daran gehindert worden. Dieser Lakai, der ein spa-
nisches Rohr führte, kam von seinem Posten herunter und
begann ohne alle Umstände oder den mindesten Protest den
Bauern, den Pipes in Schutz genommen hatte, mit seinem
Stock zu traktieren. Thomas, der sich an dieser gemeinen
Handlungsweise stieß, gab dem allzu dienstfertigen Auf-
dringling einen solchen Hieb vor den Magen, daß dessen ganzes Eingeweide in arge Unordnung gebracht wurde und er
unter Äußerungen großer Pein und Bestürzung ein „Ach!"
hervorwürgte. Als die beiden andern Bedienten auf der
Kutsche droben sahen, wie frech man ihren Kameraden
anfiel, eilten sie ihm zu Hilfe und ließen einen höchst unangenehmen Hagel von Schlägen auf das Haupt seines Angreifers niederprasseln, der weder ausweichen noch sich verteidigen konnte. Obgleich Peregrine das Vorgehen von Pipes
nicht billigte, mochte er ihn doch nicht so übel zurichten

lassen, hauptsächlich deshalb, weil er glaubte, seine eigene Ehre stehe mit auf dem Spiel.

Er stieg deshalb aus, lief hinzu, um seinen Bedienten zu befreien, und attackierte dessen Gegner mit dem Degen in der Faust. Kaum hatten zwei von ihnen diese Verstärkung bemerkt, als sie die Flucht ergriffen; dem dritten drehte Pipes sein Rohr aus der Hand und bearbeitete ihn damit so unbarmherzig, daß unser Held es für ratsam fand, ein Machtwort zugunsten des Kerls zu sprechen. Der Pöbel stand über Pickles beispiellose Kühnheit ganz entsetzt da, und als dieser hörte, daß der Herr, dessen Bediente er gezüchtigt hatte, ein General und ein Prinz von Geblüt sei, ging er zu dessen Kutsche hin, bat ihn um Verzeihung für seine Tat und ersuchte ihn, diese lediglich der Unkenntnis seiner Würde zuzuschreiben. Der alte Herr nahm diese Rechtfertigung sehr höflich an, dankte ihm dafür, daß er sich der Mühe unterzogen habe, die Sitten seiner Leute zu bessern; und da er aus dem Anzug des jungen Mannes schloß, daß er ein Fremder von Stande sein müsse, bot er ihm sehr zuvorkommend einen Platz in seiner Equipage an, in der Voraussetzung, daß sie beide nach der Oper wollten. Mit Freuden ergriff Peregrine diese günstige Gelegenheit, mit einem Manne von solchem Range bekannt zu werden, befahl seinem Wagen, ihnen zu folgen, und begleitete den Grafen in seine Loge, wo er sich während des ganzen Stücks mit ihm unterhielt.

Der Edelmann war sich bald bewußt, daß es Peregrine weder an Geist noch an Verstand fehlte, und er schien viel Wohlgefallen an seinem gewinnenden Wesen und ungezwungenen Betragen zu finden, Eigenschaften, durch die die englische Nation in Frankreich sich keineswegs auszeichnet und die deshalb an unserm Helden um so angenehmer und bemerkenswerter waren. Der alte Herr lud ihn daher noch am selben Abend in sein Haus ein und stellte ihn seiner Gemahlin und verschiedenen feinen Damen und Herren vor, die bei ihm aßen. Peregrine war von ihrer leutseligen Art und der Lebhaftigkeit ihrer Gespräche ganz bezaubert, und nachdem er mit besonderen Beweisen ihrer Achtung beehrt worden war, verabschiedete er sich mit dem Entschluß, eine solch wertvolle Bekanntschaft sorgfältig weiter zu pflegen.

Seine Eitelkeit gab ihm den Gedanken ein, es sei an der Zeit, daß er sich seiner Talente zu Eroberungen unter dem schönen Geschlecht bediene, dem gegenüber er all seine Kunst und Geschicklichkeit aufbieten wollte. In dieser Absicht tat er fleißig an den Gesellschaften mit, zu denen ihm sein adliger Freund Zutritt verschaffte, der keine Gelegenheit vorbeiließ, dem Ehrgeiz des jungen Mannes Genüge zu leisten. Peregrine nahm eine Zeitlang an all dessen Vergnügungen teil und speiste in einigen der besten Häuser Frankreichs; allein die hochfliegende Hoffnung, mit der er anfänglich seiner Einbildung geschmeichelt hatte, schwand bald. Er wurde in kurzem gewahr, daß es unmöglich sein würde, sich die vornehmen Bekanntschaften, die er gemacht hatte, zu erhalten, ohne täglich Quadrille zu spielen, oder mit andern Worten, sein Geld zu verlieren. Denn jede Person von Rang, weiblichen sowohl als männlichen Geschlechts, war ein ausgelernter Spieler und verstand und gebrauchte alle Finessen dieser Kunst, die ihm ganz fremd war. Außerdem fand er, daß er in der französischen Galanterie völlig Neuling sei; denn diese will durch eine bewundernswürdige Zungenfertigkeit, durch eine peinliche und unglaublich scheinende Beachtung der kleinsten Etikettefragen, durch die erstaunliche Fähigkeit, aus bloßer Gefälligkeit zu lachen, und eine elegante nichtssagende Konversation unterstützt sein, lauter Künste, die Pickle nicht meisterte. Kurz, unser Held, den man unter seinen Landsleuten für einen lebhaften, unterhaltsamen jungen Mann angesehen hätte, wurde bei den glänzenden Gesellschaften in Frankreich als ein Jüngling von sehr phlegmatischem Temperament betrachtet. Kein Wunder demnach, daß er sich in seinem Stolz gekränkt fühlte, da er so wenig galt. Er schrieb dies nur dem Mangel der Franzosen an Urteilskraft und Geschmack zu und wurde sowohl des gewinnsüchtigen Betragens als der geistigen Fadheit der Damen überdrüssig. Nachdem er einige Monate mit fruchtlosen Aufwartungen und Bewerbungen zugebracht und eine hübsche runde Summe vergeudet hatte, gab er's auf und tröstete sich durch den Umgang mit einer munteren *fille de joie*, deren Gunst er sich durch den monatlichen Preis von zwanzig Louisdor sicherte. Damit er diese Ausgabe desto leichter bestreiten könnte, schaffte er seine Kutsche und zugleich seinen französischen Bedienten ab.

Um sich in den Leibesübungen zu vervollkommnen, ließ er sich in eine berühmte Reit- und Fechtakademie aufnehmen; und im Kaffeehaus und an seiner *table d'hôte* machte er mit einigen verständigen Männern Bekanntschaft, die zur Erweiterung seiner Kenntnisse und zur Verbesserung seines Geschmacks nicht wenig beitrugen; denn jeder Unvoreingenommene wird gestehen, daß in Frankreich Männer von untadeliger Ehre, tiefer Einsicht und feinster Bildung in großer Zahl vorhanden sind. Durch den Verkehr mit solchen Leuten erwarb er sich klare Begriffe von der Regierungsform und der Verfassung des Landes, und obwohl er die vortreffliche Ordnung und Einrichtung der Polizei bewundern mußte, kam er doch durch all seine Nachforschungen dazu, sich zu seiner Vorzugsstellung als britischer Untertan zu beglückwünschen. Krasse Vorgänge, die er beinahe täglich beobachten konnte, zeigten den unschätzbaren Wert dieses Geburtsrechts so deutlich, daß nur das gröbste Vorurteil ihn wegzudisputieren vermöchte.

40

Peregrine gewinnt ein klares Bild vom französischen Gouvernement. Er hat Streit mit einem Musketier und schlägt sich in der Folge mit ihm.

Unter vielen anderen Beispielen dieser Art wird es meines Erachtens zweckmäßig sein, einige wenige Fälle herauszugreifen, die sich während Peregrines Aufenthalt in Paris ereigneten, um darzutun, wie der Staat dort verwaltet wird, damit diejenigen, die keine Gelegenheit haben, selbst Beobachtungen zu machen, oder die Gefahr laufen, durch falsche Darstellungen beeinflußt zu werden, Vergleiche zwischen ihrer eigenen Lage und derjenigen ihrer Nachbarn ziehen können und der Verfassung, unter der sie leben, Gerechtigkeit widerfahren lassen.

Eine Dame von Stand war von einem obskuren Skribenten durch ein Pasquill angegriffen worden, und da der Autor nicht zu ermitteln war, befahl das Ministerium, nicht weniger als fünfundzwanzig Abbés zu verhaften und in die Bastille zu werfen, der Maxime des Herodes gemäß, der die Ermordung der Unschuldigen in der Hoffnung gebot, daß jenes Kind, gegen das seine Grausamkeit sich richtete, dem allgemeinen Blutbade nicht entrinnen werde; und die Freunde jener armen Gefangenen wagten es nicht einmal, sich über diese ungerechte Verfolgung zu beschweren, sondern zuckten die Achseln und beklagten das Unglück stillschweigend, ungewiß, ob sie die Verhafteten je wiedersehen würden oder nicht.

Ungefähr um dieselbe Zeit fand ein Herr aus gutem Hause, der von einem gewissen mächtigen *duc* in seiner Nachbarschaft unterdrückt wurde, Mittel und Wege, beim König Zutritt zu erhalten. Dieser nahm seine Beschwerdeschrift sehr gnädig entgegen und fragte ihn, in welchem Regimente er diene. Als der Bittsteller hierauf antwortete, er habe nicht die Ehre, in Ihro Majestät Diensten zu stehen, gab ihm der König sein Papier uneröffnet zurück und weigerte sich, den mindesten Umstand seiner Klage anzuhören, so daß er, statt vor seinem Unterdrücker geschützt zu werden, dessen Tyrannei erst recht ausgesetzt war; ja, so offenkundig ist der Nachteil derer, die sich vermessen, von Hofgunst und Hofverbindungen unabhängig zu leben, daß einer der Herren, mit denen Peregrine freundschaftlich verkehrte, ihm freimütig gestand, er habe in einer der Provinzen ein romantisch gelegenes Gut und schätze das Landleben ungemein, wage jedoch nicht, auf seinem eigenen Besitztum zu wohnen, damit er nicht infolge nachlässiger Aufwartung bei den Großen, die ihn mit ihrer Protektion beehrten, einem raubsüchtigen Intendanten zum Opfer falle.

Was das gemeine Volk anbetrifft, so ist es an die Geißel und an die Unverschämtheit der Macht so gewöhnt, daß jeder schäbige Subalterne, jeder unbedeutende *cadet* eines Adelshauses, jeder Hofschranze es ungestraft beleidigen und beschimpfen kann. Einem gewissen königlichen Stallmeister schnitt der Barbier während des Rasierens eine Pustel weg. Da sprang jener auf, zog den Degen und brachte ihm damit an der Schulter eine schwere Verletzung bei. Verwundet, wie er war, bemühte sich der arme Mann fortzukommen, aber der barbarische Mörder, mit seiner Rache noch nicht zufrieden, verfolgte ihn, stieß ihm den Degen in den Leib und tötete ihn auf der Stelle. Nach dieser unmenschlichen Tat warf er sich in Gala und begab sich nach Versailles, wo ihm sofort Verzeihung gewährt wurde. Nun brüstete er sich dermaßen mit seiner Brutalität, daß er das nächste Mal, als ihm der Bart rasiert wurde, sich mit blankem Degen hinsetzte, um den Mord zu wiederholen, falls dem Barbier dasselbe Versehen begegnen sollte. Doch diese armen Leute haben sich so sehr mit ihrer Knechtschaft abgefunden, daß, als Peregrine diesen Mord mit Äußerungen des Entsetzens und Abscheus seinem eigenen Barbier gegenüber erwähnte, dieser verblendete Tropf zur Antwort gab, es sei dies gewiß ein Unglück, aber eine Folge des Temperaments jenes Herrn, und als eine Art von Lobspruch auf die Regierung hinzufügte, solche Lebhaftigkeit würde in Frankreich nie bestraft.

Einige Tage nach diesem gräßlichen Verbrechen saß unser junger Mann, ein erklärter Feind aller Bedrückung, in einer der ersten Logen der *Comédie* und ward Zeuge eines Vorfalls, der ihn aufs höchste entrüstete. Ein langer, wildaussehender Bursche im Parterre griff ohne die geringste Provokation, bloß aus übermütigem Stolz, einem vor ihm stehenden sehr feinen jungen Herrn an den Hut und drehte ihm diesen auf dem Kopf herum. Der Belästigte sprach den Kerl an und fragte ihn sehr höflich nach dem Grund dieser Behandlung; allein er bekam keine Antwort, und als er wegschaute, wurde die Beleidigung wiederholt. Nunmehr äußerte er seine Entrüstung so, wie es ein Mann von Herz zu tun pflegt, und er verlangte von seinem Angreifer, er solle mit ihm hinauskommen. Kaum hatte er seine Absicht zu erkennen gegeben, wollte sein Gegner vor Wut bersten; er drückte trotzig den Hut ins Gesicht, stemmte die Hände in die Hüften und sagte in einem sehr gebieterischen Tone: „Hört, Monsieur Rundperücke, Ihr müßt wissen, daß ich ein Musketier bin." Und als dieses furchtbare Wort gefallen war, bat der arme Herausforderer mit der kriechendsten Untertänigkeit um Verzeihung für seinen verwegenen Schritt. Er erhielt sie nur mit viel Schwierigkeit und unter der Bedingung, daß er den Ort sogleich verlasse. Nachdem jener auf die Art seine Macht ausgeübt hatte, wandte er sich an einen seiner Kameraden und erzählte ihm mit spöttisch verächtlicher Miene, er habe beinahe mit einer Bürgerkanaille Händel bekommen, und um die Ironie zu krönen, setzte er hinzu: „Ich glaube, meiner Seel! es war ein Doktor."

Dieses ausgelassene Betragen reizte und empörte unsern Helden dermaßen, daß er seinen Unwillen nicht bezähmen konnte und ihm diesem Bramarbas gegenüber durch die Worte Luft machte: „Mein Herr, ein Arzt kann wohl ein Mann von Ehre sein." Auf diese Bemerkung, die von einem vielsagenden Blick begleitet war, gab der Musketier keine andere Antwort, als daß er die Erklärung wie ein Echo nachsprach und darauf ein lautes Gelächter erhob, in das seine Bundesgenossen einstimmten. Glühend vor Zorn, nannte ihn Peregrine ein Großmaul und entfernte sich in der Meinung, der Frechling würde ihm folgen. Der andere verstand den Wink, und sie hätten sich gewiß geschlagen, wenn nicht der wachthabende Offizier, der alles mit angehört hatte, ihrem Zweikampfe dadurch vorgebeugt hätte, daß er den Musketier sogleich verhaftete. Unser junger Herr wartete an der Parterretür so lange, bis er von dem Hindernis erfuhr, und ging dann voller Verdruß über seine Enttäuschung nach Hause, denn er wußte in solchen Fällen nichts von Furcht und Mißtrauen und brannte vor Verlangen, den unverschämten Eisenfresser zu züchtigen, der ihm so unehrerbietig begegnet war.

Dieses Ereignis hatte sich nicht so geheim abgespielt, daß es nicht durch einige Engländer, die von ungefähr zugegen waren, Mr. Jolter zu Ohren gekommen wäre, und der Hofmeister, der von den Musketieren den fürchterlichsten Begriff hegte, wurde durch den Zwist, der für seinen Pflegebefohlenen üble Konsequenzen haben mochte, so beunruhigt, daß er dem englischen Gesandten seine Aufwartung machte und ihn ersuchte, Peregrine unter seinen persönlichen Schutz zu nehmen. Als Se. Exzellenz von den Umständen des Streits unterrichtet war, schickte sie einen ihrer Kammerdiener zu dem jungen Mann und ließ ihn zu sich bitten, und nachdem der Minister ihm versichert hatte, daß er sich auf seinen Beistand und auf sein Wohlwollen verlassen könne, stellte er ihm die Unvorsichtigkeit und Sorglosigkeit seines Betragens so überzeugend dar, daß Peregrine versprach, künftig mit mehr Überlegung zu handeln und von dem Augenblick an nicht weiter an den Musketier zu denken.

Wenige Tage nach diesem löblichen Entschluß meldete ihm Pipes, der seiner Mätresse ein Billett überbracht hatte, er habe auf einer Marmorplatte in ihrem Zimmer einen Tressenhut erblickt, und sie wäre außerordentlich verstört gewesen, als sie aus ihrer eigenen Kammer gekommen sei und er ihr das Briefchen überreicht habe.

Auf Grund dieser zwar wenig bestimmten Mitteilungen wurde ihre Treue unserm jungen Herrn verdächtig, ja mehr als verdächtig; und da er ihrer überdrüssig geworden, so war es ihm gar nicht unlieb, daß sie ihm selbst Anlaß gab, ihrem Umgange zu entsagen. Um sie auf frischer Tat zu ertappen und zugleich den Galan zu bestrafen, der die Verwegenheit hatte, in sein Gehege einzubrechen, entwarf er einen Plan, den er auf folgende Art ausführte. Während des nächsten Besuchs bei seiner Dulzinea ließ er nicht die geringste Spur von Eifersucht oder Mißvergnügen erkennen, stellte sich vielmehr außerordentlich verliebt, und nachdem er den Nachmittag, wie es schien, unter ungemeiner Zufriedenheit verbracht hatte, meldete er ihr, er habe versprochen, sich an einer Lustpartie nach Fontainebleau zu betei-

ligen, und werde noch am gleichen Abend abreisen, so daß er
einige Tage das Vergnügen entbehren müsste, sie zu sehen.

Das Weib, das in den Künsten ihres Metiers wohlerfahren
war, tat, als ob sie diese Nachricht mit großer Betrübnis ver-
nähme, und beschwor ihn mit solchen Worten wahrer Liebe
und Zärtlichkeit, sobald als möglich an ihren sehnsuchtsvollen Busen zurückzukehren, daß er von ihrer Aufrichtigkeit
beinahe überzeugt war, als er wegging. Nichtsdestoweniger
entschlossen, seinen Anschlag zu verüben, reiste er wirklich mit zwei oder drei Bekannten von Paris ab, die zu einem
Abstecher nach Versailles eine Kutsche gemietet hatten. Er
fuhr mit ihnen bis zum Dorfe Passé und trat in der Dämmerung zu Fuß den Rückweg an.

Er wartete geduldig bis Mitternacht; dann bewaffnete er
sich mit ein paar Taschenpistolen und eilte in Begleitung
seines treuen Tom, der mit einem Knüppel bewehrt war,
nach der Wohnung seines verdächtigten Liebchens. Nachdem er dem Pipes sein Stichwort gegeben hatte, klopfte er
sachte an die Tür. Kaum hatte der Lakai sie geöffnet, als jener die Bestürzung des Burschen über sein unerwartetes
Erscheinen nützte und eindrang. Den Pipes stellte er als
Wache vor die Tür, und dem zitternden Bedienten befahl
er, ihm die Treppe zu seiner Herrschaft Gemächern hinauf-
zuleuchten. Das erste, was er beim Eintritt in das Vorzimmer bemerkte, war ein Degen, der auf dem Tische lag. Er
ergriff ihn sofort und rief mit lauter und fürchterlicher
Stimme, sein Mädchen sei ein falsches Geschöpf und habe
jetzt einen andern Liebhaber im Bette, dem er augenblicklich den Garaus machen werde. Seine Erklärung, durch
manche schreckliche Flüche und Schwüre bekräftigt, war
für die Ohren seines Nebenbuhlers bestimmt, und als dieser die blutdürstige Drohung hörte, fuhr er schlotternd vor
Angst auf und sprang, nackt wie er war, vom Altan auf die
Gasse hinunter. Peregrine donnerte indes an die Tür, um
eingelassen zu werden, und weil er die Absicht des Galans
erriet, ließ er ihm Zeit zu seinem übereilten Rückzug. Pipes,
der an der Tür unten Schildwacht stand, empfing den Flüchtling mit seinem Knüppel, prügelte ihn von einem Ende der

Straße bis zum andern durch und übergab ihn zuletzt der Scharwache, die ihn in einer sehr kläglichen und schmählichen Verfassung vor den Offizier vom Dienst führte.

Mittlerweile hatte Peregrine die Kammertür aufgesprengt. Er fand das Dämchen in der größten Furcht und Bestürzung und die Stücke der Montur ihres Lieblings im ganzen Zimmer verstreut. Jetzt vernahm er auf sein Befragen, daß die Person, die er auf eine so unangenehme Art gestört hatte, niemand anders gewesen sei als derselbe Musketier, mit dem er in der *Comédie* Händel gehabt hatte; und so fühlte er sich denn doppelt gerächt. Er warf der Nymphe ihre Treulosigkeit und Undankbarkeit vor, sagte ihr, sie habe fürderhin von ihm weder Wohlwollen noch das monatliche Gehalt zu erwarten, das sie bisher genossen habe, und lenkte voller Freude über den Ausgang dieser Geschichte seine Schritte nach Hause.

Den Kriegsmann hatte sowohl die Schande, die ihm angetan worden war, als auch die gewalttätige und entehrende Behandlung durch den englischen Bedienten, den er dazu instruiert glaubte, aufs äußerste erbittert. Kaum war er aus seiner schmachvollen Lage heraus, als er, nichts als Rache gegen den Urheber dieses Schimpfs schnaubend, zu Peregrine aufs Zimmer kam und von ihm verlangte, ihm am folgenden Morgen vor Sonnenaufgang auf den Wällen Satisfaktion zu geben. Unser Held versicherte ihm, er wolle nicht ermangeln, ihm zur anberaumten Zeit und an dem bestimmten Orte aufzuwarten. Da er aber voraussah, daß die unzeitige Dienstfertigkeit seines Hofmeisters, der den Eintritt des Musketiers beobachtet hatte, ihn hindern könnte, Wort zu halten, so erzählte er diesem, der Franzmann habe ihn auf Befehl seiner Vorgesetzten aufgesucht, um sich für sein grobes Betragen im Schauspielhause zu entschuldigen, und sie wären als recht gute Freunde voneinander geschieden. Diese Versicherung und Peregrines ruhiges und unbefangenes Benehmen den ganzen Tag hindurch zerstreuten die Schreckbilder, die sich Mr. Jolters Einbildungskraft schon bemeistert hatten, so daß der junge Mann Gelegenheit fand, ihm am Abend zu entwischen und zu einem Freunde zu gehen, den er zum Sekundanten wählte. Um sich den Nachforschungen zu entziehen, die der Hofmeister, sobald er ihn vermißte, eventuell anstellen würde, rückten beide sofort ins Feld.

Diese Vorsicht war nötig, denn da er beim Nachtessen nicht erschien und Pipes, der ihn auf seinen Ausgängen gewöhnlich begleitete, über seinen Aufenthalt keine Auskunft erteilen konnte, wurde Jolter durch dieses Ausbleiben schrecklich geängstigt. Er befahl seinem Burschen, überall, wo Peregrine zu verkehren pflegte, nach ihm zu fragen, während er seinerseits zum Kommissar eilte und diesem seine Besorgnisse entdeckte. Man gab ihm einen Teil der reitenden Stadtwache mit, die die Umgegend der Stadt abpatrouillierte, damit dieser Schlägerei vorgebeugt werde. Pipes hätte sie zwar an das Frauenzimmer verweisen können, von dem Namen und Logis des Musketiers zu erfahren gewesen wären, und hätte man diesen festgenommen, so würde der Zweikampf nicht stattgefunden haben. Allein Tom wagte es nicht, seinem Herrn dadurch zu mißfallen, daß er sich in die Sache einmischte. Außerdem wünschte er sehr, daß der Franzmann gedemütigt würde; denn er zweifelte gar nicht, daß Peregrine ohne weiteres nicht nur einem, sondern gleich zwei Franzosen gewachsen sei. In dieser Zuversicht suchte er denn eifrig nach seinem Herrn, nicht, weil er sein Vorhaben hintertreiben wollte, sondern um ihn in den Kampf zu begleiten und bei einer gerechten Bestrafung mitzuhelfen.

Während dieser Nachforschungen hatten unser Held und sein Gefährte sich unter dem Gestrüpp verborgen, das am Rande der Brustwehr wuchs, nur wenige Schritte von dem Orte weg, wo er den Musketier zu treffen verabredet hatte. Kaum ließ der Morgen die Gegenstände ringsum deutlich erkennen, so wurden sie ihre Gegner gewahr, die kühn heranmarschierten. Sobald sie auftauchten, sprang Peregrine auf den Platz, um die Ehre zu haben, seinem Gegner zuvorgekommen zu sein, und im Nu waren die Degen gezogen und alle vier im Gefecht. Beinahe hätte Pickle durch seine Hitze das Leben eingebüßt; denn ohne darauf zu achten, was vor ihm lag, stürmte er geradeswegs auf seinen Gegenpart los, stolperte über einen Stein und wurde an der einen Seite des Kopfes verwundet, ehe er die Ausgangsstellung zurückgewinnen konnte. Weit entfernt, durch diesen unangenehmen Vorfall den Mut zu verlieren, wurde er dadurch nur noch mehr angefeuert, und da er eine ungemeine Gewandtheit besaß, war er augenblicklich wieder in Positur, lenkte den zweiten Stoß ab und stieß mit so unglaublicher Geschwindigkeit nach, daß der Kriegsmann keine Zeit hatte, sich zur Wehr zu setzen, sondern unverzüglich einen Stich durch die Beuge des rechten Arms erhielt. Der Degen entsank ihm, und der Sieg unseres Helden war vollständig.

Nachdem er seine eigene Sache erledigt, sein Gegner sich für geschlagen erklärt und mit einem Blick unendlicher Kränkung bemerkt hatte, das Glück sei heute auf seiner Seite gewesen, eilte er hin, die Sekundanten auseinanderzubringen, gerade als seinem Gefährten der Degen aus der Hand gedreht worden war. Er trat sofort an dessen Stelle, und aller Wahrscheinlichkeit nach wäre ein hartnäckiger Kampf erfolgt, wenn die Wache sie nicht gestört hätte, bei deren Anblick die beiden Franzmänner davonliefen. Unser junger Herr und sein Freund ließen sich durch das zu diesem Zweck abgeschickte Detachement gefangennehmen und wurden vor die Obrigkeit geführt. Diese gab ihnen einen scharfen Verweis dafür, daß sie sich erdreistet hätten, den Duellgesetzen zuwiderzuhandeln, setzte sie dann, weil sie Fremde waren, wieder in Freiheit, ermahnte sie aber zugleich, sich künftig vor dergleichen Taten zu hüten.

Als Peregrine nach Hause kam und Pipes Blut auf seines Herrn Halsbinde und Krawatte hinuntertröpfeln sah, zeigte er sich äußerst überrascht und besorgt, und zwar nicht etwa wegen der Wunde, denn diese hielt er nicht für gefährlich, sondern weil ihm bange war, die Ehre von Alt-England möchte bei diesem Handel gelitten haben; er konnte es sich deshalb, indem er dem jungen Mann in sein Zimmer folgte, nicht versagen, mit verdrossener Miene zu bemerken: „Ich denke doch, Sie werden es dem Großmaul von Franzmann tüchtig eingetränkt haben."

Mr. Jolter droht, Peregrine wegen seines üblen Betragens zu verlassen. Dieser verspricht Besserung, aber sein Entschluß hält dem Ungestüm seiner Leidenschaften gegenüber nicht stand. Pickle trifft von ungefähr Mrs. Hornbeck. Die Folgen hiervon.

Zwar war es Mr. Jolter außerordentlich lieb, seinen Zögling gesund und wohl zu wissen, doch konnte er ihm den Schreck und die Angst nicht verzeihen, die er seinetwegen ausgestanden hatte. Er erklärte ihm rundheraus, er werde, wenn er ihn auch gern möge und an ihm hänge, unverzüglich nach England zurückreisen, wenn er je wieder davon höre, daß Peregrine sich in ein derartiges Abenteuer gestürzt hätte. Man könne von ihm als Hofmeister nicht verlangen, daß er seine eigene Ruhe der unvergoltenen Zuneigung zu einem Zögling aufopfern solle, der es darauf angelegt zu haben scheine, ihn dauernd in Aufregung und Unruhe zu versetzen.

Auf diese Erklärung entgegnete Peregrine, Mr. Jolter müßte endlich von seinem Bestreben überzeugt sein, ihn in seiner Behaglichkeit und Zufriedenheit nicht zu stören, indem er ihn immer, wie er ja wohl wüßte, mehr als Freund denn als Ratgeber und Hofmeister betrachtet habe, und er habe sich seine Begleitung auf der Reise bloß in der Absicht erbeten, Mr. Jolters Interessen zu dienen, nicht um aus seinem Unterricht Nutzen zu ziehen; es stünde ihm also frei, ganz nach Belieben zu handeln und zu gehen oder zu bleiben. Allerdings müsse er bekennen, daß er sich ihm gegenüber für den lebhaften Anteil an seinem Wohlergehen zu Dank verpflichtet fühle, und er werde schon sich um seiner selbst willen bemühen, ihm in Zukunft keinen Anlaß zu Bekümmernis oder Ärger zu geben.

Niemand war geschickter, über Peregrines schlechtes Betragen treffend zu räsonieren, als er selber; seine Reflexionen hierüber waren äußerst vernünftig und scharfsinnig, und es haftete ihnen weiter kein Mangel an, als daß sie jeweils zu spät kamen. Er entwarf unzählige Pläne zur Besserung seines Lebenswandels; allein es ging ihm wie allen Projektenmachern. Er hatte beim Ministerium seiner Leidenschaften nicht genug Einfluß, um auch nur mit einem einzigen Projekt durchzudringen. Er hatte sich mitten in seinem galanten Treiben befunden, als ihn ein Brief seines Freundes Gauntlet mit einer liebevollen Nachschrift von der Hand seiner reizenden Emilie erreichte. Dieser Brief jedoch war sehr zur Unzeit eingetroffen, gerade als seine Phantasie mit Eroberungen beschäftigt war, die seinem Ehrgeiz weit mehr schmeichelten, so daß er seitdem weder die Muße noch die Lust fand, den Briefwechsel fortzusetzen, um den er so dringend gebeten hatte. Seine Eitelkeit hieß jetzt das Bündnis, das er in den Tagen der unreifen und unerfahrenen Jugend geschlossen hatte, nicht mehr gut und ließ ihn glauben, er sei dazu geboren, im Leben eine derart glänzende Rolle zu spielen, daß er nicht an dergleichen bescheidene Verbindungen denken, sondern seinen Blick auf höchste Ziele richten sollte. Diese Gebote eines lächerlichen Stolzes hatten die Erinnerung an seine freundliche Geliebte beinahe verwischt oder doch seine Rechtschaffenheit und seine Moral so verdorben, daß er wirklich anfing, in bezug auf Emilie Hoffnungen zu hegen, die seines Charakters unwürdig und für das Mädchen, weil unberechtigt, beleidigend waren.

Da es ihm inzwischen an einem Spielzeug gebrach, mit dem er seine müßigen Stunden vertändeln konnte, schickte er verschiedene Kundschafter aus und machte an allen öffentlichen Orten selber fast täglich die Runde, um sich Nachricht über Mr. Hornbeck zu verschaffen, weil er sich danach sehnte, mit dessen Frau wieder zusammenzukommen. Vierzehn Tage lang war er voller Erwartung umhergewandert und besichtigte mit einem Herrn, der kürzlich aus England zugereist war, von ungefähr das *Hôtel des Invalides*, als er gleich beim Betreten der Kirche diese Dame in Begleitung ihres Gemahls bemerkte, der sich beim Anblick unseres Helden entfärbte und wegschaute, um ihm allen Mut zu nehmen, sich mit ihm in ein Gespräch einzulassen. Aber der junge Mann war nicht so leicht abzuschrecken; er ging mit großer Zuversicht auf seinen ehemaligen Reisegefährten zu, schüttelte ihm die Hand, drückte ihm seine Freude aus, ihn so unvermutet anzutreffen, und tadelte ihn mit freundlichen Worten dafür, daß er in Chantilly so schnell aufgebrochen sei. Ehe Hornbeck ihm antworten konnte, sprach er dessen Frau an, begrüßte sie mit derselben Zuvorkommenheit und versicherte ihr unter einigen bedeutsamen Blicken, es kränke ihn außerordentlich, daß sie es ihm nicht ermöglicht habe, ihr sofort bei seiner Ankunft in Paris die Aufwartung zu machen. Dann wandte er sich wieder an ihren Gatten, der es für gut hielt, bei dieser Unterredung dicht an seiner Seite zu bleiben, bat diesen, ihn wissen zu lassen, wann er sich die Ehre geben dürfe, ihn zu besuchen, und meldete ihm zugleich, er selber wohne in der *Académie de Palfrenier*.

Mr. Hornbeck dankte Mr. Pickle für seine Höflichkeit in sehr kalter und schroffer Form, ohne sich im geringsten wegen seines Davonlaufens zu entschuldigen; er habe vor, sagte er, in zwei oder drei Tagen sein Logis zu wechseln, er müsse daher auf das Vergnügen, ihn bei sich zu sehen, verzichten, bis er wieder eingerichtet wäre, wolle ihn aber dann in der Akademie abholen und in seine neue Wohnung führen.

Pickle, dem die eifersüchtige Gesinnung des Mannes ja nicht unbekannt war, baute nicht zu sehr auf dieses Versprechen und machte deshalb verschiedene Anstrengungen, zu einer kleinen Privatunterhaltung mit der Dame zu kommen; die unermüdliche Wachsamkeit ihres Hüters jedoch ließ alle seine Versuche zuschanden werden, und das einzige, was er bei dieser zufälligen Begegnung einheimste, war ein freundlicher Händedruck, als er ihr beim Einsteigen half. Da er jedoch schon mehrmals Zeuge ihrer Schlauheit geworden und ihm die günstige Stimmung ihres Herzens nicht fremd war, hegte er einige schwache Hoffnung, von ihr zu hören, und er wurde in seiner Erwartung nicht betrogen, denn bereits am nächsten Vormittag erschien ein Savoyarde in der Akademie und drückte ihm folgendes Billett in die Hand.

Mein liber Här,

Da ich daß Vergniegen gehabt, si in das Hoschpitthal der Ihnfaliden ahnzutrefen, neme mir die Freiheid, Sie zu melden, daß Ich in daß hotteil de May cong dangle ri Doghouseten loschiren duh, mit zwei Feiler an die Düre, wofon keiner gans isht, wo ich ans Pfenster seihn wärde, wen sie so guth seien wohlen, um sex Ur Abens forbeizukohmen, wo Här Hornbeck of en Kaf hay de Conte gehn duht. Ich biete um Jesuh Wunden wihlen, diz vor meinem Mann geheim zu halden, sunsten würd ehr mier eine Hölle auf Ehrden zubereiden. Mer nicht for dismahl. Die ich bin, wärder Hehr,

  Ire gehorschamste Dihnerin, Deborah Hornbeck

Diese zierliche Epistel, die an Mosjeh, Mosjeh Pikhel à la Kadammi de Paul Frenie gerichtet war, versetzte unsern jungen Herrn in Entzücken. Er ermangelte nicht, sich zur anberaumten Stunde an dem bezeichneten Orte einzufinden, die Dame, ihrer Abrede getreu, winkte ihm, die Treppe hinaufzukommen, und er hatte das Glück, unbeobachtet eingelassen zu werden.

Nachdem sie beide ihrer überschwenglichen Freude über diese Wiedervereinigung Ausdruck verliehen hatten, erzählte sie ihm, ihr Mann sei seit dem Abenteuer zu Chantilly, das er noch nicht verdaut habe, ein rechter Brummbär gewesen, habe ihr allen Verkehr mit Mr. Pickle aufs schärfste verboten und sogar gedroht, sie zeitlebens ins Kloster zu sperren, wenn er nur die mindeste Neigung bei ihr entdecke, diese Bekanntschaft zu erneuern. Seit ihrer Ankunft in Paris habe sie auf ihrer Stube hocken müssen, weder die Stadt noch irgendeine Gesellschaft sehen dürfen, ausgenommen ihre Wirtin, deren Sprache sie nicht verstünde. Dadurch sei sie ganz trübsinnig und kränklich geworden, was ihn endlich vor wenigen Tagen bewogen hätte, ihr etwas frische Luft zu gönnen. Er habe mit ihr die Gärten des Luxembourg, die Tuilerien und den königlichen Palast besichtigt, doch bloß zu Zeiten, wenn keine Spaziergänger anwesend waren; und auf einem dieser Ausflüge habe sie das Glück gehabt, ihn anzutreffen. Schließlich gab sie ihm zu verstehen, sie ertrage dieses Kerkerleben an der Seite eines Mannes, den sie nicht lieben könne, nicht länger und würde es vorziehen, ihm augenblicklich auszureißen und sich unter den Schutz ihres Verehrers zu stellen. So voreilig und unbedacht diese Erklärung auch sein mochte, war unser junger Herr doch zu galant, um die Neigung der Dame unbefriedigt zu lassen, und von seiner Leidenschaft zu sehr betört, um die Folgen eines so gefährlichen Schrittes vorauszusehen. Er nahm daher ihren Vorschlag ohne Bedenken an, und da die Luft rein war, eilten sie die Treppe hinunter und auf die Straße hinaus, wo Peregrine einen Fiaker herbeirief und ihm befahl, sie nach einer Weinschenke zu fahren. Er wußte aber, daß es nicht in seiner Macht liege, die Frau den Nachforschungen des Polizeipräfekten zu entziehen, wenn sie innerhalb der Mauern von Paris bliebe; so mietete er denn eine Kutsche und brachte sie noch am gleichen Abend nach Villejuif, vier Meilen vor der Stadt, wo er die ganze Nacht bei ihr weilte; und nachdem er für eine angemessene Unterkunft gesorgt und wegen seiner zukünftigen Besuche alles geregelt hatte, kehrte er am nächsten Morgen in sein eigenes Logis zurück.

Während er so seinen Erfolg genoß, stand der Ehemann die Qualen der Verdammten aus. Denn als er aus dem Kaffeehause heimkam und hörte, daß seine Frau durchgebrannt sei, ohne daß jemand im Hause es wahrgenommen habe, begann er vor Wut und Eifersucht zu rasen und zu schäumen und beschuldigte in seiner Verstörtheit und Bestürzung die Hauswirtin, sie hätte seiner Gemahlin bei der Flucht geholfen, und drohte, sie beim Kommissar zu verklagen. Es wollte dieser Frau nicht in den Kopf, daß Mrs. Hornbeck, die, wie sie wußte, der französischen Sprache völlig unkundig war und die überhaupt keinen Umgang gehabt hatte, ihren umsichtigen Mann täuschen und in einer Stadt, in der sie gar keine Bekannten hatte, irgendwo Zuflucht finden konnte. Sie geriet daher auf die Vermutung, die Raserei ihres Mieters wäre bloße Mache, mit der er den Zweck verfolge, eigene dunkle Anschläge auf sein Weib zu vertuschen, das vielleicht das Opfer seiner eifersüchtigen Natur geworden sei. Deshalb ersparte sie ihm die Mühe, seine Drohung zu verwirklichen, eilte, ohne sich noch länger zu besinnen, selbst zum Kommissar und berichtete ihm alles, was sie von dieser geheimnisvollen Sache wußte, wobei sie gewisse Andeutungen über Hornbecks Charakter fallen ließ, den sie als einen höchst mürrischen und eigensinnigen Mann darstellte.

Indem sie auf diese Weise dem Vorsatz des Klägers zuvorkam, wurde sie durch dessen Erscheinen mitten in ihrer Anzeige unterbrochen, und Hornbeck trug seine Beschwerde in so offensichtlicher Verwirrung, mit solchem Ärger und einer derartigen Ungeduld vor, daß der Kommissar leicht merken konnte, er habe an dem Verschwinden seiner Frau keine Schuld. Er verwies ihn daher an den Polizeipräfekten, unter dessen Gerichtsbarkeit dergleichen Dinge gehörten. Nachdem dieser Herr alle Einzelheiten von Hornbecks Mißgeschick vernommen hatte, fragte er ihn, ob er irgend jemanden als den Verführer seiner Frau im Verdacht habe, stellte ihm, als jener Peregrines Namen nannte, eine Vollmacht aus und gab ihm ein Detachement Soldaten mit, die nach der Flüchtigen suchen und sie zurückbringen sollten.

Der Ehemann führte sie sofort nach der Akademie, wo unser Held ja wohnte, und durchstöberte zu Mr. Jolters Erstaunen das ganze Haus, ohne seine Frau noch deren mutmaßlichen Räuber zu finden. Nun ging er mit seinen Leuten in alle Gasthöfe der Vorstadt, und da ihm hier kein besserer Erfolg beschieden war, kehrte er voll Verzweiflung zum Polizeipräfekten zurück. Dieser versprach ihm, die Suche nach der Vermißten so gründlich zu betreiben, daß er in drei Tagen von ihr Nachricht haben sollte, wofern sie noch am Leben und innerhalb der Mauern von Paris wäre.

Unser Abenteurer, der diese ganze Aufregung vorausgesehen hatte, wunderte sich gar nicht, als ihm sein Hofmeister erzählte, was geschehen sei. Dieser beschwor ihn sodann, die Frau ihrem rechtmäßigen Eigentümer zurückzugeben, stellte ihm aufs beweglichste vor, wie abscheulich die Sünde des Ehebruchs wäre, schilderte ihm die Geisteszerrüttung des unglücklichen Gatten und die Gefahr, die er laufe, wenn er sich den Zorn einer despotischen Regierung zuziehe, die auf ein Gesuch hin sich der Sache des Beleidigten ohne weiteres annehmen werde. Peregrine leugnete mit der dreistesten Stirn, mit der Geschichte etwas zu tun zu haben, heuchelte Unwillen über Hornbecks Handlungsweise, den er für den skandalösen Verdacht zu züchtigen drohte, und äußerte sein Mißfallen an Jolters Leichtgläubigkeit, der die Wahrheit seiner feierlichen Behauptungen zu bezweifeln scheine. Trotz dieses zuversichtlichen Auftretens war Jolter von Peregrines Aufrichtigkeit nicht überzeugt. Er stattete deshalb dem untröstlichen Schäfer einen Besuch ab und bat ihn sowohl um der Ehre seines Vaterlandes als auch um seines eigenen Rufes willen, sich nicht mehr an den Polizeipräfekten, sondern an den englischen Gesandten zu wenden. Der werde es durch freundschaftliche Ermahnungen bestimmt erreichen, daß Mr. Pickle ihm jegliche Gerechtigkeit widerfahren lasse, falls er wirklich für den Schimpf, den Mr. Hornbeck erlitten habe, verantwortlich sei. Der Hofmeister drängte ihm diesen Rat mit so viel augenscheinlichem Mitleid und solcher Teilnahme auf und versprach zugleich, ihn nach Kräften zu unterstützen, daß Hornbeck auf den Vorschlag einging, den Polizeipräfekten von seiner Absicht in Kenntnis setzte, der den Entschluß lobte und sagte, es sei dies der geeignetste und beste Schritt, den er tun könne, und hierauf Sr. Exzellenz die Aufwartung machte. Der Gesandte war sofort bereit, für seine Sache einzutreten, schickte noch am gleichen Abend nach dem jungen Herrn und nahm ihn insgeheim so ins Gebet, daß Peregrine mit der ganzen Geschichte herausrückte. Nicht etwa, daß der Gesandte ihm hochmütig mit puritanischen Maximen oder mit scharfen Verweisen gekommen wäre, denn er besaß zuviel Scharfsinn, um nicht zu merken, daß dergleichen Mittel bei einer Natur wie derjenigen Peregrines nicht verfingen; vielmehr neckte er ihn zuerst wegen seiner Verführungskunst, beschrieb ihm auf humoristische Art die fürchterliche Aufregung des armen Hahnreis, der, wie er unverhohlen gestand, mit Recht für sein ungereimtes Betragen bestraft worden wäre, und stellte ihm schließlich vor, in der

Annahme, daß es Pickle keine große Mühe kosten werde, diese Eroberung fahrenzulassen, zumal er sich geraume Zeit hindurch seines Sieges habe erfreuen können, wie es notwendig und ratsam sei, die Frau herauszugeben, und zwar nicht nur seines eigenen Charakters und der Ehre der Nation, sondern auch seiner Ruhe wegen, die in kurzem durch eine solch lästige Verbindung außerordentlich gestört werden müßte, weil er sich aller Wahrscheinlichkeit nach durch sie in tausenderlei Schwierigkeiten und Unannehmlichkeiten verwickeln würde. Zudem versicherte er ihm, er sei bereits auf Befehl des Polizeipräfekten von Spähern umringt, die alle seine Schritte beobachteten und den Schlupfwinkel sofort entdecken würden, in dem er seine Beute verborgen halte. Diese Argumente und der offenherzige, vertrauliche Ton, in dem sie vorgetragen wurden, vor allem aber der zuletzt erwähnte Umstand bewogen den jungen Mann, dem Gesandten bis ins einzelne zu enthüllen, wie er vorgegangen war, und ihm zu versprechen, sich ganz nach seinen Direktiven zu richten, sofern die Frau ihre Flucht nicht zu büßen hätte und von ihrem Gemahl mit gebührender Achtung und Ehrerbietung empfangen würde. Nachdem dies ausbedungen und zugesagt war, verpflichtete er sich, seine Dulzinea in achtundvierzig Stunden herbeizuschaffen, nahm sofort eine Kutsche, fuhr zu ihr hinaus und brachte einen ganzen Tag und eine ganze Nacht damit zu, sie davon zu überzeugen, daß es unmöglich sei, ihr Verhältnis auf die jetzige Art fortzusetzen. Dann kehrte er mit ihr nach Paris zurück und lieferte sie dem Gesandten aus, der ihr versicherte, sie könne auf seine Freundschaft und auf seinen Schutz zählen, wenn Mr. Hornbeck ihr mit seinen eifersüchtigen Launen etwa wieder lästig fallen sollte. Hierauf stellte er sie dem legitimen Eigentümer zu, dem er den Rat erteilte, sie von jenem Zwang zu befreien, der sehr wahrscheinlich schuld gewesen, daß sie ihm davongelaufen sei, und sich zu bemühen, durch eine zärtliche und respektvolle Behandlung ihre Zuneigung zurückzugewinnen.

Der Mann benahm sich sehr demütig und willfährig und beteuerte, er würde hinfort seine hauptsächlichste Aufgabe darin sehen, Lustpartien für sie auszudenken. Kaum aber hatte er sein verirrtes Schäflein wieder in seinem Besitz, als er es erst recht einsperrte, und nachdem er verschiedene Projekte erwogen hatte, welche die Förderung von Mrs. Hornbecks Moral bezweckten, beschloß er zuletzt, sie als Kostgängerin in ein Kloster zu geben, wo eine kluge Äbtissin sie beaufsichtigen, ihre Sitten überwachen und sie auf den Pfad der Tugend zurückführen sollte. Zu diesem Zweck wandte er sich an einen seiner Bekannten, einen englischen Priester, und dieser riet ihm, sie in ein Kloster nach Ryssel zu bringen, damit sie von Paris möglichst weit weg sei, und sich auf diese Weise vor den Machenschaften ihres Liebhabers zu sichern; er schrieb ihm auch eine Empfehlung an die Superiorin eines gewissen Klosters jener Stadt, und wenige Tage später zog Mr. Hornbeck mit seiner beschwerlichen Bürde ab.

42

Peregrine beschließt, nach England zurückzukehren.
Im Palais Royal macht er die Bekanntschaft von zwei
Landsleuten und hat an ihrem schrulligen Wesen viel Spaß.

Mittlerweile empfing unser Held einen Brief von seiner Tante, in dem sie ihm meldete, die Kräfte des Kommodores nähmen rasch ab und er sehne sich sehr danach, ihn im Kastell zu haben. Zur gleichen Zeit erhielt er Nachricht von seiner Schwester, die ihm zu verstehen gab, der junge Herr, der sich bisher um sie beworben hätte, fange an zu drängen, und sie wüßte gern, wie sie sein wiederholtes Ansuchen beantworten solle. Infolge dieser beiden Umstände faßte unser Abenteurer den Entschluß, in sein Vaterland zurückzukehren, was Jolter gar nicht unlieb war, weil er wußte, daß der gegenwärtige Inhaber der Pfründe, über die Trunnion zu verfügen hatte, ein hochbetagter Mann war und daß es in seinem Interesse liege, bei dessen Hinscheiden an Ort und Stelle zu sein.

Peregrine, der nun etwa fünfzehn Monate in Frankreich gelebt hatte, glaubte, er sei jetzt dazu befähigt, die meisten seiner Zeitgenossen in England in den Schatten zu stellen, und traf daher die nötigen Anstalten zu seiner Abreise mit größtem Eifer. Außerdem war er vom stärksten Verlangen beseelt, seine Freunde wiederzusehen und die alten Bekanntschaften zu erneuern, vornehmlich die mit Emilie, deren Herz er nun zu jeder ihm beliebigen Bedingung bezwingen zu können meinte.

Da er beabsichtigte, auf dem Rückweg nach England eine Tour durch Flandern und Holland zu machen, beschloß er, nachdem alle seine Angelegenheiten in Ordnung gebracht waren, noch etwa zwei Wochen in Paris zu bleiben, in der Hoffnung, er werde unterdessen einen angenehmen Reisegefährten finden. Um sein Gedächtnis aufzufrischen, besuchte er noch einmal alle Orte der französischen Hauptstadt, an denen hervorragende Kunstwerke zu sehen sind. Auf einer dieser Fahrten wollte er zufällig gerade das *Palais Royal* betreten, als zwei Herren am Tor aus einem Fiaker stiegen, und da sie alle drei zugleich eingelassen wurden, merkte er bald, daß die Fremden Landsleute von ihm seien. Der eine war ein junger Mann, in dessen Gesicht und ganzem Wesen all die pedantische Würde und der hochmütige Eigendünkel des neugebackenen Mediziners zu erkennen waren, während der andere, den sein Gefährte mit „Mr. Pallet" anredete, auf den ersten Blick eine seltsame Mischung von Leichtsinn und Dreistigkeit verriet. Ihre Charaktere, ihre Kleidung und ihr Betragen stachen wirklich sonderbar voneinander ab. Der Doktor trug einen schwarzen Anzug und eine ungeheure Zopfperücke, die weder zu seinem Alter paßte noch der Mode des Landes entsprach, in dem er jetzt lebte, während der andere, obwohl dem Anschein nach über die Fünfzig hinaus, in einem bunten Sommergewand nach Pariser Schnitt und mit einem Haarbeutel an seinem grauen Kopf einherstolzierte und seinen Hut, den er unter den Arm geschoben, mit einem roten Federbusch geschmückt hatte. Diese beiden Gestalten schienen Kurzweil und Unterhaltung zu versprechen, und Pickle ließ sich deshalb sofort mit ihnen ins Gespräch ein. Er hatte bald heraus, daß der alte Herr ein Londoner Maler war, der sich für vierzehn Tage frei gemacht hatte, um in Frankreich und Flandern den berühmtesten Gemälden nachzureisen, und daß der Arzt die Gelegenheit wahrgenommen habe, ihn auf seinem Ausflug zu begleiten. Da der Maler ungemein redselig war, teilte er unserm Helden schon in den ersten paar Minuten ihres Beisammenseins nicht nur diese Einzelheiten mit, sondern benützte den günstigen Augenblick dazu, ihm zuzuflüstern, sein Reisegefährte sei ein Mann von ungeheurer Gelehrsamkeit und ganz zweifellos der größte Dichter des Zeitalters. Was ihn selbst anging, so hatte er es nicht nötig, sich herauszustreichen; denn er gab in kurzem solche Proben seines guten Geschmacks und seiner Talente, daß Pickle über seine Fähigkeiten nicht im unklaren sein konnte.

Als sie in einem der vordersten Säle Gemälde betrachteten, die nichts weniger denn Meisterwerke waren, trat der Schweizer, der sich als Kenner aufspielte, vor ein gewisses Bild hin und sprach, von Bewunderung hingerissen, das Wort *magnifique* aus, worauf Pallet, der das Französische keineswegs beherrschte, mit viel Lebhaftigkeit erwiderte: „*Manufac* will er sagen; es ist ein herzlich mäßiges Stück Manufaktur. Beachten Sie nur, meine Herren, den Mangel an Komposition bei den Köpfen im Hintergrund; auch hebt sich die Hauptfigur gar nicht ab. Bemerken Sie ferner, wie äußerst hart der Schatten ist; und – kommen Sie doch ein bißchen mehr auf diese Seite – sehen Sie nicht, daß die Verkürzung dieses Arms ganz unnatürlich ist – wahrhaftig, das Glied scheint geradezu gebrochen. Doktor, Sie verstehen sich auf die Anatomie; finden Sie nicht, daß dieser Muskel unbedingt falsch liegt? – Hör Er, Mr. Dingsda", fuhr er fort und wandte sich an den Führer, „wie nennt sich denn der Farbenkleckser, der dieses jämmerliche Machwerk zusammengeschmiert hat?" Der Schweizer wähnte, der Besucher habe die ganze Zeit seiner Befriedigung Ausdruck verliehen, und sanktionierte daher die vermeintliche Lobrede durch den Ausruf: „*Sans prix*". „Richtig!" schrie Pallet, „ich konnte mich nur nicht auf den Namen besinnen, obgleich mir seine Manier recht wohl bekannt ist. Wir haben in England einige wenige Stücke von diesem *Sangprie*, doch werden sie nicht eben geschätzt. Bei uns herrscht ein zu guter Geschmack, als daß uns Produkte in so elendem Gusto zusagen könnten. Ist er nicht ein ungebildeter, dummer Kerl, Herr Doktor?" Der Arzt, der sich des groben Schnitzers seines Gefährten schämte, glaubte, es sei zur Rettung seiner eigenen Ehre nötig, dies den Fremden merken zu lassen, und antwortete deshalb mit folgender Zeile aus dem Horaz:

Mutato nomine, de te fabula narratur.

Der Maler, im Lateinischen noch unwissender als im Französischen, nahm ohne weiteres an, sein Freund habe durch das Zitat seiner Meinung beigepflichtet, und sagte: „Ganz richtig! *Potatoe domine date*, dieses Stück ist auch nicht eine Patate wert." Peregrine erstaunte über die seltsame Verdrehung der Worte und des Sinnes eines lateinischen Verses und hielt sie anfänglich für einen beabsichtigten Witz; bei reiferer Überlegung sah er jedoch keinen Grund, daran zu zweifeln, daß sie nur das spontane Erzeugnis von Unverschämtheit und Ignoranz sei, und brach daher in ein unbändiges Gelächter aus. Pallet meinte, seine schalkhafte Kritik an Sangpries Werk habe diese Heiterkeit bewirkt; er schlug also eine noch schallendere Lache an und bemühte sich, durch weitere Glossen derselben Art den Spaß noch zu steigern, während der Arzt, bestürzt über des Malers Frechheit und Mangel an Kenntnissen, ihn mit folgenden Worten Homers tadelte:

Σίγα, μή τίς τ'ἄλλος Ἀχαιῶν τοῦτον ἀκούοη μῦθον.

Dieser Verweis war, wie der Leser leicht merken kann, nicht für den Horizont seines Freundes berechnet; er hatte ihn nur in der Absicht ausgesprochen, Mr. Pickle eine höhere Meinung von sich beizubringen. Der beantwortete die gelehrte Prahlerei mit drei Zeilen desselben Autors, die einen Teil der Rede des Polydamas an Hektor darstellen und besagen, daß es für einen einzigen Menschen unmöglich ist, sich in allen Dingen auszuzeichnen. Der dünkelhafte Arzt, der von einem jungen Manne von Peregrines Erscheinung eine solche Entgegnung nicht erwartet hatte, betrachtete sie als eine förmliche Herausforderung und rezitierte sofort in einem Atemzug vierzig oder fünfzig Verse aus der Ilias. Da er fand, daß der Fremde keine Anstrengung machte, sich nach diesem Erguß weiterhin mit ihm zu messen, deutete er dieses Stillschweigen als Unterwerfung. Um sich nun seines Sieges zu vergewissern, trumpfte er seinem vermeintlichen Nebenbuhler gegenüber mit verschiedenen Fragmenten aus Schriftstellern auf, die dieser nicht einmal dem Namen nach kannte, indes Pallet vor Verwunderung über die stupende Gelehrsamkeit seines Reisegefährten die Augen aufriß. Unser Held war weit davon entfernt, sich über die Überlegenheit des andern zu ärgern; vielmehr lachte er innerlich über den komischen Ehrgeiz des pedantischen Arztes. Er zählte ihn bloß zu jenen oberflächlichen Inhaltsregisterjägern, die den Aal der Wissenschaft beim Schwanz halten, und versprach sich vom feierlichen Benehmen und vom Stolz des Mannes unendlich viel Spaß und Vergnügen, falls sich diese Eigenschaften infolge der Eitelkeit und des Selbstvertrauens seines Reisegefährten richtig geltend machten. Auf Grund dieser Erwägungen beschloß er, diese Bekanntschaft sorgfältig zu pflegen und, da er vernommen hatte, daß sie die gleiche Route wie er vorhätten, sich auf seiner Reise durch Flandern auf ihre Kosten zu amüsieren. So behandelte er denn die beiden mit außerordentlicher Zuvorkommenheit und schien den Bemerkungen des Malers besondern Respekt zu zollen, und dieser fällte unverzagt über jedes Gemälde im Palast sein Urteil, oder mit andern Worten, zeigte sich bei jedem Ausspruch, den er tat, in seiner ganzen Blöße.

Als sie den „Mord der unschuldigen Kindlein" von Lebrun anschauten, rief der Schweizer: *„Beau morceau!"* „Ja, ja", meinte Pallet, „man sieht auf den ersten Blick, daß dieses Ding da von keinem andern sein kann; denn was Kolorit und Drapierung anbelangt, hat Bomorso einen durchaus eigenen Stil; seine Komposition ist ohne Schwung und sein Ausdruck grotesk und unnatürlich. Doktor, Sie haben mein

,Urteil Salomos' gesehen; ich glaube, ich darf ohne Ruhmredigkeit – doch ich will keine Vergleiche ziehen; dieses abscheuliche Geschäft überlasse ich andern Leuten; meine Bilder mögen für sich selbst sprechen. Frankreich ist unstreitig reich an Kunstwerken; aber woher kommt das? Der König muntert Männer von Genie durch Ehrenbezeigungen und Belohnung zur Arbeit auf, während wir in England uns selbst auf die Beine helfen und gegen den Neid und die Bosheit unserer Kollegen ankämpfen müssen. Bei Gott! ich habe die größte Lust, mich hier in Paris anzusiedeln; ich möchte auch gern eine Wohnung im Louvre und eine hübsche Pension von soundso viel tausend Livre haben."
So plapperte Pallet ewig drauflos und fiel von einem Irrtum in den andern, bis sie schließlich vor Poussins Gemälde „Die sieben Sakramente" standen. Aus übergroßem Diensteifer äußerte hier der Schweizer wiederum seine Bewunderung und sagte: *„Impayable!"* „Verzeihung, mein Lieber", versetzte der Maler, sich frohlockend an ihn wendend, „da hat Er sich nun mal verhauen; sie sind nicht von Impayable, sondern von Nikolas Pousehn; ich habe Kupferstiche davon in England gesehen; also komme Er mir nicht mit seinen Flausen wie andern Reisenden, Mr. Switzer oder Schwatzer, oder wie Er heißen mag."

Infolge dieses scheinbaren Triumphs seiner Kenntnisse blies er sich auf und fühlte sich veranlaßt, bei allen andern Stücken dieser berühmten Sammlung mit seinen sonderbaren Bemerkungen fortzufahren; da er aber wahrnahm, daß der Doktor keine Freude oder Zufriedenheit bekundete, sondern sie vielmehr stillschweigend und mit geringschätziger Miene betrachtete, konnte er diese Gleichgültigkeit nicht verdauen und fragte mit einem schelmischen Grinsen, ob er je zuvor eine solche Anzahl von Meisterwerken gesehen habe. Der Arzt warf ihm einen Blick zu, in dem sich Mitleid und Verachtung mischten, und sagte, es sei hier nichts vorhanden, was die Aufmerksamkeit von Personen verdiene, die mit den Idealen der Alten vertraut seien; auch sei der Schöpfer des vortrefflichsten Bildes von heute nicht würdig, den Pinsel eines jener großen Meister auszuwaschen, die von den griechischen und römischen Schriftstellern gepriesen würden. „Herr Jeses! Herr Jeses!" rief der Maler laut lachend aus, „jetzt sind Sie endlich in eine arge Klemme geraten; denn es ist bekannt, daß Ihre alten griechischen und römischen Künstler, verglichen mit den neuern Meistern, überhaupt nichts verstanden, aus dem guten Grund, weil sie nur drei oder vier Farben hatten und nicht in Öl malen konnten; überdies, wen von all Ihren alten verschimmelten Griechen wollten Sie dem göttlichen Raffael, dem hervorragenden Michelangelo Buonarroti, dem reizenden Guido, dem Zauberer Tizian und vor allem dem erhabenen Rubens gleichstellen? Wen mit dem. . ." Er hätte das zu diesem Zwecke auswendig gelernte Namensregister von Malern, von deren individuellen Eigenschaften ihm nicht der leiseste Begriff geblieben war, noch eine Zeitlang hergebetet, wäre er von seinem Freund nicht unterbrochen worden. Die Unehrerbietigkeit, mit der er der Griechen gedachte, hatte dessen Entrüstung erregt; er nannte ihn einen Lästerer, einen Goten, einen Böotier und fragte ihn nun seinerseits in heftigem Ungestüm, wer von den elenden Wichten, den Neueren, neben einen Panänus von Athen und seinen Bruder Phidias, neben Polykleitos von Sikyon, Polygnotos von Thrakien, Parrhasios von Ephesos mit dem Zunamen ἁβροδίαιτος, der Üppige, und neben den Fürsten der Maler, Apelles, treten könne.

Er forderte ihn heraus, ihm ein neueres Bildnis zu zeigen, das mit der „Helena" des Zeuxis von Herakleia um den Vorzug streiten könne, oder ein Gemälde, das sich neben der „Opferung der Iphigenie" von Timanthes aus Sikyon zu behaupten vermöge, der „Zwölf Götter" des Asklepiodoros aus Athen nicht zu gedenken, für die Mnason, der Tyrann von Elateia, ihm pro Figur etwa dreihundert Pfund bezahlte, oder „Homers Hölle" von Nikias nicht zu erwähnen, wofür dieser sechzig Talente ausschlug, die sich auf über elftausend Pfund belaufen, und edelmütig seinen Landsleuten damit ein Geschenk machte. Er verlangte, daß Pallet ihm eine Sammlung zeige, die derjenigen im Tempel zu Delphi gleichkäme, die im „Ion" des Euripides erwähnt wird, wo Herkules und sein Gefährte Iolaos dargestellt sind, wie sie die Lernäische Schlange mit goldenen Sicheln, χρυσέαις ἅρπαις, töten, wo Bellerophon auf seinem Flügelroß erscheint und die feuerschnaubende Chimära, τὰν πυριπνέουσαν, überwindet und der Kampf mit den Giganten abgebildet ist; hier steht Jupiter und schleudert den glühendroten Donnerkeil, κεραυνὸν ἀμφίπυρον; dort schwingt Pallas, furchtbar anzusehen, γοργωπός, ihren Spieß gegen den ungeheuern Enkelados; und Bakchos schlägt und tötet mit seinem leichten Thyrsusstab γᾶς τέκνον, den mächtigen Sohn der Erde. Durch diesen Schwall von Namen und Beispielen, der sich stürmisch und mit großer Schnelligkeit ergoß, wurde der Maler ganz verwirrt und bestürzt und hegte zuerst den Verdacht, der Arzt habe sich all das aus den Fingern gesogen. Als aber Pickle, um dem Eigendünkel des Doktors zu schmeicheln, hierin dessen Partei ergriff und bestätigte, daß jedes Wort, das er gesagt habe, wahr sei, änderte Mr. Pallet seine Meinung und erstarb, beredt schweigend, in Ehrfurcht vor den unermeßlichen Kenntnissen seines Freundes. Kurz, Peregrine merkte bald, daß beide bloße Schwärmer waren, die nicht die geringsten Ansprüche auf guten Geschmack und wirkliches Gefühl machen konnten und vorgaben, von Begeisterung erfüllt zu sein über, sie wußten selbst nicht was, indem der eine glaubte, er müsse seinem Entzücken Ausdruck verleihen, wenn er Werke von Männern betrachtete, die in seiner Kunst Großes geleistet hatten, sie mochten nun seine Bewunderung tatsächlich hervorrufen oder nicht, und der andere sich als Gelehrter für verbunden hielt, die Alten mit affektierter Leidenschaft, die keineswegs dem Wissen um ihre Vorzüge entsprang, über alles zu erheben. Unser junger Herr fand sich in der Tat so glücklich in die Art der beiden hinein, daß er, lange bevor die Besichtigung zu Ende ging, ihr besonderer Liebling geworden war.

Vom *Palais Royal* begleitete er sie zum Kartäuserkloster, wo sie sich die Geschichte des heiligen Bruno von Le Sueur ansahen, ein Name, der dem Maler ganz ungeläufig war. Er erklärte daher das gesamte Werk für eine jämmerliche und klägliche Leistung, obwohl es bei allen Kunstverständigen als eine meisterhafte Arbeit gilt.

Nachdem sie auch hier ihre Neugier befriedigt hatten, bat sie Peregrine, ihn bei Tisch mit ihrer Gesellschaft zu beehren. Allein sie lehnten seine Einladung ab, sei es nun, weil sie glaubten, es sei dem gewinnenden Wesen eines Menschen gegenüber, dessen Charakter sie nicht kannten, Vorsicht am Platze, oder weil sie bereits zuvor versagt waren. Sie entschuldigten sich damit, daß sie in einem gewissen Speisehaus eine Verabredung hätten, äußerten jedoch den Wunsch, die Bekanntschaft fortzusetzen, und Mr. Pallet erlaubte sich, ihn nach seinem Namen zu fragen. Er sagte ihm nicht nur, wie er heiße, sondern versprach, da sie in Paris fremd wären, sie am folgenden Vormittag zu besuchen und sie in das *Hôtel de Toulouse* und in verschiedene andere vornehme Häuser zu führen, die wegen ihrer Gemälde oder seltenen Ausstattung bemerkenswert seien. Sie nahmen seinen Vorschlag mit vielem Dank an und erkundigten sich noch am gleichen Tag bei ihren Landsleuten nach dem Charakter unseres Helden. Die Auskunft war jedenfalls so nach ihrem Geschmack, daß sie sich bei der zweiten Begegnung ohne jegliche Zurückhaltung um seine Gunst bemühten und, da sie von seiner Abreise gehört hatten, inständig baten, ihn durch die Niederlande begleiten zu dürfen. Er versicherte ihnen, es könnte ihm nichts angenehmer sein als die Aussicht, solche Reisegefährten zu haben, und sie setzten gleich den Tag fest, an dem sie die Tour antreten wollten.

43

Er führt seine neuen Freunde bei Mr. Jolter ein. Dieser gerät mit dem Arzt über die Frage der Staatsformen in einen Streit, der beinahe mit offenem Krieg endigt.

Mittlerweile machte er sie nicht nur mit allem bekannt, was in Paris sehenswürdig war, sondern er begleitete sie auf ihren Exkursionen nach allen königlichen Schlössern, die innerhalb einer Tagereise von Paris liegen. Nachdem sie einige dieser Lustpartien unternommen hatten, gab er ihnen auf seinem Zimmer ein elegantes Diner. Hierbei entstand zwischen Mr. Jolter und dem Doktor ein Streit, der beinahe mit unversöhnlicher Feindschaft geendet hätte. Diese beiden Herren, die eine gleiche Dosis Stolz, Pedanterie und Grämlichkeit besaßen, waren infolge Erziehung und Umgangs in politischen Grundsätzen Antipoden. Jener war, wie bereits gesagt wurde, ein bigotter Anhänger der Hochkirche, dieser aber ein Erzrepublikaner. Für den Hofmeister war es ein Glaubensartikel, daß das Volk da weder glücklich sein noch die Erde Früchte in Überfluß tragen könne, wo die Macht der Geistlichkeit und der Regierung eingeschränkt wäre. Dagegen hielt es der Doktor für eine ewige Wahrheit, daß keine Verfassung so vollkommen sei wie die der Demokratie und ein Land nur blühen könne, wenn der Staat von der Masse verwaltet werde.

Wenn man dies von ihnen weiß, wird man sich nicht wundern, daß sie, da man ganz frei und ohne Reserve sprach, bald miteinander uneins wurden, zumal ihr Gastgeber jede Gelegenheit ergriff, die Flammen anzufachen. Die erste Ursache ihrer Uneinigkeit war eine unglückliche Äußerung des Malers; das Rebhuhn, sagte er nämlich, das er eben esse, schmecke ihm köstlicher als irgendeines, das er je verzehrt hätte. Dieses Geflügel, räumte sein Freund ein, wäre das beste seiner Art, das er in Frankreich angetroffen, behauptete jedoch, es sei weder so fleischig noch so delikat wie dasjenige, welches man in England finge. Der Hofmeister hielt diese Bemerkung für eine Frucht des Vorurteils und der Unerfahrenheit und meinte mit sarkastischem Lächeln: „Es scheint mir, mein Herr, daß Sie dazu neigen, alle hiesigen Produkte schlechter zu finden als die Ihres Vaterlandes." „Sicher, mein Herr", antwortete der Arzt mit einer gewissen Feierlichkeit im Gesicht, „und nicht ohne guten Grund, hoffe ich." „Oh, ich bitte Sie", erwiderte der Hofmeister, „weshalb sollten die Rebhühner in Frankreich nicht ebenso gut sein wie die in England?" „Aus einem sehr einfachen Grund", entgegnete der andere, „weil sie kein so gutes Fut-

Sagt dem alten Schelm, der Euch hierher ge‑
schickt hat, daſs ich ihm ins Angesicht speye,
und ihn einen Kärngaul nenne; I.Th.16.Cap.

ter haben. Die eiserne Hand der Gewalt lastet auf allen Kreaturen innerhalb der französischen Besitzungen, sogar auf den Tieren des Feldes und den Bewohnern der Luft, κύνεσσιν οἰωνοῖσί τε πᾶσι." „Gegen diese Wahrheit läßt sich freilich nichts einwenden!" rief der Maler aus; „was mich betrifft, bin ich doch, sollte man denken, keine von euern Delikatessen; aber trotzdem ist in der englischen Beschaffenheit eine gewisse Frische, ein ‚Schenessäkoä', glaub ich, nennt man's, die einen hungrigen Franzmann so reizt, daß ich mehrere dabei ertappt habe, wie sie mich beim Vorübergehen mit höchst begehrlichen Blicken ansahen; und was ihre Köter oder, besser gesagt, Wölfe betrifft, sooft ich einem von ihnen begegne, ah! gehorsamer Diener, Mosjeh Hund! bin ich sofort auf der Hut. Der Doktor kann's bezeugen, daß sogar die Pferde oder vielmehr die lebenden Kadaver, die unsere Chaise schleppten, des öftern ihre langen Hälse umdrehten und nach uns schnupperten, wie nach einem Paar recht leckerer Bissen." Dieser Witz von Mr. Pallet, den man allgemein mit beifälligem Gelächter aufnahm, würde aller Wahrscheinlichkeit nach den Streit im Keime erstickt haben, hätte Mr. Jolter nicht mit einem selbstgefälligen und gezierten Lächeln den Fremden das spöttische Kompliment gemacht, sie sprächen wie echte Engländer. Der Doktor, den dies verdroß, erwiderte mit einiger Schärfe, der Hofmeister sei auf der falschen Spur, seine Ansichten und Neigungen beschränkten sich nämlich nicht auf ein besonderes Land; denn er betrachte sich als einen Kosmopoliten. Zwar, müsse er gestehen, sei er England mehr zugetan als irgendeinem andern Königreich; diese Bevorzugung sei aber die Folge reifer Überlegung und nicht die eines Vorurteils, sintemalen die britische Verfassung sich mehr als eine andere der vollkommensten Staatsform nähere, der demokratischen der Athener, die, wie er hoffe, dereinst wieder auferstehen werde. Mit Begeisterung und Entzücken erwähnte er den Tod Karls I. und die Vertreibung seines Sohnes, zog mit viel Bitterkeit gegen die Königswürde los und führte zur Bekräftigung seiner Meinung vierzig oder fünfzig Zeilen aus einer der Philippiken des Demosthenes an.

Jolter glühte vor Unwillen, als er ihn so unehrerbietig von der Autorität sprechen hörte. Er sagte, seine Lehren wären abscheulich und würfen Ordnung, Recht und Gesellschaft über den Haufen, die Monarchie sei eine göttliche Institution, folglich könne keine menschliche Gewalt sie abschaffen, und deshalb seien die Ereignisse der englischen Geschichte, die er so hoch gepriesen habe, nichts als flagrante Beispiele von Gottesschändung, Treulosigkeit und Aufruhr. Die Demokratie von Athen sei eine alberne Einrichtung, die Anarchie und Unheil erzeugt hätte, was allemal der Fall sein müsse, wenn das Wohl einer ganzen Nation von den Launen des unwissenden, wankelmütigen Janhagels abhinge. Der liederlichste Bürger des Staates, wenn er nur gut reden könne, habe es alsdann in der Hand, durch hemmungslose Bearbeitung des Pöbels den verdientesten Mann zu stürzen; die Masse habe sich ja oft dazu verleiten lassen, die größten Patrioten, die ihr Land hervorgebracht hätte, auf die undankbarste und unbesonnenste Art zu behandeln. Zum Schluß behauptete er, die Künste und Wissenschaften hätten in einer Republik nie so geblüht wie unter dem Patronat und dem Schutz einer absolutistischen Herrschaft, was das Zeitalter des Augustus und die Regierung Ludwigs XIV. bewiesen. Auch sei nicht anzunehmen, daß Genie und Verdienst von einzelnen Personen oder uneinigen Ratsversammlungen eines Gemeinwesens je so reichlich belohnt werden könnten wie durch die Großmut und Freigebigkeit eines Herrschers, dem alle Schätze des Landes zu Gebote stünden.

Peregrine, den es freute, den Streit hitzig werden zu sehen, bemerkte, an dem, was Mr. Jolter geäußert habe, scheine ihm sehr viel Wahres zu sein, und der Maler, der in seiner Meinung wankend wurde, blickte mit einem Gesicht voller Erwartung auf seinen Freund. Dieser verlieh seinen Zügen den Ausdruck triumphierender Geringschätzung und fragte seinen Gegner, ob er nicht dächte, daß eben die Macht, Verdienste zu belohnen, es einem unumschränkt regierenden Fürsten ermögliche, sich die willkürlichste Freiheit gegen das Leben und den Besitz seines Volkes zu erlauben. Bevor der Hofmeister Zeit hatte, diese Frage zu beantworten, rief Pallet aus: „Bei Gott! das ist eine ausgemachte Tatsache! Recht brav heimgeleuchtet, lieber Doktor! Meiner Seel!" Mr. Jolter strafte diesen lästigen Schwätzer mit einem verächtlichen Blick und behauptete, daß, wenn die höchste Gewalt einem guten Fürsten auch Mittel an die Hand gäbe, seine Tugenden leuchten zu lassen, sie der Grausamkeit und der Härte eines Tyrannen doch keinen Vorschub leiste, weil die Herrscher aller Nationen den Genius ihres Volkes zu Rate ziehen und die Lasten, welche sie auferlegten, der Stärke der Schultern, die sie zu tragen hätten, anpassen müßten. „Was erfolgt sonst?" sagte der Arzt. „Das ist nun wohl klar!" erwiderte der Hofmeister. „Aufstand, Meuterei und sein eigener Untergang; denn es ist nicht anzunehmen, daß die Untertanen irgendeines Regenten so knechtisch und feig sein sollten, sich der Mittel nicht zu bedienen, die der Himmel ihnen zur eigenen Rettung verliehen hat." „Sapperment! Sie haben recht, mein Herr", rief Pallet, „das muß ich gestehen. Doktor, ich fürchte, wir sind auf dem Holzweg." Allein dieser Sohn des Päan, weit entfernt, der Auffassung seines Freundes beizupflichten, bemerkte mit frohlockender Miene, er wolle nicht nur durch Gründe und Tatsachen dartun, daß die letzte Behauptung des Mr. Jolter bloße Sophisterei sei, sondern ihn sogar mit seinen eigenen Worten schlagen. Bei dieser anmaßenden Erklärung funkelten Jolters Augen, und er sagte zu seinem Gegner mit vor Zorn bebenden Lippen, wenn seine Argumente nicht besser wären als seine Sitten, so sei er sicher, daß er nur wenige zu seiner Ansicht bekehren werde, und der Arzt empfahl ihm mit all dem Übermut des Siegers, sich künftig vor gelehrten Streitgesprächen zu hüten, bis er seinen Stoff besser beherrsche.

Peregrine hoffte und wünschte, die Disputanten möchten zu Beweisgründen von mehr Gewicht und mehr Überzeugungskraft übergehen, und der Maler, dem vor ebendiesem Ausgang bange war, fuhr mit seinem üblichen Ausruf: „Oh, um Gottes willen, meine Herren!" auf, als der Hofmeister sich in höchster Wut vom Tisch erhob und das

Zimmer verließ, indem er etwas vor sich hinmurmelte, wovon nur das Wort „Narr" deutlich zu unterscheiden war. Der Arzt, der auf diese Art Herr des Schlachtfeldes blieb, wurde von Peregrine zu seinem Sieg beglückwünscht, und sein Erfolg machte ihn so stolz, daß er sich eine volle Stunde lang über die Ungereimtheit von Jolters Meinungen und über die Schönheit der demokratischen Regierungsform erging, das ganze Schema von Platos Republik erörterte und viele Stellen aus den Werken dieses idealistischen Denkers zitierte, die das Schöne, *τὸ καλόν*, betrafen. Sodann sprang er über zum moralischen Gefühl bei Shaftesbury und beschloß seine Tirade mit einem großen Stück der Rhapsodie dieses schaumschlagenden Autors, das er mit leidenschaftlicher Begeisterung deklamierte, zum unaussprechlichen Vergnügen seines Gastgebers und zur unbeschreiblichen Bewunderung von Pallet, der ihn wie ein übernatürliches und göttliches Wesen anstarrte. Der eitle junge Mann aber war von Pickles ironischem Lob so berauscht, daß er nun alle Zurückhaltung abwarf und, nachdem er sich als Freund unseres Helden bekannt hatte, dessen guten Geschmack und Gelehrsamkeit zu rühmen er nicht unterließ, rundheraus verkündete, er sei in diesen neuern Zeiten der einzige, der jenen erhabenen Genius, jenen Teil der Gottheit *τὸ θεῖον* besäße, der die Dichter Griechenlands unsterblich machte. Wie Pythagoras behauptete, fügte er hinzu, daß die Seele des Euphorbus in seinen Körper übergesiedelt sei, so sei er selber seltsam von der Idee durchdrungen, daß er von Pindars Geist inspiriert sei; denn wenn man der Verschiedenheit der Sprachen, in denen sie schrieben, etwas zugute hielte, bestünde eine erstaunliche Ähnlichkeit zwischen seinen Werken und denjenigen des gefeierten Thebaners; und um diese Wahrheit zu bekräftigen, gab er gleich entsprechende Proben ihrer Kunst. Obwohl sie nun in bezug auf Geist und Versifikation so weit voneinander entfernt waren wie die Oden des Horaz von den Produkten unseres jetzigen *poeta laureatus*, trug Peregrine kein Bedenken, sie für kongenial zu erklären, obgleich er dadurch seinem Gewissen Gewalt antat und sein Gefühl des Stolzes verletzte, das nicht überlegen genug war, um sich bei der Eitelkeit und Einbildung des Arztes, so lächerlich sie sein mochten, nicht zu regen. Der Medikus war es nämlich nicht zufrieden, mit seiner Bedeutung in der Welt des guten Geschmacks und der schönen Literatur zu prunken, sondern maßte sich sogar wichtige Entdeckungen auf dem Gebiet der Arzneikunde an. Diese, so sagte er, würden ihn mit Hilfe all der andern Talente, die ihn auszeichneten, und des ansehnlichen Vermögens, das er von seinem Vater geerbt hätte, unfehlbar auf die höchsten Höhen seines Berufes führen.

44

Der Arzt arrangiert ein Gastmahl nach der Art der Alten.

Mit einem Wort, unser junger Herr erwarb sich durch sein einschmeichelndes Benehmen das volle Vertrauen des Arztes, der ihn zu einem Gastmahl einlud, das er ganz nach Art und Weise der Alten herrichten wollte. Überrascht von diesem Gedanken, ging Peregrine mit großem Eifer auf den Vorschlag ein, lobte den Plan über alle Maßen und versicherte, er sei in jeder Beziehung seines Genies und seines Verstandes würdig. Der Tag zu diesem festlichen Mahle wurde festgesetzt und so weit hinausgeschoben, daß der Gastgeber Muße genug haben sollte, gewisse Marinaden und Konfekte zuzubereiten, welche die Küche unserer entarteten Zeit nicht mehr kennt.

Um den Gedanken des Arztes in ein recht helles Licht zu rücken und um möglichst viel Spaß zu haben, schlug Peregrine vor, es sollten ein paar Fremde am Bankett teilnehmen, und da die Auswahl der Gäste ihm anheimgestellt war, so erbat er sich die Gesellschaft eines französischen Marquis, eines italienischen Grafen und eines deutschen Barons, die, wie er wußte, ausbündige Gecken waren und deshalb die Freuden des Mahles noch erhöhen würden.

Zur anberaumten Stunde führte sie Pickle in das Hotel, in dem der Arzt logierte, nachdem er in ihnen zuvor die lebhaftesten Erwartungen auf ein köstliches Mahl in echt altrömischem Stil geweckt hatte. Sie wurden von Mr. Pallet empfangen, der die Honneurs machte, während sein Freund unten in der Küche mit der Aufsicht beschäftigt war. Der gesprächige Maler erzählte ihnen, daß der Doktor bei der Ausführung seines Vorhabens auf unzählige Schwierigkeiten gestoßen sei; er hätte nicht weniger als fünf Köche wieder fortjagen müssen, weil sie es mit ihrem Gewissen nicht vereinbaren konnten, seine Anweisungen in Dingen zu befolgen, die den heutigen Regeln ihrer Kunst spotteten, und obgleich er durch eine außerordentliche Belohnung schließlich einen Menschen dazu bewogen habe, sich nach allen seinen Vorschriften zu richten, hätten die erhaltenen Befehle den Burschen so in Verwunderung gesetzt, gekränkt und aufgebracht, daß ihm die Haare zu Berge gestanden hätten und er auf den Knien den Doktor angefleht habe, er möge ihn von der Verpflichtung, die er eingegangen sei, entbinden; da er aber gefunden habe, daß jener auf dem Kontrakt bestehe und drohe, ihn im Weigerungsfall beim Kommissar anzuzeigen, hätte er während des Kochens zwei Stunden lang geweint, gesungen, geflucht und sei wie toll herumgetanzt.

Als die Herren diese sonderbare Nachricht anhörten, die ihnen einen seltsamen Vorgeschmack von der Mahlzeit geben mußte, tönte eine klägliche Stimme an ihre Ohren, die auf französisch rief: „Um Gottes willen, Monsieur, um der Leiden Christi willen, ersparen Sie mir den Affront mit dem Honig und dem Öl!" Noch klangen ihnen die Ohren, als der Doktor eintrat und von Peregrine den Fremden vorgestellt wurde. In seiner großen Wut konnte er es sich nicht verkneifen, ihnen gegenüber über den Mangel an Gefälligkeit zu klagen, den er beim gewöhnlichen Pariser Volk angetroffen habe und an dem sein Plan beinahe gänzlich gescheitert wäre. Der französische Marquis, der glaubte, daß durch diese Erklärung die Ehre der Nation berührt werde, bekundete sein Leidwesen über das, was geschehen sei und was dem bekannten Charakter seines Volkes so gar nicht entspreche; er übernahm es auch, für eine strenge Bestrafung der Schuldigen zu sorgen, wenn er deren Namen und Wohnung erfahren könne. Kaum waren die üblichen Komplimente ausgetauscht, erschien ein Bedienter und meldete, das Essen sei fertig. Der Gastgeber schritt ihnen nun in ein anderes Zimmer voran, wo sie eine lange Tafel oder vielmehr zwei aneinandergeschobene Tische vorfanden, die mit mancherlei Gerichten besetzt waren, deren Duft so stark auf die Nerven der Gesellschaft wirkte, daß der Marquis unter dem Vorwand, eine Prise zu nehmen, fürchterliche Grimassen schnitt, daß dem Italiener die Augen wässerten und die Gesichtszüge des Deutschen sich heftig verzerrten. Unser Held verstand es, seine Nase vor dem Geruch zu schützen, indem er bloß durch den Mund atmete, der arme Maler aber lief in ein Nebenzimmer und verstopfte seine Nasenlöcher mit Schnupftabak. Der Doktor, welcher der einzige war, dessen Sinnesorgane sich nicht beleidigt fühlten, zeigte auf die vier Sofas zu beiden Seiten der Tafel, sagte seinen Gästen, es tue ihm leid, daß er nicht die richtigen *triclinia* der Alten habe beschaffen können, die sich von diesen Ruhebetten etwas unterschieden, und bat sie, so freundlich zu sein und sich ohne Umstände hinzulagern, während er und Mr. Pallet an den Enden des Tisches aufrecht sitzen wollten, um das Vergnügen zu haben, die Liegenden zu bedienen. Da ihnen diese Anordnung vollkommen überraschend kam, waren die Fremden ganz fassungslos und in der lächerlichsten Verlegenheit. Der Marquis und der Baron standen da und verbeugten sich voreinander, als ob sie um den untern Platz stritten; ihre Absicht war jedoch, das Beispiel des andern zu nützen, weil keiner wußte, wie er sich hinstrecken sollte, und Peregrine, der an ihrer Befangenheit die größte Freude hatte, geleitete den Grafen auf die andere Seite und beharrte mit der boshaftesten Höflichkeit darauf, daß er sich obenan niederlasse.

So spielten alle in peinlicher und possierlicher Unschlüssigkeit ihre Pantomime weiter, bis der Doktor sie dringend darum bat, auf alle Zeremonien und Formalitäten zu verzichten, da sonst das Essen verdorben wäre, noch ehe in ihrem Rangstreit eine Einigung erzielt sei. Auf diese ernstliche Ermahnung hin nahm Peregrine das untere *triclinium* linker Hand ein und legte sich sachte hin, das Gesicht dem Tisch zugewandt. Der Marquis machte es ihm nach und streckte sich auf dem Platz ihm gegenüber hin, obschon er lieber drei Tage gefastet als sich der Gefahr ausgesetzt hätte, durch eine solche Stellung seinen Anzug in Unordnung zu bringen. Er lag höchst unbehaglich und unbequem und stützte sich auf seinen Ellbogen, damit sein Kopf über das Ende des Sofas hinausragte und der kunstreiche Aufbau seiner Perücke durch die waagrechte Haltung seines Körpers nicht beschädigt werde. Der Italiener, ein hagerer, geschmeidiger Mensch, pflanzte sich neben Pickle hin und hatte bloß das Pech, an einem vorstehenden Nagel des Ruhebettes einen Strumpf zu zerreißen, als er seine Beine auf die Höhe seiner übrigen Glieder heben wollte. Der Baron aber, steifer und schwerfälliger als seine Gefährten, plumpste so jählings auf seinen Sitz, daß seine Füße plötzlich nach oben schlugen, mit dem Haupte des Marquis in heftigen Kontakt gerieten und im Nu die Pracht seiner Locken ruinierten, während sein eigener Schädel mit solcher Gewalt an der Lehne seines Lagers aufprallte, daß er die Perücke verlor und der Puderstaub im ganzen Zimmer herumflog.

Bei der drolligen Ratlosigkeit, die diese Katastrophe zur Folge hatte, war es um die erheuchelte Ernsthaftigkeit unseres jungen Herrn geschehen. Er mußte das Taschentuch in den Mund stopfen, um nicht herauszuplatzen, denn der kahlköpfige Deutsche bat in so komischer Bestürzung um Verzeihung, und der Marquis gewährte sie mit so wehmütiger Höflichkeit, daß selbst ein Quietist sich des Lachens nicht hätte erwehren können.

Nachdem diesem Unheil nach Möglichkeit gesteuert worden war und jeder der schon beschriebenen Anordnung gemäß sich etabliert hatte, schickte sich der Doktor mit großer Freundlichkeit an, über die aufgetragenen Gerichte Auskunft zu geben, damit die Gäste ihre Auswahl treffen könnten. „Dies hier, meine Herren", begann er mit einer Miene höchster Befriedigung, „ist eine gesottene Gans, in einer Brühe von Pfeffer, Liebstöckel, Koriander, Minze, Raute,

Anschovis und Öl. Ihretwillen, meine Herren, wollt ich, es wäre eine von den Gänsen aus Ferrara, die bei den Alten wegen der Größe ihrer Lebern so berühmt waren, denn eine soll über zwei Pfund gewogen haben. Mit dieser Speise, exquisit wie sie war, fütterte der Tyrann Heliogabalus seine Hunde. Doch Verzeihung, ich hätte fast die Suppe vergessen, die, wie ich hörte, auf keiner Tafel in Frankreich fehlen darf. An beiden Enden des Tisches finden Sie Schüsseln mit der Salacacabia der Römer, die eine ist aus Petersilie, Polei, Piniennüssen, Käse, Honig, Weinessig, Salzwasser, Eiern, Gurken, Zwiebeln und Hühnerleber zubereitet, die andere ist beinahe dasselbe wie die Fastentagssuppen hierzulande. Daneben steht ein mit Fenchel und Kümmelsamen gekochter Kalbsschlegel, in einer Brühe von Salz und Essig, Öl, Honig und Semmelmehl, ferner ein herrliches Haschee von Lunge, Leber und Blut eines Hasen nebst einer Platte mit gebratenen Tauben. Herr Baron, darf ich Ihnen von dieser Suppe einen Teller voll servieren?" Der Deutsche, dem alle die Ingredienzien sehr wohl zusagten, gab seine Zustimmung, und das Produkt schien ihm zu schmecken, indes der Maler den Marquis fragte, von welcher Silleikikabei er haben wolle, und ihn auf sein Verlangen mit Fasttagssuppe bediente. Der Graf versorgte sich statt mit Löffelkost, die, wie er gestand, nicht sein Fall sei, mit einer Taube und richtete sich bei dieser Wahl nach unserm jungen Herrn, dessen Beispiel er beim ganzen Gastmahl zu folgen beschloß.

Als der Franzmann den ersten Löffel Suppe geschluckt hatte, machte er eine lange Pause; seine Kehle schwoll an, als wär ihm ein Ei darin steckengeblieben; er rollte die Augen, während sein Mund sich unwillkürlich bald weitete, bald wieder zusammenzog. Pallet, der diesen Kenner unverwandt anschaute, um sich zu vergewissern, daß die Suppe ihm munde, ehe er sich selbst daran wagen wollte, wurde infolge dieser Emotionen allmählich unruhig und machte mit einiger Besorgnis die Bemerkung, den armen Herrn scheine eine Unpäßlichkeit anzuwandeln, worauf Peregrine ihm jedoch versicherte, dies seien Zeichen des Entzückens, und den Marquis zur weiteren Bestätigung fragte, wie er die Suppe fände. Trotz seiner Höflichkeit fiel es diesem Kavalier unendlich schwer, seinen Ekel so weit zu meistern, daß er zu antworten vermochte: „Ganz vortrefflich, auf Ehre!" Auf diese anerkennenden Worte hin führte nun der Maler seinen Löffel ohne Bedenken zum Munde; allein er war weit davon entfernt, das Lob seines Vorkosters zu rechtfertigen; denn als sich jene köstliche Komposition über seinen Gaumen ergossen hatte, schien er geradezu betäubt und gelähmt und saß da wie die bleierne Statue eines Flußgottes, dem das Wasser zu beiden Seiten des Mundes hinausläuft.

Der Doktor, durch dieses unschickliche Phänomen geängstigt, forschte ernstlich nach dessen Veranlassung, und als Pallet seine Fassung wiedergewonnen hatte und schwur, er wolle lieber Porridge aus brennendem Schwefel fressen als das höllische Zeug, das er eben gekostet habe, versicherte der Arzt zu seiner eigenen Verteidigung der Gesellschaft, er habe außer den gewöhnlichen Ingredienzien nichts in die Suppe getan als etwas Salmiak statt des Nitrums der Alten, das man jetzt nicht auftreiben könne, wandte sich an den Marquis und fragte ihn, ob dieses Surrogat nicht eine Verbesserung des Ganzen bedeute. Der unglückliche *petitmaître*, dessen Gefälligkeit arg in die Enge geriet, bekannte, die Verfeinerung sei großartig, und da er sich ehrenhalber verpflichtet glaubte, seinen Ausspruch durch die Tat zu beweisen, würgte er noch ein paar Löffel dieser widrigen Brühe hinunter, bis sich sein Magen schließlich so beleidigt fühlte, daß er genötigt war, plötzlich aufzuspringen, wobei er in der Hast seinen Teller umstieß und den Inhalt dem Baron über die Brust schüttete. Seine dringenden Bedürfnisse erlaubten ihm nicht, sich lange aufzuhalten und wegen seines Ungestüms um Verzeihung zu bitten. Er rannte in ein anderes Zimmer, und Peregrine, der ihm nachfolgte, sah, wie er sich erbrach und andächtiglich bekreuzigte. Nachdem auf des Marquis Verlangen eine Sänfte vors Haus gebracht worden war, schlüpfte er mehr tot als lebendig hinein und beschwor seinen Freund Pickle, ihn mit der Gesellschaft wieder auszusöhnen, ihn aber besonders beim Baron wegen des

Unwohlseins zu entschuldigen, das ihn so überraschend befallen habe. Er hatte wohl Ursache, sich eines Vermittlers zu bedienen; denn als unser Held in den Speisesaal zurückkehrte, fand er, daß der Deutsche aufgestanden war und sein Lakai sich um ihn bemühte, der ihm von der reichgestickten Weste das Fett abwischte.

Er war infolge seines Mißgeschicks beinahe außer sich, stampfte auf den Boden und fluchte in seinem Deutsch auf das unselige Gastmahl und den albernen Gastgeber. Dieser tröstete ihn jedoch mit größter Gelassenheit über sein Unglück und versicherte ihm, mit ein wenig Terpentinöl und einem heißen Eisen sei der Schaden leicht wieder gutzumachen. Peregrine, der sich kaum enthalten konnte, dem Baron ins Gesicht zu lachen, besänftigte dessen Unwillen, indem er ihm auseinandersetzte, wie sehr die ganze Gesellschaft und hauptsächlich der Marquis den Unfall bedaure. Nachdem die verhängnisvolle Salacacabia abgetragen war, traten zwei Pasteten an ihre Stelle, die eine aus Haselmäusen mit einem Aufguß von weißem Mohnsirup, den der Arzt statt des gerösteten Magsamens untergeschoben hatte, den man ehemals mit Honig zum Nachtisch aß, die andere aus Schinken, der in Honig gebacken worden war.

Als Pallet die erste Pastete beschreiben hörte, erhob er Hände und Augen gen Himmel und rief, Ekel und Erstaunen verratend: „Eine Haselmauspastete mit weißem Mohnsirup! O du lieber Herrgott droben, was für grausige Gesellen diese Römer doch gewesen sind!" Sein Freund verwies ihm durch einen strengen Blick dieses unehrerbietige Wort und pries ihnen das Kalbfleisch an, dem er selbst so tüchtig zusprach, und das er der Gesellschaft so sehr lobte, daß der Baron beschloß, sein Beispiel nachzuahmen, sich aber zuerst ein Glas Burgunder einschenken ließ; leider keinen echten Falerner, meinte der Arzt. Da auf dem Tisch sonst nichts zu sehen war, was der Maler anzurühren gewagt hätte, machte er aus der Not eine Tugend und hielt sich ebenfalls ans Kalbfleisch; doch konnte er es sich nicht versagen zu bemerken, für eine Scheibe altengliches Roastbeaf wolle er gern alle Leckerbissen von der Tafel eines römischen

Kaisers hingeben. Trotz all seinen Versicherungen und Einladungen aber vermochte der Doktor seine Gäste nicht zu bewegen, von dem Haschee und der Gans zu essen. So folgte denn diesem Gang ein anderer, zu dem, wie ihnen ihr Wirt meldete, verschiedene von den Gerichten gehörten, die von den Alten den Beinamen πολυτελεῖς, die Prachtspeisen, bekommen hätten. „Das, was da in der Mitte dampft", sagte er, „ist der Magen einer Sau, mit kleingehacktem Schweinefleisch, Schweinsgehirn, Eiern, Pfeffer, Gewürznelken, Knoblauch, Anissamen, Raute, Ingwer, Öl, Wein und Salzbrühe gefüllt. Zur Rechten stehen die Zitzen und der Bauch einer Sau, die eben geworfen hat, mit süßem Wein, Öl, Semmelmehl, Liebstöckel und Pfeffer gebacken. Zur Linken befindet sich ein Frikassee von Schnecken, die mit Milch gefüttert oder vielmehr purgiert sind. Unten bei Mr. Pallet stehen Küchlein von Kürbissen, Liebstöckel, Wohlgemut und Öl. Hier sind zwei junge Hühner, nach der Manier des Apicius gebraten und gestopft."

Sobald der Maler, der durch Grimassen seinen Abscheu gegen den Saumagen, den er mit einem Dudelsack verglich, und gegen die Schnecken, die eine Purganz hinter sich hatten, zu erkennen gab, ihn die gebratenen Hühner erwähnen hörte, bat er sich gleich einen Flügel davon aus, worauf der Arzt ihn ersuchte, sie zu zerlegen, und sie ihm hinunterreichte. Mr. Pallet steckte indes einen Zipfel des Tischtuchs unter das Kinn und schwenkte Messer und Gabel mit seltener Geschicklichkeit. Kaum aber waren sie vor ihn hingestellt worden, als ihm die Tränen über die Wangen hinabrannen und er in augenscheinlicher Verwirrung ausrief: „Sapperment! da ist ja die Essenz von einem ganzen Beet Knoblauch drin!" Um aber den Wirt nicht ärgerlich zu machen, setzte er seine Werkzeuge an einem der Vögel an. Allein sowie er ihn aufschnitt, strömten ihm derart unerträgliche Gerüche entgegen, daß er, ohne sich vom Tischtuch loszumachen, mit dem Ruf: „Herr im Himmel!" aufsprang und dadurch auf der ganzen Tafel eine entsetzliche Verheerung anrichtete.

Ehe Pickle sich retten konnte, wurde er mit der Siruptunke der Haselmauspastete übergossen, die bei der allgemeinen Verwüstung in Stücke ging. Dem italienischen Grafen rollte der Saumagen in den Schoß, zerbarst im Fallen, schüttete ihm den Inhalt über Bein und Schenkel und verbrühte ihn so jämmerlich, daß er vor Schmerz aufkreischte und scheußliche Gesichter schnitt.

Der Baron, der diesem Wirbelsturm entgangen, war keineswegs unzufrieden, als er sah, daß seine Gefährten auch durch das Feuer der Trübsal hindurch mußten, das er bereits passiert hatte. Jedoch der Doktor war vor Scham und Verdruß ganz aus dem Häuschen. Nachdem er einen Ölumschlag für des Grafen Bein verordnet hatte, gab er seinem Leidwesen über diesen Unfall Ausdruck, den er offen dem schlechten Geschmack und der Unvorsichtigkeit des Malers zuschrieb, der sich wohlweislich hütete, wiederzukommen und sich in Person zu entschuldigen. In dem Geflügel, beteuerte der Arzt, sei nichts, was eine empfindliche Nase beleidigen könnte; das Füllsel sei ein Gemisch von Pfeffer, Liebstöckel und *Asa foetida*, oder sogenanntem Teufelsdreck, und die Sauce bloß Wein und Heringslake, die er statt des berühmten *Garum* oder der Marinade der Römer gebraucht habe. Diese berühmte Tunke, sagte er, wäre bisweilen aus den *Scombris*, einer Art von Thunfischen, bisweilen auch aus dem *Silurus* oder dem großen Welse, präpariert worden; ja, er gedachte sogar noch einer dritten Gattung, *garum haemation* genannt, die aus den Kiemen, den Gedärmen und dem Blute des Thunfisches zubereitet worden sei.

Da der Arzt fand, daß es unmöglich war, die Ordnung des Banketts wiederherzustellen und die Gerichte in ihrem jetzigen Zustande wieder aufzusetzen, befahl er, alles abzuräumen, ein reines Tischtuch aufzulegen und den Nachtisch zu bringen.

Mittlerweile bedauerte er, daß er nicht imstande sei, ihnen eine Probe von den *Halieus* oder den Fischspeisen der Alten, zu geben; daß er ihnen nicht die *Jus diabaton* vorsetzen könne, den Meeraal, der nach des Galenus Meinung schwer zu verdauen ist; die *Cornuta*, oder den Knurrhahn, den

Plinius in seiner Naturgeschichte beschreibt und von dem er sagt, daß bei manchen die Hörner eine Länge von anderthalb Fuß erreichten; die Meeräsche und die Lamprete, die bei den Alten sehr geschätzt wurden und von denen Julius Cäsar zu einem Siegesbankett sechstausend zusammengeborgt hätte. Hierbei machte er die Bemerkung, daß der Art sie zuzubereiten von Horaz in seiner Beschreibung des Gastmahls gedacht würde, zu welchem Mäzen vom Epikureer Nasidienus eingeladen war:

Affertur squillas inter muraena natantes usw. Er belehrte sie, daß sie gemeiniglich mit Thus Syriacum, einem gewissen lindernden und zusammenziehenden Samen, der die purgative Wirkung des Fisches abgeschwächt hätte, gegessen worden seien. Schließlich erzählte ihnen der gelehrte Doktor, daß sie in den besten Tagen des römischen Geschmacks als Luxusgerichte gegolten hätten, sich aber an Kostspieligkeit keineswegs mit andern Speisen vergleichen ließen, wie sie zur Zeit des tollen Schwelgers Heliogabalus im Schwange gewesen seien, der sogar das Gehirn von sechshundert Straußen zu einem einzigen Ragout zu verarbeiten befohlen habe.

Unterdessen war das Dessert aufgetragen worden, und die Gesellschaft freute sich nicht wenig, schlichte Oliven in Wasser und Salz zu erblicken; der Stolz des Gastgebers jedoch war eine Art von Gelee, das, wie er behauptete, der *Hypotrimma* des Hesychius weit vorzuziehen sei und die aus einer eingedickten Mischung von Essig, Honig und Heringslake bestand, sowie kandierter *Asa foetida*, die er trotz dem Widerspruch von Hummelberg und Lister für nichts anderes erklärte als für das *laser Syriacum*, das bei den Alten so wertvoll war, daß sie es nach dem Gewicht eines Silberpfennigs verkauften. Die Herren glaubten ihm aufs Wort, daß diese Masse vortrefflich sei, begnügten sich aber mit den Oliven, die so angenehm zum Wein schmeckten, daß sie sehr geneigt schienen, sich für das ausgestandene Ungemach daran schadlos zu halten, und Pickle, der den Spaß an ihrer Gesellschaft bis aufs äußerste auskosten wollte, begab sich auf die Suche nach dem Maler. Er fand ihn nebenan, noch immer mit seinen Bußgedanken beschäftigt, und konnte ihn nicht eher bewegen, wieder ins Bankettzimmer zu kommen, als bis er ihm versprach, dafür zu sorgen, daß diejenigen, die er gekränkt hätte, ihm verziehen, und führte ihn nun wie einen Missetäter in den Saal zurück. Der Maler verbeugte sich gegen alle sehr de- und wehmütig, wandte sich zumal an den Grafen und schwor diesem auf englisch, so wahr ein Gott im Himmel lebe, sei es gar nicht seine Absicht gewesen, irgend jemanden zu beleidigen, weder Mann noch Weib, Kind noch Kegel. Er habe sich notgedrungen so schnell fortgemacht, um der hochachtbaren Gesellschaft kein Ärgernis zu geben und in ihrer Gegenwart den Geboten der Natur gehorchen zu müssen.

Als Pickle dem Italiener diese entschuldigenden Worte übersetzte, wurde dem Maler in höflichster Form Pardon erteilt, und sogar sein Freund, der Doktor, nahm ihn infolge der Vermittlung unseres Helden wieder in Gnaden an. So vergaßen denn die Gäste insgesamt ihren Verdruß und widmeten der Flasche eine solch andachtsvolle Verehrung, daß der Champagner in kurzem bei allen Anwesenden höchst augenscheinlich seine Wirkung tat.

45

Pallet und Pickle gehen auf die Maskerade. Unglückliche Folgen hiervon.

Pickle, der es auf die Gehörnerven des Grafen abgesehen hatte, ersuchte den Maler, die Gesellschaft mit dem Liede: *Squire Jones, der Becherer* zu erfreuen, das dieser zum unendlichen Vergnügen des Barons sogleich anstimmte, die zarten Ohren des Grafen dadurch jedoch so malträtierte, daß sich Erstaunen und Unbehagen in seinem Gesicht malten. Aus seinen plötzlichen und wiederholten Abstechern nach der Tür wurde deutlich, daß er zu jenen Leuten gehörte, die, wie Shakespeare bemerkt, aus einer besondern Antipathie das Wasser nicht halten können, wenn ein Dudelsack durch die Nase schnarrt.

Kaum hatte Pallet seinen Vortrag beendigt, so beehrte der Graf, um der Musik einem derart barbarischen Geschmack gegenüber zu ihrem Recht zu verhelfen, seine Freunde mit einigen Lieblingsarien aus seinem Vaterlande, die er ihnen mit ungemein viel Anmut und Ausdruck vorflötete, obwohl sie nicht kräftig genug klangen, um die Aufmerksamkeit des Deutschen zu fesseln, der auf seinem Lager fest einschlief und so laut schnarchte, daß er diese entzückende Darbietung nicht nur störte, sondern vollkommen übertönte. Sie sahen sich daher genötigt, ihre Zuflucht wieder beim Wein zu suchen. Dadurch ging mit dem Gehirn des Arztes eine solche Umwandlung vor sich, daß er nach eigener Melodie verschiedene Oden aus dem Anakreon sang und sich mit großer Gelehrsamkeit weitläufig über die Musik und die Rezitation der Alten verbreitete, während Pallet, der indes Mittel gefunden hatte, den Italiener mit seinem Metier bekannt zu machen, mit bewundernswürdiger Zungenfertigkeit über die Malerei schwadronierte, natürlich in seiner eigenen Sprache, die zum Glück für den Engländer der Fremde nicht verstand.

Endlich überkam den Doktor eine solche Übelkeit, daß er Peregrine bat, ihn auf sein Zimmer zu führen, und nachdem man den Baron geweckt hatte, zog er mit dem Grafen zusammen ab.

Peregrine war infolge des reichlich genossenen Weins lustig geworden, und so schlug er vor, Pallet und er sollten auf die Maskerade gehen, die, wie er sich erinnerte, diese Nacht stattfand. Dem Maler fehlte es weder an Neugier noch an Lust, ihn zu begleiten; er äußerte aber die Besorgnis, ihn auf dem Ball zu verlieren, ein Umstand, der für ihn sehr peinlich sein müßte, da ihm sowohl die Sprache als die Stadt völlig unbekannt wären. Um diesen Einwand aus dem Wege zu räumen, riet ihm die Hauswirtin, die bei der Beratung zugegen war, Frauenkleider anzuziehen. Das würde seinen Freund dazu verpflichten, sich mehr um ihn zu kümmern, weil er sich ja von seiner Dame schicklicherweise nicht trennen könne. Außerdem würde dieses scheinbare Engagement die Freudenmädchen davon abhalten, sich einer schon versagten Person mit ihren Verführungskünsten zu nähern.

Unser junger Herr, der sich von diesem Projekt den größten Spaß versprach, wußte den Vorschlag so lebhaft und geschickt zu unterstützen, daß der Maler sich in ein Kleid der Wirtin stecken ließ, die ihm auch Maske und Domino verschaffte, während Peregrine sich als Spanier ausstaffierte. In dieser Vermummung fuhren sie in Begleitung von Pipes ungefähr um elf Uhr nach dem Tanzsaal, und die ganze Versammlung war baß erstaunt, als Pickle mit seiner vermeintlichen Frau dort eintrat; denn eine derart groteske Figur von einem Weibsbild hatten ihre Augen noch nie geschaut.

Nachdem sie sich alle bemerkenswerten Masken angesehen hatten und der Maler mit einem Glas Likör traktiert worden war, brannte ihm sein boshafter Gefährte durch und war im Nu verschwunden; er kehrte aber mit einer andern Maske vor dem Gesicht und einem Domino über seinem Kostüm gleich wieder zurück, um sich an Pallets Verlegenheit zu weiden und um ihn im Notfall vor Beleidigungen zu schützen.

Als der arme Maler seinen Führer verloren hatte, war er vor Angst beinahe außer sich. Er begann sofort nach ihm zu suchen und stelzte mit so langen Schritten und so wunderlichen Gebärden im Saal umher, daß ihm eine Menge Masken nachzog und ihn wie ein Wundertier anstarrte. Dieses Geleit vermehrte sein Unbehagen so sehr, daß er es nicht unterlassen konnte, in ein lautes Selbstgespräch auszubrechen und sein Schicksal zu verfluchen, das ihn verlockt hätte, den Worten eines so argen Schalks zu trauen, und er schwor, wenn er einmal aus dieser Klemme wieder heraus wäre, wolle er sich nicht um das ganze französische Reich ein zweites Mal in eine solch fatale Lage bringen.

Kaum hatten einige *petits-maîtres* vernommen, daß die Maske eine Fremde sei und höchstwahrscheinlich kein Französisch verstehe, so machten sie sich der Reihe nach an sie heran, um ihren Witz und ihre Gewandtheit zu zeigen. Sie neckten sie mit verschiedenen mutwilligen Fragen, und er gab darauf nichts anderes zur Antwort als: „*No parly*

Francy. Verdammt mit eurem Geschnake! Schert euch doch zum Teufel!" Unter den Masken war ein Mann vornehmen Standes, der anfing, mit dem vermeintlichen Frauenzimmer recht frei umzugehen, und ihr in den Busen zu greifen versuchte. Allein der Maler war zu sittsam, eine so unanständige Berührung zu dulden, und als der galante Herr seine Anstrengungen auf eine noch minder delikate Art wiederholte, versetzte er ihm eine solche Ohrfeige, daß alle Lichter um ihn tanzten und ein starker Verdacht gegen Pallets Geschlecht rege wurde. Der Kavalier schwor, er sei entweder eine Mannsperson oder ein Zwitter, und bestand mit so hartnäckiger Entrüstung auf einer Untersuchung dieses strittigen Punktes, daß die arme „Schöne" in großer Gefahr schwebte, nicht allein bloßgestellt, sondern auch wegen der Freiheit, die sie sich der Wange des Prinzen gegenüber erlaubt hatte, ernstlich bestraft zu werden. Peregrine, der alles sah und hörte, was vorging, hielt es jetzt für hohe Zeit, sich ins Mittel zu schlagen. Er machte daher seine Ansprüche auf das Frauenzimmer geltend, das über diesen Beweis seiner Hilfsbereitschaft mehr als glücklich war.

Der beschimpfte Galan wollte unbedingt wissen, wer sie sei, unser Held aber weigerte sich ebenso entschieden, ihm diese Genugtuung zu verschaffen. Es fielen von beiden Seiten heftige Worte, und da der Prinz drohte, ihn für seine Unverschämtheit zu züchtigen, wies Peregrine, dem der Rang seines Gegners ja unbekannt sein mußte, auf den Ort, wo der Degen zu hängen pflegt, schnalzte ihm mit den Fingern ins Gesicht, faßte den Maler unter, führte ihn in einen andern Teil des Saales und überließ seinen Gegner den Rachegedanken.

Pallet machte seinem Freund schwere Vorwürfe, weil er so grausam gewesen und ihm durchgebrannt sei, erzählte ihm dann, in was für einer Not und Angst er gesteckt hätte, klammerte sich an Pickles Arm, damit dieser, wie er ihm ganz offen erklärte, ihm nicht noch einmal ausreißen könne, und hielt sich nun während des ganzen Abends daran fest, zur nicht geringen Belustigung der Gesellschaft, die alle Aufmerksamkeit dieser linkischen, häßlichen, mächtig ausschreitenden Figur zuwandte. Als Peregrine es überdrüssig wurde, diese Abnormität länger zur Schau zu stellen, entsprach er schließlich den wiederholten Bitten seiner Gefährtin und brachte sie zum Wagen. Kaum aber war er selber eingestiegen, so wurden sie von einer Abteilung von Musketieren umringt, die unter dem Kommando eines Gefreiten stand. Dieser verlangte, daß man den Schlag öffne, und setzte sich mit großer Kaltblütigkeit neben die beiden in die Kutsche, während einer von seinen Leuten sich auf den Bock schwang, um den Kutscher zu dirigieren.

Es war Peregrine sofort klar, was diese Verhaftung zu bedeuten hatte, und es war ein Glück für ihn, daß er ohne Degen war und sich nicht zur Wehr setzen konnte; denn die Tollkühnheit und das Ungestüm seiner Natur waren so groß, daß, wenn er bewaffnet gewesen, er lieber jede Gefahr gelaufen wäre, als sich irgendeiner noch so starken Übermacht zu fügen. Pallet hingegen bildete sich ein, der Offizier sei ein Herr, der sich in seinem Wagen geirrt hätte, und wünschte, sein Freund möge den Fremden hiervon unterrichten. Als er aber den eigentlichen Zusammenhang erfuhr, fingen ihm die Knie zu schlottern und die Zähne zu klappern an. Er brach in ein jämmerliches Lamento aus, weil er befürchtete, in einen der scheußlichen Kerker der Bastille geworfen zu werden, wo er den Rest seiner Tage in Elend und Grausen zubringen müßte und weder die liebe Sonne noch das Antlitz eines Freundes je wiedersähe, sondern in einem wildfremden Lande, fern von seiner Familie und seinen Verwandten zugrunde gehen würde. Pickle verfluchte ihn wegen seiner Zaghaftigkeit, und der Gefreite äußerte, als er eine Dame so wehmütig klagen hörte, sein Bedauern, daß gerade er ihr soviel Kummer verursachen müsse; er versuchte dann die beiden zu trösten, indem er auf die Milde der französischen Regierung hinwies sowie auf die ungewöhnliche Großmut des Prinzen, auf dessen Befehl sie arretiert worden wären.

Peregrine, der bei dergleichen Gelegenheiten jegliche Besonnenheit zu verlieren schien, eiferte mit großer Bitterkeit gegen die Willkür des französischen Staates und zog mit verächtlichen Worten über den Charakter des beleidigten

Prinzen los, dessen Rachsucht nichts weniger denn edel, sondern erbärmlich, unbillig und niederträchtig zu nennen sei. Der Gefreite erwiderte nichts darauf und zuckte bloß stillschweigend und erstaunt die Achseln über die *hardiesse* des Gefangenen. Der Fiaker war eben im Begriff abzufahren, als man einen Lärm vernahm, der von einer Balgerei hinter dem Wagen herrührte, und die Stimme von Tom Pipes, der ausrief: „Ich will verdammt sein, wenn ich's dhu!" Einer der Musketiere hatte von diesem treuen Bedienten verlangt, daß er von seinem Posten auf der Rückseite der Kutsche herunterkommen sollte; da er aber entschlossen war, das Schicksal seines Herrn zu teilen, schenkte er ihrem Begehren keine Beachtung, als bis es durch Gewalt unterstützt wurde. Dagegen suchte er sich mit dem Absatz zu verteidigen, den er dem vordersten der Soldaten mit solcher Kraft in die Kinnladen stieß, daß sie geradeso krachten wie eine trockene Walnuß zwischen den Backenzähnen eines Affen. Über diese Schmach erbittert, attackierte der andere Toms Hinterkastell mit seinem Bajonett, was Peregrines liebem Getreuen so lästig fiel, daß er seine Position nicht länger behaupten konnte, sondern absprang, seinen Gegner mit einem Hieb unter das Kinn rücklings niederwarf, mit unglaublicher Behendigkeit über ihn hinwegsetzte und sich zwischen den vielen Kutschen verbarg, bis er die Wache den Fiaker seines Herrn hinten und vorn besteigen sah. Kaum rollte der Wagen fort, so folgte er ihm in einer kleinen Entfernung, um den Ort auszukundschaften, wo man Peregrine einsperren würde.

Die Kutsche fuhr langsam durch manche winklige Straße und Gasse nach einem Teile von Paris, in dem Pipes vollkommen fremd war, und hielt endlich vor einem hohen Tor an, in dessen Mitte sich ein Pförtchen befand. Bei der Annäherung des Wagens tat sich dieses Pförtchen auf, und die Gefangenen mußten eintreten. Als die Wache mit dem Fiaker umkehrte, beschloß Tom, den Ort die ganze Nacht hindurch zu bewachen, um dann am Morgen alle Beobachtungen anzustellen, die zur Befreiung seines Herrn beitragen könnten.

*Jolter, vom Schicksal seines Zöglings durch den treuen Pipes
benachrichtigt, berät sich mit dem Arzt; er wendet sich an
den englischen Gesandten, der mit viel Mühe Pickles
Befreiung erwirkt.*

Diesen Plan führte er aus, ungeachtet der Schmerzen, die ihm seine Wunde bereitete, und trotz den Fragen der Stadtwache zu Fuß und zu Pferd, auf die er bloß die Antwort „*Anglais, Anglais*" geben konnte. Kaum graute der Tag, so nahm er das Schloß – denn um ein solches schien es sich zu handeln –, in dem Peregrine und Pallet verschwunden waren, sowie dessen Lage am Fluß in genauesten Augenschein, ging hierauf heim, weckte Mr. Jolter und erstattete ihm von dem Abenteuer Bericht. Bei dieser Hiobsbotschaft rang der Hofmeister in äußerster Betrübnis und Bestürzung die Hände. Er zweifelte nicht daran, daß sein Zögling nun auf Lebenszeit in der Bastille sitze, und in seiner Angst und Sorge verwünschte er den Tag, an dem er die Aufsicht über einen so unbesonnenen Jüngling übernommen hatte, der durch ständige Beleidigungen die Rache einer so milden und gütigen Regierung herausgefordert habe. Um aber nichts von dem zu versäumen, was er zu seiner Rettung tun konnte, schickte er den Thomas zum Doktor und ließ ihm das Schicksal seines Reisegefährten melden, in der Erwartung, er werde im Interesse der Gefangenen mit ihm zusammenarbeiten. Als der Arzt von der ganzen Geschichte Kenntnis erhielt, zog er sich sogleich an und erschien bei Jolter, den er folgendermaßen anredete: „Hoffentlich sind Sie jetzt überzeugt, mein Herr, daß Ihre Behauptung, Unterdrückung könne nie das Ergebnis unumschränkter Gewalt sein, vollkommen falsch ist. Ein solches Unglück hätte sich in der athenischen Demokratie nie ereignen können. Ja, sogar als der Tyrann Pisistratos sich des Staatsruders bemächtigte, durfte nicht einmal er es wagen, so absolut und ungerecht zu herrschen. Sie sollen nun sehen, daß Mr. Pickle und mein Freund Pallet tyrannischer Willkür zum Opfer fallen werden;

und meiner Meinung nach helfen wir mit, den Ruin dieses armen, versklavten Volkes zu fördern, wenn wir uns rühren und die Freilassung unserer unglücklichen Landsleute verlangen oder erflehen, denn so verhindern wir vielleicht, daß ein flagrantes Verbrechen begangen wird, durch das die Täter das Maß der Rache des Himmels vollenden und das möglicherweise das Mittel sein könnte, die ganze Nation wieder in den unaussprechlich herrlichen Genuß der Freiheit zu bringen. Ich meinesteils würde mit Vergnügen das Blut meines Vaters in einer so rühmlichen Sache fließen sehen, wenn ein solches Opfer mir Gelegenheit verschaffte, die Ketten der Sklaverei zu sprengen und der Freiheit, diesem angeborenen Recht des Menschen, zum Siege zu verhelfen. Alsdann würde mein Name so unsterblich, wie es die Namen der patriotischen Helden des Altertums sind, und mein Gedächtnis wie das Andenken des Harmodios und Aristogiton durch Bildsäulen, die der Staat aufstellen ließe, geehrt werden." Diese Rhapsodie, mit großem Nachdruck und starkem Affekt vorgetragen, beleidigte Jolter so sehr, daß er sich, ohne ein Wort zu sagen, entrüstet auf sein Zimmer zurückzog. Der Arzt ging heim, in der Hoffnung, seine Vorhersage werde sich durch Pickles und Pallets Tod bewahrheiten und sich infolgedessen eine mächtige Revolution entwickeln, in der er eine Hauptrolle spielen wollte. Der Hofmeister aber, dessen Einbildungskraft nicht so feurig und fruchtbar war, begab sich direkt zum englischen Gesandten, entdeckte ihm die Lage seines Zöglings und ersuchte ihn, sich beim französischen Ministerium dafür zu verwenden, daß er und der andere britische Untertan ihre Freiheit wieder erhielten.

Um besser darauf vorbereitet zu sein, Mr. Pickles Betragen zu rechtfertigen oder zu entschuldigen, erkundigte sich Se. Exzellenz bei Jolter, ob er vermute, weshalb es zu dieser Verhaftung gekommen sei; allein weder der Hofmeister noch Pipes konnten hierüber die mindeste Auskunft erteilen. Indessen mußte der letztere dem Gesandten den Hergang der Gefangennahme seines Herrn sowohl als auch sein eigenes Verhalten und das Mißgeschick, das ihm bei dieser

Gelegenheit begegnet war, ganz genau schildern. Se. Lordschaft zweifelten nicht, daß Pickle sich diese Unannehmlichkeit durch irgendeinen mutwilligen Streich, den er auf der Maskerade verübt, zugezogen habe, zumal als er erfuhr, daß der junge Herr am Nachmittag reichlich gezecht und den tollen Einfall gehabt hatte, den Ball mit einer Mannsperson in Weiberkleidern zu besuchen. Noch am selben Tag machte er dem französischen Minister seine Aufwartung, in der festen Zuversicht, Peregrines Befreiung zu erwirken; allein er stieß auf größere Schwierigkeiten, als er sich vorgestellt hatte, da der französische Hof es in allen Dingen, die einen Prinzen von Geblüt betreffen, außerordentlich genau nimmt. So war der Gesandte genötigt, einen scharfen Ton anzuschlagen; aber obgleich die politischen Verhältnisse es Frankreich nicht erlaubten, sich wegen Kleinigkeiten mit den Engländern zu überwerfen, konnte er von jenem Herrn keine andere Vergünstigung erhalten als das Versprechen, Pickle solle auf freien Fuß gesetzt werden, sobald er bereit sei, den Prinzen, den er beschimpft habe, um Verzeihung zu bitten.

Sr. Exzellenz schien diese Demütigung billig, vorausgesetzt, daß unser Held im Unrecht gewesen sei, und so wurde Jolter zu ihm gesandt, damit er ihm den Rat Sr. Lordschaft, die Bedingungen zu akzeptieren, eröffne und ihn unterstütze. Der Hofmeister, der die düstere Festung nicht ohne Furcht und Beben betrat, fand seinen Zögling in einem elenden Gemach, dessen ganze Einrichtung aus einem Schemel und einer Pritsche bestand. In dem Augenblick, da sich die Türe öffnete, sah er, wie der junge Mann, sorglos ein Liedchen pfeifend, mit seinem Bleistift an der kahlen Wand zeichnete. Er hatte eine komische Figur skizziert und den Namen des vornehmen Herrn daruntergeschrieben, der von ihm beleidigt worden war, sowie einen englischen Bullenbeißer, der sein Bein aufhob und in dessen Schuh pißte. Er war in seiner Vermessenheit so weit gegangen, die Karikatur durch spöttische Inschriften in französischer Sprache zu erläutern, und Jolter sträubte sich das Haar vor Schreck, als er das las. Selbst der Kerkermeister war bestürzt und entsetzt über diese Kühnheit, die alles übertraf, was er bis jetzt an diesem Ort erlebt hatte, und er half sogar Pickles Freund, diesen zu überreden, die bescheidene Forderung des Ministers zu erfüllen. Aber weit davon entfernt, die Empfehlung dieses Anwalts zu beachten, führte ihn unser Held höchst feierlich zur Türe und verabschiedete ihn mit einem Tritt in den Hintern, und auf all die flehentlichen Bitten, ja selbst trotz den Tränen Jolters gab er keine andere Antwort als die, er werde sich niemals derart erniedrigen, da er nichts verbrochen habe, sondern wolle die ganze Sache dem britischen Hofe anheimstellen, dessen Pflicht es sei, dafür zu sorgen, daß seinen Untertanen Gerechtigkeit widerfahre. Er wünschte jedoch, daß Pallet, der in einem andern Loch steckte, seinem eigenen, gefügigeren Charakter gemäß handeln möchte. Als aber der Hofmeister den Mitgefangenen sehen wollte, sagte ihm der Kerkermeister, er hätte bezüglich der Dame keine Befehle und könne ihm deshalb den Zutritt zu ihr nicht gestatten; er war zwar gefällig genug, ihm zu erzählen, sie scheine infolge ihrer Einkerkerung sehr niedergeschlagen zu sein und gebärde sich manchmal so, als ob ihr Gehirn ziemlich stark in Verwirrung geraten wäre. Jolter, dessen Bemühungen alle fruchtlos blieben, verließ die Bastille mit schwerem Herzen und unterrichtete den Gesandten von seiner vergeblichen Unterhandlung. Der konnte sich nicht enthalten, einige bittere Worte über den Starrsinn und die Unverschämtheit des jungen Mannes fallenzulassen, dem es, wie er sagte, ganz recht geschehe, wenn er für seine Torheit büßen müsse. Gleichwohl verzichtete er nicht darauf, weiterhin beim französischen Ministerium vorstellig zu werden. Er fand die Herren aber so unnachgiebig, daß er genötigt war, rundheraus zu drohen, er wolle aus der Sache eine nationale Angelegenheit machen und bei seinem Hofe nicht nur Instruktionen einholen, sondern dem dortigen Konseil anraten, Repressalien zu ergreifen und den einen oder andern französischen Herrn zu London in den Tower zu schicken.

Dieser Wink wirkte beim Ministerium zu Versailles; denn lieber als Gefahr zu laufen, ein Volk gegen sich aufzubringen, das zu beleidigen weder seinem Interesse noch seiner

Neigung entsprach, bewilligte es die Entlassung der Gefangenen, allerdings unter der Bedingung, daß diese spätestens drei Tage, nachdem sie auf freien Fuß gesetzt worden wären, von Paris abreisten. Peregrine ging gerne auf diesen Vorschlag ein; er war jetzt etwas weniger eigensinnig und nach drei langen Tagen seiner Haft an diesem trostlosen Ort herzlich überdrüssig geworden, wo er mit niemandem verkehren konnte und keinen andern Zeitvertreib hatte als denjenigen, den er seiner Einbildungskraft verdankte.

47

Peregrine macht sich auf Pallets Kosten lustig. Dieser bricht mit dem Doktor.

Da er sich die Lage seines Leidensgenossen leicht denken konnte, wollte er dem Gefängnis nicht eher den Rücken kehren, als bis ihm Pallets Trübsal ein bißchen zur Erheiterung gedient hätte. So begab er sich denn in den Kerker des armen Malers, den er jetzt ohne weiteres besuchen durfte. Der Anblick, der sich ihm bei seinem Eintreten darbot, war so ungemein lächerlich, daß es ihm schwerfiel, die ernste Miene zu bewahren, die er aufgesetzt hatte, um den Streich, den er seinem Gefährten zu spielen beabsichtigte, ausführen zu können.

Hilflos saß Pallet aufrecht auf seinem Bett, in einem wahrhaft außerordentlichen Negligé. Das ungeheure Reifgestell, die Schnürbrust sowie Rock und Unterrock hatte er abgelegt, hatte die Bänder seines Kopfputzes als Nachtmütze um sein Haupt geschlungen und trug seinen Domino als Morgenrock. Seine grauen Locken hingen ihm arg zerzaust um die glanzlosen Augen und um seinen gelben Hals. Die Borsten seines grauen Bartes ragten ungefähr einen halben Zoll aus den Überresten der Schminke heraus, mit der sein Gesicht beschmiert gewesen war, und alle seine Züge waren dermaßen lang geworden, daß sich in ihnen sein Kummer und seine Mutlosigkeit aufs drolligste widerspiegelten.

Sobald er unsern Helden hereinkommen sah, sprang er in einer Art wahnsinnigen Entzückens auf und rannte ihm mit offenen Armen entgegen. Kaum aber bemerkte er die Wehmut, die Peregrine seiner Physiognomie gab, als er plötzlich anhielt und die traurigsten Ahnungen in einem Augenblick die Freude verdrängten, die sich seines Herzens hatte bemeistern wollen. So stand er völlig geknickt, in einer furchtbar komischen Haltung da, etwa wie ein Missetäter in Old Bailey bei der Verkündigung des Urteils. Peregrine ergriff seine Hand und beteuerte mit einem tiefen Seufzer, es schmerze ihn in der Seele, der Überbringer schlechter Nachricht sein zu müssen, und meldete ihm dann mit einer Miene innigsten Mitgefühls und unendlicher Teilnahme, der französische Hof habe sein wahres Geschlecht entdeckt und in Anbetracht des schnöden Schimpfes, den er öffentlich einem Prinzen von Geblüt angetan, beschlossen, seine Haft in der Bastille auf Lebenszeit auszudehnen; dieses milde Urteil sei bloß durch die dringliche Fürsprache des englischen Gesandten erreicht worden, die Gesetze schrieben nämlich keine geringere Strafe vor, als daß er lebendig aufs Rad zu flechten sei.

Infolge dieser Nachricht steigerte sich das Entsetzen des Malers bis zu einem solchen Grad, daß er laut aufbrüllte und wie ein Irrsinniger in seinem Gemach herumtanzte. Er rief Gott und die Welt zu Zeugen an und schrie, er wolle lieber den Tod erleiden als auch nur ein Jahr lang an einem so scheußlichen Ort gefangensitzen, und verfluchte die Stunde seiner Geburt und den Augenblick, in dem er sein Vaterland verlassen hatte. „Ich meinerseits", sprach sein Peiniger in heuchlerischem Tone, „sollte vor dem Prinzen zu Kreuze kriechen und war genötigt, diese bittere Pille zu schlucken. Er war damit zufrieden, weil ich mich nicht erkühnt hatte, ihn zu schlagen. Noch heute werde ich in Freiheit gesetzt, und sogar für Sie gibt es noch eine Möglichkeit, dieses Glücks teilhaftig zu werden. Die Bedingung, die gestellt wird, ist freilich nicht leicht; doch es ist besser, eine kleine Demütigung zu erdulden, als für immer elend zu sein. Wenn ich mir die Sache recht überlege, so will mir überdies scheinen, es handle sich dabei um eine solche Kleinigkeit, derentwegen Sie sich nicht ewig den Schrecknissen einsamen Kerkerlebens aussetzen werden, zumal Ihre Nachgiebigkeit sehr wahrscheinlich mit Vorteilen verbunden ist, die Sie sonst nie erlangen würden." Pallet unterbrach ihn äußerst lebhaft und bat, er möchte ihn um Gottes willen nicht länger auf die Folter der Ungewißheit spannen, sondern ihm die Bedingung nennen; er wolle sie, so hart es ihn ankomme, erfüllen.

Nachdem Peregrine ihn so zwischen Furcht und Hoffnung hatte zappeln lassen, sagte er, der französische Hof vertrete die Auffassung, der Delinquent müsse zur Geschlechtslosigkeit verurteilt werden, da er in Weiberkleidern gesteckt hätte, als er den Prinzen beleidigte, und dies eine des männlichen Geschlechts unwürdige Vermummung wäre; er könne also nun selber entscheiden, ob er sofort frei sein wolle oder nicht. „Was", schrie der Maler voller Verzweiflung, „man will mich zum Kastraten machen! Hölle und Teufel! Lieber laß ich mich an Ort und Stelle vom Ungeziefer fressen. Da ist meine Kehle", fuhr er fort, indem er Peregrine den Hals hinstreckte, „seien Sie so gut, teurer Freund, und schneiden Sie sie durch; wenn Sie's nicht tun, findet man mich an einem dieser Tage an meinen Strumpfbändern baumeln. Was für ein Unglücksmensch ich bin! Was für ein Narr, ein Schafskopf, ein Rindvieh war ich, mich unter diese barbarische Satansbrut zu wagen. Gott verzeih's Ihnen, Mr. Pickle, daß Sie die unmittelbare Ursache meines Unheils sind. Wären Sie, Ihrem Versprechen gemäß, von Anfang an bei mir geblieben, so hätte mich jener Geck, der an allem schuld ist, nicht belästigt. Warum zog ich denn das vermaledeite Kostüm an? Verflucht sei die trätschige Isebel von Wirtin, die zu einer so blödsinnigen Verkleidung riet – einer Verkleidung, die mich nicht allein in diese Patsche gebracht hat, sondern durch die ich mir selbst zum Abscheu und andern Leuten zum Greuel geworden bin; denn als ich heute morgen dem Schließer zu verstehen gab, ich möchte gern rasiert sein, sah er ganz erstaunt meinen Bart an, bekreuzigte sich und murmelte sein Paternoster her. Ich glaube, er hielt mich für eine Hexe oder für etwas noch

Schlimmeres. Verwünscht sei der ekelhafte antike Fraß, der mich veranlaßte, so reichlich zu zechen, nur um den Geschmack der Teufelssilleikikabei im Mund loszuwerden."

Unser junger Herr hörte sein Klagelied bis zu Ende an und begann sodann sein Betragen damit zu entschuldigen, daß er die daraus entspringenden unangenehmen Folgen unmöglich habe voraussehen können. Er empfahl ihm dann dringend, sich in die vorgeschriebenen Bedingungen seiner Freilassung zu fügen. „Sie sind ja", fuhr er fort, „jetzt in das Alter gekommen, da die Lüste des Fleisches gänzlich erstorben sein und Sie sich nur mit dem Heil Ihrer Seele beschäftigen sollten. Dazu kann nichts wirksamer beitragen als die vorgeschlagene Amputation. Ihr Körper sowohl als Ihr Geist wird bei dieser Veränderung gewinnen, denn Sie werden keine gefährlichen Begierden mehr zu befriedigen haben, keine sinnlichen Gedanken werden Sie von Ihren Berufsgeschäften ablenken, und Ihre von Natur schon angenehme Stimme wird dadurch einen solchen Grad von Vollkommenheit erreichen, daß die ganze elegante Welt davon bezaubert sein wird und Sie in kurzem unter dem Namen des englischen Senesino berühmt sein werden."

Diese Beweisgründe machten notwendigerweise auf den Maler Eindruck, obwohl er zwei Einwürfe vorbrachte, nämlich die Schande der Strafe und die Furcht vor seiner Frau. Pickle übernahm es, diese Schwierigkeiten aus dem Wege zu räumen. Das Urteil, versicherte er, würde so geheim vollstreckt werden, daß davon nichts unter die Leute kommen sollte; und was seine Frau betreffe, so könne diese ja nicht so unvernünftig sein, nach so vielen Jahren ehelicher Umarmungen gegen ein Mittel etwas einzuwenden, durch welches sie nicht nur wiederum den Umgang ihres Mannes, sondern auch die Früchte der Talente genösse, die das Messer so merklich verbessern würde.

Bei diesem letzten Argument schüttelte Pallet den Kopf, als ob er dächte, daß es seine Ehehälfte gar nicht zu überzeugen vermöchte; er war jedoch gewillt nachzugeben, sofern man deren Zustimmung erhalten könne. Gerade als er sich mit dieser Lösung einverstanden erklärte, trat der Schließer herein und sagte zu der vermeintlichen Dame, er beehre sich, ihr zu seiner großen Freude zu melden, daß sie keine Gefangene mehr sei. Da der Maler von dem, was er sprach, kein Wort verstand, so übernahm Peregrine das Amt eines Dolmetschers und schwindelte seinem Freund vor, der Kerkermeister habe ihm berichtet, es sei auf Befehl der Regierung ein Wundarzt da, um die Operation zu vollziehen; die nötigen Instrumente und Verbände lägen nebenan bereit. Diese plötzliche Maßnahme versetzte Pallet in solchen Schreck und in eine solche Bestürzung, daß er an das andere Ende des Gemaches rannte, einen irdenen Nachttopf ergriff – die einzige Trutzwaffe, die sich an diesem Orte befand –, sich zur Abwehr hinpflanzte und unter vielen Flüchen drohte, die Festigkeit von des Bartkratzers Hirnschale zu prüfen, wenn er sich erdreiste, die Nase ins Zimmer zu stecken.

Der Kerkermeister, der nichts weniger als einen solchen Empfang erwartete, schloß daraus, die arme Dame habe wirklich ihren Verstand verloren, und zog sich, ohne die Türe zu verschließen, schleunigst zurück. Nun raffte Peregrine, so schnell er konnte, die verschiedenen Stücke von Pallets Maskenkleid zusammen, stopfte sie ihm unter die Arme, bemerkte, die Luft sei jetzt rein, und forderte ihn auf, ihm auf den Fersen zum Tor zu folgen, wo eine Mietskutsche für ihn bereitstehe. Der Maler gehorchte augenblicklich, denn hier galt kein Zaudern, und stürmte mit dem Stubengerät in der Hand, das er in der Eile abzustellen vergaß, hinter unserm Helden her, gehetzt von jener Angst und Ungeduld, die, wie es ja zu erwarten ist, einen Menschen überkommen kann, der ewiger Gefangenschaft zu entrinnen sucht. Seine Aufregung war so gewaltig, daß sein Denkvermögen völlig ausgeschaltet war und er nichts anderes als seinen Führer sah, dem er gleichsam instinktiv nachlief, ohne die Wärter und Schildwachen zu beachten, die, als er mit den Kleidern unter dem einen Arm und sein Nachtgeschirr über dem Kopfe schwingend, an ihnen vorbeiraste, in größte Bestürzung gerieten, ja sich vor dieser seltsamen Erscheinung geradezu entsetzten.

Auf dem Weg zum Wagen ertönte ununterbrochen sein gellender Schrei: „Los! Kutscher! Um Gottes willen, los!" Und sie hatten bereits eine ganze Straße hinter sich, ehe sich bei Pallet auch nur die geringste Besinnung offenbarte; vielmehr waren seine Augen starr wie die im Haupte der Meduse, sein Mund stand weit offen, und jedes Härchen wand und krümmte sich wie eine lebendige Schlange. Schließlich gewann er jedoch die Herrschaft über seine Sinne zurück und fragte Peregrine, ob er glaube, daß er nun außer Gefahr sei, wieder verhaftet zu werden. Dieser unbarmherzige Schalk war mit dem Kummer, den er dem armen Dulder verursacht hatte, noch nicht zufrieden und antwortete voller Zweifel und Besorgnis, er hoffe, sie würden nicht eingeholt werden, und bitte Gott, daß nicht etwa eine Stockung des Verkehrs sie aufhalte. Pallet stimmte inbrünstig in dieses Gebet ein; aber kaum waren sie ein wenig weiter, als das Rollen eines Wagens hörbar wurde. Pickle guckte zum Fenster hinaus, zog aber, scheinbar betroffen, den Kopf sogleich wieder zurück und rief: „Gott sei uns gnädig! Ich wünsche bloß, es möge keine Wache sein, die man uns nachschickt. Mich dünkt, ich habe einen Flintenlauf aus der Kutsche herausragen sehen." Sobald der Maler diese Worte vernahm, lehnte er sich, noch immer seinen Helm in der Hand, mit halbem Oberkörper aus dem Schlag und brüllte, so laut er konnte, zum Kutscher hinauf: „Fahr zu! In drei Teufels Namen fahr zu! Fahr bis zu den Toren Jerichos oder bis ans Ende der Welt! So fahr doch zu, du Halunke, du Lumpenkerl, du Höllenhund! Fahr uns lieber in den Abgrund der Hölle, als daß man uns festnimmt."

Ein solches Phantom konnte unmöglich passieren, ohne die Neugier der Leute zu erregen, die an Türen und Fenster rannten, um das Wundertier zu schauen. In ebendieser Absicht hielt auch die Kutsche an, von der der Maler sich verfolgt wähnte. Schlag lag jetzt neben Schlag, und als Pallet den Kopf drehte und sah, daß beim andern Wagen drei Kerle mit Rohrstöcken hintenauf standen, die seine Furcht in Flinten umschuf, zweifelte er nicht mehr, daß der Verdacht seines Freundes begründet sei; allein er schwang der vermeintlichen Wache gegenüber drohend seinen Nachttopf und schwor, er wolle eher sterben, als sich von seinem kostbarsten Gute trennen. Der Eigentümer der Kutsche, ein Edelmann von allererstem Rang, meinte, Pallet wäre ein unglückliches Weibsbild, das übergeschnappt sei; er befahl daher seinem Kutscher zur unaussprechlichen Freude des Flüchtlings, weiterzufahren; denn dieser wußte nun, daß es sich nur um einen blinden Alarm gehandelt hatte. Trotz alledem konnte er sein Angstgefühl nicht überwinden und zitterte noch immer am ganzen Körper; doch quälte ihn unser junger Herr nicht länger, da er besorgt war, das Hirn des Malers möchte die Wiederholung eines solchen Scherzes nicht ertragen, und legte seiner Rückkehr in die eigene Wohnung keine weitern Hindernisse in den Weg.

Die Wirtin, die ihm auf der Treppe begegnete, war über seinen Anblick so entsetzt, daß sie laut aufkreischte und die Flucht ergriff, während er sie voll Bitterkeit verfluchte und dann ins Zimmer des Arztes stürzte. Statt ihn aber mit einer herzlichen Umarmung zu empfangen und ihm zu seiner Befreiung zu gratulieren, gab der Doktor deutlich seine Unzufriedenheit und sein Mißvergnügen zu erkennen; ja, er erklärte ganz offen, er habe gehofft zu hören, daß er und Mr. Pickle die glorreiche Rolle eines Cato gespielt hätten, ein Opfer, durch das eine so herrliche Erhebung des Volkes vorbereitet worden wäre, daß sie bestimmt zu Freiheit und Glück geführt hätte. Auch sei seine Arbeit an einer Ode ziemlich weit gediehen, durch die ihre Namen unsterblich gemacht und in jeder biedern Brust das Feuer einer begeisterten Freiheitsliebe angefacht worden wäre. „Ich hätte da bewiesen", sagte er, „daß großes Talent und edles Freiheitsgefühl einander bedingen und fördern, und meine Behauptungen mit solchen Noten und Zitaten aus griechischen Schriftstellern belegt, daß selbst den Blindesten und Gedankenlosesten die Augen aufgegangen und die verstocktesten und härtesten Herzen erweicht worden wären:

O Tor, den Mann, des hocherhabener Geist
umfaßt, was jene Sterne überschaun –

„Ich bitte Sie, Mr. Pallet, was denken Sie von dieser Metapher: der Geist, der das ganze Universum umfaßt? Ich meinerseits muß sie schlechthin für die glücklichste Idee halten, die meine Phantasie mir je geliefert hat."

Der Maler, der kein solch glühender Verehrer der Freiheit war, ärgerte sich über die Betrachtungen des Arztes; er fand, sie zeugten ein wenig zu sehr von Gleichgültigkeit und mangelndem Freundschaftsgeist. Deshalb nahm er jetzt die Gelegenheit wahr, seinen Stolz zu demütigen, und bemerkte, das Bild sei zweifellos großartig und prächtig; die Idee habe der Doktor aber Bayes zu verdanken, der in dem Stück „Die Probe" sich auf eben diese Redefigur etwas zugute tue und sich ihrer mit den Worten bediene: Doch wenn alle diese Wolken das Auge der Vernunft umfaßt. Zu jeder andern Zeit hätte der Maler über diese Entdeckung mächtig triumphiert; allein er war infolge seiner Furcht, noch einmal arretiert zu werden, innerlich in einem solchen Aufruhr, daß er, ohne mehr zu sagen, auf sein Zimmer eilte, um in seine eigenen Kleider zu schlüpfen. Dadurch hoffte er sein Aussehen dermaßen zu verändern, daß alle Nachforschungen und Untersuchungen fehlschlagen müßten. Der Arzt hingegen war ganz verlegen und schämte sich, weil ein solcher Stümper ihn der Großsprecherei überführt hatte. Er fühlte sich durch diese Probe von Pallets Gedächtnis beleidigt und war über die Vermessenheit seiner Äußerung so wütend, daß er ihm seine Respektlosigkeit nie verzeihen konnte und von nun an jede Gelegenheit benützte, seine Unwissenheit und Narrheit anzuprangern. Die Bande persönlicher Zuneigung waren in der Tat zu schwach, das Herz dieses Republikaners zu fesseln, dessen Eifer für die Sache des Gemeinwohls sein Interesse für Einzelpersonen vollkommen verdrängt hatte. Eine spezielle Freundschaft galt in seinen Augen als eine Leidenschaft, die seiner großen Seele unwürdig sei, und er war ein erklärter Bewunderer des L. Manlius, Junius Brutus und der spätern Patrioten desselben Namens, die ihre Ohren der Stimme der Natur verschlossen und allen Geboten der Dankbarkeit und Menschlichkeit widerstanden.

Gott seÿ uns gnädig! wo? wo?

II. Th. 42. Cap.

48

Pallet gibt des Doktors Partei auf und schließt sich Pickle an. Dessenungeachtet versäumt dieser nicht, auf der Fahrt nach Flandern seinen Mutwillen an ihm auszulassen.

Unterdessen hatte sein Gefährte mit mehreren Eimern voll Wasser sich vom Schmutz des Gefängnisses gesäubert, sodann seinen Bart zum Barbier getragen, seine Augenbrauen schwarz gefärbt, seine eigenen Kleider angezogen und wagte es jetzt, Peregrine zu besuchen. Er fand ihn noch immer unter den hilfreichen Händen seines Kammerdieners und erfuhr nun von ihm, man habe bei seiner Flucht ein Auge zugedrückt und ihnen die Freiheit zugestanden mit dem Vorbehalt, daß sie binnen drei Tagen von Paris abreisten.

Der Maler schwebte im siebenten Himmel, als er hörte, daß er nicht mehr Gefahr laufe, wieder eingesteckt zu werden, und, weit davon entfernt, über die Bedingung seiner Freilassung zu murren, wäre er mit Freuden noch denselben Nachmittag zur Heimreise nach England aufgebrochen; denn die Bastille hatte einen solchen Eindruck auf ihn gemacht, daß er zusammenschreckte, wenn ein Wagen vorbeirasselte, und erblaßte, wenn er einen französischen Soldaten zu Gesicht bekam. Aus der Fülle seines Herzens heraus beklagte er sich über des Doktors Gleichgültigkeit und erzählte, indem er weder seinen Unwillen noch seine Geringschätzung verhehlte, was bei ihrer Zusammenkunft passiert war, und diese Mißachtung verminderte sich nicht, wie Jolter ihm die Handlungsweise des Arztes schilderte, als er ihn hatte holen lassen, um mit ihm über die Mittel zu beraten, durch die ihre Gefangenschaft abgekürzt werden könnte. Selbst Pickle regte sich über diesen Mangel an Mitgefühl auf, und da er merkte, wie tief der Doktor in der Meinung seines Reisegefährten gesunken war, beschloß er, ihn in dieser Abneigung zu bestärken und die Zwietracht gelegentlich so zu schüren, daß sich eine offene Fehde daraus entwickle; denn diese würde, wie er voraussah, allerlei Kurzweil schaffen und vielleicht den Charakter des Dichters in einem solchen Lichte zeigen, daß er dadurch für seine Aufgeblasenheit und Herzlosigkeit wirksam bestraft würde. In dieser Absicht machte er verschiedene satirische Bemerkungen über des Doktors Pedanterie und Abgeschmacktheit, die er zur Genüge bewiesen hätte mit seinen auswendig gelernten Stellen aus den alten Autoren, mit seiner affektierten Verschmähung der schönsten Gemälde der Welt, die er nicht mit einer solchen Unempfindlichkeit hätte ansehen können, wenn er das geringste Verständnis besäße, und schließlich mit seinem lächerlichen Bankett, das nur ein Erznarr, dem Feingefühl und Geist völlig abgingen, hätte zubereiten oder vernünftigen Wesen vorsetzen können. Kurz, unser junger Herr ließ das ganze Geschütz seines Witzes gegen den Arzt spielen, und zwar so erfolgreich, daß der Maler wie aus einem Traum zu erwachen schien und mit herzlicher Verachtung für den Mann nach Hause zurückkehrte, den er zuvor angebetet hatte.

Statt mit dem Vorrecht eines Freundes ohne weiteres dessen Zimmer zu betreten, sandte er seinen Bedienten zu ihm mit der Meldung, er gedenke morgen mit Mr. Pickle von Paris abzureisen und wünsche daher zu wissen, ob der Herr Doktor bereit sei oder bereit sein werde, sie zu begleiten oder nicht. Der Arzt, betroffen über Art und Inhalt dieser Mitteilung, eilte unverzüglich auf Pallets Stube und verlangte von ihm zu hören, warum er, ohne ihn erst zu fragen und ohne seine Zustimmung so plötzlich diesen Entschluß gefaßt habe, und als er vernahm, daß ihre Angelegenheiten ihn notwendig machten, befahl er, lieber als allein reisen zu wollen, seine Sachen zusammenzupacken, und erklärte, er sei gewillt, sich den Umständen zu fügen. Doch gefiel ihm Pallets hochfahrendes Wesen ganz und gar nicht. Er deutete ihm mehrfach an, was für eine wichtige Person er sei und wie unendlich tief er sich herablasse, indem er ihn mit solchen Beweisen seiner Achtung beehre. Jedoch jetzt hatten dergleichen Anspielungen ihre Kraft bei dem Maler verloren. Er gab ihm mit boshaftem Grinsen zu verstehen, daß er seine Gelehrsamkeit, seine Fähigkeiten und zumal sein Kochtalent keineswegs in Zweifel zöge, das er nicht vergessen werde, solange sein Gaumen seine Funktionen verrichten könne. Trotzdem aber rate er ihm, wegen der entarteten Esser unserer Zeit mit dem Salmiak in der nächsten Silleikikabei, die er zubereite, etwas zu sparen und mit dem Teufelsdreck, den er so reichlich in die gebratenen Hühner gestopft habe, wirtschaftlicher umzugehen, wenn er nicht beabsichtige, seine Gäste in Patienten zu verwandeln, um sich so für die Kosten des Mahles hinlänglich schadlos zu halten.

Der Arzt, den diese Spöttereien wurmten, schaute ihn voll Entrüstung und Geringschätzung an; weil er sich aber nicht englisch ausdrücken mochte, damit Pallet im Laufe des Streites sich nicht zu sehr erbose und dann ohne ihn abreise, machte er seinem Ärger in griechischer Sprache Luft. Obgleich Pallet nach dem Klang vermutete, die Worte seien griechisch, gratulierte er seinem Freund dennoch zu seinen Kenntnissen im Walisischen und hatte ihn derart zum besten, daß er verrückt wurde, sich voll Ingrimm und aufs tiefste gekränkt auf sein Zimmer zurückzog und den Gegner über den gewonnenen Sieg frohlocken ließ.

Während sich zwischen diesen beiden Käuzen solche Dinge abspielten, stattete Peregrine dem Gesandten einen Besuch ab. Er dankte ihm für seine gütige Vermittlung, gab zu, er habe selber unvorsichtig gehandelt, und zwar anscheinend mit so viel Überzeugung und so feierlichen Versprechen, sich zu bessern, daß der Minister ihm all die Mühe, die er seinetwegen gehabt hatte, gern verzieh, ihm allerlei gute Ratschläge erteilte und ihn seiner fortdauernden Gewogenheit und Freundschaft versicherte; auch händigte er ihm bei seiner Abreise Empfehlungsbriefe an mehrere hochstehende Persönlichkeiten am britischen Hofe ein.

Auf solche Weise ausgezeichnet, nahm unser junger Herr von seinen französischen Bekannten Abschied und verlebte den Abend mit einigen von denen, an die er sich am engsten angeschlossen hatte, während Jolter zu Hause alles Nötige erledigte und mit unendlicher Freude Postchaise und Pferde bestellte, die ihn von einem Ort fortbringen sollten, wo er infolge der gefährlichen Gemütsart seines Zöglings ständig in tausend Ängsten geschwebt hatte.

Als alles ihrem Plane gemäß geregelt war, dinierten sie am nächsten Tag in Gesellschaft ihrer Reisegefährten und fuhren um vier Uhr nachmittags in zwei Chaisen ab, wobei der Kammerdiener, Pipes und des Doktors Lakai sie zu Pferde eskortierten, wohlversehen mit Waffen und Munition für den Fall, daß sie unterwegs von Räubern angegriffen würden.

Es war etwa elf Uhr abends, als sie in Senlis eintrafen, wo sie übernachten wollten, zuerst aber die Wirtsleute aus dem Bett trommeln mußten, bevor sie ein Nachtessen bekommen konnten. Alle Vorräte im Haus reichten mit knapper Not zu einem mäßigen Mahl. Pallet tröstete sich jedoch über die Quantität mit der Qualität des Gebotenen, besonders mit einem Kaninchenfrikassee, einem Gericht, das er allen leckeren Speisen vorzog, die jemals auf der Tafel des üppigen Heliogabalus gedampft haben mochten.

Kaum hatte er sich in diesem Sinne geäußert, als Peregrine, der seinem Nachbarn eine Falle nach der andern stellte, um sich auf dessen Kosten zu belustigen, diese Erklärung aufgriff und, sich der Geschichte von Scipio und dem Maultiertreiber im *Gil Blas* erinnernd, beschloß, Pallets Magen, der nach einem tüchtigen Abendbrot laut zu schreien schien, einen Schabernack zu spielen. Er überdachte seinen Plan, und als die Gesellschaft sich zu Tische gesetzt hatte, tat er so, als schaue er den Maler mit eigentümlichem Interesse an. Der hatte sich mit einer großen Portion vom Frikassee versorgt und fing an, sie mit außerordentlichem Genuß zu vertilgen. Trotz seinem starken Appetit jedoch mußte ihm Pickles Benehmen auffallen; er gönnte daher seinen Kinnladen ein wenig Ruhe und sagte: „Sie wundern sich, mich so wacker dreinhauen zu sehen; aber ich habe einen riesigen Hunger, und das ist eins von den besten Frikassees, die ich je gegessen habe. In so etwas sind die Franzosen Meister, das muß ich gestehen, und auf Ehr und Gewissen, ein delikateres Kaninchen als das auf meinem Teller könnte ich mir gar nicht wünschen."

„Kaninchen?" wiederholte Pickle und sprach das Wort, das seine einzige Erwiderung auf des Malers Lob war, in erstauntem Ton und mit einem so bedeutsamen Kopfschütteln aus, daß der andere dadurch tatsächlich unruhig wurde und seine Kiefer ihre Arbeit sofort unterbrachen. Mit einem halbzerkauten Stück im Mund starrte er voller Argwohn, der sich leichter vorstellen als beschreiben läßt, blöd umher, bis sein Blick schließlich auf das Gesicht von Tom Pipes fiel, und als dieser schelmisch grinste, denn er war instruiert und hatte gerade Pallets Stuhl gegenüber Posto fassen müssen, war die Verwirrung des Malers vollständig. Zu ängstlich, seinen Bissen hinunterzuschlucken, und zu schamhaft, sich seiner auf irgendeine andere Art zu entledigen, saß er eine Zeitlang in peinlichster Ungewißheit da, und als Mr. Jolter sich erkundigte, was ihm eigentlich fehle, strengte er die Muskeln seiner Kehle, die ihr Amt nur mit viel Schwierigkeit verrichteten, heftig an und fragte in großer Bestürzung und Bekümmernis, ob Mr. Pickle etwa den Verdacht hege, daß es mit dem Kaninchen nicht seine Richtigkeit hätte. Der junge Herr setzte eine geheimnisvolle Miene auf und schützte Unwissenheit über den Punkt vor, bemerkte aber, er neige dergleichen Gerichten gegenüber zu Mißtrauen, seitdem er von den Kniffen unterrichtet worden sei, die in den französischen, italienischen und spanischen Wirtshäusern an der Tagesordnung seien. Er erzählte hierauf das obenerwähnte Geschichtchen aus dem *Gil Blas* und fügte bei, er wäre zwar kein besonderer Kenner des Tierreichs, allein die Schenkel der Kreatur in seinem Frikassee glichen seiner Meinung nach nicht denen, die er für gewöhnlich an Kaninchen beobachtet habe. Die Wirkung dieser Worte prägte sich deutlich in den Zügen des Malers aus; er rief unter gewissen Anzeichen des Ekels und Erstaunens: „Allmächtiger!" wandte sich, um hinter die Wahrheit zu kommen, an Pipes und fragte ihn, ob er von der Sache etwas wüßte. Tom antwortete ihm mit tiefem Ernst, nach seinem Dafürhalten sei das Fleisch einwandfrei genug, denn er habe das frisch abgezogene Fell und die Füße eines prächtigen Katers an der Türe eines Speisekämmerchens neben der Küche hängen sehen.

Bevor dieser Satz zu Ende gesprochen war, schien sich

Pallets Bauch gegen die Wirbelsäule hin zu bewegen, er verfärbte sich, verdrehte die Augen, bis nur noch das Weiße sichtbar war, sperrte den Mund auf, stemmte die Hände in die Seiten und würgte so krampfhaft, daß die ganze Gesellschaft in Erstaunen und Bestürzung geriet. Und was seine Unpäßlichkeit noch verschlimmerte, war die zähe Hartnäckigkeit seines Magens, der seinen Inhalt einfach nicht hergeben wollte, obwohl der Maler von einem derart heftigen Abscheu erfaßt war, daß ihm der kalte Schweiß ausbrach und er beinahe in Ohnmacht fiel.

Pickle war wegen seines Zustands sehr besorgt und versicherte ihm, es sei ein richtiges Kaninchen gewesen, und er habe den Pipes nur spaßeshalber geheißen, etwas anderes zu sagen. Allein Pallet glaubte, dieses Geständnis wäre eine wohlgemeinte Notlüge, die Pickle aus Mitleid ersonnen habe, und so half es denn nichts. Er stärkte jedoch seine Lebensgeister durch einen kräftigen Schluck Branntwein und erholte sich so weit, daß er unter mancherlei Grimassen erklären konnte, das Gericht habe einen eigenartigen ranzigen Geschmack, den er teils der Natur der französischen Kaninchen, teils den französischen Saucen zugeschrieben hätte. Dann zog er gegen die schändlichen Praktiken der französischen Gastwirte los und legte ihre Betrügereien dem tyrannischen Regiment zur Last, wodurch diese Leute so bittere Not litten und in Versuchung kämen, ihren arglosen Gästen gegenüber alle möglichen Gaunereien zu begehen.

Jolter, der es nicht übers Herz brachte, auf irgendeine günstige Gelegenheit zu verzichten, den Franzosen das Wort zu reden, sagte zu ihm, er habe keine blasse Ahnung von ihrer Polizei, sonst würde er wissen, daß, wenn sich auf eine Anzeige bei der Obrigkeit hin herausstelle, es sei ein Reisender, Einheimischer oder Ausländer, von einem Gastwirt betrogen oder übel behandelt worden, der Betreffende sein Haus sogleich schließen müsse; und wenn sein Betragen besonders schlecht gewesen sei, würde er ohne langes Bedenken auf die Galeeren geschickt. „Und was nun das Gericht angeht", fuhr er fort, „das an Ihrer jetzigen

Unpäßlichkeit schuld sein soll, so maße ich mir an zu behaupten, daß es aus einem veritablen Kaninchen zubereitet wurde, das man in meiner Gegenwart enthäutet hat; und um meine Behauptung zu bekräftigen, will ich ohne irgendwelche Skrupel ein Stück davon essen, obschon dergleichen Frikassees nicht gerade nach meinem Geschmack sind." Damit schlang er mehrere Bissen des fragwürdigen Kaninchens hinunter, und Pallet schien es wieder mit liebevollen Augen zu betrachten, ja er griff sogar zu Messer und Gabel und war eben dabei, sie anzusetzen, als von neuem Zweifel in ihm aufstiegen und er ausrief: „Aber, Mr. Jolter, wenn's nun bei alledem doch ein Kater wäre. – Herr, erbarme dich unser! da ist eine von den Klauen!" Mit diesen Worten zeigte er auf die Spitze einer Zehe, deren fünf oder sechs Pipes von einer Ente, die gebraten wurde, abgeschnitten und mit allem Bedacht im Frikassee verteilt hatte, und der Hofmeister konnte dieses Zeugnis nicht ohne einige Symptome von Unbehagen und Reue ansehen. So saßen denn er und der Maler stillschweigend und verlegen da und schnitten sich gegenseitig Fratzen, während der Arzt, der beide haßte, über ihre Trübsal frohlockte und sie aufforderte, guten Mutes zu sein und sich bei ihrer Mahlzeit nicht stören zu lassen. Er wäre nämlich bereit, sagte er, darzutun, daß Katzenfleisch ebenso nahrhaft und wohlschmeckend sei wie Kalb- oder Schöpsenfleisch, wenn sie ihm beweisen könnten, daß die Katze kein Kater gewesen sei und ihr Futter hauptsächlich aus pflanzlichen Stoffen bestanden habe oder ihre Lust nach Fleisch wenigstens auf Ratten und Mäuse beschränkt habe, die er als wahre Leckerbissen bezeichnete. Es sei Pöbelwahn zu meinen, fuhr er fort, daß alle Karnivoren ungenießbar wären, was sich aus dem starken Bedarf an Schweinen und Enten ergebe, Tieren, die richtige Würger seien, gleich wie die Fische, die einander auffräßen und von Köder und Aas lebten, ebenso aus der Nachfrage nach Bären, aus deren Fleisch die besten Schinken der Welt gemacht würden. Die Neger an der Küste von Guinea, bemerkte er dann, ein gesundes und rüstiges Volk, zögen Katzen und Hunde aller andern Nahrung vor, und führte aus der

Geschichte verschiedene Belagerungen an, während welcher die eingeschlossenen Bewohner von diesen Tieren gelebt, ja sich sogar Menschenfleisch gehalten hätten, das, wie er aus Erfahrung wüßte, in jeder Beziehung besser sei als Schweinefleisch; denn er habe im Laufe seiner Studien einmal um des Experimentes willen ein Steak aus dem Hinterteil eines Gehenkten gegessen.

Infolge dieser gelehrten Abhandlung wurden die Magennerven des Hofmeisters und des Malers nicht nur nicht beruhigt, sondern noch mehr gereizt, und als die beiden das letzte Beispiel hörten, schauten sie im gleichen Augenblick voll Ekel und Grausen nach dem Sprecher hin, sprangen vom Tische auf, indem der eine das Wort „Kannibale" murmelte und der andere „scheußlich" ausrief, rannten in ein anderes Zimmer und stießen am Eingang so heftig zusammen, daß sie zu Boden stürzten und, weil dadurch die Wirkung ihrer Übelkeit beschleunigt wurde, sich gegenseitig ankotzten.

49

In Arras versuchen zwei Gauner vergeblich, Pickle ins Garn zu locken.

Auf dem ganzen Weg war der Doktor mürrisch und niedergeschlagen; er versuchte zwar, sein voriges Ansehen zurückzugewinnen, und ließ sich des langen und breiten über die römischen Heerstraßen aus, als Mr. Jolter sie bat, die schöne Chaussee zu beachten, auf der sie von Paris nach Flandern reisten. Allein Pallet, der glaubte, nun die Oberhand über den Arzt erhalten zu haben, war bestrebt, seine Überlegenheit zu wahren, und überschüttete den Doktor wegen seines Eigendünkels und seiner prahlerischen Gelehrsamkeit mit Spott und Hohn, ja er machte sogar Wortwitze und Wortspiele über die Äußerungen des Republikaners. So fragte er, als dieser von der flaminischen Straße salbaderte, ob sie besser gepflastert sei als der flämische Weg, auf dem sie führen; und da der Doktor bemerkt hatte, diese Straße wäre angelegt worden, damit man die französische Artillerie leichter nach Flandern schaffen könne, das oft Kriegsschauplatz sei, erwiderte sein schlagfertiger Gegner mit größter Lebhaftigkeit: „Herr Doktor, es passieren mehr große Kanonen diese Chaussee, als der König von Frankreich weiß."

Aufgemuntert durch den Erfolg seiner Anstrengungen, die Jolter amüsierten und die, wie er sich einbildete, unserm Helden wiederholt ein beifälliges Lächeln entlockten, belustigte er sich mit noch vielen andern Kalauern dieser Art und sagte zum Beispiel während des Mittagessens zum Doktor, er sei verdammt maulhenkolisch.

Es herrschte jetzt eine solche Animosität zwischen diesen ehemaligen Freunden, daß keiner sich mit dem andern unterhielt, außer in der Absicht, ihn dem Spott und der Verachtung der Reisegefährten preiszugeben. Der Arzt bemühte sich, Peregrine heimlich auf Pallets Albernheit und Unwissenheit hinzuweisen, während der Maler auf dieselbe Weise des Doktors Mangel an Manieren und gutem Geschmack hervorhob. Pickle tat beiden gegenüber so, als billige er die strengen Urteile, die allerdings sehr begründet waren, und schürte durch boshafte Anspielungen das Feuer, damit sich der Zwist zu offener Feindschaft steigere. Sie schienen jedoch jeglichem Zweikampf so abhold, daß seine Kniffe eine ganze Zeitlang nicht verfingen und sie zu nichts Schlimmerem als zu groben Beschimpfungen aufzustacheln waren.

Bevor sie Arras erreichten, waren die Tore geschlossen worden, so daß sie ihr Nachtquartier in einer mittelmäßigen Herberge der Vorstadt beziehen mußten, wo sie zwei französische Offiziere antrafen, die auch von Paris nach Ryssel reisten und so weit Post geritten hatten. Diese Herren mochten in den Dreißigern sein, und in ihrem Betragen lag etwas so Unverschämtes, daß unser Held sich darüber ärgerte. Trotzdem näherte er sich ihnen auf dem Hof sehr höflich und schlug vor, zusammen zu speisen. Sie dankten ihm für die Ehre seiner Einladung, lehnten sie hingegen mit der Ausrede ab, sie hätten bereits bestellt, versprachen jedoch, ihm und seiner Gesellschaft gleich nach der Mahlzeit aufzuwarten.

Dies geschah denn auch, und nachdem man ein paar Gläser Burgunder getrunken hatte, fragte einer von ihnen unsern jungen Herrn, ob er nicht zum Zeitvertreib mit ihnen Quadrille spielen wolle. Peregrine erriet leicht, warum dieser Vorschlag gemacht wurde, nämlich mit der Absicht, ihn und seine Gefährten zu rupfen; denn es war ihm wohlbekannt, zu welchen Listen ein Subalternoffizier in französischen Diensten greifen muß, um als Kavalier auftreten zu können, und er glaubte, und das mit Recht, die meisten von ihnen seien Schwindler von Jugend auf. Da er sich aber gutenteils auf seine Gewandtheit und die Schärfe seines Geistes verließ, entsprach er dem Wunsch des Fremden und setzte sich sofort mit dem Maler, dem Arzt und dem Franzosen zusammen. Der andere Offizier hatte gesagt, er sei dieses Spieles gänzlich unkundig, stellte sich jedoch im Verlauf der Partie hinter Pickles Stuhl, der demjenigen seines Kameraden gerade gegenüberstand, unter dem Vorwand, er möchte gerne seine Spieltaktik verfolgen. Unser junger Mann war kein solcher Neuling mehr, daß er den Zweck dieses plumpen Manövers nicht durchschaut hätte; trotzdem sah er fürs erste darüber hinweg, um ihrer Hoffnung anfänglich zu schmeicheln, damit sie am Schluß durch ihre Enttäuschung um so empfindlicher bestraft würden.

Kaum hatte das Spiel begonnen, so beobachtete er in einem Spiegel, wie der Offizier hinter ihm seinem Kameraden gewisse Zeichen gab, und da diese Gesten vorher verabredet worden waren, erfuhr jener ganz genau, welche Karten Peregrine in der Hand hielt, und hatte denn auch Glück.

Sie durften so die Früchte ihrer Geschicklichkeit genießen, bis sich ihr Gewinn auf einige Louisdor belief und unser junger Herr fand, es sei hohe Zeit, sich selbst Gerechtigkeit widerfahren zu lassen. Er bedeutete daher dem hinter ihm stehenden Kavalier in sehr höflichen Ausdrücken, daß er nicht ruhig und überlegt spielen könne, wenn ihm jemand in die Karten gucke, und ersuchte ihn um die Freundlichkeit, sich zu setzen.

Da der Fremde diese Bemerkung anstandshalber nicht ignorieren durfte, bat er um Verzeihung und zog sich hinter den Stuhl des Arztes zurück. Der aber erklärte ihm rundheraus, es wäre seines Landes nicht der Brauch, einem Zuschauer Einblick in sein Spiel zu gewähren, und als er auch hier einen Korb bekommen hatte und sich beim Maler einquartieren wollte, winkte dieser ebenfalls ab, schüttelte den Kopf und wiederholte seinen Ausruf *pardonnez-moi* in einem so entschiedenen Ton, daß der Frechdachs geschlagen war und sich genötigt sah, tiefgekränkt Platz zu nehmen.

Nachdem auf diese Weise alle Ungleichheit behoben wurde, ging das Glück seinen gewöhnlichen Gang; und obwohl der Franzmann, seines Bundesgenossen beraubt, sich bemühte, allerlei Finessen anzubringen, hatte die Gesellschaft nun ein so scharfes Auge auf ihn, daß ihm nichts gelingen wollte und er mit seinem Gewinn sehr bald wieder herausrücken mußte. Da er sich aber mit dem Vorsatz in die Partie eingelassen hatte, alle erlaubten und unerlaubten Vorteile zu nutzen, die ihm sein größeres Geschick dem Engländer gegenüber verschaffen würde, so zahlte er das Geld nicht ohne langen Wortwechsel zurück. Unter anderm versuchte er, seinen Gegner durch heftige Worte einzuschüchtern; allein unser Held gab ihm so kräftig heraus, daß er einsah, an den Falschen geraten zu sein, und sich bewogen fühlte, in aller Stille abzuziehen. Den beiden Herren ging der Mißerfolg ihres Unternehmens tatsächlich nicht ohne Grund so nahe; höchstwahrscheinlich waren sie gezwungen, gegenwärtig von ihren Hochstapeleien zu leben, und vermochten bloß durch irgendeinen derartigen Erwerb ihre Reisekosten zu bestreiten.

Am nächsten Morgen erhoben sie sich bei Tagesanbruch, und da sie den andern Passanten zuvorkommen wollten, sicherten sie sich, sobald die Stadttore geöffnet wurden, ihre Postpferde, so daß, als unsere Gesellschaft erschien, die Tiere auf dem Hof schon bereitstanden und die Kavaliere nur noch auf die Rechnung warteten, die sie gefordert hatten. Zitternd und bebend überreichte sie der Wirt einer der Kriegsgurgeln; kaum aber hatte dieser Mensch einen Blick auf die ganze Summe geworfen, als er tausend fürchterliche Flüche ausstieß und fragte, ob man mit Offizieren des Königs so umspringe. Der arme Tropf von Wirt beteuerte sehr demütiglich, er habe den größten Respekt vor Seiner Majestät und vor allem, was Allerhöchst Derselben zugehöre. Er hätte nicht im mindesten auf sein Interesse gesehen, sondern verlange nur seine eigenen Auslagen für ihre Bewirtung zurück.

Diese Nachgiebigkeit schien keine andere Wirkung zu haben, als daß sie ihre Arroganz nur noch mehr reizte. Sie schwuren, sie wollten diese Erpressung dem Kommandanten der Stadt melden, der ein öffentliches Exempel an ihm statuieren und dadurch andere Gastwirte lehren würde, wie sie Männern von Ehre zu begegnen hätten, und drohten mit solcher Dreistigkeit und Entrüstung, daß der unglückliche Kerl von Wirt, der die Folgen ihres Zorns fürchtete, kriechend um Verzeihung flehte und aufs unterwürfigste zu wiederholten Malen bat, sie möchten ihm das Vergnügen gönnen, sie auf eigene Kosten bewirtet zu haben. Dies war eine Gunst, die er nur schwer erhielt. Sie verwiesen ihm seine Betrügerei ernstlich und ermahnten ihn, auf sein Gewissen sowohl als auf eine gute Behandlung seiner Gäste mehr Rücksicht zu nehmen. Insonderheit schärften sie ihm ein, gegen die Herren von der Armee zuvorkommend zu sein. Dann stiegen sie zu Pferde und ritten recht stattlich davon. Der Wirt dankte Gott von Herzen, daß er den Zorn von zwei Offizieren so glücklich beschwichtigt hatte, denen es entweder an Lust oder an Mitteln fehlte, ihre Rechnung zu bezahlen. Denn die Erfahrung hatte ihn gelehrt, sich vor all dergleichen Reisenden zu hüten, die gewöhnlich den Wirt brandschatzen, um ihn für seine übertriebenen Forderungen büßen zu lassen, sogar wenn er sich damit einverstanden erklärt hat, daß der Gast die Höhe der Zeche selbst bestimme.

Sie kommen wohlbehalten in Ryssel an und besehen die Zitadelle. Der Arzt hat Streitigkeiten mit einem Schotten. Dieser wird in Haft genommen.

Nachdem diese ehrenwerten Glücksritter sich entfernt hatten, erfuhr Pickle, der bei diesem Handel zugegen gewesen war, nähere Einzelheiten aus dem Munde des Wirtes selbst. Der rief Gott und alle Heiligen zu Zeugen an, daß er an ihnen verloren hätte, auch wenn die Rechnung bezahlt worden wäre; denn er habe, weil er ihren Einspruch vorausgesehen, alles unter dem Preis angesetzt. Aber die Autorität der Offiziere sei in Frankreich so groß, daß er sich nicht im geringsten dagegen aufzulehnen wage; wäre die Sache nämlich vor die Obrigkeit gekommen, so hätte er bei den Grundsätzen ihrer Regierung, die der grausamen Härte der Herren von der Armee Vorschub leiste, unbedingt den kürzern gezogen und sich möglicherweise erst noch ihre Feindschaft auf den Hals geladen, was genüge, um ihn an den Bettelstab zu bringen.

Dieses Beispiel von Ungerechtigkeit und despotischer Gewalt empörte unsern Helden über die Maßen. Er wandte sich an den Hofmeister und fragte ihn, ob dies nun auch ein Beweis für das Glück sei, dessen sich das französische Volk erfreue. Jolter erwiderte, jeder Verfassung auf Erden müßten gewisse Mängel anhaften, und gestand, daß in diesem Königreich der Adel mehr Schutz genösse als das gewöhnliche Volk, weil man voraussetze, daß seine Gefühle von Ehre und seine überlegenen Eigenschaften ihn zu diesem Vorzug berechtigten, ein Vorzug, bei dem man noch immer auf die Verdienste der Ahnen Rücksicht nähme, um deretwillen das Adelspatent einst erteilt worden sei. Die Obrigkeit jedoch, behauptete Jolter, habe der Wirt falsch geschildert. Sie versäume es in Frankreich niemals, offenkundige Beleidigungen und Übergriffe ohne Ansehen der Person zu bestrafen.

Der Maler billigte die Weisheit der französischen

Regierung, daß sie die Impertinenz des gemeinen Mannes im Zaume hielte, unter der er, wie er sie versicherte, oft selber zu leiden gehabt hätte. Er sei des öftern in London von Mietskutschern bespritzt, von Kärrnern und Trägern gestoßen und von Schiffern aufs schändlichste verunglimpft worden, und einmal habe er seinen Haarbeutel und einen beträchtlichen Teil seiner Haare eingebüßt, die ihm irgendein Schlingel während des Aufzugs des Lord Mayors beim Ludgate abgeschnitten habe. Andererseits erklärte der Doktor mit großer Heftigkeit, diese Offiziere sollten zum Tode verurteilt oder wenigstens in die Verbannung geschickt werden, weil sie die Leute auf diese Weise ausgeplündert hätten. Aus der Frechheit und Schamlosigkeit, mit der sie zu Werke gegangen seien, erhelle deutlich, daß sie sicher gewesen wären, ungestraft davonzukommen, und dergleichen Verbrechen schon mehrmals von ihnen verübt worden seien. Der größte Mann in Athen, sagte er, wäre auf immer ins Exil getrieben und sein Vermögen vom Staat konfisziert worden, hätte er die Gerechtsame seiner Mitbürger auf eine so zügellose Art verletzt; und was die unbedeutenden Beschimpfungen angehe, denen man infolge des Mutwillens der Menge ausgesetzt sein könnte, so betrachte er sie als rühmliche Äußerungen des Freiheitsgefühls, die man nicht unterdrücken dürfe. Es würde ihm jederzeit ein herzliches Vergnügen sein, von einem anmaßenden Sohn der Freiheit in die Gosse geschmissen zu werden, sogar wenn ihn der Sturz ein Glied kosten sollte. Zur Erläuterung fügte er dann bei, nichts habe ihm je mehr Freude bereitet, als daß er eines Tages zusehen konnte, wie ein Müllfuhrmann absichtlich die Kutsche eines Gentlemans umwarf, wobei zwei Damen, die darin saßen, fast lebensgefährliche Quetschungen erlitten. Pallet, den diese überspannte Behauptung schockierte, gab hierauf zur Antwort: „Wenn das der Fall ist, so wünsche ich, daß Ihnen vom ersten besten Kärrner, dem Sie in den Straßen von London begegnen, alle Knochen im Leib zerbrochen werden."

Nachdem diese Sache abgetan und die Zeche in vollem Umfang bezahlt worden war, obgleich der Wirt bei der Aufstellung der Posten an den Verlust gedacht hatte, den er durch seine eigenen Landsleute erlitten hatte, reisten sie von Arras ab und kamen um zwei Uhr nachmittags wohlbehalten in Ryssel an.

Kaum hatten sie in einem weitläufigen Hotel an der *Grande Place* ihre Zimmer bezogen, als ihnen der Besitzer des Hauses mitteilte, er habe unten eine Table d'hôte; verschiedene englische Herren, die in der Stadt wohnten, zählten zu seiner Tafel und das Essen werde eben serviert. Peregrine, der jede Gelegenheit ergriff, neue Charaktere kennenzulernen, überredete seine Gesellschaft, am gemeinsamen Tisch zu speisen, und so wurden sie ins Eßzimmer geführt, wo sie ein buntes Gemisch von schottischen und holländischen Offizieren und einigen Herren der französischen Armee antrafen; diese taten in der Zitadelle Garnisondienst, jene erhielten an der Akademie ihre Ausbildung.

Unter den Franzosen befand sich ein Mann, etwa in den Fünfzigern, von ausnehmend feinem Ton und Wesen. Er trug das Malteserkreuz und wurde von allen, die ihn kannten, durch besondere Ehrerbietung ausgezeichnet. Als dieser hörte, daß Pickle und seine Freunde Reisende seien, sprach er den Jüngling auf englisch an, das er ganz ordentlich beherrschte, und erbot sich, weil sie fremd waren, ihnen am Nachmittag alle Sehenswürdigkeiten von Ryssel zu zeigen. Unser Held dankte ihm für seine außergewöhnliche Artigkeit, die, wie er sagte, ein Merkmal der französischen Nation sei; und da das gewinnende Äußere des Herrn einen starken Eindruck auf ihn machte, legte er es geflissentlich darauf an, mit ihm ins Gespräch zu kommen. Er merkte daraus, daß der Ritter ein Mensch von großem Verstande und reicher Erfahrung war, über den größten Teil Europas sehr gut Bescheid wußte, und vernahm, daß er ein paar Jahre lang in England gelebt hatte und so mit der Verfassung und dem Geist dieses Volks wohlvertraut war.

Nachdem sie gegessen und auf die Gesundheit der Könige von Frankreich und England getrunken hatten, wurden zwei Fiaker gerufen. Der Chevalier, einer seiner Freunde, Peregrine und der Hofmeister setzten sich in den einen, der

Arzt, Pallet und zwei schottische Offiziere, die sie auf ihrer Rundfahrt begleiten wollten, in den andern. Der erste Ort, den sie besuchten, war die Zitadelle. Unter der Führung des Ritters gingen sie um die Wälle herum, und er erklärte ihnen genau, was jedes einzelne Werk dieser anscheinend unbezwinglichen Festung zu bedeuten hatte. Als ihre Neugierde befriedigt war, stiegen sie wieder ein, um das Zeughaus zu besichtigen, das in einem andern Viertel der Stadt lag; aber gerade als Pickles Wagen über die Promenade fuhr, hörte er, daß der Maler überlaut seinen Namen rief. Er befahl seinem Fiaker anzuhalten und sah Pallet mit halbem Leib zum Schlag der andern Kutsche hinauslehnen, wobei er voll Entsetzen schrie: „Mr. Pickle, Mr. Pickle! Halten Sie um Gottes willen und verhindern Sie ein Blutvergießen, sonst gibt's hier Mord und Totschlag!" Höchst erstaunt hierüber, sprang Peregrine sogleich aus dem Wagen, näherte sich dem andern Fiaker und entdeckte, daß einer ihrer militärischen Begleiter mit wütendem Gesicht, den bloßen Degen in der Faust, neben der Kutsche stand, während der Arzt mit zitternden Lippen und verstörter Miene mit dem andern Offizier rang, der sich ins Mittel gelegt hatte und ihn auf seinen Sitz niederdrückte.

Unser junger Herr forschte nach dem Grund dieser Feindseligkeit und fand heraus, daß sie von einem Wortwechsel herrührte, der sich auf den Wällen über die Stärke der Befestigungswerke entsponnen und in dessen Verlauf sich der Doktor in seiner gewohnten Art geringschätzig darüber ausgelassen hatte, bloß weil sie neuern Datums waren. Er wolle sich anheischig machen, hatte er gesagt, mit Hilfe der Kriegsmaschinen der Alten und einigen tausend Schanzgräbern die ganze Festung in weniger als zehn Tagen zu schleifen. Der Schotte, ein ebenso großer Pedant wie der Arzt, hatte das Festungswesen studiert und Cäsars Kommentare sowie den Polybios mit Folards erläuternden Noten durchgearbeitet. Er behauptete daher, mit den Belagerungsmethoden der Alten sei gegen eine solche Zitadelle wie die von Ryssel gar nichts auszurichten, und begann die *vineae, aggeres, arietes, scorpiones* und *catapultae* der

Römer mit den heutzutage üblichen Laufgräben, Minen, Batterien und Feuermörsern zu vergleichen. Der Republikaner, der sich da angegriffen sah, wo er seine stärkste Seite zu haben glaubte, bot jetzt seine ganze Gelehrsamkeit auf. Indem er aber die berühmte Belagerung von Platää beschrieb, hatte er das Pech, eine Stelle aus dem Thukydides falsch zu zitieren, worauf ihn jener, der zum geistlichen Stande erzogen worden und im Griechischen gut zu Hause war, korrigierte. Der Doktor war erzürnt, daß man ihm einen solch groben Schnitzer nachgewiesen hatte und dies dazu in Gegenwart von Pallet, der, wie er wohl wußte, seine Schande ausposaunen würde, und sagte deshalb mit großer Arroganz zum Offizier, es habe mit seinem Einwand nichts auf sich, und er müsse sich nicht erkühnen, mit einem Manne über dergleichen Materien zu disputieren, der diese Dinge aufs allergenaueste und sorgfältigste überdacht habe. Die hochnäsige Antwort brachte seinen Gegner auf, er wurde hitzig und erwiderte, der Doktor möge wohl ein sehr geschickter Apotheker sein, was jedoch die Kriegskunst und die Kenntnis der griechischen Sprache betreffe, so wäre er nichts anderes als ein Ignorant und ein Aufschneider. Auf diese Behauptung hin fiel eine äußerst giftige Bemerkung, die zugleich für alle Landsleute des Offiziers beleidigend war, und der Streit war schon bis zu gegenseitigen Schmähungen gediehen, als er durch die Ermahnungen der beiden andern unterdrückt wurde. Sie baten sie, sich an einem fremden Orte keine Blöße zu geben, sondern sich wie Volksgenossen und Freunde zu betragen. Sie standen daher davon ab, sich zu verunglimpfen, und die Sache schien vergessen zu sein; als sie aber wieder im Wagen saßen, fragte der Maler unglücklicherweise nach der Bedeutung des Wortes *testudo*, das er sie unter den Kriegsgerätschaften der Römer hatte erwähnen hören. Der Arzt beantwortete diese Frage und beschrieb diese Maschine dem Offizier so wenig zu Dank, daß er ihm mitten in seinen Explikationen glatt widersprach, was den Republikaner nun dermaßen reizte, daß er ihn in der Unbesonnenheit des Affekts mit „gemeiner Schuft" titulierte. Kaum waren diese Worte heraus, als ihm der Kaledonier einen Hieb auf die Nase versetzte, aus dem Fiaker sprang und ihn kampfbereit erwartete, während der Arzt einige schwache Versuche machte, ihm gegenüberzutreten, sich aber vom andern Kriegsmann leicht zurückhalten ließ, und Pallet, dem vor den Folgen bange war, in die er verwickelt zu werden befürchtete, laut nach einem Vermittler brüllte.

Unser Held bemühte sich, diesen Aufruhr zu dämpfen, machte dem Schotten klar, er habe sich für die ihm widerfahrene Beleidigung ja bereits Genugtuung verschafft, und erklärte dem Doktor, der Hieb, den man ihm versetzt habe, sei wirklich verdient. Allein der Offizier, vielleicht durch die Betroffenheit seines Gegners dazu ermuntert, verlangte unbedingt, daß dieser für das, was er gesagt, Abbitte leiste. Der Arzt jedoch, der sich unter dem starken Schutze Pickles wähnte, weit entfernt, eine solche Konzession zu machen, schnaubte nichts als Trotz und Rache. Um allem Unheil vorzubeugen, kündigte der Ritter nun dem Schotten Arrest an und schickte ihn unter der Aufsicht des andern französischen Herrn und seines eigenen Kameraden nach Hause. Mr. Jolter, der die Sehenswürdigkeiten der Stadt von früher her kannte, begleitete sie und überließ seinen Platz in der vordern Kutsche willig dem Arzt.

51

Pickle unterhält sich mit dem Malteserritter über die englische Bühne, und anschließend spricht der Doktor über das Theater der Alten.

Der übrige Teil der Gesellschaft fuhr nach dem Zeughaus, und nachdem sie es besichtigt und dann noch einige Kirchen angeschaut hatten, begaben sie sich auf dem Rückweg ins Schauspielhaus, wo sie einer ganz leidlichen Vorstellung von Corneilles *Cid* beiwohnten. Infolgedessen drehte sich das Gespräch beim Abendessen um dramatische Aufführungen; und alle Einwände, die Monsieur de Scudéry gegen das Stück erhob, das sie gesehen hatten, sowie die Entscheidung der französischen Akademie wurden geprüft und erörtert. Der Chevalier war ein Mann von literarischer Bildung und feinem Geschmack und mit den Verhältnissen der englischen Bühne besonders gut vertraut, so daß die kühne Verurteilung des Spiels der Franzosen durch den Maler, zu der dieser sich berechtigt glaubte, weil er einem Kritikerzirkel des Covent-Garden-Theaters angehört und einen Freiplatz im Parkett gehabt hatte, sofort zu einem Vergleich nicht der Dichter, sondern der Schauspieler beider Nationen führte, die weder dem Chevalier noch Peregrine fremd waren. Als guter Engländer trug unser Held kein Bedenken, seinen Landsleuten den Vorzug zu geben, und behauptete, sie stellten die Leidenschaften der menschlichen Seele so sehr der Natur gemäß dar und lebten sich so vollkommen in ihre jeweiligen Rollen ein, daß sie sich oft einbildeten, sie wären wirklich die Helden selber, als die sie aufträten, während im Spiel der Pariser Akteure Stimme und Gebärde selbst bei den wichtigsten Charakteren so forciert und chargiert würden, wie man es nur auf dem Theater antreffe. Um diese Behauptung zu beweisen, bediente er sich seines angeborenen Talents und ahmte Manier und Sprache der bedeutendsten Darsteller und Darstellerinnen der französischen Bühne zur Bewunderung des Ritters nach. Dieser machte ihm über seine erstaunliche Mimik sein Kompliment, bat ihn aber zugleich, in einigen Punkten anderer Meinung sein zu dürfen. „Es wäre ungerecht und töricht von mir", sagte er, „ableugnen zu wollen, daß Sie in England gute Darsteller haben. Ihr Theater besitzt eine wahre Zierde in einer Schauspielerin, die so viel Gefühl und eine so wohlklingende Stimme hat, wie ich dergleichen noch nie auf einer andern Bühne gefunden habe; außerdem ist ihre Figur so edel und ihr Gesicht so ausdrucksvoll, daß sie zu den ansprechendsten Charakteren in Ihren besten Stücken ganz wunderbar paßt, und ich muß aufrichtig bekennen, eine Monimia und Belvidera in London hat mich ebensosehr entzückt und ebenso tief gerührt wie je eine Kornelia und Kleopatra in Paris. Ihr Lieblingsschauspieler ist ein erstaunliches Genie. Ferner können Sie sich einiger Komiker rühmen, die, was Kunst der Grimasse und Possenreißerei anlangt, vollendete Meister sind. Ich allerdings, um ganz offen zu reden, glaube, daß sie darin von den Amsterdamer Akteuren übertroffen werden. Einen Ihrer Günstlinge aber kann ich in keiner seiner Heldenrollen bewundern. Seine Sprache ist ein ewiger Singsang, klingt, als ob man die Vesper sänge, und wenn er spielt, meint man, es werde Ballast in einen Schiffsraum gehoben. In seiner äußern Haltung scheint er Würde mit anmaßendem Auftreten zu verwechseln und agiert den arglistigen, kalten, ränkevollen Richard als einen prahlerischen, geistlosen, polternden Eisenfresser. In der Rolle des gütigen Patrioten Brutus verliert er alle Mäßigung und jegliche Haltung, ja, er und Cassius benehmen sich bei ihrer Zusammenkunft so lächerlich, daß sie, Fuß an Fuß, einander die Zähne zeigen, sich wie zwei streitende Flickschuster mehrmals mit der linken Seite stoßen, damit ihre Schwerter zur Belustigung des Publikums klirren, als ob sie ein paar Hanswurste wären, die auf einem Brettergerüst auf der Bartholomäus-Messe den Pöbel zum Lachen bringen wollten. Die Verzweiflung eines großen Mannes, der den höllischen Ränken seines Vertrauten, eines verschlagenen Verräters, zum Opfer fällt, drückt dieser englische Äsopus dadurch aus, daß er sich mit den Fäusten an die Stirn schlägt und wie ein Stier brüllt; und in fast allen seinen großen Auftritten pflegt er den Kopf so seltsam zu schütteln und andere groteske Gebärden zu machen, daß ich, als ich ihn das erstemal spielen sah, glaubte, der arme Kerl leide an jenem paralytischen Übel, das unter dem Namen Veitstanz bekannt ist. Kurz, die feineren Empfindungen der Seele scheinen ihm völlig abzugehen; deshalb stellt er sie auf eine ganz grobe Art dar und kann so der Idee des Dichters oft nicht genügen. Er nimmt daher zu einer solch heftigen und affektierten Bewegtheit Zuflucht, daß er wohl bei den urteilslosen Zuschauern Eindruck macht, von einem Mann mit gutem Geschmack aber zu der Klasse derer gerechnet wird, die Ihr bewunderter Shakespeare sehr richtig mit den Handlangern der Natur vergleicht, die eine

Leidenschaft in Fetzen reißen. Doch trotz all dieser Ungereimtheiten ist dieser Mann ein vortrefflicher Falstaff, stellt Heinrich VIII. ganz nach dem Leben dar, wird im ‚Freimütigen' mit Recht beklatscht, glänzt als Sir John Brute und würde manch humoristische Situation der niedern Komödie meistern, wenn sein Stolz ihm erlaubte, in einer solchen zu spielen. Ich wäre mit diesem Darsteller nicht so streng ins Gericht gegangen, hätte ich nicht sehen müssen, wie seine Anhänger ihn mit den lächerlichsten und ekelhaftesten Lobsprüchen überhäuften, und zwar gerade in all den Dingen, in denen er meines Erachtens hauptsächlich versagt."

Pickle, den es nicht wenig verdroß, die Fähigkeiten eines so berühmten Schauspielers seines vaterländischen Theaters derart frei und respektlos kritisieren zu hören, antwortete mit einiger Schärfe, der Chevalier sei wirklich ein Kunstrichter, indem er sich mehr Mühe gebe, die Mängel derjenigen, die er seiner Beurteilung unterwerfe, zu bemerken, als ihre Vorzüge anzuerkennen.

Man dürfe nicht erwarten, daß sich ein Schauspieler in allen Charakteren in gleichem Maße auszeichne; und was des Ritters Beobachtungen anginge, so wären sie unstreitig sehr klug; dennoch müsse er sich wundern, daß ihm, einem so fleißigen Besucher des Theaters, einige stets entgangen seien. „Der erwähnte Schauspieler", sagte er, „hat nach Ihrer eigenen Meinung beträchtliche Verdienste im komischen Fach; und was das Verhalten der großen Charaktere in der Tragödie und die Äußerung heftiger Leidenschaften betrifft, so glaube ich, daß beides der verschiedenen Natur und Bildung der Menschen entsprechend auf verschiedene Weise dargestellt werden könne. Ein Spanier zum Beispiel wird, obwohl ihn die gleiche Leidenschaft beseelen mag, sie ganz anders ausdrücken als ein Franzose; was bei dem einen als angenehme Lebhaftigkeit und als Geschicklichkeit gilt, würde man bei dem andern für Plumpheit und Albernheit ansehen. Ja, selbst das gewöhnliche Betragen der Franzosen weicht von dem einiger anderer Nationen so sehr ab, daß einer Ihrer eigenen Landsleute in seinen Reisebeschreibungen bemerkt, die Perser sagten noch heutzutage, wenn jemand unnötige Gebärden mache, er sei entweder ein Narr oder ein Franzose. Da also für das Benehmen keine einheitliche Norm besteht, so kann ein Türke, ein Mohr, ein Inder oder der Bewohner irgendeines Landes, dessen Sitten und Tracht von den unsrigen stark verschieden sind, die Gesinnung des edelsten Herzens besitzen und von den höchsten Leidenschaften erfüllt sein, die die menschliche Seele bewegen, und durch deren Äußerung bei einem Europäer doch mehr Gelächter als Ehrfurcht erwecken.

Als ich die berühmte Heldin Ihrer Pariser Bühne zum erstenmal in einer ihrer Hauptrollen sah, schien ihre Haltung so übertrieben und warf sie ihre Arme mit einer solchen Heftigkeit, daß sie mir wie eine Windmühle im Sturm vorkam, während ihre Stimme und ihre Gesichtszüge mich lebhaft an eine englische Xanthippe erinnerten. Ebenso unnatürlich war meiner Meinung nach das Spiel Ihres Lieblings unter den männlichen Darstellern. Er trat auf mit dem affektierten Wesen eines Tanzmeisters, hob in den ergreifendsten Situationen seine Hände über den Kopf, gerade wie ein Clown, der zu einem Luftsprung ansetzt, und sprach so, als ob seine Kehle durch eine Haarbürste verstopft wäre; doch als ich ihr Benehmen mit dem der Leute verglich, vor denen sie spielten, und dabei jene Theatralik in Anschlag brachte, die auf allen Bühnen der Welt üblich ist, söhnte ich mich allmählich mit ihrem Stil aus und vermochte hinter ihrem kuriosen Gebaren recht viel Gutes zu entdecken."

Da der Ritter merkte, daß sich Peregrine über seine vorigen Worte etwas aufgeregt hatte, bat er ihn um Verzeihung dafür, daß er sich erlaubt habe, die englischen Schauspieler zu tadeln. Er versicherte ihm, er habe eine unendliche Hochachtung vor der Gelehrsamkeit, dem Genie und dem Geschmack der Engländer, um derentwillen sie in der literarischen Welt mit Recht so geschätzt würden, und er sei trotz seiner strengen Kritik der Ansicht, daß man in London beim Theater über größere Talente verfüge als in Paris. Der junge Herr dankte ihm für dieses höfliche Zugeständnis. Pallet frohlockte darüber und sagte, weise den Kopf schüttelnd: „Das glaub ich auch, Monsieur", und der

Arzt, den die Debatte, zu der er nichts beigetragen, ungeduldig gemacht hatte, bemerkte hochnäsig, die Schaubühne der Neuern falle für einen, der von der Pracht des Theaters der Alten und ihren Vorstellungen eine Idee habe, vollständig außer Betracht; die Schauspiele, meinte er, sollten, wie die des Sophokles bei den Athenern, auf Staatskosten aufgeführt werden und eigens dazu ernannte Richter alle Stücke, die dem Publikum dargeboten würden, prüfen, um dann über deren Zulassung oder Ablehnung zu entscheiden. Hierauf beschrieb er das Theater in Rom, das achtzigtausend Zuschauer faßte, und hielt ihnen einen gelehrten Vortrag über die *persona* oder Maske, deren sich die römischen Schauspieler bedienten. Dies sei, sagte er, ein Apparat gewesen, der den ganzen Kopf bedeckt und inwendig eine Höhlung aus Erz gehabt habe, durch die der Schall, sowie er aus dem Munde gekommen, zum Widerhallen gebracht und die Stimme so verstärkt worden sei, daß das ganze gewaltige Auditorium sie habe vernehmen können. Dann erklärte er den Unterschied zwischen dem *saltator* und dem *declamator*, von denen jener agiere, während dieser die Rolle spreche, und ergriff anschließend die Gelegenheit, die vollendete Kunst ihrer Pantomimiker zu erwähnen, die eine so verblüffende Ausdrucksfähigkeit besaßen, daß ein gewisser Fürst von Pontus, als er an Neros Hofe einen von ihnen eine Szene darstellen sah, den Kaiser bat, ihm den Mann zu schenken, damit er ihn als Dolmetscher bei den barbarischen Völkern anwenden könne, deren Sprache er nicht verstünde. Ja, verschiedene zynische Philosophen, fuhr er fort, die diese Schaustellungen, ohne sie zu kennen, verdammten, hätten, nachdem sie zufällig Augenzeugen der bewundernswürdigen Geschicklichkeit dieser Leute geworden seien, ihr Bedauern geäußert, sich so lange von einem derart vernünftigen Vergnügen ferngehalten zu haben.

Er war indes anderer Meinung als Peregrine, der als Beweis für die Vortrefflichkeit der englischen Schauspieler angeführt hatte, daß einige von ihnen sich einbildeten, das zu sein, was sie vorstellten, und erzählte eine Geschichte aus dem Lukian von einem gewissen berühmten Pantomimiker, der wirklich in ein Delirium verfallen sei, als er die Rolle des rasenden Ajax spielte. „Er riß", sagte er, „einem Spieler, der in seiner Nähe mit eisernen Sandalen den Takt schlug, die Kleider herunter, nahm einem der Musikanten sein Instrument weg und zertrümmerte es auf dem Kopf des Odysseus, lief zur Konsularenbank und sah zwei Senatoren für Schafe an, die gewürgt werden sollten. Die Zuschauer spendeten ihm brausenden Applaus; der Pantomimiker schämte sich jedoch, nachdem er wieder nüchtern geworden, seiner Überspanntheit so sehr, daß er vor Kummer krank wurde; und als man ihn später bat, den Ajax nochmals zu spielen, weigerte er sich rundweg, in einer solchen Rolle aufzutreten, und sagte, Torheiten von kurzer Dauer seien die besten, und es genüge ihm, einmal im Leben verrückt gewesen zu sein."

52

Pipes wird seiner Hartnäckigkeit wegen von Peregrine verabschiedet. Dieser lernt auf dem Weg nach Gent in der Diligence ein Frauenzimmer kennen, das ihn stark fesselt. Er bringt ihren Seelsorger auf seine Seite.

Der Doktor hätte, da er nun einmal im Zuge war, weiß der Himmel wie lange von den Alten weitergeschwatzt, wenn er nicht durch Mr. Jolters Ankunft unterbrochen worden wäre. Dieser meldete ihm in höchster Aufregung, daß Tom Pipes einen Soldaten beschimpft habe, deshalb auf der Straße umringt worden sei und zweifellos getötet würde, wenn sich nicht eine Person von Ansehen unverzüglich für ihn ins Mittel schlüge.

Peregrine hatte kaum von der Gefahr vernommen, in der sein treuer Knappe schwebte, als er seinen Degen ergriff und die Treppe hinabstürzte. Der Ritter, der ihm folgte, bat ihn, die ganze Angelegenheit ihm zu überlassen. Keine zehn Schritte von der Tür fanden sie Tom, mit dem Rücken an eine Mauer gelehnt, wie er sich mit dem Stiel eines Schrubbers mannhaft gegen drei oder vier Soldaten verteidigte.

Beim Anblick des Malteserkreuzes standen diese vom Kampf ab und wurden auf Befehl des Chevaliers arretiert. Einer der Angreifer, ein Irländer, verlangte ungestüm, daß man ihn anhöre, bevor er auf die Wache müßte, und wurde daher auf Pickles Vermittlung hin mit seinen Kameraden ins Hotel gebracht. Sie trugen alle drei an ihren Köpfen und auf ihren Gesichtern deutliche Spuren von der Tapferkeit und dem Geschick ihres Gegners. Als man nun Pipes ihrem Sprecher gegenüberstellte, teilte dieser den Herren mit, er habe Mr. Pipes von ungefähr angetroffen, und da er ihn als einen Landsmann betrachtet, obwohl sie vom Schicksal in verschiedenen Dienst geführt worden wären, so habe er ihn eingeladen, ein Glas Wein mit ihm zu trinken, und sei dann mit ihm in ein Weinhaus gegangen, wo er ihn seinen Freunden vorgestellt habe. Im Laufe des Gesprächs sei die Rede gewesen von der Größe und Macht der Könige von Frankreich und England, und da habe es Mr. Pipes beliebt, sich über Se. Allerchristlichste Majestät sehr despektierlich zu äußern, und als er, sein Wirt, ihn freundschaftlich ermahnt, sich höflicher zu betragen, und ihm gesagt habe, er sei, da er jetzt in französischen Diensten stehe, genötigt, ihn wegen seiner Schmähungen zu rügen, wenn er nicht einen Punkt mache, ehe seine Kameraden den Sinn seiner Worte erfaßten, da habe er sie alle drei herausgefordert, ihn erst noch einen Rebellen gegen König und Vaterland geschimpft und sogar in gebrochenem Französisch auf den Untergang Ludwigs und all seiner Anhänger getrunken. Durch dieses schändliche Benehmen sei er als derjenige, der ihn in ihre Gesellschaft eingeführt hatte, gezwungen gewesen, zu seiner eigenen Rechtfertigung von dem Täter Genugtuung zu verlangen. Der sei unter dem Vorwand, einen Degen zu holen, nach Hause geeilt, sei dann zurückgekehrt und habe sie plötzlich mit einem Schrubberstiel überfallen und ihnen damit, dem einen wie dem andern, so arg zugesetzt, daß ihnen nichts übriggeblieben sei, als zu ihrer Verteidigung vom Leder zu ziehen.

Pipes wurde von seinem Herrn gefragt, ob dies wahr sei. „Wort für Wort", antwortete er; „aber", fügte er hinzu,

„ich mach mir aus ihren Käsemessern nicht mehr, als aus einem aufgedrehten alten Tau. Hätten sich die Herren nur nicht eingemischt, ich hätte sie so zurichten wollen, daß sie keine ganze Raa mehr sollten aufzustellen haben." Peregrine verwies ihm sein unmanierliches Verhalten aufs schärfste und drang darauf, daß er die Beleidigten sofort um Verzeihung bitte. Doch keine Erwägung war triftig genug, ihn zu diesem Nachgeben zu bewegen. Tom war taub und stumm gegen diesen Befehl, und die wiederholten Drohungen seines Herrn machten auf ihn nicht mehr Eindruck als auf eine marmorne Bildsäule. Wütend über diese Hartnäckigkeit, sprang unser Held schließlich auf und hätte ihn mit eigener Hand gezüchtigt, wäre der Ritter ihm nicht zuvorgekommen. Er verstand es, seinen Zorn so weit zu besänftigen, daß er sich damit begnügte, den Übeltäter aus seinen Diensten zu entlassen, und den Soldaten, nachdem er ihre Befreiung erwirkt hatte, einen Louisdor zum Vertrinken zu schenken als Entschädigung für den erlittenen Schimpf und Schaden.

Als der Chevalier, der merkte, wie sehr der Vorfall unsern jungen Mann ärgerte, über das seltsame Betragen und Wesen dieses Bedienten, der ja bereits graue Haare hatte, nachdachte, vermutete er, Pipes sei ein Lieblingsdiener, der in der Familie seines Herrn alt geworden wäre, und daß diesen daher das Opfer, welches er gebracht habe, recht sauer ankäme. So verwendete er sich denn aufs wärmste für ihn, konnte aber weiter nichts erreichen als das Versprechen, Pipes solle wieder zu Gnaden aufgenommen werden, wenn er die bereits festgesetzten Bedingungen erfülle, oder wenigstens beim Ritter für seine Unehrerbietigkeit dem französischen Monarchen gegenüber Abbitte leiste.

Nunmehr ward der Sünder heraufgerufen und ihm die Milderung seines Schicksals kundgetan. „Auf den Knien", erwiderte er, „will ich vor meinem Herrn liegen; aber ich will verdammt sein, wenn ich zeit meines Lebens irgendeinen Franzmann in der Christenwelt um Vergebung bitten tue." Peregrine war über diese derbe Erklärung höchst erbittert und befahl ihm, sich zu packen und nie wieder sehen zu lassen, wogegen der Chevalier vergeblich all seinen Einfluß und seine Geschicklichkeit aufbot, Pickles Unwillen zu beschwichtigen, und sich gegen Mitternacht verabschiedete, sichtlich gekränkt wegen seines Mißerfolgs.

Am folgenden Tag wurde die Gesellschaft einig, durch Flandern mit der Eilpost zu reisen, was Peregrine vorgeschlagen hatte in der leisen Hoffnung, er werde auf der Diligence ein Abenteuer oder einen Spaß erleben; und Jolter unternahm es, für alle die Plätze zu besorgen. Man beschloß, daß der Kammerdiener und des Doktors Lakai neben dem Wagen herreiten sollten, während Pipes, obgleich sich das gesamte Triumvirat mit vereinten Kräften für ihn bemühte, nun die Früchte seines Eigensinns einernten mußte.

Nach diesen Maßregeln fuhren sie um sechs Uhr morgens in Ryssel ab, zusammen mit einer Abenteurerin, einem Rotterdamer Juden, einem Kapuziner und einer sehr hübschen jungen Dame. Unser Held, der zuerst in die Kutsche stieg, musterte die Fremden mit aufmerksamen Blicken und setzte sich unmittelbar hinter die schöne Unbekannte, die sofort seine Aufmerksamkeit erregte. Pallet ahmte das Beispiel seines Freundes nach, als er sah, daß das andere Frauenzimmer keinen Gesellschafter hatte, und ließ sich in ihrer Nachbarschaft nieder; der Arzt gesellte sich zum Kapuziner, Jolter zum Juden.

Die Diligence war noch nicht weit gekommen, so redete Pickle die Unbekannte an und pries sein Glück, eine solch reizende Dame zur Reisegefährtin zu haben. Sie dankte ihm für dieses Kompliment ohne die geringste Zurückhaltung und Ziererei und meinte mit lebhafter Munterkeit, da sie nun auf gemeinsamer Fahrt begriffen seien, müsse man danach trachten, einander die Zeit so angenehm zu machen, als es die Umstände erlaubten. Diese offenherzigen Worte gaben ihm Mut, und, von ihren schönen schwarzen Augen und ihrem ungezwungenen Betragen bezaubert, befaßte er sich von diesem Augenblick an nur noch mit ihr. Bald wurde die Unterhaltung so heimlich und vertraulich, daß der Kapuziner es für gut befand, sich einzumischen, und zwar auf eine Weise, die unserm jungen Herrn verraten sollte, er sei der wohlbestallte Hüter ihrer Sitten. Pickle freute sich doppelt über seine Entdeckung; denn er glaubte, er werde bei seinen Bewerbungen nicht nur aus dem Zwang, dem die junge Dame unterworfen war und der sich immer zugunsten des Liebhabers auszuwirken pflegt, sondern auch aus der Bestechlichkeit ihres Wächters, den er bestimmt auf seine Seite zu bringen hoffte, Nutzen ziehen können. In dieser frohen Erwartung befleißigte er sich dem Pater gegenüber der allergrößten Höflichkeit, und der Alte, von seinem leutseligen Wesen entzückt, verminderte im Vertrauen auf die Generosität des jungen Mannes seine Wachsamkeit so sehr, daß Peregrine sein Ziel ohne jede weitere Behelligung verfolgen konnte, indes sich der Maler mit seiner Dulzinea, die bereits Mittel und Wege gefunden hatte, eine gefährliche Attacke auf sein Herz zu unternehmen, durch Zeichen unterhielt und dabei immer wieder laut auflachte, welche ungekünstelten Äußerungen der Zufriedenheit die Dame recht wohl verstand.

Während der Zeit, da ihre Freunde sich auf diese Weise vergnügten, waren der Hofmeister und der Arzt aber auch nicht müßig. Kaum hatte Jolter heraus, daß der Holländer ein Jude sei, so ließ er sich als Kenner des Hebräischen mit ihm in eine Unterhaltung über die Probleme dieser Sprache ein, und der Doktor griff unterdessen den Bettelmönch wegen der lächerlichen Regeln seines Ordens an und zog ganz allgemein über der Pfaffen Trug und List los, die, wie er sagte, unter den Dienern der römisch-katholischen Kirche so stark vorherrschten.

Infolge dieser Verteilung konnte jedes der vier Paare sein eigenes Gespräch führen, ohne eine Störung befürchten zu müssen, und alle waren mit solchem Interesse dabei, daß sie sich kaum eine kleine Pause gönnten, um beim Passieren der zerstörten Grenzfeste Meenen dort die Verwüstungen anzusehen. Um zwölf Uhr kamen sie in Kortrijk an, wo jeweils die Pferde gewechselt und eine Stunde gerastet wurde. Hier geleitete Peregrine seine Schöne in ein Zimmer; die andere Mitreisende leistete ihr Gesellschaft, und unter dem Vorwand, einige Kirchen besichtigen zu wollen, schloß sich unser Held dem Kapuziner an. Von ihm erfuhr er, die junge

Dame sei die Gemahlin eines Franzosen von Stande, erst seit einem Jahr mit ihm verheiratet und jetzt im Begriff, ihre Mutter in Brüssel zu besuchen, die an einer Krankheit dahinsieche und ihr aller Wahrscheinlichkeit nach bald erliegen würde. Sodann erging er sich in Lobeserhebungen über die Tugend der Tochter und deren Anhänglichkeit an ihren Mann und erzählte ihm zuletzt, er sei ihr Beichtvater und vom Gatten zu ihrem Führer auf der Reise durch Flandern gewählt, weil beide, er sowohl als seine Frau, zu seiner Klugheit und Rechtschaffenheit das größte Zutrauen hätten.

Pickle merkte leicht, was er mit dieser Andeutung sagen wollte, und nahm den Wink entsprechend auf. Er kitzelte die Eitelkeit des Priesters dadurch, daß er die uneigennützigen Grundsätze seines Ordens gewaltig rühmte, der sich von allem Irdischen losgesagt und sich lediglich dem ewigen Heil der Menschen gewidmet habe. Er pries die Geduld der Kapuziner, ihre Demut und ihre Gelehrsamkeit; auch strich er über die Maßen ihr Predigertalent heraus und versicherte, er habe dessen Kraft mehr als einmal so stark verspürt, daß er, wenn gewisse Erwägungen ihn nicht zurückhielten, sich zu ihrem Glauben bekannt und um Eintritt in den Orden nachgesucht hätte. Da ihm aber sein Schicksal gegenwärtig nicht gestatte, einen so heilsamen Schritt zu tun, bäte er den guten Vater inständigst, ein kleines Zeichen seiner Liebe und Achtung anzunehmen, zum Besten des Klosters, dem er angehöre. Mit diesen Worten zog er einen Beutel mit zehn Guineen heraus, worauf der Kapuziner den Kopf nach der andern Seite drehte, den Arm hob und eine Tasche öffnete, die fast so hoch saß wie sein Schlüsselbein, und das Geld hineinsteckte.

Dieser Beweis von Zuneigung seinem Orden gegenüber zeitigte bei dem Bettelmönch augenblicklich eine erstaunliche Wirkung. Voll Eifer und Begeisterung drückte er dem Halbbekehrten die Hand, schüttete tausendfache Segenssprüche über sein Haupt aus und beschwor ihn unter Tränen, das große Werk zu vollenden, das Gott in seinem Herzen begonnen habe; und um zu zeigen, wieviel ihm an der Wohlfahrt dieser kostbaren Seele lag, versprach der heilige

Bruder, ihn den frommen Ermahnungen der ihm anvertrauten jungen Dame angelegentlich zu empfehlen. Sie sei ein Engel, der auf Erden wandle, und besitze die ganz besondere Gabe, die Herzen der verstocktesten Sünder zu erweichen. „O mein Vater!" rief der heuchlerische Pläneschmied, der jetzt überzeugt war, daß sein Geld nicht weggeworfen sei, „wenn mir insgeheim nur eine halbe Stunde lang der Unterricht dieser begnadeten Frau gegönnt wäre, so würde, dies sagt mir eine innere Stimme, ein verirrtes Schaf wieder zur Herde zurückkehren und ich an den Pforten des Himmels leicht Eingang finden. Sie hat etwas Übernatürliches in ihrem Wesen; mit Andacht und Inbrunst hängen meine Augen an ihr, und meine in Hoffnung und Verzweiflung ringende Seele ist bis in ihre Tiefen erschüttert." Nachdem er diesen Erguß mit halb natürlicher, halb erkünstelter Verzückung von sich gegeben hatte, versicherte ihm der Priester, dies wären die Regungen des Geistes, denen man nicht entgegenstreben dürfe, tröstete ihn mit der Hoffnung, daß sein Wunsch, sofern es in seiner Macht stünde, noch am selben Abend erfüllt werden solle. Sein mildtätiger Schüler dankte ihm für seine gütige Teilnahme und schwor, er werde sie zu vergelten wissen. Als sie der übrigen Gesellschaft begegneten und das Gespräch unterbrochen wurde, spazierten alle miteinander ins Wirtshaus zurück, wo sie zusammen speisten und die Damen sich bereden ließen, die Gäste unseres Helden zu sein.

Da das Thema, das man vor Tische erörtert hatte, noch nicht erschöpft war, fuhr jedes Paar damit fort, nachdem es wieder in der Diligence saß. Pallets Geliebte vollendete ihre Eroberung, indem sie nach bestem Können liebäugelte, wiederholt bezaubernd aufseufzte und einige zärtliche Chansons vortrug, die sie mit so rührendem Ausdruck sang, daß der Maler weich wurde und seiner Neigung völlig erlag. Und er, um ihr die ganze Bedeutung ihres Sieges darzutun, gab eine Probe seiner eigenen Talente und sang für sie jenes berühmte englische Liedchen, dessen Refrain mit den Worten beginnt: Die Ferkel – sie liegen mit nacktem Steiß.

Peregrine schneidet erfolgreich die Cour, wird aber durch einen Streit zwischen Jolter und dem Juden unterbrochen. Er besänftigt den aufgebrachten Kapuziner, der ihm zu einer Unterredung mit seiner schönen Gebieterin verhilft. Seine Erwartungen schlagen fehl.

Mittlerweile bot Peregrine all seine Kunst und Geschicklichkeit auf, um sich ins Herz der schönen Pflegebefohlenen des Kapuziners einzuschleichen. Er hatte ihr schon längst seine Liebe erklärt, nicht auf die tändelnde Art eines französischen Galans, sondern mit dem Feuer des Enthusiasten. Er hatte geschmachtet, gelobt, geschmeichelt und ihr verstohlen die Hand geküßt, und er brauchte sich über die Haltung der Dame nicht zu beklagen. Obwohl einem Manne von minder sanguinischem Temperament ihre besondere Gefälligkeit nicht eindeutig und vielleicht bloß als eine Folge der französischen Erziehung und angeborener Lebhaftigkeit erschienen wäre, setzte Pickle das Ganze auf die Rechnung seiner persönlichen Eigenschaften und trug in dieser Meinung seinen Angriff mit so unermüdlicher Energie vor, daß er sie schließlich so weit brachte, einen Ring als Zeichen seiner Wertschätzung anzunehmen. Alles war im besten Zuge, als sie vom Hofmeister und dem Israeliten gestört wurden, denn diese wurden in der Hitze des Streites sehr laut und stießen einen solchen Schwall von Gurgeltönen aus, daß es unserm Liebhaber durch Mark und Bein ging. Da sie eine Sprache redeten, die außer ihnen niemandem im Wagen bekannt war, und einander feindselige und zürnende Blicke zuwarfen, wünschte Peregrine die Ursache ihres Zwistes zu erfahren. Hierauf rief Jolter wütend: „Dieser gelehrte Levit hat wahrhaftig die Unverschämtheit, mir zu sagen, ich verstünde kein Hebräisch, und behauptet, das Wort *Benoni* bedeute ‚Kind der Freude', wo ich doch beweisen kann und in der Tat schon genügend Gründe angeführt habe, die jeden vernünftigen Menschen überzeugen müssen, daß in der Septuaginta dieser Ausdruck mit Recht durch ‚Sohn meines Schmerzes' übersetzt ist." Nachdem er sich derart seinem Zögling gegenüber erklärt hatte, wandte er sich an den Priester, damit dieser die Frage entscheide; allein der Jude zupfte ihn rasch und heftig am Ärmel und sagte: Um Gottes willen, Herr, seien Sie ruhig, der Kapuziner entdeckt sonst, wer wir sind." Beleidigt, weil der andere im Namen beider gesprochen hatte, wiederholte Jolter unter starker Betonung: „Wer wir sind!", zitierte die Redensart *nos poma natamus* und fragte den Juden höhnisch: „Zu welchem Stamm glauben Sie denn, daß ich gehöre?" Der Levit, den der Vergleich mit einem Roßapfel verdroß, antwortete mit einem bedeutsamen Grinsen: „Zum Stamme Isaschar." Da der Hofmeister für die Freiheiten, die sein Gegner sich erlaubt hatte, Rache üben wollte, nutzte er dessen Widerwillen, dem Kapuziner bekannt zu werden, und sagte auf französisch, das Gericht Gottes offenbare sich noch immer an der ganzen jüdischen Rasse, nicht nur dadurch, daß sie fern der Heimat in der Verbannung leben müßten, sondern auch in der Argheit ihrer Herzen und der Verderbtheit ihres Charakters, was sie als wirkliche Nachkommen derer kennzeichne, die den Heiland der Welt gekreuzigt hätten.

Er sah sich jedoch in seinen Erwartungen getäuscht; der Priester war selber in einen Streit verwickelt, und zwar zu tief, um sich um die Kontroversen anderer Leute kümmern zu können. Der Arzt hatte es in seinem hochmütigen Stolz auf seine Gelehrsamkeit unternommen, die Ungereimtheit des christlichen Glaubens zu beweisen, und, wie er wähnte, den Kapuziner hinsichtlich derjenigen Dogmen bereits widerlegt, in denen die Römisch-Katholischen von der ganzen übrigen Welt abweichen. Doch nicht zufrieden mit dem Sieg, den er errungen zu haben meinte, begann er an den Grundpfeilern der Religion zu rütteln; und der Pater ließ es mit unglaublicher Langmut geschehen, daß er mit der Lehre von der Dreieinigkeit sehr frei umsprang. Als er aber die Pfeile seines Spottes gegen die unbefleckte Empfängnis der Jungfrau Maria richtete, riß dem guten Manne die Geduld. Seine Augen schienen vor Zorn zu funkeln, er zitterte am ganzen Leib und rief mit lauter Stimme: „Ihr seid ein abscheulicher – Ketzer mag ich dich nicht nennen, denn du bist, womöglich, noch schlimmer als ein Jude. Ihr verdienet, in einen glühenden Feuerofen eingesperrt zu werden, und ich habe die beste Lust, Euch beim Gouverneur von Gent anzuzeigen, damit Ihr als verruchter Gotteslästerer verhaftet und bestraft werdet."

Diese Drohung wirkte auf alle Anwesenden wie ein Zauber. Der Doktor geriet ganz aus der Fassung, dem Hofmeister ward angst und bange, dem Leviten klapperten die Zähne, und der Maler war höchst erstaunt über die allgemeine Verwirrung, deren Ursache er nicht begreifen konnte. Pickle, selbst nicht wenig beunruhigt, mußte mit viel Beharrlichkeit all seinen Einfluß geltend machen, um den Sohn der Kirche zu besänftigen. Mit Rücksicht auf die freundschaftlichen Gefühle, die er für den jungen Herrn hegte, war dieser schließlich bereit, alles zu verzeihen, weigerte sich aber durchaus, neben einem so gottlosen Kerl zu sitzen, wie der Doktor einer sei. Er betrachtete ihn als einen Dämon der Finsternis, den der Widersacher aller Menschen auf die Welt gesandt habe, die Seelen der Schwachen zu vergiften, und bestand darauf, nachdem er sich bekreuzigt und gewisse Beschwörungsformeln hergemurmelt hatte, daß der Doktor seinen Platz mit dem des Juden tausche, der in Todesängsten schwebte, als er sich dem schwer gereizten Geistlichen näherte.

Nach dieser Regelung der Dinge bewegte sich das Gespräch in allgemeineren Bahnen, und sie kamen ohne irgendeinen weitern Zwischenfall oder Zank um sieben Uhr abends in Gent an. Für die ganze Gesellschaft wurde ein Nachtessen bestellt, und unser Held ging mit seinen Freunden aus, um sich die Stadt ein bißchen anzusehen. Er überließ inzwischen seine neue Geliebte den frommen Ermahnungen ihres Beichtvaters, den er, wie wir schon oben gesagt haben, vollständig für sich gewonnen hatte. Dieser eifrige Mittler setzte sich so warm für Pickle ein und wußte ihr Gewissen so sehr für diese Sache zu interessieren, daß sie sich nicht weigern konnte, am großen Werk seiner

Bekehrung mitzuarbeiten, und versprach, die gewünschte Zusammenarbeit zu bewilligen.

Diese frohe Kunde, die der Kapuziner Peregrine bei seiner Rückkehr mitteilte, erhöhte dessen Stimmung derart, daß er an der Tafel in außerordentlichem Glanze strahlte, tausend Witze und Scherze machte, zur Bewunderung und zum Vergnügen aller Gäste, zumal seiner schönen Flämin, die von seiner Person und seinem Betragen geradezu fasziniert zu sein schien.

Nachdem man so den Abend zur allgemeinen Zufriedenheit verlebt hatte, erhob sich die Gesellschaft, und jeder zog sich auf seine Stube zurück. Unser Liebhaber erfuhr jetzt zu seinem unaussprechlichen Verdruß, daß die beiden Damen in derselben Kammer schlafen mußten, weil alle andern Kammern im Wirtshause schon besetzt waren. Als er den Priester auf diese Schwierigkeit hinwies, versicherte ihm dieser gütige Vater, der sich immer zu helfen wußte, seine geistlichen Angelegenheiten sollten durch eine solche Kleinigkeit nicht gestört werden. Er bediente sich daher seines Vorrechtes, ging in die Stube seiner Beichttochter, als diese bereits halb entkleidet war, und führte sie auf sein Zimmer unter dem Vorwand, ihrer Seele noch ein wenig heilsame Nahrung zu spenden. Als er die beiden Andächtigen zusammengebracht hatte, betete er um eine segensreiche Wirkung der Gnade und überließ dann die zwei ihren gemeinsamen Betrachtungen. Zuvor hatte er sie feierlich beschworen, bei dem heiligen Zweck ihrer Zusammenkunft keiner unreinen Gesinnung und keinen fleischlichen Begierden Raum zu geben.

Sobald der ehrwürdige Vermittler verschwunden und die Türe inwendig verriegelt war, fiel der Pseudokonvertit, von seiner Leidenschaft hingerissen, seiner Amanda zu Füßen, ersuchte sie, ihm die lästigen Formalitäten zu ersparen, die er bei der Art ihrer Begegnung ja nicht beobachten könne, und begann mit allem Ungestüm der Liebe die Gelegenheit zu nutzen. Allein, ob ihr nun sein keckes, zuversichtliches Wesen nicht behagte und sie glaubte, auf mehr Höflichkeit und Ehrerbietung Anspruch machen zu dürfen, oder ob sie mit mehr Keuschheit gewappnet war, als Peregrine vermutet hatte, soviel ist gewiß, daß sie Unwillen äußerte, sich über seine Dreistigkeit und Vermessenheit sehr bestürzt zeigte und ihm vorwarf, die Gutmütigkeit des geistlichen Herrn mißbraucht zu haben. Der junge Mann war in der Tat ebenso erstaunt über diesen Korb wie sie, wie es schien, über seine Erklärung, und er bat sie inständigst zu bedenken, wie kostbar die Augenblicke wären, und einmal alle überflüssigen Zeremonien der Seligkeit eines Menschen aufzuopfern, der sie so glühend liebe, daß er sich innerlich verzehren würde, wenn sie ihn nicht mit ihrer Gunst beglücke. Trotz all seinen Tränen, seinen Gelübden und all seinem Flehen, ungeachtet seiner persönlichen Vorzüge und der verführerischen Gelegenheit konnte er dennoch nichts weiter von ihr erreichen als das Geständnis, er habe Eindruck auf ihr Herz gemacht; sie hoffe aber ihrer Pflicht genügen und diesen Eindruck wieder verwischen zu können. Pickle faßte ihre Worte als zart angedeutete Einwilligung auf, und indem er dem Antrieb seiner Leidenschaft gehorchte, schloß er sie in die Arme und wollte das nehmen, was sie verweigerte. Doch diese französische Lukretia, die keinen andern Weg zur Verteidigung ihrer Tugend sah, fing laut zu schreien an, worauf der Kapuziner mit der Schulter die Türe aufsprengte und furchtbar entsetzt tat, als er eintrat. Er hob Augen und Hände zum Himmel empor und war, wenigstens stellte er sich so, über seine Entdeckung wie vom Donner gerührt. Laut zeternd bezeigte er seinen Abscheu vor dem gottlosen Vorhaben unseres Helden, der seinem höllischen Plan den Mantel der Religion umgehängt habe.

Kurz, er spielte seine Rolle derart geschickt, daß die Dame meinte, es sei ihm wirklich ernst, und ihn bat, dem Fremden wegen seiner Jugend und wegen seiner Erziehung, welcher der Makel der Ketzerei anhafte, zu verzeihen. Aus solchen Erwägungen heraus nahm der Pater das Schuldbekenntnis unseres Helden an. Peregrine jedoch war trotz der ärgerlichen Abfuhr weit davon entfernt, seinen Hoffnungen zu entsagen, und baute so fest auf seine eigenen Talente sowie auf das Geständnis, das seine Geliebte gemacht hatte, daß er sich zu einem zweiten Versuch entschloß, wozu ihn nur der wildeste Aufruhr stürmischer Begierden antreiben konnte.

54

Um ans Ziel seiner Wünsche zu kommen, unternimmt Pickle einen zweiten Versuch, der aber durch einen sonderbaren Zufall mißlingt.

Er wies seinen Kammerdiener, einen abgefeimten Kuppler, an, auf dem Hofe ein paar Bündel Stroh anzuzünden und dann mit dem Ruf: „Es brennt!" an ihrem Zimmer vorbeizueilen. Auf diesen Lärm hin stürzten die beiden Frauen sofort auf den Gang hinaus, und während sie zur Haustüre liefen, schlüpfte Peregrine in ihr Zimmer und versteckte sich in einem unbeachteten Winkel unter einem großen Tisch. Sobald die Damen die Ursache der Aufregung von Pickles heuchlerischem Merkur erfuhren, kehrten sie in ihr Schlafgemach zurück, verrichteten ihr Gebet, entkleideten sich und legten sich zu Bett. Diese Szene, die Peregrine mit ansah, trug natürlich nicht zur Abkühlung seiner Begierden bei, sondern reizte ihn im Gegenteil so heftig, daß er seine Ungeduld fast nicht bemeistern konnte, bis er aus den tiefen Atemzügen der Stubengenossin seiner Amanda folgern durfte, sie sei eingeschlafen. Kaum drangen diese willkommenen Töne an sein Ohr, so schlich er ans Bett seiner Schönen, kniete nieder, ergriff ganz sanft ihre weiße Hand und drückte sie an seine Lippen. Sie hatte eben die Augen geschlossen und lag in süßem Schlummer, als sie durch diesen Raub geweckt wurde, auffuhr und voll Angst und Bestürzung fragte: „Mein Gott, wer ist da?" Ihr Liebhaber bat sie mit demütigstem Schmeicheln, ihn anzuhören, und schwor, er sei nicht auf diese Weise bei ihr eingedrungen in der Absicht, die Gesetze des Anstands oder jene Achtung zu verletzen, die sie auf ewig seiner Seele eingeprägt habe, sondern um ihr seinen Kummer und seine Reue über den Kummer zu bekunden, den er ihr bereitet habe, um sein Herz zu ergießen und ihr zu sagen, daß er ihre Ungnade nicht überleben könne und wolle. Diese und eine Menge anderer rührender Beteuerungen, von Tränen, Seufzern und allen Äußerungen des Schmerzes begleitet, die unserm Helden zu Gebote standen, mußten ja das zärtliche Herz der liebenswürdigen Flämin erweichen, die sowieso schon von seinen Vorzügen eingenommen war. Seine Betrübnis ging ihr so nahe, daß auch sie nun weinte, als sie ihm klarmachte, wie unmöglich es ihr sei, seine Liebe zu belohnen. Diesen günstigen Augenblick nutzte er und hielt mit so unwiderstehlicher und feuriger Leidenschaft bei ihr an, daß sie schwach wurde, rascher Atem holte, der Befürchtung Ausdruck verlieh, die andere Dame könnte aufmerksam werden, und es nach matter Abwehr und unter dem Stoßseufzer: „O Himmel, ich bin verloren!" zuließ, daß er sich auf ihr Bett setzte. Für diesmal jedoch blieb ihre Ehre gewahrt; denn am Getäfel auf der andern Seite des Zimmers, dicht beim Bett, in dem die Abenteurerin ruhte, war plötzlich ein merkwürdiges Klopfen zu hören.

Betroffen hierüber, bat die Dame Peregrine, um Gottes willen fortzugehen, sonst sei es um ihren guten Ruf geschehen; als er ihr aber klarmachte, daß ihr Ruf weit mehr gefährdet wäre, wenn man ihn auf dem Rückweg entdeckte, willigte sie schließlich zitternd und bebend in sein Bleiben ein, und zusammen lauschten sie nun in aller Stille dem Pochen, das sie so beunruhigte. Es handelte sich dabei um nichts anderes als um einen Versuch des Malers, seine Dulzinea zu wecken, mit der er ein nächtliches Stelldichein verabredet oder wenigstens durch Zeichen abgemacht zu haben glaubte. Seine Nymphe, die in ihrem ersten Schlaf gestört wurde, konnte sich das Geräusch sofort erklären und stand auf, ihrer Zusage getreu, schob den Riegel so sachte wie möglich zurück und ließ ihren Liebhaber ein, ohne die Türe hinter ihm zu schließen, damit er leichter wieder verschwinden konnte.

Während dieser glückliche Galan damit beschäftigt war, sich seines Nachtgewandes zu entledigen, wurde beim

Kapuziner der Verdacht rege, Peregrine möchte einen zweiten Angriff auf seinen Schützling unternehmen. Er schlich deshalb leise vor das Gemach, um zu rekognoszieren, damit der junge Herr das Abenteuer nicht etwa ohne sein Mitwissen bestünde und er selbst die Vorteile einbüße, die ihm seine Hehlerei verschaffen würde. Als er die Türe angelehnt fand, verstärkte sich sein Argwohn, und er trug kein Bedenken, auf allen Vieren in die Kammer zu kriechen. Als nun Pallet, der sich bis aufs Hemd ausgezogen hatte, nach dem Bett seiner Dulzinea umhertastete, legte er seine Hand von ungefähr auf die Glatze des Paters, dessen Kopf sich unter diesem Griffe wie die Kugel in einer Gelenkpfanne zu drehen begann, was bei dem armen Maler große Bestürzung und Verblüffung hervorrief, und da er weder scharfsinnig genug war, um die Sache zu erfassen, noch die nötige Entschlossenheit besaß, das seltsame Ding fahrenzulassen, stand er schweißgebadet im Dunkeln da und reihte ein Stoßgebet ans andere. Der Mönch wurde endlich jener Bewegung und seiner beschwerlichen Stellung überdrüssig; er richtete sich daher allmählich auf und hob dabei die Hand des Malers mit in die Höhe. Das Grausen dieses Mannes und seine Bestürzung über den ihm unbegreiflichen Vorgang steigerten sich bis zu einem solchen Grad, daß ihm beinahe die Sinne vergingen. In seiner Angst und Verwirrung glitt ihm die Hand über die Stirne des Priesters hinab, und als einer seiner Finger gar in dessen Mund geriet, klemmte ihn der Kapuziner zwischen seinen Zähnen derart fest, als wäre er in den Schraubstock eines Schmiedes eingespannt worden. Dieser plötzliche Biß, der ihm scheußlich weh tat, machte den Maler so konfus, daß er jede andere Rücksicht vergaß und mit lauter Stimme brüllte: „Mörder! Feuer! eine Falle, eine Falle! ihr guten Leute, helft! um Gottes willen, Hilfe!" Diese Rufe brachten unsern Helden in Verlegenheit, denn er wußte, daß das Zimmer nun bald mit Zuschauern angefüllt sein würde; er ärgerte sich, weil er sich in seinen Hoffnungen betrogen sah und gezwungen war, auf die Erfüllung seines Begehrens zu verzichten, und so näherte er sich dem Urheber seines Mißgeschicks, gerade als es dessen Peiniger beliebte, den Finger freizugeben, und versetzte ihm einen solch kräftigen Schlag zwischen die Schultern, daß er unter gräßlichem Geheul zu Boden stürzte. Pickle zog sich dann unbemerkt auf seine Stube zurück und war einer der ersten, die mit einem Licht herbeieilten, anscheinend durch das fürchterliche Geschrei beunruhigt. Der Kapuziner, der zur nämlichen Vorsicht Zuflucht genommen hatte, betrat das Zimmer unmittelbar nach ihm, sprach sein Benedicite und bekreuzigte sich baß erstaunt. Zugleich erschienen Jolter und der Arzt, und man fand den unglücklichen Maler nackt auf dem Boden liegend, über die Maßen entsetzt und erschrocken. Er blies immer wieder auf seine linke Hand, die am Arm baumelte. Der Umstand, daß man ihn in dieser Kammer antraf, sowie seine klägliche Haltung, die außerordentlich komisch wirkte, entlockten dem Doktor ein Lächeln und hellten selbst das strenge Gesicht des Hofmeisters ein wenig auf, während Peregrine seiner Verwunderung und Teilnahme Ausdruck verlieh, ihn vom Boden aufhob und sich nach der Ursache seiner gegenwärtigen Situation erkundigte. Nachdem Pallet sich etwas erholt und nach einigen fruchtlosen Versuchen, sich zu äußern, schließlich den Gebrauch seiner Zunge wiedererlangt hatte, erzählte er ihnen, es müßten böse Geister in diesem Hause ihr Wesen treiben. Sie hätten ihn, er wüßte nicht wie, nach diesem Zimmer entführt und ihn alle Qualen der Hölle ausstehen lassen. Einer von ihnen sei als glatte Fleischkugel zu spüren gewesen und habe sich unter seiner Hand wie ein Globus gedreht. Er sei dann zu einer erstaunlichen Höhe aufgeschossen, habe sich in eine Maschinerie verwandelt und ihm einen Finger so eingeklemmt, daß er sich nicht vom Fleck hätte rühren können und einige Minuten lang unsägliche Schmerzen erduldet hätte. Endlich sei das Ding von seinem Finger gleichsam weggeschmolzen, und er habe wie von der Faust eines Riesen einen Hieb zwischen die Schultern gekriegt, durch den er augenblicks zu Boden gestreckt worden wäre. Als der Priester diesen merkwürdigen Bericht hörte, zog er ein Stück von einer geweihten Kerze aus einer seiner Taschen, zündete es sofort an und murmelte geheimnisvolle

Beschwörungen. Jolter war der Meinung, Pallet sei betrunken, schüttelte den Kopf und sagte, er glaube, der Spiritus stecke nirgends als in seinem Hirn. Der Arzt ließ sich herbei, einmal den Spaßvogel zu spielen, und meinte, indem er nach einem der Betten hinschaute, seiner Auffassung nach habe das Fleisch und nicht der Geist den Maler in die Irre geführt. Die schöne Flämin lag vor Staunen und Schreck stumm da; allein ihre Stubengenossin, die sich von jeglichem Verdacht reinigen wollte, schimpfte mit unglaublicher Zungenfertigkeit auf den Anstifter dieses Tumults, der sich zweifellos bloß deshalb hier versteckt habe, um einen argen Anschlag auf ihre kostbare Tugend zu machen, aber durch die Macht des Himmels selbst daran gehindert und dafür gezüchtigt worden sei. Auf ihr Verlangen und auf das dringende Ansuchen der andern Dame wurde Pallet also in sein Bett geschafft, und als die Stube leer war, verriegelten sie die Tür, fest entschlossen, diese Nacht keine weitern Besuche mehr anzunehmen. Peregrine, außer sich darüber, daß ihm sein leckerer Bissen sozusagen vorm Mund weggeschnappt wurde, schlich wie ein Geist auf dem Gang umher, in der Hoffnung, irgendeine Gelegenheit zu erspähen, wieder ins Zimmer hineinzukommen. Schließlich vertrieb ihn der anbrechende Tag von seinem Posten, er ging weg und verfluchte das blödsinnige Benehmen des Malers, durch das er so unglücklich in seinen Freuden gestört worden war.

55

Unser Held beleidigt auf der Diligence seine Geliebte durch einen politischen Diskurs, besänftigt sie aber wieder durch seine Unterwürfigkeit. Er bewerkstelligt es, daß die Kutsche zu Aalst liegenbleibt, und weiß sich die Gewogenheit des Priesters zu erhalten.

Nachdem sie alle Sehenswürdigkeiten der Stadt besichtigt und der Hinrichtung zweier junger Menschen beigewohnt hatten, die wegen Schändung einer feilen Weibsperson gehängt wurden, reisten sie am folgenden Tag mit demselben Wagen von Gent ab, in dem sie hergefahren waren. Das Gespräch drehte sich um die Strafe, deren Vollzug sie miterlebt hatten, wobei die flämische Schöne ungemein viel Mitleid und Sympathie für jene Unglücklichen bekundete, die, wie man ihr gesagt habe, der Bosheit der Anklägerin zum Opfer gefallen seien. Die ganze Gesellschaft, außer der galanten Französin, teilte ihre Empfindungen. Die Dame glaubte nämlich, sie müsse sich für den Ruf ihrer Mitschwestern einsetzen, und erging sich in bittern Worten über die Schlechtigkeit der jetzigen Zeiten und hauptsächlich über die niederträchtigen und schurkischen Angriffe der Männer auf die Keuschheit des schwächern Geschlechts. Mit zürnenden Blicken, die sie gegen Pallet richtete, fügte sie hinzu, sie selbst könne der Vorsehung nie genug dafür danken, daß sie von ihr in der verwichenen Nacht vor den sündigen Absichten zügelloser Begierden geschützt worden sei. Diese Bemerkung gab Anlaß zu einer Reihe von Witzen über Pallet, der wie ein begossener Pudel stumm und niedergeschlagen dasaß und Angst hatte, daß der Doktor, der ihm übelwollte, jenes nächtliche Abenteuer seiner Frau erzählen könnte. Der ganze Handel, den wir unsern Lesern auseinanderzusetzen versucht haben, war tatsächlich auch für den letzten Reisenden in der Diligence ein unauflösbares Rätsel; denn niemand wußte um die Rolle, die der Kapuziner gespielt hatte, als er selbst, und sogar ihm war der Anteil, den Pickle an der Sache gehabt hatte, völlig unbekannt, so daß die Leiden des Malers zu einem guten Stück als Übertreibungen seiner ausschweifenden Phantasie angesehen wurden.

Mitten in ihrer Erörterung dieses ungewöhnlichen Themas machte der Postillion sie darauf aufmerksam, daß sie sich jetzt an der Stelle befänden, wo ein Detachement der Alliierten durch die Franzosen abgefangen und abgeschnitten worden sei. Er brachte die Kutsche zum Stehen und unterhielt sie mit einer Lokalbeschreibung des Treffens bei Melle. Bei dieser Gelegenheit schilderte ihnen die flämische Dame, die seit ihrer Heirat eine eifrige Parteigängerin der Franzosen geworden war, alle nähern Umstände so, wie der Bruder ihres Mannes, der dabeigewesen war, sie ihr beschrieben hatte. In diesem Bericht, der die Zahl der Franzosen auf sechzehntausend Mann herabsetzte und die der Alliierten auf zwanzigtausend Mann erhöhte, kamen sowohl die Wahrheit als auch Peregrines lobenswerte Parteilichkeit so wenig zu ihrem Recht, daß unser Held es wagte, ihren Aussagen zu widersprechen; die Folge war ein heftiger Disput, bei dem es nicht allein um die jetzige Frage ging, sondern um alle Schlachten, in denen der Herzog von Marlborough gegen Ludwig XIV. gekämpft hatte. Im Verlauf der Debatte raubte die Dame diesem großen General den Ruhm, den er sich erworben hatte, und erklärte, die französischen Generäle hätten sich jeden Sieg, den er errungen habe, absichtlich entreißen lassen, um die Pläne der Madame de Maintenon in Mißkredit zu bringen. Als besonderes Beispiel führte sie an, Ludwig habe während der Belagerung von Ryssel in Gegenwart des Dauphins gesagt, daß, wenn die Alliierten die Belagerung aufheben müßten, er seine Vermählung mit dieser Dame verkünden werde, worauf der Prinz geheime Befehle an Marschall Boufflers geschickt habe, die Stadt zu übergeben. Diese seltsame Behauptung wurde vom Priester und der Kurtisane durch feierliche Beteuerungen unterstützt und vom Hofmeister, der die Sache aus guter Quelle erfahren haben wollte, als richtig angesehen, während der Arzt neutral blieb; denn er betrachtete es als eine Schande, sich um die Geschichte der neuern Zeit zu kümmern. Der Israelit aber kämpfte als echter Holländer unter dem Panier unseres Helden, und als dieser die Ungereimtheit und Unwahrscheinlichkeit jener Ansicht zu erklären versuchte, erhob sich ein solch gewaltiges Geschrei, und seine Amanda wurde, da er in diesem Streit unversehens hitzig ward, so zornig, daß ihre schönen Augen vor Wut funkelten und er allen Grund hatte zu glauben, sie würde in einem Augenblick alle Achtung für ihn ihrem Eifer für den Ruhm der französischen Nation aufopfern, wenn es ihm nicht irgendwie gelinge, ihren Unwillen zu besänftigen. Aus dieser Besorgnis heraus mäßigte er sich nach und nach und distanzierte sich allmählich von der Debatte, deren Fortsetzung er ganz dem Juden überließ. Da dieser nun allein stand, mußte er sich wohl oder übel auf Gnade und Ungnade ergeben, so daß die Franzosen das Feld behaupteten und ihre junge Heldin die frohe Laune bald wiederfand.

Nachdem sich Peregrine der höhern Einsicht seiner Gebieterin so klüglich gefügt hatte, fing der Gedanke, er könnte sie auf immer verlieren, ihn an zu quälen, und er strengte daher seine Erfindungskraft an, um ein Mittel zu ersinnen, sich für seine Bemühungen, Geschenke und Enttäuschungen schadlos zu halten. Unter dem Vorwand, er wolle ein wenig die frische Luft genießen, kletterte er auf den Bock und wandte hier seine Beredsamkeit und Freigebigkeit mit so gutem Erfolg an, daß der Postillion ihm versprach, die Diligence solle heute nicht über Aalst hinauskommen. Daher warf er sachte um, als sie nur noch eine kurze Meile von dieser Poststation entfernt waren. Er hatte seine Maßregeln so geschickt getroffen, daß dieses Unglück weiter keine Unannehmlichkeit nach sich zog als einen argen Schreck bei den Damen und die Notwendigkeit, zu Fuß gehen zu müssen, denn der Postillion erklärte nach Besichtigung des Wagens, die Achse sei gebrochen, und gab der Gesellschaft den Rat, nach dem Wirtshaus vorauszuspazieren, wohin er ihnen langsam nachfahren und dann alles tun wolle, damit der Schaden sofort behoben werde. Peregrine stellte sich über den Vorfall sehr betrübt und verfluchte sogar den Postillion wegen seiner Unachtsamkeit, bekundete dabei die größte Ungeduld, nach Brüssel zu kommen, und wünschte lebhaft, sie möchten nicht gezwungen sein, nun nochmals eine Nacht unterwegs zuzubringen. Als aber sein dienstbarer Geist, seiner Instruktion gemäß, nachher ins Wirtshaus kam und ihnen meldete, der Wagner könne in weniger als sechs Stunden die Kutsche unmöglich ausbessern, wurde unser listiger Held scheinbar furchtbar zornig, wütete gegen seinen geheimen Boten, belegte ihn mit den schlimmsten Schimpfnamen und drohte, ihn wegen seines schlechten Fahrens zu verprügeln. Der Kerl beteuerte gar de- und wehmütig, am Umwerfen sei weder eine Unvorsichtigkeit noch eine Ungeschicklichkeit seinerseits, sondern bloß die elende Achse schuld. Lieber jedoch, als daß der Herr ihn für die Scherei verantwortlich machen sollte, wollte er sich nach einer Extrachaise umsehen, mit der er sogleich nach Brüssel abreisen könnte. Davon wollte Pickle nichts wissen, wenn nicht die Möglichkeit bestehe, für die ganze Gesellschaft in gleicher Weise zu sorgen. Er hatte indes vom Postillion schon vorher gehört, daß in der Stadt nicht mehr als ein einziges Fuhrwerk dieser Art aufzutreiben sei. Der Hofmeister, der von seinem Plan nichts ahnte, stellte ihm vor, eine Nacht sei ja schnell vorbei, und ermahnte ihn, diese kleine Enttäuschung mit guter Haltung zu ertragen, zumal dieses Haus zu ihrer Bewirtung vortrefflich eingerichtet und man allgemein auf einen geselligen Ton gestimmt zu sein scheine. Dem Kapuziner, der bei seinem Umgang mit dem jungen Fremden seinen Vorteil gefunden hatte, war dieses Ereignis nicht unlieb. Er rechnete nämlich damit, bei fernerer Dauer ihrer Bekanntschaft Gelegenheit zu haben, von seiner Freigebigkeit weitern Nutzen zu ziehen. Wie Mr. Jolter redete daher auch er ihm zu und wünschte sich selbst Glück zu der Aussicht, seine Unterhaltung noch etwas länger zu genießen, als er erwartet habe. Dasselbe Kompliment machte unserm jungen Herrn der Hebräer, der den Tag über bei der französischen Kokotte den Liebhaber gespielt hatte und nicht ohne Hoffnung war, die Früchte seiner Aufmerksamkeit einzuernten, da sein Nebenbuhler, der Maler, sich ihre Gunst durch das Abenteuer der letzten Nacht ganz und gar verscherzt hatte. Was den Arzt angeht, so war dieser zu sehr mit Betrachtungen über seine eigene Wichtigkeit beschäftigt, um sich für die Sache oder ihre Folgen zu interessieren. Er meinte nur, die europäischen Mächte sollten öffentliche Wettspiele veranstalten, wie sie vor alters in Griechenland üblich gewesen seien; dann würde jeder Staat über Wagenlenker verfügen, die so gewandt wären, daß sie mit einer Kutsche am äußersten Rand eines Abgrunds dahinsausen könnten, und zwar ohne die geringste Gefahr eines Sturzes. All diesen Vorstellungen und Artigkeiten gegenüber mußte Peregrine schließlich nachgeben. Er dankte allen recht höflich dafür, und – scheinbar hatte er sich etwas beruhigt – schlug ihnen vor, sie sollten zum Zeitvertreib rund um die Wälle spazieren. Er hoffte so zu einer geheimen Unterredung mit seiner bewunderten Flämin zu kommen, die sich den ganzen Tag über sehr reserviert verhalten hatte. Dieser Vorschlag wurde angenommen, und er bot ihr wie gewöhnlich den Arm und verpaßte keine Gelegenheit, seine Werbung fortzusetzen; allein der Beichtvater wich ihnen nicht von der Seite, und Peregrine sah voraus, er würde seinen Zweck ohne die Nachsicht des Priesters nicht erreichen. Er war gezwungen, sie durch einen zweiten Geldbeutel zu erkaufen, der ein mildtätiges Sühnopfer sein sollte für sein sündhaftes Betragen bei der Zusammenkunft, die der Pater zum Heil seiner Seele vermittelt hatte, und der denn auch in diesem Sinne entgegengenommen wurde. Kaum war dieses Werk der Barmherzigkeit vollbracht, als der fromme Mann immer mehr zurückblieb, sich der übrigen Gesellschaft anschloß und seinem großmütigen Gönner völlige Freiheit ließ, seinen Vorsatz auszuführen. Man wird nicht daran zweifeln, daß unser Abenteurer eine solche Gelegenheit reichlich nützte. Er bediente sich aller Blumen der Rhetorik und erschöpfte wirklich all seine Geschicklichkeit, um sie zu überreden, sie möge sich seines Elends erbarmen und ihm noch einmal gestatten, mit ihr unter vier Augen zu sprechen, sonst würde er den Verstand verlieren und sich solcher Maßlosigkeiten schuldig machen, die sie bei ihrer menschenfreundlichen Art nicht mit ansehen könnte, ohne Tränen zu vergießen. Aber statt seinen Bitten zu willfahren, tadelte sie ihn mit aller Schärfe wegen seiner Vermessenheit, sie mit seinen lasterhaften Zumutungen zu verfolgen. Sie versicherte ihm, daß, obwohl sie ein eigenes Schlafzimmer für sich bestellt habe, weil sie kein großes Verlangen hege, mit der andern Dame näher bekannt zu werden, es unrecht von ihm wäre, sie abermals durch einen nächtlichen Besuch zu stören; sie sei jedenfalls fest entschlossen, ihm den Eintritt zu verweigern. Dieser Wink war dem Liebhaber ein Trost; er faßte ihn durchaus richtig auf, und da seine Leidenschaft durch die bisherigen Hindernisse nur noch mehr entflammt wurde, klopfte sein Herz stürmisch bei der Aussicht auf die Freuden, die seiner harrten. Diese Wonne der Erwartung versetzte ihn in eine solche Aufregung, daß er sich diesen Abend in der Unterhaltung nicht wie gewöhnlich hervortun konnte. Bei Tisch saß er bald träumend da, bald fuhr er plötzlich wieder auf. Der Kapuziner schrieb diese Verwirrung einer zweiten abschlägigen Antwort seiner geistlichen Pflegetochter zu, begann zu befürchten, er müsse das Geld zurückgeben, und raunte deshalb unserm Helden ins Ohr, er solle ja nicht verzweifeln.

56

Die französische Kokotte bestrickt das Herz des Juden.
Dieser läßt sich in eine Verschwörung gegen Pallet ein.
Dadurch schlagen Peregrines Absichten wiederum fehl und
kommt des Hebräers Unkeuschheit an den Tag.

Als der französischen Sirene ihr Anschlag auf ihren englischen Gimpel mißlungen war, der sich so schnell entmutigen und in offenbarer Niedergeschlagenheit die Ohren hängen ließ, beschloß sie, lieber als Gefahr zu laufen, eine Reise zu machen, bei der gar nichts für sie herausschaute, sich mit ihren Reizen an den holländischen Kaufmann zu wenden.

Sie hatte in seinem Herzen bereits so starke Gefühle geweckt, daß er ihr mit besonderer Gefälligkeit an die Hand ging, sie mit höchst lüsternen Blicken anstarrte und sein Gesicht in echt israelitisch-freundliche Falten legte. Der Maler bemerkte dieses Einvernehmen und ärgerte sich darüber, denn er empfand es als einen Hohn auf sein Mißgeschick und sah darin eine offensichtliche Bevorzugung seines Nebenbuhlers. Sich seiner Schüchternheit bewußt, stürzte er ein Glas mehr hinunter, damit seine Phantasie angeregt werde und er die nötige Entschlußkraft erhalte, Rache zu planen und zu üben. Der Wein aber tat die erwünschte Wirkung nicht; statt zu einem guten Einfall zu verhelfen, diente er nur dazu, seine Rachbegierde noch mehr anzufeuern. Deshalb teilte er sein Vorhaben seinem Freunde Peregrine mit und bat ihn um seinen Beistand. Unser junger Herr hatte jedoch viel zuviel mit sich selbst zu tun, als daß er sich mit den Angelegenheiten anderer hätte befassen können, und da er von Pallets Projekt nichts wissen wollte, nahm der Maler Zuflucht zum Genie von Pickles Kammerdiener, der sich gern in die Sache einließ und einen Plan entwarf, an dessen Ausführung sie nun zusammen arbeiteten.

Als es schon ziemlich spät war und alle sich auf ihre Stuben zurückgezogen hatten, eilte Pickle mit der Ungeduld der Jugend und in eitler Sehnsucht nach dem Zimmer seiner Geliebten. Die Türe war nicht verriegelt, und außer sich vor Freude trat er ein. Das Mondlicht, das durch das Fenster schimmerte, zeigte ihm den Weg zu ihrem Bett. Voll leidenschaftlicher Erregung schlich er hin, und da sie allem Anschein nach schlief, versuchte er, sie mit einem sanften Kuß zu wecken; dies fruchtete jedoch nichts, weil sie sich die Verlegenheit ihrer sträflichen Mitschuld ersparen wollte. Er wiederholte den Versuch, flüsterte ihr einen sehr verliebten Gruß ins Ohr und bediente sich anderer zarter Mittel, ihr seine Gegenwart kundzutun. Schließlich wurde er aber davon überzeugt, daß sie entschlossen sei, trotz seiner Bemühungen weiterzuschlafen, und in dieser süßen Vermutung sperrte er freudig die Kammer ab, um vor jeder Belästigung sicher zu sein, stahl sich dann unter die Bettdecke und bot dem Glück Trotz, während er dieses schöne Geschöpf mit seinen Armen umschlang.

So nahe er aber der Erfüllung seiner Wünsche auch zu sein schien, seine Hoffnung wurde wiederum zunichte, und zwar infolge eines fürchterlichen Lärms, der seine Amanda sofort erschreckt aufwachen ließ und auch seine ganze Aufmerksamkeit in Anspruch nahm. Sein Kammerdiener, den Pallet zum Bundesgenossen seiner Rache an der Tochter der Freude und ihrem jüdischen Galan erkoren, hatte von einigen Zigeunern, die zufällig im Gasthof eingekehrt waren, einen Esel gemietet, der ein Schellengeläute trug, und nachdem sich alles zur Ruhe gelegt und der Hebräer, wie sie glaubten, sich zu seiner Liebschaft gebetet hatte, brachten sie das Langohr die Treppen hinauf in den langen Gang, der die Schlafzimmer auf beiden Seiten voneinander trennte. Als der Maler, wie erwartet, sah, daß die Türe der Französin nur angelehnt war, bestieg er sein Tier in der Absicht, ins Zimmer hineinzureiten und die Verliebten mitten in ihren intimen Zärtlichkeiten zu stören. Doch da der Esel spürte, daß ein Unbekannter auf ihm saß, schritt er, seiner Art getreu, statt vorwärts, wie es sein Lenker wollte, rückwärts ans andere Ende des Ganges, allen Bemühungen Pallets zum Trotz, so wild dieser ihn spornen, schlagen und knuffen mochte. Dieser Lärm bei dem Hader zwischen dem Maler und dem Esel war es, der an die Ohren Peregrines und seiner Geliebten drang, und weder er noch sie konnten den geringsten vernünftigen Grund für die Ursache dieses seltsamen Tumults finden, der noch ärger wurde, als das Tier sich ihrem Zimmer näherte. Endlich wurde der Krebsgang des vierbeinigen Müllergesellen an ihrer Stubentür gehemmt. Im Nu jedoch sprengte er sie mit einem einzigen Tritt auf und kam mit einem solch merkwürdigen Klingklang herein, daß die Dame vor Entsetzen beinahe in Ohnmacht fiel und ihr Liebhaber in die größte Verlegenheit und Verwirrung geriet. Der Maler, der sich auf diese Weise gewaltsam in eine fremde Schlafkammer hineingedrängt sah, hatte Furcht, der Besitzer könnte eine Pistole auf ihn abfeuern, in der Meinung, er sei ein Räuber, der in sein Gemach eingebrochen sei, und verdoppelte in seiner Bestürzung seine Anstrengungen, einen beschleunigten Rückzug anzutreten. Er schwitzte die ganze Zeit über vor Angst und betete in einem fort zum Himmel um Rettung. Sein halsstarriger Gefährte kümmerte sich aber nicht um seine Lage, und statt sich seiner Führung zu unterwerfen, drehte er sich wie ein Mühlstein, wobei das Tapp-tapp seiner Füße und das Geklingel der Schellen das erstaunlichste Konzert abgaben. Der unglückliche Reiter, der auf diese Art herumgewirbelt wurde, wäre abgesprungen und hätte das Tier alleine tanzen lassen, aber die Umdrehungen vollzogen sich so schnell, daß er aus Furcht vor einem schweren Fall den Versuch nicht wagen durfte. In seiner Herzensnot packte er ein Ohr des Lastträgers und klemmte es so unbarmherzig, daß der Esel aus voller Kehle zu iahen anfing. Kaum hörte die schöne Flämin, welcher der Schreck bereits in alle Glieder gefahren und die von abergläubischem Wahn erfüllt war, diese gräßlichen Töne, als sie sich einbildete, der Teufel suche sie heim, um sie für ihre eheliche Untreue zu bestrafen. Sie stieß einen Schrei aus und begann mit lauter Stimme ihr Paternoster herzusagen. Ihr Liebhaber, der nunmehr genötigt war zu verduften, sprang auf und lief in der heftigsten Erbitterung und Wut, abermals eine Enttäuschung zu erleben, geradeswegs auf die Stelle zu, von wo der infernalische Lärm herzukommen schien. Als er auf den Esel traf, ließ er einen solchen Hagel von Schlägen auf ihn und seinen Reiter niederprasseln, daß das Tier diesen in raschem Trab wegtrug und beide auf dem ganzen Weg unisono brüllten. Nachdem Pickle das Zimmer so von der unangenehmen Gesellschaft gesäubert hatte, ging er zu seiner Geliebten zurück und versicherte ihr, es handele sich bloß um einen Narrenstreich von Pallet. Hierauf verabschiedete er sich von ihr mit dem Versprechen zurückzukehren, sobald im Gasthof alles wieder ruhig sei.

Mittlerweile hatten das Lärmen des Esels, das Geheul des Malers und das Gekreisch der Dame das ganze Haus in Aufruhr gebracht, und als Grauchen auf seinem übereilten Rückzug Leute mit Lichtern erblickte, flüchtete er gerade in die

Kammer, die ihm ursprünglich als Ziel bestimmt war. Eben hatte der Levit, aufgescheucht durch das Getümmel, sich von seiner Dulzinea getrennt und war im Begriff, nach seiner Stube zu schleichen. Als er nun einem solchen Tier begegnete, mit einer langen, hagern, hohlwangigen, halbnackten Figur als Reiter, dessen natürliche Blässe durch eine weiße Schlafmütze noch erhöht wurde, erschrak der Jude sehr. Er glaubte, er habe es mit einer Erscheinung von Bileam und seinem Esel zu tun, huschte daher wieder ins Zimmer zurück und kroch unter das Bett seiner Schönen, wo er sich versteckt hielt. Mr. Jolter und der Priester, die mit unter den ersten waren, die der Lärm geweckt hatte, blieben nicht unberührt, als sie ein solches Ungetüm in die Kammer hineinstürmen sahen und unmittelbar darauf das Mädchen der Freude laut aufschreien hörten. Der Hofmeister stand wie angewurzelt da, und der Kapuziner verspürte keine Lust vorzurücken. Sie wurden aber durch die vielen Leute, die ihnen folgten, immer mehr nach der Türe hingeschoben, durch welche die Erscheinung verschwunden war; und hier wollte Jolter mit vielen Komplimenten Hochwürden den Vortritt lassen. Der Mönch war zu höflich und zu demütig, diese Ehre anzunehmen, und so entspann sich ein ernstlicher Wortwechsel zwischen ihnen, den der Esel im Augenblick entschied, als er sich mit seinem Reiter auf seinem Rundgang zeigte; denn in ihrer Bestürzung über diese zweite Vision prallten beide gleichzeitig mit einer solchen Heftigkeit zurück, daß sie die Nachdrängenden über den Haufen warfen, und dieser Stoß wirkte sich immer weiter nach hinten aus, bis im ganzen Gang eine lange Reihe von Menschen lag, geschichtet wie die Sequenz im Kartenspiel. Mitten in diesem Durcheinander kam unser Held aus seinem Zimmer und fragte mit erstaunter Miene nach dem Grund dieses Aufruhrs. Nachdem Jolter ihm soviel Auskunft erteilt hatte, wie seine Konsternation es ihm erlaubte, riß er ihm die Kerze aus der Hand und drang, ohne im geringsten zu zögern, in die verhexte Kammer ein. Alle Anwesenden folgten ihm und brachen in ein langes lautes Gelächter aus, als sie die komische Ursache ihrer Angst erkannten. Der Maler bemühte sich, mit in ihre Heiterkeit einzustimmen; allein die Furcht, die er ausgestanden, hatte ihm so stark zugesetzt, und die Schläge, die er von Peregrine erhalten, taten ihm noch so weh, daß bei all seiner Anstrengung der Gram aus seinem Gesicht nicht weichen wollte. Sein Versuch diente bloß dazu, seine fatale Lage zu verschlimmern, und diese wurde auch durch das Benehmen der Kokotte nicht gerade besser; wütend über ihre Enttäuschung fuhr sie in Unterrock und Nachtgewand, schoß wie eine zweite Hekuba auf Pallet los, kratzte ihm auf der einen Seite der Nase die Haut herunter, und es wäre um seine Augen geschehen gewesen, hätte man ihn nicht aus ihren unbarmherzigen Krallen befreit. Sowohl durch diesen Schimpf als auch durch ihr Betragen in der Diligence gereizt, erklärte der Maler in aller Öffentlichkeit, warum er in diesem Aufzug in ihre Kammer gekommen sei, und da er den Hebräer unter den Zuschauern vermißte, versicherte er ihnen, er müsse sich irgendwo in diesem Gemach versteckt haben. Auf diese Andeutung hin wurde das Zimmer sogleich durchsucht und der tief beschämte Levit an den Füßen unter dem Bett hervorgezogen, so daß Pallet zuletzt doch noch das Glück hatte, den Spott auf Kosten seines Nebenbuhlers und dessen Geliebter von sich abzulenken, die denn auch von der ganzen Gesellschaft tüchtig ausgelacht wurden.

57

Pallet gerät vom Regen in die Traufe, als er sich bemüht, dahinterzukommen, wer ihn so übel behandelt hat.

Ein Gedanke jedoch plagte und kränkte Pallet noch immer, und zwar der, daß man ihn im Zimmer, das, wie er durch Nachfrage herausbrachte, der hübschen jungen Dame gehörte, die unter des Kapuziners Seelsorge stand, so unsanft behandelt hatte. Er besann sich, daß die Türe fest verriegelt gewesen war, als sein Tier sie aufsprengte; und er hatte keinen Grund zu glauben, es sei ihm bei seinem Einbruch jemand nachgefolgt. Andererseits konnte er sich nicht vorstellen, daß ein solch zartes, schwaches Geschöpf einen derart verzweifelten Angriff zu versuchen oder auszuführen imstande wäre, wie derjenige, der auf ihn gemacht worden war; und ihr Betragen war so sittsam und vorsichtig, daß er nicht dem geringsten Verdacht auf ihre Tugend Raum zu geben wagte.

Durch diese Betrachtungen verirrte er sich in ein Labyrinth von Vermutungen. Er nahm seine ganze Phantasie zu Hilfe, um eine Erklärung für die nächtlichen Ereignisse zu finden. Zuletzt kam er zum Schluß, es müßten entweder Peregrine oder der Teufel oder alle beide hinter der Sache gesteckt haben. Um nun seine Neugier zu befriedigen, faßte er den Vorsatz, den übrigen Teil der Nacht hindurch die Schritte unseres Helden so genau zu überwachen, daß auch das geheimnisvollste Tun seine Scharfsicht nicht täuschen könnte.

So zog er sich denn auf seine Stube zurück, nachdem man den Esel seinen rechtmäßigen Eigentümern zugestellt und der Priester seine schöne Pflegetochter, die vor Angst beinahe außer sich gewesen war, besucht und getröstet hatte. Sobald überall wieder Stille herrschte, kroch Pallet im Finstern nach der Stubentür der Flämin und hockte sich in einen dunkeln Winkel, von wo aus er den Ein- und Austritt eines jeden menschlichen Wesens beobachten konnte. Er hatte in dieser Stellung noch nicht lange verharrt, als ihn allmählich der Schlummer überwältigte, da er infolge des jüngsten Abenteuers und desjenigen der vorigen Nacht ganz erschöpft war. Er fiel in einen so tiefen Schlaf, daß er wie eine Kongregation von Presbyterianern zu schnarchen anfing. Die flämische Schönheit vernahm diese unharmonischen Töne auf dem Gange sofort, und weil sie einen neuen Tumult befürchtete, verriegelte sie klüglich ihre Türe, so daß ihr Liebhaber, der seine Visite wiederholen wollte und nicht wußte, von wem diese Serenade dargebracht wurde, sich darüber nicht nur wunderte und mächtig mopste, sondern sich zu seinem größten Ärger ausgesperrt sah, als er, getrieben von seiner Leidenschaft, die nun den höchsten Grad erreicht hatte, sich dem Eingang zu nähern wagte. Er durfte nicht anklopfen oder sich sonst irgendwie bemerkbar machen wegen des guten Rufes der Dame, der stark gelitten hätte, wenn dadurch der Schnarcher geweckt worden wäre. Hätte er geahnt, daß die Person, die so sein Vorhaben vereitelte, der Maler war, würde er ein wirksames Mittel gebraucht haben, ihn fortzuschaffen, aber er konnte sich ja nicht denken, was Pallet veranlaßt haben mochte, seine Residenz in jenem Winkel aufzuschlagen, konnte dem Schläfer auch nicht mit einem Licht ins Gesicht leuchten, weil im ganzen Hause keine einzige Kerze brannte.

Es ist unmöglich, die Wut und den Verdruß unseres Helden zu beschreiben, der an den Pforten der Glückseligkeit diese Tantalusqualen ausstehen mußte und nach seiner zwiefachen Enttäuschung vor Begierde schmachtete. Er stieß tausend Flüche gegen sein Schicksal aus, verwünschte seine Reisegefährten ohne Ausnahme, schwur, sich am Maler zu rächen, der zweimal seinen interessantesten Plan durchkreuzt hatte, und fühlte sich versucht, an dem Unbekannten, der an seinem jetzigen Mißerfolg schuld war, Vergeltung zu üben. Er schwitzte zwei volle Stunden hindurch in fürchterlichster Pein auf dem Gange, obschon er eine leise Hoffnung hegte, diesen lästigen Kerl loszuwerden, denn er bildete sich ein, jener werde beim Erwachen sein Lager zweifellos räumen und ihm freies Feld lassen. Als er jedoch den Hahn dem Morgen, der aus dem Schoße der Nacht emporstieg, wiederholt seinen Gruß entbieten hörte, konnte er seinen Unwillen nicht mehr bezwingen. Er ging in seine Stube, füllte ein Waschbecken mit kaltem Wasser und schüttete es aus einiger Entfernung dem Schnarchenden ins Gesicht. Ganz abgesehen von dem Schreck, den diese Dusche zur Folge hatte, wäre dieser fast erstickt, da ihm das Wasser in den Hals kam und in die Luftröhre hinunterlief. Während der Begossene wie ein Halbertrunkener nach Luft schnappte und nicht begriff, was eigentlich mit ihm geschehen war, sich auch nicht an die Situation erinnerte, in der er eingeschlafen war, eilte Peregrine in sein Zimmer zurück. Da verriet ihm ein langes Geheul, das an seine Ohren drang, daß das Opfer niemand anders war als Pallet, der ihn nun zum drittenmal um sein gutes Glück gebracht hatte.

Erbost über die ewigen Einmischungen des unglücklichen Sünders, stürzte Pickle mit einer Hetzpeitsche aus seiner Stube, und als er auf den flüchtenden Maler stieß, rannte er ihn im Gang über den Haufen. Dort handhabte er das Instrument seines Zorns mit äußerster Strenge, wobei er so tat, als halte er ihn für einen unverschämten Köter, der die Ruhe des Gasthofs gestört hätte; ja, als Pallet im demütigsten Ton laut um Gnade rief und sein Züchtiger ihn nicht länger als vermeintlichen Vierfüßler behandeln konnte, war die Erbitterung unseres jungen Herrn noch so groß, daß er seine Befriedigung nicht verhehlen konnte und zu Pallet sagte, er hätte die eben erlittene Strafe reichlich verdient für seine Verrücktheit, Torheit und Frechheit, lauter unnütze Pläne auszuhecken und auszuführen, mit denen er keinen andern Zweck verfolge, als seine Mitmenschen zu plagen.

Mit Vehemenz beteuerte Pallet, er sei so unschuldig wie ein Kind im Mutterleib und habe niemanden beleidigen wollen als den Israeliten und seine Schnepfe, die, wie er wisse, sich sein Mißvergnügen zugezogen hätten. „Aber, so wahr Gott mein Heiland ist", fuhr er fort, „ich glaube, daß man mir mit Hexen- und Zauberkünsten zusetzt, und fange an zu vermuten, der verdammte Priester sei ein Sendling des Teufels; denn erst zwei Nächte ist er unter uns, und während dieser Zeit habe ich kein Auge zugetan, sondern bin von allen Dämonen der Hölle gequält worden." Pickle antwortete mürrisch, an diesen Qualen sei bloß seine eigene törichte Phantasie schuld, und fragte ihn, wieso er in jenen Winkel gekommen sei und warum er dort so geheult habe. Der Maler, der es nicht für ratsam fand, die Wahrheit zu gestehen, sagte, es hätten ihn übernatürliche Mächte dorthin geschafft und unsichtbare Hände dann ins Wasser getaucht. In der Hoffnung, seine Abwesenheit nutzen zu können, empfahl ihm der junge Mann, sich sogleich hinzulegen und zu versuchen, sein übermüdetes Hirn auszuruhen, das wegen seines Schlafmangels arg zerrüttet scheine. Pallet fing an, so ziemlich dasselbe zu denken; er folgte daher diesem heilsamen Rat und begab sich zu Bett, wobei er auf dem ganzen Weg Gebete vor sich hinmurmelte, in denen er den Himmel anflehte, ihm seinen gesunden Verstand wiederzuschenken.

Pickle begleitete ihn bis zu seiner Stube, schloß ihn ein und steckte den Schlüssel in die Tasche, damit er ihm nicht abermals einen Strich durch die Rechnung machen könne; allein auf dem Rückweg traf er auf Mr. Jolter und den Doktor, die von neuem durch das Geschrei des Malers beunruhigt worden waren und wissen wollten, was denn nun wieder los sei. Halb wahnsinnig über eine solche Reihe von Widerwärtigkeiten, verfluchte er in seinem Herzen ihr unzeitiges Erscheinen und erzählte ihnen auf ihre Frage nach Pallet, er habe diesen in einem Winkel des Ganges gefunden, heulend, vollkommen verstört und naß bis auf die Haut, und habe ihn dann auf sein Zimmer geführt, wo er jetzt im Bett läge. Als der Arzt dies hörte, machte er aus seiner Eitelkeit eine Tugend und wünschte, indem er Teilnahme am Wohlergehen des Patienten vorschützte, man möge ihm Gelegenheit verschaffen, die Symptome seiner Krankheit unverzüglich zu untersuchen. Manches Übel nämlich, sagte er, hätte im Keim erstickt werden können, das nachher jeder Bemühung der Arzneikunst spottete. Der junge Herr händigte ihm hierauf den Schlüssel aus und kehrte in seine Kammer zurück in der Absicht, beim ersten günstigen Augenblick die Anstrengungen an der Türe seiner Amanda zu erneuern, während der Arzt auf dem Weg nach Pallets Stube dem Hofmeister seinen Verdacht andeutete, daß der Patient wohl an jener furchtbaren Krankheit leide, die man *hydrophobia* nenne, die, wie er bemerkte, bisweilen auch bei Menschen auftrete, die nicht zuvor von einem tollen Hund gebissen worden wären. Diese Annahme gründete er auf das Geheul, das Pallet ausgestoßen hatte, als er mit Wasser begossen worden war. Er fing auch an, sich auf gewisse Dinge zu besinnen, die ihm in der letzten Zeit am Betragen des Malers aufgefallen seien und die, was er jetzt ganz klar erkenne, irgendein solches Unglück angekündigt hätten. Er schrieb dann die Krankheit dem heftigen Schreck zu, in den er vor kurzem mehrmals versetzt worden wäre, und behauptete, die Bastillengeschichte habe Pallets Verstand so verwirrt, daß sich seine Denk- und Sprechweise gänzlich verändert hätten. Nach einer selbsterfundenen Theorie erklärte er die Wirkung der Furcht auf ein erschlafftes Nervensystem und erläuterte die Art und Weise, wie die Lebensgeister Ideen und Phantasie beeinflussen.

Dieser Vortrag, der vor Pallets Türe gehalten wurde, wäre vielleicht bis zum Frühstück ausgedehnt worden, wenn Jolter den Doktor nicht an seine eigene Maxime *venienti occurrite morbo* erinnert hätte, worauf dieser sich sogleich des Schlüssels bediente und sie sich leise dem Bett des Patienten nahten, der lang ausgestreckt in den Armen des Schlafes ruhte. Der Arzt beobachtete, daß er schwer atmete und daß sein Mund offenstand. „Dies sind", sagte er, „*Diagnostica*, die beweisen, daß das *liquidum nervosum* im höchsten Grad affiziert und die *saliva* mit den spitzen Partikeln des *virus* imprägniert ist, das irgendwie in den Körper des Patienten gelangt sein muß." Dies werde, fügte er hinzu, auch durch Pallets Puls bestätigt, der stark und langsam sei, folglich eine Stockung des Blutumlaufs anzeige, die von einem Mangel an Elastizität in den Pulsadern herrühre. Er schlug vor, den Maler sofort noch einmal mit Wasser zu übergießen. Dadurch werde nicht nur seine Genesung gefördert, sondern auch jeder Zweifel über seine eigentliche Krankheit behoben, denn aus der Art, wie er sich während dieser Prozedur verhalte, werde deutlich hervorgehen, ob es sich bei seiner Wasserscheu um eine chronische *hydrophobia* handle oder nicht. Diesem Vorschlag gemäß begann Mr. Jolter eine Flasche Wasser, die er im Zimmer fand, in ein Waschbecken auszuleeren, als ihm der Medikus in den Arm fiel und ihm riet, den Inhalt des Nachtgeschirrs zu verwenden, weil dieses Fluidum mit Salzteilchen geschwängert und wirksamer sei als das reine Element. Auf diese Anweisung hin lüpfte der Hofmeister das Gefäß, das mit Medizin über und über angefüllt war, und goß das heilsame Naß mit einer einzigen Drehung der Hand über dem so schwer geprüften

Patienten aus. Dieser schoß in wahnsinnigem Entsetzen in die Höhe und brüllte abscheulich, gerade zu der Zeit, da Peregrine seine Geliebte zu einer Unterredung bewogen hatte und sich Hoffnungen machte, in ihre Kammer eingelassen zu werden.

Voll Schreck über das Geheul brach sie die Unterhandlung sogleich ab mit der Bitte, er möchte sich von ihrer Türe zurückziehen, damit ihre Ehre nicht etwa Schaden nehme, wenn man ihn daselbst fände; und er hatte gerade noch soviel Besonnenheit, die Notwendigkeit einzusehen, diesem Befehl zu gehorchen. So ging er denn fort, halb von Sinnen und beinahe überzeugt, daß so viele unerklärliche Enttäuschungen von einer übernatürlichen Ursache herrühren müßten und daß der alberne Pallet nur ein unfreiwilliges Werkzeug gewesen sei.

Mittlerweile beschloß der Doktor, der nun über des Malers Krankheit im Bilde war und dessen Geschrei, das durch häufiges Seufzen und Stöhnen unterbrochen wurde, als Hundegebell auslegte, weil kein Salzwasser mehr vorhanden war, es mit solchen Mitteln zu versuchen, wie sie der Zufall ihm liefere. Er hielt auch schon Flasche und Waschbecken in Händen; aber der Maler hatte sich unterdessen so weit erholt, daß er seine Absicht merkte und wie ein rasender Tollhäusler aufsprang, nach seinem Degen rannte und unter greulichen Flüchen schwor, er wolle beide augenblicklich umbringen, selbst wenn man ihn dafür noch vor dem Mittagessen hänge. Sie mochten jedoch nicht warten, bis der Drohung die Tat folgte, sondern liefen in solcher Eile davon, daß der Arzt sich an einem der Türpfosten beinahe die Schulter ausrenkte. Jolter zog die Türe hinter sich zu, drehte den Schlüssel um, ergriff die Flucht und schrie laut um Hilfe. Als sein Kollege sah, daß die Türe zugesperrt war, tat er sich auf seine Standhaftigkeit etwas zugute und ermahnte jenen, wieder umzukehren; er selber, so erklärte er, fürchte sich mehr vor einem Biß des Wahnsinnigen als vor seiner Waffe, und forderte den Hofmeister auf, wieder hineinzugehen und auszuführen, was sie unvollendet gelassen hätten. „Treten Sie ein", sagte er, „ohne Angst und Scheu, und sollte Ihnen ein Unglück zustoßen – denn Sie müssen sich gegen seinen Geifer und vor seinem Degen schützen –, so will ich Ihnen mit meinem Rat beistehen, den ich Ihnen von hier aus mit mehr Überlegung und größerer Klarheit erteilen kann, als ich es tun könnte, wenn mein Gedankengang gestört oder meine Aufmerksamkeit durch persönliches Interesse abgelenkt würde."

Jolter, der gegen die Richtigkeit dieses Schlusses nichts einzuwenden hatte, bekannte ganz offen, daß er nicht geneigt sei, dieses Experiment anzustellen, und bemerkte, Selbsterhaltung sei das erste Gesetz in der Natur; seine Beziehungen zu dem armen Geisteskranken seien bloß oberflächlicher Art, und man könne von ihm vernünftigerweise nicht erwarten, daß er zum Besten des Patienten ein Risiko eingehe, dem jemand ausweiche, der als sein Reisegefährte mit ihm aus England gekommen sei. Diese Andeutung leitete einen Disput über das Wesen der Güte und das moralische Gewissen ein. Beide, behauptete der Republikaner, seien an keinerlei private Rücksichten gebunden und könnten nie von irgendeinem zufälligen Umstand der Zeit oder des Glücks abhängen, während der andere, der diese Grundsätze verabscheute, die Pflichten und den hohen Wert persönlicher Freundschaft mit ausnehmender Erbitterung verteidigte.

Als der Streit am hitzigsten war, trat der Kapuziner herzu, der sich über ihren Wortwechsel an der Türe nicht wenig wunderte und, als er gar den Maler drinnen brüllen hörte, sie im Namen Gottes beschwor, ihm zu sagen, was es mit diesem Aufruhr auf sich habe, durch den das Haus den größten Teil der Nacht über ständig in Aufregung versetzt worden sei und der das unmittelbare Werk des Satans und seiner Teufel zu sein scheine. Der Hofmeister gab ihm zu verstehen, daß Pallet von einem bösen Geist geplagt werde, worauf der Mönch ein Gebet an den heiligen Antonius hermurmelte und sich anheischig machte, den Maler zu heilen, wenn es einzurichten wäre, daß er ihm ohne jede Gefahr ein Stück von einer gewissen Reliquie unter der Nase verbrennen könne. Diese Reliquie, versicherte er ihnen, käme an wundertätiger Wirkung dem Ring Eleazars gleich. Jolter und der Arzt bekundeten großes Verlangen, diesen Schatz kennenzulernen, und schließlich ließ sich der Priester bewegen, ihnen im Vertrauen mitzuteilen, es handle sich um eine Sammlung von Nägelschnipseln der beiden Besessenen, aus denen Jesus die Legion Teufel vertrieb, die nachher in die Herde Säue fuhr. Mit diesen Worten zog er ein Schächtelchen aus der Tasche, das etwa eine Unze Schnipsel von Pferdehufen enthielt, bei deren Anblick der Hofmeister ein Lächeln über diesen plumpen Schwindel nicht unterdrücken konnte. Der Doktor fragte mit einem hochmütigen Grinsen, ob jene Besessenen, die Jesus geheilt hätte, Rotfüchse oder Apfelschimmel gewesen wären; denn aus der Textur dieser Nägelschnipsel könne er beweisen, daß deren ursprüngliche Besitzer in die Klasse der Vierfüßler gehörten, und sogar unterscheiden, daß sie Hufeisen getragen hätten.

Der Bettelmönch, der gegen diesen Sohn des Äskulap den allertiefsten Groll hegte, seit er mit der römisch-katholischen Religion so frei umgesprungen war, antwortete voller Bitterkeit, er sei ein Bösewicht, mit dem kein Christ Gemeinschaft haben sollte; eines Tages werde ihn wegen seiner Gottlosigkeit die Rache des Himmels ereilen; sein Herz sei mit einem Metall umgeben, das härter sei als Eisen und das einzig und allein das Höllenfeuer wegschmelzen könne.

Es war nunmehr heller Tag und alles Gesinde im Hause auf den Beinen. Da Peregrine die Unmöglichkeit einsah, aus der verlorenen Zeit noch irgendeinen Gewinn herauszuschlagen, und da seine empörten Lebensgeister ihn am Genuß der Ruhe hinderten, die ohnehin durch den Lärm von Pallet & Co. gestört wurde, warf er sich sogleich in die Kleider und kam in ausnehmend übler Laune dahin, wo das Triumvirat darüber debattierte, wie der wütende Maler zu überwältigen wäre. Dieser fluchte und schwor noch immer in den höchsten Tönen und machte verschiedene Anstrengungen, die Türe aufzusprengen. So verärgert unser Held auch war, konnte er sich doch des Lachens nicht erwehren, als er hörte, wie man den Patienten behandelt hatte; sein Unwille wandelte sich in Mitleid; er rief dem Maler durch das Schlüsselloch zu und fragte ihn nach dem Grund für seinen wahnwitziges Betragen. Kaum hatte Pallet Pickles Stimme vernommen, so fing er an zu wimmern und sagte: „Endlich, mein teurer Freund, habe ich die Schandbuben entdeckt, die mich so arg verfolgt haben. Ich ertappte sie auf frischer Tat, gerade als sie mich mit kaltem Wasser ersticken wollten. Bei Gott! ich werde mich an ihnen rächen, und sollte meine ‚Kleopatra‘ auch nie fertig werden. Öffnen Sie um des Himmels willen die Türe, ich will jenem eingebildeten Heiden, jenem Pseudo-Ästheten, jenem Maulverehrer der Alten, der die Leute mit Silleikikabeis und Teufelsmist vergiftet, ich will ihn, sag ich, zum Denkmal meines Zorns machen und an ihm ein Exempel statuieren für alle Betrüger und Schelme der medizinischen Fakultät. Und was den dickköpfigen, frechen Pedanten, seinen Bundesgenossen, anbetrifft, der, während ich schlief, mein eigenes Nachtgeschirr über mich ausleerte, so hätte er besser getan, in seinem geliebten Paris zu bleiben, um dort unbrauchbare Pläne für seinen Freund, den Prätendenten, zu schmieden, als sich den Folgen meines Grolls auszusetzen. Verdammt! Der Henker soll nicht einmal mehr Gelegenheit dazu haben, ihm nach einer zweiten Rebellion die Luftröhre zuzuschnüren."

Pickle entgegnete ihm, sein Benehmen sei so überspannt gewesen, daß die ganze Gesellschaft dadurch im Glauben bestärkt worden sei, er habe wirklich den Verstand verloren, und Mr. Jolter und der Doktor hätten als gute Freunde nur das getan, was sie als seiner Genesung am förderlichsten erachteten, so daß sie für ihre Teilnahme statt rasender Drohungen dankbare Anerkennung verdienten. Er seinerseits würde der erste sein, der ihn als übergeschnappt betrachte und ihn als wahnsinnig einsperren lasse, wenn er nicht sogleich den Beweis liefere, daß sein Geist gesund sei, indem er sich beruhige, den Degen wegtue und seinen Freunden für ihre Sorge um seine Person danke.

Bei dieser Alternative legte sich die Erregung des Malers augenblicklich; er erschrak vor dem Gedanken, als Verrückter behandelt zu werden, zumal er über den Zustand seines Hirns selber im Zweifel war. Andererseits hatte er eine solche

Abneigung und Antipathie gegen seine Peiniger gefaßt, daß er, weit entfernt, sich ihnen für das, was sie getan hatten, verpflichtet zu glauben, nicht ohne äußerste Wut und größten Abscheu an sie denken konnte. Daher beteuerte er im ruhigsten Ton, in dem er überhaupt sprechen konnte, er sei seiner Sinne nie mächtiger gewesen als eben jetzt; er wisse aber nicht, wie lange dies noch der Fall wäre, wenn man ihm wie einem Tollhäusler begegne. Zum Zeichen, daß er *compos mentis* sei, erklärte er sich bereit, seine Gefühle der Rache zu unterdrücken, die er mit soviel Recht gegen diejenigen hegte, die ihn durch ihre Arglist in diese fatale Lage gebracht hätten. Doch da er befürchte, keinen bessern Beweis für seine Tollheit zu liefern, als wenn er ihnen für all das Böse, das sie ihm zugefügt hätten, noch danke, so bitte er darum, ihm diese Bedingung zu erlassen, und schwor, er wolle lieber das Ärgste erdulden als einen so unsinnigen und ehrlosen Schritt tun.

Peregrine hielt wegen dieser Antwort eine Beratung ab. Der Hofmeister und der Arzt protestierten energisch dagegen, daß man mit einem Wahnsinnigen unterhandle, und schlugen vor, man solle irgendwie versuchen, seiner habhaft zu werden, ihn fesseln und in eine dunkle Kammer schaffen, wo man nach allen Regeln der Kunst mit ihm verfahren könne. Der Kapuziner aber, der nun unterrichtet war, erbot sich, ihn ohne Anwendung solch gewaltsamer Mittel zu heilen. Doch Pickle, der die Sache besser als irgendeiner der Anwesenden beurteilen konnte, öffnete, ohne länger zu zögern, die Türe und stellte ihnen den armen Maler zur Schau. Er stand da, mit einem Jammergesicht, fröstelte und schauderte in seinem Hemd, das so naß war, als hätte man es durch die Dender gezogen, ein Anblick, der die keuschen Augen der Geliebten des Hebräers, die sich jetzt unter den Zuschauern befand, so sehr beleidigte, daß sie den Kopf zur Seite drehte und mit dem Ausruf: „Fi über die indezenten Männer" in ihr Zimmer zurückkehrte.

Als Pallet unsern jungen Herrn hereinkommen sah, rannte er auf ihn zu, schüttelte ihm die Hand, nannte ihn seinen besten Freund und sagte, er habe ihn vor Leuten gerettet, die ihm nach dem Leben trachteten. Der Priester wollte seine Nägelschnipsel hervorholen und sie ihm unter die Nase halten, allein Pickle hinderte ihn daran und riet dem Patienten, das Hemd zu wechseln und seine Kleider anzuziehen. Da er nun hierbei sehr ordentlich und bedächtig zu Werke ging, begann Mr. Jolter, der sich wie der Arzt vorsichtig im Hintergrund gehalten und erwartet hatte, seltsame Wirkungen von des Malers Geisteszerrüttung zu sehen, zu glauben, daß er im Irrtum gewesen sein müsse, und beschuldigte den Doktor, ihn durch seine falsche Diagnose getäuscht zu haben. Der Doktor blieb bei seiner frühern Behauptung und versicherte ihm, Pallet hätte zwar jetzt einen lichten Augenblick, werde aber bald wieder in seinen alten Zustand verfallen, wenn man diese augenblickliche Ruhe nicht nütze und ihn in der denkbar größten Eile zur Ader ließe, ihm Vesikatorien appliziere und Purganzen eingäbe.

Ungeachtet dieser Warnung trat der Hofmeister zu dem armen Menschen hin und leistete Abbitte für den Verdruß, den er ihm bereitet hatte. Er erklärte feierlich, seine Absicht wäre bloß die gewesen, etwas zu seinem Wohle beizutragen; er habe dabei nur der Vorschrift des Arztes nachgelebt, der behauptete, diese Maßregeln seien für seine Genesung unbedingt notwendig.

Der Maler, ein Mann, der nicht so leicht haßte, war mit dieser Entschuldigung zufrieden; er hegte nun aber einen um so tiefern Groll gegen seinen ersten Reisegefährten, dem er die Schuld an all den Widerwärtigkeiten beimaß und an dem er denn auch seine Rache zu kühlen gedachte. Doch war die Türe zu einer Versöhnung mit dem Arzt nicht völlig verschlossen; er hätte die Verantwortung für die vielen Kränkungen mit Fug und Recht auf Peregrine abwälzen können, bei dem zweifellos die Ursache von Pallets Mißgeschick zu suchen war. Dabei allerdings hätte er bekennen müssen, daß er sich als Mediziner geirrt habe; auch war ihm des Malers Freundschaft nicht wichtig genug, um sich ihretwegen zu einer solchen Erniedrigung zu verstehen. Daher beschloß er, ihn links liegenzulassen und allmählich die guten Beziehungen zu vergessen, in denen er mit einem Menschen gelebt hatte, der ihm seiner Aufmerksamkeit so unwürdig schien.

58

*Peregrine beschwört die schöne Flämin, ihm in Brüssel
Besuche zu gestatten. Sie entzieht sich seinen Verfolgungen.*

Nachdem alles so geschlichtet und die ganze Gesellschaft
angekleidet war, kam man um fünf Uhr morgens zum Frühstück zusammen und saß in weniger denn einer Stunde in
der Diligence, in der jetzt lautlose Stille herrschte. Peregrine,
sonst die Seele der Unterhaltung, war wegen seines Pechs
außerordentlich schwermütig und traurig, der Israelit sowie
dessen Dulzinea waren infolge ihrer Schande niedergeschlagen, der Dichter saß da, in tiefe Meditationen versunken, der Maler bohrte in Racheplänen, während Jolter, vom
Schaukeln des Wagens eingewiegt, den eingebüßten Schlaf
nachholte und der Kapuziner und seine hübsche Pflegetochter vom Trübsinn unseres Helden angesteckt wurden, an
dessen Enttäuschung beide, wenn auch aus verschiedenen
Gründen, nicht geringen Anteil nahmen. Die allgemeine
Mattigkeit und der Mangel an körperlicher Bewegung
machten jedermann geneigt, sich unter das sanfte Joch des
Schlummers zu beugen, und eine halbe Stunde nach ihrer
Abfahrt war niemand mehr wach außer unserm Helden und
seiner Gebieterin, sofern der Kapuziner sich nicht etwa verstellte, um Peregrine eine günstige Gelegenheit zu einer geheimen Unterredung mit seiner schönen Pflegebefohlenen
zu bieten.

Und Peregrine versäumte sie nicht; er benützte vielmehr
den ersten Augenblick und beklagte sich mit leiser Wehmut
über sein hartes Schicksal, das ihn zum Spielball des Glücks
ausersehen habe. Er versicherte ihr, und zwar mit der größten Aufrichtigkeit, daß alle widrigen Ereignisse in seinem
Leben ihm nicht halb soviel Verdruß und schweres Herzeleid verursacht hätten wie die vergangene Nacht und daß er
jetzt, da die Scheidestunde nahe sei, von der düstersten Verzweiflung befallen würde, wenn sie sich seiner nicht ein
wenig erbarme und ihm Gelegenheit gebe, die wenigen

Tage, die seine Geschäfte ihm in Brüssel zuzubringen erlaubten, zu ihren Füßen zu verseufzen.

Mit tiefbekümmertem Gesicht äußerte die junge Dame ihr Bedauern darüber, die unschuldige Ursache seines Schmerzes zu sein, sagte, sie hoffe, daß das Abenteuer der letzten Nacht eine heilsame Warnung für ihrer beider Seelen sei; denn sie sei überzeugt, daß der Himmel selbst ihre Tugend beschützt habe. Was für einen Eindruck es auch auf ihn gemacht haben möge, sie sei jedenfalls nun stark genug, jener Pflicht zu genügen, die sie in ihrer Leidenschaft zu vernachlässigen begonnen habe. Hierauf flehte sie ihn an, sie um seiner eigenen Ruhe willen zu vergessen, und gab ihm zu verstehen, daß weder der Plan, den sie sich für ihr Betragen zurechtgelegt habe, noch die Gebote ihrer Ehre es ihr gestatteten, Besuche von ihm anzunehmen oder irgendwelche anderen Beziehungen zu ihm zu unterhalten, solange das Gelübde der Ehe sie binde.

Diese Worte wirkten auf ihren Verehrer so stark, daß er für einige Minuten die Sprache verlor, und kaum hatte er sie wiedergefunden, so brach bei ihm die wildeste Leidenschaft durch. Er warf ihr Grausamkeit und Kälte vor, sagte, sie habe ihm die Vernunft und den Seelenfrieden geraubt, er werde ihr bis ans Ende der Welt folgen und werde weit eher auf sein Leben als auf seine Liebe zu ihr verzichten; den albernen Narren, der an all dieser Aufregung schuld sei, werde er seiner Rache opfern und jeden töten, der ihm im Weg sei; kurz, die Leidenschaften, durch die sein Innerstes so lange aufgewühlt worden war, sowie der Mangel an Schlaf, der die tobenden Lebensgeister meist beschwichtigt, hatten seine Nerven derart angegriffen, daß er wirklich dem Wahnsinn nahe war. Während er so raste, rannen ihm die Tränen über die Wangen, und er befand sich in einem solchen Aufruhr, daß das zarte Herz der schönen Flämin dadurch lebhaft gerührt wurde. Während ihr selber die Tropfen heiß über das Gesicht liefen, bat sie ihn, sich um Himmels willen zu fassen, und versprach, um ihn zufriedenzustellen, an ihrem Entschluß nicht allzu strenge festzuhalten. Auf diese gütige Erklärung hin beruhigte er sich. Er zog seinen Bleistift heraus und schrieb ihr seine Adresse auf, nachdem sie ihm versichert hatte, er solle spätestens vierundzwanzig Stunden nach ihrer Trennung von ihr hören.

So besänftigt, gewann er die Herrschaft über sich selbst und allmählich auch sein heiteres Wesen zurück. Dies war jedoch nicht der Fall bei seiner Amanda. Nach dieser Probe seines Temperaments fürchtete sie sich vor seinem jugendlichen Ungestüm und wurde nun wirklich davon abgeschreckt, sich in irgendeine Beziehung mit diesem feurigen Geist einzulassen, dessen Zügellosigkeit ihren Frieden und ihren guten Ruf gefährden könnten. Obwohl sie von seiner Person und seinem gesellschaftlichen Schliff bezaubert war, hatte sie Besonnenheit genug, um vorauszusehen, daß, je länger sie seine leidenschaftlichen Huldigungen anhöre, sie sich innerlich immer unauflöslicher binden würde und es um die Ruhe ihres Lebens geschehen sei. Infolge dieser Erwägungen, die von einem starken Ehr- und Pflichtgefühl unterstützt wurden, das ihr den Eingebungen ihres Herzens zu widerstehen half, beschloß sie, ihren Liebhaber so lange zu vertrösten, bis es in ihrer Macht stünde, seinen Umgang zu meiden, ohne riskieren zu müssen, daß er durch seine verliebte Tollheit ihrem Namen schade. In dieser Absicht bat sie ihn, als die Diligence in Brüssel angekommen war, er möchte sie nicht bis zu ihrer Mutter Haus begleiten, und da er sich von ihr überlisten ließ, nahm er wie die andern Fremden in aller Form von ihr Abschied, quartierte sich in dem Gasthof ein, der ihm und seinen Reisegefährten empfohlen worden war, und wartete nun, vor Ungeduld brennend, auf ihren günstigen Bescheid.

Um sich zu zerstreuen, besichtigte er inzwischen das Stadthaus, das Arsenal und den Park, warf einen flüchtigen Blick auf die Schätze der Buchhändler und sah sich am Abend die italienische Oper an, die damals zur Unterhaltung des Prinzen Karl von Lothringen, des Gouverneurs der Niederlande, aufgeführt wurde. Kurz, die anberaumte Zeit war beinahe verstrichen, als Peregrine folgenden Brief erhielt:

Mein Herr,

Wüßten Sie, wieviel Gewalt ich meinem Herzen antue, indem ich Ihnen eröffne, daß ich mich Ihren Bewerbungen auf immer entzogen habe, so würden Sie das Opfer sicherlich billigen, das ich der Tugend bringe, und sich bestreben, dieses Beispiel der Selbstverleugnung nachzuahmen. Ja, mein Herr, der Himmel hat mir die Kraft verliehen, gegen meine strafbare Liebe anzukämpfen und fürderhin den Anblick desjenigen zu meiden, der sie erweckt hat. Ich beschwöre Sie daher sowohl bei der Rücksicht, die Sie auf die ewige Wohlfahrt von uns beiden nehmen sollten, als auch bei der Ehrerbietung und Zuneigung, von der Sie mir sprachen, bemühen Sie sich, Ihre wilde Leidenschaft zu überwinden, und stehen Sie von allen Versuchen ab, mich in dem löblichen Vorsatz, den ich gefaßt habe, wankend zu machen. Achten Sie den Frieden eines Geschöpfes, das Sie liebt, und suchen Sie nicht die Eintracht einer Familie zu stören, die Ihnen nie etwas zuleide getan hat, oder die Gedanken eines schwachen Weibes von einem würdigen Manne abzulenken, der auf den vollen Besitz ihres Herzens die heiligsten Ansprüche hat.

Dieses Briefchen, das weder Datum noch Unterschrift trug, raubte unserm Helden den letzten Rest von Besonnenheit. Er gebärdete sich wie ein Verrückter, rannte sofort zum Wirt und verlangte den Boten zu sehen, der den Brief gebracht habe, widrigenfalls er seine ganze Familie über die Klinge springen lassen wollte. Der Wirt, der über seine Blicke und Drohungen erschrak, fiel auf die Knie nieder und beteuerte im Angesicht des Himmels, er habe keine Ahnung davon, was ihn beleidigen könne, und sei sich nicht der geringsten Schuld bewußt; der Brief sei von einem Unbekannten abgegeben worden, der sich gleich darauf wieder entfernt und gesagt habe, eine Antwort sei nicht nötig. Rasend vor Zorn, stieß Peregrine tausend Verwünschungen und Schmähungen gegen die Schreiberin des Briefes aus und belegte sie mit den Schimpfnamen einer Buhlschwester, einer Kokotte, einer Landstreicherin, die ihn mit Hilfe eines kupplerischen Priesters um sein Geld geprellt habe. Er kündigte dem Bettelmönch Rache an und schwor, er werde ihn töten, wenn er ihn je wieder zu Gesicht bekäme. Als der Maler erschien, unglücklicherweise gerade während dieses Wutanfalls, packte ihn Pickle bei der Gurgel und schrie, er habe ihn durch seine verdammte Torheit zugrunde gerichtet; und aller Wahrscheinlichkeit nach wäre der arme Pallet erdrosselt worden, hätte sich Jolter nicht für ihn ins Mittel geschlagen und seinen Zögling angefleht, mit dem armen Kerl Erbarmen zu haben, und dann mit unendlicher Besorgnis nach dem Grund dieser gewalttätigen Behandlung gefragt. Die Antwort bestand bloß in einer Kette von unzusammenhängenden Flüchen. Nachdem der Maler, von unbeschreiblichem Erstaunen ergriffen, Gott zum Zeugen angerufen hatte, daß er nichts getan habe, wodurch sich Mr. Pickle verletzt fühlen könnte, begann der Hofmeister allen Ernstes zu glauben, Peregrines Lebhaftigkeit habe sich schließlich bis zu eigentlicher Tollheit gesteigert, eine Vermutung, die ihn selbst beinahe zum Wahnsinn trieb. Damit er besser beurteilen könnte, was für Heilmittel anzuwenden wären, bediente er sich seines ganzen Einflusses und bot seine ganze Beredsamkeit auf, um aus dem jungen Mann die unmittelbare Ursache seines Deliriums herauszubringen. Er bat ihn leidenschaftlich, ja vergoß sogar Tränen, so daß sich Pickle, als sich der erste Sturm ausgetobt hatte, seiner Unbesonnenheit schämte und auf seine Stube ging, wo er sich wieder sammeln wollte. Dort schloß er sich ein, las den inhaltsschweren Brief ein zweites Mal und wußte nun nicht mehr, was er vom Charakter der Schreiberin und ihren Absichten denken sollte. Bisweilen betrachtete er sie als eine jener Nymphen, die Naivität und Unschuld vortäuschen und es dabei auf das Herz und den Geldbeutel unbedachter und unerfahrener Jünglinge abgesehen haben. Diesen Gedanken gab ihm sein Zorn ein, der durch die fortwährenden Enttäuschungen entflammt worden war; wenn er sich aber an ihr ganzes Betragen erinnerte und sich jeden ihrer Reize vergegenwärtigte, so wich seine Härte, und sein Herz sprach zugunsten ihrer Aufrichtigkeit. Allein eben diese Erinnerung ließ ihn seinen Verlust um so stärker empfinden, und er war in Gefahr, wieder in seine frühere Raserei zu verfallen, hätte nicht die Hoffnung, ihr nochmals zu begegnen, entweder von ungefähr oder im Verlauf fleißiger und genauer Nachforschungen, die er sogleich anstellen wollte, seine Leidenschaft etwas gedämpft. Er hatte Grund zu glauben, daß ihr eigenes Herz trotz ihrem tugendhaften Entschluß für ihn Partei nehmen würde, auch zweifelte er noch nicht, den Kapuziner zu finden, den er ja jederzeit kaufen konnte. Infolge dieser tröstlichen Gedanken legte sich der Sturm in seiner Seele. In weniger als zwei Stunden kehrte er ruhig und gelassen zur Gesellschaft zurück, bat den Maler um Verzeihung wegen der Freiheit, die er sich ihm gegenüber erlaubt hatte, und versprach ihm, die Ursache später zu erklären. Pallet war mit Freuden zu jeder Versöhnung mit einem Manne bereit, durch dessen Protektion er seinem Gegner, dem Doktor, das Gleichgewicht halten konnte, und Mr. Jolter war glücklich über die Genesung seines Zöglings.

59

Peregrine trifft mit Mrs. Hornbeck zusammen und tröstet sich über seinen Verlust.

So gingen die Dinge wieder ihren normalen Gang, und man dinierte zusammen in aller Gemütsruhe. Am Nachmittag blieb Peregrine unter dem Vorwand, einige Briefe schreiben zu müssen, daheim; aber während seine Reisegefährten im Kaffeehaus waren, ließ er eine Kutsche bestellen und fuhr mit seinem Kammerdiener, dem einzigen Menschen, der wußte, wie es gegenwärtig um ihn stand, nach der Promenade, wo sich während der Sommersaison alle Damen der eleganten Welt an schönen Abenden zu versammeln pflegen, und hoffte, seinen Flüchtling unter ihnen wiederzufinden.

Nachdem er hier die Runde gemacht und dabei jedes weibliche Wesen scharf ins Auge gefaßt hatte, wurde Peregrine in einiger Entfernung hinten auf einer Kutsche einen Bedienten gewahr, der Hornbecks Livree trug. Sogleich befahl er seinem Kammerdiener, sich nach diesem Wagen zu erkundigen, indes er das Fenster aufzog, damit man ihn nicht entdecke, bevor er nähere Auskunft habe und sein Benehmen bei einer Begegnung danach einrichten könne, die ihm so überraschend kam und die sein bisheriges Vorhaben bereits zu stören begann, obgleich sie seine Gedanken an seine reizende Unbekannte nicht verdrängen konnte.

Sowie sein Merkur die Rekognoszierung ausgeführt hatte, meldete er, daß sich niemand weiter im Wagen befinde als Mrs. Hornbeck und ein älteres Weibsbild, das nach einer Duenja aussehe, und daß der Lakai nicht der nämliche sei, den sie in Frankreich bei sich gehabt hätten. Durch diesen Bericht aufgemuntert, wies unser Held seinen Kutscher an, dicht an diejenige Seite des Wagens zu fahren, auf der seine frühere Geliebte saß, und begrüßte sie dann auf die übliche Weise. Kaum hatte die Dame ihren Liebhaber erblickt, so wurden ihre Wangen von einer glühenden Röte übergossen, und sie rief aus: „Lieber Bruder, ich bin überglücklich, Sie zu sehen! Steigen Sie doch bitte zu uns in die Kutsche." Er begriff sofort, erfüllte ihr Verlangen und umarmte die neue Schwester mit großer Zärtlichkeit.

Da Mrs. Hornbeck merkte, daß dieses Zusammentreffen ihre Begleiterin höchlichst befremdete und stark beunruhigte, erzählte sie Peregrine, um ihr den Verdacht zu benehmen und ihn auf seine Rolle vorzubereiten, sein Bruder – sie meinte damit ihren Mann – sei auf Anraten der Ärzte wegen seines schlechten Gesundheitszustands nach Spaa gereist, und sie habe das Vergnügen, ihm mitzuteilen, daß die Kur, nach seinem letzten Brief, bei ihm recht gut anschlüge. Der junge Herr bezeigte seine Zufriedenheit über diese Nachricht und machte mit der Miene brüderlicher Teilnahme die Bemerkung, wenn sein Bruder mit seiner Konstitution nicht ein wenig zu frei umgesprungen wäre, so hätten seine Freunde in England keine Ursache, seine Abwesenheit und seine zerrüttete Gesundheit zu beklagen, durch die er aus seinem Vaterland verbannt und von seinen Anverwandten ferngehalten würde. Sodann fragte er mit erkünsteltem Erstaunen, warum ihr Mann sie nicht mitgenommen habe, worauf sie ihm entgegnete, als zärtlicher Gatte habe er sie nicht den Beschwerlichkeiten einer Reise aussetzen wollen, die über fast himmelhohes Gebirge führe.

Nachdem die Zweifel der Duenja durch diese Einleitung zerstreut waren, lenkte Peregrine das Gespräch auf die Annehmlichkeiten des Ortes und fragte unter anderm die Frau Schwägerin, ob sie Versailles schon besucht habe. Dieses Versailles war ein Gasthaus am Kanal, etwa zwei Meilen von der Stadt, mit recht hübschen Gärten, die den Gästen offen standen. Als sie mit einem Nein antwortete, erbot er sich, sie sogleich dahin zu begleiten. Allein die Hofmeisterin, die bisher schweigend dagesessen hatte, wollte davon nichts hören und erklärte ihnen in gebrochenem Englisch, die Dame sei ihrer Obhut anvertraut, und sie könne sich Mr. Hornbeck gegenüber nicht rechtfertigen, wenn sie ihr erlaubte, einen so verdächtigen Ort zu besuchen. „Seien Sie deshalb unbesorgt, Madame", erwiderte der dreiste Liebhaber, „ich stehe für die Folgen ein und nehme es auf mich, Sie vor dem Unwillen meines Bruders zu schützen." Zugleich befahl er dem Kutscher, nach Versailles zu fahren, und ließ seinen eigenen Wagen unter der Aufsicht seines Kammerdieners nachkommen, während die alte Dame, düpiert durch sein sicheres Auftreten, sich seiner Autorität fügte.

An Ort und Stelle half Peregrine den Damen aus der Kutsche und machte dabei erstmals die Beobachtung, daß die Duenja lahm sei, ein Umstand, den er ohne Bedenken ausnützte; denn kaum waren sie ausgestiegen und hatten ein Glas Wein getrunken, so schlug er seiner Schwester einen Spaziergang durch den Garten vor. Und obwohl es der Begleiterin gelang, sie fast immer im Auge zu behalten, war es ihnen doch möglich, sich heimlich auszusprechen, und Pickle erfuhr nun, daß der wahre Grund, warum ihr Mann sie während seiner Reise nach Spaa in Brüssel zurückgelassen habe, seine Furcht vor den Badegästen und dem dort herrschenden ungezwungenen Ton gewesen sei, Gefährlichkeiten, denen der eifersüchtige Mensch sie nicht aussetzen wage, ferner, daß sie drei Wochen in einem Kloster zu Ryssel habe wohnen müssen und von ihm dann aus freien Stücken wieder herausgeholt worden wäre, weil er nicht länger ohne ihre Gesellschaft hätte leben können. Schließlich sagte sie ihm noch, ihre Aufseherin, ein wahrer Drache, sei ihrem Gatten von einem spanischen Kaufmann empfohlen worden, dessen Weib sie bis an ihren Tod bewacht hätte; ob aber die Treue der Alten Geld und geistigen Getränken gegenüber probefest genug sei, bezweifle sie sehr. Peregrine versicherte ihr, dieses Experiment solle gemacht werden, bevor sie von hier wieder abführen; und sie wurden einig, die Nacht in Versailles zuzubringen, falls er mit seinen Bemühungen Erfolg hätte.

Nachdem sie so lange herumspaziert, bis die Lebensgeister der Duenja ziemlich erschöpft waren und sie sich somit eher geneigt fühlte, sie durch ein Glas Likör zu kräftigen, kehrten sie ins Haus zurück, und die Herzstärkung wurde angepriesen und in einem vollen Glas angenommen. Da aber das Mittel nicht so verfing, wie Peregrine in seinen feurigen Hoffnungen erwartet hatte, und die Alte darauf hinwies, daß es schon ziemlich spät sei und die Stadttore in kurzem geschlossen würden, füllte er zum Abschied nochmals ein Glas und tat ihr mit einem gleich großen Bescheid. Ihr Blut war viel zu kalt und nicht einmal durch diese außerordentliche Dosis zu erwärmen, die sich im Gehirn unseres jungen Herrn jedoch sofort auswirkte. In seiner übermütigen Laune überschüttete er diesen weiblichen Argus mit einem solchen Schwall von Artigkeiten, daß sie mehr durch seine Worte als durch den genossenen Likör berauscht wurde. Als er bei seinen weitern Tändeleien eine Börse in ihren Ausschnitt fallen ließ, schien sie zu vergessen, daß die Nacht heranrückte, und willigte unter Zustimmung ihrer Pflegebefohlenen in seinen Vorschlag ein, das Nachtessen zu bestellen.

Damit hatte unser Abenteurer schon viel gewonnen; aber es wurde ihm bald klar, daß die Duenja gar nicht erfaßte, was er eigentlich wollte, und seine Liebesbeteuerungen als persönlichen Erfolg buchte. Dieser irrtümlichen Meinung gegenüber half nur eins, ihr nämlich mit der Flasche so lange zuzusetzen, bis sie nichts mehr unterscheiden konnte; und so ließ Pickle denn die Gläser immer und immer wieder klingen. Sie zechte aber wacker mit, und zwar ohne eine Spur von Trunkenheit zu verraten, während es ihm selbst schließlich vor den Augen zu flimmern begann und er fühlte, daß er zu allen Liebesgeschäften wirklich untauglich sein würde, noch bevor er seinen Zweck erreicht habe. Daher nahm er Zuflucht zu seinem Kammerdiener, der sofort im Bilde war und sich gerne dazu bereit fand, die Rolle durchzuführen, die sein Herr bis jetzt gespielt hatte. Das war also glücklich erledigt, und da es ungleich weiter vom Abend als vom Morgen war, benützte Peregrine eine günstige Gelegenheit, seiner betagten Dulzinea gar holdselig das Versprechen ins Ohr zu flüstern, er werde sie besuchen, sobald seine Schwester sich in ihre Kammer zurückgezogen habe, und fügte dann die dringende Bitte hinzu, sie möchte doch die Türe nicht abriegeln.

Als er ihr diesen freundlichen Wink gegeben hatte, begleitete er Mrs. Hornbeck bis zu ihrem Zimmer und schärfte ihr die nämliche Vorsichtsmaßregel ein; und kaum herrschten Dunkel und Stille im Hause, so steuerten er und sein treuer Knappe ihren verschiedenen Zielen zu. Es wäre alles nach Wunsch abgelaufen, hätte der Kammerdiener sich an der Seite seiner „Geliebten" nicht vom Schlaf übermannen lassen und, durch einen fürchterlichen Traum geängstigt, laut aufgeschrien, und zwar mit einer Stimme, die derjenigen ihres vermeintlichen Verehrers so unähnlich war, daß sie den Unterschied sogleich bemerkte. Sie weckte ihn deshalb durch Kneifen und Kreischen auf, drohte, ihn wegen Notzucht zu verklagen, und belegte ihn mit all den Ehrentiteln, die Wut und Enttäuschung ihr nur eingeben konnten.

Der Franzmann, auf diese Weise entlarvt, bewahrte kühles Blut und benahm sich sehr geschickt. Er bat sie, sich zu fassen um ihres eigenen guten Namens willen, der ihm äußerst wert sei, und beteuerte, er habe die unbegrenzteste

Hochachtung vor ihrer Person. Seine Vorstellungen machten Eindruck auf die Duenja. Bei einigem Nachdenken begriff sie, wie die Dinge zusammenhingen, und glaubte, es liege in ihrem Interesse, einen Vergleich zu schließen. Sie ließ daher die Entschuldigungen ihres Bettkameraden gelten, wenn er ihr verspräche, die Schmach, die ihr zugefügt worden sei, durch eine Heirat zu tilgen. In diesem Punkt beruhigte er sie durch wiederholte Gelübde, die er mit erstaunlicher Zungenfertigkeit ablegte, allerdings ohne die geringste Absicht, auch nur eines davon zu halten.

Peregrine war durch ihr Geschrei erschreckt worden und zur Türe gerannt, um nötigenfalls den Vermittler zu spielen. Als er aber hörte, daß die Angelegenheit gütlich beigelegt wurde, kehrte er wieder zu seiner Geliebten zurück, die sich an dieser Geschichte höchlichst ergötzte, weil sie voraussah, daß sie in Zukunft von seiten ihrer gestrengen Hüterin keine Schwierigkeiten oder Hinweise zu befürchten haben werde.

60

Hornbeck hat von der Liebschaft Peregrines mit seiner Frau erfahren und will sich heimtückischerweise an ihm rächen. Pickle kommt dahinter und fordert ihn. Was dies für Folgen hat.

Es gab indessen noch eine Person, die erst gewonnen sein wollte, und dies war niemand anders als ihr Lakai. Unser Held wollte sich am folgenden Morgen dessen Verschwiegenheit durch ein hübsches Geldgeschenk sichern, und es wurde auch mit vielen Worten der Dankbarkeit und Dienstbarkeit angenommen. Allein diese Gefälligkeit war nur ein Deckmantel, unter dem der Kerl sein Vorhaben verbarg, seinen Herrn von dem ganzen Handel in Kenntnis zu setzen. Dieser Mensch war in Wirklichkeit dazu gedungen, nicht nur seiner Herrin nachzuspionieren, sondern auch auf das Betragen der Duenja ein wachsames Auge zu haben, und es war ihm eine ansehnliche Belohnung zugesagt, falls er in deren Aufführung etwas Unrechtes oder Verdächtiges entdecken würde. Den andern Bedienten, den sie aus England mitgebracht, hatte der Herr bei sich behalten; denn dieser hatte sich Hornbecks Vertrauen dadurch verscherzt, daß er ihm riet, er solle seine Gemahlin, über deren Liederlichkeit er in Wut geraten war, durch Güte und Milde zu bessern suchen.

Kraft seines Amtes schrieb also der flämische Diener mit der ersten Post an Hornbeck. Er schilderte ihm das Abenteuer zu Versailles in aller Ausführlichkeit und entwarf von dem angeblichen Bruder ein so genaues Bild, daß der Herr Gemahl den früheren Entehrer seines Bettes gar nicht verkennen konnte. Das brachte ihn so auf, daß er beschloß, diesem Räuber einen Hinterhalt zu legen und es ihm ein und für allemal unmöglich zu machen, seine Ruhe zu stören und weiterhin mit seiner Frau Gemeinschaft zu pflegen.

Unterdessen genoß das Pärchen ungehemmt die Freuden der Liebe, und Peregrine schob seinen Plan, nach seiner teuern Unbekannten zu forschen, vorderhand auf. Seine geheimnisvollen Gänge befremdeten die Reisegefährten, und Jolters Herz wurde von Angst und Schrecken erfüllt. Dieser umsichtige Führer, der den Charakter seines Zöglings ja kennengelernt hatte, zitterte aus Furcht vor einem plötzlichen Unglück und lebte in ständiger Unruhe, gerade wie ein Mann, der unter der Mauer eines wankenden Turmes steht. Und seine Besorgnis wurde nicht vermindert, als ihm Peregrine auf die Mitteilung, daß der übrige Teil der Gesellschaft nach Antwerpen abreisen möchte, zur Antwort gab, sie sollten ganz nach Belieben handeln, er seinerseits jedoch sei entschlossen, noch einige Tage in Brüssel zu bleiben. Diese Erklärung bestätigte dem Hofmeister, daß wieder eine Liebschaft im Gange sein müsse. In der Bitterkeit seines Verdrusses gestattete er sich die Freiheit, seinen Argwohn zu äußern und den jungen Herrn an so manches gefährliche Dilemma zu erinnern, in das er durch seine Unüberlegtheit schon geraten war.

Peregrine nahm ihm diese Warnung nicht übel und versprach, so behutsam zu Werke zu gehen, daß er hinfort vor allen mißlichen Folgen sicher wäre, bewies aber noch am selben Abend durch sein Betragen, daß seine Vorsicht nichts als bloße Theorie sei. Er hatte eine Verabredung getroffen, die Nacht wie gewöhnlich bei Mrs. Hornbeck zuzubringen, und eilte ungefähr um neun Uhr nach ihrer Wohnung, als ihn sein alter Freund Tom Pipes, den er weggejagt hatte, auf der Straße anredete und ohne lange Einleitung zu ihm sagte, wenn er ihn gleich vor Wind und Wellen habe treiben lassen, könne er doch nicht zusehen, wie er mit vollen Segeln in den feindlichen Hafen einlaufe, ohne ihn beizeiten vor der drohenden Gefahr zu warnen. „Ich will Ihnen was sagen dhun", fuhr er fort, „Sie glauben vielleicht, ich wolle mich nur wieder bei Ihnen einschustern, damit Sie mich sollen hinter sich bugsieren lassen. Nein, meiner Seel! Da kalkulieren Sie falsch. Ich bin alt genug, an Land aufgebracht zu werden, vermag's, meine Planken wasserdicht zu halten. Aber die Sache ist die; ich hab Sie gekannt, wie Sie nicht größer waren als ein Marlpfriem und möcht's nicht gern sehen, wenn Sie in so jungen Jahren um Ihr Takelwerk kämen. Heut nach dem Essen stieß ich zufällig auf Hornbecks Burschen, und der erzählte mir, sein Herr sei dahintergekommen, daß Sie bei seiner Frau an Bord liegen dhun. Drum war er insgeheim mit einem ganzen Troß von Helfershelfern in diesen Hafen gesteuert, sehn Sie, um Sie zu fangen, wenn Sie unter den Luken sind. Haben Sie nun Lust, ihm einen Aal recht aus dem Salz zum Abendbrot aufzutischen, so bin ich hier völlig parat und willig, Ihnen beizustehn, solange meine Steven, Inhölzer und Querbalken zusammenhalten dhun, und spitz ich dabei auf irgendeine Belohnung, so will ich meiner Lebtage nix wie Schiffsfaden fressen und Bilgewasser saufen."

Peregrine stutzte bei dieser Mitteilung und erkundigte sich eingehend über das Gespräch mit dem Bedienten, und als er erfuhr, daß Hornbeck durch den flämischen Lakaien informiert worden sei, glaubte er jedes Wort in Toms Bericht. Er dankte ihm für seine Warnung, tadelte ihn wegen seiner Ungezogenheit zu Ryssel und versicherte ihm sodann, es werde nur seine eigene Schuld sein, wenn sie sich je wieder voneinander trennten.

Hierauf ging er mit sich zu Rate, ob er Hornbeck Gleiches mit Gleichem vergelten solle oder nicht. Als er jedoch erwog, daß Hornbeck eigentlich nicht der angreifende Teil sei, und sich in die Lage des unglücklichen Gatten versetzte, mußte er ihm das Recht auf Rache zubilligen, obgleich er der Meinung war, es hätte diese Absicht auf eine ehrenvollere Art verfolgt werden sollen. Deshalb beschloß er, ihn für seine Feigheit zu züchtigen. Es kann sicher nichts unverschämter und ungerechter sein als dieser Entschluß, einen Menschen deshalb zu strafen, weil er nicht genug Mut besaß, Sühne zu fordern für das, was er selbst seinem guten Namen und seiner Ruhe angetan hatte; und doch ist eine solch barbarische Handlung durch Wahn und Gewohnheit bei den Menschen geheiligt worden.

Pickle kehrte also nach dem Wirtshaus zurück, steckte ein Paar Pistolen zu sich und hieß seinen Kammerdiener und Pipes ihm in einiger Entfernung folgen, damit er sie nötigenfalls rufen könnte. Er selbst stellte sich ungefähr dreißig Schritt weit von der Türe seiner Dulzinea auf. Hier hatte er etwa eine halbe Stunde lang gestanden, als er beobachtete, wie auf der andern Seite der Straße vier Männer ihre Posten bezogen, die, wie er vermutete, darauf lauerten, daß er hineinginge, um ihn alsdann unversehens zu überfallen. Nachdem sie aber eine Zeitlang in ihrem Winkel gelegen hatten, ohne die Früchte ihrer Erwartung einzuernten, war ihr Anführer überzeugt, daß sich der Galan auf irgendeine geheime Art Zutritt verschafft habe, und näherte sich mit seinen Leuten der Türe. Kaum fanden sie diese offen, so stürzten sie ihrer Vorschrift gemäß hinein, während ihr Auftraggeber auf der Straße lauerte, weil er sich dort am sichersten glaubte. Als unser Abenteurer nun sah, daß jener allein war, trat er rasch auf ihn zu, setzte ihm die Pistole auf die Brust und befahl ihm mitzukommen, und zwar ohne Lärm zu schlagen, sonst sei er auf der Stelle ein Kind des Todes.

Voll Schreck über diese plötzliche Erscheinung gehorchte Hornbeck stillschweigend, und in wenigen Minuten kamen sie auf dem Kai an, wo Pickle haltmachte, dem Herrn zu verstehen gab, sein schwarzes Vorhaben wäre ihm bekannt, und hinzufügte, wenn er sich irgendwie von ihm beleidigt glaube, so wolle er ihm jetzt Gelegenheit bieten, den Schimpf auf die Art eines Mannes von Ehre zu ahnden. „Sie haben einen Degen bei sich", fuhr er fort, „oder, wenn es Ihnen nicht paßt, die Sache auf diese Weise auszufechten, so sind hier zwei Pistolen; wählen Sie eine davon." Eine solche Anrede mußte einem Mann von Hornbecks Charakter jegliche Fassung rauben. Nach einigem Stocken leugnete er stammelnd, daß es seine Absicht gewesen sei, Mr. Pickle zu verstümmeln; er habe jedoch den Rechtsweg beschreiten und eine Scheidung durchsetzen wollen, wenn er offenbare Beweise für die Untreue seiner Frau hätte erhalten können, und deshalb habe er Leute mitgenommen, um dann auf Grund von deren Aussagen vorzugehen. Was die Alternative anbetraf, so lehnte er sie gänzlich ab; er sähe nicht ein, sagte er, was für eine Genugtuung es ihm sein sollte, sich von einer Person durch den Kopf schießen oder den Degen durch die Lunge stoßen zu lassen, die ihn bereits so schwer gekränkt habe, daß es nicht wiedergutzumachen sei. In seiner Angst schlug er zuletzt vor, die Sache dem Entscheid von zwei Biedermännern anheimzustellen, die am Streit vollkommen unbeteiligt wären.

Auf diese Einwände erwiderte Peregrine im Tone eines jungen Hitzkopfs, der sich seines unverantwortlichen Betragens wohl bewußt ist, jeder Gentleman sei der eigene Richter über seine Ehre. Daher werde er sich nicht dem Urteil eines Schiedsmanns unterwerfen, wer er auch wäre. Seinen Mangel an Mut wolle er ihm nicht verargen; das wäre vielleicht eine angeborene Schwäche, seine niederträchtige Heuchelei aber könne er ihm nicht verzeihen; und da er über den schurkischen Zweck seines Hinterhalts aufs zuverlässigste unterrichtet sei, wolle er ihm sein Verräterstück zwar nicht mit gleicher Münze lohnen, ihn aber so schnöde behandeln, wie ein Schuft es verdiene, wenn er sich nicht bemühe, den Charakter zu behaupten, den er in der Gesellschaft trüge. Mit diesen Worten bot er ihm wieder seine

Pistolen an, und als Hornbeck sie wie zuvor ausschlug, rief er seine beiden Diener und befahl ihnen, den Herrn in den Kanal zu tunken.

Dieser Auftrag wurde fast in einem Atemzuge erteilt und ausgeführt, zum unaussprechlichen Schrecken des armen Teufels, der am ganzen Leib schlotterte. Als die Taufe vorbei war, rannte er, naß wie eine Ratte, umher und rief kreischend um Hilfe und Rache. Die Scharwache, die von ungefähr vorbeikam, hörte sein Geschrei, nahm ihn unter ihren Schutz und verfolgte auf seine Klage und Anzeige hin unsern abenteuernden Ritter und seinen Anhang und holte sie auch bald ein. So hitzig und unbesonnen unser junger Herr auch sein mochte, wagte er es doch nicht, einer Rotte Soldaten zu trotzen, obgleich Pipes bei ihrem Anrücken seinen Hirschfänger gezogen hatte, sondern ergab sich ohne allen Widerstand und wurde auf die Hauptwache gebracht, wo der kommandierende Offizier, dem Pickles Erscheinung und Benehmen gefielen, ihn mit der größten Achtung behandelte und, nachdem er die nähern Einzelheiten erfahren hatte, ihm versicherte, der Prinz werde den Vorfall als eine *tour de jeunesse* betrachten und ihn unverzüglich wieder auf freien Fuß setzen.

Als dieser Herr am nächsten Morgen dem Gouverneur Rapport erstattete, entwarf er von dem Gefangenen ein so günstiges Bild, daß unserm Helden schon die Freiheit winkte, als Hornbeck eine Klage einreichte, in der er ihn meuchelmörderischer Absichten beschuldigte und um eine solche Bestrafung dieses Menschen nachsuchte, wie Seine Hoheit sie der Natur des Verbrechens für angemessen erachte. Der Prinz war über dieses Gesuch betroffen, weil er voraussah, daß er demnach einem britischen Untertan Unannehmlichkeiten bereiten müsse. Er sandte dann zum Kläger, der ihm einigermaßen bekannt war, und ermahnte ihn in Person, die Klage zurückzuziehen, die ja nur dazu diene, die Kunde von seiner eigenen Schande zu verbreiten. Allein Hornbeck war viel zu erbittert, um einem solchen Vorschlag Gehör zu schenken, und verlangte, daß man dem Gefangenen den Prozeß mache, und stellte ihn als einen obskuren Abenteurer hin, der ihn wiederholt in seiner Ehre gekränkt und ihm nach dem Leben getrachtet habe. Prinz Karl sagte ihm, er habe ihm bis jetzt als Freund geraten; da er aber darauf bestehe, daß er als Richter handle, so solle die Angelegenheit untersucht und nach Recht und Wahrheit entschieden werden.

Mit diesem Versprechen wurde der Kläger entlassen und nun der Beklagte dem Richter vorgeführt, dessen Voreingenommenheit für Peregrine durch das, was sein Gegner gegen seine Geburt und gegen seinen guten Namen gesagt hatte, stark erschüttert worden war.

61

Peregrine wird wieder in Freiheit gesetzt. Jolter gerät durch dessen geheimnisvolles Betragen in nicht geringe Verlegenheit. Zwischen dem Dichter und dem Maler entsteht ein Streit, der durch ihre Reisegefährten wieder beigelegt wird.

An einigen Ausdrücken, die dem Prinzen entfuhren, merkte Pickle, daß man ihn für einen Meuchelmörder und einen Betrüger hielt. Er bat daher um die Erlaubnis, nach einigen Urkunden schicken zu dürfen, mit denen er wahrscheinlich seinen Ruf gegen die boshaften Verleumdungen seines Gegners verteidigen könne. Dies wurde bewilligt, und er schrieb nun einen Brief an seinen Hofmeister, in dem er ihn ersuchte, ihm die Empfehlungsschreiben des britischen Gesandten zu Paris und alle andern Papiere zu bringen, die nach seiner Meinung ihn von einer vorteilhaften Seite zeigen könnten.

Dieses Briefchen wurde einem der wachthabenden Subalternoffiziere übergeben, der damit in den Gasthof eilte und dort Mr. Jolter zu sprechen verlangte. Pallet, der zufällig an der Türe stand, als dieser Bote ankam, und ihn nach dem Hofmeister fragen hörte, rannte flugs in dessen Zimmer und teilte ihm ganz verstört mit, daß ein langer Schlagtot von einem Soldaten mit einem ungeheuern Schnurrbart und einer Pelzmütze, so groß wie ein Scheffel, sich nach ihm erkundige. Bei dieser Nachricht fing der arme Hofmeister zu zittern und zu beben an, obwohl er sich nicht bewußt war, irgend etwas getan zu haben, wodurch der Staat hätte aufmerksam werden sollen. Als der Offizier sich an seiner Stubentüre sehen ließ, nahm seine Bestürzung dermaßen zu, daß sein ganzes Wahrnehmungsvermögen zu schwinden schien, und der Subalternoffizier wiederholte seinen Auftrag dreimal, ehe jener ihn begreifen wollte oder es wagte, den ihm dargebotenen Brief zu berühren. Endlich raffte er all seine Seelenstärke zusammen und las das Billett, und nunmehr verwandelte sich sein Schreck in bange Besorgnis. Seine phantastische Ängstlichkeit gab ihm sofort den Gedanken ein, Peregrine säße wegen irgendeines Frevels, den er begangen hätte, in einem tiefen Kerker. In heftiger Aufregung lief er zu seinem Koffer, zog ein Bündel Papiere heraus und folgte seinem Führer. Der Maler, dem er angedeutet hatte, was er befürchte, begleitete ihn. Als sie durch die Wache gingen, die unter Gewehr stand, erstarb den beiden das Herz im Leib, und als sie vor den Gouverneur traten, malte sich in Jolters Gesicht eine solch entsetzliche Angst, daß der Prinz bewogen wurde, ihn durch die Versicherung aufzurichten, er habe nichts zu befürchten. Auf diese Weise getröstet, sammelte er sich so weit, daß er seinen Zögling begriff, als dieser ihn aufforderte, die Briefe des Gesandten vorzulegen, und da einige davon unverschlossen waren, wurden sie von Seiner Hoheit sogleich gelesen. Der Gouverneur kannte sowohl den Schreiber als auch verschiedene der vornehmen Herren, an welche sie adressiert waren. Diese Empfehlungen atmeten alle eine solche Wärme und stellten unsern jungen Herrn in ein so günstiges Licht, daß der Prinz, überzeugt davon, es sei dessen Charakter durch die falschen Aussagen Hornbecks Unrecht geschehen, Pickle bei der Hand faßte, ihn wegen der Zweifel, die er in bezug auf seine Rechtschaffenheit gehegt hatte, um Verzeihung bat, ihn augenblicklich für frei erklärte, die Verhaftung seiner Diener aufzuheben befahl und ihm seinen Schutz und Beistand anbot, solange er in den österreichischen Niederlanden verweilen würde. Zugleich warnte er ihn vor unbesonnenen Liebeshändeln und ließ sich von ihm sein Ehrenwort geben, daß er während seines dortigen Aufenthalts an Hornbecks Person auf keinerlei Weise Rache nehmen wolle.

So ehrenvoll freigesprochen, dankte der Sünder dem Prinzen höchst respektvoll für seinen Edelmut, seine Milde und seine offenen Worte und entfernte sich mit seinen beiden Freunden. Diese waren über alles, was sie gehört und gesehen hatten, nicht wenig erstaunt und verblüfft, und die ganze Sache lag noch immer außerhalb der Sphäre ihres Begriffsvermögens, der sie durch das unerklärliche Erscheinen des Pipes, welcher am Schloßtore mit dem Kammerdiener zu ihnen stieß, keineswegs nähergerückt wurden. Wäre Jolter ein Mann von üppiger Einbildungskraft gewesen, so hätte er sein Hirn durch die Untersuchung des geheimnisvollen Treibens seines Zöglings unbedingt überanstrengt, das er trotz eifrigen Bestrebungen nicht enträtseln konnte. Allein sein Verstand war zu solide, um durch Fehlgeburten seiner Phantasie angegriffen zu werden, und da Peregrine es nicht für geraten hielt, ihm den Grund seiner Verhaftung zu nennen, begnügte er sich damit, anzunehmen, es sei wohl eine Frau im Spiel.

Der Maler, dessen Phantasie beweglicher war, erging sich in tausend wunderlichen Vermutungen, die er Peregrine gegenüber versteckt andeutete, in der Hoffnung, durch dessen Antworten und Benehmen die Wahrheit zu erfahren. Der junge Mann jedoch, der ihn erst recht auf die Folter spannen wollte, wich seinen Fragen mit so offensichtlicher Beflissenheit und Kunst aus, daß seine Neugier, statt Befriedigung zu finden, nur noch größer und seine Ungeduld dermaßen erregt wurde, daß es in seinem Kopf zu spuken begann.

Da war Peregrine denn genötigt, dieser Verwirrung entgegenzuwirken, und zwar tat er dies, indem er ihm vertraulich mitteilte, er sei als Spion arretiert gewesen. Für Pallet war dieses Geheimnis noch weit unerträglicher als seine vorige Ungewißheit. In der Absicht, sich der beschwerlichen Last zu entledigen, rannte er von einem Zimmer zum andern, wie eine Gans, wenn ein Ei sie drückt. Allein, Jolter hatte gerade eine Unterredung mit seinem Zögling, und allen übrigen Leuten im Hause war die Sprache, die er als einzige sprechen konnte, fremd. Er mußte sich daher, so sauer es ihn auch ankam, an den Doktor wenden, der sich eben um diese Zeit eingeschlossen hatte. Nach vergeblichem Klopfen an der Tür guckte er durch das Schlüsselloch und sah den Doktor an einem Tische sitzen, mit der Feder in der Hand, Papiere vor sich, den Kopf in die andere Hand gestützt und die Augen starr gegen die Decke gerichtet, als wenn er in Verzückung wäre. Der Maler meinte, der Arzt sei von Krämpfen befallen, und bemühte sich, die Türe aufzusprengen, und das machte er so geräuschvoll, daß der Doktor aus seiner Träumerei erwachte. Voller Entrüstung über diese unangenehme Störung sprang der dichtende Republikaner auf, öffnete die Türe, und kaum wurde er gewahr, wer ihn belästigt hatte, so schlug er sie wütend Pallet vor der Nase wieder zu und verfluchte ihn wegen seiner unverschämten Zudringlichkeit, durch die er der wonnevollsten Vision beraubt worden sei, die je eines Menschen Phantasie beglückt habe. Es wäre ihm gewesen, so erzählte er nachher Peregrine, als wandle er durch die blumenreiche Aue am Fuße des Parnassus. Da sei ihm ein ehrwürdiger Weiser begegnet, den er an dem göttlichen Feuer, das in seinen Augen leuchtete, sofort als den unsterblichen Pindar erkannt habe. Von Ehrfurcht und Scheu überwältigt, habe er sich augenblicklich vor der Erscheinung niedergeworfen. Der selige Sänger aber habe ihn bei der Hand ergriffen, sanft aufgehoben und ihm mit Worten, süßer als der Honig vom Hybla, zu verstehen gegeben, er sei unter den Neueren der einzige, den jener göttliche Geist beseele, der ihn selbst inspirierte, als er seine am meisten bewunderten Oden verfaßt habe. Hierauf habe er ihn auf den heiligen Hügel geführt, ihn überredet, aus dem Born der Hippokrene einen vollen Zug zu tun, und ihn dann den neun Schwestern vorgestellt, die seine Schläfe mit Lorbeerzweigen bekränzten.

Kein Wunder also, daß er ganz rasend war, sich einer so erhabenen Gesellschaft plötzlich entrissen zu sehen. Er tobte und schmähte den Eindringling, wobei er sich des

Griechischen bediente. Der aber war so erfüllt von seinem Vorhaben, daß er die erlittene Beschimpfung nicht achtete, sich an die Symptome des Mißvergnügens des Arztes nicht kehrte, seinen Mund an die Tür legte und ihm voller Eifer zurief: „Ich will jede Wette halten, daß ich die wahre Ursache von Mr. Pickles Gefangennahme erraten habe." Diese Herausforderung blieb unbeantwortet. Pallet wiederholte sie und fügte hinzu: „Vermutlich bilden Sie sich ein, er sei wohl wegen eines Zweikampfs oder wegen Beleidigung eines vornehmen Herrn, oder weil er bei eines anderen Mannes Weibe geschlafen hat, oder wegen irgend so etwas in Haft genommen worden. Ärger aber haben Sie sich wahrlich in Ihrem Leben nicht geschnitten! Ich setze meine Kleopatra gegen Ihren Homerkopf, daß Sie in vierundzwanzig Stunden den wirklichen Grund nicht herausbringen sollen."

Der Liebling der Musen war über die lästige Beharrlichkeit des Malers höchst erbittert. Er dachte, dieser sei gekommen, um ihn zu frozzeln und zu beleidigen. „Ich wollte dem Äskulap einen Hahn opfern", sagte er, „wenn ich sicher wäre, daß man jemanden darum gefangensetzt, weil er einen so langweiligen Goten, wie Ihr einer seid, von der Oberfläche des Erdbodens vertilgt hat. Was nun Eure so hochgepriesene Kleopatra betrifft, die, wie Ihr sagt, nach Eurem eigenen Weibe gemalt ist, so glaube ich, daß die Kopie gerade soviel vom τὸ καλὸν an sich hat wie das Original. Wäre es aber mein, so hängte ich es im Tempel der Cloacina auf als das Gemälde dieser Göttin; denn jedes andere Gemach würde durch dieses Bild verunziert werden." „Hören Sie, Sir", antwortete Pallet, der durch die verächtliche Erwähnung seines Lieblingsstückes auch in Wut geriet, „von meinem Weibe mögen Sie so frei sprechen, als Ihnen gefällig ist, aber von meinen Werken verbitte ich mir das. Sie sind die Kinder meiner Phantasie, mit glühender Inspiration empfangen und durch die Kunst meiner Hände gebildet. Und was Euch betrifft, so seid Ihr, Sir, selbst ein Gote, ein Türke, ein Tatar und obendrein ein unverschämter, großsprecherischer Maulaffe, so unehrerbietig von einem Produkt zu reden, das, wenn es beendet ist, nach dem Ausspruch aller jetzt lebenden Kenner ein Meisterwerk in seiner Art sein und dem menschlichen Geiste und der Kunst zur Ehre gereichen wird. Ich sage Euch nochmals und abermals und kümmere mich nicht drum, ob Euer Freund Playtor mich hört, Ihr habt nicht mehr Geschmack als ein Kärrnerpferd, und Eure törichten Begriffe von den Alten sollten Euch mit einem tüchtigen Prügel ausgetrieben werden, damit Ihr Männern von Talent mit mehr Hochachtung begegnen lernt. Vielleicht werdet Ihr Euch nicht immer bei Leuten befinden, die Hilfe herbeirufen, wenn Ihr für Eure Frechheit gezüchtigt werden sollt, wie ich es tat, als Ihr den Unwillen des Schotten gegen Euch reiztet, der Euch, bei Gott, tüchtig würde gepfeffert haben, wie Falstaff sagt, hätte ihn der französische Offizier nicht in Arrest geschickt."

Auf diese Deklamation, die zum Schlüsselloch hinein gehalten wurde, versetzte der Arzt, er, der Maler, stehe so unendlich tief unter ihm, daß er ihn nicht der mindesten Rücksicht würdigen könne. Sein Gewissen werfe ihm keine Tat in seinem ganzen Leben vor als die, daß er einen so elenden Burschen zu seinem Gesellschafter und Reisegefährten gewählt habe. Er habe dessen Charakter durch die Brille der Güte und des Mitleids betrachtet, und das habe ihn bewogen, Pallet eine Gelegenheit zu verschaffen, sich unter seiner unmittelbaren Anweisung neue Ideen zu erwerben. Er habe jedoch seine Gutmütigkeit und Nachsicht auf eine so abscheuliche Art mißbraucht, daß er nunmehr fest entschlossen sei, ihn gänzlich aus seinem Bekanntenkreis zu verbannen, und er bäte ihn, sich jetzt zu packen, sonst würde er ihn für seine Anmaßung mit Fußtritten züchtigen.

Pallet war zu sehr entrüstet, um sich durch diese Drohung in Furcht jagen zu lassen. Er erwiderte sie ungemein scharf und giftig und forderte ihn auf herauszukommen, damit man sehen könne, wer in dieser Schuhgymnastik am geschicktesten sei. Darauf begann er sogleich, sie mit derartigem Gepolter an der Türe anzuwenden, daß der Lärm zu Pickles und seines Hofmeisters Ohren drang. Beide eilten auf den Gang hinaus, und da Peregrine den Maler solchermaßen beschäftigt sah, fragte er ihn, ob er die Nachttöpfe zu Aalst schon vergessen habe. Er betrage sich wenigstens so, daß es scheine, als verlange ihn wieder nach dieser Arznei.

Sobald der Doktor merkte, daß Gesellschaft bei der Hand sei, öffnete er augenblicklich die Tür und sprang wie ein Tiger auf seinen Gegner los. Zum unendlichen Vergnügen unseres Helden würde es eine heftige Schlägerei gegeben haben, hätte sich nicht Jolter unter augenscheinlicher Gefahr für seine Person dazwischengeschlagen und teils durch Gewalt, teils durch Ermahnungen das Treffen verhindert, bevor es recht angefangen hatte. Nachdem er ihnen vordemonstriert hatte, wie unanständig es für Landsleute sei, auf eine so pöbelhafte Art in einem fremden Lande handgemein zu werden, bat er sie, ihn die Ursache ihrer Uneinigkeit wissen zu lassen, und trug ihnen seine Dienste als Vermittler an. Da Peregrine sah, daß die Fehde ein Ende hatte, drückte er sich in ähnlichem Sinne aus, und als es der Maler aus leicht begreiflichen Gründen ablehnte, den Fall auseinanderzusetzen, erzählte sein Widersacher dem jungen Manne, wie er durch Pallets unverschämte Zudringlichkeit auf eine höchst kränkende Weise gestört worden sei und schilderte ihm das Gesicht, das er gehabt hatte, in allen Einzelheiten, wie es oben bereits dargelegt worden ist. Der Schiedsrichter gestand ein, daß man ein solches Ärgernis nicht so ruhig hinnehmen könne, und tat den Ausspruch, der Beleidiger müsse für sein Vergehen auf die eine oder andere Art Genugtuung leisten. Dagegen wandte der Maler ein, daß er geneigt gewesen wäre, Genugtuung zu geben, wenn der Arzt seinem Mißvergnügen so Ausdruck verliehen hätte, wie es einem Gentleman gezieme. Jetzt aber habe der Kläger durch die vulgäre Art, auf die er ihn und seine Arbeiten verunglimpft habe, alle Ansprüche auf Nachgiebigkeit verscherzt. „Und hätte ich Lust gehabt", setzte er hinzu, „seine ehrenrührigen Beleidigungen zu erwidern, so würde ich in den Werken des Republikaners hinlänglich Stoff gefunden haben, ihn zu kritisieren und lächerlich zu machen."

Nach diesem Wortstreit und manchen Vorstellungen wurde endlich unter der Bedingung Friede geschlossen, daß der Doktor in Zukunft die Kleopatra nicht mehr erwähne, wofern er nichts zu ihrem Lobe zu sagen habe, und der Maler, weil er der angreifende Teil gewesen sei, ein Bild von der Vision des Arztes entwerfen solle, damit man dieses in Kupfer stechen und der nächsten Ausgabe seiner Oden voransetzen könne.

62

Unsere Reisenden gehen nach Antwerpen. Der Maler läßt daselbst seinem ganzen Enthusiasmus freien Lauf.

Als alle Bemühungen unseres Abenteurers, seine Amanda wiederaufzufinden, zuschanden gemacht worden waren, schenkte er endlich den Worten seines Hofmeisters und seiner Reisegefährten Gehör. Alle hatten ihren Aufenthalt in Brüssel bloß ihm zuliebe um mindestens sechs Tage verlängert. Sie mieteten zwei Postchaisen nebst drei Reitpferden, verließen die Stadt in der Frühe, speisten in Mecheln zu Mittag und kamen um acht Uhr abends im ehrwürdigen Antwerpen an. Während dieser Tagereise waren Pallets Lebensgeister in ungewöhnlich lebhafter Wallung, weil er Aussicht hatte, den Geburtsort von Rubens zu sehen, für den er eine enthusiastische Bewunderung an den Tag legte. Er schwur, das Vergnügen, das er empfände, käme dem Vergnügen eines Muselmannes gleich, der nur noch einen Tag auf seiner Pilgerschaft nach Mekka vor sich habe, und er betrachte sich schon als einen geborenen Antwerpener, da er mit ihrem Landsmann, mit dem sie sich mit Fug und Recht so brüsteten, so gut bekannt sei, und da er von ihm abstamme, wie er in gewissen Momenten zu glauben sich nicht enthalten könne; denn sein Pinsel ahme die Manier dieses großen Mannes mit erstaunlicher Leichtigkeit nach, und seinem Gesicht fehle nichts als ein Schnauz- und ein Kinnbart, um das leibhaftige Ebenbild des Flamen vorzustellen. Auf diese Ähnlichkeit, versicherte er, sei er so stolz, daß er, um sie noch auffallender zu machen, einstmals in seinem Leben beschlossen hätte, sein Gesicht vor dem Schermesser heilig zu bewahren. Auch sei er diesem Vorsatz treu geblieben, obwohl Mrs. Pallet, die eben damals schwanger gewesen sei, ihn deswegen ständig getadelt und ihm gesagt habe, er sehe so scheußlich aus, daß sie alle Augenblicke eine unzeitige Niederkunft befürchten müsse. Schließlich aber habe sie ihm mit dürren Worten gedroht, sie würde ihm den gesunden Verstand abstreiten und sich an den Kanzler wenden, damit man ihn unter Kuratel stelle.

Der Doktor machte hierbei die Bemerkung, daß ein Mann, der den dringendsten, angelegentlichsten Bitten eines Weibes nicht zu widerstehen vermöchte, nie erwarten dürfe, eine große Figur im menschlichen Leben abzugeben. Maler und Dichter sollten nie sterblichen Weibern, sondern bloß den Musen willfährig sein; wären sie aber durch Schicksalsfügung mit einer Familie belastet, so müßten sie sich wenigstens sorgfältig vor der verderblichen Schwachheit hüten, die man fälschlich mit dem Namen „natürliche Zuneigung" beehre, und nicht im mindesten auf die albernen Gebräuche der Welt Rücksicht nehmen. „Gesetzt", sagte er, „daß Sie auf eine kurze Zeit für toll gehalten worden wären, so hätten Sie sich doch von dieser Beschuldigung sehr ehrenvoll durch irgendeine Leistung reinigen können, die Ihren Leumund vor aller Verlästerung würde gerettet haben. Selbst Sophokles, der berühmte tragische Dichter, den man wegen seiner süßen Verskunst $\mu\acute{\varepsilon}\lambda\iota\tau\tau\alpha$ oder die Biene nannte, mußte in seinem höhern Alter die gleiche Beschuldigung von seinen eigenen Kindern erdulden. Da sie nämlich sahen, daß er seine häuslichen Angelegenheiten vernachlässigte und sich gänzlich der Dichtkunst widmete, klagten sie ihn bei der Obrigkeit als einen Mann an, dessen Seelenkräfte durch die Schwachheiten des Alters so sehr gelitten hätten, daß er nicht mehr imstande wäre, seinem Hauswesen vorzustehen. Der ehrwürdige Dichter legte hierauf den Richtern sein Trauerspiel $Oi\delta\acute{\iota}\pi o\upsilon\varsigma\ \acute{\varepsilon}\pi\grave{\iota}\ Ko\lambda\omega\nu\tilde{\omega}$ als ein Werk vor, das er eben erst beendet hatte. Nachdem man es durchgelesen hatte, wurde er, statt als schwachsinnig erklärt zu werden, mit Bewunderung und Beifall entlassen.

Ich wünschte, daß Ihr Schnauz- und Ihr Kinnbart durch gleiche Autorität sanktioniert worden wären. Allerdings befürchte ich, Sie möchten sich in einer Klasse mit den Schülern eines gewissen Philosophen befunden haben, die den Absud von Kümmelsamen tranken, damit ihre Gesichter die Blässe des Antlitzes von ihrem Meister bekämen; denn sie hofften, wenn sie so bleich wären wie ihr Lehrer, würden sie auch ebenso gelehrt sein." Der Maler, den dieser Sarkasmus verdroß, erwiderte: „Oder wie jene großen Geister, die, wenn sie nur etwas Griechisch herdeklamieren, Silleikikabeis essen und vorgeben, Visionen zu haben, meinen, sie seien den Griechen an Geschmack und Genie gleich." Der Arzt replizierte, Pallet duplizierte, und die Fehde dauerte an, bis sie zu den Toren von Antwerpen hineinfuhren. Nun brach der Bewunderer von Rubens in eine begeisterte Exklamation aus, wodurch der Streit beendet und die Aufmerksamkeit der Einwohner erregt wurde. Viele davon zuckten die Achseln, deuteten auf die Stirn und gaben dadurch auf eine feine Art zu verstehen, sie hielten ihn für ein unglückliches Geschöpf, dessen Hirn in Unordnung geraten sei.

Kaum war die Gesellschaft im Wirtshause abgestiegen, so machte unser Afterenthusiast den Vorschlag, die große Kirche zu besuchen, wo, wie er gehört habe, einige von Rubens' Meisterwerken zu sehen wären, und es ärgerte ihn nicht wenig, zu vernehmen, daß sie diesen Ort erst am folgenden Tag in Augenschein nehmen könnten. Am nächsten Morgen stand er mit Tagesanbruch auf und vollführte ein solches Geschrei und Gepolter, daß er alle seine Reisegefährten in ihrer Ruhe störte. Das bewog Peregrine zum Entschluß, von neuem eine Strafe über ihn zu verhängen. Beim Ankleiden entwarf er daher den Plan, einen Zweikampf zwischen Pallet und dem Doktor in die Wege zu leiten. Er versprach sich von ihrem beiderseitigen Benehmen dabei die reichhaltigste Belustigung.

Nachdem sie sich mit einem von jenen Kerlen versorgt hatten, die immer darauf lauern, den Fremden gleich bei ihrer Ankunft ihre Dienste anzubieten, wurden sie in das

Haus eines Herrn gebracht, der eine vortreffliche Gemäldesammlung besaß. Der größte Teil der Bilder war von Pallets Liebling gemalt; trotzdem verwarf er sie insgesamt, weil ihm Pickle zuvor gesagt hatte, es sei kein einziger Rubens darunter.

Der nächste Ort, den sie besuchten, war die sogenannte Malerakademie, die eine große Anzahl armseliger Stücke enthält, in denen Pallet der vorangegangenen Auskunft seines Freundes Peregrine zufolge unter manchen Äußerungen von Bewunderung Peter Pauls Stil erkannte.

Von da begaben sie sich nach der großen Kirche. Vor Rubens' Grab fiel der närrische Kauz von Maler auf die Knie nieder und betete es mit einer so offenkundigen Andacht an, daß der Bediente an seinem Aberglauben Anstoß nahm und ihn in die Höhe riß. „Die Person", sagte er zornig, „die hier begraben liegt, ist kein Heiliger, sondern ein so großer Sünder wie Sie selbst. Wenn Sie fromme Regungen verspüren, sehen Sie drei Schritte weiter rechts, da ist eine Kapelle der heiligen Jungfrau; dahin können Sie sich zurückziehen." Pallet hielt es aber für seine Pflicht, eine außerordentliche Begeisterung zu offenbaren, dieweil er sich an dem Orte befand, wo Rubens geboren worden war; und sein ganzes Betragen war daher erkünstelte Verzückung, die er durch phantastische Exklamationen, konvulsivisches Zusammenfahren und allerhand ungewöhnliche Gebärden ausdrückte. Mitten in seinem unsinnigen Gebaren sah er einen alten, graubärtigen Kapuziner auf die Kanzel steigen und der Versammlung mit solchem Nachdruck und so heftigen Gesten predigen, daß seine Einbildungskraft dadurch überwältigt war und er laut ausrief: „Meiner Seel! was ist das für ein vortrefflicher Paulus, der zu Athen predigt!" Er zog einen Bleistift und ein Notizbüchelchen aus der Tasche, begann den Redner mit großem Eifer und Affekt zu skizzieren und sagte: „Wohlan, Freund Raffael, wir wollen einmal sehen, wem von uns beiden es am fixesten von den Fingern geht, einen Apostel hervorzubringen." Diese anscheinende Unehrerbietigkeit gegen den Gottesdienst war den Zuhörern ein Ärgernis. Sie fingen an, über den ketzerischen Freigeist zu murren. Um den üblen Folgen ihres Mißvergnügens zuvorzukommen, ging einer der Geistlichen, die zum Chor gehörten, zu Pallet hin und sagte ihm auf französisch, dergleichen Freiheiten wären in ihrer Religion nicht erlaubt. Zugleich gab er ihm den Rat, seine Gerätschaften wegzulegen, damit das Volk sich durch sein Vorhaben nicht beleidigt fühle und angereizt würde, ihn als einen gottlosen Spötter zu bestrafen.

Als der Maler sah, daß ein Mönch sich an ihn wandte und, während er sprach, sich sehr höflich vor ihm verneigte, bildete er sich ein, es sei ein Bettelbruder, der ihn um eine milde Gabe bitte; deshalb tätschelte er, ganz in seine Skizze vertieft, den geschorenen Scheitel des Geistlichen und sagte: „*Oter temps! oter temps!*" und machte sich mit großem Ernst wieder an seine Zeichnung. Als der Ordensmann merkte, daß der Fremde seine Meinung nicht verstand, zupfte er ihn am Ärmel und erklärte sich auf lateinisch. Pallet war über diese Zudringlichkeit entrüstet, fluchte laut auf ihn als auf einen unverschämten Hurensohn, zog einen Schilling heraus und schleuderte ihn mit offenbaren Zeichen des Unwillens auf den Steinboden.

Einzelne Männer und Frauen unter dem Volk wurden wütend, als sie ihre Religion verachtet und ihre Priester selbst am Altare beschimpft sahen. Sie sprangen von ihren Sitzen auf, umringten den erstaunten Maler, und einer von ihnen riß ihm das Buch aus den Händen und zerfetzte es in tausend Stücke. So erschrocken er auch war, konnte er sich dennoch nicht enthalten zu schreien: „Potz Feuer und Schwefel! da gehen alle meine Lieblingsgedanken vor die Hunde!" Er war in der Tat in großer Gefahr, von der Menge rauh behandelt zu werden, wäre Peregrine nicht dazwischengetreten und hätte den Leuten versichert, es sei ein armer unglücklicher Mann, dessen Hirn häufigen Erschütterungen unterworfen sei. Diejenigen, die Französisch verstanden, teilten diese Nachricht den übrigen mit. So entging Pallet jeder weitern Züchtigung, außer daß er genötigt war, sich zu entfernen. Weil aber unsere Reisenden die berühmte „Kreuzabnahme" nicht vor Ende des Gottesdienstes ansehen konnten, führte sie der Bediente in die Wohnung eines Malers. Sie fanden hier einen Bettler, der Modell stand, und der Künstler war eben im Begriff, eine große Laus darzustellen, die dem ersteren über die Schulter kroch. Dieser Einfall behagte Pallet ungemein. „Das ist eine ganz neue Idee", sagte er, „und ein vortrefflicher Wink, aus dem ich Nutzen ziehen will." Bei der ferneren Durchsicht der Gemälde des Flamen bemerkte er ein Stück, das zwei Fliegen am Aas eines schon halb zerfressenen Hundes zeigte. Pallet rannte auf seinen Malerkollegen zu und schwur ihm, er sei ein würdiger Mitbürger des unsterblichen Rubens. Sodann bedauerte er mit manchen Äußerungen des Schmerzes und Unwillens, daß sein Skizzenbuch verlorengegangen sei. Er habe darin tausenderlei ähnliche Konzeptionen aufgehoben, die sich aus den zufälligen Eindrücken seiner Sinne und seiner Phantasie ergeben hätten. Bei dieser Gelegenheit erzählte er seinen Reisegefährten von einem Bild, worin er an lebendiger Darstellung jenen beiden alten Malern gleichgekommen sei, wenn er sie nicht gar übertroffen habe, die in der Wiedergabe einer Weintraube und eines Vorhangs miteinander wetteiferten; denn er habe einen gewissen Gegenstand so naturgetreu nachgeschaffen, daß bei dem bloßen Anblick ein ganzer Schweinestall in Aufruhr geraten sei.

Nachdem er alle Produkte dieses Feinmalers gemustert und gelobt hatte, gingen sie insgesamt wieder in den Dom zurück und freuten sich an der Betrachtung jenes berühmten Meisterwerkes von Rubens, auf dem er sich selbst und seine Familie abgebildet hat. Die Türen des Raumes, in dem dieses kapitale Gemälde aufbewahrt wird, waren kaum geöffnet, als unser Enthusiast, infolge eines zuvor mit seinem Freunde Pickle getroffenen Übereinkommens, plötzlich den Gebrauch der Sprache verlor, Hände und Augen emporhob und in der Haltung, die Hamlet annimmt, wenn ihm seines Vaters Geist erscheint, in stummer Ergriffenheit und Ehrfurcht dastand. Er machte aus der Notwendigkeit sogar ein Verdienst und beteuerte, nachdem sie den Ort verlassen hatten, alle seine Seelenkräfte seien durch Andacht und

Bewunderung erschöpft worden. Er wäre, bekannte er, jetzt mehr denn je in die flämische Schule verliebt, ließ schwärmerisch die übertriebensten Lobsprüche vom Stapel und schlug vor, die ganze Gesellschaft möchte sich sofort nach dem Hause begeben, wo der göttliche Rubens gewohnt habe, und seinem Gedächtnis dadurch huldigen, daß sie sich in der Werkstatt, wo er gemalt habe, zu Boden würfen.

Da sich in dem Hause, das seit dem Tode des großen Mannes mehr als einmal wiederaufgebaut worden war, gar nichts Merkwürdiges befand, so entschuldigte sich Peregrine mit dem Vorwand, er sei von dem vielen Herumlaufen müde. Aus ebendem Grund lehnte auch Jolter jenen Antrag ab, und als die Frage dem Arzt vorgelegt wurde, weigerte sich dieser mit verächtlich stolzer Miene, dem Maler Gesellschaft zu leisten. Pallet, den diese geringschätzige Behandlung verdroß, fragte ihn, ob er nicht Pindars Wohnung aufsuchen würde, wenn er in die Stadt käme, wo dieser Dichter gelebt habe. Zwischen diesen beiden Männern bestehe ein himmelweiter Unterschied, bemerkte der Arzt. „Das will ich glauben", entgegnete Pallet, „denn in ganz Griechenland oder Troja hat es nie einen Poeten gegeben, der würdig wäre, unserm so gepriesenen Rubens auch nur die Pinsel auszuwaschen." Diese furchtbare Lästerung konnte der Doktor nicht mit Gelassenheit und kaltem Blut anhören. Er entgegnete daher, Pallet verdiene, daß die Eulen ihm dafür die Augen aushackten, und der Streit zwischen beiden gedieh wie gewöhnlich zu solch groben Anwürfen und Unanständigkeiten, daß die Vorbeigehenden auf diesen Strauß aufmerksam wurden und Peregrine seines eigenen Rufes wegen sich ins Mittel legen mußte.

Pallet fordert den Arzt durch Zutun Peregrines heraus, der die beiden aufeinanderhetzt. Sie schlagen sich auf dem Walle.

So ging also der Maler in die Wohnung des flämischen Raffael, und die Gesellschaft kehrte in den Gasthof zurück. Hier nutzte der junge Herr die günstige Gelegenheit, als er sich mit dem Arzte allein sah, und rekapitulierte all die gröblichen Beleidigungen, die ihm der Maler zugefügt hatte, hob jeden Umstand, der ihm zum Schimpf gereichte, besonders hervor und riet ihm sodann als Freund, auf seine Ehre Bedacht zu nehmen. „Sie muß", endete er, „in den Augen der Welt unbedingt leiden, wenn Sie sich ungestraft von einem Menschen beleidigen lassen, der in jeder Beziehung so unendlich tief unter Ihnen steht."

Der Arzt versicherte ihm, Pallet sei bisher einer Züchtigung nur deswegen entgangen, weil er ihn seines Grolls als unwürdig erachtet und auf die Familie des elenden Wichts Rücksicht genommen und mit ihr Mitleid gehabt hätte; indes reizten wiederholte Kränkungen auch das mildeste Gemüt, und obwohl er kein Beispiel des Zweikampfes bei den Griechen und Römern finde, die für ihn Vorbild seien, so solle dennoch Pallet aus seiner Verehrung für die Alten nicht länger Vorteil ziehen, sondern für die erste beste Beleidigung bestraft werden.

Nachdem unser Held den Doktor zu einem Entschluß aufgemuntert hatte, auf den er anständigerweise nicht gut zurückkommen konnte, schürte er auch bei der andern Partei das Feuer. Er gab Pallet zu verstehen, der Arzt behandle ihn so verächtlich und begegne ihm mit solcher Anmaßung, daß ein Gentleman dies nicht dulden solle. Er selbst würde jeden Tag durch ihre gegenseitige Erbitterung höchst empört, die sich in nichts als in pöbelhaften Ausdrücken äußere, welche mehr für Stiefelputzer und Austernweiber als für Männer von Ehre und Bildung paßten. Er sehe sich daher, so unlieb es ihm auch sei, genötigt, alle Beziehungen zu ihnen abzubrechen, wenn sie nicht auf Mittel bedacht wären, sich zu rehabilitieren.

Diese Vorstellungen würden auf die furchtsame Natur des Malers keinen großen Eindruck gemacht haben, der gleichfalls zu sehr Grieche war, um einen andern Zweikampf als den auf Fäuste zu billigen – er war ein recht geübter Boxer –, hätte nicht Peregrine dabei die Andeutung fallen lassen, sein Gegner sei nichts weniger als ein Hektor, und er könne ihn ohne die geringste Gefahr zu jeder Demütigung zwingen. Durch diese Versicherung ermutigt, setzte unser zweiter Rubens die Trutztrompete an den Mund, schwur, er achte sein Leben einen Pfifferling, sobald es seine Ehre gelte, und bat Pickle, dem Arzt eine Herausforderung zu überbringen, die er sogleich aufsetzen wollte.

Der boshafte Hetzer zollte diesem offenbaren Beweis von Tapferkeit vollen Beifall. Nunmehr, sagte er, sei er imstande, seine Freundschaft und seinen Umgang weiterhin zu pflegen. Als Kartellträger jedoch wollte er nicht dienen, damit man seine Besorgtheit für Pallets Ruf nicht fälschlich als unzeitige Dienstfertigkeit und Sucht, Händel zu stiften, auslegen möchte. Zugleich empfahl er ihm den Tom Pipes nicht nur als einen hierzu tauglichen Boten, sondern auch als einen zuverlässigen Sekundanten auf dem Kampfplatz. Der tapfere Maler nahm diesen Rat an, begab sich auf sein Zimmer und schrieb folgenden Herausforderungsbrief:

Sir,
Wenn ich heftig gereizt werde, fürcht ich selbst den Teufel nicht; viel weniger – – – Ich will Sie nicht einen pedantischen Hanswurst, einen ungeschliffenen Burschen nennen, denn das sind Hypitheta des Pöbels; sondern ich will nur daran erinnern, daß ich einen solchen Menschen wie Sie weder liebe noch fürchte, daß ich vielmehr wegen Ihres dummdreisten Betragens bei verschiedenen Gelegenheiten Genugtuung von Ihnen verlange; und ich will heute abend im Zwielicht auf dem Wall mit Degen und Pistole gegen Sie antreten. Gott sei der Seele eines von uns beiden gnädig; denn Ihr Körper soll nicht die mindeste Gnade finden bei
    Ihrem erbitterten Herausforderer
    bis in den Tod Layman Pallet.

Dieser kühne Fehdebrief wurde unserm jungen Herrn zur Prüfung vorgelegt und mit dessen Beifall beehrt. Sodann händigte ihn der Maler dem Pipes aus, der ihn befehlsgemäß am Nachmittag ablieferte und die Antwort zurückbrachte, der Arzt wolle ihn zur bestimmten Zeit und an dem bestimmten Orte erwarten. Der Herausforderer wurde durch die unvermutete Nachricht, daß sein Absagebrief angenommen worden sei, in die ersichtlichste Verlegenheit versetzt. Er lief fassungslos im Hause herum und suchte nach Peregrine, um sich dessen fernern Rat und Beistand zu erbitten. Als er aber hörte, daß dieser eine private Unterredung mit seinem Gegner habe, begann er zu argwöhnen, die beiden steckten unter einer Decke, und verfluchte seine Torheit und Voreiligkeit. Er kam sogar einige Male auf den Gedanken, seine Herausforderung zurückzuziehen und sich dem Triumph seines Gegners zu unterwerfen; doch bevor er sich zu dieser schimpflichen Herablassung verstehen wollte, beschloß er, es noch mit einem andern Ausweg zu versuchen; vielleicht daß er dadurch seine Ehre wie auch sein Leben retten konnte. In dieser Absicht ging er zu Mr. Jolter und bat ihn sehr angelegentlich, bei dem Duell, das er am Abend mit dem Arzt vorhätte, das Amt des Sekundanten zu übernehmen.

Pallet meinte, der Hofmeister werde, statt seiner Erwartung zu entsprechen, Furcht und Teilnahme bekunden und ausrufen: Gütiger Gott! was haben Sie vor, meine Herren? Ermorden sollen Sie sich gegenseitig gewiß nicht, solange es in meiner Macht steht, Sie davon abzuhalten; ich will geradeswegs zum Statthalter gehen, damit er sich ins Mittel legt. Statt dieser und anderer Drohungen, die Sache zu verhindern, hörte sich Mr. Jolter den Vorschlag mit dem größten Phlegma an und entschuldigte sich, daß er die ihm zugedachte Ehre nicht annehmen könne. Charakter und Stand erlaubten es ihm nicht, an solchen Schlägereien teilzuhaben. Dieser kränkende Empfang aber war auf einen Wink von Peregrine zurückzuführen; dieser hatte nämlich befürchtet, sein Hofmeister möchte ihm den Spaß auf die eine oder andere Art verderben, und ihn daher mit seinem

Plan bekanntgemacht und ihm versichert, daß der ganze Handel ohne Gefahr ablaufen solle.

Auf diese Enttäuschung hin wurde der niedergeschlagene Herausforderer von Verlegenheit und Kleinmut überwältigt. Er beschloß, aus heftiger Furcht vor Tod oder Verstümmelung, den Zorn des Gegners durch Abbitte zu besänftigen und sich zu jeder Demütigung zu verstehen, die er ihm vorschlagen würde. Jetzt eben begegnete ihm von ungefähr unser Held, der ihm mit Äußerungen unendlicher Zufriedenheit im Vertrauen erzählte, sein Brief habe den Doktor vor Bestürzung in Todesangst versetzt. Seine Annahme des Absagebriefs sei nur eine Wirkung seiner Verzweiflung und ziele darauf ab, den draufgängerischen Absender bloßzustellen und ihn zu einem Vergleich zu veranlassen. Er habe ihm den Inhalt des Briefes unter Zittern und Zagen mitgeteilt, unter dem Vorwand, sich ihn als Sekundanten zu verpflichten, in Wirklichkeit aber, damit er eine Aussöhnung herbeiführe. „Da ich jedoch seinen Gemütszustand merkte", setzte Peregrine hinzu, „so hielt ich es Ihrer Ehre für zuträglicher, ihn in seiner Erwartung zu täuschen. Deshalb war ich gerne bereit, ihn zum Kampfplatz zu begleiten, in der festen Zuversicht, daß er sich vor Ihnen demütigen, bis zum Fußfall demütigen wird. Weil Sie also vollkommen sicher sind, gehen Sie hin, bringen Sie Ihre Waffen in Ordnung und verabreden Sie sich dann mit Pipes, der mit Ihnen auf den Kampfplatz kommen und Ihnen dort beistehen wird. Ich selbst will mich von Ihnen fernhalten, damit der Arzt wegen unseres Verkehrs nicht argwöhnisch wird." Durch diese Aufmunterung wandelte sich Pallets gedrückte Stimmung in den Übermut des Siegers. Er erklärte noch einmal, daß er alle Gefahr verachte; und nachdem seine Pistolen durch den getreuen Waffenträger geladen und mit neuen Flintsteinen versehen worden waren, wartete er unerschrocken die Stunde des Treffens ab.

Sobald nur der Abend dämmerte, klopfte jemand an Pallets Tür. Pipes mußte sie auf sein Verlangen öffnen, und nun hörte der Maler die Stimme seines Gegners, der hineinrief: „Sagt Mr. Pallet, daß ich an den bestimmten Ort gehe." Diese Eile, die sich zu der Nachricht, welche er von Pickle erhalten hatte, so übel reimte, machte den armen Maler nicht wenig betroffen, und da seine Besorgnisse sich wieder einzustellen begannen, stärkte er sich mit einem großen Glas Branntwein, konnte indessen seine Angst damit nicht unterbekommen. Nichtsdestoweniger brach er mit seinem Sekundanten auf, und unterwegs entwickelte sich zwischen ihnen das folgende Gespräch:

Pallet (mit unruhiger Stimme): „Mir scheint, Mr. Pipes, der Doktor hatte es verteufelt eilig mit seiner Botschaft."

Tom: „I nu, ich denke, er hat Lust, Sie in den Grund zu segeln."

Pallet: „Was? Meint Ihr wirklich, daß er nach meinem Blute dürstet?"

Tom (der mit viel Bedacht ein großes Stück Tabak in die Backen stopft): „Das dhut er, dessen bin ich gewiß."

Pallet (der über und über zu zittern anfängt): „Wenn dem so ist, so ist er ja nicht besser als ein Kannibale, und ein Christ sollte sich nicht mit ihm schlagen."

Tom (der seine Erschütterung bemerkt, sieht ihn mit verächtlichem und zornigem Blick an): „Sie haben doch nicht etwa Angst?"

Pallet (vor Furcht stammelnd): „Gott behüte! Weshalb soll ich Angst haben? Das Ärgste, was er mir tun kann, ist: er nimmt mir das Leben, und dann wird er sich sowohl vor Gott als vor den Menschen wegen des Mordes zu verantworten haben. Denkt Ihr das nicht auch?"

Tom: „Das denk ich nicht. Jagt er Ihnen ein paar Kugeln durch den Brägen und bringt er Sie auf eine ehrliche Art um, so ist das ebensowenig ein Mord, als wenn ich eine ‚dumme Seeschwalbe' von der großen Marsraa herunterschießen dhu."

Pallet (dem die Zähne so heftig klappern, daß er kaum sprechen kann): „Mr. Thomas, Ihr scheint Euch aus dem Leben eines Menschen sehr wenig zu machen. Ich hoffe aber zum Allmächtigen, so bald soll er mich noch nicht zu Boden strecken. Es hat sich ja schon mancher duelliert und hat das Leben nicht eingebüßt. Glaubt Ihr, daß ich große Gefahr laufe, von der Hand meines Gegners zu fallen?"

Tom (ohne alle Teilnahme): „Kann sein, kann auch nicht sein; wie's gerade trifft. Und was ist es denn nun schon! Der Tod ist eine Schuld, die jedes Mutterkind zahlen muß, wie wir singen dhun. Und wenn Sie Fuß an Fuß setzen, geht gewiß einer von beiden zugrunde."

Pallet (voller Schreck): „Fuß an Fuß? Das heißt ja sich ordentlich abschlachten. Ich will verdammt sein, wenn ich mit irgendeinem Menschen auf der Welt auf eine so barbarische Art kämpfe! Wie? Haltet Ihr mich für ein wildes Tier?"

Diese Erklärung machte er, wie er eben den Wall hinaufstieg. Als sein Begleiter den Arzt und dessen Sekundanten in einer Entfernung von etwa hundert Schritten vor ihnen gewahr wurde, machte er den Maler auf deren Erscheinen aufmerksam und riet ihm, sich bereit zu halten und als Mann zu betragen. Umsonst bemühte sich Pallet, seinen panischen Schrecken zu verbergen, der sich im Zittern all seiner Glieder und im kläglichen Tone offenbarte, mit dem er Toms Ermahnung beantwortete: „Wie ein Mann", sagte er, „betrag ich mich schon; aber Ihr wollt, ich soll mich wie ein Biest benehmen. Kommen sie auf uns zu?" Als Pipes ihm sagte, sie hätten sich umgedreht, und ihn aufforderte, sich ihnen zu nähern, versagten ihm die Sehnen seines Armes den Dienst; er ließ die Pistole sinken, und, statt vorwärts, ging er unbewußt rückwärts, bis Tom sich hinter ihn stellte, seinen Rücken gegen den seines Prinzipals stemmte und ihm zuschwur, er werde nicht leiden, daß er nur einen Zoll breit weiche.

Während der Bediente Pallet auf diese Weise schulte, weidete sich sein Herr an der Erschrockenheit des Arztes, die noch lächerlicher war als die des Malers, weil jener sich noch weit mehr bestrebte, sie zu verbergen. Die Erklärung, die er am Morgen Pickle gegenüber abgegeben hatte, wollte ihm nicht erlauben, Einwände zu erheben, als er die Herausforderung erhielt; und da er sah, daß der junge Herr sich nicht zum Vermittler in dieser Sache anbot, sondern ihm vielmehr zu einer so günstigen Gelegenheit Glück wünschte, als er das Schreiben von Pallet gelesen hatte, so bestand seine ganze Bemühung in versteckten Andeutungen und allgemeinen Betrachtungen über die Ungereimtheit der Zweikämpfe, welche erst durch die barbarischen Hunnen und Langobarden unter den zivilisierten Nationen eingeführt worden seien. Auch tat er so, als ob er den Gebrauch der Feuerwaffen lächerlich machen wollte. „Dadurch", sagte er, „wird jeglicher Unterschied in Geschicklichkeit und Gewandtheit zunichte und ein Streitender der Gelegenheit beraubt, seine persönliche Tapferkeit zu entfalten."

Pickle räumte die Richtigkeit seiner Bemerkungen ein; zugleich aber stellte er ihm die Notwendigkeit vor, sich nach den Gebräuchen der Welt zu richten, so lächerlich sie auch wären, da nun einmal Ehre und guter Name eines Mannes davon abhingen. Als daher der Republikaner erkannte, daß ihm sein Manöver nichts half, wurde seine Aufregung immer auffallender, und er schlug schlankweg vor, daß sie in Rüstungen antreten sollten wie die Kämpfer der frühern Jahrhunderte. „Da wir einmal", setzte er hinzu, „die Gesinnung der eisernen Zeit angenommen haben, so ist es nicht mehr als recht und billig, auch ihre Art zu kämpfen beizubehalten."

Nichts würde unserm Helden mehr Spaß gemacht haben als der Anblick zweier solcher Duellanten in eisernen Futteralen. Er wünschte, daß er sie in Brüssel zu einem Kampf gereizt hätte, weil er daselbst die Rüstungen Karls v. und des tapfern Herzogs von Parma zu ihrem Zweck hätte mieten können. Da es aber in Antwerpen keine Möglichkeit gab, sie von Kopf bis Fuß auszurüsten, so beredete er den Arzt, sich der heute üblichen Sitte zu fügen und sich dem Maler auf die von ihm vorgeschlagenen Bedingungen zu stellen; und weil er argwöhnte, die Furcht dieses Mannes möchte ihm andere Entschuldigungsgründe liefern, dem Kampf auszuweichen, stärkte er ihm den Mut durch einige dunkle Anspielungen auf die zage Gemütsverfassung seines Gegners, die aller Wahrscheinlichkeit nach verdampfen werde, ehe irgendein Unheil entstehen könne.

Ungeachtet dieser Aufmunterung konnte der Arzt doch seines Widerwillens nicht Herr werden, mit dem er auf den

Kampfplatz ging, und er warf manchen lauernden Blick über die linke Schulter, um zu sehen, ob sein Gegner ihm auf den Fersen wäre. Als er auf Anraten seines Sekundanten Posto faßte und seinem Feind das Gesicht zukehrte, war es noch nicht so finster, daß Peregrine seine ungewöhnliche Blässe und die dicken Schweißtropfen auf seiner Stirn nicht hätte bemerken sollen. Ja, sogar mit seiner Sprache war offenbar etwas nicht in Ordnung, als er den Abgang von *pila* und *parma* bedauerte, mit denen er, um seinen Feind in Erstaunen zu setzen, klirrend und rasselnd, wie er sagte, vorgestürmt wäre und nach Art und Weise der Alten eine Schlachthymne gesungen hätte.

Mittlerweile fiel ihm das Zaudern seines Gegners auf. Statt vorzurücken schien dieser sich zurückzuziehen und sogar mit seinem Sekundanten zu ringen. Er erriet, in welcher Gemütsverfassung der Maler sich befand, sammelte alle Mannhaftigkeit, die er besaß, und ergriff die Gelegenheit, die sich ihm bot, aus der Bestürzung seines Feindes Vorteil zu ziehen. Er schlug Degen und Pistole aneinander, näherte sich ihm in einer Art von Trab, stimmte dabei ein lautes Geheul an und rezitierte, statt des spartanischen Kriegsliedes, einen Teil einer Strophe aus Pindars pythischer Ode, die folgendermaßen beginnt:

’Εκ θεῶν γὰρ, μαχαναὶ πᾶσαι βροτέαις ἀρεταῖς.

Dieses griechische Gebaren tat beim Maler die gewünschte Wirkung; denn da er den Arzt wie eine Furie, mit der Pistole in der ausgestreckten Rechten, auf sich losstürmen sah, das fürchterliche Gellen und die ausländischen Worte hörte, wurde er von einer allgemeinen Lähmung der Glieder befallen. Er wäre zu Boden gesunken, hätte Pipes ihn nicht gehalten und zur Verteidigung aufgemuntert. Der Doktor fand, entgegen seiner Erwartung, daß jener sich nicht von der Stelle gerührt habe, wiewohl er bereits den halben Weg zurückgelegt hatte; daher wandte er seine letzte Kraft auf und feuerte sein Pistol ab. Kaum hatte der Knall des Schusses das Ohr des erschrockenen Malers erreicht, als dieser seine Seele Gott empfahl und mit lautem Gebrüll um Gnade flehte.

Der Republikaner, den dieses Geschrei vor Freude ganz außer sich brachte, befahl ihm, sich zu ergeben und die Waffen zu strecken, wenn er nicht augenblicklich des Todes sein wolle. Hierauf warf Pallet trotz allen Ermahnungen, ja Drohungen seines Sekundanten, Pistolen und Degen weg. Nun überließ ihn Pipes seinem Schicksal und ging zu seinem Herrn, indem er sich mit deutlichen Zeichen des Abscheus und Ekels die Nase zuhielt.

Als der Sieger die *spolia opima* erhalten hatte, schenkte er dem Maler unter der Bedingung das Leben, daß er ihn auf den Knien um Verzeihung bitte, die Erklärung abgebe, er stehe in moralischer sowohl als geistiger Hinsicht seinem Besieger weit nach, und ihm verspreche, sich künftig seine Gunst durch Unterwürfigkeit und tiefe Ehrerbietung zu verdienen. Der unglückliche Herausforderer nahm diese anmaßenden Bedingungen mit der größten Bereitwilligkeit an; er gestand treuherzig, daß er zu kriegerischen Unternehmungen nicht im geringsten tauge und daß er hinfort mit keiner andern Waffe als mit seinem Pinsel streiten wolle. Er bat Mr. Pickle demütig, darum nicht schlechter von seinen Grundsätzen zu denken, weil es ihm an Herzhaftigkeit mangle; es sei dies bei ihm ein Naturfehler, ein Erbstück von seinem Vater. Er möchte ja nicht eher ein Urteil über seine Talente fällen, als bis er die Reize seiner „Kleopatra" gesehen hätte, die er in weniger als drei Monaten beendigen wolle.

Unser Held meinte mit einer erheuchelten Miene des Mißvergnügens, es könne kein Mensch mit Fug und Recht dafür getadelt werden, daß er Anwandlungen von Furcht unterworfen sei; und deshalb sei ihm seine Feigheit leicht zu vergeben. Daß er aber so vermessen, so unaufrichtig, so unredlich gehandelt und sich eine Eigenschaft angemaßt habe, auf die er, wie er selbst wisse, nicht den mindesten Anspruch machen könne, dieses schlechte Benehmen könne er ihm nicht sofort vergessen. Doch wolle er sich so weit herablassen, auch fernerhin mit ihm zu verkehren, in der Hoffnung, daß er sich bessere. Pallet beteuerte, er sei bei dieser Sache ganz ohne Verstellung zu Werke gegangen, und er habe seine Schwäche nicht eher gekannt, als bis seine Entschlossenheit auf die Probe gestellt worden sei. Er versprach ihm aufs heiligste, sich auf der Weiterreise mit all der Bescheidenheit und Bußfertigkeit zu betragen, die einem Manne in seiner Lage geziemten. Vorderhand aber ersuchte er den Mr. Pipes sehr dringend, er möchte ihm helfen, die unangenehmen Folgen seiner Furcht zu beseitigen.

64

Ankunft in Rotterdam. Abenteuer auf der Maas, wobei des Malers Leben in Gefahr gerät. Ein holländisches Kunstkabinett.

Tom erhielt denn auch den Befehl, dem Maler bei seinen Bedürfnissen an die Hand zu gehen, und der Sieger, vor Stolz jubelnd über seinen Erfolg, den er größtenteils der Art seines Angriffs und seinem Hymnengeheul beimaß, sagte zu Peregrine: „Nunmehr bin ich von der Wahrheit überzeugt, die Pindar in den Worten ausdrückt:

"Ὅσσα δὲ μὴ πεφίληκε Ζεύς, ἀτύζονται βοὰν
Πιερίδων ἀΐοντα.

Denn kaum hatte ich die honigtriefenden Strophen des göttlichen Barden herdeklamiert, als den elenden Wicht, meinen Gegner, Scham und Bestürzung trafen und seine Seelenstärke sogleich erlahmte."

Auf dem Rückweg nach dem Wirtshaus ließ er sich des langen und breiten über sein ruhiges und kluges Benehmen beim Zweikampf aus und schrieb Pallets Konsternation der Erinnerung an irgendein Verbrechen zu, das sein Gewissen schwer bedrücke; „denn der tugendhafte und verständige Mensch", so sagte er, „kann unmöglich den Tod fürchten; dieser ist ja nicht nur der friedliche Hafen, der ihn aufnimmt, wenn er auf der stürmischen See des Lebens gescheitert ist, sondern auch das ewige Siegel seines guten Namens und seines Ruhms, den zu verscherzen oder zu verlieren nun nicht mehr in seiner Macht steht." Er beklagte sodann sein Schicksal, das ihn verdammt habe, in so entarteten Zeiten zu leben, in denen der Krieg ein käufliches Söldnergewerbe geworden sei, und wünschte sehnlich, daß der Tag kommen möchte, an dem sich ihm eine solche Gelegenheit biete, sich durch seinen Mut für die Sache der Freiheit auszuzeichnen, wie den Griechen bei Marathon, wo eine Handvoll Athener, die für ihre Freiheit fochten, die gesamte Heeresmacht des persischen Reiches geschlagen hätten. „Wollte der Himmel", sagte er, „meine Muse würde mit der Gelegenheit beglückt, dem glorreichen Zeugnisse auf der Trophäe in Zypern nachzueifern, die Kimon zum Andenken an die zwei großen Siege errichtete, die er an ein und demselben Tag zu Wasser und zu Lande über die Perser davontrug. Dabei ist es sehr merkwürdig, daß die Größe dieser Tat den Ausdruck über die gewöhnliche Simplizität und Bescheidenheit aller übrigen alten Inschriften erhoben hat." Er rezitierte dann den Inhalt mit allem Pomp rhetorischer Kunst und äußerte seine Hoffnung, daß die Franzosen dereinst mit einem Heere in unser Reich einbrechen würden, demjenigen gleich, das Xerxes nach Griechenland geführt habe, damit es in seiner Macht stünde, sich wie Leonidas für die Freiheit seines Vaterlandes aufzuopfern.

So wurde dieser denkwürdige Kampf entschieden. Als sie alles, was in Antwerpen interessant war, besichtigt hatten, schickten sie ihre Sachen die Schelde hinunter nach Rotterdam und reisten selber mit einer Postkutsche hin, die sie am gleichen Abend wohlbehalten ans Ufer der Maas brachte. Hier stiegen sie in einem Wirtshaus ab, dessen Eigentümer, ein Engländer, wegen seiner Bescheidenheit und Billigkeit berühmt war. Am folgenden Morgen ging der Doktor aus, um höchstpersönlich die Empfehlungsschreiben von einem seiner Bekannten an zwei holländische Herren abzugeben. Er traf sie nicht an, weshalb er seinen Namen und seine Adresse zurückließ. Des Nachmittags besuchten dann die beiden die Gesellschaft, und nach manchen gastfreundlichen Worten lud einer von ihnen sie für den Abend zu sich in sein Haus ein.

Unterdessen hatten sie eine Jacht bestellt und schlugen den Fremden eine Lustfahrt auf der Maas vor. Da dies fast das einzige Vergnügen war, das man sich an diesem Orte machen konnte, ließ unser junger Herr sich den Vorschlag gefallen, und ungeachtet der Vorstellungen von Mr. Jolter, der diese Partie der rauhen Witterung wegen ablehnte, gingen sie ohne Bedenken an Bord und fanden in der Kajüte schon einen Imbiß bereit. Während sie bei einer jener Brisen, wie sie zum Makrelenfang nötig sind, auf dem Flusse kreuzten, äußerte der Arzt seine Befriedigung, und Pallet war voller Entzücken über die Fahrt. Als aber der Wind zur unaussprechlichen Freude der Holländer zunahm, die nun eine Gelegenheit sahen, ihre Gewandtheit im Manövrieren eines Schiffes zu zeigen, hielten ihre Gäste es nicht länger für ratsam, auf dem Verdeck zu stehen; unten zu sitzen war ihnen aber wegen der Tabakswolken unmöglich, die sich in so dicken Schwaden aus den Pfeifen ihrer Gastgeber hervorwälzten, daß sie in Gefahr schwebten, daran zu ersticken. Der Dampf und das außerordentlich starke Schlingern des Schiffes griffen den Kopf und den Magen des Malers an. Er bat daher inständigst, man möchte ihn an Land setzen. Allein die beiden holländischen Herren, die von seinen Leiden keinen Begriff hatten, weil sie dergleichen nie erlebt, bestanden mit erstaunlich hartnäckiger Freundlichkeit darauf, er solle so lange an Bord bleiben, bis er eine Probe von der Geschicklichkeit ihrer Schiffer gesehen habe. Sie brachten ihn auf Deck und befahlen ihren Leuten, das Schiff leewärts bis über den obern Rand unter Wasser zu drücken. Dieses nautische Kunststück wurde augenblicklich ausgeführt zur Verwunderung von Pickle, zur größten Bestürzung des Doktors und zu Pallets höchstem Schreck, der sich für solche Höflichkeit der Holländer bedankte und Gebete um Hilfe zum Himmel sandte.

Während sich die Holländer an diesem famosen Manöver und zugleich an des Malers Angst ergötzten, wurde die Jacht von einem plötzlichen Windstoß erfaßt, der sie im Augenblick kentern ließ, so daß alle über Bord in den Fluß flogen, ehe sie sich dessen versahen, geschweige denn Zeit gehabt hätten, diesem Unfall vorzubeugen. Peregrine, der ein erfahrener Schwimmer war, gelangte wohlbehalten an Land. Der Arzt krallte sich in seiner fürchterlichen Verzweiflung an den Pumphosen eines der Schiffsleute fest und wurde ans andere Ufer gezogen. Die beiden holländischen Herren landeten am Kai und rauchten den ganzen Weg über im Wasser mit größter Kaltblütigkeit ihre Pfeifen. Der arme Maler wäre zugrunde gegangen, wenn er nicht an das Kabeltau eines Schiffes gestoßen wäre, das dicht am Schauplatz ihres Unglücks vor Anker lag. Obgleich ihm die Sinne geschwunden waren, griff er instinktiv nach diesem Rettungsmittel, das er der Gunst des Schicksals verdankte, und klammerte sich so konvulsivisch daran fest, daß man, als ein Boot erschien, um ihn an Land zu holen, seine Finger nur mit äußerster Schwierigkeit davon lösen konnte. Man schaffte ihn, der sowohl der Sprache als aller Empfindung beraubt war, in ein benachbartes Gebäude und hängte ihn bei den Fersen auf, wobei eine ungeheure Menge Wasser aus seinem Munde floß. Als dieses abgelaufen war, stieß er ein fürchterliches Gestöhne aus, das sich allmählich zu einem unaufhörlichen Gebrüll steigerte, und nachdem er seiner Sinne wieder mächtig geworden war, verfiel er in ein Delirium, das einige Stunden andauerte. Ihre Gastgeber allerdings dachten nicht im Traume daran, Pickle oder dem Arzt wegen des Vorgefallenen ihr Leidwesen zu bezeugen; denn dies war daselbst ein derart gewöhnliches Ereignis, daß man darauf gar nicht achtete.

Die Sorge für die Jacht überließen sie den Schiffsleuten, und ein jeder von der Gesellschaft begab sich in sein Logis, um sich umzuziehen. Abends wurden unsere Reisenden in das Haus ihres neuen Freundes geführt, der, um ihnen seine Einladung willkommener zu machen, an die zwanzig bis dreißig Engländer jeglichen Standes, vom Kaufmann bis zum Perückenmacherjungen hinunter, zusammengetrommelt hatte.

Mitten unter ihnen stand ein Becken mit glühenden Kohlen zum Anzünden der Pfeifen, und jeder einzelne hatte sein Spucknäpfchen neben sich. Im ganzen Zimmer war kein

Mund, aus dem nicht eine Dampfröhre hervorragte, und so glichen sie denn einer Versammlung von Chimären, die Feuer und Dampf spien. Unsere Herren sahen sich, um sich Achtung zu verschaffen, genötigt, das Beispiel der übrigen nachzuahmen. Man wird nicht vermuten, daß die Konversation sehr lebhaft oder sehr fein gewesen sei; die ganze Unterhaltung trug holländisches Gepräge, war schlampig und phlegmatisch. Unser Held, der mit einem jämmerlichen Kopfweh nach Hause kam und den das Traktament als solches angewidert hatte, verfluchte die Stunde, in welcher der Arzt ihnen so lästige Gesellen auf den Hals geladen hatte.

Am nächsten Morgen um acht Uhr statteten die höflichen Holländer ihren Gegenbesuch ab, und nach dem Frühstück begleiteten sie ihre englischen Freunde in die Wohnung eines Mannes, der ein sehr merkwürdiges Naturalienkabinett besaß, zu dem sie unseren Reisenden Zutritt verschafft hatten. Der Eigentümer der Sammlung war ein Käsehändler. Er empfing sie in einer wollenen Nachtmütze, die unter dem Kinn eingeknöpft war. Da er nur seine Muttersprache verstand, ließ er ihnen durch einen ihrer Führer sagen, es wäre nicht eben sein Fall, seine Kuriosa vorzuzeigen; da er aber gehört habe, daß sie Engländer seien und seinen Freunden empfohlen worden seien, wolle er ihnen erlauben, sich die Schätze zu betrachten. Mit diesen Worten führte er sie eine dunkle Treppe hinauf in ein kleines Stübchen, das mit einigen armseligen Gipsfiguren, mit zwei oder drei erbärmlichen Landschaften, dem Balg einer Otter, dem Fell eines Seehunds und einigen ausgestopften Fischen dekoriert war. In der einen Ecke stand ein Glasschrank; darin befanden sich verschiedene Gattungen von Wassermolchen, Eidechsen, Fröschen und Schlangen, alle in Weingeist, ein Fötus, ein Kalb mit zwei Köpfen und ungefähr zwei Dutzend aufgespießte Schmetterlinge.

Nachdem der Raritätensammler mit diesen Seltenheiten geglänzt hatte, sah er die Fremden mit einem Blick an, der Bewunderung und Beifall heischte, und da er weder in ihren Gesichtern noch in ihren Gebärden eine Spur davon wahrnahm, zog er einen Vorhang zurück, hinter dem ein Wandschrank mit Schiebekästchen zum Vorschein kam. Hierin, so gab er ihnen zu verstehen, fänden sich Dinge, die ihrer Einbildungskraft eine anmutige Ergötzung gewähren würden. Unsere Reisenden bildeten sich auf diese Ankündigung hin ein, man werde sie mit dem Anblick seltener Münzen oder anderer Kunstwerke des Altertums erfreuen; allein, wie wurde ihre Erwartung getäuscht, als sie in jeder Schublade nichts weiter als allerhand Muscheln entdeckten, die in wunderliche Figuren gelegt waren. Nachdem er sie zwei volle Stunden lang mit einem höchst langweiligen Kommentar über die Gestalt, Größe und Farbe der einzelnen Abteilungen unterhalten hatte, bat er die Herren Engländer mit einem hochmütigen und gezierten Lächeln, sie möchten doch ganz frei und offenherzig erklären, ob sein Kabinett oder das von Mynheer *Sloane* zu London das wertvollere sei. Als dieses Gesuch der Gesellschaft auf englisch eröffnet worden war, rief der Maler sogleich aus: „Bei Gott! die darf man an ein und demselben Tage gar nicht beide erwähnen! Nicht einmal eine Ecke von Salteros Kaffeehaus zu Chelsea wollt ich für all den alten Plunder geben, den er gezeigt hat!" Peregrine, welcher nicht gern jemanden kränkte, der sich bestrebt hatte, ihm gefällig zu sein, sagte, was sie gesehen hätten, wären wohl sehr bemerkenswerte und interessante Sachen, allein keine Privatsammlung in Europa gliche dem Kabinett des *Sir Hans Sloane*, das, die Geschenke ungerechnet, hunderttausend Pfund Sterling gekostet habe. Die zwei Führer stutzten bei dieser Versicherung, und als sie dem Käsehändler mitgeteilt wurde, schüttelte er mit einem bedeutungsvollen Grinsen den Kopf. Zwar fand er es nicht ratsam, seinen Zweifel in Worten auszudrücken, gab jedoch unserm Helden zu verstehen, daß er zu seiner Wahrheitsliebe kein großes Vertrauen hege.

Vom Hause des holländischen Naturaliensammlers aus wurden sie von den höflichen Langweilern in der ganzen Stadt umhergeschleppt, und diese schieden nicht eher von ihnen, als bis es bereits spät abends war, und dann erst, nachdem sie versprochen hatten, sie würden die Gesellschaft am nächsten Tag vor zehn Uhr abholen, um sie nach einem Landhause zu führen, das in einem anmutigen Dorfe auf der andern Seite des Flusses lag.

Ihre Gastfreundlichkeit hatte Pickle bereits so sehr ermüdet, daß er zum erstenmal in seinem Leben niedergeschlagen war. Er beschloß daher, sich auf jeden Fall der für morgen angedrohten Belästigung zu entziehen. In dieser Absicht befahl er seinem Bedienten, einige Kleidungsstücke und etwas Wäsche in einen Mantelsack zu packen, und schiffte sich am Morgen mit seinem Hofmeister auf der *Trekschuit* nach dem Haag ein, unter dem Vorwand, eine dringende Angelegenheit riefe ihn dahin. Er überließ es seinen Reisegefährten, ihn deshalb bei ihren Freunden zu entschuldigen, und versicherte ihnen, er werde nicht ohne sie nach Amsterdam weiterreisen. Er kam gegen Mittag im Haag an und dinierte in einem Speisehaus, wo Offiziere und Männer von Stand zu verkehren pflegten. Als er hier erfuhr, daß am Abend bei der Prinzessin Gesellschaft sei, legte er reiche Kleidung nach Pariser Schnitt an und begab sich ohne irgendwelche Einführung an den Hof. Eine Person von seinem Äußern mußte die Aufmerksamkeit eines so kleinen Zirkels auf sich ziehen. Sobald der Prinz hörte, daß er ein Fremder und noch dazu ein Engländer sei, ging er ohne alle Umstände auf ihn zu, hieß ihn in der Stadt willkommen und unterhielt sich einige Minuten lang mit ihm über alles mögliche.

Vom Haag reist die Gesellschaft nach Amsterdam, wohnt daselbst der Aufführung eines hoogduitschen Treurspels bei, besucht ein Speelhuis, wo Peregrine mit dem Kapitän eines Kriegsschiffes Händel bekommt. Auf ihrem Weg nach Leiden passieren sie Haarlem und kehren von dort nach Rotterdam zurück. Hier trennt sich die Gesellschaft, und unser Held langt mit seinem Gefolge wohlbehalten in Harwich an.

Ihre Reisegefährten trafen am folgenden Tag ein, und nun besuchten sie alle Merkwürdigkeiten dieses berühmten Ortes. Sie nahmen die Gießerei, das *Stadhuis*, das *Spinhuis*, Vauxhall und des Grafen Bentincks Gärten in Augenschein. Am Abend gingen sie in die französische Komödie. Der Direktor war ein famoser Harlekin, der Mittel und Wege gefunden hatte, dem Geschmack der Holländer so kräftig zu schmeicheln, daß sie ihn als den größten Schauspieler priesen, der jemals in der Provinz Holland aufgetreten wäre. Diese berühmte Truppe gab keine eigentlichen Stücke, sondern eine Art von Stegreifspielen, in denen jener beliebte Akteur allezeit die stärkste Rolle hatte. Unter seinen witzigen Einfällen war einer, der so ausnehmend zur Gemütsstimmung und dem Genius seiner Zuhörerschaft paßte, daß es schade wäre, ihn mit Stillschweigen zu übergehen. Es stand eine Windmühle auf der Bühne. Harlekin besichtigte sie voll Neugier und Bewunderung und fragte einen der Müllerburschen, wozu diese Maschine diene. Als man ihm sagte, es sei eine Windmühle, bedauerte er, daß er leider nicht das Vergnügen habe, sie laufen zu sehen, weil nicht das geringste Lüftchen wehe. Bei dieser Erwägung nahm er die Haltung eines Menschen an, der in tiefes Nachdenken versunken ist. Er verharrte wenige Sekunden in dieser Stellung, rannte dann mit großem Eifer und viel Freude auf den Müller zu und sagte, er habe ein Mittel gefunden, die Mühle in Gang zu bringen. Hierauf knöpfte er frank und frei seine Beinkleider auf und präsentierte den Flügeln der Maschine sein

Hintergesicht. Unmittelbar darauf hörte man gewisse Explosionen, und die Flügel der Windmühle begannen sich herumzudrehen, zum unendlichen Vergnügen der Zuschauer, die diesen Spaß mit Beifallsstürmen quittierten.

Unsere Reisenden blieben einige Tage im Haag, und während dieser Zeit machte der junge Herr dem britischen Gesandten seine Aufwartung, dem er von Seiner Exzellenz zu Paris empfohlen war. Er verlor an diesem Ort ungefähr dreißig Guineen auf dem Billard an einen französischen Abenteurer, der ihn dadurch in die Schlinge lockte, daß er sein Spiel verdeckt hielt. Dann reisten sie in einem Postwagen nach Amsterdam ab. Sie hatten Empfehlungsschreiben an einen dortigen Kaufmann, der von Geburt Engländer war. Der zeigte ihnen alles Sehenswerte und führte sie unter anderem auch ins Schauspielhaus, wo sie sich ein *hoogduitsches Treurspel* ansahen – eine Ergötzlichkeit, die mehr als sonst etwas die seltsamste Wirkung auf die Organe unseres Helden ausübte. Die Kostüme der Hauptpersonen waren so grotesk, ihr Spiel so linkisch, so absurd und ihre Sprache so lächerlich und so wenig geeignet, Empfindungen der Liebe und Ehre auszudrücken, daß diese Anhäufung von Ungereimtheiten bei Peregrine eine harntreibende Kraft auslöste und ihn nötigte, wohl zwanzigmal zu verschwinden, ehe die Tragödie zu Ende war.

Das Stück behandelte die berühmte Geschichte von Scipios Enthaltsamkeit und Tugend und schilderte, wie er seine schöne Gefangene ihrem Geliebten zurückgibt. Ein rundköpfiger Holländer in einem Bürgermeisterhabit und einer Pelzmütze stellte den jungen römischen Helden dar. Er saß an einem Tisch, auf dem eine Kanne Bier, ein Glas und ein Teller voll Tabak standen, und schmauchte sein Pipken. Die Dame war eine Person, die Scipio wohl verschenken konnte, ohne daß ihm seine Großmut sehr sauer geworden wäre, und dieser Meinung schien der keltiberische Prinz tatsächlich selber zu sein; denn als er seine Geliebte aus den Händen des Siegers empfing, äußerte er nichts von jener überschwenglichen Freude und Dankbarkeit, deren Livius bei der Erzählung dieser Begebenheit gedenkt. Indessen war der holländische Scipio nach seiner Art höflich genug. Er redete sie artig mit *Juffrouw* an, bat sie, sich zu seiner Rechten niederzusetzen, stopfte mit eigenen Fingern eine neue Pfeife und überreichte diese dem Liebhaber, *Mynheer Allucio*. Alles übrige war im nämlichen Geschmack und behagte der Zuhörerschaft so sehr, daß sie ihr angeborenes Phlegma abgelegt zu haben schien, um der Vorstellung vollen Beifall zu spenden.

Nach der Aufführung begab sich unsere Gesellschaft in das Haus ihres Freundes, wo sie den Abend zubrachte. Als man auf die Dichtkunst zu sprechen kam, hob ein Holländer, der Englisch verstand und dem Diskurs recht aufmerksam zugehört hatte, mit beiden Händen ein mächtiges Stück von einem Chesterkäse hoch, der vor ihm lag, und sagte: „Ick weet, wat Boeterei is. Myn Broder is een grooter Boet und heeft een Boek geschreeven, so dik as dat." Pickle, den die Methode belustigte, einen Schriftsteller nach der Quantität seiner Werke zu schätzen, erkundigte sich nach dem Inhalt der Schriften dieses Dichters. Allein darüber konnte ihm dessen Bruder keine Auskunft erteilen und wußte ihm weiter nichts zu sagen, als daß er einen schlechten Handel machte und wünschte, er hätte ein anderes Handwerk ergriffen.

Die einzige Merkwürdigkeit, die unsere Gesellschaft in Amsterdam noch nicht gesehen hatte, waren die *Speelhuizen* oder Musikhäuser, die mit stillschweigender Duldung der Obrigkeit zur Erholung für diejenigen betrieben werden, die sonst auf die Keuschheit rechtschaffener Frauen Angriffe unternehmen könnten, wenn sie nicht mit dergleichen Bequemlichkeiten versorgt wären. Unter der Führung des englischen Kaufmanns gingen unsere Reisenden jetzt in eins von diesen Nachtlokalen. Es glich dem ewig berühmten Kaffeehause der Moll King, freilich mit dem Unterschied, daß die Gesellschaft hier nicht so ausgelassen war wie die Lebemänner von Covent Garden. Sie bildete hier einen Kreis, in dem einige zur Musik einer jämmerlichen Drehorgel und einiger anderer Instrumente tanzten, die Töne erzeugten, wie sie zum Charakter der Zuhörer paßten. Das ganze Zimmer war mit undurchdringlichen Tabakswolken angefüllt. Als unsere Herren eintraten, waren gerade zwei „Damen" mit ihren Galanen auf der Tanzfläche. Letztere hoben die Füße geradeso wie die Ochsen am Pfluge; und als einem von diesen Herumhopsern mitten in einer Sarabande die Tabakspfeife ausging, zog er bedächtig seinen Tabaksbeutel hervor, füllte sie und steckte sie wieder in Brand, ohne dabei den Tanz auch nur einen Augenblick zu unterbrechen. Da Peregrine nicht durch die Anwesenheit seines Hofmeisters behindert wurde – dieser war für seinen eigenen Leumund zu besorgt, um ihn auf diesem Streifzug zu begleiten –, so machte er sich an eine muntere französische Dirne heran, die dasaß und auf einen Kunden zu warten schien. Er gewann sie schließlich zu seiner Partnerin, führte sie in den Zirkel und ergriff nun seinerseits die Gelegenheit, um, zur Bewunderung aller Anwesenden, ein Menuett mit ihr zu tanzen. Eben war er willens, noch eine andere Probe seiner Geschicklichkeit in dieser Kunst abzulegen, als der Kapitän eines holländischen Kriegsschiffes hereinkam. Als dieser nun einen Fremden mit der Schönen engagiert sah, die er sich, wie es scheint, für die Nacht gesichert hatte, schritt er ohne weiteres auf sie zu, packte sie am Arm und zerrte sie auf die andere Seite des Lokals. Unser abenteuernder Ritter, der nicht der Mann war, eine solch grobe Beschimpfung geduldig einzustecken, ging dem Räuber mit entrüsteten Blicken nach. Er stieß ihn beiseite, bemächtigte sich der umstrittenen Dame und führte sie wieder auf den Platz zurück, von dem man sie weggeschleppt hatte. Über die Kühnheit des jungen Mannes voller Wut, ließ sich der Holländer im ersten Zorn dazu hinreißen, seinem Nebenbuhler eine derbe Ohrfeige zu versetzen. Sie wurde ihm sogleich mit Zinsen zurückbezahlt, noch ehe unser Held sich so weit wieder sammeln konnte, um die Hand an den Degen zu legen und den Angreifer durch ein Zeichen aufzufordern, ihm zur Türe zu folgen.

Ungeachtet der Verwirrung und der Unordnung, welche diese Affäre im Saal verursachte, und ungeachtet auch der Bemühungen von Pickles Begleitern, die sich ins Mittel schlugen, um ein Blutvergießen zu verhindern, kamen die beiden Gegner dennoch auf die Straße hinaus. Peregrine, der seinen Degen entblößte, stutzte nicht wenig, als er sah, wie der Kapitän mit einem langen Messer auf ihn eindrang, das er dem Schwert an seiner Seite vorzog. Diese unvernünftige Handlungsweise machte den jungen Mann betroffen, und er bat ihn auf französisch, dieses unfeine Instrument wegzulegen und sich ihm wie ein Kavalier zu stellen. Der Holländer jedoch, der sein Ansuchen nicht verstand und ihm, selbst wenn er die Worte begriffen, auch nicht entsprochen hätte, rannte wie ein Desperado auf seinen Gegner los, bevor sich dieser in Positur werfen konnte. Hätte Pickle nicht über eine erstaunliche Behendigkeit verfügt, so wäre seine Nase ein Opfer der Wut seines Feindes geworden. Da er sich in solch drohender Gefahr befand, sprang er auf die Seite, und als der Holländer in seinem starken Anlauf an ihm vorüberschoß, gab er ihm einen so schnellen und nachdrücklichen Tritt an die Ferse, daß sein Feind wie der Blitz in den Kanal fuhr und beinahe umgekommen wäre, da er an einem der Pfähle aufschlug, mit denen der Kanal eingefaßt ist.

Nach dieser Leistung wartete Peregrine nicht, bis der Kapitän wieder festen Boden unter den Füßen hatte, sondern verzog sich auf Anraten seines Führers schleunigst nach Hause. Am folgenden Tag bestieg er mit seinen Begleitern die Schuit nach Haarlem. Sie aßen daselbst zu Mittag und kamen gegen Abend in der alten Stadt Leiden an, wo sie einige englische Studenten trafen, die sie mit großer Gastfreundlichkeit aufnahmen. Doch noch am gleichen Abend wurde die Eintracht unter ihnen gestört. Es entspann sich nämlich zwischen einem dieser jungen Herren und dem Arzt ein Disput über die kalte und die warme Heilmethode bei Zipperlein und Rheumatismen, und er artete auf beiden Seiten in so grobe Schmähungen aus, daß Pickle, der sich der Ungeschliffenheit seines Reisegefährten schämte und darüber sehr erbittert wurde, Partei für den andern ergriff und dem Arzt ganz offen sein unmanierliches Betragen verwies, durch das er gesellschaftlichen Umgang weder zu pflegen vermöchte noch zu genießen verdiene. Diese unerwartete

Erklärung setzte den Arzt in höchste Verwunderung und Verlegenheit; er war von dem Augenblick an der Sprache beraubt und saß nun bis zum Aufbruch in stummem Ärger da. Aller Wahrscheinlichkeit nach erwog er im stillen, ob er dem jungen Herrn die Freiheit, die er sich im Beisein von Fremden ihm gegenüber herausgenommen hatte, vorhalten solle oder nicht. Da er aber wußte, daß er es nicht mit einem Pallet zu tun haben würde, ließ er es wohlweislich bei diesem Gedanken bewenden und kaute an seinem Grimm bloß im geheimen.

Nach der Besichtigung des Botanischen Gartens, der Universität, des Anatomiesaales und aller andern Dinge, die ihnen als merkwürdig angepriesen worden waren, kehrten sie wieder nach Rotterdam zurück und berieten über die Art, wie sie nach England übersetzen wollten. Der Arzt, dessen Groll gegen Peregrine wegen unseres Helden Gleichgültigkeit und Vernachlässigung eher gestiegen als gefallen war, hatte den schlichten arglosen Maler wieder auf seine Seite gebracht, der nicht wenig stolz darauf war, daß der andere die ersten Schritte zu einer vollständigen Aussöhnung tat, und ergriff die Gelegenheit, sich von unserm abenteuernden Ritter zu trennen, indem er erklärte, er und sein Freund Mr. Pallet seien entschlossen, die Überfahrt in einer Handelsschaluppe zu machen, nachdem er gehört habe, wie entschieden sich Peregrine gegen eine so langweilige, unangenehme und unsichere Art zu fahren ausgesprochen hatte. Pickle durchschaute seine Absicht sofort und versuchte erst gar nicht, ihnen ihr Vorhaben auszureden, äußerte auch nicht das geringste Bedauern über die Trennung, sondern wünschte ihnen überaus kühl eine glückliche Reise und befahl, daß man sein Gepäck nach *Hellevoetsluis* schicke. Dort begab er sich des folgenden Tags nebst seinem Gefolge an Bord eines Paketbootes und kam unter günstigem Wind nach achtzehn Stunden in Harwich an.

Peregrine übergibt seine Empfehlungsschreiben in London und kehrt zum unaussprechlichen Vergnügen des Kommodores und dessen ganzen Hauses ins Kastell zurück.

Jetzt, da unser Held auf englischem Boden stand, wurde sein Herz weit, wenn er sich stolz vergegenwärtigte, wie sehr seine Bildung seit dem Verlassen des Vaterlandes gefördert worden war. Er erinnerte sich an alles, was ihn in der Jugend bewegt hatte. Er genoß schon im voraus das Vergnügen, seine Freunde im Kastell nach einer Abwesenheit von achtzehn Monaten wiederzusehen; und das Bild seiner reizenden Emilie, das andere, minder würdige Gegenstände bisher verdrängt hatten, nahm wieder völlig Besitz von seinem Herzen. Mit Scham dachte er daran, daß er den Briefwechsel mit ihrem Bruder vernachlässigt hatte – einen Briefwechsel, um den er selbst so eifrig gebeten und demzufolge er auch während seines Aufenthaltes in Paris einen Brief von diesem jungen Manne erhalten hatte. Trotz diesen Skrupeln aber war er zu dünkelhaft, als daß er geglaubt hätte, er werde Schwierigkeiten haben, für solche Unterlassungssünden Verzeihung zu erhalten. Er fing an sich einzubilden, seine Leidenschaft würde seiner glänzenden Lage nachteilig sein, wenn sie nicht unter Bedingungen Erfüllung fände, die er sich früher nicht im geringsten hätte einfallen lassen.

So leid es mir auch tut, bin ich doch genötigt – mein Amt als Geschichtsschreiber erheischt es – zu berichten, daß die Gesinnung des hochfahrenden Jünglings dermaßen entartet war. Sein Blut brauste in den Adern, das Bewußtsein seiner persönlichen Vorzüge schwellte ihn auf; er war berauscht von seinem Glück und schwebte in allen Höhen phantastischer Erwartungen. Obwohl ernstlich in Miß Gauntlet verliebt, war er doch weit von dem Gedanken entfernt, daß ihr Herz das letzte Ziel seiner Galanterie sein solle. Er zweifelte gar nicht daran, über die angesehensten Damen des Landes den Sieg davontragen und dadurch seine Begierden und seinen Ehrgeiz zugleich befriedigen zu können.

Mittlerweile war er gesonnen, durch sein Erscheinen im Kastell ebensoviel Überraschung wie Freude hervorzurufen. Er warnte daher Mr. Jolter davor, an den Kommodore zu schreiben, der seit ihrer Abreise von Paris nichts von ihnen gehört hatte, und mietete eine Postchaise und Pferde nach London. Der Hofmeister ging aus, um wegen ihres Fuhrwerks die nötigen Anstalten zu treffen, und ließ unbedachterweise ein dickes Heft offen auf dem Tisch liegen. Sein Zögling warf einen Blick darauf und ward von ungefähr die folgenden Worte gewahr:

„Den 15. September. Mit Gottes Segen in dem unglücklichen Königreich England wohlbehalten angelangt. Und so schließt sich das Tagebuch meiner letzten Fahrt."

Dieser außerordentliche Schluß erregte Peregrines Neugier. Er schlug das Heft vorne auf und las verschiedene Bogen eines Diariums, wie es gemeiniglich die Klasse von Leuten, die unter dem Namen Reisehofmeister bekannt sind, zu ihrer eigenen Zufriedenheit und derjenigen der Eltern oder Vormünder ihrer Zöglinge sowie zur Erbauung und Unterhaltung ihrer Freunde zu führen pflegen.

Damit sich der Leser von Mr. Jolters Arbeit einen klaren Begriff machen kann, wollen wir die Vorfälle eines Tages so hersetzen, wie er sie aufgezeichnet hat, und dieser Auszug wird von Plan und Charakter dieses Werkes eine hinlängliche Vorstellung vermitteln.

„Den 3. Mai um acht Uhr in einer Postchaise von Boulogne abgefahren. Der Morgen diesig und kalt. Ich stärkte meinen Magen mit einem Cordiale. Empfahl dito Mr. P. als ein *Antidotum* gegen den Nebel. *Mem.* Er schlug es ab. Das hinterste Pferd an der Fessel des rechten Hinterbeins die Mauke. Zu Samers angekommen. *Mem.* Bis hieher waren es anderthalb Stationen, das sind drei französische oder neun englische Meilen. Das Wetter klärt sich auf. Eine schöne, flache Landschaft, reich mit Korn bewachsen. Der Postillion verrichtet sein Gebet, wie er bei einem hölzernen Kruzifix an der Landstraße vorbeikommt. *Mem.* Die Pferde fallen in einen kleinen Bach, der in einem Tal zwischen zwei Hügeln fließt. Zu Cormont angekommen. Eine gewöhnliche

Station. Disput mit meinem Zögling, der eigensinnig ist und von einem unglücklichen Vorurteil beherrscht wird. Reisen weiter nach Montreuil, wo wir zu Mittag außerordentlich gute Tauben essen. Die Rechnung ist sehr billig. Aus Nachlässigkeit des Zimmermädchens kein Nachtgeschirr im Zimmer. Eine gewöhnliche Station. Gehen nach Nampont ab. Mit Blähungen und Indigestion inkommodiert. Mr. P. ist verdrießlich und scheint ein Aufstoßen aus dem Magen für einen Wind von hinten zu halten. Gehen von Nampont nach Bernay ab; kommen daselbst den Abend an und beschließen, die Nacht dazubleiben. NB. Die zwei letzten Stationen waren doppelt und unsere Tiere sehr willig, aber nicht stark. Speisen zu Abend ein delikates Ragout und exzellente Rebhühner in Gesellschaft eines Herrn H. und seiner Frau Gemahlin. *Mem.* Besagter H. tritt aus Versehen auf mein Hühnerauge. Bezahle die Rechnung, die nichts weniger denn bescheiden ist. Disputiere mit Mr. P. wegen des Geldes, das die Magd haben soll. Er besteht darauf, ich soll ihr ein Vierundzwanzigsolstück geben, was bestimmt um zwei Drittel zuviel ist. NB. Sie war ein freches Ding und verdiente nicht einen Liard."

Gewisse Stellen in diesem amüsanten und lehrreichen Tagebuch ärgerten unsern Helden so sehr, daß er, um den Verfasser dafür zu bestrafen, zwischen zwei Absätze mit einer Schrift, die der des Hofmeisters genau glich, folgendes hineinschrieb: „*Mem.* Hatte das Vergnügen, mir auf das Wohlergehen unseres rechtmäßigen Königs und seines erlauchten Hauses in Gesellschaft einiger würdiger Väter von der Sozietät Jesu, meinen Landsleuten, einen lieblichen Rausch anzutrinken."

Nach diesem Racheakt reisten sie nach London. Hier machte Pickle den vornehmen Herren, an die er von Paris Empfehlungsschreiben hatte, seine Aufwartung. Er wurde nicht nur sehr liebenswürdig empfangen, sondern auch mit Schmeicheleien und Dienstanerbietungen überhäuft, weil sie vernahmen, er sei ein junger Herr von Vermögen, der ihrer Unterstützung und ihres Beistandes keineswegs bedürfe, vielmehr unter der Zahl ihrer Anhänger eine ebenso ansehnliche Figur machen als ihnen nützlich sein würde. Er hatte die Ehre, auf dringende Einladungen hin bei ihnen zu dinieren und verschiedene Abende mit den Damen zuzubringen, denen er nicht nur wegen seiner Person und seines Betragens, sondern auch, weil er sich beim Spiel ordentlich rupfen ließ, besonders willkommen war.

Als er nun auf diese Weise in die gute Gesellschaft eingeführt war, dachte er daran, daß es höchste Zeit sei, seinem großmütigen Wohltäter, dem Kommodore, seine Ehrerbietung zu bezeigen. Daher reiste er eines Morgens mit seinem Gefolge nach dem Kastell ab, wo er denselben Abend wohlbehalten eintraf.

Als er zum Tor hineintrat, das ihm ein neuer Bedienter öffnete, den er nicht kannte, erblickte er seinen alten Freund Hatchway, der, mit einer Nachtmütze auf dem Kopf und einer Pfeife im Mund, auf dem Hofe herumstapfte. Pickle eilte auf ihn zu und faßte ihn bei der Hand, noch ehe der das geringste von seiner Annäherung gemerkt hatte. Der Leutnant, von einem Fremden auf diese Art begrüßt, starrte ihn stumm und verwundert an, bis er sich seiner Züge erinnerte; und kaum hatte er ihn erkannt, so schmiß er seine Tabakspfeife aufs Pflaster, rief aus: „Zerschmeiße meine Marsstenge! Bist willkommen im Hafen!" und schloß ihn liebevoll in die Arme. Sodann äußerte er durch einen herzlichen Händedruck seine Befriedigung darüber, seinen alten Schiffsgenossen Tom wiederzusehen. Der setzte seine Pfeife an den Mund und blies so, daß das ganze Kastell davon widerhallte.

Kaum hörten die Bedienten den ihnen vertrauten Ton, da stürzten sie in ausgelassener Freude herbei, und auf die Kunde, ihr junger Herr sei wieder da, erhoben sie ein gewaltiges Begrüßungsgeschrei, durch das der Kommodore und dessen Gemahlin in Erstaunen gerieten und Julie von einer so bedeutsamen Ahnung ergriffen wurde, daß ihr das Herz heftig zu pochen begann. Sie lief im vollen Drang und Sturm der Hoffnung hinaus und war beim Anblick des Bruders dermaßen überwältigt, daß sie in seinen Armen ohnmächtig zusammenbrach. Doch erholte sie sich bald wieder. Als Peregrine ihr seine Freude und seine Zuneigung ausgesprochen hatte, stieg er die Treppe hinauf und präsentierte sich seinem Paten und seiner Tante. Mrs. Trunnion stand auf und empfing ihn mit einer huldreichen Umarmung. Sie dankte dem Himmel für seine glückliche Rückkehr aus dem Lande der Gottlosigkeit und des Lasters. Sie hoffe, fügte sie hinzu, daß daselbst weder seine Sitten verdorben worden seien noch seine Grundsätze in der Religion gelitten oder sich geändert hätten. Den alten Herrn, der an seinen Stuhl gefesselt war, machte die Freude über das Erscheinen seines Neffen ganz sprachlos. Nach verschiedenen fruchtlosen Versuchen, auf die Beine zu kommen, stieß er schließlich eine Ladung von Flüchen gegen seine Füße aus und hielt seinem Neffen die Hand hin, der sie mit Ehrerbietung küßte.

Als er seine Apostrophe auf das Zipperlein beendet hatte, das er täglich, ja stündlich vermaledeite, sagte er: „Na, lieber Junge, es ist mir nun gleich, wenn ich zugrunde gehn dhue. Hab ich dich doch wieder gesund und glücklich im Hafen gesehn! – Ach, Unsinn! Es ist eine verfluchte Lüge, was ich da sage. Möchte noch gern so lange flott bleiben, bis ich einen tüchtigen Jungen von deinem Machwerk sehen dhäte. Bei all meinen Steven! ich bin dir so herzlich gut, daß ich immer glaube, du bist aus meinem Rumpf gezimmert, ob ich gleich nicht Red und Antwort geben kann, wie du bist auf Stapel gelegt worden." Hierauf warf er einen Blick auf Pipes, der nun auch in sein Zimmer eingedrungen war und ihn mit dem üblichen Seemannsgruß: „Wie steht's?" anredete. „He! Seid Ihr auch da, Ihr heringsköpfiger Sohn von einem Seekalb? Habt Eurem alten Kommandör einen gar saubern Putz gespielt! Doch kommt her, Ihr Mordskerl! Da ist meine Faust! Soll Euch verziehen und vergessen sein, weil Ihr mein Patenkind so herzlich liebhaben dhut. Geht, stellt man Eure Takelage auf, und hißt ein Faß starkes Bier auf den Hof. Schlagt den Spund heraus und steckt eine Pumpe hinein, damit all meine Leute und Nachbarn sich was zugute dhun können. Und hört Ihr, laßt die Stücke abfeuern und das Kastell illuminieren als Freudenzeichen, daß Euer Herr frisch und gesund gelandet ist. Bei Gott! Wenn ich meine Schwerenotstummels von Beinen gebrauchen könnte, wollt ich mit dem Besten von euch einen Hornpipe tanzen dhun."

Der nächste Gegenstand seiner Aufmerksamkeit war Mr. Jolter. Er zeichnete ihn mit besonderer Hochachtung aus und wiederholte das Versprechen, ihn aus Erkenntlichkeit für die Sorgfalt und Klugheit, die er bei der Erziehung und der Aufsicht über die Sitten unseres Helden bewiesen habe, in den Besitz der Pfründe zu setzen, die er zu vergeben habe. Den Hofmeister rührte der Edelmut seines Gönners so sehr, daß ihm die Tränen über die Wangen hinunterliefen, während er seine Dankbarkeit und das unendliche Vergnügen ausdrückte, das er empfinde, wenn er die Vollkommenheit seines Zöglings betrachte.

Pipes versäumte indes nicht, die erhaltenen Befehle auszuführen. Das Bier wurde heraufgeschafft, das Tor für jedermann geöffnet, das ganze Haus erleuchtet und das Geschütz mehrmals abgebrannt. Ein solches Phänomen mußte natürlich die Aufmerksamkeit der Nachbarn erregen. Der Klub bei Tunley war erstaunt über den Donner der Kanonen, und die Mitglieder dieser weisen Gesellschaft ließen verschiedene Mutmaßungen hören. Der Wirt bemerkte, der Kommodore würde wahrscheinlicherweise von Poltergeistern heimgesucht und lasse die Stücke zum Zeichen der Not abfeuern, wie er es vor zwanzig Jahren gemacht habe, als eben diese argen Kobolde ihn inkommodiert hätten. Der Akziseeinnehmer äußerte mit einem schalkhaften Lächeln die Idee, daß Trunnion gestorben sei, weswegen denn die Stücke in zweideutiger Absicht losgebrannt würden, entweder um die Betrübnis oder die Freude seiner Gemahlin anzuzeigen. Der Anwalt rückte mit der Vermutung heraus, daß Hatchway Miss Pickle heirate und daß das Abbrennen der Kanonen und die Illumination zu Ehren des Hochzeitsfestes geschähen. Darauf verriet endlich Gamaliel einige schwache Spuren innerer Regung, nahm seine Pfeife aus dem Munde und gab seine Meinung dahin ab, daß seine Schwester wohl niedergekommen sei.

Während sie im Labyrinth ihrer Phantasie umherirrten,

stürmte eine Anzahl Landleute, die in der Küche saßen und tranken und die ihre Beine besser nutzen konnten als ihre Erfindungskraft, hinaus, um zu erfahren, was dies alles zu bedeuten habe. Als man ihnen sagte, daß eine Tonne Starkbier auf dem Hofe angestochen sei, wozu das Hausgesinde des Kommodores sie einlade, ersparten sie sich die Mühe und die Kosten, für den Abend in die Schenke zurückzukehren, und scharten sich um Toms Fahne, der den *maître de plaisir* machte.

Kaum war die Neuigkeit von Peregrines Rückkehr im Kirchspiel bekannt geworden, eilten der Pfarrer und drei oder vier Gentlemen aus der Nachbarschaft, die unserm Helden sehr gewogen waren, sogleich auf das Kastell, um ihre Glückwünsche zu dem frohen Ereignis abzustatten, und mußten hier zu Abend speisen. Miss Julie, die sich vortrefflich auf die Wirtschaft verstand, sorgte für ein feines Mahl, und der Kommodore war dabei vor Freude so munter, daß es schien, er habe sich verjüngt.

Unter denen, die das Fest mit ihrer Gegenwart beehrten, befand sich auch Mr. Clover, der junge Herr, der um Peregrines Schwester warb. Er war so von seiner Leidenschaft erfüllt, daß er, als die übrige Tischgesellschaft mit ihren Bechern beschäftigt und Peregrine gerade in kein Gespräch verwickelt war, die Gelegenheit ergriff und unsern Helden in der Ungeduld seiner Liebe beschwor, er solle ihm durch seine Einwilligung zum Glück verhelfen. Er beteuerte, er werde sich allen Bedingungen eines Ehevertrags unterwerfen, die ein Mann von seinem Vermögen zugunsten einer jungen Dame annehmen könnte, die unumschränkte Herrin seines Herzens sei.

Pickle dankte Mr. Clover sehr höflich für seine Zuneigung zu seiner Schwester und für seine rechtschaffene Absicht und sagte ihm, er sehe vorderhand keinen Grund, seinem Verlangen entgegen zu sein. Er wolle Julies Neigung erforschen und sich dann mit ihm wegen der Erfüllung seines Wunsches besprechen. Doch bat er, ihn zu entschuldigen, wenn er eine Sache von solchem Belang nicht gleich jetzt mit ihm erörtere. Er erinnerte ihn hierauf an den fröhlichen Zweck, der sie so glücklich zusammengeführt habe, und ließ die Flasche derart schnell kreisen, daß alle in ihrer Lust laut und lärmend wurden. Man brach wiederholt in schallendes Gelächter aus, wozu einzig und allein der Wein den Grund lieferte. Auf diese Ausbrüche der Heiterkeit folgten Trinklieder, in die sogar der alte Herr einzustimmen versuchte. Der sittsame Hofmeister schlug den Takt, indem er mit den Fingern schnalzte, und der Pfarrer verstärkte den Chor mit einem Hallelujagesicht voller Jubel. Noch vor Mitternacht hockten sie fast alle so schwer auf ihren Stühlen, als hätte Zauberkraft sie festgebannt; und das Schlimmste dabei war, daß sich jeder von der Dienerschaft im Hause in der nämlichen Verfassung befand. Sie sahen sich mithin genötigt, so zu schlafen, wie sie gerade dasaßen, und nickten nun einander zu wie eine Kongregation von Wiedertäufern.

Am folgenden Tag sprach Peregrine mit seiner Schwester über Mr. Clovers Antrag. Sie sagte ihm, er habe sich erboten, ihr ein Wittum von vierhundert Pfund auszusetzen und sie ohne Erwartung einer Aussteuer zu heiraten. Sie erzählte ihm ferner, ihre Mutter habe während seiner Abwesenheit etliche Male Boten zu ihr gesandt und sie aufgefordert, ins väterliche Haus zurückzukehren. Allein auf Anraten und auf die eindringliche Ermahnung des Kommodores und ihrer Tante habe sie sich geweigert, diesem Befehl zu gehorchen, allerdings auch aus eigenem Antrieb, denn sie habe alle Ursache zu glauben, daß ihre Mutter lediglich eine Gelegenheit suche, all ihren Groll an ihr auszulassen und sie aufs strengste zu behandeln. Diese Frau hatte in ihrem Haß das Gefühl für Schicklichkeit so vollkommen verloren, daß sie eines Tages, als sie ihre Tochter in der Kirche erblickte, aufsprang und sie, ehe der Pfarrer hereinkam, vor der ganzen Gemeinde mit großer Bitterkeit beschimpfte.

67

Peregrine sieht seine Schwester glücklich verheiratet. Er besucht Emilie, die ihn so empfängt, wie er's verdient.

Pickle war der Meinung, Mr. Clovers Antrag wäre nicht zu verachten, zumal Julies Herz sich bereits entschieden hatte. Er sprach daher mit dem Kommodore über die Sache. Unter Zustimmung von Mrs. Trunnion erklärte sich dieser mit der Werbung des jungen Mannes einverstanden und verlangte, daß Julie ihm in aller Eile kopuliert werden möchte, und zwar ohne Wissen und Zutun ihrer Eltern, denen sie ihrer unmenschlichen Grausamkeit wegen nicht die mindeste Rücksicht schulde. Obwohl unser Ritter ebenso dachte und obwohl Clover, dem vor Hindernissen bangte, Julie inständig um ihre sofortige Einwilligung bat, ließ sie sich doch nicht zu diesem wichtigen Schritt bewegen, ohne zuvor um die Erlaubnis des Vaters angehalten zu haben. Trotzdem war sie fest entschlossen, den Eingebungen ihres Herzens zu folgen, wenn seine Einwendungen nichtig oder ungerecht sein sollten.

Durch diese Erklärung sah ihr Verehrer sich genötigt, Mr. Gamaliel in der Schenke seine Aufwartung zu machen. Er eröffnete ihm unter vielen Äußerungen der Ehrerbietung und Achtung seine Neigung zu seiner Tochter, legte ihm seine Vermögensumstände dar, sagte ihm, was er für Miss Julie tun wollte, und schloß damit, daß er auf jegliches Heiratsgut verzichte. Dieses letzte Anerbieten schien beim Vater einen gewissen Eindruck nicht zu verfehlen. Er nahm es mit Höflichkeit auf, versprach, ihm in ein oder zwei Tagen Bescheid zu geben, und zog dann noch am gleichen Abend seine Frau zu Rate. Über die Aussicht ihrer Tochter, unabhängig zu werden, höchst erbittert, brachte sie die giftigsten Einwände gegen die Partie vor, sagte, es sei ein unverschämter Anschlag, der von dem Mädchen selbst in die Wege geleitet worden sei, bloß um ihre Eltern zu verhöhnen, gegen die sie sich bereits des heillosesten Ungehorsams schuldig gemacht habe, kurz, sie erhob solche Vorstellungen, daß sie ihrem schwachen Mann den Antrag, der ihm zuvor so sehr behagte, nicht nur verleidete, sondern ihn auch veranlaßte, um einen Haftbefehl gegen seine Tochter einzukommen, unter dem Vorwand, sie sei im Begriff, sich ohne sein Wissen und seine Einwilligung zu vermählen.

Der Friedensrichter, an den er sich also wandte, mußte den nachgesuchten Befehl zwar ausfertigen, doch weil ihm die boshafte Gesinnung der Mutter und Gamaliels Einfalt nicht unbekannt waren – und wem in der ganzen Grafschaft wären sie nicht bekannt gewesen? –, so erstattete er von dem, was jetzt vorgefallen war, Anzeige im Kastell, worauf zwei Schildwachen vor das Tor gestellt und Julie auf das dringende Ersuchen des Liebhabers sowohl als auf das Verlangen des Kommodores, des Bruders und der Tante ohne weitern Aufschub verheiratet wurde. Mr. Jolter vollzog die Trauung, weil der Gemeindepfarrer klüglich jede Gelegenheit vermied, jemanden zu beleidigen, und der Vikar es zu sehr mit den Feinden hielt, als daß man ihn zu dem Geschäft hätte brauchen können.

So wurde diese Familiensache zur völligen Zufriedenheit unseres Helden erledigt, und am folgenden Tag geleitete er seine Schwester nach der Wohnung ihres Mannes, der sofort an den Vater schrieb und ihm die Gründe meldete, weshalb man auf seine Einwilligung verzichtet habe. Mrs. Pickles Ärger hierüber war unbeschreiblich.

Damit das junge Ehepaar vor jeglicher Beleidigung sicher sei, schlugen unser junger Herr, sein Freund Hatchway und deren Genossen auf einige Wochen ihren Wohnsitz bei Mr. Clover auf. Währenddessen besuchten sie, der Sitte gemäß, ihre Bekannten in der Nachbarschaft. Als die Ruhe in der Familie vollständig hergestellt und der Ehekontrakt in Gegenwart des alten Kommodores und dessen Gemahlin ins reine gebracht war – sie schenkte ihrer Nichte fünfhundert Pfund für Geschmeide und Kleider –, konnte Peregrine die Ungeduld, seine teure Emilie wiederzusehen, nicht länger bezwingen. Er sagte seinem Oheim, er sei gesonnen, am nächsten Tag eine kleine Reise zu machen, um seinem Freunde Gauntlet, von dem er so lange nichts gehört habe, einen Besuch abzustatten.

Der alte Herr sah ihm starr ins Gesicht und sagte: „Mit Euren Schwerenotspfiffen! Der Anker hält noch fest, merk ich. Der hat sicher das Kabel gelichtet und den Ankerplatz verändert, dacht ich; aber, wie ich seh, geht das nicht. Wenn einmal ein junger Kerl von einer netten Dirn aufgebracht worden ist, kann er wohl sein Gangspill und seinen Windeblock aufstellen, wo es ihm beliebt, aber den Anker wird er so wenig in die Höhe bringen können wie den Pic von Teneriffa. Blitz und Wetter! hätt ich gewußt, daß das Weibchen Ned Gauntlets Tochter wäre, ich hätte nicht das Signal gegeben, die Jagd abzubrechen."

Unser abenteuernder Ritter stutzte nicht wenig, als der Kommodore diesen Ton anstimmte, und vermutete gleich, daß sein Freund Geoffrey den Oheim von der ganzen Geschichte unterrichtet habe. Statt aber die Sanktionierung seiner Liebe mit jener seligen Freude anzuhören, die er empfunden hätte, wenn seine Gefühle noch die ehemaligen gewesen wären, wurde er infolge von Trunnions Erklärung verdrossen und war wegen der Vermessenheit des jungen Kriegers beleidigt, der sich unterstanden hatte, ein ihm feierlich anvertrautes Geheimnis zu enthüllen. Diese Gedanken trieben ihm die Röte ins Gesicht, und er versicherte dem Kommodore, er habe nie im Ernst ans Heiraten gedacht. Hätte ihm also irgend jemand gesagt, daß er irgendeine derartige Verpflichtung eingegangen sei, so hätte man ihn getäuscht. „Ohne Ihr Wissen und ohne Ihre ausdrückliche Einwilligung", beteuerte er, „werd ich mich nie in dergleichen einlassen."

Trunnion lobte ihn wegen dieses klugen Entschlusses und bemerkte, es habe ihm zwar niemand gesagt, zu was für Versprechungen es zwischen ihm und seinem Liebchen gekommen wäre, jedenfalls aber hätte er dem Mädchen den Hof gemacht, und man müsse daher annehmen, daß er ernsthafte Absichten verfolge, denn er könne unmöglich so gemein und schlecht sein, die Tochter eines braven Offiziers verführen zu wollen, der seinem Vaterlande so ehrenvoll und rühmlich gedient habe. Trotz diesen Worten, die Pickle auf des Kommodores Mangel an Weltkenntnis setzte, begab er sich nach der Wohnung der Mrs. Gauntlet mit der unverantwortlichen Gesinnung eines Lebemannes, der jede Rücksicht den Begierden seines ihn beherrschenden Triebes aufopfert. Da Winchester an seinem Wege lag, beschloß er, einige seiner Freunde zu besuchen, die dort wohnten. Im Hause des einen erfuhr er, daß Emilie sich mit ihrer Mutter in der Stadt befände, worauf er sich entschuldigte, daß er nicht zum Tee bleiben könne, und sogleich in die Wohnung seiner Geliebten eilte.

Als er vor der Tür ankam, wurde er nicht von jener innern Unruhe erfaßt, die man bei einem Liebhaber in einem so bedeutsamen Moment erwarten müßte, sondern fühlte nur, wie Eitelkeit und Stolz sich triumphierend regten. So trat er in Emiliens Zimmer ein mehr mit dem Wesen eines eingebildeten Stutzers als dem eines ehrfurchtsvollen Verehrers, der den Gegenstand seiner Leidenschaft nach einer Abwesenheit von siebzehn Monaten wiedersieht.

Die junge Dame war über die kränkende Art und Weise, wie er das Schreiben ihres Bruders unbeachtet gelassen hatte, sehr mißvergnügt gewesen, hatte daher all ihren Stolz und ihre Entschlossenheit zusammengenommen und dank einem glücklichen Naturell ihren Verdruß über seine Gleichgültigkeit so weit überwunden, daß sie imstande war, in seiner Gegenwart Ruhe und Unbefangenheit zu zeigen. Es freute sie sogar, daß er seinen Besuch zufällig zu einer Zeit machte, da einige junge Herren ihr Gesellschaft leisteten, die sich als ihre Anbeter erklärt hatten. Kaum war unser Galan angemeldet, so bot sie all ihre Koketterie auf, nahm das munterste Wesen an, das ihr nur möglich war, und gerade als er in der Tür erschien, fing sie laut an zu kichern. Nach den gegenseitigen Begrüßungskomplimenten hieß sie ihn kühl in der Heimat willkommen, fragte ihn nach Neuigkeiten aus Paris, und ehe er ihr darauf antworten konnte, wünschte sie von einem der andern jungen Herren die Fortsetzung des Abenteuers zu hören, in dessen Erzählung er unterbrochen worden war. Peregrine lächelte im stillen über

Madame, Ihr habt Euren Unterrock
im nächsten Zimmer verlohren.
II. Th. 42. Cap.

allen Ärzten in der Nachbarschaft und pflegte den alten Herrn, solange der Anfall dauerte, persönlich und mit der liebreichsten Fürsorge. Der Anfall währte vierzehn Tage und wurde dann durch die kräftige Konstitution des Kommodores bezwungen.

Als der alte Herr sich wieder erholt hatte, war er von Peregrines Betragen dermaßen gerührt, daß er ihm tatsächlich sein ganzes Vermögen überantworten und sich so ganz von ihm abhängig machen wollte; allein unser junger Herr bot all sein Ansehen und seinen Einfluß auf, um ihn daran zu hindern, und überredete ihn sogar, ein Testament aufzusetzen, in dem sein Freund Hatchway sowie sein übriges Gefolge reichlich bedacht, für seine Tante aber auf eine ihr beliebige Art gesorgt wurde. Nach Erledigung dieser wichtigen Angelegenheit reiste er mit Einwilligung seines Oheims nach London ab, nachdem er die Leitung der häuslichen Angelegenheiten Mr. Jolter und dem Leutnant anvertraut hatte; denn was Mrs. Trunnion betraf, so war diese jetzt ausschließlich mit geistlichen Dingen beschäftigt.

Gleich nach seiner Ankunft in London sandte Peregrine, der von Mrs. Gauntlet erhaltenen Anweisung gemäß, eine Karte in Geoffreys Logis. Dieser junge Herr machte ihm am folgenden Morgen seinen Besuch; sein Gesicht war jedoch nicht so heiter und sein Ton nicht so herzlich warm, wie man es nach ihrem früheren intimen Umgang hätte erwarten sollen. Auch Peregrine empfand nicht jene rückhaltlose Zuneigung zu dem Offizier, die er sonst gehegt hatte. Nicht nur, daß Geoffrey sich infolge von Pickles Vernachlässigung ihrer Korrespondenz verletzt fühlte; er hatte außerdem durch einen Brief seiner Mutter erfahren, wie hochfahrend und leichtfertig Peregrine während seines letzten Besuches in Winchester Emilie gegenüber aufgetreten war, und was nun unsern Helden betrifft, so war dieser, wie schon gesagt, über die vertrauliche Mitteilung entrüstet, die der Kriegsmann dem Kommodore vermeintlich gemacht hatte. Sie merkten beide, wie peinlich ihnen diese Zusammenkunft war, und betrugen sich daher mit jener höflichen Reserve, die bei Freunden einen bevorstehenden Bruch anzukünden pflegt.

Gauntlet erriet sogleich, weshalb der andere mißvergnügt

war; und um seine Ehre zu retten, nahm er, sobald man die ersten Komplimente ausgetauscht hatte, die Gelegenheit wahr, sich nach des Kommodores Wohlbefinden zu erkundigen und im Anschluß daran Pickle zu erzählen, wie sich bei seinem Aufenthalt im Kastell nach seiner Rückreise von Dover das Gespräch eines Abends um die Leidenschaft unseres Helden gedreht und wie der alte Herr sich über diese Affäre sehr bekümmert gezeigt und unter anderm geäußert habe, er vermute, die Geliebte seines Neffen sei eine windige Person, die er noch als Schulknabe aufgegabelt habe. Hierauf habe Mr. Hatchway ihm versichert, es sei ein junges Mädchen aus so gutem Hause wie nur irgendeins in der Grafschaft, und nachdem er ihn so für sie eingenommen, habe er es im Eifer seiner Freundschaft gewagt, ihm zu sagen, um wen es sich handle. Die Entdeckung des Kommodores sei also keiner andern Ursache zuzuschreiben, und er hoffe, Mr. Pickle werde ihn von aller Schuld an dieser Geschichte freisprechen.

Peregrine war diese Aufklärung sehr angenehm; sein Gesicht heiterte sich sogleich auf, sein feierliches Betragen wandelte sich in die gewohnte Vertraulichkeit um, und er bat Geoffrey nun um Verzeihung dafür, daß er die Beantwortung seines Briefs so unartigerweise versäumt habe. Der Grund dafür, beteuerte er, sei nicht in Geringschätzung oder einem Erkalten der Freundschaft, sondern lediglich im Saus und Braus jugendlichen Treibens zu suchen. Nur deshalb habe er die Antwort immer wieder hinausgeschoben, und schließlich sei dann der Zeitpunkt für seine persönliche Rückkehr dagewesen.

Der junge Krieger war mit dieser Entschuldigung zufrieden; und da Pickles Absichten auf seine Schwester noch zweifelhaft und uneröffnet waren, hielt er es vorderhand nicht für seine Pflicht, in dieser Hinsicht irgendwelchen Unwillen zu äußern. Er war vielmehr klug genug, vorauszusehen, daß die Erneuerung des intimen Umgangs mit unserm jungen Herrn das Mittel sein konnte, die Leidenschaft wieder anzufachen, welche die vielen Eindrücke hatten schwinden lassen. Er legte daher alle Zurückhaltung ab, und sofort herrschte wieder der alte freundschaftliche Ton zwischen ihnen. Peregrine machte ihn mit all den Abenteuern bekannt, die er seit ihrer Trennung erlebt hatte, und Geoffrey erzählte ihm mit der gleichen Vertraulichkeit von all seinen merkwürdigen Erlebnissen. Unter anderm sagte er ihm, daß, nachdem er einen Posten in der Armee erhalten habe, der Vater seiner teuern Sophie, ohne sich weiter nach der Ursache dieser Beförderung zu erkundigen, ihm nicht nur weit mehr Gewogenheit gezeigt habe als zuvor, sondern sich auch seiner Sache angenommen und ihm sogar seinen finanziellen Beistand bei dem Kauf der Leutnantsstelle versprochen habe, um die er jetzt mit aller Energie nachsuche. Er habe aber allen Grund zu glauben, daß, wenn er nicht durch einen bloßen Glücksfall in die Klasse der Offiziere emporgehoben worden wäre, dieser Herr sowohl als seine übrigen reichen Anverwandten ihn in Dunkel und Not hätten schmachten lassen und ihm sein Unglück zum Vorwurf gemacht haben würden, um so ihren Mangel an Freigebigkeit und Freundschaft zu rechtfertigen.

Als Peregrine hörte, wie die Angelegenheiten seines Freundes standen, hätte er ihm gern sogleich eine Summe vorgeschossen, damit er die Ausfertigung seiner Bestallung beschleunigen könnte, die verschiedene Behörden zu passieren hatte. Da er aber gar zu gut wußte, wie heikel Gauntlet war, gab er ihm seine gütige Gesinnung nicht auf diese Art zu erkennen, sondern fand ein Mittel, sich bei einem der Beamten des Kriegsdepartements Zutritt zu verschaffen. Dieser war von den Argumenten, durch die Pickle die Sache seines Freundes unterstützte, so befriedigt, daß Geoffreys Geschäft in wenigen Tagen erledigt wurde, obgleich er selbst nicht im geringsten ahnte, wie kräftig seine Interessen gefördert worden waren.

Eben jetzt hatte in Bath die Saison angefangen, und unser Held fieberte vor Verlangen, sich an einem Orte auszuzeichnen, wo die feine Welt zusammenströmte. Er teilte sein Vorhaben, dorthin zu gehen, seinem Freunde Geoffrey mit und drang mit allem Ungestüm in ihn, ihm auf diesem Ausflug Gesellschaft zu leisten. Als Gauntlet durch Peregrines

Einfluß bei seinen neuen Freunden von Stand Urlaub vom Regiment erhalten hatte, reisten die beiden in einer Postchaise von London ab. Wie gewöhnlich begleiteten sie der Kammerdiener und Pipes, die unserm Abenteurer fast so notwendig geworden waren wie Hände und Füße.

Im Wirtshaus, wo sie abstiegen, um zu Mittag zu essen, sah Geoffrey einen Mann, der tiefsinnig und ganz für sich allein auf dem Hofe herumspazierte. Als er ihn sich näher anguckte, erkannte er ihn als einen Spieler von Profession, den er ehemals in Tunbridge öfter gesehen hatte. Auf Grund dieser alten Bekanntschaft redete er den Peripatetiker an. Der erinnerte sich sofort an ihn und erzählte ihm in der Fülle seiner Betrübnis und seines Verdrusses, er komme eben von Bath, wo ihn eine Gaunerbande, die es übelnahm, daß er sich unterstehen wollte, auf eigene Faust zu arbeiten, rein ausgebeutet habe.

Peregrine, der sich gern ganz genau informierte, dachte, er könne von diesem Meister in seiner Kunst verschiedene lustige und nützliche Anekdoten hören. Deshalb lud er ihn zum Essen ein und wurde denn auch über all die betrügerischen Systeme, die in Bath zur Anwendung kamen, unterrichtet. Er erfuhr, daß eine große Organisation von Abenteurern in London ihren Sitz habe, die im ganzen englischen Reich für jede Art von Schwindelei besondere Spezialisten unterhalte. Diesen Agenten gestünden sie einen gewissen Anteil am Gewinn zu, den sie durch ihre Durchtriebenheit und Geschicklichkeit einbrächten, den größten Teil aber schlügen sie zum gemeinschaftlichen Kapital, aus dem sie sowohl die Kosten bestritten, einzelne Personen für ihre Zwecke auszurüsten, als auch den Verlust ersetzten, den sie bei manchen Spekulationen erlitten. Einige, deren Figur und Eigenschaften von der Gesellschaft für geeignet befunden würden, bedienten sich ihrer Talente, um reichen Damen den Hof zu machen. Sie würden zu diesem Zweck mit Geld und Kleidern versehen und hätten dafür Schuldscheine auf gewisse Summen auszustellen, die sich nach der Mitgift richteten, die ihnen durch ihre Frauen zufiele, und die am Hochzeitstage an den einen oder andern der Direktoren ausbezahlt werden müßten. „Andere", fuhr er fort, „die im Kapitel der Glücksfälle und gewisser geheimer Kunstgriffe wohlbewandert sind, verkehren an allen jenen Orten, an denen Hasardspiele erlaubt werden; und diejenigen, die in der Kunst des Billard-, Ball- oder Bocciaspiels Meister sind, lauern ständig überall da, wo man solchem Zeitvertreib huldigt, um unwissende und unvorsichtige Geschöpfe ins Garn zu locken. Eine vierte Klasse besucht die Pferderennen, weil sie in den geheimnisvollen Praktiken erfahren ist, durch welche die Kenner hereingelegt werden. Auch fehlt es dieser Brüderschaft nicht an Leuten, die verbuhlte Weiber und alte reiche Witwen brandschatzen, noch an solchen, die dadurch Geld erpressen, daß sie sich den Umarmungen ihres eigenen Geschlechtes preisgeben und dann ihre Verehrer gerichtlich zu verfolgen drohen. Ihre wichtigsten Einkünfte jedoch erhält die Bande durch diejenigen Mitglieder, die ihre Intelligenz auf die zahlreichen Kniffe am Kartentisch verwenden. Der ehrloseste Gauner findet hier Zutritt und wird sogar von Personen vom höchsten Rang mit Schmeicheleien überhäuft." Unser Held vernahm unter anderm auch, daß eben die Agenten, von denen ihr Gast in Bath ausgeplündert und von da vertrieben worden war, eine Bank gegen alle Spieler aufgerichtet hätten und in allen Arten des Spieles den Gewinn monopolisierten. Sodann sagte er zu Gauntlet, wenn er geneigt wäre, sich seiner Führung zu überlassen, so wolle er wieder mit ihnen umkehren und dort solche Pläne aushecken, daß die ganze Gesellschaft am Billardtisch unfehlbar ruiniert werden müßte; denn es sei ihm bekannt, daß Geoffrey in diesem Spiel ihnen allen überlegen sei.

Der junge Kriegsmann lehnte eine Beteiligung an irgendeinem Unternehmen dieser Art höflich ab, und nach dem Essen trennten sich die Reisenden. Unterwegs aber kamen die beiden Freunde auf die erhaltenen Mitteilungen zu sprechen, und Peregrine entwarf einen Plan, durch den diese gemeinen Schädlinge der menschlichen Gesellschaft, die nur auf das Verderben ihrer Mitgeschöpfe lauern, bestraft werden sollten. Im folgenden Kapitel soll ausgeführt werden, wie Gauntlet sich dabei anstellte.

Gauntlet sprengt zu Bath eine ganze Bande von Gaunern.

Am Abend nach ihrer Ankunft in Bath trat Geoffrey, der sich zu diesem Zweck den Tag über zu Hause aufgehalten hatte, gestiefelt an den Billardtisch. Er fand zwei Herren im Spiel begriffen und begann mit so offenbar geringem Verständnis zu wetten, daß einer der gerade anwesenden Glücksritter unbedingt von der Unerfahrenheit dieses Fremden zu profitieren beschloß. Als das Billard frei war, schlug er ihm zum Zeitvertreib eine Partie vor. Der Kriegsmann setzte die Miene eines eiteln Gimpels auf und gab ihm zur Antwort, für nichts und wieder nichts wäre er nicht gesonnen, seine Zeit zu verschwenden; wenn's ihm aber gefällig wäre, wolle er der Langeweile wegen wohl eine Partie zu einer Krone spielen. Diese Erklärung behagte dem andern sehr, denn er wollte seiner Meinung, die er sich von dem Fremden gebildet hatte, noch sicherer sein, bevor er mit ihm um ein Beträchtliches spielte. Die Partie wurde angenommen. Gauntlet warf seinen Rock ab und fing an, wie es schien, mit großem Eifer zu spielen. Er gewann das erste Spiel, denn sein Gegner verbarg seine Geschicklichkeit in der Hoffnung, ihn dadurch zu reizen, eine größere Summe zu wagen. Der junge Krieger biß absichtlich an; der Satz wurde verdoppelt, und wieder ließ sein Gegenpart ihn gewinnen. Er fing nun an zu gähnen und bemerkte, es sei gar nicht der Mühe wert, solcher Lappalien wegen weiterzumachen. Der andere schwur voll Heftigkeit, er wolle um zwanzig Guineen mit ihm spielen. Der Vorschlag war genehm, und infolge von Geoffreys Nachsicht gewann der Gauner das Geld. Dieser hatte dabei all sein Können aufgeboten, weil er fürchtete, sein Gegner möchte es sonst ablehnen weiterzuspielen.

Als Geoffrey auf diese Weise überwunden war, stellte er sich, als verliere er seine Ruhe, verfluchte sein Pech, schwur, der Tisch hinge nach der einen Seite und die Bälle liefen nicht richtig. Er wechselte das Queue und forderte seinen Gegner leidenschaftlich erregt auf, die Summe zu verdoppeln. Der Spieler sträubte sich zum Schein, fügte sich aber schließlich diesem Wunsch. Als er die beiden ersten Bälle gemacht hatte, erbot er sich, hundert Guineen gegen fünfzig auf die Partie zu setzen. Die Wette wurde akzeptiert. Geoffrey, der sich mit Fleiß hatte unterkriegen lassen, begann jetzt zu wüten und zu toben. Er zerbrach sein Queue, schmiß die Bälle zum Fenster hinaus und verlangte im Ungestüm seines Zorns von seinem Gegenpart, er solle sich morgen, wenn er (Gauntlet) sich von den Strapazen der Reise erholt hätte, noch einmal mit ihm messen. Eine sehr willkommene Einladung für den Spieler, der sich einbildete, der Offizier würde eine fette Beute für ihn sein. Daher versicherte er ihm, er werde nicht ermangeln, sich am nächsten Vormittag einzustellen, um ihm Revanche zu geben.

Gauntlet ging nach Hause, völlig davon überzeugt, daß er jenem überlegen war. Hier besprach er sich mit Peregrine wegen der Maßnahmen, die sie zur Vollendung ihres Planes zu treffen hätten. Sein Gegner meldete inzwischen der Bande seinen glücklichen Erfolg, und seine Herren Kollegen beschlossen, bei der Entscheidung des Spieles dabeizusein, um aus der hitzigen Gemütsart des Fremden Nutzen zu ziehen.

Nachdem man sich beiderseits auf diese Weise vorbereitet hatte, kamen die Spieler ihrer Verabredung gemäß wieder zusammen, und das Zimmer füllte sich sogleich mit Zuschauern, die teils Zufall, teils Neugier, teils auch eine tiefere Absicht herführte. Auf jede Partie wurden hundert Pfund gesetzt. Die beiden Gegner wählten ihre Waffen und legten ihre Röcke ab. Einer der Ritter des saubern Ordens erbot sich, weitere hundert Pfund auf die Hand seines Verbündeten zu halten. Geoffrey ging augenblicklich darauf ein. Ein zweiter Biedermann derselben Klasse forderte ihn auf, als er sah, wie erregt er war, die Summe zu verdreifachen. Sein Vorschlag wurde gleichfalls angenommen zum größten Erstaunen der Gesellschaft, deren Erwartungen jetzt sehr hoch stiegen. Das Spiel begann; der Kriegsmann verlor den ersten Ball. Nunmehr boten die Konföderierten mit großem Geschrei Wetten an. Doch niemand wollte sich wegen eines vollständig Unbekannten auf ein solches Risiko einlassen. Der Gauner gewann den zweiten Ball, und nun wurde man ganz erstaunlich laut, nicht nur von seiten der Bande, sondern auch beinahe aller Zuschauer, die zwei gegen eins gegen Emiliens Bruder halten wollten.

Als Peregrine, der gleichfalls zugegen war, merkte, daß die Begierde der Assoziierten genug entflammt war, tat er plötzlich den Mund auf und hielt ihre Wetten bis auf zwölfhundert Pfund. Diese Summe wurde sofort von beiden Parteien in Geld und Scheinen deponiert, so daß dies vielleicht das wichtigste Spiel war, das man je auf einem Billard austrug.

Danach setzte Gauntlet an und machte den Ball seines Gegners, so sicher er auch zu stehen schien. Dieser Vorfall brachte die Wettenden etwas außer Fassung, doch trösteten sie sich damit, daß es Zufall gewesen sein könne. Als aber der Offizier beim folgenden Stoß den Ball sogar sprengte, verzogen sich ihre Gesichter in einem Augenblick, und sie warteten in ängstlicher Ungewißheit den nächsten Ball ab. Den machte der junge Krieger wiederum mit Leichtigkeit; da wich das Blut aus ihren Wangen, und der Ruf: „Teufel noch mal!" erscholl zu gleicher Zeit aus jeglichem Munde. Sie riefen es im Tone der Verzweiflung und mit Blicken äußerster Bestürzung. Schreck und Erstaunen bemächtigten sich ihrer, als sie sahen, wie drei Bälle hintereinander gegen einen so gewandten Spieler wie ihren Freund gewonnen wurden, und ihr Scharfsinn brachte sie auf den Verdacht, daß das Ganze ein abgekarteter Plan sei, der auf ihren Ruin abziele. In dieser Vermutung wollten sie das Blatt wenden und versuchten, sich durch Gegenwetten vor Schaden zu sichern, indem sie sich erboten, auf Gauntlets Hand zu halten. Jedoch die Meinung der Gesellschaft hatte sich durch den Erfolg dieses Herrn so sehr geändert, daß niemand es wagen wollte, sich mit der Sache seines Gegenparts zu befassen. Der verbesserte zwar sein Spiel durch einen glücklichen Stoß, der die Besorgtheit seiner Anhänger verringerte und ihre Hoffnung wieder aufleben ließ; doch von langer Dauer war dieser Glücksschimmer nicht. Geoffrey nahm all seine Kunst und Geschicklichkeit zusammen, erhöhte seine Punktzahl auf zehn und weidete sich dann am Anblick der ganzen Bruderschaft. Die Gesichter dieser Berufsspieler hatten bei jedem Ball, den Gauntlet machte, die Farbe gewechselt; sie waren aus ihrer natürlichen Farbe ins Fahle übergegangen, vom Fahlen ins Totenblasse, vom Totenblassen ins Gelbe, und dieses löste sich in ein rötliches Braun auf. Jetzt, da sie sahen, daß siebzehnhundert Pfund ihres Kapitals von einem einzigen Stoße abhingen, standen sie wahrhaft da wie schwarzbraune Mohren, die vor Schreck und Angst gelbsüchtig geworden sind. Das Feuer, das von Natur in den Wangen und der Nase von Gauntlets Widersacher glühte, schien gänzlich erloschen zu sein, und seine Karbunkel sahen blaugrau aus, als wenn der Brand in seinem Gesicht bereits um sich gefressen hätte. Seine Hand begann zu schlottern, und seinen ganzen Körper befiel ein solches Zittern und Beben, daß er ein volles Glas Branntwein hinunterstürzen mußte, um seine Nerven zu beruhigen. Allein, dieses Mittel hatte nicht die gewünschte Wirkung. Er zielte mit solcher Verwirrung nach dem ausgesetzten Ball, daß er falsch anschlug, in einem Winkel abprallte und direkt ins Mittelloch lief. Dieses fatale Mißgeschick hatte ein allgemeines Stöhnen zur Folge, als ob das ganze Weltall zusammenbräche, und trotz der Gelassenheit, derentwegen die Abenteurer so berühmt sind, machte dieser Verlust auf sie einen solchen Eindruck, daß alle in heftigste Aufregung gerieten und ihren Verdruß auf die verschiedenste Art und Weise zu erkennen gaben. Der eine verdrehte die Augen, schaute zum Himmel auf und zerbiß sich die Unterlippe; der andere lief die Kreuz und Quer im Zimmer herum und nagte an den Fingern; der dritte stieß die ungeheuerlichsten Gotteslästerungen und Verwünschungen aus, und derjenige, der mit dem jungen Kriegsmann gespielt hatte, schlich fort und knirschte mit den Zähnen. Mit einem Blick, der jeder Beschreibung spottet, rief er beim Hinausgehen: „Bei Gott! ein verdammter Gauner!"

Die Sieger höhnten sie mit der Frage, ob ihnen noch eine Partie gefällig wäre, und trugen darauf mit der größten

Kaltblütigkeit, wie es schien, ihren Gewinn fort; ihre Herzen jedoch wallten vor unaussprechlicher Freude über, weniger in Anbetracht der Beute, als vielmehr deshalb, weil sie ein solches Nest von schädlichem Ungeziefer ausgenommen hatten.

Peregrine glaubte nun eine Gelegenheit gefunden zu haben, seinem Freunde zu dienen, ohne dessen überfeines Ehrgefühl zu verletzen. Daher sagte er ihm, als sie in ihrem Logis waren, das Glück habe es ihm nun endlich ermöglicht, mittels des gewonnenen Geldes einigermaßen unabhängig zu leben oder durch den Kauf einer Kompanie seine Lage wenigstens zu verbessern. Mit diesen Worten steckte er Gauntlet die eigene Hälfte des Gewinns in die Hand als eine Summe, die von Rechts wegen ihm gehörte, und versprach, seinetwegen an einen vornehmen Herrn zu schreiben, der Ansehen genug besäße, eine schnelle Diensterhöhung durchzusetzen.

Geoffrey dankte ihm für seine gütige Absicht, weigerte sich aber stolz, irgendeinen Teil des Geldes, das Pickle gewonnen hatte, für seine persönlichen Zwecke zu verwenden, und schien beleidigt, weil der andere eine Gesinnung von ihm hegte, die seines Charakters so unwürdig sei. Nicht einmal in der Form eines Darlehens wollte er einen Zuschuß zu seinem Kapital annehmen, durch den es die Höhe des Kaufpreises einer Infanteriekompanie erreicht hätte, sondern erhoffte mit großer Zuversicht alles von der künftigen Anwendung des Talents, das mit einem so glücklichen Anfang gesegnet war. Als unser Held fand, daß er tauben Ohren predigte, und merkte, wie schwierig es war, Geoffrey zu helfen, beschloß er, sich bei seinen fernern freundschaftlichen Bemühungen nach dieser Erfahrung zu richten und seines Freundes außerordentliches Feingefühl zu schonen. Inzwischen ließ er von diesen ersten Früchten seines Spielerglücks eine beträchtliche Spende dem Hospital zukommen und behielt zweihundert Pfund zurück für ein diamantenes Ohrgehänge und einen Solitär, die er Miss Emilie zum Geschenk machen wollte.

70

*Die beiden Freunde stellen alle ihre Nebenbuhler bei den
Damen in den Schatten und rächen sich auf eine drollige Art
an den dortigen Ärzten.*

Das Gerücht von ihrem Triumph über die Gauner hatte
sich sogleich in allen Kreisen zu Bath verbreitet, so daß hundert ausgestreckte Finger auf sie zeigten, wenn sie in der
Öffentlichkeit erschienen. Man hielt sie für die vollkommensten Meister in all den verschiedenen Arten der Finesse,
was sie unfehlbar bei der ersten Gelegenheit beweisen würden. Doch war diese Meinung, die man von ihrem Charakter
hegte, kein Hindernis für ihre Aufnahme in die angesehensten Gesellschaften, sondern vielmehr eine Empfehlung,
die, wie ich schon angedeutet habe, sich allezeit zum Vorteil
des Besitzers auswirkt.

So diente ihnen denn ihr erstes Abenteuer zur Einführung
in die Gesellschaftskreise der Stadt. Die Damen und Herren
wunderten sich aber nicht wenig, als sie sich in ihren Erwartungen getäuscht sahen; denn die beiden Helden ließen sich
gar nicht sehr aufs Spiel ein, vermieden eher alle Gelegenheiten dazu, und ihre ganze Aufmerksamkeit galt der Kunst
der Galanterie, in der unser Held sich auszeichnete und nicht
seinesgleichen hatte. Schon sein Äußeres, abgesehen von
allen andern Vorzügen, war einnehmend genug, um den
gewöhnlichen Schlag von Frauen zu fesseln. Da es nun noch
durch Lebhaftigkeit im Umgang und ein höchst einschmeichelndes Wesen unterstützt wurde, vermochten ihm sogar
diejenigen nicht zu widerstehen, die sich mit Stolz, Vorsicht
oder Gleichgültigkeit gewappnet hatten. Doch unter all den
Nymphen dieses muntern Ortes war keine einzige, die Emilie
die Herrschaft über sein Herz hätte streitig machen können.
Deshalb schloß er sich bald an diese, bald an jene an, gerade
wie Eitelkeit und Laune es ihm eingaben. So kam's – er hatte
noch keine vierzehn Tage in Bath geweilt –, daß alle Frauen
aufeinander erbittert waren und die letzte Lästerzunge vollauf zu tun hatte. Sein glänzender Aufzug reizte die Neider

dazu, die genauesten Erkundigungen über ihn einzuziehen. Statt aber den geringsten Umstand zu entdecken, der Peregrine zum Nachteil gereicht hätte, mußten sie erfahren, er sei ein junger Mann aus gutem Hause und der Erbe eines unermeßlichen Vermögens.

Durch die Art, wie einige seiner Freunde von Stand, die in Bath eintrafen, ihn protegierten, wurde diese Nachricht bestätigt. Man suchte jetzt seine Bekanntschaft mit großer Beflissenheit und schmeichelte ihm; und einige Vertreterinnen des schönen Geschlechts waren ihm gegenüber so zuvorkommend, daß er bei seinen Liebschaften einen außerordentlichen Erfolg hatte. Auch seinem Freunde Geoffrey gebrach es nicht an ähnlicher Begünstigung. Seine Talente entsprachen genau dem Ideal des reifen weiblichen Geschmacks, und bei gewissen Damen besaßen seine muskulöse Gestalt und seine kräftigen Gliedmaßen mehr Anziehungskraft als der zartere Körperbau seines Reisegefährten. So herrschte er denn unumschränkt unter jenen Schönen, die über die Dreißig hinaus waren, ohne daß er ihnen erst langweilig den Hof machen mußte. Man glaubte, daß er, in gleichem Maße wie das Wasser von Bath, dazu beigetragen habe, die Unfruchtbarkeit gewisser Frauen zu vertreiben, die den Vorwürfen und der Verdrossenheit ihrer Männer lange Zeit ausgesetzt gewesen waren. Peregrine schlug indessen seinen Thron unter denen auf, die an der Krankheit der Ehelosigkeit laborierten, von der naseweisen fünfzehnjährigen Miss an, die mit klopfendem Herzen ihr Köpfchen aufwirft, sich brüstet und beim Anblick eines hübschen jungen Mannes unwillkürlich kichert, bis zur gesetzten Jungfrau von achtundzwanzig Jahren, die mit sittsamem Blick über die Eitelkeit der Schönheit, über die Torheit der Jugend, über die Leichtgläubigkeit der Weiber moralisiert und sich ganz im Tone eines Platonikers über Freundschaft, Wohlwollen und Verstand ausläßt.

Durch diese Verschiedenheit der Charaktere waren seine Eroberungen von Herzensqual, Bitterkeit und dem Aufruhr der Eifersucht und des Grolls begleitet. Die jüngere Generation versäumte es nie, sobald der Augenblick günstig schien, die ältere öffentlich zu kränken, und behandelte sie mit jener Schnödigkeit, mit der man, dem allgemeinen Vorrecht des Alters zuwider, unter Zustimmung und Nachsicht der Menschheit denjenigen begegnet, die das Unglück haben, unter die Schar der alten Jungfern zu geraten. Die letzteren erwiderten derlei Feindseligkeiten durch die geheimen Machenschaften der Verleumdung und wurden dabei durch Erfahrung und scharfsinnige Erfindungskraft unterstützt. Es verging kein Tag, an dem nicht ein neues Histörchen zum Nachteil der einen oder andern dieser Nebenbuhlerinnen zirkulierte.

Wenn unser Held sich im „Langen Saal" zufällig von einer der Sittenpredigerinnen verabschiedete, mit der er sich unterhalten hatte, so drängte sich gleich eine Anzahl Mitglieder der Gegenpartei an ihn heran, verwies ihm mit ironischem Lächeln seine Grausamkeit der armen Dame gegenüber, die er verlassen habe, und ermahnte ihn, mit der Dulderin Mitleid zu haben. Dann richteten sie insgesamt ihre Augen auf den Gegenstand ihrer Fürbitte und brachen allgemein in ein schallendes Gelächter aus. Auf der andern Seite, wenn Peregrine mit einer der jüngern die Nacht über getanzt hatte und am Morgen ihr einen Besuch machte, ergriffen die Platonikerinnen sofort diese Gelegenheit, boten all ihre Phantasie auf, assoziierten Ideen und erzählten mit weislich angebrachten Winken tausenderlei Umstände von der Zusammenkunft, die keineswegs der Wahrheit entsprachen. Sie sagten, Mädchen, die sich so unbedacht aufführten, müßten damit rechnen, daß sie sich den strengen Tadel der Welt zuzögen, daß die betreffende Dame alt genug sei, um mit größerer Vorsicht zu handeln, und wunderten sich, wie deren Mutter es erlauben könne, daß ein junger Herr das Zimmer betrete, wenn ihre Tochter noch nicht angezogen sei und im Bett liege. Daß die Bedienten durch das Schlüsselloch geguckt hätten, sei freilich ein unglücklicher Zufall, allein man sollte gegen solche Neugier eben auf der Hut sein und den Domestiken keinen Anlaß geben, ihren Spürsinn zu üben. Diese und ähnliche Überlegungen flüsterte man sich gelegentlich in Gegenwart von Damen als Geheimnis zu, deren Mitteilsamkeit man kannte; und so wurden sie denn in wenigen Stunden zum allgemeinen Gesprächsstoff. Da diese Dinge unter Einschärfung des Stillschweigens erzählt worden waren, war es fast unmöglich, hinter den Ursprung einer solchen Verleumdung zu kommen, denn eine jede, die Teil daran hatte, würde sich ja durch ihre Wortbrüchigkeit bloßgestellt haben, wenn sie ihren „Gewährsmann" verraten hätte.

Statt danach zu trachten, diesen Streit zu schlichten, entfachte Peregrine ihn eher noch mehr, indem er seine Artigkeiten zwischen den Mitbewerberinnen geschickt verteilte; er wußte nämlich wohl, daß, wenn er sich bloß einer einzigen Dame widme, er das Vergnügen, sie uneins zu sehen, bald einbüßen würde; denn beide Parteien würden sich dann gegen die gemeinsame Feindin vereinigen und die ganze Bande seinen Liebling verfolgen. Er merkte, daß von den geheimen Agenten der Verleumdung niemand rühriger war als die Ärzte, eine Klasse von Tieren, die sich hier wie die Raben um ein Aas versammeln und sich sogar, wie Kahnführer an der Lände von Hungerford, nach Kunden drängen. Der größte Teil von ihnen hatte Korrespondenten in London, die sich damit beschäftigten, nach der Geschichte, dem Charakter und der Krankheit derjenigen zu forschen, die den Brunnen zu Bath gebrauchen wollten. Wenn sie nun nicht imstande waren, den Patienten vor ihrer Abreise ihre medizinischen Freunde am Ort zu empfehlen, so versahen sie die letztern wenigstens mit einem vorläufigen Bericht über alles, was sie hatten in Erfahrung bringen können, damit jene in der Lage wären, diese Auskunft zu ihrem Vorteil auszunützen. Durch diese Mittel und mit Hilfe von Schmeichelei und selbstsicherem Auftreten verstanden sie es oft, sich bei Fremden anzubiedern, und, indem sie auf deren Charakter Rücksicht nahmen, wurden sie ihnen notwendig und dienten ihren sie beherrschenden Leidenschaften. Durch ihre Beziehungen zu Apotheken und Krankenschwestern lernten sie alle Familienangelegenheiten kennen und konnten daher rachsüchtige Bosheit befriedigen, den

Launen einer krankhaften Verdrießlichkeit willfahren und unverschämter Neugier aufwarten.

Bei diesen Beschäftigungen litt denn auch öfters der Ruf unserer beiden Helden, weshalb sich die ganze Zunft Pickles Unwillen zuzog. Nach verschiedenen Beratungen mit seinem Freunde kam es zu einem Anschlag, der gegen diese Körperschaft auf folgende Weise ins Werk gesetzt wurde. Unter denen, die den Brunnensaal besuchten, befand sich auch ein alter Offizier, dessen von Natur schon ungeduldige Gemütsart infolge wiederholter Anfälle des Zipperleins, durch das er fast gänzlich des Gebrauchs seiner Glieder beraubt war, einen außerordentlichen Grad von Giftigkeit und Wunderlichkeit erlangt hatte. Er schrieb die Hartnäckigkeit seiner Krankheit der verkehrten Behandlung eines Chirurgen zu, den er gerufen hatte, als er an den unglücklichen Folgen eines Liebeshandels litt. Diese Vermutung hatte ihm einen unüberwindlichen Widerwillen gegen alle Vertreter der Arzneikunst eingeflößt, in dem er noch bestärkt wurde durch den Bericht eines seiner Freunde aus London, der ihm erzählte, es sei bei den Ärzten in Bath allgemein üblich, Patienten vom Brunnentrinken abzuraten, damit die Kur und folglich ihr Beistand von um so längerer Dauer sein möchten.

So war er denn mit diesen Vorurteilen nach Bath gereist und gebrauchte, nachdem er sich einige wenige allgemeine Vorschriften hatte erteilen lassen, den Brunnen ohne weitere Anleitung. Er ergriff jede Gelegenheit, durch Worte oder Gebärden seinen Haß und seine Verachtung gegen die Söhne des Äskulap an den Tag zu legen, sogar dadurch, daß er die gerade entgegengesetzte Diät beobachtete, die sie, wie er wußte, Leuten vorschrieben, die am genau gleichen Übel zu kranken schienen wie er. Allein, er fand bei dieser Methode seinen Vorteil nicht, obgleich sie in andern Fällen erfolgreich gewesen sein mag. Statt daß seine Schmerzen abgenommen hätten, wurden sie vielmehr von Tag zu Tag rasender. Schließlich mußte er das Bett hüten und lag nun da und wetterte und fluchte vom Morgen bis zum Abend und vom Abend bis zum Morgen. Dessenungeachtet war er mehr denn je entschlossen, seinen alten Grundsätzen treu zu bleiben.

Die Kunde von seinen Leiden war durch die Bemühungen der Ärzte, die über seinen Unstern frohlockten, in der ganzen Stadt herumgetragen worden und diente jedermann zur Belustigung. Während eines seiner heftigsten Anfälle stellte Peregrine mit Hilfe von Pipes einen jungen Bauernburschen an, der zum Markte gefahren war, und ließ ihn eines Morgens früh in größter Hast in die Wohnungen aller Doktoren laufen und sie bitten, mit der erdenklichsten Eile zum Obristen zu kommen. Dieser Aufforderung gemäß setzte sich die gesamte Fakultät aufs schnellste in Bewegung. Drei der ersten kamen im gleichen Augenblick an. Weit entfernt, einander zur Türe hineinzukomplimentieren, versuchte jeder, für sich einzudringen, und das ganze Triumvirat blieb im Eingang stecken. So eingekeilt, gewahrten sie von weitem zwei ihrer Kollegen, die mit all der Hurtigkeit, mit der der Himmel ihre Füße ausgerüstet hatte, demselben Ziele zustrebten, worauf die drei miteinander zu unterhandeln begannen und eins wurden zusammenzustehen. Nachdem dieser Vergleich geschlossen war, entwirrte sich der Knäuel, sie erkundigten sich nach dem Patienten, und der Bediente sagte ihnen, er sei eben eingeschlafen.

Sowie sie diese Auskunft erhalten hatten, nahmen sie vom Vorzimmer Besitz und verschlossen dessen Tür, während sich die übrigen Mitglieder der Zunft bei ihrem Anmarsch außerhalb dieser Schranke aufstellten, so daß sie den ganzen Flur vom Treppenkopf bis zur Haustüre anfüllten und die Leute im Hause sowohl als die Diener des Obristen vor Verwunderung stumm und starr waren. Kaum hatten die drei Anführer dieser hochgelahrten Bande ihren Posten gesichert, als sie begannen, sich über die Krankheit des Patienten zu beraten. Jeder von ihnen gab vor, er habe sie mit größter Sorgfalt und Aufmerksamkeit studiert. Der erste, der seine Meinung äußerte, sagte, es handle sich um eine hartnäckige Gicht. Der zweite behauptete, es sei nichts als eine chronische Syphilis, und der dritte schwor, es sei ein alter Skorbut. Diese verschiedenen Meinungen wurden mit einer großen Menge von Zitaten aus alten sowohl als aus neuen Werken über die Heilkunst unterstützt. Doch waren diese nicht von hinreichendem Gewicht oder wenigstens nicht klar genug, um dem Streit ein Ende zu machen; denn so gut wie in der Religion gibt es in der Medizin viele Schismen, und jede Sekte kann zur Unterstützung der Sätze, die sie vertritt, die Kirchenväter anführen. Kurz, der Disput wurde endlich so laut, daß nicht nur die Kollegen auf der Treppe dadurch beunruhigt wurden, sondern auch der Patient aus dem Schlummer erwachte, der ihm seit zehn Tagen zum erstenmal wieder beschert war. Wäre es bloß das Wecken gewesen, so würde er ihnen für den Spektakel, durch den sie ihn störten, verbunden gewesen sein; denn in diesem Falle hätten sie ihn von den Qualen des Höllenfeuers erlöst, in welchem er im Traum zu stecken wähnte. Allein, dieses fürchterliche Gesicht war die Folge des Eindrucks, der durch das unerträgliche Gliederreißen in seinem Gehirn hervorgerufen worden war, so daß die Schmerzen, statt beim Erwachen zu weichen, dank der größeren Lebhaftigkeit der Empfindungen eher noch zunahmen; und da zu gleicher Zeit das konfuse Geschrei im nächsten Zimmer an seine Ohren schlug, kam er auf den Gedanken, sein Traum sei Wirklichkeit. Voll banger Verzweiflung hierüber griff er nach der Glocke, die auf einem Tisch bei seinem Bett stand, und läutete mit großer Heftigkeit und Ausdauer.

Dieser Alarm machte der Disputation der drei Ärzte sogleich ein Ende. Sie stürmten auf dieses Zeichen seines Erwachens ohne Umstände in seine Stube. Zwei von ihnen packten ihn an den Armen, und der dritte befühlte seine Schläfe. Bevor der Patient sich von dem Erstaunen erholen konnte, das ihn bei diesem unerwarteten Einbruch ergriffen hatte, war sein Zimmer mit den übrigen Mitgliedern der Fakultät angefüllt. Sie waren dem Bedienten auf den Fersen gefolgt, welcher der Aufforderung seines Herrn gemäß ins Schlafzimmer eilte, und im Nu war das Bett von diesen hagern Handlangern des Todes umringt. Als der Obrist sich von einer solchen Schar feierlicher Gesichter und

Figuren belagert sah, die er stets mit äußerstem Abscheu und Entsetzen betrachtet hatte, geriet er in einen unsäglichen Zorn. Seine Wut verlieh ihm eine derartige Kraft, daß, obwohl seine Zunge ihm den Dienst versagte, die übrigen Gliedmaßen zu ihren Verrichtungen desto tauglicher waren. Er befreite sich von dem Triumvirat, in dessen Gewalt sein Körper sich befand, sprang mit unglaublicher Behendigkeit aus dem Bett, hob eine seiner Krücken in die Höhe und schmetterte sie mit solchem Nachdruck auf einen von den dreien, der eben im Begriff war, des Patienten Wasser zu begucken, daß seine Zopfperücke ins Nachtgeschirr fiel und er selbst regungslos zu Boden stürzte.

Diese deutliche Erklärung brachte die ganze Doktorengilde außer Fassung. Alles wandte gleichsam aus Instinkt das Gesicht nach der Tür, und da durch das Bestreben jedes einzelnen Mitglieds der Fakultät der Rückzug versperrt ward, entstanden Unordnung, Aufruhr und Tumult. Der Obrist beschränkte nämlich seine Mannhaftigkeit nicht auf die erste Heldentat, sondern handhabte seine Waffe ohne Ansehen der Person mit überraschender Stärke und Gewandtheit, so daß wenige oder gar keine der Söhne Äskulaps ohne Merkmale seines Unwillens wegkamen. Plötzlich verließen ihn seine Lebensgeister, und er sank vollkommen erschöpft auf sein Bett zurück. Diese günstige Pause nutzte die geschlagene Fakultät aus und suchte die Hüte und die Perücken zusammen, die im Kampf verlorengegangen waren. Als sie gewahr wurden, daß der Angreifer zu schwach sei, seine Attacke zu erneuern, fingen sie alle miteinander zu belfern an und drohten lärmend, ihn wegen dieser schmachvollen Behandlung und tätlichen Beleidigung gerichtlich zu belangen.

Inzwischen hatte sich der Hausherr ins Mittel gelegt und, als er sich nach der Ursache dieser Störung der bürgerlichen Ruhe erkundigte, von den Klägern erfahren, was geschehen war. Sie meldeten ihm zugleich, daß jeder von ihnen besonders zum Obristen beschieden worden sei, worauf der Mann ihnen versicherte, es habe sie irgendein Schalk zum besten gehabt, denn seinem Mieter wäre es nicht einmal im Traum eingefallen, sich an irgendeinen von ihrer Profession zu wenden.

Diese Aussage wirkte auf sie wie ein Donnerschlag. Das allgemeine Geschrei hörte sofort auf, und da sie alle den Ulk sogleich durchschauten, schlichen sie sich ganz still mit dem erlittenen Schaden davon. Ihre Beschämung und ihr Ärger waren unbeschreiblich. Peregrine und sein Freund, die es so eingerichtet hatten, daß sie wie von ungefähr des Weges kamen, blieben beim Anblick eines so ungewöhnlichen Abmarsches von Doktoren stehen und amüsierten sich über die Miene und den Aufzug eines jeden, der auftauchte. Ja, sie traten sogar an einige von ihnen, die durch den Vorfall am meisten angegriffen schienen, heran und quälten sie boshafterweise mit Fragen über diese außerordentliche Versammlung und gaben dann auf Grund der Auskunft, die sie vom Hauswirt und dem Bedienten des Obristen erhielten, die armen Kreuzträger in allen Gesellschaften der Stadt der Lächerlichkeit preis. Da es aber den Urhebern dieses Possens unmöglich gewesen wäre, sich den rastlosen Nachforschungen der Ärzte zu entziehen, so machten sie kein Geheimnis daraus, daß sie die ganze Sache angestiftet hätten; doch waren sie vorsichtig genug, dies auf eine so zweideutige Art zu tun, daß keine Klage gegen sie eingereicht werden konnte.

71

Peregrine demütigt einen bekannten Eisenfresser und trifft bei einer gewissen Lady einen Mann von seltsamem Charakter.

Unter den ständigen Saisongästen von Bath war ein Mensch, der einst im tiefsten Elend gelebt, dann aber durch eifriges und geschicktes Spielen ein Vermögen von einigen fünfzehntausend Pfund angesammelt hatte. Obgleich er wegen seines Charakters berüchtigt war, hatte er sich doch in die Gunst der sogenannten guten Gesellschaft einzuschmeicheln gewußt, so daß es sehr wenige private Lustpartien gab, an denen er nicht ein Hauptteilnehmer gewesen wäre. Er war von riesigem Wuchs und furchtlosem Aussehen, und seine von Natur anmaßende Art hatte im Laufe seiner erfolgreich bestandenen Abenteuer einen unerträglichen Grad von Frechheit und Eitelkeit erreicht. Durch die Wildheit seiner Züge und die Kühnheit seines Betragens hatte er sich den Ruf eines Mannes von unerschütterlichem Mute erworben, der durch verschiedene Abenteuer, in denen die kecksten Helden seiner eigenen Bruderschaft von ihm gedemütigt worden waren, gestärkt wurde. Infolgedessen herrschte er unumschränkt und unbestritten als erster Raufbold des Ortes.

Mit diesem Glücksritter saß Peregrine eines Abends beim Spiel und hatte dabei solches Glück, daß er nicht umhinkonnte, seinen Freund davon zu unterrichten. Als Geoffrey ihn den Verlierer beschreiben hörte, wußte er sogleich, daß es sich um eine Person handelte, die er in Tunbridge gekannt hatte. Er versicherte Pickle, es sei dies ein Gauner vom reinsten Wasser, und warnte ihn davor, sich künftig mit einem so gefährlichen Gesellen einzulassen. „Er hat Sie", beteuerte er, „bloß deshalb eine kleine Summe gewinnen lassen, damit Sie Mut bekommen, ein anderes Mal eine viel höhere Summe zu wagen; und diese werden Sie dann verlieren."

Unser junger Herr vergaß diesen heilsamen Rat nicht. Am folgenden Tag verlangte der Spieler Revanche, und Pickle nahm gar keinen Anstand, sie ihm zu geben. Als sie aber quitt waren, weigerte sich unser Held weiterzuspielen. Der andere, der ihn für einen brauseköpfigen, unbedachtsamen Jüngling hielt, bemühte sich, seinen Stolz zu reizen und ihn zur Fortsetzung des Spieles zu bewegen, und zwar dadurch, daß er mit bitterm Hohn und mit Geringschätzung von seiner Geschicklichkeit sprach. Von andern sarkastischen Bemerkungen abgesehen, riet er ihm, er solle erst wieder in die Schule gehen, ehe er sich unterstehe, sich mit Meistern in der Kunst zu messen. Diese Arroganz entflammte den Zorn unseres Helden, und er entgegnete ihm recht hitzig, er wisse schon, daß er fähig sei, mit Männern von Ehre zu spielen, denen Mogeleien unbekannt seien; er hoffe aber, es stets für schändlich zu erachten, die Tricks und Kniffe der Spieler von Profession zu erlernen oder auszuüben. „Blitz, Donner und Hagel! meinen Sie etwa mich, Sir?" rief der Mann vom Fach, indem er seine Stimme erhob und seine Stirn in die fürchterlichsten Falten legte. „Verdammt! Ich schneide jedem Halunken die Gurgel ab, der so verwegen ist, sich einzubilden, ich spielte nicht so ehrlich wie irgendeiner der ersten Kavaliere im Königreich. Ich bestehe auf einer Erklärung von Ihnen, Sir, oder, Hölle und Teufel! Sie müssen mir auf eine andere Art Satisfaktion geben." Peregrine, dessen Blut nun kochte, antwortete ohne zu zögern: „Ihr Verlangen scheint mir nichts weniger denn unbillig. Ich will mich unverzüglich klar und deutlich erklären und Ihnen sagen, daß ich Sie auf Grund von unanfechtbaren Zeugnissen für einen unverschämten Schurken und einen Erzbetrüger halte."

Der Renommist war über diese freimütigen Worte, zu denen sich, wie er geglaubt hatte, kein Mensch auf Erden in seiner Gegenwart erkühnen würde, so verwundert und bestürzt, daß er sich einige Minuten lang nicht sammeln konnte. Endlich aber flüsterte er unserm Helden eine Herausforderung ins Ohr, die sogleich angenommen wurde.

Als sie sich am folgenden Morgen auf dem Kampfplatz einfanden, wappnete der Spieler seine Visage mit all ihren Schrecklichkeiten, rückte vor mit einem Degen von ungeheurer Länge, stellte sich in Positur und rief mit furchtbarer Donnerstimme: „Zieht, verdammt! Zieht! Ich will Euch augenblicklich zu Euern Vätern senden." Unser junger Mann erfüllte ungesäumt sein Begehren. Seine Waffe flog im Nu aus der Scheide, und sein Angriff verriet so unerwartete Herzhaftigkeit und Gewandtheit, daß sein Gegner, der den ersten Stoß mit viel Mühe abgelenkt hatte, ein Stück zurückwich, eine Unterhandlung verlangte und unserm jungen Herrn nun einzureden versuchte, es sei der voreiligste und unüberlegteste Schritt, den er je habe tun können, einen Mann von seiner Bravour in die Notwendigkeit zu versetzen, ihn für seine Anmaßung zu züchtigen. Doch habe er Mitleid mit seiner Jugend und sei geneigt, ihm das Leben zu schenken, wenn er ihm seinen Degen überantworten und versprechen wolle, ihm die zugefügte Beleidigung öffentlich abzubitten. Eine so beispiellose Unverschämtheit erbitterte Pickle dermaßen, daß er ihn nicht der mindesten Antwort würdigte, sondern ihm seinen Hut ins Gesicht schleuderte. Sodann erneuerte er seinen Angriff mit solcher Unverzagtheit und Behendigkeit, daß der Spieler, der augenscheinlich in Lebensgefahr schwebte, Fersengeld gab und Hals über Kopf nach Hause floh. Peregrine, der seinen Degen eingesteckt hatte, jagte hinter ihm her, warf ihm Steine nach und zwang ihn, sich noch an diesem Tag aus Bath zu drücken, wo er so lange geherrscht hatte.

Durch diese Tat, die bei allen Badegästen Staunen hervorrief, weil sie den Flüchtling als einen Mann von größtem Heldenmut angesehen hatten, ward der Ruf unseres Abenteurers in jeder Beziehung erhöht. Doch hatte er auch das Mißfallen mancher Leute erregt, die mit dem Verbannten intime Freundschaft gehalten hatten und die seine Beschimpfung schwer empfanden, als ob das Unglück einen würdigen Mann betroffen hätte. Jedoch die Zahl dieser edelmütigen Gönner war im Vergleich zur Schar derjenigen sehr gering, die sich über den Ausgang dieses Zweikampfes freuten, weil sie von dem Herausforderer während ihres Aufenthalts zu Bath entweder beleidigt oder betrogen worden waren. Auch den Damen war dieser Beweis für den Mut unseres Helden nicht unwillkommen, und nur wenige von ihnen vermochten der vereinten Macht so vieler Vorzüge zu widerstehen. Es hätte wirklich weder ihn noch seinen Freund Geoffrey viel Schwierigkeit gekostet, sich hier eine passende Lebensgefährtin auszuwählen. Gauntlets Herz gehörte aber bereits Sophie, und Pickle besaß, abgesehen von seiner Anhänglichkeit an Emilie, die stärker war, als er selbst dachte, einen Ehrgeiz, der durch die Eroberung keiner der Damen, denen er in Bath begegnete, befriedigt werden konnte.

Daher machte er bald hier, bald dort Besuche und verfolgte dabei keine andere Absicht als die, sich die Zeit zu vertreiben. Zwar schmeichelte es seinem Stolz, wenn die Schönen, die er gefesselt hatte, ihm entgegenkamen; er hegte aber nie auch nur den Gedanken, die Grenzen der gewöhnlichen Galanterie zu überschreiten, und vermied alle Erklärungen unter vier Augen aufs sorgfältigste. Was ihm jedoch mehr als alle andern Vergnügungen die angenehmste Unterhaltung gewährte, war sein Eindringen in die geheime Geschichte interessanter Charaktere, in die ihn ein höchst ungewöhnlicher Mensch einweihte, den er auf folgende Art kennenlernte.

Als er sich an einem Empfangstag im Hause einer gewissen Lady befand, fiel ihm ein alter Mann auf, der in das Zimmer trat. Kaum war er über die Schwelle geschritten, so bat die Dame des Hauses einen der anwesenden Witzlinge in sehr freundlichem Ton, den alten Gimpel aufzuziehen. Stolz über dieses Ersuchen, schritt der also Aufgeforderte auf den Mann zu, der etwas höchst Eigenartiges und Bedeutsames im Ausdruck hatte. Er machte ihm verschiedene elegante Bücklinge und redete ihn dann folgendermaßen an: „Euer Diener, alter Schurke! Ich hoffe die Ehre zu haben, Euch bald am Galgen zu sehen. Ich schwör's Euch bei Gott zu, Ihr seht mit Euren verharzten Augen, Euren hohlen Backen und Eurem zahnlosen Maul wie ein richtiger Popanz aus. Wie, Ihr schielt nach den Damen, Ihr alte verfaulte Mispel? Jaja, ich begreife Euer Liebäugeln; allein Ihr müßt Euch, hol mich, straf mich! mit einer Küchenmagd begnügen. Ihr möchtet Euch gern setzen, merk ich. Eure dürren Schenkel schlottern unter ihrer Bürde; aber Ihr müßt Euch ein wenig gedulden, alter Satyr! Wirklich, das müßt Ihr! Ich will Euch, bei Gott! noch ein bißchen frozzeln."

Diese Begrüßung, die von vielen Grimassen und Gesten begleitet war, ergötzte die Gesellschaft so sehr, daß sie in ein schallendes Gelächter ausbrach und tat, als gelte es dem Affen, der im Zimmer an einer Kette lag. Als wieder Ruhe einkehrte, erneuerte der Witzling seinen Angriff mit folgenden Worten: „Ich glaube, Ihr seid töricht genug, Euch einzubilden, das Äfflein sei die Ursache unserer Heiterkeit. Freilich, dort ist es, schaut's Euch nur genau an, es gehört zu Eurer Familie, Ihr könnt mir das glauben. Der Spaß aber ging auf Eure Rechnung, und Ihr solltet eigentlich dem Himmel danken, daß er aus Euch eine so lächerliche Kreatur geschaffen hat." Während jener diese Sprüche vom Stapel ließ, verneigte sich der alte Herr wechselweise vor ihm und vor dem Affen, der das Feixen und Plappern des Stutzers nachzuahmen schien, und sagte mit einem schalkhaft feierlichen Gesicht: „Meine Herren, da ich nicht die Ehre habe, Ihre Komplimente zu verstehen, so tauschen Sie diese viel besser unter sich selbst aus." Damit setzte er sich nieder und hatte das Vergnügen zu sehen, daß man auf Kosten seines Gegners lachte. Der wurde betreten und beschämt, zog nach wenigen Minuten ab und murmelte beim Weggehen: „Der alte Bursche wird, hol mich der Teufel, ordentlich grob und gemein."

Peregrine hatte diesen ungewöhnlichen Auftritt mit schweigender Verwunderung verfolgt. Die Frau des Hauses sah sein Erstaunen und sagte zu ihm: „Der alte Mann ist gänzlich des Gehörs beraubt. Er heißt Cadwallader Crabtree und ist durch und durch Misanthrop. Wegen seiner sarkastischen Äußerungen und wegen der komischen Mißverständnisse, die durch seinen Naturfehler veranlaßt werden, wirkt er sehr amüsant und ist deshalb in allen Gesellschaften willkommen." Unser Held brauchte nicht lange auf eine Bestätigung dieser Worte zu warten. Jeder Satz, den der Alte sprach, war voll Galle; auch bestand seine Satire nicht in allgemeinen Reflexionen, sondern in einer Reihe von Bemerkungen, die einer höchst schrullenhaften geistigen Einstellung entsprangen.

Unter den Gästen dieser Gesellschaft war auch ein junger Offizier, der dank dem Einfluß mächtiger Freunde einen Sitz im Unterhaus erhalten hatte. Er meinte daher, es sei seine Pflicht, von Staatsangelegenheiten zu reden, und tischte daher der Gesellschaft die Nachricht von einer geheimen Expedition auf, mit der die Franzosen beschäftigt seien. Er versicherte, er habe die Neuigkeit aus dem Munde des Ministers, dem sie von einem seiner auswärtigen Agenten mitgeteilt worden sei. Er verbreitete sich dann über die Einzelheiten der Ausrüstung, erzählte, daß sie zwanzig

Linienschiffe hätten, die in Brest, mit Lebensmitteln und Mannschaften versehen, zum Auslaufen fertig lägen. Sie wären nach Toulon bestimmt, wo noch einmal so viele zu ihnen stoßen würden. Von da würden sie weiterfahren, um das Projekt auszuführen, das, wie er andeutete, ein Geheimnis sei, das nicht enthüllt werden dürfe.

Die ganze Gesellschaft hatte die Neuigkeit vernommen, nur Mr. Crabtree nicht, der infolge seiner Taubheit darauf verzichten mußte. Nicht lange nachher wandte sich eine Dame an den Zyniker und fragte ihn mittels des Fingeralphabets, ob er in der letzten Zeit etwas Neues von außerordentlichem Belang vernommen habe. Cadwallader erwiderte mit seiner gewohnten Höflichkeit, sie müsse ihn für einen Kurier oder für einen Spion halten, daß sie ihn ewig mit dieser Frage plage. Sodann ließ er sich weitläufig über die törichte Neugier der Menschen aus, die, wie er sagte, entweder auf Müßiggang oder auf Mangel an Ideen zurückzuführen sei. Hierauf wiederholte er fast wörtlich den Bericht des Offiziers und nannte ihn eine vage, lächerliche Geschichte, die ein unwissender Einfaltspinsel erfunden hätte, um sich dadurch einen interessanten Anstrich zu geben, und die nur Leute glauben könnten, die mit dem politischen System der Franzosen und ihrer Macht gänzlich unbekannt wären.

Zur Bekräftigung seiner Behauptung bemühte er sich darzutun, daß es diesem Volke so bald nach den Verlusten, die es im Kriege erlitten habe, unmöglich sei, auch nur den dritten Teil einer solchen Flotte auszurüsten. Diesen Beweis unterstützte er durch die feste Versicherung, daß die Häfen von Brest und Toulon, wie er zuverlässig wisse, gegenwärtig nicht einmal ein Geschwader von acht Linienschiffen zusammenbringen könnten.

Als der Abgeordnete, dem der Misanthrop durchaus fremd war, seine feierlichen Versicherungen so verächtlich behandeln hörte, glühte er vor Scham und Unwillen. Er erhob seine Stimme und begann, an allen Gliedern zitternd, seine Wahrheitsliebe mit großem Eifer zu verteidigen. Unter seine Beweisgründe mischte er manch heftiges Schimpfwort über die Frechheit und Ungezogenheit seines vermeintlichen Gegners. Dieser saß mit verletzender Gleichgültigkeit und mit dem ruhigsten Gesicht da, bis zuletzt des Offiziers Geduld vollkommen erschöpft war, der nun zur offenbaren Vermehrung seines Verdrusses erfuhr, sein Widerpart sei so taub, daß aller Wahrscheinlichkeit nach ohne eine vorherige Regeneration seiner Gehörorgane sogar die Posaune des Weltgerichts keinen Eindruck auf ihn machen würde.

72

Peregrine wirbt um des Misanthropen Freundschaft. Er gewinnt sie und wird mit einer flüchtigen Skizze von dessen Geschichte beehrt.

Peregrine gefiel dieser gelegentliche Verweis über alle Maßen. Er war so passend angebracht worden, daß unser Held kaum an einen Zufall glauben konnte. Er betrachtete Cadwallader als das größte Kuriosum, das ihm je vorgekommen war, und er bewarb sich um die Bekanntschaft des Alten in so einschmeichelnder Weise, daß er in weniger als vierzehn Tagen dessen Vertrauen gewann. Als sie eines Tages durch die Felder spazierten, ließ sich der Menschenfeind folgenderweise gegen ihn aus: „So kurz die Zeit auch ist, seit der wir miteinander verkehren, müssen Sie doch gemerkt haben, daß ich Ihnen mit ungewöhnlichen Zeichen der Achtung begegne. Dies haben Sie, versichere ich Ihnen, weder Ihren persönlichen Vorzügen zuzuschreiben noch Ihren Bemühungen, sich mir gefällig zu erweisen. Über die ersteren blick ich hinweg, und die letzteren durchschau ich. Allein es liegt etwas in Ihrem Charakter, das auf eine tiefe Verachtung der Welt schließen läßt, und wie ich glaube, haben Sie schon verschiedene erfolgreiche Versuche unternommen, den einen Teil der Menschen dem Gelächter des andern auszusetzen. In dieser Zuversicht biete ich Ihnen meinen Rat und meinen Beistand an, damit Sie noch andere

Pläne der gleichen Art durchführen können; und um Sie zu überzeugen, daß eine solche Verbindung nicht zu verschmähen ist, will ich Ihnen nun eine kurze Skizze meiner Geschichte geben, die nach meinem Tode in siebenundvierzig Bänden, alle aus meiner Feder, erscheinen wird.

Ich bin ungefähr vierzig Meilen von dieser Stadt entfernt geboren. Meine Eltern übertrugen ihr ganzes Vermögen auf meinen ältern Bruder, weil sie einen sehr alten Familiennamen behaupten mußten. Daher erbte ich von meinem Vater nur wenig mehr als eine beträchtliche Portion Jähzorn, dem ich manche Abenteuer zu verdanken habe, die nicht gerade immer zu meinem Vergnügen ausschlugen. Mit achtzehn Jahren wurde ich in die Hauptstadt geschickt mit einem Empfehlungsschreiben an einen gewissen Pair. Dieser verstand es, mich volle sieben Jahre hindurch mit dem Versprechen einer Offiziersstelle hinzuhalten, und es ist durchaus möglich, daß ich durch meine Beharrlichkeit mein Glück gemacht hätte. Mein Gastgeber ließ mich jedoch ins Gefängnis werfen und nach Marshalsea bringen. Er hatte mir nämlich drei Jahre lang Kredit gegeben, nachdem mein Vater sich von mir als einem faulenzenden Vagabunden losgesagt hatte. Ich blieb daher ein halbes Jahr unter jenen Gefangenen, die keine andere Unterstützung haben, als was sie gelegentlich von milder Hand empfangen. Hier schloß ich eine äußerst wertvolle Bekanntschaft, die mir in den spätern Notfällen meines Lebens von großem Nutzen gewesen ist.

Kaum war ich durch eine Parlamentsakte zugunsten unvermögender Schuldner wieder frei geworden, so begab ich mich in die Wohnung meines Gläubigers und prügelte ihn unbarmherzig durch, und damit ich nichts von dem unterließe, was mir zu tun oblag, ging ich nach Westminster Hall, wo ich so lange wartete, bis mein Gönner herauskam; dann begrüßte ich ihn mit einem Faustschlag, der ihn bewußtlos zu Boden streckte. Allein mein Rückzug war nicht so glücklich, als ich es gewünscht hätte. Die daselbst wartenden Sänftenträger und Lakaien umringten und entwaffneten mich im Nu, und ich wurde nach Newgate geschafft und in

Ketten gelegt. Ein sehr scharfsinniger Gentleman, den man später hängte, erklärte mich, als über meine Sache gesprochen wurde, eines Kapitalverbrechens schuldig und sagte mir meine Verurteilung zum Tode im Old Bailey voraus. Seine Prophezeiung traf aber nicht ein, denn da in den nächsten Gerichtssitzungen kein Kläger gegen mich auftrat, wurde ich von den Richtern wieder in Freiheit gesetzt. Es wäre mir unmöglich, Ihnen im Verlauf der Unterhaltung eines einzigen Tages von all den Unternehmungen zu erzählen, an denen ich seither beträchtlichen Anteil gehabt habe. Nur so viel: ich habe zu verschiedenen Zeiten in allen Gefängnissen im Sprengel von London gesessen, ich bin aus allen Arrestlokalen diesseits von Temple-Bar ausgebrochen. Kein Gerichtsdiener durfte es in den Tagen meiner Jugend und Verzweiflung ohne ein Dutzend Gehilfen wagen, einen Haftbefehl gegen mich zu vollziehen, und sogar die Richter zitterten, wenn ich vorgeführt wurde.

Einmal wurde ich von einem Kärrner schwer verwundet, mit dem ich Streit bekommen, weil er sich an einem St.-Davids-Tag über meinen Lauch lustig gemacht hatte. Bei einer ähnlichen Gelegenheit wurde mein Hirnkasten durch das Hackmesser eines Metzgers aufgespalten. Fünfmal hat man mir den Degen durch den Leib gerannt, und mein linkes Ohrläppchen büßte ich durch eine Pistolenkugel ein. In einer solchen Schlägerei ließ ich meinen Gegner für tot auf dem Platz liegen und war weise genug, nach Frankreich zu flüchten. Wenige Tage nach meiner Ankunft in Paris geriet ich mit einigen Offizieren in ein Gespräch über Politik. Es entstand ein Disput, bei dem ich alle Mäßigung verlor und so unehrerbietig vom *Grand Monarque* sprach, daß ich am folgenden Morgen mittels einer *lettre de cachet* verhaftet und in die Bastille gesteckt wurde. Dort blieb ich mehrere Monate lang, ohne den geringsten Verkehr mit vernünftigen Geschöpfen zu genießen, ein Umstand, der mir jedoch gar nicht unlieb war, weil ich so mehr Zeit gewann, Rachepläne gegen den Tyrannen zu schmieden, der mich eingesperrt, und gegen den elenden Buben, der mein Privatgespräch verraten hatte. Endlich aber wurde ich dieser fruchtlosen Spekulationen überdrüssig und sah mich genötigt, meine ernsten Gedanken durch den Umgang mit einigen fleißigen Spinnen aufzuheitern, die meinen Kerker mit ihren kunstreichen Arbeiten ausschmückten.

Ich verfolgte ihr Werk mit solcher Aufmerksamkeit, daß ich bald ein Adept im Geheimnis des Webens wurde und mir so manche nützlichen Beobachtungen und Betrachtungen über diese Kunst sammelte, daß sie einen höchst merkwürdigen Traktat abgeben werden, den ich der *Royal Society* zum Nutzen unserer Wollmanufaktur vermachen will, mehr um meinen Namen zu verewigen, als um meinem Vaterlande zu dienen. Denn, dem Himmel sei Dank, dergleichen Anhänglichkeit kenne ich nicht mehr und betrachte mich als einen Menschen, der keiner Gesellschaft gegenüber, wer sie auch sein mag, große Verbindlichkeiten hat. Obwohl ich mit unumschränkter Gewalt über die langbeinigen Bürger meines Staates herrschte und jeden nach Verdienst entweder belohnte oder bestrafte, so machte mich meine Lage endlich doch ungeduldig, und eines Tages gewann meine natürliche Gemütsart die Oberhand, wie ein Feuer, das lange fortgeschwelt hat. Ich ließ all meinen Grimm an meinen unschuldigen Untertanen aus, und im Augenblick war das ganze Geschlecht vernichtet. Als ich gerade mit diesem Gemetzel beschäftigt war, öffnete der Kerkermeister, der mir zu essen brachte, die Türe. Als er den Ausbruch meiner Wut bemerkte, zuckte er die Achseln, stellte meine Ration hin und ging mit den Worten hinaus: „*Le pauvre diable! la tête lui tourne!*" Sobald mein Zorn verraucht war, beschloß ich, aus dieser Meinung des Kerkermeisters Nutzen zu ziehen, und spielte von diesem Tage an den Irrsinnigen, und zwar mit solchem Erfolg, daß ich binnen einem Vierteljahr aus der Bastille befreit und auf die Galeeren geschickt wurde. Hier, glaubte man, könne mein rüstiger Körper schon noch etwas leisten, wenngleich meine Geisteskräfte zerrüttet seien. Bevor man mich ans Ruder kettete, verabfolgte man mir zum Willkomm dreihundert Streiche, um mich gefügiger zu machen, obschon ich mich aller Gründe bediente, die mir zu Gebote standen, sie zu überzeugen, ich wäre „nur toll bei

Nord-Nordwest. Wenn der Wind aus Süden bliese, könnt ich einen Leuchtpfahl sehr wohl von einem Kirchturm unterscheiden".

Bei unserer zweiten Fahrt hatten wir das Glück, von einem Sturm überrascht zu werden. Die Rudersklaven wurden währenddessen losgeschlossen, damit sie mehr zur Erhaltung der Galeeren beitragen und sich im Falle eines Schiffbruchs womöglich retten könnten. Kaum waren wir in Freiheit, als wir uns des Schiffes bemächtigten, die Offiziere ausplünderten und uns zwischen den Felsen an der Küste von Portugal auf den Strand setzten. Von da eilte ich nach Lissabon in der Absicht, auf irgendeinem Schiff nach England zu segeln, wo, wie ich hoffte, meine Sache nun vergessen sei.

Doch bevor ich dies ausführen konnte, führte mich mein böser Genius in eine Gesellschaft, in der ich mich betrank und sodann Lehren über Religion aufs Tapet brachte, die bei einigen der Anwesenden Ärgernis erregten und sie zum Zorne reizten. Am folgenden Morgen wurde ich von den Beamten der Inquisition aus dem Bett geholt und in eine Zelle des Gefängnisses jenes Tribunals geschafft.

Bei meinem ersten Verhör war meine Erbitterung groß genug, mich während der Tortur zu stärken; ich ertrug sie, ohne zu zucken. Aber meine Entschlossenheit schwand, und mein Eifer kühlte sich sogleich ab, als ich von einem Mitgefangenen, der auf der andern Seite des Verschlags lag, vernahm, daß in kurzem ein Autodafé veranstaltet und ich aller Wahrscheinlichkeit nach zum Feuertode verdammt werden würde, wenn ich meinen ketzerischen Irrtümern nicht entsagte und mich nicht der Buße unterwürfe, welche die Kirche mir vorzuschreiben für gut finde. Dieser unglückliche Mensch war überführt worden, daß er heimlich dem jüdischen Glauben zugetan gewesen war. Man hatte ihn viele Jahre lang gewähren lassen, bis er ein derartiges Vermögen angehäuft hatte, das geeignet war, die Aufmerksamkeit der Kirche auf sich zu ziehen. Er sollte jetzt als ihr Schlachtopfer fallen und bereitete sich demnach zum Tod auf dem Holzstoß vor; ich aber, den es nicht im geringsten nach der Märtyrerkrone gelüstete, beschloß, mich in die Zeit zu schicken. Als ich zum zweiten Verhör gebracht wurde, widerrief ich feierlich, und da ich keine weltlichen Reichtümer besaß, die meinem Seelenheil hinderlich gewesen wären, wurde ich wieder in den Schoß der Kirche aufgenommen, und man befahl mir zur Sühne, im Pilgrimsgewand barfuß nach Rom zu wallfahrten.

Auf meiner Wanderung durch Spanien wurde ich als Spion festgehalten, bis ich mir von der Inquisition zu Lissabon die nötigen Beglaubigungsschreiben besorgen konnte. Während dieser Zeit betrug ich mich mit solcher Entschlossenheit und Bedachtsamkeit, daß man glaubte, ich wäre der richtige Mann dazu, nach Aufhebung meiner Haft an einem gewissen Hofe als geheimer Kundschafter zu arbeiten. Ich übernahm diesen Posten ohne alle Bedenken und stieg, mit Geld und Kreditbriefen versehen, über die Pyrenäen mit dem Vorhaben, mich an den Spaniern für die Strenge zu rächen, mit der sie mich während meiner Gefangenschaft behandelt hatten.

Zu diesem Zweck verkleidete ich mich, klebte ein großes Taftpflaster auf das eine Auge, mietete mir eine Equipage und erschien in Bologna als reisender Arzt. Es ging alles ganz leidlich, bis meine Leute in einer Nacht mit all meinen Sachen durchbrannten und mich im Adamskostüm zurückließen. Mit einem Wort, ich habe den größten Teil von Europa als Bettler, Pilgrim, Priester, Soldat, Spieler und Quacksalber durchreist, habe mich auf den beiden äußersten Stufen des Elends und des Überflusses befunden, habe alle Unbill, jeden Wechsel des Wetters erduldet und erkannt, daß die Menschen überall gleich sind, daß Vernunft und Tugend in einem jämmerlichen Verhältnis zu Torheit und Laster stehen und daß es mit dem Leben bestenfalls eine armselige Sache ist.

Nachdem ich unzählige Bedrückungen, Gefahren und Widerwärtigkeiten durchgemacht hatte, kehrte ich nach London zurück, wo ich einige Jahre in einem Dachstübchen wohnte und mir meinen Unterhalt so gut als möglich dadurch verdiente, daß ich auf einem Schecken durch die

Straßen zog und Purganzen verkaufte; dabei redete ich den Mob in gebrochenem Englisch an, indem ich mich für einen deutschen Arzt ausgab.

Endlich starb ein Oheim, von dem ich dreihundert Pfund jährlicher Einkünfte erbte; zu Lebzeiten wäre er mit keinem Sixpence herausgerückt, selbst wenn es gegolten hätte, meine Seele oder meinen Leib vor dem Untergang zu retten.

Nunmehr erscheine ich in der Welt nicht als Mitglied irgendeiner Gemeinschaft oder als das, was man ein geselliges Geschöpf nennt, sondern bloß als Zuschauer, der sich an den Grimassen eines Hanswursts belustigt und seinem Spleen ein köstliches Mahl auftischt, wenn er seine Feinde sich herumbalgen sieht. Damit ich mich nun ohne alle Störung, Gefahr und Teilnahme an diesem Schauspiel weiden kann, stell ich mich taub, ein Mittel, wodurch ich nicht nur allen Streitigkeiten und deren Folgen entgehe, sondern auch tausend kleine Geheimnisse erfahre, die man sich ohne den geringsten Argwohn, daß man belauscht werden könnte, täglich in meiner Gegenwart zuflüstert. Sie wissen, wie ich neulich den seichten Politiker bei Lady Plausible abfertigte. Dieselbe Methode wende ich an bei dem verrückten Tory, dem bigotten Whig, dem mürrischen und hochmütigen Pedanten, dem boshaften Kritiker, der prahlerischen Memme, dem unverschämten Kuppler, dem pfiffigen Falschspieler und bei all den andern Sorten von Schurken und Toren, an denen unser Königreich so großen Überfluß hat.

Infolge meines Ranges und Charakters habe ich bei allen Damen freien Zutritt. Sie haben mir den Namen Lästerchronik gegeben. Da sie mich, solange ich stillschweige, nicht anders ansehen als einen Fußschemel oder einen Lehnstuhl, so tun sie sich in ihren Unterredungen vor mir keinen Zwang an und ergötzen mein Ohr mit seltsamen Dingen. Könnt ich's über mich gewinnen, der Welt dieses Vergnügen zu machen, so würde sie eine merkwürdige Geheimgeschichte erhalten und darin gewisse Personen von einer Seite kennenlernen, die vollkommen neu für sie wäre.

Es dürfte Ihnen nun klar sein, junger Herr, daß es in mei-

Mein Herr ich verachte Sie zu sehr, daß ich Jhnen Jhre ehmaligen Gelübde vorhalten und verweisen solte. III. Th. 72. Cap.

ner Macht steht, ein wertvoller Zuträger zu sein, und daß es in Ihrem Interesse liegt, sich mein Vertrauen zu verdienen."

Nun schwieg der Menschenfeind und wünschte zu wissen, was unser Held dazu meine. Dieser nahm voll Freude und Erstaunen das vorgeschlagene Bündnis an, und kaum war dieser Vertrag geschlossen, als Mr. Crabtree ihn bereits dadurch zu erfüllen begann, daß er Pickle tausend köstliche Geheimnisse mitteilte, von deren Besitz dieser sich unzählige muntere und spaßige Auftritte versprach. Er sah voraus, daß es ihm mit Hilfe dieses Bundesgenossen, den er als Gyges' Ring betrachtete, möglich sein würde, nicht nur in die Gemächer, sondern auch in die innersten Gedanken der Damen einzudringen. Um jeglichem Verdacht zu wehren, kamen er und Crabtree überein, öffentlich aufeinander zu schimpfen, sich aber insgeheim zu gewissen Zeiten und an gewissen Orten zu treffen, um ihre Entdeckungen auszutauschen und künftige Operationen zu verabreden.

Auf einen Brief von Leutnant Hatchway, in dem der schlimme Zustand des Kommodores geschildert wurde, verabschiedete sich Peregrine rasch von seinen Freunden und reiste sofort nach dem Kastell ab.

73

Pickle trifft im Kastell ein. Der Kommodore Trunnion stirbt den Tag darauf und wird nach seinen eigenen Anordnungen begraben. Einige Gentlemen aus der Nachbarschaft bemühen sich vergeblich, zwischen Gamaliel Pickle und seinem ältesten Sohn Frieden zu stiften.

Um vier Uhr morgens kam unser Held im Kastell an und fand seinen großmütigen Oheim in den letzten Zügen vor. Er lag im Bett und wurde von Julie auf der einen Seite und von Hatchway auf der andern gestützt, während Mr. Jolter ihm geistlichen Trost spendete und bisweilen auch Mrs. Trunnion mit seinem Zuspruch stärkte. Diese saß mit ihrer Magd am Feuer und weinte mit vielem Anstand. Der Arzt hatte eben sein letztes Honorar empfangen und war gegangen, nachdem er zuvor die bekannte fatale Prophezeiung ausgesprochen und sehnlichst gewünscht hatte, er möchte sich darin getäuscht haben.

Obwohl der Kommodore durch ein heftiges Schlucken im Reden unterbrochen wurde, hatte er dennoch den Gebrauch all seiner Sinne, und als Peregrine sich ihm nahte, streckte er ihm mit offensichtlichen Zeichen der Befriedigung die Hand entgegen. Der junge Herr, dessen Herz von Dankbarkeit und Liebe überfloß, konnte dieses Bild nicht ohne Rührung ansehen; doch bestrebte er sich, seine Weichheit zu verbergen, denn in der Wildheit seiner Jugend und beim Stolz seines Charakters betrachtete er sie als unmännlich und unwürdig. Doch trotz all seinen Bemühungen schossen ihm die Tränen in die Augen, während er die Hand des alten Mannes küßte, und sein Schmerz brachte ihn so außer Fassung, daß die Zunge ihm ihren Dienst versagte, als er zu sprechen versuchte. Als der Kommodore seine Erregung bemerkte, strengte er seine letzte Kraft an und tröstete ihn mit folgenden Worten: „Säubre dein Bugspriet vom Spritzwasser, mein guter Junge, und winde all deine Courage auf. Mußt nicht die Stängetaue von deinem Herzen schlapp werden lassen, weil du mich auf dem Punkt siehst, in den Grund zu sinken. Bin dazu ja alt genug. Mancher weit beßre Kerl ist untergegangen und hat von meinem Weg nicht die Hälfte gemacht; obschon ich zur göttlichen Barmherzigkeit Vertrauen habe und glaube, in wenig Seegerstunden im Hafen zu sein und in einem guten Ankergrunde festzuliegen. Freund Jolter hat das Tagebuch meiner Sünden von neuem durchgeblättert und ihre Liste durchsummiert, und nach den Beobachtungen, die er vom Zustand meiner Seele gemacht hat, hoffe ich meine Reise glücklich enden zu können und in den Breiten des Himmels aufgebracht zu werden. Ein Doktor ist hier gewesen, der wollte mich bis obenan mit Arznei volladen. Was soll man aber mit einem kompletten Apothekerladen im Kielraum absegeln, wenn des Menschen Zeit und Stunde da ist? Diese Burschen kommen den Sterbenden an Bord, wie die Admiralitätsboten mit dem Befehl, unter Segel zu gehn. Ich sagte ihm aber, ich könnte mein Kabeltau ohne seine Aufsicht und Beihilfe lichten, und so zog er denn voller Ärger ab. Der Schwerenotsschluckauf macht so ein verteufeltes Gesaus und Gebraus in meinem Maulstrom, daß Ihr mich vielleicht nicht mal verstehn dhut. Jetzunder, da die Klappe an meiner Luftpumpe noch imstand ist, möcht ich Euch gern eins und's andere sagen, und seht Ihr, ich will hoffen, Ihr werdet's in Euer Logbuch schreiben, um Euch dran zu erinnern, wenn ich steif bin. Da sitzt deine Tante beim Feuer und greint. Ich bitte dich, halte sie dicht warm und bequem in ihrem Alter. Sie ist eine recht ehrliche, brave Seele so auf ihre Manier; hat zwar oft ein bissel geschwankt und ist ziemlich brummig gewesen, wenn sie von Nanscher und Andacht eine zu volle Ladung hatte; aber doch war sie für mich ein treuer Schiffskumpan; hat, solang wir in einem Fahrwasser gewesen sind, keinen andern Kerl sich an Bord kommen lassen, das kann ich wohl sagen. Jack Hatchway, Ihr kennt ihr ganzes Gewicht besser als irgendein Mensch in England, und ich glaube, sie hat ein Auge auf Euch. Wollt Ihr nun durch Heirat bei ihr entern, wenn ich nach der andern Welt abgesegelt bin, so denk ich, wird mein Pate, aus Freundschaft für mich, Euch erlauben, daß Ihr all Euer Lebtage im Kastell wohnen dhut."

Peregrine versicherte ihm, er wolle mit Vergnügen alles erfüllen, was er zum Besten zweier Personen von ihm verlange, die er so sehr schätze. Der Leutnant dankte ihnen beiden für ihren guten Willen mit einer schalkhaften Spötterei, die er trotz der gegenwärtigen ernsthaften Lage nicht unterdrücken konnte. Er sagte zum Kommodore: „Sehr obligiert, daß Sie so freundschaftlich sind und mir zum Kommando eines Schiffs verhelfen wollen, das Sie selbst im Dienst abgenützt haben; trotzdem laß ich mir's gefallen, es unter meine Aufsicht zu nehmen. Aber schüchtern bin ich dabei, wie's doch nicht anders sein kann, da ich so einen tüchtigen Seemann zur Vorfahr habe."

So erschöpft Trunnion auch war, lächelte er dennoch über diesen Witz. Nach einer Pause setzte er seine Ermahnungen folgendermaßen fort: „Vom Pipes hab ich nicht nötig zu sprechen. Ich weiß, Ihr werdet für ihn sorgen ohne meine Rekummandation. Der wackre Bursche ist in manchem lieben tüchtigen Sturm und Unwetter mit mir gesegelt. Ein so stattlicher Seemann, wie je einer Wind und Wetter Trotz geboten, dafür steh ich. Aber für mein übriges Volk, hoff ich, werdet Ihr doch Sorge tragen dhun und sie nicht um neuer Leute willen ablohnen. Was das junge Weibchen, Ned Gauntlets Tochter, anlangt, so hab ich mir sagen lassen, daß sie eine treffliche Dirn und dir nicht gram ist. Willst du ihr aber auf eine unerlaubte Art an Bord, so hinterlaß ich dir meinen Fluch und bin versichert, daß es dir auf der ganzen Reise deines Lebens nicht glücklich gehn wird. Doch ich glaube, du bist dazu ein zu ehrlicher Schlag, um dich so seeräubermäßig aufzuführen. Nimm, ich bitte dich, so lieb du mich hast, deine Gesundheit fein in acht. Hüte dich, auf deinem Kurs mit Huren zusammenzustoßen. Sie sind nicht besser als die Seefräulein, die im Meer auf Felsen sitzen und zum Untergang der Vorbeifahrenden ein schmuckes Gesicht aushängen. Doch muß ich sagen, ich für meinen Part habe nie eine einzige von diesen lieblichen Sängerinnen angetroffen, wenn ich auch ein paar Mandel Jahre zur See gelegen bin. Wie dem aber auch sein mag, steuer immer dein Schiff bei solchen Pulverpetzen dicht vorbei. Vor Prozessen fürchte dich wie vorm Teufel, und sieh alle Anwälte und Sachverwalter als heißhungriges Haifischgesindel und gierige Raubfische an. Sobald der Odem aus meinem Körper ist, laß jede Minute einen Schuß abfeuern, bis ich wohlbehalten auf den Grund gesenkt bin. Ich will in dem roten Wams begraben werden, das ich anhatte, als ich die *Renummy* erstieg und wegnahm. Laß meine Pistolen, meinen Hauer und meinen Taschenkompaß mir zur Seite in die Kiste legen; und meine eignen Leute sollen mich in den schwarzen Kappen und weißen Hemden, die mein Schiffsvolk anhatte, zu Grabe tragen. Und daß sie nur ja recht achtgeben, daß keiner von eurem mauseköpfigen Lumpenpack kommt und mich wegen des Profits, den sie dabei erschnappen können, aufhebt, ehe ein Stein auf meinen Leichnam gewälzt ist. Was nun das

Epitaphchen angeht, oder wie ihr das Ding heißt, so überlaß ich das dir und Mr. Jolter. Ihr seid beide G'studierte. Aber hört mal, laßt mir ja nix Griechisches oder Lateinisches einhauen, oder vollends gar was Französisches, dem ich von Herzen gram bin. Setzt was planes Englisches drauf, damit der Engel an jenem Tage, wenn er in alle vier Enden der Welt hinposaunt, weiß, daß ich ein ehrlicher Brite bin, und meine Muttersprache mit mir spricht. Nun hab ich weiter nix mehr zu sagen als, Gott im Himmel sei meiner Seele gnädig und barmherzig und verleih euch allen gut Wind und Wetter, wohin ihr auch segeln mögt." So sprach er, schaute jeden der Umstehenden mit Wohlgefallen an, schloß das Auge und legte sich zur Ruhe. Alle, die im Zimmer waren, selbst Pipes nicht ausgenommen, zerschmolzen vor Wehmut; und Mrs. Trunnion willigte in den Vorschlag ein, das Zimmer zu verlassen, damit sie nicht dem unaussprechlichen Schmerz ausgesetzt wäre, ihren Mann sterben zu sehen.

Doch waren seine letzten Augenblicke noch nicht so nahe, als man sich einbildete. Er fing an einzuschlummern und genoß bis zum Nachmittag des folgenden Tages ab und zu etwas Erleichterung. Während dieser ruhigen Zwischenzeiten hörte man ihn manches fromme Stoßgebet vorbringen und die Hoffnung äußern, er werde trotz seiner schweren Sündenfracht imstande sein, die Püttingswanten der Verzweiflung zu ersteigen und zum Mars der göttlichen Barmherzigkeit hinaufzuklimmen. Endlich sank seine Stimme zu einem so leisen Ton herab, daß man ihn nicht mehr verstehen konnte, und nachdem er etwa eine Stunde lang fast ohne irgendein wahrnehmbares Lebenszeichen dagelegen hatte, gab er mit einem Ächzen, das sein Hinscheiden verkündete, den Geist auf.

Kaum war Julie dieses traurigen Ausgangs gewiß, so eilte sie laut weinend ins Zimmer ihrer Tante, und sofort stimmten die gute Witwe und ihre Dienerschaft ein schickliches Konzert an. Peregrine und Hatchway begaben sich auf ihre Stuben, bis die Leiche aufgebahrt war. Pipes sah den entseelten Körper mit jammervollem Blick an und sagte: „Deine Seele fahre wohl, alter Hawser Trunnion! Hab als Mann und als Jungchen dich ganze fünfunddreißig Jahre gekannt, und meiner Seel! nie hat ein ehrlicheres Blut Zwieback gekaut. Hast dir manchen sauern Wind unter die Nase gehn lassen. Für dich ist nun kein Sturm und Unwetter mehr. Bist aufgehoben. Einen bessern Kommandeur hab ich mir all mein Lebtage nicht gewünscht; und wer weiß, ob ich nicht noch in der andern Welt dir dein Takelwerk werd aufsetzen helfen."

Alle Bedienten im Hause waren über den Verlust ihres alten Herrn betrübt, und die Armen aus der Nachbarschaft versammelten sich vor dem Tore und äußerten durch wiederholtes Geheul ihren Kummer über den Tod ihres milden Wohltäters. Obwohl Peregrine alles empfand, was Liebe und Dankbarkeit bei einem solchen Anlaß einflößen können, hatte ihn der Todesfall doch nicht so schwer mitgenommen, daß er außerstande gewesen wäre, die Zügel des Regiments im Hause zu ergreifen. Mit großer Umsicht traf er die Anstalten zum Leichenbegängnis, nachdem er seiner Tante sein innigstes Beileid bezeigt und sie durch die Versicherung seiner unverletzlichen Achtung und Zuneigung getröstet hatte. Er bestellte für alle und jede, die im Kastell waren, Trauerkleider und lud sämtliche Gentlemen aus der Nachbarschaft zum Begräbnis ein, sogar seinen Vater und seinen Bruder Gam. Beide beehrten jedoch die Feier nicht mit ihrer Gegenwart; auch war Mrs. Pickle nicht human genug, ihre Schwägerin in ihrer Betrübnis zu besuchen.

Bei der Beerdigung wurden des Kommodores Vorschriften aufs Tüpfelchen befolgt; und zugleich verteilte unser Held fünfzig Pfund unter die Armen des Kirchspiels, eine Wohltat, an die sein Oheim im Letzten Willen nicht gedacht hatte.

Nachdem Pickle die Begräbnisfeier mit der liebevollsten Sorgfalt vollzogen hatte, prüfte er das Testament, das seit seiner Ausfertigung keinen Zusatz erhalten hatte. Er zahlte alle Vermächtnisse aus, nahm als alleiniger Testamentsvollstrecker den Bestand der ihm zugefallenen Erbschaft auf und fand, daß sie sich nach allen Abzügen auf dreißigtausend Pfund belief. Der Besitz eines so ansehnlichen Ver-

Freunden Abschied und erschien wieder in der Hauptstadt. Hier kaufte er einen neuen Wagen sowie einige Pferde, steckte den Pipes und einen andern Lakaien in reiche Livreen, mietete in Pall Mall ein elegantes Logis und machte in der tonangebenden Gesellschaft eine sehr bemerkenswerte Figur. Wegen seines Aufwands und wegen seines vergnügten Betragens stellte Fama, die Allerweltslügnerin, ihn als einen jungen Gentleman hin, der soeben durch den Tod seines Oheims Güter mit einem Jahresertrag von fünftausend Pfund geerbt habe, der, wenn sein Vater stürbe, nochmals soviel zu erwarten hätte, abgesehen von zwei ansehnlichen Wittümern, die ihm nach dem Ableben seiner Mutter und seiner Tante zufielen. So falsch und lächerlich dieses Gerücht auch war, konnte er es doch nicht übers Herz bringen, ihm zu widersprechen. Nicht etwa, daß es ihm unangenehm gewesen wäre, sich so unrichtig geschildert zu finden, nein, sein Stolz wollte ihm nicht erlauben, einen Schritt zu tun, durch den er an Bedeutung in den Augen derjenigen verlieren könnte, die sich in der Voraussetzung, daß seine Verhältnisse wirklich so glänzend wären, wie man sich erzählte, um seine Bekanntschaft bemühten. Ja, er war verblendet und töricht genug, den Entschluß zu fassen, die Leute in ihrem Irrtum zu bestärken, indem er nämlich jenem Gerücht gemäß lebte. Zu diesem Zweck ließ er sich auf die kostspieligsten Lustpartien ein; denn er glaubte, daß, noch ehe seine Finanzen sich erschöpften, sein Glück gemacht sein würde, und zwar infolge seiner persönlichen Talente, die er in der Zeit dieser üppigen Lebensführung vor dem *beau monde* zu entfalten Gelegenheit hätte. Mit einem Wort, Eitelkeit und Stolz waren die dominierenden Schwächen unseres Abenteurers, der sich hinlänglich befähigt wähnte, sein Vermögen auf mancherlei Arten wiederherzustellen, lange bevor an Mangel und Schwierigkeiten zu denken sei. Er war der Meinung, es stände jederzeit in seiner Macht, eine reiche Erbin oder wohlbegüterte Witwe zu kapern; sein Ehrgeiz strebte bereits danach, das Herz einer jungen, schönen Herzogin-Witwe zu erobern, bei der er sich einzuführen gewußt hatte; und sollte er etwa keine Neigung verspüren, in den Ehestand zu treten, so zweifelte er, da er bei dem Adel so gut angeschrieben war, keinen Augenblick daran, zu irgendeinem einträglichen Posten zu kommen, der ihn für seine Freigebigkeit reichlich entschädigen würde. Es gibt viele junge Männer, die schon mit der Hälfte der Gründe, die Pickle hatte, so eingebildet zu sein, dieselben Erwartungen hegen.

Trotz all diesen Spekulationen ließ seine Leidenschaft für Emilie keineswegs nach. Im Gegenteil, sie fing an, seine Begierde so sehr zu entflammen, daß ihr Bild sich jeder andern Vorstellung unterschob und es ihm einfach unmöglich machte, die andern hochfliegenden Pläne zu verfolgen, die seiner Phantasie entsprangen. Daher faßte er den edeln Entschluß, Emilie in all seinem Glanz zu besuchen, um mit seiner ganzen Kunst und Geschicklichkeit einen Angriff auf ihre Tugend zu wagen, wobei er seinen Reichtum und sein Vermögen im vollsten Umfange glänzen lassen wollte. Ja, seine sträfliche Leidenschaft hatte seine Grundsätze von Ehre dermaßen zerstört, die Stimmen des Gewissens und der Menschlichkeit und seine Achtung vor den letzten Worten des Kommodores so vollständig erstickt und aus seiner Seele verdrängt, daß er schlecht genug war, über die Abwesenheit seines Freundes Geoffrey zu frohlocken, der sich mit seinem Regiment in Irland befand, folglich sein Vorhaben nicht ergründen oder Maßregeln ergreifen konnte, um seine lasterhaften Absichten zu vereiteln.

In dieser heldenmütigen Gesinnung beschloß er, sechsspännig in Begleitung seines Kammerdieners und zweier Lakaien nach Sussex abzureisen. Er sah jetzt ein, daß er bei seinem letzten Versuch den Ton verfehlt hatte, und nahm sich deshalb vor, seine Batterien zu verändern und die Festung durch das untertänigste, sanfteste und einschmeichelndste Betragen zu unterminieren.

Am Abend bevor er hinreiste, ging er, wie gewöhnlich, ins Schauspielhaus, um sich den Damen zu zeigen. Als er in die Loge trat und das Publikum durch sein Glas begaffte, und das aus keinem andern Grund, als weil es Mode war, kurzsichtig zu sein, erblickte er seine Gebieterin auf einem der Plätze über der Bühne. Sie trug ein sehr einfaches Kleid und sprach eben mit einer jungen Dame von geringem Reiz. Obwohl sein Herz äußerst ungeduldig zu pochen begann, ließ er sich doch einige Minuten lang davon abschrecken, dem Impuls seiner Liebe zu gehorchen. Er befürchtete, einige vornehme Damen, die zugegen waren, möchten eine schlechte Meinung von ihm erhalten, wenn sie sähen, daß er einer so anspruchslosen Person seine Achtung erweise. Selbst die Heftigkeit seiner Neigung würde seinen Stolz nicht so weit bezwungen haben, daß er zu Emilien hinaufgeeilt wäre, wenn er sich nicht gesagt hätte, daß seine vornehmen Freundinnen, im Glauben, es handle sich um eine hübsche Abigail, mit der er ein Verhältnis habe, ihm dies zu seinem Vorteil anrechnen würden.

Durch diesen Gedanken aufgemuntert, folgte er den Eingebungen der Liebe und flog nach dem Platz hin, wo seine Schöne saß. Sein Gebaren und sein Anzug waren so auffallend, daß es ihm beinahe unmöglich war, den Augen neugieriger Beobachter zu entgehen, zumal er zum Eintritt einen Zeitpunkt gewählt hatte, da jedermann sein Erscheinen bemerken mußte, dann nämlich, als tiefe Stille herrschte und die Aufmerksamkeit des ganzen Hauses auf die Vorgänge auf der Bühne gerichtet war. Emilie hatte sein Erscheinen auch sofort wahrgenommen. Die Richtung seines Guckers belehrte sie, daß er sie entdeckt habe, und sein plötzliches Verschwinden aus der Loge ließ sie seine Absicht ahnen. Sie bot all ihre Seelenstärke auf und bereitete sich zu seinem Empfang vor. Mit lebhafter Freude, die aber durch Bescheidenheit und Respekt gemäßigt wurde, trat er auf sie zu und äußerte mit scheinbar ehrerbietiger Hochachtung seine Genugtuung, sie zu sehen. Obgleich ihr dieses unerwartete Betragen ungemein behagte, unterdrückte sie dennoch die Regungen ihres Herzens und beantwortete seine Komplimente mit erheuchelter Ruhe und Unbefangenheit und zeigte jenen heitern Blick, den man wohl annimmt, wenn man von ungefähr irgendeinen Bekannten antrifft. Nachdem sich Pickle davon unterrichtet hatte, daß sie sich der besten Gesundheit erfreue, erkundigte er sich höflich nach dem Befinden ihrer Mutter und der Miss Sophie. Er gab ihr zu verstehen, er sei kürzlich mit einem Briefe von Geoffrey beehrt worden und habe tatsächlich vorgehabt, am nächsten Morgen abzureisen, um Mrs. Gauntlet zu besuchen. Nun er aber so glücklich gewesen sei, ihr zu begegnen, wolle er diese Reise verschieben, bis er das Vergnügen hätte, sie aufs Land zu begleiten. Sie dankte für dieses höfliche Anerbieten und erzählte ihm, daß ihre Mutter in wenigen Tagen in der Stadt erwartet würde und daß sie selbst vor einigen Wochen nach London gekommen sei, um eine Tante zu pflegen, die gefährlich krank gewesen, jetzt aber so ziemlich wiederhergestellt sei.

Obwohl sich die Konversation um allgemeine Dinge drehte, ergriff Pickle während des Stückes jede Gelegenheit, mit Hilfe der Augen eine besondere Unterredung mit ihr zu führen und ihr so die zärtlichsten Beteuerungen zu übermitteln. Sie sah die Ergebenheit auf seinem Gesicht und freute sich innerlich darüber, war aber so weit davon entfernt, ihn auch nur durch einen flüchtigen Blick des Beifalls zu belohnen, daß sie sein Augengespräch geflissentlich vermied und vielmehr mit einem jungen Gentleman kokettierte, der aus der Loge gegenüber mit ihr liebäugelte. Peregrine war zu scharfsinnig, um sie nicht zu durchschschauen, und ihre Verstellung verdroß ihn und bestärkte ihn in seinen unverantwortlichen Absichten auf ihre Person. Mit unermüdlicher Ausdauer spielte er seine Rolle weiter, und nach Schluß des Theaters brachte er sie und ihre Gefährtin zu einer Mietkutsche und erhielt mit Mühe die Erlaubnis, mit ihnen nach dem Hause von Emiliens Oheim zu fahren, wo die junge Dame diesen unsern Helden als einen vertrauten Freund ihres Bruders Geoffrey vorstellte.

Der alte Herr, dem gar nicht unbekannt war, auf welchem Fuß Peregrine mit dem Hause seiner Schwester stand, bat ihn, zum Abendessen zu bleiben, und schien mit seinem Betragen und seiner Unterhaltung außerordentlich zufrieden zu sein, die der junge Mann vermöge seiner angeborenen Klugheit der Laune seines Wirtes wunderbar anzupassen wußte. Nach dem Nachtessen, als die Damen sich zurückgezogen hatten, stopfte der Bürgersmann seine Pfeife, und unser Held, der Schlaue, folgte seinem Beispiel. Obwohl ihm dieses Kraut im Grunde zuwider war, rauchte er es dennoch mit der Miene ungemeinen Wohlbehagens und ließ sich über die Eigenschaften des Tabaks so aus, als ob er tief im virginischen Geschäft gesteckt hätte. Beim fernern Plaudern kamen die Nationalschulden aufs Tapet, und Pickle, der fortwährend auf des Kaufmanns Stimmung Rücksicht nahm, sprach nun von Kapitalien wie ein Makler von Profession. Als hierauf der Alderman über die Einschränkungen und die mangelnde Förderung des Handels klagte, zog sein Gast gegen die ungeheuren Abgaben los, mit deren Beschaffenheit er so vertraut zu sein schien wie ein Zollbeamter. Der Oheim staunte demnach nicht wenig über seine ausgedehnten Kenntnisse und drückte seine Verwunderung darüber aus, daß ein munterer junger Mann Muße und Neigung gehabt habe, sich mit Dingen zu befassen, die vom modischen Zeitvertreib der Jugend so abseits lägen.

Peregrine benützte die Gelegenheit, um ihm zu sagen, seine ganze Sippschaft bestehe aus Kaufleuten; er habe sich schon in frühen Jahren darauf verlegt, einen Einblick in die verschiedenen Zweige des Handels zu gewinnen, und ihn nicht nur als das Metier seiner Familie, sondern auch als die Quelle unseres Nationalreichtums und unserer Macht angesehen. Sodann brach er in Lobeserhebungen auf das Geschäftsleben und dessen Vertreter aus und entwarf, im Gegensatz dazu, mit Hilfe seines Spöttertalents so komische Skizzen von den Manieren und der Bildung der Vornehmen, daß die Seiten des Kaufmanns vor Lachen gewaltig, ja höchst gefährlich erschüttert wurden. Der Alte betrachtete nunmehr unsern Helden als ein Wunder an Besonnenheit und gesundem Menschenverstand.

Als sich Peregrine auf diese Weise bei dem Oheim eingeschmeichelt hatte, nahm er von ihm Abschied und besuchte am nächsten Vormittag die Nichte in seinem Wagen. Diese war von ihrem Verwandten bereits ermahnt worden, vorsichtig zu sein und einen Liebhaber von solchem Belang weder geringschätzig noch achtlos zu behandeln.

Er verfolgt sein Vorhaben bei Emilie mit großer Kunst und Beharrlichkeit.

So erhielt unser abenteuernder Ritter durch seine Heuchelei Zutritt bei seiner Gebieterin und begann gleich die Belagerung damit, daß er die aufrichtigste Zerknirschung über seinen früheren Leichtsinn bekundete und so flehentlich um ihre Verzeihung bat, daß sie, sosehr sie vor seiner Schmeichlerkunst auch auf der Hut sein mochte, seinen Beteuerungen, die sogar von Tränen begleitet waren, Glauben zu schenken anfing und daher in der Strenge und Zurückhaltung, die sie während dieser Zusammenkunft zu beobachten sich vorgenommen hatte, ziemlich nachließ. Gleichwohl wollte sie ihn nicht mit dem geringsten Eingeständnis von Gegenliebe beglücken, weil er trotz all seinen Gelübden ewiger Standhaftigkeit und Treue mit keiner Silbe einer Heirat gedachte, obgleich er jetzt sein eigener Herr und Meister war; und dieser Umstand weckte in ihr einen Argwohn, der sie gegen alle seine Angriffe festigte. Doch was ihre Klugheit gern verborgen hätte, verrieten ihre Augen, aus denen trotz all ihren Anstrengungen Liebe und Wohlgefallen strahlten; und ihre Neigung ließ sich insofern täuschen, als sie das Stillschweigen ihres Verehrers in bezug auf diesen speziellen Punkt der Erregung und Verwirrung zuschrieb und glaubte, er könne unmöglich andere als rechtschaffene Absichten auf sie haben.

Der hinterlistige Liebhaber frohlockte über die Zärtlichkeit ihrer Blicke und prophezeite sich daraus einen vollständigen Sieg. Damit er aber sein Ziel nicht durch ungestüme Eile verfehle, wollte er sich nicht eher der Gefahr einer Erklärung aussetzen, als bis ihr Herz in seinem Netz so sehr verstrickt wäre, daß weder die Eingebungen der Ehre noch der Klugheit oder des Stolzes es wieder befreien sollten. Mit diesem Entschluß gewappnet, hielt er sein ungeduldiges Temperament in den Grenzen eines höchst feinen Betragens. Nachdem er um die Erlaubnis, sie in die nächste Oper führen zu dürfen, gebeten und diese erhalten hatte, ergriff er ihre Hand, drückte sie aufs ehrerbietigste an seine Lippen, ging fort und ließ sie in einem höchst sonderbaren Zustand der Ungewißheit zurück, indem Hoffnung und Furcht in ihrer Seele um die Herrschaft stritten.

Am verabredeten Tag erschien er um fünf Uhr nachmittags und fand ihre natürlichen Reize durch ein vorteilhaftes Kleid so gehoben, daß er vor Bewunderung und Entzücken ganz hingerissen war. Kaum konnte er, als er sie nach dem *Haymarket* führte, seine ungestüme Leidenschaft so im Zaume halten, daß er nach den Grundsätzen, die er befolgen wollte, zu handeln vermochte. Als sie das Parterre betrat, durfte er sich in seiner Eitelkeit außerordentlich geschmeichelt fühlen, denn sie stellte den weiblichen Teil des Publikums augenblicklich in den Schatten, und jede einzelne Frau gestand sich im Herzen ein, daß das fremde Mädchen bei weitem die schönste aller Besucherinnen sei, sie selbst ausgenommen.

Unser Held genoß hier einen doppelten Triumph. Er war stolz auf die Gelegenheit, seinen Ruf als galanter junger Mann unter den feinen Damen seiner Bekanntschaft zu erhöhen, und auch stolz darauf, mit seinen vornehmen Beziehungen vor Emilie glänzen zu können. Er hoffte nämlich, sie werde sich nun mehr auf ihre Eroberung einbilden und künftig einer so wichtigen Person gegenüber auch mehr Nachgiebigkeit zeigen. Um aus seiner gegenwärtigen Lage den größtmöglichen Nutzen zu ziehen, ging er hin, redete im Parterre einen jeden an, zu dem er je auch nur im geringsten in Verbindung getreten war, lachte und flüsterte ihm mit affektierter Vertraulichkeit etwas zu. Er verbeugte sich sogar von weitem gegen einige Leute vom hohen Adel, bloß auf Grund der Tatsache, daß er bei Hofe neben ihnen gestanden oder ihnen in Whites Schokoladenhaus eine Prise Râpé angeboten hatte.

Obwohl diese lächerliche Großtuerei jetzt der Erreichung seines Zieles dienen sollte, war sie eine Schwäche, die bis zu einem gewissen Grad sein ganzes Betragen beeinflußte; denn nichts gewährte ihm bei der Konversation soviel

Freude wie die Gelegenheiten, die Gesellschaft wissen zu lassen, daß er bei Leuten von angesehenem Rang und Charakter in Gunst stehe. So pflegte er etwa ganz nebenbei zu bemerken, der Herzog von G. sei einer der gutmütigsten Herren, und belegte diese Behauptung mit einem Beispiel von Leutseligkeit, wie wenn es ihm persönlich begegnet wäre; dann wiederholte er, plötzlich überspringend, irgendeine Erwiderung der Lady T. oder erwähnte ein gewisses *bon mot* des Grafen von C., das er selbst mit angehört hatte.

Sehr viele junge Männer springen auf diese Art recht frei mit großen Namen um, obwohl sie zu Personen von hohem Adel nie Zugang gehabt haben. Dies war jedoch bei Peregrine nicht der Fall; denn wegen seines prächtigen Aufzugs und seines vermeintlichen Vermögens sowie der Tatsache, daß man ihn bei verschiedenen Großen eingeführt hatte, fand er jetzt an allen Tafeln freien Zutritt.

Bei seiner Rückkehr aus der Oper beobachtete er Emilie gegenüber zwar noch immer strengsten Anstand in seinem Benehmen, doch setzte er ihr mit den leidenschaftlichsten Ausdrücken der Liebe zu, drückte ihr mit großer Innigkeit die Hand, beteuerte, daß ihr Bild seine ganze Seele erfülle und daß er ohne ihre Gewogenheit nicht leben könne. Wie sehr ihr seine warmen und rührenden Äußerungen sowie die respektvolle Art, auf die er seine Liebe zu erkennen gab, auch gefielen, besaß sie doch Klugheit und Entschlossenheit genug, ihre Zärtlichkeit, die schon hervorbrechen wollte, zurückzudämmen. Der Gedanke, daß es jetzt, falls seine Absichten rechtschaffen wären, seine Pflicht sei, sich ihr zu erklären, schützte sie vor seinen Künsten. Aus dieser Überlegung heraus weigerte sie sich also, seine heftigen Klagen ernsthaft zu beantworten, und stellte sich, als sähe sie dies ganz allgemein für Ergüsse der Galanterie und für bloße Artigkeiten an.

Obgleich diese vorgespiegelte Munterkeit und gute Laune seine Hoffnung täuschte, ihr ein Geständnis abzunötigen, aus dem er sofort Nutzen hätte ziehen können, fühlte er sich, als die Kutsche den *Strand* entlangfuhr, dennoch ermutigt zu bemerken, es wäre schon spät, folglich das

Abendessen schon vorbei, wenn sie im Hause ihres Oheims ankämen. Dann rückte er mit der Bitte heraus, ihr hier am einen oder andern Ort mit einer leichten Erfrischung aufwarten zu dürfen. Dieser dreiste Vorschlag beleidigte sie zwar, indessen behandelte sie ihn als einen Scherz, dankte ihm für sein höfliches Anerbieten und versicherte ihm, wenn es sie einmal nach einer solchen Bewirtung verlange, so solle nur er die Ehre haben, sie zu bedienen.

Da der Oheim in Gesellschaft gegangen war und ihre Tante sich bereits zur Ruhe begeben hatte, hatte er das Glück, eine ganze Stunde lang ein *tête-à-tête* mit ihr zu genießen. Diese Zeit wußte er mit so ungemeiner Geschicklichkeit zu verwenden, daß ihre Vorsicht beinahe zuschanden geworden wäre. Er bestürmte sie nicht nur mit schwerem Geschütz, mit Seufzern, Gelübden, Bitten und Tränen, sondern setzte auch seine Ehre für die Aufrichtigkeit seiner Liebe zum Pfande. Er schwur unter manchen Verwünschungen, daß, wenn sich ihr Herz ihm auch ohne jede Bedingung ergäbe, er doch Grundsätze hege, die ihm nie erlauben würden, eine solche Unschuld und Schönheit freventlich zu beleidigen. Ja, er wäre in der heftigen Aufwallung seiner Leidenschaft so weit über sein Ziel hinausgeschossen, daß er sich, wenn sie jetzt in diesem Sturm und Drang seiner Seele eine Erklärung gefordert hätte, durch solche Bande an sie gefesselt haben würde, die er nicht wieder hätte zerreißen können, ohne seinen guten Namen aufzuopfern. Doch davon schreckte sie teils Stolz, teils die Besorgnis ab, sie könnte entdecken, daß sie sich in einer Mutmaßung von solcher Bedeutung geirrt hätte. Sie genoß daher die gegenwärtige Gunst ihres Schicksals und ließ sich zur Annahme des Schmucks bereden, den er von einem Teil seines Spielgewinnes zu Bath gekauft hatte, und gestattete ihm mit der bezauberndsten Herablassung beim Abschied eine feurige Umarmung, nachdem sie ihm zuvor das Recht eingeräumt hatte, sie so oft zu besuchen, wie Neigung und Umstände es ihm erlauben würden.

Bei seiner Heimkehr rief sein Erfolg die kühnsten Hoffnungen in ihm wach; er wünschte sich bereits Glück zu seinem Siege über Emiliens Tugend und begann Entwürfe zu künftigen Eroberungen unter den angesehensten Damen zu machen. Doch diese eiteln Überlegungen zerstreuten seine Aufmerksamkeit nicht im geringsten; er beschloß vielmehr, die Kräfte seiner Seele auf die Ausführung seines jetzigen Plans zu konzentrieren, verzichtete inzwischen auf alle übrigen Projekte des Vergnügens, des Eigennutzes und des Ehrgeizes und nahm ein Logis in der City, um sein Vorhaben bequemer durchführen zu können.

Während die Phantasie unseres Liebhabers so angenehm erregt wurde, trübten Zweifel und Angst die hohe Stimmung seiner Gebieterin. Sein Stillschweigen über den eigentlichen Zweck seines Werbens war ein Rätsel, an dem sie ihren Scharfsinn zu üben sich scheute; und ihr Oheim quälte sie beständig mit Fragen über Peregrines Benehmen und Bekenntnisse. Da sie nun diesem Verwandten auch nicht den geringsten Grund geben wollte, Verdacht zu schöpfen, wodurch jeglichem Umgang mit ihrem Verehrer ein Ende bereitet worden wäre, antwortete sie stets so, daß seine Sorge um ihr Wohlergehen beruhigt wurde. Infolge dieser Verstellung erfreute sie sich uneingeschränkt der Gesellschaft unseres Abenteurers, der seinen Plan mit erstaunlichem Eifer und großer Beharrlichkeit verfolgte.

76

Er überredet Emilie, ihn auf eine Maskerade zu begleiten, wagt einen heimtückischen Angriff auf ihre Tugend und wird zurückgewiesen, wie er es verdient.

Es verging kaum ein Abend, an dem er sie nicht zu irgendeinem Vergnügen führte. Als er infolge seines hinterlistigen Betragens sich gänzlich im Besitz ihres Zutrauens und ihrer Gewogenheit glaubte, lauerte er auf seine Gelegenheit. Eines Tages hörte er Emilie gesprächsweise sagen, sie sei noch nie auf einer Maskerade gewesen, und so bat er denn um die Erlaubnis, sie auf den nächsten Ball begleiten zu dürfen. Dieselbe Einladung ließ er auch an die junge Dame ergehen, in deren Gesellschaft er Emilie im Theater angetroffen hatte und die gerade anwesend war, als das Thema zur Sprache kam. Er hatte sich geschmeichelt, sie würde diesen Vorschlag ablehnen, da sie ihm ein zimperliches Ding zu sein schien und in der City geboren und erzogen worden war, wo man bei all dergleichen Vergnügen sofort an Üppigkeit und Schwelgerei denkt. Diesmal jedoch machte er die Rechnung ohne den Wirt; die Neugier ist in der City ebenso mächtig wie im eleganten Teil der Stadt. Kaum hatte daher Emilie ihr Einverständnis zu diesem Vorschlag gegeben, als ihre Freundin mit der zufriedensten Miene einwilligte, mit von der Partie zu sein, und Peregrine sich genötigt sah, ihr für diese Gefälligkeit zu danken, was ihn maßlos ärgerte. Er strengte nun seinen Kopf an, um herauszufinden, wie man der Teilnahme dieser lästigen Person vorbeugen könnte. Hätte sich eine günstige Gelegenheit gezeigt, so würde er ihren Arzt gespielt und ihr eine Arznei verschrieben haben, die sie gezwungen hätte, zu Hause zu bleiben. Da aber seine Bekanntschaft mit ihr viel zu oberflächlich war, als daß er die Möglichkeit gehabt hätte, diesen Anschlag auszuführen, ersann er einen andern, den er auch mit dem allerbesten Erfolg ins Werk setzte. Er hatte vernommen, diese junge Dame habe von ihrer Großmutter eine Summe geerbt, die es ihr gestattete, unabhängig zu leben. Er schrieb daher ihrer Mutter einen Brief, in dem er ihr mitteilte, daß ihre Tochter unter dem Vorwand die Maskerade besuchen wolle, um sich mit einem gewissen Menschen zu verheiraten. In wenigen Tagen werde sie die ganze Intrige umständlicher erfahren, wenn sie diese Nachricht geheimhielte und irgendeinen Grund ausfindig machte, der die junge Dame zwinge, zu Hause zu bleiben, sie jedoch nicht auf den Gedanken bringe, man sei hinter ihre Absicht gekommen. Dieses Briefchen, das die Unterschrift trug: „Ihr wohlmeinender unbekannter Freund und ergebenster Diener", tat bei der ängstlichen Matrone die gewünschte Wirkung. Sie stellte sich am Tage des Balles so krank, daß die Miss das Zimmer ihrer Mama nicht gut verlassen konnte, ohne gegen den Anstand zu verstoßen, und sich daher am Nachmittag bei Emilie, unmittelbar nach Peregrines Ankunft, entschuldigen ließ, der sich den Anschein gab, als ob diese Enttäuschung ihn sehr betrübe, obwohl sein Herz vor lauter Entzücken heftig klopfte.

Um zehn Uhr fuhren die beiden Liebenden nach dem *Haymarket*, er als Pantalone, sie als Colombine verkleidet. Kaum waren sie ins Haus eingetreten, setzte die Musik ein, der Vorhang ging auf, und mit einem Male enthüllte sich das ganze Schauspiel vor den staunenden Augen von Emilie, deren Erwartungen weit übertroffen wurden. Nachdem unser Held ihr die verschiedenen Räumlichkeiten gezeigt und ihr die ganze Einrichtung des Hauses beschrieben hatte, führte er sie in den Kreis der Tanzenden. Als die Reihe an sie kam, tanzten sie ein paar Menuette; hierauf ging er mit ihr zu einem Büfett und bewog sie, etwas Zuckerwerk zu knabbern und ein Glas Champagner zu trinken. Als sie sich noch einmal überall umgeschaut hatten, beteiligten sie sich an den Kontertänzen, und zwar so lange, bis unser abenteuernder Ritter das Blut seiner Partnerin zur Ausführung seines Plans genügend erwärmt glaubte. In dieser Annahme, die sich auf ihre Erklärung stützte, daß sie durstig und ermüdet sei, überredete er sie, eine kleine Erfrischung zu genießen und ein wenig auszuruhen, und geleitete sie zu diesem Zweck in den Speisesaal hinunter, brachte ihr einen Stuhl und reichte ihr ein Glas Wein mit Wasser. Als sie fortfuhr, sich über Mattigkeit zu beklagen, setzte er ihrem Getränk einige Tropfen von einem Elixier zu, das er als vortreffliches Rekreationsmittel anpries, obgleich es nichts anderes war als ein Stimulans, mit dem er sich heimtückischerweise zu diesem Zweck versehen hatte. Nachdem sie dieses Zeug hinuntergeschluckt hatte und nun merklich fröhlicher wurde, aß sie ein Stück Schinken sowie einen kalten Hühnerflügel und beschloß die Mahlzeit mit einem Glas Burgunder, weil ihr Verehrer sie so ernsthaft darum bat. Diese außerordentlichen Herzstärkungen wirkten zusammen mit der Wallung ihres Blutes, das sich durch die heftige Bewegung erhitzt hatte, und mußten sich bei der Konstitution einer zarten jungen Dame, die von Natur munter und lebhaft war, unbedingt geltend machen. Ihre Augen begannen in ungewöhnlichem Feuer zu funkeln und zu sprühen, sie ließ tausend brillante Einfälle hören, und jede Maske, die sie anredete, bekam elegant einen Hieb weg.

Entzückt davon, daß seine Anstalten einen solchen Erfolg gehabt hatten, schlug Peregrine ihr vor, daß sie ihren Platz bei den Kontertänzen wieder einnehmen sollten, in der Absicht, die Wirkung des Elixiers zu fördern und zu unterstützen, und als er nun dachte, daß sie für einen solchen Text in der richtigen Stimmung sei, begann er sie mit aller Beredsamkeit der Liebe zu bestürmen. Um seine eigene Entschlossenheit bis zu jenem Grad zu steigern, den er für seinen Plan benötigte, trank er zwei ganze Flaschen Burgunder. Dadurch entflammte seine Leidenschaft so, daß er sich fähig fühlte, jeden Anschlag zur Befriedigung seiner Begierden zu unternehmen und auszuführen.

Unter dem Einfluß all dieser Eindrücke und Einflüsse schlug Emiliens Herz dem geliebten Mann warm entgegen, und sie trat beträchtlich aus ihrer gewohnten Zurückhaltung heraus. Sie hörte mit unverstelltem Vergnügen seine Beteuerungen an und gestand ihm sogar in ihrer Freude offen ein, daß er über ihre Neigung unumschränkt gebieten könne. Dieses Bekenntnis versetzte ihn in Begeisterung, er glaubte nun den Augenblick nahe, die Früchte seiner Geschicklichkeit und Unverdrossenheit einzuernten; und da der Morgen bereits weit vorgeschritten war, willigte er sofort in ihren Vorschlag ein, nach Hause zurückzukehren. Als die Rouleaus am Wagen heruntergezogen waren, nutzte er ihre günstige Stimmung aus, und unter dem Vorwand, der reichlich genossene Wein habe ihn in Laune gebracht, schloß er sie in seine Arme und drückte tausend feurige Küsse auf ihre vollen Lippen, eine Freiheit, die sie als ein Vorrecht des Rausches hingehen ließ. Während er so seiner Leidenschaft ungestraft nachgab, hielt der Wagen an. Pipes öffnete den Schlag, und sein Herr geleitete Emilie ins Haus, bevor sie merkte, daß sie nicht vor ihres Onkels Wohnung abgestiegen waren.

Durch diese Entdeckung beunruhigt, fragte sie ihn mit einiger Betroffenheit, aus welchem Grund er sie um diese Zeit an einen fremden Ort führe. Allein er antwortete ihr nicht eher, als bis er sie in ein Zimmer gebracht hatte, und sagte dann, es würde ihren Oheim und seine Familie nur stören, wenn sie so spät in der Nacht zurückkäme; überdies machten eine Menge Räuber und Gurgelabschneider die Gegend bei *Temple Bar* unsicher; daher habe er seinem Kutscher befohlen, vor diesem Hause zu halten. Die Besitzerin sei eine Verwandte von ihm, eine höchst ehrbare Dame, und sie würde stolz sein auf die Gelegenheit, ein Fräulein bei sich aufzunehmen, für das er, wie bekannt sei, soviel Achtung und Zärtlichkeit hege.

Emilie war zu hellsichtig, um sich durch diesen durchsichtigen Vorwand täuschen zu lassen. Trotz ihrer Neigung, die nie zuvor einen solchen Grad von Gefälligkeit erreicht hatte, durchschaute sie seinen ganzen Plan sofort. Obwohl ihr Blut vor Unwillen kochte, dankte sie ihm doch mit erkünstelter Heiterkeit für seine gütige Fürsorge und erklärte, sie fühle sich seiner Kusine sehr verpflichtet, bestehe aber darauf, nach Hause zu fahren, damit ihr Oheim und ihre Tante sich wegen ihres Ausbleibens nicht ängstigen möchten; denn diese würden bestimmt nicht eher zu Bett gehen, als bis sie heimgekommen wäre.

Er machte ihr tausend Vorhaltungen und drängte sie, auf ihre eigene Bequemlichkeit und Sicherheit Rücksicht zu nehmen, versprach auch, den Pipes in die City zu senden, damit er ihre Verwandten beruhige. Als er sie jedoch all seinen Bitten gegenüber vollkommen taub fand, versicherte er ihr, er wolle ihr Verlangen in wenigen Minuten erfüllen, und bat sie, sich inzwischen durch eine Herzstärkung, die er sogleich einschenkte, vor der Kälte zu schützen. Da aber ihr Verdacht nun wach war, lehnte sie dies trotz all seinem Zureden ab. Jetzt fiel er vor ihr auf die Knie nieder und schwur, während ihm die Tränen über die Wangen rannen, seine Leidenschaft habe ein solches Maß von Ungeduld erreicht, daß er nicht länger von bloßen Erwartungen leben könne und daß er, wenn sie nicht seine Glückseligkeit krönen wolle, sich vor ihren Augen ein Leid antun würde. Es sei einfach zuviel für ihn, sich von ihr verschmäht zu wissen. Diese unerwarteten Worte, die von allen Symptomen rasendster Erregung begleitet waren, mußten die sanfte Emilie natürlich betroffen machen und in Furcht versetzen. Als sie sich etwas erholt hatte, erwiderte sie in festem Ton, sie könne nicht einsehen, welche Ursache er habe, sich über ihre Zurückhaltung zu beschweren. Solange er seine Absichten nicht in aller Form erklärt und die Genehmigung derjenigen eingeholt hätte, denen zu gehorchen ihre Pflicht sei, könne sie sich ihm gegenüber nicht anders verhalten als jetzt. „Göttliches Geschöpf", rief er aus, indem er ihre Hand ergriff und sie an die Lippen drückte, „von Ihnen allein erhoffe ich jene huldvolle Nachgiebigkeit, die mich in seliger Wonne schwelgen lassen würde. Sagen Sie mir nichts von Eltern und Verwandten; die denken immer schmutzig, albern und klein. Suchen Sie nicht, ich beschwöre Sie, meine Leidenschaft in jene gemeinen Schranken zu zwingen, die nur für den großen Haufen da sind. Meine Liebe ist viel zu delikat und zu fein, um solch grobe Fesseln zu tragen, die einzig und allein dazu dienen, den Wert freiwilliger Neigung zu vernichten und einen Mann unaufhörlich an die harten Gesetze der Notwendigkeit zu erinnern, unter denen er schmachtet. Teuerster Engel, ersparen Sie mir die Kränkung, Sie unter Zwang lieben zu müssen, und seien Sie die einzige Beherrscherin meines Herzens und Vermögens. Ich will Sie nicht so sehr beleidigen, daß ich von der Festsetzung eines Jahresgehaltes mit Ihnen spreche; all mein Hab und Gut steht zu Ihrer Verfügung. In dieser Brieftasche sind Banknoten im Betrage von zweitausend Pfund; tun Sie mir den Gefallen, und nehmen Sie sie an; morgen lege ich weitere zehntausend in Ihren Schoß. Mit einem Wort, Sie sollen die Herrin all meines Besitzes sein, und ich werde mich glücklich schätzen, wenn ich in Zukunft leben darf als einer, der ganz auf Ihre Güte angewiesen ist."

O Himmel! wie heftig wurde das Herz der tugendhaften, der empfindsamen, der zärtlichen, der feinfühlenden Emilie bewegt, als sie diese freche Erklärung aus dem Munde eines Mannes hörte, den sie mit ihrer Neigung und Achtung beehrt hatte. Es war nicht Abscheu, Betrübnis oder Unwille, sondern alles zusammen, was sie über diese unwürdige Behandlung empfand, und dies ließ sie in eine Art von hysterischem Lachen ausbrechen, während sie ihm zur Antwort gab, sie könne nicht umhin, seine Großmut zu bewundern.

Dieses konvulsivische Lachen und das ironische Kompliment, mit dem es verbunden war, täuschten den Liebhaber. Er glaubte in seinen Maßnahmen bereits große Fortschritte erzielt zu haben und daß es jetzt gelte, einen mutigen Sturm auf die Festung zu unternehmen, damit er ihr die Verlegenheit erspare, sich ohne Widerstand ergeben zu müssen. In dieser trügerischen Einbildung sprang er auf, schloß sie in die Arme und begann, den wilden Eingebungen einer zügellosen und schimpflichen Begierde zu gehorchen. Kühl und bestimmt verlangte sie nun eine Aussprache, und als er sie auf ihr wiederholtes Ansuchen hin gewährte, wandte sie sich mit dem flammenden Blick der beleidigten Würde folgendermaßen an ihn: „Sir, ich verschmähe es, Ihnen Ihre ehemaligen Gelübde und Beteuerungen vorzuhalten, auch mag ich die elenden Kunstgriffe nicht wiederholen, deren Sie sich bedienten, um mein Herz zu bestricken. Obgleich Sie mir durch die perfideste Heuchelei eine falsche Meinung beizubringen verstanden, haben Ihre angestrengtesten Versuche es doch nie vermocht, meine Wachsamkeit einzuschläfern oder meine Neigung so weit zu fesseln, daß es nicht in meiner Macht stände, Sie ohne Träne aufzugeben, wenn meine Ehre ein solches Opfer fordern sollte. Sir, Sie sind meiner Teilnahme oder meines Bedauerns nicht wert; und der Seufzer, der sich jetzt meiner Brust entringt, ist die Folge der Trauer darüber, daß ich so wenig scharfsichtig gewesen bin. Was Ihren gegenwärtigen Angriff auf meine Tugend betrifft, so verachte ich Ihre Macht ebensosehr, als ich Ihre Absicht verabscheue. Obwohl Sie mich unter der Maske der zärtlichsten Ehrerbietung aus dem unmittelbaren Schutz meiner Freunde hinweggelockt und gottlose Ränke ersonnen haben, meine Ruhe und meinen

Ruf zu zerstören, habe ich dennoch ein zu großes Zutrauen zu meiner Unschuld und zur Autorität des Gesetzes, als daß mich die geringste Furcht anwandeln könnte, geschweige denn, daß ich der gräßlichen Situation erliegen sollte, in die ich durch Ihre Verführungskünste geraten bin. Ihr Betragen, Sir, bei dieser Gelegenheit ist in jeder Beziehung niederträchtig und gemein. Denn ein so schändlicher Bube Sie auch sind, wagten Sie nicht den mindesten Gedanken an die Ausführung dieses abscheulichen Planes zu hegen, solange Sie wußten, daß mein Bruder nahe genug sei, um dieser Beschimpfung vorzubeugen oder sie zu rächen. Mithin müssen Sie nicht nur ein hinterlistiger Bösewicht, sondern auch ein jämmerlicher Feigling sein." Nach diesen Worten öffnete sie mit würdevollem Ernst die Tür, stieg mit überraschender Entschiedenheit die Treppe hinunter und stellte sich unter den Schutz eines Konstablers, der ihr eine Sänfte besorgte, in der sie wohlbehalten in ihres Oheims Hause ankam.

Ihre beißenden Vorwürfe und ihr herzhaftes Betragen versetzten inzwischen den Liebhaber in solche Bestürzung und scheue Furcht, daß ihn all seine Entschlossenheit verließ und er ihr weder den Rückzug verwehren noch auch nur eine Silbe hervorbringen konnte, um ihren Zorn zu besänftigen oder seinen sträflichen Schritt zu beschönigen. Seine tiefe Enttäuschung und die nagende Reue, die ihn befiel, als er bedachte, in welchem entehrenden Licht sein Charakter bei Emilie stand, bewirkten eine derartige Störung seines Geistes, daß auf sein Stillschweigen ein heftiger Anfall von Wahnsinn folgte. Er tobte währenddessen wie ein Verrückter und beging tausenderlei Tollheiten, was die Leute im Hause – es handelte sich um ein Absteigequartier – davon überzeugte, daß er tatsächlich den Verstand verloren habe. Der schwer bekümmerte Pipes kam zur selben Auffassung und hinderte mit Hilfe der Aufwärter seinen Herrn mit aller Gewalt daran, auf die Straße hinauszurennen und dem schönen Flüchtling nachzueilen, den er in seiner Raserei abwechselnd verfluchte und pries, sich gegen ihn bald in fürchterlichen Verwünschungen, bald in verschwenderischen

Lobsprüchen erging. Sein treuer Diener wartete zwei Stunden lang in der Hoffnung, daß dieser Sturm der Leidenschaft vorüberbrausen würde. Als er aber wahrnahm, daß der Paroxysmus sich eher noch zu steigern schien, sandte er sehr weislich nach einem Arzt, der mit seinem Herrn bekannt war. Nach Erwägung der Umstände und der Symptome verordnete der Doktor sofort einen kräftigen Aderlaß und verschrieb ihm einen Trank, durch den der Aufruhr in seinem Innern gedämpft werden sollte. Diese Anweisungen wurden pünktlich befolgt, und Peregrine wurde stiller und folgsamer. Er gewann seine Besinnungskraft so weit zurück, daß er sich seiner Ekstase schämte, sich auskleiden und zu Bett bringen ließ. Der Betrieb auf dem Maskenball, abgesehen von der augenblicklichen Ermattung seiner Lebensgeister, hatte ihn so müde gemacht, daß er bald in einen tiefen Schlaf fiel, was sehr zur Erhaltung seines Verstandes beitrug. Dennoch war sein Gemüt noch nicht vollkommen ruhig, als er gegen Mittag erwachte. Bei der Erinnerung an das, was vorgefallen war, fühlte er sich unendlich gedemütigt. Emiliens Schmähungen klangen ihm noch immer in den Ohren, und während ihre Verachtung ihn aufs tiefste schmerzte, konnte er nicht anders, als ihren Mut zu bewundern und in seinem Herzen ihren Reizen zu huldigen.

77

Peregrine tut sein möglichstes, sich mit seiner Gebieterin wieder auszusöhnen. Er hat mit deren Oheim einen Wortwechsel. Dieser verbietet ihm sein Haus.

In diesem innern Zwiespalt kam er in einer Sänfte zu Hause an, und eben, da er mit sich zu Rate ging, ob er auf die Verfolgung Emiliens verzichten, ihr Bild aus seiner Seele verbannen oder sofort zu seiner Gebieterin eilen und ihr voller Demut zur Sühne seines Verbrechens seine Hand antragen sollte, überreichte ihm sein Bedienter ein Paket, das der Botenläufer an der Türe abgegeben hatte. Kaum erkannte er an der Aufschrift Emiliens Hand, als er auch schon erriet, was darin sei. Hastig erbrach er das Siegel und fand den Schmuck, den er ihr geschenkt hatte, in ein Billett eingeschlossen, das wie folgt lautete:

> Damit ich keinen Grund haben möge, mir Vorwürfe zu machen, daß ich auch nur das geringste Andenken von einem Elenden behalten habe, den ich ebensosehr verachte wie verabscheue, ergreife ich diese Gelegenheit, ihm die wirkungslosen Mittel zu seinem Anschlag auf meine Ehre wieder zuzustellen. Emilie

Die Bitterkeit dieser geringschätzigen Botschaft reizte und entflammte seinen Ärger so sehr, daß er sich die Finger zerbiß, bis das Blut über die Nägel hinunterfloß; ja, er weinte sogar vor Wut. Bald wollte er sich an ihrer stolzen Tugend rächen und schalt sich, daß er seinen Plan nicht reifen lassen und sich vorschnell verraten habe; dann wieder betrachtete er ihr Benehmen mit Ehrerbietung und Achtung und beugte sich vor der unwiderstehlichen Macht ihrer Schönheit. Kurz, seine Brust wurde von widerstreitenden Leidenschaften zerrissen; Liebe, Scham und Reue rangen mit Eitelkeit, Ehrgeiz und Rachgier, und es war noch zweifelhaft, was siegen würde, als die hartnäckige Begierde, Emilie zu bezwingen, sich ins Mittel schlug und den Kampf zugunsten eines Versuchs, sich mit der beleidigten Schönen auszusöhnen, entschied.

Aus diesem Grunde fuhr er am Nachmittag nach der Wohnung des Oheims, nicht ohne Hoffnung, jenes süße Vergnügen zu kosten, das die Aussöhnung zweier zärtlich und fein empfindender Liebender stets zu begleiten pflegt. Wenn auch das Bewußtsein seiner Schuld ihm etwas Linkisches und Verlegenes verlieh, hatte er dennoch zu seinen persönlichen Eigenschaften und zu seiner Geschicklichkeit zuviel Zutrauen, um daran zu zweifeln, daß man ihm verzeihen werde. Als er das Haus des Bürgersmannes erreichte, hatte er sich eine sehr kunstreiche und pathetische

Rede zurechtgelegt, die er zu seiner Verteidigung halten wollte. Er schob darin die Verantwortung für sein Benehmen auf das Ungestüm seiner Leidenschaft, die durch zu reichlich genossenen Burgunder noch mehr erregt worden sei. Er fand aber keine Gelegenheit, aus seinen Vorbereitungen Nutzen zu ziehen. In der Vermutung, daß Pickle irgendeinen solchen Schritt tun würde, um ihre Gunst zurückzugewinnen, war Emilie unter dem Vorwand, einen Besuch zu machen, ausgegangen und hatte vorher ihrem Verwandten ihren Entschluß eröffnet, Peregrines Gesellschaft wegen einer gewissen Zweideutigkeit zu vermeiden, die ihr in der letzten Nacht in seinem Betragen aufgefallen wäre. Sie wollte ihren Argwohn lieber bloß versteckt andeuten als die schändlichen Kniffe des jungen Mannes umständlich erzählen; denn sie fürchtete, die Familie dadurch zur höchsten Erbitterung und Rache zu reizen.

Da sich unser Abenteurer in seiner Erwartung betrogen sah, erkundigte er sich nach dem Oheim. Er glaubte Einfluß genug auf ihn zu haben, um sich mit Glück rechtfertigen zu können, falls er ihn durch den Bericht der jungen Dame gegen sich eingenommen finden sollte. Aber auch das schlug ihm fehl. Der Oheim speiste zu Mittag auf dem Lande, und seine Frau war unpäßlich, so daß Pickle keinen Vorwand hatte, bis zur Rückkunft der Geliebten im Hause zu bleiben. Um einen Ausweg jedoch nie verlegen, schickte er seinen Wagen fort, setzte sich im Zimmer eines Weinhauses fest, dessen Fenster nach dem Hause des Kaufmanns hinausgingen, und beschloß, hier Emiliens Ankunft abzuwarten. Er führte diesen Plan mit unermüdlicher Geduld durch, doch sollte sich der Erfolg nicht einstellen.

Emilie, die in ihrer lobenswerten Vorsicht ahnte, daß sie vor seinem erfinderischen Scharfsinn nicht sicher sei, kam auf einem geheimen Weg nach Hause und ging zu einer Hintertür hinein, die ihrem Anbeter gänzlich unbekannt war, und ihr Oheim kehrte so spät zurück, daß Pickle keine Unterredung mit ihm verlangen konnte, ohne gegen den Anstand zu verstoßen.

Am folgenden Morgen unterließ er es nicht, sich an der

Tür zu zeigen, und da seine Gebieterin auf ihren ausdrücklichen Befehl verleugnet wurde, bestand unser Held darauf, den Herrn des Hauses zu sprechen. Dieser empfing ihn mit einer solch kalten Höflichkeit, daß er merken mußte, der Oheim wisse um die Ursache des Mißvergnügens seiner Nichte. Daher setzte er eine redliche Miene auf und sagte zum Bürgersmann, er entnehme recht wohl aus seinem Betragen, daß er ein Vertrauter von Miss Emilie sei; er wäre gekommen, sie wegen einer gewissen Beleidigung um Verzeihung zu bitten, und zweifle nicht, wenn er bei ihr vorgelassen würde, imstande zu sein, sie davon zu überzeugen, daß er nicht mit Absicht gefehlt habe, oder ihr wenigstens eine solche Genugtuung vorzuschlagen, die sein Vergehen wirklich sühnen könne.

Auf diese Vorstellung hin antwortete der Kaufmann ohne Umschweife oder Winkelzüge, er wisse nicht, worin seine Beleidigung eigentlich bestehe, aber er sei sicher, daß sie schwer gewesen sein müsse, wenn seine Emilie gegen eine Person so aufgebracht sei, vor der sie sonst besondere Achtung gehabt habe. Er bekannte, sie habe erklärt, sie wolle auf seine Bekanntschaft für immer verzichten, und sie habe zweifellos ihre guten Gründe dafür. Er seinerseits wolle es nicht übernehmen, eine Aussöhnung zwischen ihnen herbeizuführen, wenn er ihm nicht unumschränkte Vollmacht gäbe, wegen einer Heirat zu unterhandeln, was, wie er glaube, das einzige Mittel sein dürfte, seine Aufrichtigkeit zu beweisen und Emiliens Verzeihung zu erlangen.

Diese plumpe Erklärung entflammte Peregrines Stolz. Seiner Meinung nach war sie nichts anderes als das Resultat eines Planes, den die junge Dame und ihr Oheim verabredet hatten, um seine Leidenschaft auszunutzen. Daher entgegnete er mit deutlichen Anzeichen des Verdrusses, er könne nicht einsehen, wozu ein Mittler nötig sei, die Differenzen zwischen Emilie und ihm beizulegen, und er wünsche weiter nichts als eine Gelegenheit, seine Sache selbst zu verteidigen.

Der Bürgersmann sagte ihm rundheraus, seine Nichte habe allen Ernstes die Absicht geäußert, seine Gesellschaft zu meiden, und er sei nicht gesonnen, ihrer Neigung den mindesten Zwang anzutun. Zugleich gab er ihm zu verstehen, daß er Geschäfte zu erledigen habe.

Bei dieser hochmütigen Abfertigung glühte unser Held vor Unwillen. „Es war falsch von mir", sagte er, „so weit auf dieser Seite von *Temple Bar* feine Sitten suchen zu wollen. Allein erlauben Sie mir, Sir, Ihnen zu sagen, daß, wenn mir keine Unterredung mit Miss Gauntlet vergönnt wird, ich schließen muß, daß Sie der Neigung Ihrer Nichte eben doch Zwang antun, und zwar weil Sie eigene, dunkle Ziele verfolgen." „Sir", erwiderte der alte Herr, „Sie mögen in Gottes Namen daraus folgern, was Ihnen und Ihrer Phantasie gut scheint; aber ich ersuche Sie, mir das Vorrecht einzuräumen, in meinem eigenen Hause der Herr zu sein." Mit diesen Worten zeigte er ihm sehr höflich die Tür, und unser Liebhaber, der sowohl seiner Mäßigung nicht traute als auch befürchtete, mit noch größerer Schnödigkeit an einem Orte behandelt zu werden, wo seine persönliche Tapferkeit bloß dazu dienen würde, seine Schmach zu verschlimmern, verließ in höchster Wut das Haus. Ganz konnte er dieses Gefühl nicht unterdrücken und sagte beim Weggehen zum Hausherrn, daß, wenn ihn sein Alter nicht schützte, er ihn für sein unverschämtes Betragen gezüchtigt hätte.

78

Peregrine entwirft ein verwegenes Projekt, das ihm mancherlei Beschwerden verursacht und weiteren Verdruß schafft.

Auf diese Art von jedem persönlichen Umgang mit seiner Gebieterin ausgeschlossen, versuchte er durch die demütigsten und rührendsten Briefe, die er ihr durch verschiedene Kniffe in die Hand zu spielen wußte, ihre Gewogenheit wiederzugewinnen. Allein, all diese Bemühungen trugen ihm nicht das geringste ein, und seine Leidenschaft erreichte infolgedessen einen solchen Grad von Ungeduld, daß sie offenbarem Wahnsinn nur wenig nachgab. Er faßte den Entschluß, lieber Leben, Vermögen und Ruf aufs Spiel zu setzen, als von seiner nicht zu rechtfertigenden Verfolgung abzulassen. Seine Rachgier hatte in der Tat daran einen ebenso starken Anteil wie seine Liebe; und beide Leidenschaften drängten mit gleich ungestümer Heftigkeit auf Befriedigung. Er hatte stets Aufpasser in seinem Sold, die ihm von jedem ihrer Ausgänge Nachricht bringen mußten, weil er eine günstige Gelegenheit zu finden hoffte, sie zu entführen. Aber ihre Vorsicht machte dieses Vorhaben zuschanden; denn von einem Manne seiner Denkungsart hatte sie Grund, alles zu argwöhnen, und sie richtete sich danach ein.

Durch ihre Klugheit und ihren Scharfblick in seinen Erwartungen enttäuscht, änderte er seinen Plan. Er gab vor, wichtige Angelegenheiten riefen ihn nach seinem Landhaus, reiste von London ab und schlug seinen Wohnsitz im Hause eines Pächters auf, das nahe an der Straße lag, die Emilie auf der Rückreise zu ihrer Mutter unbedingt passieren mußte. Hier verkehrte er mit keinem Menschen als mit seinem Kammerdiener und mit Pipes, und diese hatten Befehl, die Gegend zu durchstreifen, jedes Pferd, jeden Wagen und jedes Fuhrwerk auszukundschaften, die sich auf der Heerstraße sehen ließen, und seine Geliebte unterwegs wegzukapern.

In diesem Hinterhalt hatte Pickle schon eine ganze Woche gelegen, als ihm sein Diener die Nachricht brachte, er und sein Genosse hätten einen Sechsspänner entdeckt, der in voller Fahrt herangerollt sei. Um nicht erkannt zu werden, falls man sie erblickte, hätten sie die Krempen ihrer Hüte über das Gesicht heruntergezogen und sich hinter einer Hecke versteckt. Als der Wagen vorbeigekommen sei, hätten sie darin einen jungen Mann bemerkt, der einfache Kleidung trüge, und eine Dame mit einer Gesichtsmaske, die Emilie an Größe, Gestalt und Wesen aufs Haar gliche. Pipes wäre ihnen in einiger Entfernung gefolgt, und er sei hierhergesprengt, um ihm dies mitzuteilen.

Peregrine ließ ihm kaum Zeit, seinen Bericht zu beenden. Er rannte hinunter in den Stall, wo immer ein Pferd gesattelt stand. Fest überzeugt, daß die Dame, von der die Rede war, seine Gebieterin sei und ihr Begleiter einer der Schreiber ihres Oheims, stieg er sogleich auf und jagte in vollem Galopp der Chaise nach. Als er ungefähr zwei Meilen zurückgelegt hatte, erfuhr er von Pipes, der Wagen habe bei einem benachbarten Wirtshause haltgemacht. Obwohl seine Neigung ihn dazu antrieb, ohne weiteres in ihr Zimmer einzudringen, ließ er sich doch durch seinen Geheimrat von diesem übereilten Schritt abbringen. Dieser stellte ihm nämlich vor, daß es unmöglich sei, sie gegen ihren Willen aus einem öffentlichen Wirtshaus wegzuschaffen, denn es stehe mitten in einem großen Dorfe, dessen Bewohner sich unfehlbar zu ihrer Verteidigung erheben würden. Er riet ihm daher, an einem einsamen und stillen Ort auf der Landstraße dem Wagen aufzulauern, wo sie ihren Plan ohne Schwierigkeiten und Gefahr verwirklichen könnten. Auf diese Mahnung hin befahl unser abenteuernder Ritter Pipes, das Wirtshaus genau zu beobachten, damit Emilie ihnen nicht etwa auf einem andern Weg entwischte. Er selbst aber und sein Kammerdiener machten, damit niemand sie sehe, auf einem wenig begangenen Pfad einen Umweg und legten sich an der Stelle, die sie zum Schauplatz ihres Unternehmens erkoren hatten, in den Hinterhalt. Hier warteten sie eine volle Stunde, ohne den Wagen zu sehen oder von ihrer ausgestellten Schildwache etwas zu hören. Der junge Mann war jetzt nicht mehr imstande, sich noch einen Augenblick länger zu gedulden; er ließ den Schweizer auf seinem Posten allein und ritt zu seinem treuen Tom zurück. Der versicherte ihm, weder hätten die Reisenden den Anker gelichtet noch die Fahrt fortgesetzt.

Trotz dieser Auskunft stieg in Pickle ein so quälender Verdacht hoch, daß er nicht umhinkonnte, sich dem Wirtshaus zu nähern und sich nach der Gesellschaft zu erkundigen, die vor kurzem in einem Sechsspänner angekommen sei. Der Wirt, der mit diesen Passagieren gar nicht zufrieden war, fand es nicht für gut, sich nach deren Instruktionen zu richten; er tat vielmehr das Gegenteil und erzählte ihm ganz treuherzig, die Chaise habe nicht angehalten, sondern sei zum einen Tor hinein- und zum andern wieder hinausgefahren, weil die Leute ihre Verfolger irreführen wollten, wie er aus den Worten des jungen Herrn gemerkt habe. Dieser habe ihn dringend gebeten, allen und jedem, die ihn etwa befragten, ihre Route zu verschweigen. „Ich meinesteils", fuhr dieser mitleidige Wirt fort, „glaube, daß sie's nicht besser verdienen, als sie's haben; denn umsonst würde ihnen nicht so höllisch angst vorm Einholen sein. Mir deucht, sagt ich, wie ich sie in so mächtigen Schwulitäten wegen des Fortkommens sah, das ist, meiner Seel, ein Londoner Lehrbursche, der sich mit seines Meisters Tochter aus dem Staube macht. Da wollt ich wohl mein Leben drauf verwetten. Mag er aber auch sein, was er will, soviel ist gewiß, von einem Gentleman hat er ganz und gar nix an sich. Denn wenn er auch soviel Leutseligkeit von mir prätensionierte, griff er doch nicht einmal in die Tasche oder sagte: „‚Wollt Ihr nicht eins trinken, Freund?' Doch das hat nix zu bedeuten; er war zu sehr in Konfuschion, und es ging zu sehr husch, husch! Und man kann bisweilen mit seinen Mutmaßungen arg über die Schnur hauen." Aller Wahrscheinlichkeit nach würde dieser geschwätzige Wirt den Reisenden wirklich einen Dienst geleistet haben, wenn Peregrine ihn bis zu Ende angehört hätte. Allein der ungestüme Jüngling, weit entfernt, seinen übrigen Bemerkungen Gehör zu schenken, hemmte diesen Strom gleich im Anfang und fragte ihn ungeduldig: „Welchen Weg haben sie genommen?" Kaum hatte ihm der Wirt diesen beschrieben, so gab er seinem Pferd die Sporen und befahl Pipes, dem Kammerdiener zu melden, welche Richtung er eingeschlagen habe, und ihm mit in höchster Eile nachzukommen.

Die Erzählung des Wirtes von dem Betragen des flüchtigen Paares bestärkte Pickle vollkommen in seiner ursprünglichen Meinung. Er zwang sein Pferd, alle Kraft und Schnelligkeit herzugeben; und so ausschließlich beschäftigte er sich in seiner Einbildung mit der Aussicht, Emilie in die Gewalt zu bekommen, daß er nicht beachtete, daß die Straße, auf der er ritt, ja gar nicht nach dem Wohnsitz von Mrs. Gauntlet führte. Der Kammerdiener war in dieser Gegend des Landes völlig unbekannt, und was Pipes betrifft, so lagen dergleichen Betrachtungen nun wirklich jenseits seines Horizonts.

Zehn lange Meilen hatte unser Held schon hinter sich gebracht, als er beglückt der Chaise ansichtig wurde, die in einer Entfernung von über einer Meile einen Hügel hinauffuhr. Jetzt verdoppelte Peregrine seine Geschwindigkeit, so daß er mit jeder Minute aufholte. Endlich kam er dem Wagen so nahe, daß er die Dame und ihren Begleiter unterscheiden konnte und sah, wie sie die Köpfe zum Schlag hinausstreckten, rückwärts blickten und abwechselnd mit dem Kutscher sprachen, als ob sie ihn ernstlich bäten, seine Tiere noch kräftiger anzutreiben.

Als nun gleichsam der Hafen in Sicht war, stolperte sein Pferd, als er den Weg kreuzen wollte, in einer Wagenspur und schoß mit solcher Heftigkeit vornüber, daß er einige Klafter weit über dessen Kopf hinweggeschleudert wurde; und da sich der Gaul beim Sturz das Schulterblatt ausrenkte, war Pickle außerstande, die Frucht zu pflücken, die sich fast in Reichweite befand, denn seine Bedienten hatte er in beträchtlicher Entfernung hinter sich gelassen. Und hätte er sie auch bei sich gehabt und von ihnen ein anderes Pferd erhalten, waren die beiden doch so mittelmäßig beritten, daß er vernünftigerweise nicht erwarten konnte, die Flüchtlinge einzuholen. Diese machten sich sein Mißgeschick sofort zunutze, und im Augenblick war die Chaise verschwunden.

Wie ein junger Mann von seiner Gemütsart in dieser des Tantalus ähnlichen Lage die Zeit zubrachte, kann man sich unschwer vorstellen. Inbrünstige Stoßseufzer stieß er aus; allein diese Gebete waren keineswegs Anzeichen von Resignation. Er rannte mit unglaublicher Schnelligkeit zurück, dem Kammerdiener entgegen, nahm ihm sogleich das Pferd ab, saß auf und arbeitete mit Peitsche und Sporen; dem Schweizer hatte er befohlen, ihm auf dem andern Wallach zu folgen, und den lahmen Hunter übergab er der Fürsorge von Pipes.

Nach diesen Anordnungen setzte unser abenteuernder Ritter mit aller Macht das Rennen fort. Er hatte bereits eine ordentliche Strecke zurückgelegt, als er von einem Landmann erfuhr, daß die Chaise in einen andern Weg eingebogen sei; sie müsse jetzt, seiner Meinung nach, etwa um drei Meilen voraus sein, die Pferde würden es jedoch nicht viel länger aushalten, da sie einen völlig erledigten Eindruck gemacht hätten, als sie an seiner Tür vorbeigekommen seien. Durch diese Auskunft ermuntert, sprengte Pickle feurig weiter. Dennoch konnte er den Gegenstand seiner Wünsche nicht eher wieder zu Gesicht bekommen, als bis die Nacht ihr schwarzes Gewand auszubreiten begann; und selbst jetzt war ein flüchtiger Blick alles, was ihm vergönnt war. Kaum ließ sich der Wagen sehen, als er seinen Augen auch schon wieder entschwand. Diese verdrießlichen Umstände machten ihn nur hitziger, reizten aber andererseits seinen Unwillen, kurz, die Verfolgung ging weiter, bis es schon tiefe Nacht und er wegen des Gegenstandes seiner Bemühungen so ungewiß war, daß er in einem einsamen Wirtshaus einkehrte, um daselbst Nachrichten einzuziehen. Zu seiner unaussprechlichen Freude sah er hier die Chaise stehen; sie war ausgespannt, und die Pferde keuchten im Hofe. Voller Zuversicht, endlich das Ziel seiner Wünsche erreicht zu haben, sprang er sofort aus dem Sattel, rannte mit der Pistole in der Hand auf den Kutscher zu und befahl ihm in gebieterischem Ton, ihn auf das Zimmer der jungen Dame zu führen, wenn er nicht augenblicklich des Todes sein wolle. Diese drohende Anrede jagte dem armen Manne einen gewaltigen Schreck ein, und er beteuerte gar de- und wehmütig, er wüßte nicht, wohin seine Fahrgäste sich zurückgezogen hätten. Sie hätten ihn abgelohnt, weil er sich geweigert habe, sie des Nachts die Kreuz und Quer durchs Land zu fahren, ohne anzuhalten und seine Pferde zu füttern. Er versprach aber, hinzugehen und den Hausknecht zu holen, der werde ihn schon auf ihr Zimmer führen. Diese Botschaft mußte er auf sich nehmen. Inzwischen stand unser Held so lange am Tor Schildwacht, bis sein Kammerdiener erschien, und da dieser zufällig eintraf, bevor der Kutscher zurück war, löste er den jungen Herrn auf dem Posten ab. Höchst erbittert über das lange Ausbleiben seines Boten, stürmte nun Peregrine von einem Zimmer ins andere und schwor dem ganzen Haus Rache. Allein er stieß auf keine lebende Seele, bis er die Dachkammer betrat, wo er den Wirt und dessen Frau im Bett vorfand. Sobald diese Hasenfüße beim Schein eines Binsenlichts, das auf dem Herd brannte, einen Fremden in solch drohender Haltung in die Kammer stürzen sahen, wurden sie von heftigem Entsetzen gepackt und baten laut und im kläglichsten Ton, er möchte um Jesu Wunden willen ihr Leben schonen und all ihr Hab und Gut hinnehmen.

Aus diesem Geschrei und aus dem Umstand, daß sie im Bett waren, schloß Peregrine, daß sie ihn für einen Räuber hielten und er von ihnen nicht erfahren könne, was er wissen wollte. Er zerstreute daher ihre Furcht, indem er ihnen den Grund seines Besuchs nannte, und verlangte vom Wirt, daß er so rasch als möglich aufstehe und ihm suchen helfe.

Mit dieser Verstärkung durchstöberte er jeden Winkel des Wirtshauses und fand den Hausknecht schließlich im Stall. Von diesem hörte er zu seinem unbeschreiblichen Ärger, daß der Herr und die Dame, die mit der Chaise angekommen wären, sogleich Postpferde gemietet hätten und nach einem Dorf, das fünfzehn Meilen von hier läge, abgereist waren, ohne auch nur die kleinste Erfrischung zu genießen. Rasend vor Enttäuschung warf sich unser Abenteurer augenblicklich wieder aufs Pferd und schlug, von seinem Bedienten begleitet, denselben Weg ein, fest entschlossen, eher sein Leben zu lassen als sein Vorhaben aufzugeben. Er war nunmehr seit drei Uhr nachmittags über dreißig Meilen geritten. Seine Pferde waren daher so abgeschunden und machten den Weg so langsam, daß es Morgen wurde, bevor sie ihr Ziel erreichten. Weit entfernt, die Flüchtlinge anzutreffen, mußte er feststellen, daß solche Personen, wie er sie beschrieb, hier gar nicht durchgekommen wären. Aller Wahrscheinlichkeit nach hätten sie eine entgegengesetzte Richtung eingeschlagen und dem Hausknecht etwas von einer andern Reiseroute vorgeschwätzt, um ihre Verfolger auf eine falsche Spur zu führen. In dieser Vermutung wurde er bestärkt, als er bemerkte, und zwar jetzt zum erstenmal, daß er von der Straße, die sie hätten wählen müssen, um zu Mrs. Gauntlets Wohnung zu kommen, um ein beträchtliches abgewichen war. Diese Entdeckung raubte ihm nun vollends den Rest von Besinnung, den er noch bewahrt hatte. Seine wildrollenden Augen verrieten Wut und Wahnsinn; dicker Schaum stand ihm vor dem Munde; er stampfte mit voller Wucht auf den Boden, stieß wirre Verwünschungen gegen sich und die ganze Menschheit aus und wäre, ohne zu wissen, wohin, auf dem Pferd wieder fortgejagt, wenn es seinem Vertrauten nicht gelungen wäre, den Tumult in seinem Innern dadurch zu besänftigen und ihn wieder zu sich zu bringen, daß er ihm den Zustand der armen Tiere vorhielt und ihm riet, frische Pferde zu mieten und im Eiltempo querfeldein nach dem Dorfe zu reiten, das in der Nachbarschaft von Mrs. Gauntlets Wohnsitz liege. Hier würden sie die Tochter unfehlbar abfangen, wenn sie ihr den Vorsprung abgewinnen könnten.

Dieser gute Vorschlag behagte Peregrine nicht nur, er setzte ihn auch sogleich ins Werk und vertraute seine Pferde der Fürsorge des Wirtes an, dem er zudem Anweisungen für Pipes gab, falls dieser etwa hierherkäme, um seinen Herrn zu suchen; und sobald ein Paar kräftige Wallache gesattelt waren, machten er und sein Kammerdiener sich wieder davon, wobei sie es dem Postjungen, der sich ihnen als Führer angeboten hatte, überließen, den Kurs zu bestimmen. Sie hatten die Strecke bis zur ersten Station beinahe hinter sich, als sie eine Postkutsche erspähten, die gerade vor dem Wirtshaus hielt, wo sie die Pferde zu wechseln beabsichtigten. Jetzt erfüllte die lebhafteste Ahnung die Brust unseres Abenteurers. In gestrecktem Galopp jagte er vorwärts, und bald war er nahe genug, um zu erkennen, als die Reisenden ausstiegen, daß er gerade die Leute eingeholt, die er so lange verfolgt hatte.

Im Feuer dieser Entdeckung stürmte er so schnell in den Hof, daß die Dame und ihr Begleiter kaum Zeit fanden, sich in einem Zimmer einzuschließen, wohin sie in größter Eile geflüchtet waren; und der Verfolger war nun vollkommen sicher, daß seine Beute unter Dach und Fach sei. Um aber nichts dem Zufall zu überlassen, stellte er sich an die Treppe, die sie hinaufgestiegen waren, schickte jemanden mit seinen Empfehlungen zur jungen Dame hinauf und bat um die Gunst, von ihr empfangen zu werden, andernfalls müßte er sich über jede Form hinwegsetzen und sich jene Freiheit einfach nehmen, die sie ihm nicht gewähren wollte. Der Hausknecht richtete seine Botschaft durch das Schlüsselloch aus und kehrte mit der Antwort zurück, sie wolle bei dem Entschluß, den sie gefaßt hatte, bleiben und lieber umkommen als sich in seinen Willen fügen. Ohne erst etwas zu antworten, rannte unser Held die Treppe hinauf, donnerte an die Türe und verlangte, daß man sie öffne. Der Begleiter des Mädchens aber gab ihm zu verstehen, es sei eine Muskete zu seiner Begrüßung schußbereit, und er würde gut daran tun, ihm die Notwendigkeit zu ersparen, Blut zur Verteidigung einer Person vergießen zu müssen, die sich unter seinen Schutz begeben habe. „Alle Gesetze des Landes", sagte er, „können nun das Band nicht mehr zerreißen, das uns verbindet. Ich werde sie daher als mein Eigentum behüten, und so wäre es besser, wenn Sie von Ihrem fruchtlosen Versuch abständen und Ihr eigenes Wohl dabei zu Rate zögen; denn bei meinem Schöpfer, dem allmächtigen Gott, ich feuere mein Gewehr auf Sie ab, sobald Sie auch nur die Nase zur Tür hereinstecken, und Ihr Blut komme über Ihr eigenes Haupt!" Diese Drohungen aus dem Munde eines Kontormenschen würden für Peregrine ein hinlänglicher Beweggrund gewesen sein, die Bresche zu stürmen, wenn sie nicht noch durch jene Erklärung verstärkt worden wäre, durch die er erfuhr, daß Emilie mit einem so verächtlichen Nebenbuhler die Ehe eingegangen sei. Dadurch schon ließ er sich von seinem Ungestüm nun vollends hinreißen und trat mit so unwiderstehlicher Kraft gegen die Türe, daß sie im Augenblick aufsprang und er mit der gespannten Pistole in der Hand ins Zimmer eindringen konnte. Statt sein Gewehr auf ihn abzubrennen, prallte sein Gegner zurück, als er ihn auf sich zukommen sah, und rief mit offenbaren Anzeichen des Erstaunens und der Bestürzung aus: „Herr Jesus! Sir, Sie sind der Mann nicht, den ich meine, und ohne Zweifel sind auch wir die Leute nicht, die Sie suchen!"

Bevor Peregrine Zeit hatte, auf den Gruß etwas zu erwidern, näherte sich ihm die junge Frau, sowie sie diese Worte gehört hatte, zog ihre Maske ab und enthüllte ein Gesicht, das ihm vollständig fremd war. Das Haupt der Gorgo aus den Fabeln des Altertums hat nie eine plötzlichere oder derartig versteinernde Wirkung gehabt als die, welche dieses Antlitz bei dem erstaunten Jüngling hervorbrachte. Seine Augen waren wie durch einen Zauber auf die unbekannte Gestalt geheftet, seine Füße schienen am Boden angenagelt; er stand einige Minuten lang regungslos da und stürzte dann nieder, als hätte ihn vor Enttäuschung und Verzweiflung der Schlag getroffen. Als der Schweizer, der seinem Herrn gefolgt war, ihn in diesem Zustand erblickte, hob er ihn auf, legte ihn im nächsten Zimmer auf ein Bett und zapfte ihm unverzüglich Blut ab; denn er war für alle Fälle auf Reisen immer mit einem chirurgischen Besteck versehen. Dieser Vorsicht verdankte unser Held höchstwahrscheinlich das Leben. Durch einen starken Aderlaß erhielt er den Gebrauch seiner Sinne wieder; allein die gehäuften Strapazen und die heftigen Gemütsbewegungen, die er durchgemacht hatte, erzeugten in ihm ein gefährliches Fieber, und erst als mehrere Tage vergangen waren, konnte der Arzt, den man aus dem nächsten Marktflecken herbeigerufen hatte, für seine Genesung bürgen.

79

Peregrine sendet eine Botschaft an Mrs. Gauntlet. Sie verwirft seinen Vorschlag. Er geht wieder nach dem Kastell zurück.

Schließlich siegte seine starke Konstitution über seine Krankheit, doch nicht eher, als bis diese seine tobenden Begierden größtenteils gezähmt und ihn zu ernsten Betrachtungen über sein Benehmen veranlaßt hatte. In dieser demütigen Stimmung dachte er mit Scham und mit Reue an den Verrat, den er an der schönen, der unschuldigen Emilie geübt hatte; er erinnerte sich daran, was er früher für sie empfunden und was ihm sein sterbender Oheim eingeschärft hatte, und erwog, auf welch vertrautem Fuß er mit ihrem Bruder gestanden, gegen den er sich so niederträchtig vergangen hatte. Er sann über ihr ganzes Verhalten nach und fand es in allen Stücken so lobenswert, so mutig und edel, daß ihn dünkte, sie verdiene es hinlänglich, daß er in allen Ehren um sie würbe, selbst wenn seine Pflicht ihn hierzu nicht angetrieben hätte. Und da er sich verpflichtet fühlte, einer würdigen Familie Genugtuung zu geben, die er so gröblich beleidigt hatte, glaubte er seine Sinnesänderung nicht früh genug an den Tag legen zu können. Sowie er daher nur eine Feder halten konnte, schrieb er an Mrs. Gauntlet. In diesem Brief, in dem viel von Schmerz und Zerknirschung die Rede war, gestand er, eine Rolle gespielt zu haben, die eines Mannes von Ehre durchaus unwürdig sei, weshalb er sich nie auch nur der geringsten Ruhe erfreuen werde, als bis er ihre Verzeihung verdient hätte. Er beteuerte, daß er, obgleich sein ganzes Glück von Emiliens Entschluß abhinge, sogar aller Hoffnung entsagen wolle, mit ihrer Gunst beglückt zu werden, wenn sie ihm ein anderes Mittel wüßte, der liebenswürdigen jungen Dame Genugtuung zu geben, als ihr sein Herz und sein Vermögen zu Füßen zu legen und sich für den Rest seines Lebens ihrer unumschränkten Herrschaft zu unterwerfen. Er beschwor sie deshalb mit rührenden Worten, ihm in Anbetracht seiner aufrichtigen Reue zu verzeihen und ihr mütterliches Ansehen so zu verwenden, daß es ihm erlaubt sein möchte, der Tochter mit einem Brautring aufzuwarten, sobald seine Gesundheit ihm die Reise gestatte.

Nachdem er Pipes, der mittlerweile seinen Herrn gefunden, mit dieser Erklärung abgesandt hatte, erkundigte er sich nach dem jungen Paar, dessen Verfolger er so unglücklicherweise gewesen war. Sein Kammerdiener, der die Geschichte aus dem Mund der beiden selbst gehört hatte, meldete ihm, die Dame sei die einzige Tochter eines reichen

Juden und ihr Begleiter kein anderer als dessen Lehrbursche, der sie zum Christentum bekehrt und zugleich geheiratet habe. Als dieses Geheimnis ruchbar geworden sei, habe der alte Israelit einen Plan ersonnen, sie auf immer voneinander zu trennen. Die jungen Leute seien hinter diese Absicht gekommen und hätten Mittel und Wege gefunden, ihm zu entlaufen, und versucht, ihrer Sicherheit wegen nach Frankreich zu flüchten, bis die Sache beigelegt sei. Als sie drei Männer mit solchem Eifer und solcher Schnelligkeit hätten hinter sich herjagen sehen, seien sie überzeugt gewesen, diese Verfolger müßten ihr Vater und einige seiner Freunde oder Diener sein. In dieser Meinung seien sie in der größten Angst und Eile geflohen, bis sie so glücklich aus ihrem Irrtum gerissen worden seien, gerade in dem Augenblick, da sie nichts als Unheil und Jammer befürchtet hätten. „Sie bekundeten ihr Leidwesen über Ihren bedauernswerten Zustand", schloß der Schweizer seinen Bericht, „und nachdem sie etwas zu sich genommen hatten, reisten sie nach Dover ab. Sie sind aller Wahrscheinlichkeit nach wohlbehalten in Paris angelangt."

Vierundzwanzig Stunden nach Empfang seines Auftrags brachte Pipes eine Antwort von Emiliens Mutter zurück, die folgendermaßen lautete:

Sir,
Ich bin im Besitz Ihres Werten und freue mich Ihretwegen, daß Sie zur richtigen Einsicht und Überzeugung Ihres unfreundlichen und unchristlichen Betragens der armen Emmy gegenüber gekommen sind. Ich danke Gott, daß bisher noch keines meiner Kinder so gröblich beleidigt worden ist. Erlauben Sie mir, Ihnen zu sagen, Sir, daß meine Tochter keine von unten herauf ist, ohne Rang und Stand oder Bildung, sondern ein ebenso wohlerzogenes junges Mädchen und von besserer Abkunft, als es die meisten Töchter aus gutem Hause in diesem Königreich sind. Hätten Sie auch vor ihrer Person keine Achtung gehabt, so hätten Sie doch einigen Respekt vor ihrer Familie haben sollen, die, fassen Sie es nicht als Herabwürdigung auf, Sir, angesehener ist

als die Ihrige. Was nun Ihren Vorschlag anbetrifft, so will Miß Gauntlet nichts davon wissen. Sie meint, es zieme ihrer Ehre nicht, irgendeinem Antrag auf Aussöhnung Gehör zu geben; und noch ist sie nicht in einer so schlimmen Lage, daß sie bei einem Angebot zugriffe, gegen das sie das mindeste einzuwenden hätte. Sie befindet sich überdies jetzt so unpäßlich, daß sie unmöglich Besuch empfangen kann. Ich bitte Sie deshalb, sich nicht vergebens hierherzubemühen. Vielleicht erwerben Sie sich durch Ihr künftiges Betragen ihre Verzeihung; ich wenigstens wünsche es von ganzem Herzen, denn ich nehme teil an Ihrem Glück, das, wie Sie versichern, von Emmys Nachgiebigkeit abhängt. Ungeachtet all dessen, was vorgefallen ist, bin ich

Ihre aufrichtige Freundin Cäcilie Gauntlet.

Durch diesen Brief und durch seinen Boten erfuhr unser Held, daß seine Gebieterin sich seine verrückte Jagdpartie wirklich zunutze gemacht hatte und sicher in die mütterliche Wohnung zurückgekehrt war. Zwar tat es ihm leid zu hören, daß sie unpäßlich sei; jedoch ihre Unversöhnlichkeit sowohl als einige hochmütige Stellen im Brief verdrossen ihn, und er glaubte, die gute Frau habe dabei mehr ihre Eitelkeit als ihren Verstand zu Rate gezogen. Dieser Unwille half ihm, seine Enttäuschung wie ein Philosoph zu ertragen, zumal er durch das Anerbieten, sein Unrecht wiedergutzumachen, sein Gewissen beschwichtigt hatte und er sich zudem hinsichtlich seiner Liebe in einem ruhigen Zustand von Hoffnung und Resignation befand.

Eine Krankheit zur rechten Zeit ist eine vortreffliche Arznei gegen tobende Leidenschaften. Das Fieber hatte die Denkart unseres Helden so sehr verändert, daß er wie ein Apostel moralisierte und verschiedene weise Pläne für sein zukünftiges Verhalten entwarf.

Sobald seine Gesundheit genügend hergestellt war, machte er einen Abstecher nach dem Kastell, um seine Freunde zu besuchen. Hier vernahm er aus Hatchways eigenem Munde, daß er mit seiner Bewerbung das Eis bei seiner Tante gebrochen und, sobald er flott gewesen sei, mit einem Heiratsantrag bei ihr geentert habe; die Witwe hätte bei seiner ersten Erklärung, auf die sie von ihrer Nichte und ihren übrigen Freunden gebührend vorbereitet worden sei, seinen Vorschlag mit geziemender Zurückhaltung zwar entgegengenommen und dem Andenken ihres Mannes fromme Tränen geweiht, jedoch bemerkt, sie werde seinesgleichen nie wieder begegnen.

Peregrine unterstützte des Leutnants Projekt mit seinem ganzen Einfluß, und alle Einwände von Mrs. Trunnion gegen die Partie wurden schließlich widerlegt. Man beschloß aber, den Tag der Vermählung noch um drei Monate hinauszuschieben, damit ihr Ruf durch eine übereilte Verbindung nicht litte. Seine nächste Sorge war sodann, seinem Oheim ein schlichtes Marmordenkmal errichten zu lassen. Vom Bräutigam verfaßt, prangte in goldenen Lettern die folgende Inschrift darauf:

Hier liegt
Anderthalb Faden tief
Der Rumpf
von

HAWSER TRUNNION, Esq.;

Weiland Befehlshaber eines Schiffsgeschwaders
In Sr. Majestät Diensten,
Welcher um fünf Uhr nachmittags d. 10. Oct.
Im neunundsiebzigsten Jahre seines Alters
Aufgebracht wurde.
Er hielt sein Geschütz allezeit geladen,
Sein Takelwerk immer aufgestellt
Und zeigte seinen Spiegel niemals dem feindlichen Schiff,
Außer wenn er es hinter sich bugsieren ließ.
Wie aber Kraut und Lot verschossen,
Seine Lunte verbrannt
Und sein Oberwerk abgenutzt war,
Wurde er durch das stärkere Geschütz des Todes
In den Grund gesenkt.
Nichtsdestoweniger

Wird an dem großen Tage
Sein Anker wiederum gelichtet werden,
Wird er neu zugetakelt sein,
Frische Steven bekommen
Und mit einer vollen Ladung
Seinen Feind wiederum zwingen,
Die Segel zu streichen.

80

Peregrine geht nach London zurück. Er bekommt Besuch von Crabtree, der ihn mit einer seltsamen Zwiesprache unterhält. Cadwallader sondiert die Duchess und öffnet Pickle die Augen. Letzterer wird durch einen außerordentlichen Zufall mit einer andern vornehmen Dame bekannt.

Nachdem der junge Herr seinem verstorbenen Wohltäter diesen letzten Dienst erwiesen und Mr. Jolter die langerwartete Pfründe, die eben jetzt vakant geworden war, übertragen hatte, kehrte er nach London zurück und nahm sein früheres munteres Wesen wieder an. Damit ist nicht gesagt, daß er imstande gewesen wäre, Emilie aus seinen Gedanken zu verbannen oder sich ihrer ohne heftige Gemütsbewegung zu erinnern, denn mit seiner wiedergewonnenen Gesundheit stellte sich auch seine vorige Ungeduld wieder ein. Er beschloß daher, sich kopfüber in irgendein Liebesabenteuer zu stürzen, das seine Leidenschaft zu fesseln und seine Phantasie zu beschäftigen vermöchte.

Einem Manne von so vielen Vorzügen konnte es nicht fehlen, eine Menge Gelegenheiten zu finden, bei denen seine Galanterie gut angebracht gewesen wäre, und eben dieser Überfluß erschwerte ihm die Wahl, die ohnehin schon jederzeit durch Laune und Grille bestimmt wurde. Ich habe bereits oben erwähnt, daß er sich mit seinen Heiratsabsichten bis zu einer Dame von erstem Rang verstiegen hatte. Jetzt, da er von Miss Gauntlet abgewiesen war und sich etwas erholen konnte von den Qualen der Leidenschaft, die ihre Reize in seinem Herzen entflammt hatten, erneuerte er seine Bemühungen um die Gunst Ihrer Durchlaucht. Obwohl er sich noch nicht auszusprechen wagte, hatte er doch das Vergnügen, sich als alten Bekannten so gut aufgenommen zu sehen, daß er sich schmeichelte, einige Fortschritte auf dem Weg zu ihrem Herzen gemacht zu haben. In dieser stolzen Einbildung bestärkten ihn die Versicherungen ihrer Kammerfrau, deren Dienste er sich durch reichliche Geschenke erkauft, weil sie es verstanden hatte, ihm einzureden, sie sei die Vertraute ihrer Herrin. Doch trotz dieser Aufmunterung und den verlockenden Eingebungen seiner Eitelkeit fürchtete er sich vor dem Gedanken, sich durch eine unzeitige Erklärung ihrem Spott auszusetzen und sich ihren Unwillen zuzuziehen. So beschloß er, mit seinem Antrag nicht eher herauszurücken, als bis er sich von der Wahrscheinlichkeit eines erfolgreichen Versuchs noch mehr überzeugt hätte.

In diesen Tagen der Unsicherheit und Unentschlossenheit wurde er eines Morgens sehr angenehm überrascht, als unvermutet sein Freund Crabtree bei ihm erschien. Dieser war mit Erlaubnis des Dieners Pipes, der ihn gut kannte, in Peregrines Schlafstube getreten, ehe er noch aufgewacht war, und hatte ihn durch heftiges Rütteln an der Schulter den Armen des Schlafs entrissen. Als die ersten Komplimente ausgetauscht waren, sagte ihm Cadwallader, er sei vergangenen Abend mit der Postkutsche aus Bath in London angekommen. Zugleich tischte er ihm einen so komischen Bericht von seinen Reisegefährten auf, daß Peregrine zum erstenmal seit ihrer Trennung in ein herzliches Gelächter ausbrach und fast daran erstickt wäre.

Crabtree erzählte seine Geschichten auf eine so originelle Art, daß sich jeder Umstand unglaublich spaßig anhörte. Er meldete dann Peregrine all die Lästergerüchte, die nach dessen Abreise von Bath dort zirkuliert hatten. Hierauf wurde er von unserm jungen Mann darüber informiert, daß er Absichten auf eine gewisse Duchess und allem Anschein nach keine Ursache habe, sich über seine Aufnahme zu beklagen, daß er aber keine Erklärung wagen wolle, ehe er über ihre

Gesinnung besser unterrichtet sei. Er bitte daher seinen Freund Cadwallader, der ja zu all ihren Gesellschaften und Partien Zutritt hätte, ihm hierüber nähern Aufschluß zu verschaffen. Bevor der Menschenfeind ihm seinen Beistand versprechen wollte, wollte er wissen, ob er auf eine Ehe abziele. Unser abenteuernder Ritter, der den wahren Sinn dieser Frage erriet, sagte nein, und nun war Crabtree bereit, sich der Aufgabe zu unterziehen, die Neigung der Dame zu erforschen, und versicherte ihm zugleich, er würde sich nie an einer Sache beteiligen, die nicht eine Beschimpfung und Täuschung des ganzen weiblichen Geschlechts bezwecke. Unter diesen Bedingungen nahm er sich der Interessen unseres Helden an, und sie besprachen nun sofort einen Plan, demzufolge sie wie von ungefähr an der Tafel der Duchess zusammentrafen. Peregrine blieb den größten Teil des Abends und wartete, bis alle andern Gäste fort waren, außer dem Menschenfeind und einer gewissen verwitweten Lady, die, wie es hieß, das Vertrauen jener Dame besaß. Unter dem Vorwand, er sei irgendwo verabredet und müsse unbedingt hin, drückte er sich dann, damit Crabtree Gelegenheit hätte, ihn zum Gegenstand des Gesprächs zu machen.

Kaum hatte er denn das Zimmer verlassen, als der Zyniker, der ihn mit dem Blick mürrischer Geringschätzung bis zur Türe verfolgt, sagte: „Wäre ich ein absoluter Fürst und dieser Bursche einer meiner Untertanen, so gäbe ich Befehl, ihn in Sacktuch zu kleiden, und er müßte mir meine Esel zur Tränke treiben, damit sein hochfahrender Geist so gebrochen würde, wie er es verdient. Der Stolz eines Pfauen ist geradezu Selbstverleugnung, wenn man die Eitelkeit dieses eingebildeten Kerls dagegen hält. Schon von Natur arrogant, ist er durch den Ruf, den er sich in Bath erworben hat, weil er einem Bramarbas heimgeleuchtet, eine Clique von ungeschickten Bauernfängern überlistet und verschiedene andere Stücklein mit mehr Glück als Klugheit ausgeführt hat, vollends verdorben worden. Doch hat nichts so sehr zur Verschlimmerung seiner Unverschämtheit und seines Eigendünkels beigetragen wie die Gunst, deren er sich bei

den Damen erfreut. Jaja, Madame, bei den Damen, ich kümmere mich wenig darum, wer es erfährt, bei den Damen, die, zu ihrer Ehre sei's gesagt, Geckenhaftigkeit und Torheit immer in Schutz nehmen, wenn diese um ihre Gewogenheit buhlen. Und doch war die Stellung dieses Kerls nicht etwa die jener zwitterhaften Geschöpfe, die man unter Euren Kammerzofen finden kann, die Euch Eure Hemden lüften oder wärmen, Eure Schoßhündchen kämmen, Eure Nasen mit Vergrößerungsgläsern untersuchen, um die Mitesser herauszudrücken, die Eure Zahnbürsten reinigen, Eure Schnupftücher mit Odeurs bespritzen und Euch zu gewissem Zweck das Papier weich reiben. Den Burschen, den Pickle, hat man zu wichtigeren Dingen aufgehoben. Seine Amtspflichten begannen nicht eher, als bis jene Kiebitze zur Ruhe waren. Dann stieg er auf Strickleitern in die Fenster, setzte über Gartenmauern, und Mrs. Betty ließ ihn im Finstern ein. Ja, der Magistrat zu Bath verlieh ihm das Ehrenbürgerrecht, bloß weil durch seine Vermittlung der dortige Gesundbrunnen in einen außerordentlich guten Ruf gekommen war; denn solange er sich in Bath aufhielt, wurde jedes weibliche Wesen von leidlicher Gestalt, das der Unfruchtbarkeit wegen hingereist war, von ihrer Beschwerde geheilt. Nun denkt der Bursche, daß keine Frau seinen Werbungen widerstehen könne. Er war noch keine drei Minuten hier, so hätte mir schon ein halbes Auge genügt, um zu bemerken, daß Euer Gnaden zur Eroberung ausersehen worden ist, ich meine allerdings auf ganz rechtliche Art, obwohl der Halunke frech genug ist, alles zu versuchen." Bei diesen Worten heftete Crabtree seinen Blick auf die Duchess, die sich mit einem Gesicht, das vor Unmut glühte, an ihre Vertraute wandte und zu ihr sprach: ,,Bei meinem Leben! ich glaube, es ist etwas Wahres an dem, was dieser alte Halunke sagt. Es ist mir selbst aufgefallen, daß mich jener junge Bursche mit ganz besonderer Aufmerksamkeit anstarrte."
,,Kein Wunder", versetzte ihre Freundin, ,,wenn ein junger galanter Mann wie er bei den Reizen von Euer Gnaden nicht ungerührt bleibt, obwohl er jedenfalls nie sich unterstehen wird, andere als die geziemendsten und ehrerbietigsten

Gesinnungen zu hegen." „Ehrerbietige Gesinnungen!" rief Mylady mit einem Blick voll unaussprechlicher Verachtung, „wenn ich mir vorstellen könnte, daß der Bursche dreist genug wäre, auf irgendeine Weise an mich zu denken, bei Gott! ich verböte ihm mein Haus. Auf Ehre! dergleichen Beispiele sollten Personen von Rang dazu bestimmen, die Landjunker in größerer Distanz zu halten, denn sie werden leicht unverschämt, sobald man sie im geringsten protegiert oder begünstigt."

Mit dieser Erklärung zufrieden, wechselte Cadwallader das Thema, und am andern Tag teilte er seine Entdeckung seinem Freunde Pickle mit. Der fühlte sich in seinem Stolz schmerzlich gekränkt und beschloß, seine Absichten mit guter Art aufzugeben. Auch schuf es ihm keinen Augenblick Unbehagen, dieses Projekt der Selbstverleugnung auszuführen; denn sein Herz war nie an der Sache interessiert gewesen, und seine Eitelkeit triumphierte bei dem Gedanken, Ihrer Gnaden gegenüber seine Gleichgültigkeit an den Tag legen zu können. Infolgedessen war das nächste Mal, als er die Duchess besuchte, sein Betragen besonders freimütig, munter und ungezwungen, und als die Witwe, die den Auftrag hatte, sein Inneres zu erforschen, das Gespräch schlau auf die Liebe brachte, spottete er mit großer Unbefangenheit und Härte über diese Leidenschaft und zögerte nicht zu erklären, daß sein Herz davon frei sei.

Obwohl sich die Duchess über seine vermeinte Zuneigung geärgert hatte, war sie nun wegen seiner Unempfindlichkeit beleidigt und gab ihre Unzufriedenheit durch die Bemerkung zu erkennen, die Aufmerksamkeit, die er seinen eigenen Vorzügen schenke, schütze ihn vielleicht gegen den Eindruck aller andern Dinge.

Während er sich an diesem Sarkasmus ergötzte, dessen Sinn ihm vollkommen klar war, trat ein gewisser Virtuoso in den Saal, der durch sein großes Talent, Possen zu reißen und durch Klatsch zu unterhalten, bei den vornehmsten Familien im Lande Zutritt erhalten hatte. Er stand jetzt im fünfundsiebzigsten Lebensjahr. Er war von so obskurer Geburt, daß er kaum den Namen seines Vaters kannte, und seine Erziehung entsprach durchaus der Würde seiner Abstammung. Totschlag, Liederlichkeit und Wortbrüchigkeit brandmarkten, wie man allgemein wußte, seinen Charakter. Trotzdem hatte dieser Mann durch ein glückliches Erbstück, nämlich durch unerschütterliche Frechheit und durch eine erfolgreiche Preisgabe aller Grundsätze, wenn es darauf ankam, den Lüsten der Großen zu frönen, sich sowohl ein Vermögen erworben, das ihn unabhängig machte, als sich in die besondere Gunst von Personen höchsten Ranges eingeschmeichelt, und wenn es auch jedermann bekannt war, daß er für drei Generationen des hohen Adels gekuppelt hatte, gab es doch im ganzen Königreich keine elegante Dame, die sich ein Bedenken gemacht hätte, ihn bei der Toilette zu empfangen oder sich sogar von ihm zu irgendeiner öffentlichen Unterhaltungsstätte begleiten zu lassen. Indessen war dieser Mann seinen Mitmenschen durch seine Beziehungen zu reichen Leuten manchmal nützlich; denn er ging öfters deren Mildtätigkeit zugunsten bedrängter Personen an, in der Absicht, die Hälfte der Spenden in die eigene Tasche zu stecken, und es war ein Geschäft dieser Art, das ihn jetzt ins Haus der Duchess führte.

Nachdem er einige Minuten lang dagesessen hatte, sagte er der Gesellschaft, er wolle ihnen eine glänzende Gelegenheit verschaffen, ihre Wohltätigkeit zu üben. Es betreffe die Frau eines Gentleman, die durch den Tod ihres Mannes ins tiefste Elend geraten sei und die eben von zwei prächtigen Knaben entbunden worden sei. Er meldete ihnen ferner, die arme Witwe sei von sehr guter Familie, die sich aber gänzlich von ihr losgesagt, weil sie einen mittellosen Fähnrich geheiratet habe. Die Familie habe sogar durch ihren mächtigen Einfluß dessen Beförderung im Dienst verhindert. Diese Unmenschlichkeit habe auf sein Gemüt einen solchen Eindruck gemacht, daß sein Geist darunter litt und er zur Verzweiflung getrieben wurde, und als diese ihn wieder einmal besonders stark gepackt, habe er sich umgebracht und sein Weib, das der Niederkunft entgegensah, allen Schrecknissen der Armut und des Kummers überlassen.

Über dieses rührende Bild, das der alte Mann mit viel

Wärme entworfen hatte, ergingen verschiedene Kritiken. Die Duchess schloß, sie müsse ein Geschöpf sein, das weder empfinde noch denke, da sie soviel Elend überleben könne, und verdiene deshalb nicht mehr Unterstützung als jeder gewöhnliche Bettler. Doch waren Ihre Gnaden großmütig genug, sich anzuerbieten, der Frau durch ihre Empfehlung zur Aufnahme in das Hospital zu verhelfen, zu dessen Gönnern sie gehörte. Zugleich gab sie dem Bittsteller den Rat, die Zwillinge ins Findelhaus zu schicken, wo man sie sorgfältig pflege und aufziehe, damit sie nützliche Mitglieder der Gesellschaft würden. Eine andere Dame war bei aller schuldigen Achtung vor der Meinung der Duchess kühn genug, die Großmut von Ihro Gnaden zu tadeln. „Auf diese Weise", sagte sie, „werden Kinder in ihrem Ungehorsam den Eltern gegenüber nur bestärkt, und es könnte vielleicht nicht nur ein Mittel sein, den Jammer der unglücklichen Person zu verlängern, sondern auch die Gesundheit des einen oder andern jungen Erben zugrunde zu richten, der die Hoffnung einer großen Familie sein mag. Ich bin nämlich der Ansicht, daß Madame, wenn ihre Wochen vorüber sind und ihre Brut versorgt ist, ihre Reize, vorausgesetzt, sie besitze welche, dem Publikum zur Schau stellen und die gewöhnliche Laufbahn von *St. James's* nach *Drury Lane* einschlagen wird. Aus diesen Gründen befürchte ich, daß man sein Mitleid am besten dadurch bekunden sollte, daß man dieses Geschöpf in seiner gegenwärtigen Not umkommen ließe. Und Ihnen, mein Herr", wandte sie sich an den alten Gentleman, „ist es nicht zu verzeihen, wenn Sie in Ihren Bemühungen, sie zu unterstützen, fortfahren." Ein drittes Mitglied dieser zartfühlenden Gesellschaft tat die Frage, ob das junge Weibsbild hübsch sei. Als ihr darauf mit „Nein" geantwortet wurde, gab die Betreffende zu, daß in dem, was die verehrte Dame, ihre Vorrednerin, gesagt habe, viel Richtiges läge; dennoch glaube sie, in aller Bescheidenheit, das Urteil könnte etwas gemildert werden. „Man schicke", sagte sie, „die Bankerte ins Findelhaus, dem Rat von Ihro Gnaden gemäß, und veranstalte zur Unterstützung der Mutter in ihrer gegenwärtigen Bedrängnis eine kleine Kollekte. Wenn sie wiederhergestellt ist, will ich sie in mein Haus aufnehmen als besseres Dienstmädchen, oder vielmehr als Mittelsperson zwischen mir und meiner Kammerfrau; denn es ist mir wahrhaftig unerträglich, einem Geschöpf, das nach Geburt und Erziehung gerade nur um einen Grad über dem Pöbel steht, Verweise oder Befehle zu erteilen."

Dieser Vorschlag fand allgemeinen Beifall. Die Duchess eröffnete, zu ihrer unsterblichen Ehre sei es ausgesprochen, die Kollekte mit einer Krone, und so waren die übrigen genötigt, ihre Freigebigkeit auf die Hälfte dieser Summe einzuschränken, damit Ihro Gnaden nicht beleidigt werden möchten. Die Dame, die den edelmütigen Vorschlag gemacht hatte, fragte sodann nach dem Namen und der Wohnung der armen Frau. Der alte Bittsteller konnte nicht umhin, die Lady hiervon zu unterrichten, obgleich es ihn in mehr als einer Beziehung außerordentlich kränkte, daß seine Fürsprache so übel ausgeschlagen war.

Peregrine, für den die Worte galten: „so launisch wie der Winter, hatt' er des Mitleids Trän' und eine Hand, so offen wie der Tag der weichen Milde", war über diese unrühmliche Beratung und deren Resultat nicht wenig empört. Er steuerte jedoch seine halbe Krone bei und ging, als er sich von der Gesellschaft verabschiedet hatte, der angegebenen Adresse gemäß, nach der Wohnung der armen hilflosen Wöchnerin. Als er sich unten im Haus nach ihr erkundigte, erfuhr er, sie habe gerade den Besuch einer mildtätigen Dame, die nach einer Amme geschickt habe und auf die Rückkehr des Boten warte. Pickle ließ oben seine Empfehlung ausrichten und um die Erlaubnis bitten, sie sprechen zu dürfen, indem er vorschützte, er sei ein intimer Freund ihres verstorbenen Mannes gewesen.

Obgleich die arme Frau seinen Namen noch nie gehört hatte, hielt sie es doch nicht für ratsam, sein Begehren abzuschlagen. Er wurde in eine armselige Kammer im dritten Stock geführt, wo er die unglückliche Witwe auf einem Rollbett sitzend vorfand. In ihren Zügen, die von Natur regelmäßig und sanft waren, lag der rührendste Ausdruck des Jammers und der Angst. Sie säugte eines von ihren

Kindern, während das andere auf den Knien einer Frau ruhte und von ihr gehertzt wurde. Sie war so sehr mit ihrem kleinen Schützling beschäftigt, daß sie im Augenblick auf nichts anderes achten konnte. Nicht eher, als bis die ersten Komplimente zwischen der schwergeprüften Mutter und unserm Helden ausgetauscht waren, konnte er der Fremden ins Gesicht schauen, und das flößte ihm die höchste Achtung und Bewunderung ein. Er gewahrte all den Zauber von Anmut und Schönheit, gepaart mit Gefühl und Wohlwollen und einer entzückenden Zartheit von Trauer und Mitleid. Als Pickle den Anlaß seines Besuchs erklärte, der kein anderer war als der Wunsch, der notleidenden Frau beizustehen, der er eine Banknote von zwanzig Pfund überreichte, belohnte ihn jenes liebenswürdige Wesen, das man mit Fug für einen hilfreichen Engel halten konnte, mit einem so beifälligen Blick, daß seine ganze Seele von Liebe und Ehrfurcht ergriffen wurde. Auch wurde dieser günstige Eindruck durch die Auskunft der Witwe nicht abgeschwächt, die, nachdem sie ihre Dankbarkeit durch eine Flut von Tränen geäußert hatte, ihm sagte, die Unbekannte sei eine Dame von hohem Range, die zufällig von ihrer verzweifelten Lage erfahren habe. Sie habe sofort den Geboten der Menschlichkeit gehorcht und sei persönlich gekommen, um ihr Elend zu lindern. Sie habe sie nicht nur für jetzt überaus großmütig mit Mitteln für Pflege und Wartung versorgt, sondern es auch übernommen, ihr eine Amme für ihre Kleinen zu verschaffen, und ihr sogar ihren fernern Schutz versprochen, wenn sie ihre gegenwärtige jammervolle Lage überleben sollte. Diesen Nachrichten fügte sie noch den Namen ihrer Wohltäterin bei. „Es ist", sagte sie, „die berühmte Lady V." Der Charakter dieser Dame war dem jungen Manne nicht fremd; aber persönlich hatte er sie zuvor nie gesehen. Zeit und Umstände hatten zwar den gefährlichen Bann ihrer Reize etwas gebrochen, trotzdem konnte noch jetzt kein Mann von Geschmack und Einbildungskraft, dessen Blut im Frost des Alters nicht gänzlich erstarrt war, sie ungestraft anschauen. Und da Peregrine diese Reize durch den zarten Dienst erhöht sah, dem sie sich eben widmete, wurde er von ihrer Schönheit so bezaubert und von ihrem Mitgefühl so hingerissen, daß er seine Gemütsbewegung nicht unterdrücken konnte, sondern ihre Herzensgüte mit aller Wärme der Begeisterung pries.

Die Lady nahm seine Komplimente sehr höflich und sehr liebenswürdig entgegen, und da die Angelegenheit, die sie zusammenführte, beiden gleich interessant war, so entwickelte sich eine Bekanntschaft zwischen ihnen, und sie fingen an, Maßregeln zu verabreden, wie die Witwe und deren Kinder am besten zu unterstützen seien. Pickle bedang sich sofort das Recht aus, bei dem einen der Knaben Pate zu sein. Er war in der feinen Gesellschaft nicht so unbekannt, daß sein Ruf nicht bis zu den Ohren dieser Lady gedrungen wäre, und sie wies daher seine Bemühungen, sich ihre Freundschaft und Achtung zu erwerben, nicht zurück.

Nachdem alles, was ihr Amt betraf, geregelt war, begleitete er die Lady nach Hause und hatte das Vergnügen zu finden, daß ihr Verstand ihren übrigen Vorzügen entsprach. Auch sie hatte keinen Grund zu denken, die Fama habe die Eigenschaften unseres Helden zu günstig dargestellt.

Das eine ihrer Adoptivkinder starb, bevor es getauft worden war; deshalb übertrugen sie ihre ganze Sorge auf das andere, dem sie beide zu Gevatter standen. Als sie hörten, daß der alte Wohltätigkeitspolitiker der Mutter mit seinen Besuchen lästig wurde und ihr Ratschläge gab, die ihrer feinfühligen und rechtschaffenen Denkart zuwider sein mußten, brachten sie die Frau in eine andere Wohnung, wo sie vor seinen Umtrieben sicher war. In weniger als einem Monat erfuhr unser Held von einem seiner Bekannten aus dem Adel, daß jener grauköpfige Kuppler sich anheischig gemacht habe, ihm die arme unglückliche Dame in die Hände zu liefern, und da ihm seine Absicht mißlungen sei, habe er eine Schöne aus dem Revier von *Covent Garden* an ihre Stelle gesetzt, die Seiner Lordschaft für die von ihr genossenen Gunstbezeigungen die heftigsten Nachwehen verursacht habe.

Mittlerweile war Peregrine bestrebt, sich seine neue

Bekanntschaft durch all seine Gewandtheit und durch die sorgfältigste Aufmerksamkeit zu erhalten; denn er wähnte, daß sowohl ihr Ruf und ihr Schicksal als auch seine eigenen Vollkommenheiten ihn zur Hoffnung berechtigten, er könne mit der Zeit der Leidenschaft, die in seiner Brust zu glühen begonnen hatte, die Zügel schießen lassen.

Da die Lady ungewöhnlich viel erlebt und durchgemacht hatte, wovon Peregrine nur verworren und mit unzähligen Verstößen gegen die Wahrheit hatte berichten hören, ersuchte er sie dringend, sobald ein vertrauterer Umgang es ihm erlaubte, um die Gunst, ihm die nähern Einzelheiten ihrer Geschichte zu erzählen. Durch sein beharrliches Bitten brachte er sie schließlich dazu, daß sie in erlesenem Freundeskreis seine Neugier befriedigte.

Als sie am Ende ihrer Biographie angekommen war, mit der sie die Gesellschaft angenehm unterhalten und Peregrines Bewunderung erregt hatte, äußerte dieser sein Erstaunen über die Mannigfaltigkeit ihrer Erlebnisse und meinte, sie genügten, die unverwüstlichste und robusteste Konstitution zu erschüttern, geschweige denn eine Dame von ihrem zarten Bau. Allein einer der anwesenden Herren zieh sie ganz offen eines Mangels an Aufrichtigkeit, weil sie in der Schilderung ihres Lebens einige Umstände verschwiegen habe, die er hinsichtlich ihres Charakters für wesentlich halte.

Sie errötete über die herabsetzende Beschuldigung, deren Wirkung auf den Gesichtern aller Zuhörer deutlich zu erkennen war. Da fing der Ankläger jedoch an, seinen Vorwurf zu begründen, und sagte, sie habe in ihrer Schilderung unendlich viele Werke ungewöhnlicher Barmherzigkeit übergangen, deren er sie schuldig wisse, und eine Menge vorteilhafter Heiratsanträge unerwähnt gelassen, die sie hätte annehmen können, als sie noch nicht verlobt gewesen sei.

Die Gesellschaft wurde durch diese Aufklärung angenehm enttäuscht. Die Lady dankte für dieses ebenso feine wie unerwartete Kompliment, und unser Held bekundete ihr hierauf seine Verbindlichkeit dafür, daß sie seiner Bitte so freundlich willfahren und ihn mit einem solchen Zeichen des Vertrauens und der Achtung beehrt habe. Dann verabschiedete er sich und ging verwirrt und betroffen nach Hause. Die Erzählung, die er eben angehört hatte, ließ ihn nämlich klar erkennen, daß die Lady zu feinfühlend war, um an solchem Weihrauch Gefallen zu finden, wie er ihn gegenwärtig als ihr Anbeter darbringen konnte, denn obgleich er Emiliens Herrschaft über sein Herz etwas beschränkt hatte, vermochte er dies nicht in einem Maß zu tun, daß sie sich bei der Wahl einer andern Beherrscherin seiner Gedanken nicht geltend gemacht hätte, und er sah voraus, daß, wenn Lady V. nicht all seine Liebe, seine Zeit und seine Aufmerksamkeit auszufüllen imstande sei, es ihm unmöglich wäre, die Zuneigung sich zu erhalten, die zu gewinnen er vielleicht das Glück haben könnte. Außerdem schreckte ihn das Schicksal ihrer frühern Verehrer davon ab, ihr seine Liebe zu erklären. Die waren nämlich zu einem solchen Grad von Enthusiasmus hingerissen worden, daß es den Anschein hatte, diese Wirkung sei eher einem Zauber als bloßen menschlichen Reizen zuzuschreiben. Er hütete sich, in eine solch leidenschaftliche Ekstase zu geraten, und beschloß daher, gegen den Eindruck, den jene Dame bereits auf ihn gemacht hatte, anzukämpfen und, falls dies möglich wäre, mit ihr Freundschaft zu halten, ohne aber um ihre Liebe zu werben. Doch bevor er sich auf diesen Entschluß festlegte, war er begierig zu hören, wie er bei ihr angeschrieben sei. Durch Crabtree erfuhr er auf die übliche Art, daß sie wirklich sehr vorteilhaft über ihn denke, aber nicht die geringste Zuneigung für ihn empfinde. Er hätte sich vor Freude nicht zu fassen gewußt, wenn ihre Gedanken an ihn von zarterem Gewebe gewesen wären. Seine Vernunft zwar war mit der Nachricht gar nicht unzufrieden, denn nun rief er die Erinnerungsbilder seiner ersten Liebe wach und stellte sie dieser neuen und gefährlichen Neigung gegenüber. So hielt er die Waage im Gleichgewicht und bewahrte sich leidlich den Seelenfrieden.

Pickle beredet Cadwallader, die Rolle eines Wahrsagers zu spielen. Wie dies abläuft.

Da die Anziehungskraft der zwei Frauen wechselweise auf sein Herz wirkte und dadurch abgeschwächt wurde, hatte er Gelegenheit, einige Ruhe zu genießen, und wandte sich einstweilen innerlich von beiden ab. Er beschloß, einige jener satirischen Streiche zu verüben, die seinem Charakter so sehr zusagten und ihm so eigen waren. In diesem lobenswerten Vorsatz bestärkte ihn sein Freund Cadwallader, der ihm mit seinen Ideen immer wieder in den Ohren lag, ihm vorwarf, er lasse seine Talente rosten. Auch regte er seine natürliche Lebhaftigkeit dadurch an, daß er ihm eine Anzahl Skandälchen mitteilte, die er kürzlich entdeckt hatte. Peregrine kam nun plötzlich auf einen seltsamen Gedanken, der, als er davon sprach, von Cadwallader sofort gebilligt wurde. Der Vorschlag Pickles bestand darin, die Einwohner der Stadt zum besten zu haben, und zwar mit einem Geisterbanner aus Profession, wobei der alte Misanthrop diese Rolle übernehmen sollte, weil sein Äußeres ausgezeichnet dazu paßte. Der Plan wurde unverzüglich in allen seinen Teilen ausgearbeitet. Sie mieteten ein Logis in einem Hause, das einen öffentlichen Eingang hatte, so daß die Leute es frei betreten und verlassen konnten, ohne dabei beobachtet zu werden, und sowie Crabtrees Zimmer mit dem ganzen Inventar eines Zauberers ausgestattet war, mit Globen, Ferngläsern, einer *Laterna magica*, einem Skelett, einem ausgestopften Affen sowie mit den Bälgen eines Alligators, einer Otter und einer Schlange, ergriff der Beschwörer von seiner Burg Besitz, nachdem er zuvor gedruckte Anzeigen hatte verteilen lassen, die alle nötigen Angaben über sein Institut enthielten.

Diese Zettel wirkten bald so, wie die Unternehmer es gewünscht hatten. Da der Preis pro Orakelspruch auf eine halbe Guinee festgesetzt war, schloß das Publikum natürlich, daß dieser Mann kein gewöhnlicher Wahrsager sein könne, und schon am nächsten Tag fand Peregrine einige Damen seines vornehmen Bekanntenkreises äußerst begierig, mit der Geschicklichkeit des neuen Hexenmeisters einen Versuch zu machen, der, wie er vorgab, eben aus dem Reich des Großmoguls kam, wo er von einem Brahmanen seine Kunst erlernt hatte. Unser junger Herr tat so, als spotte und höhne er über die Behauptungen dieses Weisen, und schien nur mit Widerstreben bereit zu sein, sie in das Logis des Wahrsagers zu begleiten. Es sei eine Kleinigkeit, bemerkte er, die Unwissenheit des Burschen nachzuweisen, und nur recht und billig, wenn man ihn für seine Vermessenheit züchtige. Obwohl Peregrine ohne viel Mühe bei der Gesellschaft eine große Dosis Leichtgläubigkeit wahrnehmen konnte, stellten sie sich doch alle, als wären sie seiner Meinung, und wurden unter Lachen und Scherzen einig, daß eine gewisse Lady versuchen solle, seine Kunst zuschanden zu machen, indem sie in der Kleidung ihrer Kammerfrau vor ihm erscheine, während diese zu gleicher Zeit die Rolle ihrer Herrin spiele und von unserm Abenteurer, der sie hinzubringen versprach, als solche behandelt werde. Nachdem man diese Maßnahmen getroffen hatte und die Zeit für den Besuch auf den nächsten Audienztag anberaumt war, gab Peregrine seinem Freunde die nötigen Aufschlüsse und führte zur verabredeten Stunde seine Gesellschaft zum Seher.

Sie wurden durch unseres Helden Kammerdiener eingelassen, dessen von Natur magere und schwarzbraune Visage mit einem künstlichen Backenbart geschmückt war, so daß sie sehr gut zu seinem persischen Gewand paßte und er als typischer Zeremonienmeister eines morgenländischen Schwarzkünstlers gelten konnte. Er kreuzte die Arme über der Brust, neigte das Haupt und schritt ihnen in feierlichem Schweigen ins Allerheiligste voran. Hier saß der Magier an einem Tisch, der mit Feder, Tinte und Papier, mit Büchern und mathematischen Instrumenten bedeckt war. Quer darüber lag ein langer weißer Zauberstab. Er selbst trug eine Pelzmütze und war mit einem schwarzen Talar angetan. Der Eindruck seines Gesichts wurde außer durch eine würdevolle Philosophenmiene, die er für diesen Anlaß aufsetzte, durch einen dichten schneeweißen Bart verstärkt, der ihm bis zum Gürtel hinunterreichte, und auf seinen Schultern saßen ungeheure schwarze Katzen, die zu diesem Zweck besonders abgerichtet waren.

Eine solche Gestalt, die selbst Peregrine einen plötzlichen Schreck eingejagt hätte, wenn er nicht um das Geheimnis gewußt hätte, konnte natürlich bei denen, die er herbrachte, nicht ohne Wirkung bleiben. Die verkleidete Lady wechselte trotz all ihrer angeborenen Dreistigkeit die Farbe, als sie das Zimmer betrat, während ihre Zofe, in deren Kopf es etwas weniger hell war, an allen Gliedern zu zittern und Stoßgebete für ihre Rettung zum Himmel zu senden begann. Ihr Begleiter näherte sich dem Tisch, brachte sein Opfer dar und sagte zum Zauberer: „Die Lady da" – er wies dabei auf die Zofe – „möchte gern etwas über ihr Schicksal in punkto Heirat wissen." Ohne aufzublicken und die Person zu betrachten, um derentwillen er befragt wurde, neigte der Philosoph sein Ohr zu einem der schwarzen Hausgeister hin, die auf seinen Schultern schnurrten. Dann griff er zur Feder und schrieb auf ein abgerissenes Stück Papier folgende Worte, die Peregrine auf Wunsch der beiden Frauen laut vorlas: „Ihr Schicksal wird in hohem Maß von dem abhängen, was ihr am vergangenen dritten Dezember neun Uhr morgens widerfahren ist."

Kaum war dieser Spruch verkündet, so kreischte die verkappte Lady auf, lief ins Vorzimmer hinaus und rief: „Christus, erbarme dich unser! Das ist gewiß und wahrhaftig der leibhaftige Teufel!" Ihre Gebieterin, die ihr in großer Bestürzung folgte, bestand darauf, die Geschichte zu erfahren, auf die in der Antwort angespielt wurde, und als sich die Abigail etwas gesammelt hatte, erzählte sie ihr, sie habe einen Anbeter, der an eben dem Tag und zu eben der Stunde, die der weise Mann erwähnt hätte, mit einem ernsthaften Heiratsantrag an sie herangetreten sei. Diese Erklärung war indessen weniger ehrlich als geschickt; denn dieser Anbeter war kein anderer als Mr. Pickle selbst, der unter den Kammerjungfern einfach wie ein Drache wütete und der seinen

Spießgesellen unter anderm auch von dem Stelldichein unterrichtet hatte, das ihm von diesem Zöfchen gewährt worden war.

Da unser Held sah, daß dieser Beweis für die Kunst des Wahrsagers sowohl auf die Frau als auch auf das Mädchen starken Eindruck gemacht hatte und daß sie vor Schreck beinahe in Hysterie verfielen, bemühte er sich, ihre Angst durch sein Lachen zu vertreiben, und bemerkte, an dieser Probe seines Wissens sei nichts Außerordentliches; er könnte von der Sache durch jene geheimen Kundschafter gehört haben, deren sich solche Betrüger immer bedienen müßten, um auf dem laufenden zu sein, oder auch durch den Liebhaber selbst, der vielleicht zu ihm gegangen sei, um ihn wegen des Erfolgs seiner Liebschaft zu Rate zu ziehen. Durch diese Worte ermutigt, oder vielmehr von einer unersättlichen Neugier angespornt, die keinerlei Furcht kannte, kehrte die verkleidete Lady ins Zimmer des Zauberers zurück. Sie nahm die Art einer kecken Kammerjungfer an und sagte: „Herr Schwarzkünstler, da Sie meine Herrin zufriedengestellt haben, wollen Sie so gut sein und mir sagen, ob ich je heiraten werde." Der Weise erteilte ihr, ohne sich zu bedenken, folgenden Bescheid: „Ihr könnt nicht heiraten, ehe Ihr eine Witwe seid, und ob dies je geschehen wird oder nicht, ist eine Frage, die meine Kunst nicht lösen kann, weil meine Kenntnis künftiger Dinge sich nicht über dreißig Jahre hinaus erstreckt."

Diese Antwort, die ihr mit einem Male die angenehme Aussicht raubte, sich im Genuß der Jugend und eines bedeutenden Vermögens unabhängig zu sehen, verdüsterte ihre Miene im Nu und trübte ihre gute Laune. Sie ging fort, ohne eine weitere Frage zu stellen, und murmelte im Ärger über ihre Enttäuschung, er sei ein alberner, unverschämter Bursche und nichts anderes als ein bloßer Scharlatan. Ungeachtet dieses Vorurteils, das ihrem Groll entsprang, glaubte sie jedoch bald wieder an sein Können, und als sie seine Antworten ihren Freunden, von denen sie dazu bestimmt worden war, die Geschicklichkeit des Zauberers zu prüfen, vorlegte, waren sie insgesamt überzeugt, daß seine

Kunst übernatürlich sei. Gleichwohl sprachen sie alle davon höchst geringschätzig, jedoch mit dem stillen Entschluß im Herzen, heimlich ihre Zuflucht zu ihm zu nehmen.

Mittlerweile war die Kammerjungfer, obwohl man ihr strengste Verschwiegenheit eingeschärft hatte, so erfüllt von dem, was sie selbst erlebt hatte, daß sie allen Bekannten von Crabtrees großer Wahrsagekunst die Ohren vollflüsterte und ihnen versicherte, er habe ihr Leben bis ins einzelne zu schildern vermocht. So verbreitete sich Cadwalladers Ruhm fast augenblicklich durch tausend verschiedene Kanäle in allen Teilen der Stadt, und am nächsten Sitzungstag hielt neugieriges Volk aller Klassen und Stände seine Türe belagert.

Crabtree war ein alter Praktikus; er wußte, daß es ihm unmöglich sei, seinen Ruf zu wahren, wenn er die Wahrsagerei uneingeschränkt betreiben wolle; denn jeder, der zu ihm kam, erwartete von ihm eine Probe seiner Geschicklichkeit in bezug auf vergangene Dinge, und es war nicht anzunehmen, daß er mit den Privatangelegenheiten eines jeden Menschen vertraut sei, der sich zu diesem Zweck an ihn wandte. Daher befahl er seinem Diener, den er Hadgi Rourk nannte, allen, die ihn konsultieren wollten, mitzuteilen, seine Taxe betrage eine halbe Guinee, und wer die zu entrichten nicht geneigt wäre, täte besser daran, den Zugang für die übrigen freizugeben.

Diese Erklärung hatte den gewünschten Erfolg; denn die Versammlung vor seiner Türe bestand hauptsächlich aus Lakaien, Kammerjungfern, Lehrjungen und der untern Klasse von Kleinhändlern, die es sich nicht leisten konnten, soviel Geld für Weissagungen auszulegen. Nachdem sie vergebliche Angebote von Schillingen und halben Kronen gemacht hatten, verzog sich einer nach dem andern und ließ das Feld für Kunden von höherm Range frei.

Die erste Person dieser Art, die sich einstellte, war wie eine wohlhabende Kaufmannsfrau gekleidet. Sie konnte das scharfe Auge des Zauberers mit dieser Maske aber nicht täuschen. Er erkannte sie auf den ersten Blick als eine jener Ladies, von deren Kommen Peregrine ihn unterrichtet hatte, in der Annahme, daß ihre Neugier durch die Auskunft, die sie von Cadwalladers ersten Kunden erhielten, eher gereizt als gedämpft worden sei. Diese Lady also nahte sich dem Philosophen mit jenem unerschrockenen Wesen, das an Matronen aus ihren vornehmen Kreisen so auffällig ist. Sie fragte ihn mit sanfter Stimme und mit einem gezierten Lächeln, wie ihr nächstes Kind aussehen werde. Der Nekromant, der mit der Geschichte ihrer geheimen Angelegenheiten genau bekannt war, antwortete ihr sofort mit der folgenden Frage, die er in der üblichen Form niedergeschrieben hatte: „Wie lange ist Pompejus der Schwarze nun schon aus Euer Gnaden Diensten entlassen?"

Obwohl sie über eine große Dosis jener Seelenstärke verfügte, die man gemeinhin Unverschämtheit nennt, waren dennoch Anzeichen von Scham und Verlegenheit auf ihrem Gesicht zu sehen, als sie diese geheimnisvolle Frage las. Sie war nun von den außerordentlichen Geisteskräften des Mannes überzeugt und sagte in recht ernstem Ton zu ihm: „Ich merke, Doktor, Sie besitzen in Ihrem Fach große Fähigkeiten; ich will mich deshalb nicht verstellen und offen gestehen, daß Sie wirklich den Grund meiner Besorgnis berührt haben. Ich bin sicher, daß ich keine weitern Erkundigungen einzuziehen brauche. Hier ist eine volle Börse; nehmen Sie sie, und befreien Sie mich von einer höchst quälenden und lästigen Ungewißheit." Mit diesen Worten legte sie ihre Opfergabe auf den Tisch und harrte mit einem Gesicht voll banger Erwartung seines Spruches. Crabtree schrieb seine Antwort auf die gewöhnliche Art nieder. Sie lautete folgendermaßen: „Obgleich ich hinter den Vorhang der Zeit schauen kann, ist der Prospekt nicht ganz klar. Die Samen, aus denen die künftigen Dinge reifen, liegen wirr durcheinander, so daß ich in gewissen Fällen gezwungen bin, meine Divinationsgabe durch Analogie und menschliche Einsicht zu unterstützen. Ich kann Sie sonach von Ihren gegenwärtigen Zweifeln nicht befreien, wenn Sie nicht geruhen, mich in alles einzuweihen, was zu Ihren Besorgnissen Anlaß gegeben haben mag."

Nachdem die Lady diese Erklärung überflogen hatte, spielte sie auf einen Moment die Schüchterne und wollte sich sträuben, setzte sich aber dann auf ein kleines Sofa nieder und erstattete ihm, nachdem sie sich vorsichtigerweise erkundigt hatte, ob man in diesem Zimmer vor Horchern auch sicher sei, über die ganze Reihe ihrer Liebhaber so ausführlich Bericht, daß sie den Zauberer und seinen Freund Pickle, der sich in einem anstoßenden Kabinett versteckt hielt und dem keine Silbe von dieser Beichte entging, in höchstes Erstaunen versetzte und beide darin die angenehmste Unterhaltung fanden. Cadwallader hörte ihre Geschichte mit einem Ausdruck äußerster Wichtigkeit und Klugheit an, und nach einer kurzen Pause sagte er zu ihr, er wolle sich nicht unterstehen, ihr eine kategorische Antwort zu geben, bevor er die mannigfaltigen Umstände dieser Sache reiflich erwogen hätte. Wenn sie sich aber die Mühe nehmen und ihn an seinem nächsten Sitzungstage nochmals mit einem Besuch beehren wolle, so hoffe er, imstande zu sein, ihr vollkommen Genüge zu leisten. Da sie sich bewußt war, welche Bedeutung ihren Zweifeln zukam, konnte sie seine Vorsicht nur loben; sie verabschiedete sich darauf mit dem Versprechen, zur anberaumten Zeit wieder zu erscheinen. Nun ging Pickle zum Beschwörer hinüber, und beide machten sich herzlich lustig, und nachdem sie sich satt gelacht hatten, begannen sie Maßregeln zu verabreden, wie sie die schamlose, unersättliche Messalina, die ihre eigene Schande so frech ausgeplaudert hatte, mit einer schimpflichen Strafe belegen wollten.

Sie wurden in dieser Beratung bald unterbrochen; denn Hadgi meldete einen neuen Gast an. Unser Held zog sich in seinen Horchwinkel zurück, und Cadwallader nahm wieder sein feierliches Wesen an. Diese neue Klientin hatte zwar eine Maske vor dem Gesicht, blieb aber dem Zauberer nicht fremd. Durch ihre Stimme verriet sie sich ihm als eine unverheiratete Lady seiner eigenen Bekanntschaft. Sie hatte sich innerhalb kurzer Zeit durch zwei Abenteuer ausgezeichnet, die gar nicht so verlaufen waren, wie sie erwartet hatte. Krankhaft dem Spiel ergeben, hatte sie auf einer Gesellschaft dieser Leidenschaft die Zügel so sehr schießen lassen, daß sie dabei nicht nur ihre Redlichkeit, sondern auch ihre

Behutsamkeit vergaß, und man sie unglücklicherweise bei ihren Bemühungen ertappt hatte, sich anzueignen, was rechtmäßig nicht ihr gehörte. Diesem kleinen Fehltritt war eine andere Unbedachtsamkeit gefolgt, die ebenfalls von schlimmer Wirkung für ihren Ruf gewesen war. Sie hatte das Glück gehabt, daß einer von jenen hoffnungsvollen Erben sich um sie beworben hatte, die in der Stadt ihr üppiges Wesen treiben und die man Stutzer nennt. Im guten Glauben an dessen Ehrenhaftigkeit hatte sie eingewilligt, eine Lustpartie nach Windsor mitzumachen. Sie meinte, sie sei durch die Gesellschaft einer andern jungen Dame, die sich gleichfalls bereit gefunden hatte, sich dem Schutz ihres Verehrers anzuvertrauen, vor allen Lästermäulern sicher. Die beiden Liebhaber aber hatten, wie man sich erzählte, die Sinnlichkeit ihrer Damen durch die perfidesten Mittel zu reizen gewußt, indem sie ihnen etwas in den Wein mischten und dadurch deren Temperament so erhitzten, daß sie leicht ein Opfer der Begierde ihrer Begleiter wurden. Die beiden waren nach ihrer Rückkehr nach London niederträchtig und grausam genug gewesen, sich bei ihren Kameraden ihrer Heldentat zu rühmen. Auf diese Art war die Geschichte, durch tausenderlei Zusätze erweitert, die für die Betrogenen nachteilig waren, herumgekommen. Die eine von ihnen hatte es für gut befunden, sich so lange aufs Land zu begeben, bis das ärgerliche Gerücht, das auf ihre Kosten entstanden war, sich gelegt hätte. Die andere hingegen, die sich nicht so leicht aus der Fassung bringen ließ, beschloß, dem Gerede als einer heimtückischen Verleumdung, die ihr Liebhaber erfunden habe, um seine eigene Unbeständigkeit damit zu entschuldigen, kühn die Stirne zu bieten. Auch erschien sie, wie gewöhnlich, bei den Gesellschaften, bis sie sich vom größten Teil ihrer Bekannten vernachlässigt sah.

Da sie nicht wußte, ob sie ihr Mißgeschick der Kartengeschichte oder dem letzten *faux pas* zuschreiben sollte, kam sie nun zum Zauberer, um sich bei ihm Rat zu holen, und deutete den Grund ihres Besuches durch die Frage an, ob die Ursache ihrer gegenwärtigen Unruhe von der Stadt oder vom Lande herrühre. Cadwallader, der die Anspielung sogleich verstand, erteilte ihr folgende Antwort darauf: „Die Welt verzeiht wohl einer jungen Spielerin eine Unbedachtsamkeit beim Spiel, allein die Gunst, die man einem indiskreten Gecken erweist, ist ein Fehler, für den es keine Entschuldigung gibt." Dieser Ausspruch erfüllte sie mit ebensoviel Erstaunen wie Verdruß. Von des Schwarzkünstlers Allwissenheit fest überzeugt, flehte sie ihn an, ihr zu sagen, wie ihr guter Ruf wiederherzustellen sei, worauf er ihr riet, bei der ersten besten Gelegenheit zu heiraten. Diese Ermahnung schien ihr so sehr zu gefallen, daß sie Crabtree mit dem doppelten Honorar belohnte und sich mit einem tiefen Knicks entfernte.

Die beiden Inhaber des Wahrsagekabinetts dachten, es sei nunmehr höchste Zeit, das Orakel für den Tag schweigen zu lassen. Deshalb erhielt Hadgi den Befehl, alle Besucher abzuweisen, während Peregrine und sein Freund ihre unterbrochenen Beratungen wiederaufnahmen und ihren nächsten Operationsplan festlegten. Es wurde beschlossen, daß Hadgi sich nicht nur seiner eigenen Talente bedienen, sondern Unteragenten anstellen sollte, um sich so die nötigen Nachrichten zu verschaffen. Die Unkosten sollten aus dem Gewinn ihres Gewerbes bestritten werden und notleidende Familien den Überschuß erhalten.

82

Cadwallader spielt noch immer die Rolle des Sehers.

Nach diesen Präliminarien eilte Peregrine ohne Verzug auf eine Gesellschaft, wo man dem Kartenspiel huldigte und die gewöhnlich von einigen der ärgsten Klatschbasen der Stadt besucht wurde. Geschickt lenkte er das Gespräch auf den Wahrsager und bemühte sich, dessen Talente lächerlich zu machen. Dadurch reizte er ihr Verlangen, Geheimnisse zu ergründen, in so heftigem Maße, daß ihre Neugier in hellen Flammen aufloderte und er es als selbstverständlich annahm, daß sich alle oder wenigstens einige von ihnen schon am nächsten Sitzungstag zu Albumazar begeben würden. Während Peregrine auf diese Weise arbeitete, erschien sein Bundesgenosse auf einer andern vornehmen Versammlung und hatte bald das Vergnügen zu hören, daß der Zauberer aufs Tapet kam. Eine ältliche Dame, die wegen ihres Vorwitzes berüchtigt war, wandte sich an Cadwallader und fragte ihn mittels des Fingeralphabets, ob er nichts über den Magikus wisse, der in der Stadt soviel Aufsehen errege. Der Misanthrop versetzte in seinem üblichen mürrischen Ton: „Ihrer Frage nach müssen Sie mich entweder für einen Kuppler oder für einen Idioten halten. Heiliger Nepomuk! Warum sollte ich etwas von einem solchen Halunken wissen, es sei denn, daß es mir darum zu tun wäre, seine Bekanntschaft zu machen, um so meinen Spleen zu befriedigen und Zeuge zu sein, wie er der ganzen Nation das Geld abgaunert. Ich vermute zwar, daß ihm die Kuppelei am meisten einbringt. Alle Wahrsager sind Gelegenheitsmacher, und deshalb erfreuen sie sich auch eines so großen Zuspruchs unter den Vornehmen. Dieser Bursche hat, darauf wollte ich wetten, zum Zwecke des Fortpflanzungsgeschäftes verschiedene bequeme Zimmer gemietet; denn es ist nicht anzunehmen, daß alle diejenigen, die ihn unter dem Vorwand besuchen, seine übernatürliche Kunst zu Rate zu ziehen, so töricht oder so einfältig seien, zu glauben, er könne wirklich die Zukunft voraussagen."

Die Gesellschaft schrieb, wie er es erwartet hatte, diese Bemerkungen seiner gehässigen Gemütsart zu, derzufolge er den Gedanken nicht ertragen könne, daß es irgendeinen Mann auf der Welt gebe, der weiser sei als er. Man tischte seinen Ohren tausend Beispiele von der wunderbaren Divinationsgabe des Zauberers auf, die rein aus der Luft gegriffen waren. Als ihm einige davon mitgeteilt wurden, damit er sich dazu äußere, sagte er: „Es sind nichts als Phantome der Unwissenheit und Leichtgläubigkeit, die durch die Wiederholung anschwellen wie jene luftigen Kugeln, welche die Knaben mit einer Tabakspfeife aus dem Seifenschaum blasen. Und dies wird bei der Verbreitung einer außerordentlichen Nachricht immer so sein. Die

Einbildung vergrößert natürlicherweise alle Dinge, die zu ihrer Kenntnis kommen, hauptsächlich diejenigen, bei denen Furcht und Bewunderung mitspielen; und wenn nun ein solcher Vorfall von neuem erzählt wird, dann übertreibt die Eitelkeit des Erzählers jeden Umstand, um die Wichtigkeit seiner Mitteilung zu steigern. So bekommt ein Ereignis, das einfach etwas ungewöhnlich ist, in der Phantasie und im Munde derer, die es schildern, oft solche Zusätze, daß man die ursprüngliche Tatsache nicht mehr erkennen kann. Diese Beobachtung läßt sich durch tausend unwiderlegliche Beispiele beweisen und illustrieren, und ich will eines, nur eines, zur Unterhaltung und Erbauung der Gesellschaft anführen. Einen sehr wackern Gentleman, der wegen seines gravitätischen Betragens bekannt war, ergriff eines Tages in einem gewissen Kaffeehaus einer seiner vertrauten Freunde bei der Hand und drückte ihm gegenüber eine ungemeine Befriedigung darüber aus, daß er nach einer so gefährlichen und schrecklichen Krankheit, wie er sie durchgemacht habe, wieder ausgehen könne und wohlauf sei. Den Gentleman überraschte diese Anrede, und er erwiderte, er habe sich zwar vergangene Nacht nicht recht wohl befunden, allein an dieser Unpäßlichkeit sei gar nichts Besonderes. ‚Herrje! nichts Besonderes!' rief der andere, ‚wo Sie doch drei schwarze Krähen ausgespien haben.' Anfänglich hielt der gravitätische Herr diesen seltsamen Ausruf für einen Scherz, obgleich sein Freund kein Spaßvogel war. Da er aber an ihm alle Anzeichen von Aufrichtigkeit und Erstaunen wahrnahm, änderte er plötzlich seine Meinung, führte seinen Freund nach kurzem Nachdenken beiseite und sagte ihm: ‚Sie wissen, Sir, daß ich in Unterhandlungen stehe wegen eines Heiratskontrakts, die schon längst abgeschlossen wären, wenn sie durch die Machenschaften eines gewissen Menschen, der als mein Nebenbuhler auftritt, nicht verzögert würden. Nun bin ich vollkommen überzeugt, daß die Geschichte mit den drei Krähen seine Erfindung ist und er damit den Zweck verfolgt, mich bei der Dame in Mißkredit zu bringen, denn sie wird kaum einen Mann heiraten wollen, der einen Krähenhorst im Leibe hat. Deshalb muß ich darauf bestehen, daß Sie mir den Urheber dieses skandalösen Gerüchtes nennen, damit ich mich gegen diese boshafte Nachrede zur Wehr setzen kann.' Sein Freund fand diese Forderung sehr vernünftig und sagte ihm ohne jegliches Bedenken, Herr Soundso, ein gemeinschaftlicher Bekannter von ihnen, habe ihm diesen Umstand seiner Krankheit mitgeteilt. Hierauf ging der Mann, der sich beleidigt fühlte, sogleich fort, um den angeblichen Ehrabschneider aufzusuchen, und als er ihn traf, sagte er ihm in gebieterischem Ton: ‚Mein Herr! Wer hat Ihnen erzählt, daß ich drei schwarze Krähen ausgespien hätte?' ‚Drei?' antwortete der Gentleman, ‚ich habe nur von zweien gesprochen.' ‚Zum Donnerwetter!' rief der andere, den diese Gleichgültigkeit verdroß, ‚Sie sollen finden, daß selbst diese zwei zuviel sind, falls Sie sich weigern, mir die schmutzige Quelle einer solchen Verleumdung zu entdecken.' Bestürzt über diese Heftigkeit, sagte jener, er bedaure, ihn unwissentlich gekränkt zu haben, schob aber die Schuld, wenn von einer solchen die Rede sein könne, auf einen Dritten, von dem ihm diese Geschichte mitgeteilt worden sei. Der erhaltenen Anweisung gemäß erschien der Kläger im Hause des Beklagten, und da er äußerst empört darüber war, daß jenes Märchen schon unter all seinen Bekannten zirkulierte, sagte er in offensichtlichem Ärger zu ihm, er sei gekommen, um das Paar Krähen zu rupfen, an denen er sich übergeben habe. Als er ihn so aufgebracht sah, bestritt der Beklagte entschieden, daß er ein Paar erwähnt habe. ‚Von einer hab ich freilich gesprochen', gab er zu, ‚und das auf glaubwürdigen Bericht hin. Ihr Medikus hat mir's heute morgen erzählt.' ‚Bei Gott!' rief der Gekränkte mit einer Wut, die er nicht mehr bezähmen konnte, ‚der Schuft ist von meinem Nebenbuhler angestiftet worden, mich damit zu verunglimpfen, aber ich will meine Revanche haben, wenn es in England noch Recht und Billigkeit gibt.' Kaum waren diese Worte gefallen, als von ungefähr der Arzt ins Zimmer trat. Sein erbitterter Patient lief mit erhobenem Rohrstock auf ihn zu und sagte: ‚So wahr ich lebe, Kerl, will ich die schwarze Krähe zur schwärzesten Angelegenheit deines ganzen

Lebens machen.' Der Medikus, höchst betroffen über diese Anrede, versicherte ihm, er verstehe absolut nicht, was er wolle, und als der andere Gentleman ihn aufgeklärt hatte, lehnte er den Vorwurf glatt ab und beteuerte, er habe weiter nichts gesagt, als daß er etwas ausgeworfen habe, das so schwarz wie eine Krähe gewesen sei. Der Herr vom Hause gab zu, er könne sich verhört haben; und so war denn das ganze Rätsel gelöst."

Die Gesellschaft schien sich an der Geschichte von den drei schwarzen Krähen, die, wie sie glaubte, von Cadwallader aus dem Stegreif frei erfunden worden sei, höchlichst zu ergötzen; aber, so erklärten sie einmütig, wenn man sie auch für wahr hielte, so sei damit die Aussage verschiedener Personen von Ruf nicht zu entkräften, die selber Zeugen der übernatürlichen Fähigkeiten des Magikus gewesen seien. Bei der nächsten Sprechstunde saß der Schwarzkünstler kaum auf seinem Stuhl, hatte sich sein Freund kaum hinter dem Vorhang verborgen und Hadgi die äußere Türe geöffnet, als eine Besucherin hereinrauschte. Der Zauberer erkannte sie an ihren Zügen als eine jener vorwitzigen Ladies, deren Neugier sein Bundesgenosse auf die oben beschriebene Art rege gemacht hatte. Sie wandte sich in vertraulicher Art an ihn und bemerkte, sie habe viel von seinen großen Kenntnissen gehört und komme her, um Zeuge seiner Kunst zu werden. Sie bitte ihn daher, ihr diese dadurch darzutun, daß er ihr offenbare, welche Leidenschaft sie am meisten beherrsche.

Cadwallader, dem ihr Charakter gar nicht fremd war, ergriff ohne weiteres die Feder und schrieb als Antwort nieder, die Liebe zum Geld habe bei ihr die Oberhand, und die Sucht zu lästern nehme in ihrem Herzen den zweiten Platz ein. Weit entfernt, sich durch diese Freimütigkeit verletzt zu fühlen, pries sie lächelnd seine Offenherzigkeit und äußerte, von seinen ungewöhnlichen Talenten überzeugt, das Verlangen, näher mit ihm bekannt zu werden. Ja, sie begann ihn über die Geheimgeschichte verschiedener großer Familien zu katechisieren, in der er zufällig gut Bescheid wußte, und geheimnisvoll deutete er sein Wissen um diese Dinge so geschickt an, daß sie über seine Fähigkeiten staunte und ihn geradezu fragte, ob man seine Kunst erlernen könne. Der Geisterbeschwörer bejahte dies, gab ihr aber zugleich zu verstehen, daß sie nur für diejenigen erreichbar sei, die in puncto Keuschheit und Ehre rein und ohne Makel seien, oder solche, die durch lange Buße alle fleischlichen Begierden überwunden hätten. Diese Behauptung mißbilligte sie nicht nur, sondern schien auch an deren Wahrheit zu zweifeln und sagte mit einem Blick voller Verachtung, seine Kunst wäre nichts wert, wenn man sie nicht zu seinem Vergnügen gebrauchen könne; ja, sie war sogar scharfsinnig genug, einen Widerspruch in seinen Worten herauszufinden und fragte ihn daher, weshalb er denn seine Kunst gewerbsmäßig ausübe, wenn er sich so ganz von allem Irdischen losgemacht habe. „Lassen Sie's gut sein, Doktor, lassen Sie's immer gut sein", setzte sie hinzu. „Sie haben recht, daß Sie vor zudringlicher Neugier auf der Hut sind; aber es lohnt vielleicht der Mühe, mir gegenüber frei mit der Sprache herauszurücken."

Diese Präliminarien wurden durch ein leises Klopfen an der Türe, das die Ankunft eines neuen Klienten ankündigte, unterbrochen, worauf sich die Lady nach einem geheimen Ausgang erkundigte, den sie der Sicherheit wegen benützen könnte. Als sie vernahm, daß es an einer solchen Bequemlichkeit fehlte, begab sie sich in ein leeres Gemach, das neben dem Audienzzimmer lag, damit sie von dem neuen Besucher nicht gesehen werde. Dies war niemand anders als die Liebhaberin, die sich, der Abrede gemäß, einstellte, um von ihren Zweifeln erlöst zu werden, und der Menschenfeind freute sich über die günstige Gelegenheit, dieses Weib der Kritik einer so unermüdlichen Priesterin der Fama wie der Dame im Nebenzimmer zu unterwerfen, die, wie er wußte, sie natürlich belauschen würde. Er nötigte deshalb die Messalina, sein Gedächtnis durch eine Rekapitulation ihres frühern Bekenntnisses wiederaufzufrischen, und sie war damit schon beinahe fertig, als ein Lärm an der Türe sie beunruhigte und zwei Herren mit Gewalt einzudringen versuchten.

Durch diesen Tumult erschreckt, der selbst den Zauberer außer Fassung brachte, flüchtete sie in das Zimmer, von dem die andere Lady bereits Besitz ergriffen hatte. Als diese das Geräusch hörte, zog sie auch schon die Fensterladen zu, um im Dunkeln eher unerkannt zu bleiben. Hier also verbargen sich die beiden Weiber in äußerster Bestürzung, während Cadwallader sich inzwischen etwas sammelte und dann Hadgi befahl, die Tumultuanten einzulassen. Er hoffte, seine feierliche Erscheinung würde sie einschüchtern. Kaum hatte der Pförtner seinem Befehl gehorcht, als ein junger sittenloser Kerl, der seit einiger Zeit die Stadt unsicher machte, mit seinem Hofmeister, einem abgelebten und dem Zauberer wohlbekannten Wüstling, hereinstürmte. Sie waren beide in jenem Maß betrunken, das bei Leuten dieses Schlages die Laune zu dem, was sie lustige Streiche nennen, erweckt, was aber der mäßige Teil der Menschen für starke Eingriffe in die Gesetze und in die Ruhe ihrer Mitbürger ansieht. Sie taumelten an Crabtrees Tisch, und der ältere von ihnen übernahm das Amt des Sprechers. „Wie geht's, alter Ziegenbock?" begrüßte er Cadwallader. „Du scheinst ein höchst ehrwürdiger Kuppler zu sein, und ich zweifle nicht, daß du recht verschwiegen bist. Dieser junge Hurenjäger hier, das leibhaftige Ebenbild des alten venerischen Aases, seines Vaters, und ich sind gekommen, um ein tröstliches Pröbchen von deiner Kunst zu verlangen. Ich meine nicht deinen blöden Schwindel, die verdammte Zukunft voraussagen zu können; wir wollen die Gegenwart genießen, alter Haly. Zaubere ein paar gesunde Menschen her, und ich steh dir dafür, wir treten augenblicklich in deinen magischen Zirkel. Was sagt Galilei? Was spricht der ehrwürdige Tycho de Brahe? Hier ist eine Börse, du verfluchter Kuppler. Horch, wie das klingt! Es tönt lieblicher als Sphärenmusik."

Der Nekromant, über dieses Rencontre betroffen, gab keine Antwort, sondern ergriff seinen Zauberstab und schwenkte ihn geheimnisvoll um sein Haupt, in der Absicht, den beiden stürmischen Besuchern Furcht einzujagen. Allein dieses Manöver half nichts; sie wurden nur noch lärmender und lauter und drohten sogar, Cadwallader am Bart zu zerren, wenn er nicht sofort ihren Wunsch erfülle. Er wußte, daß er diesem Aufruhr leicht ein rasches Ende bereiten konnte, indem er seinen Bundesgenossen oder auch bloß Hadgi zu Hilfe riefe, allein er wollte die Gefahr einer Entdeckung oder gar eines Getümmels vermeiden und verfiel dann auf die Idee, sie für ihre Frechheit auf eine andere, weniger gewagte und viel nachdrücklichere Art zu züchtigen. Er deutete denn mit seinem Stabe auf die Türe des Gemaches, das die beiden Damen zu ihrem Asyl erwählt hatten; die beiden Lüstlinge verstanden den Wink und stürzten unverzüglich hinein.

Als die Damen ihren Zufluchtsort im Sturm genommen sahen, rannten sie in großer Bestürzung im Zimmer umher, wurden aber von den Angreifern sofort erwischt. Diese zogen sie augenblicklich zu den Fenstern und rissen zugleich die Läden auf, und, o Wunder! der eine der Helden entdeckte in seiner Beute die eigene Frau, der andere fand, daß er im Dunkeln an seine Mutter geraten war. Ihr gegenseitiges Erstaunen über diese Aufklärung ist nicht zu beschreiben, und einige Minuten herrschte allgemeines Stillschweigen. Dann begann die ältere der beiden Damen, die sich während dieser Pause wieder gesammelt hatten, ihrem Sohn eine derbe Predigt über seinen lockeren Lebenswandel zu halten, der sie in die unangenehme Notwendigkeit versetzte, all seine Schritte zu beobachten und ihn an einem so schmutzigen Ort aufzusuchen.

Während die zärtlich besorgte Mutter dem hoffnungsvollen jungen Herrn mit viel Talent die Leviten las, stand dieser da, die Hände in die Uhrentäschchen gesteckt, und pfiff eine Opernpartie, ohne, wie es schien, den strafenden Worten seiner Mutter große Beachtung zu schenken. Das andere Weib ahmte nach, was ihr hier so vollendet vorgespielt wurde, und begann ihren Mann auszuschelten. Sie tadelte ihn streng wegen seiner Liederlichkeit und Unmäßigkeit und fragte ihn, was er zur Beschönigung dieser Ausschweifung vorzubringen habe. Die Überraschung, die eine so unerwartete Begegnung hervorgerufen, hatte die Wirkung des reichlich genossenen Weines bei dem ältern Herrn bereits zum größten Teil vertrieben, und der erste Gebrauch, den er von seiner Nüchternheit machte, bestand darin, daß er sich im stillen überlegte, was für Motive sein Weib bestimmt haben könnten, auf diese Art mit ihm zusammenzutreffen. Da er allen Grund hatte zu glauben, sie sei von Eifersucht gänzlich frei, setzte er das Rencontre auf das Konto einer andern Leidenschaft, und die Unverschämtheit, mit der sie sich jetzt erkühnte, ihn zu rügen, trug nicht eben dazu bei, seinen Verdruß zu mindern. So hörte er sie denn mit ernstem oder vielmehr finsterm Gesicht an und antwortete auf die Frage, mit der sie ihre Moralpredigt beschloß, mit großer Kaltblütigkeit: „Ich habe weiter nichts anzuführen, Madame, als daß der alte Gelegenheitsmacher sich versehen hat, weshalb wir alle beide enttäuscht sind, und so, meine Damen, bin ich Ihr ergebener Diener." Mit diesen Worten entfernte er sich, offensichtlich in großer Verlegenheit. Als er durch das Audienzzimmer ging, warf er dem Zauberer einen Seitenblick zu und sprach mit starkem Nachdruck das Wort „Erzschurke" aus. Unterdessen geleitete sein Gefährte als gehorsamer Sohn seine Mama zu ihrer Sänfte, und die andere Klientin schmähte den Nekromanten, weil er diese Möglichkeit nicht vorausgesehen habe, und zog dann höchst verdrossen ab.

Als die Luft rein war, kam Peregrine aus seinem Schlupfwinkel hervor und wünschte seinem Freund Glück zu dem friedlichen Ausgang dieses Abenteuers. Um aber künftig solche Unannehmlichkeiten zu vermeiden, beschlossen sie, daß in der Mitte der äußern Türe ein Gitter angebracht werden sollte, damit der Beschwörer selbst alle Besucher inspizieren könnte, bevor sie eingelassen würden. Denjenigen Leuten, deren Erscheinen er nicht wünschte, sollte Hadgi, ohne die Tür zu öffnen, den Bescheid erteilen, sein Herr sei beschäftigt. Dadurch beugten sie auch den Schwierigkeiten vor, in die Cadwallader geraten wäre, wenn er Fremden, die er gar nicht kannte, befriedigende Antworten hätte geben müssen; denn ursprünglich hatten sie bei der Gründung des Instituts die Absicht, sich mit ihrer Kunst bloß an Leute von Stand zu wenden, von denen die meisten dem Pseudozauberer und seinen Helfershelfern bekannt waren.

Tatsächlich hatten die Mitglieder des Unternehmens, zumal Cadwallader, trotz der Menschenkenntnis, deren er sich rühmte, sich nie eingebildet, daß seine vorgebliche Wissenschaft von jemand anderem als vom weniger intelligenten Teil des weiblichen Geschlechts zu Rate gezogen würde, von Frauen, die jener Geist der Neugier antrieb, der, wie er wußte, ihrer Natur eingepflanzt ist. Aber im Laufe seiner Praxis fand er, daß ihn Leute von jedem Geschlecht, Rang und Temperament seiner übernatürlichen Fähigkeiten wegen aufsuchten, und er hatte Gelegenheit zu beobachten, daß, wenn die Leidenschaften ins Spiel kommen, es nichts so Nichtiges, Wertloses und Absurdes gibt, das die Menschen, so kalt, behutsam und bedächtig sie sonst auch sein mögen, nicht nützten, um sich Mut oder Befriedigung zu verschaffen. Die letzte Begebenheit wurde, der Erwartung und den Wünschen der Bundesgenossen gemäß, von den beteiligten Damen ihren Freundinnen und Bekannten auf eine solche Art ins Ohr geflüstert, daß sie in wenigen Tagen das allgemeine Gesprächsthema bildete. Die Sache wurde mit reichlichen Ausschmückungen erzählt, die von beiden Parteien selbst erfunden waren; denn sie hatten schon lange einen Groll gegeneinander gehegt und nutzten diese Gelegenheit, ihre Rachgier zu stillen.

Diese Ereignisse, die dem Spleen des Geisterbanners eine stattliche Weide verschafften, erhöhten zu gleicher Zeit seinen Ruf. Beide Teile beschrieben ihn als einen außerordentlichen Mann in seinem Fach; und die Sicherung an seiner Tür war kaum angebracht, als sie ihm auch schon zugute kam und er eine große Anzahl von Leuten fernhalten konnte, denen gegenüber es ihm schwergefallen wäre, den Ruhm, den er sich erworben hatte, zu behaupten.

Unter denen, die an seinem Gitter erschienen, gewahrte er einen gewissen Geistlichen, der ihm schon lange als ein demütiger Diener der Großen bekannt war und von dem es hieß, er leiste einigen von ihnen Vorschub bei ihren Freuden. Dieser Levit hatte sich in einen schweren Reitrock gehüllt, trug Stiefel und einen Anzug, der sich glänzend von der gewöhnlichen Tracht seines Standes unterschied, und als man ihn eingelassen hatte, versuchte er, sich dem Zauberer gegenüber als Landjunker auszugeben. Der nannte ihn jedoch beim Namen und bat ihn, sich zu setzen. Dieser Empfang entsprach ganz dem Gerücht, das er von des Geisterbanners Kunst gehört hatte, und daher sagte dieser Schriftgelehrte: „Ich brauche mich nicht mehr zu verstellen; denn für mich steht fest, daß Ihre übernatürlichen Kenntnisse nicht aus dem Umgang mit bösen Geistern herrühren, sondern eine unmittelbare Gabe des Himmels sind. Mit meinem Besuch bei Ihnen verfolge ich den Zweck, mich nach der Gesundheit eines meiner guten Freunde und Kollegen zu erkundigen, der im Besitz einer gewissen Pfründe ist. Der Mann ist schon alt und schwächlich, und ich möchte daher gern wissen, wie lange es ihm noch beschieden ist, sein Staubgewand zu tragen, bis ich das traurige Vergnügen haben werde, ihm in seinen letzten Augenblicken an die Hand zu gehen und ihm bei seiner Vorbereitung auf die Ewigkeit zu helfen."

Der Zauberer erriet sogleich, was hinter dieser Frage steckte, und erteilte dem Ratsuchenden nach einer feierlichen Pause, während der er in tiefe Betrachtungen versunken schien, folgende Antwort: „Wenn ich auch manche Ereignisse voraussehen kann, so behaupte ich doch nicht, allwissend zu sein. Ich weiß nicht, wie lange jener Geistliche leben wird, aber ich kann tief genug in die Zukunft schauen, um zu erkennen, daß der jetzige Inhaber der Pfründe den ihm bestimmten Nachfolger überlebt." Bei diesem fürchterlichen Spruch wich augenblicklich alles Blut aus den Wangen seines erschrockenen Besuchers; er begann an allen Gliedern zu zittern, als er sein eigenes Urteil vernahm; voll Todesangst richtete er seine Blicke gen Himmel und sprach: „Der Wille des Herrn geschehe!" Dann entfernte er sich in stummer Verzweiflung, wobei ihm vor Grausen und Entsetzen die Zähne klapperten.

Der nächste Klient war ein alter Mann von ungefähr 75 Jahren. Er hatte sich entschlossen, eine Pacht zu übernehmen, und wünschte vom Geisterbeschwörer zu hören, auf wie viele Jahre er den Vertrag abschließen solle. Er fügte hinzu, es handle sich dabei nur um seinen persönlichen Vorteil, da er keine eigenen Kinder habe und ihm an seinen gesetzlichen Erben nichts gelegen sei. Mit Rücksicht auf sein Alter frage er sich deshalb, was besser wäre, die Laufzeit auf dreißig oder auf sechzig Jahre zu bemessen.

Nach reiflicher Erwägung riet ihm der Zauberer, die letztgenannte Zahl zu verdoppeln, denn er lese etwas in seinen Zügen, was auf ein ungemein hohes Alter und eine zweite Kindheit hindeute; und um nicht in Not und Elend zu geraten, müßte er für diese Tage der Hilflosigkeit vorsorgen. Der greise Tropf war bei dieser Prophezeiung wie vom Donner gerührt, hielt die Hände empor und rief fassungslos vor Kummer: „Gott sei mir gnädig! Ich besitze die Mittel nicht, eine Pacht auf eine so lange Zeit zu erwerben, und alle meine Freunde sind tot. Was soll in 120 Jahren aus mir armem Sünder werden!" Cadwallader, der seine Sorgen scheinbar zu zerstreuen suchte, sich tatsächlich aber an seinem Schreck weidete, sagte ihm, seine Prognose hindere ihn keineswegs, das zu tun, was in jedermanns Macht stünde, nämlich, sein unglückliches Leben abzukürzen; und der alte Herr ging weg, offensichtlich getröstet durch die Versicherung, daß er es stets in der Hand haben werde, sich durch einen Strick aus seiner schlimmen Lage zu befreien.

Als dieser Kunde fort war, stellte sich beim Zauberer einer von jenen würdigen Männern ein, welche die Römer mit dem Namen *heredipetae*, Erbschleicher, bezeichneten. Er war dadurch, daß er auf die unmittelbaren Bedürfnisse und auf die Schwächen leichtgläubiger und unerfahrener Erben ein scharfes Auge hatte, zu einem ansehnlichen Vermögen gekommen. Dieser ehrenwerte Wucherer hatte einem jungen Verschwender eine Rente auf Ableben verkauft. Dazu war er durch die Aussage von dessen Arzt veranlaßt worden, der behauptet hatte, der Körper seines Patienten sei so verdorben, daß der Mann kein Jahr mehr leben werde. Nichtsdestoweniger hatte er schon achtzehn Monate überstanden und schien munterer und gesünder als je, denn man vermutete, daß er schon von der Wiege an erblich mit der Lustseuche belastet gewesen sei. Diese Veränderung beunruhigte den Verkäufer, und er kam zu Cadwallader, nicht nur um zu erfahren, wie lange der Rentenempfänger noch leben würde, sondern auch, wie dessen Gesundheit zu der Zeit beschaffen gewesen sei, da er die Leibrente gekauft hatte; er wollte nämlich den Arzt wegen falscher Information verklagen, wenn der Zauberer erklärte, der junge Mensch sei damals gesund gewesen, als der ärztliche Befund auf Krankheit lautete. Diesen Gefallen tat ihm der Menschenfeind jedoch nicht. Um ihn für seinen schmutzigen Charakter zu bestrafen, gab er ihm zu verstehen, daß der Arzt die Wahrheit, die lautere Wahrheit gesagt habe; allein der junge Mann sei auf dem besten Wege, ein gar tröstliches hohes Alter zu erreichen. „Das heißt", rief der Klient in bitterem Verdruß über die Antwort, „Unfälle ausgenommen; denn, Gott sei Dank, führt der Rentenempfänger nicht das regelmäßigste Leben. Außerdem ist er, wie ich von zuverlässiger Seite weiß, cholerisch und vorschnell, so daß er sich leicht in ein Duell verwickeln kann. Ferner gibt's Straßenhändel, in denen einem wilden Burschen zufällig der Schädel eingeschlagen wird; auch mag seine Kutsche umstürzen oder sein Boot auf dem Flusse kentern; es kann ihn ein bösartiges Pferd abwerfen, ein kaltes Fieber überfallen oder ein überladener Magen in Lebensgefahr bringen. Worauf ich aber mein hauptsächlichstes Vertrauen setze, das ist eine heftige Lustseuche, eine Krankheit, die seiner ganzen Familie arg mitgespielt hat. Nicht daß der Ausgang bei allen diesen Dingen ungewiß ist und sich nicht Mittel finden ließen, die wirksamer und zweckmäßiger wären. In Indien, weiß ich, gibt es Kniffe, durch die man seine Interessen sichern kann, ein freundschaftlicher Händedruck, und die Sache ist erledigt. Ich zweifle nicht daran, daß Sie dieses Geheimnis besitzen, da Sie sich in jenen Gegenden so lange aufgehalten haben, und ich bin überzeugt, daß, wenn Sie geneigt wären, es zu verraten, Leute in Menge es um einen hohen Preis kaufen würden."

Cadwallader verstand diese Andeutung und fühlte sich

versucht, den Mann auf eine solche Art zum besten zu haben, die ihm zu Schimpf und Schande gereichen sollte. Da ihm der Fall aber doch zu verbrecherisch erschien, unterdrückte er den Wunsch, diesen Geier noch anders zu bestrafen als durch die bloße Mitteilung, er werde ihm das Geheimnis nicht einmal für das Zehnfache seines ganzen Vermögens mitteilen; und so trollte sich denn der Wucherer, der vom Ausgang seiner Konsultation gar übel erbaut war.

Der nächste, der sich der Orakelstätte nahte, war ein Schriftsteller, der Albumazars Rat gratis zu erhalten hoffte durch den Hinweis, daß die Alten den Poeten und den Propheten mit einerlei Namen bezeichnet hätten und daß beide bis auf diesen Tag aus Inspiration sprächen. Allein der Beschwörer weigerte sich, diese Verwandtschaft gelten zu lassen. Ehemals, sagte er, habe sie wohl bestanden, weil beide Arten von *Vates* Söhne der Erfindung gewesen wären. Da er aber nicht zu dieser Klasse gehöre, bitte er um Erlaubnis, jede Verbindung mit dem Geschlecht der Poeten leugnen zu dürfen, und der arme Schriftsteller würde unverrichteterdinge haben abziehen müssen, obwohl er die Einnahmen der dritten Aufführung seines Stückes als Zahlung anbot und vorläufig eine Ode hinterlegen wollte, wenn nicht die Neugier Cadwallader gereizt hätte, das Begehren dieses Herren kennenzulernen. Er erklärte deshalb, es solle ihm einmal ohne Bezahlung geholfen werden, er möchte ihm nur die Zweifel nennen, deren Behebung er wünsche.

Der Sohn des Parnasses freute sich über dieses Entgegenkommen; er dankte dem Zauberer und berichtete ihm folgendes: „Ich habe vor einiger Zeit einem gewissen großen Manne, der auf dem Gebiet des guten Geschmacks eine Autorität ist, ein Stück im Manuskript zugestellt. Er hat es nicht nur gelesen und mit seinem Beifall beehrt, sondern sich auch anheischig gemacht, es auf die Bühne zu bringen und zu unterstützen. Mein Gönner hat mir versichert, das Stück sei auf seine Empfehlung hin von einem Theaterdirektor angenommen worden, der feierlich versprochen habe, es aufzuführen. Als ich aber diesen Herrn besuchte und ihn fragte, wann er mein Werk einstudieren zu lassen gedächte, behauptete er, er habe es nie gesehen und nie davon gehört. Nun, Herr Wahrsager, möchte ich gerne wissen, ob mein Stück wirklich übergeben worden ist oder nicht und ob ich einige Hoffnung haben darf, daß es diesen Winter gespielt wird."

Cadwallader, der in seinen jüngern Jahren den Musen des Theaters gehuldigt hatte, verlor bei dieser Frage seine Kaltblütigkeit, weil sie ihn an seine eigenen Enttäuschungen erinnerte. Er fertigte daher den Autor kurz ab, indem er sagte, Bühnenangelegenheiten lägen nicht in der Sphäre seiner Divination, da sie vollständig von den Dämonen der Heuchelei, der Unwissenheit und des Eigensinns beherrscht würden.

Es wäre eine endlose Aufgabe, wollte man jede einzelne Antwort anführen, die unser Zauberer im Laufe der Zeit erteilte. Abgesehen von den gewöhnlichen Fragen über Ehe und Galanterie wandte man sich in allen juristischen, medizinischen und kommerziellen Angelegenheiten an ihn. Er wurde von Gaunern konsultiert, die eine unfehlbare Methode, unbemerkt zu betrügen, kennenlernen wollten; von Mitgiftjägern, die reiche Witwen und Erbinnen zu kapern trachteten; von Lüstlingen, die bei anderer Männer Weibern zu liegen begehrten; von Gecken, die den Tod ihrer Väter herbeisehnten; von schwangern Weibern, die ihrer Bürde gerne ledig gewesen wären; von Kaufleuten, die sich überversichert hatten und begierig waren, von einem Schiffsunglück zu hören; von Assekuranten, die um die Gabe des Zweiten Gesichts baten, damit sie ihr Geld bloß auf solche Schiffe wagten, die wohlbehalten ankämen; von Juden, welche die Schwankungen auf dem Effektenmarkt vorherzusehen wünschten; von Wucherern, die auf unentschiedene Fälle Geld vorstreckten; von Klienten, die der Ehrlichkeit ihrer Konsulenten nicht recht trauten. Kurz, in allen Angelegenheiten, deren Ausgang unsicher war, kam man vor sein Tribunal, und *De Moivre* wurde, was die Wahrscheinlichkeitsrechnung betrifft, vollständig vernachlässigt.

*Der Zauberer und sein Verbündeter rächen sich an gewissen
Verächtern ihrer Kunst. Peregrine hat Verdruß mit einem
jungen Kavalier.*

Auf diese Weise zogen, gleichsam in Parade, die mannigfaltigsten Charaktere unverhüllt an unsern Verbündeten vorüber, und sie bestraften durch verschiedene sinnreiche Mittel die abscheulichsten Frevler so streng, wie die Art ihres Planes es überhaupt erlaubte. Zuletzt entwarfen sie ein Projekt, das dazu dienen sollte, eine Anzahl ihrer eigenen Bekannten zu züchtigen, die sich stets höchst verächtlich über die Talente des Geisterbeschwörers geäußert und sich bemüht hatten, ihn in allen Gesellschaften lächerlich zu machen, wo von seiner erstaunlichen Kunst die Rede war. Nicht etwa, daß sie Verstand und Urteilskraft genug besessen hätten, die Ungereimtheit seiner Vorspiegelungen einzusehen; sie taten es nur, weil sie sich den Anschein geben wollten, daß sie ihre eigene Meinung hätten, und in der Absicht, den schwächern Geist derjenigen zu verhöhnen, die sich von einem so albernen Betrüger hintergehen ließen.

Aus leicht begreiflichen Gründen hatte Peregrine ihrem Urteil in diesem Fall freilich immer beigepflichtet und zusammen mit ihnen den Ruf seines Freundes öffentlich verunglimpft. Allein er wußte, wie weit die Fähigkeiten dieser Weisen reichten, und hatte sie oft dabei ertappt, wie sie erzählten, was für Heldentaten sie dem Zauberer gegenüber vollbracht hätten, Heldentaten, die bloß Ausgeburten ihrer Phantasie waren. Dadurch hatten sie seinen Zorn erregt, und er verabredete mit seinem Gehilfen die nötigen Maßregeln, um sie in Furcht und Schrecken zu setzen.

Zuerst wurde durch die Kundschafter des Zauberers das Gerücht verbreitet, dieser habe sich erboten, jede Person, die seine Kunden zu sehen wünschten, sie möge nun tot oder tausend Meilen weit entfernt sein, erscheinen zu lassen. Dieses außerordentliche Anerbieten kam zufällig an einem

Orte zur Sprache, wo die meisten dieser Ungläubigen versammelt waren. Sie machten die üblichen Sprüche darüber, und einige von ihnen fluchten und sagten, der Kerl gehöre für seine Vermessenheit an den Pranger.

Unser Held ergriff diese günstige Gelegenheit, stimmte ihren Worten bei und bemerkte mit großer Heftigkeit, daß es ein verdienstvolles Werk wäre, den Schurken auf die Probe zu stellen und ihn dann, wenn er sein Versprechen nicht erfüllen könne, mit einer Decke zu prellen. Dieser Einfall gefiel ihnen über die Maßen, und sie beschlossen sogleich, das Experiment zu versuchen. Sie konnten jedoch, als sie hörten, daß bei jeder Erscheinung jeweils nur eine einzige Person zugegen sein dürfe, über die Wahl desjenigen, der als erster die Kunst des Wahrsagers zu prüfen hätte, nicht gleich einig werden. Während alle sich unter mancherlei Vorwänden entschuldigten, war Peregrine gerne bereit, das Amt zu übernehmen, und verlieh seiner festen Zuversicht Ausdruck, daß es dem Zauberer nicht gelingen werde, ihm auch nur die geringste Furcht einzujagen. Darauf schickten sie einen aus ihrer Mitte zu Crabtree, damit er mit ihm die Stunde und die Bedingungen für das Experiment vereinbare. Der Schwarzkünstler bestand darauf, daß die Sache in seinem Logis vor sich gehen sollte, wo alles, was dazu nötig sei, vorbereitet sei. Zur festgesetzten Zeit gingen sie *in corpore* hin, sieben an der Zahl, in der bestimmten Erwartung, den Betrüger zu entlarven. Sie wurden mit einer ernsten und düsteren Feierlichkeit empfangen, die auf einige von ihnen nicht ohne Wirkung blieb, wie aus ihren Mienen zu entnehmen war. Doch flößte ihnen Pickle, der mit seinem überaus kecken Wesen seinen Zweck besser zu erreichen glaubte, durch seine Lebhaftigkeit wieder Mut ein.

Cadwallader gab auf die Fragen, die sie gleich bei ihrem Eintritt in ihrem Leichtsinn und ihrer Unverschämtheit an ihn richteten, keine Antwort, sondern befahl Hadgi, sie ins nächste Zimmer zu führen, damit sie sehen möchten, daß keine Anstalten getroffen wären, ihren Abgeordneten durch Dinge zu erschrecken, die nicht zur Sache selbst gehörten. Sie fanden nichts als mitten im Gemach einen Tisch, auf dem zwei Wachslichter brannten, und daneben einen Stuhl. Hierauf gingen sie wieder ins Audienzzimmer, und Peregrine blieb nun allein zurück, um den Geist derjenigen Person zu schauen, die der Zauberer auf Verlangen der andern, und zwar ohne daß diese Pickle von ihrer Wahl verständigt hätten, heraufbeschwören sollte.

Alle Türen wurden verschlossen, und die ganze Gesellschaft saß in tiefem Schweigen da. Auf ihren Gesichtern lag bange Erwartung, was nicht nur den blauen Flammen der Kerzen, die man zu diesem Zweck mit Schwefel getränkt hatte, zuzuschreiben war, sondern in noch höherm Maß dem schaurigen Klang einer großen Glocke, die von Hadgi im Vorzimmer geläutet wurde. Nachdem Cadwallader ihrer Furcht und Ungewißheit so genügend mitgespielt hatte, wünschte er zu erfahren, wessen Geist er zitieren solle, und als sie eine Zeitlang im Flüsterton miteinander beraten hatten, griff einer von ihnen zur Feder, schrieb den Namen des Kommodore Trunnion auf einen Zettel und überreichte ihn dem Zauberer. Der erhob sich von seinem Sitz und öffnete die Türe seines Kabinetts, wo sie auf einem schwarzbehangenen Tisch einen Totenkopf und zwei gekreuzte Schenkelknochen erblickten.

Dieses düstere Bild machte auf die Phantasie der jungen Herren, die durch die vorangegangenen Zeremonien bereits stark beeinflußt waren, merklich Eindruck, und sie schauten sich höchst betroffen an. Cadwallader schloß sich inzwischen in dem Kabinett ein, das an das Zimmer stieß, in dem sich sein Freund Peregrine befand. Er schob der Abrede gemäß das Papier mit dem Namen des Oheims durch einen schmalen Spalt in der Scheidewand und murmelte zugleich eine Art von Kauderwelsch her, das die Panik seines Auditoriums noch erhöhte; dann kehrte er zu seinem Stuhl zurück; abermals erklang die Totenglocke, und man hörte Pickle rufen: „Verdammt mit Eurer Mummerei! Macht doch einmal vorwärts!"

Dies war das Zeichen für Crabtree, daß er den Zettel erhalten hatte. Er stand daher auf und zeichnete mit seinem Stab die Figur eines S an die Wand. Als dies dreimal geschehen war, schlug aus dem nächsten Zimmer ein fürchterlicher Lärm an ihre Ohren, begleitet von Peregrines erstauntem und entsetztem Schrei: „Allmächtiger! Mein Oheim Trunnion!" Dieser Ausruf hatte eine solche Wirkung auf die Zuhörer, daß zwei davon vor Furcht in Ohnmacht fielen und der dritte in die Knie sank und laut betete, während die drei andern, außer sich vor Schreck und Bestürzung, die Türe aufsprengten und ins Geisterkabinett hineinstürmten. Hier fanden sie Tisch und Stuhl umgeworfen und Peregrine ausgestreckt auf dem Boden liegend, allem Anschein nach vollkommen bewußt- und reglos.

Sie rieben ihm sofort die Schläfen, und das erste Zeichen seiner Erholung war ein dumpfes Stöhnen, worauf er folgende Worte aussprach: „O ihr himmlischen Mächte! So wahr ich lebe, ich habe den Kommodore gesehen mit seinem schwarzen Taftpflaster, in denselben Kleidern, die er auf meiner Schwester Hochzeit trug." Nach dieser Erklärung kannte ihr Grauen und Staunen keine Grenzen mehr. Sie bemerkten seine wilden Blicke, die er auf etwas zu heften schien, das ihren Augen verborgen war, und all das ließ bei ihnen ein solches Maß von Aberglauben aufkommen, daß es ein leichtes gewesen wäre, ihnen einzureden, der Tisch und der Stuhl seien Erscheinungen ihrer Ahnen. Sie führten dann Peregrine ins Konsultationszimmer, wo der Beschwörer sowie Hadgi sich der Ohnmächtigen angenommen hatten. Als diese wieder bei Sinnen waren, setzte Cadwallader eine äußerst strenge Miene auf und fragte sie, ob sie sich jetzt ihrer Zweifel nicht schämten; zugleich erklärte er, er sei bereit, ihnen auf der Stelle noch weitere überzeugende Beweise seiner Kunst zu geben; er wolle sofort drei Generationen ihrer Voreltern vom Tode erwecken, wenn sie an solcher Gesellschaft Geschmack finden sollten. Hierauf wandte er sich an einen von ihnen, dessen Großvater gehängt worden war, und sagte: „Sind Sie begierig, die erste bemerkenswerte Person Ihrer Familie zu sehen? Sprechen Sie ein Wort, und sie wird erscheinen."

Der junge Mann, vorher der frechste und lauteste von allen, nun aber ebenso ängstlich und gedrückt, wurde von diesem Vorschlag beunruhigt und versicherte dem Zauberer, es sei ihm alle derartige Neugier vergangen. Was er bereits gesehen habe, würde, wie er hoffe, einen heilsamen Einfluß auf seinen künftigen Lebenswandel ausüben. Jeder einzelne dieser Helden legte ein ähnliches Geständnis ab, einige sogar unter Tränen, und nachdem Hadgi für sie alle Sänften besorgt hatte, zogen sie mit außerordentlich gesenktem Kamme ab. Zwei davon wurden infolge der heftigen Erschütterung, die sie erlebt hatten, sogar krank, während unser Held und sein Verbündeter sich über den glücklichen Verlauf ihres Unternehmens lustig machten.

Diese Wahrsagereien konnten jedoch Peregrines Aufmerksamkeit nicht gänzlich beanspruchen; noch immer ließ er sich im *beau monde* blicken, und da seine Ausgaben seine Einkünfte bei weitem überstiegen, bemühte er sich um die Freundschaft von Leuten von Ansehen und Gewicht. So zeigte er sich regelmäßig bei Hofe, erwies ihnen an allen öffentlichen Vergnügungsstätten seine Ehrerbietung und beteiligte sich häufig sowohl an ihren Lustpartien als an ihren Spielgesellschaften. Dabei fügte es sich einmal, daß er eines Abends in einem gewissen Schokoladehaus einer Partie Pikett zuschaute und beobachtete, wie zwei Gauner einen jungen Herrn von Adel rupften, da dieser weder Mäßigung noch Geschicklichkeit genug besaß, es mit solchen Gegnern aufzunehmen.

Unser Held, der ein geschworener Feind aller Glücksritter war, konnte es nicht ertragen, sie öffentlich mit so unverschämter Dreistigkeit betrügen zu sehen. Unter dem Vorwand, dem jungen Herrn eine Sache von Belang mitteilen zu wollen, bat er ihn um die Erlaubnis, ihn in einer andern Ecke des Zimmers sprechen zu dürfen, und warnte ihn dann sehr freundlich vor seinen Mitspielern. Der Brausekopf von einem Peer, weit entfernt, Pickle für seinen guten Rat zu danken oder sich ihm dafür verpflichtet zu erklären, faßte diese Warnung als eine Beleidigung seiner Intelligenz auf und antwortete mit der Miene höchsten Mißvergnügens, er wüßte schon, wie er seine Interessen zu wahren hätte, und er werde sich weder von ihm noch von jenen beiden um auch nur einen Schilling bemogeln lassen.

Peregrine, den sowohl die Zusammenstellung mit jenem Gelichter als auch die Undankbarkeit und Torheit dieses eingebildeten Gecken verdroß, machte seinem Unwillen dadurch Luft, daß er zu dem Herrchen sagte: „Ich habe wenigstens auf einen Dank für meine redliche Absicht gerechnet; ich merke jedoch, daß Ihre Eitelkeit Ihre Urteilskraft dermaßen geschwächt hat, daß Sie nicht einsehen können, wie sehr es Ihnen noch an Erfahrung und geistigem Gehalt fehlt." Wütend über diesen Vorwurf, forderte ihn der junge Kavalier mit manch schimpflichen oder wenigstens verächtlichen Worten dazu heraus, um fünfhundert Pfund mit ihm zu spielen, und, gereizt, ging unser Held auf den Vorschlag ein. Als der andere sich von den alten Falschspielern, die über diese Störung höchst ärgerlich waren, losgemacht hatte, rückten die beiden jungen Kämpfer ins Feld, und da das Glück mit ungewöhnlicher Unparteilichkeit verfuhr, gewann Pickle infolge seines überlegeneren Talents binnen zwei Stunden nicht weniger als zweitausend Pfund. Er mußte sich allerdings mit einem Schuldschein begnügen, denn die Gauner hatten die Barschaft seines Gegners schon in Sicherheit gebracht.

Rasend über den Verlust, hätte der unbesonnene junge Mann weitergespielt und dabei den Einsatz jedesmal verdoppelt, so daß Peregrine imstande gewesen wäre, den Gewinn zu verzehnfachen; aber Peregrine fand, der Herausforderer sei für seine Anmaßung genügend gezüchtigt, und war nicht geneigt, dem Glück zu erlauben, ihm die Früchte seines Sieges wieder zu entreißen. Deshalb lehnte er den Vorschlag des Lords ab und wollte die Partie nur unter der Bedingung fortsetzen, daß um baren Einsatz gespielt werde, und nachdem Seine Lordschaft umsonst versucht hatte, bei der Gesellschaft Geld auf Kredit zu erhalten, zog sich unser abenteuernder Ritter zurück und ließ den Herrn, der sich vor Wut und Enttäuschung kaum mehr kannte, allein.

Da sein Betragen infolge seines Pechs noch hochmütiger

geworden war und er sich verschiedener Ausdrücke bedient hatte, die Pickle ärgerten, beschloß dieser, seine Strafe dadurch noch zu verschärfen, daß er ihn mit seiner Forderung quälte, die, wie er wohl wußte, jener nicht sofort befriedigen konnte, und sandte am folgenden Tag Pipes mit dem Schuldschein, der auf Sicht zahlbar war, ins väterliche Haus des jungen Kavaliers. Der Schuldner, der halb verrückt über sein Mißgeschick zu Bett gegangen war, verlor alle Geduld, als er sich von einem so unangenehmen Mahner geweckt sah. Er fluchte auf Peregrine, bedrohte den Boten, stieß die lästerlichsten Verwünschungen aus und vollführte einen solchen Spektakel, daß sein Vater aufmerksam wurde. Dieser befahl, daß sein Sohn zu ihm gerufen werde, und verhörte ihn dann über die Ursache dieses Tumults, durch den er die ganze Familie gestört hätte. Der junge Herr wollte ihm mit allerlei Ausflüchten kommen; da aber der Vater dadurch nur argwöhnischer wurde und noch entschiedener verlangte, die Wahrheit zu erfahren, gestand er denn, er habe vergangene Nacht im Pikett eine unbedeutende Summe an einen Spieler verloren, der nun die Frechheit besitze, heute morgen zu ihm zu schicken und ihn darum zu mahnen, obwohl er dem Burschen gesagt habe, daß es ihm nicht passe, sofort zu bezahlen. Der alte Herr, ein Mann von Ehre, warf ihm seine Liederlichkeit im allgemeinen und diese schimpfliche Schuld im besonderen vor. Da er glaubte, daß es sich dabei um eine Kleinigkeit handle, gab er ihm eine Banknote im Wert von fünfhundert Pfund und befahl ihm, sie unverzüglich zu begleichen. Der Sohn, ein Mensch von trefflichen Grundsätzen, nahm das Geld; anstatt aber seinen Gläubiger aufzusuchen, eilte er damit ins Spielhaus, in der Hoffnung, seinen Verlust wettzumachen, und ehe er vom Tisch wieder aufstand, war er seine Note zu sieben Achteln los.

Mittlerweile beschloß Pickle, der sich über die Art, wie man seinem Diener begegnet war, ärgerte und den die Nachricht vom zweiten Verlust Seiner Lordschaft noch mehr aufgebracht hatte, keine weitere Schonung walten zu lassen. Er verschaffte sich am nämlichen Tage einen Verhaftungsbefehl und ließ ihn an seinem Schuldner vollziehen, gerade als dieser vor der Tür von *White's Chocolate-House* in seine Sänfte stieg. Der Gefangene, von Natur ungestüm und hochmütig, versuchte, sich mit dem Degen gegen die Gerichtsdiener zur Wehr zu setzen. Er war jedoch im Augenblick entwaffnet, und seine Anstrengungen dienten bloß dazu, seine Schande zu vergrößern; denn es wurden tausend Leute Zeugen davon, die über diese abenteuerliche Verhaftung eines Lords recht herzlich lachten.

Ein so öffentlicher Vorgang konnte dem Vater nicht lange verborgen bleiben. Noch am gleichen Tag hatte er das zweifelhafte Vergnügen, zu hören, daß sein Sohn im Hause eines Schergen sitze. Auf diese Nachricht sandte er seinen Haushofmeister hin, um Näheres über die Verhaftung zu erfahren, und als er vernahm, auf wieviel sich die Schuld, die er von seinem Sohn bereits getilgt glaubte, in Wirklichkeit belief, war er ebenso entrüstet wie erstaunt und bekümmert. Nicht geneigt, eine solch beträchtliche Summe für einen Verschwender zu bezahlen, dem er nur zuviel durch die Finger gesehen hatte und der in weniger als einer Woche wiederum in der gleichen Schwierigkeit stecken mochte, schrieb er Peregrine einen Brief, in dem er ihm darlegte, welche Härte es für ihn bedeute, so große Beträge verlieren zu müssen infolge der Unbedachtsamkeit eines Sohnes, dessen Verbindlichkeiten zu erfüllen er nicht verpflichtet sei. Er bat ihn daher, seine Forderung zu mildern, da die Schuld ja nicht von einer Gegenleistung herrühre und ihm dabei nicht der geringste Schaden oder Nachteil erwachsen sei.

Kaum hatte unser Ritter diesen Brief erhalten, so machte er dem Schreiber seine Aufwartung, erzählte ihm aufrichtig den ganzen Zusammenhang der Spielpartie, schilderte ihm zugleich die Undankbarkeit und Unverschämtheit seines Sohnes und gestand, daß er dadurch dazu gereizt worden sei, Maßregeln zu ergreifen, die er sonst nie und nimmer getroffen hätte. Der alte Kavalier erkannte an, daß die Rache der Provokation lange nicht entspreche, und verurteilte die Haltung seines Sohnes mit einer solchen Unparteilichkeit und

Redlichkeit, daß er Peregrines Zorn entwaffnete und ihn in die Stimmung versetzte, einen unbestreitbaren Beweis seiner Uneigennützigkeit zu geben. Er lieferte ihn auch sofort, indem er den Schuldschein hervorzog und ihn zerriß, nachdem er Seiner Lordschaft versichert hatte, daß der Haftbefehl aufgehoben werde und der Gefangene noch vor Abend frei sein solle.

Der Graf, der den Wert des Geldes wohl zu schätzen wußte und über viel Menschenkenntnis verfügte, war höchst verwundert über dieses Opfer, das Peregrine, wie er beteuerte, bloß aus Achtung für Seine Lordschaft brachte. Der Lord machte ihm in ungewöhnlich schmeichelhaften Worten Komplimente über seine Großmut, bat ihn um die Ehre seiner Bekanntschaft und drang darauf, daß er den folgenden Tag bei ihm diniere. Der junge Mann war stolz auf eine solche Gelegenheit, sich auszuzeichnen, und erfüllte in weniger als einer Stunde sein Versprechen bis auf den letzten Punkt. Am Morgen darauf besuchte ihn sein Schuldner auf ausdrücklichen Befehl des Vaters, um ihm zu sagen, wie sehr er ihm zu Dank verpflichtet sei, und um für sein Benehmen Abbitte zu tun.

Diese Unterwürfigkeit schmeichelte der Eigenliebe unseres Helden sehr. Er nahm die Entschuldigung huldreich entgegen und begleitete den Kavalier ins väterliche Haus zur Tafel, wo ihm der alte Graf mit aller Achtung und Gewogenheit begegnete. Auch beschränkte sich dessen Dank nicht auf die äußere Höflichkeit, sondern er bot ihm seinen ganzen Einfluß bei Hofe an, der sehr bedeutend war, und drückte wiederholt und so lebhaft seinen Wunsch aus, ihm dienen zu können, daß Peregrine dachte, er dürfe diese Gelegenheit nicht verpassen, seinem abwesenden Freund Geoffrey zu helfen. Er bat daher den Lord, er möchte seinen Einfluß zu dessen Gunsten verwenden.

Den Grafen freute dieses Gesuch; denn es war ein neuer Beweis für die Güte des jungen Mannes. Er sagte zu, dieser Empfehlung die größte Beachtung zu schenken, und in sechs Wochen war wirklich ein Kapitänspatent für Emiliens Bruder ausgefertigt, und dieser war sehr angenehm überrascht, als er durch die Kriegskammer davon Nachricht erhielt, obwohl er keine Ahnung hatte, auf welchem Weg er zu seiner Beförderung gekommen war.

84

Peregrine wird als witziger Kopf und als Mäzen berühmt.

Unterdessen spielte Peregrine eine führende Rolle im gesellschaftlichen Leben und hätte, wie schon bemerkt, verschiedentlich Gelegenheit zu einer vorteilhaften Heirat gehabt, wäre sein Ehrgeiz nicht ein wenig zu maßlos gewesen und sein Herz nicht stets von einer Leidenschaft beherrscht worden, die aller Leichtsinn der Jugend nicht überwiegen und alle Eitelkeit seines Stolzes nicht überwältigen konnte. Auch in der gelehrten und in der künstlerischen Welt war unser Held nicht unbemerkt geblieben. Er hatte sich durch mehrere poetische Erzeugnisse ausgezeichnet und dadurch einen ziemlich bedeutenden Ruf bekommen. Nicht etwa, daß seine Arbeiten seinem Genie viel Ehre gemacht hätten; allein jedes leidliche Machwerk eines Mannes von seiner Figur und seinem vermeintlichen Vermögen wird vom Großteil der Leser stets als Probe einer erstaunlichen Begabung betrachtet werden, wenn auch dasselbe Produkt, käme es unter dem Namen eines Schriftstellers ins Publikum, der in weniger guten Verhältnissen lebt, mit Fug und Recht geringschätzig und verächtlich behandelt würde; soviel Einfluß, soviel Macht üben lächerliche Rücksichten auf die Meinung der meisten Menschen aus.

Wie dem auch sei, so hatte sich unser junger Herr kaum als Autor hervorgetan, als all die halbverhungerten Jünger der Dichtkunst ihn zu ihrem Schutzpatron auserkoren. Sie feierten ihn in Oden, priesen ihn in Epigrammen und ließen ihn die Süße schmeichelnder Dedikationen kosten. In seiner Eitelkeit behagte ihm dieser Weihrauch sogar, und obwohl er vernünftigerweise diejenigen verachten mußte, die ihn spendeten, so schickte er doch keinen weg, ohne daß er ihn nicht freigebig belohnt hätte. Er begann sich allen Ernstes für das große Genie zu halten, als das er in ihren Schmeicheleien gerühmt wurde; er pflog Umgang mit den vornehmen Schöngeistern, ja, er prägte insgeheim eine Anzahl von Bonmots, die er dann in Gesellschaften als Improvisationen vorbrachte. Hierin ahmte er in der Tat einige der berühmtesten Genies seines Zeitalters nach, die in Wahrheit solche witzigen Erwiderungen im Schweiße ihres Angesichts heimlich ausarbeiteten und als das unmittelbare Produkt ihrer Phantasie und Sprachgewandtheit verkauften. Er war in der Ausübung dieser Talente so glücklich, daß sein Ruf mit dem eines großen Mannes in Parallele gestellt wurde, der, was Geist und Witz betrifft, lange führend gewesen war. In einem Dialog, der sich einmal über einen Pfropfenzieher zwischen ihnen entspann, wobei die Worte, um mit Bayes zu reden, Schlag auf Schlag und Blitz auf Blitz fielen, galt unser Held bei einigen der kleineren Trabanten, die solch große Lichter gemeinhin umgeben und ihre Strahlen reflektieren, als Sieger über Seine Lordschaft.

Kurz, er ließ sich so sehr in diese literarischen Amusements ein, daß er die Direktion über das Parterre übernahm und sich an die Spitze jener Kritiker stellte, die sich selbst „das Publikum" nennen, und er züchtigte als ihr Sprecher verschiedene Schauspieler, die unverdienter Erfolg frech und eigensinnig gemacht hatte. Was die neuen Bühnenwerke betrifft, so genossen sie, obwohl sie im allgemeinen saft- und kraftlos waren, stets seinen Schutz und seine Unterstützung; denn nie erregte ein Stück bei ihm ebensoviel Mißfallen, wie er Mitleid mit dem Autor hatte, der in angstvoller Ungewißheit hinter der Szene stand, zitterte und bebte, als wenn er sich sozusagen am äußersten Rand der Verdammnis befände. Aber obgleich er Demütigen und Notleidenden gegenüber hochherzig und mitfühlend war, so ergriff er jede Gelegenheit, Niederträchtigkeit und Arroganz bloßzustellen. Wäre er mit der Rechtspflege betraut gewesen, hätte er zweifellos besondere Strafen für alle diejenigen erfunden, die sich gegen Menschlichkeit und Anstand vergehen. Doch beschränkt, wie er in seiner Macht war, wandte er all seine Erfindungskraft dazu an, solche Geschöpfe dem Spott und der Verachtung ihrer Mitbürger preiszugeben.

In dieser Absicht hatte er ja das Zauberinstitut ins Leben gerufen, das noch immer mit Erfolg betrieben wurde; und er machte von den Nachrichten Gebrauch, die sein Freund Cadwallader ihm mitteilte, obgleich er sie manchmal auch für seine galanten Abenteuer ausnützte, denn daß er sehr verliebter Natur war, wird der Leser schon längst gemerkt haben. Er spielte den Reformer oder vielmehr den Zuchtmeister nicht nur in der feinen und vornehmen Welt, sondern auch bei der untern Volksklasse, wenn sie sich seine Unzufriedenheit zugezogen hatte.

Einer der boshaften Pläne, welche die Phantasie unseres Helden ausbrütete, war die Folge zweier Inserate, die in ein und demselben Zeitungsblatt durch Personen veröffentlicht wurden, die gewisse Geldsummen borgen wollten, wofür sie die zuverlässigste Sicherheit versprachen. Aus dem Stil dieser Anzeigen schloß Peregrine, daß sie von Anwälten abgefaßt wären, also von Leuten, vor denen er den gleichen Abscheu hatte wie sein Oheim. Um sich und einigen seiner Freunde einen Spaß zu machen und sich an ihrer Enttäuschung zu ergötzen, sandte er an jeden der beiden Inserenten unter der in der Zeitung angegebenen Adresse einen mit A. B. unterschriebenen Brief des Inhalts, er möchte sich abends punkt sechs Uhr mit seinen Dokumenten in einem gewissen Kaffeehause in der Nähe des *Temple* einstellen. In der Nische rechts am Fenster würde eine Person sitzen, die gern mit ihm über die im Inserat genannte Sache unterhandeln und ihm mit der verlangten Summe dienen wollte, wenn ihr die angebotene Sicherheit genüge. Bevor die Stunde dieser doppelten Verabredung gekommen war, ging Pickle mit seinem Freund Cadwallader und ein paar andern Herren, die einzuweihen er für gut befunden hatte, nach dem Kaffeehaus, wo sie sich in der Nähe des Platzes niedersetzten, der jenen beiden für die Zusammenkunft bezeichnet worden war.

Die Hoffnung, Geld zu bekommen, hatte auf deren

Pünktlichkeit eine so ersichtliche Wirkung, daß der eine von ihnen viel früher als zur anberaumten Zeit erschien. Nachdem er sich genau umgeschaut hatte, faßte er der Instruktion gemäß Posto. Er heftete sein Auge auf die vor ihm stehende Uhr und fragte den Burschen, der bediente, ob sie nicht nachginge. Er hatte erst wenige Minuten so dagestanden, als eine seltsame Gestalt hereinwatschelte. Der Mann hatte ein Bündel Papiere in seinem Busen stecken, und der Schweiß rann ihm über die Nase hinab. Als er in dem ihm angewiesenen Abteil einen Herrn erblickte, dachte er ohne weiteres, daß dies der Geldleiher sei, und kaum konnte er wieder ein wenig schnaufen, denn infolge seiner Eile war er beinahe ausgepumpt, so sagte er: ,,Sir, Sie sind wohl der Gentleman, den ich hier wegen des Darlehens treffen soll." Der andere unterbrach ihn und erwiderte lebhaft: ,,A.B., Sir, vermute ich." ,,Eben der", rief der zweite, ,,ich fürchtete schon, zu spät zu sein. Ich wurde länger, als ich vorausgesetzt hatte, am andern Ende der Stadt von einem Kavalier aufgehalten, der gegen ein kleines Stücklein seines Grundbesitzes mit einem Ertrag von etwa tausend Pfund im Jahre eine Hypothek aufnehmen will; und meine Uhr ist gerade beim Uhrmacher. Vor ein paar Tagen begegnete ihr ein Mißgeschick, und nun geht sie nicht mehr. Doch wie dem auch sei, noch ist keine Zeit verloren, und ich hoffe, die Sache wird sich zu unserer beiderseitigen Zufriedenheit erledigen lassen. Was mich angeht, so diene ich jedermann gern, und daher erwarte ich von andern nichts, als was recht und billig ist."

Seinem neuen Freunde gereichte diese Erklärung sehr zum Troste. Er sah sie als eine glückliche Vorbedeutung eines guten Erfolgs an, und die Hoffnung, Geld einstreichen zu können, malte sich ganz deutlich auf seinem Gesicht, während er seiner Genugtuung Ausdruck verlieh, mit einem so redlichen und wohlwollenden Menschen zusammenzutreffen. ,,Es mit einem Manne von gutem Gewissen zu tun zu haben", sagte er, ,,ist meiner Meinung nach ein weit größeres Vergnügen, als alles Geld auf Erden zu erhalten. Denn welche Freude läßt sich mit derjenigen vergleichen, die eine edle Seele empfindet, wenn sie ihren Mitgeschöpfen helfen darf? Ich bin in meinem Leben nie so glücklich gewesen wie damals, als ich einem würdigen Herrn in seiner Not fünfhundert Pfund lieh, ohne dabei streng auf Sicherheit zu dringen. Sir, der aufrichtige Mensch ist leicht an seinem Gesicht zu erkennen. Ich glaube jetzt zum Beispiel, ich könnte Ihr bloßes Wort für zehntausend Pfund annehmen." Der andere beteuerte mit großer Freude, daß er mit seiner Mutmaßung recht habe, und gab ihm seine Komplimente tausendfältig zurück. Dadurch wurde auf beiden Seiten die Erwartung immer höher geschraubt, und die zwei begannen im nämlichen Augenblick ihre Papiere auszukramen. Als sie die Bindfäden auflösten, zitterten ihre Hände vor heftiger Begierde und Ungeduld, und ihre Aufmerksamkeit wurde von ihrer Arbeit so sehr beansprucht, daß keiner die Beschäftigung seines Gegenübers beobachtete.

Endlich war der eine dem andern zuvorgekommen; er hatte verschiedene verschimmelte Pergamente aufgerollt und bemerkte nun, was sein Freund trieb, und da er ihn in seinem Bündel herumwühlen sah, fragte er ihn, ob das ein Blankett und eine Abtretungsurkunde sei, die er mitgebracht habe. Der andere biß eben an seinem Knoten herum, und ohne daß er von seinen Anstrengungen, diesen zu lösen, abgelassen oder aufgeschaut hätte, antwortete er mit „Nein" und sagte, die Papiere in seinen Händen seien die Sicherheit, die er für das Geld zu geben gedenke. Auf diese Erwiderung hin verwandelten sich die Blicke des Fragestellers in ein unendlich blödes Glotzen, das von einem „Wie?" begleitet war, in dem Furcht und Erstaunen lagen. Dieser Ton beunruhigte den ersten; er richtete seine Augen auf den vermeintlichen Darlehensgeber, und dessen Aussehen hatte sofort eine ansteckende Wirkung. All die freudige Hoffnung, die in ihren Augen gefunkelt hatte, wurde nun durch Enttäuschung und Bestürzung verdrängt, und während sie einander betrübt angafften, verlängerten sich ihre Gesichtszüge allmählich wie die vergänglichen Locken einer Stutzperücke.

Dieses nachdrückliche Schweigen wurde endlich von dem Zuletztgekommenen gebrochen. Er bat den andern stotternd, sich des Inhalts seines Briefes zu erinnern. „Ihres Briefes!" rief der erste und drückte ihm das Billett, das er von Pickle erhalten hatte, in die Hand. Kaum hatte jener es durchgelesen, als er dem Gegenpart zum Beweis das seinige vorzeigte, so daß wiederum düstere Stille eintrat, worauf jeder von ihnen einen tiefen Seufzer oder vielmehr ein Stöhnen hören ließ, aufstand und sich, ohne mit dem andern ein weiteres Wort zu sprechen, davonschlich. Derjenige, der von beiden der niedergeschlagenere zu sein schien, stieß beim Fortgehen die Worte aus: „Angeschmiert, bei Gott!"

Dies also waren die Amusements unseres Helden. Allerdings nahmen sie seine Zeit nicht gänzlich in Anspruch; denn einen Teil davon widmete er nächtlichen Schwärmereien und Gelagen mit einer Bande von jungen Kavalieren, die der Mäßigkeit, Sparsamkeit und der gesunden Vernunft den Krieg erklärt hatten und echte Söhne des Radaus, der Vergeudung und Verschwendung waren. Peregrine fand nicht eben Behagen an diesen Szenen, die eine Folge von tollen Ausschweifungen darstellten und eines jeden wahren Witzes, Geschmacks oder Vergnügens ermangelten. Allein seine Eitelkeit trieb ihn dazu an, sich unter diejenigen zu mischen, die für die erwähltesten Geister der Zeit galten, und sein Charakter war so geschmeidig, daß er sich leicht den Regeln einer Gesellschaft da anpaßte, wo er nicht Einfluß genug hatte, deren Anführer zu sein. Der Ort ihrer Zusammenkünfte war eine gewisse Taverne, die man recht eigentlich den Tempel der Unmäßigkeit hätte nennen können. Die Anordnung des Küchenzettels überließen sie dem Gutdünken des Wirtes, weil sie sich die Mühe sparen wollten, den eigenen Kopf anzustrengen. Um des lästigen Rechnens enthoben zu sein, befahlen sie dem Aufwärter, jedesmal zu melden, wieviel der einzelne im Durchschnitt zu bezahlen habe, ohne daß dabei die verschiedenen Posten zu spezifizieren wären. Gewöhnlich betrug die Auslage für Mittag- und Abendessen zwei Guineen pro Person und überstieg öfters diese Summe, von der der Wirt nichts ablassen durfte, wollte er nicht Gefahr laufen, daß ihm für seine zu bescheidene Forderung die Nase aufgeschlitzt werde.

Diese Kosten waren jedoch geringfügig im Vergleich zu denen, die durch den Schaden entstanden, den sie in ihren Räuschen dem Mobiliar und den Aufwärtern zufügten, sowie infolge der Verluste, die sie im Glücksspiel erlitten, dem sie jeweils frönten, nachdem sie eine Zeitlang geschlemmt und gepraßt hatten. Dieses elegante Vergnügen war durch ein Rudel raubgieriger Gauner eingeführt und kräftig gefördert worden, die sich als Kuppler und Spaßvögel dieser hoffnungsvollen Jugend unentbehrlich machten. Obwohl es jedermann, selbst denen, die sie ausplünderten, bekannt war, daß sie kein anderes Mittel hatten, ihren Lebensunterhalt zu verdienen, als die gemeinsten und betrügerischsten Praktiken, so wurde ihnen dennoch von diesen betörten und leichtgläubigen Jünglingen geschmeichelt und schöngetan, während einem Mann von Ehre, der sich an diesen Exzessen nicht beteiligt hätte, Schimpf und Schande zugefügt worden wären.

Obgleich Peregrine dieses sittenlose Treiben im Innern verabscheute und ein geschworener Gegner aller Spieler war, die er immer als Feinde des menschlichen Geschlechts ansah und die er auch als solche behandelte, gewöhnte er sich doch allmählich an diese tollen Schwelgereien und wurde unmerklich sogar dazu verleitet, mit diesen Geiern zu spielen, die nicht weniger gefährlich waren in der Kunst des Betrügens als in der vollendeten Geschicklichkeit, die Leidenschaften unbesonnener Jünglinge zu erregen. Sie waren meistenteils von Natur kalt, phlegmatisch und verschlagen und hatten durch langgeübte Verstellung eine absolute Herrschaft über die jähen Triebe des Herzens erlangt. Daher blieben sie der Ungeduld und dem Ungestüm eines raschen, arglosen Jünglings gegenüber, wie unser Held einer war, stets im Vorteil. Vom Wein erhitzt, durch das Beispiel verführt, von der einen Seite eingeladen und von der andern herausgefordert, vergaß dieser all seine Grundsätze der Vorsicht und Mäßigkeit und kapitulierte vor der Torheit, die an diesem Orte herrschte, so daß er oft Gelegenheit hatte, am Morgen über den Verlust vom vorigen Abend zu moralisieren.

Diese bußfertigen Betrachtungen waren von manch löblichem Entschluß begleitet, seine so teuer erkaufte Erfahrung zu nutzen. Allein er war einer von jenen Weisen, die den Anfang ihrer Besserung immer wieder auf den andern Tag verschieben.

85

Peregrine eilt nach dem Kastell, um seiner Tante den letzten Liebesdienst zu erweisen. Mr. Gauntlet kommt, ihn zu seiner Hochzeit einzuladen.

In Vergnügungen dieser Art ging das Leben unseres Helden völlig auf, und wenige junge Herren jener Zeit genossen ihre Tage so angenehm wie Peregrine. Freilich ließ die Vernunft ab und zu ein mahnendes Wort hören, aber es diente nur dazu, seine Begierde zu reizen, die Freuden von neuem zu kosten, die sie so weislich verdammte. Da kam ein Brief, der ihn veranlaßte, auf sein Landgut zu reisen. Er lautete wie folgt:

Vetter Pickle!

Ich hoffe, Ihr habt ein besseres Gleichgewicht als Eure Tante. Die hat sieben Wochen in ihrem Bette fest vor Anker gelegen. Das Wasser hat etliche Male in ihrem Kielraum und Orlop gar hoch gestanden, und ich fürchte, ihre Planken sind so verrottet, daß sie in kurzem Wind in Stücken fallen müssen. Ich habe getan, was in meiner Macht ist, sie dicht zu halten, und dafür gesorgt, daß kein plötzlicher Windstoß sie zum Kentern bringe. Es sind zwei Doktors hiergewesen. Die haben Speigatten in ihrem untern Verdeck gemacht, und sechs Maß Wasser herausgepumpt. Ich für meinen Part wundre mich zum Teufel, daß es dahin gekommen ist; denn das Getränk, wissen Sie wohl, ließ sie

nicht gern in die Schuhe laufen geschweige in den Hals. Aber die Schäkers, die Doktors, machen's wie die ungeschickten Zimmerleute; statt ein Leck zuzustopfen, machen sie immer ihrer ein paar neue; und so läuft sie dann geschwind wieder voll. Das schlimmste dabei ist, daß sie keinen Tropfen Nanscher mehr durch die Zähne lassen will, und daß das Ruder ihres Verstandes ganz weg ist. Sie macht verteufelte Schwankungen mit ihrer Zunge; schnakt da von einem fremden Lande, das sie das neue Grusalehm nennt, und wünscht im Flusse Gorden einen sichern Ankergrund zu finden. Der Pfarrer, muß ich sagen, tut alles, um ihre Seele sicher durchzusteuern; schwafelt ganz gescheit von christlicher Liebe und den Armen. Drum hat sie auch diesen zweihundert Pfund in ihrem Testament vermacht. Mr. Gamaliel und Euer Bruder, das Pukkellinichen, sind dagewesen; sie wollten vorgelassen werden und sie sehn. Aber ich wollt's nicht leiden, daß sie an Bord kämen, drum richtete ich meine Kanonen auf sie, und so segelten sie wieder ab. Eure Schwester, Mrs. Clover, steht in einem fort Schildwach bei ihrer Muhme, ohne sich ablösen zu lassen. Es ist ein gutherziges junges Weibchen. Es würde mir lieb sein, Euch im Kastell zu sprechen, Vetter, wenn just der Wind Eurer Neigung dahin stünde. Es wäre vielleicht für Eure Tante ein Trost, Euch längsseits zu wissen, wenn sie Anker lichten will. Soviel für diesmal! Verharre allstets
              Euer Freund und dienstfertiger Diener
                        John Hatchway

Am Morgen nach Empfang dieses Briefes machte Peregrine sich zu Pferde auf den Weg nach dem Kastell, sowohl um seine Achtung vor seiner Tante als auch seine Freundschaft für den braven, rechtschaffenen Jack zu beweisen. Er wurde dabei von Pipes begleitet, denn dieser hatte ein Verlangen danach, seinen alten Schiffskameraden wiederzusehen. Allein ehe sie ihr Ziel erreichten, hatte Mrs. Hatchway, in ihrem fünfundsechzigsten Jahre, den Geist aufgegeben. Der Witwer schien seinen Verlust mit christlicher Ergebung zu ertragen und bezeigte viel schickliche Trauer, obwohl es bei ihm nicht zu den gefährlichen Ausbrüchen jenes Schmerzes kam, den zärtliche Gatten beim Hinscheiden ihrer Frauen schon empfunden haben. Der Leutnant war von Natur Philosoph und so sehr geneigt, alle Fügungen der Vorsehung hinzunehmen, daß er bei diesem wie bei jedem andern Ereignis in seinem Leben fest glaubte, alles, was geschehe, diene zum Besten.

Peregrine hatte daher nicht viel Mühe, ihn zu trösten; seine Schwester aber machte es ihm saurer. Sie jammerte in bitterem und aufrichtigem Gram über den Tod der einzigen Verwandten, mit der sie vertrauten Umgang gehabt hatte, denn ihre Mutter war in ihrer Feindschaft gegen Julie und Peregrine unversöhnlicher und in ihrem Groll heftiger als je. Was ursprünglich ein flüchtiges Aufwallen des Unwillens gewesen, war unterdessen zu einem tief eingewurzelten Haß geworden. Und was Gam betrifft, der vom Landvolk jetzt mit dem Namen „Der junge Squire" beehrt wurde, so war er noch immer das willfährige Werkzeug der Launen und der Rachgier seiner Mutter. Er benutzte jede Gelegenheit, Julies Frieden zu stören, ihren guten Ruf zu verunglimpfen und die Untergebenen und Bedienten ihres Mannes, der von friedsamem und schüchternem Charakter war, schwer zu kränken.

Der Hauptzeitvertreib des jüngern Pickle in diesen letzten Jahren aber war die Jagd. Er hatte sich darin durch seine Unerschrockenheit und durch seine merkwürdige Gestalt eine gewisse Berühmtheit erworben. Die Häßlichkeit seiner Figur nahm von Tag zu Tag dermaßen zu, daß sie einen Herrn aus der Nachbarschaft, den der Ritter vom Aste durch seine Frechheit beleidigt hatte, auf die Idee einer drolligen Rache brachte. Er steckte eines Tages einen großen Pavian, der in seinem Besitz war, in einen Jagdrock, so wie ihn Gam zu tragen pflegte, ließ dieses Tier rittlings auf seinem hitzigsten Hunter festschnallen und hinter den Hunden hersprengen. In kurzem hatte das Pferd alle andern überholt. Die ganze Gesellschaft sah dessen Reiter für Gam an und begrüßte ihn mit einem lauten Hallo, als er an ihnen vorbeisauste. Zugleich machten sie die Bemerkung, der

Squire habe wieder, wie gewöhnlich, Glück, da er besser beritten sei als seine Nachbarn. Als Pickle nachher in eigener Person erschien, rief er bei den Weidmännern großes Erstaunen hervor. Einer fragte ihn, ob er sich geteilt habe, und zeigte auf seinen Repräsentanten, der unterdessen die Hunde beinahe eingeholt hatte. Hierauf setzte der wirkliche dem falschen Gam nach, und als er ihn erreicht hatte, machte ihn dieses äffische Konterfei so rasend, daß er den Pavian mit der Peitsche anfiel. Er hätte ihn höchstwahrscheinlich seinem Zorn aufgeopfert, wenn die andern Fuchsjäger ihm nicht in den Arm gefallen wären. Sie schlugen sich ins Mittel, um den Streit zwischen den beiden Jagdkameraden beizulegen, und sie erstaunten nicht wenig, als sie entdeckten, wer eigentlich des Höckerichs Gegner war. Der Affe wurde der Wut Gams entrissen und zu seinem Herrn zurückgebracht.

Peregrine übernahm auf Bitten seines Freundes Jack die Durchführung des Leichenbegängnisses seiner Tante. Seine Eltern wurden dazu eingeladen, hielten es aber nicht für nötig zu erscheinen; auch schenkten sie seinen dringenden Bitten, ihnen persönlich aufwarten zu dürfen, nicht die geringste Beachtung. Dagegen erwirkte der alte Gamaliel auf Anstiften seiner Gemahlin einen Gerichtsbefehl, durch den er Hatchway zwang, das Testament seiner Frau vorzuzeigen, weil zu vermuten sei, daß diese ihm, als ihrem Bruder, einen Teil des baren Geldes vermacht habe, über das sie, wie er wußte, disponieren konnte. Dieser Schritt trug ihm jedoch weiter nichts ein, als daß er das Vergnügen hatte, sich von der Erblasserin vollständig übergangen zu finden. Sie hatte ihre ganze Habe ihrem Manne hinterlassen; ausgenommen waren nur tausend Pfund, die sie zusammen mit ihrem Schmuck für Julies Tochter bestimmt hatte, ferner die in des Leutnants Brief erwähnte Stiftung und einige unbeträchtliche Legate zugunsten ihrer Lieblinge unter den Bedienten.

Wenige Tage nach der Beerdigung dieser guten Dame wurde unser Held durch einen Besuch seines Freundes Geoffrey angenehm überrascht. Er war wegen jener Beförderung nach England gekommen, die er Peregrines Einfluß zu verdanken hatte, die er aber der Vermittlung eines gewissen Höflings zuschrieb, der früher einmal versprochen hatte, ihm zu helfen, und der sich nun dieses Verdienst sehr bescheiden zueignete, da er es sich von niemandem streitig gemacht sah. Gauntlet teilte Pickle seinen Erfolg mit, und dieser gratulierte ihm dazu und tat, als ob er vorher nichts davon gewußt hätte. Geoffrey erzählte ihm zugleich, sein Oheim zu Windsor habe wegen dieser Beförderung sofort in seine Verbindung mit der liebenswürdigen Sophie eingewilligt, der Hochzeitstag sei bereits festgesetzt und es fehle weiter nichts zu seinem Glück, als daß Peregrine das Fest mit seiner Gegenwart beehre.

Unser Held nahm diese Einladung mit großer Begeisterung an, als er erfuhr, daß Emilie als Brautjungfer dabeisein würde. Er wiederholte jetzt, was er zuvor seinem Freund geschrieben hatte, nämlich daß er nicht nur willens, sondern auch äußerst ungeduldig sei, sein Herz und sein ganzes Vermögen der jungen Dame zu Füßen zu legen und so sein unsinniges Betragen ihr gegenüber abzubüßen. Geoffrey dankte ihm für seine rechtschaffene Absicht und versprach, seinen und Sophiens Einfluß zu seinem Besten geltend zu machen, obwohl er wegen der Empfindlichkeit seiner Schwester am guten Gelingen zu zweifeln schien, weil diese ihr nicht erlaubte, auch nur die geringste Unehrerbietigkeit zu verzeihen. Er gestand sogar, er sei nicht sicher, ob sie auf ein und derselben Gesellschaft mit Pickle erscheinen würde. Da sie aber in dieser Hinsicht nichts festgelegt habe, wolle er ihr Stillschweigen günstig deuten und sie sein Vorhaben nicht eher wissen lassen, als bis es zu spät für sie wäre, sich mit Schicklichkeit zurückzuziehen. Die Hoffnung, Emilie zu sehen, mit ihr zu sprechen, vielleicht sogar auszusöhnen, nachdem er so sehr und so lange unter ihrem Mißfallen gelitten hatte, weckte tausend Vorstellungen in Peregrines Seele und erzeugte ein seltsames Gemisch von Freude und Bangigkeit. Nachdem Gauntlet ein paar Tage als Gast bei ihm verweilt hatte, verabschiedete er sich, um die Hochzeitsvorbereitungen zu treffen, während Peregrine und sein Freund

Hatchway ihre Bekannten in der Gegend ringsum besuchten, um deren Einstellung zu einem Projekt zu erforschen, mit dem sich ersterer seit einiger Zeit trug; er wollte nämlich bei den nächsten Parlamentswahlen als Kandidat für einen gewissen Burgflecken in der Nachbarschaft auftreten.

Dieser Plan, den ihm einer seiner vornehmen Gönner nahegelegt hatte, würde nach Wunsch ausgeschlagen sein, wäre die Wahl sogleich erfolgt. Jedoch, ehe sie stattfand, wirkten sich verschiedene kleine Vorfälle, deren wir in der Folge gedenken werden, zu seinen Ungunsten aus. Mittlerweile begab er sich am Vorabend des Hochzeitstages seines Freundes nach Windsor, und Geoffrey meldete ihm, Sophie und er hätten seine Schwester nur mit äußerster Mühe bewegen können, an der Hochzeit teilzunehmen, als sie erfahren hatte, daß ihr ehemaliger Liebhaber dazu eingeladen sei, und sie hätten ihre Einwilligung nicht eher erhalten, bis sie ihr in Peregrines Namen versprochen hätten, er solle das alte Thema nicht wieder aufgreifen und sich auch nicht einmal wie ein alter Bekannter mit ihr unterhalten.

Diese Präliminarien verdrossen unsern jungen Herrn sehr, trotzdem erklärte er sich bereit, sie genau zu beobachten. Er glaubte, durch Stolz und Unwillen so gut gewappnet zu sein, daß er beschloß, ihr mit einer solchen Gleichgültigkeit zu begegnen, daß, wie er hoffte, sie sich in ihrer Eitelkeit gekränkt fühlen und für ihre Unversöhnlichkeit bestraft werden sollte. Innerlich so gerüstet, wurde er am folgenden Tag von Geoffrey der Braut vorgestellt. Diese empfing ihn mit ihrer gewöhnlichen Sanftheit und Liebenswürdigkeit. Emilie war auch zugegen, und Pickle verneigte sich steif, was sie durch eine frostige Verbeugung und mit eiskaltem Gesicht erwiderte. Obwohl ihn dieses Betragen in seinem Unwillen bestärkte, so ließ ihn ihre Schönheit in seinem Vorsatz doch wankend werden. Es schien ihm, ihre Reize hätten seit ihrer letzten Trennung unendlich zugenommen; eine Fülle von freundlichen Bildern stieg in seiner Phantasie wieder auf, und er fühlte, wie seine ganze Seele in Zärtlichkeit und Liebe zerfloß.

Um diese gefährlichen Erinnerungen zu verdrängen,

bemühte er sich, mit Sophie ein munteres Gespräch über die bevorstehende Zeremonie anzufangen; seine Zunge war aber zu ihrem Dienst recht ungeschickt, seine Blicke wurden wie durch einen Zauber zu Emilie hingezogen, all seinen Anstrengungen zum Trotz entrang sich ein tiefer Seufzer seiner Brust, und sein ganzes Wesen verriet Unruhe und Verwirrung.

Dem Bräutigam blieb dies nicht verborgen; er kürzte daher den Besuch ab. Auf dem Wege nach seinem Logis bekundete er sein Leidwesen darüber, daß er der unschuldige Anlaß seines Unbehagens gewesen sei, indem er ihn Emiliens Anblick ausgesetzt, der, wie er schon gemerkt habe, ihn schmerzlich berührt habe. Peregrine, der sich inzwischen wieder darauf besann, was sein Stolz von ihm forderte, versicherte ihm, er habe sich schwer getäuscht; die Ursache seiner Verwirrtheit sei ein plötzlicher Anfall von Schwäche gewesen, wie sie ihn seit einiger Zeit manchmal anwandle; und um ihm zu zeigen, wie philosophisch er Emiliens Geringschätzung ertrage, die er bei aller Achtung vor ihrem Verhalten doch als ein wenig zu hart empfinden müßte, bat er den Bräutigam, der Vorbereitungen zu einem Ball am Abend getroffen hatte, ihn mit einer netten Partnerin zu versorgen; er wolle dann unstreitige Beweise von der Ruhe seines Herzens liefern. „Ich hoffte", versetzte Geoffrey, „mit Sophiens Beistand die Zwistigkeit zwischen Ihnen und meiner Schwester beilegen zu können, deshalb habe ich sie für den Abend keinem andern Herrn zugesagt. Da sie aber so hartnäckig und verstockt ist, will ich Ihnen eine recht hübsche junge Dame zu verschaffen suchen, deren Tänzer sie nicht ungern gegen Emilie vertauschen wird."

Der Gedanke, eine Gelegenheit zu haben, vor den Augen seiner unversöhnlichen Gebieterin mit einer andern Dame zu kokettieren, half Pickles Lebensgeistern während der Feierlichkeit auf, bei der Gauntlets größter Wunsch in Erfüllung ging. Infolge dieser Herzstärkung war unser Held bei der Mittagstafel so ruhig, daß er, obgleich er seiner schönen Feindin gegenübersaß, imstande war, mit scheinbarer Fröhlichkeit und guter Laune einige gelegentliche

Scherze über das neuvermählte Paar zu machen. Emilie schien sich um seine Gegenwart weiter nicht zu kümmern, außer daß sie ihn vom Anteil an den freundlichen Blicken ausschloß, die sie allen übrigen schenkte. Dieses ungezwungene Betragen ihrerseits festigte ihn in seinem Entschluß, da es ihm einen Vorwand gab, an ihrer Empfindlichkeit zu zweifeln; denn er konnte nicht begreifen, wie ein feinfühlendes junges Mädchen in der Gegenwart eines Mannes ungerührt bleiben könne, zu dem sie noch kürzlich in engen Beziehungen gestanden hatte. Er bedachte dabei nicht, daß sie weit mehr Ursache hatte, seine erheuchelte Unbefangenheit zu verurteilen, und daß ihr äußeres Benehmen so gut wie das seinige eine saure Frucht des Stolzes und der Entrüstung war.

So boten sie gegenseitig ihre Verstellungskunst auf, bis am Abend die Paare zum Tanz antraten. Peregrine eröffnete den Ball durch ein Menuett mit der Braut, dann holte er die junge Dame, der er von Gauntlet empfohlen war. Es freute ihn ungemein zu sehen, daß ihre Person wohl imstande sei, selbst Emiliens Eifersucht zu erregen, obgleich er zur selben Zeit bemerkte, daß man seiner Gebieterin einen flotten jungen Offizier zugewiesen hatte, den er, trotz allem Respekt vor seinen eigenen Vorzügen, als einen nicht zu verachtenden Nebenbuhler einschätzte. Dennoch war er es, der mit den Feindseligkeiten begann, indem er sich auffallend um seine Partnerin bemühte und sie sogleich mit schmeichelhaften Komplimenten bestürmte, die bald zum Kapitel über die Liebe führten Hierüber verbreitete er sich mit viel Geschick und großer Beredsamkeit und bediente sich dabei nicht bloß seiner geläufigen Zunge, sondern auch der Augensprache, die er vollendet beherrschte.

Dieses Betragen wurde bald von der ganzen Gesellschaft wahrgenommen, und der größte Teil davon glaubte, er wäre allen Ernstes von den Reizen seiner Tänzerin gefesselt. Emilie hingegen durchschaute seine Absicht und kehrte seine eigenen Waffen gegen ihn. Die Huldigungen seines Nebenbuhlers, der in der Kunst zu lieben kein Neuling war, schienen ihr viel Vergnügen zu bereiten. Sie spielte sogar

die ungemein Lebhafte, kicherte laut bei allem, was er ihr
ins Ohr flüsterte, so daß die Gesellschaft sich nun mit ihr
beschäftigte und glaubte, der Offizier habe sich des Bräutigams Schwester erobert.

Selbst Peregrine fing an, diese Meinung zu hegen, was
allmählich seine frohe Laune beeinträchtigte und ihn mit
Wut erfüllte. Er bestrebte sich, seinen Unwillen zu unterdrücken, und rief dabei all seine Eitelkeit und Rachsucht zu
Hilfe. Er bemühte sich, seine Augen von dem leidigen
Gegenstand, der ihn störte, abzuwenden, aber sie ließen sich
nicht dazu zwingen. Er wünschte sich seiner Sinne beraubt,
wenn er Emilie lachen hörte oder sah, wie sie dem Offizier
zulächelte. Als er ihr beim Kontertanz die Hand reichen
mußte, durchzuckte es ihn bei der Berührung, und Flammen
schlugen in ihm auf, deren er nicht Herr zu werden vermochte. Mit einem Worte, die Anstrengung, seine Gemütsverfassung zu verbergen, war so heftig, daß sein Körper
diese Erschütterung nicht aushalten konnte. Der Schweiß
strömte ihm von der Stirn, alle Farbe wich aus seinen Wangen, die Knie begannen zu schlottern, und seine Sehkraft
trübte sich. Er wäre sonach unfehlbar längelang zu Boden
gestürzt, hätte er sich nicht schnell in ein anderes Zimmer
begeben, wo er ohnmächtig auf ein Sofa hinsank.

In diesem Zustand fand ihn sein Freund, der ihm sofort
folgte, als er ihn mit solchen Symptomen einer Unpäßlichkeit hinausgehen sah. Als Pickle wieder bei Sinnen war, bat
ihn Gauntlet dringend, lieber ein Bett in seinem Hause zu
benutzen als sich auf dem Heimweg der Nachtluft auszusetzen. Da er ihn jedoch nicht dazu bewegen konnte, dieses
Anerbieten anzunehmen, wickelte er ihn in einen Mantel,
führte ihn nach dem Wirtshaus, in dem er logierte, half ihm
beim Entkleiden und brachte ihn zu Bett, worauf sich sofort
ein heftiger Anfall von kaltem Fieber einstellte. Geoffrey
war voll zärtlicher Fürsorge und wäre trotz seiner eigenen
Lage die ganze Nacht bei ihm geblieben, hätte sein Freund
nicht darauf bestanden, daß er zu seinen Gästen zurückkehre und ihn bei seiner Tänzerin wegen seines plötzlichen
Verschwindens entschuldige.

Dies war nun allerdings unbedingt nötig, wenn er die Gesellschaft beschwichtigen wollte, die wegen seiner Abwesenheit in große Bestürzung geraten war. Da nämlich einige Damen sahen, wie der Bräutigam dem Fremden nacheilte, und den Vorgang nicht begriffen, begannen sie zu befürchten, es möchte ein Streit zwischen ihnen ausgebrochen sein. Emilie war, scheinbar infolge dieser Vermutung, in einer solchen Aufregung, daß sie sich setzen und ihres Riechfläschchens bedienen mußte.

Die Braut, die um das ganze Geheimnis wußte, war die einzige, die gefaßt und besonnen handelte. Sie schätzte Emiliens Übelkeit richtig ein, nämlich als Besorgnis um den Zustand ihres Liebhabers, und versicherte den Damen, Mr. Pickles Weggehen habe nichts Besonderes zu bedeuten, er leide häufig unter Ohnmachten, die ihn manchmal vollkommen unerwartet anwandelten. Gauntlets Ankunft bestätigte die Wahrheit dieser Behauptung. Er entschuldigte sich für seinen Freund bei der Gesellschaft und sagte, daß er plötzlich krank geworden sei. Nun huldigte man wieder dem Tanz, nur mit dem Unterschied, daß Emilie, die sich höchst elend fühlte und sehr müde war, bat, man möge ihr verzeihen, wenn sie sich nicht mehr daran beteilige. So erhielt Peregrines Dame den jungen Offizier zum Partner, den man ihr ursprünglich zugedacht hatte.

Inzwischen zog sich die Braut mit ihrer Schwägerin in ein anderes Zimmer zurück, wo sie dieser ihre Grausamkeit gegen Mr. Pickle vorwarf und ihr auf Geoffreys Bericht hin versicherte, er habe ihretwegen einen heftigen Fieberanfall bekommen, der wahrscheinlich eine gefährliche Wirkung auf seine Gesundheit haben würde. Obwohl Emilie in ihren Antworten auf die gütigen Vorstellungen der sanften Sophie unerbittlich blieb, machten Mitleid und Liebe doch Eindruck auf ihr Herz und erweichten es. Sie war außerstande, ihr Amt, die Braut zu Bette zu bringen, zu verrichten, begab sich auf ihre Stube und härmte sich dort heimlich wegen des Befindens ihres Liebhabers.

Am folgenden Morgen, sobald die Schicklichkeit es ihm erlaubte, die Arme seines teuren Weibes zu verlassen, stattete

Hauptmann Gauntlet Peregrine einen Besuch ab. Der hatte eine unruhige und schlechte Nacht gehabt und zeitweise im Delirium gelegen, so daß es Pipes höchst sauer geworden war, ihn festzuhalten. Er gestand Geoffrey, der Gedanke an Emilie und den Offizier habe ihn fortwährend verfolgt und mit unsäglicher Angst erfüllt, seinen Geist zerrüttet, kurz, ihn so gemartert, daß er lieber den Tod erleiden als noch einmal solch schauderhafte Seelenqualen erleiden wolle. Sein Freund beruhigte ihn indessen durch die Versicherung, die Neigung seiner Schwester würde schließlich über alle Regungen des Unwillens und des Stolzes den Sieg davontragen, und erzählte ihm zum Beweis dieser Behauptung, wie sehr sie durch die Kunde von seiner Krankheit gerührt worden sei. Zugleich gab er ihm den Rat, Sophie in einem Brief um Vermittlung zwischen ihm und Emilie anzuflehen.

Diese Gelegenheit dünkte Peregrine zu günstig, als daß er sie hätte versäumen wollen. Er ließ sich Papier geben, richtete sich im Bett auf und schrieb im ersten Überschwang seiner Gefühle folgende Bittschrift an Geoffreys liebenswürdige Gemahlin:

Wertgeschätzte Frau!

Ein jammervolles, von Reue gefoltertes Herz kann sich nie vergebens an Ihre Güte wenden, und so wage ich es denn, auch in Ihren Tagen der Wonne mit Worten des Kummers zu Ihnen zu kommen und Sie zu bitten, sich der Sache eines unglücklichen Liebhabers anzunehmen, der in unsagbarem Leid über seine vernichtete Hoffnung trauert. Erwirken Sie mir Verzeihung bei dem göttlichen Geschöpf, das ich im Übermaß, in der Zügellosigkeit meiner Leidenschaft so tödlich beleidigt habe. Gerechter Himmel! Ist denn meine Schuld gar nicht abzubüßen? Gibt es für mich keine Hoffnung auf Barmherzigkeit? Bin ich für immer zu Trübsal und Trostlosigkeit verurteilt? Ich habe mich zu jeder Sühne bereit erklärt, welche die aufrichtigste und vollkommenste Reue überhaupt anbieten kann, und sie weist meine Demütigung und meine Bußfertigkeit zurück. Wofern ihr Unwille mich bis ins Grab verfolgen will, soll sie mir nur ihr Wohlgefallen hieran kundtun, und man möge mich mit dem Namen Schurke brandmarken und die ganze Nachwelt meiner in Unehren und mit Abscheu gedenken, wenn ich einen Augenblick zögere, ein Leben aufzuopfern, das Emilie verhaßt ist. Ach, Madame, während ich so meinem Schmerz und meiner Verzweiflung Ausdruck verleihe, schaue ich mich im Zimmer um, wo ich liege, und jeder wohlbekannte Gegenstand, den meine Augen erblicken, erinnert mich an den lieben, den seligen Tag, an dem die schöne, die gute, die zärtliche Sophie, obwohl ich ihr ganz fremd war, meine Fürsprecherin wurde und herrlich eine Aussöhnung herbeiführte zwischen mir und jener schönen Zauberin, die jetzt in ihrem Zorn so unerbittlich ist. Wenn ihr Gewissensbisse und die Pein der Enttäuschung nicht genügen und ihr die heftigen Anfälle von Wahnsinn, die ich erlitten habe, nichts bedeuten, so möge sie mir vorschreiben, welcher weiteren Buße ich mich unterziehen soll, und lehne ich ihren Entscheid ab, so will ich auf ewig der Gegenstand ihrer Verachtung sein.

Ihrer gütigen Fürsprache, teuerste Frau, teuerste Sophie, teuerste Gattin meines Freundes, stelle ich alles anheim. Ich weiß, Sie werden meine Sache vertreten als eine Angelegenheit, von der mein ganzes Glück abhängt, und ich erhoffe alles von Ihrem Mitleid und von Ihrer Milde, so wie ich alles von der Strenge und der Grausamkeit Emiliens befürchte. Ja, ich nenne es Grausamkeit, eine barbarische Art von Empfindlichkeit, die der Zärtlichkeit in der menschlichen Natur widerspricht. Schmach und Schande sei mein Los, wenn ich mein Leben unter dieser Geißel fortschleppe! Doch ich fange an zu rasen. Ich beschwöre Sie bei Ihrer eigenen Menschlichkeit und Sanftmütigkeit, ich beschwöre Sie bei Ihrer Liebe zu dem Manne, den der Himmel zu Ihrem Beschützer bestimmt hat, verwenden Sie Ihren Einfluß bei diesem Engel des Zorns zum Besten

Ihres dankbaren und ergebenen Dieners P. Pickle

Diesen Brief händigte Geoffrey sogleich seiner Frau aus; sie las ihn mit innigster Teilnahme durch und eilte damit auf das Zimmer seiner Schwester. „Hier", sagte sie und überreichte ihr das Schreiben, „ist etwas, das ich Ihrer ernsten Aufmerksamkeit empfehlen muß." Emilie, die sofort erriet, worum es sich handelte, wollte den Brief nicht ansehen oder auch nur vorgelesen haben, bis ihr Bruder ins Zimmer trat, sie wegen ihres Stolzes und ihrer Hartnäckigkeit scharf tadelte, sie der Torheit und der Heuchelei bezichtigte und die Interessen seines Freundes mit solcher Wärme verfocht, daß Emilie, weil ihr seine Vorstellungen als unfreundlich erschienen, in eine Flut von Tränen ausbrach und ihm Parteilichkeit und Mangel an Zuneigung vorwarf. Geoffrey, der für seine Schwester die vollkommenste Liebe und Hochachtung empfand, bat um Verzeihung, wenn er sie beleidigt hätte, küßte die Tropfen aus ihren schönen Augen fort und ersuchte sie, um seinetwillen der Erklärung seines Freundes das Ohr nicht zu verschließen.

So bedrängt, konnte sie sich nicht weigern, den Inhalt des Briefes anzuhören. Darauf beklagte sie ihr Schicksal, an so viel Unruhe und Unannehmlichkeit schuld sein zu müssen. Sie sagte ihrem Bruder, er möchte Mr. Pickle versichern, sie sei keine willkürliche Feindin seines Friedens, wünsche ihm vielmehr alles Glück, doch hoffe sie, er werde sie nicht tadeln, daß sie auf ihr eigenes Bedacht nehme und daher jede fernere Erörterung oder jeden Umgang mit einer Person vermeide, zu der sie keine Beziehungen mehr unterhalten könne.

Umsonst erschöpfte das neuvermählte Paar all seine Beredsamkeit, um ihr darzutun, daß die von unserm Helden angebotene Sühne der Beleidigung, die sie erlitten, völlig angemessen sei, daß, wenn sie sich mit einem reuigen Liebhaber aussöhnte, der sich dabei den von ihr gestellten Bedingungen unterwürfe, auch die schärfsten und strengsten Richter der Schicklichkeit ihre Ehre nicht antasten könnten und daß ihre Unnachgiebigkeit mit Recht dem Stolz und der Kälte ihres Herzens zugeschrieben werden würde. Allein sie war taub gegenüber all ihren Gründen, Ermahnungen und Bitten und drohte, das Haus augenblicklich zu verlassen, wenn sie ihr nicht versprächen, dieses Thema fallenzulassen.

Höchst ärgerlich über den üblen Erfolg seiner Bemühungen, kehrte Geoffrey zu seinem Freunde zurück und berichtete ihm den ganzen Verlauf seiner Unterredung mit Emilie so schonend, wie es ihm nur möglich war. Da er aber schließlich mit ihrem Entschluß doch herausrücken mußte, war Peregrine genötigt, den Kelch bitterer Enttäuschung noch einmal zu leeren, was ihn dermaßen aufregte, daß er für kurze Zeit fast außer sich geriet und tausend unsinnige Dinge tat. Doch dieser Paroxysmus ging bald in tiefe Verschlossenheit und finstern Unwillen über, dem er insgeheim nachhing; und unter dem Vorwand, er bedürfe der Ruhe, machte er sich, sobald er konnte, von der Gesellschaft des Offiziers frei.

Während er so dalag und über seine augenblickliche Situation nachgrübelte, hatte sein treuer Pipes, der die Ursache seines Kummers kannte und fest glaubte, daß Emilie seinen Herrn im Grunde des Herzens liebe, sosehr sie sich auch bestrebte, ihre Gefühle zu verbergen, hatte Tom, sagte ich, einen Einfall, der, wie er meinte, alles in Ordnung bringen würde und den er darum auch unverzüglich ins Werk setzte. Ohne Hut lief er geradeswegs nach dem Hause von Sophiens Vater, stellte sich außerordentlich erschreckt und bestürzt und donnerte so kräftig an die Türe, daß die ganze Familie im Augenblick auf den Flur hinauseilte. Als er vorgelassen wurde, sperrte er den Mund auf, starrte umher, keuchte und gab keine Antwort, als Geoffrey ihn fragte, was los sei, bis Mrs. Gauntlet Besorgnisse wegen seines Herrn äußerte. Als Pickles Name genannt wurde, schien Tom nach Worten zu ringen und brüllte dann in dumpfem Ton: „Hat sich selbst aufgebracht, zerreißt seine Bramsegel!" Dabei zeigte er auf seinen Hals und hob sich auf den Zehen empor, um den Sinn seiner Rede deutlich zu machen.

Ohne eine weitere Frage stürmte Geoffrey hinaus und flog nach dem Gasthof hin, in äußerstem Schrecken und voller Angst, während Sophie, die des Boten Sprache nicht recht verstand, sich nochmals an ihn wandte und mit großem Ernst sagte: „Ich hoffe, es ist Mr. Pickle kein Unfall begegnet." „Kein Unfall, nein", versetzte Tom, „er hat sich bloß vor Liebe aufgehängt." Kaum waren diese Worte aus seinem Munde heraus, als Emilie, die an der Tür des Besuchszimmers lauschte, laut aufschrie und besinnungslos zu Boden sank, während ihre Schwägerin, die von dieser Nachricht beinahe ebenso erschüttert war, sich auf den Arm ihrer Magd stützen mußte, sonst wäre auch sie umgefallen.

Als Pipes Emiliens Stimme vernahm, wünschte er sich zum Erfolg seiner List Glück; er sprang hinzu, ihr zu helfen, setzte sie in einen Lehnstuhl und blieb bei ihr, bis sie sich von ihrer Ohnmacht wieder erholt hatte und er sie, außer sich vor Verzweiflung und Liebe, den Namen seines Herrn ausrufen hörte. Dann trabte er nach dem Wirtshaus zurück, voll herzlicher Freude darüber, Peregrine erzählen zu können, was für ein Geständnis er seiner Geliebten abgepreßt habe; und auf diesen Beweis seines eigenen Scharfsinns tat er sich nicht wenig zugute.

Unterdessen war Geoffrey in dem Hause angekommen, wo sich seiner Meinung nach das verhängnisvolle Unglück abgespielt hatte. Ohne sich unten erst weiter zu erkundigen, lief er die Treppe nach Peregrines Zimmer hinauf, und da er es verschlossen fand, sprengte er mit einem einzigen Fußtritt die Tür auf. Allein wie groß war sein Erstaunen, als bei seinem Eintritt unser Held vom Bett auffuhr und ihn mit einem groben: „Wer zum Teufel ist denn da?" begrüßte. Sprachlos vor Verwunderung blieb Gauntlet wie angenagelt stehen und traute kaum seinen Sinnen, bis Peregrine mit mißvergnügter Miene, die deutlich verriet, wie wenig ihm dieses gewaltsame Eindringen gefallen hatte, Geoffreys Furcht durch eine zweite Anrede zerstreute, indem er zu ihm sagte: „Ich sehe, Sie betrachten mich als Ihren Freund, daß Sie so frei mit mir umspringen."

Der Offizier, nun von der Falschheit der erhaltenen Nachricht überzeugt, begann zu argwöhnen, Pickle habe selbst den Plan entworfen, den sein Bedienter ausgeführt hatte, und weil er ihm als unverantwortlicher Betrug vorkam, der für seine Schwester oder seine Frau sehr traurige Folgen haben könnte, erwiderte er in hochfahrendem Ton, Pickle sei an dieser Störung seiner Ruhe ganz allein schuld und solle sie lediglich dem erbärmlichen Scherz beimessen, den er inszeniert habe.

Pickle, stets leicht erregbar und vor diesem Besuch aus Ungeduld mehr als halb wahnsinnig, trat dicht vor Geoffrey hin, wie er sich so von oben herab behandelt sah, nahm eine finstere oder vielmehr wütende Miene an und sagte: „Hören Sie, Sir, Sie irren sich, wenn Sie denken, daß ich scherze. Es ist mein voller, bitterer Ernst, das versichere ich Ihnen." Gauntlet war nicht der Mann, den man mit einem drohenden Blick einschüchterte, und da er sich von jemandem brüskiert fand, über dessen Betragen sich zu beschweren er Ursache zu haben glaubte, setzte er sein trotziges Soldatengesicht auf, warf sich in die Brust und erwiderte mit erhobener Stimme: „Mr. Pickle, es mag nun Scherz oder Ernst gewesen sein, so müssen Sir mir erlauben, Ihnen zu sagen, daß Ihr Plan kindisch, unpassend und lieblos ist, um keinen härtern Ausdruck dafür zu gebrauchen."

Peregrine: „Tod und Teufel! Sir, Sie spielen mit meiner Unruhe. Hat Ihre Beschuldigung Verstand und Sinn, so erklären Sie sich deutlicher, und dann werde ich wissen, was ich für eine Antwort zu geben habe."

Gauntlet: „Ich bin zwar mit ganz andern Empfindungen hierhergekommen; da Sie mich aber zu einer Anklage drängen und mir ohne Grund so hochmütig und verdrossen begegnen, will ich Ihnen ohne alle Umschweife sagen, daß Sie den Frieden meines Hauses freventlich gestört haben. Sie schicken Ihren Bedienten zu uns mit der so überraschenden Nachricht, Sie hätten sich ein Leid angetan, und jagen uns dadurch den größten Schrecken ein."

Diese Anschuldigung machte Peregrine ganz bestürzt; er stand stillschweigend da, starrte den andern wild und erstaunt an und war äußerst begierig, die Geschichte kennenzulernen, auf die sein Ankläger anspielte, und zugleich erbittert, weil er die Sache nicht begreifen konnte.

Während sich diese beiden erzürnten Freunde mit entrüsteten Blicken maßen und sich in feindseliger Haltung gegenüberstanden, trat Pipes ein, und ohne der Situation, in der er sie antraf, die geringste Beachtung zu schenken, sagte er zu seinem Herrn: ,,Können immer die Bramstengen Ihres Herzens aufsetzen und die Freudenflaggen wehen lassen! Ich habe Ihr Feinsliebchen, Fräulein Emilie, herumgesteuert. Das Schiff hat beigedreht und nimmt einen ganz andern Kurs, just nach dem Hafen, wo Sie's hinhaben wollen."

Peregrine, der die Seemannssprache seines Bedienten noch nicht ganz weghatte, befahl ihm bei Strafe seiner Ungnade, sich deutlicher auszudrücken, und brachte durch verschiedene Fragen den ganzen Plan heraus, den jener zu seinem Besten ausgeführt hatte. Durch diesen Bericht nicht wenig verlegen, hätte er seinen Diener für seine Verwegenheit auf der Stelle gezüchtigt, wäre ihm nicht vollkommen klargewesen, daß der Bursche bloß die Absicht gehabt hatte, sein Glück zu fördern. Auf der andern Seite aber wußte er nicht, wie er, ohne sich zu einer Erklärung zu bequemen, was ihm in seiner jetzigen Stimmung unmöglich war, sich in Geoffreys Augen von dem Verdacht reinigen sollte, er habe diesen Plan selbst entworfen. Nach einer kurzen Pause wandte er sich gleichwohl mit einer finstern und gerunzelten Stirn an Pipes und sprach: ,,Das ist nun das zweitemal, du Schlingel, daß ich durch deine Dummheit und Vermessenheit bei der jungen Dame in Mißkredit gebracht werde. Wenn du dich künftig ohne ausdrücklichen Befehl und Auftrag je wieder in meine Angelegenheiten mischest, so bringe ich dich, bei allem was heilig ist! ohne alle Gnade und Barmherzigkeit um. Raus, und sofort mein Pferd gesattelt!"

Pipes ging hinaus, um den Willen seines Herrn zu erfüllen, und jetzt wandte sich Peregrine wieder an den Offizier, preßte die Hand an die Brust und sagte mit feierlichem Blick und Ton: ,,Hauptmann Gauntlet, ich bin, auf Ehre, an dem läppischen Streich unschuldig, den Sie für meine Erfindung halten. Sie lassen meines Erachtens weder meinem Verstand noch meinem Ehrgefühl Gerechtigkeit widerfahren, wenn Sie mich einer so ungereimten Frechheit fähig erachten. Was Ihre Schwester angeht, so habe ich sie ein einziges Mal in meinem Leben im ungestümen, wahnsinnigen Taumel der Begierden beleidigt. Ich habe aber solche Geständnisse abgelegt und eine solche Genugtuung angeboten, wie sie wenige Frauen ihres Ranges ausgeschlagen hätten. Jetzt, bei Gott! bin ich entschlossen, eher alle Qualen der Enttäuschung und Verzweiflung zu erdulden, als mich wieder vor ihrer Grausamkeit und vor ihrem Stolz zu beugen, die beide schlechterdings nicht zu rechtfertigen sind." Nach diesen Worten eilte er schnell die Treppe hinunter und stieg unverzüglich zu Pferd. Sein Groll stärkte ihm den Mut und bewog ihn, sich im stillen zu geloben, im Besitz der ersten willigen Dirne, die ihm unterwegs begegnete, für Emiliens Verachtung Trost zu suchen.

Während er in dieser Gesinnung nach dem Kastell aufbrach, kehrte Gauntlet, der bald Ärger, bald Scham und Teilnahme empfand, nach dem Hause seines Schwiegervaters zurück, und da seine Schwester über die Nachricht von Peregrines Tod noch immer heftig bewegt war, enthüllte er das Geheimnis sofort und erzählte zugleich von den nähern Umständen des Gesprächs, das er im Wirtshaus mit Pickle geführt hatte. Dessen Benehmen schilderte er mit einigen harten Worten, die weder Emilie angenehm waren, noch von der sanften Sophie gebilligt wurden, die es ihm zärtlich verwies, daß er Peregrine in einem Mißverständnis habe abreisen lassen.

86

Peregrine trifft auf dem Weg zum Kastell eine Schöne von der Landstraße. Er nimmt sie zu sich und verwandelt sie in eine feine Dame.

Unterdessen ritt unser Held in tiefem Sinnen gemächlich auf der Straße dahin, als ihn ein Bettelweib mit ihrer Tochter in seinen Betrachtungen störte und um ein Almosen ansprach. Das Mädchen mochte sechzehn Jahre alt sein; und trotz ihrem armseligen Aufzug bemerkte er ihre gesunde

Farbe und hübschen Züge, die durch ihre Fröhlichkeit noch gefälliger in Erscheinung traten. Der obenerwähnte Entschluß war in Peregrine noch immer lebendig, und er sah in der jungen Bettlerin ein sehr taugliches Mittel, sein Gelübde zu erfüllen. Er knüpfte daher mit der Mutter eine Unterhandlung an und erwarb von ihr für eine geringe Summe das Recht, über ihre Tochter zu verfügen. Ohne daß es vieler Komplimente und Bitten bedurfte, willigte diese ein, ihn nach dem Ort zu begleiten, den er ihr zum Wohnsitz bestimmen würde.

Nachdem dieser Kontrakt abgeschlossen war, befahl unser abenteuernder Ritter Pipes, seine Neuerwerbung hinter sich aufs Pferd zu nehmen. Beim ersten Wirtshaus, das sie unterwegs vorfanden, stieg er ab und schrieb einen Brief an Hatchway, worin er ihn bat, diese Heckenprinzessin aufzunehmen und sie schleunigsts säubern und anständig kleiden zu lassen, so daß sie bei seiner Ankunft, die er deshalb um einen Tag aufschieben wollte, anzufassen sei. Dieses Briefchen mitsamt dem Mädchen vertraute er Pipes an, dem er eingeschärft hatte, sich so schnell wie möglich nach dem Kastell zu begeben und ja keinen Angriff auf die Keuschheit der Schönen zu machen. Er selbst ritt indessen quer durch das Land nach einem Marktflecken, wo er die Nacht zu verbringen gedachte.

So gewarnt, zog Tom mit seinem Schützling weiter, und da er von Natur schweigsam war, öffnete er den Mund nicht eher, als bis sie den größten Teil der Reise zurückgelegt hatten. Allein Thomas war, so eisenhart er aussah, eben auch nur ein Mensch von Fleisch und Blut. Die Berührung eines strammen Mädchens, das beim Reiten den rechten Arm um seine Hüfte schlang, reizte seine Begierden. Seine Gedanken fingen an, gegen die Vorschrift seines Herrn zu rebellieren, und er konnte der Versuchung, zärtlich zu werden, fast nicht widerstehen.

Trotzdem kämpfte er gegen diese meuterischen Eingebungen mit aller Vernunft, die ihm der Himmel zum Gebrauch verliehen hatte. Als diese jedoch gänzlich verdrängt war, ließ ihn seine siegreiche Leidenschaft in

folgende Worte ausbrechen: „Meiner Six! Ich glaube, der Herr denkt, ich hätte nicht mehr Saft in meinem Leibe wie ein gedorrter Kabeljau. Mich da im Düstern mit so einer schmucken Dirn herumtreiben zu lassen! Gelt, Liebchen?"
„Flunkere nur weiter", erwiderte seine Reisegefährtin, und ihr Liebhaber fuhr fort zu werben und sagte: „Blitz noch einmal, wie du meine Steven kitzelst! Da schießt was durch meinen ganzen Packraum bis auf den Kiel! Hast etwa Quecksilber in den Händen?" „Quecksilber?" sagte das Frauenzimmer. „Verflucht sei das Silber, das diesen Monat durch meine Hand gegangen ist. Meinst du denn, daß ich mir nicht ein Hemde würde gekauft haben, wenn ich Silber hätte?" „Potz Hagel! Du vertracktes Weibchen", rief der Liebhaber, „es soll dir weder an einem Hemde noch an einem Unterrock fehlen, wenn du gegen einen ehrlichen Kerl von Seemann ein bissel freundlich sein wolltest. Er ist dir so gesund und stark wie ein neunzölliges Kabel; würde über Bord alles sauber und unter den Luken alles dicht holen." „Hol der Teufel dein Gewäsch", sagte die Schöne. „Was scheren mich deine Gabeln und Luken?" „Laß mich nur immer an Bord", antwortete Tom, dessen Appetit jetzt bis zum Heißhunger geschärft war. „Ich will dich den Kompaß richten lehren, Herzchen. Ha, du Bummerchen, was für eine hübsche Petze du bist." „Petze!" schrie diese moderne Dulzinea, über einen so schimpflichen Ausdruck erbittert, „just so eine Petze wie deine Mutter. Du Hundsfott, du! Ich habe große Lust, du verfluchter Kerl, dich zu bekompassen, daß dir die Ohren gellen sollen. Du mußt wissen, daß ich für deinen Herrn bin, du unverschämter Troßbub du. Ärger bist als ein Hund, du alter Stallknecht, mit deinem flohfleckigen Flintensteingesicht. Ein Hund trägt doch seinen eigenen Rock, du aber den deines Herrn."

Dieser Strom von entehrenden Beinamen verwandelte des Galans Liebe in Zorn. Er drohte abzusteigen, sie an einen Baum zu binden und ihr Hinterkastell mit seiner neunschwänzigen Katze zu bearbeiten. Mit diesen Drohungen konnte er sie jedoch nicht einschüchtern; jetzt trotzte sie ihm erst recht, und die Flut ihrer Beredsamkeit war so mächtig, daß sie sogar unter den Fischweibern von London Anspruch auf einen nicht geringen Ruf hätte erheben können. Denn dieses junge Weib hatte, ganz abgesehen von einem angeborenen Genie für Streit und Wortwechsel, ihre Talente unter der ehrwürdigen Gesellschaft von Jätern, Schotensammlern und Hopfenlesern entwickelt, mit denen sie von ihrer zarten Jugend auf umgegangen war. Es war daher kein Wunder, daß sie bald einen vollständigen Sieg über Pipes davontrug, dessen Stärke, wie der Leser leicht bemerkt haben wird, das Sprechen nicht gerade war. Tatsächlich hatte ihn ihre geläufige Zunge ganz aus der Fassung gebracht, und da er über Antworten auf die sehr deutlichen Perioden ihrer Rede nicht verfügte, zog er es sehr weislich vor, um sich Atem und Überzeugungsgründe zu ersparen, ihr das Kabel völlig freizulassen, damit sie sich selbst aufbringen möchte, und ritt also stillschweigend und mit großer Ruhe weiter, ohne sich um seine schöne Reisegefährtin weiter mehr zu kümmern, als wenn sie seines Herrn Mantelsack wäre.

Sosehr er sich auch beeilte, kam er doch erst spät im Kastell an, wo er Brief und Mädchen dem Leutnant überlieferte. Dieser hatte kaum seines Freundes Absicht erfahren, als er alle Zuber im ganzen Haus in den Vorsaal schaffen und mit Wasser füllen ließ, und Tom, der sich unterdessen mit Schiffswischen und Bürsten ausgerüstet hatte, streifte nun der schönen Fremden ihr buntscheckiges Gewand ab, überantwortete es sogleich den Flammen und vollzog an ihrem weichen und glatten Leib feierlich den Brauch des Schrubbens, wie er auf den königlichen Kriegsschiffen üblich ist. Die Schöne unterwarf sich dieser Reinigung nicht ohne Murren und Sträuben. Sie fluchte auf Hatchway, der dabei zugegen war, und machte viele beleidigende Anspielungen auf sein hölzernes Bein. Was Pipes, den Vollstrecker des Gebots, anbetrifft, so betätigte sie ihre Krallen so wirksam auf seinem Gesicht, daß ihm das Blut in mehreren Bächlein über die Nase rann; als sie am folgenden Morgen eingetrocknet waren, ähnelte sein Antlitz der rauhen Borke eines mit Harz verklebten Pflaumenbaumes.

Gleichwohl verrichtete er sein Geschäft mit viel Ausdauer. Er schnitt ihr das Haar dicht am Schädel weg, handhabte seine Bürsten mit Geschick, bediente sich je nach Erfordernis seiner verschieden großen und mehr oder minder groben Schiffswische und spülte zuletzt ihren ganzen Körper mit einem Dutzend Eimern kalten Wassers ab, die er über ihrem Kopf ausleerte.

Nach diesen Waschungen trocknete er sie mit Handtüchern ab, versah sie mit einem reinen Hemd, übernahm sodann bei ihr das Amt des Kammerdieners und stattete sie von Kopf bis Fuß mit saubern Kleidern aus, die Mrs. Hatchway gehört hatten. Er veränderte sie so dermaßen zu ihrem Vorteil, daß Peregrine, als er am folgenden Tag eintraf, kaum seinen Augen trauen wollte. Er war daher mit seinem Kauf sehr zufrieden und beschloß, eine schrullige Idee zu verwirklichen, die ihm gerade bei seiner Ankunft eingefallen war.

Er hatte, wie meines Erachtens der Leser gern zugeben wird, im Studium der Charaktere von Menschen aller Lebensstellungen, von den höchsten bis hinunter zu den bescheidensten, beträchtliche Fortschritte gemacht und beobachtet, daß auf diesem Gebiet bei den unteren und den oberen Ständen die gleiche Mannigfaltigkeit herrscht; ja, er hatte überdies entdeckt, daß der Verkehr mit denen, die mit dem Namen „die feine Welt" beehrt werden, nicht erbaulicher oder unterhaltender ist als der mit der niedrigsten Klasse der Menschen und daß der einzige wesentliche Unterschied in punkto Benehmen in einer gewissen äußern Bildung besteht, die man bei den geringsten Fähigkeiten ohne viel Studium und Anstrengung erwerben kann. Von diesem Gedanken beherrscht, beschloß er, die junge Bettlerin unter seine eigene Aufsicht zu nehmen und sie zu unterrichten. Er hoffte, er werde sie in wenigen Wochen als gebildete junge Dame von ungemeinem Witz und vortrefflichem Verstand der Gesellschaft präsentieren können.

Diesen extravaganten Plan begann er unverzüglich mit großem Eifer und Fleiß in die Tat umzusetzen, und er hatte mit seinen Bemühungen sogar einen unerwarteten Erfolg.

Das Hindernis, das er am schwersten überwinden konnte, war eine unverbesserliche Gewohnheit zu fluchen, ein Laster, dem sie von früher Jugend an gefrönt hatte und das ihr durch das Beispiel ihrer Umgebung zur zweiten Natur geworden war. Sie hatte jedoch einen gesunden Menschenverstand, der sie heilsamem Rat Gehör schenken ließ, und sie war so gelehrig, daß sie all die Vorschriften, die ihr Hofmeister ihrer Aufmerksamkeit empfahl, begriff und behielt. Daher wagte es Peregrine, sie nach wenigen Tagen bei Tisch einer Gesellschaft von Landjunkern zu präsentieren. Er stellte sie als eine Nichte des Leutnants vor, und als solche saß sie mit dem ungezwungensten Anstand bei der Tafel, denn von falscher Scham war sie so frei wie irgendeine Herzogin im Lande. Sie dankte für die Komplimente der Herren mit sehr graziösen Verbeugungen, und obgleich sie wenig oder gar nicht sprach, weil sie davor gewarnt worden war, ließ sie doch mehr als einmal ein Lachen hören, und es traf sich, daß dies im richtigen Moment geschah. Mit einem Wort, sie fand den Beifall und die Bewunderung der Gäste, und als sie weg war, wünschten sie Mr. Hatchway zu einer so schönen, wohlerzogenen und fröhlichen Verwandten Glück.

Was aber mehr als irgend etwas anderes zu ihrer schnellen Ausbildung beitrug, waren einige wenige Kenntnisse der Fibel, die sie sich, als noch ihr Vater, ein Tagelöhner, in der Gegend lebte, in einer Elementarschule angeeignet hatte. Auf diesem Grund führte Peregrine ein höchst zierliches Gebäude auf. Er sammelte auserlesene Sentenzen aus Shakespeare, Otway und Pope und lehrte sie, diese mit Nachdruck und theatralischer Deklamation herzusagen. Sodann unterrichtete er sie in den Namen und den Beinamen der berühmtesten Schauspieler und gab ihr die Anweisung, diese gelegentlich und in nonchalantem Ton hinzuwerfen; und da er bemerkte, daß ihre Stimme von Natur sonor war, brachte er ihr einige Stellen aus Opernmelodien bei, damit sie noch besser zur Geltung käme; sie sollte diese in den Pausen der Konversation summen, denen gewöhnlich durch das Herumbieten der Schnupftabaksdose abgeholfen wurde. Durch diese Pflege ihrer Anlagen machte sie in der feinen Bildung mit der Zeit ganz wunderbare Fortschritte. Sie begriff mit großer Leichtigkeit das Whist, obschon Cribbage ihr Lieblingsspiel war, womit sie sich seit ihrem ersten Eintritt ins Hopfenlesergewerbe in ihren Mußestunden amüsiert hatte; auch Brag hatte sie bald weg und verstand sich darauf.

So vorbereitet, wurde sie gesellschaftlich mit ihrem eigenen Geschlecht in Berührung gebracht. Als erste stattete ihr die Tochter des Pfarrers einen Besuch ab, denn eine solche Höflichkeit konnte diese ihr, einer Nichte von Mr. Hatchway, unmöglich versagen, nachdem jene sich öffentlich in der Kirche hatte sehen lassen. Mrs. Clover, die über ein gut Teil Scharfsinn verfügte, konnte sich hinsichtlich dieser Verwandten, deren Namen sie während ihres langen Aufenthaltes im Kastell nie hatte erwähnen hören, einiger Zweifel nicht erwehren. Da man sie aber einmal als junge Dame behandelte, wollte sie ihr ihren Umgang nicht verweigern und lud diese Miss Hatchway sogar in ihr Haus ein, nachdem sie ihr im Kastell einen Besuch gemacht hatte. Kurz, die „Nichte" machte die Runde in fast allen Familien der Nachbarschaft und wurde wegen ihrer Zitate – beiläufig bemerkt, waren sie nicht immer sehr gescheit gewählt – für ein munteres junges Mädchen von ungewöhnlicher Belesenheit und ungemein gutem Geschmack gehalten.

Nachdem Peregrine sie so in die elegante Gesellschaft der Provinz eingeführt hatte, reiste er mit ihr nach London, wo er ihr ein eigenes Logis und weibliche Bedienung besorgte und sie sogleich der Obhut seines Kammerdieners anvertraute, dem er befahl, sie im Tanzen und im Französischen zu unterrichten. Er begleitete sie wöchentlich drei- bis viermal ins Theater und ins Konzert, und als er glaubte, sie sei genügend an den Anblick der großen Welt gewöhnt, führte er sie selbst zu einer öffentlichen Veranstaltung und tanzte unter all den eleganten Damen mit ihr. Zwar hatte sie noch etwas auffallend Bäurisches und Linkisches in ihrem Benehmen, man legte das aber als reizende Wildheit aus, die sich über die Formen der gewöhnlichen Erziehung hinwegsetzte. In der Folgezeit fand er Mittel und Wege, sie mit einigen ausgezeichneten Vertreterinnen ihres Geschlechts bekannt zu machen. Durch diese erhielt sie Zutritt zu den angesehensten Gesellschaften, und sie fuhr fort, ihre Ansprüche auf feine Lebensart mit viel Umsicht zu behaupten. Allein eines Abends ertappte sie eine gewisse Dame, mit der sie Karten spielte, bei einem unfairen Kniff und warf ihr den Betrug offen vor, worauf sich aber eine solche Flut sarkastischer Verweise über ihr Haupt ergoß, daß ihre Grundsätze der Vorsicht weggeschwemmt wurden und die Schleusen ihrer angeborenen Beredsamkeit aufbrachen. Sie knallte Wörter wie Petze und Hure heraus, die sie mit großer Heftigkeit wiederholte, und zwar in einer Haltung, als wolle sie ihre Gegnerin zum Faustkampf herausfordern. Diese bekam dadurch einen gewaltigen Schreck, und alle Anwesenden waren baß erstaunt. Miss Hatchway war jedoch einmal gereizt, und so erreichte ihre Unvorsichtigkeit den Gipfel. Sie sprang auf, schnalzte zum Zeichen der Verachtung mit den Fingern, legte beim Verlassen des Zimmers ihre Hand auf den Teil ihres Körpers, der zuletzt verschwand, und lud die ganze Gesellschaft ein, denselben zu küssen, wobei sie sich einer seiner gröbsten Benennungen bediente.

Peregrine geriet durch diesen unbedachten Schritt seines Zöglings etwas außer Fassung. Die Kunde davon wurde durch die Fama im Nu zu allen Zirkeln der Stadt getragen, so daß die Schöne vom Verkehr mit feinen Leuten restlos ausgeschlossen wurde und Pickle beim sittsamen Teil seiner weiblichen Bekanntschaft vorläufig in Ungnade fiel. Manche verboten ihm nicht nur ihr Haus, weil er sowohl ihrer Ehre als auch ihrem Verstand die unverschämteste Beleidigung dadurch zugefügt habe, daß er ihnen eine ganz gewöhnliche Trulle als eine junge Dame von Geburt und Bildung aufgeschwatzt hatte, sondern sie brandmarkten auch seine Familie, indem sie behaupteten, die Dirne sei wirklich seine leibliche Base, die er aus ärmlichsten und unwürdigsten Verhältnissen plötzlich herausgeholt habe. Um sich für diese Verleumdung zu rächen, enthüllte unser junger Herr das ganze Geheimnis ihres Aufstiegs und zugleich die Gründe, die ihn bewogen hatten, sie in die galante Welt einzuführen. Auch ermangelte er nicht, seinen guten Freunden die überspannten Lobsprüche zu wiederholen, die ihr von den einsichtigsten Damen der Zeit gespendet worden waren.

Die Heckenprinzessin selbst wurde inzwischen von ihrem Wohltäter wegen ihrer schlechten Aufführung ausgescholten. Sie versprach ihm heilig, künftig besser auf sich achtzuhaben, und widmete sich nun mit großem Fleiß ihren Studien, wobei der Schweizer ihr behilflich war. Allein während ihre Kenntnisse bei seinem Unterricht zunahmen, nahm die Freiheit seines Herzens mehr und mehr ab, mit andern Worten, sie machte an ihrem Lehrmeister eine Eroberung, der dem Anreiz des Fleisches nachgab und eine passende Gelegenheit ergriff, ihr seine Liebe zu erklären. Sein Antrag fand infolge seiner persönlichen Eigenschaften eine kräftige Unterstützung, und da seine Absichten rechtschaffen waren, schenkte sie seinem Vorschlag, sie heimlich zu heiraten, Gehör. Sie entliefen beide, sobald er ihre Einwilligung hatte, ließen sich im *Fleet* trauen und feierten Hochzeit in einem Logis, das sie bei den „*Seven Dials*" gemietet hatten. Von da sandte der Ehemann am folgenden Tag einen Brief an unsern Helden, in dem er ihn wegen seiner Handlungsweise um Verzeihung bat und feierlich beteuerte, er habe diesen Schritt nicht etwa getan, weil er nicht mehr eine unbedingte Hochachtung für seinen Herrn empfinde, den er bis ans Lebensende ehren und schätzen werde, sondern einzig und allein, weil er den Reizen des jungen Frauenzimmers nicht mehr habe widerstehen können, mit dem er nun glücklich durch das zarte Band der Ehe vereinigt sei.

Die Vermessenheit seines Kammerdieners verdroß Peregrine zwar anfänglich, bei näherer Überlegung fand er sich jedoch mit der Tatsache ab, durch die er ja von einer beschwerlichen Last befreit wurde; denn er hatte seinen Spaß gehabt und fing nun an, seiner Erwerbung überdrüssig zu werden. Er dachte daran, wie treu der Schweizer ihm lange Jahre hindurch gedient und wieviel Anhänglichkeit er ihm gegenüber bewiesen hatte; und da er es für grausame Strenge hielt, ihn wegen des einen entschuldbaren Vergehens der Armut und Not preiszugeben, beschloß er, ihm zu verzeihen und ihn einigermaßen instand zu setzen, für die Familie zu sorgen, die er sich auf den Hals geladen hatte. So schickte er also dem Sünder eine wohlwollende Antwort und teilte ihm mit, er wünsche ihn zu sprechen, sobald seine Leidenschaft es ihm erlaube, die Arme seiner Gattin auf ein Stündchen zu verlassen. Diesem Wink folgend, verfügte sich Hadgi unverzüglich nach der Wohnung seines Herrn und erschien vor ihm mit der bußfertigsten Miene. Obgleich Peregrine sich bei seinem langgezerrten Jammergesicht kaum des Lachens erwehren konnte, unterließ er es dennoch nicht, ihm seine Respektlosigkeit und Undankbarkeit scharf vorzuwerfen und ihm zu sagen, er hätte durch Bitten erhalten können, was er sich verstohlenerweise genommen habe. Der Schuldige versicherte ihm, nächst der Rache Gottes sei von allen Übeln, vor denen ihm bange, seines Herrn Mißfallen für ihn das ärgste; die Liebe habe aber sein Gehirn so zerrüttet, daß jeder andere Gedanke als der, seine Begierde zu befriedigen, daraus verbannt worden sei, und er bekannte, es wäre ihm unmöglich gewesen, seinem eigenen Vater gegenüber Pflicht und Gehorsam zu beobachten, wenn diese nicht im Einklang mit seiner Leidenschaft gestanden hätten. Sodann appellierte er an das Herz seines Herrn, indem er auf gewisse Vorfälle im Leben unseres Helden anspielte, welche die verheerenden Wirkungen der Liebe klar bewiesen. Kurz, er hielt eine solche Verteidigungsrede, daß er seinem beleidigten Richter ein Lächeln abnötigte, und der vergab ihm nicht nur seine Schuld, sondern versprach auch, ihm eine gute Chance zu verschaffen, die es ihm ermöglichen dürfte, sich einen ausreichenden Unterhalt zu verdienen.

Dieser Edelmut rührte den Schweizer so sehr, daß er vor ihm niederkniete, ihm die Hand küßte und inbrünstig den Himmel darum bat, er möge ihn so großer Güte und Milde würdig machen. Sein Plan, sagte er, wäre, in einem bessern Teil der Stadt ein Kaffee- und Weinhaus aufzutun. Er hoffe dabei auf den geehrten Zuspruch der großen Bekanntschaft, die er in den Kreisen höherer Diener und achtbarer Krämer habe, und er zweifle nicht daran, daß seine Frau eine Zierde des Büfetts und eine sorgsame Haushälterin sein würde. Peregrine billigte dieses Projekt, zu dessen Ausführung er ihm und seiner Gattin fünfhundert Pfund schenkte. Zugleich versprach er ihm, zum Besten und zur Mehrung des Ansehens seines Hauses unter seinen Freunden einen Klub ins Leben zu rufen, der sich wöchentlich bei ihm versammeln sollte.

Hadgi geriet über seinem Glück dermaßen außer sich, daß er auf Pipes zulief, der im Zimmer war, und ihn aufs herzlichste umarmte, worauf er seinem Herrn die Reverenz machte und zu seiner jungen Frau heimeilte, um ihr alles zu erzählen. Und auf dem ganzen Weg sprach er mit sich selbst und tat einen Freudensprung nach dem andern.

87

Peregrine bekommt Besuch von Pallet, schließt Freundschaft mit einem vornehmen Ritter von Newmarket und wird von den Eingeweihten angeführt.

Unser abenteuernder Held war nunmehr nach diesem Ereignis von allen weiblichen Verbindungen frei. Er kehrte daher wieder zu seinem flotten Leben zurück, das er im Verein mit den Lebemännern der Stadt geführt hatte, und vollbrachte unter Freudenmädchen, Raufbolden, Falschspielern, Konstablern und Friedensrichtern unzählige Großtaten.

Mitten in dieser Beschäftigung wurde er eines Morgens von seinem ehemaligen Reisegefährten Pallet besucht. Die Erscheinung dieses Mannes setzte ihn ebenso in Verwunderung, wie sie ihn rührte. Ungeachtet der rauhen Witterung trug der Maler noch immer den gleichen dünnen Sommeranzug wie in Paris, und sein Rock war jetzt nicht nur ganz fadenscheinig, sondern an manchen Stellen sogar geflickt. Seine Strümpfe, die er mehrmals über den Schuhen umgeschlagen hatte, damit die Löcher nicht zu sehen seien – gute Ökonomen nennen dies „dem Strumpf schmeicheln" –, schlotterten Puddingbeuteln gleich um seine Knöchel. Sein Hemd, wenn auch frischgewaschen, war ganz safranfarben und guckte da und dort durch die Risse in seinen Beinkleidern hervor. Seine eigene Haartracht hatte er mit einer rauchgeschwärzten Knotenperücke vertauscht, die durch alles Mehl in seiner Streubüchse nicht weiß geworden war. Seine Augen waren eingesunken, seine ohnehin langen Kinnbacken hingen noch tiefer herab, und er schien zwanzig Jahre älter zu sein als damals, da er und unser Held sich in Rotterdam trennten.

Trotz diesen Zeichen des Verfalls redete er Pickle mit dürftig erheuchelter Zufriedenheit und Fröhlichkeit an, bestrebte sich – es war zum Erbarmen –, munter und sorglos aufzutreten, äußerte seine Freude darüber, ihn in England zu sehen, und entschuldigte sich, daß er ihm nicht eher seine untertänigste Aufwartung gemacht habe. Als Grund führte er an, daß er seit seiner Heimkehr der reinste Sklave einiger Personen von Stand und Geschmack gewesen sei, auf deren Drängen er mehrere Werke in äußerster Eile habe vollenden müssen.

Peregrine empfing ihn mit dem Mitleid und der Verbindlichkeit, die seinem Naturell eigen waren. Er erkundigte sich nach dem Befinden von Mrs. Pallet und der Kinder und fragte ihn, ob sein Freund, der Doktor, in London sei. Der Maler schien noch immer seinen alten Groll gegen diesen Herrn zu hegen, denn er sprach in verächtlichen Ausdrücken von ihm. „Der Doktor", sagte er, „steht so tief im Schatten seiner Einbildung und seines Eigendünkels, daß es seinen Verdiensten an Relief fehlt, sie treten nicht hervor. Es geht dem Bild die Harmonie ab, mein lieber Herr. Es ist genauso, als wenn ich den Mond hinter Wolken versteckt darstellen wollte. Man sähe nichts als eine dunkle Schattenpartie mit einem winzigen Lichtfleck in der Mitte, der bloß dazu dienen dürfte, die Finsternis gleichsam sichtbar zu machen. Sie verstehen mich. Hätte er meinen Rat befolgt, es wäre vielleicht besser für ihn gewesen; aber hartnäckig und blind beharrt er nun mal auf seiner Meinung. Sie müssen wissen, Mr. Pickle, bei unserer Rückkehr riet ich ihm, eine kleine, elegante Ode auf meine Kleopatra zu verfassen. So wahr Gott einst mein Richter ist, dachte ich ihm dadurch einen Dienst zu leisten und ihm ans Licht zu helfen; denn Sie wissen, wie Sir Richard bemerkt:

> Was dein Ruhm meinem dankt, stirbt – gönn denn mir,
> Als Teil zu leben eines Werks von dir.

Beiläufig gesagt, es steckt ein sehr malerischer Kontrast in diesen Zeilen: dein und mein, leben und sterben, mir und dir. Großartig! Dick war eben der Richtige, der verstand's, bei Gott. Doch, um auf unsern unglücklichen jungen Mann zurückzukommen, sollte man's für möglich halten, der rümpfte bei meinem freundlichen Vorschlag die Nase und schwatzte was Griechisches her, das nicht wert ist, wiederholt zu werden. Die Sache war nämlich so, lieber Herr, er war über die Geringschätzung, mit der ihm die Welt begegnete, aufgebracht. Er meinte, die Dichter seines Zeitalters wären auf sein Genie eifersüchtig und bemühten sich daher, es zu unterdrücken, während der übrige Teil der Menschheit nicht genug Geschmack besitze, es richtig zu würdigen. Ich meinerseits gestehe, ich bin ebenfalls einer von diesen; und, wie bei Billy Shakespeare der Narr vom Schwur des Junkers sagt, hätte ich bei des Doktors Genie geschworen, die Pfannkuchen taugten nichts, so konnten sie deshalb doch sehr gut sein; hätte ich da aber nicht falsch geschworen? Wie dem aber auch sei, genug, er hat in höchstem Unwillen der Stadt den Rücken gekehrt und sich in Derbyshire, nahe bei einem Hügel mit zwei Kuppen, niedergelassen, der dem Parnassus gleicht und wo im Talgrund ein Quell fließt, den er Hypogrüne getauft hat. Ja, meiner Seel, wenn er dort lange bleibt, kriegt er in kurzem das Malum Hypp und wird gelb und grün davon. Er wird noch über die erstbeste Gelegenheit froh sein, wieder zu den Fleischtöpfen Ägyptens zurückkehren und der verachteten Königin Kleopatra den Hof machen zu können. Ha! gut, daß wir gerade davon sprechen! Sie sollen wissen, bester Herr, daß so viele Gentlemen von gutem Geschmack um diese ägyptische Fürstin werben, daß ich, bei meiner Seligkeit, regelrecht in der Klemme steckte, weil ich alle übrigen Bewerber vor den Kopf gestoßen hätte, wenn ich sie einem von ihnen überließe. Und wer möchte seine Freunde kränken! Ich wenigstens halte mich an den Grundsatz, den geringsten Schein von Undankbarkeit zu vermeiden. Es ist vielleicht falsch, aber jeder hat so seine Art. Deshalb schlug ich ihren Liebhabern vor, sie in einer Lotterie auszulosen, wobei alle denselben Anteil an ihrer Gunst hätten und der Sieger durch Fortunas Entscheid bestimmt würde. Der Plan hat mächtig Anklang gefunden, und da der Einsatz die Kleinigkeit von einer halben Guinee betrug, drängte sich die ganze Stadt in mein Haus, um zu subskribieren! Aber ich war ihr gehorsamer Diener! Gedulden Sie sich ein wenig, meine Herren, bis erst meine speziellen Freunde bedient sind. Unter ihre Zahl gebe ich mir die Ehre auch Mr. Pickle zu rechnen. Hier ist ein Exemplar des Lotterieprogramms, und ich hoffe, daß, wenn er die Liste mit seinem Namen zieren wollte, der kleine Schmollkopf, Miß Fortuna genannt, ihn trotz seinem wohlverdienten Erfolg bei den jungen Damen doch einmal sitzenlassen werde, hähähä!"

Bei diesen Worten machte er tausend possierliche Verbeugungen und überreichte Pickle die Liste. Als dieser sah, daß die Anzahl der Subskribenten auf hundert beschränkt war, meinte er: „Mir scheint, Sie sind in Ihren Erwartungen allzu bescheiden. Ich meinerseits zweifle nicht, daß Ihr Gemälde, dessen Preis Sie auf nur fünfzig Pfund festgesetzt haben, noch für fünfhundert ein wohlfeiler Kauf wäre."

Auf diese unerwartete Bemerkung hin erwiderte Pallet, daß er sich nicht erkühne, unter Kennern den Preis seines Gemäldes zu bestimmen; er sei aber bei der Veranschlagung seiner Werke eben genötigt, auf die barbarische Unwissenheit der Zeit Rücksicht zu nehmen.

Unser abenteuernder Ritter erfaßte sogleich, worum es

sich bei dieser Lotterie handelte. Es war nichts anderes als ein Bettelmanöver, um ein armseliges Stück unterzubringen, das er sonst nicht einmal für zwanzig Schilling losgeworden wäre. Weit entfernt nun, den armen Mann in seiner Not dadurch zu verletzen, daß er seine Vermutung auch nur andeutete, bat sich Pickle sechs Lose aus, wofern sein Plan dies gestatte. Nach einigem Bedenken ließ sich der Maler herab, dem Wunsch aus bloßer Freundschaft und Ehrerbietung zu willfahren, obwohl er bemerkte, er müsse jetzt einige seiner besten Freunde von der Teilnahme ausschließen. Nachdem er das Geld empfangen hatte, gab er Peregrine seine Adresse und bat ihn, ganz nach Belieben die Fürstin zu besuchen, die, dessen sei er gewiß, ihre anziehendsten Reize entfalten würde, um ihn zu fesseln. Hierauf verabschiedete er sich, vom Erfolg seines Anliegens höchst befriedigt.

Obwohl die Neugier Peregrine reizte, sich das Porträt anzusehen, das, wie er sich vorstellte, der komischen Verschrobenheit des Malers irgendwie entsprechen mußte, wollte er sich dennoch nicht in die unangenehme Lage bringen, entweder dieses Werk seinem Gewissen und der gesunden Vernunft zum Trotz loben oder es zur unaussprechlichen Kränkung des armseligen Urhebers verdammen zu müssen. Daher dachte er im Traume nicht daran, dem Maler einen Gegenbesuch abzustatten; auch hörte er nie, daß dessen Lotterie durchgeführt worden sei.

Um diese Zeit wurde er eingeladen, einige Wochen auf dem Landsitz eines gewissen vornehmen Herrn zuzubringen, mit dem er während der oben beschriebenen Ausschweifungen bekannt geworden war. Se. Lordschaft zeichnete sich durch sein Geschick und sein Glück bei Pferderennen aus; daher war sein Haus stets voll von Kennern und Verehrern dieses Sports, und die ganze Unterhaltung drehte sich bloß um dieses Thema, so daß Peregrine nach und nach einige Kenntnisse von Pferden und den Freuden des Rennplatzes aufschnappte, denn, Essen und Trinken abgerechnet, bestand die ganze Beschäftigung bei Tage darin, daß sie das Gestüt Seiner Lordschaft besichtigten und die Tiere ritten und abrichteten.

Unser Held betrachtete diesen Zeitvertreib mit Wohlgefallen und Neugier. Für ihn war das Pferd ein schönes und edles Werk der Schöpfung, und er empfand bei dessen erstaunlicher Schnelligkeit den feinen Genuß des Mannes vom Fach. Es dauerte nicht lange, so war er mit jedem einzelnen Tier im Stalle des Lords bekannt und interessierte sich für seinen Ruf; zugleich befriedigte er seine Wißbegier, indem er verfolgte, wie die Pferde gepflegt und auf die Rennen dressiert wurden. Sein Gastgeber sah seinen Eifer und feuerte ihn an, weil er sich davon einigen Vorteil versprach. Er veranstaltete zur Unterhaltung seines Freundes ein paar Privatrennen und ließ ihn, um seinem Blick zu schmeicheln, seine ersten Wetten gewinnen. Auf diese Weise hatte der Schlaue ihn dazu verlockt, daß er voll Leidenschaft und Wagemut ganz seinem eigenen Urteil vertraute, und zwar Leuten gegenüber, die sich zeit ihres Lebens mit nichts anderem als mit Pferderennen befaßt hatten. Er begleitete den Lord nach *Newmarket*, und da er sofort in den Bann des Genius dieses Ortes geriet, wurde er von allen Eingeweihten, die hier versammelt waren, als Freiwild ausersehen, und manche von ihnen verstanden es, ihn hereinzulegen, trotz den vielen Ermahnungen und Warnungen des Lords, der ihn für seine eigenen Zwecke aufsparen wollte.

Es ist fast für einen jeden, er sei noch so furchtsam und phlegmatisch, beinahe unmöglich, sich bei all dem Leben und Treiben die Reserve des kühlen Zuschauers zu bewahren. Gleich einem Pesthauch schwebt der Dämon der Spielwut in der Luft und steckt die Anwesenden ausnahmslos mit seinem Gift an, und das Fieber überträgt sich von Person zu Person mit jener rasenden Geschwindigkeit, mit der eine Panik um sich greift. Peregrine wurde von dieser epidemischen Krankheit aufs heftigste befallen, und nachdem er auf seinem Rundgang durch die Gaunerlokale der Stadt leichthin einige Hunderte verloren hatte, beteiligte er sich zusammen mit seinem hochgeborenen Freund an einem großen Rennen, auf dessen Ausgang er nicht weniger als dreitausend Pfund wagte. Er hätte eine so beträchtliche

Summe wirklich nicht aufs Spiel gesetzt, wäre er infolge des Urteils und der Mitwirkung des Lords, der in dieser Sache die gleiche Wette einging, nicht voll Zuversicht gewesen. Bei einem Einsatz also von sechstausend Pfund gingen die beiden Partner das Risiko ein, einen Vierspänner im Kampf gegen einen andern dreimal um die Bahn jagen zu lassen. Unser Glücksritter hatte die Genugtuung, seinen Konkurrenten in der ersten und zweiten Runde distanziert zu sehen; allein plötzlich versagte einer seiner Gäule, und durch diesen Zufall wurde ihm die Siegespalme aus den Händen gerissen, und er hatte zum Schaden noch den Spott.

Er war über dieses Mißgeschick, das er seiner Verschwendungssucht und Verwegenheit zuschrieb, tief betrübt, ließ sich aber äußerlich hiervon nichts anmerken, weil sein erlauchter Verbündeter seinen Verlust mit philosophischer Resignation ertrug und sowohl sich als Peregrine mit der Hoffnung tröstete, ihn bei einer andern Gelegenheit wieder einzuholen. Dennoch mußte er den Gleichmut dieses Herrn einfach bewundern, ja sogar ihn darum beneiden, denn er wußte ja nicht, daß Se. Lordschaft es so eingerichtet hatte, daß sie bei dem Malheur gewann. Um dieses wiedergutzumachen, kaufte Peregrine auf Empfehlung seines Freundes mehrere Pferde und unternahm mit ihm, anstatt nach London zurückzukehren, eine Tour zu den berühmtesten Pferderennen in England, so daß er es bei wechselndem Glück schließlich fertigbrachte, noch vor Schluß der Saison seinen Verlust zu verdreifachen.

Allein seine Hoffnungen schienen mit seinem Pech zu wachsen. Er kam zu Anfang des Winters in die Stadt, vollkommen davon überzeugt, daß das Blättchen sich unbedingt wenden müsse und er in der nächsten Saison glücklich die Früchte seiner Erfahrungen ernten werde. Es hatte durchaus den Anschein, als wolle er alle Gedanken an Klugheit und Sparsamkeit unterdrücken; und sein früherer Aufwand war im Vergleich zum jetzigen bloße Knauserei. Er abonnierte auf die Oper und auf ein halbes Dutzend Konzerte in verschiedenen Teilen der Stadt, wurde Wohltäter mehrerer Hospitäler, kaufte eine Gemäldesammlung von

___ die berühmte Lady ___

III. Th. 87. Cap.

Wert, mietete sich ein Haus, das er im prächtigsten Geschmack ausmöblierte, schaffte sich einen mächtigen Vorrat französischer Weine an und gab seinen vornehmen Freunden großartige Bankette. Diese überhäuften ihn dafür mit Komplimenten und sicherten ihm ihre bereitwilligen Gegendienste zu.

88

Ein großer Mann nimmt Pickle unter seine Protektion. Peregrine tritt als Parlamentskandidat auf, wird in seiner Erwartung getäuscht und arg überlistet.

Zu Peregrines erklärten Gönnern, die er wohl größtenteils durchschaute, gehörte eine wichtige Persönlichkeit, die sich mit Würde in der Sphäre zu bewegen schien, in die sie vom Glück versetzt worden war. Die Beziehungen dieses Mannes zu Pickle erschöpften sich nicht in einer von einem artigen Grinsen begleiteten faden Wiederholung allgemeiner Äußerungen von Freundschaft und Achtung. Mit derlei Beteuerungen war er so karg, wie es ein Ehrenmann zu sein pflegt, und offenbar war die Zuvorkommenheit, die er Pickle gegenüber bewies, das Resultat reifer Überlegung und Erfahrung. Mit der Autorität eines Vaters und der Aufrichtigkeit eines standhaften Freundes schalt er den jungen Herrn wegen seiner Extravaganz, und nachdem er sich allmählich mit dem Stand von dessen Privatangelegenheiten bekannt gemacht hatte, tadelte er sein Verhalten mit der Miene der Redlichkeit und Teilnahme. Der Lord stellte ihm die Torheit und die gefährlichen Folgen des verschwenderischen Lebens vor, in das er sich gestürzt hatte, riet ihm mit warmen Worten, seine Rennpferde zu verkaufen, weil sie ihn sonst nach und nach auffressen würden, und seine überflüssigen Ausgaben einzuschränken, die nur dazu dienten, ihn dem Spott und der Undankbarkeit derer preiszugeben, die daraus Vorteil zögen. Er forderte ihn auf, sein Geld in sicheren Hypotheken mit guten Zinsen anzulegen und seinen ehemaligen Entschluß zu verwirklichen, bei den bevorstehenden Wahlen für ein neues Parlament als Kandidat eines Burgfleckens aufzutreten. Der Kavalier versprach, ihn dabei mit seinem Einfluß und seinem Rat zu unterstützen, und versicherte ihm, daß er sein Glück als bereits gemacht ansehen könne, wenn er einen Sitz im Unterhaus erhielte.

Unser abenteuernder Ritter erkannte, wie weise und vernünftig dieser Rat sei. Er dankte seinem edelmütigen Ermahner dafür, beteuerte, daß er sich in allen Stücken danach richten wolle, und schritt sofort zu einer Reform. Er untersuchte den Stand seiner Finanzen aufs allersorgfältigste und teilte seinem Gönner nach eingehender Prüfung mit, daß sich sein Vermögen, die Mobilien ungerechnet, nun noch auf vierzehntausenddreihundertdreißig Pfund in Bank- und Südsee-Papieren belaufe, wozu das Kastell mit seinem Zubehör käme, dessen Einkünfte er auf sechzig Pfund jährlich veranschlage. Er wünschte daher, Se. Lordschaft möchte, da sie die Güte gehabt hatte, ihn mit ihrer Freundschaft und ihrem Rat zu beehren, ihre Großmut noch weiter ausdehnen und ihm Mittel und Wege nennen, wie er sein Geld aufs vorteilhafteste unterbringen könne. Mylord entgegnete: „Ich meinerseits mag mich nicht mit Geldsachen befassen; doch werden Sie Leute genug finden, die geneigt sind, auf Ländereien Geld aufzunehmen. Bei einem Geschäft von solchem Belang müssen Sie jedoch äußerst vorsichtig sein; ich will meinen Intendanten damit beauftragen, Ihnen eine sichere Hypothek zu verschaffen."

Dieser Agent wurde denn auch mit der Aufgabe betraut; da seine Nachforschungen, die er ein paar Tage lang betrieb, jedoch erfolglos blieben, sah sich der junge Herr genötigt, selbst Hand ans Werk zu legen. Er lernte nun zwar verschiedene Leute kennen, die für sicher galten und die ihm für die ganze Summe Hypotheken anboten; wenn er aber seinen vornehmen Freund von den nähern Umständen unterrichtete, führte Se. Lordschaft jedesmal so viele Zweifel und Bedenken an, daß er davon abgeschreckt wurde, sich mit ihnen einzulassen. Inzwischen pries er sich glücklich, einen so weisen Mann mit seinem Rat und seiner Direktive zur Seite zu haben. Trotzdem wurde unser Held allmählich ungeduldig, als er alle Geldmakler und Notare in der ganzen Stadt immer wieder vergeblich konsultiert hatte, und beschloß, es mit einer öffentlichen Anzeige zu versuchen. Allein Mylord überredete ihn, solange damit zuzuwarten, bis alle andern Mittel fehlgeschlagen wären; denn sonst würden alle Zungendrescher von London aufmerksam werden und ihn, wenn sie ihn gleich nicht übers Ohr hauen könnten, ganz sicher so plagen und quälen, daß er keinen Augenblick Ruhe hätte.

Gerade als Peregrine von dieser Begegnung zurückkehrte, traf er von ungefähr nahe bei des Lords Palais dessen Haushofmeister. Er hielt ihn auf, um ihm vom schlechten Erfolg seiner Bemühungen zu berichten. Der andere bekundete einige Teilnahme hierüber, rieb sich nachdenklich das Kinn und sagte: „Mir fällt eben etwas ein, Mr. Pickle, wodurch Ihre Sache wohl zum Abschluß gebracht werden kann." Auf diese Andeutung hin bat unser junger Herr, ihn ins nächste Kaffeehaus zu begleiten. Sie wählten sich einen stillen Platz, und Peregrine erfuhr nun von diesem seriösen Intendanten, daß einige von Mylords Gütern wegen einer Schuld, die dessen Großvater gemacht habe, um für die jüngern Kinder aus der Familie zu sorgen, hypothekarisch belastet seien, und daß man die Grundstücke nicht wieder einlösen könnte, wenn diese Schuld nicht in wenigen Monaten abgetragen würde. „Mylord", setzte er hinzu, „hat immer auf großem Fuß gelebt und legt trotz seinem ansehnlichen Vermögen und den Einkünften aus den Ämtern, die er innehat, so wenig Geld zurück, daß ich überzeugt bin, er wird zehntausend Pfund entleihen müssen, um die Summe zu ergänzen, die zur Einlösung jener Grundstücke erforderlich ist. Nun bin ich zwar gewiß, daß, wenn sein Vorhaben bekannt wird, ihn Leute von allen Seiten bestürmen und ihm gegen ein solch sicheres Pfand ihr Geld leihen möchten, und möglicherweise hat er einem speziellen Freund den Vorzug bereits versprochen. Da ich jedoch weiß, wie sehr ihm Ihr Interesse am Herzen liegt, will ich, wenn es Ihnen gefällig ist, Se. Lordschaft darüber sondieren und Ihnen in ein paar Tagen das Resultat melden."

Entzückt von der Aussicht, seine Angelegenheit so ganz nach Wunsch erledigen zu können, dankte Peregrine dem Haushofmeister für diesen freundschaftlichen Wink und für das, was er für ihn tun wollte. Er versicherte ihm, er werde seine Erkenntlichkeit auf eine greifbare Art beweisen, wenn die Sache in Ordnung käme. Tags darauf erschien der gütige Indendant mit der fröhlichen Nachricht, Se. Lordschaft wäre es zufrieden, zehntausend Pfund gegen Unterpfand und fünf Prozent von ihm zu borgen, was Peregrine als Zeichen der besonderen Achtung seines hohen Gönners betrachtete. Die nötigen Dokumente wurden sofort ausgefertigt und die Gelder dem Lord ausgehändigt, der hierauf in Gegenwart des Gläubigers seinem Haushofmeister einschärfte, die Zinsen pünktlich auf den Quartalstag zu entrichten.

Nachdem auf diese Weise der größte Teil des Vermögens unseres Helden glücklich untergebracht und der Agent mit fünfzig Goldfüchsen beschenkt worden war, machte Pickle mit seiner Absicht, sich in seinen Ausgaben einzuschränken, Ernst. Alle seine Bedienten, Pipes ausgenommen, wurden entlassen, sein Wagen und seine Renner abgeschafft, sein Haushalt aufgelöst und seine Mobilien versteigert. Sein hitziges Temperament offenbarte sich hierin ebenso deutlich wie bei irgendeinem andern Unternehmen in seinem Leben; denn jeder Schritt zur Verwirklichung seines Sparprojekts wurde mit solchem Eifer, ja sogar mit Überstürzung unternommen, daß die meisten seiner Freunde ihn entweder für ruiniert oder aber für verrückt hielten. Alle ihre Vorstellungen beantwortete er jedoch mit einer Reihe weiser Denksprüche, wie zum Beispiel: „Kurze Torheiten sind die besten." „Es ist besser, wenn man sich aus Überzeugung einschränkt, als aus Notwendigkeit", und mit dergleichen schlauen Maximen mehr, die das Ergebnis der Erfahrung und philosophischer Reflexionen zu sein schienen. Ja, seine jetzige Liebe zur Wirtschaftlichkeit erreichte einen solchen Grad des Enthusiasmus, daß er sogar von der

Sucht, Geld aufzuhäufen, ergriffen wurde; und da ihm jene Makler, an die er sich gewandt hatte, täglich Vorschläge zur Unterbringung seines Kapitals machten, wagte er schließlich fünfzehnhundert Pfund auf Bodmerei, wozu ihn die ungemein hohe Prämie verleitete.

Doch müssen wir zur Ehre unseres Abenteurers feststellen, daß diese Reform den guten Eigenschaften seines Herzens keinen Abbruch tat. Er war noch immer so gütig und wohlwollend wie von jeher, obgleich seine Freigebigkeit nun von der Vernunft besser im Zaum gehalten wurde, und er hätte zur Rechtfertigung seines Edelmuts geltend machen können, daß er seine eigenen überflüssigen Ausgaben einschränkte, um weiterhin imstande zu sein, seinen bedürftigen Mitmenschen beizustehen. Zahllos waren die Objekte, auf die sich seine Mildtätigkeit im stillen erstreckte. Er übte diese Tugend tatsächlich ganz insgeheim, nicht nur, um sich gegen den Vorwurf der Großtuerei zu sichern, sondern auch, weil er sich schämte, von den tadelsüchtigen Beobachtern seiner humanen Generation bei so plumpen, unmodischen Handlungen ertappt zu werden. Er schien in diesem Punkt die Begriffe von Tugend und Laster miteinander zu verwechseln; denn er tat das Gute verstohlen, wie andere Leute das Böse, und hatte die sonderbare Laune, sich häufig öffentlich in spöttischen Bemerkungen über die Armut zu ergehen, die er selber heimlich bekämpfte. Doch vermied er Bekanntschaften mit Menschen, von denen er annahm, daß sie seine Hilfe brauchten, ebensowenig, wie er ihnen ihre dringenden Bitten abschlug. Er war vielmehr immer für sie zu haben, war offen und gefällig gegen sie, selbst zu Zeiten, da Leute, die über ihm standen, durch die Hochfahrenheit seines Geistes von ihm ferngehalten wurden; und öfters ersparte er einem bescheidenen Manne die Angst und die Verlegenheit eines Geständnisses dadurch, daß er dessen Notlage erforschte und seiner Bitte zuvorkam, indem er ihm freimütig Börse und Freundschaft anbot.

Er bewies aber diese Wohltätigkeit nicht wahllos gegenüber allen Notleidenden unter seinen Bekannten. Es gibt allenthalben einen Haufen müßiger, liederlicher Gesellen, die, nachdem sie ihr Vermögen verschwendet und jegliches Ehr- und Schamgefühl überwunden haben, sich dadurch ihren Unterhalt erwerben, daß sie ständig von denen borgen, die noch nicht am Ende derselben Laufbahn angelangt sind und nicht genügend Entschlossenheit besitzen, ihren ungestümen Forderungen zu widerstehen. Bei diesen war er stets unbeugsam, obgleich er sich von ihrer Gesellschaft nicht gänzlich frei machen konnte, weil sie durch ihre Unverschämtheit und durch Freunde, die ihre Beziehungen zu ihnen noch nicht abgebrochen haben, an allen Orten Zutritt finden, wo die feine Welt sich trifft.

Bettler von dieser Sorte hatten ohne Erfolg mehrere Angriffe auf seinen Beutel unternommen. Einer der abgefeimtesten von ihnen kam eines Tages auf der *Mall* zu ihm. Nachdem er die üblichen Bemerkungen über das Wetter gemacht und alle Nebel Londons verflucht hatte, begann er mit einer Abhandlung über die Verschiedenheit der Himmelsstriche, wobei er das Klima der Grafschaft, in der er geboren war, jedem andern unter der Sonne vorzog. „Sind Sie jemals in Gloucestershire gewesen?" fragte er Peregrine, und als dieser mit Nein antwortete, fuhr er wie folgt fort: „Ich habe dort einen Landsitz, und es würde mich freuen, Sie daselbst zu empfangen. Lassen Sie uns in den Osterfeiertagen hinunterreisen. Ich kann Ihnen recht gute Landmannskost und gesunde Bewegung versprechen, denn es fehlt mir dort an nichts, und ich habe eine so gute Meute zur Fuchsjagd, wie es in den drei Königreichen nur eine geben mag. Über die Eleganz des Hauses kann ich mich nicht recht auslassen; es ist nur ein altes Gebäude, und die sind, wie Sie ja wissen, im allgemeinen kalt und nicht sehr behaglich. Aber hol der Teufel das Haus, die Äcker sind die Hauptsache; verdammt schön! sage ich Ihnen. Wenn nur meine alte Großmutter schon tot wäre – sie macht kein Jahr mehr; denn sie ist über die Achtzig und sehr gebrechlich. Ich habe übrigens, glaub ich, einen Brief in der Tasche, und drin steht, daß die Doktoren sie bereits aufgegeben haben. Warten Sie mal – nein, verflucht! Ich habe ihn zu Hause gelassen; er steckt in einem andern Rock."

Pickle war es gleich zu Beginn klar, was dieser Vortrag bezweckte. Er schien allem, was jener sagte, größte Aufmerksamkeit zu schenken und unterbrach den Sprecher nur zuweilen durch ein Hm! ein Ha! oder ein: Ei der Kuckuck! sowie durch verschiedene höfliche Fragen, was der andere als günstiges Vorzeichen des Erfolgs deutete. Als sie aber beim Eingang zum *St. James's Park* ankamen, fiel der boshafte Jüngling ihm mit einem Mal in die Rede und sagte: „Ich sehe, Sie müssen die Allee ganz hinunter; mein Weg führt hier durch." Mit diesen Worten beurlaubte er sich von dem Pflastertreter, der ihn gerne aufgehalten hätte und ihm überlaut nachrief: „Ich habe Ihnen die Lage des Schlosses ja noch nicht beschrieben." Doch ohne stillzustehen gab Peregrine ebenso laut zurück: „Ein anderes Mal! Auf ein anderes Mal!" verschwand im Nu und ließ den Pläneschmied mit seinem Ärger über die Enttäuschung allein; denn dessen Absicht war gewesen, die Beschreibung mit der Bitte um einen Vorschuß von zwanzig Pfund abzuschließen, die er aus der ersten Geldsendung, die von seinen Gütern einginge, zurückzahlen wollte.

Es wäre für unsern Helden gut gewesen, wenn er stets mit derselben Umsicht gehandelt hätte; aber es gab unvorsichtige Momente, in denen er der Lauterkeit seines arglosen Herzens zum Opfer fiel. Unter seinen Bekannten war einer, mit dem er besonders gern verkehrte. Dieser Mann war offenherzig, ein angenehmer Gesellschafter und verfügte über einen großen Schatz von gescheiten Bemerkungen über die List und Betrügerei der Menschen. Es war ihm gelungen, auf eine geschmackvolle und glänzende Art mit einem hübschen Vermögen fertig zu werden, und nun mußte er sehen, wie er seine Familie, die aus seiner Frau und einem Kind bestand, durchbrachte. Nicht, daß es ihm am Nötigsten gefehlt hätte; denn dafür kamen seine gütigen Freunde auf. Aber eine solche Fürsorge entsprach seinen Neigungen ganz und gar nicht, und durch allerlei verunglückte Pläne hatte er sich bemüht, seine frühere Unabhängigkeit zurückzugewinnen.

Peregrine saß einmal eines Abends allein in einem Kaffeehaus und hörte zufällig eine Unterredung zwischen diesem Projektenmacher und einem andern Herrn an, bei der es sich um eine Sache handelte, die sein Interesse erregte. Der Fremde war Verwalter eines Vermögens von fünfzehnhundert Pfund, das eine Tante der Tochter des andern in ihrem Testament vermacht hatte. Der Vater ersuchte diesen Mann nun dringend, ihm das Geld auszuzahlen; er habe, so versicherte er jenem, Gelegenheit, das Geld so anzulegen, daß seiner Familie dadurch ein großer Vorteil erwüchse. Der Kurator erinnerte ihn daran, daß er von Amts wegen für das Geld verantwortlich sei, bis das Kind achtzehn Jahre alt wäre, gab ihm aber zugleich zu verstehen, daß er, wenn er ihm eine solche Sicherheit verschaffe, die ihn gegen jeglichen Schaden decke, ihm das Vermächtnis sogleich auszahlen wolle. Auf diesen Vorschlag antwortete der Vater, es sei doch nicht anzunehmen, daß er das Vermögen seines einzigen Kindes auf eine nichtige Spekulation oder eine Sache von zweifelhaftem Ausgang wagen würde, und deshalb finde er es nur vernünftig, mittlerweile darüber verfügen zu dürfen, und was die Sicherheit betreffe, so wolle er nicht gern einen seiner Freunde mit einer Angelegenheit belästigen, in der man sich ohne dessen Vermittlung verständigen könnte; sodann bemerkte er, daß er eine Einwilligung nicht als Entgegenkommen betrachten würde, wenn er sie nur durch Kaution erhalte; gegen eine solche könne er die Summe von jedem Wucherer der Stadt borgen.

Nach manchen Bitten von der einen und ebenso vielen Ausflüchten von der andern Seite sagte der Herr, der sehr reich war, er werde das ihm anvertraute Geld des Mädchens zwar nicht herausgeben, sei aber bereit, ihm inzwischen die nötige Summe vorzustrecken; und wenn er seine Tochter, sobald sie volljährig geworden sei, dazu gewinnen könne, solle das Geld auf deren Rechnung gesetzt werden, wenn er einen Mann von Kredit ausfindig mache, der mit ihm zusammen zur Sicherheit des Darleihers unterzeichne. Dem andern wäre es fast unmöglich gewesen, die Schwierigkeit, die sich aus dieser Bedingung ergab, aus dem Weg zu räumen, hätte sich unser Held nicht seiner angenommen.

Es jammerte ihn, daß ein Mann von Ehre und Verstand um einer so armseligen Ursache willen in seinen wichtigsten Geschäften behindert sein sollte. Daher mischte er sich als guter Bekannter und als Freund, der sich für die Sache interessiere, ins Gespräch und bot sich, nachdem man ihn über die nähern Einzelheiten aufgeklärt hatte, dem Darleiher als Bürge an.

Da dieser Herr nicht wußte, wer Peregrine war, erhielt er am folgenden Tag Aufschluß über dessen Vermögensverhältnisse. Er hatte nunmehr keinerlei Bedenken, seinem Freund mit eintausend Pfund zu dienen, und ließ sich von ihnen einen auf sechs Monate befristeten Schuldschein dafür geben, beteuerte aber, das Geld solle nicht zurückgefordert werden, ehe das Kind volljährig geworden wäre, es sei denn, daß sich etwas Unvorhergesehenes ereigne. Pickle glaubte, diese Erklärung sei aufrichtig gemeint, weil jener ja kein Interesse daran haben konnte zu heucheln; allein bezüglich seiner eigenen Sicherheit baute er hauptsächlich auf die Redlichkeit und Zuverlässigkeit des Schuldners. Dieser versicherte ihm, er würde in der Lage sein, komme, was da wolle, ihn vor jeglichem Schaden zu bewahren, denn sein Plan sei so beschaffen, daß sich die Summe in wenigen Monaten unbedingt verdreifachen müsse.

Kurz nach diesem Handel wurden die Wahlen für ein neues Parlament ausgeschrieben. Auf Anraten seines hohen Gönners fuhr Pickle aufs Land, um die Stimmberechtigten eines Burgfleckens zu bearbeiten. Er hatte seine Taschen zu diesem Zwecke mit einer hinlänglichen Anzahl von Banknoten gefüttert. Unglücklicherweise aber traf es sich, daß er mit seinem Vorhaben einer großen Familie in die Quere geriet, die eine lange Reihe von Jahren hindurch die Parlamentsmitglieder für diesen Ort gestellt hatte und durch die Kandidatur unseres jungen Herrn so beleidigt war, daß sie für die Vereitelung seiner Absicht zehntausend Pfund aufzuwenden drohte. Dies war jedoch bloß ein Ansporn für Peregrine, der im Vertrauen auf seinen Einfluß und seine Geschicklichkeit wirklich meinte, er könne Se. Gnaden in Dero höchsteigenem Gebiet niederkämpfen. Auch hoffte er, sich durch einen Sieg seinen Ruf und sein Interesse beim Minister zu sichern, der auf Empfehlung seines vornehmen Freundes seine Sache förderte und sehr erfreut gewesen wäre, wenn einer seiner mächtigsten Feinde eine so schmähliche Niederlage erlitten hätte; dadurch wäre nämlich dessen Ansehen auch bei der Fraktion mächtig erschüttert worden.

Berauscht von seinen stolzen und ehrgeizigen Ideen, bot unser Held bei der Durchführung seines Projekts all seine Talente auf. Er scheute keine Kosten, die Wähler festlich zu bewirten, und als er fand, daß sein kräftig unterstützter Gegenkandidat es ihm hierin gleichtat, nahm er zu Mitteln Zuflucht, durch die er sich jenem überlegen wähnte. Er veranstaltete Bälle für die Damen, besuchte die Matronen des Fleckens, paßte sich mit erstaunlicher Leichtigkeit den verschiedenen Temperamenten an, trank mit denen, die gern im stillen ein Gläschen leerten, liebelte mit den Verliebten, betete mit den Frommen, klatschte mit denen, die am Lästern Freude hatten, und dachte sich für alle angenehme Präsente aus. Dies war die wirksamste Methode, diejenigen Wähler auf seine Seite zu bringen, die unter der Botmäßigkeit ihrer Weiber standen. Die übrigen bestürmte er auf ihre eigene Art. Er ließ große Fässer Bier und Wein anzapfen für alle, die da kommen wollten, und die Herzen der Habsüchtigen, die geistige Getränke ihm nicht erschließen konnten, wußte er sich mittels eines goldenen Schlüsselchens zu öffnen.

Während er sich auf solche Weise rührte, war sein Gegner nicht müßig. Sein Alter und seine Kränklichkeit gestatteten es ihm allerdings nicht, sich an Gesellschaften und Lustpartien zu beteiligen, jedoch sein Hofmeister und sein Anhang arbeiteten für ihn mit der größten Betriebsamkeit und Beharrlichkeit. Dadurch stieg der Preis der Wahlstimmen so hoch, daß, noch ehe der Tag der Wahl herannahte, Peregrines Kasse gänzlich erschöpft war. Er sah sich daher gezwungen, seinem hohen Gönner in einem Brief das Dilemma zu schildern, in dem er sich befand, und ihn dringend zu ersuchen, er möchte schleunigst die nötigen Maßregeln treffen, damit er sein so glücklich begonnenes Geschäft zum Abschluß bringen könne.

Der Kavalier legte dem Minister den Fall vor, und in ein paar Tagen hatte unser Kandidat beim Obersteuereinnehmer der Grafschaft Kredit. Dieser lieh ihm zwölfhundert Pfund auf einen von ihm persönlich ausgestellten Schein, der auf Sicht zahlbar war. Mit diesem Zuschuß ging Peregrine so geschickt zu Werke, daß er mit einer deutlichen Majorität der Stimmen rechnen konnte und seine Wahl durch nichts mehr zu verhindern gewesen wäre, hätte nicht der edle Peer, der hinter seinem Gegenkandidaten stand, um der Schande und Kränkung einer Niederlage im eigenen Burgflecken zu entgehen, sich erboten, die Sache mit Sr. Exzellenz in Güte abzumachen und zwei Vertreter an einem andern Orte aufzugeben, wenn er sich ihm in der eigenen Gemeinde nicht länger widersetzen wolle. Dieser Vorschlag wurde bereitwilligst akzeptiert, und am Abend vor der Wahl erhielt Peregrine von seinem Gönner die Weisung, auf seine Ansprüche zu verzichten, wenn er sich nicht sein und des Ministers Mißfallen zuziehen wollte; zugleich versprach er ihm, er solle anderswo gewählt werden.

Keine andere Enttäuschung in seinem Leben hätte Peregrine mehr Kummer bereiten können als der Empfang dieses grausamen Befehls. Der Becher des Glücks und des Erfolgs war ihm von den Lippen gerissen, und all seine stolzen und ehrgeizigen Hoffnungen lagen im Staub. Er verfluchte den ganzen Troß seiner Bekannten vom Hofe, zog mit tiefer Erbitterung über den erbärmlichen Kuhhandel los, bei dem er aufgeopfert wurde, und schwur zuletzt, er werde keinem Minister auf Erden zuliebe auf die Früchte seiner Gewandtheit verzichten. Die Ausführung dieses lobenswerten Vorsatzes wurde jedoch durch seinen Freund, den Obersteuereinnehmer, der ihm die Botschaft überbrachte, vereitelt. Denn nachdem sich dieser vergeblich bestrebt, ihn zum Nachgeben zu bewegen, ließ er ihn wegen des Geldes, das er ihm vorgeschossen hatte, auf der Stelle verhaften, kraft einer Vollmacht, die er sich, wie ihm angeraten worden war, verschafft hatte für den Fall, daß der junge Herr etwa widerspenstig sein sollte.

Der Leser, der den Charakter unseres Helden jetzt ziemlich

gut kennen muß, kann sich leicht denken, wie sehr diese Geschichte ihm behagte. Vor Unwillen und Erstaunen wollte ihm anfänglich der Verstand stillstehen, und es verstrichen mehrere Minuten, ehe seine Nerven dem Antrieb seiner Wut gehorchten. Die äußerte sich schließlich in einem Hieb gegen die Schläfe des Klägers, der so heftig war, daß der Mann längelang hinschlug. Diese Tätlichkeit, die sich in einer Schenke zutrug, wohin man Peregrine mit allem Bedacht gelockt hatte, erregte die Aufmerksamkeit des Gerichtsvogts und seiner Leute, die sich zu viert plötzlich auf den Angreifer warfen, um ihn zu überwältigen. Sein Zorn verlieh ihm aber mehr als gewöhnliche Stärke und Behendigkeit, so daß er sich im Nu von ihnen losreißen konnte, ein Schüreisen ergriff, das erste, was ihm als Waffe in die Hände geriet, und es mit unglaublicher Schnelligkeit und Kraft auf ihre Schädel niedersausen ließ. Der Gerichtsvogt, der sich als erster vermessen hatte, Hand an ihn zu legen, bekam seinen Grimm auch zuerst zu spüren. Er erhielt einen Schlag auf die Kinnladen, wodurch er drei Zähne verlor und quer über den Leib des Steuereinnehmers hinstürzte, mit diesem ein Andreaskreuz bildend. Als einer der Büttel sah, wie es seinem Chef erging, wollte er es nicht wagen, den Sieger von vorne anzulaufen; er schwenkte deshalb ab und suchte ihm in die Flanke zu kommen. Unser Held jedoch empfing ihn seitwärts mit der linken Hand und dem linken Fuß und schlug so meisterhaft zu, daß sein Gegner kopfüber in den Kamin fiel, wo sein Kinn auf den Rost traf und er sich im Augenblick bis auf den Knochen verbrannte. Der übrige Teil der Truppe fand es nicht für ratsam, das Scharmützel fortzusetzen. In größter Eile räumten sie das Zimmer, schlossen es von außen zu, brüllten laut nach den Bedienten des Steuereinnehmers und beschworen sie, ihrem Herrn beizuspringen; denn er sei in Lebensgefahr.

Inzwischen hatte sich dieser Mann wieder erholt, suchte höchst demütig um eine Unterhandlung nach und erreichte es schließlich mit viel Mühe, daß unser erzürnter Kandidat sich mit einer solchen einverstanden erklärte. Er beklagte sich nun sehr über die ungestüme Gemütsart des jungen Herrn und stellte ihm sehr gelassen vor, welche Gefahr er durch seine Unbedachtsamkeit und Unbesonnenheit liefe. Er sagte ihm, daß nichts frevelhafter und fruchtloser sei als der Widerstand gegen die Gesetze seines Landes. Es würde ihm ja doch völlig unmöglich sein, sich der gesamten Staatsgewalt der Grafschaft zu widersetzen, die er leicht aufbieten könnte, um ihn verhaften und einsperren zu lassen. Er bemerkte ferner, daß, ganz abgesehen von der Schande, in die er sich durch sein unvorsichtiges Betragen bringe, er seinen eigenen Interessen direkt entgegenwirke, wenn er seine Freunde in der Regierung vor den Kopf stoße, die jetzt, wie er wisse, ihm sehr gewogen seien, daß er seinerseits nur auf ausdrücklichen Befehl seiner Vorgesetzten gehandelt habe und nicht in der Absicht, ihm Verdruß zu bereiten, und daß er, weit davon entfernt, sein Feind zu sein, trotz der ihm widerfahrenen schmachvollen Beleidigung den Haftbefehl zurücknehmen wolle, wofern er sich nicht jeder Erwägung eines vernünftigen Vergleichs verschließe.

Peregrine, der sich geradeso gern vom Zorn hinreißen, wie er sich auch überzeugen ließ, wurde durch diese Nachgiebigkeit des Einnehmers besänftigt, und dessen Argumente machten Eindruck auf ihn. Auch hatte ihm die eigene Überlegung seine rasche Tat bereits verwiesen, und daher begann er den Vorstellungen des Mannes Gehör zu schenken. Die Gerichtsdiener wurden abkommandiert, und er und der Einnehmer konferierten nun miteinander. Das Resultat ihrer Besprechung war, daß unser Freund unverzüglich nach London abreiste. So wurde denn am folgenden Tag sein Gegenkandidat einmütig gewählt, weil niemand auftrat, um ihm diese Wahl streitig zu machen.

Der mißvergnügte Pickle begab sich bei seiner Ankunft in der Stadt sofort nach dem Hause seines Gönners. In seiner schweren Enttäuschung beklagte er sich bitterlich bei ihm über die Art, wie er behandelt worden sei; er habe außer seiner schimpflichen Niederlage eine Einbuße von nicht weniger als zweitausend Pfund erlitten, das beim

Einnehmer aufgenommene Darlehen ungerechnet. Der Lord war auf diese Beschwerden gefaßt, denn er kannte ja das Ungestüm des jungen Mannes. Daher beantwortete er jeden Punkt seiner Klage mit viel Bedacht, unterrichtete ihn von den Gründen, die den Minister veranlaßt hatten, Pickles Interessen aufzugeben, und schmeichelte ihm mit der Versicherung, daß Se. Exzellenz ihm diesen Verlust reichlich ersetzen würde. Der Edelmann stellte Peregrine am folgenden Tag dem Minister vor und empfahl ihn aufs wärmste. Der Minister, ein Muster an Gefälligkeit, trat ihm mit bezaubernder Leutseligkeit entgegen, dankte ihm recht freundlich für seine Bemühungen, die Interessen des Staates zu unterstützen und zu fördern, und versprach aufrichtig, die erstbeste Gelegenheit ergreifen zu wollen, ihm seine Erkenntlichkeit für seinen Eifer und für seine Anhänglichkeit zu beweisen; auch bat er ihn, sich öfter bei seinem Lever einzufinden, damit er im Drang der Geschäfte seine Leistungen und Verdienste nicht etwa vergäße.

89

Pickle höfelt dem Minister recht fleißig, trifft von ungefähr die junge Mrs. Gauntlet und muß sich Gesellschaften von weniger erhabenem Rang wählen.

So günstig dieser Empfang auch war, gefiel er Peregrine doch nicht. Er hatte zuviel Einsicht, als daß vage Versprechungen bei ihm verfangen hätten zu einer Zeit, da er sich berechtigt glaubte, die bestimmteste Versicherung erwarten zu dürfen. Er drückte denn auch dem Herrn gegenüber, der ihn eingeführt hatte, sein Mißvergnügen aus und gab ihm zu verstehen, er habe fest darauf gerechnet, zum Vertreter eines jener Burgflecken gewählt zu werden, für die er aufgeopfert worden sei. Der Lord gestand, daß diese Erwartung billig sei, machte aber die Bemerkung, er habe nicht hoffen dürfen, der Minister werde sich gleich beim ersten Besuch mit ihm in Geschäftssachen einlassen.

Bei der nächsten Audienz sei noch immer Zeit genug, ihm seinen Wunsch vorzutragen.

Trotz dieser Vorstellung blieb unser Held argwöhnisch und drang bei seinem Gönner sogar darauf, daß Se. Lordschaft sich am folgenden Tag beim Minister für ihn verwenden möchte, damit die beiden Parlamentssitze nicht unter dem Vorwand vergeben würden, daß man von seinen Absichten nichts gewußt hätte. Daraufhin ging der Lord zur Exzellenz und kehrte mit der Antwort zurück, der Herr Minister bedauere es sehr, daß Mr. Pickle sein Gesuch nicht angebracht hätte, bevor die Vertretungen für jene beiden Burgflecken zwei Herren versprochen worden seien, die er wegen seines eigenen Ansehens und Interesses einfach nicht enttäuschen könne. Da aber verschiedene von den Gewählten, wie er genau wisse, alt und kränklich seien, so würden zweifellos in kurzem Sitze genug frei werden, und dann könnte der junge Herr sicher auf seine Freundschaft zählen.

Diese Nachricht erbitterte Peregrine so sehr, daß er in der ersten Aufwallung seines Zorns den seinem hohen Freund schuldigen Respekt vergaß und in seiner Anwesenheit gegen den Minister loszog als einen Mann, der von Dankbarkeit und Redlichkeit nicht einen Funken besitze. Zugleich schwor er, er wolle, wenn sich je eine Gelegenheit darböte, den Rest seines Vermögens dazu verwenden, sich dessen Maßregeln zu widersetzen. Der Lord schwieg, bis der heftige Sturm sich ausgetobt hatte, dann tadelte er mit großer Gelassenheit seine unehrerbietigen Äußerungen, die ebenso beleidigend wie unbedacht seien. Er versicherte ihm, sein Racheplan würde, wenn er ihn je zur Ausführung brächte, nur zu seinem Nachteil und seiner Schande ausschlagen, und riet ihm, er solle mit Geduld und Ausdauer danach trachten, sich die Gunst und die gute Meinung, deren er sich beim Minister bereits erfreue, zu bewahren und weiterhin zu verdienen.

Von der Wahrheit dieser Ermahnungen überzeugt, wenn auch mit deren Anlaß nicht zufrieden, nahm unser Held in einem Anfall düstern Mißmuts von seinem Gönner Abschied und begann über den mißlichen Stand seiner

Finanzen nachzusinnen. Von dem großen Vermögen, das er geerbt hatte, blieb ihm nun weiter nichts übrig als die Summe, die er in die Hände Sr. Lordschaft gelegt, die fünfzehnhundert Pfund, die er auf Bodmerei gewagt, und das Kastell, das er dem Leutnant zum Nießbrauch überlassen hatte. Auf der andern Seite war er die Summe, die er vom Obersteuereinnehmer erhalten, sowie das Geld schuldig, für das er sich zugunsten seines Freundes verbürgt hatte. So befand er sich zum erstenmal in seinem Leben in schwierigen Verhältnissen. Denn von den ersten halbjährlichen Zinsen für seine zehntausend Pfund, die pünktlich bezahlt wurden, besaß er noch achtzig Pfund und hatte keine andere Aussicht, vor dem nächsten Zahlungstermin Geld zu erhalten, und auf diesen mußte er noch vier lange Monate lang warten. Er dachte ernsthaft über die Ungewißheit menschlicher Dinge nach. Das Schiff mit seinen fünfzehnhundert Pfund konnte untergehen, der Herr, dem er Bürge war, konnte mit seinem gegenwärtigen Projekt ebensoviel Unglück haben wie mit seinen frühern, und der Minister konnte ihn eines Tages aus Politik oder aus Mißvergnügen der Willkür seines Partisans, des Steuereinnehmers, der seine Verschreibung in Händen hielt, preisgeben.

Diese Betrachtungen trugen nichts zur innern Ruhe unseres Helden bei, die ohnehin durch die Enttäuschung, die er erlitten hatte, erschüttert war. Er verfluchte seine Torheit und seine Verschwendungssucht, die ihn in eine so trostlose Lage versetzt hatten. Er verglich sein Betragen mit dem von einigen jungen Leuten aus seiner Bekanntschaft, die, während er den größten Teil seiner Erbschaft verschleuderte, ihr Vermögen vergrößert, ihre Interessen gefördert und ihr Ansehen gemehrt hatten. Seine Fröhlichkeit und gute Laune gingen ihm verloren, auf seinem Gesicht prägten sich allmählich Ernst und Sorge aus, er ließ Vergnügen und lustige Gefährten fahren und richtete all seine Aufmerksamkeit auf den Minister, bei dessen Lever zu erscheinen er nie verfehlte.

So schmachtete er nun auf dieser Folter der Abhängigkeit und fühlte dabei die ganze Demütigung, die eine solch unangenehme Notwendigkeit für einen jungen Mann von seinem Stolz und seiner Empfindlichkeit bedeuten mußte. Da hörte er sich eines Tages, als er durch den Park ging, beim Namen rufen. Er wandte sich um und erblickte die Gemahlin des Hauptmanns Gauntlet, die in Begleitung einer andern Dame war. Kaum hatte er die liebreiche Sophie erkannt, als er sich ihr mit seiner gewohnten Höflichkeit näherte. Aber sein heiteres Wesen von früher war einer solchen Strenge oder vielmehr Niedergeschlagenheit gewichen, daß sie ihren Augen nicht trauen wollte. Voller Erstaunen fragte sie ihn: „Ist es möglich, daß der muntere Mr. Pickle sich in so kurzer Zeit derart verändert haben kann?" Er antwortete bloß mit einem matten Lächeln und fragte zurück, ob sie sich schon lange in der Stadt aufhielte, und fügte hinzu, er würde es nicht unterlassen haben, ihr in ihrem Logis seine Aufwartung zu machen, wenn er nur mit der leisesten Andeutung von ihrer Ankunft beehrt worden wäre. Die junge Dame dankte ihm für seine Artigkeit und sagte, es sei nicht etwa infolge eines Erkaltens ihrer Freundschaft oder einer Verminderung ihrer Achtung vor ihm geschehen, daß sie ihm keine Nachricht davon gegeben habe, aber seine plötzliche Abreise von Windsor und die Art, wie er von Mr. Gauntlet geschieden wäre, hätten sie auf die nicht unbillige Vermutung gebracht, sie habe sich sein Mißfallen zugezogen, und in diesem Argwohn sei sie durch sein langes Stillschweigen und seine Vernachlässigung während dieser Zeit bestärkt worden. Auch hätte sich dieser Verdacht dadurch bestätigt, daß er sich weder nach Emilie noch nach ihrem Bruder erkundigt habe. „Urteilen Sie nun selbst", setzte sie hinzu, „ob ich Ursache hatte zu glauben, Sie würden erfreut sein, von meiner Ankunft in London zu hören. Doch ich will Sie jetzt nicht aufhalten, denn Sie scheinen irgendein dringendes Geschäft vorzuhaben. Wenn Sie mir aber morgen beim Frühstück Gesellschaft leisten wollen, so wird mir diese Visite sehr angenehm und obendrein eine große Ehre sein." Hierauf beschrieb sie ihm den Weg zu ihrer Wohnung, und er nahm mit dem festen Versprechen von ihr Abschied, sie zur anberaumten Zeit zu besuchen.

Dieses Entgegenkommen von Sophie rührte ihn ungemein. Er sah es für einen Beweis ihres ungewöhnlich liebenswürdigen Charakters an. Er empfand lebhafte Sehnsucht, die Freundschaft mit Geoffrey wiederanzuknüpfen, und die Erinnerung an Emilie ließ sein Herz schmelzen, das durch Kummer und Kränkung bereits weich geworden war. Am folgenden Tag vergaß er nicht, seine Zusage zu halten, und hatte das Vergnügen, eine lange Unterredung mit dieser gefühlvollen jungen Dame zu genießen. Sie meldete ihm, ihr Mann stehe bei seinem Regiment, und stellte ihm einen feinen Knaben, den Erstling ihrer Liebe, vor, den sie zum Andenken der ehemaligen Freundschaft zwischen Geoffrey und unserm jungen Herrn auf den Namen Peregrine getauft hatten.

Dieses Zeichen von Achtung machte auf Pickle, trotz dem unterbrochenen Verkehr, tiefen Eindruck. Er dankte warm für den unverdienten Beweis von Hochschätzung, nahm das Kind in die Arme, erstickte es fast mit Küssen und beteuerte bei Gott, es sollte bei ihm stets väterliche Zuneigung finden. Das war das größte Kompliment, das er der holden Sophie machen konnte. Diese fing wiederum an, ihm sanfte Vorwürfe zu machen wegen der überstürzten und hochfahrenden Art, mit der er gleich nach ihrer Hochzeit abgereist sei, und äußerte ein ernstliches Verlangen, ihn und den Hauptmann wieder versöhnt zu sehen. Er versicherte ihr, daß ihn nichts auf der Welt mehr freuen würde und daß er alles dazu beitragen wolle, was in seiner Macht stehe, obwohl er nicht umhin könne, sich durch das Betragen des Hauptmanns Gauntlet beleidigt zu fühlen, das durch mangelndes Vertrauen zu seiner Ehre wie zu seinem Verstand gekennzeichnet gewesen sei. Die junge Dame verbürgte sich dafür, daß ihr Mann sich schuldig bekennen würde. „Seine Hitzigkeit", fuhr sie fort, „tat ihm ungemein leid, als Sie fort waren, und er wäre Ihnen ins Kastell nachgefolgt, um Sie um Verzeihung zu bitten, hätten ihn nicht gewisse Bedenken wegen einiger bitterer Worte zurückgehalten, die Sie im Wirtshaus haben fallen lassen."

Nachdem sie das Mißverständnis aufgeklärt hatte, berichtete sie ihm von Emilie, deren damaliges Benehmen deutlich beweise, daß sie ihrem Liebhaber noch immer zugetan sei, und bat dann Pickle, er möge sie ermächtigen, auch in dieser Sache eine Verständigung herbeizuführen. „Denn", sagte sie, „ich bin von meiner Existenz nicht fester überzeugt als davon, daß Sie noch das Herz meiner Schwägerin besitzen." Bei dieser Erklärung traten ihm die Tränen in die Augen; doch er schüttelte den Kopf, lehnte ihre Vermittlung ab und sprach den Wunsch aus, die junge Dame möge glücklicher sein, als sie es durch ihn je werden könnte.

Mrs. Gauntlet war über diese Äußerung bestürzt. Tief bewegt von der Verzweiflung, die daraus klang, bat sie ihn, ihr zu sagen, ob durch eine kürzliche Veränderung in seinen Gefühlen oder in seiner Lage ein neues Hindernis aufgetaucht sei. Um nun einer schmerzlichen Erörterung auszuweichen, entgegnete Peregrine, er hege schon längst keine Hoffnung mehr, Emiliens Unwillen besiegen zu können. Deshalb habe er all seine Bemühungen aufgegeben und wolle sie nie wieder erneuern, sosehr auch sein Herz bei diesem Entschluß leiden möge. Doch rufe er den Himmel zum Zeugen an, daß seine Liebe zu ihrer Schwägerin, seine Hochachtung und Bewunderung sich nicht im geringsten vermindert hätten. Der wahre Grund jedoch, aus dem er Verzicht leiste, wäre der zerrüttete Zustand seines Vermögens; sein Stolz sei dadurch noch empfindlicher und sein Abscheu vor einer abschlägigen Antwort tiefer geworden. Sophie bedauerte diesen Entschluß sowohl seinet- als Emiliens wegen, deren Glück, wie sie meinte, von seiner Beständigkeit und Zuneigung abhinge. Sie würde sich genauer nach seinen Verhältnissen erkundigt haben, hätte er nicht von etwas anderm zu reden angefangen und ihr so angedeutet, daß er über dieses Thema nicht diskutieren wolle.

Nach gegenseitigen Beteuerungen der Freundschaft und Achtung versprach er, sie während ihres Aufenthalts in London oft zu besuchen, und nahm in seltsamer Verwirrung von ihr Abschied, die verursacht wurde durch die Bilder der Liebe, die sich vor seine sorgende Seele drängten. Seit einiger Zeit hatte er jene wüsten Gesellen verlassen, mit denen er in glücklichen Tagen geschwelgt, und angefangen, sich an gesetztere und mäßigere Bekannte zu halten. Doch jetzt fand er sich außerstande, mit diesen fernerhin zu verkehren, denn es waren Leute von ansehnlichem Vermögen und freigebiger Art, und daher kosteten ihn ihre *parties de plaisir* bei seinen schwindenden Finanzen zuviel. So mußte er denn noch um eine weitere Stufe hinuntersteigen und mischte sich unter eine Gruppe von alten Hagestolzen und von jüngern Söhnen, die kleine Leibrenten hatten oder sich mit dem dürftigen Ertrag von Staatspapieren durchschlugen. Diese Gesellschaft setzte sich zusammen aus Politikastern und unbedeutenden Kritikern, die den Vormittag in der *Mall* herumschlendern oder ihre Zeit in Gemäldeausstellungen vertrödeln, ein- oder zweimal in der Woche in einem Salon erscheinen, im Speisehaus zu Mittag essen, in Kaffeehäusern mit überlegener Miene Streitigkeiten entscheiden, im Theater im Parterre sitzen und einmal im Monat einen Abend mit einem berühmten Schauspieler zubringen, dessen bemerkenswerte Äußerungen sie nachher ihren Bekannten zum besten geben.

Im Grunde fühlte er sich in der Gesellschaft dieser Herren ziemlich wohl. Sie reizten nie seine Leidenschaften zu heftigen Ausbrüchen und plagten ihn nie durch unverschämte Neugier in bezug auf seine Privatangelegenheiten. Denn obgleich manche von ihnen seit langem intime Freunde waren, dachten sie im Traum nicht daran, sich nach Privatumständen zu erkundigen; und hätte man einen von den beiden, die in den engsten Beziehungen zueinander standen, gefragt, wovon der andere lebe, so würde er, sehr der Wahrheit gemäß, geantwortet haben: „Das ist wirklich mehr, als ich weiß." Trotz dieser phlegmatischen Gleichgültigkeit, einer echt englischen Eigenschaft, waren es insgesamt Leute, die keine Seele beleidigten, ein gutes Herz hatten, einen Spaß und ein Liedchen liebten, Leute, die Vergnügen daran fanden, eine lustige Geschichte zu erzählen, und hauptsächlich auf die Kunst stolz waren, Lebensmittel einzukaufen, besonders Fische, Wildbret und wildes Geflügel.

Unser Held wurde von ihnen nicht als gewöhnliches Mitglied empfangen, das sich um die Aufnahme zu bewerben hat. Sie huldigten ihm als einem Manne von überlegenem Genie und großer Wichtigkeit und betrachteten seinen Eintritt in ihre Gesellschaft als Ehre. Diese hohe Meinung wurde gestützt durch seine Konversation, die, gebildeter und gelehrter als was sie gewohnt waren, im Ton etwas Anmaßendes hatte und trotzdem nicht Widerwillen, sondern Respekt einflößte. Sie wandten sich nicht nur an ihn in allen Zweifelsfällen, die das Ausland betrafen, das ihnen samt und sonders fremd war, sondern machten sich auch seine Kenntnisse in Geschichte und Theologie zunutze, worüber sie des öftern disputierten, und über alle Gattungen der Dichtkunst entschied er mit solcher Autorität, daß man seiner Ansicht mehr Gewicht beimaß als derjenigen selbst der Schauspieler. Die mannigfachen Charaktere, die er kennengelernt und beobachtet, sowie die höhern Sphären des Lebens, in denen er sich noch vor kurzem bewegt hatte, lieferten ihm Stoff zu tausend amüsanten Anekdoten. Sobald er sich mit seinen Enttäuschungen einigermaßen abgefunden hatte, stellte sich seine natürliche Lebhaftigkeit wieder ein, und er ließ seinen Geist unter ihnen solche Funken sprühen, daß der ganze Klub, von Bewunderung erfüllt, ihn als klassischen Meister des Witzes anerkannte. Sie begannen seine Einfälle nachzubeten und luden sogar gute Freunde ein, zu kommen und ihn anzuhören. Ein Schauspieler, der viele Jahre lang in den Weinhäusern um *Covent Garden* als Großsultan des Witzes und Humors umherstolziert war, sah die Zahl seiner Bewunderer zusammenschmelzen, und ein gewisser mutwilliger Arzt, der in diesem Teil der Stadt fast in allen Portweinklubs geglänzt hatte, war gezwungen, mit seinen Talenten in die *City* zu wandern, wo er nun glücklich Wurzel faßte.

Man braucht sich übrigens über diesen Erfolg gar nicht zu wundern, wenn man bedenkt, daß unser Freund, abgesehen von seinem angeborenen Genie und seiner Bildung, allezeit Gelegenheit hatte, alles und jedes, was sich bei den Großen zutrug, durch Cadwallader zu erfahren. Er hielt noch immer die frühere intime Freundschaft mit diesem Manne aufrecht, obwohl sie jetzt gelegentlich durch kleinere Auseinandersetzungen getrübt wurde. Das rührte von den sarkastischen Vorwürfen des Menschenfeindes her, der alle Pläne, die Peregrine mißlungen waren, mißbilligt hatte und nun auf recht wenig feinfühlige Weise mit seinem Weitblick prahlte. Ja, ab und zu machte er den krächzenden Raben und weissagte aus der Falschheit des Ministers, der Verstellungskunst von Peregrines Gönner, der Albernheit des Projektenmachers, für den er sich verbürgt, aus der Unsicherheit der See und der Schurkerei derer, denen er sein Geld anvertraut hatte, noch weiteres Unheil. Denn Crabtree betrachtete alle Dinge durch die Brille seines Spleens, die immer die schlimmste Seite der menschlichen Natur aufzeigte.

Aus diesen Gründen wurde unser junger Herr zu gewissen Zeiten vom Charakter des Alten angewidert. Er sah ihn nun als einen mürrischen Zyniker an, der sich weniger über die Torheiten und Laster der Menschheit ärgerte, als sich vielmehr am Elend seiner Mitgeschöpfe ergötzte. Daher nahm er diese Prinzipien seinem Freund sehr übel, weil ihn die Geißel seiner Kritik jetzt selbst traf.

So löst die Selbstanklage sehr oft die engsten Freundschaftsbündnisse auf. Ein Mann, der sich seiner Unbedachtsamkeit bewußt ist, wird durch die Tugend seines Gefährten unversöhnlich beleidigt und empfindet sie als eine Verhöhnung seiner Schwächen, die nie verziehen werden kann, auch wenn er nicht die Bitterkeit des Tadels gekostet hat, die kein Sünder leicht verdauen kann. Deshalb hatte die Freundschaft zwischen Crabtree und Pickle in der letzten Zeit verschiedene Erschütterungen erlitten, durch die sich ein völliger Bruch anzuzeigen schien. In ihren geheimen Unterredungen war es zu manchem scharfen Wortwechsel gekommen, und Cadwallader bereute schon, daß er sein Vertrauen einem so unbesonnenen, halsstarrigen und unlenksamen jungen Menschen geschenkt hatte.

In solchen Momenten heftigsten Ärgers prophezeite er Peregrine Unglück, ja, er erzählte ihm eines Morgens, es habe ihm vom Schiffbruch der beiden Ostindienfahrer geträumt, auf die er sein Geld gewagt hatte. Das war aber nichts als eine trügerische Vision, denn in wenigen Wochen lief einer davon in die Themse ein und ging an seinem gewohnten Platz vor Anker, und Pickle empfing tausend Pfund an Stelle der achthundert, die er gegen die Unterschrift eines der Reeder hingelegt hatte. Zugleich erhielt er die Nachricht, das andere Schiff, an dem er teilhatte, würde aller Wahrscheinlichkeit nach bei dieser Jahreszeit nicht heimkommen, weil es das Kap nicht umsegeln könne. Das war ihm gar nicht unlieb, denn er wußte, daß, je länger sein Geld ausblieb, es ihm desto mehr Zins trage; und da seine gegenwärtige Notlage durch diesen Zuschuß behoben war, weitete sich sein Herz wieder und gewann sein Gesicht den heitern Ausdruck von früher zurück.

Diese lebhafte Freude wurde jedoch bald durch einen geringfügigen Vorfall unterbrochen, den er nicht vorausgesehen hatte. Eines Morgens besuchte ihn der Mann, der auf seine Verschreibung hin seinem Freunde tausend Pfund geliehen hatte, und meldete ihm, daß der Schuldner sich unsichtbar gemacht habe, weil sein Projekt gescheitert sei und er dabei die ganze Summe eingebüßt habe, und daß nicht die geringste Hoffnung bestehe, den Verlust wieder einzubringen. So war nun unser Held für die Schuld haftbar, und der Gläubiger bat ihn, ihm das Geld seiner Bürgschaft gemäß auszuzahlen, damit er, der Darleiher, nicht infolge seiner Humanität zu Schaden komme. Daß Peregrine diese Eröffnung nicht mit kaltem Blut aufnahm, kann man sich leicht vorstellen. Er verfluchte die Unvorsichtigkeit, mit der er sich auf solche Zahlungsverpflichtungen einem Geldabenteurer gegenüber eingelassen hatte, den er nicht genügend kannte, eiferte gegen die Betrügerei des Projektenmachers, und nachdem er seinem Unwillen durch Drohungen und Verwünschungen eine Zeitlang Luft gemacht hatte, erkundigte er sich nach der Art der verunglückten Spekulation.

Der Darlehensgeber, der von der ganzen Sache genau unterrichtet war, befriedigte Pickles Neugier und erzählte ihm, ein gewisser Glücksritter habe sich bei dem Flüchtigen eingeschmeichelt, sich erboten, die tausend Pfund so anzuwenden, daß er in kurzem völlig unabhängig sei, und ihm seinen Plan folgendermaßen entwickelt: „Die Hälfte der Summe", sagte er, „soll in Juwelen angelegt werden; und diese will ich bei gewissen angesehenen und begüterten Personen versetzen, die gegen übertrieben hohe Zinsen auf solche Pfänder Geld leihen. Die andere Hälfte wollen wir dazu aufheben, diese Edelsteine wieder einzulösen, damit sie bei einer andern Bande solch ehrenfester Wucherer hinterlegt werden können. Wenn sie nun so durch verschiedene Hände gegangen sind, wollen wir alle diese Pfandleiher erpressen, indem wir drohen, sie wegen der unerlaubten Zinsen, die sie genommen haben, anzuzeigen; und ich weiß, sie werden lieber freiwillig bluten, als daß sie sich der Schande aussetzen, die mit einer solchen Anklage verknüpft ist." Das Projekt war ausführbar, und wenn auch nicht gerade sehr ehrenhaft, machte es dennoch auf den armen Teufel in seiner Not einen solchen Eindruck, daß er in den Vorschlag einwilligte. Auf den Kredit unseres Helden wurde das Geld beschafft und die Juwelen vom Agenten, der die ganze Sache übernommen hatte, plangemäß eingekauft, versetzt, eingelöst und wieder versetzt. Es war alles so klug eingerichtet, daß eine Klage gegen jeden der Darleiher leicht zu begründen gewesen wäre. Nachdem dieser treue Agent das Geschäft soweit glücklich erledigt hatte, stattete er ihnen in eigenem Namen der Reihe nach Besuche ab, um ihnen anzudeuten, sein Auftraggeber beabsichtige, sie wegen Wuchers zu belangen, worauf jeder einzeln diesen Zeugen bestach, durch dessen Aussage allein er zu überführen war. Er nahm diese Geschenke an und fand es für gut, mit der ganzen Beute, einschließlich der ersten tausend Pfund, die das Anfangskapital gebildet hatten, nach Frankreich zu verschwinden. Infolge dieser „Abreise" mußte der Mann, der das Geld schuldete, sich unsichtbar machen, und so war der Darleiher denn gezwungen, sich an seinen Bürgen zu halten.

Das war für unsern jungen Herrn sehr ärgerlich. Vergebens erinnerte er seinen Besucher an dessen Versprechen, das Geld nicht eher zu fordern, als bis er seinem Mündel Rechenschaft abzulegen habe, vergebens führte er an, daß der Flüchtiggewordene lange vor dieser Zeit erscheinen und die Schuld abtragen könne. Gegen all diese Vorstellungen war der andere taub. Sein Versprechen, sagte er, gelte nur unter der Bedingung, daß der Borgende redlich und fair handle. Nun aber habe dieser durch den schändlichen Plan, auf den er sich eingelassen, alle Ansprüche auf seine Freundschaft und auf sein Vertrauen verscherzt; und seine treulose Flucht, durch die er sich seiner Verpflichtung entziehe, wäre kein Beweis dafür, daß er ein ehrlicher Mensch und willens sei, wieder zurückzukommen, sondern vielmehr eine Warnung für ihn, den Darleiher, sich vorzusehen. Er bestand daher auf sofortiger Ersatzleistung, drohte mit dem Gesetz, und Peregrine war gezwungen, die ganze Summe, die er erst kürzlich erhalten hatte, wieder hinzulegen. Doch tat er dies nur mit äußerstem Widerstreben und höchst entrüstet und kündigte dem flüchtigen Schuldner sowie dem harten Gläubiger auf ewig den Krieg an, denn er hatte die beiden im Verdacht, daß sie unter einer Decke steckten.

90

Cadwallader macht bei seinem Freund den Tröster; dieser leistet ihm seinerseits denselben Dienst. Pickle findet, daß man ihn ganz allerliebst angeführt habe.

Diese neue Widerwärtigkeit, die er, und das mit Recht, seiner eigenen Torheit beimaß, rief seinen Verdruß wieder zurück. Obwohl er sich alle Mühe gab, die Sache vor Cadwallader geheimzuhalten, wurde dieser aufmerksame Beobachter doch gewahr, daß seine Stirn sich bisweilen bewölkte, und da der Pläneschmied plötzlich verschwunden war, wurde sein Argwohn wach. Er forschte mit so vieler List nach, daß er in wenigen Tagen den ganzen Handel kannte, und beschloß, seinen Spleen auf Kosten der Gereiztheit des Betrogenen zu befriedigen. In dieser Absicht kam er mit sehr ernstem Gesicht zu Peregrine und sagte: „Einer meiner Freunde braucht unverzüglich tausend Pfund, und da Sie gerade soviel liegen haben, würde er's für eine große Gefälligkeit ansehen, wenn Sie ihm diese Summe für ein paar Monate gegen hinlängliche Sicherheit leihen wollten." Hätte Pickle das wahre Motiv für diese Bitte begriffen, so würde er aller Wahrscheinlichkeit nach eine sehr unangenehme Antwort gegeben haben; aber Crabtree hatte seine Miene derart überzeugend verstellt, daß der junge Herr ihn unmöglich durchschauen konnte. Er erwiderte daher in peinlichster Verlegenheit und mit verbissenem Ärger, das Geld sei schon anderwärts untergebracht. Damit war der Menschenfeind aber noch nicht zufrieden und erkundigte sich mit dem Vorrecht eines Freundes so eingehend nach der Art der Anlage, daß Peregrine nach unzähligen Ausflüchten, die zu finden ihm unendlich sauer wurde, seinen Unwillen nicht mehr unterdrücken konnte, sondern voller Wut ausrief: „Verdammt sei Ihre Unverschämtheit! Der Teufel hat's geholt, und damit basta." „Eben weil das sein kann", versetzte der Quälgeist mit einem so gleichgültigen Gesicht, daß man darüber hätte außer sich geraten können, „eben deshalb wüßte ich gern, zu welchen Bedingungen; denn vermutlich werden Sie einigen Vorteil aus der Assoziierung zu erwarten haben." „Tod und Verdammnis, Sir!" rief der ungeduldige Jüngling. „Hätte ich irgend etwas von der Hölle zu erwarten, so würde ich mich mit Ihnen assoziieren; denn bei meiner Seele! Sie sind einer ihrer Lieblingsdiener auf Erden." Mit diesen Worten stürzte er aus dem Zimmer und ließ Cadwallader allein, dem die Lektion, die er ihm erteilt hatte, viel Freude bereitete.

Nachdem sich Peregrine auf einem einsamen Spaziergang durch den Park abreagiert hatte und sein heftiger Zorn allmählich verdampft war, fing er an, über den Stand seiner Angelegenheiten ernsthaft nachzudenken, und beschloß, seine Anstrengungen bei seinem Gönner und beim Minister zu verdoppeln und ihnen mehr denn je anzuliegen, damit er irgendeine Sinekure erhielte, die ihm das, was er ihretwegen verloren hatte, wieder einbringen könnte.

Er ging denn zum Lord, trug ihm seine Bitte vor und sagte ihm, er habe neuerdings Verluste erlitten, weshalb eine unverzügliche Versorgung sowohl seiner Ehre als seines Kredits wegen notwendig geworden sei.

Sein hochgeborener Freund lobte seinen Eifer, mit dem er jetzt seine eigenen Interessen wahrnehme, was er als einen Beweis dafür betrachte, daß er endlich den sorglosen Leichtsinn überwunden habe. Er billigte sein Gesuch, versicherte ihm, er werde es getreulich an den Minister weiterleiten und mit all seinem Einfluß unterstützen, und machte ihm Hoffnung mit der Bemerkung, es seien jetzt verschiedene einträgliche Stellen vakant und seines Wissens noch nicht vergeben.

Diese Unterredung half den Frieden in Pickles Brust wiederherzustellen; gleichwohl wurmte ihn Cadwalladers Beleidigung noch immer, und er entwarf augenblicklich einen Plan, sich an ihm zu rächen. Er wußte, daß die Gelder von den Ländereien des Menschenfeinds in der letzten Zeit sehr spärlich eingegangen waren, weil daselbst verschiedene Reparaturen erforderlich geworden waren und einige seiner Pächter Bankrott gemacht hatten, so daß er trotz seiner genügsamen Lebensweise seinen Kredit, der auf dem pünktlichen Eintreffen seiner fälligen Einkünfte beruhte, gerade noch zur Not hatte aufrechterhalten können. Da er also über die Vermögensverhältnisse des Alten genau im Bild war, schrieb er unter dem Namen der Frau des Hauptpächters von Crabtree diesem einen Brief: ihr Mann sei kürzlich gestorben und ihr Vieh größtenteils durch ansteckende Seuchen dahingerafft. Daher wäre es ihr unmöglich, die ihm schuldige Summe zu bezahlen oder gar die Pachtung zu behalten, wenn er nicht die große Güte hätte, ihr ein wenig unter die Arme zu greifen und ihr für die kommenden zwölf Monate den Zins zu erlassen. Peregrine fand Mittel und Wege, diese Mitteilung auf der Post in einem Marktflecken in der Nähe des Bauernhofs aufzugeben, und da sie so auf die übliche Weise an den alten Zyniker gerichtet wurde und er den bekannten Stempel auf dem Brief erblickte, konnte Cadwallader niemals einen Betrug vermuten.

Sosehr er auch an alle Ereignisse des menschlichen Lebens gewöhnt und durch den Stoizismus, dessen er sich rühmte, gestählt war, machte ihm dieses Schreiben dennoch tödlichen Ärger. Seine Miene war doppelt so sauer wie sonst, als der Schreiber des Briefes, der dem Postboten aufgelauert hatte und ihm in einiger Entfernung gefolgt war, ins Zimmer trat. Unser junger Herr brachte das Gespräch auf seine eigenen Enttäuschungen und sagte unter anderm zu Crabtree: „Sehen Sie nur, welches Pech ich immer habe. Da entschuldigt sich der Intendant meines Gönners, des Lords, daß er die Zinsen für das letzte Quartal nicht genau zur bestimmten Zeit entrichten könne. Aus diesem Grund sehe ich mich aller Barmittel entblößt und bitte Sie nun, mir hundert Pfund von den fälligen Einkünften aus Ihrem Gut vorzuschießen."

Dieser Wunsch machte den alten Mann derart ärgerlich und verlegen, daß seine Gesichtsmuskeln sich verzerrten, seine Züge einen ungewöhnlich giftigen Ausdruck annahmen und er lebhaft an den Charakter des Diogenes erinnerte. Er wußte, daß ein treuherziges Bekenntnis seiner gegenwärtigen Lage Pickle Gelegenheit gäbe, mit unerträglichem Triumph Repressalien gegen ihn zu ergreifen, und daß er durch eine glatte Weigerung, ihm aus der Not zu helfen, seine Freundschaft und Achtung sich auf immer verscherzen würde, ja ihn sogar reizen könnte, sich für sein schmutziges Betragen schwer zu rächen, indem er sein wahres Wesen enthüllte und ihn auf diese Weise dem Unwillen derjenigen preisgab, die er so lange an der Nase herumgeführt hatte. Infolge dieser Überlegungen war er eine Zeitlang in peinlichster Unschlüssigkeit, und Peregrine stellte sich, als lege er diese anders aus. „Sprechen Sie frei von der Leber weg", sagte er zum Alten. „Halten Sie mich nicht für sicher genug, um mir meine Bitte zu gewähren, so sagen Sie es, und ich will mich anderswo umsehen."

Diese scheinbare Mißdeutung vermehrte die Qualen des Menschenfeindes. Mit der zornigsten Miene rief er: „Verdammt, haben Sie je etwas Schändliches in meinem Verhalten bemerkt, daß Sie mir wie einem elenden Wucherer begegnen?" Peregrine erwiderte sehr ernsthaft: „Die Frage bedarf keiner Antwort; hätte ich Sie als Wucherer betrachtet, so wäre ich gleich mit einem Sicherheitspfand unter dem Arm erschienen. Doch weg mit diesen Ausflüchten! Wollen Sie mir gefällig sein oder nicht? Soll ich das Geld bekommen?" „Ich wollte, Ihr hättet es in Eurem Leib und ein Faß Pulver dazu!" rief der Zyniker rasend aus. „Weil ich denn einmal aufs höllischste gepeinigt sein muß, so nehmt das verfluchte Papier da und lest! Alle Teufel! Warum gab mir die Natur nicht ein Paar lange Ohren und einen Schwanz, damit ich ein wirklicher Esel wäre und auf der Gemeindewiese Disteln fressen könnte und von meinen Mitgeschöpfen unabhängig wäre. Wäre ich doch ein Wurm und könnte mich in die Erde verkriechen und meine Wohnung mit einem Strohhalm überdachen! oder, besser noch, eine Wespe oder eine Viper, damit ich die schurkische Welt meinen Unwillen fühlen lassen könnte. Doch was spreche ich von Schurkerei? Torheit, Torheit ist die Geißel des menschlichen Lebens! Gebt mir einen Schuft, wenn er nur Verstand hat, und ich will ihn in mein innerstes Herz einschließen. Aber ein Tor ist weit verderblicher als Hungersnot, Krieg und Pestilenz. Die blödsinnige Hexe, die diesen Brief schreibt oder schreiben ließ, hat durch Unvernunft und schlechte Wirtschaft ihre Familie zugrunde gerichtet und ihrem Mann das Herz gebrochen; und nun schiebt sie ihr Unglück einfach auf die Vorsehung, und ich bin um dreihundert Pfund geprellt, die ich größtenteils Kaufleuten schulde, denen ich gerade dieses Quartal zu bezahlen versprochen habe. Die Pest über sie! Ich wollte, sie wäre ein Hornvieh, damit die Seuche auch sie ergriffe. Die alte Vettel ist noch so unverschämt und bittet mich, nachdem sie mich in diese Klemme gebracht hat, um Vorschuß, weil sie wieder Vieh anschaffen möchte. Bei Gott, ich möchte ihr am liebsten einen Strick zuschicken und vielleicht mir selbst einen kaufen. Doch nein, ich will den Schurken und Narren keinen Stoff zum Lachen liefern."

Als Peregrine den Brief gelesen und die Ausbrüche des Zorns angehört hatte, sagte er ganz gelassen: „Ich schäme mich in der Seele, daß ein Mann von Ihren Jahren, der sich so mit seiner Philosophie brüstet, sich wegen einer Kleinigkeit so aufregen kann. Wozu frommen Ihnen all die Widerwärtigkeiten, die Sie sich überstanden zu haben rühmen, und die klugen Bemerkungen, die Sie über die menschliche Natur gemacht haben wollen? Wo ist jene stoische Gleichgültigkeit, die Sie behaupten erreicht zu haben, wenn eine so armselige Enttäuschung Sie dermaßen aus dem Häuschen bringen kann? Was bedeutet der Verlust von dreihundert Pfund im Vergleich zu all dem Unglück, das ich seit zwei Jahren erlebt habe? Und doch werfen Sie sich zum Sittenrichter auf und ziehen über die Ungeduld und das Ungestüm der Jugend los, als ob Sie über alle Leidenschaften des Herzens die unumschränkte Herrschaft erreicht hätten. Sie waren neulich so liebenswürdig, mich in meiner Betrübnis durch Vorwürfe über meine Unbesonnenheit und über meine schlechte Wirtschaft zu beleidigen. Wie nun, wenn ich den Spieß umdrehen und fragen wollte: Wie kann ein Mann von Ihrer großen Klugheit sein Vermögen der Verwaltung unwissender Bauern anvertrauen? Wie kann er so blind sein und die Notwendigkeit von Reparaturen und Ameliorationen sowie die Gefahr von Bankrotten, Viehsterben und Mißwachs nicht voraussehen? Weshalb verwandelten Sie Ihre Ländereien nicht in bares Geld und kauften sich dafür, da Sie ja keine Verwandten haben, eine Leibrente, von der sie bequem hätten leben können, ohne üble Folgen zu befürchten? Können Sie im ganzen Schatz Ihrer Philosophie keinen einzigen Kernspruch finden, der Sie über dieses kleine Mißgeschick tröstet?"

„Vermaledeit sei Eure schnelle Zunge!" rief der Zyniker halb erstickt vor Galle. „Ich wollte, Ihr hättet den Krebsfraß oder die Syphilis im Hals, dann könntet Ihr mich mit Eurem Geschnatter nicht so quälen. Und doch würde eine Elster weit vernünftiger über diese Sache schwatzen als Ihr. Wißt Ihr denn nicht, Herr Superklug, daß mein Fall mit Philosophie gar nichts zu tun hat? Wäre ich an allen Gliedern verstümmelt, vom Zipperlein oder vom Stein geplagt worden, hätte ich meine Freiheit, ein einziges Kind oder einen lieben Freund, Euch etwa, verloren, so hätte die Philosophie zu meinem Trost etwas beitragen können. Aber wird die Philosophie meine Schulden bezahlen oder mich von der Last der Verbindlichkeiten einer Rotte von Kerlen gegenüber befreien, die ich verachte? So redet! – – heraus mit der Sprache! – – oder möge Euch der Himmel den Mund für immer stopfen!"

„Das sind also die tröstlichen Früchte Ihrer Menschenfeindschaft", antwortete der junge Mann, „Ihres löblichen Plans, sich von allen Banden der Gesellschaft loszumachen und sich in einer höhern Sphäre zu bewegen. Wären Sie nicht so absonderlich weise und so sehr geneigt gewesen, die Menschen zu verlachen, so würde eine derart lumpige Unannehmlichkeit Sie nie aus dem Gleichgewicht gebracht haben, und jeder Freund hätte Ihnen mit der fraglichen Summe ausgeholfen. Nun aber kann umgekehrt die Welt über Sie lachen, denn Sie stehen mit Ihren Bekannten so gut, daß ihnen nichts größere Freude bereiten könnte als die Nachricht, daß Sie sich mit einer wohlbefestigten Schlinge dem Verdruß über Ihre Enttäuschung entzogen haben. Ich erwähne dies nicht ohne Absicht; es verdient Überlegung. Sollte es dazu kommen, so will ich beim Totenbeschauer mein möglichstes tun, daß er auf ‚Tod infolge von Irrsinn' erkenne, damit Ihr Kadaver ein christliches Begräbnis erhält."

Nach diesen Worten verließ er ihn, mit seiner Rache wohl zufrieden, und Crabtree stand so sehr unter deren Eindruck, daß er höchstwahrscheinlich zu dem vorgeschlagenen Mittel Zuflucht genommen hätte, wäre er nicht einzig und allein durch die obenerwähnte Erwägung davon abgehalten worden. Allein sein Widerwille, seine Mitmenschen sich zu verpflichten und sie zu unterhalten, hinderte ihn daran, jenen Ausweg einzuschlagen, bis er durch die Post über die wahre Lage der Dinge glücklich aufgeklärt wurde. Diese Nachricht hatte eine solche Wirkung, daß er unserem Helden nicht nur die List vergab – denn er schrieb sie sogleich dem richtigen Urheber zu –, sondern ihm auch seine Börse anbot und der Streit vorderhand gütlich beigelegt war.

Inzwischen hatte Peregrine nicht verfehlt, den Großen seine Aufwartung zu machen; er fand sich bei jedem Lever ein, wandte seine ganze Geschicklichkeit und all seinen Scharfsinn an, um Kunde von vakanten Stellen zu bekommen, und empfahl sich täglich dem Einfluß seines Gönners, der seine Interessen mit viel Liebe wahrzunehmen schien. Nichtsdestoweniger kam er mit seinem Gesuch immer zu spät, oder der Minister war zufällig für den Posten, um den er sich bewarb, nicht zuständig.

Diese Mitteilungen, obgleich sie stets unter wärmsten Beteuerungen der Freundschaft und Achtung gemacht wurden, verstimmten unsern jungen Herrn sehr; denn er sah sie für Ausflüchte und Winkelzüge eines unaufrichtigen Hofmanns an und gab dies auch ohne Umschweife seinem Freund, dem Lord, zu verstehen. Zugleich ließ er ihn seine Absicht erkennen, seine hypothekarische Verschreibung für bares Geld zu verkaufen und alles bis auf den letzten Schilling daranzuwenden, die Pläne des Ministers bei der ersten Wahl, die er begünstigen würde, zu hintertreiben. Seiner Lordschaft mangelte es bei derlei Gelegenheiten nie an schicklichen Ermahnungen. Er bemühte sich jetzt nicht, ihn durch Versicherungen der Gewogenheit des Ministers zu besänftigen, weil er merkte, daß diese Arznei durch den wiederholten Gebrauch ihre Kraft bei unserm Freund verloren hatte, sondern wies seinen Drohungen gegenüber darauf hin, daß des Ministers Börse viel größer sei als die von Mr. Pickle, daß der junge Herr deshalb unbedingt den kürzern ziehen müßte, sollte er sich zum Ziel setzen, den Interessen Sr. Gnaden entgegenzuarbeiten. In diesem Fall würde er sich aller Mittel für seinen Unterhalt vollständig beraubt sehen, und ihm wäre auch alle Hoffnung genommen, je versorgt zu werden.

An der Wahrheit dieser Bemerkung gab es für unsern Helden nichts zu deuteln, obwohl sie nicht eben dazu diente, das Verhalten des Ministers zu rechtfertigen. Pickle begann in der Tat, an der Aufrichtigkeit seines eigenen

Christe sey uns gnädig! Wahrhaftig er ist ein eingefleischter Teufel.

III. Th. 90. Cap.

Gönners zu zweifeln. Seiner Meinung nach hatte er mit seiner Ungeduld nur gespielt und sich sogar um die Erfüllung seines Wunsches, noch eine Privataudienz beim Minister zu haben, unter nichtigen Vorwänden gedrückt. Überdies wurde der Lord weniger zugänglich als früher, und Peregrine war sogar genötigt, dessen Intendanten wiederholt zu mahnen, ehe er die Zinsen für das letzte Quartal erhielt.

Dadurch beunruhigt, ging er zu jenem Edelmann, den er sich durch die Affäre mit seinem Sohn zu Dank verpflichtet hatte, und fragte ihn um seine Meinung. Er erfuhr zu seinem größten Ärger, daß der Herr, dem er so lange vertraut hatte, ein Mann von sehr unbedeutendem Kredit sei. Der neue Ratgeber, der zwar auch Hofmann, aber ein Rivale des andern war, machte ihm klar, daß er sich auf ein geknicktes Rohr gestützt habe, und sagte ihm, sein vorgeblicher Gönner sei ein Mann in zerrütteten Vermögensverhältnissen, dessen geschwundener Einfluß sich auf ein Lächeln oder ein paar zugeflüsterte Worte beschränkte; er seinerseits wäre stolz auf eine Gelegenheit gewesen, sich beim Minister für Mr. Pickle zu verwenden. „Da Sie nun aber", fuhr er fort, „die Protektion eines andern Peers genießen, dessen Interesse dem meinigen zuwiderläuft, kann ich mich Ihrer Sache nicht annehmen, weil man mich sonst beschuldigt, ich wolle ihm seine Anhänger abtrünnig machen, und gerade das will ich unbedingt vermeiden. Doch steht mein Rat Ihnen stets zur Verfügung, und zum Beweise empfehle ich Ihnen jetzt, auf eine weitere Unterredung mit Sir Steady Steerwell zu dringen, damit Sie Ihre Ansprüche persönlich vortragen können und nicht riskieren, daß diese unrichtig dargestellt werden. Ich würde mich dabei bemühen, dem Minister, wenn immer möglich, ein spezielles Versprechen abzupressen, das er nicht widerrufen kann, ohne seinem guten Namen zu schaden; denn allgemeine Versicherungen sind eine Waffe, deren sich alle Minister bedienen müssen, um sich vor dem ungestümen Anlauf derjenigen zu schützen, die sie nicht begünstigen, aber auch nicht vor den Kopf stoßen wollen."

Dieser Rat war unserm Helden so aus der Seele gesprochen, daß er die erste Gelegenheit ergriff, eine Audienz zu erhalten. Er sagte seinem Gönner rundheraus, wenn Se. Lordschaft ihm diese Gunst nicht verschaffen könnten, müßte er deren Einfluß für sehr gering halten und all seine Hoffnungen als aussichtslos aufgeben. In diesem Falle sei er entschlossen, seine hypothekarische Verschreibung zu versilbern, sich eine Leibrente zu kaufen und unabhängig zu leben.

91

Peregrine wird von der Aufrichtigkeit des Ministers überzeugt. Sein Stolz und sein Ehrgeiz leben von neuem auf und werden abermals gedemütigt.

Wäre das Geld unseres jungen Herrn in andern Händen gewesen, so hätte sich der Peer nicht groß angestrengt, entweder seinem Wunsch zu willfahren oder sich seiner Rache zu widersetzen. Er wußte aber, daß die Hypothek nicht verkauft werden konnte, ohne daß dabei Nachforschungen angestellt würden, was er vermeiden wollte. Deshalb bot er seinen ganzen Kredit auf, um ihm die so dringend geforderte Audienz zu erwirken. Er erhielt sie, und Peregrine schilderte nunmehr Sr. Exzellenz mit viel Wärme und Beredsamkeit die Verluste, die er beim Wahlkampf um den Burgflecken erlitten hatte, wo er als Kandidat aufgetreten war, gedachte seiner Enttäuschung bei der zweiten Wahl, erinnerte den Minister an die Versprechungen, mit denen er bisher hingehalten worden war, und bat zum Schluß, man möge ihm sagen, was er von der Gewogenheit Sr. Exzellenz zu erwarten habe.

Der Minister hörte ihn ruhig bis zu Ende an und erwiderte hierauf mit einer höchst huldvollen Miene, er sei von seinen Verdiensten und seiner Anhänglichkeit genau unterrichtet und durchaus gesonnen, ihn davon zu überzeugen, wie sehr er beide achte. Allein bis vor kurzem habe er nicht recht gewußt, worauf er eigentlich Anspruch erhebe; auch stehe es nicht in seiner Macht, Posten für alle diejenigen zu schaffen, denen er gern gefällig sein möchte. Wenn ihm aber Mr. Pickle Mittel und Wege nennen wolle, wie er seine freundschaftliche Gesinnung beweisen könnte, so werde er nicht zögern, ihm seinen Plan ausführen zu helfen.

Peregrine nahm ihn beim Wort und erwähnte verschiedene Stellen, die, wie er wußte, vakant waren. Aber der Minister suchte wieder die alten Ausflüchte hervor: bei der einen Stelle war sein Departement nicht zuständig, die anandere war noch vor dem Tode des letzten Inhabers dem dritten Sohne eines gewissen Grafen versprochen worden, und die dritte war mit einer Pension belastet, die mindestens die Hälfte des Gehalts verschlang. Kurz, bei all seinen Vorschlägen stieß Peregrine auf Einwände, die er unmöglich widerlegen konnte. Er sah jedoch klar ein, daß es sich dabei nur um schlaue Vorwände handelte, die das Kränkende einer abschlägigen Antwort bemänteln sollten. Durch diesen Mangel an Aufrichtigkeit und Dankbarkeit erbittert, sagte er: „Ich kann leicht voraussehen, daß es an solchen Schwierigkeiten nie fehlen wird, wenn ich mich wegen irgendeiner Stelle melde. Ich will mir deshalb die Mühe ersparen, weiterhin darum anzusuchen." Nach diesen Worten ging er ziemlich brüsk fort, Trotz und Rache im Herzen. Jedoch sein Gönner, der es nicht für ratsam hielt, ihn bis zum Äußersten zu treiben, verstand es, Se. Exzellenz zu überreden, etwas zu tun, um den Zorn des jungen Mannes zu besänftigen; und noch an diesem Abend empfing unser Freund eine Botschaft vom Lord, daß er ihn sofort zu sprechen wünsche.

Auf diese Einladung hin eilte Pickle nach dem Haus seines Gönners und erschien vor ihm mit finsterer Stirn, was jeden, den es angehen mochte, erkennen ließ, er sei zu sehr gereizt, um jetzt Vorwürfe anzuhören. Der scharfsichtige Peer nahm sich daher in acht, ihn wegen des Betragens bei der Audienz zur Rede zu stellen; er teilte ihm dagegen mit, der Minister habe ihm in Anbetracht seiner Dienste eine Banknote im Wert von dreihundert Pfund geschickt, mit dem

Versprechen, ihm jährlich die gleiche Summe zu bezahlen, bis für ihn anderweitig gesorgt wäre. Durch diese Eröffnung wurde unser junger Mann einigermaßen beschwichtigt, und er ließ sich herbei, das Geschenk anzunehmen. Am nächsten Tag stattete er beim Lever dem Minister seinen Dank ab und wurde von ihm mit einem ungemein verbindlichen Lächeln beehrt, so daß nun auch der letzte Rest seines Unwillens schwand. Denn da er den wahren Grund, weshalb man ihn mit solcher Schonung behandelte, nicht erraten konnte, sah er diese Herablassung als einen unzweifelhaften Beweis für Sir Steadys Aufrichtigkeit an und glaubte fest, er würde ihm lieber bei der erstbesten Gelegenheit zu einer Stelle verhelfen, als ihm weiterhin dieses Gehalt aus der eigenen Tasche zu zahlen. Aller Wahrscheinlichkeit nach wäre diese Weissagung eingetroffen, hätte nicht ein Zufall unversehens seinen ganzen Kredit bei Hofe im Nu zugrunde gerichtet.

Mittlerweile lebten unter diesem flüchtigen Sonnenstrahl des Glücks seine früheren stolzen und ehrgeizigen Ideen wieder auf; sein Gesicht wurde heiterer, sein Humor kehrte zurück, und in seinem ganzen Wesen kam das alte Selbstbewußtsein zum Ausdruck. In der Tat begann die übrige Klientel des Ministers ihn als einen Menschen zu betrachten, der im Aufstieg sei, als sie sahen, welche Auszeichnung ihm bei den Levers zuteil wurde; ja, einige von ihnen buhlten aus diesem Grunde geradezu um seine Gunst. Er mied nun seine guten Freunde von einst, mit denen er einen bedeutenden Teil seines Vermögens vertan hatte, nicht mehr, sondern trat ihnen wieder mit der ehemaligen Freiheit und Ungezwungenheit an allen öffentlichen Treffpunkten entgegen, ja, er ließ sich sogar infolge seiner zuversichtlichen Hoffnungen wieder in einige ihrer Exzesse ein. Cadwallader und er nahmen ihre Audienzen am Hofe der Lächerlichkeit wieder auf und spielten verschiedenen Leuten, die sich ihre Ungnade zugezogen hatten, arg mit.

Diese Vergnügen jedoch wurden bald durch ein ebenso unerwartetes wie fatales Mißgeschick unterbrochen. Sein hochgeborener Freund erlitt einen Schlaganfall. Die Ärzte stellten ihn wieder her, um ihn nach den Regeln der Kunst ins Jenseits zu befördern, und zwei Monate, nachdem sie gerufen worden waren, ging er den Weg allen Fleisches. Peregrine war über dieses Ereignis sehr betrübt, nicht nur wegen seiner Freundschaft mit dem Verstorbenen, dem er sich zu großem Dank verpflichtet glaubte, sondern auch, weil er befürchtete, seine Interessen würden durch den Tod dieses Peers, den er für seine Hauptstütze ansah, schweren Schaden nehmen. Daher legte er aus Achtung für das Andenken seines toten Freundes Trauer an und bekundete echtes Leid und wahre Teilnahme, obwohl er in Wirklichkeit noch weit mehr Anlaß hatte zu trauern, als er sich's jetzt einbildete.

Als der Quartalstag kam, wandte er sich wegen seiner Zinsen wie gewöhnlich an den Haushofmeister der Erben des Lords, und der Leser wird gerne gestehen, daß er einige Ursache hatte, bestürzt zu sein, als ihm dieser Mann sagte, er könne weder auf Kapital noch auf Zinsen Anspruch erheben. Zwar sprach der Haushofmeister ebenso höflich wie vernünftig über die Sache. „Ihre Miene, Sir", sagte er zu Pickle, „schützt Sie vor jedem Verdacht, als wollten Sie absichtlich betrügen, aber die Hypothek auf die Grundstücke, die Sie erwähnen, hat schon viele Jahre vor der Zeit, da Sie das Geld geliehen zu haben vorgeben, ein anderer bekommen. Heute morgen erst habe ich ein Quartal von diesen Zinsen ausbezahlt, wie aus dieser Quittung erhellt, die Sie durchlesen mögen, um sich zu überzeugen." Peregrine war bei dieser Nachricht, durch die er seiner ganzen Habe beraubt wurde, wie vom Donner gerührt, so daß er kein Wort hervorbringen konnte, ein Umstand, den der Intendant nicht zu seinen Gunsten auslegte. Er fing allen Ernstes an, der Redlichkeit des Mahners zu mißtrauen, denn unter den Papieren des Verstorbenen, die er genau geprüft hatte, war kein Schreiben, kein Memorandum, keine Empfangsbestätigung gewesen über diese Schuld. Nachdem Pickle sich endlich von seiner Verblüffung erholt hatte, faßte er sich so weit, daß er bemerken konnte: „Entweder irren Sie sich gründlich, oder der verstorbene

Lord ist der größte Schuft auf Erden gewesen. Allein, Herr Dingsda, erlauben Sie mir, Ihnen zu sagen, daß Ihre bloße Behauptung in dieser Angelegenheit mich keineswegs bestimmen wird, den Verlust von zehntausend Pfund ruhig hinzunehmen."

Nach dieser Äußerung verließ er das Haus, so verdrossen über die erhobenen Einwände, daß er kaum wußte, ob er sich auf dem Kopf oder auf den Beinen fortbewegte, und da der Park ihm gerade am Weg lag, lief er darin herum und schaffte sich durch einen Monolog Luft, dessen Kehrreim aus einer Reihe unzusammenhängender Flüche über sich selbst bestand. Schließlich klang seine Erregung allmählich ab und machte der Überlegung Platz. Er stellte ernsthafte und kummervolle Betrachtungen über sein Unglück an und beschloß, unverzüglich Rechtsgelehrte zu Rate zu ziehen. Doch vor allen Dingen wollte er sich an den Erben wenden; dieser konnte vielleicht durch eine ungeschminkte Darstellung des Falles bewogen werden, ihm Gerechtigkeit widerfahren zu lassen.

Diesem Entschluß gemäß steckte er am folgenden Morgen seine Papiere zu sich und begab sich in einer Sänfte nach dem Hause des jungen Lords. Seine äußere Erscheinung sowie ein kleines Trinkgeld an den Türsteher verschafften ihm Zutritt, und er setzte nun dem Kavalier die ganze Sache auseinander, bekräftigte seine Behauptungen durch die Papiere, die er vorwies, und schilderte den Schimpf, der dem Andenken des Verstorbenen angetan würde, wenn man ihn nötigte, vor einem öffentlichen Gericht Hilfe zu suchen.

Der Testamentsvollstrecker, ein Mann von feiner Bildung, drückte ihm höchst gutmütig sein Beileid zu seinem Verlust aus, obwohl er sich über die Geschichte selbst nicht sehr zu verwundern schien. Er wünschte jedoch, es möchte der durch diesen offensichtlichen Betrug entstandene Schaden den ersten Hypothekengläubiger treffen; es sei dies, fügte er hinzu, ein spitzbübischer Wucherer, der sich auf Kosten seiner bedrängten Mitmenschen bereichert habe. Zu den Erklärungen unseres Helden bemerkte er, daß er sich nicht für verpflichtet hielte, die geringste Rücksicht auf den guten Ruf seines Vorgängers zu nehmen, denn dieser habe sehr grausam und ungerecht gehandelt und ihm nicht nur seinen Schutz und Beistand gänzlich versagt, sondern die Erbschaft so weitgehend geschmälert, wie es in seiner Macht gelegen hatte. Deshalb könne man nicht wohl erwarten, daß er von dessen Schulden zehntausend Pfund tilge, für die er keinen Gegenwert erhalten habe. Trotz seinem Verdruß mußte Peregrine im stillen zugestehen, daß diese abschlägige Antwort so unbillig eben nicht sei. Nachdem er seinem Zorn die Zügel hatte schießen lassen und den Verstorbenen mit den heftigsten Schmähungen überschüttet hatte, verabschiedete er sich von dessen gefälligem Erben und ging sogleich zu einem Advokaten, um ihm den Fall vorzutragen; und als dieser ihm versicherte, er habe alle Aussicht, in einem Prozeß zu gewinnen, übergab er ihm die ganze Angelegenheit.

Alle diese Maßregeln wurden in der ersten Hitze getroffen, als Peregrines Seele durch die verschiedenen Leidenschaften, die sein Mißgeschick in ihm erregt hatte, in höchstem Maße aufgewühlt war. Zwei volle Tage verstrichen, ehe ihm die Bedeutung seines Unglücks so recht zum Bewußtsein kam. Hierauf nahm er eine schmerzliche Selbstprüfung vor; jeder einzelne Umstand der Untersuchung vergrößerte die Qual seines Denkens, und das Resultat des Ganzen war die Entdeckung, daß sein Vermögen total verbraucht und er in jämmerlichste Abhängigkeit geraten sei. Dieser Gedanke allein hätte ihn in seiner Angst und Mutlosigkeit zu einem verzweifelten Schritt treiben können, wäre er nicht einigermaßen beruhigt worden durch das Vertrauen in seine Anwälte und durch die Versicherung des Ministers, die, so schwach sie auch waren, doch die einzigen Bollwerke zwischen ihm und dem Elend bildeten.

Der menschliche Geist ist von Natur schmiegsam und paßt sich auf bewundernswerte Art allen Schicksalsfügungen an, vorausgesetzt, daß er sich an eine Hoffnung, sei sie noch so gering, klammern kann, zumal wenn die Phantasie heiter und lebhaft ist. Das war bei unserm armen Freund der Fall.

Statt den melancholischen Ideen nachzuhängen, die sein Verlust ihm eingab, nahm er Zuflucht zu den schmeichlerischen Täuschungen der Hoffnung, erbaute sich an phantastischen Plänen künftiger Größe und bemühte sich, den Vorhang der Vergessenheit über die vergangenen Zeiten zu ziehen.

Nach einigem Zaudern beschloß er, Crabtree mit seinem Unglück bekannt zu machen, um ein für allemal die Feuerprobe seiner Satire zu bestehen, damit er nicht eine lange Reihe von sarkastischen Andeutungen und zweideutigen Anspielungen erdulden müßte, die ihm unerträglich waren. Demnach ergriff er die erste Gelegenheit, ihm zu erzählen, daß er infolge der Treulosigkeit seines Gönners gänzlich zugrunde gerichtet sei. Zugleich bat er ihn, seinen Jammer nicht durch jene beißenden Bemerkungen zu vergrößern, die Leuten von seiner menschenfeindlichen Sinnesart eigen wären. Cadwallader hörte diese Erklärung innerlich erstaunt an, ließ dies indessen in seinen Mienen nicht sichtbar werden, sondern sagte nach einer Pause, unser Held hätte keinen Grund, von seiner Seite neue Bemerkungen über ein Ereignis zu erwarten, das er längst vorausgesehen und womit er täglich gerechnet habe. Dann ermahnte er ihn mit einem ironischen Lächeln, sich mit dem Versprechen des Ministers zu trösten, der zweifellos die Schulden seines verstorbenen Busenfreundes bezahlen würde.

92

Peregrine wagt sich mit Schriften vors Publikum und wird Mitglied eines Autorenklubs.

Nach dieser peinlichen Aussprache begann unser junger Herr sich Projekte durch den Kopf gehen zu lassen, wie der Mangel seiner jährlichen Einkünfte, die jetzt so schmal waren, zu beheben sei. Er beschloß, die Talente, die er der Natur und der Erziehung verdankte, irgendwie zu nutzen. Als er noch im Überfluß gelebt, hatte er von verschiedenen

Schriftstellern gehört, die, ohne den geringsten Anspruch auf Genie oder schöngeistige Leistungen machen zu können, ihren ganz netten Unterhalt dadurch fänden, daß sie für Verleger Arbeiten ausführten, die mit literarischem Ruf gar nichts zu tun hatten. Einer zum Beispiel besorgte Übersetzungen aller Art zu soundso viel für den Bogen und beschäftigte fortwährend fünf oder sechs Gehilfen, als wären es Schreiber in einem Kontor. So konnte er ganz gemächlich leben, sich seines Freundes und einer guten Flasche erfreuen und strebte bloß danach, als ehrlicher Mann und guter Nachbar zu gelten. Ein anderer entwarf eine Menge Pläne für neue Wörterbücher, und diese wurden dann unter seiner Aufsicht von Tagelöhnern ausgeführt. Ein Dritter verlegte sich auf Geschichtsdarstellungen und Reisebeschreibungen, die seine Gehilfen für ihn sammeln und abkürzen mußten.

Bei den Vergleichen, die Pickle zog, schätzte er seine eigenen Fähigkeiten so hoch ein, daß er nicht den leisesten Zweifel hegte, jeden einzelnen dieser Unternehmer in den verschiedenen Zweigen ihres Metiers übertreffen zu können, wenn er sich je zu diesem Versuch genötigt sähe. Sein Ehrgeiz trieb ihn aber dazu, seinen Vorteil mit seinem Ruhm zu verbinden und irgendein Werk zu schaffen, das ihm beim Publikum Ehre machen und zugleich seinen Kredit bei den Käufern von druckfertigen Manuskripten in London begründen sollte. In dieser Absicht rief er die Muse an; und da er wußte, wie wenig man in unserm Zeitalter von Gedichten irgendwelcher Art hält, in denen sich weder satirische noch obszöne Stellen finden, so verfertigte er eine Nachahmung von Juvenal und geißelte darin einige notorische Persönlichkeiten mit ebensoviel Wahrheit wie Geist und Strenge. Obgleich sein Name auf dem Titelblatt dieses Produktes nicht zu lesen war, hatte er es doch einzurichten verstanden, daß das Werk allgemein dem richtigen Verfasser zugeschrieben wurde. Auch sah er sich in seinen Hoffnungen auf Erfolg nicht betrogen; denn die Auflage wurde sehr bald abgesetzt und die Broschüre zum Gesprächsstoff in allen Zirkeln von gutem Geschmack.

Dieses glückliche Debüt lenkte nicht nur das Interesse der Verleger auf ihn, die sich nun um seine Bekanntschaft bewarben, sondern erregte auch die Aufmerksamkeit einer gewissen Gesellschaft von Autoren, die sich „die Akademie" nannten. Sie beehrten ihn mit einer Deputation und ließen ihm einstimmig die Mitgliedschaft antragen. Der Sprecher, dessen sie sich zu diesem Geschäft bedienten, war ein Dichter, der ehemals Beweise der Freigebigkeit unseres Helden erhalten hatte. Er bot daher seine ganze Beredsamkeit auf, um Mr. Pickle zu bewegen, der Einladung seiner Bruderschaft Folge zu leisten, und schilderte sie ihm so, daß Peregrines Neugier geweckt wurde. Er entließ den Deputierten mit verbindlichem Dank für die große Ehre, die sie ihm erwiesen hätten, und mit dem festen Versprechen, er wolle sich bemühen, sich ihren Beifall auch fernerhin zu verdienen.

Er wurde nachher durch eben diesen Abgesandten über die von der Akademie beobachteten Zeremonien informiert und verfaßte auf Grund der Mitteilungen eine Ode, die am Abend seiner Einführung öffentlich rezitiert werden sollte. Pickle begriff, daß es sich hier um nichts anderes handelte als um eine Vereinigung von Autoren, die sich zu ihrem gemeinsamen Vorteil und Vergnügen gegen eine andere Clique derselben Art, ihre erklärten Feinde und Verleumder, zu Schutz und Trutz verbündet hatten. Kein Wunder also, daß sie sich durch eine solch wertvolle Erwerbung zu verstärken suchten, als die unser Held sich aller Wahrscheinlichkeit nach erweisen mußte. Die Akademie bestand bloß aus Autoren, und zwar aus Autoren aller Rangstufen, vom Liederfabrikanten an, dessen Produkte vertont und in Marybone abgesungen wurden, bis hinauf zum dramatischen Dichter, dessen Tragödien über die Bühne gegangen waren. Ja, eins der Mitglieder hatte sogar acht Bücher eines Epos beendet und sammelte jetzt Subskribenten dafür.

Es wird niemand vermuten, daß eine solche Gesellschaft von Söhnen des Apoll einen ganzen Abend unter Wahrung von Zucht und Ordnung zubringen könne, ohne unter dem Zepter einer Autorität zu stehen. Dies hatten sie auch vorausgesehen und deshalb einen Präsidenten gewählt, der bevollmächtigt war, ein Mitglied oder diejenigen Mitglieder zum Stillschweigen zu zwingen, die die Harmonie und den Aufbau des Ganzen etwa stören sollten. Der Weise, der gegenwärtig die Würde eines Meisters vom Stuhl bekleidete, stand in hohen Jahren, und sein Gesicht war ein lebendiges Bild jener tiefen Erbitterung, die eine Folge wiederholter Ablehnung durch das Publikum ist. Er hatte mit seinen Bühnenwerken außerordentliches Pech gehabt und war nun, um mich der Worte eines profanen Spötters zu bedienen, welcher der Verurteilung seines letzten Stücks beigewohnt hatte, hoffnungslos verdammt. Nichtsdestoweniger hielt er sich noch immer am Rande des Parnasses auf, übersetzte einige Klassiker und schrieb Miszellaneen. Durch eine unerschütterliche Zuversichtlichkeit, durch hochnäsige Anmaßung, durch die Giftigkeit einer unbändigen Zunge sowie durch einige Weltkenntnis hatte er es schließlich fertiggebracht, sich den Ruf eines Mannes von Gelehrsamkeit und Geist zu erwerben bei Leuten, die keines von beiden hatten, das heißt, bei neununddreißig von vierzig, mit denen er verkehrte. Selbst in der Akademie sahen ihn ein paar in diesem Lichte. Der größte Teil derjenigen jedoch, die seine Wahl begünstigten, waren Personen, die sich vor seiner Bosheit fürchteten oder vor seinem Alter Achtung hatten oder aber seinen Mitbewerber, den Epiker, haßten.

Der Hauptzweck dieser Gesellschaft war, wie ich bereits angedeutet habe, einander bei ihren Werken zu unterstützen und ihnen Beifall zu zollen. Sie priesen sie gegenseitig mit ihrer ganzen Kunst und ihrem Einfluß nicht nur in Privatgesprächen, sondern auch durch gelegentliche Epigramme, Kritiken und Anzeigen, die sie in öffentliche Blätter einrücken ließen, zum Verkauf an. Diese Wissenschaft, die man unter dem vulgären Namen Lobhudelei kennt, betrieben sie mit einer solchen Finesse, daß oft ein Autor über seine eigene Leistung loszog, um die Neugier der Leute zu reizen, die sie übersehen hatten. Trotz dieser allgemeinen Einmütigkeit der Akademie herrschte doch seit langer Zeit eine private Animosität zwischen den obengenannten

Rivalen wegen des Vorrangs, auf den beide Anspruch erhoben, obwohl er durch Stimmenmehrheit dem gegenwärtigen Präses zuerkannt worden war. Die Feindseligkeit hatte zwar nie zu eigentlichen Schmähungen oder Verhöhnungen geführt, offenbarte sich aber bei jeder Zusammenkunft durch Versuche, sich gegenseitig durch spitze Redensarten und geistreiche Erwiderungen in den Schatten zu stellen. Demnach wurde allemal zu Beginn des Abends ein leckeres Gericht dieser Art von Witz aufgetischt, das den jüngern Mitgliedern zur Unterhaltung und zum Vorbild diente, und diese ermangelten nie, für den einen oder den andern Kämpen Partei zu ergreifen und sie durch Blicke, Gebärden und Beifall, wie der Disput es gerade mit sich brachte, aufzumuntern.

Dieses ehrenwerte Konsistorium wurde im besten Zimmer eines Bierhauses abgehalten. Hier konnte ein jeder, seiner Börse oder Neigung entsprechend – denn alle bezahlten einzeln für ihre Bestellungen – Wein, Punsch oder Bier bekommen; und hier wurde unser Held unter zwanzig ihm unbekannte Leute eingeführt, deren Physiognomie und Aufzug ein malerisches Quodlibet ergaben. Man empfing ihn mit ungemeiner Feierlichkeit und ließ ihn zur Rechten des Präsidenten Platz nehmen, der Stillschweigen gebot und dann seine Einführungsode verlas, die allgemeine Anerkennung fand. Darauf wurde ihm der übliche Eid abgenommen, durch den er sich verpflichtete, in allen Lebenslagen auf die Ehre und den Vorteil der Gesellschaft bedacht zu sein, soweit es nur immer in seiner Macht stünde. Danach wurden seine Schläfen mit einem Lorbeerkranz gekrönt, der für solche Einweihungen aufgehoben wurde.

Als diesem Zeremoniell in aller Form Genüge getan war, sah sich das neue Mitglied rings im Saal um und nahm seine Kollegen in etwas schärfern Augenschein. Er bemerkte unter ihnen eine merkwürdige Sammlung von Perücken in bezug auf Farbe, Modeschnitt und Dimension, wie sie ihm noch nie vorgekommen war. Diejenigen, die auf beiden Seiten dem Präsidenten zunächst saßen, zeichneten sich alle durch ehrwürdige Knotenperücken aus, deren Schöpfe von erstaunlicher Verschiedenheit waren; einige stiegen schräg nach hinten, wie das Glacis in einer Festung, andere endeten in zwei getrennten Spitzen, wie die Hügel Helikon und Parnaß, andere wieder waren spiralförmig gedreht und zurückgebogen wie die Hörner des Jupiter Ammon. Hierauf folgten Beutel-, Stutz- und Zopfperücken, von denen manche bloße Ersatzstücke waren, künstlich genug von den Eigentümern selbst fabriziert; und an den untern Enden des Tisches erschienen unförmige Haarmassen, die jeder Beschreibung spotteten.

Ihre Kleider paßten ziemlich gut zu ihrem Kopfschmuck. Die Anzüge auf der oberen Bank waren anständig und sauber, die der zweiten Klasse abgetragen und fleckig, und am untern Ende des Zimmers bemerkte er, wie allerlei Anstrengungen gemacht wurden, zerrissene Beinkleider und schmutzige Wäsche zu verbergen. Ja, er konnte aus ihrem Gesichtsausdruck die verschiedenen Dichtungsarten erkennen, mit denen sie der Muse huldigten. Er sah die Tragödie sich in der gravitätischen Feierlichkeit des Blickes offenbaren, die Satire aus dem finstern Stirnrunzeln des Neids und des Mißvergnügens dräuen, die Elegie aus einer Leichenbittermiene hervorgreinen, die Idylle aus einem höchst fade schmachtenden Blick herausdösen, die Ode in einem wahnsinnigen Starren sich abmalen und das Epigramm aus einem frechen Grinsen hervorschielen. Vielleicht übertrieb unser Held seine Interpretationskunst, wenn er behauptete, daß er außer alledem auch noch den Stand der Finanzen eines jeden entdecken könnte und sich anheischig gemacht hätte, die einzelnen Summen bis auf drei Farthings genau zu erraten.

Anstatt nun ein allgemeines Gespräch zu beginnen, spalteten sich die Autoren in Gruppen, und der epische Dichter hatte sich sogar schon die Aufmerksamkeit eines engern Ausschusses gesichert, als der Meister vom Stuhl sich ins Mittel legte und laut ausrief: „Keine Kabalen, keine Verschwörungen, meine Herren!" Sein Nebenbuhler hielt es für seine Schuldigkeit, auf diesen Verweis zu antworten, und versetzte: „Wir haben keine Geheimnisse; wer Ohren hat zu hören, der höre." Dies wurde als Losungswort für die Gesellschaft gesagt, deren Gesichter in Erwartung des üblichen Mahls sogleich einen gespannten Ausdruck annahmen. Aber der Präsident schien allem Streit ausweichen zu wollen. Denn ohne seine Kämpfermiene aufzusetzen, antwortete er ganz gelassen, er habe Mr. Metapher mit den Augen blinzeln und einem seiner Verbündeten etwas zuflüstern sehen und daher gedacht, daß etwas auf dem Tapet sei.

Der Epiker glaubte, seinem Gegner sei der Mut gesunken; er beschloß, hieraus Nutzen zu ziehen und dem Neuling eine hohe Meinung von sich beizubringen. In dieser Absicht fragte er mit frohlockender Miene, ob ein Mensch nicht das Augenzucken haben dürfe, ohne daß man ihn gleich als Verschwörer verdächtige. Der Präsident merkte, was er bezweckte, und da ihn seine Arroganz reizte, sagte er: „Gewiß, bei einem Menschen mit schwachem Kopf sind solche Zuckungen schon zu erwarten." Dieser Hieb verursachte ein Triumphgelächter unter den Anhängern des Vorsitzenden, und einer von ihnen bemerkte, sein Rivale habe sauber eins über den Schädel bekommen. „Ja, in dieser Beziehung", versetzte der Barde, „hat der Herr Präsident einen Vorteil mir gegenüber. Wäre mein Kopf mit Hörnern versehen, so hätte ich den Streich nicht so stark empfunden." Bei dieser Entgegnung, die eine böse Anspielung auf des Präsidenten Frau enthielt, klärten sich die Gesichter der Freunde des Angreifers auf, die ein wenig finster geworden waren; auf die andere Fraktion übte sie die gegenteilige Wirkung aus, bis ihr Oberhaupt all seinen Geist zusammennahm und den Salut erwiderte, indem er sagte: „Hörner sind überflüssig, wenn der ‚gedeckte Weg' der Verteidigung nicht wert ist."

Ein solcher Vergeltungsangriff gegen Mr. Metaphers Gattin, die nichts weniger als ihrer Schönheit halber berühmt war, mußte notwendigerweise auf die Zuhörer Eindruck machen, und der Barde selbst wurde durch den Anwurf offensichtlich etwas aus der Fassung gebracht. Er antwortete jedoch ohne zu zögern: „Wahrlich, ich bin der

Meinung, daß, wenn auch Ihr ‚gedeckter Weg' offen daläge, wenig Leute den Sturm wagen würden." „Freilich nicht", sagte der Präsident, „wofern Ihre Batterien nicht wirksamer wären als das Feuer Ihres Witzes." „Was das angeht", rief der andere voll Ungestüm, „so würden sie nicht nötig haben, erst eine Bresche zu schießen. Sie würden den Winkel des Bollwerks *la Pucelle* geschleift vorfinden – he, he, he." „Allein ich glaube, Ihr Verstand würde nicht hinreichen", versetzte der Präsident, „den Festungsgraben auszufüllen." „Das allerdings, ich muß gestehen", meinte der Barde, „ist nicht möglich; denn hier käme ich auf einen *hiatus maxime deflendus.*"

Über diese Beleidigung in Gegenwart des neuen Mitglieds erbittert, antwortete der Vorsitzende zornigen Blicks: „Und gleichwohl würde man, wenn man eine Kompanie Pioniere Ihren Schädel ausräumen ließe, Wust genug finden, um alle Abzugskanäle der Stadt damit verstopfen zu können." Hier stießen die Bewunderer des epischen Dichters ein dumpfes Stöhnen aus. Der nahm mit großer Ruhe eine Prise und sagte: „Wenn ein Mann erst skurril wird, halte ich es unbedingt für den Beweis, daß er sich geschlagen fühlt." „Wenn das der Fall ist", rief der andere, „so sind Sie selbst der Unterlegene; denn Sie haben zuerst zu persönlichen Injurien greifen müssen." „Ich berufe mich auf diejenigen, die klar zu unterscheiden vermögen", entgegnete der Barde. „Ihr Urteil, meine Herren!" Nun erhob sich ein allgemeines Geschrei, und die ganze Akademie geriet durcheinander. Jeder ließ sich mit seinem Nachbarn über die Frage, wer recht habe, auf eine Diskussion ein. Der Meister vom Stuhl wollte mit seiner Autorität einschreiten, umsonst; der Lärm wurde immer größer; die Disputierenden wurden warm, und Ehrentitel wie Dummkopf, Narr, Schuft flogen hin und her. Peregrine freute sich an dem Spektakel; er sprang auf den Tisch und gab das Signal zum Angriff, worauf sich sofort zehn verschiedene Zweikämpfe entwickelten. Die Lichter wurden ausgelöscht; die Kämpen droschen alle aufeinander los, und der boshafte Pickle schlug im Finstern mehrmals aufs Geratewohl zu. Das

Klatschen der Hiebe, das Umwerfen der Stühle, das Geschrei der Streitenden machte die Leute unten im Haus unruhig. Sie kamen *in corpore* mit Lichtern herauf, um die Ursache dieses schrecklichen Tumults zu erfahren und ihm womöglich ein Ende zu machen.

Kaum wurden die Dinge wieder sichtbar, als man auf dem Schlachtfeld seltsame Gruppen von Stehenden und Gefallenen wahrnehmen konnte. Um die beiden Augen von Mr. Metapher zogen sich bleifarbene Ringe, und aus der Nase des Präsidenten rann dickes Blut. Einer der tragischen Autoren hatte, als er sich im Dunkeln angegriffen fühlte, ein Messer gepackt, das zum Käseschneiden auf dem Tisch lag, und war damit, wie mit einem Dolch, dem Gegner an die Kehle gefahren. Es war aber, Gott sei Dank, nicht scharf genug gewesen, um durch die Haut zu gehen und hatte sie nur hier und dort aufgeritzt. Ein Satiriker hatte einem lyrischen Barden fast das Ohr abgebissen. Hemden und Halskrausen waren zu Fetzen zerrissen, und der Boden war ein so klägliches Trümmerfeld von Perücken, daß man auch durch die schärfste Untersuchung deren Eigentümer nicht entdecken konnte. Diese mußten zum größten Teil ihre Schnupftücher als Nachtmützen verwenden.

Mit der Ankunft der Friedensvermittler fand das Treffen sein Ende. Der eine Teil der Kämpfenden hatte eine sportliche Betätigung satt, bei der es nichts als harte Schläge absetzte, der andere fürchtete sich vor der Drohung des Wirts und seiner Begleiter, die nach der Wache schicken wollten, und einige wenige schämten sich des skandalösen Streites, bei dem man sie ertappt hatte. Aber obgleich die Schlacht vorbei war, ließen sich Harmonie und Ordnung unter der Gesellschaft für den Abend unmöglich wiederherstellen. Die Mitglieder der Akademie brachen also auf, nachdem der Präsident eine kurze und verworrene Entschuldigung an unsern Freund gerichtet hatte wegen des unanständigen Aufruhrs, zu dem es unglücklicherweise am ersten Tag seiner Aufnahme gekommen sei.

Peregrine ging mit sich zu Rate, ob sein guter Ruf es ihm erlaube oder nicht, fernerhin in dieser ehrwürdigen Zunft zu erscheinen. Da er aber einige darunter als Männer von wirklichem Genie kannte, so lächerlich ihr Betragen sonst auch sein mochte, und da er zudem eine jener Naturen war, die gerne lachen und allenthalben Stoff zur Belustigung suchen, wie Horaz von Philippus bemerkt:

Risus undique quaerit,

so beschloß er, die Akademie ungeachtet des Vorfalls, der sich bei seiner Einführung ereignet hatte, wieder zu besuchen. Dazu bewog ihn außerdem sein Verlangen, die Privatgeschichte der Schaubühne kennenzulernen, in der, wie er vermutete, einige der Mitglieder genau Bescheid wußten. Auch stellte sich noch vor der nächsten Versammlung der Mann bei ihm ein, der ihn eingeführt hatte. Er versicherte ihm, es habe seit dem Stiftungstag ihrer Gesellschaft nie einen solchen Tumult gegeben bis zu jenem Abend, und versprach, er solle künftig keinen Grund haben, sich über ihr Benehmen zu empören.

Diese Motive und Versicherungen bestimmten Pickle, sich noch einmal in ihre Gesellschaft zu wagen. Diesmal wurde in allen Stücken strenger Anstand gewahrt, aller Hader und Disput vermieden, und die Akademiker beflissen sich ernstlich, den Zweck ihrer Zusammenkünfte zu erfüllen, nämlich den, die Beschwerden der Mitglieder anzuhören und diese mit heilsamem Rat zu unterstützen. Der erste, der um Hilfe nachsuchte, war ein Brauskopf von einem Nordbriten, der sich in merkwürdigem Dialekt beklagte, daß er Anfang Herbst dem Direktor eines Theaters ein Lustspiel überreicht, dieser es sechs Wochen lang behalten und es ihm, dem Verfasser, dann wieder zugestellt hätte mit der Behauptung, es sei weder in englischer Sprache geschrieben, noch habe es irgendwelchen Sinn.

Der Präsident, der, beiläufig erwähnt, das Stück selbst durchgesehen hatte, glaubte, seine eigene Ehre stehe auf dem Spiel, und erklärte in Gegenwart der ganzen Gesellschaft, was den Sinn betreffe, wolle er es nicht unternehmen, das Werk zu rechtfertigen, der Stil jedoch könne gerechterweise nicht getadelt werden. „Der Fall ist vollkommen klar", fuhr er fort, „der Direktor hat sich nie die Mühe genommen, das Stück durchzulesen, sondern sein Urteil darüber auf Grund der Redeweise des Autors gefällt, ohne sich träumen zu lassen, daß der Stil von einem englischen Schriftsteller retuschiert worden ist. Doch sei dem, wie ihm wolle, Sie sind ihm unendlich zu Dank verpflichtet dafür, daß er Sie so bald abgefertigt hat, und ich werde nun, solange ich lebe, eine bessere Meinung von ihm hegen; denn ich habe ganz andere Autoren gekannt als Sie, das heißt in punkto Einfluß und Ruhm, die den größten Teil ihres Lebens ständig schmeicheln und kriechen mußten und schließlich doch in der Erwartung getäuscht wurden, ihre Werke aufgeführt zu sehen."

93

Wie es ferner im Autorenklub zugeht.

Kaum war diese Sache durchgesprochen, als ein anderer Herr eine Klage vorbrachte und erzählte, er habe es unternommen, einen gewissen berühmten Schriftsteller neu ins Englische zu übersetzen, da der Text durch frühere Versuche arg verschandelt worden sei. Als nun sein Vorhaben ruchbar geworden sei, hätten die Verleger jener elenden Übersetzungen sich aufs eifrigste bemüht, seiner Arbeit Abbruch zu tun; sie hätten nämlich, aller Wahrheit und Rechtlichkeit zum Trotz, unter der Hand ausgestreut, er verstünde kein Wort von der Sprache, aus der er übersetzen wolle. Da dies nun ein Fall war, der den größten Teil der Zuhörer nahe anging, wurde er in ernste Beratung gezogen. Einige bemerkten, es sei dies nicht nur ein böswilliger Angriff gegen den Kläger, sondern auch ein gehässiger Wink für das Publikum, sich von den Fähigkeiten aller andern Übersetzer zu überzeugen, von denen nur wenige, wie man wohl wisse, derart qualifiziert seien, daß sie die Probe einer solchen Prüfung bestehen könnten. Andere sagten, die Akademie müsse dieser Erwägung die gehörige

Beachtung schenken; darüber hinaus aber seien gemeinsame Maßregeln nötig, um die Verleger für ihre Vermessenheit zu demütigen, die seit undenklichen Zeiten jede Gelegenheit ergriffen hätten, ihre Autoren zu unterdrücken und zu ihren Sklaven zu machen, indem sie Männer von Genie nicht nur auf den Tagelohn eines Schneidergesellen setzten und ihnen nicht einmal einen einzigen Ruhetag in der Woche gönnten, sondern auch ihre Not auf eine Art ausnützten, die jeglicher Billigkeit und Humanität widerspreche. „Zum Beispiel", sagte eins der Mitglieder, „nachdem ich mir einen bescheidenen Ruf in der Stadt erworben hatte, begünstigte mich einer dieser Tyrannen ganz ungemein, beteuerte mir seine Freundschaft und unterstützte mich je nach meinen Bedürfnissen mit Geld, so daß ich ihn für den Spiegel selbstloser Güte ansah. Hätte er meine Gemütsstimmung gekannt und wäre er mir entsprechend begegnet, ich hätte für ihn gearbeitet nicht zu meinen, sondern zu seinen eigenen Bedingungen. Nachdem ich auf diese Weise seine Freundschaft eine Zeitlang genossen hatte, trug es sich zu, daß ich eine kleine Summe brauchte, und ich wandte mich mit großer Zuversicht wieder an meinen guten Freund. Allein, plötzlich hatte seine Großmut ein Ende, und er schlug mir die Gefälligkeit überaus schroff und kränkend ab und fragte mich rundheraus, wie ich denn das Geld bezahlen wolle, das ich bereits von ihm geborgt hätte, und zwar obgleich ein Werk, an dem ich für ihn arbeitete, schon ziemlich weit gediehen war, das ihm für alles, was ich ihm schuldete, ausreichende Sicherheit bot. So ging man mit mir wie mit einer jungen Hure um, die eben nach der Stadt gekommen ist und welche die Bordellmutter bei sich tief in die Kreide zu bringen sucht, damit sie es dann in der Macht hat, sie nach Belieben zu gängeln. Beklagt sich das arme bedrängte Geschöpf, so wird es als der undankbarste Mensch auf Erden behandelt, und das mit einem solchen Schein von Recht, daß ein Unbeteiligter leicht irregeführt werden kann. ‚Du undankbares Stück', wird sie sagen, ‚habe ich dich nicht in mein Haus genommen, als du kein Hemd auf dem Leib, keinen Rock auf dem Steiß und keinen Bissen Brot zu beißen hattest? Habe ich dich nicht von Kopf bis Fuß als feines Frauenzimmer eingekleidet, dich mit Dach und Fach, Essen und Trinken und aller Leibes Nahrung und Notdurft versehen, bis du durch deine eigene Verschwendungssucht so in die Tinte gekommen bist? Und nun hast du noch die Frechheit, du Aas von einem Luder, du Blitzspundloch du! zu sagen, ich fasse dich hart an, wo ich doch nur das Meinige zurückfordere?' So werden Autor und Hure auf die gleiche Art gedrückt und sogar des traurigen Vorrechts beraubt, sich zu beklagen, und beide sind gezwungen, auf alle Bedingungen einzugehen, die ihre Gläubiger ihnen vorschreiben."

Diese Illustration wirkte so überzeugend und empörend auf die ganze Akademie, daß sie gegen diejenigen, die den Kläger verletzt hatten, allgemeine Rache gelobte. Nach einigen Debatten wurde beschlossen, er solle von einem Buch, das sich gut verkaufe, eine neue Übersetzung schaffen und sie der alten entgegenstellen, die einem von den Missetätern gehöre, und sie in so kleinem Format drucken lassen, daß er jenen leicht unterbieten könne; alsdann sollte diese neue Übersetzung mit der ganzen Kunst und dem ganzen Einfluß der Gesellschaft empfohlen und auf den Markt gebracht werden.

Als diese Angelegenheit zur Zufriedenheit aller Anwesenden erledigt war, erhob sich ein Autor von einigem Ansehen und bat seine Kollegen um Rat und Beistand bei seinem Vorhaben, einen vornehmen Kavalier zu bestrafen, der große Ansprüche auf feinen Geschmack mache und wegen eines Werkes, das er unter allgemeinem Beifall veröffentlicht hatte, seine Bekanntschaft nicht nur gewünscht, sondern auch eifrigst gesucht habe. „Er lud mich in sein Haus ein", sagte der Autor, „überhäufte mich mit Höflichkeiten und Freundschaftsbeteuerungen und bestand darauf, ich solle ihn als Intimus betrachten und ohne Umstände zu allen Stunden zu ihm kommen; er nötigte mich, ihm zu versprechen, daß ich wenigstens dreimal in der Woche bei ihm frühstücken möchte. Kurz, ich schätzte mich glücklich, daß ein Mann von seiner Bedeutung und seinem Ruf, in dessen

Macht es lag, mich auf meinem Weg durchs Leben kräftig zu unterstützen, daß ein solcher Mann mir so freundschaftlich begegnete. Um ihm nun keinen Anlaß zur Vermutung zu geben, ich vernachlässige seine Freundschaft, ging ich verabredungsgemäß zwei Tage später hin, in der Absicht, bei ihm Schokolade zu trinken. Er war aber vom Tanzen auf einer Veranstaltung vom Abend vorher noch so müde, daß sein Kammerdiener es nicht wagte, ihn so früh zu wecken. Ich ließ also meine Empfehlungen an Se. Lordschaft zurück und auch eine Arbeit im Manuskript, die, wie er sich geäußert hatte, er gerne durchgelesen hätte. Am folgenden Morgen wiederholte ich meinen Besuch, damit seine Ungeduld, mich zu sehen, keine nachteilige Wirkung auf seine Gesundheit ausüben sollte, und da richtete mir sein Kammerdiener aus, er habe sich an meinem Manuskript sehr ergötzt und einen großen Teil davon gelesen. Jetzt aber müsse er sich mit dem Kostüm für ein privates Maskenfest an diesem Abend befassen und müsse daher auf das Vergnügen meiner Gesellschaft beim Frühstück verzichten. Diese Entschuldigung ging an, und ich ließ sie gelten. Ich erschien nach etwa zwei Tagen wieder. Der Lord, hieß es, habe besondere Geschäfte. Auch dies konnte möglich sein, und deshalb stellte ich mich zum viertenmal wieder ein in der Hoffnung, ihn bei mehr Muße zu finden. Er war jedoch eine halbe Stunde vor meiner Ankunft ausgegangen und hatte mein Manuskript dem Kammerdiener übergeben, der mir versicherte, sein Herr habe es mit unendlichem Vergnügen durchstudiert. Vielleicht wäre ich mit dieser Erklärung sehr zufrieden abgezogen, hätte ich auf dem Weg durch den Vorsaal nicht einen der Lakaien mit vernehmlicher Stimme oben an der Treppe sagen hören: ‚Ist es Ihro Lordschaft gefällig, zu Hause zu sein, wenn er vorspricht?‘ Man kann sich wohl denken, daß ich über diese Entdeckung nicht gerade erfreut war, und kaum hatte ich sie gemacht, wandte ich mich nach meinem Führer um und sagte: ‚Ich sehe, Ihre Lordschaft will heute morgen für mehr Leute als nur für mich nicht daheim sein.‘ Der Bursche, obwohl Kammerdiener, errötete über meine Bemerkung, und ich entfernte mich, nicht wenig über die Falschheit des Peers aufgebracht und fest entschlossen, ihn künftig mit meinen Besuchen zu verschonen. Nicht lange nachher traf ich ihn im Park. Höflich, wie ich von Natur bin, konnte ich nicht an ihm vorbeigehen, ohne zum Gruß den Hut abzunehmen. Allein er dankte mir sehr kühl, obwohl wir allein waren und keine Seele uns sah; und als neulich dasselbe Werk, das er so warm gelobt hatte, zur Subskription aufgelegt wurde, hat er auch nicht auf ein einziges Exemplar unterzeichnet. Ich habe mich oft mit dem seltsamen Widerspruch im Betragen dieses Mannes beschäftigt. Ich hatte mich nie um seine Gunst bemüht, ja nicht einmal an seinen Namen gedacht, bis er sich um meine Bekanntschaft bewarb. Wenn er aber von meiner Unterhaltung enttäuscht war, weshalb drang er denn so sehr in mich, öfters zu ihm zu kommen?"

„Der Fall ist ganz klar", unterbrach ihn der Vorsitzende. „Er ist einer jener Schöngeister, die für Männer von Geschmack gelten wollen und die sich damit brüsten, daß sie alle Genies kennen, damit man glauben solle, sie seien ihnen bei ihren Arbeiten behilflich. Ich will mit jedermann wetten, daß Se. Lordschaft nach jener kurzen Unterredung und nach dem Einblick in Ihr Manuskript schon in allen Kreisen, in denen er verkehrt, angedeutet hat, Sie hätten ihn angefleht, Ihnen bei der Ausfeilung des Werkes, das Sie jetzt der Öffentlichkeit übergeben haben, an die Hand zu gehen, und er hätte Ihnen seinen Rat zukommen lassen, sei jedoch in einigen Punkten auf hartnäckigen Widerstand gestoßen, und zwar gerade bei jenen Stellen, die jetzt nicht den Beifall des Publikums haben. Was seine Schmeicheleien anbetrifft, so war an seinem Betragen gar nichts Außerordentliches. Haben Sie erst so lange gelebt wie ich, so werden Sie sich nicht über die Entdeckung wundern, daß Versprechen und Halten bei einem Hofmann gänzlich verschiedene Dinge sind, nicht etwa, daß ich mich nicht gern und willig an Ihrer Revanche beteiligte."

Die Meinung des Präsidenten wurde durch die Zustimmung aller Mitglieder bekräftigt. Darauf stellte man alle übrigen Klagen und Bittschriften für die nächste Sitzung zurück, und das Kollegium nahm nun ein Exerzitium des Witzes vor, was gewöhnlich alle vierzehn Tage einmal geschah, um das Genie zu fördern und zu entwickeln. Das Thema wurde zuweilen vom Meister vom Stuhl gewählt, und er eröffnete dieses Spiel mit der einen oder andern scharfsinnigen Bemerkung, zu der die Unterhaltung gerade Anlaß bot; dann wurde der Ball von einer Ecke des Zimmers in die andere getrieben, je nach den Eingebungen des Augenblicks.

Damit der Leser einen richtigen Begriff von dieser Witzübung und von der Geschicklichkeit der Mitspieler erhält, will ich die Geistesblitze dieses Abends wiedergeben, und zwar so, wie sie aufeinander folgten. Eins der Mitglieder bemerkte, daß Mr. Metapher nicht zugegen war, und sagte zu seinem Nachbarn, der Poet habe schlecht Wetter zu Hause, er könne nicht absegeln. „Wie?" unterbrach ihn der Präsident mit bezeichnendem Gesichtsausdruck, „wird er vom Wind im Hafen festgehalten?" „Vom Wein festgehalten, nehme ich an", rief ein anderer. „Vom Wein zusammengehalten! Eine merkwürdige Metapher!" sagte ein dritter. „Hoffentlich ist er nicht in ein Faß gefallen", warf der vierte ein. „Das Faß wird eher in ihn fallen", entgegnete ein fünfter, „es müßte denn eine Tonne oder ein Ozean sein." „Dann ist es kein Wunder, wenn er untergehen sollte", machte sich der sechste bemerkbar." „Sollte er das", erwiderte ein siebenter, „dann wird er wieder hochkommen, wenn ihm die Galle zerreißt." „Das muß sehr bald sein", schrie der achte, „denn sie hat schon lange bersten wollen." „Nein, nein", schaltete sich ein neunter ein, „der bleibt fest im Grund stecken, mein Wort drauf, er hat einen natürlichen Hang zum Sinken." „Und trotzdem", meinte ein zehnter, „habe ich ihn schon in den Wolken gesehen." „Ja, wenn er benebelt war, nehme ich an", warf der elfte ein. „Und zwar so benebelt, daß man nicht erkennen konnte, was er meinte", erwiderte der andere. „Bei all dem", sagte ein zwölfter, „ist er leicht zu durchschauen." „Sie reden", bemerkte der dreizehnte, „als ob er einen Kopf aus Glas hätte." „Keineswegs", unterbrach ihn der vierzehnte, „sein Kopf ist aus weit festerem Stoff gemacht; er biegt sich, aber er bricht so leicht nicht entzwei." „Und doch habe ich ihn schon zerbrochen gesehen", ließ sich der Präsident vernehmen. „Haben Sie dabei bemerkt, ob ein Witz aus dem Hohlraum kam?" fragte der andere. „Sein Witz ist viel zu fein, als daß man ihn bemerken könnte", gab der Präsident zurück. Ein dritter tat eben den Mund auf, da wurde diese Geistesgymnastik plötzlich unterbrochen durch den schrecklichen Ruf „Feuer!", der aus der Küche kam und das ganze Kollegium in Bestürzung versetzte. Da alle zugleich hinausdrängten, war der Ausgang sofort versperrt. Jeder wurde von seinem Hintermann geknufft, und das führte zu Lärm und Geschrei. Wolken von Rauch rollten ins Zimmer hinauf, und Schrecken lag auf allen Gesichtern. Als Peregrine sah, daß er keine Aussicht hatte, bei der Türe hinauszukommen, öffnete er ein Fenster und sprang glatt auf die Straße hinunter, wo er eine Menge Leute vorfand, die helfen wollten, den Brand zu löschen. Verschiedene Mitglieder des Kollegiums folgten seinem Beispiel und konnten glücklich fliehen. Der Präsident wollte sich nicht gern dieses Rettungsmittels bedienen und stand zitternd und bebend am Rande des Fensterbretts, denn er zweifelte an seiner Gewandtheit und fürchtete die Folgen eines solchen Sprunges. Als aber zufällig eine Sänfte vorbeikam, nahm er die Gelegenheit wahr und ließ sich unter gewaltiger Anstrengung darauf hinunterplumpsen. Dadurch schlug sie sofort im Rinnstein um, zum großen Ärger des Insassen, eines weibischen Stutzers, der im schönsten Staat auf dem Weg zu einer Gesellschaft war.

Als dieser Jammerlappen das Getöse über seinem Kopf hörte, meinte er, es wäre ein ganzes Haus auf das Dach der Sänfte heruntergestürzt; er stieß vor Angst, zerschmettert zu werden, ein Gekreisch aus, so daß das Volk, im Glauben, es komme aus einer Weiberkehle, ihm zu Hilfe eilte, während die Sänftenträger, anstatt dem Beau beizustehen, kaum daß sie sich erholt hatten, hinter dem Präsidenten herrannten. Der aber, daran gewöhnt, Gerichtsdienern zu entwischen, schoß in ein dunkles Gäßchen, verschwand im Nu und wurde von keiner lebenden Seele mehr gesehen, bis er am folgenden Tag auf dem *Tower Hill* wieder auftauchte.

Sobald der humane Teil des Pöbels, der sich um die vermeintliche Dame bemühen wollte, seinen Irrtum entdeckte und den Stutzer erblickte, der schreckensbleich und entsetzt um sich starrte, verwandelte sich sein Mitleid in Heiterkeit. Man ließ die übelsten Späße über des jungen Mannes Unglück vom Stapel und hatte nunmehr nicht die mindeste Lust, ihm beizuspringen. So wurde denn der arme Säuberling arg bedrängt, bis sich Pickle seiner Lage erbarmte, sich ins Mittel legte und die Sänftenträger überredete, ihn ins Haus eines benachbarten Apothekers zu schaffen. Das Mißgeschick gereichte dem Gecken zu nicht geringem Frommen; denn der Schreck hatte auf des jungen Herrn Nerven so heftig gewirkt, daß er in ein Delirium verfiel und vierzehn Tage lang seiner Sinne beraubt war. Während dieser Zeit ließ man es ihm weder an Arznei, an Essen und Trinken noch an Pflege fehlen, sondern bediente ihn, wie die Rechnungen seines Wirtes bewiesen, recht königlich.

Als unser Held diesen armen Schönling wohlbehalten unter Dach und Fach wußte, kehrte er wieder auf den Schauplatz des andern Unheils zurück. Es hatte sich hier nur um eine Esse voll Ruß gehandelt, und so konnte das Feuer durch die vereinten Kräfte der Hausgenossen bald gedämpft werden und hatte keine schlimmeren Folgen gehabt, als daß die Nachbarn beunruhigt, die Akademiker gestört worden waren und das Gehirn eines Stutzers eine Erschütterung erlitten hatte.

Da Pickle die besonderen Satzungen der Gesellschaft, die sich ihm allmählich zu erschließen schien, näher kennenlernen wollte, verfehlte er nicht, der nächsten Versammlung wieder beizuwohnen. Diesmal wurden verschiedene Bittschriften zugunsten der Mitglieder vorgelegt, die im *Fleet*, im *Marshalsea* und *King's Bench* in Haft saßen. Da diese unglücklichen Schriftsteller von ihren Kollegen nichts erwarteten als gute Ratschläge und Dienstleistungen, bei denen man nicht in die Tasche zu greifen brauchte, wurden ihre Memoriale mit großer Sorgfalt und viel Menschlichkeit erwogen. Bei dieser Gelegenheit hatte Peregrine es in seiner Macht zu zeigen, wie wertvoll er dem Kollegium sein könnte; denn er war zufällig mit dem Gläubiger eines Verhafteten bekannt und wußte, daß die Strenge des erstern von seinem Unwillen über das Betragen des Schuldners herrührte. Der hatte ihn nämlich in einer Schmähschrift bös heruntergemacht, weil er sich weigerte, einer neuen Forderung zu entsprechen, nachdem er ihm eine beträchtliche Summe vorgeschossen hatte. Als unser Held nun hörte, daß der Autor sein Vergehen bereue und geneigt sei, sich in angemessenem Sinn zu unterwerfen, versprach er, sich beim Gläubiger um einen Vergleich zu bemühen, und erwirkte tatsächlich in wenigen Tagen die Freiheit seines Kollegen.

Nach Erledigung dieser sozialen Pflichten wurde die Konversation allgemein. Man übte an mehreren neuen Werken frei Kritik, zumal an solchen, deren Verfasser mit der Akademie in keiner Verbindung standen oder ihr gänzlich unbekannt waren. Auch die Schauspielkunst entging der Aufmerksamkeit dieser Versammlung nicht. Es wurde wöchentlich eine Deputation der kompetentesten Mitglieder in jedes Theater geschickt, damit sie das Spiel der Darsteller beobachten sollte. So ersuchte man denn die Vertreter, für die abgelaufene Woche ihren Rapport zu erstatten. Das Stück, das sie sich angesehen hatten, hieß „*Die Rache*".

„Mr. Q.", sagte der zweite Kritiker, „ist sicher der vollendetste und tadelloseste Schauspieler, der je auf unserer Bühne erschienen ist, trotz der blinden Verehrung, die man seinem Nebenbuhler entgegenbringt. Ich bin vorgestern in der speziellen Absicht hingegangen, sein Spiel zu kritisieren. Ich hatte nicht das geringste daran auszusetzen, dagegen alle Ursache, es zu bewundern und zu beklatschen. Als *Pierre* ist er groß, als *Othello* ausgezeichnet, als *Zanga* aber einfach unnachahmbar. Abgesehen von der Deutlichkeit seiner Aussprache, der Würde seines Auftretens, dem Ausdruck seines Gesichts waren seine Gesten so natürlich und vielsagend, daß ein Mensch, der des Gehörs vollkommen beraubt wäre, schon durch bloßes Zuschauen jedes Wort des Künstlers hätte verstehen müssen. Es kann bestimmt nichts vortrefflicher sein als die Art, wie er *Isabellen* erzählt, wie *Alonzo* sich benommen habe, nachdem er den aufreizenden Brief gefunden hat, den sie auf des Mohren Anstiften hat fallen lassen. Und als er, um seine Rache zu krönen, enthüllt, daß er selbst der Urheber all des Unheils gewesen, das sich ereignet hat, und die vier einsilbigen Worte spricht: ,Wißt, das war – ich!' da sind Deklamation und Stil ganz meisterhaft."

Peregrine guckte den Kritiker einige Minuten lang scharf an und sagte darauf: „Ihr Lob muß wohl ironisch gemeint sein; denn gerade an den beiden Stellen, die Sie erwähnen, glaube ich gesehen zu haben, daß der Schauspieler ,den Tyrannen übertraf', mit andern Worten: all seine übrigen Übertreibungen noch überbot. Die Absicht des Verfassers ist die, daß der Mohr seiner Vertrauten in wenigen Zeilen eine Mitteilung machen soll. Diese Worte müssen freilich mit Eifer und innerer Befriedigung vorgetragen werden, aber nicht mit den lächerlichen Grimassen eines Affen, womit meines Erachtens sein Spiel große Ähnlichkeit hatte, besonders als er die folgenden einfachen Verse sprach:

> Er nahm ihn auf;
> Doch kaum war er vor seinem Blick entfaltet,
> Fuhr er, als hätt ein Pfeil sein Aug durchbohrt,
> Zurück und warf ihn zitternd auf den Boden.

Bei den beiden ersten Worten bückt sich dieser ausgezeichnete Schauspieler, um scheinbar etwas von der Erde aufzuheben, fährt dann fort und tut, als entfalte er einen Brief; wenn er das Gleichnis vom Pfeil anführt, der das Auge durchbohrt, sticht er mit dem Zeigefinger gegen sein Gesicht und tritt, wenn das Wort ,zurück' fällt, mit großer Heftigkeit hinter sich, und kommt er zu der Stelle: ,warf ihn zitternd auf den Boden', bebt er an allen Gliedern, und das Papier, das er zu halten scheint, entsinkt der Hand. Mit derselben minutiösen Gestikulation geht es beim letzten Teil der Beschreibung weiter, wenn er sagt:

> Bestürzt und bleich stand nun mein Opfer da,
> Drängt' einen Seufzer noch zurück und stieß
> Ihn dann heraus; rieb seine Stirn und nahm
> Ihn wieder auf.

Der Schauspieler starrt hier wild, seufzt dann so jämmerlich, als wäre er im Begriff zu ersticken, scheuert die Stirn, beugt sich nieder und äfft die Bewegungen nach, mit denen man etwas rasch aufhebt. Und wieder läßt er seine pantomimischen Künste spielen, wenn er seine Erzählung mit folgenden Worten schließt:

> Er stand erst da, als wollte er ihn lesen;
> Von Furcht geschreckt, zerdrückt' er ihn und schob
> Ihn, einer Natter gleich, in seinen Busen.

Hier ahmt dieser kluge Darsteller *Alonzos* Verwirrung und Kummer nach. Er scheint sein Auge auf etwas zu heften, wendet aber schnell und entsetzt den Blick gleich wieder ab, ballt hierauf krampfhaft die Faust, als wolle er *Isabellen* sofort eine auf die Nase hauen, und stopft die Hand erschreckt und aufgeregt in den Busen, gerade wie ein Dieb, der sich auf der Tat ertappt sieht. Wäre der Schauspieler des Gebrauchs der Sprache beraubt und genötigt, bloß für die Augen des Publikums zu spielen, so konnte er zu dieser Nachäfferei gezwungen sein, um sich verständlich zu machen. Wenn es ihm jedoch freisteht, seine Gedanken durch Worte auszudrücken, so kann nichts trivialer, gekünstelter, unnatürlicher und grotesker sein als dieses überflüssige und läppische Pantomimisieren. Nicht daß ich gefälliges Gebaren von der Darstellung ausschließen möchte, ohne das die feinsten Empfindungen, in die herrlichste Form gekleidet, matt und fade wirken würden; aber dies hat mit diesem Burleskenstil so wenig etwas zu tun wie der Vortrag eines Tullius auf der Rednerbühne mit den Narrenpossen eines Hanswursts vor einer Markschreierbude. Zum Beweis, daß ich nichts Unwahres behaupte, berufe ich mich auf die Beobachtungen all derer, die ein Auge haben für jene Eleganz der Haltung und jene Schicklichkeit der Gebärde, die im wirklichen Leben allgemein als solche anerkannt werden. Allerdings hab ich einen Gaskogner gekannt, dessen Gliedmaßen ebenso beredt waren wie seine Zunge. Nie sprach er das Wort ‚Schlaf' aus, ohne den Kopf auf die Hand zu stützen. War von einem Pferd die Rede, so fuhr er von seinem Stuhl auf und trabte durchs Zimmer, und hatte er dazu keine Gelegenheit und saß so, daß er dadurch die Gesellschaft belästigt hätte, begnügte er sich damit, wenigstens laut zu wiehern. Wenn ein Hund das Thema des Gesprächs bildete, wackelte er mit dem Steiß und fletschte höchst ausdrucksvoll die Zähne. Ja, eines Tages deutete er sein Verlangen, abseits zu gehen, auf eine Art und Weise an, welche die Natur so getreu nachahmte, daß jedermann im Zimmer der festen Meinung war, er sei übers Ziel hinausgeschossen, und sich deswegen die Nase zuhielt. Doch niemand hat diesen Virtuosen je als Muster in Vortrag oder Gebärde betrachtet. Ich meinesteils bekenne, daß der Schauspieler, von dem wir sprechen, auf Grund dieser Fähigkeiten in der Posse ‚*Perseus und Andromeda*' eine gute Figur als Pantalones Diener machen würde, und vielleicht könnte er sich auch einigen Ruhm erwerben, wenn er ‚*Die Rache*' in eine Pantomime umwandelte. In diesem Fall möchte ich ihm aber raten, mit einer Handvoll Mehl auf die Bühne zu treten, um sich das Gesicht damit zu beschmieren, wenn er die Worte ‚bestürzt und bleich' zu sagen hat. Auch, glaube ich, müßte er den Vers mit der Natter durch ein scheußliches Zischen sinnfälliger zu gestalten suchen. Lassen Sie uns jedoch auf die andere Stelle kommen, an der dieser moderne Äsop sich so sehr ausgezeichnet haben soll, ich meine da, wo er durch die Worte: ‚Wißt, das war – ich!' alles enthüllt. Möglicherweise hat sich sein Stil seit der Aufführung, der ich beiwohnte, geändert; sicher aber ist, daß, als ich ihn in jenem kritischen Moment sah, mir sein Benehmen so seltsam erschien, daß ich mir wirklich einbildete, er habe einen Anfall von Epilepsie, denn er stand zwei Minuten lang schwankend da, mit offenem Mund und starren Augen, wie ein Mensch, der plötzlich vom Schlagfluß gerührt wird; und nach vielem Krümmen und Winden – man hätte meinen können, er habe Flöhe im Kostüm – holte er das Wörtchen ‚Ich' aus der Tiefe seiner Brust herauf wie einen ungeheuren Anker aus felsigem Grund."

Diese Kritik war dem größten Teil der Akademiker willkommen; denn sie hielten von dem betreffenden Schauspieler nicht sehr viel. Der Bewunderer dieses Herrn aber flüsterte, ohne weiter etwas zu erwidern, dem neben ihm Sitzenden die Frage ins Ohr, ob Pickle dem Theater etwa ein Stück angeboten habe und damit abgewiesen worden sei.

94

Der junge Herr wird bei einem Kunstfreund ersten Ranges eingeführt und entwickelt sich zum Claqueur.

Bisher hatte Peregrine sich als Autor betätigt, ohne dabei andere Früchte einzuernten als das bißchen Ruhm, den ihm seine letzte Satire eingetragen hatte. Nunmehr aber hielt er es für höchste Zeit, „leeres Lob gegen soliden Pudding abzuwägen". Deshalb ließ er sich mit einigen Verlegern wegen einer Übersetzung ein, die er gegen eine Entschädigung von zweihundert Pfund zu liefern sich verpflichtete. Nachdem er diesen Kontrakt abgeschlossen hatte, machte er sich mit großem Eifer ans Werk, stand früh des Morgens auf, arbeitete den ganzen Tag über, ging erst des Abends aus, wenn die Fledermäuse zu flattern begannen, und erschien in dem Kaffeehaus, wo er sich mit der Lektüre der öffentlichen Blätter und mit der Unterhaltung der dort anwesenden Gesellschaft bis um neun Uhr die Zeit vertrieb. Dann kehrte er wieder auf seine Stube zurück, aß eine Kleinigkeit und begab sich hierauf zur Ruhe, um beim ersten Hahnenschrei wieder aufstehen zu können. Diese plötzliche Veränderung seiner frühern Lebensart paßte so wenig zu seinem Temperament, daß er zum erstenmal unter Blähungen und Verdauungsbeschwerden litt, wodurch sich Ängstlichkeit und Niedergeschlagenheit bei ihm einstellten und sein Denken sich sogar verwirrte. Kaum hatte er dies entdeckt, so zog er einen jungen Arzt zu Rate, der ein Mitglied der Autorenakademie und zu dieser Zeit einer der besten Bekannten unseres Helden war.

Dieser Jünger des Äskulap schrieb seine Krankheit, nachdem er den Fall erwogen hatte, der wahren Ursache zu, nämlich einem Mangel an Bewegung. Er riet ihm von solch angestrengtem Arbeiten ab, bis ihm die sitzende Lebensweise nicht mehr schade, und empfahl ihm, mit Maß gesellige Freuden und Wein zu genießen, mit seinen alten Gewohnheiten allmählich zu brechen, vor allen Dingen aber gleich nach dem Erwachen aufzustehen und sich durch einen Morgenspaziergang Bewegung zu verschaffen. Damit diese letzte Vorschrift dem jungen Herrn schmackhafter sei, versprach der Arzt, ihn auf diesen frühen Ausflügen zu begleiten und ihn sogar einem gewissen Mann von Ruf vorzustellen, der den weniger bedeutenden Gelehrten des Zeitalters ein öffentliches Frühstück gebe und seinen Einfluß oft im Interesse derjenigen ausübe, die sich seine Gunst und seinen Beifall zu erhalten wüßten.

Dieser Vorschlag war Pickle sehr willkommen. Er sah voraus, daß er außer dem Vorteil, der ihm aus einer so wertvollen Verbindung erwachsen konnte, am Gespräch so mancher gelehrter Gäste viel Kurzweil und Vergnügen haben würde. Überdies stimmten die Erfordernisse seiner Gesundheit und seiner Interessen noch in einer andern Beziehung überein. Das Lever des Ministers fand am Morgen schon beizeiten statt, und so konnte er seinen Spaziergang unternehmen, seine Aufwartung machen und an jener Philosophentafel frühstücken, ohne daß er dadurch seinen andern Geschäften groß Abbruch tat.

Wie verabredet, brachte der Arzt unsern Freund ins Haus jenes berühmten Weisen, dem er ihn als Mann von Genie und Geschmack empfahl, den es nach der Ehre seiner Bekanntschaft verlange. Er hatte aber diese Einführung vorher angebahnt und Peregrine als einen jungen Menschen geschildert, der sehr ehrgeizig, geistvoll und gewandt sei und unstreitig in der Welt noch eine Rolle spielen werde.

Er müßte den übrigen Klienten des Gönners Relief verleihen und sich durch seine Eigenschaften, durch seine Unerschrockenheit und feurige Gemütsart als glänzender Herold seiner Verdienste erweisen. Daher wurde er vom Gastgeber sehr verbindlich empfangen. Das war wohl ein Mann von guter Erziehung und einiger Gelehrsamkeit sowie von Edelmut und Geschmack, besaß aber die Schwäche, daß er als unnachahmliches Muster all dieser Eigenschaften gelten wollte.

Um sich diesen Ruf nun zu erwerben und zu sichern, hielt er ein offenes Haus für alle diejenigen, die irgendwie Anspruch auf wissenschaftliche Bildung erhoben, und war daher von einer seltsam bunten Schar von Leuten umgeben, die diese Bedingung zu erfüllen meinten. Aber keiner von ihnen wurde abgewiesen, weil selbst der unbedeutendste auf irgendeine Art zur Verbreitung seines Ruhms beitragen mochte. Wenn auch ein Kläffer die Fährte nicht verfolgen kann, so ist er doch wenigstens imstande, das Wild aufzuscheuchen und durch sein Gebell das Hallo zu verstärken. Kein Wunder also, wenn ein junger Mann von Pickles Talenten in diese Meute aufgenommen, ja sogar eingeladen wurde, sich ihr anzuschließen. Nachdem er durch eine kurze Privataudienz im Kabinett ausgezeichnet worden war, führte man ihn in ein anderes Zimmer, wo ein halbes Dutzend seiner Mitanhänger auf ihren Mäzen wartete. Dieser erschien wenige Minuten darauf, schaute ungemein huldreich drein, nahm die Morgenkomplimente entgegen und setzte sich ohne weitere Umstände in ihrer Mitte zum Frühstück nieder.

Das Gespräch drehte sich zuerst um das Wetter, das von einem Mitglied der Gesellschaft höchst philosophisch untersucht wurde. Der Mann schien alle Barometer und Thermometer, die je erfunden worden waren, befragt zu haben, ehe er sich erkühnte zu behaupten, daß der Morgen recht kühl sei. Als dieses Thema gründlich erörtert war, erkundigte sich der Hausherr nach Neuigkeiten aus der gelehrten Welt, und kaum hatte er dieses Verlangen geäußert, öffnete jeder von den Gästen den Mund, um seine Neugier zu befriedigen. Der erste, der seine Aufmerksamkeit fesselte, war ein hagerer, eingeschrumpfter Altertumsforscher, der wie eine wandelnde Mumie aussah, die im Sand der Wüste ausgetrocknet ist. Er erzählte seinem Gönner, er habe von ungefähr eine Schaumünze gefunden, die er, obgleich die Zeit sie abgeschliffen habe, nach Klang, Geschmack des Metalls, Farbe und den Bestandteilen des Rostes für eine echt antike zu erklären wage. Mit diesen Worten zog er eine Kupfermünze hervor, die infolge ihres Alters so abgenutzt und unkenntlich war, daß man mit genauer Not Spuren der Prägung wahrnehmen konnte. Dessenungeachtet wollte dieser Sachkundige ein Gesicht im Profil unterscheiden und schloß daraus, daß dieses Stück aus der früheren Kaiserzeit stamme. Dann bemühte er sich, auf der Kehrseite auf das unterste Ende eines Speers und einen Teil des *Parazoniums*, die Attribute der *Virtus* der Römer, sowie einen Überrest des *Multiciums*, in das sie gekleidet war, hinzuweisen. Desgleichen entdeckte er eine Ecke des Buchstabens N und etwas weiter davon ein ganzes I. Aus diesen Umständen mutmaßte, ja folgerte er, daß diese Münze von Severus zu Ehren des Sieges geschlagen worden sei, den er nach der Eroberung der Pässe über den Taurus gegen seinen Mitbewerber Niger davongetragen hatte. Diese Kritik schien dem Gastgeber sehr einleuchtend. Mit Hilfe seiner Brille prüfte er die Münze aufs genaueste und konnte die erwähnten Einzelheiten ganz deutlich erkennen, worauf er geruhte, die Erklärung als sehr geistreich zu bezeichnen.

Das Kuriosum ging durch die Hände aller Anwesenden, und jeder Gelehrte beleckte das Kupfer, als die Reihe an ihm war, ließ das Stück auf dem Kamin springen, um den Klang zu hören, und pflichtete dem ausgesprochenen Urteil bei. Endlich bekam es auch unser junger Herr zu Gesicht, der, obwohl kein Antiquar, sich in der gangbaren Münze seines Landes sehr gut auskannte. Kaum hatte er einen Blick auf dieses wertvolle antike Kupferstück geworfen, als er ohne Bedenken versicherte, es handele sich um nichts anderes als um den Rest eines englischen Farthings, und der Speer, das *Parazonium* und das *Multicium* seien Überbleibsel der

Attribute und der Tracht, womit und worin die Gestalt der Britannia auf unserm Kupfergeld dargestellt werde.

Diese kühne Behauptung schien den hohen Gönner zu verwirren, während sie den Münzenkenner in Harnisch brachte, so daß er wie ein ergrimmter Pavian die Zähne fletschte. „Was schwatzen Sie da von einem kupfernen Farthing?" sagte er. „Haben Sie bei neuerem Kupfer je einen solchen Geschmack gefunden? Prüfen Sie's bloß mit der Zunge, junger Herr, und ich bin überzeugt, daß, wofern Sie sich je mit diesen Dingen befaßt haben, Sie einen so himmelweiten Unterschied im Geschmack dieser Münze und einem englischen Farthing spüren werden, wie zwischen einer Zwiebel und einer Steckrübe. Außerdem hat diese Münze den wahren Klang von korinthischem Erz; und dann steht die Figur aufrecht, die Britannia hingegen lehnt sich zurück, und wie ist es möglich, einen Palmenzweig für ein *Parazonium* anzusehen?"

Die übrige Gesellschaft ergriff die Partei des Fachmannes, weil es ja auch um ihre Ehre ging. Der Mäzen befand sich in derselben Lage; deshalb setzte er eine feierliche Miene auf, die zugleich ein leichtes Mißvergnügen verriet, und sagte zu Peregrine, da er sich nicht eigentlich auf diesen Zweig des Wissens verlegt habe, wundere er sich nicht, daß er einen Irrtum begangen habe. Der Grund für diesen Tadel war Pickle sofort klar, und obwohl ihn die Eitelkeit und die Verblendung des Wirts und seiner Mitgäste verdroß, bat er doch wegen seiner Vermessenheit um Verzeihung, die man ihm denn auch in Anbetracht seiner Unerfahrenheit gewährte; und der englische Farthing wurde in den Rang eines echt antiken Stücks erhoben.

Der nächste, der sich nun an das Oberhaupt wandte, war ein Herr mit stark mathematischen Interessen, der sich etwas auf die Verbesserungen zugute tat, die er an mehreren landwirtschaftlichen Apparaten angebracht hatte. Jetzt legte er den Riß einer neuen Erfindung vor, die gestatten sollte, Kohlköpfe so abzuschneiden, daß der Strunk gegen Fäulnis infolge Regens gesichert und imstande war, eine reichliche Nachlese schmackhafter Sprossen zu erzeugen. In dieser wichtigen Maschine hatte er alle Kräfte der Mechanik vereinigt und eine solche Menge von Eisen und Holz darin verbaut, daß sie ohne Pferd und Rad nicht von der Stelle zu bringen gewesen wäre. Dieser Nachteil war so offensichtlich, daß er dem Oberinspektor auf den ersten Blick auffiel. Er lobte aber den Apparat sehr und bemerkte, daß er verschiedenen andern nützlichen Zwecken dienen könnte, wenn er sich nur ein wenig tragbarer und bequemer einrichten ließe.

Der Erfinder hatte diese Schwierigkeiten nicht vorausgesehen, war also auch nicht darauf gefaßt, sie aus dem Wege zu räumen; doch nahm er diesen Wink gut auf und versprach, sich noch einmal anzustrengen und die Konstruktion abzuändern. Indessen mußte er von der übrigen Gesellschaft allerlei schlimme Spötteleien hören. Sie gratulierten ihm zu der gewaltigen Erfindung, durch die eine Familie ein Gericht Gemüse mehr gewinnen könnte, bei so geringfügigen Kosten wie Ankauf, Betrieb und Unterhalt einer solch ungeheuern Maschine. Niemand aber war in seinen Bemerkungen sarkastischer als der Naturforscher, der hierauf mit einer seltsamen Untersuchung über die Zeugung der Mistfliegen das Lob des hohen Gönners ernten wollte. Er hatte eine kuriose Methode ausfindig gemacht, die Eier dieser Insekten zu sammeln, aufzuheben und durch gewisse Modifikationen künstlicher Wärme sogar im Winter auszubrüten. Kaum war das Wesen dieser Entdeckung bekanntgegeben worden, als Peregrine sich nicht mehr mäßigen konnte. Er brach in ein schallendes Gelächter aus und steckte damit die ganze Tafelrunde an, den Hausherrn nicht ausgenommen, dem es unmöglich wurde, seinen Ernst wie sonst zu bewahren.

Diese unschickliche Heiterkeit mußte den Philosophen natürlich kränken, und nach einer kleinen Pause, während der sich Entrüstung und Verachtung auf seinem Gesicht malten, tadelte er unsern jungen Herrn wegen seines unphilosophischen Betragens und unternahm es, ihm zu beweisen, daß der Gegenstand seiner Forschungen für den Fortschritt und die Entwicklung der Naturkunde von unendlichem Belang sei. Allein beim rachgierigen Ingenieur fand er keinen Pardon. Dieser zahlte ihm jetzt mit ironischen Lobeserhebungen auf dieses Mistbeet zur Erzeugung von Ungeziefer seinen Spott mit Zinsen zurück und riet ihm, sein Verfahren der *Royal Society* vorzulegen; sie würde ihm zweifellos eine Medaille zuerkennen und ihm als einem hervorragenden Förderer der nützlichen Künste in ihren Denkschriften und Abhandlungen einen Platz einräumen. „Hätten Sie", sagte er, „Ihr Studium darauf verwandt, eine wirksame Methode zur Vertilgung jener Insekten zu ersinnen, von denen die Menschen geschädigt und belästigt werden, so würden Sie sich höchstwahrscheinlich mit dem Bewußtsein, etwas Gutes getan zu haben, begnügen müssen. Aber dieses sonderbare Mittel, die Anzahl der Larven zu vervielfältigen, wird Ihnen bestimmt einen ehrenvollen Rang unter den gelahrten Philosophen sichern." „Mich wundert's gar nicht", versetzte der Naturforscher, „daß Sie vor der Vermehrung der Insekten einen solchen Abscheu haben, denn Sie fürchten doch gewiß, diese würden Ihnen auch nicht einen Kohlkopf übriglassen, den Sie mit Ihrer Wundermaschine abschneiden könnten." „Sir", erwiderte der Mechanikus in bitterm Ton und mit saurem Gesicht, „wenn der Kohl so hohl ist wie bei gewissen Mistphilosophen, so lohnt es der Mühe nicht, ihn abzuschneiden." „Ich werde nie über Kohl mit dem Sohn einer Gurke disputieren", sagte der Fliegenbrüter, indem er auf die Sippschaft seines Widersachers anspielte. Den verdroß diese Beschimpfung; er sprang mit wütenden Blicken auf und rief: „Tod und Teufel! Sir, meinen Sie mich?"

Hier schlug der hohe Gönner sich ins Mittel, weil er sah, daß es sonst zwischen ihnen zum Bruch kommen würde. Er tadelte ihren Mangel an Beherrschtheit und empfahl ihnen Eintracht und Einigkeit den Goten und Vandalen der Zeit gegenüber, die jede Gelegenheit benützten, die Anhänger der Philosophie und der Wissenschaft lächerlich zu machen und zu entmutigen. Auf diese Ermahnung hin konnten sie ihren Streit nicht gut fortsetzen, und allem Anschein nach wurde er aufgegeben, obgleich der Mechanikus noch immer grollte. Als die Gesellschaft nach dem Frühstück aufbrach, trat er auf der Straße denn auch an seinen Gegner heran und wollte von ihm wissen, wie er so unverschämt habe sein können, jene gemeine und verletzende Bemerkung über seine Familie zu machen. So zur Rede gestellt, beschuldigte der Fliegenbrüter den Mathematiker, ihn durch den Vergleich mit dem hohlen Krautkopf zuerst angegriffen zu haben. Die Fehde begann von neuem, und der Ingenieur schritt nun zu einer Demonstration über Mechanik, indem er mit der Hand wie eine Waagschale in die Höhe schoß, sie als Hebel vorstieß, die Nase des Naturforschers wie einen Keil zwischen zwei Fingern einklemmte und sie mit der Kraft einer Schraube oder eines Schwungrads umdrehte. Hätten sie den Kampf mit den gleichen Waffen führen müssen, so wäre der Angreifer dem andern gegenüber, der ihm an Stärke der Muskeln bei weitem nicht gleichkam, sehr im Vorteil gewesen; allein der Philosoph, der zum Glück mit einem Rohr versehen war, hatte sich kaum aus dieser schimpflichen Klemme befreit, als er seine Waffe mit großer Fertigkeit auf den Kopf und die Schultern seines Gegners niedersausen ließ. Da dieser einen solchen Hagel von Schlägen als höchst unangenehm empfand, suchte er sein Heil in der Flucht, wurde vom ergrimmten Sieger verfolgt und von einem Ende der Straße zum andern getrieben, zum Gaudium der versammelten Menge wie auch unseres Helden und seines Begleiters, des Arztes, die beim ganzen Auftritt Zuschauer waren.

Auf diese Weise also wurde unser Freund in die Gesellschaft der Claqueure eingeführt, obwohl er seine neuen Berufspflichten noch nicht völlig begriff. Der junge Arzt aber erklärte sie ihm und schalt ihn zugleich wegen seines ungeschliffenen Betragens in der Angelegenheit mit der Schaumünze tüchtig aus; er gab ihm zu verstehen, daß niemand die Gunst des Mäzens erhalten oder sie sich bewahren könne, der sich erkühne, ihn eines Irrtums zu überführen. Er riet ihm daher, dessen Schwäche zu respektieren und den alten Herrn mit der Herzlichkeit und Ehrerbietung zu behandeln, die mit der Achtung vor dem eigenen Charakter vereinbar sei. Diese Aufgabe war für einen Mann vom geschmeidigen Wesen unseres Helden um so leichter, als das Benehmen des Mäzens von jenem anmaßenden Eigendünkel vollkommen frei war, der ihn in der Seele anwiderte. Der Alte war im Gegenteil ein freundlicher und mildtätiger Mensch; und Pickle fand an seiner Schwäche eher Vergnügen, als daß sie ihn schockierte, weil sie bei ihm selbst eine höhere Einsicht voraussetzte und deshalb seiner Eitelkeit schmeichelte.

So gewarnt, zeigte sich Peregrine von seiner gewinnendsten Seite, so daß man ihn schon nach kurzer Zeit für einen der Lieblinge des Gönners hielt, dem er ein kleines Gelegenheitsgedicht dedizierte; und jedermann glaubte, er würde unter den Klienten des alten Herrn einer der ersten sein, der die Früchte seiner Anhänglichkeit ernten dürfe.

95

Der Minister verbietet Peregrine das Haus. Dieser verliert sein Gehalt und wird als wahnsinnig hingestellt.

Diese Aussicht auf Erfolg sowie seine Erwartungen vom Minister, dessen Person er nicht vernachlässigte, gereichten ihm zum Trost bei den Widerwärtigkeiten, die ihm zugestoßen waren, und bei der Ungewißheit des Prozesses, den er zur Rückgewinnung seiner zehntausend Pfund noch immer führte. Noch immer leerten die Anwälte seinen Beutel, während sie seinen Kopf mit nichtigen Hoffnungen füllten, und er war sogar genötigt, von seinem Verleger auf Konto seiner Übersetzung Geld zu borgen, um die Forderungen jener gierigen Geier zu befriedigen. Er tat dies lieber, als den Menschenfeind zu behelligen oder an seinen Freund Hatchway heranzutreten, der ruhig im Kastell saß und von seiner Not keine Ahnung hatte. Auch die Ankunft des Ostindienfahrers, an dem er mit siebenhundert Pfund beteiligt war, erleichterte seine Bedrängnis nicht im geringsten, denn er vernahm, sein Schuldner habe zu Bombay gefährlich krank gelegen, als das Schiff abgegangen sei, und es frage sich sehr, ob er je wieder zu seinem Geld kommen werde.

Bei dieser Lage wird man nicht in Versuchung kommen, Peregrines Leben als besonders geruhsam zu betrachten, obgleich er sich bemühte, die warnende Stimme des Unheils zu überhören. Doch zuweilen brach eine solche Flut trüber Gedanken über seinen Geist herein, daß alle Vorstellungen, die die Hoffnung in ihm erzeugte, hinweggefegt wurden und er selbst in tiefste Verzweiflung versank. Jede Kutsche, die auf der Straße vorbeifuhr, jede Person von Rang und Vermögen, die ihm zu Gesicht kam, rief die bunten Bilder seines ehemaligen Lebens in sein Gedächtnis zurück, und dazu gesellten sich so schmerzhafte Betrachtungen, daß er sich in der Seele verletzt fühlte. Einen Tag um den andern mußte er daher alle Folterqualen des Neids und der innern Unruhe erdulden. Ich verstehe unter Neid nicht jene unwürdige Leidenschaft, derzufolge sich jemand über das Glück seines Nächsten ärgert, und wenn es noch so verdient sei, sondern jenen selbstquälerischen Verdruß über das Wohlergehen der Toren, Ignoranten und Bösewichter. Ohne das bißchen Freude, das er hin und wieder im Umgang mit einigen wenigen Freunden empfand, wäre sein Dasein unerträglich gewesen und hätten sich seine Gedanken ganz umdüstert. Doch ist selbst in Zeiten der schlimmsten Krise immer noch ein Umstand zu entdecken, der einem Erleichterung verschafft, und dergleichen aufzuspüren war Pickle so findig, daß er gegen seine Enttäuschung tapfer anzukämpfen vermochte, bis der Tag da war, an dem ihm vor Jahresfrist die dreihundert Pfund bezahlt worden waren.

Da aber der Termin verstrich und er trotz seinem regen Erscheinen beim Lever des Ministers seine Zuwendung nicht erhielt, schrieb er nach Ablauf des Jahres einen Brief an Sir Steady, erinnerte ihn an seine Situation und an die Erfüllung des Versprechens und deutete ihm an, er sei in einer solchen Verlegenheit, daß er um sein Gehalt für das folgende Jahr bitten müsse.

Nachdem der Brief abgeschickt war, begab sich der Verfasser am folgenden Morgen ins Haus Sr. Exzellenz, in der

Erwartung, auf besondern Befehl vorgelassen zu werden; jedoch er fand sich in seiner Hoffnung betrogen, der Minister blieb unsichtbar. Dann stellte er sich beim Lever ein und hoffte, man würde ihn ins Kabinett rufen; sooft seine Augen aber auch an Sir Steadys Gesicht hingen, es wurde ihm nicht ein einziger Blick zuteil, und er mußte den Herrn verschwinden sehen, ohne von ihm der geringsten Aufmerksamkeit gewürdigt zu werden. Diese Beweise einer absichtlichen Vernachlässigung waren unserm Helden nicht allzu angenehm. Er entfernte sich in tiefem Ärger und voll Groll und setzte daheim eine scharfe Beschwerde an Se. Exzellenz auf. Die Folge davon war, daß er nicht nur aller Ansprüche auf eine Privataudienz verlustig ging, sondern daß ihm auf Sir Steadys eigenen Befehl an einem öffentlichen Besuchstag der Zutritt ausdrücklich verweigert wurde.

Dieses Verbot, das seinen völligen Untergang ankündigte, erfüllte Peregrine mit Wut, Schrecken und Verzweiflung. Er beleidigte den Türsteher, der ihm den Befehl des Ministers übermittelte, drohte, ihn auf der Stelle für seine Vermessenheit zu züchtigen, und stieß zum großen Erstaunen aller, die zufällig während dieses Gesprächs ins Haus traten, die bösartigsten Verwünschungen gegen dessen Herrn aus. Als er sich in diesem nutzlosen Geschimpfe erschöpft hatte, kehrte er in der Verfassung eines Wahnsinnigen in sein Logis zurück. Er biß sich in die Lippen, so daß ihm das Blut vom Mund herabrann, schlug mit Kopf und Fäusten gegen die Seitenwände des Kamins und weinte unter den bittersten Äußerungen des Schmerzes.

Pipes, dessen Wahrnehmungsvermögen gerade hinreichte, um den Unterschied zwischen der gegenwärtigen und der ehemaligen Lage seines Herrn zu erfassen, hörte die Ausbrüche seines Unmuts und versuchte, in sein Zimmer zu kommen, um ihn zu trösten. Als er die Türe von innen verschlossen fand, begehrte er Einlaß und beteuerte, er werde sonst das Schott schneller einschlagen, als man es mit einer Spake öffnen könne. Peregrine befahl ihm unter Androhung seines Zorns, sich fortzuscheren, und schwur, ihn stracks vor den Kopf zu schießen, wenn er es wage, die Türe aufzubrechen. Ohne sich im geringsten um dieses Gebot zu kümmern, legte Tom sogleich Hand ans Werk. Sein Herr, höchst erzürnt über diesen Mangel an Achtung und Respekt, der ihm in seinem Paroxysmus im sträflichsten Licht erschien, stürzte ins Kabinett, ergriff eine seiner bereits geladenen Pistolen, und kaum trat sein Diener, der das Schloß gesprengt hatte, ein, als er ihm die Pistole gerade vors Gesicht hielt und abdrückte. Zum Glück verpuffte das Pulver auf der Pfanne, ohne zu zünden, so daß der Kopf des biedern Pipes durch Pickles wildes Vorhaben keinen Schaden nahm. Obwohl Pipes den Inhalt der Waffe kannte, fragte er, ohne dabei auch nur eine Miene zu verziehen, ob denn auf der ganzen Fahrt Unwetter herrschen müsse.

So wütend Peregrine auch war, reute ihn schon im Augenblick der Ausführung sein böser Anschlag auf einen so treuen Diener, und wäre die Sache schlimm abgelaufen, hätte er sehr wahrscheinlich die andere Pistole auf sich selbst abgefeuert. Es gibt Erwägungen, die auf den Geist, mitten im Zustand der Gestörtheit, mit unwiderstehlicher Kraft wirken. Die blitzartige Erinnerung an einen besondern Auftritt, die durch das ehrliche Gesicht des Opfers geweckt wird, hat oft den Dolch der Hand des Mörders entrissen. Ein solcher Impuls schützte den Pipes vor einem abermaligen Versuch seines ergrimmten Herrn; und welch gutgemeinten Absichten sein jetziger Ungehorsam entsprang, kam Peregrine plötzlich zum Bewußtsein, als er die zerfurchte Stirn seines Dieners betrachtete, auf der sowohl seine langen und treuen Dienste als auch die Empfehlung des verstorbenen Kommodores geschrieben standen.

Obgleich sein Zorn sich alsbald legte und sein Herz bittere Reue über seine Tat empfand, blieben seine Brauen noch immer gerunzelt, und er schoß einen äußerst grimmigen Blick auf den Eindringling. „Schurke!" sagte er, „wie kannst du es wagen, mir so respektlos zu begegnen?" Pipes antwortete ganz gelassen: „Warum sollte ich denn nicht Hand anlegen, das Schiff einzuholen, wenn's mehr Segel als Ballast an Bord hat und der Steuermann das Ruder aus

Deschperazjohn fahren läßt? Was haben denn eine oder ein paar Reisen zu bedeuten, die schief ablaufen, solang unser Steven noch stark und das Schiff dicht und gut ist. Verliert man auf der einen Fahrt, so gewinnt man auf der andern. Ich will verdammt sein, wenn wir nicht noch einmal günstigen Wind bekommen. Fehlt's Ihnen etwa an Proviant? Sie haben ja ein recht hübsches Kapital an Gelde in meinem Kielraum geladen; sollen fein willkommen sein, wenn Sie's wieder heraufhissen."

Hier wurde Tom durch Crabtrees Ankunft unterbrochen. Als dieser Peregrine mit einer Pistole in der Hand, seine wildrollenden Augen, Kopf, Hände und Mund mit Blut beschmiert sah und zudem das abgeblitzte Pulver roch, glaubte er wirklich, daß sein Freund entweder einen Mord begangen habe oder noch begehen wolle, und rannte daher schleunigst die Treppe wieder hinunter. So sehr er aber auch hastete, Pipes holte ihn doch noch auf dem Flur ein, schleppte ihn ins Zimmer seines Herrn zurück und bemerkte unterwegs, es sei jetzt nicht Zeit abzusegeln, da sein Kamerad in Not stecke und seiner Hilfe bedürfe.

Cadwallader, dergestalt bedrängt, hatte etwas so wehmütig Ernsthaftes in seinem Gesicht, daß unser Held zu jeder andern Zeit über seine Besorgnis herzlich gelacht hätte. Allein, gegenwärtig war ihm gar nicht nach Lachen zumute. Er hatte jedoch die Pistole weggelegt und bemühte sich, obschon vergeblich, des Aufruhrs in seinem Innern Herr zu werden, denn er konnte kein einziges Wort an den Menschenfeind richten, sondern stand da und starrte ihn stumm und ganz verstört an, was nicht eben dazu diente, die Ängstlichkeit seines Freundes zu mindern. Endlich hatte sich Crabtree ein wenig gesammelt und sagte: „Ich frage mich, ob Sie nicht sonst schon einmal einen Gegner getötet haben. Sagen Sie mir doch, wie haben Sie die Leiche auf die Seite geschafft?" Pickle, der jetzt die Sprache wiedergefunden hatte, befahl seinem Bedienten, das Zimmer zu verlassen, und erzählte sodann Crabtree ausführlich, aber ohne den mindesten Zusammenhang, von der perfiden Haltung des Ministers.

Der Intimus war sehr froh, daß sich seine Befürchtungen als unbegründet herausstellten. Er hatte wirklich gemeint, es wäre einer ums Leben gekommen, und da er sah, wie sehr Pickle in Wallung war, wagte er es nicht, ihn so wie sonst wohl zu behandeln, sondern gab zu, Sir Steady sei ein Schuft, und ermutigte den jungen Mann durch die Hoffnung, daß er vielleicht eines Tages Repressalien ergreifen könne. Einstweilen bot er ihm für unmittelbare Bedürfnisse seine Börse an, ermahnte ihn, alle seine Kräfte anzuspannen, um sich von solchen Lumpen unabhängig zu machen, und riet ihm zum Schluß, wegen des ihm widerfahrenen Unrechts mit dem vornehmen Kavalier zu sprechen, den er sich ehemals verpflichtet hatte, damit sich dieser für ihn verwenden oder wenigstens eine befriedigende Erklärung vom Minister erhalten möchte und Peregrine keine übereilten Maßnahmen zu seiner Rache treffe.

Diese Ermahnungen waren weit milder und angenehmer, als unser Held sie vom Menschenfeind erwartete; sie übten denn auch eine günstige Wirkung auf seinen erregten Geist aus. Der Sturm flaute allmählich ab, und Peregrine wurde so gefügig, daß er sich nach seinem Rat zu richten versprach und infolgedessen am andern Morgen dem Lord seine Aufwartung machte. Dieser empfing ihn, wie gewöhnlich, sehr höflich und hörte seine Klagen mit großer Geduld an, obwohl Gefühle des Zorns und der Rache Peregrine verschiedene Male heftig aufbrausen ließen. Nachdem der Peer den Beschwerdebrief an den Minister, der so unglückliche Folgen nach sich gezogen, mit sanften Worten mißbilligt hatte, erklärte er sich gütigst bereit, Sir Steady seine Sache zu empfehlen, und erfüllte sein Versprechen noch am selben Tag. Der Minister aber sagte ihm zu seinem äußersten Erstaunen, der arme junge Herr sei geistesgestört, so daß man ihm unmöglich einen richtigen Posten anbieten könne, ohne sich dabei ganz und gar über das Wohl des Staates hinwegzusetzen. Man dürfe nicht verlangen, daß er, Sir Steady, die Verschwendungssucht jenes Menschen aus eigenen Mitteln unterstütze. Er habe ihm auf Bitten eines verstorbenen Kavaliers dreihundert Pfund geschenkt, weil Pickle behauptete, er sei bei einer gewissen Wahl zu Schaden gekommen; seit der Zeit habe er jedoch so untrügliche Zeichen von Verrücktheit an ihm wahrgenommen, was sowohl aus seinen unsinnigen Briefen als auch aus seinem persönlichen Betragen hervorgehe, daß er sich genötigt gesehen habe, Order zu geben, Pickle nicht mehr vorzulassen. Zur Bestätigung dieser Aussage rief der Minister seinen Türsteher und einen seiner Kammerdiener als Zeugen auf, welche die Verwünschungen mit angehört hatten, die unserm Helden entfahren waren, als man ihm den Eintritt verweigerte. Kurz, der Lord ließ sich überzeugen, daß Pickle wirklich so toll sei wie ein Märzhase, und fing nach dieser Mitteilung an, sich gewisser Symptome des Wahnsinns zu erinnern, die sich bei seinem letzten Besuch geäußert hatten; er entsann sich, daß seine Reden keinen rechten Zusammenhang gehabt hätten, daß seine Gebärden leidenschaftlich und seine Blicke wild gewesen wären. Dies alles bewies nun augenscheinlich, daß Pickles Vernunft in Unordnung sei, und er beschloß daher, seiner eigenen Ehre und Sicherheit wegen, eine so gefährliche Verbindung zu lösen.

In dieser Absicht folgte er dem Beispiel von Sir Steady und befahl, daß unserm Freund die Tür versperrt sein solle. Als dieser nun hinging, um das Resultat der Besprechung des Lords mit dem Minister zu vernehmen, schlug man ihm die Türe vor der Nase zu, und der Türsteher sagte ihm durch das eiserne Tor, er brauche sich nicht wieder herzubemühen, da sein Herr wünsche, er möchte seine Besuche einstellen. Auf diese Erklärung antwortete Pickle mit keinem einzigen Wort; er schrieb sie sofort dem Liebesdienst des Ministers zu, dem er auf seinem Weg zu Cadwallader Kampf und Rache schwor. Als dieser gehört hatte, wie Peregrine empfangen worden war, bat er ihn, von all seinen Racheplänen abzusehen, bis er, Crabtree, das ganze Geheimnis gelüftet hätte, und er zweifelte nicht daran, dies durch seine Bekanntschaft mit einer Familie tun zu können, bei welcher der Lord öfters den Abend beim Whist zubrachte.

Nicht lange, so bot sich ihm die gewünschte Gelegenheit.

Der Lord, der weder die Vorschrift noch die Verpflichtung hatte, die Sache geheimzuhalten, erzählte die Neuigkeit von Pickles Unglück gleich in der ersten Gesellschaft, in der er zufällig verkehrte, und Peregrines Name war der eleganten Welt nicht so fremd, als daß sein Zustand nicht das allgemeine Gespräch für einen Tag hätte bilden sollen. So kam denn die Nachricht bald dessen Freund zu Ohren. Crabtree fand Mittel, die Worte des Ministers mit allen obenerwähnten Einzelheiten zu erfahren. Ja, wenn er sich all dessen erinnerte, was er über Pickles Ungeduld und Ungestüm wußte, und es mit dem Gesagten verglich, geriet er sogar in Gefahr, sich zu Sir Steadys Meinung zu bekehren.

Nun wird nichts williger geglaubt als die Anschuldigung, es sei einer verrückt, sie mag sich richten, gegen wen sie wolle; denn ist der Argwohn der Welt erst einmal geweckt, so wird der Klügste, der Kälteste durch eine gewisse Art im Benehmen des Verdächtigten die Berechtigung dieses Vorwurfs bestätigt glauben. Jede Eigentümlichkeit in seiner Kleidung und in seiner Aufführung – und bei wem wäre dergleichen nicht zu bemerken? –, die vorher gar nicht beachtet wurde, muß nun gegen ihn zeugen und wird von der Einbildungskraft des Beobachters maßlos übertrieben. Dessen Scharfsicht entdeckt den Wahnsinn in jedem Blick, in jeder Bewegung des Fingers, jeder Drehung des Kopfes. Wenn jener spricht, heißt es, in seinem Gehabe und Ausdruck liege eine merkwürdige Absonderlichkeit, wenn er schweigt, seine Phantasie brüte Grillen aus; seine Gelassenheit wird bloß als ein lichter Augenblick und seine Leidenschaft als Raserei gedeutet. Wenn schon Leute von der ruhigsten und philiströsesten Lebensweise und Sprache einer solchen Beurteilung fähig sind, so ist es gar kein Wunder, daß dies bei einem Jüngling von Peregrines feurigem Charakter der Fall war, der bei verschiedenen Gelegenheiten dergleichen Bemerkungen gerechtfertigt hätte, selbst wenn sie von seinen ärgsten Feinden gemacht worden wären. Er wurde demgemäß als einer jener überspannten Stutzer angesehen, die, nachdem sie ihr Vermögen verpraßt und verlumpt, das Glück haben, ihren Verstand zu verlieren, und infolgedessen die Not und Schande nicht empfinden, in die sie durch eigene Schuld geraten sind.

Cadwallader selber wurde von diesem Gerücht so beeinflußt, daß er eine Zeitlang unschlüssig war, was er von unserm Helden denken sollte. Es dauerte geraume Zeit, ehe er es über sich gewinnen konnte, ihn von den Auskünften, die man ihm erteilt hatte, in Kenntnis zu setzen oder in anderer Hinsicht nicht mit ihm als einem Menschen von krankem Geist zu verkehren. Endlich aber wagte er es, Pickle alles zu offenbaren. Doch geschah dies mit all der Vorsicht und all den Winkelzügen, die, wie er dachte, nötig seien, um den jungen Herrn von einer Überschreitung des Zuträglichen abzuhalten. Allein für diesmal sah er sich in seiner Annahme angenehm getäuscht. So erbittert unser Held auch über das Benehmen des Ministers war, mußte er dennoch über diese törichte Verleumdung lachen. „Ich will diese Verdächtigung", sagte er zu seinem Freunde, „bald auf eine Art widerlegen, die ihrem Urheber nicht sehr willkommen sein soll. Dieser Staatsmann pflegt alle diejenigen anzuschwärzen, denen gegenüber er Verbindlichkeiten hat, die er nicht erfüllen will. Der Kniff ist ihm freilich schon mehr als einmal geglückt, und er hat wirklich verschiedene Leute mit schwachen Köpfen so an den Rand der Verzweiflung getrieben, daß sie in der Tat wahnsinnig geworden sind. Dadurch ist er von ihren Belästigungen befreit und sein Urteil zugleich bestätigt worden. Ich aber habe mir jetzt, dem Himmel sei Dank, einen solchen Grad philosophischer Entschlossenheit erworben, daß mir sein Ränkespiel nichts anhaben kann, und sofort will ich das Ungeheuer in seinen wahren Zügen, in seiner ganzen Arglist, Treulosigkeit und Undankbarkeit der Welt vorstellen."

Dies war tatsächlich der Plan, mit dem sich Pickle während der Zeit von Crabtrees Nachforschungen beschäftigt hatte, und nun schmeichelte er seiner Phantasie so stark, daß er sich imstande glaubte, seinen Gegner, trotz dessen Einfluß, nach eigenem Ermessen zu demütigen, indem er sich unter denen auszeichnete, die damals gegen die Regierung schrieben. Und das Vorhaben war nicht einmal so extravagant, als es hätte scheinen können, hätte er nur einen wesentlichen Umstand nicht übersehen, der selbst Cadwallader nicht einfiel, als er dieses Projekt guthieß.

Während er solchermaßen auf Rache sann, hatte das Gerücht von seiner Gemütskrankheit, das, wie immer, seinen Kreislauf machte, die Ohren jener Lady V. erreicht, deren unglückliche Schicksale wir im dritten Teil dieser Geschichte berührt haben. Der Umgang, mit dem sie unsern Helden beehrt hatte, war zwar aus dem bereits genannten Grund längst abgebrochen worden, nämlich weil er befürchtete, ihren bezaubernden Reizen zu erliegen. Er war aufrichtig genug gewesen, ihr zu entdecken, weshalb er sich aus ihrer Gegenwart verbannte, und sie billigte diese weise Zurückhaltung, obwohl sie mit einer Fortdauer seiner intimen Bekanntschaft und seines vertrauten Verkehrs, deren sich keine Dame im Königreich zu schämen brauchte, sehr zufrieden gewesen wäre. Trotz dieser Unterbrechung bewahrte sie noch immer Freundschaft und Achtung für ihn und fühlte all das Weh, das ein gütiges Herz empfindet, als sie von seinem Unglück und seiner bejammernswerten Krankheit erfuhr. Sie hatte gesehen, wie man während des Sonnenscheins seines Glücks um seine Gunst buhlte und ihm hofierte; sie wußte aber aus eigener Erfahrung, wie sich das Ungeziefer der Maulfreunde im Winter der Not verkriecht. In ihrem Mitleid schaute sie ihn als einen armen Wahnsinnigen, der, aller Lebensnotdurft beraubt, die Trümmer der menschlichen Natur umherschleppt und, der Verachtung und dem Abscheu seiner Mitmenschen preisgegeben, das traurige Schauspiel einer frühverwelkten Jugend darbietet. Diese Erwägungen schmerzten sie in ihrer barmherzigen Seele tief, und so suchte sie herauszubringen, in welchem Stadtteil Pickle wohnte. Als sie dies wußte, schob sie alle überflüssigen Zeremonien beiseite und begab sich in einer Sänfte nach seinem Logis, wo der getreue Pipes ihr die Türe öffnete.

Die Lady besann sich sogleich auf die Züge dieses bewährten Dieners, den sie wegen seiner Anhänglichkeit und Treue herzlich gern haben mußte, und nachdem sie ihn für diese beiden Eigenschaften aufs freundlichste gelobt hatte, erkundigte sie sich liebevoll nach dem Gesundheitszustand seines Herrn und fragte, ob es möglich sei, ihn zu sprechen.

Tom, der sich nicht denken konnte, daß der Besuch einer schönen Dame einem jungen Manne von Pickles Temperament ungelegen komme, gab keine mündliche Antwort, sondern nickte der Dame mit schelmischem Blick, über den sie sich eines Lächelns nicht erwehren konnte, zu und ging leise die Treppe hinauf. Auf diesen Wink folgte sie ihrem stummen Führer ins Zimmer unseres Helden. Sie fand ihn an seinem Schreibtisch, gerade im Begriff, eine „Lobrede" auf seinen Freund Sir Steady abzufassen. Der Charakter seines Werkes hatte seinem Gesicht einen ungewöhnlichen Grad von Lebhaftigkeit verliehen, und da er einen netten Hausanzug trug, hätte er sich in den Augen einer Person, die jeden unnützen Flitterstaat geringschätzte, nicht vorteilhafter präsentieren können. Es freute sie außerordentlich, daß sie sich in ihren Erwartungen so angenehm enttäuscht sah; denn anstatt der jämmerlichen Verhältnisse und des elenden Aussehens, den Folgen von Dürftigkeit und Verrücktheit, traf sie alles anständig und sauber an, und die Miene des Patienten verriet innere Zufriedenheit. Als er das Rauschen von seidenem Stoff in seiner Stube hörte, hob er die Augen vom Papier, und als er die Lady gewahr wurde, befielen ihn Erstaunen und Ehrfurcht, wie beim plötzlichen Anblick eines übernatürlichen Wesens.

Ehe er sich von seiner Verlegenheit erholt hatte, die ihm das Blut in die Wangen trieb, sagte sie ihm, sie sei als alte Bekannte gekommen, ihn zu besuchen, obwohl er ihr längst allen Grund gegeben habe, zu glauben, er habe die Existenz einer solchen Person wie sie gänzlich vergessen. Er dankte ihr mit äußerst warmen Worten für diese unverhoffte Ehre und versicherte, nicht er sei daran schuld, daß sie ihm diesen Vorwurf machen müsse, sondern vielmehr sein großes Unglück, und daß, wenn es auch bei ihm gestanden hätte, sie so leicht zu vergessen, wie sie es sich einzubilden scheine, er ihr doch niemals Anlaß gegeben haben würde, ihn einer Vernachlässigung der gebührenden Achtung zu zeihen.

Noch immer über seine Gemütsverfassung im unklaren, fing sie an, mit ihm von verschiedenen Dingen zu reden, und er genügte ihr in allen Stücken so vollkommen, daß sie nicht mehr daran zweifelte, er sei bloß durch die Bosheit seiner Feinde in ein falsches Licht gestellt worden, und ihm offen und ehrlich Ursache und Absicht ihres Kommens entdeckte. Er ließ es nicht an Äußerungen der Dankbarkeit für diesen Beweis von Edelmut und Freundschaft fehlen, der ihm sogar Tränen entlockte. Was die Beschuldigung, er sei irren Sinns, betrifft, erklärte er sich hierüber so sehr zur Zufriedenheit der Lady, daß sie deutlich einsah, man habe ihm grausam mitgespielt und jene Anklage sei nichts anderes als die schändlichste Verleumdung.

Trotz all seinen Bemühungen, den wahren Zustand seiner Finanzen zu verbergen, war es ihm unmöglich, ihr von seiner Lage zu erzählen, ohne etwas von den Schwierigkeiten zu offenbaren, mit denen er zu kämpfen hatte, und da die kluge Dame das übrige erriet, bot sie ihm nicht nur ihre Hilfe an, sondern überreichte ihm eine Banknote von beträchtlichem Wert und bestand darauf, daß er diese als geringes Zeichen ihrer Hochachtung und als Probe dessen annehme, was sie für ihn zu tun gesonnen sei. Er lehnte aber dieses Zeugnis ihrer Gewogenheit rundweg ab und versicherte ihr, obgleich seine Angelegenheiten gegenwärtig ein wenig verwickelt wären, habe er nicht im mindesten Not gelitten, und er bäte sie, ihm nicht die Bürde so unnötiger Verbindlichkeiten aufzuladen.

Da sie gezwungen war, sich mit dieser Weigerung abzufinden, beteuerte sie, sie würde es ihm nie verzeihen, sollte sie je erfahren, daß er ihres Beistands, den er jetzt ausschlage, bedurft hätte, oder wofern er in Zukunft sich nicht an seine alte Freundin wendete, wenn er in Geldnot sei. „Übertriebene Empfindlichkeit in diesem Punkt", sagte sie, „werde ich als Mißbilligung meines eigenen Betragens ansehen; denn ich habe selbst in dringenden Fällen zu meinen Freunden Zuflucht genommen."

Diese edelmütigen Ermahnungen und Beweise einer besondern Freundschaft mußten natürlich tiefen Eindruck machen auf das Herz unseres Helden, das die frühere Wirkung ihrer Reize noch immer schmerzhaft spürte. Er empfand nicht nur alles, was ein Mann von Ehre und feinem Gefühl bei einer solchen Gelegenheit wohl empfinden wird, sondern es erwachten auch die Regungen einer zärtlicheren Leidenschaft in seiner Brust. Er konnte nicht umhin, sich solcher Ausdrücke zu bedienen, die erkennen ließen, was seine Seele bewegte, und er sagte ihr schließlich frei heraus, daß, wenn er betteln wollte, er etwas erflehen würde, was für seine Ruhe von unendlich größerer Bedeutung wäre als der gütige Beistand, den sie ihm angeboten habe.

Die Lady besaß zu viel Scharfsinn, um nicht zu verstehen, was er meinte; da sie es aber vorzog, ihn in seinen Avancen nicht zu ermuntern, stellte sie sich, als fasse sie diese Andeutung ganz allgemein als galantes Kompliment auf, und ersuchte ihn scherzhaft, er möge ihr ja keinen Anlaß geben zu glauben, daß seine lichten Augenblicke vorüber seien. „Wahrhaftig, Mylady", sagte er, „ich merke, ich bekomme meinen Anfall wieder, und ich sehe nicht ein, warum ich von dem Privilegium, das meine Krankheit mir verleiht, nicht soweit Gebrauch machen soll, mich für einen ihrer glühendsten Verehrer zu erklären." „Wenn Sie dies tun", versetzte die Lady, „so werde ich nicht so dumm sein, einem Wahnsinnigen Glauben zu schenken, es sei denn, Sie überzeugen mich davon, daß die Liebe Ihnen den Verstand geraubt hat, was Ihnen meines Erachtens schwerfallen dürfte." „So schwer eben nicht, gnädige Frau", rief der junge Mann. „Hier in meinem Pult liegen die Beweise dafür, daß diese Liebe mich wahnsinnig gemacht hat; und da Sie an meiner Behauptung zweifeln, müssen Sie mir erlauben, meine Belege hervorzuholen." Mit diesen Worten öffnete er den Schreibtisch, nahm ein Blatt heraus und überreichte ihr das folgende Gedicht, das er zu ihrem Lob verfaßt, gleich nachdem er die nähern Umstände ihrer Geschichte kennengelernt hatte.

    Wenn ich mit innigem Entzücken
    In deinen Reiz verloren bin,

Dann saug ich Lust aus deinen Blicken
Und gäb fast meine Freiheit hin.
Doch auch wenn Schönheit dich umfließt,
Der Farben Zauber dich umschließt,
Auch wenn du jung und blühend bist,
Dein Aug ein offner Himmel ist,
Wenn lieblich lächelt dein Gesicht
Und heiter wie das Sonnenlicht:
Dies raubt mir meine Freiheit nicht.

Liegt aber meinen Blicken offen
Die edle, schöne Seele da,
Die jüngst von Stürmen schwer getroffen
Und dennoch sicher um sich sah,
Die sich mit Stärke, Mut und Kraft
In allen Nöten Hilfe schafft,
Bei Witz die Güte nicht vergißt,
Die selbstlos, sanft und redlich ist:
Dann schwindet meine Freiheit hin,
Dann fühl ich, holde Zauberin,
Daß ich der Liebe Sklave bin.

Als die Lady es gelesen hatte, sagte sie: „Wenn ich zu Mißtrauen neigte, würde ich glauben, daß ich an der Entstehung dieses Gedichts keinen Anteil hätte, daß ein weit liebenswürdigerer Gegenstand Sie dazu begeistert haben müsse. Doch ich will Ihr Wort für Ihre Absicht nehmen und danke Ihnen für dieses unverdiente Kompliment, so zufällig ich auch dazu komme. Trotzdem muß ich so frei sein, Ihnen folgendes zu sagen: Es ist nunmehr hohe Zeit für Sie, an Stelle jenes Geistes allgemeiner Galanterie, dem Sie so lange gehuldigt haben, eine aufrichtige Liebe zur schönen Emilie treten zu lassen. Sie hat in jeder Beziehung Anspruch auf Ihre Aufmerksamkeit und Achtung." Bei der Erwähnung dieses Namens, den er nie nennen hören konnte, ohne bewegt zu werden, durchschauerte es ihn. Anstatt sich den Folgen eines solchen Gesprächs auszusetzen, zog er es vor, das Thema Liebe zu verlassen, und ging geschickt zu etwas anderem über.

Peregrine schreibt gegen den Minister, auf dessen Betreiben hin er verhaftet wird. Er verfügt sich jedoch auf Grund eines Habeas-Corpus-Befehls ins Fleet.

Die Lady, die ihren Besuch weit über die gewöhnliche Dauer hinaus ausgedehnt hatte, wiederholte ihre Freundschaftsbeteuerungen auf die offenherzigste und verbindlichste Art und verabschiedete sich hierauf von unserm jungen Mann. Er versprach, ihr in wenigen Tagen in ihrem Heim seine respektvolle Aufwartung zu machen. Inzwischen befaßte er sich wieder mit seiner Arbeit, und nachdem er eine äußerst scharfe Beschwerdeschrift gegen Sir Steady fertiggestellt hatte, in der er den Minister nicht nur wegen seiner persönlichen Undankbarkeit, sondern auch wegen seiner Mißwirtschaft in öffentlichen Angelegenheiten angriff, sandte er sie an den Verleger eines Wochenblatts, der bereits seit langer Zeit als erklärter politischer Reformator galt. Nach wenigen Tagen erschien sie mit einer Notiz des Herausgebers, in der dieser den Verfasser bat, ihn fernerhin mit Beiträgen zu beehren.

Die kritischen Ausführungen in diesem kleinen Essay waren so witzig, verrieten solch gesunde Urteilskraft, verbreiteten so viel und so helles Licht über die Sache, daß sie die Aufmerksamkeit des Publikums ganz außerordentlich erregten und den Ruf des Wochenblatts, in dem sie veröffentlicht wurden, heben halfen. Der Minister war nicht der letzte, der dieses Produkt in Händen hielt, und trotz all seiner gepriesenen Mäßigung entrüstete er sich so sehr darüber, daß er sofort seine Kundschafter ausschickte. Durch Bestechung bekam er das Original in Peregrines Handschrift zu Gesicht. Er erkannte die Schrift auf den ersten Blick, verglich aber das Manuskript zur weitern Bestätigung seiner Meinung noch mit zwei Briefen, die er von Pickle erhalten hatte. Hätte er gewußt, daß der junge Herr ein solches Talent zu schwungvollem Angriff besaß, würde er ihm vielleicht nie Ursache gegeben haben, sich zu beklagen, sondern hätte sich seiner zur Rechtfertigung seiner Maßregeln bedient, ja, ihn wohl wie andere Schriftsteller behandelt, die er aus der Opposition auf seine Seite herübergezogen hatte, wäre er nicht durch die Heftigkeit dieses ersten Angriffs so gereizt worden, daß es ihn nach Rache verlangte. Kaum hatte er daher jene Entdeckung gemacht, als er seiner Kreatur, dem Obersteuereinnehmer, der Pickles Schuldschein in der Tasche hatte, seine Anweisungen zustellte. Am folgenden Tag, als unser Autor in einem Kaffeehaus im Kreis seiner Bekannten stand und sich mit großer Beredsamkeit über die ungesunden Verhältnisse im Staatswesen hören ließ, trat ein Gerichtsdiener, von fünf oder sechs dienstbaren Geistern gefolgt, an ihn heran und teilte ihm laut mit, er habe auf Grund einer Klage von Mr. Ravage Gleanum einen Verhaftungsbefehl gegen ihn wegen einer Schuld von zwölfhundert Pfund.

Die ganze Gesellschaft erstaunte über die Anrede, und der Beklagte selbst mußte natürlich außer Fassung geraten. In seiner Verwirrung begrüßte er den Amtsboten im ersten Affekt mit einem Stockhieb über den Schädel, worauf ihn das Kommando umzingelte, entwaffnete und auf die schimpflichste Art in die nächste Taverne schleppte. Keiner der Zuschauer verwendete sich für ihn oder besuchte ihn später in der Haft, um ihm auch nur den dürftigsten Rat oder Beistand anzubieten. Das war der löbliche Eifer seiner Kaffeehausfreundschaften.

Dieser Schlag traf unsern Helden um so schwerer, als er vollkommen unerwartet kam, denn er hatte die Schuld, derentwegen er verhaftet wurde, glatt vergessen. Vorderhand richtete sich jedoch sein Unwille hauptsächlich gegen den Gerichtsdiener, der seine Pflicht auf eine so unehrerbietige Art erfüllt hatte. Nachdem er sich in dem Hause, in das er verbracht worden war, wieder gefaßt hatte, war das erste, was er tat, daß er den Beamten für sein freches und unschickliches Betragen züchtigte. Er besorgte das mit seinen Fäusten, da man alle andern Waffen in weiser Voraussicht weggeräumt hatte. Der Sünder ertrug die Bestrafung mit erstaunlicher Geduld und Resignation, bat mit viel

Demut um Verzeihung und beteuerte hoch und heilig, er wäre einem Gentleman wissentlich oder geflissentlich nie übel begegnet; man habe ihm aber bei Verlust seiner Stelle anbefohlen, unsern Freund zu arretieren, und zwar auf ausdrückliche Weisung des Gläubigers.

Durch diese Erklärung ließ sich Peregrine besänftigen, und sein leidenschaftlicher Wahnwitz wich den Gedanken über seine entsetzliche Situation. Alle Glorie seiner Jugend war nun erloschen, alle Blüten seiner Hoffnung waren verwelkt, und er sah sich zu dem ganzen Elend des Kerkerlebens verdammt, ohne die geringste Aussicht, wieder frei zu werden, es sei denn, daß er seinen Prozeß gewinne, was ihm seit einiger Zeit immer zweifelhafter geworden war. Was würde aus den Unglücklichen werden, wenn die Beschaffenheit des menschlichen Geistes es ihnen nicht erlaubte, eine Leidenschaft gegen die andere ins Feld zu führen, Leidenschaften, die in der Brust toben, sich aber, gleich Giften verschiedener Natur, in ihrer Wirkung gegenseitig aufheben? Der Kummer herrschte mit unumschränkter Gewalt über unsern Helden, bis er von Rachgier verdrängt wurde. Solange diese die Oberhand behielt, betrachtete er alles Vorgefallene als Mittel zu deren Befriedigung. „Wenn ich denn zeitlebens gefangen sein soll", sprach er zu sich selbst, „wenn ich all meinen frohen Erwartungen entsagen muß, so will ich doch wenigstens die Genugtuung haben, mit meinen Ketten dermaßen zu rasseln, daß die Ruhe meines Gegners gestört wird; und in meiner eigenen Brust will ich jenen Frieden und jene Zufriedenheit suchen, die ich in allen meinen Erfolgen nicht finden konnte. Von der Welt getrennt, werde ich von aller Torheit und Undankbarkeit befreit und zugleich eines Aufwands enthoben, den zu bestreiten mir sehr schwer, wo nicht unmöglich gewesen wäre. Ich werde wenig oder gar keine Versuchung fühlen, meine Zeit zu vergeuden, und mehr Gelegenheit haben, mir unbelästigt meinen Unterhalt zu erwerben und meine Rache zu verfolgen. Schließlich ist der Kerker die beste Tonne, in die sich ein zynischer Philosoph zurückziehen kann."

Diesen tröstlichen Überlegungen gemäß sandte er Crabtree einen Brief, in dem er ihm sein Mißgeschick meldete und ihm seinen Entschluß kundtat, sich sofort ins Fleet zu begeben. Zugleich bat er seinen Freund, ihm einen verständigen Anwalt aus seiner Bekanntschaft zu schicken, damit dieser ihm sage, was für Schritte zu diesem Zweck zu unternehmen seien. Mit dieser Nachricht ging der Menschenfeind zu einem Rechtsgelehrten und begleitete ihn nach dem Hause des Schergen, wohin sich der Gefangene unterdessen verfügt hatte. Unter der Leitung dieses Ratgebers wurde Peregrine ins Gerichtszimmer geführt, dort der Obhut eines Gerichtsdieners anvertraut und, nachdem er für einen Habeas-Corpus-Befehl bezahlt hatte, ins Fleet eingeliefert und dessen Aufseher überantwortet.

Hier mußte er zuerst in die Portierloge eintreten und sich eine halbe Stunde lang allen Schließern und Türstehern zur Schau stellen. Sie guckten ihn sich genau an, um imstande zu sein, ihn auf den ersten Blick wiederzuerkennen. Sodann wurde er nach dem Flügel gebracht, wo der Aufseher wohnte, ein Vorrecht, das ihn ein Erkleckliches kostete. Dieser Flügel besteht aus einem großen weitläufigen Gebäude, das einige hundert Wohnzimmer für die Bequemlichkeit der Gefangenen enthält, die für die Unterkunft wöchentlich eine nicht unbedeutende Summe entrichten. Kurz, dieser Ort ist wie eine Stadt, die, von aller Gemeinschaft mit den benachbarten Orten losgelöst, nach eigenen Gesetzen regiert wird und für ihre Einwohner mit speziellen Annehmlichkeiten versehen ist. Da gibt es ein Kaffeehaus, wo die Gentlemen zusammenkommen und wo alle nur erdenklichen Getränke ausgeschenkt werden, ein öffentliches Speisehaus, wo man zu einem recht billigen Preis jedes Gericht in beliebiger Menge haben kann und wo für die armen Gefangenen alle Arten von Lebensmitteln unentgeltlich gekocht und gebraten werden. Ja, es sind sogar Beamte da, die verpflichtet sind, und zwar ohne dafür eine Gebühr erheben oder eine Belohnung fordern zu dürfen, auf den Markt zu gehen, wenn der oder jener es wünscht. Auch sind die Gefangenen nicht eingepfercht, so daß ihnen die Wohltat frischer Luft benommen wäre, denn das Gebäude grenzt an einen freien Platz von beträchtlicher Ausdehnung, wo sie sich, je nach Lust und Liebe des einzelnen, durch Spaziergänge, Bocciaspielen, Kegelschieben und auf alle mögliche andere Weise die Zeit vertreiben und sich Bewegung verschaffen können.

Als unser junger Mann das Bürgerrecht in dieser Gemeinschaft erhalten hatte, stand er verwirrt da, mitten unter Wildfremden, deren Aussehen ihn nicht im geringsten begeisterte, und nachdem er mit seinem Freunde Cadwallader überall umhergestreift war, ging er ins Kaffeehaus, um noch mehr von den besonderen Bräuchen zu erfahren, deren Kenntnis für ihn notwendig war.

Als er sich hier bemühte, den Kellner auszufragen, trat ein Mann im Priestergewand auf ihn zu und erkundigte sich sehr höflich, ob er ein Neuling sei. Da ihm dies mit „Ja" beantwortet wurde, übernahm er es sehr gastfreundlich, ihn in die Satzungen dieser Bruderschaft einzuweihen. Der humane Geistliche sagte ihm, es sollte seine erste Sorge sein, sich ein Logis zu sichern. Eine Anzahl von Zimmern in diesem Gefängnis, erzählte er ihm, würden um denselben Preis vermietet, obwohl einige davon bequemer wären als die andern. Wenn die bessern von den Inhabern geräumt würden, so hätten diejenigen Personen, die am längsten im Hause gewesen seien, vor allen übrigen Insassen, wie angesehen diese sonst auch sein möchten, das Recht, die leergewordenen Kammern zu bewohnen, daß, wenn das Fleet überfüllt sei, man zwei Gefangene in dieselbe Stube stecke, was keineswegs als besondere Härte betrachtet werde, weil sich in diesem Fall immer Mannspersonen genug fänden, die herzlich gerne Stube und Bett mit einer Frau teilten. Es habe aber schon eine Zeit gegeben, da selbst dieses Mittel unzureichend gewesen sei. Denn nachdem man jedes Logis doppelt besetzt hatte, sei noch immer eine ziemlich große Zahl von Leuten ohne richtige Unterkunft geblieben, so daß die Zuletztgekommenen unter diesen Umständen ihre Wohnung im „Halunkenloch" aufschlagen mußten, einem erbärmlich eingerichteten Saal, wo sie, vom Ungeziefer geplagt, im Schmutz wie Kraut und Rüben durcheinander gelegen hätten, bis sie dann turnusgemäß eine bessere Wohnung hätten beziehen können.

Als Peregrine die Beschreibung dieses Ortes hörte, wurde ihm wegen seines Nachtlagers bange, und der Pfarrer, der seine Ängstlichkeit bemerkte, führte ihn unverzüglich zum Aufseher des Gefängnisses, der ihm denn auch gleich ein armseliges Stübchen anwies, wofür er wöchentlich eine halbe Krone bezahlen mußte. Nachdem diese Sache in Ordnung war, klärte ihn sein Begleiter über die verschiedene Art auf, wie man hier essen könnte, nämlich entweder für sich allein oder in einer Kantine oder an der Table d'hôte, und empfahl ihm, letzteres als das Reputierlichste zu wählen, wobei er sich erbot, ihn am nächsten Tage der besten Gesellschaft vom Fleet vorzustellen, die stets öffentlich zusammen speiste.

Pickle bedankte sich bei diesem Herrn für seine Freundlichkeit und Gefälligkeit, versprach, sich nach seinem Rat zu richten, und lud ihn ein, den Abend auf seinem Zimmer zu verleben. Mittlerweile schloß er sich mit Crabtree ein, um sich mit ihm über seine zerrütteten Verhältnisse zu besprechen. Von seinem ganzen Reichtum besaß er nichts mehr als seine Garderobe, die nicht eben prächtig war, etwa dreißig Guineen in bar und das Kastell. Nach der Meinung des Menschenfeinds sollte er dieses versilbern, um damit seine gegenwärtigen Lebensbedürfnisse zu bestreiten, was Peregrine unbedingt ablehnte, nicht nur, weil er es Hatchway auf Lebenszeit überlassen hatte, sondern auch, weil er es als ein Andenken an die Großmut des Kommodores nicht verlieren wollte. Daher beabsichtigte er, die Übersetzung, die er angefangen hatte, in seiner Abgeschiedenheit zu vollenden und sich seinen Unterhalt in Zukunft durch Arbeiten ähnlicher Art zu verdienen. Er bat Cadwallader, seine Mobilien in Verwahrung zu nehmen und ihm an Wäsche und Kleidungsstücken das zu schicken, was er in seiner Gefangenschaft benötigte. Von all seinen Schwierigkeiten aber machte ihm nichts mehr zu schaffen als die Sorge um seinen treuen Pipes, den er nicht mehr bei sich behalten konnte. Er wußte wohl, daß Tom im Laufe seiner langen Dienstjahre sich sein Sümmchen erspart hatte. Aber wenn dieser Gedanke auch bis zu einem gewissen Grad beruhigend auf ihn wirkte, vermochte er doch nicht, den Schmerz und Verdruß gänzlich zu verdrängen, den er bei der Trennung von einem so anhänglichen Diener empfinden mußte, einem Diener, der ihm allmählich so unentbehrlich geworden war wie eines seiner Gliedmaßen und der sich so sehr an seinen Befehl und Schutz gewöhnt hatte, daß er glaubte, der Kerl werde sich in ein anderes Leben gar nicht finden können.

Um ihn hierüber zu beschwichtigen, erklärte sich Crabtree bereit, Pipes zu übernehmen und dafür seinen eigenen Bedienten zu entlassen, obschon er bemerkte, jener sei im Dienste unseres Helden ganz verdorben worden. Peregrine mochte seinen Freund jedoch nicht derart inkommodieren, denn er wußte, daß dessen jetziger Lakai alle Eigenheiten seines Herrn kannte und sich ihnen angepaßt hatte, daß Pipes hingegen sie weder studieren noch sich daran kehren würde. Er beschloß daher, ihn zu seinem Schiffskameraden Hatchway zurückzuschicken, mit dem zusammen er die erste Hälfte seines Lebens verbracht hatte.

Danach gingen die beiden Freunde ins Kaffeehaus, um sich über den Geistlichen zu erkundigen, dessen Güte unser Freund soviel zu verdanken hatte. Sie erfuhren, daß er ein Pfarrer sei, der sich die Ungnade des Bischofs, zu dessen Sprengel er gehörte, zugezogen habe, und da er der Macht seines Gegners nicht gewachsen gewesen wäre, sei er infolge seines hartnäckigen Widerstands schließlich ins Fleet getrieben worden, erfreue sich aber hier eines recht netten Einkommens, das er sich durch vorschriftswidrige Amtshandlungen erwerbe und das er hauptsächlich zum Wohl seiner notleidenden Mitmenschen verwende.

Kaum war diese Lobrede zu Ende, als der Mann, dem sie galt, seiner Verabredung mit Peregrine gemäß eintrat. Peregrine bestellte Wein und etwas zum Nachtessen, ließ alles auf seine Stube tragen und begab sich im Verein mit den beiden andern dorthin. Cadwallader verabschiedete sich, als es später wurde, und die zwei Gefangenen verlebten einen recht gemütlichen Abend. Der Geistliche unterhielt unsern Helden mit einer Schilderung der Privatgeschichte des Ortes, die in einzelnen Zügen höchst merkwürdig war. „Der Mensch", erzählte er ihm unter anderm, „der uns bei Tisch aufwartete, sich immer so devot verbeugte und, sooft er den Mund auftat, mit ‚Eure Lordschaft' und ‚Euer Gnaden' um sich warf, war noch vor wenig Jahren Hauptmann in einem Garderegiment. Nachdem seine Karriere in der großen Welt zum Abschluß gekommen war, hat er in unserer Gemeinschaft nacheinander jeden Rang bekleidet, vom Stutzer erster Klasse an, der im Spitzenrock, von Diener und Dirne begleitet, im Fleet herumstolziert, bis hinunter zum Bierzapfer, als der er sich nun glücklich etabliert hat. Wenn Sie sich in die Küche bemühen wollen", fuhr er fort, „so werden Sie daselbst einen Beau antreffen, der in einen Bratenwender verwandelt worden ist; und es gibt in diesem Mikrokosmos ‚Holzhauer und Wasserträger', die ihre eigenen Forste und Fischteiche besessen haben. Doch trotz einem so kläglichen Sturz sind sie weder Objekte der Achtung noch des Mitleids, weil ihr Unglück die Frucht lasterhafter Ausschweifung ist und sie selbst das Elend ihres Loses nicht im mindesten empfinden. Den Leidensgenossen unter uns hingegen, die durch unverschuldeten Verlust oder durch den Leichtsinn unerfahrener Jugend heruntergekommen sind, wird stets der brüderlichste Beistand zuteil, wenn sie sich anständig betragen und sich ihres traurigen Schicksals wirklich bewußt sind. Auch fehlt es uns nicht an der Macht, die Ausgelassenen zu züchtigen, die sich weigern, den Gesetzen dieses Ortes zu gehorchen, und durch Gewalttätigkeit und Unordnung die Ruhe des Gemeinwesens stören. Das Recht wird hier von einem Ehrengericht gehandhabt, das sich aus den achtbarsten Insassen zusammensetzt und alle Missetäter mit gleicher Einsicht und Entschlossenheit bestraft, nachdem man sie der angeschuldigten Verbrechen gehörig überführt hat."

Als der Geistliche ihm auf diese Weise sowohl die innere Einrichtung des Ortes als auch die Ursache seiner eigenen

Gefangenschaft erklärt hatte, ließ er Anzeichen des Interesses für die Lage unseres Helden erkennen. Pickle glaubte, es sei das mindeste, was er zur Befriedigung eines Mannes, der ihn so gastfreundlich behandelt hatte, tun könne, und schilderte ihm daher die Umstände, durch die seine Verhaftung bewirkt wurde. Zugleich machte er seinem Unwillen gegen den Minister Luft und erleichterte seine Seele, indem er von all dem Unrecht sprach, das er erlitten hatte. Der Pfarrer, der auf den ersten Blick von unserm jungen Manne eingenommen gewesen war, fühlte eine wachsende Hochachtung für ihn, als er hörte, welch große Rolle er auf der Bühne des Lebens gespielt hatte, und es war ihm eine Freude, Gelegenheit zu haben, einen Fremden von solcher Bedeutung in ihren Klub einzuführen. Er überließ Pickle nun seiner Ruhe oder, besser gesagt, seinen Reflexionen über ein Ereignis, über das er sich bis jetzt noch nicht eigentlich Gedanken gemacht hatte.

Ich könnte hier nach dem Beispiel berühmter Autoren zwei bis drei Seiten mit den Überlegungen anfüllen, die Peregrine über die Unsicherheit aller menschlichen Dinge, über die Treulosigkeit der Welt und über die Unbesonnenheit der Jugend anstellte, und ich könnte mich bestreben, dem Leser mit einer feinen Bemerkung meinerseits ein Lächeln über den weisen Moralisten zu entlocken. Doch abgesehen davon, daß nach meiner Meinung durch diese Manier den Ideen des Lesers frech vorgegriffen wird, habe ich zuviel Werg an der Kunkel, um meinem Publikum den geringsten Grund zur Vermutung zu geben, ich bedürfte so armseliger Kunstgriffe, um den Band vollzuschreiben. Es genüge also zu sagen, daß unser junger Freund eine sehr unruhige Nacht hatte, nicht nur, weil er geistig auf dornigen Pfaden wandelte, sondern auch, weil er körperlich viel ausstehen mußte, teils wegen seines harten Lagers, teils wegen der natürlichen Einwohner, die den ungebetenen Gast nicht ohne weiteres dulden wollten.

Am Morgen wurde er von Pipes geweckt. Dieser hatte auf den Schultern einen Mantelsack hergeschleppt, in welchen, nach den Anweisungen Cadwalladers, alles Notwendige eingepackt war. Als er ihn abgeworfen hatte, tat er sich an einem Stück Kautabak gütlich, ohne auch nur eine Spur von Teilnahme zu zeigen. Nach einer Pause sagte sein Herr: „Siehst du, in welche Lage ich mich gebracht habe?" „Ih", antwortete der Bediente, „wenn ein Schiff auf dem Strande einmal festsitzen dhut, was hilft da all der Schnack? Man muß Hand anlegen, es zu bugsieren, wenn sich's nur irgend dhun läßt. Will's gar nicht vom Fleck trotz all den Ankern und Spillen, die an Bord sind, hilft es nix, wenn wir gelichtet haben, die Maste gekappt und Geschütz und Ladung über Bord geschmissen sind, ih nu, so kommt doch vielleicht ein frischer Windstoß, die Flut oder ein Strom vom Lande her und macht's in einem Pfeifenstoß wieder flott. Hier sind zweihundertundzehn Guineen, richtig gezählt, in diesem Beutel von Segeltuch; und hier auf dem Schnippel Papier . . . Potz, Kuckuck, nein! das ist mein Freizeddel vom Kirchspiel wegen Moll Trundle . . . Da ist der rechte . . . eine Anweisung von dreißig Pfund auf Dingsda in der City; und zwei Zeddel auf fünfundzwanzig und auf achtzehn. Sehen Sie, Herr, die lieh ich an Samuel Studding, eine Ladung Rum einzukaufen, als er des Kommodores Flagge zu St. Kathrinen aufsteckte." Mit diesen Worten breitete er sein ganzes Vermögen auf dem Tisch aus, damit Peregrine es an sich nähme. Der wurde durch diesen neuen Beweis für Toms Anhänglichkeit aufs tiefste ergriffen. Er gab seiner Genugtuung darüber Ausdruck, daß er ihn so haushälterisch finde, zahlte ihm den Lohn bis auf den betreffenden Tag aus, dankte ihm für seine treuen Dienste, setzte hinzu, er sei nicht mehr imstande, sich einen Bedienten zu halten, und riet ihm, sich aufs Kastell zurückzuziehen, wo er von seinem Freunde Hatchway, dem er ihn bestens empfehlen wolle, liebevoll aufgenommen würde.

Bei dieser unerwarteten Ankündigung schaute Pipes blöd drein und sagte, er verlange weder Entlohnung noch Kost, sondern wünsche bloß, weiterhin als Hilfsschiff zu fahren, und er wolle nicht eher nach dem Kastell steuern, als bis sein Herr all den Plunder da an Bord geholt hätte. Pickle lehnte es jedoch entschieden ab, von dem Geld auch nur einen Farthing anzurühren, und befahl ihm, es wieder einzustecken. Diese Weigerung kränkte Pipes so sehr, daß er die Zettel zusammenwickelte, sie, ohne sich zu bedenken, ins Feuer warf und dabei ausrief: „Verflucht sei der Quark!" Den segeltuchnen Beutel samt seinem Inhalt würde ein gleiches Schicksal ereilt haben, wenn Peregrine nicht aufgesprungen wäre, die Papiere aus dem Feuer gerissen und seinem Bedienten, unter Androhung, ihn ewig aus seinen Augen zu verbannen, befohlen hätte, davon abzustehen. Gegenwärtig, sagte er ihm, sei er gezwungen, ihn zu entlassen, und so gebe er ihm denn seinen Abschied. Er verspreche ihm aber, wenn er zum Leutnant gehe und sich dort ruhig verhalte, dürfe er beim ersten günstigen Glückswechsel wieder in seine Dienste treten. Inzwischen, ließ er ihn wissen, habe er sein Geld weder nötig, noch werde er je Gebrauch davon machen, und bestand darauf, daß Tom den Mammon augenblicklich in die Tasche schiebe, wenn er sich seine Gunst nicht vollständig und für immer verscherzen wolle.

Pipes war über diese strikten Befehle sehr bekümmert und entgegnete nichts darauf, sondern strich das Geld in seinen Sack und drückte sich schweigend mit einer traurigen und gekränkten Miene, wie man sie sonst an ihm nie beobachtet hatte. Auch Pickles stolze Seele blieb bei diesem Anlaß nicht unbewegt; er vermochte seiner Betrübnis in Gegenwart von Pipes kaum Herr zu werden, und als jener fort war, brach er in Tränen aus.

Da er keine Lust verspürte, seinen eigenen Gedanken nachzuhängen, kleidete er sich in größter Eile an, wobei ihm ein Mensch, der früher ein reicher Tuchwarenhändler in der City gewesen war und jetzt gelegentlich den Beruf eines Dieners ausübte, half. Als Peregrine seine Toilette beendet hatte, ging er ins Kaffeehaus, um zu frühstücken. Hier traf er zufällig seinen Freund, den Geistlichen, sowie mehrere andere Personen von vornehmer Erscheinung, denen er von Hochwürden als neuer Tischgenosse vorgestellt wurde. Diese Herren führten ihn an einen Ort, wo sie den Vormittag beim Fives-Spiel zubrachten, einem Sport, an dem unser Held besonderes Vergnügen fand. Um ein Uhr hielt der Gerichtshof eine Sitzung ab, um zwei Missetäter zu verhören, welche die Gesetze der Ehrlichkeit und guten Ordnung verletzt hatten.

Der erste, der vor die Schranken trat, war ein Anwalt, den man beschuldigte, einem Gentleman das Schnupftuch aus der Tasche gestohlen zu haben. Nachdem das Delikt unwiderleglich bewiesen war, fällte man das Urteil, und infolgedessen wurde er sogleich zum öffentlichen Brunnen geschafft und einer tüchtigen Kaltwasserprozedur unterworfen. Darauf schritt man zum Verhör des zweiten Sünders. Diesmal richtete sich die Anklage gegen den Leutnant eines Kriegsschiffes, der in Gesellschaft eines Weibsbildes, das man noch nicht gefaßt, randaliert und sich so gegen die Gesetze des Ortes und gegen die Ruhe seiner Mitgefangenen vergangen hatte. Der Schuldige hatte sich sehr widerspenstig benommen und sich glatt geweigert, der Vorladung Folge zu leisten, sich dabei auch manches trotzigen und verächtlichen Wortes über die Autorität des Gerichts bedient. Deshalb wurden die Konstabler beordert, ihn *vi et armis* vor die Schranken zu bringen, und er daraufhin nach verzweifeltem Widerstand und nachdem er einen der Gerichtsdiener mit seinem kurzen Seemannsschwert gefährlich verwundet hatte, vor den Richter geschleppt. Seine Gewalttat machte den Fall so schwer, daß die Kammer es nicht wagen wollte, darüber zu beschließen, und ihn dem Oberaufseher überantwortete, der kraft seiner unumschränkten Macht befahl, daß der Tumultuant in Ketten gelegt und in die Arrestzelle verbracht werde. Das war ein abscheuliches Verlies am Wassergraben, voller Kröten und Ungeziefer und mit schädlichen Dünsten angefüllt, ein Verlies, in das auch nicht ein einziger Lichtstrahl drang.

Nachdem diese beiden Verbrecher ihre gerechte Strafe erhalten hatten, begab sich unser Freund mit der Gesellschaft ins Kaffeehaus zur Table d'hôte. Die Tafelrunde bestand, wie er auf seine Nachfrage erfuhr, aus einem Offizier, zwei Assekuranten, drei Projektenmachern, einem Alchimisten, einem Anwalt, einem Pfarrer, ein paar

Dichtern, einem Baronet und einem Ritter des Bath-Ordens. Obwohl das Essen nicht üppig war und nicht besonders hübsch serviert wurde, war es doch reichlich und ordentlich zubereitet. Der Wein war leidlich und die ganze Tischgesellschaft so fröhlich, als ob Elend und Not ihr ganz fremd wären, so daß unser Held an den Gästen Gefallen zu finden begann und sich mit seiner natürlichen Munterkeit und Ungezwungenheit ins Gespräch mischte. Als die Mahlzeit beendet, die Rechnung beglichen war und sich einige der Herren dem Kartenspiel oder andern Beschäftigungen zugewandt hatten, wurden die übrigen, zu denen auch Pickle zählte, einig, den Nachmittag plaudernd bei einer Bowle Punsch zu verbringen, und nachdem man das Getränk aufgetragen hatte, verstrich die Zeit unter angeregten Diskussionen über dies und jenes im Handumdrehen. Es wurden dabei auch viele recht merkwürdige Anekdoten erzählt, die sich auf ihre eigenen Angelegenheiten bezogen; denn keiner von ihnen hatte Bedenken, sich über den Charakter der Schuld zu äußern, um derentwillen er eingesperrt war, es sei denn, daß es sich um eine Lappalie handelte. Im Gegenteil, es rühmte sich ein jeder einer bedeutenden Summe, weil dies erkennen ließ, daß er in der Welt eine wichtige Rolle gespielt habe; und derjenige, der den Büttteln mehrmals auf recht ungewöhnliche Art entronnen war, wurde als ein Mann von überlegenem Genie und großer Geschicklichkeit angesehen.

Unter andern außerordentlichen Abenteuern dieser Sorte war keines romantischer als die letzte Flucht des Offiziers. „Man sperrte mich", erklärte er, „wegen einer Schuld von zweihundert Pfund ein zu einer Zeit, als ich nicht einmal über so viele Pence verfügte. Ich wurde ins Haus eines Gerichtsdieners gebracht, wo ich ganze vierzehn Tage lang blieb. Der allmählichen Erschöpfung meines Kredits entsprechend, rückte ich mit meinem Logis immer höher und höher und stieg von der guten Stube im Parterre schließlich bis zum Dachstübchen hinauf. Hier grübelte ich über den nächsten Schritt nach, der ins Marshalsea geführt hätte. Ich sah die Nacht herannahen, begleitet von Hunger und Kälte; ein Wind sprang auf, so stark, daß die Ziegel auf dem Gebäude zu rasseln anfingen. Sofort schoß mir die Idee durch den Kopf, unter dem Schutz der Dunkelheit und im Toben des Sturms unbemerkt zu entfliehen, indem ich zum Fenster meines Stübchens hinauskröche und über die Dächer der anstoßenden Häuser hinwegkletterte. Voll Begeisterung über diese Möglichkeit untersuchte ich die Öffnung und fand zu meinem größten Verdruß, daß außen Eisenstäbe angebracht waren. Doch auch diese Schwierigkeit schreckte mich von meinem Vorhaben nicht ab. Da ich meine Kraft kannte, glaubte ich mich wohl imstande, ein Loch durchs Dach zu brechen, denn das schien schwach und schadhaft zu sein. Ich verrammelte also die Türe mit dem gesamten Mobiliar meines Zimmers und machte mich dann mit einem Schüreisen ans Werk. In wenigen Minuten hatte ich meiner Hand einen Weg gebahnt und riß nun nach und nach Sparren und Ziegel los, so daß sich ein Ausschlupf für meinen Körper auftat, der mir gestattete, mich völlig zu befreien, indem ich mich nach dem nächsten Hause tappen konnte. Zum Unglück mußte mir der Wind den Hut fortwehen und dieser in den Hof fallen, gerade als einer von den Gehilfen des Gerichtsdieners an die Tür klopfte. Der Scherge erkannte ihn und schlug sogleich bei seinem Herrn Lärm, worauf dieser die Treppe zur Dachstube hinaufstürmte, trotz all den Vorsichtsmaßregeln, die ich getroffen, im Nu die Türe sprengte und mit seinem Begleiter meine Spur verfolgte." Der Offizier fuhr fort: „Nachdem diese Jagd, bei der alle drei das Leben riskierten, eine Zeitlang im Gange gewesen war, stand ich plötzlich vor einem Oberlichtfenster und konnte nicht weiter. Ich schaute hindurch und sah unten auf einem Tisch sieben Schneider an der Arbeit sitzen. Ohne auch nur einen Augenblick zu zögern oder mich ihnen erst irgendwie bemerkbar zu machen, ließ ich mich rücklings in ihre Mitte hinunterplumpsen, und noch ehe sie sich von der Bestürzung, in die sie durch einen so seltsamen Besuch gerieten, erholen konnten, schilderte ich ihnen meine Lage und deutete an, daß keine Zeit zu verlieren sei. Einer von ihnen verstand den Wink, führte mich unverzüglich die Treppen hinab und öffnete mir die Türe nach der Straße. Unterdessen kamen der Büttel und sein Gehilfe an der Bresche an, fürchteten sich aber einzudringen; denn die Kollegen meines Befreiers pflanzten ihre großen Scheren wie eine Reihe spanischer Reiter vor sich hin und geboten ihnen, sofort zu verschwinden, wenn sie nicht des Todes sein wollten. Der Büttel wollte lieber die Bezahlung der Schuld auf sich nehmen als seine Knochen wagen und tröstete sich mit der Hoffnung, mich später wieder zu erwischen. Darin täuschte er sich aber. Ich hielt mich säuberlich versteckt und lachte bloß über seinen Steckbrief. Schließlich bekam ich Order, mit dem Regiment außer Landes zu gehen. Ich fuhr in einem Leichenwagen nach Gravesend, wo ich mich nach Flandern einschiffte. Da ich jedoch gezwungen war, einer Rekrutierung wegen nach England zurückzukehren, schnappte man mich infolge einer andern Sache von neuem, und derjenige, der mich das erstemal hatte arretieren lassen, bekam als einzige Satisfaktion einen Haftverlängerungsbefehl gegen mich, und so liege ich denn hier so lange fest, bis das Parlament in seiner großen Güte geruht, durch eine neue Akte zugunsten Zahlungsunfähiger auch mich von meiner Schuld loszusprechen."

Jedermann gestand, daß der Hauptmann ebensoviel Glück gehabt wie Kühnheit bewiesen habe bei einem Wagnis, das ganz nach Soldatenart sei. Allein einer der Kaufleute bemerkte, der Büttel müsse wenig Erfahrung gehabt haben, daß er einen Gefangenen von solcher Bedeutung an einem so schlecht bewachten Ort verwahren konnte. „Wäre der Hauptmann", sagte er, „einem so pfiffigen Halunken in die Hände gefallen, wie es der Kerl war, der mich festnahm, so dürfte ihm die Flucht nicht so leicht geworden sein; denn die Art, auf die man mich gegriffen hat, ist vielleicht die außerordentlichste, deren man sich in diesen drei Königreichen je bedient hat. Sie müssen wissen, meine Herren", fuhr der Mann fort, „ich hatte durch Schiffsversicherungen während des Krieges so große Verluste erlitten, daß ich genötigt war, meine Zahlungen einzustellen. Ich hatte aber noch verschiedene gute Aussichten, und deshalb wollte ich einen Zweig des Geschäftes weiterführen und mich nicht sofort mit meinen Gläubigern vergleichen. Kurz, ich empfing wie gewöhnlich Waren von auswärts in Kommission. Um nun nicht den Besuchen der Gerichtsdiener ausgesetzt zu sein, verwandelte ich meinen ersten Stock in ein Magazin und ließ die Güter jeweils mit einem Kran, den ich auf dem obersten Boden eingebaut hatte, hinaufwinden. Die listigen Spürhunde wandten die mannigfaltigsten Kniffe an, um mich aus meiner Verschanzung herauszulocken. Ich erhielt unzählige Botschaften von Leuten, die mich in besonderen Geschäften in irgendwelchen Wirtshäusern zu sprechen wünschten. Man forderte mich auf, zu meiner Mutter aufs Land zu kommen, die, wie es hieß, im Sterben lag. Eines Abends wurde eine Frau aus gutem Hause auf meiner Schwelle von Wehen befallen. Zu einer andern Zeit wurde ich dadurch alarmiert, daß jemand rief, und einmal schreckte man mich lärm. Da ich jedoch ständig auf der Hut war, mißlangen alle ihre Versuche zuschanden und wähnte mich gegen ihre schlauen Anschläge vollkommen gesichert, als einer dieser Spürhunde, ich glaube, der Teufel selbst hat ihn dazu angestiftet, mir eine Schlinge zu legen wußte, mit der er mich denn auch endlich fing. Er erkundigte sich genau nach allen Details meines Handels und erfuhr unter anderm, daß mehrere Kisten mit Florentiner Taft für mich auf dem Packhof stünden. Er ließ sich nun in eine Kiste einschließen, die gleich groß war wie die meinigen – sie hatte Luftlöcher im Boden und war auf dem Deckel mit Nr. III gezeichnet –, wurde mit den übrigen Waren auf einem Wagen vor meine Türe geschafft und dann in mein Lager hinaufgewunden. Ich stand hier mit einem Hammer da, um die Kisten zu öffnen und um deren Inhalt an Hand der Fakturen zu kontrollieren. Sie können sich denken, wie erstaunt und bestürzt ich war, als ich beim Heben des Deckels der Kiste sah, daß ein Gerichtsdiener seinen Kopf hervorstreckte, wie weiland Lazarus den seinen aus dem Grabe, und als ich ihn erklären hörte, er habe wegen einer Schuld von tausend Pfund einen Haftbefehl gegen mich. Ich schlug in der Tat mit dem Hammer nach seinem Kopf, verfehlte ihn aber in meiner Hast und Verwirrung. Ehe ich den Streich noch einmal führen konnte, sprang der Kerl mit großer Behendigkeit auf und waltete seines Amtes in Gegenwart verschiedener Zeugen, die er zu diesem Zweck auf der Straße versammelt hatte, so daß ich mich unmöglich aus dem Netz befreien konnte, ohne den Erlaß eines Steckbriefs befürchten zu müssen, gegen den es für mich keinen Schutz gegeben hätte. Wäre mir der Inhalt der Kiste aber bekannt gewesen, so würde ich, bei allem, was heilig ist, meinen Ablader angewiesen haben, sie so hoch hinaufzuziehen, wie der Kran es überhaupt gestattete, und hätte dann das Seil, wie von ungefähr, durchgeschnitten."

„Infolge dieses Mittels", sagte der Ritter mit dem [...] des Bath-Ordens, „wäre ihm [...] [...] auf der Straße ,Mord' [...] ich mit blindem Feuer- [...] Geschichte erinnert [...] achte ich [...]ckabout, ein tapferer, ehrlicher Bursche und ein alter Bekannter von mir, seine Freiheit bekam. Durch seine Art, mit Häschern umzuspringen, war er so berühmt geworden, daß ein gewisser Herr, dem man im Schergenhaus übel mitgespielt hatte, sofort nach seiner Entlassung eine von Hackabouts Schuldverschreibungen, die mit sehr großem Diskont verkauft wurden, für fünf Schillinge an sich brachte, in der Absicht, sich an seinem Wirt zu rächen. Infolgedessen ließ er einen Haftbefehl ausfertigen und übergab ihn demselben Gerichtsdiener, der ihn so schlecht behandelt hatte. Nach fleißigem Spüren fand der Häscher Gelegenheit, seinen Befehl an dem Beklagten zu vollziehen. Der brach ihm ohne lange Umstände einen Arm, schlug ihm ein Loch in den Schädel und bearbeitete ihn derart, daß er bewußt- und regungslos auf der Stelle liegenblieb. Wegen solcher Taten wurde der Held allmählich so gefürchtet, daß kein Büttel es allein unternehmen wollte, ihn zu verhaften, und er überall öffentlich erschien, ohne angetastet zu werden. Schließlich verbanden sich jedoch mehrere Gerichtsdiener des Marshalsea Court gegen ihn, und zwei von ihnen wagten es in Begleitung von drei desperaten Helfershelfern, ihn eines Tages am *Strand* in der Nähe von Hungerford Market zu verhaften. Es war ihm nicht möglich, Widerstand zu leisten, weil die ganze Rotte wie wilde Tiger plötzlich auf ihn eindrang und ihn so fest packte, daß er keinen Finger rühren konnte. Da er sich vollkommen überwältigt sah, bat er, man möge ihn sogleich ins Gefängnis überführen, und er wurde denn auch in eine Barke geschafft. Als sie mitten auf dem Wasser waren, gelang es ihm, das Fahrzeug scheinbar zufällig zum Kentern zu bringen. Ein jeder war nun bloß auf seine eigene Sicherheit bedacht und kümmerte sich nicht um den Häftling. Hackabout, mit dem Element wohlvertraut, setzte sich rittlings auf den Kiel des Bootes und ermahnte die Büttel, sich durch Schwimmen zu retten, und beteuerte ihnen hoch und heilig, es bestehe keine andere Chance für sie, mit dem Leben davonzukommen.

Die Bootsleute wurden unverzüglich von ihren eigenen Freunden aufgefischt; aber weit entfernt, auch den Häschern zu Hilfe zu eilen, schauten die letztern nur von ferne zu und frohlockten über deren Ungemach. Kurz, zwei von den fünfen ertranken und sahen Gottes liebe Sonne nie wieder. Die andern drei retteten sich mit Mühe und Not, indem sie sich ans Steuerruder einer Mistbarke klammerten, gegen die der Strom sie getrieben hatte, während Tom mit großer Kaltblütigkeit nach dem südlichen Themseufer hinüberschwamm. Nach diesem Stücklein hatte die ganze Bruderschaft eine solche Angst vor ihm, daß sie schon zitterte, wenn bloß sein Name genannt wurde. Allein ebendieser Ruf, von dem einige Leute vielleicht glaubten, er sei von Vorteil, wenn ein Mensch in Schulden stecke, war das größte Unglück, das ihm überhaupt begegnen konnte; denn kein Krämer wollte ihm auch nur für eine Kleinigkeit Kredit geben, in der Annahme, daß er auf dem ordentlichen Rechtswege eine Entschädigung nicht erlangen könne."

Der Pfarrer billigt die Art und Weise, auf die Hackabout seine Flucht bewerkstelligt hatte, nicht. Er betrachtete sie als einen höchst unchristlichen Anschlag auf das Leben seiner Mitmenschen. „Es ist schon genug", sprach er, „daß wir uns durch List den Gesetzen unseres Landes entziehen, wir brauchen nicht noch die Diener der Gerechtigkeit zu ermorden. Ich meinesteils kann die Hand aufs Herz legen und getrost behaupten, daß ich dem Kerl, der mich gefangennahm, vom Grund meiner Seele verzeihe, so heimtückisch, schändlich und gottlos er dabei auch zu Werke ging. Sie müssen nämlich folgendes wissen, Mr. Pickle", fuhr er fort, „ich wurde eines Tages in meine Kapelle gerufen, wo ich ein Paar durch das heilige Band der Ehe zusammenfügen sollte. Meine Verhältnisse lagen damals so, daß mir vor einer Inhaftierung bange war, und so musterte ich den Mann sorgfältig durch ein Gitter, das ich zu diesem Zweck hatte anfertigen lassen, ehe ich mich näher wagte. Er war wie ein Matrose gekleidet, und seine Miene war so simpel und offen, daß mein Argwohn gänzlich schwand. Ich hatte darum auch weiter keine Bedenken herauszukommen, begann mit der heiligen Handlung und hatte sie zur Hälfte bereits vollzogen, als die vermeintliche Frauensperson ein Papier aus dem Busen hervorholte und mit männlicher Stimme rief: ‚Sir, Sie sind mein Gefangener; ich habe einen Haftbefehl gegen Sie wegen einer Schuld von fünfhundert Pfund.' Ich war bei dieser Erklärung wie vom Donner gerührt, weniger wegen meines eigenen Mißgeschicks, das kann ich, dem Himmel sei Dank, mit Geduld und Resignation ertragen, als wegen der Ruchlosigkeit des Buben, der erstens eine so irdische Absicht unter dem Mantel der Religion verbarg und zweitens die kirchliche Zeremonie entehrte, wozu kein Anlaß vorhanden war, denn seinen Zweck hatte er schon vorher erreicht. Doch ich verzeihe der armen Seele, weil sie wirklich nicht wußte, was sie tat. Ich hoffe, Sir Sipple, daß Sie dieselbe christliche Tugend üben an dem Menschen, der Sie auf ähnliche Weise hinters Licht geführt hat."

„O verflucht sei der Schurke!" rief der Ritter. „Wäre ich sein Richter, so würde ich ihn zum ewigen Feuer verdammen! Der Schuft, der! Mich so zu beschimpfen vor fast der ganzen eleganten Welt der Stadt." Da unser Held das Verlangen äußerte, Näheres über diesen ungewöhnlichen Vorfall zu erfahren, erfüllte der Ritter seinen Wunsch und erzählte ihm folgendes: „Ich befand mich eines Abends bei einer Lady in großer Gesellschaft und war gerade bei einer Partie Karten, als mir einer der Bedienten meldete, es sei eben ein reich gekleideter Fremder mit Sänfte und fünf Fackelträgern angekommen, er wolle sich aber oben nur von Sir Sipple einführen lassen. Daraus schloß ich, es sei einer meiner vornehmen Freunde, und ging, nachdem ich von der Lady die Erlaubnis erhalten hatte, ihn heraufzubringen, in den Vorsaal hinunter. Hier erblickte ich einen Mann, den ich, soviel ich mich entsinnen konnte, nie zuvor gesehen hatte. Sein Aufzug war jedoch so prächtig, daß ich in bezug auf seinen wahren Stand nicht den leisesten Verdacht schöpfen konnte. Als ich auf ihn zuschritt, begrüßte er mich mit einer recht eleganten Verbeugung und sagte, er hätte zwar nicht die Ehre meiner Bekanntschaft, müsse mir aber unbedingt selbst wegen eines Briefes, den ihm ein spezieller Freund gegeben habe, seine Aufwartung hier machen. Mit diesen Worten steckte er mir ein Papier in die Hand und erklärte, er habe einen Haftbefehl gegen mich als Schuldner einer Summe von zehntausend Pfund und es läge in meinem Interesse, ihm willig zu folgen, denn er habe zwanzig Mann Wache bei sich, die in mannigfacher Verkleidung die Türen umstellt hätten, um sich meiner trotz allem Widerstand zu versichern. Über die List des Halunken aufs höchste erbittert und im Vertrauen auf die Hilfe der Lakaien des Hauses, die im Saal versammelt waren, sagte ich ihm: ‚Ihr seid also ein schurkischer Gerichtsdiener und habt Euch als Kavalier ausstaffiert, um die Gesellschaft der Lady hier zu stören. Burschen, packt den Kerl und werft ihn in den Rinnstein. Da sind zehn Guineen für euere Mühe.‘ Kaum waren diese Worte ausgesprochen, als man mich ergriff, aufhob, in die Sänfte setzte und im Handumdrehen fortspedierte. Die Bedienten, unterstützt von einigen andern Lakaien, versuchten wohl, mich zu befreien, und alarmierten die ganze Gesellschaft oben. Da der Büttel aber mit der größten Unverschämtheit behauptete, ich würde in einer Staatsangelegenheit verhaftet, und eine Menge Leute zu seinem Beistand erschien, duldete die Gräfin nicht, daß der vermeintliche Bote der Regierung beleidigt werde, und so konnte er mich denn unbehindert ins Grafschaftsgefängnis schaffen."

Peregrine scheint mit seinem Käfig ziemlich zufrieden. Der Geistliche unterhält ihn mit den Memoiren einer bekannten Persönlichkeit, die er zufällig im Fleet trifft.

Der Ritter hatte seine Erzählung eben erst beendet, da meldete man unserm Helden, es sei ein Herr im Kaffeezimmer, der ihn zu sehen wünsche. Dort fand er seinen Freund Crabtree vor, der alle seine Geschäfte, wie tags zuvor verabredet, besorgt hatte und ihn nun von den Bemerkungen unterrichtete, die er über Peregrines Mißgeschick hatte machen hören; denn seine Festnahme war so öffentlich und auf eine so ungewöhnliche Art erfolgt, daß diejenigen, die dabeigewesen waren, sie ihren Bekannten sogleich erzählten. Noch am gleichen Abend wurde sie an mehreren Tee- und Spieltischen diskutiert. Von der Wahrheit wich man nur insofern ab, als man die Schuld sich nicht auf zwölfhundert, sondern auf zwölftausend Pfund belaufen ließ. Dieser Umstand brachte die Leute auf die Vermutung, Peregrine wäre von Anfang an ein Gauner gewesen, der sich durch seine Unverschämtheit und sein Auftreten Kredit erschlichen und sich der Stadt gegenüber als junger Herr von Rang und Vermögen ausgegeben hätte. Deshalb freuten sie sich über sein Mißgeschick, betrachteten es als eine gerechte Strafe für seinen Betrug und seine Vermessenheit und fingen an, sich dieser und jener Dinge in seinem Leben zu erinnern, die ihn lange vor diesem Abschluß seiner Laufbahn deutlich als abgefeimten Glücksritter kennzeichneten.

Pickle, der glaubte, sein Ruhm sei nun für immer dahin, nahm diese Mitteilung mit jener stolzen Verachtung auf, die einen Menschen befähigt, sich über das Urteil der Welt hinwegzusetzen, und schilderte dem Menschenfeind sehr gelassen und recht unterhaltsam all das, was er seit ihrer letzten Trennung gesehen und gehört hatte. Während sie sich so bei einer Schale Kaffee die Zeit vertrieben, trat der Pfarrer zu ihnen. Er gratulierte unserm Helden dazu, daß er sein Ungemach mit einem solchen philosophischen Gleichmut ertrüge, und begann den beiden Freunden merkwürdige Einzelheiten aus der Privatgeschichte der verschiedenen Gefangenen aufzutischen, so daß ihnen die Zeit bei solcher Kurzweil rasch verging.

Schließlich trat ein Herr ein, bei dessen Anblick der Geistliche aufstand, um ihn mit ehrerbietiger Verbeugung zu begrüßen. Der Fremde erwiderte den Gruß sehr höflich und ging mit einem jungen Manne, der ihn begleitete, in einen entlegenen Winkel des Kaffeezimmers. Kaum waren sie außer Hörweite, als der gesprächige Pfarrer die zwei Freunde auf den Mann aufmerksam machte, gegen den er sich so höflich gezeigt hatte. „Jener Mann", sprach er, „gibt zur Stunde einen der schlagendsten Beweise von unbelohnter Tugend ab, den die Welt darbieten kann. Ein höchst besonnener, scharfsinniger Kopf, reich an ungewöhnlicher Gelehrsamkeit und Erfahrung, besitzt er so viel Geistesstärke und Entschlossenheit, daß kein Mißgeschick ihn entmutigen, keine Gefahr ihn schrecken kann. Dabei hat er ein so menschenfreundliches Gemüt, daß er selbst jetzt, da er sich von Widerwärtigkeiten bedrängt sieht, die einen gewöhnlichen Sterblichen verrückt machen würden, die Last, die ihn drückt, noch dadurch erschwert, daß er den jungen Mann unterstützt, den Sie bei ihm sehen und der im Vertrauen auf seinen liebenswürdigen Charakter Zuflucht zu ihm genommen hat, um sich gegen die Bosheit seines Vormunds zu schützen."

Peregrine war durch dieses Lob so neugierig geworden, daß er sich nach dem Namen des Fremden erkundigte. Als er ihn vernommen hatte, sagte er: „Der Ruf dieses Herrn ist mir keineswegs fremd; denn er hat bedeutendes Aufsehen in der Welt erregt, weil er die Verteidigung eines unglücklichen, verwaisten Jünglings übernahm. Da er wirklich ein so liebenswerter Mensch ist, bedaure ich von Herzen, daß seine Bemühungen nicht den Erfolg gehabt haben, den ihr glücklicher Anfang zu versprechen schien. Die Tatsache, daß er sich dieser Angelegenheit annahm, war ja so ungewöhnlich und romantisch, daß bei der allgemeinen menschlichen Bosheit einige Leute, die seinen wahren Charakter nicht kannten, annahmen, es steckten höchst eigennützige Absichten dahinter. Manche nannten ihn sogar einen ausgesprochenen Abenteurer. Trotzdem muß ich gerechterweise zugestehen, daß ich gehört habe, wie selbst einige seiner heftigsten Gegner zu seinen Gunsten gesprochen haben und daran erinnerten, daß er durch die Glaubwürdigkeit der Geschichte, die anfänglich sein Mitgefühl erregt habe, zu dem ganzen Unternehmen verleitet worden sei. Das, was Sie von seinem Charakter sagen, bestärkt nur meine Meinung. Ich kenne allerdings die ganze Sache so wenig, daß ich gern die näheren Umstände, auch seiner Lebensgeschichte, erfahren würde, denn ich glaube, so manche Ereignisse sind von seinen Feinden völlig falsch dargestellt worden."

„Das Vergnügen kann ich Ihnen zu meiner Freude machen, mein Herr", entgegnete der Priester. „Ich habe den Vorzug gehabt, mit Herrn M. seit seiner Knabenzeit bekannt zu sein, und bin daher imstande, Ihnen alles über ihn aus eigener Beobachtung oder aufgrund einwandfreier Zeugnisse mitzuteilen.

Herrn M.s Vater, der einem uralten Clan entstammte, war schottischer Geistlicher, und seine Mutter war nahe verwandt mit einem Adelsgeschlecht in Nordschottland. In der Ortsschule machte der Knabe treffliche Fortschritte im Lateinischen. Da starb sein Vater, und der verwaiste Knabe wurde der Obhut seines Oheims anvertraut, der seinen aufrechten Charakter erkannte und ihn für die Universität vorbereiten ließ, damit er seines Vaters Beruf ergreifen möchte.

Durch die Kriegstaten jedoch, die er bei den römischen Schriftstellern wie Cäsar und Curtius und bei Buchanan aufgezeichnet fand, wurde seine Phantasie so erregt, daß es ihn unwiderstehlich zu militärischem Ruhm und zum Dienst in der Armee drängte. Als Sr. Majestät Truppen wegen des Aufstandes von 1715 ins Feld rückten, wußte sich dieser junge Landsknecht, der das Leben eines Soldaten für das schönste hielt, Gewehr und Bajonett zu verschaffen, entwich aus der Schule und begab sich ins Lager bei Stirling, um sich mit der Waffe auszuzeichnen, obwohl er kaum erst sein dreizehntes Jahr zurückgelegt hatte. Er bot mehreren Offizieren seine Dienste an, jedoch keiner wollte ihn in seine Kompanie aufnehmen, weil alle ganz richtig meinten, der Bursche sei ohne Wissen und Einwilligung seiner Angehörigen der Schule entlaufen. Ungeachtet dieser Enttäuschung blieb er im Feldlager und war nach Kräften darauf aus, sich mit allen Obliegenheiten des Soldatendienstes bekannt zu machen. Ja, so groß war sein Eifer – und das in so zartem Alter –, daß er auch nach gänzlicher Erschöpfung seines ohnehin kleinen Geldvorrats an seinem Entschluß festhielt. Da er niemanden wissen lassen wollte, wie es um ihn stand, ernährte er sich Tage hindurch von Hagebutten, Schlehen und Beeren, die er in Wald und Feld fand. Er war aber stets zur Stelle, wenn die Regimenter zum Exerzieren auszogen, und beobachtete und begleitete sie bei allen Übungen, mit denen er schon gründlich vertraut war, weil er stets den in seinem Schulort einquartierten Kompanien zugeschaut hatte. Dieser Eifer und diese Beharrlichkeit lenkten endlich die Aufmerksamkeit mehrerer Offiziere auf ihn. Sie lobten seinen regen Geist, rieten ihm jedoch ernstlich, wieder zu seinen Eltern zurückzukehren, ja sie drohten sogar, ihn aus dem Lager fortzujagen, wenn er ihrem Rate nicht folgen wolle.

Da aber diese Vorhaltungen lediglich bewirkten, daß der junge M. seinen Mahnern aus dem Wege ging, änderten die Offiziere ihr Verhalten, machten ihn zu ihrem Schützling, nahmen ihn sogar in ihre Tafelrunde auf, und – was der junge Soldat als größten Gunstbeweis empfand – sie erlaubten ihm, in das Bataillon einzutreten und den regulären Mannschaftsdienst mitzumachen. In dieser glücklichen

Lage entdeckte ihn ein Verwandter mütterlicherseits, ein Hauptmann bei der Infanterie, der sein ganzes Ansehen aufbot, um ihn zur Rückkehr in die Schule zu bewegen. Da der junge M. jedoch gegen alle Ermahnungen und Drohungen taub blieb, nahm er ihn selbst in seine Obhut und ließ ihn, als die Armee nach Dumblane marschierte, in Stirling zurück mit dem ausdrücklichen Befehl, sich innerhalb der Mauern aufzuhalten.

Seinem Verwandten gegenüber zeigte sich unser M. nachgiebig, weil er füchtete, bei Widerspenstigkeit in der Festung eingesperrt zu werden. Kaum aber war der Hauptmann fort, so mischte er sich unter die Soldaten eines anderen Regiments, bei dem einige seiner früheren Gönner als Offiziere standen, und zog mit in die Schlacht, begierig, einem Treffen beizuwohnen. Dabei zeichnete er sich, so früh schon in seinem Leben, durch seinen Mut bei der Zurückeroberung einer Regimentsfahne ehrenvoll aus, so daß er nach dem Gefecht dem Herzog von Argyle vorgestellt und nachdrücklich dem Brigadechef Grant empfohlen wurde, der ihn zum Eintritt in sein Regiment einlud und ihm jede Förderung zusagte. Da Grant jedoch bald darauf bei dem Herzog in Ungnade fiel, ging das Regiment, das nach Irland beordert wurde, an den Oberst Nassau über, der den jungen Freiwilligen so begünstigte, daß er ihn dem König für eine Fähnrichstelle vorschlug, die er zweifellos bekommen hätte, wenn das Regiment nicht unglücklicherweise aufgelöst worden wäre.

Da diese Regimentsauflösung in der rauhesten Jahreszeit erfolgte, mußte M. unter unsäglichen Mühsalen, denen er durch seine Mittellosigkeit ausgesetzt war, in seine Heimat zurückkehren. Noch immer vom Soldatenleben begeistert, trat er in das Regiment der ‚Schottischen Grauen' ein, das damals vom verstorbenen Sir James Campbell kommandiert wurde. Dieser Offizier kannte M.s Familie und seinen Charakter gut und munterte ihn durch das Versprechen einer baldigen Beförderung auf. In diesem Korps blieb M. drei Jahre; da er jedoch während dieser Zeit, das Gefecht von Glensheel ausgenommen, keine aktiven Dienste verrichten konnte, wäre ein so unausgefülltes Leben für einen jungen Mann von seinem Tatendrang kaum erträglich gewesen, wenn er nicht geistige Ablenkung gefunden hätte. Er las unterhaltende, historische und geographische Bücher, Reisebeschreibungen und Werke über alte und neue Kriegskunst und war so bei der Sache, daß er oft bis zu sechzehn Stunden am Tage dieser Beschäftigung widmete. Um diese Zeit wurde M. mit einem gelehrten und feingebildeten Manne bekannt, der, als er des jungen Menschen unermüdlichen Eifer und unersättlichen Wissensdurst erkannte, es freundlich übernahm, dessen Studien zu beaufsichtigen. Unter so geschickter Anleitung bemühte sich der junge Soldat um eine gründlichere und vorteilhaftere Lesemethode. So schnell wollte er auf dem Wege der Gelehrsamkeit vorwärtskommen, daß er innerhalb von drei Monaten die Werke Lockes und Malebranches durcharbeitete und sich mit den ersten sechs Büchern, außerdem mit dem elften und zwölften Buch der Elemente Euklids bekannt machte. Dabei studierte er noch Pufendorf und Grotius mit eisernem Fleiß, verschaffte sich eine ordentliche Kenntnis der französischen Sprache, und sein Geist wurde dermaßen vom Lerneifer ergriffen, daß er, zumal weder ein Krieg noch eine militärische Anstellung in Aussicht standen, den Dienst quittierte und einen regelmäßigen Hochschulkurs absolvierte. Da er im Studium so gute Fortschritte gemacht hatte, beschloß er, sich auf den geistlichen Stand vorzubereiten, und widmete sich der Schultheologie unter einem gelehrten Professor zu Edinburgh mit solchem Erfolg, daß er mehr als einmal öffentlich das Katheder betrat und von seinem Plan nur durch die unvernünftige Strenge einiger schottischer Geistlicher abgebracht werden konnte, von denen die harmlosesten Worte und unschuldigsten Handlungen oft als Leichtsinn und Unehrerbietigkeit gedeutet wurden. M. ergriff daher die erste günstige Gelegenheit, seinen Wunsch, fremde Länder zu sehen, zu befriedigen, und reiste nach Holland. Dort studierte er zwei Jahre lang unter den berühmten Professoren Tolieu und Barbeyrac römisches Recht, Natur- und Völkerrecht.

Nachdem er so seine Studien abgeschlossen hatte, reiste er nach Paris, um sich dort in der französischen Sprache zu vervollkommnen und sie sich so weit nützlich zu machen, wie es ihm seine derzeitigen äußerst geringen finanziellen Mittel erlaubten. Auf seiner Reise durch die Niederlande kam er nach Namur und besuchte Bischof Strickland und General Collier, der ihn infolge seiner Empfehlungsbriefe aus dem Haag sehr zuvorkommend aufnahm und ihm sogar seine Unterstützung bei der Erlangung einer Offiziersstelle zusicherte, falls er geneigt wäre, in holländische Dienste zu treten.

Obgleich M. damals bereits von seinem militärischen Wahn geheilt war, wollte er doch das großmütige Anerbieten nicht rundweg ablehnen. Er bedankte sich sehr höflich bei dem General, erbat sich aber die Erlaubnis, erst nach seiner Rückkehr aus Frankreich einen endgültigen Entschluß fassen zu dürfen. Alsdann, wenn er wieder aktiv Dienst tun wolle, werde er sich glücklich schätzen, unter seinem Kommando zu stehen.

Nach einem zweimonatigen Aufenthalt in Flandern reiste er weiter nach Paris, wohnte hier aber nicht etwa, wie es bei den englischen Reisenden Sitte ist, im Faubourg St. Germain, sondern nahm Privatquartier jenseits des Flusses und verkehrte hauptsächlich mit französischen Offizieren, die, wenn sie ihre Jugendstreiche hinter sich haben, für die Leute mit den feinsten Manieren im Königreich gelten. Er befand sich dabei so wohl, daß er sich über die Torheit seiner Landsleute wundern mußte, die den Hauptzweck ihrer Reise verfehlten, indem sie aus Trägheit nur untereinander verkehrten.

Während seines Aufenthalts in Holland hatte er sich mit den besten französischen Autoren vertraut gemacht, so daß er imstande war, an ihren Gesprächen teilzunehmen, ein Umstand, der ihm sehr nützlich war, denn dadurch erweiterte er nicht nur seine Sprachkenntnisse, sondern auch seinen Bekanntenkreis, und er erhielt Zugang zu verschiedenen angesehenen Familien, namentlich von Juristen. Mit ihnen würde er seine Zeit sehr angenehm zugebracht haben, wenn er mehr Mittel gehabt hätte. Aber trotz aller Sparsamkeit war sein Geldvorrat in wenigen Monaten zur Neige gegangen, und die Vorahnung kommenden Mangels überschattete alle seine Vergnügungen, obwohl er selbst sich dadurch keineswegs den Mut nehmen ließ, denn in seinem Innern war er so ausgeglichen, daß das Bewußtsein von Dürftigkeit oder Überfluß seinen Geist nur wenig beeinflußte.

Immerhin geriet er ob seiner abnehmenden Barschaft in einige Verwirrung, und so hielt er mit sich Rat, ob er sich an den General Collier wenden oder nach London zurückkehren sollte, wo sich ihm leicht ein anständiger Erwerbsquell eröffnen dürfte, obwohl es ihn sehr verdroß, den Wunsch, seine große Reise zu vollenden oder doch wenigstens Südfrankreich zu besuchen, nicht erfüllen zu können.

In diesen Tagen der Unentschlossenheit besuchte ihn eines Morgens ein Herr, der sich um seine Freundschaft bemüht und den er bei einem Ehrenhandel mit einem brutalen Deutschen mutig unterstützt hatte. Dieser Herr kam, um ihm eine vierzehntägige Vergnügungsreise nach Fontainebleau vorzuschlagen, wo der Hof zur Zeit residierte. Als M. mit mehr als gewöhnlicher Zurückhaltung die Einladung ausschlug, wollte sein Freund durchaus die Ursache dieser Absage wissen und sagte endlich mit einiger Scheu: ‚Vielleicht sind Ihre Finanzen erschöpft?‘ M. antwortete, er habe genug, um seine Reisekosten nach London zu bestreiten, wo er sich mit neuen Geldmitteln versehen könne. Kaum hatte er diese Antwort gegeben, so nahm der andere seine Hand und sagte: ‚Mein lieber Freund, Ihre Verhältnisse sind mir nicht unbekannt. Längst würde ich Ihnen meinen Kredit angeboten haben, wenn ich hätte glauben können, daß Sie ihn annähmen; selbst jetzt will ich Ihnen kein Geld antragen, sondern ich möchte Sie nur recht herzlich bitten, in die Anleihe dieser beiden Papiere einzuwilligen und sie mir zurückzuzahlen, wenn Sie eine Dame mit einem Vermögen von zwanzigtausend Pfund heiraten oder eine Anstellung finden, die Ihnen jährlich tausend Pfund einbringt.‘ Damit überreichte er ihm zwei Aktien, jede im Wert von über zweitausend Livres.

M. erstaunte über dieses unerwartete Beispiel von Großmut bei einem Fremden, lehnte es aber mit verbindlichem Dank entschieden ab, eine solche Verpflichtung einzugehen. Zuletzt jedoch ließ er sich durch die dringenden Bitten und Gegenvorstellungen bewegen, eine der beiden Aktien unter der Bedingung anzunehmen, daß der Herr einen Schuldschein von ihm akzeptiere. Das tat dieser schließlich, aber erst als M. versprochen hatte, im Falle der Not die doppelte Summe oder mehr von ihm anzunehmen. M. hatte später Gelegenheit, diesen ungewöhnlichen Freundschaftsdienst zehnfach zu vergelten, wobei er freilich um seines Freundes willen die Veranlassung beklagen mußte. Denn nachdem jener Ehrenmann durch allzu großes Vertrauen zu einem gewissenlosen Advokaten sowie durch andere Schicksalsschläge mit seiner liebenswerten Gemahlin in ein solches Labyrinth von Schwierigkeiten geraten war, daß seiner ganzen Familie der Ruin drohte, konnte M. zu seiner unaussprechlichen Freude seinen Wohltäter den Schlingen des Verderbens entreißen.

Auf solche Weise durch die Großzügigkeit seines Freundes mit genügenden Mitteln ausgerüstet, beschloß M., seinen früheren Plan, Südfrankreich und die spanische Küste bis nach Cadix zu bereisen, auszuführen und dann zur See nach London zurückzukehren. In dieser Absicht schickte er seine Koffer mit der Diligence nach Lyon und nahm selbst Postpferde, um mehr von der Reise zu haben und sich überall da, wo es etwas Besonderes zu sehen gäbe, aufhalten zu können. Während er sich von seinen Pariser Freunden verabschiedete, von denen er reichlich mit Empfehlungsbriefen ausgestattet wurde, hörte ein Engländer, der wenig oder gar kein Französisch verstand, von seinem Vorhaben und bat um die Gunst, ihn begleiten zu dürfen.

Mit diesem neuen Reisegefährten brach er nach Lyon auf, wo er aufgrund seiner Empfehlungsbriefe bei einigen der besten Familien eine gute Aufnahme fand. Nach kurzem Aufenthalt in der Stadt ging es in einer sogenannten Wasserkutsche weiter rhoneabwärts nach Avignon. Hierauf besuchte er die wichtigsten Städte der Dauphiné, des Languedoc und der Provence und kehrte nach dem köstlichen Marseille zurück, wo er und sein Gefährte von der Klarheit des Himmels und der heiteren Gemütsart und Gastfreundschaft der lebenslustigen Einwohner so bezaubert waren, daß sie gar nicht daran dachten, den Winter über und noch in den Frühling hinein ihr Quartier zu wechseln. Hier machte M. die Bekanntschaft des Marquis d'Argens, des Kronanwalts am Gerichtshof zu Aix, sowie seines ältesten Sohnes, der jetzt in der literarischen Welt so großes Ansehen genießt. Und als die Affäre mit dem Pater Girard und der Mademoiselle Cadière Aufsehen zu erregen begann, begleitete er diese beiden Herren nach Toulon, wo der Marquis weisungsgemäß den Tatbestand aufnehmen mußte.

Nach seiner Rückkehr nach Marseille fand M. dort einen Lord vor, den Besitzer eines großen Vermögens, der unter der Leitung eines schweizerischen Hofmeisters mit zwei von dessen Verwandten und fünf Bedienten reiste. Da sie sämtlich in der Stadt fremd waren, führte M. sie bei mehreren angesehenen Familien ein und hatte das Glück, dem Lord so zu gefallen, daß dieser ihm vorschlug und sogar in ihn drang, bei ihm in England als Freund und Gesellschafter zu leben und die Oberaufsicht über seine Angelegenheiten zu übernehmen. Dafür sollten ihm zeit seines Lebens vierhundert Pfund jährlich ausgesetzt werden.

Dieser Vorschlag war zu verlockend, als daß ein Mann ohne Vermögen oder festes Einkommen ihn hätte ablehnen können. M. stimmte also ohne Zögern zu. Da aber Mylords Abreise sehr kurzfristig angesetzt war und da dieser ihn bat, ihn nach Paris und von dort nach England zu begleiten, hielt M. es nicht für schicklich, sich in das Amt des Hofmeisters, der leicht über diesen Gunstbeweis argwöhnisch werden könnte, einzumischen, und bat daher um die Erlaubnis, das Angebot Mylords erst nach dessen Mündigkeitserklärung, die in wenigen Monaten erfolgen sollte, annehmen zu dürfen. Indessen bat der Lord so dringend, und der Hofmeister schloß sich diesen Bitten scheinbar so herzlich an, daß M. sich bereden ließ, nachzugeben und über Lyon mit ihnen nach Paris zu reisen. Allein nach kaum dreitägigem Aufenthalt in der Hauptstadt bemerkte er eine vollständige Veränderung im Benehmen der Schweizer, die höchstwahrscheinlich auf seinen Einfluß bei dem Lord eifersüchtig wurden. Kaum machte M. diese Entdeckung, so beschloß er, sich von einer so wenig angenehmen Teilnahme an der Gunst des jungen Edelmannes zurückzuziehen. Trotz allen Bitten Mylords verließ er diesen zunächst unter dem Vorwande, er wolle unbedingt die Schweiz und das Rheinufer sehen, versprach jedoch, in England wieder zu ihm zu kommen.

Als dieser Beschluß bekanntwurde, heiterten sich die Mienen der Schweizer sofort auf, und sie wurden wieder höflich und freundlich. Sie versahen unseren M. sogar mit Empfehlungsbriefen nach Genf, Lausanne, Bern und Solothurn, so daß er dort überall ungemein höflich aufgenommen wurde. Nachdem er die Reise in Begleitung seines schottischen Freundes zurückgelegt hatte, der noch, bevor er Lyon verließ, zu ihm gestoßen war, besuchte er die bedeutendsten Städte zu beiden Seiten des Rheins und die Höfe der Kurfürsten von der Pfalz, von Mainz und Köln und fuhr dann durch die Niederlande nach London, wo er den Lord, der unlängst aus Paris eingetroffen war, wiederfand.

Seine Lordschaft empfing ihn mit Äußerungen ungewöhnlicher Freude, wollte ihn mehrere Tage nicht von sich lassen und stellte ihn seinen Verwandten vor.

M. fuhr mit dem Lord von London nach dessen Landsitz, wo er sehr freundschaftlich und mit großem Vertrauen behandelt, auch in allen Dingen um Rat gefragt wurde; nie aber erwähnte der edle Lord das Jahresgehalt wieder, das er unserem M. hatte aussetzen wollen, und dieser mochte ihn nicht daran erinnern, weil er der Auffassung war, Mylord habe sein Wort von sich aus einzulösen. Da M. das Leben auf dem Gut langweilte, machte er für etwa vierzehn Tage einen Abstecher nach Bath, um sich zu zerstreuen, und als er zurückkehrte, fand er Mylord mit den Vorbereitungen für eine zweite Reise nach Paris beschäftigt.

Erstaunt über diesen plötzlichen Entschluß, wollte M. den Lord davon abbringen; jedoch alle seine Einwände wurden durch die Einflüsterungen eines Ausländers entkräftet, der mit dem jungen Mann herübergekommen war und dessen Phantasie mit den Aussichten auf ungleich größere Freuden erhitzt hatte, als er sie unter der Zwangsherrschaft eines Hofmeisters hätte genießen können. Der Lord war daher taub gegen alle Argumente von M. und bat ihn, ihm auf dieser Reise Gesellschaft zu leisten. Dieser Ehrenmann aber, der voraussah, daß ein so leidenschaftlich veranlagter und leicht verführbarer junger Mann wie der Lord höchstwahrscheinlich große Summen verschleudern würde, und zwar auf wenig ehrenvolle Art für ihn selbst und seine Begleitung, widerstand allen Bitten unter dem Vorwand, er hätte in London wichtige Geschäfte zu erledigen, und er hatte später nur allzusehr Ursache, mit seiner Handlungsweise zufrieden zu sein.

Bevor der Lord abreiste, erinnerte M. ihn dann doch, um sich selbst Gerechtigkeit widerfahren zu lassen, an das ihm in Marseille versprochene Jahresgehalt und wünschte zu wissen, ob Seine Lordschaft sich anders besonnen hätte, damit er sich in diesem Falle sonstwo umsehen könne, denn er wolle niemandem lästig fallen. Mylord erklärte feierlich, daß er an seinem früheren Entschluß festhalte, bat ihn nochmals, doch mit nach Frankreich zu kommen, und versprach, es solle nach ihrer Rückkehr alles zu seiner Zufriedenheit geregelt werden. Dennoch blieb M. aus den genannten Gründen bei seiner Weigerung, und obwohl er seither nichts mehr von dem Jahresgehalt hörte, fuhr er doch fort, dem Lord, soweit es ihm möglich war, mit Rat und Tat zu dienen, besonders dadurch, daß er dessen Wahl auf eine äußerst tugendsame Dame, die Tochter eines hochgestellten Edelmannes, lenkte, der sich mehr durch Vorzüge des Charakters als durch den Glanz seiner Titel hervortat. Daran erinnerte er sich stets mit besonderer Genugtuung, einmal wegen der Ehrenhaftigkeit der jungen Dame, zum anderen, weil dadurch ein ansehnlicher Teil der Güter, der von Rechts wegen ihrer Großmutter zukam, an ihre Kinder fiel. Außerdem half er später dem Lord, seine schwer verschuldeten Besitztümer der Habgier seiner Gläubiger zu entreißen. Als Mylord jetzt nach Frankreich abreiste, war die Summe, die M. von seinem edelmütigen Freund in Paris erhalten hatte, beinahe bis auf das letzte Goldstück zusammengeschmolzen. Dabei hatte er nicht den geringsten Nutzen aus seiner Verbindung mit dem Lord gezogen. Und da er es verschmähte, ihn um Geld anzugehen, wußte er nicht, wie er sich bis zu seiner Rückkehr mit einigem Anstand durchhelfen sollte.

Diese wenig erfreulichen Aussichten waren um so unangenehmer für ihn, als er damals sehr dazu neigte, sich in der lebenslustigen Welt zu bewegen, und Geschmack an Schauspielen, Opern und anderen öffentlichen Lustbarkeiten gefunden hatte. Auch hatte er Bekanntschaft mit mancherlei Leuten von Rang geschlossen, die sich nicht ohne beträchtlichen Aufwand aufrechterhalten ließen. In dieser Bedrängnis glaubte M., seine Freizeit nicht besser ausnutzen zu können als durch das Übersetzen von Büchern, die eben im Schwange waren. Durch Vermittlung eines befreundeten Schriftstellers erhielt er so viele Aufträge, als er nur bewältigen konnte, und nahm in verschiedenen Veröffentlichungen, die das Glück hatten zu gefallen, zu den Tagesfragen Stellung. Auch arbeitete er an einer literarischen Monatsschrift mit, die beide Freunde gemeinsam redigierten, M. allerdings blieb dabei inkognito. So verbrachte er seine Morgenstunden mit nützlicher Arbeit, verdiente sich auch den Sommer über Geld für die ‚menus plaisirs‘, wie die Franzosen sagen, und erweiterte die Zahl seiner Bekanntschaften in den Kreisen des schönen Geschlechts durch seine Teilnahme an öffentlichen Veranstaltungen in und um London beträchtlich.

Nach seiner ersten Ankunft in England hatte er bei einer derartigen Gesellschaft in der Nähe von London eine Dame kennengelernt. Damals hatte es lediglich in seiner Absicht gelegen, galanten Umgang mit ihr zu pflegen, wie es dort üblich ist. Gleichwohl wurde er von der Dame mit so unverkennbarer Achtung ausgezeichnet, außerdem durch den Rat einer anderen, ihm von Frankreich her vertrauten Bekannten, die an diesen Gesellschaften teilnahm, so ermuntert, daß er guten Grund zu der Annahme hatte, er würde Eindruck auf das Herz einer so liebenswerten Partnerin machen, die jung und reich war und später noch ein größeres Vermögen zu erwarten hatte. Er machte ihr daher mit aller Aufmerksamkeit und allem Geschick – darin war er Meister – den Hof. Durch seinen Erfolg ermutigt, wagte er es nach einer schicklichen Zeit und nach dem Ableben einer Tante, die ihr eine Erbschaft von dreiundzwanzigtausend Pfund hinterließ, ihr seine Liebe zu erklären. Sie hörte ihn nicht nur ruhig und mit offensichtlicher Billigung an, sondern antwortete auch so, wie es seinen innigsten Wünschen entsprach.

Da sein Antrag so günstig aufgenommen wurde, drang er inständig darauf, sie möchte sein Glück durch eine Heirat mit ihm krönen. Sie erhob jedoch Einwendungen und wies auf den unlängst erfolgten Tod ihrer Tante hin, angesichts dessen ein derartiger Schritt höchst unschicklich erscheinen müsse. Auch würden ihre übrigen Verwandten, von denen sie noch mehr zu erwarten habe, die sie aber jetzt bestürmten, einen ungeliebten Vetter zu heiraten, das übel aufnehmen. Damit M. sich über diesen Aufschub nicht grämen sollte, ließ sie sich mit ihm in einen intimen Verkehr ein, bei dem beider Glückseligkeit nicht größer hätte sein können. Dieses Glück war um so größer und schöner, da es auf so geheimnisvolle und romantische Weise genossen wurde. Denn wenn M. die Dame auch öffentlich als seine Bekannte besuchte, so verhielt er sich bei diesen Gelegenheiten so zurückhaltend und respektvoll, daß man in der Gesellschaft unmöglich etwas von der wahren Natur ihres Verhältnisses ahnen konnte. Insgeheim aber kamen sie zu vertrautem Umgang zusammen, und keine Seele auf Erden wußte um ihr Geheimnis, ausgenommen ihre Kammerzofe, die selbstverständlich eingeweiht werden mußte.

Auf diese Weise erfreuten sie sich über ein Jahr lang einer ungestörten Gemeinschaft. Zwar sah M. ein beständiges Glück nur in einer Heirat, doch drang er nicht mehr darauf, da er seine Geliebte so wenig dazu geneigt fand, und war auch damit einverstanden, eine feierliche Handlung aufzuschieben, die nach seiner damaligen Meinung ihrer beider

Vergnügen in keiner Weise hätte vermehren können, obwohl er später anders darüber dachte.

Wie dem auch sein mochte, seine gütige Gebieterin bestand darauf, um sein Gewissen in diesem Punkte zu beruhigen und in vollem Vertrauen auf seine Ehrenhaftigkeit, daß er im Hinblick auf die beschlossene Ehe seinen schriftlichen Vertrag, in dem sie ihm ihr ganzes Vermögen übereignete, annehmen solle. Nach einigem Zögern ließ M. sich auch bewegen, diesem Beweis ihrer Zuneigung zuzustimmen, weil er wußte, daß es jederzeit in seiner Macht stehe, die Überschreibung zurückzugeben. Obgleich die Dame ihm oft die gesamte Verwaltung ihres Vermögens antrug oder ihn bat, größere Summen anzunehmen, mißbrauchte er doch niemals ihre Großmut oder bat um Geld, es sei denn zu wohltätigen Zwecken, wobei sie allezeit williger mit der Erfüllung als er mit seinen Vorschlägen war.

Im Verlaufe dieses Umgangs wurde M. mit einigen ihrer weiblichen Verwandten bekannt, darunter auch mit einer jungen Dame, die mit solchen Vorzügen des Körpers und des Geistes ausgezeichnet war, daß er sie trotz aller Vorsicht und Lebensweisheit nicht ansehen und sprechen konnte, ohne ihrem Zauber zu erliegen. Anfangs kämpfte er mit allen Kräften gegen dieses gefährliche Gefühl an und suchte auch das geringste Anzeichen vor seiner Gönnerin zu verbergen; er rief all seine Überlegungen zu Hilfe, ja er war bestrebt, die Flamme dadurch zu ersticken, daß er den geliebten Gegenstand mied, weil es ihm niederträchtig und unehrenhaft vorkam, Gesinnungen zu hegen, die der schuldigen Zuneigung zu einer so vertrauensvollen Geliebten widersprachen. Aber die Leidenschaft hatte schon zu tiefe Wurzeln in seinem Herzen geschlagen. Die Entfernung von dem geliebten Wesen vermehrte nur sein Begehren, und der Widerstreit zwischen Liebe und Dankbarkeit brachte ihn um Ruhe und Appetit. Schlaflosigkeit, Angst und Nahrungsmangel ließen ihn bald erschreckend abmagern, und er war so bedrückt, daß seiner Gönnerin diese Veränderung auffiel und sie nach der Ursache seiner Niedergeschlagenheit und Bekümmernis forschte.

Der wahre Grund konnte ihr nicht verborgen bleiben, und sie fragte ihn mehr als einmal, ob er sich in ihre Base verliebt habe. In diesem Falle erböte sie sich sogar, da sie auf keinen Fall seinem Glück im Wege stehen wolle, seine Fürsprecherin zu sein. Obwohl dieses Anerbieten ohne ersichtliche Zeichen von Kummer und Gram vorgebracht wurde, machte es solchen Eindruck auf M.s Gemüt, daß er lieber seine Glückseligkeit, ja sein Leben zu opfern beschloß, als einen Schritt zu tun, der ihm als Beleidigung oder Kränkung eines Menschen ausgelegt werden könnte, der sich so großmütig und gütig gegen ihn erwiesen hatte.

Infolge dieses Entschlusses faßte er den Vorsatz, ins Ausland zu gehen, unter dem Vorwand, seiner angegriffenen Gesundheit aufzuhelfen. In Wirklichkeit wollte er der Versuchung ausweichen und dem Verdacht begegnen, daß er unbeständig sei. Sein Arzt, der tatsächlich glaubte, er befinde sich im ersten Stadium der Schwindsucht, bestärkte ihn in diesem Plan und riet ihm, sich nach Südfrankreich zu begeben. Er teilte daher der Dame seine Absicht und die Meinung des Arztes mit, und sie willigte leichteren Herzens ein, als er sich vom Gegenstand seiner Liebe trennen konnte. Sobald er von seiner hochherzigen Gebieterin die Einwilligung erhalten hatte, wollte er ihr die Überschreibung, mit der sie ihm ihr Vermögen übereignet hatte, zurückgeben. Da jedoch alle seine Vorstellungen sie nicht zur Zurücknahme bewegen konnten, strich er das Dokument in ihrer Gegenwart durch und legte es, während sie sich ankleidete, auf ihren Nachttisch. Unter einer Flut von Tränen antwortete sie, es sei ihr nun klar, daß er sie verlassen wolle und seine Neigung einer anderen zugewandt habe. Sichtlich gerührt durch diesen Beweis ihrer Erschütterung, bemühte er sich, sie zu beruhigen, gelobte ihr ewige Treue und beschwor sie, noch vor seiner Abreise seine Hand in aller Form anzunehmen. Dadurch beruhigte sie sich zwar für den Augenblick, schob aber die Vermählung aus den gleichen Vernunftgründen auf, die sie bisher verhindert hatten.

Als die Angelegenheit so geregelt und der Tag seiner

Abreise festgelegt war, kam die Dame eines Morgens in Begleitung ihrer treuen Kammerzofe zum erstenmal in seine Wohnung und bat ihn nach dem Frühstück um eine vertrauliche Unterredung. Mit ernstem Gesicht sagte sie zu ihm im Nebenzimmer: ‚Sie verlassen mich jetzt, lieber Herr M., und Gott allein weiß, ob wir uns je wiedersehen. Daher werden Sie, wenn Sie mich wirklich so zärtlich lieben, wie Sie es versichern, dieses Zeichen meiner Freundschaft und unwandelbaren Zuneigung annehmen. Es wird wenigstens ein Zehrpfennig für Ihre Reise sein, und sollte mir etwas zustoßen, bevor ich das Glück habe, Sie wieder in meine Arme zu schließen, so habe ich wenigstens die frohe Gewißheit, daß Sie nicht ganz ohne Mittel sind.' Damit drückte sie ihm eine gestickte Brieftasche in die Hand. Er dankte gerührt mit bewegten Worten für ihre Großzügigkeit und Liebe und bat, die Tasche nicht eher annehmen zu dürfen, ehe er nicht ihren Inhalt gesehen hätte. Der war aber so beträchtlich, daß er das Geschenk rundheraus abschlug. Ihre wiederholten Bitten veranlaßten ihn endlich, die Hälfte davon anzunehmen, und schließlich nötigte sie ihm noch eine erhebliche Summe als Reisekostenzuschuß auf.

Nachdem er noch zehn Tage über den ursprünglichen Abreisetermin bei ihr geblieben war und einen ständigen Briefwechsel mit ihr verabredet hatte, nahm er Abschied, Trauer, Angst und Verwirrung im Herzen ob seines Schwankens zwischen Pflicht und Liebe. Zunächst ging es nach kurzem Aufenthalt in Paris nach Aix in der Provence und von dort nach Marseille. An beiden Orten hielt er sich einige Monate auf, ohne von seiner Schwermut zu genesen. Um sich daher möglichst viele zerstreuende Eindrücke zu verschaffen, beredete er einen Herrn vom Gerichtshof zu Aix, einen wackeren, gelehrten und heiteren Mann, mit ihm eine Reise durch die ihm noch unbekannten Gegenden Frankreichs zu machen. Bei ihrer Rückkunft nach Aix wurden sie mit einem italienischen Abbé bekannt, einem menschen- und bücherkundigen Manne von Rang, der Frankreich und Deutschland bereist hatte und sich auf dem Heimweg in sein Vaterland befand.

Weil M. durch seinen Freund, den Gerichtsrat, gut mit diesem italienischen Herrn bekannt geworden war und gern etwas von Italien sehen wollte, vor allem den Karneval in Venedig, so fuhren sie gemeinsam in einer Tartane von Marseille nach Genua, stets an der Küste entlang, und nahmen allnächtlich Quartier in den Dörfern. Der Abbé zeigte ihnen die Sehenswürdigkeiten von Genua und machte den freundlichen Führer durch die Toskana und die Lombardei bis nach Venedig, wo M. darauf bestand, sich für die Dienste des Abbés durch Übernahme der Reisekosten erkenntlich zeigen zu dürfen. Nachdem man fünf Wochen in Venedig zugebracht hatte, schickte man sich an, mit mehreren Engländern, die sich zu ihnen gesellt hatten, nach Rom abzureisen, als M. plötzlich infolge unangenehmer Briefe aus London auf sein Vorhaben verzichten mußte. Seit seiner Abreise hatte er mit peinlicher Gewissenhaftigkeit und Pünktlichkeit seiner hochherzigen, jedoch unentschlossenen Freundin Briefe geschrieben, und auch sie hielt sich eine Zeitlang an die getroffenen Abmachungen. Nach und nach aber waren ihre Zuschriften seltener und kühler geworden. Er hatte das natürlich bemerkt und ihr Vorwürfe gemacht, ihre Erwiderungen und Beschönigungen gründeten sich jedoch auf so nichtige Vorwände, daß auch ein Liebhaber von geringerem Feingefühl sie leicht hätte durchschauen können.

Als er sich noch mit mancherlei Sorgen über die Ursache eines so veränderten Verhaltens quälte, bekam er Berichte aus England, die zusammen mit dem Eindruck, den er aus ihrer Art zu schreiben gewann, ihn nicht mehr im Zweifel über ihren Wankelmut und ihre Untreue ließen. Da er jedoch aus Erfahrung wußte, daß Berichten aus dem Munde Dritter nicht unbedingt zu trauen ist, beschloß er, sich größere Gewißheit zu verschaffen, und so machte er sich über Tirol, Bayern, das Elsaß und Paris auf den Weg nach London.

Bei seiner Ankunft in England erfuhr er zu seinem größten Leidwesen, daß die Nachrichten, die er bekommen hatte, keineswegs übertrieben waren. Sein Kummer darüber, daß eine Person, die durch so manche edlen und liebenswerten Eigenschaften ausgezeichnet war, sich hatte zu einer solchen Unbesonnenheit verführen lassen, daß jeder Gedanke an eine Ehe zerstört war, war unaussprechlich. Sie versuchte, durch Briefe und Unterredungen ihre Aufführung zu bemänteln und ihn zu einer Aussöhnung zu bewegen, aber da seine Ehre dabei auf dem Spiele stand, blieb er gegen alle ihre Bitten und Vorschläge taub. Nichtsdestoweniger habe ich oft von ihm selbst gehört, daß er nicht ablassen könnte, sie zu lieben und die Erinnerung an einen Menschen, dessen Hochherzigkeit und Güte er sein Glück zu verdanken habe und dessen Schwächen durch tausend gute Eigenschaften überwogen würden, in Ehren zu halten. Oft beschwor er sie, die Rückzahlung des ihm gewährten Darlehens anzunehmen, doch weit entfernt davon, seinem Vorschlag zuzustimmen, war sie bemüht, ihm noch größere Verbindlichkeiten anzutragen, und bat ihn inständig, das frühere Verhältnis wiederherzustellen, ein Ansuchen, das er ebensooft ablehnte.

M. ging dieses Beispiel weiblicher Unbeständigkeit so zu Herzen, daß er sich beinahe entschlossen hätte, auf ähnliche Verbindungen zeitlebens zu verzichten. Um sich zu zerstreuen, kehrte er nach Paris zurück und nahm dort Quartier in einer der Akademien, an deren wissenschaftlichen Übungen er besondere Freude hatte. Dort hatte er das Glück, die Gunst eines berühmten Generals und Nachkommen einer der erlauchtesten Familien Frankreichs zu gewinnen. Dieser Herr war durch einige Betrachtungen zu Folards Polybius, die M. schriftlich niedergelegt und die sein besonderer Freund, der Generaladjutant des Prinzen, diesem gezeigt hatte, auf ihn aufmerksam geworden. Durch sein feines, ehrfurchtsvolles Benehmen hatte M. dieses Wohlwollen noch vermehrt. Bei seiner Rückkehr nach London hatte er dem Prinzen, der ein besonderer Verehrer Händels war, einige der neuesten Kompositionen dieses Meisters sowie Clarks Cäsarausgabe geschickt. Noch im gleichen Frühjahr, bevor die französische Armee ins Feld rückte, beehrte ihn der Prinz mit einem sehr verbindlichen Schreiben und lud ihn ein, nach Frankreich zu kommen und die Feldzugsoperationen zu verfolgen. Wegen seiner Ausrüstung solle er sich keine Gedanken machen.

M., in dem noch immer etwas von seiner alten Neigung zum Kriegsdienst steckte und der dies als eine höchst günstige Gelegenheit ansah, seine Zukunft zu sichern, nahm den Vorschlag bereitwillig an und opferte die sanften Freuden der Liebe, denen er sich damals ohne Hemmungen hingegeben hatte, einer eifrigen, mühe- und gefahrvollen Neugierde auf. In diesem und dem folgenden Feldzug, in welchem er der Belagerung von Philippsburg und mehreren anderen Gefechten beiwohnte, erweiterte er seine Bekanntschaften mit französischen Offizieren, namentlich mit solchen, die Interesse für Literatur und Wissenschaften hatten; und die Freundschaft und Teilnahme dieser Herren leisteten ihm später, wenn auch in einer ihrem Beruf sehr fernliegenden Angelegenheit, sehr wichtige Dienste.

M. hatte sich schon immer mit Fragen des Handels und Gewerbes in den Ländern befaßt, die er bereiste; besonders hatte er dies in Holland, England und Frankreich getan. Und da er über die Handelseinnahmen des zuletzt genannten Königreiches sehr gut orientiert war, sah er mit Bedauern, daß der englische Tabakhandel (der wesentlichste Bestandteil unseres Handelsverkehrs mit diesem Volk) mit außerordentlichen Nachteilen behaftet war und welch geringen Erlös die Pflanzer erzielten infolge der niedrigen Preise, welche die französische Handelsgesellschaft zahlte. M. hatte daher zum Nutzen der Nation einen Plan entworfen, wodurch beim Tabakexport eine Mehreinnahme von hundertundzwanzigtausend Pfund ohne einen Schilling Unkosten für den Staat erzielt werden konnte. Die Regierung jedoch war damals ganz mit ihren Zollplänen beschäftigt und konnte daher an nichts anderes denken. Als nun diese Pläne gescheitert waren, trat M. von neuem an sie heran, und sie billigte auch seinen Vorschlag mit allen Einzelheiten, zeigte aber in der Durchführung eine erstaunliche Nachlässigkeit.

Als M. sich so in seinen Erwartungen getäuscht sah,

legte er durch Vermittlung seiner Freunde der französischen Handelsgesellschaft einen Entwurf vor, worin er ihr die Vorteile klarmachte, die ihr durch einen Festpreis und eine dem allgemeinen Geschmack der Käufer entsprechende Fabrikation entstehen würden. Endlich schlug er ihr vor, ihr für den Preis, den sie im Hafen von London zahlen wolle, jede gewünschte Tabakmenge zu liefern.

Nach einigen Verhandlungen nahm die französische Gesellschaft seinen Plan an und schloß mit ihm einen Vertrag über die Lieferung von fünfzehntausend Faß jährlich, wofür sie ihn bei Anlagerung in den an der englischen Süd- und Westküste gelegenen Häfen, die er bestimmen solle, in bar bezahlen wollte. Sofort nach Unterzeichnung des Vertrages brach M. nach Amerika auf, um die Abmachungen durchzuführen, und zwar in Begleitung eines kleinen französischen Abbés, der ein gelehrter und witziger Kopf war; er kannte diesen schon seit längerer Zeit und hatte ihm manchen guten Dienst erwiesen.

Bei seiner Ankunft in Virginien, die glücklicherweise in die Zeit fiel, da alle Pflanzer in der Hauptstadt versammelt waren, machte er sie mit einer Denkschrift bekannt, worin er ihnen die Nachteile ihres bisherigen Geschäftsverkehrs vor Augen führte und einen Weg vorschlug, ihren Beschwerden abzuhelfen, nämlich durch einen Kontrakt über die Lieferung von fünfzehntausend Faß Tabak, der für den französischen Markt geeignet wäre und dessen Preis erheblich über dem bisherigen läge.

Diese Darlegungen fanden allen Beifall, den er nur erwarten konnte. Die maßgeblichen Pflanzer erkannten ihren Vorteil und bewogen auch die anderen zur Annahme. Die einzige Schwierigkeit lag in der Sicherstellung der Rechnungsbegleichung nach dem Eintreffen des Tabaks in England und in der Frage der Vertragsdauer.

Um auch das zu regeln, kehrte M. wieder nach Europa zurück und fand die französische Gesellschaft, die mit der übersandten Tabakprobe durchaus zufrieden war, geneigt, alles von ihm Gewünschte zu genehmigen, was die Durchführung des Vertrags erleichtern konnte. Sein guter Freund jedoch, der Abbé, den er in Amerika zurückgelassen hatte, fand – ein beispielloser Fall von Verrat – Mittel und Wege, dieses ganze Projekt zu hintertreiben. Insgeheim schrieb er an die Gesellschaft, daß M., wenn man den Vertrag auf fünf Jahre abschlösse, die Gesellschaft in seinen Händen hätte und ihr jeden Preis diktieren könnte, daß er jedoch, der Abbé, wenn die Gesellschaft ihn mit ihrem Vertrauen beehren wollte, sie durch seine Verbindung zu den größten Pflanzern in Virginien und Maryland weit billiger beliefern könnte.

Die Gesellschaft war natürlich durch diese Mitteilungen äußerst beunruhigt und weigerte sich, vor Rückkehr des Abbés in M.s Vorschläge einzuwilligen. Später bemühte sie sich zwar, ihn zu bewegen, gemeinsam mit dem kleinen Schurken das Geschäft zu machen, wobei er immer noch einen sehr ansehnlichen Gewinn erzielt hätte. M. jedoch ließ sich auf nichts ein und erklärte in des Abbés Gegenwart freimütig, daß er niemals seine eigenen Grundsätze so entehren würde, sich mit einem Menschen solchen Charakters zu assoziieren, schon gar nicht bei einem Projekt, das offensichtlich dahin zielte, den Tabakpreis in England zu drücken.

So scheiterte ein Plan von größter Bedeutung, der einfach und leicht auszuführen war, zweifellos der geschickteste (wie sich bei der gerichtlichen Untersuchung herausstellte), den ein einzelner Mann bisher entworfen hatte, um ein unermeßliches Vermögen zusammenzubringen; ein Plan aber auch, bei dem M. der allgemeine Nutzen und der Ruhm, unseren Haupterwerbszweig, in dessen Dienst zwei große Provinzen und über zweihundert Segelschiffe stehen, zur Blüte zu führen, weit mehr am Herzen lag als sein persönlicher Vorteil. Vernünftigerweise hätte man annehmen dürfen, daß ein Mann, dessen Schulden M. mehr als einmal bezahlt und dem er so manche Wohltaten erwiesen, den er ferner nur in der Absicht, seine Lebensumstände zu verbessern, unter beträchtlichen Kosten mit auf die Reise genommen hatte, wenigstens nach den allgemeinen Grundbegriffen der Anständigkeit, wenn schon nicht aus Dankbarkeit, handeln würde. Aber so verdorben war das Herz dieses kleinen Ungeheuers, daß er sogar auf seinem Sterbebette sein ansehnliches Vermögen irgendwelchen Leuten vermachte, mit denen er kaum Verbindung hatte, ohne auch nur im geringsten daran zu denken, M. das Geld, das dieser ihm vorgeschossen hatte, damit er nicht im Schuldkerker vermodern sollte, zurückzuerstatten.

Als M. einmal eine größere Summe zur freien Verfügung hatte, wußte er sie durch seine Geschäftskenntnis und durch Mithilfe guter Freunde in Paris und London sehr gut anzulegen. Wäre er ein selbstsüchtiger Mensch gewesen, wie es deren jetzt mehr als genug in der Welt gibt, so hätte er heute ein stattliches Vermögen besitzen können. Aber sein Ohr war niemals taub gegen die Stimme des Elends und seine mildtätige Hand niemals verschlossen vor dem Unglück seiner Mitmenschen. Ja, er fand sogar sehr feine und diskrete Mittel, um verschämter Armut zu helfen, und kam durch seine unermüdliche Güte oft den Bitten der Bedürftigen zuvor.

Ich könnte so manche Beispiele seiner selbstlosen Freigebigkeit anführen, aber das würde meine Erzählung allzu weitschweifig machen, und ich kann nicht jede kleine Begebenheit aus seinem Leben berichten. Es mag die Mitteilung genügen, daß M. nach der Kriegserklärung an Spanien alle seine Geschäfte aufgab, seine verschiedenen Geldforderungen einzog und beschloß, sich für den Rest seines Lebens mit dem zu begnügen, was er hatte, und seine Wohltätigkeit künftig entsprechend den von seinem Jahreseinkommen erübrigten Mitteln einzuschränken. Das war gewiß ein sehr kluger Entschluß, wenn er nur hätte dabei bleiben können. Aber als er bei Kriegsausbruch den Kummer vieler verdienstvoller und ihm empfohlener Herren sah, die nur aus Geldmangel bei ihrem Ansuchen um eine Offiziersstelle zurückgestellt wurden, lieh er ihnen gegen Schuldschein beträchtliche Summen, von denen manche durch den Tod der Offiziere bei dem unglücklichen Zuge nach Westindien verlorengingen.

Endlich, nach so manchen Taten dieser Art, nahm er sich aus seiner Menschen- und Gerechtigkeitsliebe und aus Abscheu vor jeder Unterdrückung einer Sache an, die zu den wichtigsten gehört, die jemals die Gerichtshöfe in diesem Königreich beschäftigt haben, einer Sache, die sowohl hinsichtlich ihrer Verzwicktheit als auch des in Frage stehenden Vermögens von fünfzigtausend Pfund jährlicher Einkünfte nebst drei dazugehörenden Peerschaften denkwürdig bleiben wird.

Im Jahre 1740 erwähnte der wackere Admiral, der Sr. Majestät Flotte in den westindischen Gewässern befehligte, in einer seiner Depeschen an den Herzog von Newcastle einen jungen Mann, der, obwohl nur gemeiner Matrose auf einem seiner Schiffe, Ansprüche auf die Güter und Titel des Grafen von A. erhob. Kaum waren diese Ansprüche durch die Zeitungen bekanntgegeben worden, als sie auch schon allgemeines Gesprächsthema wurden, so daß der Mann, dessen Interessen davon am meisten durchkreuzt wurden, beunruhigt über das Auftreten eines, wenn auch fernen Rivalen, alle ihm notwendig erscheinenden Maßregeln traf, um die Bemühungen des jungen Menschen zunichte zu machen. Die frühzeitige Nachricht, daß Herr A-y sich noch in Westindien befinde, verschaffte ihm nicht geringe Vorteile über den unglücklichen jungen Herrn, denn er besaß nicht nur ein großes Vermögen, sondern auch viele Grundstücke in der Nähe des Geburtsortes des Erbschaftsklägers. Daher kannte er alle Personen, die für die Rechtmäßigkeit des anderen hätten zeugen können, und hatte Gelegenheit und Mittel genug, wenn ihn Ehrenhaftigkeit und Anständigkeit nicht daran hinderten, auf die Leidenschaften und Interessen solcher Zeugen einzuwirken, manche zum Schweigen zu bringen und andere auf seine Seite zu ziehen. Dagegen war sein Gegner, der seit fünfzehn oder sechzehn Jahren fern von der Heimat gelebt hatte, aus Mangel an Erziehung und Freunden und infolge seiner hilflosen Lage gänzlich außerstande, in seiner Sache irgendeinen Schritt zu tun. Wenn vielleicht auch das Ansehen seines würdigen Onkels und dessen fromme Achtung vor Gesetz und Wahrheit ihn davor bewahren mochten, sich unerlaubter Mittel zu bedienen, so hatte doch das riesige Heer der bezahlten

Helfershelfer ein weit weniger feinfühliges und zartes Gewissen. So viel kann man inzwischen, ohne der Tugend und Ehre des edlen Herrn Abbruch zu tun, wohl sagen, daß er alles tat, um sofort alle Streitigkeiten mit den anderen Familienmitgliedern, die mit ihm durch die gleichen Interessen verbunden waren, durch Erbteilung beizulegen. Auch nahm er sich die angesehensten Advokaten in beiden Königreichen als Rechtsbeistände gegen diesen fürchterlichen Bastard, ehe dieser noch einen Prozeß angestrengt hatte.

Während er also den Angriff eines armen, nur auf sich angewiesenen Jünglings erwartete, der in einer Entfernung von fünfzehnhundert Meilen ständig den Gefahren des Meeres, des Krieges und eines ungesunden Klimas ausgesetzt war, fragte M., der sich lebhaft nach dem romantischen Prätendenten erkundigt hatte, unter anderen auch einen gewissen H., der damals Lord A-as Hauptagent war. Er erfuhr von ihm, daß der verstorbene Lord A-m wirklich einen Sohn hinterlassen habe, der bald nach seines Vaters Tod nach Amerika entführt worden sei; ob jedoch dieser Sohn und der Kläger identisch seien, könne er nicht sagen.

Eine solche Nachricht mußte notwendig auf den rechtschaffenen M. Eindruck machen. Da er die gewissenlose Partei recht wohl kannte, die sich des unglücklichen Jünglings Vermögen und Ehrenstellen angemaßt hatte, fürchtete er jetzt das Schlimmste für den Ärmsten, dem er gern zu seinen Rechten hätte verhelfen oder den er doch, falls dies nicht glücken sollte, als hilflose Waise anderweitig hätte in Schutz nehmen mögen. Mittlerweile mußte M. in eigenen Angelegenheiten eine Reise nach Frankreich antreten, und während seiner Abwesenheit kam Herr A-y im Oktober 1741 in London an."

Hier wurde der Geistliche von Peregrine unterbrochen, der in der bisherigen Erzählung so viel Ungewöhnliches, um nicht zu sagen Unwahrscheinliches fand, daß er gern wissen wollte, warum und wie der unglückliche Jüngling denn eigentlich ins Exil nach Jamaika gekommen war. Der Pfarrer entsprach dem Wunsch unseres Helden und berichtete die ganze Geschichte von Anfang an.

„Herr A-y ist der Sohn des verstorbenen Lords Baron Arthur von A-m und seiner Gattin Mary Sh-d, einer natürlichen Tochter Johns, des Herzogs von B. und N-by. Der Lord schloß seine Ehe gegen den Willen seiner Mutter und aller übrigen Verwandten am 21. Juli 1706. Namentlich Arthur, der kürzlich verstorbene Graf von A-y, ein unversöhnlicher Feind ihres Vaters, war dagegen und tat alles, um die Heirat zu hintertreiben. Weil ihm das mißlang, war er so beleidigt, daß er jede Versöhnung mit Lord A-m, den er wahrscheinlich beerbt hätte, ausschlug. Nach ihrer Vermählung lebten A-m und seine Gemahlin zwei oder drei Jahre in England. In dieser Zeit hatte sie mehrere Frühgeburten. Der Lord war ein leichtsinniger und ausschweifender Mensch, der nicht allein das Vermögen seiner Gattin durchbrachte, sondern auch beträchtliche Schulden machte. Deshalb mußte er nach Irland fliehen, wobei er seine Gattin bei seiner Mutter und seinen Schwestern, die ebenfalls gegen die Heirat gewesen waren und die Lady deshalb mit scheelen Augen betrachteten, zurückließ.

Die Einigkeit in dieser Familie konnte nicht lange bestehen, zumal Lady A-m eine geistvolle Frau war, die Beschimpfungen und übles Betragen von Personen, die ihr im Herzen fremd sein mußten, nicht gelassen ertragen konnte. Durch die Bosheit einer Schwägerin, hinter der die nichtigen Prahlereien eines als Werkzeug gebrauchten eitlen und lasterhaften Hasenfußes standen, wurden verleumderische und maßlos aufgebauschte Gerüchte über ehewidriges Verhalten der Lady ihrem Gemahl in Irland hinterbracht. Unbesonnen und wenig denkfähig, wie der Lord war, geriet er durch diese Beschuldigungen in eine solche Wut, daß er in der ersten Hitze seiner Mutter eine Vollmacht für die Einleitung einer Ehescheidungsklage schickte. Die verleumderische Klage wurde auch anhängig gemacht; da sie jedoch grundlos und ohne jede Beweiskraft war, wurde sie nach zwei Jahren kostenpflichtig abgewiesen.

Als Lord A-m die falschen Anschuldigungen seiner Mutter und Schwestern entdeckte, wollte er sich mit seiner

Gattin wieder aussöhnen. Deshalb schickte ihr Vater sie nach Dublin und empfahl sie einem Bekannten, in dessen Haus sie von ihrem Gemahl mit Hochachtung und Liebe empfangen wurde. Von dort führte er sie nach seinem Hause, darauf nach seinem Landgut, wo sie das Unglück hatte, aus Furcht und Zorn über des Lords oft wildes und unanständiges Betragen vor der Zeit niederzukommen. Ende Juli oder Anfang August 1714 begaben sie sich wieder nach Dublin, wo Lady A-y sich bald darauf schwanger fühlte.

Weil der Lord und sein Nachkomme die nächsten Erben der Titel und Güter Arthurs, des Grafen von A-a, waren, so wünschte er sich lebhaft einen Sohn. Gewarnt durch das bisherige Mißgeschick seiner Gattin, hielt er sich im Zaume, kam ihr zärtlich und rücksichtsvoll entgegen und führte sie gegen Ende ihrer Schwangerschaft nach seinem Landgut, wo sie Ende April oder Anfang Mai einen Knaben gebar. Keiner von den Zeugen konnte später genau den Geburtstag angeben; auch fand sich keine Eintragung im Kirchenbuch. Zu allem Unglück lebte auch kein Standesherr in der Gemeinde, und die weiter entfernt wohnenden hielten es nicht für ratsam, mit einem Manne von der Art des Lords A-m zu verkehren.

Wie dem aber auch sein mag, die Geburt wurde doch von den Pächtern und Bauern des Lords auf dem Dorfe und in der Nachbarstadt New R-ss mit Freudenfeuern, Illuminierung der Häuser und anderen Belustigungen gefeiert. Und das hat damals die Leute so beeindruckt, daß im Dorf selbst und in den umliegenden Orten schon einige hundert Personen erklärt haben, sie wüßten um das Ereignis und könnten sich genau daran erinnern, so groß auch die Macht des Gegners in jener Gegend war, so viel Mühe und Mittel er auch anwandte, um durch Agenten und Interessenten die Zeugen zu bestechen oder ihre Aussagen zu unterdrücken.

Der Neugeborene wurde nach der Sitte des Landes, wonach hohe Standespersonen ihre Kinder in Pachthäuser und Hütten zum Säugen geben, einer Bäuerin anvertraut, und die Eheleute lebten zwei Jahre in gutem Einvernehmen, nur daß Lord A-m durch Verschwendung in Not gekommen war und deswegen den Rest des Vermögens seiner Gattin von ihrem Vater, dem Herzog von B., forderte. Das wurde ihm glatt abgeschlagen, bis für des Herzogs Tochter ein standesgemäßes Witwengehalt ausgesetzt wäre; das jedoch konnte der Lord infolge seines törichten Lebenswandels nicht.

Einigen liederlichen Leuten, die dem Lord auf dem Halse lagen und die ihm geholfen hatten, sein Vermögen zu verprassen, mißfiel das sparsame Wirtschaften der Lady. Daher benutzten sie die Gelegenheit, die jene Weigerung des Herzogs ihnen darbot, und um sich an der unschuldigen Lady zu rächen, redeten sie dem Gatten ein, das einzige Mittel, um von Seiner Hoheit Geld zu erpresssen, wäre, seine Gemahlin unter dem Vorwande des Ehebruchs zu verstoßen; sie ließen durchblicken, daß mehr als genug Grund dazu gegeben wäre. Auf ihre Einflüsterungen hin wurde ein schändlicher Plan entworfen, bei dessen Ausführung ein gewisser P., ein armer, ungebildeter, tölpelhafter Landjunker, den sie ins Garn gelockt hatten, ein Ohr einbüßte; die in Schande gebrachte Lady aber zog sich noch am gleichen Tag nach New R-ss zurück, wo sie mehrere Jahre wohnte. Doch verließ sie das Haus nicht, ohne sich darum zu bemühen, ihr Söhnchen mitzunehmen; das wurde ihr jedoch gänzlich verwehrt, außerdem ward strenger Befehl gegeben, ihr in Zukunft das Kind nicht vor Augen kommen zu lassen. Dieses niederträchtige, unmenschliche Vorgehen hatte jedoch eine ganz entgegengesetzte Wirkung, denn der Herzog von B. bestimmte in einem Nachtrag zu seinem Testament, worin er den üblen Charakter des Lords kennzeichnete, es solle seiner Tochter eine jährliche Rente von hundert Pfund ausgesetzt werden, solange sie von ihrem Manne getrennt lebe; nach des Lords Tode solle die Rente aufhören.

Während die Mutter nun einsam dahinlebte, galt das Kind allgemein für das, was es war, nämlich für den legitimen Sohn und Erben Lord A-ms, der ihm auch solche Zuneigung entgegenbrachte, daß er, wie bedrängt er in seinen Geldverhältnissen auch sein mochte, ihn immer so ausstattete, wie es sich für einen jungen Edelmann gebührte. Da nun der Lord während der Knabenzeit seines Sohnes oft seinen Aufenthaltsort wechselte, wurde das Kind von vielen Lehrern unterrichtet, so daß es in verschiedenen Gegenden des Königreiches wohlbekannt war. Seine Mutter nahm jede, allerdings zwangsläufig seltene, Gelegenheit wahr, um trotz den Gegenmaßnahmen des Vaters ihren Sohn zu sehen und ihm Beweise ihrer Liebe zu geben, bis sie infolge zunehmender Lähmungserscheinungen nach England abreisen mußte. Diese Krankheit war für ihren unbedachten, jetzt völlig verarmten Gatten ein willkommener Vorwand, eine Person zu ehelichen, die schon lange seine Mätresse gewesen war. Kaum hörte dieses Weibsbild, daß Lady A-m von Irland fortgezogen war, als sie sich für die Gemahlin des Lords erklärte und mit ihm öffentlich seine Bekannten besuchte.

Von dieser Zeit an kann man den Beginn von Herrn A-ys Unglück rechnen. Dieses durchtriebene Weib, das früher, um sich beim Vater einzuschmeicheln, das Kind anscheinend liebevoll behandelt hatte, sich jetzt aber in der Familie festgesetzt zu haben glaubte, hielt es nunmehr für höchste Zeit, ihr Benehmen gegen den armen Knaben zu ändern. Sie schmiedete tausenderlei Ränke, um ihm die Liebe dieses schwachen Vaters zu entziehen. Allerdings behielt trotz allen Intrigen die Natur noch ihre Gewalt über sein Herz. Was die Stiefmutter auch anstellen mochte, um ihn durch falsche und boshafte Beschuldigungen gegen den Jungen aufzubringen, so ging er doch nie über eine väterliche Züchtigung hinaus. Ihre Anstrengungen, ihn zu verderben, wären daher vergeblich gewesen, hätte sie nicht im Oheim des Knaben, dem jetzigen Usurpator seines Titels und seines Besitzes, einen Helfer gefunden. Noch scheute man allerdings die unglückliche Mutter, doch als deren Leiden sich schrecklich verschlimmerte und sie nach dem Tode ihres Vaters in die jammervollste Lage geraten war, glaubten die beiden Verbündeten, ohne Furcht ihre Anschläge ins Werk setzen zu können, und schritten trotz himmelweit verschiedenen Zielen zur Ausführung ihres Planes, das gemeinschaftliche Hindernis, den unglücklichen Knaben, beiseite zu schaffen.

Lord A-m, ein Mensch von schwachem Geist und Charakter, war so arm geworden, daß er nach und nach seine Kleidungsstücke verpfänden mußte, um nur die dringendsten Lebensbedürfnisse zu befriedigen. Da er seiner Bedrängnis nur durch den Verkauf des Erbfolgerechts auf die Güter des Grafen A-a begegnen konnte, wogegen jedoch die Minderjährigkeit seines Sohnes ein unüberwindliches Hindernis bildete, so gaben ihm sein liebwerter Bruder und seine nichtsnutzigen Freunde den Rat, die Ursache dieser Schwierigkeit dadurch zu beseitigen, daß er seinen Sohn verstecke und ihn für tot ausgäbe. Diesem ehrenhaften Handel stimmte der Lord um so bereitwilliger zu, als er wußte, daß durch einen solchen Betrug dem Kinde das Erbrecht nicht genommen werden könnte. Also wurde der Knabe aus dem Internat, in dem er sich befand, herausgenommen und in das Haus eines gewissen K-gh, eines der Agenten und Spießgesellen Lord A-as, geschafft, wo man ihn mehrere Monate hindurch wie einen Gefangenen hielt. Unterdessen verbreitete man überall das Gerücht von seinem Tode.

Nach diesen Vorbereitungen ließ Lord A-m seine Anwartschaft auf den Landbesitz des Grafen von A-a in den Zeitungen zum Verkauf ausbieten. Durch Agenten versuchte man, solche Geldgeber, die über die besonderen Eigentumsbedingungen bei diesen Gütern nicht Bescheid wußten oder die Familienverhältnisse nicht kannten, ins Garn zu locken. Einige ließen sich auch durch das Gerücht vom Tode des Knaben hereinlegen und zum Kauf verleiten, weil sie sich durch die Einwilligung des nächsten Erben, nämlich des Bruders von Lord A-m, für gesichert hielten. Andere reizte der geringe Preis, der laut Vertrag kaum die Einkünfte eines halben Jahres überstieg, wenn sie auch an dem Tode des Erbberechtigten zweifeln mochten. Aber sie hofften auf den Zufall, nämlich den tatsächlichen Tod des Knaben noch vor dessen Mündigkeit, oder sie wollten in der Erwartung, daß er vielleicht die mit seinem Vater geschlossenen Verträge bestätigen werde, ein kleines Risiko wagen. Viele wollten noch verhandeln, als ihr Geschäft plötzlich unterbrochen und ihr Plan, mehr Gewinn herauszuschlagen, auf einmal ins Wasser fiel: Der Knabe ließ sich nämlich unvermutet sehen. Von Natur lebhaft und erbittert über den Zwang, hatte er Mittel und Wege gefunden, seiner Haft zu entfliehen, und wanderte in den Straßen Dublins umher. Lieber wollte er jegliche Not ertragen, als sich wieder in das Haus seines Vaters und unter die Botmäßigkeit jener boshaften Weibsperson zu begeben, die Mutterstelle an ihm hätte vertreten sollen. Ohne väterlichen Schutz und ohne feste Unterkunft, trieb der Sohn sich nun mit den leichtlebigen, müßigen und liederlichen Gesellen Dublins herum und schlich vor allem um das College, denn verschiedenen Professoren und Studenten ging sein Unglück zu Herzen, und sie halfen ihm mit Kleidern und Geld aus. Dieses unstete und unbequeme Leben führte er vom Jahre 1725 bis Ende November 1727. Um diese Zeit starb sein Vater in solchem Elend, daß er auf öffentliche Kosten bestattet werden mußte.

Kaum war der unglückliche Lord tot, so machte sich sein Bruder Richard, der jetzige Graf von A-a, die Minderjährigkeit und Hilflosigkeit seines Neffen zunutze, bemächtigte sich aller Papiere des Verstorbenen und maßte sich zur nicht geringen Verwunderung all derer, die mit den Verhältnissen der Familie vertraut waren, den Titel eines Lords A-m an. Wie dreist dieser Eingriff in fremde Rechte auch sein mochte, so hatte er doch keine andere Wirkung, als daß der Pöbel den Lord, wenn er durch die Straßen ging, beschimpfte und die Staatskanzlei sich weigerte, seine Erklärung, wonach sein Bruder ohne Leibeserben verstorben sein sollte, zu registrieren. Die erste dieser unangenehmen Wirkungen ertrug er ohne jede Regung von Scham, wenn auch nicht ohne Ärger. Schließlich wußte er, daß sie nach und nach mit dem Abflauen der Neuheit seiner Anmaßung schwinden würde. Die zweite überwand er durch wohlbekannte und offenkundige Maßnahmen.

Das Unterfangen des Oheims, die Rechte eines Verwaisten so schmählich anzutasten, erscheint nicht ungewöhnlich, wenn man bedenkt, daß der verstorbene Lord A-m nicht nur auf die abgeschmackteste Weise sein Vermögen durchgebracht, sondern auch mit den gemeinsten Menschen verkehrt hatte. Daher hatten ihn Personen von einigem Rang und Ansehen in der Welt wenig geachtet, und daher mußte sich auch sein Kind aller wertvollen Verbindungen beraubt sehen. Obgleich man allgemein wußte, daß Lady A-m in Irland einen Sohn zur Welt gebracht hatte, so hatte doch der Vater während der letzten Jahre in solcher Verborgenheit gelebt, daß nur wenige Leute von Adel mit den näheren Umständen einer ihnen so fernliegenden Angelegenheit bekannt sein konnten, die sich ja auch schon zwölf Jahre vor dem Datum der Usurpation des Oheims zugetragen hatte. Da außerdem die erste Nachricht hiervon sich nur auf ein allgemeines Gerücht gründete, so konnten diejenigen, die die Familienverhältnisse nicht kannten, durch das Gerede über die Trennung der beiden Ehegatten den falschen Eindruck gewinnen, das Kind wäre während dieser Zeit oder nachher geboren. Hinzu kamen die Aufregungen bei der Ankunft des Lordstatthalters und die Gerüchte über den Tod des eigentlich Erbberechtigten sowie die geheimnisvolle Lebensweise des Knaben, der sich vor den teuflischen Nachstellungen seines Onkels hüten mußte. Alles das mochte dazu beitragen, daß dieser seinen angemaßten Titel behalten konnte. Schließlich war der Lordkanzler W-m, dessen Aufgabe es war, die Ausschreibungen zum Parlament durchführen zu lassen, völlig fremd in Irland. Er kannte die einzelnen Adelshäuser nicht und untersuchte daher lediglich die Registrierung. Außer diesen verschiedenen Umständen, die den Betrug begünstigten, bleibt noch zu bedenken, daß der unglückliche Jüngling väterlicherseits niemanden mehr hatte, der nicht seinen Untergang herbeiführen wollte oder zumindest duldete; daß sein Großvater, der Herzog von B., gestorben und seine Mutter damals in England war, wo sie einsam, ärmlich, todkrank und von aller Welt verlassen lebte, durch ihre Dienerin

Mary H., die ein besonderes Interesse daran hatte, sogar ihren Verwandten entfremdet und überdies abhängig von einem kläglichen Gnadensold der Herzogin von B., deren Launen sie wie eine armselige Sklavin ertragen mußte.

Ungeachtet all dieser Umstände, die dem Erbschleicher zum Vorteil gereichten, hielt dieser sich jedoch nicht für sicher, solange der verwaiste Jüngling noch einen Freund finden könnte, der sich seiner Sache annähme. Der junge A-y sollte daher entführt und als Sklave nach Amerika verkauft werden. Des Oheims Helfer bei diesem unmenschlichen Plan war ein Mann, der gewerbsmäßig Bedienstete nach den Kolonialstädten vermittelte und der deshalb an der Sache sehr interessiert war, weil er die Anwartschaft auf einen beträchtlichen Teil der Güter des Grafen von A-a für einen Spottpreis von dem verstorbenen Lord A-m gekauft hatte. Diesen betrügerischen Kauf bestätigte der Bruder, das Geschäft konnte jedoch nicht rechtsgültig werden, wenn der Erbe nicht beiseite geschafft würde.

Dieser Mann leitete alles Erforderliche ein und verpflichtete einige Halunken für die Suche nach dem unglücklichen Opfer. Der erste Entführungsversuch, dem der Oheim beiwohnte, wurde in der Nähe eines der großen Märkte von Dublin unternommen; ein braver Fleischer jedoch befreite das Opfer mit Hilfe seiner Nachbarn aus den Klauen der Verbrecher. Kurz darauf entdeckten diese den Knaben, obwohl er durch den ersten Anschlag gewarnt war und sein Versteck nur selten und mit äußerster Vorsicht verließ, und schleppten ihn im März 1727 an Bord eines Seglers, der nach Newcastle am Delaware in Amerika auslief. In Amerika wurde der Junge als Sklave verkauft und mußte dreizehn Jahre lang bei verschiedenen Herren schwerste Arbeit leisten, die weit über seine Kräfte ging.

In diesen Tagen seines Sklavendaseins klagte er oft Personen, denen er Vertrauen schenken konnte, sein Unglück, nannte ihnen seinen Geburtsort, seine Titel und Erbrechte und erzählte ihnen, auf welche Art er aus seinem Vaterlande entführt worden war, obwohl man ihm während der Überfahrt angedroht hatte, daß ihn jedes Wort darüber das

Leben kosten könnte. Mittlerweile genoß der Erbschleicher ungestört seine angemaßten Rechte und versicherte allen, die ihn nach seinem Neffen fragten, daß der Knabe schon seit mehreren Jahren tot wäre. Als Arthur, Graf von A-a, im April 1727 starb, trat der Oheim mit dem Anspruch des nächsten Erben in alle Titel und Güter dieses Herrn ein.

Nachdem der Neffe die Zeit, für die man ihn verkauft hatte – sie war wegen mehrerer Fluchtversuche ungebührlich verlängert worden –, hinter sich gebracht hatte, ließ er sich 1739 als gemeiner Matrose auf einem Kauffahrer anheuern, der nach Jamaika segelte, ging von dort auf ein königlich englisches Kriegsschiff unter dem Kommando des Admirals Vernon und erklärte öffentlich seine Herkunft und seinen Erbanspruch. Als diese außerordentliche Erklärung, die gewaltiges Aufsehen bei der Flotte erregte, zu den Ohren eines Leutnants S-n gelangte, eines nahen Verwandten der irischen Gattin des Usurpators, hielt er den jungen Mann für einen Betrüger, ging deshalb an Bord des Schiffes, auf dem dieser diente, und ließ sich trotz seinem Vorurteil aus dessen eigenem Mund von der Wahrheit der Aussage überzeugen, einer Wahrheit, die ihm nach der Rückkehr auf Deck seines eigenen Schiffes durch den Midshipman B-n bestätigt wurde, der mit dem jungen A-y früher gemeinschaftlich die Schule besucht hatte und überzeugt war, ihn auf der Stelle wiedererkennen zu können, falls er sich nicht allzusehr verändert hätte.

Der Leutnant beschloß, den Versuch zu machen, und stieg mit dem Midshipman an Bord des Schiffes, auf dem der Prätendent fuhr. Als alle Matrosen auf Deck angetreten waren, musterte B-n die Leute, fand A-y sogleich heraus, legte ihm die Hand auf die Schulter und sagte: ‚Dies ist der Mann.' Dabei erzählte er, daß A-y in der Schule immer für den Sohn und Erben Lord A-ms gegolten habe, auch durchaus standesgemäß erzogen worden sei. Ja, sogar mehrere in der Flotte dienende Seeleute erkannten in ihm einen früheren Jugendgefährten wieder.

Als der Admiral von diesen Vorfällen in Kenntnis gesetzt wurde, befahl er, den jungen A-y als Edelmann zu behandeln und mit dem Nötigen zu versehen, und berichtete über ihn in einem seiner nächsten Rapporte an den Herzog von Newcastle.

Im September oder Oktober 1741 kam Herr A-y in London an. Der erste, an den er sich hier um Rat und Beistand wandte, war ein Anwalt, der mit den Familien A-a und A-m verwandt und mit deren Angelegenheiten wohlvertraut war. Weit entfernt, den jungen Mann für einen Bastard und Betrüger zu halten, nahm er ihn vielmehr mit Höflichkeit und scheinbarer Freundlichkeit auf, lud ihn zum Essen ein und versah ihn mit etwas Geld, lehnte es jedoch ab, sich mit der Sache zu befassen, sondern riet ihm, nach Irland zu gehen, wo er am erfolgreichsten einen Prozeß zur Wiedereinsetzung in seine Rechte würde anstrengen können.

Ehe aber der junge Mann Gelegenheit fand oder Neigung fühlte, diesen Rat zu befolgen, traf er zufällig auf der Straße denselben H., der, wie erwähnt, M. den ersten Einblick in die Sache vermittelt hatte. H. erkannte ihn augenblicklich, denn er war früher Agent des Vaters und nachher ein Helfershelfer des Oheims gewesen. Wahrscheinlich hatte er auch seine Finger in der Entführung und dem Verkauf des Neffen gehabt. Inzwischen hatte er infolge eines Streites seinen Verkehr mit dem Usurpator abgebrochen; er lud A-y daher in der Absicht zu sich ein, jeden möglichen Gewinn aus einem solchen Gast zu ziehen.

Der junge A-y war noch nicht lange in H.s Hause, als sein schurkischer Gastgeber eine Heirat zwischen ihm und der Tochter eines Freundes, der ebenfalls in seinem Hause wohnte, anbahnte. Als er aber sah, daß kein Mann von Bedeutung für des unglücklichen A-y Sache eintreten wollte, wurde ihm dieser bald zur Last. Er erinnerte sich der Anteilnahme, die der menschenfreundliche M. vor der Ankunft des unglücklichen jungen Edelmannes in England bekundet hatte. Kaum war dieser aus Frankreich zurück, so meldete er ihm die glückliche Ankunft des jungen A-y. M. freute sich herzlich, daß jemand, dem man so grausam mitgespielt hatte und der ein so furchtbares Schicksal durchgestanden hatte, wieder in ein Land gekommen war, wo ihm gewiß Gerechtigkeit zuteil würde und wo jeder anständige Mann nach seiner Meinung die Sache des Unglücklichen zu seiner eigenen machen würde. Als er hörte, daß es dem jungen A-y an allem Nötigen fehle, gab er H. zwanzig Goldstücke für ihn und versprach, ihm nach Kräften zu helfen. Allerdings wollte er die ganze Last eines so schwerwiegenden Rechtsfalles nicht allein auf sich nehmen, bis er sich endgültig von den Rechtsansprüchen des Erben überzeugt hätte.

Da H. inzwischen vorgab, daß der junge Mann bei ihm zu Hause vor seinen Feinden nicht sicher sei, verschaffte M. ihm ein Zimmer in seinem eigenen Hause und gab sich große Mühe, seine nur mangelhafte Erziehung auf den Stand eines Mannes von Welt zu bringen. Nachdem er alle nur möglichen Erkundigungen über den Fall eingezogen hatte, brachte er die Sache vor den Staatsrat und schickte eine Vertrauensperson zwecks weiterer Informationen nach Irland. Dieser Mann stellte sofort fest, daß die Geburt des geraubten Erben allgemein bekannt war, so wie es nach Zeit und Umständen nur möglich sein konnte.

Selbstverständlich suchten der Erbschleicher und sein Anhang jede Nachforschung in der Sache mit allen Mitteln zu hintertreiben, weil sie unter allen Umständen eine gerichtliche Untersuchung vermeiden mußten. Erschlichene Vorrechte, Kanzleibefehle, Gerichtsverordnungen und alle nur denkbaren Kniffe wurden angewandt, um ein unparteiisches Verhör vor dem Geschworenengericht zu verhüten. Mordanschläge und zahllose, mit erstaunlicher Geschicklichkeit und Beharrlichkeit ins Werk gesetzte Ränke konnten M. aber ebensowenig von seinem Eintreten für den unglücklichen Jüngling abbringen wie schmeichelnde Bemühungen und zahlreiche falsche Zeugnisse.

Er ließ sich auf nichts ein und brachte den jungen Mann sogar insgeheim auf dem Lande in Sicherheit. Hier gab allerdings ein beklagenswerter unglücklicher Zufall dem Verbrecher ein wichtiges Mittel in die Hand, seinen Gegner gleich im Anfang fast mattzusetzen.

Durch falsches Hantieren mit dem Jagdgewehr hatte

der junge Herr das Mißgeschick, einen Mann zu töten. Die Nachricht von diesem Unglücksfall war dem Onkel kaum zu Ohren gekommen, als er auch schon seine größte Freude über diese günstige Gelegenheit äußerte, seinen Neffen unter dem Schein des Rechts vernichten zu können. Sofort warf er sich zum Kläger auf und setzte alle seine Agenten in Bewegung, um zu erreichen, daß das Ergebnis der amtlichen Totenschau seinen grausamen Plänen entsprach. Er begab sich persönlich an Ort und Stelle, um dafür zu sorgen, daß der Gefangene nicht entfliehen könne, verhöhnte ihn im Gefängnis auf die unmenschlichste Weise, stellte ein ganzes Heer von Anwälten und falschen Zeugen in Dienst, um eine besonders scharfe Strafverfolgung zu erreichen, ersann alle nur denkbaren Schurkereien, damit der Häftling aus dem erträglichen Gefängnis, in das er zunächst eingeliefert worden war, nach Newgate überführt wurde. Ferner suchte er ihn zu falschen Selbstbezichtigungen zu bringen, überraschte ihn gegen die Abrede mit seinem eigenen Anwalt in Abwesenheit von A-ys Zeugen und Advokaten, setzte sich selbst auf die Zeugenbank, um den anderen Zeugen Furcht einzujagen und den unglücklichen Gefangenen zu verwirren, und zahlte über tausend Pfund an Bestechungsgeldern. Trotz all diesen gottlosen Bemühungen, die an M.s Eifer und rastlosen Anstrengungen scheiterten, wurde der junge A-y zur offensichtlichen Genugtuung aller Unparteiischen freigesprochen, da klar bewiesen werden konnte, daß der unglückliche Schuß, der Anlaß zu solchen widernatürlichen Verfolgungen wurde, ein bloßer Zufall gewesen war.

Nach wenigen Monaten führte den jungen A-y sein Beschützer, der sich nun seiner Sache öffentlich angenommen hatte, in seine Heimat und nahm noch zwei Zeugen mit, durch die er mehr über die Rechtmäßigkeit von A-ys Ansprüchen erfahren wollte, als er dies durch seine bisherigen Informationen und die schwache und fast verblaßte Erinnerung des Prätendenten an die Tatsachen, deren Kenntnis unerläßlich war, hatte tun können. Bei der Ankunft in Dublin wandten sie sich zuerst an die alten Lehrer und Jugendgefährten des jungen Mannes, ferner an die ehemaligen Bedienten und Nachbarn seines Vaters. Obwohl man sie einzeln befragte und sie von den Berichten des Prätendenten nichts wußten, stimmten ihre Aussagen mit seinen Erklärungen und auch untereinander überein, und sie nannten noch viele andere Zeugen. Diese bestätigten ebenfalls das Gehörte. Auf diese Weise hatte M. in noch nicht zwei Monaten an hundert Leute aus allen Gegenden des Königreichs zusammengebracht, die entweder mündlich oder schriftlich in übereinstimmenden Nachrichten die Wahrheit über den Erben bekräftigten. Kaum hörten auch verschiedene Bediente seines Vaters, die durch die Lüge von A-ys Tod betrogen worden waren, von seiner Ankunft in Dublin, als sie herbeieilten, um ihn zu sehen. Obwohl man sie zu täuschen suchte, erkannten sie ihn augenblicklich; einige fielen nieder, um dem Himmel für seine Rettung zu danken, umschlangen seine Knie und vergossen Freudentränen.

Wenn auch das Verhalten des Gegners und die bisher beigebrachten Beweise jedermann von der Berechtigung der Ansprüche überzeugen mußten, so wollte M. doch, um sich restlose Gewißheit zu verschaffen, A-ys Empfang in seinem Geburtsort beobachten. Er schloß nämlich sehr richtig, daß man ihm, wenn er wirklich ein Betrüger oder ein Bastard von irgendeinem Küchenmädchen wäre, in einem von seinem Feind völlig beherrschten Gebiet nur Abscheu und Verachtung entgegenbringen würde.

Sobald die Gegenpartei von dem Plan hörte, versuchte sie durch ihre von allen Seiten herbeigeeilten Agenten und Anhänger, das Volk durch falsche Vorspiegelungen, Drohungen und alle möglichen Tricks gegen den jungen A-y aufzuhetzen. Aber ungeachtet all dieser Vorsichtsmaßregeln und der sklavischen Abhängigkeit der Pächter von den dortigen Grundherren zog die Einwohnerschaft bei der ersten Nachricht von dem Herannahen des Erben ihm in hellen Scharen entgegen und geleitete ihn mit frohen Zurufen und uneingeschränkter Begeisterung in die Stadt, so daß sich die Agenten seines Feindes nicht sehen lassen durften. Selbst der Bürgermeister, der ein besonderer Günstling und Parteigänger des Erbschleichers war, da auch seine Stellung von dem Ausgang der Sache abhing, war so sehr vom Recht des Fremden überzeugt und von dem Verhalten des Volkes, das von dieser Überzeugung wußte, beeindruckt, daß er es nicht für ratsam hielt, bei diesem Anlaß den Anschein der Neutralität zu wahren, sondern sogar dem jungen Herrn den Steigbügel hielt, als er vom Pferde stieg.

Bei einem weiteren Besuch A-ys in seiner Heimat anno 1744 war der Empfang womöglich noch eindrucksvoller. Damals versuchte Lord A-a noch einmal, ihm den Rang abzulaufen. Persönlich wollte er vor jenem einziehen und schickte seine Helfershelfer und Freunde voraus, um die Vorbereitungen zu treffen und das Volk zu bearbeiten, daß es ihm entgegenziehe, wie seinen Neffen bewillkommne und in die Stadt geleite. Jedoch trotz aller List und allem Ansehen ließ man ihn in trostlosem Schweigen durch die Straßen reiten, und selbst einige Tonnen Freibier, mit denen der Erbschleicher sich die Gunst des Volkes erkaufen wollte, hatten keine andere Wirkung, als den Spender lächerlich zu machen. Als dann zwei Tage später der junge A-y erschien, wurde er von der Menge mit Blumen, Fahnen und Musik empfangen und im Triumphzuge in die Stadt geführt, so daß der Peer sich vor seinen eigenen Pächtern verstecken mußte. Wahrscheinlich hätte er ihren Unwillen sogar handgreiflich gespürt, wenn M. selbst und die Begleiter seines Rivalen ihn nicht durch ihr rechtzeitiges Eingreifen davor bewahrt hätten.

Seine Furcht jedoch schwand nicht, denn auch am folgenden Sonntag geriet die Stadt in Aufregung, als sich das Gerücht verbreitete, Herr A-y werde von Dunmain her zur Kirche kommen. Wieder ging man ihm entgegen und geleitete ihn mit Zurufen bis zur Kirchentür, worauf sein Onkel solchen Schreck bekam, daß er Hals über Kopf in einem Boot floh und kurz darauf den Ort ganz verließ.

Es wäre kaum möglich, alle Mittel zu beschreiben, die

von der einen Seite angewandt wurden, um das gesetzliche Verhör zu beschleunigen, von der anderen, um es aufzuschieben. Als die Gegenpartei endlich einsah, daß sie durch all ihre Ausflüchte und Machenschaften nicht darum herumkäme, suchte sie mehrmals den Erben und seinen Beschützer zu ermorden und setzte alle Hebel in Bewegung, die sich ein boshaftes Hirn nur ausdenken kann, um seine Sache zu hintertreiben. Aber M. wurde aller Schwierigkeiten Herr durch seine Wachsamkeit und Beständigkeit, seinen Mut und Verstand. Endlich fand die feierliche Gerichtsverhandlung statt, die mit Unterbrechungen vom 11. bis 25. November dauerte. Das Urteil zugunsten des rechtmäßigen Erben wurde durch Geschworene gefällt, die, was ihr Ansehen und ihren Besitz anbetrifft, weder in diesem Lande noch in anderen Ländern ihresgleichen haben; Geschworene, die auf keinen Fall gegen den Herrn von A-y, der ihnen vollkommen unbekannt war, voreingenommen sein konnten, zumal wenn man erwägt, daß ein Lord aus der Nachbarschaft, ein Neffe des Vorsitzenden und ein naher Verwandter von mehreren Geschworenen, durch ihr Urteil ein großes Gut verlieren mußte.

Dieser Spruch", sagte der Geistliche, „war für alle Unparteiischen, die davon hörten und über Charakter und Handlungsweise beider Parteien Bescheid wußten, eine aufrichtige Genugtuung, noch mehr aber für die, die wie ich der Verhandlung beiwohnten und das Verhalten der Zeugen beobachteten. Da sah man, daß alle Zeugen auf seiten des Onkels entweder seine Pächter und Untergebenen oder Saufbrüder und schlecht getarnte Interessenten waren, daß viele ein liederliches Leben führten und unglaubwürdig waren, daß (abgesehen von ihrem minderwertigen Charakter) außerdem selbst diejenigen, die im Range eines Obersten standen – lediglich Oberst L-fts ausgenommen, der nichts zu sagen hatte und der Gegenpartei nur ein gewisses Ansehen geben sollte –, sich so lächerlich benahmen und so widerspruchsvolle und ungereimte Zeugenaussagen machten, daß ihnen kein Gericht Glauben schenken konnte. Auf der anderen Seite bemerkte man, daß der Neffe und M., sein namhaftester Beistand – beide waren ja fremd im Lande und kannten die Leute nicht, mit denen sie zu tun hatten –, dem Gericht nur solche Zeugnisse vorlegen konnten, die ihnen eben zur Hand kamen und die ihnen zum Teil sogar von ihren Feinden in schlechter Absicht zugespielt worden waren. Es zeigte sich auch, daß zwischen A-y und seinen Zeugen keinerlei Beziehung und Abhängigkeit bestand, die ihre Aussage hätte beeinflussen können, denn die meisten hatten ihn von seiner Kindheit an bis zum Beginn des Verhörs nicht gesehen. Man sah aber, daß viele dieser Zeugen, wenngleich arm und ohne den Titel eines Obersten, untadelige, einfache Leute waren und unfähig, eine schlechte Sache zu unterstützen. Das Gericht, dessen Ehrenhaftigkeit, Vorurteilslosigkeit und Einsicht man nur bewundern kann, hatte also keine Schwierigkeit, das Urteil zu fällen, denn in einer knappen halben Stunde hatte es seinen Beschluß gefaßt. Die Herren mußten zwangsläufig wahrnehmen, wie ungleich beide Parteien waren und welche Vorteile der Onkel durch seine Macht, sein Ansehen und seinen Reichtum gegenüber seinem Neffen hatte – nur nicht durch Wahrheit und Gerechtigkeit. Aber auch der Gegensatz der Charaktere war augenfällig. Das Gericht mußte notwendig schließen, daß ein Mensch, der unwiderlegbar seinen verwaisten Neffen in die Sklaverei verkauft, der ihm nach seiner Rückkehr mit einem Schein des Rechts nach dem Leben getrachtet und mit solcher List und Verschlagenheit falsche Zeugen beigebracht hatte, um seine grausamen Pläne durchzuführen, daß ein solcher Mensch sein Geschick auch bei einer Gelegenheit anwenden würde, bei der es für diese Partei um das Ganze ging, zumal er so viele Helfershelfer hatte, die gleich ihm daran interessiert waren und die ihm an Fähigkeiten nicht nachstanden. Die Geschworenen beobachteten außerdem, auf welche Weise die Zeugen ihre Aussagen machten, und hatten daher Gelegenheit, viele Begleitumstände und Unterscheidungsmerkmale des Wahren und Falschen festzustellen, aus denen sie mehr schließen konnten als aus dem genauesten schriftlichen Bericht. Folglich müssen sie über die Beweise, auf die sie ihren Spruch gründeten, besser haben urteilen können als jemand, der diese Gelegenheit nicht hatte.

Das, Mr. Pickle, waren so meine Gedanken in Erinnerung an diese berühmte Gerichtssitzung. Als ich zwei Jahre später wieder nach England kam, mußte ich mit der Dreistigkeit einiger Leute Mitleid haben, die nach so langer Zeit das Urteil kritisierten, so als ob sie um die Sache von Grund auf Bescheid wüßten und bei den Geschworenen gesessen hätten. Ihre Kritik gründete sich lediglich auf das Geschrei der Agenten des Lords und einige lügenhafte Veröffentlichungen, die man zu dem gemeinen Zweck, andere zu verführen und zu betrügen, zusammengeschrieben hatte.

Doch, um von dieser Abschweifung zurückzukommen: Der beklagte Lord A-a war sich der Wichtigkeit des Falles und der Bedeutung des Urteils für seinen Neffen durchaus bewußt. Er sah voraus, daß er selbst verurteilt würde, und hatte schon vor Beendigung des Verhörs eine Berufungsschrift wegen eines angeblichen Formfehlers ausfertigen lassen, die er nach der Urteilsverkündigung sofort einreichen ließ, obwohl er wußte, daß kein Fehler irgendwelcher Art vorgekommen war. Diese Maßnahme diente nur zur Irreführung und war ein Aufschubmanöver, um den jungen A-y nicht in den Besitz des ihm zugesprochenen kleinen Gutes kommen zu lassen, damit er, wenn sein geringer Zuschuß erschöpft wäre, keine Mittel hätte, den Rechtsweg erneut zu beschreiten. Bis jetzt ist auch tatsächlich das Inkrafttreten des Urteils durch derartige Ränke und Betrügereien verhindert worden, ohne daß der Lord dem Gericht auch nur den Schatten eines Versehens hätte nachweisen können.

Lord A-a war aber nicht der einzige Gegenspieler des Erben. Alle Mitglieder des Hauses A-a, die sich seit dem Tode des verstorbenen Grafen wegen der Erbteilung gerichtlich befehdet hatten, schlossen sich jetzt gegen den unglücklichen Jüngling zusammen. Durch Verträge untereinander erhielten bisher leer ausgegangene Familienangehörige Teile der herrschaftlichen Güter nur zu dem Zweck, daß sie den Erbschleicher in dem unrechtmäßigen Besitz des noch verbleibenden Teils unterstützen sollten.

Bei verschiedenen Beratungen gegen den gemeinsamen Feind, bei denen man sich darüber klar war, daß dessen Sache durch die sich täglich mehrenden Zeugen von Rang und Ansehen nur stärker würde, erkannte die Familienclique, daß das einzige Mittel, der Rechtsgültigkeit des Urteils und damit ihrem Untergange vorzubeugen, darin lag, M. seiner wenigen Gelder, die ihm noch verblieben waren, zu berauben und jede Geldquelle für weitere Maßnahmen zu verstopfen. Daher ließen sie kein Mittel und keine Schurkerei unversucht, um A-y und seinen ehrenhaften Beschützer ins Unglück zu bringen. So wurden alle Ränke und kostenverursachenden Verzögerungstaktiken, welche die üppige Phantasie des übelsten Winkeladvokaten nur aushecken kann, in fruchtlosen Haarspaltereien und böswilligen Prozessen, die der Bedeutung der Sache keineswegs entsprachen, gegen sie angewandt. Abgesehen von anderen gemeinen Plänen genügt mir die Tatsache, daß die unverschämte Berufungsschrift wegen des angeblichen Gerichtsversehens seit November 1743 ständig unterstützt worden ist, zum Beweis für das Übergewicht der Macht und des Geldes, das in diesem Falle dazu gebraucht wurde, einen mittellosen, unglücklichen Mann von der Erlangung seines Rechts abzuhalten, und für die üble Beschaffenheit einer Sache, die so viele böse Mittel zu ihrer Durchfechtung benötigt.

Kurz, sämtliche Machenschaften des Lords A-a und seiner Bande waren von Anfang an bis heute lediglich von dem Bewußtsein getragen, daß der junge A-y im Recht sei und daß sie im Unrecht seien, sowie von der Furcht vor jeder überparteilichen Gerichtsentscheidung. Es ist völlig klar, daß alle ihre Unternehmungen darauf abzielten, die Wahrheit zu unterdrücken und vor den Augen der Öffentlichkeit geheimzuhalten und die Angelegenheit nur nicht einem ehrlichen Gericht zu übergeben. Aus welchen anderen Beweggründen wurde der Kläger als Kind geraubt und verkauft, wurden Anschläge auf sein Leben ins Werk gesetzt, wollte man ihm jeden Beistand im Kampf um sein

Recht nehmen, indem man anfänglich Herrn M. mit solchem Eifer von seiner Einmischung abzuhalten versuchte, wurde alles getan, um das Gerichtsverfahren zu hintertreiben, wurden Zeugen abgeschreckt und beeinflußt und jetzt neue niederträchtige Ränke gesponnen, um die Rechtsgültigkeit des Urteils zu verhindern, A-y den Besitz des Gutes zu verwehren und ihm weitere Rechtsmittel zu nehmen? Aus welchen anderen Beweggründen hat man Schuldverschreibungen M.s aufgekauft und versucht, ihn vor Gericht zu bringen? Zeigt sich nicht hierin und in ihrer Eingabe an den Oberstaatsanwalt mit gleichzeitigem Bericht an den König, der auf Ansuchen des Klägers der Behörde schon seit 1743 aufgetragen hatte, ihm die Peerswürde zurückzugeben, daß es ihnen nur darauf ankommt, die Wahrheit zu unterdrücken, keineswegs aber, den Fall unparteiisch untersuchen zu lassen, und daß es nicht mehr um Recht oder Unrecht geht, sondern nur, ob A-y genügend Mittel hat, seine Sache bis zur letzten Instanz durchzufechten?

Trotz all diesen Machenschaften wiegten sich Lord A-a und seine Anhänger nicht in Sicherheit, solange ihr Gegner teilnehmende, freigebige und rechtschaffene Menschen finden konnte, die ihm Geldmittel zur Behauptung seines Rechts vorzustrecken willens waren. Daher haben sie persönlich und durch Mittelsmänner einen schändlichen Verleumdungsfeldzug gegen M. ins Werk gesetzt und durch tausend böswillige und überall verbreitete Entstellungen seine gute Sache geschmäht, seine Person verunehrt und seinen Charakter höchst gemein und grausam verzerrt, eine heimtückische Angriffsart, gegen die man sich nicht wehren kann. Doch trotz all diesen Gemeinheiten und der Gleichgültigkeit gegen solche Methoden der Ehrabschneidung hat M. sich durch keine noch so großen Schwierigkeiten abhalten lassen, herzhaft und unermüdlich für die gute Sache einzutreten, die er ganz gewiß, solange er noch Geldmittel hat, zu einem glücklichen Ende bringen wird.

Es würde zu weit führen und zuviel von Ihrer Zeit in Anspruch nehmen, wenn ich die einzelnen verbrecherischen

Maßnahmen des Erbschleichers zur Verzögerung des Gerichtsverfahrens erzählen oder von dem Schaden berichten wollte, den M. durch Verrat und Undank einiger Leute erlitt, die sich zur Klärung des Falles auf seine Seite schlugen, oder durch die Niedertracht anderer, die sich ihm unter dem Vorwand, neue Enthüllungen machen zu können usw., aufgedrängt hatten und ihn so lange nach Kräften schädigten, bis schließlich der Pferdefuß sichtbar wurde.

Ein Beispiel jedoch ist so unvorstellbar gemein, daß ich es doch erzählen muß als Beweis für die teuflischste Treulosigkeit, die wohl jemals in einem menschlichen Herzen gewohnt hat. Ich habe schon erwähnt, welche Rolle ein gewisser H. gleich zu Anfang der Beziehungen zwischen M. und dem jungen Erben gespielt hat, und daß er schon vor dessen Ankunft in England M. großen Dank schuldete. Er war der Hauptagent des Lords A-y gewesen und hatte – wie sich später herausstellte – aus dessen Geheimfonds verschiedene Geldbeträge erhalten, über die er keine Rechnung legen konnte oder wollte. Der Lord hatte, um ihn dazu zu zwingen, einen Haftbefehl erwirkt und ließ sein Haus zwei Jahre lang ständig von Häschern belagern.

M., der dies von H. hörte und glaubte, der arme Mann werde wegen seiner Ergebenheit gegen den jungen A-y verfolgt, half ihm, wo er nur konnte, und leistete mehrmals Bürgschaft für ihn, ja er hielt diesen Heuchler für so treu und ehrlich, daß er ihm den Erben nach dessen Prozeß mit seinem Onkel anvertraute, weil H. den jungen Herrn aus Gründen der Luftveränderung gern in seinem Hause unterbringen wollte und weil M. selbst in Geschäften oft aufs Land reisen mußte.

Kaum hatte H. durch seine Heuchelei ein so wertvolles Pfand erhalten, so teilte er das einem von des Lords Anwälten mit und erbot sich, Herrn A-y zu verraten, wenn der Lord seine Schulden in Ordnung bringen und ihm eine Quittung über achthundert Pfund, die er nicht abgerechnet hatte, geben wolle. Dieser heimtückische Vorschlag kam M. zu Ohren, der A-y sofort in seine eigene Wohnung brachte, ohne Gründe für seine Handlungsweise anzugeben, bis er sich zu einer Erklärung gezwungen sah, um sich vor der Zudringlichkeit H.s, der nachdrücklich die Rückkehr des jungen Mannes verlangte, zu schützen. Als sich der Schurke entdeckt und in seiner Verratsabsicht getäuscht sah, vergaß er in seiner Wut alle Wohltaten, die M. ihm jahrelang erwiesen hatte, und schmiedete gegen diesen Vernichtungspläne. Zu dem Zweck ließ er sich mit einem gewissen G. und anderen Gaunern ein, die sich, wie ich schon andeutete, unter dem Vorwand, sie könnten wichtige Enthüllungen machen und auf andere Weise der Sache dienen, in die Angelegenheit eingemischt hatten, obwohl sie in Wirklichkeit nur beabsichtigten, den Prätendenten zu verraten.

Diese Bande, die sich mit einigen anderen gemeinen Spießgesellen zusammengetan hatte, erfuhr, daß M. eine beträchtliche Summe erhalten sollte, die es ihm ermöglichen würde, A-y zu seinem Recht zu verhelfen und die Sache zu einem glücklichen Abschluß zu führen, und faßte einen heimtückischen Plan, um ihn um das Geld zu bringen und seine Sache zu vereiteln. Durch Verleumdungen, die ebenso falsch wie einleuchtend und böswillig waren, täuschten sie den leichtgläubigen und unerfahrenen jungen Mann, dessen Vertrauen sie schließlich durch ihre wahrscheinlich, ja sogar wahr klingende Darstellung gewisser Umstände gewannen. Sie schworen, daß M. ihn wegen einer sehr großen Geldsumme gerichtlich belangen wollte. Mit eigenen Augen hätten sie die Vorladung gesehen, die ihn zeitlebens ins Gefängnis bringen und seine Sache zunichte machen sollte. M. hätte sich mit dem Lord und seinen sonstigen Feinden verglichen, um das bisher in den Rechtshandel investierte Geld wiederzubekommen.

Diese einleuchtende Geschichte wurde so aufrichtig und teilnahmsvoll vorgebracht, durch so viele Schwüre und erfundene Beweise bekräftigt, daß wohl auch ein erfahrenerer Mann, als A-y es damals sein konnte, in Zweifel geraten wäre. Die Angst vor lebenslänglicher Gefangenschaft und vor der angeblich drohenden Vernichtung seiner Sache wirkte derartig auf seine Phantasie, daß er sich von dieser

Betrügerbande wie ein Lamm zur Schlachtbank führen ließ. Sie versteckten ihn mehrere Tage lang im Hause eines gewissen P., der ein Freund des G. war, und zwar unter dem Vorwand, daß er von den Gerichtsdienern, die M. angestellt hätte, verfolgt würde; sie zwangen ihn nicht nur, einen anderen Namen anzunehmen, sondern untersagten ihm auch den Besuch seiner Frau.

Ihre Absicht war, ihn zu verkaufen oder gegen eine beträchtliche Belohnung zu einem verderblichen Vergleich mit seinen Feinden zu zwingen. Da es jedoch keine Einigkeit unter solchen Verbrechern gibt, wurden die übrigen von G. betrogen, der, um den Lohn allein zu bekommen, seinen Raub eiligst aufs Land brachte und ihn in einem hundert Meilen von London entfernten Versteck sogar vor seinen Spießgesellen verbarg, und zwar unter dem gleichen lächerlichen Vorwand, daß M. einen Haftbefehl gegen ihn erwirkt hätte und daß die Gerichtsdiener ihn überall in der Nähe der Hauptstadt suchten.

Kaum befand sich A-y in seinem neuen Gewahrsam, als G. auch schon mit der Ausführung seines schurkischen Plans begann und A-y überredete, einen Schuldschein über sechstausend Pfund zu unterzeichnen, da angeblich jemand bereit war, ihm diese Summe für seine Sache vorzuschießen. Gleichzeitig machte der Betrüger ihm weis, daß er verschiedene Herren kenne, die, wenn M. aus der ganzen Angelegenheit herausgehalten würde, noch fünfundzwanzigtausend Pfund für den gleichen Zweck hergeben und ihm außerdem jährlich fünfhundert Pfund Unterhaltsgeld bis zur Beendigung seines Prozesses aussetzen wollten.

Der junge A-y, der zu diesem Zeitpunkt doch schon etwas davon gemerkt hatte, wie betrügerisch ihm mitgespielt wurde, antwortete, er müsse sich selbst für ein Ungeheuer an Undankbarkeit halten, wenn er einen Menschen, der ihm das Leben gerettet und der sein eigenes Leben und sein Vermögen für ihn aufs Spiel gesetzt habe, verließe, bevor er vollständig von der Wahrheit der Behauptungen überzeugt sei. Damit lehnte er das Ansinnen ab. G., der mit diesem Vorschlag nur seine Schurkerei hatte bemänteln wollen, stand sogleich davon ab, als er A-ys Widerstand spürte, wollte aber trotzdem das Geld beschaffen und meinte, er könne ja dann zu M. zurückkehren. Der ganze Schwindel mit der Beschaffung der fünfundzwanzigtausend Pfund sollte nur dazu dienen, A-y in einem unbedachten Augenblick zur Unterschrift unter einen Vertrag zu veranlassen, der angeblich die Rückerstattung dieser Summe sicherstellen sollte, ihn in Wirklichkeit aber um seine Rechte und Titel gebracht hätte.

Nachdem G., wie er sich einbildete, alles für die Unterzeichnung des Vertrages vorbereitet hatte, trat er in Unterhandlungen mit einem dafür seitens der Gegner A-ys bestellten Agenten. Er machte sich anheischig, gegen Erstattung von sechstausend Pfund, die er angeblich ausgelegt hatte, und für eine Jahresrente von siebenhundert Pfund einen von A-y rechtsgültig unterzeichneten Vertrag zu beschaffen, in dem dieser auf alle Rechte und Ansprüche verzichte. Als er diesen teuflischen Plan ohne Wissen des A-y soweit vorbereitet hatte, schickte er diesen nach London, wo er angeblich eine Verschreibung über fünfundzwanzigtausend Pfund entgegennehmen sollte.

Das arme Opfer des habsüchtigen Schurken war kaum in London angekommen, voller Hoffnung, Geld für die Weiterführung seines Prozesses zu erhalten und mit dieser so willkommenen und unerwarteten Hilfe seinen Freund und Beschützer M. überraschen zu können, als sich eine unerwartete Schwierigkeit wegen der Bezahlung des Schuldscheins über sechstausend Pfund ergab, den G. von A-y in Händen hatte. Diese Summe wollte man von dem Gut eines Geisteskranken aufbringen, aber dazu brauchte man die Genehmigung des Kanzleigerichts und, um diese zu bekommen, einen Rechtfertigungsbericht an diese Behörde. Während man das Versäumte nachholen wollte, brachte G. den jungen A-y unverzüglich aufs Land zurück, damit er den ganzen Schwindel nicht merke.

Inzwischen hatte die Vorsehung eingegriffen: M. entdeckte die üblen Machenschaften, ehe sie ausgeführt werden konnten. Der gegenseitige Neid unter der Bande war die

Veranlassung. Kaum hatte er das Geheimnis von einem Bekannten, dem es einer der Agenten anvertraut hatte, erfahren, so teilte er es einem von A-ys Anwälten mit, einem höchst verdienstvollen Manne, und traf sogleich seine Gegenmaßnahmen. Zuerst fand er Mittel und Wege, um A-y selbst den ganzen Betrug, den man zu seinem Verderben vorbereitete, zu entdecken. Der junge Mann wurde dadurch heftig erschüttert und gerührt und konnte später nur mit Gefühlen des Schreckens, der Scham und Dankbarkeit an seinen Retter denken, der ihn aus den Schlingen, in die er sich so unvorsichtig hatte locken lassen, mit Mühe und Not befreit hatte.

Die Unverschämtheit der Verbrecher, als sie entlarvt wurden und man ihnen ihren gemeinen Verrat vorhielt, hat nicht ihresgleichen, denn sie gaben nicht nur zu, A-y durch Betrug fortgeschafft zu haben, sondern behaupteten ebenso dreist, dies nur zu seinem Besten getan zu haben. Auch blieben sie dabei, wirklich die fünfundzwanzigtausend Pfund für ihn beschafft zu haben, obgleich sie keinen Geldgeber nennen konnten. Niemand tat sich bei der ganzen Betrugsaffäre so hervor wie H., der nach wie vor den jungen A-y in den von ihm aufgebrachten Lügen verstricken wollte und auf weitere Mittel zum Verderben seines Beschützers sann.

Eine dieser Machenschaften war der Versuch, M., der seine Loyalität doch wirklich oft genug bewiesen hatte, beim Staatssekretär des Verrats zu bezichtigen. Zu dem Zweck diktierte H. einen Brief, den ein Mittelsmann abschrieb und dem Grafen von C. zustellte, des Inhalts, daß der Briefschreiber dem Grafen eine wichtige Mitteilung zu machen habe. Aber da der Graf von der Niederträchtigkeit dieses Vorhabens vollkommen überzeugt war, weigerte er sich entschieden, sich weiter mit der Angelegenheit zu befassen. Der Anschlag schlug also fehl, und ehe H. einen neuen Plan aushecken konnte, wurde er seiner Schulden wegen in Haft genommen.

Als er sich in dieser Notlage allein und seinen unerbittlichen Gläubigern ausgeliefert sah, wandte er sich an den

Mann, den er so schmählich beleidigt hatte, schilderte ihm seine Bedrängnis in den mitleiderregendsten Worten und bat ihn mit heuchlerischer Unterwürfigkeit um Hilfe. Die Not dieses Schurken zerstreute sofort M.s Bedenken und erregte sogar sein Mitleid. Ohne H. auf seine Darlegungen zu antworten, wurde M. bei dessen Gläubigern vorstellig und stellte dem Hauptgläubiger, der auf eine Sicherheit nicht verzichten wollte, eine Kaution von mehr als zweihundertundvierzig Pfund, wodurch der Gefangene seine Freiheit wiedererlangte.

Aber kaum war er frei, so tat er sich sofort mit G. und anderen Gaunern zusammen, um seinem Retter bei dessen Bemühungen, Geld aufzubringen, Hindernisse in den Weg zu legen, ihm Schwierigkeiten zu machen und ihn selbst ins Gefängnis zu bringen. Dabei wurden alle nur denkbaren Kniffe und Ränke – Meineid nicht ausgenommen – angewendet. Ja, dieser hinterhältige Schuft brachte sogar Geld zusammen, um M.s Schuldschein, durch den er selbst frei geworden war, aufzukaufen und auf ebendiesen Schein hin einen Haftbefehl gegen M. zu erwirken. In der gleichen christlichen Absicht brachte er auch noch andere Schuldverschreibungen von M. an sich. Bisher jedoch hat M. alle diese teuflischen Machenschaften mit erstaunlicher Klugheit und unerschütterlicher Entschlossenheit vereiteln können und verschiedene Hammerschläge auf ihre eigenen Köpfe zurückprallen lassen. Und jetzt, da manche glauben und in diesem Sinne Gerüchte verbreiten, M. sei apathisch und niedergeschlagen, verfolgt er sein Ziel weiter mit äußerster Gelassenheit und Unerschrockenheit, entwirft neue Pläne und bereitet Maßnahmen vor, die eines Tages seine Feinde vernichten und die Aufmerksamkeit und Bewunderung der Welt auf sich ziehen werden."

Peregrine dankte nach dieser Erzählung dem Geistlichen für seine freundlichen Worte und drückte seine Verwunderung aus über die skandalöse Gleichgültigkeit der Welt angesichts einer derart wichtigen Angelegenheit, derzufolge dieser unglückliche junge Mann, Herr A-y, sich aller Wohltaten der Gesellschaft beraubt sehen müsse, deren einziger Zweck es doch sein sollte, die Rechte des einzelnen zu schützen, Übelstände, über die er sich beschwere, abzustellen und sein Glück zu fördern. Was den Charakter von M. betreffe, so sei er in jeder Beziehung so romantisch seltsam, daß ihn in Ermangelung anderer Gründe allein die Neugier veranlasse, die Bekanntschaft dieses Mannes zu suchen. Über den Undank allerdings, mit dem ihm seine Hochherzigkeit von H. und vielen anderen vergolten worden sei, denen er so geholfen habe, wie es wohl nur wenige tun würden, wundere er sich nicht im geringsten. Er sei nämlich schon lange von der Wahrheit überzeugt, die in den folgenden Zeilen eines berühmten italienischen Dichters zum Ausdruck komme:

> Li beneficii, che per la loro grandezza, non puonno esser Guiderdonati, con la scelerata moneta dell'ingratitudine, sono pagati.

„Die Geschichte, die Sie von dem jungen Herrn erzählt haben", fuhr Peregrine fort, „hat eine merkwürdige Ähnlichkeit mit dem Schicksal eines spanischen Edelmanns, über das mich einer seiner vertrauten Freunde in Paris unterrichtet hat. Die Gräfin d'Alvarez starb unmittelbar nach der Geburt eines Sohnes, und da ihr Gemahl sie nur um drei Jahre überlebte, stellte man das Kind, den einzigen Erben seiner Ehrentitel und Güter, unter die Vormundschaft seines Onkels, der nur ein kleines Vermögen, aber viele Kinder hatte. Dieser Unmensch von einem Oheim, dem es nach dem Besitztum seines zarten Mündels gelüstete, plante einen Anschlag auf das Leben des hilflosen Waisenknaben. Mit der Ausführung betraute er seinen Kammerdiener, der sich durch das Versprechen einer großen Belohnung dazu verleiten ließ, den Mord zu verüben. Er stach das Kind mit einem Messer dreimal in die rechte Halsseite, aber solcher Scheußlichkeit ungewohnt, zitterte seine Hand. Als er, von Reue ergriffen, sah, daß die Wunden seines unglücklichen Opfers nicht tödlich waren, brachte er das Kind zu einem Arzt, durch dessen Kunst es geheilt wurde. Er selbst, der gleichwohl nicht auf die Belohnung verzichten wollte, konnte den Anstifter des Verbrechens vom Vollzug des Auftrages überzeugen. Ein zu diesem Zweck hergerichtetes Bündel wurde öffentlich als Leiche des Kindes begraben, das, wie man verbreitete, plötzlich an Krämpfen gestorben war. Der Onkel ergriff nun ohne Widerspruch von den Würden und Gütern des Kindes Besitz. Als der längst geheilte Knabe sechs Jahre alt war, überantwortete man ihn mit einer Geldsumme einem Kaufmann, der sich gerade nach der Türkei einschiffen wollte und dem man zu verstehen gab, daß es sich um das uneheliche Kind eines vornehmen Herrn handele, das um der Familienehre willen verschwinden müsse.

Während der Zeit, als der unglückliche Waisenknabe in der Sklaverei lebte, starben die Kinder des Erbschleichers eines nach dem anderen. Und da auch er selbst gefährlich erkrankte, sah er sein trauriges Geschick als die gerechte Strafe Gottes an und offenbarte seine Ängste demselben Kammerdiener, den er zur Ermordung seines Neffen angestiftet hatte. Um das Gewissen seines Herrn zu beruhigen und den Aufruhr in seinem Gemüt zu besänftigen, gestand der Diener, was er getan hatte, und machte ihm Hoffnung, das Kind noch zu finden, wenn man keine Mühe scheuen wolle. Weil der unglückliche Knabe die letzte Hoffnung des Hauses Alvarez war, ließ der Onkel sofort genaueste Nachforschungen anstellen. Endlich kam die Nachricht, daß das Kind an einen Türken verkauft worden sei, der es einem englischen Kaufmann vor dessen Rückkehr nach London überlassen habe.

Unverzüglich eilte ein Bote in die Hauptstadt, der in Erfahrung brachte, daß der unglückliche Verbannte wegen seiner treuen Dienste zu einem französischen Chirurgen in die Lehre gegeben worden sei. Später, als er selbst ein geschickter Arzt geworden war, habe ihn Graf Gallas, damals kaiserlicher Gesandter in London, in seine Familie aufgenommen. Von dort sei er in den Dienst des Grafen von Oberstorf getreten, habe das Kammermädchen von dessen Gemahlin geheiratet und sich in Böhmen als Chirurg niedergelassen.

Die Nachforschungen dauerten mehrere Jahre. Der Onkel des Erben, der dem Hause Österreich sehr ergeben war, lebte in Barcelona, als der Vater der jetzt regierenden Kaiserin-Königin sich in dieser Stadt aufhielt, und gewährte ihm bei einer Geldverlegenheit ein größeres Darlehen. Als der alte Graf kurz vor der Abreise des Monarchen nach Deutschland sein Ende herannahen fühlte, sandte er seinen Beichtvater an Se. Majestät mit einem ausführlichen Bericht über die grausame Tat, die er an seinem Neffen begangen hatte, bat deswegen um Vergebung und ersuchte, daß Befehl gegeben werde, den Verwaisten, wenn er gefunden würde, wieder in die ihm unrechtmäßig enteigneten Titel und Güter einzusetzen.

Der Kaiser ließ dem alten Mann versichern, daß er sein Gewissen beruhigen könne, und befahl dem Beichtvater, sofort nach des Grafen Tod nach Wien zu kommen, damit er ihn bei der Suche nach dem hintergangenen Erben unterstützen könne. Der Geistliche leistete dem Befehl Folge, erkundigte sich nach auffallenden Körpermerkmalen des jungen Grafen bei dessen Amme und den ehemaligen Kinderfrauen und begab sich mit einem ihm vom Kaiser zur Verfügung gestellten Begleiter nach Böhmen, wo er den Gesuchten, der seinen Beruf als Arzt aufgegeben hatte, nach kurzer Zeit als Haushofmeister eines fürstlichen Herrn fand.

Der Vermißte war nicht wenig bestürzt, als er so genau über alle Einzelheiten seines Lebens von Beauftragten des Kaisers ausgefragt wurde. Er gestand, daß er von seiner Geburt nichts wisse, obwohl er während seines Aufenthalts in der Türkei erfahren habe, daß er der Bastard eines spanischen Granden sein solle. Darauf beschrieb er ihnen ausführlich die Pilgerfahrt seines Lebens. Da diese Erzählung mit dem, was der Geistliche schon wußte, übereinstimmte und durch die besonderen Kennzeichen und die Narben der Messerstiche, die er als Kind empfangen hatte, bestätigt wurde, so begrüßte ihn der Beichtvater ohne weitere Umstände als Grafen d'Alvarez, Granden von Spanien, und klärte ihn über das Geheimnis seines Glücks auf.

So angenehm überrascht der junge Graf bei diesen Eröffnungen war, so wenig war es seine Frau, die befürchtete, von einem so hochgeborenen Gemahl verlassen zu werden. Ihr Gatte jedoch verscheuchte ihre Angst und versicherte, sie habe sein Unglück mit ihm geteilt und solle jetzt auch an seinem Glück teilhaben. Dann brach er unverzüglich nach Wien auf, um dem Kaiser seinen untertänigsten Dank abzustatten. Der Kaiser empfing ihn sehr gnädig und versprach, sich mit seinem Ansehen dafür einzusetzen, daß er die Würden und Güter seiner Familie zurückerhielte. Außerdem bekannte er sich als Schuldner von vierhunderttausend Gulden, die er von seinem Onkel entliehen hatte. Der junge Graf warf sich seinem erlauchten Beschützer zu Füßen, dankte von ganzem Herzen für dessen Gnadenbeweise und bat, sich in den kaiserlichen Landen niederlassen zu dürfen.

Diese Bitte wurde ihm sofort gewährt, und der Kaiser gestattete ihm, für die genannte Summe Grundbesitz in einer beliebigen Gegend der habsburgischen Erblande anzukaufen. Seine Wahl fiel auf das Fürstentum Ratibor in Schlesien, wo er höchstwahrscheinlich noch heute ansässig ist."

Nach Beendigung dieser Geschichte sah Peregrine, wie M. dem jungen Mann, mit dem er sich am anderen Ende des Raums unterhalten hatte, ein Papier in die Hand drückte und vom Tisch aufstand, um sich zu verabschieden. Er konnte jetzt recht wohl den Wert jenes Papiers erraten, und er sehnte eine Gelegenheit herbei, um mit einem Manne von so ursprünglicher Menschenliebe bekannt zu werden; jedoch das Bewußtsein seiner jetzigen Lage hinderte ihn, den ersten Schritt zu einer Annäherung zu tun, da dies als Anmaßung oder Aufdringlichkeit gedeutet werden konnte.

Peregrine wird zu seinem Erstaunen von zwei alten Bekannten überrascht, die sich ganz wider seinen Willen in seiner Nachbarschaft einquartieren.

Nunmehr regelrecht in die Geheimnisse des Fleet eingeweiht und mit den Sitten und der Lebensart dieses Ortes einigermaßen ausgesöhnt, fing Pickle an, die Stiche seines Nachdenkens zu ertragen, ohne dabei zu zucken; und da er es für höchst unklug hielt, sein Vorhaben, das allein seine Gefangenschaft sonniger und behaglicher gestalten konnte, länger aufzuschieben, beschloß er, seine Übersetzung wieder vorzunehmen und jede Woche einen Artikel zu schreiben, um sich so an dem Minister zu rächen, dem er auf ewig Fehde angesagt hatte. In dieser Absicht sperrte er sich in seiner Stube ein und machte sich mit großem Eifer und Fleiß an die Arbeit. Darin wurde er von einem Postboten unterbrochen, der ihm einen Brief aushändigte und sofort wieder verschwand, noch bevor er Zeit hatte, sich den Inhalt anzusehen.

Unser Held öffnete das Billett und war nicht wenig überrascht, zwischen einem weißen Bogen Papier eine Fünfzigpfund-Note zu finden. Nachdem er über diesen unerwarteten Glücksfall nachgegrübelt und sein Gedächtnis angestrengt, hatte er eben den Schluß gezogen, sie könne nur aus der Hand der Lady kommen, von der er einige Tage zuvor so freundlich besucht worden war, als plötzlich der wohlbekannte Ton jener Pfeife an sein Ohr drang, die Tom zum Andenken an sein früheres Metier immer an seinem Hals trug. Die Töne verklangen, und jetzt hörte Peregrine ein hölzernes Bein die Treppe heraufpoltern. Er öffnete die Tür und erblickte seinen Freund Hatchway und hinter ihm dessen alten Schiffskameraden.

Nach einem herzlichen Händedruck und dem üblichen Gruß: „Na, wie steht's, Vetter Pickle?" setzte sich der biedere Jack ohne Umstände nieder. Er schaute im Zimmer umher und sagte mit einem schalkhaften Lächeln: „Zerreiß mein Bramsegel! Habt endlich eine sichere Bucht gefunden, Vetter; seid hier vor Wind und allem Unwetter geborgen; braucht Euch nicht hinaus auf die Schildwach zu stellen oder bange zu sein, daß das Schiff den Anker losreißt. Raum habt Ihr freilich nicht übrig. Hätte ich gewußt, daß sie Euch so eng zusammengepackt hätten, so hätte mir Tom mein eigenes Hängebett herschleppen sollen, und dann hättet Ihr das große ungeschlachte Dings von Sturmhaus immer niederreißen mögen. Doch vielleicht geht Ihr nicht allein zu Bette und mögt Euch mit Eurem Liebchen nicht Nägeln und Segeltuch anvertrauen."

Pickle nahm diese Scherze höchst aufgeräumt hin und hänselte ihn seinerseits mit der Milchmagd im Kastell. Sodann erkundigte er sich nach seinen Freunden in der dortigen Gegend, fragte, ob er kürzlich seine Nichte besucht habe, und verlangte schließlich zu wissen, was den Leutnant nach London geführt habe. Hatchway befriedigte seine Neugier in allen Stücken und gab ihm auf die letzte Frage zur Antwort: „Habe vom Pipes gehört, daß Ihr auf dem Ufer festsitzt; drum bin ich vom Lande gekommen, um Euch wieder flottzumachen. Ich weiß nicht, wie eigentlich der Wind steht, können Euch aber dreitausend Pfund wieder in die offene See hinausbringen, so sprecht, und ehe eine Seegerstunde um ist, sollen Euch keine widrigen Winde mehr aufhalten."

Ein solches Angebot wäre von wenig Leuten in der Lage unseres Helden rundweg abgelehnt worden, zumal dieser alle Ursache hatte zu glauben, es sei nicht bloß ein leeres, bedeutungsloses Kompliment, sondern vielmehr der aufrichtige Tribut der Freundschaft, den der Leutnant willig, ja mit Vergnügen entrichtet hätte. Trotzdem wies Peregrine diese Unterstützung kategorisch zurück, allerdings nicht, ohne seiner Dankbarkeit in passenden Worten Ausdruck zu verleihen. Er sagte ihm, es sei noch lange Zeit, Großmut zu üben, wenn er sich einmal aller Hilfsquellen beraubt sehe. Jack zog alle Register seiner Beredsamkeit, um ihn davon zu überzeugen, daß er diese Gelegenheit, frei zu werden, nicht ausschlagen könne. Da aber seine Argumente wirkungslos blieben, bestand er darauf, Peregrine müsse wenigstens eine Geldhilfe annehmen, damit er die Kosten für |seine gegenwärtigen Bedürfnisse bestreiten könne, und schwur mit großer Heftigkeit, er wolle nie mehr ins Kastell zurückkehren, wenn er nicht wie irgendein anderer Pächter behandelt werde und dementsprechend Zins bezahlen dürfe.

Unser junger Herr schwur mit derselben Entschiedenheit, er werde ihn nie als einen Pächter betrachten, und machte geltend, er habe ihm das Kastell schon längst, sowohl als Unterpfand seiner eigenen Achtung als auch um des Kommodores Wunsch zu erfüllen, auf Lebenszeit überlassen. Er bat ihn, zu seinen gewöhnlichen Geschäften zurückzukehren, und beteuerte, Hatchway solle der erste sein, an den er sich wenden wolle, falls er je in die Lage käme, von seinen Freunden Geld borgen zu müssen. Um ihm zu beweisen, daß dem gegenwärtig nicht so sei, zeigte er außer seinem Bargeld die Banknote vor, die ihm mit dem Brief zugegangen war, und erwähnte zugleich einige andere Fonds, die er aus dem Stegreif und um die Besorgnisse des Leutnants zu zerstreuen, erfand. Hierauf ließ er ihn durch Pipes ins Kaffeehaus führen und wünschte, er möge dort ein halbes Stündchen die Zeitungen lesen. Unterdessen wolle er sich anziehen und das Mittagessen für sie beide bestellen, damit sie während der ganzen Zeit, die er zu diesem Besuch übrig habe, beisammen sein könnten.

Kaum waren die zwei Seeleute fort, nahm er die Feder zur Hand und schrieb an seine generöse Wohltäterin. Der Brief, dem er die Banknote beifügte, lautete folgendermaßen:

Gnädige Frau!
Ihre Herzensgüte macht Sie nicht findiger als mich mein Argwohn. Sie haben vergebens versucht, mich mit einer edeln Handlung zu täuschen, deren niemand auf Erden fähig ist als Sie, verehrte Lady. Obwohl Sie das Papier nicht mit Ihrem Namen unterzeichnet haben, war Ihre Gesinnung deutlich zu erkennen an der Beilage, und ich muß um die Erlaubnis bitten, sie Ihnen zurückzuschicken mit denselben Gefühlen der Dankbarkeit und aus denselben Gründen, die

Zum Zeichen der Freude.

IV. Th. 110. Cap.

ich äußerte, als ich das letztemal die Ehre hatte, über dieses Thema mit Ihnen zu sprechen. Bin ich gleich durch die Schurkerei und den Undank der Menschen meiner Freiheit beraubt, so fehlt es mir doch nicht an den übrigen Annehmlichkeiten des Lebens; daher bitte ich, mich zu entschuldigen, wenn ich die Last der Verbindlichkeiten nicht unnötig noch schwerer werden lasse, die Sie, gnädige Frau, bereits aufgelegt haben

Ew. Herrlichkeit verbundenstem und ergebenstem Diener
Peregrine Pickle.

Nachdem er sich angekleidet und am bestimmten Ort eingefunden hatte, sandte er Pipes mit diesem Brief fort und befahl ihm, diesen im Hause der Lady abzugeben, ohne auf eine Antwort zu warten. Inzwischen zeigte er Hatchway alle Merkwürdigkeiten des Ortes und ließ dann das Mittagessen kommen, das die beiden auf Peregrines Zimmer in fröhlichster Stimmung verzehrten. Während der Mahlzeit bot Jack unserm jungen Freund nochmals seine gütige Hilfe an. Dieser wies sie jedoch mit der gleichen Hartnäckigkeit zurück und wünschte, man möge ihn mit dieser Sache nicht mehr behelligen. „Bestehen Sie aber darauf", fuhr er fort, „mir Ihre Freundschaft von neuem zu beweisen, so hätten Sie vielleicht dazu Gelegenheit, indem Sie meinen Pipes betreuten; denn nichts geht mir so nahe, als daß ich nicht in der Lage bin, für einen so treuen Diener zu sorgen."

Der Leutnant bat ihn, sich in dieser Beziehung keine Gedanken zu machen, da er sowieso bereit sei, seinem alten Schiffskameraden unter die Arme zu greifen, und sagte, dieser solle nie Mangel leiden, solange er, Hatchway, noch einen Schilling erübrigen könne. Sodann fing er an, leise anzudeuten, daß er die Absicht habe, sein Standquartier im Fleet aufzuschlagen. Die Luft, bemerkte er, scheine an diesem Ort sehr gut zu sein, und des Landlebens sei er überdrüssig. Dies war noch keine eigentliche Erklärung; deshalb erfolgte auch keine Antwort von seiten Peregrines, wenn er auch wohl verstand, wo sein Freund hinauswollte.

Er benutzte aber die Gelegenheit und schilderte die Unbehaglichkeit des Ortes auf eine Art und Weise, die, wie er hoffte, jenen von der Ausführung eines so törichten Projekts abschrecken sollte.

Dieses Mittel jedoch, weit entfernt, seinen Zweck zu erfüllen, hatte gerade die gegenteilige Wirkung und verschaffte Hatchway einen Grund, den er gegen Pickles Abneigung, einen solch unangenehmen Ort zu verlassen, ins Feld führen konnte. Jack hätte sich über seinen Plan höchstwahrscheinlich deutlicher ausgesprochen, wenn sie nicht in ihrem Gespräch durch Cadwallader unterbrochen worden wären, der nie verfehlte, seinen täglichen Besuch abzustatten. Hatchway nahm an, daß der Fremde wohl irgendein Privatgeschäft mit seinem Freunde zu erledigen habe. Daher verließ er das Zimmer unter dem Vorwand, einen Spaziergang zu machen, und als er an der Türe auf Pipes stieß, forderte er diesen auf, ihn nach der „Wüste" zu begleiten, wie im Fleet der offene Platz bezeichnet wird. Hier berieten sich die beiden Kameraden wegen Pickle und beschlossen, sie wollten sich, da er eigensinnig darauf beharre, ihren Beistand abzulehnen, in seiner Nähe einmieten, damit sie bei der Hand wären und ihm trotz seiner falschen Empfindlichkeit beispringen könnten, wenn seine Angelegenheiten es forderten. Darauf erkundigten sie sich bei der Kaffeehauskellnerin nach einem Logis und wurden von ihr an den Aufseher des Gefängnisses gewiesen. Der Leutnant, klug, wie er war, sagte dem Manne, er sei ein Verwandter von Peregrine und wolle ihm, bis dessen Verhältnisse wieder in Ordnung wären, lieber Gesellschaft leisten, als ihn die unvermeidlichen Unannehmlichkeiten eines Gefängnisses allein auskosten zu lassen. Diese Maßregel, setzte er hinzu, wünsche er hauptsächlich deshalb zu treffen, weil der Gefangene manchmal krankhaften Störungen der Phantasie unterworfen sei und dann besonderer Wartung bedürfe. „Ich bitte Sie daher", schloß er, „geben Sie mir ein Logis für mich und meinen Burschen; ich will es Ihnen recht gut bezahlen." Der Aufseher, ein mitfühlender und humaner Mensch, konnte nicht umhin, seinen Entschluß zu loben, und räumte ihm sogleich, weil verschiedene Zimmer gerade frei waren, zwei Stuben ein, die dann unverzüglich für ihn zurechtgemacht wurden.

Sobald Jack diese Sache zu seiner Zufriedenheit geregelt sah, schickte er Pipes nach seinem Mantelsack und kehrte wieder ins Kaffeehaus zurück. Hier suchte und fand er Peregrine, mit dem er den Rest des Abends zubrachte. Unser Held hielt es für selbstverständlich, daß Hatchway am folgenden Tag nach dem Kastell abreisen würde; er setzte deshalb ein Verzeichnis von Büchern auf, die er dort zurückgelassen hatte, und bat Jack, sie ihm mit der Landkutsche an Crabtrees Adresse nach London zu senden. Er warnte ihn davor, sein Unglück in der Nachbarschaft auch nur mit einer Silbe anzudeuten, damit es seiner Schwester so lange als möglich verborgen bleibe, die, wie er wußte, sich über diese Nachricht über die Maßen gegrämt hätte. Ebensowenig wollte er, daß seinen übrigen Verwandten etwas zu Ohren käme; denn die, sagte er, würden über sein Elend bloß frohlocken.

Hatchway hörte sich diese Weisungen mit großer Aufmerksamkeit an und versprach, sich danach zu richten. Dann frischten sie die Erinnerung an all die lustigen Streiche auf, die sie einst miteinander verübt hatten, und als der Abend schon ziemlich vorgerückt war, teilte Peregrine seinem Freund mit offensichtlicher Überwindung mit, daß in wenigen Minuten die Tore des Fleet für die Nacht geschlossen würden und er jetzt unbedingt aufbrechen und sich ins Wirtshaus begeben müsse. Jack erwiderte, er denke gar nicht daran, nach einer solch langen Trennung so rasch von ihm zu scheiden, und sei entschlossen, noch ein Stündlein oder zwei zu verweilen, auch wenn er nachher auf der Straße kampieren müßte. Pickle wollte diesem Begehren lieber entsprechen, als seinem Gast gegenüber unhöflich erscheinen, und nahm sich vor, sein Bett mit ihm zu teilen. Es wurden ein paar Hühnchen und Spargel als Abendessen bestellt. Pipes, innerlich vergnügt, bediente, und fröhlich kreiste die Flasche bis Mitternacht. Dann stand der Leutnant auf, um sich zu verabschieden, und meinte, er sei müde vom Reiten und sehne sich nach der Koje. Auf diesen Wink hin brachte Pipes eine angezündete Laterne zum Vorschein; Jack schüttelte seinem Gastgeber die Hand, wünschte ihm gute Nacht und versprach, sich morgen beizeiten wieder einzufinden.

Peregrine meinte, es sei der reichlich genossene Wein, der Jack so reden lasse, und sagte ihm daher, wenn er sich niederlegen wolle, stünde ihm sein Bett im Zimmer zur Verfügung, und befahl dem Bedienten, seinen Herrn auszukleiden, worauf Jack ihn davon in Kenntnis setzte, daß er bereits ein Logis habe und seinem Freunde nicht lästig zu fallen brauche. Als der junge Herr Aufklärung verlangte, bekannte er frank und frei, was er getan hatte. „Ihr habt mir", sagte er, „den Ort so arg aufgemalt, daß ich Euch unmöglich ohne Gesellschaft hier lassen kann." Unser Ritter, der stets unwillig war, wenn man ihm einen Liebesdienst erwies, und der voraussah, daß dieses ungewöhnliche Beispiel von Hatchways Freundschaft seinen Plan, sich unabhängig zu machen, durchkreuzen müsse, weil dadurch seine Zeit und seine Aufmerksamkeit zu sehr beansprucht würden und er infolgedessen mit seinen Arbeiten nicht fortfahren könne, nahm am andern Tag den Leutnant allein vor und führte ihm die Torheit und die üblen Folgen seines Schrittes vor Augen. Die ganze Welt, bemerkte er, würde so etwas als reine Verrücktheit bezeichnen, und seine Verwandten könnten womöglich, sofern sie ihm übelwollten, ihn gerichtlich für wahnsinnig erklären lassen; auch würde er durch seine Abwesenheit vom Kastell seinen Privatgeschäften beträchtlich schaden und schließlich sein Aufenthalt im Fleet ihm, Pickle, ein großes Hindernis sein. Er könne nämlich nur hoffen, wieder freizukommen, wenn er jeden gesellschaftlichen Verkehr meide und nicht gestört werde.

Auf diese Vorhaltungen antwortete Jack, die Meinung der Welt kümmere ihn gerade soviel wie eine verfaulte Netzschnur, und wenn seine Verwandten Lust hätten, seine Kommandobrücke zu verdächtigen, so zweifle er nicht daran, daß er sich einer Besichtigung wohl unterziehen könne, ohne zu riskieren, zum Dienst unfähig erklärt zu werden; im Kastell habe er nur solche Dinge zu erledigen, die sich auf Eis legen ließen, und was seine störenden Besuche betreffe, gebe er ihm sein Wort, er werde nie heransegeln, außer wenn Pickle ihm signalisiere, daß er willens sei zu diskutieren. Zum Schluß sagte er ihm, er bleibe auf jeden Fall da, wo er sei, ohne überhaupt irgendeinem Menschen Rechenschaft darüber abzulegen.

Da Peregrine ihn so entschlossen sah, stand er davon ab, ferner in ihn zu dringen; doch nahm er sich vor, ihm durch Zurückhaltung und eine hochfahrende, geringschätzige Behandlung seinen Plan zu verleiden, denn er konnte den Gedanken nicht ertragen, irgend jemandem auf der Welt so offenkundig zu Dank verpflichtet zu sein. In dieser Absicht verließ er den Leutnant unter einem nichtigen Vorwand, nachdem er ihm zuvor gesagt hatte, er müsse auf das Vergnügen, mit ihm zu Mittag zu speisen, verzichten, weil er von einem besondern Klub seiner Gefängniskameraden eingeladen sei.

Jack, dem Fragen der Etikette fremd waren, stieß sich an dieser Erklärung nicht, sondern beratschlagte sofort mit seinem Berater, Mr. Pipes, der ihm vorschlug, er solle ins Kaffeehaus und in die Garküche gehen und den Leuten dort sagen, er werde für alle Speisen und Getränke, die man Mr. Pickle aufs Zimmer bringen müsse, bezahlen. Dieser listige Plan wurde sofort in die Tat umgesetzt, und da man im Fleet nichts auf Kredit verabreichte, deponierte Hatchway beim Koch und beim Weinschenken eine Summe und deutete dabei an, daß es unbedingt notwendig sei, eine solche Methode anzuwenden, wenn er seinem Vetter Pickle helfen wolle, denn er habe seltsame Schrullen, die es unmöglich machten, ihm auf irgendeine andere Art zu dienen.

Infolge dieser Anspielung hieß es noch desselben Tages im Fleet, Pickle sei ein unglücklicher Herr, dessen Verstand in Unordnung geraten sei; der Leutnant aber sei ein naher Verwandter von ihm, der freiwillig die Härten des Kerkerlebens erdulde, einzig und allein zum Zweck, sein Benehmen zu überwachen. Dieses Gerücht kam indessen unserm Helden erst am folgenden Tag zu Ohren, als er einen der Laufburschen, der ihm aufwartete, mit dem Auftrag in die Garküche schickte, zwei junge Hühner und sonst noch etwas zum Essen zu bestellen und gleich zu bezahlen. Er hatte nämlich seinen Freund Hatchway zu Mittag gebeten in der Hoffnung, er könne ihn überreden, wieder aufs Land hinauszuziehen, nachdem er nun einen ganzen Tag lang die Unannehmlichkeit des Ortes ausgestanden hatte. Der Bote kam mit der Versicherung zurück, das Essen werde wunschgemäß bereit sein, legte das Geld aber wieder hin und sagte, sein Anverwandter habe bereits beglichen, was Mr. Pickle bestellt habe.

Peregrine war über diese Meldung erstaunt und ärgerlich und beschloß, dem Leutnant wegen des unzeitigen Freihaltens ernstlich den Text zu lesen, weil er glaubte, so etwas sei mit seiner Ehre nicht vereinbar. Er ließ nun durch den Aufwärter im Kaffeehaus Wein holen. Als er fand, daß man seinen Kredit hier auf dieselbe Weise gestärkt hatte, wurde er über die Vermessenheit seines Freundes Hatchway wütend und setzte dem Aufwärter mit solch ungnädigen Worten zu, daß der Bursche, aus Angst, einen so guten Herrn zu enttäuschen, mit der ganzen Geschichte herausrückte, die auf seine Kosten umlief. Den jungen Herrn brachte diese Auskunft dermaßen auf, daß er dem Leutnant einen Brief schrieb, ihm darin bittere Vorwürfe machte und nicht nur seine Einladung widerrief, sondern auch erklärte, er werde nie mit ihm verkehren, solange er an diesem Orte bleibe.

Nachdem er so der Stimme des Zorns Gehör geschenkt hatte, benachrichtigte er den Garkoch, er habe für das Bestellte keine Verwendung. Sodann ging er ins Kaffeehaus und sagte zum Wirt: „Ich habe erfahren, daß der Fremde mit dem hölzernen Bein Ihnen und andern mit Erfolg lächerliches Zeug vorgeschwatzt hat, das darauf abzielt, meinen Verstand in Verruf zu bringen. Um eine solche Anschuldigung zu erhärten, hat er unter dem Vorwand, er sei mein Blutsverwandter, sich unterfangen, meine Rechnungen im voraus zu begleichen. Ich muß Ihnen deshalb – diese Gerechtigkeit bin ich mir schuldig – erklären, daß in Wirklichkeit der andere der Tollhäusler ist und seinen Wächtern hat durch die Lappen gehen können. Es wird daher Ihr Vorteil nicht sein, wenn Sie sich nach seinen Befehlen richten und ihn veranlassen, Ihr Haus fleißig zu besuchen; denn ich, meinesteils, werde nie mehr über Ihre Schwelle treten oder Sie mit den geringsten Aufträgen beehren, wenn sich in Zukunft je herausstellt, daß der unglückliche Kranke an meiner Statt eine Zahlung bereits geleistet hat."

Der Weinschenk war über diese Gegenklage bestürzt, und nach langem Zweifeln und Überlegen schloß er endlich, es müßten beide Parteien verrückt sein, der Fremde, weil er eines andern Schulden gegen dessen Willen begleiche, und Pickle, weil er über eine solch übereifrige Freundschaft ungehalten sei.

99

Die Verbündeten werden Crabtree gegenüber tätlich, weshalb man sie aus dem Fleet verbannt. Peregrine beginnt die Wirkungen der Gefangenschaft zu spüren.

Nachdem unser Held an der Table d'hôte zu Mittag gegessen hatte, begab er sich mit seinem Freund Cadwallader wie gewöhnlich auf sein Zimmer. Hatchway aber und sein Verbündeter, die genötigt gewesen waren, die Speisen, für die sie bezahlt hatten, selbst zu vertilgen, nahmen ihre Beratungen über das alte Thema wieder auf, und Pipes teilte seinem Schiffskameraden unter anderm mit, der alte taube Hagestolz, den er tags zuvor auf Peregrines Stube gesehen, sei dessen Intimus. Hatchway mit seinem großen Scharfsinn entdeckte sogleich, daß die Hartnäckigkeit des jungen Herrn auf den Einfluß des Menschenfeindes zurückzuführen sei. Daher hätten sie, sagte er, die Aufgabe, den Burschen dafür zu züchtigen. Dieser Meinung pflichtete Pipes um so williger bei, als er schon immer geglaubt hatte, der Alte sei ein Stück von einem Hexenmeister oder ein böser Geist, dessen Bekanntschaft man besser vermeide. Auf diese Idee war er durch Hadgis Anspielungen gekommen, denn der hatte einst ihm gegenüber etwas von Crabtrees großen Kenntnissen in der Schwarzen Kunst verlauten lassen und insbesondere erwähnt, daß dieser Mann im Besitze des Steins der Weisen sei, eine Bemerkung, der Pipes unbedingten Glauben beigemessen hatte, bis sein Herr wegen seiner Schulden ins Gefängnis gesteckt worden war. Jetzt konnte er sich nicht länger denken, daß Cadwallader wirklich Besitzer eines so wertvollen Geheimnisses wäre, weil er doch sonst sicher die Befreiung seines vertrautesten Freundes erwirkt hätte.

So fanden denn Hatchways grollende Worte bei ihm ein starkes Echo. Sie beschlossen, bei der ersten Gelegenheit den vermeintlichen Geisterbeschwörer, wenn er von seinem Besuch bei Peregrine zurückkäme, am Kragen zu packen und ohne weiteres an ihm die Brunnenstrafe zu vollziehen. Dieser Plan wäre noch am Abend ausgeführt worden, hätte sich der Menschenfeind zu seinem Glück nicht zufällig entfernt, ehe es dunkelte, ja noch bevor sie von seinem Weggang Nachricht hatten. Am nächsten Tag aber hielten sie Wache, bis er erschien. Als er vorüberkam, schwenkte Pipes den Hut und sagte: „Hol Euch der Teufel, Ihr alte dämliche Kanaille! Wir müssen stracks zusammen entern; und wahrhaftigen Gottes, ich will Eurem Oberdeck so nahe liegen, daß Eure Ohrpforten den Schall hereinlassen sollen, und wären sie auch doppelt mit Werg kalfatert."

So vollkommen waren die Ohren des Menschenfeinds nun nicht verstopft, daß sie diese Ankündigung nicht vernommen hätten. Obwohl sie in Ausdrücken erfolgte, die Cadwallader nicht verständlich waren, erregte sie dennoch eine solche Besorgnis bei ihm, daß er Peregrine gegenüber seine Bedenken äußerte und bemerkte, die Miene des Kerls mit dem hölzernen Bein gefalle ihm ganz und gar nicht. Pickle versicherte ihm, er habe von den beiden Seeleuten nichts zu befürchten; sie könnten ja keine Ursache haben, auf ihn böse zu sein, oder aber, wenn sie eine hätten, so würden sie sich vor jedem Schritt hüten, durch den sie sich, wie ihnen recht wohl bekannt sei, alle Wege zu einer so sehr ersehnten

Aussöhnung mit ihm versperren und überdies den Aufseher des Ortes dermaßen vor den Kopf stoßen müßten, daß er sie bestimmt aus seinem Reich verjagen würde.

Trotz dieser Beteuerung fühlte sich unser junger Herr im Hinblick auf des Leutnants Besonnenheit nicht so sicher, daß er Crabtrees Befürchtungen für ganz unbegründet gehalten hätte. Er vermutete gleich, Jack ärgere sich über eine Freundschaft, von der man ihn ausschloß, und suche den Grund, warum er in Ungnade gefallen war, in Einflüsterungen von Cadwallader, den er aller Wahrscheinlichkeit nach für seine vermeintlichen Ratschläge zu bestrafen beabsichtigte. Er wußte, daß der Groll des Leutnants für seinen Freund keine schlimmen Folgen haben konnte an einem Ort, den dieser sofort durch sein Geschrei alarmieren konnte, und wünschte daher, er möchte in die Schlinge geraten und ihm so einen Vorwand zur Beschwerde liefern, worauf die Seeleute dann genötigt wären, ihr Quartier zu wechseln. So würde er eine Gesellschaft los, an der er jetzt kein Vergnügen finden konnte.

Es ging alles, wie er es geahnt hatte. Der Menschenfeind wurde von Hatchway und Pipes angegriffen, als er aus Peregrines Stube kam. Sie packten ihn ohne alle Umstände am Kragen und wollten ihn zum Brunnen schleppen. Hier würden sie ihm bestimmt mit einem sehr unbehaglichen Bade aufgewartet haben, hätte er seine Stimme nicht so gewaltig erhoben, daß ihm eine Menge Insassen und auch Peregrine selbst augenblicklich zu Hilfe eilten. Die Angreifer wären bei ihrem Vorhaben geblieben, hätte ihnen die Stärke der Oppositionspartei irgendwelche Aussicht auf einen erfolgreichen Widerstand verheißen; auch ließen sie ihre Beute nicht eher fahren, als bis weitere Retter, mindestens ein Dutzend, herbeistürzten und Peregrine seinem alten Diener mit drohender Miene und herrischem Wesen befahl, sich zurückzuziehen. Nunmehr fanden sie es für ratsam, abzusegeln und in eine Bucht einzulaufen; unser Held dagegen begleitete den erschrockenen Cadwallader ans Tor und reichte beim Aufseher gegen die Tumultuanten eine formelle Klage ein. Er beschuldigte sie nun seinerseits des Wahnsinns, und seine Erklärung wurde durch die Aussagen von zwanzig Personen bestätigt, die Augenzeugen des Gewaltakts gewesen waren, den sie an dem alten Herrn verübt hatten.

Auf diese Anzeige hin sandte der Aufseher eine Botschaft an Mr. Hatchway und forderte ihn auf, am nächsten Tag sein Logis zu räumen, wenn er nicht hinausgeworfen werden wolle. Der Leutnant weigerte sich beharrlich, dieser Weisung zu gehorchen. Daher wurde er am Morgen, als er in der „Wüste" auf und ab spazierte, plötzlich von den Konstablern des dortigen Gerichtshofs umringt, von ihnen zusammen mit seinem Kameraden unversehens gefangengenommen und den Schließern überliefert. Diese schafften Hatchway und Tom unverzüglich hinaus und legten deren Habseligkeiten neben dem Graben nieder.

Allerdings lief diese Vertreibung nicht ohne hartnäckigen Widerstand seitens der Delinquenten ab. Wären diese nicht überrascht worden, so würden sie dem ganzen Fleet getrotzt und verschiedene tragische Rollen agiert haben, bevor man sie hätte überwältigen können. Unter den obwaltenden Umständen jedoch begnügte sich der Leutnant damit, seinen Führer zum Abschied in die Nase zu kneifen, und Pipes, um ein so löbliches Beispiel nachzuahmen, versetzte seinem Begleiter zum Andenken einen Schlag auf sein einziges Auge. Dieser hielt es aber für schimpflich, sich in dergleichen Höflichkeitsbeweisen übertreffen zu lassen, und erwiderte das Kompliment so treuherzig, daß Toms Sehorgan seinem Eigentümer alles doppelt und dreifach zeigte. Das waren für beide leise Winke, sich der Kleider zu entledigen, und im Nu waren die zwei bis zum Gurt entblößt. Die Fleischer vom Markt bildeten sofort einen Ring, ein paar der ehrwürdigen Priester, die in diesem Stadtviertel in Schlafröcken umhergehen und Heiraten stiften, warfen sich zu Sekundanten und Schiedsrichtern des bevorstehenden Kampfes auf, und nun ging's ohne weitere Vorbereitungen los. An Kraft und Behendigkeit waren die streitenden Parteien einander gleich; allein der Schließer war in der Boxkunst gründlich unterwiesen worden, hatte sich mehr als einmal durch seine Tapferkeit und seine Geschicklichkeit in diesem Sport öffentlich ausgezeichnet und bei einer seiner Heldentaten ein Auge auf dem Kampfplatz eingebüßt. Pipes verfehlte nicht, aus diesem Mißgeschick Nutzen zu ziehen. Er hatte schon mehrere harte Schläge auf die Schläfen und die Kinnbacken einstecken müssen und es unmöglich gefunden, bei seinem Gegner einen Hieb auf die Vorratskammer anzubringen; so geschickt wurde diese gedeckt. Er änderte deshalb das Ziel seines Angriffs und ließ, weil er rechts und links gleich gut war, einen solchen Hagel von Schlägen auf die blinde Hälfte des Schließers niedergehen, daß dieser Held glaubte, er sei linkshändig, und daher seine Aufmerksamkeit dieser Seite zuwandte. So befand sich also die unerleuchtete Seite seines Gesichts ungeschützt der Rechten von Pipes gegenüber, und da er sich vor dieser nicht in acht nahm, verabfolgte ihm Tom schlauerweise einen Knockout unter die fünfte Rippe, der ihn augenblicklich aufs Pflaster niederstreckte, wo er besinnungslos zu Füßen des Siegers liegenblieb. Pipes empfing hierauf Glückwünsche zu seinem Sieg, nicht allein von seinem Freund Hatchway, sondern auch von allen Umstehenden, hauptsächlich aber von dem Priester, der für ihn Partei ergriffen hatte und nun die Fremden zu sich in sein Quartier in einem benachbarten Bierhaus einlud. Die Bewirtung gefiel ihnen hier so gut, daß sie den Beschluß faßten, sich während ihres Aufenthalts in der Stadt nach keinem andern Logis umzusehen; und ungeachtet all des Schimpfs und der Enttäuschung, die sie bei ihren Versuchen, unserm Abenteurer zu dienen, erlebt hatten, waren sie noch immer entschlossen, sich für ihn zu verwenden oder, um eine vulgäre Redensart zu gebrauchen, ihm aus der Patsche zu helfen.

Während sie da ihren Wohnsitz aufschlugen und im ganzen Bezirk um den Graben herum freundschaftliche Beziehungen anknüpften, sah sich Peregrine der Gesellschaft Cadwalladers beraubt, denn dieser meldete ihm schriftlich, er sei nicht gesonnen, sein Leben durch eine Visite bei ihm in Gefahr zu bringen, solange solche Mordbuben die Wege besetzt hielten, die er passieren müßte. Er hatte sich nämlich bemüht, Informationen über die Fahrten der Seeleute einzuziehen, und sich genau nach dem Hafen erkundigt, in dem sie vor Anker lagen.

Unser Held hatte sich an die Gesellschaft von Crabtree, in der seinem eigenen Wesen so vollkommen Rechnung getragen wurde, derart gewöhnt, daß er sie gerade jetzt, da beinahe jeder andere Quell des Vergnügens für ihn verstopft war, sehr ungern entbehrte. Gleichwohl mußte er sich seinem harten Schicksal unterwerfen, und da ihm die Charaktere seiner Mitgefangenen ganz und gar nicht gefielen, war er genötigt, sich selbst zu genügen. Zwar hatte er wohl Gelegenheit, mit einigen Leuten zu verkehren, denen es weder an Verstand noch an Grundsätzen fehlte, doch kam in ihrem Benehmen ausnahmslos ein gewisser Mangel an Wohlanständigkeit, eine gewisse Schmutzigkeit der Gesinnung zum Ausdruck. Auch hatten sie infolge der langen Gefangenschaft etwas Kerkermäßiges an sich, was dem Feingefühl unseres Helden höchst zuwider war. Er hielt sich daher von ihren Partien fern, wann immer er konnte, ohne diejenigen zu beleidigen, mit denen er leben mußte, und machte sich mit unglaublicher Energie und Ausdauer wieder an seine Arbeit, wobei der Erfolg einiger Philippiken, die er gelegentlich gegen den Urheber seines Unglücks publiziert hatte, ihm den Mut stärkte.

Doch ließ ihm seine Rache auch noch Zeit, seine Menschlichkeit zu betätigen. Es muß einer schon jeglichen Mitempfindens und jeglichen Mitleids bar sein, wenn er unter so vielen armen Wichten wohnen kann, ohne daß es ihn dazu treibt, ihre Not zu lindern. Jeder Tag beinahe führte ihm die traurigsten Szenen vor Augen, durch die seine Aufmerksamkeit erregt und er veranlaßt wurde, Barmherzigkeit zu üben. Immer wieder drängte sich ihm die Kunde von Schicksalsschlägen auf, die von unsäglichem Familienleid begleitet waren; in seine Ohren tönte das Geschrei der unglücklichen Gattin, die, an Überfluß und Vergnügen gewöhnt, sich gezwungen sah, ihrem Gatten an diese Stätte des Elends und des Mangels zu folgen; jeden Augenblick empörte ihn der Anblick der nackten und hageren Gestalten,

Opfer des Hungers und der Kälte, und in seiner Phantasie malte er sich ihren Jammer noch tausendfach größer aus.

So war denn sein Beutel nie zugeschnürt, solange sein Herz sich auftat. Ohne an seine geringen Mittel zu denken, war er gut zu allen Opfern der Not und erwarb eine Beliebtheit, die zwar angenehm, aber keineswegs ersprießlich war. Kurz, seine Freigebigkeit stand so wenig im Einklang mit seinen Verhältnissen, daß es nicht lange dauerte, bis er seine Kasse gänzlich erschöpft hatte. Jetzt nahm er Zuflucht zu seinem Verleger; mit vieler Mühe erhielt er einen kleinen Vorschuß von ihm, verfiel aber sofort wieder in seinen alten Fehler und schenkte hemmungslos. Er war sich seiner Schwäche bewußt und fand sie unheilbar. Er sah voraus, daß er trotz seinem Fleiß nie imstande sein würde, sich dergleichen Ausgaben zu leisten; und diese Erwägung machte tiefen Eindruck auf ihn. Der Beifall des Publikums, den er geerntet hatte oder den er sich noch erwerben mochte, begann, wie eine zu oft gebrauchte Herzstärkung, an Wirkung auf seine Einbildungskraft einzubüßen. Seine Gesundheit litt durch die sitzende Lebensweise und das strenge Arbeitspensum. Die Augen wurden schwach, der Appetit schwand, seine Lebensgeister ermatteten, so daß er melancholisch, gleichgültig und durchaus unfähig wurde, sich auf die einzige Art, die ihm noch verblieben war, weiterhin den Unterhalt zu verdienen. Zudem bekam er eine Nachricht, die wahrlich nicht dazu geeignet war, diese Dinge weniger schlimm erscheinen zu lassen. Sein Anwalt meldete ihm, daß sein Prozeß verloren und er zu den Kosten verurteilt sei. Und dies war nicht einmal die traurigste Neuigkeit, denn er erfuhr zugleich, daß sein Buchhändler Bankrott gemacht hatte und daß sein Freund Crabtree in den letzten Zügen lag.

Dies alles bot Stoff zu bitteren Betrachtungen für einen Jüngling von Peregrines Chrakter, der so eigensinnig war, daß er immer stolzer und unbeugsamer wurde, je mehr sein Elend zunahm. Lieber, als Hatchway verpflichtet zu sein, der sich stets an den Toren des Gefängnisses herumtrieb und eifrig auf eine Gelegenheit lauerte, ihm beizustehen, wollte er auf alle Bequemlichkeiten des Lebens verzichten, und tatsächlich versetzte er seine Garderobe bei einem irischen Pfandleiher im Fleet, um diejenigen Sachen kaufen zu können, ohne die er einfach hätte umkommen müssen. Allmählich erzeugte sein Unglück in ihm den giftigsten Groll gegen die Menschheit im allgemeinen, und sein Herz wurde allen Freuden des Lebens so entfremdet, daß es ihn wenig kümmerte, wie bald sein elendes Dasein ein Ende haben möchte. Obwohl er täglich erschütternde Beispiele für die Unbeständigkeit des Glücks vor Augen hatte, konnte er sich doch nie mit dem Gedanken aussöhnen, wie seine Leidensgenossen auf der niedrigsten Stufe der Abhängigkeit zu leben. Sperrte er sich schon gegen die gütige Hilfe seiner Verwandten und vertrauten Freunde, denen er ehemals manche Gefälligkeit erwiesen hatte, so wird man sich vorstellen, daß er Vorschlägen dieser Art von seiten irgendeines Bekannten unter seinen Mitgefangenen kein Gehör schenkte. Er hütete sich sogar mehr denn je davor, sich Verbindlichkeiten aufzuladen, und mied jetzt seine früheren Tischgenossen, weil er freundschaftlichen Angeboten, die ihm unangenehm waren, aus dem Weg gehen wollte, und da er zu bemerken glaubte, daß der Geistliche sich für den Zustand seiner Finanzen interessiere, wich er einer Erklärung aus und sonderte sich von aller Gesellschaft ab.

100

Das Unglücksgewölk fängt an sich zu zerteilen.

Während er sich so in der Einsamkeit grämte und ebensoviel Abscheu vor der Welt wie vor sich selbst empfand, kam Hauptmann Gauntlet nach London, um seine Beförderung in der Armee zu betreiben. Auf den speziellen Wunsch seiner Gattin bemühte er sich, Erkundigungen nach Peregrine einzuziehen. Ihn selbst verlangte nach einer Aussöhnung, und sollte sie ihn auch eine kleine Demütigung kosten. Allein an dem Ort, wo man ihn hingewiesen hatte, konnte er keine Nachricht von Peregrine erhalten, und in der Annahme, unser Held habe seinen Sitz auf dem Lande aufgeschlagen, widmete er sich seiner eigenen Angelegenheit und wollte die Nachforschungen später erneuern, wenn die Sache in Ordnung sei. Er eröffnete sein Gesuch seinem vermeintlichen Gönner, der sich das Verdienst angemaßt hatte, ihm zur Hauptmannsstelle verholfen zu haben, und dem dafür ein ansehnliches Geschenk zuteil geworden war. Dieser Herr schmeichelte ihm auch mit der Hoffnung, daß er durch ihn seinen Zweck erreichen werde.

Unterdessen machte Gauntlet mit einem der Sekretäre von der Kriegskammer Bekanntschaft, dessen Rat und Beistand ihm, wie er gehört hatte, bei seinem Plan nützlich wären. Als er mit diesem Mann des nähern über seine Erwartungen sprach, erfuhr er, daß der Lord, auf den er sich verließ, ein Mann ohne politischen Einfluß und gänzlich außerstande sei, seine Beförderung zu bewirken. Zugleich äußerte sein Ratgeber sein Befremden darüber, daß der Hauptmann sich nicht lieber an den Peer wende, dem er seinen jetzigen Posten zu verdanken habe. Diese Bemerkung führte zu Erklärungen, in deren Verlauf Geoffrey zu seinem größten Erstaunen den Irrtum entdeckte, in dem er sich hinsichtlich seines Gönners so lange befunden hatte, obwohl er nicht erraten konnte, aus welchem Grund ein Edelmann, zu dem er keinerlei Beziehungen unterhalten hatte, ihm behilflich gewesen sein sollte. Wie dem aber auch sein mochte, betrachtete er es doch als seine Pflicht, diesem Herrn seine Erkenntlichkeit zu bezeigen, und verfügte sich in dieser Absicht am folgenden Tag in dessen Wohnung. Hier wurde er sehr höflich empfangen und vernahm, daß Mr. Pickle derjenige sei, dessen freundschaftlichen Bemühungen die bewußte Beförderung zuzuschreiben sei.

Man kann sich nicht vorstellen, welche tiefen Empfindungen der Dankbarkeit, der Liebe und der Reue sich Gauntlets Seele bemächtigten, als sich ihm dieses Geheimnis erschloß. „Gütiger Himmel!" rief er mit erhobenen Händen, „habe ich so lange mit meinem Wohltäter in Feindschaft gelebt? Schon ehe ich wußte, daß ich in seiner Schuld stand, wollte ich mich unter jeder Bedingung mit ihm aussöhnen. Nun aber werde ich keinen Augenblick ruhig sein, bis ich Gelegenheit habe, ihm meine Bewunderung für seine heroische Freundschaft auszudrücken. Die Art der Gunst, die ihm zu meinem eigenen Besten erwiesen wurde, läßt mich vermuten, daß Mr. Pickle Euer Lordschaft gut bekannt ist; und ich würde mich außerordentlich glücklich schätzen, wenn ich von Ihnen erfahren könnte, wo er denn eigentlich zu treffen sei; der Mann, bei dem er vor einiger Zeit logiert hat, konnte mir nämlich nicht sagen, wo er hingekommen ist."

Der Peer, den sowohl die edle Selbstverleugnung Peregrines als auch das Feingefühl des Freundes rührte, beklagte das Unglück unseres Helden und berichtete Gauntlet, Mr. Pickle leide schon lange an Geistesgestörtheit; er habe sein Vermögen durchgebracht, und dies sei nun die Folge davon; er sei dann von seinen Gläubigern ins Fleet gesperrt worden; ob er sich aber noch dort befinde, oder ob ihn der Tod von seinen Widerwärtigkeiten erlöst habe, entziehe sich seiner Kenntnis, denn er habe sich nie erkundigt.

Kaum hatte Geoffrey diesen Bescheid erhalten, als er, von schmerzlicher Ungeduld überwältigt, den Lord wegen seines hastigen Abschieds um Verzeihung bat und sich augenblicklich beurlaubte. Er setzte sich wieder in seine Mietskutsche und ließ sich direkt nach dem Fleet fahren. Der Wagen rollte eben auf der einen Seite des Marktes dahin, als Gauntlet zu seiner größten Überraschung plötzlich Hatchway und Pipes erblickte. Sie trugen beide wollene Nachtmützen, die von ihren Hüten halb verdeckt waren, hatten ein Tabakspfeifchen im Mund und handelten an einem Gemüsestand Blumenkohl ein. Er freute sich, die beiden Seeleute zu sehen, denn er betrachtete dies als ein glückliches Omen dafür, daß er seinen Freund finden werde. Er befahl dem Kutscher zu halten und rief den Leutnant beim Namen. Jack erwiderte diesen Zuruf mit einem Hallo, schaute sich um, erkannte den Hauptmann und lief spornstreichs zur Kutsche hinüber. Indem er ihm herzlich die Hand schüttelte, sagte er: „Sapperment, es ist mir lieb, daß Ihr endlich zu uns stoßt. Nun werden wir imstande sein, das rechte Gewicht vom Schiffe zu finden, um es in ein ander Fahrwasser zu bringen. Ich für meinen Part habe zu meiner Zeit manch ehrliches Bruderherz von Kameraden gehabt und ihn zu jeder Zeit wieder herumsteuern können. Aber die halsstarrige Kröte da frägt viel nach dem Ruder oder nach den Brassen und wird, denk ich, da auf den Grund sinken, wo sie vor Anker liegen tut."

Gauntlet, der zum Teil verstand, was Jack meinte, stieg sogleich aus und ließ sich in des Seemanns Wohnung führen, wo er nun alles erfuhr, was zwischen dem Leutnant und Peregrine vorgefallen war. Hierauf erzählte er seinerseits, welche Entdeckung er bezüglich seiner Beförderung gemacht hatte. Ohne hierüber irgendwelches Erstaunen zu bekunden, nahm Jack seine Pfeife aus dem Mund und sagte: „Seht Ihr, Kapitän, das ist nicht das einzige Freundschaftsstück, das Ihr ihm zu danken habt. Das Geld, das Ihr als alte Schuld vom Kommodore kriegtet, war ein bloßer Schwindel, den Pickle ersonnen hat, um Euch zu helfen. Er aber will lieber ohne Segel und Takelage und ohne einen Bissen an Bord in die wilde See hinaustreiben als von irgendeinem Menschen Beistand annehmen."

Durch diese Aufklärung war Geoffrey nicht nur verblüfft, sondern verärgert; sein Stolz wurde dadurch verletzt, andererseits aber sein Verlangen gesteigert, Pickle die vielen Verbindlichkeiten, die er ihm gegenüber hatte, einigermaßen zu vergelten. Er erkundigte sich nach der gegenwärtigen Lage des Gefangenen, und als er hörte, er sei unpäßlich, mit dem Notwendigsten nur kümmerlich versehen und dennoch taub für jedes Hilfsangebot, fing er an, bei dieser Schilderung von Pickles unbändigem Stolz und Starrsinn äußerst betrübt zu werden, denn er fürchtete für sein Vorrecht, dem Bedrängten beizuspringen. Indessen beschloß er, kein Mittel unversucht zu lassen, das irgendwie zur Überwindung eines so unheilvollen Vorurteils beitragen könnte. Er begab sich ins Fleet, wurde nach dem Gemach des armen Gefangenen gewiesen und klopfte sachte an die Türe. Voll Schreck und Erstaunen fuhr er zurück, als sie geöffnet wurde. Die Gestalt, die ihm unter die Augen trat, war nurmehr ein Schatten seines einst glücklichen Freundes. Er war derart jammervoll verändert und entstellt, daß seine Züge kaum noch zu erkennen waren. Der blühende, muntere, lebensfrohe, hochgemute Jüngling hatte sich in ein bleiches, hohläugiges, mutloses, hageres, schmutziges Gespenst verwandelt, war das Abbild der Krankheit, des Mangels und der Verzweiflung. Doch lag in seinem Blick noch eine gewisse Wildheit, die über sein gramumwölktes Gesicht einen düstern Glanz warf. Stumm sah er seinen ehemaligen Gefährten mit Verlegenheit und Verachtung an. Gauntlet aber war von dieser traurigen Wendung im Geschick eines Menschen, für den er die edelsten Gefühle der Freundschaft, Dankbarkeit und Achtung hegte, im Innersten ergriffen. Sein Schmerz war anfänglich zu stark, um sich in Worten zu äußern; seine Augen füllten sich mit Tränen, ehe er auch nur eine Silbe auszusprechen vermochte.

Peregrine konnte sich trotz seinem Menschenhaß bei diesem ungewöhnlichen Zeichen von Anteilnahme der Rührung nicht erwehren; er bemühte sich jedoch, seiner Empfindungen Herr zu werden. Seine Stirn zog sich in finstere Falten, seine Augen leuchteten wie glühende Kohlen, und er winkte mit der Hand zum Zeichen, daß Geoffrey gehen und einen Elenden wie ihn seinem jammervollen Schicksal überlassen möge. Doch die Natur war stärker und siegte, er stieß plötzlich einen tiefen Seufzer aus und weinte überlaut.

Als der junge Krieger ihn so aufgelöst sah, konnte er den starken Regungen seines Herzens nicht mehr widerstehen, er sprang auf ihn zu, schloß ihn in die Arme und sagte: „Mein teuerster Freund und größter Wohltäter, ich komme hierher, um mich vor Ihnen wegen der Beleidigung zu demütigen, die ich bei unserer letzten Trennung Ihnen zuzufügen das Unglück gehabt habe, um Sie um eine Aussöhnung anzuflehen und Ihnen für Ihre Güte zu danken, durch die ich jetzt in behaglichen Verhältnissen und im Überfluß lebe. Ich komme auch, um Sie, selbst gegen Ihren Willen, aus Ihrer traurigen Lage herauszureißen, von der ich noch vor einer Stunde keine Ahnung hatte. Gönnen Sie mir die Genugtuung, mich meiner Pflicht und Schuld zu entledigen. Wahrlich! Sie müssen einige Achtung vor einem Menschen gehabt haben, für den Sie so viel getan haben, und wenn davon noch etwas übrig ist, werden Sie ihm die Gelegenheit nicht mißgönnen, sich ihrer würdig zu zeigen. Ersparen Sie mir die schlimmste aller Kränkungen – verschmähte Freundschaft. Bezwingen Sie Ihren Groll und lassen Sie sich einem Manne zuliebe erweichen, der allzeit bereit ist, für Ihre Ehre und Ihr Bestes sein Leben zu opfern. Wollen Sie aber meinen inständigen Bitten kein Gehör schenken, so nehmen Sie einige Rücksicht auf die Wünsche meiner Sophie. Sie hat es mir auf die Seele gebunden, bei Ihnen um Verzeihung anzuhalten, noch ehe ihr bekannt war, wieviel ich Ihrem Edelmut zu verdanken habe, oder sollte auch diese Erwägung nichts ins Gewicht fallen, so hoffe ich, daß der Gedanke an die arme Emilie Sie ein wenig milder stimmt, deren Liebe den einstigen Unwillen längst überwunden hat und die sich jetzt insgeheim über Ihre Geringschätzung härmt."

Jedes Wort dieser Rede, die so ergreifend vorgetragen wurde, ging Peregrine sehr zu Herzen. Ihn rührte die Demut seines Freundes, der ihm eigentlich keinen wirklichen Grund zur Beschwerde gegeben hatte. Er wußte, daß eine solche Erniedrigung, die bei einem Manne von Geoffreys überaus empfindlicher Gemütsart etwas Außerordentliches war, nur aus ungewöhnlichen Motiven erfolgen konnte. Er betrachtete sie daher als echten Beweis eines starken Dankgefühls und uneigennütziger Zuneigung, und so fing er denn an, etwas nachgiebiger zu werden. Als er sich im Namen der holden Sophie beschwören hörte, war es mit seiner Hartnäckigkeit aus, und als er an Emilie erinnert wurde, überlief ein heftiges Zittern seinen ganzen Körper. Mit sanftem Blick faßte er den Freund bei der Hand und beteuerte, sobald er die Sprache wiedergefunden hatte, deren er im Sturm der sich widerstrebenden Leidenschaften nicht mächtig gewesen war, er hege auch nicht den leisesten Groll mehr, sondern sehe in ihm vielmehr den Kameraden, der ihm so zugetan sei, daß er seinem Freund allem Unheil der Welt zum Trotz unverbrüchliche Treue halte. Er gedachte Sophiens in den respektvollsten Ausdrücken, sprach von Emilie mit der größten Ehrerbietung, als dem Gegenstand seiner unvergänglichen Liebe und tiefsten Verehrung; allein er entsagte jeglicher Hoffnung, sich je ihre Achtung wieder zu erwerben, und entschuldigte sich, daß er sich Geoffreys gütige Absichten nicht zunutze machen könne. „Ich habe alle Beziehungen zu den Menschen abgebrochen", erklärte er mit der entschiedensten Miene. „Mich verlangt mit Ungeduld nach der Stunde meiner Auflösung, und tritt sie nicht bald auf natürliche Weise ein, so bin ich entschlossen, sie lieber durch meine eigene Hand zu beschleunigen, als mich der Verachtung, ja, was noch unerträglicher ist, dem Mitleid einer schurkischen Welt preiszugeben."

Gauntlet bekämpfte diesen wahnwitzigen Entschluß mit der Heftigkeit eines mahnenden Freundes, doch seine Vorstellungen machten auf unsern verzweifelten Freund nicht den gewünschten Eindruck. Kaltblütig widerlegte er alle Argumente und verfocht die Richtigkeit seines Vorhabens auf Grund vorgeblicher Grundsätze der Vernunft und der wahren Philosophie.

Während dieser Streit mit viel Eifer von der einen und mit großer Gelassenheit von der andern Seite fortgesetzt wurde, brachte man Peregrine einen Brief, den er, ohne ihn zu öffnen, gleichgültig auf den Tisch warf, obwohl die Züge der Anschrift ihm ganz unbekannt waren. Der Inhalt wäre aller Wahrscheinlichkeit nach ewig geheim geblieben, hätte Gauntlet nicht darauf bestanden, daß sein Freund, ohne lange Geschichten zu machen, das Schreiben sogleich lese. Daraufhin erbrach Pickle das Siegel des Briefes, der zu seinem nicht geringen Erstaunen folgende Mitteilung enthielt:

Sir!

Durch Gegenwärtiges habe ich die Ehre, Sir, Ihnen anzukünden, daß ich nach manchen Gefahren und Enttäuschungen mit Gottes Beistand gesund und wohlbehalten an Bord

des Ostindienseglers *Gomberoon* in den *Downs* angekommen bin und eine leidliche Fahrt gehabt habe, und so hoffe ich denn, die siebenhundert Pfund, die ich vor meiner Abreise aus England von Ihnen borgte, samt den Zinsen zurückerstatten zu können. Ich ergreife die Gelegenheit, Ihnen den Brief durch unsern Zahlmeister zu übermitteln, der als Eilbote mit Depeschen für die Kompanie abgeht, damit Sie auf diese Weise möglichst rasch die erfreuliche Nachricht erhalten von einem Manne, den Sie vermutlich schon längst aufgegeben haben. Ich habe meinen Brief in ein Schreiben an meinen Makler eingeschlossen, der, wie ich hoffe, Ihre Adresse kennt und ihn daher sofort an Sie weiterbefördern wird. Verbleibe, Sir, respektvoll
Ihr ganz ergebener Diener Benjamin Chintz

Kaum hatte Pickle diese angenehme Epistel überflogen, als sein Gesicht sich aufklärte. Mit einem Lächeln überreichte er sie seinem Freund und sagte: „Hier finden Sie ein Argument für Ihren Standpunkt, das viel überzeugender ist, als alle Kasuisten auf Erden hätten vorbringen können." Gauntlet wunderte sich über diese Bemerkung, nahm das Papier zur Hand, verschlang den Inhalt und gratulierte Peregrine zum Empfang des Schreibens, wobei er vor Freude fast aus dem Häuschen geriet. „Nicht wegen des Betrags", setzte er hinzu, „den würde ich, bei meiner Ehre, mit Vergnügen dreifach bezahlen, wenn ich Ihnen damit Behaglichkeit und Zufriedenheit verschaffen könnte, sondern weil es scheint, daß Sie durch den Brief mit dem Leben ausgesöhnt sind und jetzt an gesellschaftlichem Umgang wieder Geschmack finden werden."

Man kann sich unmöglich ein Bild von der Wirkung machen, die diese unerwartete Gunst des Schicksals bei unserm Helden zur Folge hatte. Im Nu wurden seine Wangen rund, alle Züge seines Gesichts weich und heiter, dann hob sich sein Haupt, das gleichsam schon zwischen die Schultern hinabgesunken war, und entwickelte sich seine Stimme aus einem matten Krächzen zu einem festen, männlichen Ton. Geoffrey nutzte diese günstige Veränderung und fing an, ihm die frohesten Aussichten für die Zukunft zu eröffnen. Er erinnerte ihn an seine Jugend und seine vorzüglichen Eigenschaften, die, wie er sagte, gewiß für bessere Tage bestimmt wären, als er sie bis jetzt erlebt hätte; er wies ihm verschiedene Wege, die zu Wohlstand und Ruhm führten; er drang in ihn, eine Geldsumme für seine unmittelbaren Bedürfnisse anzunehmen, und bat ernsthaft um die Erlaubnis, die Schuld begleichen zu dürfen, derentwegen er in Haft säße. „Sophiens Vermögen", fügte er bei, „setzt mich in den Stand, Ihnen diesen Beweis meiner Dankbarkeit zu geben, ohne daß meine Angelegenheiten darunter zu leiden hätten. Bei Gott! ich kann mich nicht im Besitze Ihrer Achtung glauben, wenn es mir nicht vergönnt ist, meinen guten Willen auf diese Art dem Manne gegenüber zu beweisen, der mir, mittellos und verachtet, wie ich war, nicht nur zu Wohlhabenheit und ansehnlichem Rang, sondern auch zum Besitz eines herrlichen Weibes verholfen hat, welches das Maß meines Glücks voll macht."

Peregrine erklärte, er sei für seine Dienste bereits überreich belohnt durch die Freude, die es ihm bereitet habe, sie zu leisten, und durch die schöne Frucht, die sie in der Harmonie und Zufriedenheit zweier ihm so teuern Menschen gezeitigt hätten. Er versicherte auch, er wolle früher oder später Geoffreys Gewissen beruhigen und die Skrupel seiner Ehre beheben, indem er seine Hilfe in Anspruch nehme; vorläufig aber müsse er sie ablehnen, sonst würde er den wackern Hatchway vor den Kopf stoßen, denn der habe ihm seinen Beistand zuerst angeboten und ihm seine Anhänglichkeit mit erstaunlicher Hartnäckigkeit und Ausdauer bewiesen.

Peregrine söhnt sich mit dem Leutnant aus und nimmt seinen gesellschaftlichen Verkehr wieder auf. Er hat Gelegenheit, einen bemerkenswerten Beweis seiner Selbstverleugnung zu liefern.

Der Hauptmann räumte Jack, allerdings nur widerstrebend, in diesem Punkt den Vortritt ein, und dieser wurde sofort durch ein von Pickle selbst unterschriebenes Billett zu einer Konferenz eingeladen. Man traf ihn am Tor des Gefängnisses, wo er auf Gauntlet wartete, um den Ausgang der Unterhandlung zu erfahren. Kaum hielt er diese Aufforderung in Händen, als er all seine Segel setzte und in voller Fahrt nach dem Zimmer seines Freundes steuerte. Auf Peregrines Verlangen wurde er vom Schließer, den der Überbringer des Briefchens verständigt hatte, eingelassen. Pipes segelte unmittelbar hinter seinem Schiffskameraden her, und wenige Minuten nachdem das Billett abgegangen war, hörten Peregrine und Gauntlet das Stapfen des Stelzfußes, der mit solcher Hurtigkeit die Holztreppe herauftrampelte, daß sie erst meinten, man schlüge mit Trommelstöcken auf ein leeres Faß. Diese ungemeine Eile hatte jedoch ein Mißgeschick zur Folge. Jack übersah nämlich einen kleinen Defekt in einer der Stufen, und sein Stelzbein fuhr in ein Loch hinein. Er stürzte rückwärts, und sein Leben wäre gefährdet gewesen, wenn nicht zum Glück Pipes hinter ihm gestanden und ihn mit seinen Armen aufgefangen hätte. So erlitt er weiter keinen Schaden, als daß er sein hölzernes Bein verlor. Durch das Gewicht seines Körpers war es in die Brüche gegangen; aber Jacks Ungeduld war so groß, daß er sich nicht die Mühe nehmen wollte, den Stumpf herauszuziehen. Er schnallte im Nu seinen ganzen Apparat los, ließ ihn in der Spalte stecken und sagte, ein schlechtes Tau sei nicht wert, daß man es einhieve. Mit diesen Worten hüpfte er, nun wirklich ein Krüppel, unglaublich rasch ins Zimmer.

Mit großer Herzlichkeit faßte ihn Peregrine bei der Hand

und setzte ihn auf den Rand seines Bettes nieder; sodann entschuldigte er sich bei ihm wegen seiner Zurückhaltung, über die der Leutnant sich mit so viel Recht beschwert habe, und fragte, ob er ihm nicht vielleicht zwanzig Guineen leihen könne. Ohne den Mund aufzutun, zog Hatchway seine Börse hervor, und Pipes, der die Bitte zufällig mitangehört hatte, setzte seine Pfeife an die Lippen und spielte eine laute Ouvertüre, um seine Freude zu bekunden. So war alles in Ordnung, und unser Held sagte zum Hauptmann, es wäre ihm ein Vergnügen, ihn und ihren gemeinsamen Freund Hatchway zum Mittagessen bei sich zu haben, wenn dieser ihm gestatte, inzwischen über Pipes zu verfügen. Der junge Kriegsmann entfernte sich hierauf, um seinen Onkel rasch zu besuchen, dessen Kräfte zu der Zeit im Schwinden waren, und versprach, sich zur anberaumten Stunde wieder einzufinden.

Als der Leutnant die Jammergestalt seines Freundes betrachtete, konnte er sich bei einem solchen Anblick der Rührung nicht erwehren. Er tadelte seinen hartnäckigen Stolz und schwur, das sei der reine Selbstmord. Der junge Herr jedoch unterbrach ihn in seiner Moralpredigt mit der Bemerkung, er habe seine Gründe gehabt, so und nicht anders zu handeln, und er werde sie ihm zu gelegener Zeit vielleicht entdecken; jetzt aber sei er gesonnen, seine Lebensweise zu ändern und sich für das ausgestandene Elend schadlos zu halten. Er befahl denn auch Pipes, zum Pfandleiher zu gehen, ihm seine Garderobe einzulösen und dann zum Mittagessen etwas Gutes zu bestellen. Bei seiner Rückkehr war Geoffrey von der vorteilhaften Veränderung im Äußern seines Freundes angenehm überrascht. Peregrine hatte sich mit Unterstützung des Dieners vom Schmutz seiner kümmerlichen Tage gereinigt und erschien jetzt in anständigem Anzug und sauberer Wäsche, während sein Gesicht von den Stoppeln, die es verdunkelt hatten, befreit und das Zimmer zum Empfang der Gäste bereitgemacht war.

Die Mahlzeit, bei der sie sich mit ihren frühern Abenteuern im Kastell unterhielten, verlief sehr vergnüglich. Am Nachmittag beurlaubte sich Gauntlet, um auf den Wunsch seines Onkels an seine Schwester zu schreiben. Der alte Herr fühlte nämlich sein Ende herannahen und wollte sie unverzüglich sprechen. Peregrine seinerseits zeigte sich in der „Wüste", wo ihm nicht nur seine alten Tischgenossen, für die er lange Wochen hindurch unsichtbar geblieben war, zu seinem Wiedererscheinen in der Öffentlichkeit gratulierten, sondern auch eine Anzahl jener Unglücklichen, denen er freigebig geholfen hatte, ehe seine Kasse erschöpft gewesen war. Hatchway durfte sein altes Logis wieder beziehen, denn Peregrine hatte sich beim Aufseher des Gefängnisses für ihn verwendet, und Pipes wurde in Crabtrees frühere Wohnung geschickt, um sich nach diesem zu erkundigen. Er erfuhr hier, daß der Menschenfeind schwer krank gelegen und sich nach *Kensington Gravel Pits* begeben habe, weil die Luft dort reiner sei als in London.

Diesem Bescheid zufolge bat Peregrine, dem die knappen Mittel des Alten bekannt waren, am folgenden Tag seinen Freund Gauntlet, sich zu Crabtree zu bemühen und ihm in seinem Namen einen Brief zuzustellen, in dem er ihm sein herzlichstes Beileid über seine Krankheit ausdrückte, ihm die glückliche Nachricht meldete, die ihm von den *Downs* zugegangen war, und ihn beschwor, sich seiner Börse zu bedienen, wenn er sich irgendwie in Geldverlegenheit befinden sollte. Der Hauptmann stieg sofort in eine Kutsche und machte sich, gemäß der Auskunft von Pipes, auf den Weg.

Cadwallader, der ihn in Bath gesehen hatte, erkannte ihn auf den ersten Blick wieder und glaubte sich, obwohl zum Gerippe abgemagert, so sehr auf dem Wege der Besserung, daß er Geoffrey gleich ins Fleet begleitet hätte, wenn seine Wärterin nicht gewesen wäre. Sein Arzt hatte sie ermächtigt, sich dem Willen des Patienten in allem zu widersetzen, was sie als seiner Gesundheit nachteilig erachtete, denn diejenigen, die ihn pflegten, hielten ihn für einen alten eigensinnigen Gesellen, bei dem es ganz gehörig spuke. Er erkundigte sich eingehend nach den zwei Seeleuten und sagte: „Aus Angst vor den beiden habe ich meinen Verkehr mit Pickle abgebrochen, und sie sind die unmittelbare Ursache meiner Krankheit, denn durch den Schreck, den sie mir eingejagt, habe ich mir ein Fieber zugezogen." Als Cadwallader hörte, daß die Mißhelligkeiten zwischen Pickle und Hatchway beigelegt waren, er also von des Leutnants Rachsucht nichts mehr zu befürchten hatte, versprach er, bei der ersten günstigen Gelegenheit ins Fleet zu kommen, und schrieb mittlerweile auf Peregrines Brief eine Antwort des Inhalts, daß er ihm für sein Anerbieten sehr verbunden sei, seines Beistands jedoch ganz und gar nicht bedürfe.

In wenigen Tagen gewann unser Freund seine Kräfte, seine Farbe und seine Lebhaftigkeit zurück. Er nahm wieder an den Vergnügen und Gesellschaften der andern teil, und in kurzem ging das Geld ein, das er auf Bodmerei ausgeliehen hatte und das sich zusammen mit den Zinsen auf mehr als elfhundert Pfund belief. Der Besitz dieser Summe machte zwar seine Lebensgeister wieder flott, brachte ihn aber auch in Verlegenheit. Manchmal schien es ihm, er habe als Mann von Ehre die Pflicht, den größten Teil davon zur Verminderung der Schuld zu verwenden, derenthalben er im Fleet saß; andererseits hingegen glaubte er sich jeglicher Verbindlichkeit ledig, weil er durch die Hinterlist seines Gläubigers um den zehnfachen Wert der Summe geschädigt worden war; und in dieser Stimmung trug er sich mit dem Gedanken, aus dem Gefängnis zu entfliehen und sich mit den Trümmern seines Vermögens nach einer andern Gegend der Welt zu retten, wo er damit mehr anfangen könnte.

Wenn er diese Möglichkeiten erwog, so hatte er aber so viele Bedenken, kamen ihm so viele Schwierigkeiten in den Sinn, daß er sich für keine von beiden entscheiden konnte. Er legte vorderhand tausend Pfund in Staatspapieren an und hoffte, durch die Zinsen zusammen mit den Früchten seines Fleißes vor Mangel während der Haft gesichert zu sein, bis dann irgendein Ereignis eintrete, das einen andern Entschluß zweckmäßiger erscheinen ließe. Gauntlet bestand noch immer darauf, daß ihm die Ehre zuteil werde, durch Einlösung des Schuldscheins von Gleanum Peregrines Freiheit zu erwirken, und riet ihm, sich vom eingegangenen Geld eine Offiziersstelle zu kaufen. Der Leutnant behauptete, er habe ein Vorrecht, seinem Vetter aus dem Fleet herauszuhelfen, da er durch Pickles Tante in den Genuß einer ganz hübschen Summe gekommen sei, die von Rechts wegen dem jungen Herrn gehörte. Außerdem sei er dessen Schuldner, weil er seinen Hausrat benützen dürfe, ihm überhaupt das Dach über dem Kopf verdanke. Obgleich er schon ein Testament zu Peregrines Gunsten gemacht habe, setzte er hinzu, würde er doch nie zufrieden oder innerlich ruhig sein, solange sein lieber Vetter seiner Freiheit beraubt bleibe oder an den Bequemlichkeiten des Lebens Not litte.

Cadwallader, der ihren Beratungen beiwohnte und mit dem sonderbaren und unnachgiebigen Charakter des Jünglings am besten vertraut war, machte den Vorschlag, Hatchway solle ihm, da er von Verbindlichkeiten nun einmal nichts wissen wolle, das Kastell mit allem Zubehör abkaufen. Dieses würde, nur ganz mäßig veranschlagt, mehr Geld einbringen, als zur Tilgung seiner Schulden nötig sei, und wenn ihm die sklavische Subordination bei der Armee nicht zusage, so könne er sich für seine Anwartschaft auf das Kastell eine ansehnliche Leibrente erwerben und sich mit dem Leutnant aufs Land begeben, um dort in völliger Unabhängigkeit zu leben und sich, wie gewöhnlich, an den menschlichen Lächerlichkeiten zu ergötzen.

Dieser Plan war Pickle weniger zuwider als irgendeins der bisher entwickelten Projekte, und der Leutnant erklärte sich bereit, ihn, soweit es an ihm liege, unverzüglich auszuführen; allein den Hauptmann kränkte der Gedanke, daß sein Beistand unnötig werden sollte, und er wandte sich entschieden gegen eine solche Absonderung von der Gesellschaft, die Peregrines schönste Aussichten auf Ruhm und Glück zerstören müßte und durch die seine Jugend und seine Talente in Einsamkeit und Dunkel begraben würden. Dieser ernsthafte Widerstand von seiten Gauntlets hinderte unsern Helden daran, sofort einen Entschluß zu fassen. Dabei wirkte seine Abneigung mit, das Kastell zu irgendwelchen Bedingungen zu veräußern, denn es war für ihn derjenige Teil seiner Erbschaft, den er nicht aufgeben durfte, ohne dem Andenken des verstorbenen Kommodores zu nahezutreten.

Peregrine führt einen außerordentlichen Briefwechsel, der durch einen ganz unerwarteten Vorfall unterbrochen wird.

Während der Debatte über diese Sache sagte der Hauptmann im Verlauf des Gesprächs zu Pickle, Emilie sei in der Stadt angekommen und habe mit so viel Teilnahme und Besorgnis nach Mr. Pickle gefragt, daß es den Anschein habe, sie sei über sein Unglück einigermaßen unterrichtet. Er wünschte daher zu wissen, ob er ihr seine Lage eröffnen dürfe, wenn sie ihn wieder mit ihren Fragen bestürme, denen er bis jetzt geflissentlich ausgewichen sei.

Ein solcher Beweis oder vielmehr ein solches Anzeichen von herzlichem Interesse mußte Peregrine tief bewegen, und sein Inneres geriet sogleich in jenen Aufruhr, den eine mühsam erstickte Liebe oft zu erzeugen pflegt. Er antwortete, seine Schmach sei derart, daß sie nicht verheimlicht werden könne; er sehe deshalb keinen Grund, warum er sich des Mitleids von Emilie berauben sollte, da er sich ja schon ihre Zuneigung für immer verscherzt habe. Er bat also Geoffrey, seiner Schwester die untertänigsten Grüße eines verzweifelten Liebhabers zu überbringen.

Obgleich er so seiner Hoffnungslosigkeit Ausdruck verlieh, drängte sich in seiner Phantasie unwillkürlich eine Fülle anmutiger Bilder. Crabtrees Idee hatte in seinem Geist Wurzel geschlagen, und er konnte sich nicht enthalten, Pläne zu entwerfen, wie er in den Armen der schönen Emilie und fern von jenen prunkvollen Szenen, die er jetzt haßte und verabscheute, ein idyllisches Glück genießen wollte. Er ergötzte sich an der Vorstellung, daß er imstande sein werde, der Geliebten durch die kleine Leibrente, die er sich zu kaufen vermöchte, und durch die Früchte seines Fleißes, den er in seiner Mußezeit nutzbringend betätigen wollte, ein unabhängiges Leben zu sichern; und in der Freundschaft des Leutnants, der ihn bereits zu seinem Erben eingesetzt hatte, erblickte er eine Garantie dafür, daß auch für die Zukunft seiner wachsenden Familie gesorgt sei. Er teilte sogar seine Stunden schon ein zwischen den notwendigen Geschäften des Alltags, den Freuden der Häuslichkeit und den Genüssen des Landlebens. Den Abend verbrachte er mit seinem reizenden Weibe; bald wanderte er mit ihr am schilfbestandenen Ufer eines kristallklaren Flusses, bald beschnitt er die üppigen Ranken des Weinstocks, und bald saß er mit ihr im traulichen Gespräch unter dem Schattendach einer selbstgepflanzten Laube.

Dies waren jedoch bloße Träume, die, wie er wohl wußte, nie in Erfüllung gehen würden. Nicht etwa, daß er geglaubt hätte, eine solche Seligkeit wäre einem Menschen in seinen Verhältnissen nicht beschieden, sondern weil er sich nicht dazu erniedrigen wollte, einen Vorschlag zu machen, der Emiliens Interesse irgendwie nachteilig sein oder mit dem er sich einen Korb holen könnte bei derjenigen, die seine Bewerbungen verschmäht hatte, als er noch auf dem Gipfel des Glücks stand.

Indem er sich mit diesen angenehmen Phantasien beschäftigte, ereignete sich ein unerwarteter Vorfall, der für Emilie und ihren Bruder von großer Bedeutung war. Ihr Oheim, dem man Wasser abgezapft hatte, starb wenige Tage nach der Operation, nachdem er in seinem Testament dem Neffen fünftausend Pfund, der Nichte aber, die er stets am meisten geschätzt, doppelt soviel vermacht hatte.

Sah unser Held schon vorher seine Liebe zu Emilie für eine Leidenschaft an, die er unbedingt besiegen oder unterdrücken müsse, so betrachtete er jetzt ihre Erbschaft als einen Umstand, der ihn in dieser Überzeugung bestärkte, und er beschloß, sich jedem Gedanken zu verschließen, der einer Hoffnung Vorschub leisten könnte. Eines Tages überreichte ihm Geoffrey mitten in einer Unterredung, die er eigens zu diesem Zweck eingeleitet hatte, einen Brief; er war an Mr. Pickle adressiert; die Handschrift war die Emiliens. Kaum erkannte sie unser junger Herr, als eine brennende Röte seine Wangen überzog und er heftig zu zittern begann, denn er erriet den Inhalt des Billetts sofort. Er küßte es mit großer Ehrfurcht und tiefer Andacht und war keineswegs erstaunt, die folgenden Worte zu lesen:

Sir!

Ich habe meinem Ruf ein hinlängliches Opfer gebracht, indem ich bis jetzt zum Schein einen Unwillen wahrte, den ich längst aufgegeben hatte; und da nun die letzte günstige Veränderung meiner Lage mir erlaubt, meine wahre Gesinnung zu offenbaren, ohne dabei fürchten zu müssen, daß man mich tadle oder mich eigennütziger Absichten verdächtige, ergreife ich diese Gelegenheit, Ihnen zu versichern, daß ich geneigt bin, sofern ich in Ihrem Herzen noch immer jenen Platz einnehme, in dessen Besitz ich mich ehemals zu wähnen eitel genug war, die ersten Schritte zu einem Vergleich zu tun. Mein Bruder hat von mir sogar die Vollmacht, einen solchen abzuschließen, im Namen

Ihrer ausgesöhnten Emilie

Mit heißen Küssen bedeckte Peregrine die Unterschrift, dann fiel er auf die Knie nieder, blickte zum Himmel und rief entzückt: „Gott sei Dank! Ich habe mich in diesem großmütigen Mädchen nicht getäuscht. Ich glaubte, daß die würdigsten und heldenhaftesten Gefühle sie beseelten, und nun gibt sie mir einen überzeugenden Beweis ihres Edelmuts. Es ist jetzt an mir, mich ihrer wert zu zeigen. Der Himmel schleudere die schärfsten Pfeile seiner Rache auf mich, wenn ich nicht in diesem Augenblick Emiliens Charakter mit der innigsten Liebe und Verehrung bewundere. Doch bin ich, so liebenswürdig und bezaubernd sie auch ist, mehr denn je entschlossen, meine Leidenschaft meiner Ehre aufzuopfern, sollte dieser Kampf mich auch das Leben kosten, und sogar ein Anerbieten abzulehnen, das ich sonst nicht für alle Schätze der Erde ausschlagen würde."

Diese Erklärung war seinem Freunde Gauntlet weniger unerwartet als unwillkommen. Er machte ihm klar, daß diese Sache seine Ehre gar nicht berühre und er seine edle Denkart bereits bezeugt habe, indem er zu wiederholten Malen seinen Willen bekundet habe, sein ganzes Vermögen Emilien zu Füßen zu legen, und das zu einer Zeit, da keine Spur von Egoismus ihn dazu hätte bewegen können. Weise er aber ihren jetzigen Antrag zurück, so würde er der Welt Anlaß geben zu sagen, sein Stolz sei eigensinnig und seine Hartnäckigkeit unüberwindlich, und seine Schwester hätte unstreitig Grund zu glauben, seine Liebe zu ihr sei bloß erheuchelt gewesen, oder aber sie sei beträchtlich erkaltet.

Auf all dies antwortete Pickle, dem Urteil der Welt habe er schon lange getrotzt, und was Emilie betreffe, so zweifle er nicht, daß sie in ihrem Herzen seinen Entschluß billigen und der Lauterkeit seiner Absicht Gerechtigkeit widerfahren lasse.

Es war noch niemals leicht gewesen, unsern Helden von einem Vorsatz abzubringen. Jedoch seit seiner Gefangenschaft war seine Unnachgiebigkeit fast unbezwingbar geworden. Nachdem also der Hauptmann sein Gewissen dadurch erleichtert hatte, daß er Peregrine versicherte, das Lebensglück seiner Schwester stehe auf dem Spiel, die Mutter habe ihren Schritt gutgeheißen, und ihn selbst würde seine Weigerung außerordentlich kränken, hörte er auf, weiter in ihn zu dringen, damit er sich nicht noch mehr auf seine Meinung versteifen sollte, und übernahm es, Emilie auf ihren Brief folgende Antwort zuzustellen:

Mein Fräulein!

Daß ich vor Ihrer erhabenen Tugend die tiefste Hochachtung und Ehrfurcht habe und daß ich Sie unendlich mehr liebe als das Leben, will ich jederzeit beweisen. Aber jetzt ist die Reihe an mir, der Ehre ein Opfer zu bringen, und so verlangt nun ein grausames Schicksal, daß ich es ablehne, aus Ihrer Milde Nutzen zu ziehen, bloß damit Ihr Edelmut gerechtfertigt werde. Ich bin dazu verdammt, mein Fräulein, stets elend zu sein und immerfort nach dem Besitz jenes Kleinods zu seufzen, das ich nicht annehmen darf, obwohl es mir jetzt angeboten wird. Nie werde ich versuchen, die Qualen zu schildern, die mein Herz zerreißen, indem ich Ihnen diesen verhängnisvollen Verzicht eröffne; allein ich appelliere an Ihr eigenes Feingefühl, das mein Leid zu ermessen vermag und meiner Selbstverleugnung sicher Gerechtigkeit widerfahren lassen wird.

Ihr höchst unglücklicher P. Pickle

Emilie, die unseres Helden empfindlichen Stolz kannte, hatte den Inhalt des Schreibens vorausgeahnt, bevor es in ihre Hände kam. Sie verzweifelte daher noch nicht am Erfolg, ließ auch keineswegs ihren Plan fallen, der in nichts anderem bestand, als daß sie durch eine Heirat mit dem Manne, dem ihre unveränderliche Zuneigung gehörte, ihr Glück begründen wollte. Voll Vertrauen auf seine Ehre und von der Liebe, die sie gegenseitig beseelte, fest überzeugt, verleitete sie ihn allmählich zu einem Briefwechsel, und darin suchte sie die Argumente zu widerlegen, auf die er seine Weigerung stützte. Unser junger Herr fand sicher kein geringes Vergnügen an einer so angenehmen Unterhaltung, bei der er mehr denn je Gelegenheit hatte, die Schärfe ihres Witzes und die Feinheit ihres Verstandes zu bewundern.

Durch diese Bewunderung ihrer Vorzüge knüpften sich die Bande fester, mit denen sie ihn fesselte, es vermehrten sich aber auch die Motive, die ihn veranlaßten, den Disput fortzusetzen, und es wurden von beiden Seiten viele spitzfindige Argumente über diese ganz besondere Streitfrage vorgebracht, und zwar ohne irgendwelche Aussicht auf eine Bekehrung der andern Partei. Endlich fing sie an, die Hoffnung aufzugeben, ihn mit Vernunftgründen für ihren Standpunkt zu gewinnen, und beschloß, sich künftig hauptsächlich an die unwiderstehlich starken Gefühle seiner Liebe zu wenden, deren Wirkung durch die Versuche ihrer Feder nicht im mindesten beeinträchtigt oder abgeschwächt worden war.

Zu diesem Zweck regte sie eine Zusammenkunft an, indem sie vorschützte, es sei ihr unmöglich, ihre Gedanken zu diesem Thema in einer Reihe kurzer Briefe vorzutragen, und Geoffrey wollte für den Tag im Fleet für ihn bürgen. Pickle war sich aber ihrer Macht über ihn wohl bewußt und wagte es deshalb nicht, ihr persönlich entgegenzutreten, obgleich ihm das Herz vor glühender Begierde pochte, die schönen Augen nach so langer Zeit nun wieder freundlich strahlen zu sehen und die Wonne einer zärtlichen Aussöhnung zu genießen.

Potz Velten, was für eine prächtige Galeere!

IV. Th. 114 Cap.

Der Wucht solcher Angriffe gegenüber hätte sich die Natur nicht behaupten können, wenn nicht der Stolz und der Eigensinn seines Charakters im Triumph seines Widerstands ihre Befriedigung gefunden hätten. Der Kampf erschien ihm höchst originell, und er hielt verbissen aus, weil er sich günstiger Bedingungen sicher glaubte, sobald er überhaupt zum Kapitulieren geneigt wäre. Er hätte vielleicht bei längerer Ausdauer am Ziel vorbeigeschossen. Eine junge Dame von Emiliens Reizen und Vermögen war natürlich allen möglichen Versuchungen ausgesetzt, denen nur wenige Frauen widerstehen können. Sie hätte leicht eine Stelle in einem Brief von Peregrine falsch deuten oder sich an einem unvorsichtigen Ausdruck stoßen können. Sie hätte seiner merkwürdigen Hartnäckigkeit überdrüssig werden oder sie schließlich als Verrücktheit, Verachtung und Gleichgültigkeit auslegen können; statt ihre besten Jahre dadurch zu vergeuden, daß sie sich vergeblich mühte, den Stolz eines halsstarrigen Sonderlings zu bezwingen, hätte sie irgendeinem Verehrer Gehör schenken können, der hinlänglich gute Eigenschaften besaß, sich ihre Achtung und Liebe zu sichern. Aber allen diesen Möglichkeiten wurde durch einen Zufall vorgebeugt, der weit wichtigere Folgen hatte als irgendein Ereignis, von dem wir bis jetzt erzählt haben.

Eines Morgens früh wurde Pipes in seiner Ruhe gestört durch die Ankunft eines Boten, den Mr. Clover mit einem Paket an den Leutnant abgefertigt hatte. Der Bote war schon am Abend vorher in der Stadt eingetroffen, hatte sich aber genötigt gesehen, bei Jacks Korrespondenten in der City den Aufenthaltsort des Empfängers zu erfragen, und als er ins Fleet wollte, war das Tor bereits gesperrt, und die Schließer wollten ihn nicht einlassen, obgleich er ihnen sagte, er bringe eine Botschaft von äußerster Wichtigkeit. So mußte er denn wohl oder übel bis Tagesanbruch warten, bis ihm auf sein ernstliches Ansuchen hin endlich der Eintritt gestattet wurde.

Hatchway öffnete das Paket und fand darin einen Brief an Peregrine sowie eine dringende Bitte, ihn dem jungen Herrn so rasch als möglich zu übermitteln. Jack, der die Bedeutung dieses außerordentlichen Auftrags nicht erraten konnte, fing an sich einzubilden, Mrs. Clover sei dem Ende nahe und wünsche von ihrem Bruder zum letztenmal Abschied zu nehmen. Diese Idee wirkte so stark auf seine Phantasie, daß er, während er in die Kleider fuhr und schnurstracks nach dem Zimmer unseres Helden eilte, sich nicht enthalten konnte, im stillen die Torheit des Ehemanns zu verfluchen, der einem Menschen wie Peregrine, dessen von Natur so ungeduldiges Gemüt durch die eigene unbehagliche Lage schon genug verbittert war, diese Hiobsbotschaft sandte.

Diese Überlegung hätte ihn bewogen, den Brief zu unterschlagen, wäre sein Freund nicht jenes kitzelhaarige Geschöpf gewesen, dem er nicht zu nahezutreten wagte. Daher übergab er ihm den Brief und sagte: „Ich für meinen Part habe wohl so viel natürliche Liebe wie ein anderer; aber als mein Weib ihre Segel einzog, trug ich mein Unglück wie ein echter Brite und wie ein Christ. Denn, meiner Seel! der ist nicht besser als ein Süßwassermatros, der nicht gegen den Strom der Widerwärtigkeiten zu segeln versteht."

Pickle, der aus einem schönen Traum aufgeweckt wurde, in dem die liebliche Emilie die Hauptrolle spielte, setzte sich, als er diese seltsame Einleitung hörte, im Bett auf und erbrach, nicht wenig ärgerlich und verdrießlich, den Brief. Doch wie sehr wurde seine Seele erschüttert, als er folgende Nachricht las:

Teurer Bruder!

Es hat Gott gefallen, Ihren Vater durch einen Schlagfluß plötzlich aus der Welt abzurufen, und da kein Testament vorhanden ist, melde ich Ihnen dies, damit Sie spornstreichs aus London hierherkommen und Master Gam und seiner Mutter, denen es, wie Sie sich leicht denken können, bei dieser unverhofften Fügung der Vorsehung nicht gerade wohl zumute ist, zum Trotz Ihr Recht wahren. Ich habe in meiner Eigenschaft als Friedensrichter alle Maßregeln, die ich zu Ihrem Vorteil nötig erachtete, getroffen und in Erwartung Ihrer Anordnungen die Beerdigung verschoben. Ihre Schwester ist über den Tod ihres Vaters zwar herzlich betrübt, doch unterwirft sie sich dem Willen des Himmels mit löblicher Fügung und bittet, Sie möchten sich unverzüglich zu uns auf den Weg machen, welchem Wunsch sich anschließt, Sir,

Ihr Sie liebender Bruder und ergebener Diener
Charles Clover

Anfänglich hielt Peregrine diesen Brief für eine bloße Halluzination und für eine Fortsetzung des Traumes, den er gehabt hatte. Er las ihn zehnmal durch und war noch immer nicht überzeugt, daß er tatsächlich wach sei. Er rieb sich die Augen und schüttelte den Kopf, um die Schlaftrunkenheit loszuwerden, die ihn umfing. Er räusperte sich dreimal mit großer Heftigkeit, schnalzte mit den Fingern, zwickte sich in die Nase, sprang vom Bett auf, öffnete das Fenster und musterte die wohlbekannte Umgebung. Alles schien in Ordnung zu sein und zu stimmen. „Wahrhaftig", sagte er für sich, „lebhafter kann man nicht träumen." Dann nahm er das Papier wieder vor und ging es sorgfältig durch, fand jedoch, daß er den Sinn das erstemal durchaus richtig erfaßt hatte.

Als Hatchway dieses ungereimte Gebaren sah und merkte, wie wild und verstört sein Freund um sich starrte, kam er auf den Gedanken, Pickle sei nun wirklich verrückt geworden, und sann schon auf Mittel, sich seiner zu erwehren, da rief Peregrine erstaunt aus: „Gerechter Himmel! Wach ich nun, oder wach ich nicht?" „Ja, meiner Seel, Vetter, schauen Sie", sagte der Leutnant, „das ist eine Frage, die das Bleilot meines Verstandes zu ergründen nicht lang genug ist; aber wiewohl ich der Beobachtung nicht trauen darf, die ich angestellt habe, müßte es doch recht arg sein, wenn ich nicht ermitteln könnte, wohin wir eigentlich verschlagen sind." Mit diesen Worten langte er nach einem Krug, der mit kaltem Wasser gefüllt war und hinter der äußern Tür stand, und goß den Inhalt ohne viel Federlesens Peregrine kurzerhand ins Gesicht.

Diese Prozedur erzielte die gewünschte Wirkung, unangenehm, wie sie war. Kaum hatte der junge Herr sich wieder erholt – durch die plötzliche Dusche hatte es ihm beinahe den Atem verschlagen –, als er seinem Freund Hatchway für dieses so passend angewandte Mittel dankte, und da er an der Realität dessen, was so kräftig an seine Sinne appellierte, füglich nicht mehr zweifeln konnte, wechselte er, nicht ohne Hast und Aufregung, sofort die Wäsche, warf sein Morgengewand über und lief nach der „Wüste", um mit sich über die wichtige Mitteilung, die er erhalten hatte, zu Rate zu gehen.

Hatchway, der noch nicht völlig überzeugt war, daß Pickle geistig normal sei, folgte ihm dabei behutsam, denn er hätte gerne gewußt, was für eine Bewandtnis es mit dem Briefe habe, der auf seinen Freund einen so außerordentlichen Eindruck gemacht hatte; auch hoffte er, während des Spaziergangs von Peregrine ins Vertrauen gezogen zu werden. Sobald sich unser Held an der Ausgangstüre blicken ließ, begrüßte ihn der Bote, der sich zu diesem Zweck hier aufgestellt hatte, mit dem Ausruf: „Gott segne Ihro Gnaden, Squire Pickle, und schenke Ihnen Glück zum Antritt Ihrer väterlichen Erbschaft." Diese Worte waren noch kaum ausgesprochen, als der Leutnant eifrig auf den Landmann zuhumpelte, ihm herzlich die Hand drückte und ihn fragte: „Ist denn der alte Herr wirklich abgesegelt?" „Freilich, Master Hatchway", versetzte der Bote, „und zwar so Hals über Kopf, daß er das Testament darüber vergessen hat." „Potz Blitz noch mal!" rief der Seemann aus, „das ist die kapitalste Zeitung, die ich gehört habe, seit ich zuerst in See gestochen bin. Da, Junge, nimm meinen Beutel und lade dich sticke wicke voll mit dem besten Branntwein im ganzen Lande." Damit steckte er ihm zehn Guineen in die Hand, und gleich darauf widerhallte der ganze Platz von den Tönen von Toms Pfeife. Peregrine begab sich nach der Promenade und orientierte seinen biedern Freund über den Inhalt des Schreibens. Auf seinen Wunsch machte sich der sofort nach der Wohnung des Hauptmanns auf, und in weniger als einer halben Stunde war er mit Gauntlet wieder da. Daß Geoffrey über die Angelegenheit höchst erfreut war, versteht sich wohl von selbst.

Peregrine sagt dem Fleet Lebewohl und ergreift Besitz vom väterlichen Erbe.

Auch den Menschenfeind ließ unser Held nicht in Unkenntnis dieser günstigen Wendung der Dinge. Er schickte Pipes zu ihm mit einer Botschaft und bat ihn, sie unverzüglich mit seiner Gegenwart zu beehren. Der Alte erschien auf diese Aufforderung hin, brummte aber ärgerlich, weil man ihm mehrere Stunden seines Schlafes geraubt hatte. Doch Clovers Brief schloß ihm sofort den Mund und entlockte ihm „ein furchtbar schauerliches Grinsen". Nachdem er seinen Glückwunsch abgestattet hatte, prüften sie in geheimer Sitzung die Maßregeln, die infolge dieses Vorfalls zu treffen seien.

Viele Debatten gab es nicht; sie stimmten alle darin überein, Pickle solle mit möglichster Eile nach dem Kastell aufbrechen, und Gauntlet sowohl als Hatchway faßten den Entschluß, ihn dorthin zu begleiten. Pipes bekam deshalb den Auftrag, zwei Postchaisen zu bestellen, während Geoffrey hinging, um für seinen Freund die Kaution zu beschaffen und das nötige Reisegeld für sie zu besorgen. Peregrine hatte ihn aber vorher noch gebeten, seiner Schwester diese Neuigkeit nicht zu verraten, damit er Gelegenheit hätte, die junge Dame auf eine interessantere Art zu überraschen, wenn seine Geschäfte geregelt seien.

Alle diese Vorbereitungen waren in weniger als einer Stunde beendet, und unser Held nahm nunmehr Abschied vom Fleet, nachdem er beim Aufseher zur Linderung der Not der armen Gefangenen zwanzig Guineen deponiert hatte. In großer Zahl gaben ihm diese das Geleit bis zum Tor und beteten für ihn um langes Leben und Wohlergehen. Pickle zog nun nach dem Kastell, beseelt von den höchsten Gefühlen der Freude, die auch nicht durch den leisesten Schmerz über den Tod seines Vaters getrübt wurden, von dessen Zärtlichkeit er nie etwas gespürt hatte. Seinem Herzen war die vielgerühmte στοργή, das heißt die instinktive Liebe, die als Quell jeder natürlichen Zuneigung gilt, vollkommen fremd.

Von den vielen Reisen, die er je gemacht hatte, war diese bestimmt die herrlichste. Er empfand alle Begeisterung, die eine so plötzliche Veränderung der Verhältnisse bei einem jungen Menschen von seiner Einbildungskraft ja erzeugen muß. Er sah sich von Gefängnis und Schande befreit, ohne dafür irgend jemandem auf Erden verpflichtet zu sein. Es lag nun in seiner Macht, die Verachtung der Welt auf eine Art zu erwidern, die seinen feurigsten Wünschen entsprach. Er war mit seinem Freunde ausgesöhnt, und im Hinblick auf seine Liebe war er jetzt auch hier Herr der Lage; sodann fand er sich im Besitz eines Vermögens, dessen Wert den seiner ersten Erbschaft bei weitem überstieg, hatte einen guten Vorrat an Erfahrungen gesammelt, mit dem er an all jenen Sandbänken vorbeizusteuern hoffte, auf denen er zuvor Schiffbruch erlitten hatte.

Als sie auf der Fahrt vor einem Gasthause anhielten, um eine kleine Erfrischung zu sich zu nehmen und die Pferde auszutauschen, rannte im Hofe ein Postillion auf Peregrine zu, fiel ihm zu Füßen, umklammerte tief bewegt seine Knie, und – Pickle schaute seinem ehemaligen Kammerdiener ins Gesicht. Als er ihn in so geringem Gewand im Staub kriechen sah, befahl er ihm aufzustehen und fragte ihn, warum es ihm so schlecht gehe. Hadgi erzählte ihm, seine Frau habe ihn vollständig ruiniert, ihm seine ganze Barschaft und seine paar Kostbarkeiten gestohlen und sei mit einem seiner Kunden durchgebrannt, der sich als französischer Graf aufgespielt hätte, in Wirklichkeit aber weiter nichts als ein italienischer Geiger gewesen sei. Infolge ihrer Flucht, fuhr er fort, habe er eine beträchtliche Summe, die er beiseite gelegt habe, um damit seinen Weinhändler zu bezahlen, nicht mehr aufbringen können, sei von diesem Manne, der sich enttäuscht und betrogen fühlte, gepfändet und, weil die übrigen Gläubiger dieses Beispiel nachahmten, von Haus und Hof gejagt worden. Da er nun in London nicht mehr sicher gewesen sei, habe er aufs Land flüchten müssen und habe sich von Dorf zu Dorf geschlichen, bis er schließlich, von allen Mitteln entblößt, seine jetzige Stelle angenommen habe, nur um nicht Hungers zu sterben.

Peregrine hörte seine klägliche Geschichte voll Mitleid an. Sie erklärte nur zu gut, weshalb er sich weder im Fleet gezeigt noch seinem unglücklichen Herrn seine Dienste angeboten hatte, ein Umstand, den Pickle immer seinem Geiz und seiner Undankbarkeit zugeschrieben hatte. Er versicherte Hadgi, er wolle dafür sorgen, daß seine Angelegenheiten wieder in Ordnung kämen, denn er trage ja selbst die Schuld an der verhängnisvollen Versuchung, die an ihn herangetreten sei. Mittlerweile gab er ihm einen handgreiflichen Beweis seiner gütigen Gesinnung und verlangte, er solle seiner jetzigen Beschäftigung weiterhin nachgehen, bis er aus dem Kastell zurückkehre, alsdann wolle er an ihn denken und ihm sofort beistehen.

Hadgi versuchte, Peregrine die Schuhe zu küssen, und weinte – oder tat wenigstens so – aus Rührung über diese huldreiche Aufnahme. Er machte sich sogar ein Verdienst aus seinem Widerwillen, sein neues Gewerbe länger auszuüben, und bat flehentlich darum, bei seinem teuern Herrn sogleich wieder eintreten zu dürfen; denn er könne den Gedanken nicht ertragen, sich zum zweitenmal von ihm zu trennen. Diese Bitte wurde durch die Fürsprache der beiden Freunde Pickles unterstützt, und dem Schweizer wurde daher erlaubt, ihnen in beliebigem Tempo zu folgen. Nach einem kleinen Imbiß setzten sie dann ihre Reise fort und erreichten noch vor zehn Uhr abends das Ziel.

Statt im Kastell abzusteigen, fuhr Peregrine direkt nach dem Hause seines Vaters, und da niemand erschien, um ihn zu empfangen, nicht einmal ein Bedienter, der sich um die Chaise gekümmert hätte, stieg er ohne fremde Hilfe aus und begab sich in Begleitung seiner beiden Freunde in die Vorhalle. Er entdeckte hier eine Klingelschnur und zog augenblicklich so heftig daran, daß im Nu zwei Lakaien herbeistürzten. Mit strenger Miene tadelte er sie für ihre Nachlässigkeit und befahl ihnen, ihm ein Zimmer anzuweisen, und als sie nicht gewillt schienen, seinem Befehl nachzukommen, fragte er sie, ob sie nicht zum Hause gehörten.

Einer von ihnen, der das Amt des Sprechers übernahm, erwiderte mürrisch: „Wir haben in Diensten des alten Mr. Pickle gestanden und glauben uns jetzt nach seinem Ableben nicht verpflichtet, jemand anderem zu gehorchen als unserer Herrin und Mr. Gamaliel, ihrem Sohn." Kaum hatte er diese Erklärung abgegeben, so sagte Pickle zu ihnen, da sie also nicht geneigt wären, einen anderen als Herrn anzuerkennen, müßten sie das Haus unverzüglich räumen, und befahl ihnen, sich auf der Stelle zu trollen; und da sie sich nicht rührten, wurden sie vom Hauptmann und seinem Freund Hatchway mit Fußtritten zur Tür hinausgetrieben. Squire Gam, der das alles hörte und mehr denn je von jenem abgründigen Haß erfüllt war, den er mit der Muttermilch eingesogen hatte, eilte seinen Anhängern mit Pistolen in den Händen zu Hilfe. Dabei brüllte er mächtig: „Diebe, Diebe!", als ob er die Absicht der Fremden falsch verstanden hätte und tatsächlich der Meinung sei, man wolle ihn bestehlen. Unter diesem Vorwand feuerte er eine Pistole auf seinen Bruder ab, der aber dem Schuß glücklich auswich, im Augenblick auf ihn eindrang, ihm die andere Pistole rasch entriß und ihn, zum Trost für seine beiden Diener, gleichfalls auf den Hof hinausstieß.

Unterdessen hatten Pipes und die beiden Postillione vom Stall Besitz ergriffen, ohne daß der Kutscher und sein Knecht den geringsten Widerstand geleistet hätten. Sie unterwarfen sich ganz ruhig der Gewalt ihres neuen Gebieters. Mrs. Pickle, durch den Knall der Pistole aufgeschreckt, stürmte die Treppe hinunter, begleitet von zwei Mägden und vom Vikar, der noch immer seinen Platz als Kaplan und Gewissensrat in der Familie behauptete; und sie wäre unserm Helden mit ihren Nägeln zu Leibe gegangen, hätte ihr Gefolge sie nicht zurückgehalten. Ihre Hände konnte sie so zwar nicht mehr gebrauchen, wohl aber ihre Zunge, und damit setzte sie ihm voll giftiger Bosheit zu. Sie fragte, ob er nun da sei, um seinen Bruder abzuschlachten, um die Leiche seines Vaters zu verhöhnen und über ihre Betrübnis zu frohlocken; dann schimpfte sie ihn einen Verschwender, einen Galgenvogel und herzlosen Schurken und bat Gott um Verzeihung dafür, daß sie ein solches Ungeheuer zur Welt gebracht habe; sie sagte, er sei schuld, daß sein ergrauter Vater vor Kummer in die Grube gefahren sei, und behauptete, dessen Leichnam würde bluten, wenn er sich ihm nähere und ihn berühre.

Ohne zu versuchen, diese lächerlichen Anklagen zu entkräften, ließ Peregrine sie die Lärmglocke ruhig ausläuten und erwiderte dann, wenn sie sich nicht in aller Stille auf ihr Zimmer verfüge und sich benehme, wie es einer Person in ihrer gegenwärtigen Lage gezieme, würde er darauf bestehen, daß sie sich sofort nach einem andern Logis umsähe; denn er sei entschlossen, in seinem Hause Herr zu sein. Die Dame, die aller Wahrscheinlichkeit nach erwartet hatte, Peregrine werde sich bemühen, sie mit aller Zärtlichkeit eines braven Sohnes zu besänftigen, war über sein selbstbewußtes Auftreten so erbittert, daß ihr Körper die heftige Erregung ihres Gemüts nicht aushalten konnte. Ohnmächtig wurde sie von ihren Mägden fortgetragen, während der allzu dienstfertige Geistliche, wie zuvor sein Schüler, aufs schmachvollste entlassen wurde.

Nachdem unser Held sich auf diese Weise sein Quartier gesichert hatte, nahm er das beste Appartement in Besitz, benachrichtigte seinen Schwager von seiner Ankunft, und noch ehe eine Stunde um war, besuchte ihn dieser mit seiner Frau, nicht wenig über die Schnelligkeit erstaunt, mit der Peregrine im Hause seines Vaters Fuß gefaßt hatte. Die Begegnung Juliens mit ihrem Bruder war ungemein herzlich. Sie hatte ihn stets mit einer ungewöhnlichen Zärtlichkeit geliebt, und für sie war er immer die Zierde der Familie gewesen. Mit tiefem Bedauern hatte sie von seinen Extravaganzen gehört, und obwohl sie die Geschichten, die auf seine Kosten zirkulierten, als boshafte Übertreibungen der Mutter und ihres Lieblings betrachtete, war sie doch arg beunruhigt worden, als ein Gentleman aus London, mit dem Pickle früher bekannt gewesen war, die Kunde von seiner Gefangenschaft und seinem Ungemach zufällig in diese Gegend gebracht hatte. Daher empfand sie die innigste Freude, als sie sah, daß ihr Peregrine in sein rechtmäßiges

Erbe sozusagen eingesetzt wurde und wieder jene Stellung im Leben bekleidete, die er nach ihrer Meinung würdevoll zu behaupten vermochte.

Nachdem sie sich begrüßt und umarmt hatten, ging sie ins Zimmer ihrer Mutter, um ihr ihre Dienste und ihre Hilfe anzubieten, was seit Gamaliels Tod schon einmal geschehen, aber mit verächtlichem Hohn zurückgewiesen worden war. Peregrine befragte indessen seinen Schwager über die Ereignisse in der Familie, soweit er sie beobachtet habe oder darüber Bescheid wisse.

Clover sagte ihm, obwohl er nicht mit dem Vertrauen des Verstorbenen beehrt worden sei, kenne er doch einige von dessen näheren Freunden, die Mrs. Pickle bearbeitet und sogar veranlaßt hätte, sie in ihren Anstrengungen zu unterstützen, durch die sie den Gatten wiederholt dazu bringen wollte, seine Angelegenheiten testamentarisch in aller Form zu regeln. Er jedoch sei ihrem Drängen ein ums andere Mal mit überraschenden Entschuldigungen für sein Zögern ausgewichen, die ein für seine vermeintlichen Geisteskräfte unerhörtes Maß von Phantasie und Überlegung verrieten, ein Umstand, aus dem Mr. Clover schloß, der alte Herr habe sich eingebildet, sein Leben wäre in Gefahr, wenn er einmal diesen Schritt getan und das Auskommen seines zweiten Sohnes nicht mehr von seinem fernern Dasein abgehangen hätte. Deshalb, fuhr er in seiner Erzählung fort, habe er sich, sobald er vernommen hätte, daß Mr. Pickle in seinem Klub verschieden sei, mit einem Anwalt gleich ins Haus des Toten begeben, bevor eine Intrige oder Verschwörung gegen den rechtmäßigen Erben angezettelt werden konnte, und im Beisein von Zeugen, die zu diesem Zweck herbeigerufen worden waren, alle Papiere des Verstorbenen versiegelt, nachdem die Witwe im ersten Kummer und Verdruß offen zugestanden hatte, es sei kein Testament vorhanden.

Peregrine war mit dieser Mitteilung, die alle seine Bedenken zerstreute, äußerst zufrieden und aß mit seinen Freunden vergnügt die kalte Platte, die sein Schwager im Wagen mitgebracht hatte. Dann legte sich jeder in seinem Zimmer zur Ruhe, nachdem Julie von ihrer eigensinnigen Mutter, deren überschäumende Wut sich nun wieder ins alte Bett eines stillen Grolls zurückgezogen hatte, ein zweites Mal abgewiesen worden war.

Am folgenden Morgen wurden einige Bediente aus dem Kastell nach Pickles Haus beordert und die Anstalten zum Begräbnis getroffen. Gam aber, der seinen Wohnsitz in der Nachbarschaft aufgeschlagen hatte, kam mit einer Chaise und einem Lastwagen, um die Mutter und ihre persönliche Habe sowie seine eigene Garderobe abzuholen.

Unser Held duldete zwar nicht, daß er die Schwelle überschritt, erlaubte jedoch, daß seine Absicht der Witwe eröffnet werde. Mrs. Pickle war die günstige Gelegenheit, die Stätte zu verlassen, sehr willkommen; so faßte sie diese auch beim Schopfe und wurde mit ihrem Gepäck und dem ihres geliebten Sohnes nach der neuen Wohnung gefahren, wo er alles zu ihrem Empfang vorbereitet hatte. Dahin folgte ihr auch die Kammerjungfer, der Peregrine auftrug, sie solle ihrer Herrin versichern, daß, wenn sie Geld oder sonst etwas brauche, was er ihr verschaffen könne, sie über ihn verfügen solle, bis die Frage ihrer Rente erledigt sei.

104

Pickle erweist seinem Vater den letzten Liebesdienst und kehrt in sehr wichtiger Absicht nach London zurück.

Als für ihn, seine Freunde und die Bedienten die Trauerkleidung besorgt und alles Nötige angeordnet war, wurde die Leiche seines Vaters in schlichter Weise in der Pfarrkirche beigesetzt. Hierauf prüfte man in Anwesenheit vieler achtbarer und redlicher Leute, die zu diesem Zweck eingeladen worden waren, die Papiere des Toten, fand aber weder ein Testament noch irgendsonst ein Dokument zugunsten des zweiten Sohnes; doch ergab es sich aus dem Ehekontrakt, daß die Witwe berechtigt war, ein Wittum von fünfhundert Pfund im Jahre zu fordern. Die übrigen Papiere bestanden aus Obligationen der Ostindischen Kompanie, aus Südseeobligationen, Hypotheken, Schuldscheinen und Anweisungen, die einen Wert von achtzigtausendsiebenhundertundsechzig Pfund repräsentierten. Dazu kamen das Haus und das Silbergeschirr, die Mobilien, Kutsche und Pferde, das Vieh sowie der Garten und der angrenzende Park, beide von sehr bedeutendem Umfang.

Dies war eine Summe, die Peregrines Erwartungen noch überstieg und natürlich seine Phantasie aufs angenehmste erregte. Er sah, daß er für seine Nachbarn auf dem Lande sofort ein Mann von sehr großer Wichtigkeit geworden war. Sie besuchten ihn alle, um ihm zu gratulieren, und begegneten ihm mit einer solchen Ehrerbietung, daß sie dadurch jeden jungen Mann von seinem Charakter, der des Vorteils seiner so teuer erkauften Erfahrung ermangelte, ganz verdorben hätten. Er aber ertrug, von der erworbenen Behutsamkeit geleitet, sein Glück mit erstaunlicher Mäßigung; und jedermann war von seiner Liebenswürdigkeit und seiner Bescheidenheit entzückt. Als er allen Gentlemen der Gegend seine Gegenvisite abstattete, um die ihm bewiesene Höflichkeit zu erwidern, nahmen sie ihn mit ungewöhnlicher Freundlichkeit auf und rieten ihm, sich als Kandidat der Grafschaft für die nächsten Parlamentswahlen aufstellen zu lassen, da ihr jetziger Vertreter gesundheitlich sehr übel dran sei. Auch blieben seine Gestalt und sein gewinnendes Wesen von den Damen nicht unbemerkt; und manche von ihnen hatten keine Skrupel, ihre Reize vor ihm zu entfalten, in der Absicht, diese wertvolle Prise aufzubringen; ja, auf einen gewissen Peer, der in diesem Teil des Landes residierte, machte die Erbschaft einen solchen Eindruck, daß er sich eifrig um Pickles Bekanntschaft bemühte und ihm ohne Umschweife seine einzige Tochter mit einer sehr beträchtlichen Aussteuer zur Frau anbot.

Bei diesem Anlaß benahm sich unser Held, wie es einem Manne von Ehre, von Gefühl und feiner Lebensart geziemt. Er erklärte dem Lord sehr freimütig, er habe sein Herz bereits verschenkt. Er freute sich über die Gelegenheit, seiner Leidenschaft für Emilie ein solches Opfer zu bringen. Seine Liebe erfüllte jetzt seine Seele mit einer derart heftigen Ungeduld, daß er möglichst bald nach London abzureisen beschloß. Deshalb benutzte er beinahe jede Stunde, um mit viel Fleiß seine Familienangelegenheiten zu regeln. Er entließ die Bedienten seines Vaters, engagierte andere, und zwar auf Empfehlung seiner Schwester, die ihm versprach, während seiner Abwesenheit sein Haus für ihn zu verwalten. Er bezahlte für das erste halbe Jahr das Witwengehalt seiner Mutter im voraus, und seinem Bruder Gam gab er verschiedentlich Gelegenheit, seine Fehler einzugestehen, so daß er es vor seinem Gewissen hätte verantworten können, etwas für ihn zu tun. Allein das Unglück hatte den jungen Herrn noch nicht genügend gedemütigt. So unterließ er es nicht nur, irgendwelche Friedensverhandlungen vorzuschlagen, sondern trachtete vielmehr immer danach, über das Verhalten unseres Helden zu lästern und seine Person zu verunglimpfen, wobei ihm seine tugendhafte Mama Hilfe und Vorschub leistete.

Nach dieser Regelung der Dinge brach das Triumvirat nach London auf und reiste auf dieselbe Art zurück, wie es hergekommen war, bloß mit dem kleinen Unterschied, daß statt Pipes, der sie mit noch einem Bedienten zu Pferde begleitete, der neuausstaffierte Kammerdiener bei Hatchway in der Chaise saß. Sie hatten ungefähr zwei Drittel ihres Weges zurückgelegt, als sie zufällig einen Landjunker einholten, der von einem Besuch bei einem seiner Nachbarn heimkehrte. Dieser hatte ihn so gastfrei bewirtet, daß er, wie der Leutnant bemerkte, bei jeder Bewegung seines Pferdes, eines vortrefflichen Renners, bedenklich schwankte. Als nun die Chaisen in voller Fahrt an ihm vorbeijagten, stieß er die Hallorufe der Jäger aus, mit einer Stimme, die wie ein Waldhorn tönte, und trieb zugleich seinem Rotfuchs die Sporen in die Weichen, um auf der Höhe der Wagen zu bleiben.

Peregrine, der in der herrlichsten Laune war, befahl seinem Postillion, langsamer zu fahren, und ließ sich mit dem Fremden in ein Gespräch ein über den Bau und das feurige Temperament seines Tieres. Er verbreitete sich darüber mit so viel Sachkenntnis, daß der Junker über sein großes Wissen staunte. Als sie sich seinem Wohnsitz näherten, bat er unsern Helden und seine Gesellschaft, haltzumachen und eine Flasche von seinem Bier zu trinken, und drang so sehr in sie, daß sie seinem Wunsch stattgaben.

Er führte sie nun durch eine weite Allee, die sich bis an die Heerstraße erstreckte, zu den Toren eines gewaltigen Schlosses, dessen edles und ehrwürdiges Aussehen sie bewog, abzusteigen und die Gemächer anzuschauen, während sie anfänglich nur die Absicht gehabt hatten, ein Glas von des Junkers Oktoberbier vor der Türe zu trinken.

Die Säle entsprachen in jeder Beziehung der prachtvollen Außenseite, und unser Held glaubte bereits, sie seien durch das ganze Schloß gewandert, da sagte der Hausherr zu ihm, sie hätten sein bestes Zimmer noch gar nicht bewundert, und schritt ihnen sofort nach einem geräumigen Speisesaal voran, den Peregrine nicht ohne deutliche Anzeichen ungewöhnlicher Überraschung betrat. Das Getäfel war ringsum mit lebensgroßen Porträts von der Hand van Dycks bedeckt, und auf keinem fehlte jene lächerliche Knotenperücke, wie sie an den Buden der Zweipfennigbarbiere hängen. Die engen Stiefel, in denen die Figuren ursprünglich gemalt waren, und die andern Besonderheiten der Stellung und Tracht, die zu ihrem ungeheuern Kopfschmuck ganz und gar nicht paßten, wirkten so possierlich, daß Peregrines Staunen bald in Belustigung überging und er einen solchen Lachkrampf bekam, daß ihm darüber beinahe der Atem ausblieb.

Der Landjunker, den diese Lustigkeit halb erfreute, halb beleidigte, sagte: „Ich weiß, warum Sie so jämmerlich lachen. Es kommt Ihnen kurios vor, meine Vorfahren in Stiefeln und Sporen und mit so großmächtigen Allongeperücken auf den Köpfen zu sehen. Hören Sie nur, wie es sich damit verhält! Ich konnte es nicht ertragen, daß bei meinen Familiengemälden einer Partie die losen Haare um die Augen hingen wie bei einem richtigen Füllen. Ich kriege also einen Malerburschen aus London her, ihnen ganz schmucke Perücken aufzusetzen, das Stück zu fünf Schilling. Auch verabredete ich mit ihm, sie alle zusammen mit einem feinen Paar Schuh und Strümpfen zu versehen, das Stück zu drei Schilling. Aber der Schuft dachte, als er die Kopfdeckel fertig hatte, ich müßt mir jeden Preis gefallen lassen, und wollte für solches Nachmalen vier Schillinge von mir herausdrücken. Ich wollte nicht so übers Ohr gehauen sein und jagte deshalb den Kerl weg. Nun will ich sie stehen lassen, wie sie sind, bis mal ein anderer Bruder Schmierpinsel herauskommt, der räsonabler ist."

Pickle lobte seinen Entschluß, obwohl er sich im stillen über einen solch entsetzlichen Barbaren bekreuzte und besegnete. Nachdem sie zwei oder drei Flaschen von seinem Bier geleert hatten, machten sie sich wieder auf den Weg und kamen abends um elf Uhr in London an.

Letztes Kapitel

Peregrine weiß sich für alle früheren Kränkungen reichlich schadlos zu halten.

Geoffrey, der sich von seiner Schwester verabschiedet hatte unter dem Vorwand, daß er mit Peregrine eine kleine Reise unternehmen müsse, weil die Gesundheit seines Freundes nach einer so langen Gefangenschaft den Genuß frischer Luft erfordere, ließ ihr noch am selben Abend seine Ankunft melden und ihr zugleich sagen, er werde am folgenden Morgen bei ihr frühstücken. Am nächsten Tag fuhren der Hauptmann und unser Held, der sich passend angezogen hatte, in einer Mietskutsche nach dem Logis der jungen Dame. Man führte sie in die gute Stube, die neben dem Zimmer lag, wo der Teetisch gedeckt worden war. Sie hatten hier nur ein paar Minuten gewartet, da hörten sie Schritte auf der Treppe, und das Herz unseres Helden fing an gewaltig zu schlagen. Auf Anraten seines Freundes verbarg sich Peregrine hinter einer spanischen Wand; als aber Sophiens Stimme aus dem Nebenzimmer an Gauntlets Ohr drang, stürzte dieser voll Feuer hinein und genoß auf ihren Lippen die Seligkeit einer so unverhofften Begegnung, denn er hatte sein junges Weib in ihres Vaters Haus zu Windsor gelassen.

In seinem Entzücken hatte er Peregrines Lage beinahe vergessen; da sagte Emilie in ihrer bezaubernden Art zu ihm: „Ist dies nicht eine höchst aufreizende Szene für ein junges Mädchen, das wie ich durch den wunderlichen Eigensinn seines Liebhabers zum Sitzenbleiben verurteilt ist? Du hast mir wirklich einen recht übeln Streich gespielt, lieber Bruder, indem du jenen Abstecher mit meinem hartnäckigen Korrespondenten begünstigtest. Vermutlich ist er durch diesen flüchtigen Freiheitstraum so in Ekstase geraten, daß er nun nie zu überreden sein wird, unnötig Fesseln zu tragen." „Liebe Schwester", erwiderte der Hauptmann mit leisem Spott, „du hast ihm mit deinem eigenen Stolz ein Beispiel gegeben, und so mußt du es dir eben gefallen lassen, wenn er dich nachahmt." „Gleichwohl ist es hart", entgegnete die schöne Sünderin, „daß ich für ein verzeihliches Vergehen zeitlebens büßen soll. Ach Gott! wer würde auch denken, daß ein munteres Mädchen wie ich, mit einem Vermögen von zehntausend Pfund, sich aufs Betteln verlegt? Ich habe nicht übel Lust, den erstbesten zu nehmen, der mir einen Antrag macht, um mich an diesem starrköpfigen Grillenfänger zu rächen. Verriet denn der liebe Junge während der ganzen Zeit, da er auf freiem Fuß ist, keine Neigung, mich zu sehen? Nun gut, fang ich den Flüchtling je wieder, so soll er mir sein Leben lang in seinem Käfig singen."

Dem Leser eine richtige Vorstellung vermitteln zu wollen, in welchem Rausch der Begeisterung und Freude Peregrine diese Erklärung anhörte, ist ein nutzloses Unterfangen. Kaum war sie erfolgt, so konnte er seine ungestüme Leidenschaft nicht mehr bemeistern. Er sprang aus seinem Versteck hervor und rief: „Hiermit ergeb ich mich." Jedoch als er Emilie erblickte, war er von ihrer Schönheit so geblendet, daß es ihm die Sprache verschlug. Er blieb unbeweglich wie eine Bildsäule stehen und konnte nur noch bewundern. Ihre Reize hatten sich nun in der Tat zu voller Blüte entwickelt, und es war fast unmöglich, sie anzuschauen, ohne ergriffen zu werden. Wie mußte also unser junger Mann hingerissen sein, dessen Leidenschaft durch all das aufs höchste entflammt wurde, was ein Menschenherz nur zu erregen vermag. Die Damen schrien laut auf bei seinem plötzlichen Erscheinen, und Emiliens Blut geriet in eine solche Wallung, daß jeder ihrer Reize mit unwiderstehlicher Macht hervortrat; ihre Wangen erglühten im zartesten Rot, und ihr schneeweißer Busen hob und senkte sich entzückend, ja wogte so sehr, daß der Batist ihn nicht mehr verbergen und fassen konnte und Pickle eine Vision vom Paradies zu haben glaubte.

Vor unaussprechlicher Wonne erstarrte er, und sie schien unter dem Aufruhr ihrer Gefühle der Zärtlichkeit und der Scham zu Boden sinken zu wollen. Als unser Held ihren Zustand wahrnahm, gehorchte er dem Trieb seiner Leidenschaft und schloß die Zauberin in die Arme, ohne diesmal mit einem finstern Blick oder der geringsten Äußerung des Mißfallens bestraft zu werden. Keine der früheren Freuden seines Lebens kam der unbeschreiblichen Wonne dieser Umarmung gleich. Einige Minuten lang stand er ganz verzückt da, hing mit aller Trunkenheit der Liebe an ihren schwellenden Lippen, und während seine Gedanken im Glückstaumel zu wirbeln schienen, rief er, außer sich vor Seligkeit: „Himmel und Erde! Dies ist zuviel!"

Seine Aufmerksamkeit wurde abgelenkt und er selbst aus seinem Traum geweckt, als sich Sophie ins Mittel legte und ihn mit sanften Worten tadelte, weil er alte Freunde ganz übersehe. Auf diese Anrede hin gab er sein holdes Mädchen frei, begrüßte Mrs. Gauntlet und bat sie wegen dieser Nachlässigkeit um Verzeihung. „Meine Unart", fügte er hinzu, „ist zu entschuldigen, wenn man die lange und unglückliche Verbannung vom Kleinod meiner Seele bedenkt." Dann wandte er sich an Emilie und sagte: „Ich bin gekommen, mein Fräulein, Sie um die Erfüllung Ihres Versprechens zu bitten, das Sie mit Ihrer eigenen schönen Hand unterschrieben haben. Lassen Sie daher alle überflüssigen Zeremonien und alle unnötige Schüchternheit beiseite und setzen Sie meinem Glück ohne fernern Aufschub die Krone auf; denn bei Gott! meine Erwartung ist aufs höchste gespannt, und ich werde sicher wahnsinnig, wenn man mich zu einer Probezeit verdammt."

Unterdessen hatte sich seine Gebieterin wieder gesammelt und erwiderte mit einem sehr aufmunternden Lächeln: „Ich sollte Sie für Ihre Hartnäckigkeit mit einer Probezeit von einem Jahr bestrafen, aber bei einem Verehrer von Ihrem Charakter ist ein solcher Versuch gefährlich, und deshalb, denke ich, muß ich mich Ihrer versichern, solange ich die Macht dazu habe." „So sind Sie denn geneigt, im Angesicht des Himmels und in Anwesenheit dieser Zeugen das Versprechen zu geben, Glück und Unglück mit mir zu teilen?" rief Peregrine, kniete vor ihr nieder und drückte ihre Hand an seine Lippen. Auf diese Frage nahmen ihre Züge einen erstaunlich weichen Ausdruck hingebender Liebe an, und während sie ihm einen Seitenblick zuwarf, der ihm durch Mark und Bein drang, und einen Seufzer ausstieß, sanfter als die balsamischen Fittiche des Wests, erwiderte sie: „Nun wohl denn – ja! und der Himmel verleihe mir Geduld, die Launen eines solchen Ehegatten zu ertragen." „Und mir", entgegnete er, „mag ebendiese Macht Leben und Gelegenheit schenken, meine unermeßliche Liebe zu beweisen. Inzwischen sollen die achtzigtausend Pfund, die ich besitze, Ihnen sogleich in den Schoß gelegt werden."

Mit diesen Worten besiegelte er den Vertrag auf ihren Lippen und erklärte das Geheimnis seiner letzten Worte, welche die Neugierde der beiden Schwestern geweckt hatten. Sophie war durch diese Nachricht von seinem Glück angenehm überrascht, und aller Wahrscheinlichkeit nach war sie auch der liebenswürdigen Emilie nicht zuwider. Doch benutzte diese die Mitteilung, um ihrem Verehrer dessen unbeugsamen Stolz vorzuhalten, dem gegenüber sich seine Liebe nicht durchzusetzen vermocht hätte, wenn er nicht durch diese göttliche Fügung befriedigt worden wäre.

Da nun alles so weit gediehen war, bat der Liebhaber, daß man sich sofort zur Kirche begebe, damit sein Glück noch vor Abend sichergestellt würde. Jedoch die Braut erhob gegen eine solche Überstürzung heftigen Einspruch, denn sie wollte ihre Mutter bei der Trauung dabeihaben; und ihre Schwägerin pflichtete ihrer Ansicht bei. Peregrine, außer sich vor Begierde, bestürmte sie mit den angelegentlichsten Bitten und machte geltend, daß ein Aufschub, der auf sein Gehirn und auf seine Gesundheit unbedingt eine gefährliche Wirkung ausüben müßte, gar nicht nötig sei, da man ja bereits im Besitz der Einwilligung ihrer Mutter sei. Er fiel ihr, von Ungeduld gepeinigt, zu Füßen und schwur, durch ihre Weigerung gefährde sie sein Leben und seinen Verstand, und als sie ihn durch Gründe von seinem Begehren abzubringen suchte, begann er so wild zu rasen, daß die erschreckte Sophie sich von ihm überzeugen und die liebenswürdige Emilie, da auch Geoffrey die Meinung seines Freundes verfocht, sich schließlich zum Nachgeben drängen ließ.

Nach dem Frühstück fuhr der Bräutigam mit dem Hauptmann zum Standesamt, um einen Trauschein zu holen. Zuvor hatten sie sich über das Haus geeinigt, in dem die Zeremonie vor sich gehen sollte, nämlich in der Wohnung der Braut. Als sie die Lizenz hatten, gelang es ihnen, einen Geistlichen zu finden, der sich bereit erklärte, ihnen zur beliebigen Zeit und am beliebigen Ort zu Diensten zu stehen. Dann wurden die Ringe gekauft, und hierauf suchten sie den Leutnant auf. Sie speisten mit Hatchway in einer Taverne zu Mittag und eröffneten ihm nicht nur jeden Schritt, den sie unternommen hatten, sondern baten ihn auch, Brautführer zu sein, ein Wunsch, auf den Jack mit Äußerungen eines besondern Vergnügens einging. Als er aber von ungefähr zum Fenster hinausschaute und Cadwallader, den Pipes im Namen seines Herrn hatte einladen müssen, sich der Türe nähern sah, lehnte er dieses Amt zugunsten des Alten ab. Diesen wollte man denn auch damit betrauen, in der Annahme, daß ein solches Zeichen der Hochachtung dazu dienen könnte, um so leichter seine Billigung einer Heirat zu erhalten, gegen die er sonst sicher opponieren würde, denn er war ein ausgesprochener Feind des Ehestands und wußte von Peregrines Vorhaben noch nicht das geringste.

Nachdem der Misanthrop Pickle zu seiner Erbschaft gratuliert und seinen beiden Freunden die Hand geschüttelt hatte, fragte er, wo es denn brenne, daß man ihn in dieser verdammten Eile vom Mittagstisch weggesprengt habe und er sein Essen wie ein Kannibale hätte hinunterschlingen müssen. „Wir haben uns", sagte ihm unser Held, „mit zwei reizenden Damen zum Tee verabredet und wollten nicht, daß Ihnen die Gelegenheit entgehe, eine Unterhaltung zu genießen, an der Sie soviel Spaß haben." Bei dieser Nachricht runzelte sich Crabtrees Gesicht wie ein Blatt im Herbst, er verwünschte seine Zuvorkommenheit, fluchte und sagte, sie könnten ohne ihn zu ihrem Stelldichein gehen; er habe nämlich Sinnenlust und Ausschweifungen schon vor vielen Jahren den Rücken gekehrt.

Der Bräutigam verglich ihn jedoch mit einem alten Fuhrmann, der noch immer gern mit der Peitsche knallt, und spielte mit einigen schmeichelhaften Worten auf seine sogar jetzt noch nicht erloschene Mannheit an und erreichte es so schließlich, daß er ihnen an den Ort ihres Rendezvous folgte. Hier wurden sie in den Speisesaal geführt, und sie hatten noch keine drei Minuten gewartet, als der Pfarrer erschien, der die Stunde mit der größten Pünktlichkeit einhielt.

Kaum war dieser Herr über die Schwelle des Zimmers getreten, als Cadwallader Gauntlet die Frage ins Ohr flüsterte, ob das etwa der Kuppler sei, und ehe der Hauptmann antworten konnte, fuhr er fort: „Was für ein Hurenjäger ist doch der Kerl! Jetzt ist er erst seit kurzem aus dem Gefängnis heraus und hat ein bißchen frische Luft geschnappt, und schon bedient er sich eines Zuhälters im Priesterhabit." Die Türe ging von neuem auf, und Emilie stand vor ihnen. Ihr Wesen war so voller Würde und ihr Anblick so göttlich, daß alle, die zugegen waren, von Staunen und Bewunderung ergriffen wurden. Der Leutnant, der sie noch nicht gesehen hatte, seit sie zu einer solch vollendeten Schönheit erblüht war, bekundete ihr seine Anerkennung und seinen Beifall durch den Ausruf: „Wetter noch einmal! Was für eine prächtige Galeere!" und die Gesichtszüge des Menschenfeinds verwandelten sich im Nu in die eines Gemsbocks. Er leckte sich instinktiv die Lippen, schnupperte und verdrehte dabei die Augen auf eine fürchterliche Art und Weise.

Die Braut und ihre Schwägerin setzten sich inzwischen, und Hatchway erneuerte seine Bekanntschaft mit Emilie, die ihn mit besonderer Höflichkeit begrüßte. Peregrine zog sich dann mit seinem Freund Crabtree in ein anderes Zimmer zurück und klärte ihn über den Zweck der Zusammenkunft auf. Kaum war dieser im Bilde, als er zu entrinnen versuchte und bloß zur Antwort gab: „Zum Teufel mit Eurer Heirat! Pfui Teufel! Könnt Ihr denn Euern Hals nicht in die Schlinge stecken, ohne mich zum Zeugen Eurer Tollheit zu machen?"

Um Crabtrees Abscheu zu überwinden, eilte unser junger Herr an die Türe des Nebenzimmers, bat um die Erlaubnis, Emilie sprechen zu dürfen, und stellte ihr den alten Brummkater und Hagestolz als einen seiner speziellen Freunde vor, der die Ehre zu haben wünsche, sie ihm bei der Trauung zuzuführen. Durch das bezaubernde Lächeln, mit dem sie sein Kompliment aufnahm und ihm sein Anliegen gewährte, wurde das Vorurteil des Menschenfeindes mit einemmal besiegt, und sein Blick wurde so mild, wie man es bisher an ihm noch nie beobachtet hatte. Er dankte ihr höchst galant für eine so schmeichelhafte Auszeichnung und geleitete die junge Dame in den Speisesaal, wo man die Zeremonie sofort vollzog; und nachdem der Gatte sein Vorrecht auf ihre Lippen behauptet hatte, begrüßte die ganze Gesellschaft die Braut als Mrs. Pickle.

Ich überlasse es dem feinfühligen Leser zu ermessen, was in den Seelen der Jungvermählten vorging, als der Geistliche sie zusammengegeben hatte. In Peregrines Herz flammten unbeschreibliche Glut und Ungeduld, während sich in das Entzücken der Braut eine gewisse Unsicherheit und Furcht mischten. Gauntlet sah ein, daß die beiden die Qual ihrer gegenwärtigen Lage nicht bis zum Anbruch ihrer Hochzeitsnacht ertragen könnten, wenn sie nicht durch irgendeinen Zeitvertreib Zerstreuung fänden. Er schlug daher vor, einen Teil des Abends in Marybone Gardens zu verbringen, in denen damals die beste Gesellschaft der Stadt verkehrte. Der Plan gefiel der klugen Sophie, denn sie merkte, was ihr Gatte wollte; und die Braut ließ sich von ihrer Schwägerin überreden. So wurden denn nach dem Tee zwei Kutschen bestellt, und Peregrine wurde auf der Hinfahrt mit Gewalt von seiner Geliebten getrennt.

Nachdem das neuverehelichte Paar und seine Gesellschaft den Abend schließlich so verlebt und in einer der kleinen Logen ein einfaches Abendbrot verzehrt hatten, war Peregrines Geduld beinahe vollkommen erschöpft. Er zog Geoffrey beiseite und entdeckte ihm seine Absicht, sich heimlich zu drücken, damit seiner Seligkeit durch den Seemannswitz seines Freundes Hatchway nicht unzeitige Hindernisse in den Weg gelegt würden, was er jetzt unmöglich ertragen könnte. Gauntlet, der für diese Ungeduld Verständnis hatte, übernahm es, mit dem Leutnant so oft auf das Wohl der Braut anzustoßen, bis dieser einen Rausch hatte. Inzwischen bat er Sophie, sich mit seiner Schwester dem Schutz Cadwalladers anzuvertrauen, der sie nach Hause zu begleiten versprach.

Die Damen wurden also zur Kutsche geführt, und Jack machte dem Hauptmann den Vorschlag, sie wollten dem Bräutigam zum Spaß mit Trinken so scharf zusetzen, daß er für mindestens noch eine Nacht nicht imstande sei, die Früchte seines Glücks zu genießen. Dieser Plan schien Gauntlet zu behagen, und sie bewogen Pickle, mit ihnen eine Taverne zu besuchen, wo, wie sie sagten, noch ein Gläschen auf den Abschied vom Junggesellenleben genehmigt werden sollte. Hier kreiste die Flasche in der Runde, bis Hatchway einen schweren Kopf hatte. Da er sich aber des Hutes und des Degens unseres Helden bemächtigt hatte, befürchtete er nicht im geringsten, daß Peregrine entwischen könnte. Gleichwohl geschah es; und der junge Mann flog auf den Fittichen der Liebe in die Arme seiner bezaubernden Braut. Im Empfangszimmer traf er auf Crabtree, der auf seine Rückkehr gewartet hatte und ihm nun einen Vortrag über Mäßigkeit halten wollte. Er schenkte aber seinen Worten wenig Gehör, klingelte nach Emiliens Kammerjungfer und fragte sie, ob ihre Herrin schon zu Bette sei. Als die Zofe dies mit ja beantwortete, schickte er sie hinauf, ihr seine Ankunft zu melden. Dann zog er einen Schlafrock und Pantoffeln an und wünschte dem Menschenfeind gute Nacht, nachdem er ihm zuvor noch gesagt hatte, er möchte ihn morgen gerne wieder sehen. Nun stieg er selbst nach oben und betrat sein Paradies, wo er die schönste Tochter der Keuschheit und der Liebe aufs zierlichste hergerichtet fand. Als er sich ihr näherte, wußte sie sich in ihrer Verlegenheit und Befangenheit nicht mehr zu helfen und verbarg ihr wundervolles Gesicht vor seinen entzückten Blicken. Als Mrs. Gauntlet seine funkelnden Augen gewahrte, küßte sie ihre reizende Schwester, die ihre schneeweißen Arme um ihren Nacken schlang und sie gerne noch länger im Zimmer behalten hätte, wäre die Umarmung nicht von Peregrine gelöst und die Vertraute zitternd von ihm zur Türe geleitet worden. Er verschloß und verriegelte diese, nutzte sein gutes Glück und glaubte sich im siebenten Himmel.

Am folgenden Tag stand er gegen Mittag auf und fand seine drei Freunde versammelt. Er erfuhr jetzt, daß die Grube, die Jack ihm gegraben hatte, diesem selbst zum Verhängnis geworden und er gezwungen gewesen war, in der Taverne zu übernachten, wo der Alkohol ihn untergekriegt hatte, ein Umstand, über den er sich so schämte, daß es Peregrine und seiner jungen Frau erspart blieb, die vielen Scherzreden anzuhören, die er sicher vom Stapel gelassen, wenn ihm seine Schande nicht das Maul gestopft hätte. Eine halbe Stunde, nachdem unser Held heruntergekommen war, erschien Mrs. Pickle mit Sophie. Rosig wie Aurora oder wie die Göttin der Gesundheit, erstrahlte sie in unvergleichlicher Schönheit. Alle Anwesenden gratulierten ihr zu ihrem neuen Stand, niemand aber feuriger als der alte Crabtree, der erklärte, er sei über das Glück seines Freundes so zufrieden, daß er beinahe mit einer Institution ausgesöhnt wäre, die er den größten Teil seines Lebens hindurch angegriffen habe.

Man sandte sofort einen Eilboten an Mrs. Gauntlet ab, der ihr die Nachricht von der Vermählung ihrer Tochter überbringen sollte; dann wurde ein Haus in der Stadt gemietet und eine flotte Equipage angeschafft, in der die jungen Leute sich an allen öffentlichen Orten zeigen und so das Staunen der Schönwetterfreunde unseres Ritters und die Bewunderung der Welt erregten, denn in der Eleganz des Auftretens ließ sich nirgends im vereinigten Königreich ein anderes Paar mit ihnen vergleichen. Der Neid verzweifelte, und die Lästersucht verstummte, als der neue Wohlstand unseres Helden durch das Gerücht verbreitet wurde. Emilie zog die Augen aller Männer auf sich, die ihr begegneten, vom kecken jungen Rechtsbeflissenen bis zum Landesherrn, der ihre außerordentliche Schönheit zu loben geruhte. Viele Personen von Rang, die sich von Peregrine abgewendet, als seine Verhältnisse sich zu verschlechtern begonnen hatten, bemühten sich jetzt wieder offen um seine Freundschaft; er jedoch wies alle ihre Annäherungsversuche mit der kränkendsten Verachtung ab; und als eines Tages der vornehme Kavalier, dem er ehemals Gefälligkeiten erwiesen hatte, sich ihm bei einem Empfang im königlichen Schloß näherte, ihm seine Verbeugung machte und sagte: „Ihr Diener, Mr. Pickle", warf er ihm einen Blick voll unaussprechlicher Geringschätzung zu und sagte: „Ich vermute, Mylord, Sie irren sich in der Person", und drehte seinen Kopf in Gegenwart des gesamten Hofes auf die andere Seite.

Nachdem er zur größten Verlegenheit derjenigen, gegen die sein Groll sich richtete, alle Orte, an denen die feine Welt zusammenkommt, der Reihe nach besucht, seine Schulden bezahlt und seine Geldangelegenheiten in London geregelt hatte, wurde Hatchway vorausgeschickt, damit er auf dem Lande draußen die nötigen Anstalten für den Einzug der schönen Emilie treffe. Wenige Tage später brach die ganze Gesellschaft, Cadwallader nicht ausgenommen, nach Pickles väterlichem Wohnsitz auf. Sie machten einen Abstecher zu Mrs. Gauntlet, der Mutter, die sich herzlich freute, unsern

Helden als ihren Schwiegersohn zu begrüßen, und nahmen sie mit. Von hier aus reisten sie in aller Gemächlichkeit nach dem eigenen Heim und kamen unter dem Jauchzen und dem Jubel des ganzen Kirchspiels zu Hause an, wo Emilie von Clovers Gattin aufs zärtlichste empfangen wurde. Diese hatte für alles gesorgt, was zu deren Vergnügen und Bequemlichkeit diente, und legte am nächsten Tage die Führung des Haushalts in ihre Hände.

NACHWORT

Im Jahre 1739 wanderte der blutjunge Medizinstudent Smollett von Schottland nach London. An irdischen Gütern arm, an stolzen Hoffnungen desto reicher, beabsichtigte er nichts Geringeres, als England oder wenigstens die englische Bühne zu erobern, trug er doch das Manuskript seiner Tragödie „Der Königsmord" *(The Regicide)* in der Tasche. Er erlebte aber eine Enttäuschung, die ihn aus allen Himmeln riß: Was war der Lohn für sein edles Streben? Statt erträumter Ehren und rauschenden Beifalls freundliche Worte von „jenen kleinen Kerlen, die man gelegentlich große Männer nennt", und leere Versprechungen „unaufrichtiger Theaterdirektoren". Sein Werk, in dem er mit der Begeisterung und dem Überschwang einer erregten jugendlichen Seele die Geschichte vom Tode König Jakobs I. von Schottland dargestellt hatte, zu einem staubigen Dasein in englischen Schubladen verurteilt! Hölle und Teufel! Und er hatte geglaubt, er könne sich in der Welt der Dichter einen ehrenvollen Platz erwerben. Wir wissen heute, daß sich der junge Mann damals nur in der Wahl des Mittels irrte; wohl steckte kein Dramatiker in ihm, doch er sollte ein großer Vertreter des englischen Romans im 18. Jahrhundert werden.

Tobias George Smollett wurde 1721 in Dalquhurn House beim Dorfe Renton, in der herrlichen Gegend des romantischen Loch Lomond, geboren und stammte aus einer angesehenen Familie, die dem Lande tüchtige Soldaten und Juristen geschenkt hatte. Auf der Lateinschule zu Dumbarton und später auf der Universität Glasgow eignete sich der phantasievolle, stets zu allen Possen und Streichen aufgelegte Knabe eine umfassende klassische Bildung an und hätte gerne wie sein älterer Bruder eine militärische Laufbahn eingeschlagen. Davon aber wollte Sir James, der

Großvater, nichts hören, und so mußte denn der junge Patriot auf seinen Lebenswunsch verzichten und, statt Wunden zu tragen, Wunden zu heilen lernen, das heißt, er kam zu einem Wundarzt in Glasgow in die Lehre.

Als der alte Lord bald darauf starb, sah sich Smollett auf seine eigene Kraft angewiesen. Er wartete bloß das Ende der verhaßten Lehrzeit ab, um nach dem Lorbeer des Dichters zu greifen. Da ihm aber, wie schon bemerkt, jeder Erfolg versagt blieb, mußte er schließlich froh sein, daß ihm ein Freund eine Stelle als Gehilfe eines Schiffsarztes verschaffte. An Bord des Linienschiffes „Cumberland" fuhr er nach Westindien, wo sich Admiral Vernon mit den Spaniern herumschlug und wo Smollett 1741 die unglückliche Expedition der Engländer gegen Cartagena miterlebte. In diesen Jahren erwarb er sich seine intime Kenntnis des englischen Seelebens und englischer Seeleute, ihrer Traditionen, Ausdrucksweise und Schrullen. Mit seiner Lage unzufrieden, quittierte er den Dienst, hielt sich eine Zeitlang auf Jamaika auf, verlor hier sein Herz an eine schöne Kreolin, Anne Lascelles, seine spätere Frau, kehrte in die Heimat zurück, doktorierte in Aberdeen und ließ sich in London als praktischer Arzt nieder. Ein boshaftes Schicksal schien sich nun einmal darauf zu kaprizieren, ihn mit Sonde und Skalpell hantieren zu sehen; indessen versagte es ihm auch jetzt wieder Ruhm und Sieg. Sein scharfer Witz, sein ungeduldiges Wesen und seine Abneigung gegen alle Heuchelei und alles Getue waren nicht geeignet, das Vertrauen der Patienten zu erwecken; übrigens erschwerte er sich seine Stellung noch dadurch, daß er auch in politischer Hinsicht aus seiner Meinung kein Hehl machte.

Schon bei seiner Rückkehr aus Westindien hatte die Grausamkeit, mit der jener Aufstand der Hochländer niedergerungen wurde, durch den sie den fremden Hannoveraner verjagen und einem Stuart, einem Angehörigen ihres angestammten Königshauses, wieder zum Thron verhelfen wollten, seinen Nationalstolz verletzt und sein schottisches Herz verwundet, und er hatte in einem tiefempfundenen Gedicht „Die Tränen Schottlands" *(The Tears of Scotland)* seinen Gefühlen und seinem Schmerz Ausdruck verliehen. Doch damit nicht genug. Mit der Rücksichtslosigkeit und Unvorsichtigkeit des jungen talentierten Heißsporns, der noch glaubt, daß Wahrheit und Recht über Gewalt und Macht triumphieren werden, mit der Unbedingtheit und dem Feuer des jugendlichen Kämpfers, der Kriecherei verachtet und Gönnertum verschmäht, stürmte Dr. Smollett in die politische Arena und zog in zwei gepfefferten Satiren *The Advice* (Der Rat) und *The Reproof* (Der Verweis) los gegen die Minister König Georgs II. und ihren ganzen Klüngel in Parlament, Verwaltung und Armee; er geißelte ihre Heuchelei und ihr Strebertum, brandmarkte ihre Gewinnsucht und Ämterwirtschaft, ihre Methoden der Unterdrückung und Ausbeutung. Die Freunde waren entsetzt, mahnten und warnten; aber Smolletts Feder und Gesinnung waren nicht zu kaufen, nicht einmal um den Preis persönlichen Vorteils. Was scherte ihn die Vormachtstellung der Whigs!

Da die Einkünfte aus seiner Praxis nicht ausreichten, um seinen Aufwand zu bestreiten, und er schließlich von Überzeugung und Charakterstärke allein auch nicht leben konnte, mußte er sich nach einer andern Erwerbsquelle umsehen. Er fand eine, und zwar eine recht ergiebige, in der Romanschriftstellerei. 1748 erschien sein erster Roman, „Die Abenteuer des Roderick Random" *(The Adventures of Roderick Random)*, eine Nachahmung von Lesages *Gil Blas*; 1751 folgte, nachdem der nun zu Ansehen und Einfluß Gelangte erst einmal die Publikation seines so lange vernachlässigten Jugenddramas durchgesetzt und auf einer Reise nach Paris neue Eindrücke und neuen Stoff gesammelt hatte, sein zweiter, „Die Abenteuer des Peregrine Pickle" *(The Adventures of Peregrine Pickle)*, und schon 1753 der dritte, „Die Abenteuer des Grafen Ferdinand von Fathom" *(The Adventures of Ferdinand Count Fathom)*. In diesen Jahren hängte der Dichter seinen Beruf als Arzt ganz an den Nagel; er hatte jetzt einen Namen, der nicht nur beim Publikum, sondern auch bei den Verlegern einen guten Klang besaß; Angebote und Anfragen begannen einander zu drängen, und mit scheinbar unverwüstlicher Kraft stürzte er sich in die literarische Arbeit, wobei ihm seine unglaubliche Leichtigkeit der Produktion zustatten kam.

Zunächst präsentierte er sich als Übersetzer und gab den *Don Quijote* des Cervantes heraus. Dann aber ließ er sich leider bestimmen, die Leitung der *Critical Review* zu übernehmen, einer Zeitschrift, welche die Interessen der Tories und der Hochkirche vertrat. Und in dieser Stellung lud er sich viele Feinde auf den Hals. Der rasche und ungestüme Kritiker wurde angegriffen, beleidigt, mit Geldbußen belegt, ja, als er einst in seinem Blatt einem Admiral gar heftig eins auf den Pelz brannte, mußte er sogar für kurze Zeit ins Gefängnis marschieren. All dies verbitterte ihn, zehrte an ihm. Aber er war immer ein fairer Gegner, der seinen Feind mit offenem Visier berannte und nie aus gemeiner Absicht heraus handelte; und wenn er bei seinen Kampagnen gegen wirkliche oder vermeintliche Ungerechtigkeit, Halbheit und Unaufrichtigkeit scharf ins Zeug ging und sich dabei gelegentlich vergaloppierte, so blieb er immer Gentleman genug, Fehler einzugestehen und zu bedauern.

Die Tätigkeit an der *Critical Review* nahm die Kraft des vielseitigen Mannes nicht vollständig in Anspruch. 1757 publizierte er eine siebenbändige „Sammlung interessanter Reisebeschreibungen" *(Compendium of Voyages and Travels)*, zu der er eine wertvolle Darstellung der mißglückten Expedition nach Cartagena beisteuerte, und noch im selben Jahre erfreute er das patriotische England mit einer gegen die Franzosen gerichteten politischen Komödie, „Die Vergeltung, oder Alt-Englands Teerjacken" *(The Reprisal: or, The Tars of Old England)*. Mit dieser kleinen Farce, in der seine Kunst der sprachlichen Charakterisierung Triumphe feierte, wandte er sich gegen die kleinmütige Haltung des Ministeriums und wollte den kriegerischen Geist der Nation wecken. Im folgenden Jahr erschien seine „Geschichte Englands", ein Werk, das ursprünglich die Zeit vom Einfall Cäsars bis 1748 umfaßte und später bis 1765 weitergeführt wurde und das, obwohl es nicht auf Quellenstudien aufgebaut ist und keine eigenen Forschungsergebnisse des

Verfassers vermittelt, sich doch wegen seiner geschickten Gestaltung und der Herausarbeitung der wesentlichen Züge großer Berühmtheit erfreute. Und schon beteiligte er sich wieder an einer neuen Kompilation, einer gewaltigen Universalgeschichte, warf, angeregt durch den *Don Quijote*, zudem seinen vierten Roman, „Die Abenteuer des Sir Launcelot Greaves" *(The Adventures of Sir Launcelot Greaves)*, hin und übernahm 1762, allerdings mit wenig Erfolg, die Redaktion der kurzlebigen Wochenschrift *The Briton*, mit der er für Lord Bute, den unbeliebten Premier König Georgs II., eintrat, obwohl er voraussehen konnte, daß er nun gute alte Freunde verlieren und dafür laue neue eintauschen würde. Mag auch seine Mitarbeit an einer englischen Voltaire-Ausgabe sowie an dem populären Sammelwerk „Über den gegenwärtigen Stand aller Nationen" *(The Present State of all Nations)* nicht sehr bedeutend gewesen sein, nun war's genug. Anstrengungen und Enttäuschungen hatten ihn so geschwächt und gekränkt, daß er den Bitten seiner Frau nachgab und sich endlich wieder einmal eine Erholung gönnte, zumal er herbes Familienleid überwinden mußte; denn der Tod hatte ihm sein einziges Kind, ein fünfzehnjähriges Töchterchen, entrissen.

1763 verließ Smollett England, um in Frankreich und Italien ein milderes Klima aufzusuchen. Die Frucht seines etwa zweijährigen Aufenthalts war ein Buch in Briefform, „Reisen durch Frankreich und Italien" *(Travels through France and Italy,* 1766*)*, das in der frostigen Haltung des Verfassers, der den Franzosen sowieso nicht grün war, und in den schiefen und verdrehten Urteilen die Gemütsverfassung und den Gesundheitszustand des Dichters erkennen läßt.

Als er nach seiner Rückkehr einige Monate in Schottland und dann in Bath verbracht hatte, seelisch und körperlich gesundet schien, erwachte sofort in ihm der alte Kampfgeist wieder, und er schrieb „Die Geschichte und Abenteuer eines Atoms" *(The History and Adventures of an Atom,* 1769*)*. Es ist dies eine grobe politische Satire auf die verschiedenen Parteiführer der fünfziger und sechziger Jahre.

Sie werden alle unter japanischen Namen aufgeführt; denn der Kritiker verschießt seine Bolzen mit einer gar seltsamen Armbrust. Ein Atom nämlich, das auf seinen Wanderungen in die Zirbeldrüse des Nathaniel Peacock gelangt ist, erzählt diesem von seinen Erlebnissen in Japan, einem Staat, dessen Bürger ungemein stolz sind auf die Begriffe Freiheit und Besitz und die tatsächlich das Vorrecht genießen, sich jederzeit zu besaufen, auf die Regierung zu schimpfen, miteinander zu streiten und sich die Taschen leeren zu lassen.

War Smollett also wieder der alte? Nein, seine Gesundheit war gebrochen, und seine ärztlichen Ratgeber und Freunde machten ihm klar, daß nur ein vollkommener Luftwechsel und eine gänzlich veränderte Lebensweise vielleicht noch dauernde Besserung bringen könnten. Mit aufregenden politischen Diskussionen und Fehden war es vorbei. Ein zweiter Aufenthalt im Süden wurde ihm empfohlen; aber dem Dichter fehlten die Mittel. Er war nie ein Sparer gewesen und hatte Hand und Haus Hilfsbedürftigen und Freunden gegenüber nie verschlossen. So verwandte man sich denn für ihn und wollte ihm die Stelle eines Konsuls in Nizza, Neapel oder in Livorno verschaffen. Das Gesuch wurde jedoch abgelehnt, und der empfindliche Doktor erlebte die letzte bittere Genugtuung, dem Undank noch einmal in die kalte, höhnisch grinsende Fratze schauen zu können, als ein Mensch, der nie den Rücken gekrümmt und gebettelt, vergeblich gebettelt hatte. Ein Freund stellte ihm sein Landhaus in Monte Novo in der Nähe von Livorno zur Verfügung, und hier verbrachte Smollett die restlichen Monate seines Lebens und schenkte der Welt seinen fünften Roman, „Die Fahrt des Humphrey Clinker" *(The Expedition of Humphrey Clinker,* 1771*),* sein wahrscheinlich reifstes Werk, das Kenner wie Thackeray und Hazlitt als das schlechthin ergötzlichste Buch bezeichnet haben und mit dem er, milder, versöhnlicher, toleranter geworden, bewies, daß er außer seiner Meisterschaft, Lächerliches lächerlich darzustellen, die noch größere Kunst schließlich doch noch erreicht hatte: *to suffer fools gladly.* 1771 starb er, erst 50 Jahre alt, und wurde auf dem englischen Friedhof in Livorno begraben.

Die drei größten Vertreter des englischen Romans im 18. Jahrhundert sind Samuel Richardson, der sentimentale Charakteranalytiker, Henry Fielding, der realistische Gestalter der bürgerlichen Welt, und Tobias Smollett, der satirische Zeichner humoristischer Abenteuer. Was Psychologie und Konstruktion anbelangt, ist der letztere nicht der bedeutendste Künstler unter den dreien, aber er ist der unterhaltendste und amüsanteste.

Smolletts Ruhm beruht nicht auf seinen Satiren, seinen dramatischen und poetischen Werken, auch nicht auf seiner Arbeit als Übersetzer und Historiker, sondern auf seinen Romanen, und zwar hauptsächlich auf *Roderick Random*, *Peregrine Pickle* und *Humphrey Clinker;* *Ferdinand Count Fathom* und *Launcelot Greaves* fallen dagegen ab; der erstere ist höchstens wichtig für die Geschichte des englischen Schauerromans, während der zweite eine wenig glückliche Nachahmung des *Don Quijote* darstellt.

Literarhistorisch gesehen ist Smollett ein Vertreter des Abenteuerromans, einer kulturgeschichtlich interessanten und wertvollen Romangattung, die man gemeinhin auf den spanischen Schelmenroman des 16. Jahrhunderts zurückführt, in dem der Held, Schelm, Abenteurer oder Glücksritter, wie man ihn nun nennen mag, meist untern Volksschichten entstammend, sich auf eine mehr oder weniger schurkische Weise durchs Leben schlägt, durch die Welt zieht, alle möglichen Stellungen einnimmt, eine Fülle von Abenteuern erlebt, die nur durch die Person des „Helden" miteinander verbunden sind, einer Gattung, deren Realismus – jedenfalls gilt dies für England – als Reaktion auf den Schäferroman und den heroisch-galanten Roman aufgefaßt werden muß. Die Vorläufer und zum Teil direkten Vorbilder Smolletts sind, um nur einige der bedeutendsten zu erwähnen, sein Landsmann Thomas Nashe im 16. Jahrhundert, der Engländer Daniel Defoe und der Franzose Alain René Lesage im 18. Jahrhundert.

Was unsern Dichter nun auszeichnet, ist sein grimmiger Humor, sein unglaublich scharfer Blick für das lächerliche Detail, seine Kunst, komische Situationen und Verwechslungen zu erfinden und zu häufen, und seine Begabung, drollige Käuze zu zeichnen oder, besser gesagt, zu karikieren. Mit unerschöpflicher Phantasie und mit gelegentlichem Zynismus führt Smollett seine Helden durch die Welt, vornehmlich eine bürgerlich englische Welt, in der elegant gelogen und betrogen, kräftig geprügelt, viel gehauen und gestochen wird, und läßt ihn schließlich nach einer nicht immer sehr glaubhaft gemachten Bekehrung oder Läuterung zu seinem Lebensglück gelangen; denn obwohl der Dichter vor Indezenz und Derbheit nicht zurückscheut, will er, so merkwürdig dies klingt – und wer denkt dabei nicht an gewisse Werke von Defoe –, moralisch wirken.

Die Hauptgestalten seiner Romane sind die Träger seiner eigenen Erlebnisse, Erfahrungen und Enttäuschungen, seiner eigenen Vorzüge und Fehler. Er rächt sich an seinem Schicksal, indem er darstellt, was es ihm schenkte und vorenthielt, was es ihm versprach und was es versagte. So schildert er im *Roderick Random* manches, was an seine eigene Jugend, an seine Seemannszeit und seinen Aufenthalt in Westindien erinnert, so wertet er in *Peregrine Pickle* seine Reise nach Paris aus und verleiht er Peregrine Züge seines eigenen Charakters, zum Beispiel sein Unvermögen, Wohltaten zu ertragen, seine Bereitschaft, Hilfsbedürftigen beizustehen, sein aufbrausendes Wesen, seine Freude an tollen Streichen sowie eine gewisse Verachtung gegenüber der Welt im allgemeinen; *Launcelot Greaves*, welcher auszieht, um Verrat und Betrug zu entlarven, die Frechheit zu züchtigen und den Stolz zu demütigen, die Verleumdung an den Pranger zu stellen und die Verderbtheit zu geißeln, verfolgt nur die Absichten seines Schöpfers, und wenn schließlich im *Humphrey Clinker* der alte Matthew Bramble unter seinem menschenfeindlichen Pelz eine große Dosis von Güte verbirgt, so verdankt er diese Eigenschaft der Lebensweisheit des alternden Künstlers. Weil aber nicht bloß Phantasie und literarische Tradition, sondern sein Leben selbst ihm den Stoff zu seinen Werken liefern, wird Smollett oft ausfällig und giftig Leuten gegenüber, die sich sein Mißvergnügen zugezogen haben. Sensibel und ungestüm, wie er ist, geht er dabei mit Schwächen und Torheiten scharf ins Gericht, greift er mit bitterer Ironie und beißendem Spott an, mag es sich nun um einen Politiker, einen Schauspieler oder um einen literarischen Rivalen handeln; auch sorgt er dafür, daß über die Identität der Betreffenden kein Zweifel herrschen kann. Wie in der Politik, ist Smollett jedoch auch in der Schriftstellerei ein fairer Gegner. Sobald er einmal erkannt hat, daß er zu weit gegangen und seinem Feind zu nahegetreten ist, sich selbst ins Unrecht gesetzt hat, nimmt er keinen Anstand, ihm in einem spätern Roman Gerechtigkeit widerfahren zu lassen oder in einer Neuausgabe des Werkes die anstößige Stelle zu tilgen und vielleicht gar durch ein Lob zu ersetzen, wie dies im *Peregrine Pickle* in bezug auf den großen Garrick geschehen ist.

Es ist interessant zu verfolgen, wie der Künstler seine Technik der Erzählung ändert. Im *Roderick Random* läßt er den Helden selber sprechen, in den drei spätern Romanen erzählt der Dichter, und im letzten, im *Humphrey Clinker*, wird die Briefform Richardsons auf meisterhafte Art weiterentwickelt. Man braucht in diesem Wechsel kein unsicheres Laborieren zu sehen, sondern kann darin ebensogut eine zunehmende Reife der Charakterisierungskunst erblicken, zumal wenn, wie im letzten Roman, dasselbe Ereignis durch den Mund der verschiedenen Hauptpersonen geschildert wird.

Die Romane Smolletts sind aufschlußreiche und wertvolle Sittengemälde des 18. Jahrhunderts. Sie sind allerdings nicht so einheitlich durchkomponiert wie die seines Zeitgenossen Henry Fielding; denn es fehlt ihm ein gewisser Wille zur künstlerischen Objektivität, eine gewisse Selbstdisziplin im Maßhalten; seine Farben aber sind darum nicht weniger echt. Sein Blickfeld zwar ist beschränkt, aber was davon erfaßt wird, hat seine Feder unübertrefflich festgehalten; man denke etwa an die Darstellung der Verhältnisse in Bath, des Treibens gewisser literarisch-antiquarischer

Zirkel, des Kampfes zwischen Bütteln und Schuldnern, der Praktiken in den Kreisen der Ärzte und Juristen, der Beziehungen zwischen Autoren und Verlegern, der Reisegesellschaft in einer Postkutsche, des Stils der Schauspieler, vor allem aber denke man an seine Seeleute. Er hat zwar den Seemann nicht, wie man immer wieder lesen kann, in die englische Literatur, ja nicht einmal in den englischen Roman eingeführt; aber was vor ihm über diese Menschen geschrieben worden ist, mutet an wie eine Skizze im Vergleich zu einem vollendeten Porträt.

In der Kunst, komische Gestalten zu zeichnen, sie mit allen Schrullen und Abnormitäten auszustatten, sie ins Groteske zu steigern und gleich durch die Art ihres ersten Auftretens den maßgebenden Eindruck hervorzurufen, ist er unerreicht und gemahnt an seinen größten Nachfolger, Charles Dickens, der ohne Smollett kaum zu denken ist. Dies gilt auch für seine Fähigkeit, eine Person durch ihre Sprache und Ausdrucksweise zu charakterisieren, hauptsächlich da, wo es sich um lächerliche oder humorvolle Erscheinungen handelt; sein Tom Pipes in *Peregrine Pickle* und seine Winifred Jenkins mit ihren unfreiwilligen Kalauern in *Humphrey Clinker* sind seelenverwandt mit Sam Weller bei Dickens. Wenn einerseits zugegeben werden muß, daß, allgemein gesprochen, der Humor von Dickens sonniger, wärmer ist als der von Smollett, so ist andererseits zu sagen, daß, wenigstens scheint es uns so, was psychologische Darstellung, hauptsächlich weiblicher Gestalten, anbelangt, Smollett Dickens übertrifft. Nicht so glücklich ist Smollett, wenn er pathetisch wird, dann neigt er im Vortrag zu Gezwungenheit, Geschraubtheit und Unnatürlichkeit, was sich in der vorliegenden Übersetzung ja ebenfalls geltend macht. Auch von stilistischer Flüchtigkeit ist dieser große Könner nicht immer freizusprechen, und ferner ist die Behauptung, er lasse es, wie in seinem Leben, so auch in seinem Werk oft bei mehr oder minder verheißungsvollen Anfängen bewenden, bleibe zum Beispiel mit seiner Naturschilderung, seiner politischen, ständischen und sozialen Kritik und seinem Verständnis für die untern Klassen in den

Anfängen stecken, nicht von der Hand zu weisen. Er bietet vieles statt viel. In einen Fehler aber möchten wir nicht verfallen, nämlich in den, Tobias Smollett an Henry Fielding zu messen, um ihn dann als künstlerisch schwächere, derbere und unausgeglichenere Persönlichkeit hinzustellen, und es vor allem unterlassen, auf all das hinzuweisen, was er Fielding an Motiven und technischen Mitteln verdankt oder verdanken könnte; denn die Wirkung literarischer Tradition in allen Ehren, aber die Schöpfung eines Kunstwerkes ist schließlich kein Zusammensetzspiel.

Von allen Romanen Smolletts ist *Peregrine Pickle* der geschlossenste, weil hier nicht nur die Reise des Helden, sondern überdies seine innere Erziehung und seine Liebe als Konstruktionsmittel verwendet werden. Trotzdem aber, glauben wir, sind zwei Teile zu erkennen, von denen der erste etwa bis zum Tode von Trunnion reicht. Nachdem die Gestalt des Kommodores ausgeschieden ist, führt Smollett den Menschenfeind Cadwallader ein, welcher, konstruktiv gesprochen, als Pendant zu Trunnion zu werten ist. Auffällig ist dann auch, daß die Handlung in der zweiten Hälfte des Romans mehrfach durch biographische Abschnitte unterbrochen wird. Da sind erstens einmal die „Memoiren einer vornehmen Dame" (in dieser Übersetzung ausgelassen), später die Biographien von Cadwallader, von Mr. Mackercher, der Annesley-Fall und die Berichte verschiedener Insassen des Fleet. Der Annesley-Fall übrigens zeigt uns den Kämpfer in Smollett; denn er hat ihn sicher nicht bloß im Interesse der Aktualität dem Leser zuliebe eingefügt, sondern weil er dem übervorteilten Erben zu seinem Recht verhelfen will, indem er ganz deutlich dessen Partei ergreift. Diese Tatsache mahnt uns, nicht zu vergessen, daß manches, was der Dichter erzählt, nicht einfach seiner Phantasie entspringt, sondern die nackte Wirklichkeit ist. Smolletts *Peregrine Pickle* ist nicht ein historischer Roman, dazu fehlt der eigentliche Rahmen, aber wir finden hier echte Bilder zur Sittengeschichte des 18. Jahrhunderts, denken wir etwa an die Schilderung des Lebens im Fleet oder an die der

Praktiken bei den Wahlen ins Parlament, Bilder, die geradesogut dem Pinsel Hogarths entstammen könnten.

Lassen wir alle derartigen Erwägungen. In Smolletts Roman lernen wir Charaktere kennen, zum Beispiel die Gesellschaft im Kastell, und erleben wir Dinge – man denke an das Gastmahl der Alten –, die zum Köstlichsten gehören, was die englische Literatur aufzuweisen hat. Es mag Leute geben, nein, es gibt sicher viele Leute, die sich an den Teufeleien Peregrines und an seinem lockern Treiben stoßen; aber abgesehen davon, daß dem Abenteuerroman, und hauptsächlich dem Smollettschen Abenteuerroman, eine idealisierte Darstellung des Lebens nun einmal fremd ist, darf man doch daran erinnern, daß Smollett in Emilie Gauntlet, der weiblichen Hauptfigur, ein Wesen zeichnet, das sehr wohl im Chor der Tugendheldinnen des moralischen Richardson mitsingen könnte, obwohl das Blut wärmer durch ihre Adern rollt als durch das ihrer Mitschwestern. Glänzend ist der novellenartig kurze und überraschende Schluß. Der Satiriker kann es sich jedoch nicht verkneifen, sozusagen in letzter Minute seine Galerie berühmter Käuze noch rasch um das Porträt des Junkers mit den Van-Dycks zu vermehren.

Der Roman wurde viermal aufgelegt, 1751, 1757, 1765 und 1769. In der Vorrede zur zweiten Ausgabe schreibt Smollett, sein *Peregrine Pickle* erscheine in einer neuen Auflage, obgleich gewisse Buchhändler und andere Leute sich alle Mühe gegeben hätten, den Roman als unmoralisches Werk und als Schmähschrift zu verschreien, und gewisse Kritiker behauptet hätten, es fehle ihm an Humor und Gefühl und er enthalte Angriffe auf Personen, denen der Verfasser zu Dank verpflichtet sei. Glücklicherweise jedoch seien sie den Beweis schuldig geblieben, und das Buch habe regen Absatz gefunden und sei ins Französische übersetzt worden. Trotzdem habe er Überflüssiges herausgeschnitten, uninteressante Vorfälle gänzlich unterdrückt, den Humor einiger Partien erhöht und alles, was der empfindlichste Leser als Verstoß gegen die gute Sitte deuten könnte, getilgt. Er gestehe reumütig ein, daß er an einer oder an zwei Stellen seinem persönlichen Groll die Zügel habe schießen lassen und einzelne Charaktere mit dem Auge des Vorurteils geschildert und sie so dargestellt habe, wie sie ihm früher erschienen seien. Dies habe er nun gutgemacht; er müsse aber betonen, wie falsch sein Urteil auch gewesen sein möge, nie habe er aus boshafter, undankbarer oder unehrenhafter Absicht gehandelt.

Die Änderungen, die der Dichter vorgenommen hat, sind vornehmlich Kürzungen. Die schlimmsten indezenten Episoden, die Abschnitte, in denen er gegen den Schauspieler Garrick und andere ausfällig geworden war, wurden gestrichen. Der Übersetzer Mylius meint, der Verfasser sei eben älter und kälter, sein Werk zwar moralisch, aber poetisch nicht besser geworden. Sei dem, wie ihm wolle, die zweite Ausgabe stellt in der Hauptsache die Form dar, in welcher der Roman nach dem Willen seines Schöpfers fortleben sollte.

Es sind von *Peregrine Pickle* zwei Übersetzungen hauptsächlich bekannt, diejenige von Dr. Georg Nikolaus Bärmann (gest. 1850) in der „Collection Spemann", Stuttgart (ohne Jahr), und die von Wilhelm Christhelf Siegmund Mylius (Berlin 1789), welch letzterer nicht etwa mit Lessings Vetter identisch ist, wie schon aus dem Todesdatum (1827) hervorgeht.

Die Übersetzung von Bärmann kürzt den Originaltext ziemlich stark, ist oft unrichtig und ungenau und kann weder stilistisch noch sprachlich befriedigen. In der Arbeit von Mylius liegt eine achtbare philologische Leistung vor. Mylius ist bestrebt, dem Original so wörtlich wie möglich, ja zu wörtlich, zu folgen, und hat Kenner und Engländer zu Rate gezogen. Er übersetzt nach der ersten Ausgabe und bemüht sich, in einer etwas altertümlichen Sprache zu schreiben. Die oft langen Kapitelüberschriften hat er meist vereinfacht und, um häßliche Konjunktivformen zu vermeiden, sich gelegentlich der direkten statt der indirekten Rede bedient. Auch ist der Dialekt etwas stärker verwendet, als es uns durch das Original geboten scheint. Aber all dies tut dem sprachlichen Charakter des Smollettschen Werkes keinen Abbruch. Hingegen ist der Stil zu hart und das Deutsch unschön. Er gebraucht Wörter wie „der Beratschlagungstag", „der Schwelgegenosse" und nimmt an Ausdrücken wie „sich genötigt sehen, jemanden zu nötigen", „in seiner Güte für gut finden" keinen Anstoß. An der lästigen Wiederholung derselben Wörter ist bis zu einem gewissen Grad Smollett selbst schuld; aber wenn sein Englisch gelegentlich recht schwierig ist, sind folgende „Leistungen" von Mylius doch nicht zu verantworten: jemanden fast tödlich beschädigen, eine übernatürliche Ursache zieht Querstriche durch eine Erwartung, sein ganzer Nervenbau wurde durchdröhnt, eine ausschweifende Grille ausbrüten, wonnevolle Bilder kehrten in seine Einbildungskraft zurück, der Anblick der Chaise goß Jubel in seine Augen und Seele. Man könnte Hunderte solcher Beispiele anführen. Hervorragend jedoch ist die Sprache der Seeleute wiedergegeben; an dieser Leistung hätte vermutlich Smollett selber seine Freude gehabt. Hier ist wirklich nicht mehr viel zu verbessern.

Zum Inhalt und zur Gestalt der Myliusschen Übersetzung ist folgendes zu sagen: Mylius hat die vier Bände des Originals etwas anders eingeteilt und läßt im Gegensatz zu Smollett jedes seiner Bücher wieder mit Kapitel 1 anfangen, auch geht er mit den Alineas höchst eigenmächtig um. Es fehlen in seiner Ausgabe die „Memoiren einer vornehmen Dame", dann die Geschichte von Mr. Mackercher und die Annesley-Affäre sowie die Geschichte des spanischen Granden Alvarez.

Nun zu den Prinzipien der vorliegenden Arbeit. Ich habe mich bemüht, eine wissenschaftlich einwandfreie Übersetzung der zweiten Ausgabe zu liefern, das heißt der Form des Romans, die in der Hauptsache dem letzten Willen des Dichters entspricht. Also wurde in dieser Ausgabe, im Gegensatz zum Text von Mylius, der ja auf der ersten Ausgabe beruht, manches entfernt und manches hinzugefügt, was in den spätern Auflagen nicht mehr oder neu zu finden ist. Die „Memoiren einer vornehmen Dame" *(The Memoirs of a Lady of Quality*) habe ich allerdings auch ausgelassen. Es verhält sich damit folgendermaßen: Diese Memoiren, die einst zur Beliebtheit des Romans beigetragen haben dürften, enthalten die Geschichte der unglücklichen Ehe der Lady Vane, ein Thema, das die skandallüsterne Gesellschaft in allen Jahrhunderten interessiert hat. Sie sind von Frances Anne Hawes (1713-1788) verfaßt, einer Dame, die in erster Ehe Lord William, den Sohn des vierten Herzogs von Hamilton, und nach dessen Tod William Vane, den zweiten Viscount Vane, heiratete und die, wie übrigens ihr Werk selbst, noch heute in moralischer Beziehung verschieden beurteilt wird. Sie soll den Dichter für die Aufnahme ihrer Memoiren in den *Peregrine Pickle* sogar bezahlt haben. Da diese Memoiren also nicht von Smollett herrühren und von ihm in keiner Weise mit der Haupthandlung verbunden worden sind, diese im Gegenteil für mehr als hundert Seiten aufs unerträglichste unterbrechen, habe ich sie, wie Mylius, übergangen.

Von den gelegentlich vereinfachten Kapitelüberschriften abgesehen, entspricht der Text natürlich genau dem Wortlaut des Smollettschen Originals. Was die äußere Gestalt angeht, wurde der Roman in einen Band zusammengezogen, was zum Teil durch die Weglassung der Memoiren bedingt ist. Bei Smollett schließt der erste Band mit Kapitel 34, der zweite mit Kapitel 72 und der dritte mit Kapitel 85. Da aber in der vorliegenden Ausgabe die durchgängige Kapitelzählung des englischen Textes eingeführt ist, damit derjenige Leser, der etwas nachschlagen oder vergleichen will, dies ohne Mühe tun kann, und da die Bände bei Smollett keine geschlossene künstlerische Einheit bilden, ist diese Einteilung nicht so schlecht, wie es auf den ersten Blick scheinen möchte.

Ich habe mich bei meiner Übersetzung der Vorarbeit von Mylius bedient; das will aber nicht heißen, daß ich bloß die Orthographie ein wenig modernisiert und ein paar hundert oder tausend kleinere Veränderungen angebracht hätte. Fehler, Ungeschicktheiten und Ungereimtheiten mußten natürlich weg. So spricht Mylius mit konstanter Bosheit von Sir Pickle, von einem Kapitän, der sich mit seinem Schiffe aus dem Staube macht, von einer Frau, die keine Kinder mehr zeugt, verwechselt er das „Minutenfeuer", welches man bei Todesfällen abbrannte, mit kleinen Kanonen und schreibt bei der Schilderung einer Strafprozedur auf einem Kriegsschiff, der Delinquent sei zum Flintentragen verurteilt, statt er sei an die Kanone gebunden und ausgepeitscht worden. Alles, was nicht einwandfrei war, falsche Satzkonstruktionen eingeschlossen, wurde in mehrjähriger Arbeit verbessert, neu gefaßt, frisch übersetzt, und es handelte sich dabei manchmal um ganze Seiten, ganze Kapitel. Ich habe mich bemüht, die altertümliche Sprache und den altertümlichen Stil, die Mylius gelegentlich sehr gut getroffen hat, zu bewahren und ältere Sprach- und Ausdrucksformen zu schonen, hingegen Wörter wie Moitistin für Partnerin, Leichnam für Gestalt, Base für Tante, Vorsicht für Vorsehung sowie Unklarheiten, die nur dem Leser des englischen Werkes verständlich werden, beseitigt.

In den Anmerkungen habe ich mich auf ein Mindestmaß beschränkt und meist nur da eine Erklärung gegeben, wo in der Regel auch der gebildete Leser „schwimmt"; die Zitate wurden belegt und die griechischen und lateinischen Wörter und Sätze übersetzt. Die Grundlage meiner Ausgabe bildet: *The Shakespeare Head Edition of Smollett's Novels; The Adventures of Peregrine Pickle In which are included Memoirs of a Lady of Quality* (4 Bände, Oxford, Basil Blackwell, 1925).

Mein Dank gebührt der Basler Universitätsbibliothek, der waadtländischen Kantonalbibliothek, der Vadiana in St. Gallen, die durch gütige und langfristige Überlassung der nötigen Materialien diese Arbeit möglich gemacht haben, vor allem aber Herrn Prof. Dr. Karl Jost von der Universität Basel, der ihr seine volle Unterstützung hat angedeihen lassen.

Hans Matter

ANMERKUNGEN

S. 6 *Thomas Creech* (1659–1700), Altphilologe, Übersetzer und Bearbeiter verschiedener klassischer Autoren. Horaz, Epist. 1, 6, 1.

10 *Kappenspiel, Grübchenspiel:* Alte Glücksspiele, bei denen es auf die Geschicklichkeit im Werfen und Schleudern von Münzen ankam.

12 *Nanzer:* Branntwein (benannt nach der Stadt Nantes).

16 *Indische Ferkel:* Im Original „guinea-pig" = Meerschweinchen. Schimpfwort für einen unfähigen Seemann, dessen ursprünglicher Sinn nicht eindeutig ist.

Bumboot: Marketenderboot.

Mit *Rook* und *Jennings* sind wohl die beiden berühmten englischen Admiräle Sir George Rooke (1650–1709) und Sir John Jennings (1664–1743) gemeint.

18 *Flour de Louse:* Entstellung von Fleur-de-lis (Lilie).

20 *Schweinsschneiderhorn:* Das Horn, das der Gelzer (Schweinekastrierer) in den Dörfern zu blasen pflegte, um seine Ankunft anzuzeigen.

29 *Den Strumpf werfen:* Beim alten Brauch des Strumpfwerfens werden dem neuvermählten Paar die Strümpfe ausgezogen. Die Brautjungfern nehmen einen Strumpf des Bräutigams, der Brautführer einen der Braut, knüllen ihn zusammen und schleudern ihn, ohne sich umzusehen, rückwärts über den eigenen Kopf nach dem Brautpaar. Wer mit seinem Geschoß den Kopf der Braut oder des Bräutigams trifft, wird bald glücklich heiraten.

38 *Der Bär, der zum Pfahl geschleppt wird:* Roher Sport, bei dem man einen Bären an einem Pfahl festkettete und die Hunde auf ihn hetzte.

40 *Das letzte Mißgeschick:* Dieser Satz bezieht sich auf eine Stelle in der ersten Ausgabe, an der geschildert wurde, warum die Lady nicht mehr in den Besitz ihres Nachttopfs gelangte. In seinen späteren Ausgaben hat Smollett diesen Abschnitt unterdrückt. Da der Leser dergleichen Lücken (vgl. z. B. die Überschriften zu den Kapiteln 31 und 49) mehr oder weniger leicht selbst entdecken kann, werde ich in Zukunft nicht mehr darauf hinweisen. Siehe Nachwort.

44 *Tullius:* Marcus Tullius Cicero.
61 *Labskaus:* Seemannsgericht, das in der Hauptsache aus Fleisch, Gemüsen und Schiffszwieback besteht und gewöhnlich gedämpft wird.
76 *Boarding-school:* Privatschule mit Internat.
98 *William Hogarth* (1697–1764), englischer Maler und Zeichner, berühmt als Sittenschilderer und Satiriker.
108 *Pons asinorum:* Eselsbrücke. Scherzhafte Bezeichnung des 5. Lehrsatzes im 1. Buch des Euklid, der gewissen Leuten Schwierigkeiten bereitet.
109 *Cribbage und All-fours:* Kartenspiele.
118 *Damon:* Name eines Hirten in Virgils 8. Ekloge; er wird in der Poesie oft für verliebte Schäfer verwendet.
141 *Gentleman Commoner:* Früher eine privilegierte Klasse von Studenten der Universität Oxford.
    Tutor: Mitglied der Universität, dem eine Gruppe von Studenten zugewiesen ist, deren Studiengang er als Mentor leitet.
142 *Proktor:* Universitätsbeamter, der das Betragen der Studenten überwacht.
146 *Vane Ligus . . .:* „Törichter Sohn Liguriens, hoch vom Dünkel geschwollen, du versuchst, strauchelnd, umsonst die Künste des Vaters." (Aeneis XI, 715).
147 Ich habe dieses Gedicht, obwohl es formal und inhaltlich sehr frei gestaltet ist, fast unverändert von Mylius übernommen.
150 *Johannes Duns Scotus* (1265?–1308?), Schotte, franziskanischer Theologe und Philosoph (nicht zu verwechseln mit Johannes Scotus Erigena, dem irischen Philosophen des 9. Jahrhunderts).
    Merlin: Sagenhafte Gestalt der britischen Vorgeschichte. Als mächtiger Zauberer unterstützt Merlin den Britenkönig Uther Pendragon und dessen Sohn, den berühmten König Artus.
166 *Bartholomäusmarkt:* Bartholomew Fair, bekannte Londoner Messe, die seit dem frühen 12. Jahrhundert bis 1855 im August in West Smithfield abgehalten wurde und die eine Zeitlang die bedeutendste Tuchmesse des Königreichs war.
210 Die Kapitelüberschrift lautet bei Smollett anders. Obgleich eine Episode vom Dichter später gestrichen wurde, blieb der alte Titel stehen.
219 *Andrea Ferrara:* Bezeichnung für ein zweischneidiges Langschwert, das besonders in Schottland beliebt gewesen zu sein scheint. Ursprünglich der Name eines berühmten italienischen Waffenschmieds des 16. Jahrhunderts, den Jakob IV. oder Jakob V. nach Schottland gebracht haben soll.

225 *Owen Glendower* (gestorben um 1415), der vom letzten unabhängigen Fürsten von Wales, Llewellyn, abstammen soll, war der Anführer der Waliser beim Aufstand gegen den englischen König Heinrich IV. Shakespeare macht ihn im ersten Teil seines Dramas „König Heinrich IV." zu einem mächtigen Zauberer.
Paul Beor = Baal-Peor: Beiname des von den Moabitern in unzüchtiger Feier verehrten Gottes Baal.

226 *Satans unsichtbare Welt:* Volksbuch, das noch im Anfang des 19. Jahrhunderts aufgelegt wurde.
Moretons Geschichte der Zauberei: Daniel Defoe veröffentlichte 1726 eine „Geschichte der Schwarzen Kunst" unter dem Pseudonym Andrew Moreton.

227 *Bolypius* = Polybius (zirka 200–122 v. Chr.), griechischer Historiker.
Ditus Lifius = Titus Livius (59 v. Chr.–17 n. Chr.), römischer Historiker.

228 τὸ γελοῖον: Das Lächerliche, Absurde.

230 *Topehall* und *Narcissa* sind Charaktere im „Roderick Random".

231 *Shakespeares Verse:* Gemeint ist wohl das Lob auf England in „König Richard II." (2, 1).

243 Mit dem „fehlgeschlagenen Unternehmen" ist die Erhebung der Anhänger der aus England vertriebenen Stuarts im Jahre 1745 gemeint (vgl. Sir Walter Scott: Waverley).

257 *Liard:* Frühere französische Kupfermünze im Werte von einem Viertelsou.

265 Die *Musketiere* gehörten zu den Haustruppen des Königs.

280 Der *Mediziner* ist Mark Akenside (1721–1770), ein englischer Arzt und Poet, der einst durch sein Lehrgedicht „The Pleasures of Imagination" berühmt war.

282 *Mutato nomine . . .:* „Änderst du den Namen, so handelt die Fabel von dir." (Horaz, Sat. I, 1, 69).
Σίγα . . .: „Schweig, auf daß nicht ein andrer Achäer diese Worte höre!" (Ilias, XIV, 90). Die Rede, auf die im Text angespielt wird, findet sich im 13. Gesang der Ilias.

283 *Charles Lebrun* (1619–1690), erster Maler Ludwigs XIV.

284 *Pousehn:* richtig Nicolas Poussin (1593–1665), klassizistischer Maler.

285 *Guido:* Guido Reni (1575–1642), einer der Meister der italienischen Barockmalerei.
Panänus: Griechischer Maler, Mitte des 5. Jahrhunderts v. Chr.

Phidias (gestorben nach 438 v. Chr.), berühmtester Bildhauer des Altertums.

Polykleitos (gestorben nach 423 v. Chr.), griechischer Bildhauer.

Polygnotos (gestorben nach 447 v. Chr.), Schöpfer berühmter Wandgemälde.

Parrhasios (Ende des 5. Jahrhunderts v. Chr.), griechischer Maler.

Apelles (2. Hälfte des 4. Jahrhunderts v. Chr.).

Zeuxis von Herakleia (Unteritalien; Anfang des 4. Jahrhunderts v. Chr.) malte das Bild einer nackten Helena für den Heratempel in Kroton (Unteritalien).

Timanthes (Ende des 5. Jahrhunderts v. Chr.), griechischer Maler. Der griechischen Sage zufolge ist Iphigenie die Tochter des Königs Agamemnon in Mykenä. Sie sollte geopfert werden, um Artemis zu versöhnen, durch deren Zorn die griechische Flotte auf der Fahrt nach Troja im Hafen von Aulis zurückgehalten wurde. Sie wurde jedoch durch Artemis nach Taurien (Krim) entrückt und dort zu ihrer Priesterin gemacht.

Asklepiodoros: Maler aus Athen, Zeitgenosse des Apelles.

Mnason: Tyrann von Elateia in Phokis, lebte zur Zeit Alexanders des Großen.

Nikias (2. Hälfte des 4. Jahrhunderts v. Chr.), Maler aus Athen.

Ion: In seinem Drama „Ion" (Sohn des Apollon und mythischer Ahnherr der ionischen Rasse) läßt Euripides (480–406 v. Chr.) in der 3. Szene des 1. Aktes zwei Chöre die Kunstwerke des Apollontempels zu Delphi schildern.

286 *Bellerophon:* Im griechischen Mythos Sohn des korinthischen Königs Glaukos, tötet, auf dem Flügelroß Pegasos reitend, die Chimaira, ein feuerschnaubendes Ungeheuer.

Le Sueur, Eustache (1617–1655), malte 1645–1648 die 22 Bilder aus dem Leben des heiligen Bruno im kleinen Kartäuserkloster in Paris (jetzt im Louvre).

Bruno von Köln (gestorben 1101) ist der Gründer des Kartäuserordens.

289 *Schenessäkoä* (im Original: ginseekeye), wahrscheinlich „je ne sais quoi".

Karl I. Stuart (reg. 1625–1649) wurde auf Betreiben Oliver Cromwells 1649 in London enthauptet. Sein zweiter Sohn, Jakob II. (reg. 1685 bis 1688), der an der Wiederherstellung des Katholizismus arbeitete, mußte 1688 das Land verlassen und floh nach Frankreich.

291 *Pään:* In der griechischen Mythologie der Götterarzt; Pään ist auch der Beiname verschiedener Götter, z. B. des Asklepios, Äskulap.

292 *Shaftesbury:* Anthony Ashley Cooper, 3. Earl of Shaftesbury (1671 bis 1713), englischer Moralphilosoph.

Euphorbus: Einer der Helden der Trojaner.

Poeta laureatus (gekrönter Dichter). Es handelt sich hier um den Schauspieler und Dramatiker Colley Cibber (1671–1757). Der erste offiziell ernannte Poet laureate scheint John Dryden (1670) gewesen zu sein. Der Poet laureate gehört offiziell zum königlichen Hofstaat, und man erwartet von ihm, daß er bei großen nationalen Anlässen eine Ode verfasse. Heute bedeutet die Verleihung des Amtes bloß eine Ehrung für einen bedeutenden Dichter.

297 *Heliogabalus:* Spätrömischer Kaiser (218–222 n. Chr.).

Silleikikabei: Im Original: silly-kickaby, Pallets Aussprache von Salacacabia, des lateinischen Namens der obenerwähnten ungenießbaren Suppe.

300 *Apicius,* Marcus Gavius, sprichwörtlich gewordener Schlemmer, der zur Zeit des Kaisers Tiberius lebte.

301 *Galenus* (130–201), berühmter römischer Arzt und zugleich einer der fruchtbarsten Schriftsteller des Altertums; er schrieb griechisch.

302 *Maecenas,* Gajus (gestorben 8 v. Chr.), vornehmer römischer Ritter, Vertrauter des Kaisers Augustus und Gönner der Dichter Horaz und Virgil. Sein Name dient heute zur Bezeichnung eines Kunstfreundes und Gönners schlechthin (Mäzen).

Nasidienus ist keine Persönlichkeit, sondern der Typ des reichen, aber ungebildeten Feinschmeckers.

Affertur squillas ...: „Unter schwimmenden Hummern bringt man eine Muräne." (Horaz, Sat. II, 8, 42).

Hesychios (lebte wahrscheinlich im 5. Jahrhundert n. Chr.), griechischer Lexikograph.

Hypotrimma: Name einer scharfen Kräuterbrühe.

Hummelberg: Im Original: Aumelbergius. Wohl Gabriel Hummelberg(er), deutscher Botaniker, Arzt und Humanist des 16. Jahrhunderts.

Lister: Wahrscheinlich: Lister, Martin (1638 bis 1712), englischer Naturforscher und Arzt.

303 *Shakespeare:* Kaufmann von Venedig, 4, 1, 49/50.

308 *Wie eine trockene Walnuß zwischen den Backenzähnen eines Affen:*

Dieser mir unverständliche Vergleich lautet im Original: Like a dried walnut between the grinders of a templar in the pit.

309 *Pisistratos* (6. Jahrhundert v. Chr.), Tyrann von Athen.

310 *Harmodios und Aristogiton:* Zwei athenische Jünglinge, die 514 v. Chr. Hipparchos, den Sohn des Tyrannen Pisistratos erdolchten.

314 *Old Bailey:* Volkstümliche Bezeichnung des Londoner Hauptkriminalgerichts (Central Criminal Court) in der City.

316 *Senesino:* Berühmter italienischer Opernsänger, den Händel eine Zeitlang für das Haymarket-Theater verpflichtet hatte.

319 *Cato:* Marcus Porcius Cato der Jüngere (95–46 v. Chr.), römischer Staatsmann, gab sich selbst den Tod, als er sah, daß nach dem Sieg Cäsars bei Tharsus die republikanische Sache endgültig verloren war.

320 *Die Probe:* The Rehearsal, Satire von George Villiers, 2. Grafen von Buckingham (1628–1687), in der das heroische Drama im allgemeinen und, in der Figur des Autors Bayes, die Dichter d'Avenant und Dryden im besonderen verulkt werden.

L. Manlius: Wahrscheinlich ist Titus Manlius Torquatus gemeint (4. Jahrhundert v. Chr.), der als Konsul seinen siegreichen, aber ungehorsamen Sohn hinrichten ließ.

Junius Brutus (6. Jahrhundert v. Chr.), der Überlieferung zufolge Roms Befreier von der Königsherrschaft der Tarquinier und erster Konsul. Er soll seine beiden Söhne, die sich an einer Verschwörung zugunsten der Tarquinier beteiligten, zum Tode verurteilt und die Vollziehung der Strafe selbst mit angesehen haben.

Marcus Junius Brutus (geboren 85 v. Chr.), der bekannteste unter den Mördern Cäsars, zu dessen engstem Kreis er gehört hatte.

Decimus Junius Brutus (geboren um 84 v. Chr.), Feldherr Cäsars, trat, obwohl von diesem für den Fall von Oktavians Tod zum Nacherben eingesetzt, der Verschwörung gegen Cäsar bei.

324 *Gil Blas:* Held des gleichnamigen Schelmenromans (Gil Blas de Santillane) des französischen Dichters Alain René Lesage (1668–1747).

328 Zur Kapitelüberschrift vgl. Anm. zu S. 210.

329 *Maulhenkolisch:* Mit diesem Ausdruck habe ich eines jener Wortspiele des Originals übersetzt, die sich nicht übertragen lassen. Es lautet: And at dinner told the physician that he was like the root of the tongue, as being cussedly down in the mouth.

334 *Der Aufzug des Lord Mayors:* Am 9. November zieht der neue, auf ein Jahr gewählte Lord-Mayor (Oberbürgermeister) von

London jeweils in einem feierlichen Aufzug von Westminster nach dem Rathaus. Dieser Brauch scheint bis ins 13. Jahrhundert zurückzugehen.

Ludgate: Eines der ältesten Tore von London. Es wurde 1760 abgerissen.

336 *Cäsars Kommentare:* Commentarii de bello Gallico.

Folard, Jean Charles (1669–1752), französischer Offizier und Militärschriftsteller.

Vinea...: Sturmdächer, Schanzen, Widder, Skorpione und Wurfmaschinen.

337 *Platää:* Antike Stadt in Südböotien, berühmt durch die Entscheidungsschlacht der Perserkriege (479 v. Chr.).

Testudo: Schutzdach.

338 *Georges de Scudéry* (1601–1667), französischer Dramatiker. Gegner von Corneille (Observations sur le Cid, 1637).

339 *Covent-Garden-Theater:* Im Zentrum Londons; 1732 eröffnet, brannte es 1808 nieder. Das heutige Theater, eröffnet 1858, ist das Heim der großen Oper. (Covent-Garden = convent garden, Klostergarten; ursprünglich Garten und Friedhof der Mönche von Westminster).

Die berühmte *Schauspielerin* ist wahrscheinlich Susannah Maria Cibber (1714–1766).

Monimia und Belvidera: Heldinnen in Thomas Otways Tragödien „Die Waise" (1680) und „Das gerettete Venedig" (1682).

Der *Lieblingsschauspieler* ist David Garrick (1717–1779). Dieses Kompliment ersetzt eine längere Stelle der ersten Ausgabe, in der Smollett Garrick bösartig angegriffen hatte.

340 Mit dem *Günstling* ist sehr wahrscheinlich Garricks Rivale James Quin (1693–1766) gemeint.

Richard (im Original: Crookback): Shakespeares Richard III.

Brutus und *Cassius:* Charaktere in Shakespeares „Julius Cäsar".

Äsopus: Vielleicht ein Vergleich mit dem römischen Tragöden Clodius Äsopus (1. Jahrhundert v. Chr.).

Handlanger der Natur: Ausdruck Shakespeares in „Hamlet" (3, 2, 37).

341 *Der Freimütige* („The Plain Dealer"): Komödie von William Wycherley (1640–1716).

Sir John Brute: Charakter aus „The Provoked Wife", einer Komödie von Sir John Vanbrugh (1664–1726).

342 Mit der berühmten Heldin der Pariser Bühne ist vermutlich Marie Françoise Dumesnil (1713–1803) gemeint.

Der Liebling unter den männlichen Darstellern ist wohl Henri Louis Lekain (1718–1778).

343 *Zynische Philosophen:* Anhänger einer griechischen Philosophenschule, die das Ideal der Bedürfnislosigkeit und eines naturgemäßen Lebens zu verwirklichen suchten. Der bekannteste Vertreter dieser Richtung ist Diogenes.

Lukian: Lukianos (geboren zirka 120 v. Chr.), griechischer Schriftsteller. Die Geschichte vom tollen Schauspieler sowohl als die vom Fürsten am Hofe Neros stammt aus dem Dialog „Über die Pantomimik".

344 *Eiserne Sandalen:* Bei Smollett lautet die Stelle: That actor who stalked before him, beating the stage with iron shoes, *in order to increase the noise.* Es handelt sich aber um ein Taktschlagen und nicht um eine Verstärkung des Lärms. Möglicherweise soll der Arzt hier einen Schnitzer machen.

352 *Nos poma natamus:* Wir Äpfel schwimmen. Alte, sprichwörtliche Redensart: Da schwimmen wir Äpfel, sagte der Pferdeapfel (als er mit einer Anzahl Äpfel einen Fluß hinuntertrieb). Sie wird auf Leute angewendet, die sich anmaßenderweise höherstehenden oder verdienstvolleren Menschen, als sie selber sind, zuzählen (z. B. erwähnt in den Sprichwörtern von Sebastian Franck, 1541).

Isaschar: Wahrscheinlich eine Anspielung auf Genesis 49, 14. Isaschar wird ein knochiger Esel sein.

355 *Lukretia:* Einer Sage aus der römischen Königszeit zufolge soll Lucretia, die tugendhafte Gattin des Lucius Tarquinius Collatinus, von Sextus Tarquinius, dem Sohn des Königs Tarquinius Superbus, entehrt worden sein. Sie erdolchte sich hierauf und führte durch diese Tat den Sturz des Königshauses herbei.

371 *Hekuba:* Hekabe, zweite Gemahlin des Königs Priamos von Troja, riß Polymestor, dem König von Thrakien, der nach dem Fall Trojas ihren jüngsten Sohn, Polydoros, aus Habsucht getötet hatte, die Augen aus.

375 *Hydrophobia:* Wasserscheu; Tollwut.

376 *Venienti ...:* Schon wenn die Krankheit im Anzug ist, muß man ihr vorbeugen.

Diagnostica: Anzeichen; *liquidum nervosum:* Nervenflüssigkeit; *saliva:* Speichel; *virus:* Gift.

379 *Eleazar:* Soll der Fabel zufolge ein großer Sterndeuter gewesen sein, der seine Kunst vor dem römischen Kaiser Vespasian unter Beweis stellte. Er soll einen Zauberring besessen haben, mit dem er Dämonen austreiben konnte.

380 *Prätendent:* James F. E. Stuart (1688–1766), Sohn Jakobs II.
381 *Compos mentis:* Seiner Sinne mächtig.
402 *Hybla:* Berg in Sizilien, berühmt wegen des Honigs, der an seinen Hängen gewonnen wurde.
Hippokrene: Name des zum Dichten begeisternden Quells am Nordabhang des Helikon in Böotien, des Sitzes der neun Schwestern, d. h. der Musen.
403 τὸ καλὸν: Das Schöne.
407 Οἰδίπους ...: Ödipus auf Kolonos.
420 *Pila und parma:* Speere und Schilde.
Ἐκ θεῶν ...: „Von den Göttern nur kommt jede Kraft den Tugenden der Sterblichen." (Pindar, Pyth. I, 41).
421 *Spolia opima:* Ehrenbeute.
422 Ὅσσα ...: „Was aber Zeus nicht liebt, bebt zurück vor dem hallenden Lied der Musen." (Pindar, Pyth. I, 14).
423 *Kimon:* Athenischer Feldherr, der 466 v. Chr. in einem berühmten Doppelsieg am Eurymedon Flotte und Landheer der Perser vernichtete.
427 *Sir Hans Sloane* (1660–1753), englischer Sammler und Arzt, dessen Sammlung von Büchern, Manuskripten, Münzen und kostbaren Steinen zusammen mit der Bibliothek von Sir John Cotton den Grundstock der Schätze des Britischen Museums bildet.
430 *Publius Cornelius Scipio Africanus maior* (geboren um 235 v. Chr. bis 183 v. Chr.), der 210 Neukarthago (Cartagena) der römischen Herrschaft unterwarf. Der celtiberische Prinz heißt Allucius. Die Episode findet sich in Livius, Buch 26.
475 *Marshalsea:* Eines der früheren Londoner Gefängnisse.
Westminster Hall: Alter Sitz des Parlaments.
Newgate: Früheres Londoner Gefängnis, 1902 abgerissen.
476 *Temple-Bar:* Altes Tor, das den Eingang in die City vom „Strand" her, d. h. im Westen, abschloß. 1878 abgebrochen.
Lauch: Der Lauch ist das Nationalabzeichen der Waliser und wird am 1. März, am St.-Davids-Tag, am Hut getragen. Der Ursprung des Brauches ist nicht mit Sicherheit zu erklären.
477 *Royal Society:* Akademie der Wissenschaften, 1662 eröffnet, pflegt Naturwissenschaften und Mathematik.
Toll bei Nord-Nordwest: Zitat aus Shakespeares „Hamlet", 4, 2, 44.
489 *Pall Mall:* Vornehme Straße im eleganten Westen Londons.
491 *Abigail:* Name einer Zofe in Beaumonts und Fletchers Stück „The Scornful Lady" (1610), der dann allgemein als Bezeichnung für eine Kammerjungfer gebraucht wurde.

496 *Strand:* Eine der Hauptstraßen Londons, die von der City zum Trafalgar Square führt.

530 *Die Laufbahn von St. James's nach Drury Lane:* Dies bedeutet wohl: aus der guten Gesellschaft ins Dirnentum hinabsinken. Drury Lane (in der Nähe des „Strand"), mit dem bekannten Drury Lane Theatre, scheint sich, wie übrigens auch der Bezirk von Covent Garden, nicht des besten Rufs erfreut zu haben, was schon der Ausdruck „Drury Lane vestal" (Freudenmädchen) beweist.

531 *So launisch wie der Winter . . .:* Zitat aus Shakespeares „Heinrich IV.", 2. Teil, 4, 4, 34.

532 *Lady V.:* Lady Vane, Frances Anne Hawes (1713–1788). Siehe Nachwort.

550 *Alter Haly:* Wahrscheinlich eine Anspielung auf den Astronomen Edmund Halley (1656–1742).

558 *De Moivre:* Der französische Mathematiker De Moivre (1667 bis 1754) ist der Verfasser eines berühmten Werkes über Wahrscheinlichkeitsrechnung (Doctrine of Chances).

569 *Bayes:* Siehe 1. Anmerkung zu Seite 320.

597 *Thomas Otway* (1652–1685), englischer Dramatiker.

598 *Brag:* Ein dem Poker ähnliches Kartenspiel.

600 *Fleet:* Altes Londoner Schuldgefängnis (1842 geschlossen), in dessen Bezirk verrufene Geistliche bis in die Mitte des 18. Jahrhunderts heimliche Trauungen vornahmen.

Die *Seven Dials* (sieben Sonnenuhren) war eine Säule in St. Giles (London), die sieben Sonnenuhren trug, den Straßen entsprechend, die hier zusammenliefen.

602 *Newmarket:* Stadt in Suffolk, wo jährlich mehrere berühmte Pferderennen stattfinden.

604 *Sir Richard:* Sir Richard Steele (1672–1729), Schriftsteller, berühmt durch seine Wochenschriften.

Hyppogrüne: Es ist natürlich der Dichterquell Hippokrene gemeint.

614 Die *Mall* ist eine breite Allee, die vom Buckingham Palace gegen den Trafalgar Square hinunterführt (nicht zu verwechseln mit „Pall Mall").

650 *Marybone:* Marylebone, nordwestlicher Stadtteil von London.

653 *Farthing:* Ein Viertelpenny.

655 *Hiatus . . .:* „Eine sehr bejammernswerte Kluft".

657 *Lucius Marcius Philippus*, Konsul, 91 v. Chr.

Risus . . .: „Er sucht überall Stoff zum Lachen". (Horaz, Epist. I, 7).

665 *Tower Hill:* Platz nordwestlich vom Tower.

King's Bench: Früheres Londoner Schuldgefängnis in Southwark, 1880 abgerissen.

666 *Die Rache:* Titel einer Tragödie von Edward Young (1681 bis 1765), dem bekannten Verfasser der „Nachtgedanken".

Mr. Q.: Ziemlich sicher ist James Quin (1693–1766), der Rivale von David Garrick, gemeint.

Pierre: Gestalt in Thomas Otways (1652–1685) Tragödie „Das gerettete Venedig".

Zanga: Eine mit Shakespeares Jago verwandte Figur aus der obenerwähnten „Rache" von E. Young.

667 *Den Tyrannen übertraf:* Wendung Shakespeares in „Hamlet" (3, 2, 15: it out-herods Herod).

670 *Leeres Lob gegen soliden Pudding abwägen:* Zitat aus Alexander Popes „The Dunciad".

673 *Lucius Septimius Severus:* Römischer Kaiser (193–211), besiegte seinen Rivalen Pescennius Niger, der von den Legionen im Orient zum Kaiser erhoben worden war, in mehreren Schlachten in Kleinasien (194).

676 *Sohn einer Gurke:* Spottname für Schneider.

692 *Habeas-Corpus-Befehl:* Durch einen solchen richterlichen Befehl sichert sich der Verhaftete eine rasche Untersuchung.

699 *Holzhauer und Wasserträger:* Biblische Wendung für: niedere Knechte.

Das *Ehrengericht* entscheidet nach den Grundsätzen des Billigkeitsrechts; dieses ist ein besonderer Zweig des englischen Rechts, der die Fälle umfaßt, für die das „common law" (gemeines Recht) und das „statute law" (Sammlung sämtlicher Parlamentsbeschlüsse) keinen genügenden Schutz bieten.

702 *Fives:* Eine Art von Tennis, ähnlich dem jeu de paume.

714 *Herr M.:* Daniel Mackercher.

715 *Aufstand von 1715:* Aufstand der Anhänger der Stuarts gegen Georg I.

717 *Nicole Malebranche* (1638–1715), französischer Philosoph.

Samuel von Pufendorf (1632–1694), deutscher Staatsrechtslehrer und Historiker.

Hugo Grotius (1583–1645), niederländischer Jurist und Staatsmann.

721 *Marquis d'Argens* (1704–1771) ist der berühmte französische Schriftsteller, der von Friedrich dem Großen nach Potsdam berufen wurde.

735 Die „Sache", auf die angespielt wird, ist der berühmte Annesley-

Fall. Arthur Annesley, Baron von Altham, heiratete Mary
Sheffield, eine illegitime Tochter des Herzogs von Buckingham. Als er 1727 starb, wurde sein Bruder Richard sein Nachfolger, der nach dem Tode des Grafen Arthur von Anglesey
1737 auch dessen Titel und Besitz erbte. (Baron Arthur Annesley und Graf Arthur von Anglesey sind streng auseinanderzu-
halten.) 1741 erschien ein James Annesley, der behauptete, er
sei der rechtmäßige Sohn des Baron Altham, so daß er und
nicht sein Onkel Richard der wahre Lord Annesley und Graf
von Anglesey wäre. Richard bestritt die legitime Geburt dieses
Prätendenten. Nach einem Prozeß, in dem sich die vielen Zeugen der beiden Parteien in allen wesentlichen Punkten widersprachen, wurde 1743 zugunsten des Klägers entschieden. Die
wichtigste Zeugin der Gegenpartei war Mary Heath, eine Kammerfrau der Lady Altham, die beschwor, daß ihre Herrin nie
ein Kind gehabt habe. Zwei Jahre später wurde sie des Mein-
eids angeklagt, jedoch freigesprochen, was das Urteil von 1743
in Frage zu stellen scheint. Sei dem, wie ihm wolle, Richard
verstand es, alle möglichen Schwierigkeiten zu machen und
die Ausführung des Urteils immer wieder zu verzögern, und
da der Kläger 1760 starb, blieb er ihm gegenüber Sieger.

789 *The Downs:* Reede längs der östlichen Küste von Sussex und
Kent.

793 *Kensington:* Stadtteil im westlichen London; die *Gravel Pits*,
ein Kurort im 18. Jahrhundert, lagen in der Nähe von Notting
Hill Gate.

805 *Ein furchtbar schauerliches Grinsen:* Wendung, die auf Miltons
„Death grinned horrible a ghastly smile" (Paradise Lost,
Buch 2, 845) zurückzuführen ist.

822 *Marybone Gardens:* Im 18. Jahrhundert berühmtes abendliches
Ausflugsziel der Londoner, zwischen High Street und Harley
Street; heute überbaut.

INHALT

1. *Kapitel* Gamaliel Pickles Herkunft und Sippschaft 5
2. *Kapitel* Er lernt den Kommodore Trunnion und dessen Spießgesellen durch Beschreibung und in natura kennen . . 9
3. *Kapitel* Mrs. Grizzle verheiratet ihren Bruder 21
4. *Kapitel* Wie Mrs. Grizzle sich auf der Hochzeit benimmt. Von den Gästen 26
5. *Kapitel* Mrs. Pickle bemächtigt sich des Hausregiments. Ihre Schwägerin wagt ein verzweifeltes Unternehmen, an dessen Durchführung sie aber eine Zeitlang gehindert wird 29
6. *Kapitel* Mrs. Grizzle ist in der Befriedigung der Gelüste ihrer Schwägerin unermüdlich. Peregrine wird geboren und gar nicht nach den Vorschriften seiner Tante behandelt. Aufgebracht darüber, nimmt diese ihren alten Plan wieder vor 36
7. *Kapitel* Trunnion wird trotz seiner Hartnäckigkeit in das Ehejoch hineingeängstigt 46
8. *Kapitel* Durch einen Zufall wird der Kommodore der Himmel weiß wohin verschlagen und seine Hochzeit aufgeschoben 51
9. *Kapitel* Trunnion wird vom Leutnant aufgebracht und verheiratet. Abenteuer in der Hochzeitsnacht. Revolutionen in des Kommodores Haus 59
10. *Kapitel* Mrs. Trunnion bedient sich verschiedener Kniffe, um ihre Macht zu festigen. Es sind bei ihr Zeichen der Schwangerschaft zu erkennen. Der Kommodore ist in frohester Erwartung und wird enttäuscht 66
11. *Kapitel* Mrs. Trunnion fährt fort, das Kastell zu tyrannisieren. Ihr Gemahl gewinnt seinen Neffen Peregrine außerordentlich lieb 72
12. *Kapitel* Peregrine kommt in eine „boarding-school" und tut sich durch seine Talente und seinen Ehrgeiz hervor 76
13. *Kapitel* Peregrine Pickle bei seinem Oheim 84
14. *Kapitel* Trunnion wird durch das Triumvirat in ein Abenteuer

	mit dem Akziseeinnehmer verwickelt. Letzterer kommt bei dem Spaß nicht eben auf seine Rechnung 94
15. Kapitel	Der Kommodore entdeckt die Machenschaften der Verschworenen. Er nimmt für seinen Neffen einen Hofmeister, und Peregrine kommt auf die Schule von Winchester 100
16. Kapitel	Peregrine zeichnet sich unter seinen Kameraden aus, stellt seinen Hofmeister bloß und erregt die Aufmerksamkeit des Rektors 105
17. Kapitel	Peregrine erlebt ein gefährliches Abenteuer mit einem Gärtner. Seine Ideen nehmen einen höhern Schwung. Er wird Galan und lernt Miss Emilia Gauntlet kennen 111
18. Kapitel	Pickle entläuft aus seinem College. Weiterer Verlauf seines Liebeshandels mit Miss Gauntlet 120
19. Kapitel	Dem Boten begegnet ein Unfall, dem er gar sinnreich abzuhelfen weiß. Seltsame Folgen hiervon 128
20. Kapitel	Peregrine wird von seinem Oheim zurückgerufen. Der unversöhnliche Haß der Mutter; Gamaliel Pickles Schwäche 134
21. Kapitel	Trunnion wird über Gamaliel Pickles Betragen wütend. Peregrine geht die Ungerechtigkeit seiner Mutter nahe. Er schreibt ihr seine Meinung darüber. Man schickt ihn auf die Universität Oxford, wo er sich als unternehmender Kopf auszeichnet 139
22. Kapitel	Peregrine beleidigt seinen Tutor und schreibt ein Spottgedicht auf ihn. Seine Fortschritte in den schönen Wissenschaften. Auf einem Abstecher nach Windsor trifft er Emilie und wird von ihr sehr kalt behandelt 146
23. Kapitel	Nach verschiedenen fruchtlosen Bestrebungen gelingt es Peregrine, mit seiner Geliebten zu einer Aussprache zu kommen. Sie söhnen sich darauf aus 154
24. Kapitel	Peregrine erlebt ein Abenteuer auf dem Ball und hat einen Streit mit seinem Hofmeister 163
25. Kapitel	Pickle bricht mit dem Kommodore und auch mit dem Leutnant, der sich seiner Sache aber trotzdem annimmt 170
26. Kapitel	Alles söhnt sich aus 177
27. Kapitel	Pickle rettet seiner Geliebten das Leben. Er gerät mit ihrem Bruder in Zwist und geht nach dem Kastell ab 182
28. Kapitel	Pickle und Gauntlet schlagen sich und werden dann Busenfreunde. Ersterer trifft im Kastell ein. Er findet seine Mutter so unversöhnlich wie je. Er wird von sei-

	nem Bruder Gam gröblich beleidigt und züchtigt dessen Präzeptor mit der Hetzpeitsche	189
29. Kapitel	Peregrine entwirft einen Plan, sich am Vikar zu rächen, der auch gelingt	196
30. Kapitel	Gamaliels Komplott gegen seinen Bruder wird entdeckt. Gauntlets Ankunft im Kastell	202
31. Kapitel	Die beiden jungen Herren entfalten ihre Talente als Courschneider. Peregrine hat eine Zusammenkunft mit seiner Schwester Julie	210
32. Kapitel	Trunnion fordert Gamaliel heraus und wird durch einen Schalksstreich des Leutnants, Peregrines und Gauntlets hinters Licht geführt	216
33. Kapitel	Peregrine reist ab und trifft mit Jolter wohlbehalten in Dover ein	221
34. Kapitel	Peregrine rettet einen Italiener aus den Händen eines aufgebrachten Apothekers	224
35. Kapitel	Peregrine und die übrigen sind dem Ertrinken nahe. Pipes erscheint plötzlich als Retter. Pickle landet in Calais und hat einen Streit mit den Zollbeamten . . .	232
36. Kapitel	Nutzlose Artigkeit. In Boulogne lernt Peregrine ein paar Engländer kennen, die in der Verbannung leben	239
37. Kapitel	Peregrine bleibt die Nacht über zu Bernay. Hornbeck holt ihn hier ein. Jener hat Lust, des letzteren Haupt mit Hörnern zu schmücken	246
38. Kapitel	Peregrine führt zu Chantilly einen Plan aus, den er gegen Hornbeck entworfen hat	250
39. Kapitel	Peregrine wird zu Paris in ein Abenteuer verwickelt und von der Stadtwache in Haft genommen. Er macht die Bekanntschaft eines vornehmen französischen Kavaliers, der ihn in die feine Welt einführt . .	255
40. Kapitel	Peregrine gewinnt ein klares Bild vom französischen Gouvernement. Er hat Streit mit einem Musketier und schlägt sich in der Folge mit ihm	262
41. Kapitel	Mr. Jolter droht, Peregrine wegen seines üblen Betragens zu verlassen. Dieser verspricht Besserung, aber sein Entschluß hält dem Ungestüm seiner Leidenschaften gegenüber nicht stand. Pickle trifft von ungefähr Mrs. Hornbeck. Die Folgen hiervon	271
42. Kapitel	Peregrine beschließt, nach England zurückzukehren. Im Palais Royal macht er die Bekanntschaft von zwei Landsleuten und hat an ihrem schrulligen Wesen viel Spaß	279

43. Kapitel Er führt seine neuen Freunde bei Mr. Jolter ein. Dieser gerät mit dem Arzt über die Frage der Staatsformen in einen Streit, der beinahe mit offenem Krieg endigt 287

44. Kapitel Der Arzt arrangiert ein Gastmahl nach der Art der Alten 293

45. Kapitel Pallet und Pickle gehen auf die Maskerade. Unglückliche Folgen hiervon 303

46. Kapitel Jolter, vom Schicksal seines Zöglings durch den treuen Pipes benachrichtigt, berät sich mit dem Arzt; er wendet sich an den englischen Gesandten, der mit viel Mühe Pickles Befreiung erwirkt 309

47. Kapitel Peregrine macht sich auf Pallets Kosten lustig. Dieser bricht mit dem Doktor 313

48. Kapitel Pallet gibt des Doktors Partei auf und schließt sich Pickle an. Dessenungeachtet versäumt dieser nicht, auf der Fahrt nach Flandern seinen Mutwillen an ihm auszulassen 321

49. Kapitel In Arras versuchen zwei Gauner vergeblich, Pickle ins Garn zu locken 328

50. Kapitel Sie kommen wohlbehalten in Ryssel an und besehen die Zitadelle. Der Arzt hat Streitigkeiten mit einem Schotten. Dieser wird in Haft genommen 333

51. Kapitel Pickle unterhält sich mit dem Malteserritter über die englische Bühne, und anschließend spricht der Doktor über das Theater der Alten 338

52. Kapitel Pipes wird seiner Hartnäckigkeit wegen von Peregrine verabschiedet. Dieser lernt auf dem Weg nach Gent in der Diligence ein Frauenzimmer kennen, das ihn stark fesselt. Er bringt ihren Seelsorger auf seine Seite . . 344

53. Kapitel Peregrine schneidet erfolgreich die Cour, wird aber durch einen Streit zwischen Jolter und dem Juden unterbrochen. Er besänftigt den aufgebrachten Kapuziner, der ihm zu einer Unterredung mit seiner schönen Gebieterin verhilft. Seine Erwartungen schlagen fehl . . 351

54. Kapitel Um ans Ziel seiner Wünsche zu kommen, unternimmt Pickle einen zweiten Versuch, der aber durch einen sonderbaren Zufall mißlingt 356

55. Kapitel Unser Held beleidigt auf der Diligence seine Geliebte durch einen politischen Diskurs, besänftigt sie aber wieder durch seine Unterwürfigkeit. Er bewerkstelligt es, daß die Kutsche zu Aalst liegenbleibt, und weiß sich die Gewogenheit des Priesters zu erhalten . . . 361

56. *Kapitel* Die französische Kokotte bestrickt das Herz des Juden. Dieser läßt sich in eine Verschwörung gegen Pallet ein. Dadurch schlagen Peregrines Absichten wiederum fehl und kommt des Hebräers Unkeuschheit an den Tag 366
57. *Kapitel* Pallet gerät vom Regen in die Traufe, als er sich bemüht, dahinterzukommen, wer ihn so übel behandelt hat . . 371
58. *Kapitel* Peregrine beschwört die schöne Flämin, ihm in Brüssel Besuche zu gestatten. Sie entzieht sich seinen Verfolgungen 383
59. *Kapitel* Peregrine trifft mit Mrs. Hornbeck zusammen und tröstet sich über seinen Verlust 388
60. *Kapitel* Hornbeck hat von der Liebschaft Peregrines mit seiner Frau erfahren und will sich heimtückischerweise an ihm rächen. Pickle kommt dahinter und fordert ihn. Was dies für Folgen hat 393
61. *Kapitel* Peregrine wird wieder in Freiheit gesetzt. Jolter gerät durch dessen geheimnisvolles Betragen in nicht geringe Verlegenheit. Zwischen dem Dichter und dem Maler entsteht ein Streit, der durch ihre Reisegefährten wieder beigelegt wird 399
62. *Kapitel* Unsere Reisenden gehen nach Antwerpen. Der Maler läßt daselbst seinem ganzen Enthusiasmus freien Lauf 406
63. *Kapitel* Pallet fordert den Arzt durch Zutun Peregrines heraus, der die beiden aufeinanderhetzt. Sie schlagen sich auf dem Walle 413
64. *Kapitel* Ankunft in Rotterdam. Abenteuer auf der Maas, wobei des Malers Leben in Gefahr gerät. Ein holländisches Kunstkabinett 422
65. *Kapitel* Vom Haag reist die Gesellschaft nach Amsterdam, wohnt daselbst der Aufführung eines hoogduitschen Treurspels bei, besucht ein Speelhuis, wo Peregrine mit dem Kapitän eines Kriegsschiffes Händel bekommt. Auf ihrem Weg nach Leiden passieren sie Haarlem und kehren von dort nach Rotterdam zurück. Hier trennt sich die Gesellschaft, und unser Held langt mit seinem Gefolge wohlbehalten in Harwich an 429
66. *Kapitel* Peregrine übergibt seine Empfehlungsschreiben in London und kehrt zum unaussprechlichen Vergnügen des Kommodores und dessen ganzen Hauses ins Kastell zurück 435
67. *Kapitel* Peregrine sieht seine Schwester glücklich verheiratet.

	Er besucht Emilie, die ihn so empfängt, wie er's verdient	443
68. *Kapitel*	Peregrine pflegt seinen Oheim während eines heftigen Anfalls aufs liebreichste. Nach dessen Genesung geht er nach London. Hier trifft er seinen Freund Geoffrey, und dieser läßt sich bewegen, mit nach Bath zu reisen	448
69. *Kapitel*	Gauntlet sprengt zu Bath eine ganze Bande von Gaunern	454
70. *Kapitel*	Die beiden Freunde stellen alle ihre Nebenbuhler bei den Damen in den Schatten und rächen sich auf eine drollige Art an den dortigen Ärzten	459
71. *Kapitel*	Peregrine demütigt einen bekannten Eisenfresser und trifft bei einer gewissen Lady einen Mann von seltsamem Charakter	467
72. *Kapitel*	Peregrine wirbt um des Misanthropen Freundschaft. Er gewinnt sie und wird mit einer flüchtigen Skizze von dessen Geschichte beehrt	474
73. *Kapitel*	Pickle trifft im Kastell ein. Der Kommodore Trunnion stirbt den Tag darauf und wird nach seinen eigenen Anordnungen begraben. Einige Gentlemen aus der Nachbarschaft bemühen sich vergeblich, zwischen Gamaliel Pickle und seinem ältesten Sohn Frieden zu stiften	481
74. *Kapitel*	Unser Squire geht, nachdem er alle häuslichen Angelegenheiten geregelt hat, nach London. Hier trifft er Emilie und wird ihrem Onkel vorgestellt	488
75. *Kapitel*	Er verfolgt sein Vorhaben bei Emilie mit großer Kunst und Beharrlichkeit	494
76. *Kapitel*	Er überredet Emilie, ihn auf eine Maskerade zu begleiten, wagt einen heimtückischen Versuch auf ihre Tugend und wird zurückgewiesen, wie er es verdient	498
77. *Kapitel*	Peregrine tut sein möglichstes, sich mit seiner Gebieterin wieder auszusöhnen. Er hat mit deren Oheim einen Wortwechsel. Dieser verbietet ihm sein Haus	506
78. *Kapitel*	Peregrine entwirft ein verwegenes Projekt, das ihm mancherlei Beschwerden verursacht und weiteren Verdruß schafft	510
79. *Kapitel*	Peregrine sendet eine Botschaft an Mrs. Gauntlet. Sie verwirft seinen Vorschlag. Er geht wieder nach dem Kastell zurück	519
80. *Kapitel*	Peregrine geht nach London zurück. Er bekommt Besuch von Crabtree, der ihn mit einer seltsamen Zwie-	

	sprache unterhält. Cadwallader sondiert die Duchess und öffnet Pickle die Augen. Letzterer wird durch einen außerordentlichen Zufall mit einer andern vornehmen Dame bekannt 524
81. *Kapitel*	Pickle beredet Cadwallader, die Rolle eines Wahrsagers zu spielen. Wie dies abläuft 536
82. *Kapitel*	Cadwallader spielt noch immer die Rolle des Sehers 544
83. *Kapitel*	Der Zauberer und sein Verbündeter rächen sich an gewissen Verächtern ihrer Kunst. Peregrine hat Verdruß mit einem jungen Kavalier 559
84. *Kapitel*	Peregrine wird als witziger Kopf und als Mäzen berühmt 568
85. *Kapitel*	Peregrine eilt nach dem Kastell, um seiner Tante den letzten Liebesdienst zu erweisen. Mr. Gauntlet kommt, ihn zu seiner Hochzeit einladen 575
86. *Kapitel*	Peregrine trifft auf dem Weg zum Kastell eine Schöne von der Landstraße. Er nimmt sie zu sich und verwandelt sie in eine feine Dame 592
87. *Kapitel*	Peregrine bekommt Besuch von Pallet, schließt Freundschaft mit einem vornehmen Ritter von Newmarket und wird von den Eingeweihten angeführt 602
88. *Kapitel*	Ein großer Mann nimmt Pickle unter seine Protektion. Peregrine tritt als Parlamentskandidat auf, wird in seiner Erwartung getäuscht und arg überlistet . . . 609
89. *Kapitel*	Pickle höfelt dem Minister recht fleißig, trifft von ungefähr die junge Mrs. Gauntlet und muß sich Gesellschaften von weniger erhabenem Rang wählen 622
90. *Kapitel*	Cadwallader macht bei seinem Freund den Tröster; dieser leistet ihm seinerseits denselben Dienst. Pickle findet, daß man ihn ganz allerliebst angeführt habe . . . 633
91. *Kapitel*	Peregrine wird von der Aufrichtigkeit des Ministers überzeugt. Sein Stolz und sein Ehrgeiz leben von neuem auf und werden abermals gedemütigt 642
92. *Kapitel*	Peregrine wagt sich mit Schriften vors Publikum und wird Mitglied eines Autorenklubs 648
93. *Kapitel*	Wie es ferner im Autorenklub zugeht 658
94. *Kapitel*	Der junge Herr wird bei einem Kunstfreund ersten Ranges eingeführt und entwickelt sich zum Claqueur . . 670
95. *Kapitel*	Der Minister verbietet Peregrine das Haus. Dieser verliert sein Gehalt und wird als wahnsinnig hingestellt 678
96. *Kapitel*	Peregrine schreibt gegen den Minister, auf dessen Be-

treiben hin er verhaftet wird. Er verfügt sich jedoch
auf Grund eines Habeas-Corpus-Befehls ins Fleet . . 692
97. Kapitel Peregrine scheint mit seinem Käfig ziemlich zufrieden.
Der Geistliche unterhält ihn mit den Memoiren einer
bekannten Persönlichkeit, die er zufällig im Fleet trifft 712
98. Kapitel Peregrine wird zu seinem Erstaunen von zwei alten
Bekannten überrascht, die sich ganz wider seinen Willen in seiner Nachbarschaft einquartieren 766
99. Kapitel Die Verbündeten werden Crabtree gegenüber tätlich,
weshalb man sie aus dem Fleet verbannt. Peregrine
beginnt die Wirkungen der Gefangenschaft zu spüren 775
100. Kapitel Das Unglücksgewölk fängt an sich zu zerteilen . . 782
101. Kapitel Peregrine söhnt sich mit dem Leutnant aus und
nimmt seinen gesellschaftlichen Verkehr wieder auf.
Er hat Gelegenheit, einen bemerkenswerten Beweis
seiner Selbstverleugnung zu liefern 791
102. Kapitel Peregrine führt einen außerordentlichen Briefwechsel,
der durch einen ganz unerwarteten Vorfall unterbrochen wird 796
103. Kapitel Peregrine sagt dem Fleet Lebewohl und ergreift Besitz vom väterlichen Erbe 805
104. Kapitel Pickle erweist seinem Vater den letzten Liebesdienst
und kehrt in sehr wichtiger Absicht nach London zurück 811
Letztes Kapitel Peregrine weiß sich für alle früheren Kränkungen
reichlich schadlos zu halten 815

Nachwort 827
Anmerkungen 843

Alle Rechte, einschließlich des der photo-
mechanischen Reproduktion, vorbehalten.
Verlegt 1966 im Winkler-Verlag München.
Druck: Buchdruckerei C. Brügel & Sohn,
Ansbach. Bindearbeiten: Großbuchbinderei
G. Lachenmaier, Reutlingen. Gedruckt auf
Persia-Bibeldruckpapier der Papierfabrik
Schoeller & Hoesch, Gernsbach/Baden.
Printed in Germany.